U0948341

MU FEI
WORKS

{上}

中国友谊出版公司

目录

第一章

金兰密会

1.

明永乐十四年冬。

卯时的梆子刚刚敲过，隔着窗纸看天色，仍是漆黑得不见一丝亮。正是寒冬腊月的凌晨，北风呼啸，吹得树枝东摆西摇，在窗纸上映出鬼影幢幢。

初兰懒洋洋地蜷在被中，舒服地伸了个懒腰，闭上眼刚想再眯一会儿，却听一旁隔断的半间房里窸窸窣窣响个不停。

“小古，这么早就起了？”

初兰模糊地咕哝了一句，卷着被子滚了半圈，仍是不愿睁开眼睛。

没人回答，窸窸窣窣的声音仍是响个不停，半晌才停下。随即只听“吱呀”一声，隔断的木门被打开了，顿时一股难以形容的怪味直冲出来，呛得她掩住了鼻子，咳了两声。

那是烟熏火燎的木柴气息，腌咸菜的盐味，还有一种说不出的油腻味混合而成，实在是让人窒息。

“小古你也不开窗透气，房里的味儿好重……”

初兰迷迷糊糊地嘟囔着，随即才想起——小古那半间是从侧里隔断的，哪有什么窗户？

她眯着眼，模糊的光影里，有一道纤细瘦弱的身影慢吞吞地从内里走出，手里一盏油灯半死不活地燃着，被风吹得摇曳不定。

初兰懊恼地用被子包住头，终究没了睡意。她轻吟一声，蓦地跳起身来，却正好被一阵冷风吹得鼻头一酸，“阿嚏”一声打到一半，却被眼前景象吓得吞了回去——

房门半开，门后那阴暗逼仄的角落里，一团黑影蜷缩着，只有一双晶莹闪亮的眸子透过门缝向外看。

乍一看，好似一只阴森的鬼物蹲在那里，瞅着哪个人鲜美可口，就要扑出去叼了来吃掉！

“小古！你这是要吓死我啊！”

初兰尖叫一声，终于彻底清醒。她快手快脚地穿好衣衫鞋袜，跑过去拽了一把小古，又把油灯的芯拈亮了，这才松了口气。

“跟你说过多少次了，别那么鬼鬼祟祟地躲在门后看人，会吓死人的！”初兰惊魂未定，轻戳着她的额头说道。

明亮的灯光下，小古仍是木愣愣地看着她，巴掌大的小脸上满是黑色煤灰，身形瘦小却偏偏罩在宽大的棉袍里，更显得滑稽。

她手足脖颈处的皮肤又黄又干，整个人看起来灰头土脸，别说与上房那些满身绫罗的富小姐相比，就是在这丫鬟的院落里，也是最不起眼的一个。

“院子外面……”小古低低地说。

“什么？”

“闹哄哄的。”小古小声说道。

初兰一愣——同住这么多年，她知道小古的耳朵很灵，她这么说，肯定是听见了什么动静。

此时，左邻右舍也陆续起身开门，刘妈妈特有的大嗓门已经响起，初兰也就把这事抛在脑后了。

沈府占地广阔，光大厨房就有亮堂堂一列高檐大屋，共有八间。前六间分别为荤食间、果蔬间、烧炙间、腌制间、点心房、米面房，后两间一处是众人洗菜切肉打下手的大堂，另一处便是柴炭房。

在大厨房混可大有门道。若是跟着灶上的掌勺妈妈，虽然勤苦又容易挨骂，但也能偷学个一招半式，今后可说是受用无穷；若是分去打下手，给管事的送足了油水，也可浑水摸鱼偷个懒；但若是分到柴炭房，那就前途无亮了。

整个大厨房烧火用水都是靠柴炭房供应，柴要干燥不呛人，劈得不大不小一水整齐；黑粗炭不能短斤少两，要及时送到各间；甚至连灶上用水也要看守妥当，不许闲杂人等靠近。

柴炭房偏于一角，连一点儿油水好处也不见，整天苦哈哈干活，却是动辄得咎，极容易吃挂落挨罚，所以在粗使奴婢中也是冷门差使。

腊月天冻死狗，大灶上热气腾腾暖意温馨，柴炭房里却是滴水成冰，寒入骨髓。初兰使劲跺了跺脚，吸了吸鼻子，正要继续码炭，却听另一边仍是不紧不慢传来劈柴的声音——

抬眼看去，果然是小古一人持着柄大斧子，一斧一斧地劈着柴。

那柄大斧气态雄浑，足有三十斤重，锋口宽阔飞扬，拿在娇弱瘦小的小古手里，显得格外突兀和滑稽。

一斧又一斧，发出沉闷的钝响，震得人心颤。

虽然不是头一次看见，但初兰的嘴角仍是抽搐了一下：人这么瘦小，偏偏力气这么大！

今天柴炭房管事的秦妈妈没来，初兰索性就偷个懒，饶有趣味地看着小古劈柴。

一下，一下，又一下。

小古永远是一个动作，一个节奏，一个表情。仔细看她劈的柴，就会发现长短粗细都一样，因为这个，还受了大灶上几次夸奖呢！

初兰正看得出神，却听一阵急促的脚步声朝这边传来，随即只听"砰"的一声，木门被粗暴地推开了！

出现在两人眼前的，是一位千娇百媚的美人儿：她一身桃红色文锦袄裙，梳着月环髻，簪着紫金五蝠钗，耳上米珠大的红宝石晃得人眼花。身后跟着一个小丫鬟，神色有些惊惶焦急，好似要拦着她进来似的。

"芳姑娘，这种粗鄙地方会弄脏衣裳，我们还是回去吧！"小丫鬟弱弱地说道，美人一个眼色，立刻把她吓得不敢说话。

"好久不见了。"微微扬起下巴，美人的笑容带着得意的优越感。

她……她是在跟谁说话啊！

初兰有些摸不着头脑——她虽然一直做着粗使丫鬟，没见到几位老爷太太，却也看出这"芳姑娘"的打扮和称呼都很暧昧，主不主、奴不奴的很是尴尬，心里倒是明白了一二分，但猜不准她的来意，一时也不好开口。

现场陷入了诡异的沉默，只有斧子劈柴的声音仍是不紧不慢地响着。

好似觉得自己被轻视了，美人一步上前，拦住了挥动斧子的手："你是哑巴了，怎么一句话也不说？"

"我要砍柴。"低低的嗓音听着很是含混。

"你说什么？"

"今天荤食间要炖鸡，烧炙间要烤鹅掌，点心房要做芙蓉莲子糕，米面房还要蒸碧粳粥，需要柴火五十斤。"

一口气毫不停顿地说出这一连串话，小古的表情仍是呆愣愣的，旁边的小丫鬟"扑哧"一声笑出了声，却被芳姑娘恶狠狠的眼神吓住了。

芳姑娘冷笑一声蹲下身，用染满红蔻丹的手指捏住小古的下巴，轻声道："你看你现在这样子，跟傻子一样，就差没流下两道口水了——沦落为贱籍，你们这些人就甘心为奴，一辈子躺在泥里了？"

"贱籍"两字一出口，一旁两人顿时脸色发白——即使是深宅内院的小丫鬟，对这两字的来历也是心有余悸。

自今上"靖难"登基以来，好些忠于建文帝的臣子宁死不从，今上大怒之下将这些人残酷凌迟，诛其亲朋故友，连坐数千人，大学士方孝孺甚至遭到诛十族的极刑。

这些建文旧臣的家人亲属死伤无数，幸存的多属老弱妇孺，他们或是被流放，或是被赐予功臣为奴，或是被发卖娼门肮脏之地……今上甚至颁下诏令：这些人永堕贱籍，不可赦免！

初兰早就隐约听说，小古是因为家里犯了事，被赐到府上为奴的。此时一听“贱籍”二字，心中立刻雪亮，暗暗为小古叹息——明明也是金玉之质的千金闺秀，如今却落到这般呆傻模样。

小古仍是一副木呆样，好似听不懂芳姑娘的话。

芳姑娘樱桃小口微开，咬牙吐出这贱籍二字，心中仿佛有无限怨毒，又有无尽憋屈后一逞威风的快意：“哼，你就一辈子做人奴婢吧，我可是要脱离这‘贱籍’二字了！”

脱籍?！

一旁的两人都吓了一跳——良贱之别有如天壤，怎么能如此轻易就办到?

小古的眼神却仍是死鱼一般呆滞，好似根本不懂这“脱籍”二字是何意义。

芳姑娘抚弄着腕上的玉镯，爱惜之外更见娇羞：“我已经是大老爷的人了，他亲口答应我，要让我脱籍改良，还要抬我做姨娘。”

原来是被大老爷……

初兰的目光有些复杂——有艳羡，有好奇，更有不屑。大老爷的荒淫好色是全府上下都清楚的，他一时兴起，可以为了追捧一个戏子花上千儿八百两，但玩兴过了就视如敝屣毫不怜惜。

芳姑娘说完，站起身来，居高临下地抚着自己平坦的小腹，笑得更甜：“大老爷说的，肯定能办到——就算不为我，也要为他未来的孩儿着想。”

原来是有此倚仗才敢如此自信。

芳姑娘本为扬眉吐气而来，一口气说了这么多，见小古仍然是木呆愣愣，不觉满腔兴致都被浇灭，冷哼一声踢了一脚斧头转身要走，却发觉鞋底被斧面嵌入，一时拔脚不得。

小古默默地用力拔斧，芳姑娘站立不稳也蹲了下来，就在这电光石火的一瞬，她清楚地看到小古无声做出的口型：快逃！

快逃?

这是什么意思?

芳姑娘仍是愕然，随即斧头被拔出，再看时，小古仍是那张木呆的脸——这一瞬，她几乎以为是自己眼花看错了。

带着满腹疑惑，芳姑娘娉婷妖娆地走着，身后跟着那畏缩的小丫鬟，一路逛完了花圃，这才回到自己的院子，却见两位老嬷嬷早就等候多时了。

“芳姑娘，老太太有请。”客气的语调让她更加兴奋飘然——大老爷统共就两位公子，老太太定是听见自己有孕，欢喜之下有所赏赐。

晚饭时候，小古跟初兰两个穿过重重内院，去交接今天的灶上用水。灶上用水储存在一人高的大缸里，每日由管家领着外院的小厮挑水倒满，在二门处交予两人，小厮等不得进内院一步——沈府规矩之严可见一斑。

两人抬着水桶正往里走，突然传来一阵惨厉的尖叫声，吓得初兰险些摔倒。

这惨叫好似蕴含着极大的痛苦，一声未停又是一声，高亢之后，便戛然而止。

好似被什么人掐住了喉咙，惨叫声突然停歇，却更吓得人浑身战栗，起了细细的一层鸡皮疙瘩。

初兰吓得小脸煞白，正要拉着小古快些走，突然见东侧荣祥院的廊下跑出好几个婆子和年轻媳妇，神色暴躁急切，仓促之间险些跟两人撞个正着。

带头的身着潞绸衫子，衣裙绣纹很是精巧，虽然年届四十，但发髻仍是梳得丝光水滑，一支金簪更显体面。她不由分说地给了初兰一巴掌："你们没来由乱跑什么！"

初兰不及防备被打倒在地，脸上顿时火辣一片。此时西侧厢房内动静更大了些，有人在抬出一大卷什么物件，灯光幢幢满是诡异气氛，空气中隐约有一种怪异的气味——好像是血腥味？

"还不快走开？鬼头鬼脑偷看什么！"

受这一叱，初兰情知不妙，恨不能插翅飞去，忙要起身却发觉崴了脚，正当心急如焚之时，一旁的小古一手把她拉起，脚不沾地地搀了人就走，另一手居然轻轻松松地提了水桶，转身大步而去。

两人走到右侧抄手回廊处，才喘息了一阵，西厢房那边搬运的健妇和粗使婆子也七手八脚地搬着一大卷竹席走了过来。

她们一路疾走，竹席卷内一路往下滴着什么。初兰靠得近，看得真切——竟然是血！

浓稠的鲜血不断滴落，竹席的一头歪在地上，拖曳出一条长而诡艳的血痕，格外触目惊心。有人不小心颠簸了一下，靠地的那端竹席有些松开，半截雪白的手臂从中滑露出来。

雪白的小臂上满是青灰瘀痕，已经一点儿活气也无，唯有那腕间的玉镯让初兰看得眼熟——她的眼前蓦然出现柴炭房的一幕：一只涂满鲜艳蔻丹的玉手，抚弄着自己腕上的玉镯，脸上满是骄矜的得意。

是那个芳姑娘！

初兰拼命捂住嘴，这才没让自己惊叫出声。她浑身抖成筛糠似的，脚下软得又要跌倒。

旁边一只手把她扶住，初兰侧头看去，只见小古仍是万年不变的木愣表情，好似什么也没看到，一手扶住她，另一手还不忘拎了水桶。

她居然一点也不怕？

就在初兰胡思乱想的时候，那些婆子已经把人拖走了，远远走来的是外院周管事，他身后跟着两个男仆，一声不吭地接过席卷扛了就走。

又有人悄没声息地上前来把道上的血痕擦净了，再用净水泼了以银炭填上，最后用熏了香的炉灰碾一遍，庭院里便恢复了恬静馨雅的氛围。

这时初兰已经觉得自己脚麻了，毫无知觉——再然后，她发觉自己简直是被小古拎着走了。

“孽障，你做的好事！！”

念珠猛然敲在紫檀软榻上的声音，清脆而响亮，在场诸人无不肃然低头，恭听训示。

已经过了戌时，各院都已点上灯火用饭，昼锦堂正房堂屋内仍是气氛紧绷。

中央上首坐着一位头发花白的老妇人，身着常服，手缠念珠，一派端庄大气。她周身极为朴素，唯有那镶了南珠子的抹额，更添一分华贵——看款式显然是宫中赏赐之物。

此时她面容带冷，一双眸子精光熠熠看向左下首第一位的中年男子：“你是不是非要把我沈家败个干净，弄到抄家流放这才称心——你怎么对得起你父亲在天之灵！”

听得这话如此严重，又语涉先头老侯爷，众人吓了一跳，立刻齐刷刷跪下。

第二位的中年男子连忙膝行几步，上前禀道：“母亲息怒！大哥也是一时糊涂犯错，多亏您明目如炬，及时替他遮掩了——这事也算过去了，您就暂且放下，别气坏了身子。”

“我倒是想放下，可这孽障不给我省心啊！”太夫人指着大儿子冷冷一笑，“他居然要为那贱人找块吉地好好下葬——简直是疯了！”

二老爷沈源一听这话也吓了一跳，连忙劝兄长道：“万万不可，这是现成的授人以柄！若是被御史察知，后果不堪设想啊！”

“可芳娘肚子里怀了我的孩子！”大老爷沈熙微梗着脖子，眼下有着淡淡的青黑阴影，被酒色掏空的脸庞犹带三分不服，“我膝下才有两儿一女，若是这胎能保全——”

他话没说完，太夫人把瓷盅重重摔下，滚热的茶水溅了他一头一脸！

“若是别的丫头也就罢了，收房抬姨娘都是你院内的事，我原也懒得管——可她的身份是贱籍！是建文逆臣的后人！你想带累这一大家子人给你的心肝美人陪葬？！”

太夫人面若寒霜，目如冷电，声音虽然不大，却让人心中莫名发紧：“今上素来英明刚毅，生平最恨的就是建文逆臣，谁要跟他们沾上了干系……”

她冷笑一声不再说下去，一旁的二老爷沈源连忙接话道：“已经有前车之鉴了，我才听说——广平侯的小公子跟王度之子是同窗好友，不忍见他被贱卖为奴，偷偷去赎回人来藏匿在庄子上，却被人一封密折告了，弄得广平侯丢了差使还被上谕明斥——全家寒冬落雪天跪在大门口接旨，他家老太太又羞又怒，已经卧床不起了……”

他摇了摇头不再说下去，一旁的沈熙已经吓得脸色发白，颤声道：“可……可我没窝藏罪奴，这些人都是圣上赐下的，我不过是看她长得好又骚媚奉迎，这才……”

他一时慌了神，嗫嚅道：“这、这可怎么办？”

老太太看都不看他一眼，捻动佛珠道：“我让人把她拖出去的时候，就放了风声，说是手脚不干净，偷了我房里的玉佛像——小小一个罪奴，料想也不会有人刻意来问。”

她停下手中的佛珠，叹了一声，又道：“你父亲的三年丧期已满，却迟迟不见袭爵的旨意传下——你当好好思量才是。”

一听这话，右下首的大太太陈氏立刻慌了神。她重重地磕了一个头，带着哭腔道：“老太太，这都是我的不是，平素没管教好这些狐媚子，带累了老爷——”

太夫人瞧都没瞧她一眼，只是淡淡道：“熙儿是什么样的德行，我素来深知——你未免贤惠过了头。”

言罢也不叫她起来，闭了眼道：“我乏了，你们都退下吧。”

夜已经深了，初兰洗漱完毕，又向人讨了药膏擦了脸，这才一身疲惫地睡下，不多时就传来均匀的呼吸声。

只隔了一道薄板做的墙，小古在黑暗中睁着眼，听着外间的动静。良久，她才从床上起身，动作敏捷轻柔，不发出一丝声响。

在这半间没有窗的陋室里，她摸黑取出一个大水罐，又从床底稻草下取出一只大匣子打开。

琳琅满目的粉末和膏脂，还有棉签、布帕碎片和若干器具，她在黑暗中如鱼得水，动作顺畅地开始给自己卸妆。

在她的缓缓擦拭下，干黄的皮肤渐渐变得白皙细嫩，先是手足，再是脖颈处，最后是脸上。

她闭上眼，没有灯，也不必看自己的容颜——因为她早已熟悉自己的每一寸骨骼、肌肉和皮肤。

幼时闲谈，母亲曾说过，无分男女，人的脸上一共有十四块骨头，四十二块肌肉——骨头和肌肉差别很细微，却让每个人的面容千差万别，各有不同。

想起母亲，小古的手停顿了一下，随即取过一旁的水罐，用软巾擦去所有伪色，取过脂膏，开始替自己做出另种面貌来。

眼梢略微上扬、两颊显得凹陷，额头和眼角再加几丝细纹，最后上一层略粗黑的肌肤……打扮完毕后，她取出一只玻璃瓶，小心地倒出一簇粉末，仔细地涂在身上。

这半间房没有门窗透气，湿盐、烂炭和油腻的破桌烂凳胡乱堆积，一股子味道混合着极为难闻——天长日久，弄得她身上也是一阵烟火味，内宅上下无人愿意靠近。这本在她筹算之内，但现在要出门，便只能换一种味道了。

将粉末撒满全身后，她轻嗅鼻端，终于满意地点了点头，取过小小一只细软包袱，上前两步到了墙角，弯下腰，掩开了两块长条青石底砖。

墙角露出的洞不算大，但她实在太过瘦小，缩着身很轻易就钻了过去。

夜已经深了，沈府内宅甚是安静，只有打更与守夜的仆妇们半睡不醒地尽着职责。

小古的手脚敏捷轻盈，无声息地绕过她们的眼，一路来到西侧后门处。

看门的朱婆子多喝了两杯酒，正醺醺然坐着打盹儿，冷不防有人轻轻一推，顿时吓了一跳，酒意化为冷汗醒来。

“是你！！”她吓得声调都变了。

“开门。”

一声低语，却唬得朱婆子面色煞白，一个字也不敢多说，抖抖索索地拿出钥匙开了门。

深夜寒意入骨，檐角墙根都凝出一层白霜，北风呼啸着打着旋儿肆虐城中，拽得枯枝纷纷弯折。

深夜的金陵早已进入夜禁，百姓不得上街行走。严令之下街上杳无人迹，就连那一弯残月都躲进了云里，纵横交错的街道市坊都陷入了黑暗与沉眠。

远处似乎有更夫走过，隐约有吆喝声：“小心火烛——”

灯笼的微弱白光照不亮周围几丈，宛如鬼火一般更添阴森。

小古背着包袱，沿着长街，紧贴着屋檐下静静而走，悄没声息的像只幽灵，但速度居然不慢。

蓦然，远处传来嘚嘚的马蹄声，灯光在眼前迅速扩大——“什么人，站住！”

一声断喝宛如春雷初绽，马蹄声疾冲轰鸣，锁子甲的铁链在地上拖曳出当当的清脆声，小古目光一闪，立刻停下。

一队人马将她围拢，高头大马的鼻子喷着白气，前蹄不断抬起乱踢，马上的兵尉们低声笑着交换了个眼色：“天子脚下居然敢犯夜禁乱闯，啧啧，居然还是个娘们儿！”

他们围拢上来，高大的压迫感直逼而下，小古却是静立不动。

灯光的明亮驱散了黑暗，出现在他们面前的女子披了黑色长袍，内罩白色麻衣，从头到脚只露出一双眼睛，腰间绑了一根稻草编织而成的青色腰带，胸前挂着一对辟邪的五毒符——这一套活脱脱是收尸人的装扮！

禁夜令之下，以鼓声为号，官员百姓都得在天黑前各归其所，不得在街上逗留，唯有三种情况例外：急变、病重和死丧。

有经验老成的兵丁连声喊着晦气就要离开，为首的校尉正是年轻，二十出头面如冠玉，怀疑地问道：“你是哪儿来的？因何收尸？”

小古啊啊叫着，比画着在地上写了“义庄”两字。

原来是个哑巴……那校尉面色缓了一下，看到“义庄”两字更是心中明了：今年气候怪异，入冬后比往年更冷，城郊和北城等住满贫寒小民，大都用不起火炭，房子又破旧，年纪大的受不了这寒气，往往熬不住就去了。这等人家有的连一口薄皮棺材也用不起，亏得应天府尹大发慈悲，让京郊几家义庄都及时来替他们收了尸体，等开春再下殓，所用花费全部由官府补贴。

“既是义庄之人，就好生去做吧。”

那校尉说完便勒马而走，行动之间带起了气流之风。突然他停了下来，若有所思地回头看去——

夜色中，小古的身影一点点在街角远去。

“大人，可有什么不妥？”

听着询问，他摇了摇头，只觉得方才嗅见的气息中，除了香灰、药符味，另有一种清淡的冷香。

残月上了中天，从柳梢中斑驳透出，秦淮河沿岸仍是一片笑语莺歌，灯火通明。

夜禁之法历朝历代施行，初时法令最为森严，宋时从皇帝到小民都贪图享乐，干脆废除了这条法令，至元蒙时则成了猎杀汉人的借口，闹得人心惶惶无人敢于夜行。本朝洪武太祖平定天下后，虽恢复了夜禁，却禁不住这十里秦淮的旖旎艳香——据说就连府尹他老人家的亲属也在其中有些干股，来往的又多是达官贵人，于是官府对这一片就睁只眼闭只眼：只要你夜禁后不离开沿岸这块，也就不来多管。

这里的青楼楚馆不知凡几，人头攒动、摩肩接踵，小古躲进一间没人的水阁，脱了身上黑袍，反过来一穿，立刻便是一袭湖水蓝翎纱袄子，又从包袱里取出一条棕裙换上，把杂物打进包袱，便袅袅走了出去。

她扮的容貌偏老，又显得几分薄冷，旁人看了只以为是哪家妓馆的鸨母或是管事大姐，倒也没人来扰。

熟门熟路地找到岸边第七棵柳树，从水边倒影确定没人跟踪，这才走进深巷，几个转折后，终于到了一间馆阁前。

大门处红绡垂门，紫檀为槛，煞是气派。门顶匾上一行字银钩铁划“万花楼”，内有大厅锦堂，一派花团锦簇，歌舞之声婉转悠扬，一阵阵地夹杂有男人的欢呼喝彩声。

小古走到门外，便被青衣黑裤的两名小厮拦住。她嘶哑着嗓子拿出木牌凭证：“你家鸨母让我送几个新鲜的绣样给她看。”

小厮们连忙带她进入，沿回廊绕过影壁，眼前一色素梅，枝干森虬，错落有致。

到了内院又被两个黑衣壮汉拦住：“妈妈有事，不能招待，请回。”

她一提衣袖，露出衣料内衬——上面绣有一朵小小的兰花，两人顿时面色一变。

万花楼的内院蜿蜒曲折，高楼连接，是为非富即贵的客人们准备的雅间，其中一间的兰香阁今日却寂静无声，暗无灯火。

房里分明已经坐了人，却只能听到静静的呼吸声。

楼梯上传来脚步声，众人不由得坐直了身子，有人习惯性地手摸刀鞘警戒。

门“吱呀”一声被推开，靠门有人低声说了一句：“十二娘子到了。”

众人这才松了口气，上首那人低声吩咐道：“掌灯。”

只有一根灯芯被点燃，幽微的光芒被窗缝间的暗风吹得摇曳不定，照出各人在屏风上的身影。屏风上绘了一簇兰花，幽独生长于断瓦残垣间，风姿卓绝不凡。虽是寥寥丹青妙笔，却让人眼前一亮。

上首那人问道：“十二妹，因何姗姗来迟？”

“路上遇到些意外。”小古一句淡淡带过。

那人便不再追问，干咳一声，道：“既然都到齐了，就开始吧。”

周遭黑暗中，下首第三位是个高髻雪肤的艳装少妇，娇笑了一声，却无半点欢愉：“大哥，今日之会是为何？”

“明知故问。”第四位是个中年汉子，个头魁梧一脸扎髯，手上有厚厚的茧子，他冷冷地说了一句。

“出了这么大的事，再不聚齐商议，那就只好去地府阴间相会了。”

说话这么尖酸的人眉眼俊朗，似笑非笑间更添迷人神采，只是两个眼珠不安分，溜溜直转。

“九哥就这么去了，剩下我们苟且活着，不知道什么时候是个尽头。”

这是个美貌娇弱的少年，脂粉气很浓，一边哽咽，一边眼圈已经红了。

上首第二位喘咳了一阵，听起来是位病弱的妇人：“我平时病病歪歪，只以为自己会是兄弟姐妹里第一个入土的，没想到却是白发人送黑发人，九弟他……可惜了。”

“可惜了”这三字宛如千钧巨石一般压在众人心上，想起那人六艺诗书无一不通、温文儒雅却又凛然刚直的模样，顿时悲恸得喘不过气来。

这么多年来，众人沉沦困顿，受尽凌辱，也眼睁睁地看着一个又一个同伴凄惨死去——“建文逆党”这四字宛如魔咒笼罩在所有人的头上，谁也不知道自己能撑到哪一日。

众人看着第九张空着的座椅，竟是默然无语。

一片愁云惨淡中，下首第七位，朗朗说道：“王霖他死得太冤，我们不能就此罢休！”

语声铿然，众人心中顿时一惊。

“七弟，你这是什么意思？”为首之人静静问道。

“这么多年来，因为是监察御史王度之子，九弟他被转卖多次，受尽了凌辱。甚至有主家专门逼他在宴席间青衣侍酒，动辄大呼‘这就是当年的头名会元’，让他长跪奉杯，甚至用藤条抽他取乐……”

他的声音平缓，众人静静听着窗外的冷风呼啸，心中各有酸楚——是为死去的王霖，也是感怀自己的身世。

下首第七位那人说到此处，冷笑一声道：“这次他的主家当年因为贪墨受过王世叔的弹劾，手段就更是酷狠下作——他们居然要把他卖给冯纶那个禽兽。”

所谓人的名、树的影，听到这个名字大家都倒抽一口冷气。神武将军冯纶年届五十，并不算是什么有名的将领，但此人以淫猥残虐闻名整个京城——他的府中经常会有赤条条的尸体抬出，都是签了死契的男仆小厮，满身伤痕让人不忍目睹。

看了一眼众人，他继续道：“广平侯府的事你们都听说了吧？他家五公子顾念同窗之情，花重金把王霖赎买后藏到了庄子上，却偏偏被人告密——结果，九弟王霖落得逃奴之罪，在刑场腰斩，那位五公子也被连累得行了家法打断了腿。”

他略微提高了嗓门，环视众人道：“根据我的调查，这个告密者，至今已经举发了五起官民包庇、藏匿贱籍奴婢的案件——他就是冲着我们来的。”

“这个人是谁？”第三位的女子怒声道，她有二十七八岁，脸上的妆容精致而艳丽，却隐约透着风尘味的憔悴。

“刑部主事杨演。”

“是他？”有好几人惊呼道。

第十三位的美少年皱了皱鼻子，更是雌雄难辨：“我听说过这人——刑部大人们来我们馆里的次数本就不多，但他们酒醉后提起这人都有点害怕，都说他是个天生的酷吏。”

“此人为了奉迎皇帝，一心要告发我们这些贱籍罪奴——我们越是凄惨，逆贼朱棣就越是高兴，他就越能青云直上！”第七位的年轻公子嗓音不疾不徐，却带着一股坚定怒意——他身着乌貂镶金的氅衣，腰系白玉九连环云绦，侧边垂着一只描金暗绣的荷包。即使是灯烛昏暗，也能看出是个清俊风雅的人物。

上首的大哥“嗯”了一声，嗓音极为森冷：“此人不除，还会有人受害——我们金兰会不是任由他人揉捏的软柿子。三天之内，必要取他性命！”

众人悚然一惊——金兰会自成立以来，各人感念身世畸零，共约结为异姓的兄弟姐妹，虽然也暗中做了不少大事，但明火执仗地要杀一个天子近臣、朝廷命官还是第一次，不免心下有些惴惴不安。

大哥的目光缓缓扫视众人：“我们都是世家官宦之后，自小都是锦衣玉食、丫鬟仆妇捧着长大的，如今沦落到这步田地，也不敢再讲什么风骨气节，只求苟活而已——现如今，有人想让我们活不下去，我们只好送他去地府见阎王！”

众人一阵默然，随即有人问道：“要怎么做？”

有人自告奋勇要在剃头时一刀将他刺死，有人反对说在饭里下毒较为稳妥，甚至有人说要趁他去青楼寻欢时让他得“马上风”，死了也落个肮脏名声。

在场之人都是在泥潭里沉沦已久，做着些下九流的营生：走卒、优伶、娼妓、苦力、吹鼓手，等等，要做到上述这些并非难事。但大哥的一句话却击碎了所有人的兴奋遐想——

“一旦杀了他，朱棣震怒之下，就会有无数人需要为此陪葬——不管是我们自己还是别人，都要留着有用之躯，不能白白牺牲！”

所有人顿时泄气了：是啊，杀一个朝廷命官非同小可，无论如何总会留下痕迹，就算天衣无缝，现场之人总也逃不过迁怒连坐。

就在一筹莫展之时，最下首有人低低地说了一句：“我来吧。”

众人惊愕之下一起侧头，竟是从来沉默寡言不出一声的十二娘！

房内一灯如豆，角落那道瘦小的身影静静坐在灯光照不到的昏暗处，一身蓝衣安静娴然，低垂着头谁也看不清她的表情——

“我有办法。”

夜近二更，沈府的清渠院却仍亮着灯火。

二夫人王氏仔细看完了这个月的账本，疲倦地揉了揉眉心，一旁伺候的姚妈妈赶忙扶她坐在云锦软榻上，把堆花瓔珞纹软芯靠枕递在她腰间，王氏这才惬意地松了口气。

姚妈妈从小照顾她长大，不由得心疼埋怨，嗓门也大了些：“老太太真是借题发挥太能闹了——就因为大老爷那点子风流债，就把大房二房四位主子都喊去一顿训诫。说到底这是大房的丑事，与我们二房半点干系也没！”

王氏冷冷地扫了她一眼，姚妈妈一惊之下就要屈膝下跪，王氏一只手扶住了她：“我知道妈妈是心疼我，刚才那话只当没听见——出了这间屋，你若再这般口出怨言，就别怪我不给你体面了。”

姚妈妈惊出一身冷汗，连忙诺诺道：“老婆子我真是昏聩了，夫人教训得是——”

看着王氏平静无波的脸色，姚妈妈低声在她耳边道：“不过这大老爷还真是半点都不省心，连皇上钦定的罪奴都敢沾惹，真是吓死个人——好在这次太夫人及时把那小蹄子打死，否则真不知要给府里闹出多大的祸事！”

王氏叹了口气，打断了她的絮叨：“江山易改，禀性难移——且瞧着吧，今后还有的闹腾！”

她一个眼神示意，身后侍立的大丫鬟娇柳立刻上前来，手脚敏捷地对镜卸着头面首饰，姚妈妈帮忙一一归入金线镶螺钿八宝团花黄花梨的大梳妆盒中。

另一个二等丫鬟春杏端了银盆，跪着稳稳呈上，娇柳替她用巾子绞了热水敷在眼下，祛除这一天的疲劳，也缓解略微下垂的眼角。

王氏闭着眼，好似在跟姚妈妈解说，又似在自语："大老爷好色不羁惯了，当年他为了天香阁一个当红的粉头，抛下怀胎八个月的大嫂不理，生生将大嫂气得血崩而死，老太爷气得把他重打四十杖关进祠堂，三天不进水米险些死过去。过后他收敛了两年，又是故态复萌，他啊……这辈子是改不了了！"

她微微侧过头，任由娇柳伺候，唇边却是一抹冷笑："老太太今天又是泼茶又是怒责，让我们又是哭又是跪的，她可是顺心畅快了——何必呢，都半截子入土的人了，还这么算计着满门上下。"

"老太太只怕是为了四老爷……"

"想疯了她的心！"

王氏一拍矮榻，嗓音也尖厉了三分："继室填房之子，也敢肖想这爵位！"

2.

静夜幽深，她的嗓音并不大，却满含讥诮与怨怒。

王氏出身江浙名门，家族清正渊长又是正正经经的原配嫡妻，向来行事端庄大气，贤淑稳当，嫁与沈源后不仅持家有道，在相夫教子上也是旁人交口称赞的。夫君沈源这几年青云直上，才四十有二就做到侍讲学士，整日在永乐帝朱棣身边草诏拟旨，专询奏对，虽是品级不算多高，却是响当当的皇帝近臣，不容小觑。

自身品貌才学都出类拔萃，丈夫仕途也得力，自己膝下也有两子一女，加上庶出的两子两女，可说是子嗣丰广。隔壁荣祥院的大老爷，虽然荒淫好色纳了许多美妾，又前后娶了两房正妻，却也只有两子一女。相较之下，王氏的腰杆挺得很直，出于孝道虽然不能对婆母忤逆，心中却暗忖她不过是继室后母，竟然也敢觊觎这侯府爵位，对她种种刻意言行颇不以为然。她看似贤淑柔和，本性却最是高傲要强，与太夫人之间虽不曾明面争执，暗中却是波涛汹涌，互不容让。

"前头还有两个嫡子，就想着让自己亲生儿子占了这天大的好处，本已立身不正，还敢装模作样训斥大伯——真以为自己是全家的老祖宗老封君了？！"

姚妈妈更是深以为然，在旁添火加柴："太夫人这几年摆足了架势，对大老爷和我们老爷百般挑剔，不就是心里那口气平不下去吗——有两个嫡出的兄长在前，四老爷离这爵位，那可是隔了十万八千里啊！这道理几十年前她嫁进来做填房的时候就该明了，老了老了反而看不穿了。"

王氏感受着眼周手巾的热气，感觉丝丝药味在鼻尖萦绕。她舒了一口气，道："只要朝廷一天不把袭爵的文书发下，鹿死谁手也难说——大老爷是个扶不起的阿斗，差事办不好又贪花好色，今上也不待见他，这么故意拖延下去，只怕……"

姚妈妈吓了一跳，急道："那也该轮着我们老爷了，论起原配嫡出——"

王氏一口截断了她的话："文武不同路，老爷二甲进士出身，犯不着蹚这浑水。"

姚妈妈转念一想也是，一边替她取下敷眼的巾子，再从银盆里另绞出一块干净的，替她擦去眼眶的药汁，口里恭维道："我们老爷打小就是个神童，文曲星下凡，二十三岁就中了进士，当今圣上对他又这么器重。照我说啊，将来必定会登阁为相、富禄双全——这爵位听起来好听，但是既无实权，俸禄又不多，老爷还未必稀罕呢！"

王氏听她满口谀词，却也是真挚出自本心，不由得轻笑道："登阁为相倒也未必，不过圣上是个念旧情的人，老爷年轻时就被调入燕王府做辅官，几十年来勤勤恳恳，朝夕相处，没有功劳也有几分苦劳。"

"是啊，当初听说我们老爷被外放到燕王府，满府下人都说那里是蛮荒北地，又有元蒙鞑子时常侵边，都吓得百般托辞，不肯跟随老爷前去……现在他们一个个都悔青了肠子，都来找我拉关系说好话呢！"

"是啊，那时我们身在北边，水土不服又染病，偏偏伺候的人手也不够，想来真是不易——也苦了你们了。"王氏想起当年那一阵的世态炎凉，不禁也是一阵唏嘘。

当时沈源刚刚中了二甲三名的进士，又逢长子出世，双喜临门之下，却不料遭遇飞来横祸——他的授业恩师性情耿直，得罪了建文帝跟前的大红人齐泰，于是他连翰林院的门都没摸到，就被外放到燕王的封地北平，去做那毫无前途可言的王府属官。消息传出后，老太爷谨小慎微，反而把次子一顿严斥，让他收拾行李早日出京；满府奴才推三阻四，没有一个愿意跟着去的，都争先恐后地去抱正当红的太夫人大腿。

"如今，三十年河东，三十年河西，我们二房终于熬出来了……"

王氏叹了一声，又道："太夫人的脾气我素来深知——朝廷那边袭爵的告令迟迟不发，她定然会趁势再起，为她的宝贝儿子谋划些什么——她的萱润堂那边，你一定要盯好了，若是出什么差错……"

姚妈妈急忙点头："夫人您就放心吧，那边几个小丫头和小幺儿受了我的恩惠，隔个几天就来我这儿闲谈一二。"

王氏笑了一声，摇头道："她最倚重的那几个，可不是向着我们的，还是小心点好——她素来狡诈多端，又能豁得出去。你可别忘了，她当年是靠着什么样的手段才攀上新鳏的姐夫，成为这侯府的女主人。"

姚妈妈嗤地笑了一声，凑到她耳边细语道："真是人不可貌相，瞧着那么庄重严厉的太夫人，当年还有那样的手腕和色相。"

王氏也抿着唇笑了一阵，随即她松了口气，揉了揉眼道："我也乏了，早点安歇吧。"

于是姚妈妈让两个丫鬟退下，自己亲自值夜。她是王氏的陪嫁，做这个是轻车熟路了。

良久无声，姚妈妈以为王氏睡了，却听黑暗中一声轻问："除了太夫人那里，嘉禾居那边有什么动静吗？"

姚妈妈的心一紧，讷讷道："那个小兔崽子天天跑外面鬼混，大家都已经习惯了……"

"所以你就掉以轻心了？"王氏一声冷笑，寒彻骨髓，"你明明知道，这府里头我最忌惮的是什么！"

姚妈妈吓得浑身汗毛直竖，颤声道："他整日里寻着一帮狐朋狗友，要么去堂子里头，要么去赛马斗狗，老奴也管不到外头啊！"

王氏哼了一声，只是含糊道："外院的管事该换一换了。"

言毕，她侧过身去，不一会儿沉沉地睡着了，只剩下姚妈妈年老力衰，被吓得失去了睡意，睁着双眼想了半夜的心事。

万花楼的兰香阁内，密会匆匆结束了，众人都怀着满腹心事各自离开。

小古从侧后门离开，正要找个隐秘的地方把装束换了，却听身后一声轻笑："来我马车里吧。"

转头看去，一辆石青帷饰银螭绣带的黑漆马车出现在身后，一人坐在赶车的大汉旁边，身着乌貂镶金的氅衣，正含笑看着她。

"七哥！"她欢快地低喊道。

"上来吧，丫头。"

不说二话，小古提起裙角上了车。

"去车里换衣服吧，我送你回去。"

小古打量了一下车身——百年乌木制作而成，严整而精致，帘后隐约露出的摆设简直是奢华到了极点。

"这是哪家达官贵人的车？"

老七秦遥摊了摊手，笑道："反正，是五城兵马司惹不起的大人物，他迷上了我的戏，就把车子借我使几天。"

小古知道他向来很有办法，也就不再多问，进了车厢后迅速换好衣衫。秦遥敲了敲门，随即弯腰走了进来，坐在她对面。

已经二更天了，街上万籁俱寂，车厢内只能听到轮轴快速滚动的声响。

"今天你可是大出风头啊……"他含笑调侃道。

"佛说，我不入地狱，谁入地狱呢？"她转动着灵动乌黑的眸子，侧过头俏皮地看着他，似笑非笑的脸上两点梨涡映着那粗糙细纹的容颜，实在很不协调。

他忍不住拈起袖子要替她擦，动作到一半又尴尬地放下了："刺杀一事非同小可，你为什么要把这事揽下来？"

“刺杀？”

小古诧异地睁大了眼，随即失笑出声：“七哥你是看多了戏文，把我当成游侠红线女、女将梁红玉之类吧？我有多少能耐你还不知道吗？”

秦遥惊得一愣：“可你方才……”

“我方才说了，这事交给我来办——我有办法让他死得平静又妥当，再不能出来害人。”

小古双眼盈盈，一双柔美的月眉弯弯，妩媚却又清极艳极——只有靠得极近，才能看出她眼底的锋芒。

“说起这事来，还要向七哥你借几个人……还有三姐那边，也得她出一把力才是——这也得你去跟她好好说道说道。”

她侧着头，轻睨了他一眼，好像在祈求，又似是撒娇——小狐狸一般的狡狯。

“哈哈……你这个心口不一的小丫头。”

秦遥大笑出声，伸出手毫不客气地用力揉乱了她的长发：“刚才在万花楼，三姐正是地主，你却不跟她直说，非要我拐弯抹角的。怎么，又跟她闹别扭了？”

“只是八字不合，互相看不对眼而已。”她微微皱起鼻尖，巴掌大的小脸上满是认真，却引得秦遥发笑：“你们根本是牙尖碰到嘴利，孙二娘遇到了一丈青，早早晚晚都是要吵一架的。”

小古闻言气得腮帮鼓起，扭过头不理他。秦遥笑了一阵发觉不妙，连忙讨饶，无奈这丫头根本不理不睬。

“好了好了，我替你去向三姐借人，我戏班里你瞧上谁都可以借去，这总行了吧。”秦遥无奈地笑了，他双眸似笑非笑，满是风雅俊美的魅惑，却渐渐敛了笑意，“只是，你究竟要怎么做？”

“七天后你就知道了。”

车声辘辘，掩盖了两人的絮语，渐渐地走远，街上遥遥传来更声。夜色更浓，将所有的一切都慢慢融入。

如往常一般的清晨，如往常一般的劈柴担水。

“小古……小古！”随着初兰的推搡，小古睁大茫然的眼睛，发觉自己身前的柴已经劈得差不多了。她木愣着脸，慢吞吞地走到屋子另一端，想要再取一捆来。

“小古，你快过来！别劈了！”初兰急得要跺脚，连忙扯了小古出了滴水成冰的柴炭房，却发觉她手心暖热，额头上满是汗水。

“劈柴这么用劲做什么，又没人催你！”初兰掏出手绢替她擦，两人就这么紧走几步离了大厨房，朝着内门西北侧走去。

“去哪儿？”

“秦妈妈一早就来了，说上头管事有话要吩咐。”

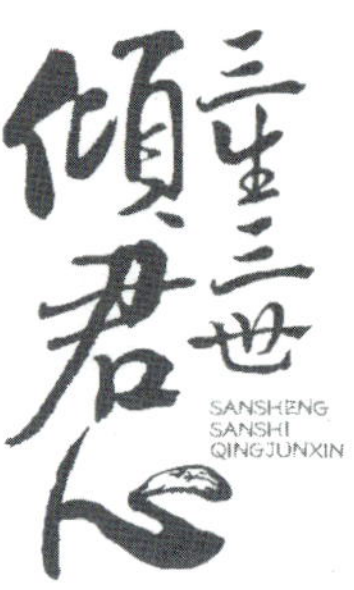
三生三世
傾君心
SANSHENG
SANSHI
QINGJUNXIN

绕过南北夹道，又走过一段回廊，穿过两道月亮门，终于到了小议事厅。一进门，赫然发现有很多妙龄丫鬟正在等着，有的发髻黑亮，穿金戴玉，粉色长比甲绣着桃花，显然是在各院正房内伺候有脸面的；有的青袄绿裙整齐洁净，虽然是三等小丫头但也神态自若……

众人回头看见两人，看她们灰头土脸就知道是在灶下做苦活的，立刻把眼角朝了别处，有爱洁净的还退开两步，捂着鼻子好似怕闻到汗酸味。

“人都到齐了吗？”一声轻咳伴随着问话，一位体形富态的老嬷嬷从内堂走了出来，她身边跟随着几位内院的妈妈和管事媳妇儿，各个对她亦步亦趋，马首是瞻。

“这是太夫人身边的赖婆婆，她一向在萱润堂内养老的，不轻易出来的……”有伶俐的丫鬟咬着耳朵，声音略大了些，立刻遭到妈妈们的白眼和咳嗽警告。

“肃静！”赖婆婆虽然年迈，嗓门倒不小，立刻把所有人震住了，她环视四周，徐徐问道，“哪两个是大厨房管柴炭的？”

顿时所有人退后一步，显得僵站着的两人格外突兀。

初兰生平第一次感到众多目光的聚集，宛如芒刺在背，她都有些结巴了：“是，是我们！”

“进来，我有话要问。”

胆战心惊地进了内堂，赖妈妈坐在东起下首的靠椅上，先是不语，用昏花的老眼打量了两人几下，突然问道：“昨日晨间有什么人来找过你们？”

初兰一听，立刻想起了那妖娆炫耀的芳姑娘，随即眼前出现那席子里卷着的满是鲜血的尸体，顿时吓得浑身出汗，嘴唇都要颤抖——下一瞬，她被小古死死掐住掌心，剧烈的痛让她忘记了所有的害怕。

“是，是一位叫芳姑娘的……”

“她是来找谁的？”

初兰一时语塞，这时，身旁传来低低回话：“小芳儿，以前来我家玩过。”

赖婆婆一时愕然，最下首有认识的婆子连忙上前低语。

“哦，都是逆臣之后，贱籍的罪奴……她找你什么事来着？”赖婆婆的目光变得更为严苛犀利。

小古仍然是一副木愣的表情：“我也不明白。”

不明白？！

赖婆婆的冷笑僵在嘴边，转为狰狞：“这便让你明白——拖下去！”

顿时就有人高马大的健妇把小古一拽，拖到廊下，取过一旁的铁锈红木棍行起家法。

厚重的木棍狠狠敲击人体，发出沉闷的钝响。小古没有喊痛。

初兰吓得魂飞天外，急着膝行几步抱住赖婆婆的腿，哭求道：“别打她，她是个傻子，什么也不懂——这事我知道！”

赖婆婆咳了一声，有人连忙出去喊了停。

初兰飞快地把当时情形叙述了一番，哭着说道："那个什么芳姑娘一看就不是什么好人，明摆着是来炫耀、嘲笑小古的，说她没出息，'一辈子躺在泥里'！小古的脑子不好使，真是不明白这事啊！"

她突然灵光一现，急道："芳姑娘身边也有个伺候的小丫鬟，问她就清楚了，我说的句句是真啊！"

赖婆婆静静听了，咳嗽一阵，一双三角眼扫视着她，初兰吓得背上都被冷汗浸透了。

良久，她跪在地上几乎瘫软，这才听到苍老的咳嗽声，以及旁人不屑的冷哼："出去吧！"

初兰回到外厅时，鬓发散乱眼睛红肿，身上的衣服也凌乱，她还没来得及整理自己，就一眼看到被丢到地上的小古。

"小古！"她吓得嗓音都变调了，踉跄地过去把人扶起来，掀起小古的衣服一看，只见蜜黄色皮肤的脊背上，一道木棍的重击使皮肉高高肿起，雪白的凸痕上瘀血发黑。

没等她看清楚，小古把衣服一卷，敏捷地爬起来，完全不像受过伤的样子。

"你没事就好。"初兰含着泪花拥住了她。

周围的人用鄙夷的眼神躲开她们，如避瘟疫，此时内厅的婆子媳妇众管事也已经出来，仍是众星捧月般簇拥着赖婆婆。

仍是以做作的咳嗽声开头，赖婆婆的富态身形宛如一座山压在众人心间："近日，有些人不守内院的规矩，擅自乱跑乱说，甚至装扮得狐媚子一般勾引老少爷们，太夫人心慈，没有发作，这些个小贱人居然有人蹬鼻子上脸，偷了她房里的玉佛去卖。"

谁都知道她说的是那芳娘——自昨夜起，芳娘就从内院莫名消失了，大家的猜测立刻便有了答案。

众人齐声称颂太夫人佛心仁慈，大骂芳娘这小蹄子真是下作，赖妈妈又是咳嗽了一声，道："这后院颇有些不安分的，二夫人素来贤德恭顺，听说太夫人受了惊，连忙吩咐姚妈妈来给大家训训规矩。"

姚妈妈沉着脸站出来，内心把赖婆婆的祖宗十八代都骂遍了——太夫人也忒不是东西，让二夫人掌家得罪人，就连这次还得让自己扮黑脸。

姚妈妈一一按照管事回禀的把犯事的丫鬟拖出来，顿时杖责之声不断，哭喊声四起。

这些丫鬟犯的都是些芝麻绿豆小事，此时撞上了就成了杀给猴看的鸡。

正在哭闹不停时，门槛外"咚"的一声响，一只泛着酒香的瓷坛被掼了进来，顿时酒液四溅，瓷片乱飞。

“哟，这么多美人儿被打……”男人的嗓音，魅惑而带着酒气的醺然，“我还以为这里是怡红院，各位妈妈正在调教姑娘们接客呢！”

怡……红院！

赖婆婆当然知道那是当今最当红的青楼堂子，气得眼前发黑，皱纹密布的颊肉不住抖动，嘴张得老大好似离了水的鱼，一张一合却发不出声来。

是谁这么大胆?

众人惊魂未定，朝着门口看去，只见来人发冠轻斜，漆黑长发半边散落，狂放不羁却偏偏不显落魄——他二十来岁，身材高挺，逆着日光的容颜简直可说是华秀绝伦——若是粉墨登台，只怕要引得满城好男儿的垂涎。

他身着蝙蝠纹厚缎长衣，四寸暗金丝线掐边，外头罩着一件银貂袍子，大概是喝醉了，胸襟也解开三分。

“广晟少爷！”姚妈妈的脸色变了几变——由赤红转为苍白，又转为虚黄，连嗓音都变调了。

“啧啧，这不是姚妈妈吗？你什么时候也来怡红院了……来者是客，你也干一杯！”广晟醉眼蒙眬地笑道，虽是酒气熏人，胡言乱语，但那似笑非笑的俊美容颜仍是让在场大部分丫鬟都脸红心跳，春意暗漾。

姚妈妈看清楚他的醉态，反而松了口气，连口气也和蔼起来，丝毫不跟他计较：“少爷醉了，来两个人扶他回去。”

有机灵的小厮上前，却偏偏被广晟用力甩开，险些摔个狗啃泥。“滚开！”他踉跄着走进厅里，高大颀长的身材背光遮出整片巨大阴影，环视一眼在场的大小丫鬟们，最后却把目光停在赖婆婆身上，“奇怪，什么时候怡红院换了新的鸨母，这么丑也不怕吓跑了客人。”即使是在如此诡异僵硬的气氛下，仍有人压抑不住地低笑出声了。

赖婆婆是太夫人身边的得力人物，资历深年纪大，即使是成年的少爷小姐也要礼敬她三分，从没见过这等藐视她的狂徒，越发气得手脚颤抖，嗓音嘶哑——“老奴我也服侍了这府里三代人——其他哥儿都是知书达理的大家气度，从没见过少爷您这样的！”

她冷哼了一声，转身就要走，看那气呼呼的架势，显然是要回去告状的。

一旁的姚妈妈正看戏看得舒畅，见正主跑了，唇角笑意更深，却假作担忧地上前来，扶住醉醺醺的广晟，尖着嗓子高嚷道：“广晟少爷……你醒醒啊！”

她的声音喊得响亮，恨不能让全侯府的人都来看看这一丑态。

“天地菩萨啊，这要是喝出个好歹来可怎么办……少爷您是想吐吗？来人啊，快去喊大夫！”

顿时又是一阵人仰马翻。

初兰扶着小古回到下房，仍是不放心，要替她在棍伤的部位擦药，却被小古拒绝了："我没事！"

夜里，等初兰睡熟了，小古这才起身，在黑暗中褪下衣衫，摸索着脊背上的高肿，悄声一笑："下手还挺狠的……可惜火候还不够。"

她摸索着，在伤口红肿处涂上秘药，随即又吞下另一颗药丸，一切都妥当了这才睡去。

一夜无话，初兰清晨醒来时，却发觉小古一反常态，仍在床上睡着，她上前一探，发觉小古额头滚烫，整个人昏睡不醒，一摸背上，发觉肿起的部位已经变成乌黑，顿时吓得慌了手脚。

初兰急急赶到大厨房，却不料秦妈妈没在柴炭房，而是去了前边大堂。初兰看到她时，她正站在生猪去毛的滚水盆边，对着一个蓝衣粉褂的丫鬟说着什么。

"你虽然从你姑妈那儿学了规矩，可这侯府上下的事，可不是光靠说就能明白的——你先在大堂这里看着，把大厨房的差使都摸清楚了再说。"

秦妈妈回过身看见初兰，诧异道："你急匆匆的，是出了什么事？"

初兰一身冷汗，看到秦妈妈像有了主心骨，哀声低泣道："秦妈妈，小古被打了几棍，整个人发起高烧了！"

秦妈妈一惊，随即目光一闪，狠狠地剜了她一眼，示意她闭嘴。但一旁的那十五六岁的少女已经听得真切，她娇呼一声："什么，小古姐姐发了高烧？！"声音不大不小，正好让整间大堂的人听见。

秦妈妈的目光转冷，那丫鬟已经发觉自己失言，捂住嘴再不敢说，只那一双眼滴溜溜直转，好似在盘算些什么。

"哟，你们这儿有人发起高烧来了，要是过了病气给主子们可怎么办？！"这话酸溜溜却带着得意，随着高昂大嗓门而来的那妇人腰缠紫绸帕子，头上明晃晃一支大银簪，面若银盘，眼睛虽然生得凶些，但也有几分泼辣的俏丽。

这是刘大家的，是烤炙间的管事妈妈。她丈夫刘大在外院管车马，儿子在大少爷书房伺候笔墨，她仗着这势俨然成了大厨房一霸。

她向来与秦妈妈不对，如今抓到了这把柄，正好大肆宣扬："自二夫人管家起，就吩咐我们：厨房重地非同小可，小心病从口入。你们倒好，出了个病秧子居然也不声不响，这事传到主子们那里，是要害了整个大厨房的！"她嗓音尖厉拔高，所有人听了都停下手里的活计。

"大家来评评是不是这个理——发热染病的人就该照实报上去，赶紧挪出内院，省得过了病气祸害大家！"周围人窃窃私语，神色间都有几分赞同。

秦妈妈深吸一口气，看向初兰，沉声吩咐道："把小古挪出去吧。"

"妈妈！"初兰咕咚一声跪下，一旁那小丫鬟上前搀起，笑着软语劝慰道："这位是初兰姐姐吧，我新来乍到也不会说话，但想着初兰姐肯定比我懂事识大体——您就别给秦妈妈出难题，还是赶紧挪人吧！”

初兰茫然地挣开她的手，正要再求，秦妈妈眉头一皱：“挪出去吧！替她找个妥当的人照料着——能不能好起来，就要看她的命了。”

侯府朝内开有一条窄街，一眼看去满是低矮的房舍，破旧凋敝。周围出没的人们也是衣衫陈旧、面带愁苦。这里住的都是些粗工，连进内院的资格也无，还有外院杂役的妻小、年老体衰的老仆、犯了错被放出去的男女老少都混居在此，每日里热闹是热闹了，污糟烦心的事也不少。

小古被挪了出去，瞧在秦妈妈分上用板车抬了，随便丢在了一个院落的破房子里，每日由一个老苍头送些饭食和水，初兰使了串子钱托他好生看护，他收了钱整日里人影也不见。

真是天赐良机……小古这么想着，从稻草上起身，先吞了一颗药，把吓死人的高烧退下，随即从包袱里取出另一件葱绿绣竹的短袄，配着一条月白挑鹅黄的长裙，又用脂膏化去脸上黑痕，一番描眉画唇之后，出现在破镜片里的是个殷实小康之家的俏丽少女。

她小心翼翼地观察院内，确定无人后从后巷出去，到了隔壁十字路口，有一家破木马车在接应。

“十二娘，我们来了。”

车厢里有男有女，目光有信赖也有怀疑。小古微微一笑道：“今天，就是刑部杨演大人的归西之日。”

熙熙攘攘的大街上，开道的差役分开人群，一顶青呢绣锦帘的四人便轿缓缓行来，打头的举牌一个“杨”字。

百姓们顺从地让道，近处有人在首饰摊前议价，远处有人在吆喝卖新鲜的毛竹。一切都非常平静。而看不见的杀机，正在逐渐酝酿、逼近——

“怎么这么慢！”官轿迤逦而来，轿子里的官人好似在大声呵斥——人群虽然让道退散，但总也显得拥挤缓慢。天子脚下的百姓什么没见过？这么个不大不小的官实在不值一提。

人群中，一位翠袖长裙的少女正凝视着轿子，眼神冰冷而漠然，好似在看一场将死之人的表演。

长条青石砌成的长街，历经风霜岁月，曾受战火侵蚀，也曾见过荣辱兴衰，更被满城百姓的脚步踏磨得光滑细腻。

南京城的百姓总是安贫乐道，每日里为生计奔忙，偶有碰擦争执，也只是吵嚷几句就算，极少动手，更不会似那些达官贵人一般心胸阴狭，睚眦必报。

今日清晨，那拉着一车桐花油的老汉蹒跚而过时，不慎打翻了一罐泼洒在街上，随即坐倒在街面上哭号了半晌，在众人劝慰下这才自认倒霉离开。

有摊主咒骂，也有人试图去擦，却是越擦越滑，随着早市开动，做生意一忙起来，也就没人记得了——即使有，也是想着到了晚上去茶馆里要些草木灰撒上，也许能清理干净。

轿夫们懒洋洋地打量着四周，前方打着黑底烫金官牌的亲随也在想今天吃烧饼还是包子——突然，他们听见头顶上方好似有女人的争吵声，微扬起头眯眼看个究竟。

下一瞬，一个个椭圆物件宛如冰雹一般突然落下，砸到人头上顿时黄白一片，猝不及防的天外来袭引得众人一片鬼哭狼嚎。

“是哪个混蛋乱扔鸡蛋！”

挑担的货郎被丢了满身还殃及货物，暴躁的怒吼响彻街上。

轿夫和亲随们也是满头蛋清蛋白，糊得眼睛都睁不开，模样分外滑稽，他们正要发作，却听头顶二楼女子的吵闹声更加尖厉——

“你们是什么东西！千人骑万人压的青楼窑姐儿，还敢跟我抢座位，也不拿镜子照照自己是什么淫贱材料！还想吃芦花鸡蛋补身，老娘叫你们吃，叫你们吃！”

随着这尖刻泼辣的喊叫，无数鸡蛋更如暴雨般掉落下来，砸得所有看热闹的也中了彩，街面上顿时吵闹不堪。

鸡蛋砸到地上，蛋清蛋白本就滑腻，但不知怎的，人们的脚只要踏前一步，顿时感觉滑得脚下站立不稳，天旋地转之下狠狠摔倒，哭号之声不断。

许多的货摊被撞倒，瓷器在地上摔得粉碎，甚至有人摔成了“叠元宝”，满街的人和物好似被飙风扫到，混乱到了极点。

“老爷，老爷！哎哟，快救人啊！”

杨演的亲随和轿夫们摔得四脚朝天，眼看着轿子摔到地上侧滑又翻撞开去，想站起来护主却又是一跤。

轿子翻滚了几个筋斗终于停下，倒霉的杨演从轿子里钻出来，他官帽落地，衣衫凌乱，胡须都断了数十根，很是狼狈——他是个长脸的严肃男子，平时最引以为豪的是一口美髯，如今又急又气，怒喝道：“谁这么大胆，没有王法了——”

话音未尽，他的双眼圆睁，所有的表情都凝固在这一刻——一根尖利的毛竹竟然从他胸口穿透而过！

他的脸上好似浮起惊愕，喉咙“咯咯”两声，却说不出话来，胸口伤口开始喷出血雾，他整个人颓然、僵硬、栽倒。

周围的人已经彻底被吓呆了，好似泥塑木雕一般睁大了眼，简直不敢相信眼前的一切！

良久，才听得一声尖叫——“死人啦！！”

叫声充满惊怖，打破沉寂，街面上顿时成了一锅滚粥，人人争先逃跑。

杨演的亲随之一踉跄艰难地挪步，一探呼吸，整颗心都沉到了底——已经没气了。

“你竟敢杀了朝廷命官！！”他遥指着一人怒喝道。

他看得很是真切，方才就是那个卖毛竹的壮汉单手一甩，那根毛竹才凌空飞去，刺中杨演的胸口。

“不……不关我事啊！”卖毛竹的汉子手脚打战，身子酥软，嘴唇像打摆子一样抖个不停，他近乎疯狂地喊道，“不是我害的！”

“我刚才看得真切，就是你手里的毛竹一甩出去，将这位大人……”一旁的摊主虽然害怕，但更担心牵连到自己，毫不客气地揭发出来。

卖毛竹的汉子低吼一声：“你胡说。”猛兽一般地冲过来一群人，他立刻被抱住了腿——杨演的轿夫们心急之下，干脆从地上滑过来，七手八脚地抱住了他的腿。

“抓住凶手！”

“抓住凶手大大有赏啊！”

好几个人冲过来，把人摁倒，叠罗汉一般压住。卖毛竹的汉子发出沉闷的惨叫声——

“我也是脚下一滑，不知怎的就脱手了……我没杀人！没杀人啊！”随着他绝望的叫喊，长街的另一头传来尖厉的哨声，马驰人奔之声越来越近。

“是五城兵马司的人！”

人们顿时有了主心骨，只听马蹄声疾驰而来，护膝与马镫碰撞之声叮当作响，来者皆是气宇轩昂，衣甲鲜亮。

“希律律”一声马鸣停下，为首那人二十出头，眉宇俊逸，疏朗轩举，幽黑的眼底透出冷厉的锋芒，冰冷地扫视现场，所有人只觉得心头一刺，纷纷低下头去。

“启禀指挥大人，死者是刑部主事杨演。”兵士上前禀道，却也险些摔倒在地，那人眸光一凝，毫不犹豫地下马，俯身看街面的异状。

滑腻闪亮的不知名油类，混合着黄是黄、白是白的蛋液，滑腻非常。

一旁的杨演亲随哭丧着脸上前拜见：“请教这位大人，您是……”

“东城兵马指挥，萧越。”

他嗓音低沉，随即问起了方才情形，此时二楼的一群女人也被兵士抓了下来。

“你们要做什么？！老娘的夫婿可是城门官！！”那个尖厉刻薄的嗓音大老远就嚷嚷起来。

萧越微一点头，兵士们立刻把捆绑解开，那女人趾高气扬地一瞪眼，正要再说，冷不防一把长刀横在脖子上。

“说。”

毫无温度的低语，纯然冥黑的眼眸，顿时让她吓得呆立当场，再无半点聒噪。

这个女人愤愤地说，她是来街边靠窗的岳香楼看戏的——今天有秦大家帮师弟替个场，真是千金难买的机会。谁料到一群青楼艳妓居然敢抢她的座位，一边笑闹，一边还宝贝样地挎着篮子，说是什么西域芦花鸡生的蛋，最能滋阴养颜的，她一时气不过，就左右开弓把鸡蛋丢了满街。

把玩着手中精致的刀柄，萧越听着她凌乱的叙述，再加上目击者七嘴八舌的补充，目光更见深邃。

清晨就有人撞洒了桐花油；杨演的轿子正好路过；一群俗妇吵闹，鸡蛋丢了满街；卖毛竹的脚一滑手一脱——这一切听起来就是个意外，怪不到任何人。

一场意外……

他深思着，目光闪动间，却是微微眯起眼，喃喃道：“桐花油遇上蛋液……”

“大人，有什么不妥吗？”

他摇了摇头：“没什么，这真是一场意外巧合。”

他吐字清晰，却在“巧合”二字上加了重音。

众人一听松了口气，正要收拾善后，却听萧越冷声喝道：“来人啊，封街！”

众人愕然。

小古翠袖罗裙，雪白皓腕轻舒，提着几件银首饰小玩意儿和蜜饯包，站在街边冷眼看着这一切。

那个为首的军官，赫然竟是那夜她参加密会途中，拦住她检查盘问的那人！

待她听清“封街”二字时，顿时心头一惊。

难道……他发现了什么？！

不及细想，她转身，飞快地朝转角岔口跑去。

“封住整条街，细查每一个人的身份！”

粗犷的吆喝声就在身后直追而来！

3.

随着军士们粗声吆喝、疾步飞奔，整条街顿时被封停，所有人被喝令站在原地不得擅动。

“一一核对身份，让他们互相公诉作证，按手印画押。”

萧越冷声吩咐道，言简意赅却又手段老辣。兵士们心下一凛，深感这位年轻的上司难以糊弄，纷纷躬身后去办。

这一段长街处于繁华地带，与达官贵人的宅邸离得并不算远，又有好些茶楼、商铺，自洪武以来民生昌荣，许多小买卖人在此摆摊，一般住在转角、岔开的小巷子里，这些繁密而狭小的巷子曲折蜿蜒，更难搜捕。

小古快步而奔，躲进一条不起眼的小巷。

巷子悠长而寂静，深广的青石砖墙，触手处温润光滑。有些许的梅枝越过矮墙而出，嫣红的花苞在眼前划出惊艳的弧度——她快速奔跑着，听着耳边的风声，感觉危险仍在逼近！

前方拐角有人影闪动，军靴的刺钉碰撞声传来：“从外围向内搜，这些弄堂小巷也要一一清查。”

她心头一紧，脚下不停，朝着另一拐角跑去。

兵士搜捕的声音仍隐约传来，她继续朝前跑动，仍然敏捷轻盈，心头却是“咯噔”一沉——女人的体力终究无法跟精锐兵士相比，必须赶快甩开他们。

突然感觉前方有人快速接近，黑色氅衣宛如九天之鹰，让人心生凛然。

是那个萧越！

小古咬住嘴唇，仍是临危不乱，连续闪身换了方向，远处的巷道内仍传来疾走的皮靴脚步声——

越来越近！

宛如鬼魅一般的追逐！

小古咬牙，周围的景物很是熟悉——曲折迂回之下，竟然绕回到了事发地点的后巷，也就是那岳香茶楼的后门处。身后那追踪的感觉仍在，她向前疾奔，却撞到了一个人身上。

“对不住……”她连声道歉，却被不由分说地拎起衣领，悬到了半空中。

“小美人，这是要投怀送抱吗？”

“你——”低声惊叫之下，她奋力抬头，却正好看进一双狭长绝丽的沉黑眸子里！

是侯府二房的二少爷，那个恶名昭著的纨绔子广晟！

他怎么会在这儿？

“你、你放开我！我要喊人了！”她假作惊慌地挣扎道。

广晟一愣，随即大笑出声——“真有意思！”

他的笑声清朗动听，宛若最昂贵的冰玉碎裂的音调，一笑之间，本就绝丽端秀的容颜宛如无双明珠，偏偏那黑瞳深处含着淡淡讥诮与阴郁。日光落在他肩上，整个人被光暗交织笼罩着，好看得让人移不开眼。

“吃惯了山珍海味，你这种清粥小菜倒也新鲜……”他低笑出声，震得胸膛也微微起伏，说话间，大掌已经抚上她的俏丽脸庞。

下一瞬，小古手中银钗刺出，划过一道流光直袭他的咽喉。

“还真是颗小辣椒啊！”

玩世不恭的笑容，似真似假，让人捉摸不定。他猛然侧身，极为惊险地避过尖利的钗尾，单手箍住她的手腕往背后一带。

闪电般地出手，原以为她会被瞬间制服，却不料小古身子极为轻盈，竟随势向后一跃，正欲脱离他的钳制，电光石火的一刻，他脚下扫出，直攻她的下盘，小古闪身一避，却见高大的阴影扑面而来——他竟然一跃而起，以全身重量将她压在墙上！

“放开！”她低声冷喝道，一双晶莹美眸熠熠生辉。

“不放！”他嬉笑着，以臂膀制住她的蠢动——而此时，身后的巷口，追踪的脚步声已经到了！

他眼中闪过一道明悟，随即，霸道肆意地将她紧紧搂在怀中，以唇封缄。

“你们在这儿做什么？！”冷峻而严整的问话声在耳边响起。

还是那个萧越！

小古惊怒交加的双眸只是一闪，随即便放弃了挣扎，只剩下万年寒冰的冷意——此时此刻，万万不能抬起头来！

“哟，是你啊，萧家表哥！”

虽然抬不起头，却能感受到广晟身体的僵硬和冷淡，满是嘲讽的语调显然对那萧越毫无好感。

“是你！你又到处游荡，惹是生非。”萧越的嗓音也带着淡淡厌烦。

“哪比得上萧大人你少年英才，为朝廷鞠躬尽瘁，死而后已！”犀利反讽的言辞，显示出两人之间浓浓的火药味。

“光天化日之下，你们搂搂抱抱成何体统？”

“五城兵马司不是专管缉盗抓贼的吗？什么时候闲到管这种风月之事了？”广晟讽笑道，一边紧紧将小古抱在怀里，萧越站在三丈开外，只能看见少女一头青丝和窈窕身形。

“有本事你就去找我家老子告我去，反正我是债多不愁，虱多不痒！”广晟又笑着火上添油，把怀里姑娘的柔荑送到唇边，狠狠地亲了一记。

流氓，登徒子！

如果目光能够杀人的话，小古大概已经把他千万刀凌迟了。

“话说回来，你这么急吼吼地跑着，倒是在追谁呢？江洋大盗？朝廷钦犯？”广晟这一问，倒是让萧越愣住了。

其实，他并没有看见什么可疑人物，而是感觉到巷子里有动静，追着追着就失去了对方的踪迹。

也许，那不过是个小巷的居民，一个偷鸡摸狗的庶民，见到官兵就吓得到处跑。

他叹了口气，陷入了怔忪，此时巷子外头的长街上，隐约有人在呼喊着他。

萧越脚下一顿，终于还是转身离开了。离开前，他还多看了一眼相拥的两人——只见他们无比亲密，简直是干柴烈火一般。

真是……不知检点！

“那个萧木头已经走了，你可以不用抱得这么紧了。”

调笑的口气下，广晟仍是让人恨得牙痒痒。

小古转身推开他，转身就要走，却被他无赖地用全身重量压回——

“我救了你一命，按戏文上说，你应该以身相许吧！”

许你个大头鬼!

小古翻了个白眼，突然拉住他的右臂，以四两拨千斤的方式把人过肩摔下。

在把他撂倒的瞬间，她清楚地看到，他的衣袖撩起下，小臂上有很大一道伤口，血肉绽开还很新鲜。

是刀伤!

不及多想，她转身飞也似的逃了。

望着她快跑的背影，广晟无奈地苦笑，又看了一眼手臂上的伤口，摸了摸鼻子轻嘲道：“能一亲芳泽，我今天还是赚到了……”

在外街住了四五天，小古的烧奇迹般地退下去了，得到管家首肯后，秦妈妈把她接回了内院大厨房。

几天不在，大厨房，尤其是他们柴炭房，居然出现了一名新成员。

“这位就是玉霞儿，今后大家就是一个锅里吃饭的了。”

大家各自见礼，那玉霞儿就是那天插嘴的少女，只见她一身桃红短衫配粉白绫裙，显得亭亭玉立，一双圆润的大眼却骨碌碌直转，探究的眼神下，泄露出轻微的不屑。

“这位就是小古姐姐了吧，听说你还病着，何必这么急着回来？”

她嗓音清脆动听，又是不高不低，正好让所有人听得真切。

大堂热水灶上有人粗声喊道：“听说病刚好的时候更容易过人，这要是害了大家可怎么办，这种小丫头就该远远地撵了出去配小厮。”

说话的这是方大娘，是这府里的家生子，偏偏为人鲁钝不堪大任，周围姐妹都高升了她还屈身在这肮脏的厨房大堂里打着下手。

只听有妇人尖刻的笑声，抬头看是刘大家的：“你这话可就说错了——你也不看看这丫头又脏又丑，就是配小厮人家也是不要的。要不，方大娘你一片慈心，把她带回家去洗洗干净，就做你儿媳妇吧！”

“放屁！”方大娘俯着身子，正在滚水里拔着猪毛，一听这话就扔下钳子爆了粗，“刘家的，你红口白牙的咒什么人！你那个小儿子吃喝嫖赌无一不精，能娶到这种媳妇就是祖宗积德了！”

周围顿时一片哄笑，刘家的大儿子在书房伺候笔墨很是得脸，但小儿子就是她的心头病了——被娇惯得肩不能扛手不能提，好吃懒做还喜欢去花街鬼混，他这么一个人，刘家的都不敢让他进主院伺候，只得求了大少爷恩典去看管车马。像样的人家都不肯把闺女嫁他，二十有四了还是光棍一条。刘大家正是心急上火，听到这话气得浑身发抖，脸色像开了酱料铺，青、红、黑一起涌来，更惹得人笑个不停。

初兰听着大家拿小古当笑料，也气得脸色发白，可她资历浅也不敢跟她们对骂，只得狠狠地剜了那新来的玉霞儿一眼——又是她胡乱插嘴，害了小古一次又一次。

玉霞儿“嘤”的一声，眼圈红红就要哭出来：“初兰姐姐你别瞪我，我知道说错话了，你就饶我这一回吧！”

她瑟瑟发抖地躲到秦妈妈身后，泫然欲泣，我见犹怜，好似被初兰胁迫打骂了一般。

“你——”

初兰没想到这丫头如此有心机，气得一个字也说不出来，一旁刘大家的终于找到借口，冷哼一声道：“秦姐姐，你手下的小丫头太没规矩了，当着我们的面就敢欺负新来的！”

秦妈妈淡淡睨了她们一眼：“她们都是我的人，我自会管教，就不劳你费心了。”

她一身玉色丝袄，靛蓝雪花比甲更显得风韵犹存，白皙的脸上有一双优美的弯眉，更衬得周围的一干媳妇婆子俗不可耐。刘大家的更是嫉妒得眼里冒火。

秦妈妈眼风一扫示意三人跟着自己，离去时一阵轻风拂过，银镶玛瑙的簪子颤巍巍掉了下来，她急忙俯身捡起，神色之间颇为珍惜。

“哼，清高个什么劲，还以为自己是金尊玉贵的贴身大丫鬟啊？可惜啊，她跟的主子命薄，早早就去了，全府上下哪还有她的靠山！”

秦妈妈是先头大夫人张氏的陪嫁丫鬟，贴身伺候亲密无间，只可惜张氏遇人不淑，大老爷沈熙为人放荡好色，侍妾美婢十来个还不满足，在青楼跟人争风吃醋，把怀胎八个月的张氏气得下红不止，没多时就去了。

秦妈妈身为陪嫁，从此就没了立身之处，被调到这大厨房来管柴炭房，平时为人都是淡淡的，却因为通身的气派容貌惹得几个婆娘嫉恨不已。

刘大家的刚说完酸话，转头却见门廊外，吴管事正痴迷迷地看着秦妈妈的背影出神，顿时气往上冲，冷冷地哼了一声。

总掌大厨房的吴管事这才如梦初醒，假正经地干咳一声，背着手开始四处巡视，走到刘大家的身边，隐秘地朝她飞了个眼，却换来她一个吃醋的白眼。吴管事上下拈着鼠须，一双昏黄老眼直勾勾地盯着她丰满的胸，嘴角笑容变得更为淫猥。

广晟骑着马回到府上，一进自己的院门就发觉气氛不对，看院门的小幺儿面色惊惶、脸带泪痕，他心中明白了几分，脚步却丝毫不见停顿。

才进正房，劈头就是一个汝窑的瓷瓶砸了过来，他头一偏，瓷瓶落到地上碎成几截，一块残片划破了他的脸，鲜血蜿蜒而下。

“逆子！你还知道回来！”一声怒喝，宛如春雷。

抬头看时，正堂中央坐着的，正是他的父亲——二老爷沈源。

广晟默然地看着他，既不行礼，也不见害怕，神色之间一派泰然。一旁的两个壮仆不动声色地上前来，一人一脚踢中他的膝弯，让他跌跪在地。

“你这个孽障，这么多天才晓得回来！”沈源面若寒冰，以毫不掩饰的憎恶神情，居高临下地看着自己的儿子。

就是这个眼神……像看见脏东西一样地鄙夷，这就是自己的生身之父！

广晟的内心无声冷笑着，跪在地上也不再起身。

“你文不成武不就，跟着狐朋狗友到处鬼混！看看你的兄弟姐妹，哪一个如你一样顽劣不孝！”沈源的怒喝声震慑人心，十来位美貌的侍婢挤在廊下门前垂手伺候，个个都是面色惨白，瑟瑟发抖。

“说！这几天到底去哪儿了？”

广晟抬起头，俊逸绝美的容颜上破了个小小的血口，嫣红之色蜿蜒而下，更显出一种妖异之美。他凝望自己的父亲，眼神带着淡淡的讥诮，却因黑色乱发遮盖着，没有被沈源看见。

沈源仿佛受不了他的眼神和容貌，狠狠地别过头去，面上嫌恶之色更盛。

这张脸……像极了那个女人！

沈源想到这里，心中更觉得腻歪，眼角余光瞥见地上那跪得笔直的人影，恨不得一个窝心脚踢上去。

这时广晟的贴身小厮李贵也被押了上来，他先还不说，被狠狠地扇了一顿耳光打得满嘴是血，这才哆嗦着招供道：“少爷先是跟几位公子去赛马，随后去了城外锦乡伯家别院，就打发小的回自己家探亲……”

锦乡伯家庶子众多，生在绮罗膏粱之家，嫡母又贤惠可亲，于是肆无忌惮地到城外别院聚众赏玩，荒淫无度，在京城权贵圈里都是个大丑闻。

他偷眼望去，见沈源已是气得额现青筋，更加害怕，带着哭腔道：“少爷在那儿住了两天，奴才去苦苦劝了，随后去了岳香书楼看秦大家的戏《游园惊梦》……”

沈源的脸色更黑了——这个叫秦遥的戏子最近红透整个应天府，连达官贵人都争着请他去唱堂会，王府公卿家的妇人也有被他迷得神魂颠倒的。沈源一向以清正严谨的门风自傲，听到这种人的名字都觉得污了耳朵，不由得怒气更添三分。

“接下来呢？”他沉声逼问道。

“少爷，少爷又去了万花楼，住了五天。”李贵受不住他的凛冽威压，一口气把最可怕的都说了出口。

顿时周围鸦雀无声，静得可怕。

官宦之家多纨绔，可无论是在别院怎么荒唐，那也算是探访亲友；至于花钱去追捧戏子也是桩小事，可现在广晟以青楼为家，一住好些天，这简直是肆无忌惮了！

侍女哆嗦着上前奉茶，震怒中的沈源干脆连托盘带滚水茶杯一起朝着广晟头上砸去：“果然是贱人生的下贱坯子！”

广晟不躲不闪，瓷器、滚水和描金漆盘一齐砸到他头上，他顿时觉得眼前一黑，鲜血顺着额头流了下来，模糊了双眼，眼前所见皆为狰狞的红色。

再怎样的重击，都比不过那一句嫌恶而失望的话——

贱人生的下贱坯子……

满室里灯光明灿华耀，广晟却只觉得无边的浓黑席卷而来，周围的侍女惊呼着却无一人上前来扶，那人儒雅而严峻的面容看也不看他，只是嘴唇在张合——广晟已经无心去听他说什么了。

贱人生的下贱坯子吗？

这一刻，他几乎想大笑出声，无边的怨愤奔涌在全身血脉之间，激荡不能自已！

他双手死死抠住地上的砖缝，指甲出血、皮开肉绽也浑然不觉，只是低下头，将眼底的所有情绪遮盖。

沈源训斥了半天，见他仍是木然跪在地上，半点也不认错求饶，心中更是大怒，冷然道：“拿家法来！”随即就有两个壮仆拿来藤条，油亮发黑的七八股缠绕而成，让人看了就心里一紧。

“四十下！”沈源的声音不带一丝情感，两人略见迟疑，这里众人围观，实在对广晟少爷的脸面有碍，是否要拖出去……

“没听到我的话吗？”不怒而威的嗓音吓得两人连忙领命，拖来两条春凳，把人压在上面正要行家法，却听门廊外有人轻唤道：“且慢！”

缓步而来的是二夫人王氏，身着蜜合色吉祥如意纹褙子，玫瑰紫滚金边十二幅绣裙，只是随意盘了个圆髻，脑后只一柄金簪，一颗南珠足有莲子大，熠熠柔光衬得她肌肤白净细腻，只眼角的几道细纹显出年龄。

她款款而来，举止之间说不尽的高贵娴雅，身后跟着一名石青锦衣直缀、满身书卷气的青年，他双目清澈而又温暖，让人见而望俗，看到这满地凌乱，只是略皱了下眉。

“给二夫人、大少爷请安！”泥塑木雕般的丫鬟婢女们好似突然开了窍，莺声燕语地上前伺候请安。

“你们怎么来了？”沈源看到妻儿到来，顿时脸色和蔼了许多，王氏快步上前，挺身拦到广晟身前，恳切劝阻道：“老爷，晟儿他年纪轻不懂事，你就饶了他这回吧！”

“哼，他从小就顽劣放荡，如今越来越放肆，这次若不给他个教训，只怕他能把天都捅破！”沈源越说越气，摇头不允道，“夫人你让开，今天这四十下家法他是免不了的！”

王氏急忙摇头，竟是护得更紧：“老爷，晟儿成今天这模样，也是我管教不力，你若是罚就罚妾身吧——他还年轻，慢慢管教就懂事了。”

“这怎么能怪你呢！这么多年来，你对他视如己出，养育教导他花了多少心血？他哪怕是有一分良知，就该跟着仁儿、平儿好好念书，不说考什么功名，也要知书明理才是。可他呢，越大越是有能耐了，居然把万花楼当家了，寻花问柳好不快活！”

王氏一提裙裾，竟似要跪下，沈源连忙起身搀扶：“夫人！何至于这样！你就是太心慈了……唉，也罢也罢！”

他厌恶地看向广晟：“念在你母亲一片慈善，这家法先记下，你给我滚到祠堂里去跪着忏悔，三天不准出来！”

一旁的大少爷广仁连忙上前，把捆得结实的广晟扶下春凳，见他手腕已被扯出血痕，又一头一脸的血，连忙让人拿干净绢布和创药来。

这般闹腾了一个多时辰，已到了晚膳时分，沈源见到大儿子垂手侍立，霁颜笑道：“今天颜先生来给我看你的窗课本子，说是大有进益，这科可以去试试。”

他平素谦逊低调，对儿女也算是个严父，但说起嫡长子广仁便是老怀大畅，广仁不仅性情沉稳，且极是聪慧好学，教他课业的颜先生私下告诉他，这科下场考中的机会很大。

王氏笑着拉了他的衣袖，调侃道：“老爷说起读书便是一顿训诫，您是不饿，妾身可是饥肠辘辘了，就算是仁哥儿，他今日下午读了两个时辰的书，又练了一会儿射箭，只怕也是前胸贴后背了。”

一家三口说说笑笑地离开了，只剩下广晟一人孤零零地站在原地，形容狼狈，周围的婢女窃窃私语着，谁都不打算近前服侍他。

“广晟少爷，您该去跪祠堂了。”老女人不阴不阳的笑声在耳边响起，他转头看，正是王氏身边的姚妈妈。

祠堂里光线昏暗，宽阔的空间只剩下数盏香烛，影影绰绰的光线，弥漫幽幽檀香，环视四周，宽阔寂静得可怕。

广晟并没有老老实实地跪在案前蒲团上，而是一个人背靠柱子席地而坐，闭上眼静静地回想这几天的事。

只要一闭眼，那刀光剑影的雪亮、鲜血四溅的艳红便浮现在眼前，久久不散。

加入锦衣卫的暗部之后，这是他第一次杀人，即使是弓马娴熟、武艺不差，仍然免不了心里紧张，被人背后偷袭，砍中了手臂。

很深、很长一条伤口，狠狠地被阔口刀砍中，那凶神恶煞的反贼一鼓作气横刀再杀，若不是同伴还算经验丰富，一把将他推开，只怕那时就了结了性命。

即使是那时死在乱斗之中，只怕他的身份也不得公开，而这府里的上下人等，也不会为他掉一滴眼泪吧？

摇了摇头，挥去这些缠绕心头的阴霾，他嘴角微微扬起，又有些自豪与畅快。

跟着一帮酒肉朋友混到锦乡伯的城外庄子上，趁他们荒淫作乐的时候，自己已经做出了惊天动地的一件大事，虽然不能公之于众，却足够反复咀嚼回味了。

下一次，下一次一定会找到更好的机会，真刀实枪搏出个未来!

总有一天，他要让这些践踏、欺侮他的人，得到应有的报应!

他正在沉思间，只听祠堂大门“吱呀”一声被推开，疾吹而入的夜风险些把两支香烛吹灭。

“谁？”他警觉地回头。

映入眼帘的是一道瘦小的身影，罩在一袭异常肥大的袍子里，显得分外滑稽，她吃力地低着头，提着一只大大的食盒。

是来送饭的？

怎么从未见过这名婢女？

来人在他思考间走近：巴掌大的小脸被油灰和黑炭弄得看不出本来颜色，瘦小得可以被风吹走，行动缓慢笨拙，看着就不是近身伺候人的。

“你是哪里的？”

“大厨房。”

少女抬起头，一双黑幽幽的眸子晶莹闪亮，好似并不惧怕他。

小古觉得今天真是不顺。

运炭马车今天的货挺多，那个新来的玉霞儿装腔作势推说头疼，她跟初兰两个人忙了大半天终于搬完，正是腰酸背痛，又被塞了个烫手山芋——去给关在祠堂的广晟少爷送饭。

原本这事是怎么也轮不到她的，广晟房里自有多位丫鬟，没想到拖到晚膳用完，才有一个妖妖娇娇的二等丫鬟来，漫不经心地让厨房的人去祠堂，就跑去别处闲聊说笑去了。

厨房也没人肯管这茬——若是大少爷肯定是抢着去送，其他人那边他们也不敢过分怠慢，但广晟少爷……谁都知道他是神憎鬼厌的一个，给他送饭不但捞不着什么好，不幸被扫中台风尾那就呜呼哀哉了。但饭总不能不送，又是玉霞儿这妮子，笑着跑去吴管事那边说什么“小古姐姐最是沉默稳重，不会惹事，她去送饭最为妥当”——这话的意思不就是“她最笨最蠢最好欺负，又闹不出什么事来”。

小古想到今夜金兰会又要秘密聚集，心中只想快些把这事做完。

她把食盒拿到广晟跟前，直愣愣的，也不行礼：“二少爷请用。”

广晟也不去跟粗使丫头计较，接过食盒的瞬间，他的瞳孔因诧异而睁大了——

两人双手接触的瞬间，他感受到她指间的薄茧，这感觉无比熟悉——分明是常年练习武器所致!

他悚然一惊，伸出手快如闪电地扣住她的脖子：“说，是谁派你来的？”

小古仰起头，费力地咳嗽着，却是呼吸困难，几乎要背过气去：“吴管事……”

广晟恍惚记得有这么个人，但是圆是扁一概没留心，他手下维持力道："他派你来做什么？"

"送饭。"

"你原本是哪里的？"

"大厨房，柴炭房……"

眼看她几乎要翻白眼昏厥，广晟这才松开两手："平时做什么的？"

"劈、劈柴。"

原来是成天拿斧头的！怪不得手上会起那样的茧子。

广晟彻底松手，少女从桎梏中被解放，身子一歪跌坐在地上，她好似被吓呆了，整个人眼神都直勾勾的。

广晟吓了一跳，暗骂自己手重，连忙拿起食盒里的鸡汤给她灌了两口，没想到少女突然喷了他一头一脸。

"你……"

还没等他发作，小古又干呕了两声："这鸡汤馊了。"

广晟拿过剩下的半碗到鼻端一闻，果然是一股不新鲜的酸馊味道，他冷冷一笑，就要把碗掷在地上，谁知手指刚离开碗边，就见一道敏捷身影扑了上来，惊险地一把接住了碗——由于用力前倾，小古失去平衡，整个人扑倒在他身上。

温温软软的身躯，又轻又瘦又笨拙，就这么压在他身上，正好碰到了手臂上的伤口。

广晟痛得眼前一阵发黑，睁眼时，那个蠢笨的小丫鬟正骑坐在他身上，傻愣愣地、扑闪着眼睛看他。

"碗摔破了我赔不起。"她木木呆呆地说道，保持小心翼翼的动作看着他。

真是……要命啊！

心中哀号，他低喝道："快下来！"

少女茫然地看着他，双腿蹬动着，反而更加磨蹭伤处。

广晟忍无可忍，一把将她拎起，一个鲤鱼打挺跳起身来，随即又低咒一声——额头的伤口又裂开了。

"我、我来伺候少爷您包扎。"小小的嗓音怯弱地说道。

"不必了，再给你伺候下去，我一条小命就彻底玩完了！"

广晟没好气地说道，抹一把头上流下的血，那嫣红让他更加烦躁。

小古不由分说，一把拽住他的衣袖，没等他反应过来，就动手撕成了四条，替他牢牢缠住整个头颅——包扎精细得像一只蓝色圆蛋。

小古低下头，拼命掩饰嘴角抽搐的笑意——叫你再凶，叫你再轻薄我，叫你把我掐个半死！

小女子报仇，三天都不晚！

广晟摸着圆乎乎的头，实在觉得别扭，却听那丫头又大呼小叫道："二少爷您手臂上也有……"

"刺啦"一声，另一条袖子也宣告阵亡。

"你别乱动——叫你别替我包扎，你听不懂人话吗！"青年的怒吼声回荡在幽深庄严的高柱大堂里，平添了些许生气。

想不到他受了那么重的伤，流了那么多血，还吼得那么大声……真是皮糙肉厚不怕死！

小古想起两个时辰前的那一幕，不禁笑意加深，美眸中闪过熠熠光芒，让人看得心惊肉跳。

又要轮到哪个倒霉蛋遭殃了？

坐在她身侧的老七秦遥看得真切，不由得苦笑着摇了摇头。

"十二妹……十二妹！"灯影明灭间，坐于上首中央的大哥连声唤道，这才让小古从神游太虚中醒来。

仍是那彻夜欢宴的万花楼，仍是那一间残灯缥缈的兰香阁，也仍是这义结金兰的十三人。

"大哥有何吩咐？"

"十二妹，你做得实在很好！杨演之死果然被判定为意外，个中手段，可说是天衣无缝——今日都是自家人，你能解说下到底是怎么做到的？"

这不仅是大哥的疑问，也是所有人的心声。

小古从座位上站起身，幽微的灯光下，她的身影飘忽宛如精魅——

"我花了三天工夫，请七哥的人帮我盯梢，确定了杨演的作息时间——他是个刻板严谨的人，每日都是这个时辰乘轿子路过这条街。

"接下来，我便要制造一个意外，一个由多人共同编织而成的意外。

"先是清晨，有一位老仆把一车桐花油摔破了一罐，流了一地，满街的人都不会注意到——我只拜托这位老人家这件事，他最多回去挨一顿罚。"

旁人还不觉得如何，秦遥却是心中雪亮——小古这么多年来不显山露水，却把大半个南京城的罪奴仆役认了个遍，大叔大婶地叫得人心甜，不动声色地就将这些人拢在袖间。光是这份未雨绸缪的心计和手腕，就让人叹服不已！

"过了半天，街上也谁都不记得这事了——我便让七哥的手下瞧准时机，向三姐手下的姑娘们发信号。"

那被称为三姐的女子闻言微微一笑，倾城妖娆，满室生辉，话音却是刻意拖长，略有古怪："姑娘们蠢笨，哪及得上十二妹你蕙质兰心。"

众人都知道她与十二娘素有心结，彼此不睦，包括大哥在内，无人愿意插手两人的言语暗锋。

“三姐客气了，这次万花楼的姑娘们还真是帮上大忙了。”

小古笑靥甜甜，好似听不出她的嘲讽之意：“七哥的手下之一在戏台上跑龙套，一看到他的手势，她们便刻意寻衅，跟那城门官家的金太太吵闹起来。

“这个金太太酷爱昆曲，尤其迷恋七哥的戏，这次听到七哥来替场，那是无论如何也要来的——她生性急躁粗暴，最近家中丈夫又迷上了新进门的小妾，因此她对娇滴滴的年轻女子很是嫉妒，再用那篮鸡蛋在她面前炫耀，她必定经不起撩拨，大吵大闹起来。”

她目光一闪，看向三姐——也是此地的鸨母：“姑娘们都是经过三姐调教的，即使她不动手，也会设法把鸡蛋朝街面扔。”

三姐哼了一声，取杯就唇，既不同意，也不反驳。

“街面上的桐花油经过日光的烤炙，正是黏稠，加上无比滑腻的蛋清，满街的人都要东倒西歪，无法站稳。

“这个时候，便轮到那卖毛竹的摊主出场了。”

小古微笑着环视在场众人：“他为人霸道，占据的摊位正好对着街中央，又是摔得手舞足蹈，此时我只要略微弹出块小石子，那长毛竹就会朝着官轿方向飞去。”

她瞥一眼秦遥，笑得更甜更畅快：“当然，要想真正命中，还得七哥施展绝学，用内家气功催得它对准射去。”

老七秦遥虽是下九流的戏子，却是风靡整个应天府的名伶，但他暗中修习内家气功，实力超出众人许多。

众人听得目眩神迷，这才深知：一场看似合理的意外，竟要策划这么多步骤，可算是花尽心血。

啧啧称赞之下，有人突然问道：“十二妹，那些配合你的帮手都在七弟戏班和这万花楼里，万一露了行迹可怎么办？还有那些用剩下的器物，弄不好就是现成的证据，你倒是藏好了没？”

问这话的是老六卜春来，他在应天府衙门下做杂役，素来小心谨慎，树叶掉下来也怕砸破头。

小古看向他，眼波闪动间，有着难以捉摸的幽光，她一边笑着一边走向他的座位，手里提了茶壶，似要替他添水。

“六哥不必忧心，我们早有防备……”她嗓音变低好似要说后续之计，卜春来情不自禁地略微前倾去听，却见那一瞬——

一柄雪亮的短刀直插进他的腹中，鲜血四溅！

“你……”他抬起头，满眼不敢置信——短刀的手柄正握在小古手中！

这一刀快、狠、准，深深刺入肚腹之中，刀刃上开有尖槽，顿时血流如注，创口极大！

变生肘腋，在场众人谁也没料到这一出，顿时惊呆！

“十二妹你做什么！”二姐一声凄厉的尖叫顿时让大家如梦初醒，其他兄弟要么跳起来阻止，要么拔剑而起，现场一片混乱。

“都给我肃静！”帘幕后，大哥一声断喝，好似一盆冷水泼在沸锅上，顿时让所有人不敢再动。

但，有一人例外。

小古依然自若，手握刀柄，缓缓将它从血肉中抽出。

肌肉与刀刃互相挤压的声音，细微而惊悚，却在这一片寂静中显得分外清晰，让人头皮发麻。

鲜血飞溅而出，却没有任何一滴染上她的衣襟——满地血腥中，她笼罩在黑袍里的身影显得娇小而诡秘，再没有人敢靠近她。

“为……为什么？”

因为这狠狠的一刀，卜春来顿时痛入骨髓，他踉跄着问道，却让血喷得更多更多。

“锦衣卫。”小古只是轻声说了三个字。

四周顿时发出恐惧的抽气声，好几人的脸色顿时变得煞白，就连安坐幕后的大哥，这一刻的动作也凝住了。

锦衣卫是当今皇上最信任的监视耳目，也是他手中最锐利、最恐怖的杀人利器，提起“锦衣卫”这三字，上至朝廷公卿，下至庶民百姓，都要为之惊魂色变。而对于他们这些暗中结社密谋的罪奴苦役来说，更是最狰狞的噩梦！

“什么，老六跟锦衣卫勾结？！直娘贼的，你这个吃里爬外的小人……”

老四是码头槽帮搬货的，平素言谈粗野惯了，听了这话怒不可遏，腾地站起来就要冲过去！

只听“当啷”一声，一只茶杯被狠狠地掼到地上——坐在幕后的大哥终于发怒了！

“十二娘，这到底是怎么回事？”大哥沉声问道。

这一记碎裂声清脆响亮，却也让大家昏沉惊吓的头脑彻底清醒过来。

金兰会已经被锦衣卫盯上了？

想到这一点，大家的面色变得更加难看，有些人身子摇摇欲坠，更多的人则是面露狠意，充满了玉石俱焚的决心。

“哈哈哈哈……你也知道锦衣卫的大人已经盯上你们了？你还敢对我下毒手！”卜春来又喷出一口血，疯狂大笑道，“等天一亮，你们全部都逃不了！”

听了这话，其他人只是面色更难看，三姐宫羽纯却是惊呼一声瘫坐在地：“完了，全完了！我的万花楼啊！”

想象着那穿飞鱼服挂绣春刀的凶神恶煞们冲进楼里，把千娇百媚的姑娘们都押起来，把雕梁画栋的楼阁都付之一炬，自己辛苦创来的一片基业即将化为乌有，她眼前一黑几乎要晕厥过去。

一只温暖修长的手伸了过来，悄悄地替她掐了虎口，剧烈的疼痛让她清醒了过来，转头一看，秦遥正关切地朝她点了点头，朦胧灯光下侧面更显温雅俊美，风度清隽。

她心头一热，一股又酸又甜的情愫悄然弥漫，她吸了吸鼻子低下了头，不愿让他看见自己狼狈惊惶的模样。

恍惚间听见小古嗓音清脆冷然，不慌不忙："危言耸听。"

"你跟那个锦衣卫小旗的谈话，自以为机密，却被你们府衙伺候茶水的老仆听见——在这个应天府里，无论公门私宅，最不引人注意、最避不开的就是这群仆人婢女，而他们就是我的眼、我的耳。"

在场诸人虽然身处贱籍堕落下层，却都是下九流里的翘楚和首脑——比如三姐就是在青楼这圈子里八面玲珑，老七则是在名伶戏班里吃得开，而十二娘平时不显山露水，却是不动声色地在这十几年间笼络了各家各户的一些得力下人，这份实力如今摆上台面，让所有人都惊得不浅。

"那老仆听得很清楚，你自以为奇货可居，又怕那小旗过河拆桥，就支吾着不肯说出我们的具体身份和聚会地点——你不是顾惜兄弟姐妹之情，而是要在今夜的聚会上亲自探出重要密报，作为邀功请赏的依据……可惜，你太贪心了。"这话既是对卜春来说的，也含着对众人的解释，大家一听他并未泄露关键情报，顿时松了口气，三姐的脸上也重现了红晕。

"哈哈哈哈，我精明了半辈子，没想到被你这小丫头暗算了一把——你以为杀了我，就能一劳永逸了？"这话把大家的心又提了起来，只听小古笑了一声："我知道你是老江湖，老奸巨猾，必定藏了什么凭据和文字涉及我们的真实身份……让我来猜猜看，你是藏在府衙，还是藏在家里？这是防备我们的后手，但你也怕锦衣卫去搜，你必定是藏在你那相好家里了。"

卜春来脸色一变，却又恢复了趾高气扬："你猜中又如何，我藏得无比巧妙，没有人能搜出来——只要天一亮我没回去，那个女人就会把东西送去给官府。"

"哈，我又何必搜，只要一把火烧得猛烈，你那相好家的所有物件都会成灰——天干物燥，大概现在已经烧起来了！"

卜春来的脸色顿时变成了死灰，他宛如野兽一般怒吼一声，完全不顾腹上的伤口，朝着小古冲了过去。

一泓秋水，三尺青锋。

秦遥的剑轻轻飞来，刺入了他的心口。

"你……"卜春来睁大了眼，死死瞪住他。

"为什么？"秦遥站起身来，走到他身边，静静问道。

虽然在众人面前不显，他与卜春来的关系其实相当不错，戏班里外出的路引、牒记都是老六去府衙搞来的，两人也经常喝酒小聚一番。

"为什么你要这么做？"他再次问道，嗓音多了一分沉痛与愤怒。

“哈哈哈哈……你问我为什么？”卜春来好似听见了什么异常可笑的话，“这十几年来，我们沦为罪奴贱役，过着生不如死的日子，随便什么人都可以对我们呵斥打骂——这样的日子，你还想继续过下去吗？”

“所以我们才要秘密结社聚集，合力互救，离开这泥潭。”

“没有用的，哈哈……朝廷就是那大石头，我们就是一个个鸡蛋——以卵击石是什么下场，你们都读过书，比我清楚。”

“所以你就出卖兄弟姐妹，用大家的性命来换你的快活自在！”秦遥的声音严峻而肃杀，如沐春风的气质在这一刻化为极端的酷狠，他伸手握住剑，一搅，一拔，顿时切断所有生机。

比小古那一刀力道要轻、要柔，却是真正的杀人之剑!

“你……好狠。”卜春来死死地盯住他，好似要把他的样子牢牢记住，带入阴曹地府，突然他一眼瞥见旁边的小古，顿时发出一阵阴戾的冷笑声——他的脚步已经迈不开，只能伸出手，好似要凌空掐住她的喉咙——“你这个小贱人，都是因为你，因为你那个死鬼的爹，我们才会这么凄惨！！”

第二章

锦衣风云

1.

他口中不断喷出鲜血，面容抽搐宛如厉鬼，颤抖着手好似要抓住她——

“你多次暗改官衙的文书记录，别以为这样就没人知道，你的亲爹，就是……就是——”他喉头咯咯作响，却再也发不出一点儿声音，整个身子颓然而倒，气绝而亡。

现场陷入了死一样的沉寂。

夜风吹得窗格微微作响，微弱的烛光闪烁挣扎着，突然“啵”的一声冒了个灯花，暗室里明亮了几分，也照见了各人惊骇、茫然、愤怒的神情。

“六弟他，死了吗？”三姐宫羽纯浑身轻颤，轻启樱唇问道。

小古不答，只是静静伫立在秦遥身后，而后者细心擦拭过长剑后，轻轻一按机簧，三尺青锋便收入鞘中。

“他已经不是我们的兄弟了。”他的嗓音淡漠，却有一种挥之不去的寂寥之痛。

二姐捂着脸，嘤嘤而泣——虽然上了年纪，她却仍是那般温驯文雅，见不得这种生离死别的残酷。

“可终究，这么多年来的手足之情……”她哽咽着说道。

三姐听了这话柳眉倒竖，原本憔悴疲惫的脸上，一双猫儿似的美眸因愤怒而几乎烧红——

“他为了自己的富贵自由，向锦衣卫出卖了我们的秘密——一旦被抓获，我们所有的人都是死罪，那时候他怎么没想想手足之情？”

另一道沉稳的声音响起，是素来沉默稳重的大哥——

“我们这样的罪奴生涯，永无赦免，就连子子孙孙也永坠贱籍……人在煎熬绝境之中，会将仁善、情谊、风骨这些都统统出卖。也许，这样的事，今后还将继续发生。”

众人的心因为这一句而拧紧、剧痛！

有人想反驳，张了张口还是没说出——永乐皇帝手段到底有多残虐，朝廷对罪奴的管制有多严厉，他们只要想想就不寒而栗。这种压力之下，只怕今后再出几个叛徒也大有可能。

人，终究是自私而懦弱的，在至高的皇权威压之下，几乎不用反抗便要化为齑粉。

窗纱外隐约有歌舞嬉笑之声传来，偏偏这暗室一隅却是静然无语，众人低下了头，只觉得有千斤的重担压在肩头，悲愤难言却又无处宣泄。

“所以，即使多杀几个杨演这样的人，也只是治标不治本——我们不能坐以待毙，干脆给朝廷来个釜底抽薪！”清脆的嗓音出自小古，不同于她平日的嘶哑含糊，此时她的言辞决然而自信。

大哥目光一闪，正要追问，却又敛住，只是叹息一声：“无论如何都是结义一场，把他好生安葬了吧！”

“为防万一，还是烧成灰烬抛河里吧！”小古淡淡一句，却让众人都心中一寒，面露不平愤然之色——人死如灯灭，无论多穷的乞丐流民，好歹也有块破木板破席子裹身，老六却是烧成灰也不能入土为安，要被零散抛进河里——十二娘的心肠，简直是铁石铸造而成！

秦遥看得真切，不自觉地伸出手拍了拍小古的肩膀以示安慰，他环视左右，替她解释道：“尸身若是安葬，万一被掘出，能干的仵作仍能发现不少有用的线索——我们金兰会如今万分危险，实在是经不起任何风波了！”这一番话说中要害，再无人敢滥发善心了，大哥又吩咐道：“既然老六已经把一些情况泄露给锦衣卫，为防行踪败露，大家最近还是各自安分过活，这密会之例就暂且停下。”

众人再无意见，于是就此散会离开。

“十二你给我站住！”一声娇喝，让小古停住脚步。

“你早就发觉老六有问题，为何不早说，还故弄玄虚把大家当傻子？！”

小古回过头，静静地看向怒气冲冲、粉面凝霜的老三宫羽纯，冷然不发一言。

她的沉默看在宫羽纯眼里，却是挑衅与无视，她怒气上涌，冷笑道：“你小小年纪不把大家放在眼里，为达目的不择手段！杀杨演的时候也是这样——你自己走脱得干净，那个卖毛竹的却被抓到牢里问罪，你这种人简直是冷血无情！”小古看着她，宫羽纯心里发毛，面上却更是高傲不屑，“怎么，被我说中，无言以对了？！你——”

“够了！”一声低喝，打断她的恶言，那熟悉的嗓音却是让她面色瞬间发白。

秦遥大步上前，一把拉住小古的手臂，看也不看宫羽纯一眼，径自道：“我们走吧！”

“不许走！”

宫羽纯看着两人把臂并肩的亲密模样，心中又酸又妒又恨，顿时口不择言道：“你们男人都是有眼无珠！你把她当娇小姐病西施，她却是杀人不眨眼的女魔头——你们要亲热就一起滚，免得脏了我的地方！”

“我把罪名都推给那个卖毛竹的，是因为他罪有应得。”

突兀之间，小古终于开口说话了。

“哼，你骗谁啊？一个老实做生意的……”

“老实人不一定是好人——你跟三教九流的客人打交道，这个道理还不明白吗？三个月前，这个老实人狠心将自己的女儿卖进神武将军冯纶家里——仅仅两个多月，那小女孩的尸体就被丢了出来，赤裸着身子遍体鳞伤，下半身几乎被撕裂开来。”

秦遥皱着眉头，终于把真相说了出来。

“什么？！”

宫羽纯吃惊地掩住了自己的嘴，身子细微地颤动——那是极端惊诧混合着愤怒的情感：“怎么会这样！那是他的亲生女儿啊，又不是揭不开锅！”

“高价把女儿卖给那种淫虐成性的权贵，是为了赚钱让儿子去上县里第一的私塾，将来中个举人秀才，那才叫光宗耀祖！”小古的嗓音，平淡而潜藏着激越，好似平地下流淌的火红熔岩，随时可能喷薄而出。

她凝望着宫羽纯，冷若冰霜却又含着奇异莫名的怜悯：“身为女子，却被家人舍弃，沦落到地狱火坑里，求生不得求死不能——这种感受，你应该是深深明白的！”

宫羽纯的身子顿时不再颤抖，她的绝美双瞳，因极度激动而缩为两点——那简直是两团冥黑炽热的火焰！

小古不再理会她，转身跟秦遥道：“我们走吧。”

空茫的眼神望着两人的身影远去，宫羽纯再也支撑不住，整个人无力地跌倒在地，任由眼泪肆意地流着。

原以为愈合多年的疤痕，在这一刻被狠狠刺穿，流出了危险而真实的脓汁——她哽咽吸着鼻子，突然觉得内心无比宁静。

小古回到沈府，仍是那般过着劈柴、挑水、吃饭、睡觉的日子，无惊无喜，无比平淡。

柴炭房新来的那玉霞儿，着实不是省油的灯，平时一张小嘴甜得醉死人，把管事和妈妈们迷得眉开眼笑，仗着这股势头，她成天游手好闲，要么推说不舒服，要么去灶上讨好巴结那些大厨，想学个一两手绝活，竟是一点儿也没把本职差使放在心上。

一个失去靠山的半老徐娘，一个瘦小的傻子，还有一个爱管闲事的蠢女人……她是一点儿也不放在眼里的。

很快便到了腊月里，还没来得及准备腊八粥和过年的家什，府里便有一件大事要办——正是太夫人四十九岁的寿诞！

因着老侯爷三年的丧期，府里许久没有宴请贵客，这次免不了把从前的活计和惯例都一一捡起。太夫人再三吩咐不得奢侈，就请些自家人聚聚，但南边习俗讲究“做九不做十”，逢九的生日必得大办一番。

府里出的帖子都是给通家之好、世交亲眷，但到了那一日，却仍是高朋满座，簪缨耀目。

作为寿星的太夫人也是穿得隆重喜庆——大红五彩金瓜蝶纹褙子，石青色百字联珠寿纹裙，配着超品侯爵的发冠头面。她稳稳地坐在堂上，含笑受了众人的大礼，看着众宾环绕，子孙满堂，更显得神采奕奕。

虽是填房，太夫人这辈子却也是顺风顺水——老侯爷对她素来宠爱有加，家中诸事都听凭她裁决，上头又没了公公婆婆，前头亲姐所出的大房、二房对她也礼敬有加，自己又生了四老爷和七姑太太：前者是统兵大将，煊赫威扬，正跟随英国公远征交趾；后者却是嫁给了成安侯世子。

作为一个庶女出身的填房，太夫人这样的好命简直要羡煞多少大姑娘小媳妇。

除去在外的三房四房不提，沈府的大房二房尽数到齐，一眼看去都是齐整挺拔，相貌不凡，宾客们暗暗点头赞许。

大房由沈熙打头，陈氏亦步亦趋，虽然显得有些拘束小家子气，也总算没离了大褶，他们身后跟了两子一女：方满二十的广钲，刚刚十岁的广善和十三岁的如瑶。

广钲是前头原配张氏所出，广善是妙姨娘所出，如瑶则是张氏亲信的通房生的，一直养在她的膝下算作嫡女。

因为沈熙为人荒淫好色，陈氏作为填房又不得他看重，所以进门七年仍无所出，她也是出身寒门小宦之家，根本不敢压制丈夫，府里上下都不免把她看轻了。

二房的人数和排场都比大房强多了：沈源为人儒雅而不失刚正，是皇帝亲近得力的文臣，位在中枢炙手可热；二夫人王氏精明能干，把整个沈府管得井井有条，竟是隐约越过了大嫂。

二房共有四子三女，嫡长子广仁年方十九，从小在读书上就是极有天赋；次子广晟、三子广平都是庶出，一个十八，一个十六；四子广瑜七岁，却是王氏的老来子，很是宠溺爱重。

二房的三位小姐中，大小姐如珍、三小姐如思都是庶出，只有二小姐如灿一个嫡女。

这么多儿辈孙辈围绕着，其他女眷都是啧啧称赞，尤其是广仁，这科中举只怕是十拿九稳，将来一个进士也是跑不掉的，简直是众位夫人太太眼里的乘龙快婿人选。

各色目光打量之下，广仁一派镇定自若，小小年纪已是儒雅稳重，又生得清俊挺拔，连素来挑剔的兴安伯夫人都对他问长问短，言辞之间不免带出结亲的意思。

王氏虽宠小儿子，最看重的却是嫡长子，见此情景与有荣焉，却一丝轻狂也不露，只是笑着谦虚道：“快别夸他了，小时了了大未必佳，若要论到前途二字，还得看他将来是否勤勉——我们这样的一般人家，千金万银都是虚的，只得家风二字可值传承，希望他不要负了父母和亲长的期望才好。”这话又引得夫人太太们一阵称赞，王氏含蓄得体地应对着，旁边却突然传来一声惊讶的问话——“咦，怎么没看到晟哥儿？”

突兀的一声，此时却显得格外清晰——正是大夫人陈氏的嗓音。

陈氏左顾右看，仍不见广晟踪影，笑意盈盈中更见诧异：“今日是母亲的寿诞，晟儿这孩子又去哪儿了？难道是小孩子家家又贪玩了？”

周围顿时陷入不安的沉寂，随即有人开始窃窃私语。

广晟年已十八，她却一口一个小孩子，十成十是慈爱伯母关心侄子的口吻，却引得沈源面色微沉。

那个孽障……居然在这种重要的大日子又跑出去鬼混！

他恨不得把这个厌恶的庶子拎来一顿狠揍，这份不悦浮现在眉眼间，更证实了众人的猜测。

据说，二房的这个庶子纨绔荒淫，走马章台逐鸡猎狗，简直是神憎鬼厌。

王氏见陷入了冷场和尴尬，目光一闪，看向一脸惊讶和无辜的陈氏，淡淡道：“倒是劳嫂子关心了。”

随即再也不理会她，径直对着太夫人亲昵地笑道：“晟儿这孩子就是纯孝，为了在菩萨面前为您许下长寿的愿心，自愿在佛堂跪经，已经一天一夜了就是不肯起来。”

“是吗？这孩子就是心眼儿实，我一个老婆子哪值得他这么费心劳力的……”太夫人笑得一派雍容，看向二儿媳的眼中却闪过一道讥诮。

二夫人同样微笑以对，婆媳俩的目光隔空一对，顿时电光石火地错开——

“晟儿虽然功课平平，对长辈却挺有孝心的，前几天听说您腰腿不好，还特地到山上去猎来狐皮给您做围脖呢！”王氏这话说得实在漂亮，不仅把陈氏捅出的这个窟窿填上，还在太夫人面前讨了巧，又在众人面前维护了二房父慈妻贤子孝的形象。众人看她的眼神都带着佩服和赞叹——那个庶子广晟是个什么货色大家心知肚明，王氏身为嫡母不仅不打压薄待，还为他百般遮掩宣扬美名，真是太过贤德了！

家有贤妻夫祸少啊——沈源能青云直上，贤内助的功劳肯定不少！

男人们想想自家拈酸吃醋的妻妾们，心下感叹，看向沈源的目光都带着羡慕嫉妒。

转眼到了开席之时，众人移步正厅，围着圆桌坐下，左五为男席，右七为女席。因都不算是外人，太夫人笑着解释道：“都是自家人，略拿屏风隔一隔就好——我这老太婆都不怕被你们瞧见皱纹，各位美人儿也更不必害羞了！”

“世上哪来这么漂亮的老婆子啊！跟两个儿媳站在一起，简直跟姐妹花似的。”多年老姐妹的调侃，让在场诸人都忍俊不禁笑出了声。大夫人陈氏和二夫人王氏一左一右站在她身后伺候酒菜，陈氏正想接话，王氏却已经笑着打趣道：“母亲必定是有什么美容的秘方，藏着掖着不肯告诉我们妯娌俩，真是一点儿也不疼我们了。”

笑闹过后，同席上下首第三位的安远伯夫人多喝了两杯，脸上起了嫣红，她左顾右盼，突然大声问太夫人道：“你们侯府的匾额收起来可有三年了吧？皇上还没决定由老大还是老二来袭这爵位？”

这一问石破天惊，所有人都呆住了，现场陷入死一样的寂静——由于只隔了一道纸绘屏风，那一边的男客席也听得很是真切。

只听“当”的一声，陈氏面色苍白，手中银筷落地都浑然不觉！

安远伯夫人是有名的长舌多嘴，仗着夫君包容，平时也是个糊涂管闲事的，她酒后神志昏沉，见周围寂静一片，还得意扬扬，以为自己一鸣惊人：“自从你家老侯爷去了，你们济宁侯府就用白绢蒙了匾额，小心谨慎到这种地步，整个京城可没第二家了——这是担心皇上还记得你家老大犯的事？”

太夫人干咳一声，面色有些尴尬，在场的年纪略大的也都知道靖难时那场闹剧——

话说当年圣上还是燕王的身份时，长驱直入杀入鲁、皖境内，随后一鼓作气就要攻占南京。老侯爷当时管着江边水陆船只巡查，因为次子沈源是燕王亲信，倒也愿意投诚做内应，带领燕王大军渡江。老侯爷当时感染风寒，就让长子沈熙去接应，没想到沈熙晚上多喝了两杯，晕头转向之下居然把先遣船队带到了守军最多的水上关卡旁，险些葬送了前面十余只船上五百多人。多亏水军统领细心，派了三批人来探个究竟，这才将自己人从激烈水战中解了围。

事后才发现，燕王朱棣本人居然就在这先遣船之上，顿时把文武大臣吓得脸色煞白，当场就昏过去几个。

真让人后怕啊——这位陛下秉持着北疆作战时身先士卒的作风，险些就被一个白痴纨绔坑死在这江上了。

这段公案由于太过尴尬和离奇，所以就没人提它了，但济宁侯沈氏从此战战兢兢，在整个应天府的权贵圈里都很是低调。

今上倒是没有对沈家上下降罪——一半是看在他们确实是投诚心切，不可寒了臣下的心，另一半则是给了沈源面子。但他肯定深深记得沈熙这个蠢蛋——袭爵的诏令迟迟不下，只怕也有这个原因。

听着周围的议论声，陈氏如坐针毡，勉强扯出一道笑，却是比哭还难看：“当年夫君是认错了方向——可怜他忠心一片却遭人误解……”

太夫人冷冷地扫了她一眼，顿时吓得她住了嘴。

“雷霆雨露皆是天恩——一切听凭圣裁。”太夫人手拈佛珠，平静而坚决地说道，随即扫一眼四周各异的眼神，唇边露出一丝恬然的笑容，又道，“我们府上这爵位是太祖皇帝赐下的，后世子孙虽然不肖，但也不敢让它断绝在自己手上，否则怎有脸去见列祖列宗。”

她这两句话意味深长，听入众人耳中却有不同的猜想，不管怎么说，总也舒缓了方才的紧逼气氛，大家议论纷纷，举杯就饮时，突然听到厅外一声响亮的通禀——

“有旨意到——”

顿时满座皆惊！

午后的日光金灿和煦，稍稍驱走北风的寒冷，广晟将皮毛领子卷高，用纱袖卷成一条蒙住口鼻，却仍觉得飞灰呛人。

这是在碾子胡同深处的一处平民宅院，平时院里落满了槐花和榆钱，前一阵却被烧成一片废墟，偏偏横梁和几处大柱半悬着不肯落下，摇摇欲坠，看起来十分惊险。

“你确定东西就在这里面？”有人像拎小鸡一样扯过一个浓妆妖艳的妇人，恶狠狠地逼问道。

“老卜那死鬼就是这么说的……”那妇人流着泪颤声道，冲得脸上脂粉一道道的。

十余个黑衣缇骑旋风般地冲进去，却有人不慎把脚绊在歪着的门框上，扯动横梁就要砸下！

“小心！”广晟大喝一声，危急时刻急急抽出一支箭，朝着那坠落而下的长木射去！

羽箭如风，深深扎入梁身，发出沉闷的钉入声，生生将方向扭转一线，横梁擦着众人的脚跟落下，轰然一声巨响，烟雾腾起半空高！

那十多人已经吓呆了，摇摇欲坠地单膝跪地，却随即被呛得直咳嗽。

广晟顾不得尘烟弥漫，疾步冲了进去——被这么一砸，只怕找到东西的希望更加渺茫！

但只要有一线希望就要拼到底。

他在破烂散架的木柜床橱间寻找，又徒手在灰堆里找着，终于找到一只大铁盒，已经被烧得凹凸不平。

大概就是它了！

铁盒的锁孔已经彻底扭歪，他用剑劈开，只见盒中半卷纸笺已经烧得焦黑，辨不出字迹——

“建文……花……兰。”广晟只能隐约从黑色残页上辨认出几个字，纸页被风一吹彻底成了灰末——他的心直往下沉：线索就这么断了！

这是应天府杂役卜春来的家，陈设家具都极为简单，满眼望去再也找不出什么有价值的东西。

有人骂骂咧咧：“都是郭威那个猪头，看个人都盯不住，火烧起来也不知道，现在再来黄花菜都凉了！”

郭威正是负责盯梢的锦衣卫小旗，听着这话面孔涨成紫色："王八蛋你骂谁呢！"一扯绣春刀就要冲上来。

"都别动！！"广晟一声暴喝，让所有人吓了一跳，都停住了脚步。

"小子你懂不懂规矩，新兵蛋子也敢喝三吆四……"有人阴阳怪气地嘲笑，却在听到广晟下一句时吓得脚下一软——

"地下有埋伏！"广晟喊出这句话的时候，已经感觉脚下触及到丝弦一类的东西。

见他以僵硬的姿势保持不动，其他训练有素的锦衣卫缇骑立刻向后迅速退开。

"阿晟我来帮你！"这是和他投契的李盛，拿着短刀就要上来割断。

"全部别过来，否则会引爆火器！"广晟沉着冷静地说道，脚尖微微上提，感受丝弦的绷开角度和极限——这个动作极为危险，稍有不慎便是粉身碎骨。

他随即躬下身，拎起一根线，顿时吓得众人又往后退。

刀尖探入半分，手腕悬浮全不着力，以刃面平挑割开一半，只听"铮"的一声清响，丝弦的角度扭曲了大半个圆弧。

这声音险些吓得人一个踉跄，有人嘶哑着嗓音喊道："喂，小子，你到底行不行啊！"

话音未落就被人捂住嘴拖走——开玩笑，要是把人惊着了，大家可是要跟他一起陪葬的！

巧妙打成万字如意结的丝弦终于露出，广晟迅速想出解开的方法，此时那半根却终于承受不住重压，"当"的一声弹飞，地下顿时冒出火星——

所有人的心都悬到嗓子眼——只要火药被引燃一定会彻底炸开，那就是粉身碎骨！

说时迟那时快，广晟果断扑倒在地，用全身力量压住火星！肌肤被烧灼的焦味弥漫在空气中，李盛失声喊道："阿晟！"

广晟充耳不闻，额头露出细密的汗珠，他忍住剧痛，双手贴在地上，却如蝴蝶般翻飞灵巧——即使被扯得只剩下一小段，他也仍然执着地在解如意结的机关。

火星一暗又明，引线发出"哧哧"的声音，惊得人胆战心惊——

下一瞬，整齐的黑色火药纸包出现在众人眼前，而引线已经烧到了头！

说时迟那时快，众人只觉得眼前一花，广晟飞身跃起单腿一勾，那根坠落身旁的横梁竟然生生被挪了过来，日光照耀下，他双手飞舞挥动，将丝弦缠绕其上，随后用力朝远处一推——只听"轰隆"一声，震耳欲聋，木梁碎片飞溅四处，随后白炽耀目的火光暴燃而起，巨大气流将所有人冲得离地飞起，重重地摔落在地。

广晟只觉得眼前一阵火星直冒，模糊得什么也看不见了，随即胸口一阵憋闷，所有的内外伤势一起发作，"哇"的一声吐出一口血来，这才略微好些。

他剧烈地喘息着，抬起头看向四周——众人都东倒西歪地爬起身来，虽然衣衫破烂狼狈，满面黛黑，但终究没有大碍。

李盛第一个跑过来把他扶起，上下端详着他，见气色还不差，这才放下心来：

“好兄弟，这次可多亏了你——赶紧的，我送你去找大夫！”

广晟正要回答，突然发觉身边围满了人——这些袍泽、前辈都簇拥着他，闪亮的目光盯着他，先是沉默，随即是一声大喝：“好小子！”厚实的手掌拍在他肩上，那力道几乎又要让他吐血。

其他人也纷纷开口，内容却是与他们平日冷酷狠辣的形象大相径庭——

“我欠你这条命，今后必定还上！”

“好险啊，我老婆临盆——兄弟我全家都念你的情！”

“我要是死了这一家都得饿死——回头让我爹给你供长生牌位！”

“兄弟，你没事吧！”

一群大老爷们糙汉子围在身边聒噪，那音量简直是惊死个人——不是五百只鸭子，简直是五千只鸭子啊！

广晟捂着胸，突然觉得自己的头更疼了，唇角却微微勾起了向上的弧度。

“我说沈小哥，你有伤在身，我们抬你去看大夫吧？”

“不用了，我自己能行——喂喂，你们放开我，我有手有脚能自己走！”

“你是伤员，咱们给你特殊照顾，别客气啊！”

“喂喂，别抬我手脚啊，我没伤得这么重！你们放手啊！”

现场一片嘈杂嬉闹。

“这小子倒是有趣……”不远处的楼阁上，有人将这一幕尽收眼底，颔首之下将桌上的酒盅凑到嘴边，一饮而尽。

酒意深入肺腑，这是最烈性香醇的“玉壶春”，用一百年以上的酒母封坛酿造，即使是有钱亦是很难买到，这人却随意灌在锡壶里，倒酒时还毫不吝惜地泼洒出好些。

小小的酒楼开在深巷之中，中午时分也没什么客人。温暖和煦的日光越过古拙的青檐照在靠窗的座位上，投影出星星点点的斑斓图案。桌上只放了两只小盅、一碟盐煮花生、一碟笋干兰花豆。

二楼没几个人在，就一个伺候的小二，也靠着墙袖起手打起了盹儿。

对面小巷里那一阵巨大的动静，升起大片烟尘，震得地面也微微打战，小二摇了两下，仍然不屈不挠地睡着。

“大人对他挺有兴趣？”

“一群土狼中藏着一只虎，虽然还小，獠牙和爪子都不算锋利，但也足够让我惊奇了——尤其是，这还是一只有勇有谋的小老虎。”

此人一身玄纱长袍，轻然绾着个道髻，酒到酣处，雪里千锦的纯白狐裘也随意丢在油腻的桌上——只有在他抬头展眉的时候，才能看到他狭长凤眸里那一道湛然神光。

“所谓龙凤自有种，小老虎的出身也很有意思，济宁侯府沈氏，这样特殊的一家……只可惜，这样一场热闹，我纪纲是看不到了。”他微微一笑，玩笑似的摸了摸脖颈，“大好头颅，不知由谁来取？”

“大人！”另一人眼圈发红，睚眦欲裂，一掌拍在桌上，两个碟子发出清脆的响声。

“你又何必做小儿女态——自从走上这条路，我就料想，终究会有这么一天。”

传言中凶残暴虐、名声可止小儿夜啼的锦衣卫指挥使纪纲微微一笑，慢条斯理地捡了一块笋干吃着，轻声道：“我们就是皇上的鹰犬，平时替主上咬人，恶狗冒犯的人多了，皇上就该杀了狗炖肉吃，平息天下的怨愤了——这就是所谓的报应和天道，我没什么可怨的。”

“大人！”那人嗓音已经哽咽。

纪纲看了他一眼，继续咀嚼着嘴里那块坚韧的笋干，面上仍是一片平静：“但我只要还在一天，就得替锦衣卫谋划一天——我可以死，但暗部这一块不该被裁撤闲置！”

冬日午后的日光照在古巷的重檐白墙上，纪纲靠着窗，冷眼看着巷子里那些锦衣卫勾肩搭背着走出来，四个人还小心抬着兀自挣扎的广晟，不由得笑出了声。

另一人还沉浸在悲愤惨淡的气氛中，突然听到他的笑声，顿时呆住了。

“这个小子，真是有意思。”他两次说了有意思，又夹了颗兰花豆进嘴，“也许，我该给他一个机会，一个改变他命运的机会。”

沈府宾客满堂正在闲话，突然听到有旨意到，愕然过后，有些人就吓得战战兢兢，生怕出了什么祸事。

总的来说，今上朱棣是一个英明、果决、雄才大略的皇帝，但他性子暴虐、喜怒无常，对犯错的臣子尤其苛刻，再加上永乐初年那一阵腥风血雨的屠杀，使得满朝文武听见有圣旨就吓得惶惶不可终日。

陈氏刚刚被人提起丈夫当年的蠢事，这一声长喝正中她的心病，一口气没接上来就晕厥过去了。

太夫人厌恶地扫了她一眼，低声吩咐道：“掐她人中。”

一旁的王氏不等她吩咐，连忙转身交代人去准备下香案、诰命服饰，等等，倒是引来太夫人赞赏的一瞥——跟这个二儿媳斗法多年，对她本人的才干和手腕倒是颇为喜欢的——要是她嫁的是自己的亲生儿子该多好！

这个念头只是一闪而过，四老爷远在交趾，且年纪也小得多，完全不匹配——但他也二十有八了，总该明媒正娶一个才是。压下心中闪过的众多烦心杂念，她仍是端庄和蔼的太夫人，在众宾客猜疑揣测的目光下，站起身来，款款朝外走去，其他各房人等簇拥在她身后，一时倒也声势不小。

香案齐整，众人都着朝服和凤冠霞帔，跪接聆听，中官满面肃然地扬声念道，底下众人惊诧过后，心中却是被狂喜萦绕——

竟是沈源被拔擢为户部右侍郎，兼左春坊谕德学士！

户部总管天下钱粮，任你文武百官都要客气三分，右侍郎是从三品的官衔，相对先前正五品的侍讲来说是越级擢升了，至于左春坊谕德学士虽是虚职，个中涵义却更是明显——春坊原是东宫官署名，本朝却与太子詹事府再无关系，转而成为翰林官迁转之阶，若要入阁为相必定要有这一段过渡的资历。

这简直是飞来喜事！

跪在下首的沈府众人面色各异，大部分人是喜上眉梢——二老爷这般平步青云，真是全家都与有荣焉！

那中官不过三十出头，白净皮肤中等个子，看着颇为沉稳干练，念完旨意后就不再板着脸，笑吟吟地上前，向沈源恭喜道："沈学士才高八斗，圣上正要大用，此后青云之路还长着呢！"

"连您也来打趣我。"沈源素来严峻的脸上居然带着亲近的微笑，"我不过一介书生罢了，张公公您才称得上是平步青云——看你这一身紫袍便知端倪了。"

两人一番说笑，显得熟悉随便，旁人听了几句，便知他们是当年燕王府的旧识。

此时，后堂的宾客也得了消息，纷纷前来恭贺，张公公不便与外官多加接触，便要告辞离去，王氏眼疾手快，已经命人取来一只描金蜀锦绣工的荷包，里有一张一百两的银票，她又撸下腕间镶红宝石的金镯放入，收在袖下悄然递过，笑道："劳烦公公跑这一趟。"

张公公坚辞不收，实在盛情难却，只得解下腰间一枚玉牌，赠给一旁的二房大公子广仁，笑道："这点小小玩意儿当不得什么，贤侄随便拿着赏人玩吧。"

沈源定睛一看，吓了一跳——居然是宫中款格，雕工与市面上的都不同："这太贵重了，他一个小孩子怎么受得起？"

"受得起！"

张公公笑眯眯地说道："令公子这科一个举人功名必是手到擒来，我朝除了解学士以外，马上又要出一位年轻的读书郎了。"

即使明知是恭维，王氏的唇边也露出一丝心满意足的微笑，而这微笑映入不远处陈氏的眼中，却是无比刺眼可恨！

她双手握紧成拳，笼在锦衣长袖之中，眼睁睁地看着沈源与王氏满面笑容地送走宦官，又被众宾客簇拥围绕着，满耳听到的都是对二房夫妻的恭贺巴结之声——她的心中又酸又妒。

凭什么？二房不仅官运亨通，儿子又出类拔萃，一样的妯娌，王氏凭什么压她一头？

不经意间在宾客对谈中听到一句："这济宁侯府的爵位承继迟迟批不下来，该不会是圣上要把这位置留给自己的宠臣吧？”

这一句宛如雷击，她的脑袋嗡嗡作响，那方才的妒意，在这一刻化为疯狂的憎恨——

她眼中闪着狠毒的亮光，看向一旁正襟作揖的广仁，还有和丫鬟嬉闹的广瑜。

广晟被一群袍泽近乎五花大绑地押到医馆，大夫看后说是一般的震裂内伤，只要好好服药几帖就行，其间要戒酒戒色，等等，反而引得众人窃笑不已。

随后他们居然想出个更损的主意——他们要去万花楼找姑娘大开宴席，答谢广晟的救命之恩。

满座莺声燕语，温香软玉贴在身边，众人都喝得晕陶陶，唯有广晟端着装满清茶的瓷杯，独影孑然——只因众人都齐声告诉他：“大夫说了，要戒酒戒色！”

这就是答谢救命之恩？这群混蛋真说得出来啊！

广晟默然无语，恨恨地只能拿茶水泄愤，于是一晚上喝了很多，倒是引得万花楼那个美貌老鸨都问了一句：“我们最近进的茶叶很不错吗？”

喝了一缸子茶，看了一夜的美人，欢饮笑闹一场盛宴都已经散了，天边终于露出鱼肚白，广晟懒洋洋地打马回府，只见满府都是静悄悄的，难得见到几个仆妇也是一副懈怠模样——显然是昨夜庆祝太夫人寿诞忙得很了，现在都干脆偷懒了事。

他并不愿惊动什么人，径直朝二门走去。

天色更亮了些，露出些淡青的晨光，广晟绕过夹道朝西走，途中经过庭院回廊。

南边的庭院讲究意趣，小池莲叶，假山嶙峋，算得上曲径通幽，一步一景。

突然有两道人影，一高一矮朝他急急走来。

“二弟，你究竟有什么事找我们？”这是广仁疑惑地问，一旁的广瑜长得玉雪可爱，只是嘟着小嘴别着头不愿去理广晟。

“我找你们？什么时候？”广晟一头雾水，满是疑惑地反问道。

三人遥遥对面一问一答，走得越来越近，此时只听“轰隆”一声巨响，身旁的假山突然崩塌下来！

“快闪开！”

“啊——”

电光石火之间，广仁一个箭步冲前，扑上去用身体护住呆愣住的广瑜，广晟动作更快，冲上前将他们两人用力一扯——两人被硬生生拉离了最危险的假山下，却有一块巨石滚落下来，正好砸中了广仁的后脑勺！

血花四溅！

而广瑜被他牢牢地压在身下，被鲜血溅了一脸，彻底被惊吓住了，双瞳之中满是茫然木呆。

巨大的声响将附近的下人惊动，跑来一看，顿时发出惊天动地的尖叫声——

"出大事了，快来人啊！！"

尖厉惊恐的叫声，响彻了整个沈府后宅，也标志着一场腥风血雨的开始。

"这个畜生不如的东西……连亲生兄弟也要害！"沈源一掌拍在桌上，气得直打哆嗦，烦躁地在房中来回踱步。

素来沉稳能干的王氏，此时也双眼红肿，坐在床边死死地凝视着昏睡中的广仁，连发髻散落都浑然不觉。

"广仁，广仁你醒醒啊！"她嗓音嘶哑，双手连被带人环抱住长子轻轻摇动，神色哀狂。

"吴太医来了。"姚妈妈来禀报，王氏眼中闪过强烈的希望光芒，忘形地站起身来就要冲出，但她随即恢复了理智，吩咐道："快请。"

吴太医五十出头，却留有一副浓密的长髯——据说他三十出头就在太医院成名，却被人以"年轻还须磨炼"为由，迟迟不得晋升，于是他为了强调自己年纪不小，就干脆留了长胡子。

这还是托了宫里的路子才请来的，否则还不能如此顺利快速。

吴太医探脉问诊后，眉头微蹙，好似很不愿说——王氏顿时觉得眼前一黑，强撑着问道："我儿究竟如何了？"

沈源也紧张得交握双手，却听吴太医道："脑后高肿，人又迟迟不醒，只怕是被砸中窍穴，瘀血积于颅内……"

他摇了摇头不再说下去，王氏再也支撑不住，脚下一软倒在床边。

姚妈妈赶紧去扶，嘴里大声哭闹道："哪个黑心的下贱种子，害了我家大少爷！不得好死啊！"

2.

她的嗓门本来就大，现在带着怨气哭号起来，越发尖厉刺耳："大少爷已经这样了，连四少爷也被吓得魔怔了，苍天啊你没长眼，害人的不得好死哪！"

一旁的大夫眉头一皱，随即好似什么都没听到，挥笔写着脉案。

"够了！"沈源烦躁地怒喝道——他向来自诩文臣风骨，门风清正，此时却在外人面前暴露出家中丑事，心中一阵光火。

他的怒喝惊醒了王氏，她幽幽地吐着气，却一个字也说不出来，姚妈妈哭着凑到她耳边去听，却是："吴太医……广瑜……"

姚妈妈哭着复述，沈源立刻明了，赶紧请吴太医去另一个房间看被吓傻了的广瑜。

广瑜才七岁大，长得粉雕玉琢，平时灵动的双眼却失了光泽，呆滞茫然地看着前方。

吴太医用修长的手指挑开他的眼皮，看一下瞳孔和眼白，略一沉吟，便拿出艾绒熏火，一阵辛辣怪味弥漫整个房间，广瑜打了个喷嚏，茫然的眼珠顿时有了动静，他“哇”的一声哭出了声，大声嚷嚷道：“大哥，二哥！！”

姚妈妈一把抱住他，带着哭腔道：“瑜哥儿不哭，不哭……来，告诉大家，是谁让你们去那儿的？”

广瑜拼命地摇着头，语无伦次道：“假山、假山倒下来了，大哥救我……二哥快来！”

吴太医出了隔间，告诉沈源道：“四少爷只是受了惊吓，神志还在，他现在虽然不大清醒，休养几天就会好转。”

沈源总算眉头略微舒展些，一旁的王氏粗喘着气，也渐渐平静下来。

王氏身边的大丫鬟娇柳匆匆进入，身后跟着外院的几个管事，她手里拿着二指宽的纸条，气喘吁吁地呈了上来，沈源一看，果然是广晟约两人晨间在庭院见面的便笺。

虽然心中已经信了八九分，此时最后的疑问也没了，他冷笑着咬牙，抖着手将便笺撕个粉碎，一把粉末撒到地上：“好个孽障，这是要我家破人亡哪！”

王氏却是目光闪动，似乎想站起身来阻止他撕便笺，但身子沉重，动了一下也没能及时阻止。

“广晟……他现在在哪儿？”她试探地问道。

沈源疲惫地抹了把脸，冷声道：“小小年纪就有这样枭獍之心，我沈某人没这样的儿子！我让人把他绑起来慢慢审！”

他看向王氏，眼中有清晰的愧疚与痛楚：“我早该知道，有其母必有其子——养出这样的畜生，是我对不住你。”

王氏垂下头，眼泪簌簌地流下，却是默然无语。

看到她这副哀莫大于心死的模样，沈源心里也很不好受，他负着手，僵硬地说道：“你先好好休息。”转身便离开了。

王氏也没有抬头看他一眼，只是低着头，温柔地替广仁擦着额头残留的血痕。再抬起头时，她眼中满是狠绝阴惨的光芒——好似一头被人夺走亲儿的母兽，让人感到不寒而栗！

“你们都去……”她轻声细语，姚妈妈、娇莲、娇柳、春杏等都噤声屏息，垂手听着。

“去把今日晨间，全府上下人等的行踪都查个清楚——若有人不配合，不必报我，直接打死！”

姚妈妈愕然：“夫人，这是为什么？难道府里还有那个小崽子的党羽？”

“有没有，现在还很难说……”王氏的声音轻而缥缈，宛如鬼魅的冷笑在房内响起，“也许是有人助他一臂之力，也许……这其中另有蹊跷！”

广晟用身体巧劲在地上挪动了一下，手脚间的麻绳便略松了几分，但脊背上的伤口火辣辣地疼。

旧伤未去，又添新伤。

想起昨天大夫“戒酒戒色”的建议，他不禁苦笑了一声——这下可好，只怕要连小命都要戒了去。

日光透过破损的屋顶和墙角透射进来，斑斑点点宛如一双双椭圆的眼睛，冰冷地注视着这个满身伤痕、五花大绑的年轻男子。

这间破旧的廪房原本是储存谷子稻米的，由于到处都是破洞，所以经常有老鼠钻进钻出祸害粮食，管事一声令下把这里搬空了，等待开春再动土修造。此时，整座空荡荡的廪房里，只剩下他孤零零一个。

北风呼啸的阴冷，从那些大大小小的破洞里席卷而来，广晟身上的皮棉袍子已经在混乱中不知去向，他只着夹衣躺在冰冷的地砖上，浑身的血液都几乎冻得凝固起来。

刺骨的寒意如同蚂蚁一般游走在四肢百骸，他加紧扭动，想要挣脱绳子，无奈这里连块石头的尖边也寻不见，一时半会儿根本不能解开。

“吱呀”一声，破门被人推开了，他睁开眼，看到的竟是熟悉的面容——

“怎么又是你？”

“这句话该我来问才对！”小古皱起眉头看着他，又扫了一眼四周环境，心里得出一个结论——这个暴力男又闯祸了！

她板着一张乌漆麻黑的脸，提着竹篮就走了进来。篮子里放着简陋的两菜一汤，还有一碗米饭。随着她的走近，广晟感觉到自己肚腹一阵雷鸣，饥饿的感觉好似火烧一样蹿升上来。

“这是我的饭？”他嗤笑着看着篮子里那几只碗，语带讥诮地笑出了声。

“听说死囚临死前还能吃顿好的，府上拿出这种东西做我的断头饭，实在是太过小气了！”那两菜一汤，汤是最便宜几乎白送的烂白菜帮子汤，菜是暖房里被人丢弃的凉拌大萝卜，最后一道排骨还是肥肉油腻的那种。

他摇了摇头，仍旧五花大绑着坐起身来，傲慢地张开嘴就等着她喂。

“啊——蠢女人你干什么？你把饭塞到我鼻子里了！”

“我、我真的不是故意的啊！”

“笨手笨脚的！”

“对不起，实在是对不起。”

小古慌慌张张地取过汤碗，一个不小心摔在地上，顿时摔了个粉碎。

“天啊，上好的甜白瓷碗……”

广晟痛苦地把脸歪到一边，惋惜得连五官都要变形——他平时对瓷器颇有研究，这只碗虽然有个缺口，但仍算是件精美的瓷器，没想到才被送到自己面前，就成了这四分五裂的德行。

突然，他目光一闪，停留在满地的瓷器碎片上。

正要打主意把碎片弄到手，突然大门被人气势汹汹地撞开了！

门板的巨大声响把两人吓了一跳，小古手一抖，险些把肥肉扣在广晟脸上。

“珍小姐，千万小心脚下的台阶。”

出现在门口的是两位女子的身影，前面的一身桃红比甲配淡蓝袄裙，虽然是丫鬟打扮但仍是妆容精致，她一手推开了门，侧身让身后的主子进入。

日光照得满室灿亮，广晟躺在地上，眼睛桀骜地向上看，见到来人手提着描金镶螺钿的三层漆盒，他不禁哼笑了一声：“是来给我送饭的吗？”

他幽黑的眼眸朝着小古一瞥，更带几分玩味与轻讽：“只可惜，这蠢丫头已经给我送来午饭了，虽然寒碜了点，但也能填饱肚子不会被饿死，倒是让某些人失望了。”

回应他的是一记狠狠的耳光，纤纤玉掌力道不小，将他的脸打得歪向一边。

“这一记，是替父亲和母亲来教训你的！”如珍气得柳眉倒竖，星眸圆睁，激动之下，头上口衔明珠的累金丝凤钗轻轻摇晃，发出清脆的响声。

她身着海蓝缠枝莲纹的褙子，月白色绣紫蕊的交领长袄，外罩漳绒绣白狐边的昭君套，发间凤钗耀目，更显得她眉目秀丽，一派贵气。

“你从哪儿学来这么残忍下作的手段，连自己的亲兄弟也要下毒手？！”她怒气冲冲地质问道。

广晟转过头来，脸上已留下清晰的指痕，他冷笑之下，眼中的讥诮几乎要凝结成冰：“连你也以为是我谋害他们？”

“到这地步了，你还要撒谎否认？”如珍的眼中满是失望和鄙夷，“大哥和三弟的小厮都说是你房里的丫鬟递来的纸条，邀他们到东院假山下说话——杀人害命，证据确凿，你还有什么好说的？！”她越说越气愤，“你从小就不学好，成天游手好闲，荒诞行事——父亲母亲为了你操心劳神，你不但不思悔改，居然还对父亲的责打怀恨在心，对亲兄弟痛下杀手——我和你一母同胞，却也不齿你的为人！”

广晟闻言目光一闪，唇角勾起绝美而狠辣的笑容：“你终于把心里话说出来了——你平时事事趋奉嫡母，恨不得投胎到她肚子里，和我做一母同胞的手足，真是委屈你了！”广晟的语调满是讽刺辛辣，而这位如珍姑娘也不是省油的灯，双眸含威瞪了回去：“这世上的事脱不出一个理字，母亲为人公正慈爱，我敬她爱她又有什么错，总比你时时忘不了姨娘，心怀怨怼的好——姨娘虽然生了你我，却是品行下贱不端——”

“住口！”她话音未落，广晟一声大喝打断了她，眼中怒火比天上雷电更为悚亮，“你从哪儿听来这种谣言？”

“从我记事起，满院仆妇明面上不说，暗中却把姨娘的事嘲笑说嘴了无数遍……”如珍说到这里，又是怨恨又是辛酸，声音都带了哽咽，“姨娘本身行事不正，二哥你又在她身边耳濡目染，学了那些脏的坏的……这次终于闯下大祸，我也救不了你了。”

她亭亭玉立，俯下身把漆盒打开，拿出一件厚实的棉袄和鞋袜等物，放在他身边，幽幽道：“看在兄妹情分上，这是我最后一次来探你，你好自为之吧。”

说完匆匆而去，好似广晟身上有什么脏秽会传染似的。

门板又被严实地关上，小古愣愣地站在一边，自始至终，这位如珍小姐都没把她放在眼里，大概是笃定她不敢也不能出去乱说。也或许，她这一番表明心迹的话，正希望有人替她传扬出去，最好传入王氏耳中，也算彻底与兄长划清界限了。

“哈哈哈哈……”广晟躺在地上，五花大绑着，却突然发出狂然大笑，笑声响彻整个阴暗的祠堂。

下一刻，他从地上一跃而起，身上绳索寸寸碎裂!

“你……”小古眉头微动——她从他的眼中看到狂怒之下的决断。

“我不会坐以待毙。”广晟冷冷一笑，袖中滑出一柄精钢匕首，熠熠生辉，“有人想要我死，我偏不能让他们如意。”

他转身就要踢开大门，却听身后小古清脆地喊了一句：“等一等。”

他回过身看着她，日光轻泻点点，照在她脸上，他突然觉得她污黑看不出相貌的脸上，那一双黑瞳流光溢彩，比海月明珠更加华美——

“把我绑起来吧。”她轻声说道。

他先是愕然，随即明白了原因——她是不愿被自己连累，非得上演一番苦肉计。

“好一个刁滑的小婢……”他不禁失笑，端秀绝伦的面容因这一笑而戾气稍减，他转身折回，用地上的断绳草草将她绑住，还很好心地问她，“要不要把你打昏了事？”

小古一愣，随即很诚实地摇头：“我怕疼。”

他发出大笑声，站起身来将门推开，漆黑的长发随风而扬，一瞬间就看不到他的背影了。

广晟快步走出，一路上却没遇到几个人——府里出了这种事，得脸的下人们都簇拥在主院伺候，其他人见主子们怒火万丈也怕吃了挂落，都不敢出来抛头露面。

冷风吹过他滚烫的身子，头脑为之一清，不知不觉间，那般怨怒也渐渐冷静沉淀下来。

到底是谁设下这个圈套要害他?

手中的匕首摸起来冰冷一片，他握得更紧，脚下步伐一顿，却朝着马厩而去。

锦衣卫的人经常把杀人放火挂在嘴边，实际上，真到了那一步，就是山穷水尽鱼死网破了——这个府里，那些陷害他、朝他娘身上泼污水的人，从礼法和血缘上却是他的至亲，若真是痛下杀手，整个大明朝的舆论都将视他为大逆不道的恶贼，天下之大，都不会再有他的容身之处。所以，他不会铤而走险，贸然报仇。

阳光下马厩里一片平静，在燕麦和稻草的气息中，十余匹马正在安详地咀嚼着，广晟走了进来，匕首挥出，割断了所有的缰绳。他还嫌不够，又在马屁股上不重不轻地戳了一刀，顿时众马齐鸣，暴烈轰跑而起，小小的马厩经不起这折腾，顿时倒塌下来。马匹冲开木门，乱七八糟地跑了出去，外面传来小厮和男仆的惊叫声，甚至有马匹长驱直入，朝着内宅方向而去，女子的尖叫声顿时响彻云霄。

广晟的唇角微微上扬——叫得矫揉造作真是难听，那个小丫头就不会这么咋呼。

他不及多想，纵身一跃，上了自己牵住的那匹最神骏的白马，一拉辔头，朝着院外飞驰而去。

从此，海阔凭鱼跃，天高任鸟飞！

清渠院的正房里，午饭早已摆了满桌，琳琅满目让人食指大动，却没人动它，任由热气腾腾的菜色逐渐冷却。

“夫人您多少用点吧！”娇莲、娇柳侍立一旁，姚妈妈苦口婆心地劝道，“大夫也说了，大少爷不定什么时候会醒来——他平时最是孝顺，怎么忍心看您为他不吃不喝？”

王氏倚在紫檀雕花靠椅上，背后斜斜垫了个墨青织锦软垫，整个人好似要支撑不住，连嗓音都嘶哑低沉了好些：“想到仁儿脑子里瘀血不散，我怎么吃得下去！”

“这个节骨眼儿上，您可要撑住啊，就算为了大少爷和四少爷，您也好歹吃一点保持元气。”提及两个嫡子，王氏的眼珠动了一动，终于缓缓直起身来，一旁的娇莲赶紧替她舀了一碗鸡汤——这是用棉罩密密备在那儿的。

王氏草草喝完，垂目默然无语，整个上房陷入了死一般的寂静。

许久，她才幽幽吐出一句：“这里面，另外有人捣鬼。”

姚妈妈一惊：“难道说，不是那小贱种下的毒手？”

“若是那小畜生要对兄弟下手，会留下纸条这么明显的把柄吗？更何况，他居然站在假山下一起挨砸，是想自己找死吗？”

王氏身上有些力气，略微恢复了冷静，越想越是不对：就算广晟要用苦肉计，但两人受伤非同小可，他就这么有把握众人会信他？

这么多年，沈源对他很是厌恶，这点上下人等是有目共睹的，出了这等大事，沈源怒火攻心之下，根本不曾听他辩解什么，就把人五花大绑关进廪房，还曾露过口风：若是两个儿子有个万一，定要这小畜生赔命。

想到这里，王氏悚然一惊，好似抓住了什么——如今二房的子嗣里，广仁受伤，广瑜受惊，广晟眼见性命不保，剩下的广平不仅是婢妾所出，且性情庸碌……

若是二房彻底倒了霉，谁能从中得益?

想到这儿，她目光霍然一闪，惊怒交加——

正在这时，只听院外一片喧哗，轰乱的马蹄声混合着丫鬟们的尖叫，好似众人都在纷纷闪避!

“又出什么事了？”王氏心中已是大怒，冷声喝道。却听外面马嘶声越发响亮，中间夹杂着女子的哭腔：“珍小姐、灿小姐……快救人啊！”

如灿!

王氏一听这话宛如五雷轰顶，一心记挂着自己心爱的女儿，站起身来要冲出去，却不料坐得太久，顿时头晕目眩倒了下来。

“夫人！”在众女的尖叫声中，王氏奋力撑起身子，吃力而急切地说道：“快去救如灿，快！”

希律律的马声长嘶在这一瞬戛然而止，所有人哆嗦着手脚，却不知是凶是吉，随即只听一声清朗男音吹成的口哨，宛如寒天冰刃，漠上军笛——

“停下！”

“是越哥儿！”

王氏听出了这嗓音，顿时眼中露出惊喜的光芒，她定了定神，在大丫鬟的扶持下，急匆匆冲出了正房，跌跌撞撞地穿过廊下，却见中庭里乱七八糟，仆妇婆子们站着躺着一地，正中间一匹高头大马双眼血红，鼻孔朝外喷着热气，前蹄刨抓着好似要继续奔跑肆虐，但因为背上那人的钳制，它的缰绳被拽得紧紧的，再也不能上前一步!

马上那人单手勒住缰绳辔头，另一手打横环抱着一道蓝衣少女的纤细身影——而马蹄前方不远处，二小姐如灿正茫然呆愣地跌坐在地，显然也受了极大的惊吓。

“如灿！”王氏的嗓音发急紧绷，再也顾不上仪态，冲上前将女儿搂在怀里，双眼含了泪光，“你怎样了，是不是被马踢中了？”

“驭——”一声冷喝，那匹跑进内院肆虐的疯马终于停了下来，马上的黑衣青年带着怀中佳人一跃而下，匆匆行了一礼，“见过姨母。”

“越哥儿！”王氏快步走到他跟前，欣慰而激动地打量着他，“你怎么来了，这到底是……”

“这马的臀腿处被人刺了一刀，剧痛之下冲进了内院，正好遇上了我。”萧越冷眉微皱，语调沉稳而简洁，幽黑双眼底透出一道冷芒，扫视现场众人，好似要从他们身上看出什么疑窦。

“多亏有你及时到来，否则真是不堪设想……”王氏紧搂住爱女，心中后怕不已，她强自振作，笑着对他道，“家里刚出了事，眼下又闹了这一出，倒是让你看笑话了。”

萧越眉头皱得更紧，眼中微露关切：“我也是下值后听说姨母这里出了变故，放心不下，所以过来探望——两位表弟究竟怎样了？”

王氏正要回答，却听怀中的如灿一声娇泣，轻轻挣开母亲的怀抱，攥着帕子到了萧越跟前，盈盈福了一礼：“越表哥！”

她好似非常激动，说话间将站在萧越身旁的如珍挤了开去，泪眼婆娑地看着他，哽咽道：“我大哥一直昏迷不醒，四弟也受了惊吓一直啼哭……”

她想起手足情深，哭得鼻头发红，整个人都要站立不住，萧越连忙伸手扶住她。

“二妹快别哭了……”

“越表哥……”如灿“哇”的一声大哭，投入他怀里，诉尽所有委屈。

如珍身着海蓝缠枝莲纹褙子、月白绣紫蕊交领长袄，显得端庄而清贵。她主动上前替如灿擦泪，却遭到如灿猛地推开——

“不用你假好心，你跟广晟是一个娘生的，他做的坏事你也逃不了干系！”

萧越一听这话，眉头因为诧异而跳了一下——眼前这一派平静的少女，就是那个恶毒纨绔广晟的同胞妹妹?

他想起方才进院门时的一幕：一眼看到这少女即将被马蹄踢中，情急之下飞身跃去将她抱起，原地旋了一圈这才将惊险避过——自始至终，她虽然吓得发抖，却竭力冷静不发一声尖叫，真是胆识过人!

仿佛感应到他打量的目光，又好似想起方才搂抱的一幕，如珍羞得面色微红，低下头去。

一旁的如灿冷哼了一声，继续骂道：“猫哭耗子假慈悲！”

“如灿，不许胡说！”王氏面色一变，冷声呵斥道，正要请外甥进屋坐，却见萧越略一沉思，道：“我认识一位民间良医，善治各种疑难杂症，不如请他前来一看？”

王氏闻言，眼中燃起一道希望的光芒。

两条街开外的青石堤道边，广晟正在策马疾驰，突然一群黑衣人将他团团包围!

他勒住马，脸上浮现冰冷而绝丽的笑意——

“身份、来意。”

“我家大人想见你！”黑衣人阴森森地说道。

“藏头露尾，连名姓都不敢报的人，不值得我一见。”广晟掉转马头正要冲出包围，打头一人朝他丢出一物：“我们大人说，你看了这个就明白了。”

广晟接手一看，顿时脸色大变：“是他？”

看起来极为平凡的宅院，内中却是别有洞天，曲径通幽，廊腰缦回，各种名贵花木掩映着雕梁画栋，飞檐高阁，宛如神仙之境。

一路看见的仆妇男丁都穿得精细体面，各安其职目不斜视，周围流水潺潺，鸟声悦耳，却听不见人声喧哗。

广晟跟着引路的黑衣人默默走着，手中不禁摩挲着那封别致的名刺。宽大宛如一本纸书，桐木打磨得滑不留手，上面刻了一个大大的“纪”。

这个名刺拿出去，天下没几个人肯收，只因它意味着皇权之下最恐怖的阴暗势力——锦衣卫的首领，指挥使纪纲。

广晟不知道这样的大人物找自己究竟有什么事，既然已经来了，他也不愿再想，就这么穿过重重亭台楼阁，来到了北面一处空旷而陈旧的院落。

天近黄昏，最后一道淡金色暮光照在那龟裂发黑的门槛上，檐头的青瓦露出“福禄寿喜”的古篆图案，地上的青砖被踏得平滑如镜，黑漆大门上的铜环已经被岁月浸润得精光黯然。进门便是宽广开阔的花圃，里面却不像院外那般，种满了珍奇花卉，而是随意栽了些小小的桃树李树，地上蔓延成藤的还有小南瓜、金铃子等，五彩缤纷，田园意趣十足。

两边花圃中央空地上摆着一方木桌，粗瓷大碗里盛着四菜一汤，碧绿青菜、酱红排骨、金黄南瓜片加上乌鱼汤，配上晶莹雪白的米饭，引得人垂涎欲滴。

果蔬之中，有一道穿着粗布短衣的身影正在忙碌，听见脚步声也不回头，只是淡淡道：“来了吗？”

黑衣人深深一躬转身离去，剩下广晟对着满桌菜色发愣。

“吃吧。”一声平淡的吩咐，好似对着自己子侄辈一样。

广晟想也不想，金刀大马地坐下——他一天都没吃到什么像样的东西，正是饥火中烧，干脆风卷残云一般开吃。

桌上那四菜一汤都被吃了大半，他又添了一碗饭，这才心满意足地放下碗，用绢帕擦了擦嘴。

“你长得秀气，吃起饭来却跟饿死鬼投胎一般。”那人终于从花径中走了出来，短衣布履，意态闲适，一双狭长的凤眸含着笑——虽然打扮简朴，举止之间却有淡淡的书卷气。

广晟凝视着他，突然郑重抱拳，单膝行礼：“属下参见指挥使大人。”

纪纲挑眉看向他，心情颇为不错地笑了：“这里没有什么大人和属下，只有种田汉和吃白饭的小子。”

他单手一扶，广晟便觉得有一股难以抗拒的力道将他扶起，心中暗暗吃惊——早就听说纪纲大人是文人出身，没想到一身功夫也如此精纯。

这位凶名远播的指挥使纪纲大人，原本是有大好前途的读书人，二十岁出头就成了“诸生”。太祖洪武皇帝曾经有十多年不开科举，所谓的“诸生”，已经算是学问深厚的儒士了。

身为饱读诗书的青年才俊，纪纲却毅然投奔当时还是叛逆的燕王朱棣，倔强地拦在他马前要加入靖难军，此后便成为朱棣军中的得力干将，立下无数奇功，成了这威名赫赫的锦衣卫指挥使。

纪纲见广晟望着自己出神，微微一笑道："那日见你临危不惧，破开火药机关，今日一见，倒是不如那日的雷厉风行了。"

他示意广晟坐下，自己随意坐在一旁的竹制靠椅上，眯着眼，静静地看着逐渐暗离的天光。

"知道为什么唤你来？"

"是因为属下闯了大祸，离家叛门而出。"广晟的神态平静而从容，好似在讲述一件与自己全然无关的事。

这个南京城里，上至皇帝与哪个娘娘欢好，下至哪个芝麻小官抱怨了一句天气冷热，眼前这人只要愿意，都可以了如指掌。

纪纲一愣，笑意变得更深："这是你的家务事，外人不该多管——我叫你来，是因为你做事束手束脚，丢了我们锦衣卫的脸。"最后几个字，乃是冰冷吐出，脸上的笑意也转为冷然妖异，"你居然跟你那些嫡母兄长讲什么证据——真是笑话，我们锦衣卫的人出马，没有证据你难道不会作假？有什么罪名黑锅只管往别人头上扣，谁能反驳，又有谁敢于反驳？！锦衣卫做到你这份上，简直是受气的小媳妇——旁人看了，还以为我纪纲手下都是些软柿子！"这话带着十足的邪气与狂妄，若是那些清流言官听了，只怕要气得七窍流血。但偏偏说这话的人是纪纲——他好似有一种奇异的魔力，让再狂妄的言行也变得理所当然。

广晟受他一激，额头青筋霍然一跳，但神色仍是不变："指挥使大人高见……然则，我隶属暗部那一块——我们就是大人您的眼睛和耳朵，是您隐于暗中的另一双手。我若是贸然行事，坏了锦衣卫的大事，那才是万死莫赎。"纪纲听了目光闪动，似笑非笑地瞥了他一眼："你很会说话。"

"属下一片赤心，天地可表。"

"你也很能忍。"

"小不忍则乱大谋。"

"大谋？"纪纲突然嗤笑出声，"你一个区区小旗，能有什么大谋？"言语之间被逼到这个份上，广晟目光一闪，却是毫不害怕地抬眼迎视于他："卑职的大谋，就是大人您心中所想……那就是：狡兔得而猎犬烹，高鸟尽而良弓藏。"

"放肆！"纪纲突然暴怒，脸色因这怒意而变得格外苍白，"你这是诽谤当今圣上！"

"扇子是闺秀少女们的爱物，但到了秋天就变得毫无用场……天下升平已久，我们锦衣卫的侦缉捕拿之职，在圣上和诸位大人眼中，就显得越发碍眼了——即使大人您是他信赖的肱股之臣，也不会例外。"纪纲死死地盯着他，半晌，才发出极为畅快欣慰的大笑声："好，很好！你的父亲沈源看似方正，内里却极为圆滑，你跟他却是完全不同，说话做事都很合我的胃口。”

不等广晟回答，他断然吩咐道：“你们济宁侯府那事，说大不大却最是糟心，你也不必回去了，我另有差使交给你。”

抬眼看向广晟，他的凤眸流转，沉静威严间，却另有一种野心炽燃的光芒——

“这是一个你难以想象的机会——它能改变无数人的命运，也能送你攀上荣华富贵的顶峰……当然，若有丝毫的不慎，你也会粉身碎骨——你，愿意接受吗？”对上他那双闪着光的眼睛，广晟一时愣住了。

不知过了多久，夜幕已经完全落了下来，院中并无灯火，他却觉得胸口有一团无形的火焰正在燃烧，风声气流在他耳边涌动，他清晰地听到自己回答道：“愿意。”

“好，我果然没看错人！”纪纲洒脱地一笑，扬声吩咐院外守候的人，“替他准备一个京营的军籍。”

“接下来，我会慢慢告诉你，这一切究竟该怎么做……”他的笑声颇为欢愉和轻松，不知怎的，却染上了一层暮气的苍凉。

“什么？她们人在京营？！”夜色萦绕之下，金兰密会仍在万花楼的兰香阁中召开。小古听到这一句，情不自禁地惊问出声。她感觉自己的双手在微微颤抖。

“事隔多年，她们，居然还活着吗？”她的嗓音哽住了，好似在问大哥，又像是喃喃自语。

3.

周围众人都屏息去听，面色惨白却又手心出汗，害怕听到自己相熟之人的消息，又怕客死他乡，永无音讯。

烛光明灭不定，幽然一熄，映得他们好似一群躲在暗阁中的鬼魅——这是一群永远无法暴露在亮处的可怜人。

“我们打探到的消息，这次从边关送往京城四十六卫的各位罪臣女眷共有二十八位。她们人还活着，只是……”大哥沉稳的嗓音此时也停住了，好一会儿，才道，“她们在边疆军营里轮营为妓，过的又是那种日子，可说是生不如死……中间受不住凌辱投缳自尽的、冻饿贫病而死的，已经数不清了。”

小古深吸一口气，竭力平静自己的心情，一旁的三姐宫羽纯死死咬着唇，想到了自己的遭遇，整个人好似呆傻了一般。

老七秦遥眉头皱得深紧，许久才道：“为何要把她们调运回京？”

大哥冷笑一声，满含无穷的怨毒：“这又是我们那位圣上的仁慈天恩了——边军那边上奏：这些妇人身体虚弱已极，他们不想要这些军妓了，恳请皇帝开恩把人放走吧。结果我们这位永乐皇帝，杀侄篡位的逆贼，他居然批复道：‘罪奴之后不容宽赦，着调入京营轮替’——他如此残毒暴虐，简直是比纣桀更甚！”

听到这种耸人听闻之事，众人越发默然，突然一声凄厉尖喊，却似被谁掩住了嘴，戛然而止——

“二姐，二姐你醒醒！”老五老九等人拼命拉住二姐的手和脖子，三姐猛拍她的心口，却见平素温文和蔼的二姐，此时却像疯了似的，口吐白沫双眼赤红，整个人都在痉挛。

她的口被东西塞住了，却还是含糊不清地叫道：“小安，我的小安——”

“小安是她女儿的小名，小小年纪就没入军中为奴，我们曾经设法救人，但她已经被调到宣大边卫去了。”三姐幽幽说道。

宣大前线是承受元蒙人攻击的军事要地，那里的卫所戒备森严，防备得铁桶一般，金兰会虽然耳目众多，但仍不能插手其中。

风声透过窗纱依稀吹入，寒意冷入骨髓，凄厉的呜咽声回荡在大家心头，深埋心间的疤痕又开始流血。

帘幕背后，大哥一拍座椅扶手，怒声沉然道：“若是眼睁睁看着她们再受蹂躏，我等还算是人吗？！”

“是啊，必须救人！”

“再挨下去，这些女眷也活不过这个冬天！”

这些义愤填膺之中，却也有人小声嘟囔道：“所谓饿死事小，失节事大——若真是贞烈妇人，当初被没入教坊和军营的时候就该自尽殉节，哪里会有今天这等下场？”

“你说什么？！”

三姐猛地跳起身来，双眼含着怒火几乎要将那人射个对穿。

说话的竟是很少开口的老五，只见他对上三姐喷火的目光，虽然有些害怕，但仍是梗着脖子道：“我娘和我姐在被送到教坊那夜就吞金自尽了——她们就是死也是清清白白的！说到底，还是那些女人贪生怕死！”

他话还没说完，脸上已经被狠狠啐了一口：“你这个衣冠禽兽！”

这是三姐第一次恶狠狠地骂人。

还有人跳起来要扇他耳光，二姐哭得更加伤心几乎要昏厥过去，就连满身脂粉气的小十三也哭骂出声：“我三个姐姐都在里头——我不想让她们死，我宁可不要那贞节牌坊……”

“够了！”一声女音的冷喝，让混乱一片的现场停了下来。小古站起身来，走到老五跟前，静静地盯着他看。

她一头长发并未梳髻，而是扎成两束斜垂脸畔，乌云一般将双眼的神色都遮掩——只有在她抬头时，那眼中冷光莹莹，让人不敢正视。

"五哥饱读诗书，想来是最重气节的。"她的目光既不凶狠也不尖锐，但不知怎的，老五却觉得浑身不自在，好似芒刺在背，只得喃喃道："是，她们虽然可怜，但总归是失身失节……"

"五哥可还记得文丞相的《正气歌》？"小古打断了他的话，目光闪动熠熠，她盈盈而立，轻声吟哦间稚嫩的面庞越见沉毅清隽——

"天地有正气，杂然赋流形。下则为河岳，上则为日星……"这一篇《正气歌》乃是南宋丞相文天祥于狱中所作，在场诸人无分男女，无论出身文武，都能背得此篇。

元蒙胡尘掠劫中原，虽有文丞相等志士殉国，但南宋小朝廷仍是亡于崖山之下。百年之后，便有本朝洪武太祖起于草莽之间，风云际会之下，无数英雄豪杰投奔于他帐下，驱逐鞑虏开创新朝，做出一番轰轰烈烈的天下霸业来。

在场众人的父祖大多是跟随太祖从龙之臣，其余也是洪武年间被太祖亲自征召的名士大儒。众人从小被耳提面命，对这篇《正气歌》可说是字字记熟。

寂静一片中，只听小古沉静的嗓音继续诵道："在齐太史简，在晋董狐笔。在秦张良椎，在汉苏武节。为严将军头，为嵇侍中血……"她一口气背到这儿，突然停下，冷然道，"齐国史官、韩国张良、大汉苏武、三国严将军和晋朝嵇侍中这几位，节如冰雪，操行高尚——但他们或是以性命，或是一生心血殉节殉主，何曾拿老弱妇孺的性命和贞操来做垫背？"

此问一出，现场肃然。

齐国史官连三被杀，继任者仍是秉笔直书"崔杼弑其君"不愿改志；苏武出使被羁押多年，塞外牧羊不改臣节；三国时，太守严颜面对张飞劝降，直言"我州但有断头将军，无降将军"；晋代侍中嵇绍舍身保卫惠帝而亡，鲜血溅染御衣，君王不忍洗去。

"其次说来，这几位圣贤都是豁尽性命、时间和心血，终于获得成功——再来瞧瞧我们大明朝的君臣文武，又干了哪些好事？"小古的话音转为讥诮冷笑，"齐泰黄子澄一干腐儒书生，不通谋略不知兵事，未有准备便贸然削藩，逼得几大藩王同声勾结，随后便是天下大乱不可收拾；燕王朱棣造反，本该以霹雳手段剿灭，先头那位建文皇帝居然心怀仁慈，吩咐手下将士'勿弑吾叔父'，于是吓得将士们打仗束手束脚；强敌入侵，文臣蔑视武将，居然扣发军饷去搞什么恢复周礼，还发了疯似的要恢复上古井田制；武将布阵排兵也是破绽重重，居然让朱棣绕道山东直取南京——政局如此混乱一团，哪有不败之理？"小古的嗓音激越，诡秘冷笑凝在她的唇边，似是最惨烈的血色，"你们这群男子汉大丈夫无能昏庸，把天下搞得一团乱，凭什么要深坐闺中什么也不知道的女人们替你们受罪？凭什么在我等女流面前提起这'贞节'二字？！你们饱读诗书，难道不知道'羞耻'二字怎么写吗？"话到此处，已是死一般的寂静。

老五掩着面，浑身都在颤抖，不知是愤怒还是羞惭，他嘴唇哆嗦着，却是一个字也说不出来。

密会到了三更也宣告结束了，众人各怀心事，却都已经面露疲惫。

小古紧走两步，在楼廊之下喊住了老八："八哥请留步。"

老八是个瘦弱青年，额头贴了膏药，显得病骨憔悴，微愣的面庞仍带出儒雅清秀来："十二妹，有事吗？"

小古跟老八也不算多熟，此时却径直开口道："倒是有一件俗事相扰。"

她的黑瞳深不见底，却偏偏是带着浅笑问道："听说，济宁侯府沈家找上了你？"没头没脑的一句，老八聂景倒是听懂了："是山东布政使萧明夏家中下帖子请我，他们跟沈家是姻亲。"

"萧明夏，萧家……"小古微微沉吟，随即想起了一道疏朗轩举的冷然身影，"萧明夏是否有个儿子在五城兵马司任职？"

"那是二公子萧越，去年考中了武状元，朱棣亲临考场，对他的兵策、弓马和武技都赞不绝口，甚至把自己当年的佩剑都赏了他。"老八说得详细，见小古目光幽闪，默不作声，不由得略见担心，"怎么了，难道萧家也牵涉进什么事？"

他幼时抄家族灭，多亏萧明夏出面把他保下，虽然只能改名换姓做个默默无闻的药工，却总算逃过大难，因此对萧家颇为感恩，听十二娘如此一问，心中不禁"咯噔"一声。

"八哥切勿担心，萧家倒是没什么不妥当的——他们请你去沈府看诊，那两位少爷的情况如何？"

"那位大公子广仁，脑部积压瘀血，只怕有些麻烦，但经我针灸必能逐日康复。至于小公子广瑜，只要再吃几帖安神药就好。"说起丹青岐黄之术，身体怯弱的聂景目光闪闪，不知不觉地展露无穷自信。

小古看着他"扑哧"一笑，笑容却带了几分苦涩——聂景一身医术冠绝群伦，却因为是罪臣之后，只能窝在太医院的药房里打下手，实在太过可惜。但转念一想：若是没有这场灭顶浩劫，聂景只怕是在父辈的督促下"万般皆下品，唯有读书高"了，他若是敢提什么学医，保管他家那一堆长辈要打断他的腿。

"十二妹？"聂景见她表情微妙，出声催问道。

"没什么，八哥你到沈府诊治时，请务必用心拿出真本领来救人，他家二老爷沈源在朱棣面前颇受信重，若是得他青眼，你便是前途似锦了。"

她的笑意加深，看定了聂景的双眼，毫不迟疑道："大哥为你的身份煞费苦心，务必做到毫无破绽——这一切，都是为了将来的某一天。"这一句意味深长，却是让聂景吓出一身冷汗——他们、他们究竟是想做什么，难道是要弑……小古却很是泰然，盈盈一礼道："那就拜托八哥了……"随即转身离去，只剩下聂景看着她的背影出神。

沈府原本气氛紧绷，仆人们噤若寒蝉，动辄得咎，却不料这几日守得云开见月明：萧家少爷请来一位神医，数次针灸之下，居然让广仁少爷奇迹般地苏醒了！这一来家中顿时喜庆松快了好些，仆妇们得闲了总是在讨论这位神医的种种事迹。

听说，这是二老爷的连襟山东布政使萧大人家二公子请来的，这几日二房人逢喜事精神爽，王夫人出手赏赐动辄便是五两银子。

听说，这位神医，他年纪不过二十出头，却能妙手回春，惊得几位前来会诊的太医都啧啧称奇呢。

还听说，二老爷要向皇上举荐这位贤才——如此神医却屈就在一个小小药房里，实在是埋没人才了。

“你们知道什么啊，这是有原因的——这位神医无父无母，从小跟着师傅学医，没想到他族里有人是方孝孺的弟子，这下把他也牵累了。真是人在家中坐，祸从天上降啊！”玉霞儿嗓音娇美，正在窗外空地上绘声绘色地说着八卦，嗓音传入柴炭房，小古仍是默然劈着柴，初兰却是不忿地冷哼了一声：“她又跑出去偷懒了。”

外间的嗓音仍在清脆传入，有人问道：“那也算是罪奴了，这种人怎么可以推荐给圣上呢，二老爷也不怕惹怒了万岁？”

只听玉霞儿娇笑一声，半是奚落半是撒娇道：“二老爷是何等聪明之人，凭你的小见识怎能揣测他的心思——我看啊，这位聂神医只是被远房亲戚牵连的，弄不好他连见都没见这位族亲，更别提什么方姓逆臣了，这种情况下，万岁应该不会太计较的。”

小古默默听着，唇角勾了微微的弧度——这个玉霞儿还算有几分小聪明，她说的确实不无道理。朱棣虽然深恨建文旧臣，但事隔多年，总也不会迁怒到一个根本不认识方孝孺是谁的小小医生。大哥为聂景伪造的这个身份，真正是非常之妙！

更何况……朱棣也已经五十有七了，他虽然弓马娴熟仍能亲自征战，但毕竟进入衰老多病的年龄，若真有神医能通过他的重重考验，必定是要放在身边重用的。

金兰会这枚棋子，下得虽然慢，但却是直入中元……她正在想着，只听玉霞儿的嗓音压得更低，显得几分诡秘：“你们知道吗，那位二少爷广晟离家之后就再也不曾回来，二老爷说起他，就雷霆大怒呢！”

周围有人嗤笑道：“他哪里还敢回来啊？二房的两个嫡子都险些被他坏了性命，他这么心黑又手辣，二老爷决计不会饶了他，依我看啊，他还算机灵逃得快，若是再不走，只怕开祠堂沉潭都有他的份！”

初兰见他们嘀咕个没完，不由得怒从心头起，从窗中探出头来，扬声喊道：“玉霞儿，今天的炭还没送去大厨房呢！”

“兰姐姐你何必这么急呢，动不动就瞪着眼睛骂人，真是吓死我了……”玉霞儿懒洋洋地笑着，脚步不肯挪动丝毫，却是娇柔地捂住胸口拍了拍，好似真的被初兰吓出心病来了。

“初兰你自己的活没干完，干吗对霞妹妹凶巴巴的，看着她是新人好欺负是不？”立刻有人替玉霞儿出头。

“是啊是啊，自己笨嘴拙舌的不讨人喜欢，就看不得我们姐妹亲香说话？要想训斥我们偷懒，也得等你混上个姨娘再来说吧！”

“嘻嘻，她那姿色可差远了，别说少爷们了，就连老爷也未必看得上她。”

一群大小丫鬟叽叽喳喳，却是把初兰气得脸色发白，正要跺脚出去对骂，却被小古拉住了衣袖。

“兰姐姐的姿容倒也算清秀，就算混不上姨娘的位置，将来也肯定有那富贵的去处……说不定啊，不久我们就能喝到你的喜酒了。”玉霞儿扫了一眼窗里的人影，似笑非笑地扬高了嗓音，刻意说给她听，好似意有所指，很是得意。初兰倒没听出来什么，小古却是敏锐地感觉到了，她手中斧子一顿，突然想起昨日听到了一个传闻——

难道是……

抬头看一眼尚在懵懂的初兰，她无声地叹了一口气，放下斧子擦了擦汗，道：“我去解手。”

她离开柴炭房后，并未去净房，而是朝着前六间大厨房走去。

她是去找秦妈妈的。秦妈妈做得一手好点心，时常有人请她去帮忙，她却有一桩怪癖——做点心时不能有旁人看着，大家以为她怕人偷师，也就不靠近触她霉头了。

算算时间，秦妈妈也该做完了，小古走到点心间外，听得里面静无声息，手一摸却发觉大门紧锁。

“关于初兰的事，必须要找她问个清楚……”小古这么想着，来到窗边，用手指捅破一层纸，又用头上铜簪顺着布纱的纹路轻轻划开一截，睁大眼睛朝里看——只见点心间里昏暗一片，唯有小炉子上那一点文火幽幽燃烧着，一道蓝绸长袄的人影站在炉子跟前，朝着装满点心的蒸笼里，诡秘而小心地撒着一种粉末！

正是秦妈妈本人！

蒸汽的白雾缭绕着，昏暗的点心间更见阴森。小古双眼微微眯起，静静地看着这一幕，随即悄无声息地倒退数十步，刻意加重了力道，重新朝着点心间走来。

“吱呀”一声，黑漆木门被推开了，秦妈妈走了出来，姣好的面容上一片平静，看不出任何端倪。

小古傻愣愣地走到她跟前，气鼓鼓地告状道：“她们嘲笑初兰，要喝她的喜酒。”听她这鲁莽的一句，秦妈妈目光闪动，眉头深皱起一个旋：“她们是谁？”

“就是玉霞儿她们啊……”小古撇着嘴几乎要哭出来。

秦妈妈眉头皱得更深，正要说话，却听不远处有人笑道：“小妮子还怕羞呢！”人还未到，尖厉大嗓门就回响在耳边。

刘大家的腰缠绫帕，头上也簪了两朵酒盅大的芍药，一摇一摆到了跟前，面上笑得诡异：“你初兰姐要嫁金龟婿啦！这样的喜事还有什么遮掩——”

“刘大姐！”秦妈妈面若严霜，淡淡将她的话打断，“我这里的点心已经好了，请你去送给吴管事吧，初兰的事，还请他得饶人处且饶人，高抬贵手吧！”

刘大家的碰了个软钉子，暗自咬牙，强笑道：“这不过是小事一桩，何劳秦家妹子你吩咐？我一定把你的话带到。”秦妈妈进屋将蒸笼里的海棠糕装入食盒里，刘大家的小心翼翼地提着，嘴里恭维道，“这道海棠糕甜而不腻，也只有妹子你做得格外地道。”

秦妈妈凝视着她离去的背影，唇边露出一道不易觉察的冷笑来，回过神来，这才发觉小古仍然傻愣愣地站着。

“秦妈妈，到底初兰姐她……”

“她的事你不用理会，不会有事的……”秦妈妈的嗓音有些低哑，显然也不愿说起这事，她目光一闪，想起小古跟初兰也是年龄相仿，“日子过得真快，转眼你也快十八了吧？”没等小古答应，她转身进了点心房，身后只飘下一句，“你也该把自己洗洗干净，弄得平头整脸些了。”小古听出她话中的深意，略一联想，已经明白了五六分，面上仍是傻愣愣地离开了。

刘大家的提着那食盒，撇着嘴进了吴管事的回事房。吴管事兼着大厨房这头，平素没什么人敢来打扰他的清净。刘大家的熟门熟路，一进门就干脆坐在火盆前烤了一会儿，这才娇声娇气道：“你这个死鬼，老娘为你忙里忙外，你就一点儿也不心疼？”

吴管事从算盘和厨房小账间抬起头来，撅着山羊胡笑得分外淫邪：“倒是累得你一双雪白大脚了……”他从座上起身，脱了刘大家的绣花鞋，把那一双雪白蹄子放在手中揉捏把玩。

刘大家的呻吟一声，媚眼如丝地横了他一眼：“老娘为你鞍前马后奔忙，就是为了讨好那蔺婆子——她虽然是这里的第一大厨，可毕竟也是在你手下干活，你敬她三分也就罢了，却让我上赶着为她那个白痴侄儿牵线保媒。”

刘大家的说到这儿就很不痛快——她自家的小儿子说不上亲事，初兰那样的虽然是个粗使丫头，但也胜在勤快老实可以任意拿捏，她刚有些意动，就被吴管事指派来替蔺婆子忙活，这简直比夺了她一块肉还难受！

“你们女人就是头发长见识短！”吴管事冷哼了一声，道，“咱们窝在这个烟熏火燎的大厨房，油水倒是捞得不少，露脸的机会可是很少。现在是二夫人掌家，要是有人能在她面前替我美言几句，谋个外放的差事，那可是有钱又有权啊！”

想起那些旧日称兄道弟的家伙那般耀武扬威的模样，吴管事不由得冷哼一声：“所谓宰相门前七品官，我吴某人若是得了机会，靠着侯府这棵大树，只消几年工夫便能创出一片基业来……”

他猴急得开始脱刘大家的衣衫，捏了一把雪峰笑道："等你那短命痨病鬼丈夫一死，我就娶你过门，半路夫妻老来伴吗……"

那中年妇人被他揉得情热，吃吃笑着摇头，表示不信："你这甜言蜜语老娘听了多少回了，也就罢了——可那蔺婆子虽是二夫人当年的大丫鬟，却落到这油腻肮脏的地方，可见是个呆笨的。她能有什么能耐替你美言？"

"这你就不明白了吧？她才是个真正的精明人，当年二夫人替二老爷挑选好生养的通房，那几个一二等丫鬟谁不动心？蔺婆子虽然年长了几岁，却不愿蹚这浑水，干脆禀了二夫人自愿来这厨房。她一手小炒肉做得好，这么多年来二夫人就爱这口，每年都要唤她去上房说话好半天，金啊银啊的赏赐许多。"吴管事哼了一声，继续道，"实际上，她就是二夫人在这大厨房的耳目，我平时虽敬着她，却也没太多来往，这次要求她美言，就只能替她解决侄子的终身大事了——那个叫初兰的丫头还算老实吧？把她嫁给白痴她会不会乖乖就范？"

刘大家的冷笑一声："她是外头买来的，在这府里头无依无靠，翻不起什么浪来。那个姓秦的狐狸精居然假惺惺替她求情——啧啧，她以为送你些糕点就能让你改变主意……"

她说到这里醋意上涌，狠狠地捏了一把男人的大腿："她这几天都给你送什么糕点——你是不是跟她搞上手了？"吴管事连连喊冤："这是没影的事，她那点姿色哪在我眼里！拿初兰去配给蔺婆子那白痴侄子是早就定下的主意，哪里是几盘糕点能收买得了的？再说我也不喜欢吃什么海棠糕，每次都是借花献佛转送给蔺婆子的，你又不是不知道！"

刘大家的捂嘴笑道："倒也是，蔺婆子就爱吃这海棠糕，甜腻又热乎。"

两人就此云雨缠绵了好一阵。

小古回到柴炭房，一推开门就发觉事情不妙——

初兰哆嗦着手，正吃力地拿着斧子，朝自己脖子上抹。

"住手！"小古疾冲过去一把夺下，锋利的刃口仍在她雪白的脖子上带出一道血痕！

"你疯了吗？！"初兰抽噎着，双眼肿成一片，满是绝望和茫然，"他们要把我配给一个傻子白痴！"她想起玉霞儿的讽刺，再想起当初远远瞧见那傻子流口水的模样，心里一阵恶心，"与其这样，我不如死了好！"

"放心吧，有秦妈妈在，不会让你吃亏的。"小古说得很肯定。

"她人倒是不错，可她自身难保，怎么护得住我呢？"初兰哭得越发伤心。

小古呆呆地看着她，唇边笑意却是微微绽起，带着温暖的柔意——

傻初兰，你真是杞人忧天了……秦妈妈她可能耐着呢！

一更天，月黑风高。

荤食间管事妈妈兼大厨蔺婆子的住处，正是鼾声一片。门被无声地打开了，有人手提雪亮的斧子，悄悄走了进来。来人粗暴地把蔺婆子从床上提起，诡秘的声线似近似远，似人似鬼——

“醒醒！”蔺婆子被推醒，正要惊跳而起，却发觉浑身酥软无力，连嗓音都低得像蚊子叫——“秦家妹子，你要干什么？！”回答她的是一声冷笑，满含怨愤：“我只要你如实回答——我家小姐，当年究竟是怎么死的！”

秦妈妈本是先头那位大夫人张氏的陪嫁丫鬟，虽然张氏嫁了过来，她私下却一直喊惯了“我家小姐”。

蔺婆子原本睡眼迷蒙，又惊又怕，听到这一句却是吓得三魂七魄全数飞走，整个人就要大喊出声。

秦妈妈对她的激烈举动毫不害怕，只是静静道：“今天的点心特别香，是吗？”

不等她回答，秦妈妈笑得诡秘而冷艳：“吴管事从来不吃这东西，我料定他要送你一大盒；其余的丫鬟小厮，我也都分发给他们一块。这会儿整个大厨房这一片都不会有人醒着，你喊破喉咙也是白搭。”蔺婆子想要大喊却发觉喉咙嘶哑使不上力，只得瑟瑟抖成一团。

“说啊，我家小姐，她到底是怎么死的？！”秦妈妈的嗓音小而凄厉，宛如暗夜里索命的女鬼，那两条娟秀的柳眉微颤着，白皙脸庞上蒙上了一层淡青的狰狞——她手中的斧子颤巍巍逼近，雪亮的反光映得蔺婆子浑身一阵颤抖，拼命挤出声音道：“这、这我哪会知道？”

被斧子的锋刃一逼，她吓得磕头如捣蒜：“你家小姐，也就是先头的大夫人一嫁过来就掌家管事，那时候我还在二夫人房里当差，她的事我一概不知啊！”

蔺婆子眼珠骨碌碌直转，嗓音嘶哑又飘忽，听着很不舒服，夹杂着窗外风声呜咽，越发显得诡声嗫嗫。

“这个不用你说！沈家全府上下藏污纳垢，妖魔乱舞，只有门口那两个石狮子才算是干净的！我家小姐嫁来以后，累得没睡过一天好觉——好容易把这个家整治出了新气象，却死得莫名其妙！”

秦妈妈悲愤上涌，双手簌簌之下，斧头险些划上蔺婆子的脸，吓得她一张老脸成了黄酱色。

她哆嗦着伸出手抹了把泪，娓娓说道：“先头的张夫人，那通身的气派品貌……啧啧，不是我老婆子夸口，整个南京城里都是数得上的，没想到，她这么没福气……”

她见秦妈妈的脸色越发可怕，不由得舌头打了个滑：“可她的死，都是被大老爷气出来的呀……秦家妹子你随便去问问就知道，全府上下都知道呀！大老爷被个秦淮河上的粉头迷得神魂颠倒，还逼着闹着要把她纳回府里，大夫人一气之下当夜就小产血崩——”她还要滔滔不绝，却被秦妈妈带着讥讽的狞笑吓住了。

“你再说一句谎话，我马上割了你的舌头！”秦妈妈一把掐住她的脖子就要往斧子上凑，吓得蔺婆子手足剧烈挣扎，却好似一只弱鸡在扑腾，毫无作用。

“二夫人究竟做了什么手脚，才害死了我家小姐？！”

这一句石破天惊，让蔺婆子停止了所有的挣扎。看着她惊慌中带着躲闪的眼神，秦妈妈不由得冷笑出声：“果然如此，果然是你那主子下的毒手。”

她想起当年旧事，一时怨愤之下，手心被捏出血也浑然不觉。

当年二房的王氏进门时，大夫人张氏很得老侯爷看重，素日里掌家理事很是得力，王氏经常来找她说笑闲聊，张氏把她看成自己亲妹妹一般，有什么好东西都要给她留一份。没想到，却是遇见一只面慈心狠的白眼狼！

看到她如此哀狂，蔺婆子吓得再不敢搞什么花样，吞吞吐吐道：“那个、那个粉头是王家舅爷找来的……”她这么一说，秦妈妈全都明白了，她气得发丝都似要根根竖起：“你们这群黑心下作的东西，为什么要害我家小姐和姑爷？！”蔺婆子把话说开，索性也豁出去不再害怕了，她抹把眼泪，小声抽噎道：“怪只怪你家张夫人太过张扬显眼了……都是一样的妯娌，她凭什么一进门又掌家又生嫡子的，公爹又那么看重她，这不是明晃晃打我家夫人的脸吗？我家夫人也只是想给她添点堵，可没想到大少爷这么好色如命地闹腾，更没想到她会小产啊——这都是命，谁也勉强不来的！”

秦妈妈狂怒之下反而冷静下来，“啪啪”给了她两记耳光，打得她嘴角出血歪在床上：“你们主仆都是狼心狗肺的杀人凶手，我一个也不会放过！”

无尽的悲愤在她的心胸间烧灼，原本象牙色的脸上好似淌了血一般，她眼前一阵发热，用尽全身力气才能站稳。

那样花容月貌、文雅贤淑的小姐，从小跟自己一起长大，十里红妆地出嫁，却落得这般结局！

就因为旁人那一点妒忌，白白葬送了性命——那个毒妇王氏却活得光鲜亮丽，满耳都是世人的恭维……她恨！恨不得将她撕成碎片，放在小姐的神祖牌前点了火祭烧！

怨恨凝聚成杀意，她低下头，看向蔺婆子的目光让人不寒而栗。

这个女人已经疯了……她肯定要杀人灭口了！

蔺婆子想到这儿，感觉自己被逼到了绝境，她一咬牙，低声泣道：“害你们张夫人又何止我们这一头——我家夫人只是想添点堵，可有人却对你们夫人下了毒，不管是否小产，她必定要死的！”

“你说什么？！”这意想不到的回答让秦妈妈震惊了——她花了好几年工夫寻出蛛丝马迹，这才设下圈套来逼问蔺婆子，没想到，居然还有幕后黑手！

“是谁？”她用力摇晃着蔺婆子追问道。

“你回去找找张夫人旧日的梳子或是巾帕，如果有几根头发丝……”蔺婆子的嗓音越说越低，秦妈妈要凑近才能听见，就在这一瞬间，蔺婆子用尽浑身蛮力猛然一推，把秦妈妈推倒在地，起身不顾一切地朝外跑！

“快来人哪，杀人啦！救命啊——”她的嗓音嘶哑，拼了老命总算在这夜半寂静中喊出了点声响。

秦妈妈手持利斧追了上去，心中也是“咯噔”一沉——她不可能给全府都下药，只能保证这一片大家都陷入昏睡之中，但若是动静闹得太大，立刻就要被发觉！

她急切而凶狠地追上去，满眼都是杀意的血红——不能让蔺婆子逃了！

“救命啊，快来人啊——”蔺婆子颤声喊道，脚步已是蹒跚——她原本就中了糕点里的迷药，此时不过是求生意志顽强，才拼着老命跑了出来，此时只觉得双腿酸软好似踩在棉花上一般。

逃……快逃！

那个女人追来了！

第三章

侯府阋墙

1.

蔺婆子的脚即将跨进大厨房的门槛，就在这一刻，她眼角瞥见一道凶险的冷光，随即她猛哼一声，剧痛袭来的瞬间，她看到自己的头以怪异的角度扭到了一边！

被掷出的斧子正中脖子，整个头颅都几乎要飞起来，只剩一层薄薄的皮肉连着。

鲜血爆喷而出，流了一地。

一切都在这一刻静止了。

秦妈妈呆滞了半晌，才举起自己的手细看，满面不敢置信——她情急之下掷出斧子，居然如此轻易就取了一条人命！

她整个人晃了晃，几乎要瘫软在地。

剩余的一股怨愤化为毅力，让她勉力站稳，看着地上的尸体和鲜血，她咬紧了牙关，提起了蔺婆子的大脚，用力拖着她的尸体，朝着后面屠宰打下手的内间而去。

幽暗的内间没有一丝灯火，鼻端围绕的是猪羊肉的混合腥味，秦妈妈把尸体拖到灶边，先是点柴火烧热了一大锅水，随即手起刀落，把头彻底地砍了下来。

血腥刺鼻，混在这乱七八糟的腥膻气味里，就显得不太突兀了。

秦妈妈好似着了魔一般，抡起大斧子，对准无头尸的四肢一一砍切，随即将躯干拖到肉案上，巨大的钝响一点点回荡着，最后剩下的是两个半截的上下身。

她汗出如浆，整个人却偏偏冰冷无比，眼前一阵晕眩——明明很是害怕，却仍强撑着，继续做着这项恐怖至极的活计！

突然，从紧锁的门外传来一声轻笑——“秦妈妈真是勤快，半夜三更在剁肉呢？”

这笑声清脆悦耳，宛如银铃般动听，显然是一名妙龄少女在说话，秦妈妈却是惊得手上一颤，用力剁下的菜刀狠狠地砍在尾指上，削去一小块皮肉，她却丝毫不觉得痛。

“谁，是谁？”她厉声喝问道，浑身的汗流得更急更热。

昏暗的灶间只有一灯如豆，宛如鬼火般闪烁，滚烫的大锅之中，凌乱煮着的并非猪羊牛肉，而是刚死之人的残肢，浓稠的鲜血混合着微黄的皮肉脂肪，白骨茬子森然入目……这般恐怖离奇的景象，即使是刚刚杀人的秦妈妈，此时也被突兀而来的人声吓住了。

隔着门板传来均匀的叩击声，不紧不慢，却让人几乎要崩溃发狂——

“妈妈在煮什么这么香啊，把门开开吧！”宛如女鬼索命般的轻笑声继续响起。

秦妈妈咬紧牙关，哆嗦着站起来，秀丽的面容上闪过一道狰狞，她拿起菜刀，猛地打开了门——

一阵冷风扑面，眼前毫无人影！下一瞬，她感觉一道白影一闪，随后，脖子后颈就被一道利器抵住了。

有人站到了身后，快如鬼魅一般！

“是谁——”秦妈妈失声惊喊。

“你的嗓门太大了，不怕吵醒大家吗？”少女的轻笑低喃吹拂在耳边，冰冷阴寒让人发根竖颤，秦妈妈感受到脖后的冰凉，竟是丝毫不敢回头。

“你，是人是鬼？”

“人心与鬼蜮，皆有难以触及的无边黑暗，是人是鬼，有差别吗？”笑声似嘲似叹，“比如你秦妈妈，平时是多么标致美貌，此时却杀人分尸，宛如恶鬼夜叉。”

“她们害死了我家小姐，我就算化为厉鬼也不会放过她们——”秦妈妈重重喘息道，双眸仍是带着猩红的怒意。

“害人者并非王氏一人，还有帮凶，你真能一一杀掉吗？”

秦妈妈语塞，身后那人笑声甜美而魅惑：“我能帮你查到下毒之人。”

“你到底要什么？”秦妈妈深知这个世上没有白吃的午饭。

“你是张夫人的贴身丫鬟，是否在她的妆奁里看到过一只桐木扁盒，连清漆都没上过，十分简陋的那款？”

秦妈妈双瞳顿时一缩，骤然想起一件旧事来——

在张氏夫人逝去之后，大家忙着办丧事，隔天起来，她的房内物件统统被翻动弄乱，好似有人在找寻什么东西。难道也是为了找这只盒子？

一时之间，秦妈妈也想不起来自己是否见过这样一只盒子，但她毫不犹豫地一口答应：“我会替你去查个清楚。”

“公平交易。”身后那女子也断然道，“一旦你找到这只盒子给我，我就会告诉你另一位仇人是谁。”

“若是找到了，该怎么告知你呢？”

肆意的笑声响起：“你可以和这次一样，把迷药放进糕点里，让所有人睡个彻底——我的鼻子很灵，光是闻闻就能发觉。”

秦妈妈暗自一惊：听这人语气，她也是沈府的一员，甚至……就在自己附近，随时能吃到自己做的糕点！

她仔细想着身边每一个人，突然感觉脖子上的利刃缓放下来。

“既然如此，我就先走了——你锅子里煮的那些肉也该熟了，赶紧用包袱包了，从后花园角门拎出去埋了吧。那里的看门婆子已经被我调开了。”

等秦妈妈缓缓过神时，身后已是空无一人，她粗喘一口气，彻底坐倒在地。而在灶膛柴火的烧煮下，一股奇异的肉香已经渐渐弥漫开来。

秦妈妈发出干呕声，却是笑得癫狂。

第二日清晨醒来一切如常，丫鬟婆子们都坐在一起用早饭。

初兰端起一碗粥，正要凑到嘴边，却被小古拦住了。

小古别有含义地看了一眼粥：“这是用灶间大锅熬的吧？”

“大锅文火才香呢！”初兰鼻子吸动着，感受着小米粥的乳香，正想拿回碗来，却被小古端走，干脆放到桌子另一端，立刻便有婆子一把抢过，凑到嘴边吸溜吸溜喝起来。

“小古你这是做啥？”

“今天不适合喝粥，容易拉肚子。”小古不由分说，递给她一块烙饼，初兰目瞪口呆，简直不知道她又要发什么疯——好在她一向知道小古的脑子少根筋，也就不去跟她争辩，直接拿起烙饼啃一口，硬得她牙都要硌下来了：“这是什么时候的饼了？！都快放成石头了！”

小古不顾她的抱怨，奋力咬着饼，弄得饼渣滓直往下掉：“这饼就跟酒一样，越陈越香。”顿时引起大家哄堂大笑，有人噎着了，拿筷子指点着小古笑着议论：“这是个傻子”。

“小古才不是傻子呢！”初兰替她把嘴角的面渣擦干净，瞪起眼睛来很不高兴她们笑话小古。

“哟，大早晨的你们吃个饭都要说笑打闹，拖拖拉拉的没个时间。”随着这尖酸做作的声音，刘大家的穿件石榴红的衫子，嘴唇抹得鲜红，一扭一扭地过来了，大家看到她身后出现的吴管事，顿时不再说笑，沉默地用袖子抹了抹嘴，纷纷起身干活去了。

“蔺婆子哪儿去了？她昨天跟我抱怨，说要挑一长条最好的精肉做臊子呢！”吴管事发觉没找到人，小声咕哝着。

随即只听“砰”的一声，秦妈妈失手把白瓷碗给摔到地上，碎成了几瓣。

刘大家的一瞪眼，就骂道：“以为自己是千娇百媚的夫人小姐不成？连碗都拿不住了，做出个轻狂样子是想勾引哪个男人！”

秦妈妈低下头，一声不吭，她眼眶下泛出大片青黑，整个人都好似没睡好，很是憔悴。

吴管事走过来咳了一声，拈着胡须低声道："秦家妹子可是有什么心事，不妨说出来，也许我能帮你。"

秦妈妈摇了摇头，什么也没说。

刘大家的看着很是恼火，狠狠地跺了一脚，却正好踩到吴管事的脚趾上，痛得他一蹦三尺高。

众人憋着笑，只当是在看滑稽戏。

刘大家扫一眼众人，尖声喝道："有什么好看的，还不赶紧去干活，若是延误了少爷小姐们吃饭，你们担待得起吗？"

她的目光停在初兰身上，刻意剜了一眼，道："初兰你倒是可以偷个懒，赶紧去整理一下行李和嫁妆，下午就送你到蔺老三那里去。"

众人倒抽一口冷气，蔺老三是蔺婆子的侄子，是个脑子烧坏的白痴。

初兰的眼圈顿时红了，手里一块饼"吧嗒"一声，直接掉在地上。

小古圆睁着眼睛，看看这个又看看那个，嗓音清脆地说道："我初兰姐不去那里。"

"还由得你去不去吗？！卖身契都在这里，你要是不去，就把你卖娼寮子里去！"刘大家的恶狠狠地笑道，转头没好气地左右环顾，"蔺婆子到底去哪儿了？这人总得由她接回去啊！"

"可能回家吩咐侄子一声去了吧？"吴管事漫不经心道。

蔺婆子不在大厨上，开始谁也没有在意，她在荤食刀工上是头块牌子，偶尔偷懒迟来是常有的事。但到了该做菜的时候仍不见人影，吴管事就开始急了。他打发小厮去蔺家找人，却是连影子也没。

眼看还有一个时辰不到就该用饭，他心急如焚：主菜都没有，这可怎么是好？

情急之下，他吩咐小古出门去珍味轩订下四款八碟的菜各十份——先把主人的吃喝伺候好了，再去跟那老婆子算账！

小古走在西门大街上，熙熙攘攘的人群颇为拥挤，到了珍味轩门口，还没进门，突然听到熟悉的喊声："你这丫头怎么跑出来了？"

她回头一看，顿时一惊——居然是那位离家出走的广晟少爷！

只见他身着白色镶玄边的常时军服，身上软甲半敞，镶银流泽，显得精致不凡，头上勒一条赤红额带，鲜亮明艳更显得他容色端秀。

多日不见，他白皙的脸容略微变黑了些，个头也更高了，俊美之外更添阳刚气质，周围的大姑娘小媳妇都看直了眼，好几个都面泛桃花，凝笑带晕。

他身边跟着几个相同装束的袍泽，都是白色军服甲胄精良——小古一眼认出：这是京营中下层军官的标准装束。

京营！

她的双眸微微一凝，随即傻愣愣地看着他，好似很是吃惊的模样。

“看呆了吗？傻丫头连我都认不出了吗？”醇厚带磁的嗓音响起，他撇下几个同僚，大步走到她身边，带笑端详着她，顺便捏一把小脸：“还是这么多黑灰，你从来不洗脸的吗？”还是跟以前一样嘴毒又刻薄！

小古张大了嘴，几乎口吃地说道：“二、二少爷你怎么还敢出现？外院管事们正到处找你呢！”话说到这儿，她不由得朝外头看了看，前门大街街角边，那两个吴管事派来跟随她搬运的小厮和马车都还在等着呢！

广晟微微一笑，绝丽的桃花眼中顿时流光溢彩，摄人心魄，他把手放在她头上，胡乱胡噜了一下乱发，笑容显得自信而霸道：“沈家上下无论谁想抓我，只怕都要直着过来躺着出去。”

小古看了看他腰间的雪亮佩刀、玄铁护腕和牛皮软甲，不由得很是信服地点了点头。

她眨巴着眼，以好奇懵懂的目光端详着他身上的一切：“二少爷你是做了大将军吗？”这般童稚问题引起广晟的轻笑声：“现在还不是，将来的某一天也许会。”

“我看过戏文上的大将军，威风八面，想咔嚓谁就能咔嚓谁……二少爷你将来也会这么威风吗？”广晟看她眼中闪过兴奋的光芒，没好气地拉了拉她的麻花辫：“你倒是想咔嚓谁啊？不用做什么大将军，我先替你料理了他！”

小古听了这话，突然眼圈红了，她垂下头，不作声了。

广晟敏锐地发现了，眉头一皱想要追问，踌躇一下却转了话题：“你跑来这里做什么？”

小古举高手里的一份菜笺：“吴管事打发我来这里订菜。”

“堂堂济宁侯府连饭菜都会短缺吗？”冷冷讥讽了一句，他似笑非笑地瞥一眼菜单。

小古撇了撇嘴：“灶上的大厨蔺婆子溜回去办喜事了，现在都找不到人。”说着说着，她嗓音沙哑，眼泪就这么流下来。

“你动不动就哭什么，人家还以为我怎么了你！”广晟有些尴尬地低喝道，环视四周见没什么人看向这里，干脆掏出巾帕，替她擦去眼泪。

他的帕子是轻绢裁成的，上面绣了几簇花草，看得出绣娘不太用心，洗得也泛了白，一用力就会被撕破——这大概是那一日他仓促逃离时唯一带出的家中物品。

他用力粗粗地替她擦拭泪水，却发觉帕子上染了一层乌黑，她脸上仍是黑乎乎的，似乎泛着一层细细的油彩，正要仔细端详，小古却蹲下身，干脆大哭起来。

“到底怎么了？你说呀！”广晟听着那凄惨的哭声只觉得一阵头晕，“出什么事了你跟我说，我帮你还不成吗！”

小古抬起头，巴掌大的小脸上露出小狗被弃般的可怜痴态。“初兰，初兰她——”她抽噎着把事情说了，“蔺婆子家那个白痴侄儿下午就要来娶走初兰了！”

广晟还未反应过来，她突然一把拖住他的袖子，满含仰慕和希望的眼神更像小狗："二少爷你现在也算是个军官大人吧？你可以派人半道上把初兰劫走吗？"这下轮到广晟目瞪口呆了。

软缠硬磨让广晟答应后，小古一边走进珍味轩，一边摸了摸鬓发，朝发间插了一支兰花木钗。

那木钗手工简朴，但胜在兰花造型优美奇特，碧翠漆光宛如琉璃，看着很是显眼。

不多时就有伙计上来招呼，一边看着菜单，一边低声道："十二娘有什么吩咐？"

"那群京营的年轻军官常来吗？"

"他们刚刚从二楼雅座下来，一顿酒喝了两个时辰。"

"大概起床就来这里混喝了——下次他们再来，给我盯紧了中间那个最俊的。"

小古接过小二递上的回单，悄声吩咐道："他们说了什么，见了什么人，最好都能探听清楚。"

见伙计面有难色，她不动声色地添了一句："你们的特制墙壁和屏风我早有耳闻，不许推辞！"

"是。"

回到沈府后，大厨房已是一片鸡飞狗跳。

蔺婆子仍是不见踪影，吴管事急得跟热锅上的蚂蚁一般，他四下巡视着，见碧粳米蒸得快好，正要发火，却见小古带着两个小厮，扛着重重叠叠数十只食盒回来了，顿时一喜："快快快，各位夫人小姐都等急了！"

各人都知道厉害，七手八脚地分了菜肴和饭食点心，急匆匆跑去各个主子的小院。

最后剩下的就一碗鸡蛋羹、白果虾仁和一份西湖醋鱼——虾仁已经冷了，那鱼还是大家挑剩下的，头壳都碎了。

"小古你把剩下的收一收，送去如瑶小姐那里。"吴管事忙得脚不沾地，头也不回地吩咐道。

秦妈妈突然重重扔下手里的蒸笼，急匆匆添了一句："我跟她一道去。"

吴管事咳了一声不悦道："都什么时候了还要到处乱跑！"

秦妈妈抬起头，朝他挤出一道笑意，越发显出楚楚风韵："今天这么忙乱总会有些怠慢，我去分说解释一下，如瑶小姐脾气好，定然不会计较的。"

吴管事嗤笑一声："她就算想计较，又能找着哪位主子告状？不过是区区一个庶女，又是隔房的……"

秦妈妈的面上闪过一道怒意，却强自忍住了，吴管事挥了挥手："你要去就去吧，我知道你对先头大夫人忠贞不贰，可也该认清时势才对！"

秦妈妈微一屈膝，拉了小古就去送饭。

穿过南北夹道，除去中央太夫人的正院“萱润堂”，其余以东西为分，东面的院落分别住着二房的几位少爷小姐，西面两个三进大院则是住着大房所有人。

大房的如瑶小姐正在西北最后一进偏院里。

一进院门就发现青砖铺地，院落清幽。虽然有人竭力打扫，却仍有不少破损的砖角，墙角的白粉也已经剥落许多，连门扉都显得残旧，看不出鲜亮的漆色。

廊下有小丫鬟垂手侍立，很是规矩，见午饭终于送来，默不作声地接了过来，却在见到秦妈妈的同时，目光变为诧异。

“是秦妈妈来了！”随着一声少女惊喜，房内出来一名目光沉稳面目平凡的大丫鬟，微笑着端详秦妈妈，“妈妈可算来了，我们都望穿秋水了！”

她一眼瞥见旁边的小古，笑容随即收敛些许。

秦妈妈看一眼身边的小古，替她擦了擦额头的汗，转头对那大丫鬟道：“青漪姑娘，请替我向大小姐通禀一声。”

那青漪笑道：“妈妈是什么人，哪里还需要通报？”于是拉了秦妈妈直接进去了。

小古就站在庭院里等着，一副呆呆的模样，倒是让周围的小丫头们放松了神情，虽然不敢贸然跟她攀谈，却也有人冲着她眨了眨眼笑了笑。

小古站着等了一会儿，就有另外一个二等丫鬟出来喊她：“大小姐有话要问你呢？”

台阶用考究的石砖砌成，但已年久失修，缝隙中长出滑腻的青苔，小古沉默着一路走进，到了正房，觉得眼前又是一亮。

正房与后座房之间间隔太近，前门的纱窗又黑乎乎的丝毫不见葱翠，于是房里干脆门窗半敞，显得更加开阔明净。

东侧靠墙处有一架紫檀木立柜，板壁款格处有繁密精美的雕纹，一旁桌椅都套了一层半旧的锦边弹墨罩，远远望去好似一幅湘水景图，却也洗得微微泛了白。窗前一只甜白瓷的梅瓶，斜插了几枝红梅，嫣红明艳宛如一团火在烧，为这满室简朴带来了生机。

大小姐如瑶坐在如意榻上，也拉了秦妈妈坐在对面，正在聊着什么，见小古进来，微微一笑之下，绝丽姿容映得满室都明亮起来，更有一种和煦暖意让人见而忘俗。

“你就是小古吗？劳烦你来这一趟了。”见她行礼，如瑶并不装腔作势地拿起茶盅来拨弄，而是立刻叫起，含笑微一示意，就有一旁的大丫鬟青漪从漆匣里抓起一把铜钱赏给她。

一旁三个二等丫鬟一人捧了巾帕和茶水，另两人打开食盒布菜，做得井井有条。

秦妈妈强打起精神，却仍略见内疚：“大厨房今日出了些岔子，耽搁了午饭，还是去外头珍味轩买来的，瑶姐儿你多加包涵，将就用些吧。”

如瑶倒是好脾气，并不以为意："妈妈言重了，家中有事又不是独独怠慢我一人，难得换换口味也挺好。"

一旁的碧荷心直口快，似笑非笑地插了一句道："妈妈也不用在意，全府上下挑剩下的，必定是送来我们这儿的，好歹都是这一顿，不将就难道还想吃龙肝凤脑吗？"

如瑶端坐如仪，眼风都没有扫她一眼，碧荷一气说完，对自家小姐也颇有默契："奴婢这张嘴真是惹祸的根源，不用小姐你再劝，青漪姐姐也不用狠骂，我自个下去领罚就是。"说着屈膝就退下了。

秦妈妈闻言眼色一黯，却并没有生气："这几年来，没能照顾好瑶姐儿，是我太没用了。"

"妈妈说哪里话来，自从母亲过世后，世态炎凉早已看惯，只有你们几个老人儿时常提点照应，你们平时也有难处，我感激还来不及，哪能再忍心给你们添麻烦？"如瑶反握了她的手，望定了她的眼，说话虽然平实却很是真挚。

秦妈妈念及过世的旧主，也是泪眼婆娑，却不愿哭出来，只是笑着安慰道："先头夫人在时，时常道：宝剑锋从磨砺出，梅花香自苦寒来。瑶姐儿也暂且忍过这两年，等你出了阁，那就是正经气派的诰命夫人，到时候扬眉吐气，也叫这群趋炎附势的小人看看！"说到最后已是咬牙切齿。

如瑶本是大房原配张氏的丫鬟所出，她的生母不久就病故了，张夫人膝下只有一子，于是把她养在身边，爱如珍宝，不仅给她嫡长女的一切待遇，还为她专程开了祠堂，改了宗谱上的嫡庶，算作自己亲生。即使是日后生出了儿子也从来不减宠爱。张氏在世时掌家理事，如瑶是沈府矜贵的大小姐，等她早产逝去后，事情就起了变化。

先是族里有人风言风语，说张氏自己有嫡亲的儿子，非要拿奴婢生的女儿来凑成一双"好"字，实则是想压过妯娌王氏一头，简直是坏了嫡庶之分。

又有太夫人在五七的时候当面训斥如瑶"穿丧服还要妖妖娇娇的，简直不把嫡母放在眼里"，如瑶房里的丫鬟这才发觉，送来的素白丧服，竟然被凭空改了几针，掐出了腰身和裙幅，穿上身显得格外窈窕有致。如瑶的大丫鬟青泉上前辩白，不知怎的却把身怀六甲的王氏绊了一跤，老侯爷大怒之下，又受了枕边风怂恿，把主仆几人都关进祠堂诵经思过，而青泉被重责了四十杖，三天里缺水缺粮，竟是被活活疼死了。

接下来，不满十岁的如瑶便发现，日常生活变得荆棘丛生。沈府的仆妇下人们再不把她放在眼里，敷衍塞责甚至面带讥讽，院子里的一切膳食用具都越发怠慢、拖欠，三年孝满后甚至以冲克为名，将她迁出正院，送到这最偏僻的一进偏院里来。

如瑶小小年纪却异常沉着，不动声色将这一切都忍下，接踵而来的雷霆一击，却让她几乎陷入绝望——张氏亲生的嫡子广钲，居然当着所有宗亲的面，斥骂她是"贱婢所生，冒充嫡出"，并请来了母家的一位舅舅，将如瑶的名字从张氏名下抹去。

那一天下着倾盆大雨，阴云密布的天穹好似也在哭泣，如瑶就那么跌坐在地上，茫然地看着母亲的牌位。

秦妈妈至今还记得她那清澈哀恸的眼神。

想起这些陈年旧事，秦妈妈心中又酸又痛——小姐留下的这一儿一女，钲哥儿打小被养在太夫人那里，从小听多了别有用心的谗言，和亲生母亲很是隔膜，一年到头都不去祭拜母亲灵位；而她疼爱有加的瑶姐儿，如今却被人欺侮到这般地步，而自己只能抓着她的手腕，劝她再忍两年！

再有两年，瑶姐儿就十八了，到时候就能风光出阁，张氏生前替她定下了一桩亲事，显赫尊荣又妥帖合宜，到时候就是苦尽甘来了！

两人都陷入了沉思，只有丫鬟摆弄碗筷的声音分外清晰。正在这时，门外传来清脆而娇纵的甜笑声——“瑶姐姐到现在还没用饭吗？你又在吃什么山珍海味，这么费时费力的？”

一听这笑声，那几个二等丫鬟面色都黑沉下来。

又是如灿这个娇娇女！

随着一阵疾风盛气凌人地冲入，如灿在四个丫鬟的簇拥下趾高气扬地闯了进来，她的人不由分说一阵推搡，将站在门口不远处的小古掀了个跟头。

如灿看都不看小古一眼，冷笑一声指桑骂槐道：“好狗不挡路！哪来的贱婢这么不长眼！以为自己是大小姐还是怎的，也不照照镜子看看自己配不配！”

2.

这话明显是剑指如瑶——如瑶虽然年仅十三，当年记入张氏名下，从她那一房来排行，全家上下都要称她一声大小姐。但如今沈府强弱之势已经逆转，王氏掌管着家务，在她的默许之下，仆人们只称她那一房的如珍为大小姐，两房连起来论排行，把如瑶压了一头算作第二，甚至有刁恶的只称呼她为“那边院子里的”。

如灿这一声大小姐，明显是要揭人伤疤，不怀好意。

在场的几个丫鬟都变了脸色，青漪抿了唇，眼中浮现怒色，却是垂手肃立，一句话也没说，她见小古被一脚踢得滚在地上，连忙上前把她扶了起来。

如瑶眸光闪动，随手拿起一旁的手帕递给她们，随即慢慢地夹一颗白果，举手投足间说不尽的娴雅之态：“灿妹妹这么急着跑来，可是有事？”

“没事就不能来了吗？！”如灿的眼神朝着她碗里逡巡几下，唇边浮现嘲笑之色，“瑶姐姐，相处这么多年，没想到你爱吃这些白果啊笋片的，苦涩又难嚼——这些东西我都是赏给院子里的三等下人的，连我身边这几个都不肯吃它。”她这么刺了一句，如瑶却仍是泰然自若，自顾自地吃着，唇边笑意不减：“《本草纲目》

上写过：白果色白属金，故能入肺经，益肺气，定喘嗽——三妹妹你上次嗓子哑了直咳嗽，可不就是肺气弱了，还是赶紧回去多吃点吧！”

“你……”如灿气得脸色涨红，张口结舌——这是在暗讽她上次为了萧越而冲着如珍大发脾气的事，她正要发火，却听门外传来清曼的笑声——“瑶妹妹真是说笑了，三妹她脸色红润，目光有神，怎么会是伤了肺气呢——这话要是被祖母听见，还以为你在诅咒姐妹呢！”随着这带着锋芒的言语，如珍施施然出现在门口，她穿着雪狐镶边翠色短袄配浅杏长裙，一道璎珞满嵌的项圈垂在胸前，却不显奢华，只觉得明辉熠熠，更衬得少女清丽出尘。

如瑶放下筷子：“珍姐姐也来了，看来我这院里的伙食实在是太香，引得你们纷纷挪动玉足前来看个究竟。”

如珍凝视着她，露出一道矜持的笑意：“多日不见，母亲不放心，着我们来探望你。”

随即她美眸一凝，看向一旁呆立的秦妈妈和小古，面带严霜斥道：“你们两个好大的胆子，竟敢拿这样的菜饭来充数！我们沈家最容不得这种欺主的奴才，给我拖出去！”

随即就有人上来押人，如珍扫了一眼周围侍立的几个丫鬟，冷笑着指点道：“还有你们也是！自己主子吃着这种饭食，你们自己偷吃了山珍海味却呆看着，养了你们何用！瑶妹妹心慈手软管不了你们，我来替她做主重新换人便是！”

又有人上前要拖人下去，如瑶听到这儿，终于收起了筷子，“啪”的一声放在桌上，敛了笑容，竟是前所未有的郑重：“原来珍姐姐和灿妹妹是来这儿替我做主的，真是感激不尽。”她的嗓音并不大，最后几字加重语气，让人心头“咯噔”一沉。

“瑶妹妹你一向管不住下人，当年那件丧服的事……知道的会说下人做事不精心，不知道的亲戚故旧，还以为妹妹生性那么活泼爱俏——”如珍平时说话滴水不漏，今日不知怎的，却满是犀利挖苦的锋芒，好似要故意激怒如瑶似的。

如灿横了她一眼，咯咯娇笑道：“那又不是瑶姐姐的亲生母亲，只是嘴上哭哭喊喊，哪会真有什么伤心。”这一句终于触及如瑶的逆鳞，她霍然站起，双目冷冷一瞪，正要发作，突然传来一声嘶哑的尖叫：“饶命啊——我知道蔺婆子的下落！”竟是被拖到门口正要杖责的小古！

顿时所有人为之一惊。

如瑶一愣，想起方才秦妈妈所说——蔺婆子仗着王氏的势，居然敢擅离职守到现在都不回来，这才害得厨房只得拿外买的饭食来充数。她顿时心中一动，慢慢敛了怒意，她以询问的目光看向秦妈妈，却发现后者满头大汗，面色苍白，身子都在发抖。如珍一惊之下更怒：“这里哪有你说话的份，这么不懂规矩的奴才是谁管的！”

秦妈妈心神不定正要说话，如瑶却插嘴打断了她们：“青漪，去把她们带回来。”

“是，小姐。”青漪挣脱了几个仆妇，跑出门去把小古两人扶了回来。

小古倒是没受伤，只是束发已经彻底散乱，乌黑宛如鸦鬓的长发蜿蜒披在脸上，脏黑的脸上看不出五官，只有那一双水银般的眸子对上了如瑶。

如瑶眨了眨眼，恍惚间突然觉得在哪儿见过这双眼。她顾不得多想，直接问道："厨房的蔺婆子到底去了哪里，害得全家上下吃饭都出了岔子。"

被她这么一说，存心想混淆原因的如珍顿时一愣，如灿却不知好歹，尖声嚷道："哪里是蔺婆子出了岔子，分明是这两个刁奴从中弄鬼，耽误了正经伙食……"

如瑶打断了她，重复问道："蔺婆子到底去哪儿了？"

小古定定地看着她，突然又哭又抖，满身跟筛糠似的："她被砍成几截……好几截，死了。"

众人已经吓呆，一起被扶回来的秦妈妈越发紧张，整个人像打摆子似的抖，几乎要昏死过去。

"你在胡说些什么！"如珍又惊又怒，知道事情起了变化，正要喝令人将她绑起来好好查问，却听一声苍老而和蔼的声音响起："你让她继续说下去。"

听着这一声，所有人一颤，回头朝廊下看去，只见一群花团锦簇的丫鬟簇拥着太夫人缓步而来。

"珍丫头，你们在闹什么？这两个人又是做什么的？"太夫人眯着眼睛打量两人，随即想起秦妈妈的来历，嘴边掠过一缕厌恶的冷笑，"你是先头大儿媳身边的？真是有其主必有其仆！"

这一句明显带着恶毒之意，秦妈妈死死咬住下唇，一个头磕在地上不愿抬起。

如珍见势一喜，上前行礼道："见过祖母。"

随即一指秦妈妈和小古："这两个刁奴仗着瑶妹妹耳朵根子软，在厨房闯下大祸，误了今天的饭食。"

一旁的青漪听她如此颠倒黑白，明明是王氏身边的蔺婆子跑开不知去向，却把污水泼到自家小姐身上，顿时就要辩白，却被如瑶一拉衣袖住了嘴。

"是吗？"太夫人淡淡看了如珍一眼，似笑非笑道，"那我怎么恍惚听到，说是那蔺婆子死了，这才延误……还被砍成好几截？"她回头一指小古，森然道，"你来说！"嗓音不大，却带着绝对的威严。

小古已经哭花了脸，用袖子抹一把，抽噎着讲了起来，她说得颠三倒四，大意就是深夜出来如厕，发现有黑影追赶蔺婆子，又把人砍成数截，事后又把尸体拖走。这么一番话简直是天方夜谭，众人简直跟听说书一样，根本无法相信，再要深入逼问，她又什么都没看清。

"把尸体往哪儿拖了？"太夫人逼问道。

"好像是后花园。"小古仍是傻呆呆的，一旁的秦妈妈再也支撑不住，头一歪，已经彻底倒下了——因为她靠着墙壁，一时也没人发觉。

太夫人挥了挥手，随即就有人去搜寻。

不多时，有人回来报信——双目呆滞，一边干呕不已，显然是被那惨景惊吓了：“人、人找着了……埋得不深，一挖就出来了！”

太夫人的亲信赖婆婆面色苍白急急走进，她抖着手，从一块满是血迹的破布里掉出一块石头——那是假山的一小块，上面有清晰的凿空痕迹。

太夫人拿到手一看，顿时面色一变：“这是那天崩塌的假山石。”

“错不了，那都是特地从湖州运来的，和本地的金陵石不一样。”太夫人唇角带煞，冷冷一笑，“原来蔺婆子就是谋害我两个孙儿的元凶！”她霍然看向已经吓呆的如珍、如灿，嗓音冰冷，“快去把你们那温柔慈善的好母亲给我叫来！人说虎毒不食子，她为了栽赃陷害庶子，连自己的亲生骨肉也舍得！”

突然的一句，石破天惊，吓得所有人都惊在当场。

如灿已经彻底呆傻无法反应，如珍虽然面色苍白，却意识到不妥当！

当日广仁和广瑜一人重伤一人受惊，由于是广晟邀约，所有人都认定他心怀不忿要对亲兄弟下手，如珍身为他的胞妹，也感受到众人的异样目光，但她落落大方，素来以嫡母为重，提起广晟更是比谁都要义愤填膺，王氏不仅没迁怒于她，反而更加高看她一头。

如今在蔺婆子身上发现动过手脚的假山石，显然当日之事绝不单纯，太夫人的一声冷笑，更是直接把王氏骂成蛇蝎毒妇——站在她这一边的如珍，此时发现危机迫在眉睫！

她目光幽闪，随即断然道：“这其中必定有什么误会！母亲绝不会……”

“你倒是个孝顺的女儿！”太夫人瞥了她一眼，唇角的笑纹让人心下一凉，随即那犀利而不失美丽的眸子扫向在场诸人，停留在小古身上，闪烁着寒光，越发显得阴晴不定。

小古仍是一副傻愣愣的模样，缩在众人身后左顾右盼无所事事，好似完全感受不到险恶杀机。

“这个丫头留不得……”太夫人心下忖道，但随即看到周围这么多人，却又泄气了——大家都长了耳朵，听这丫头胡乱说了一气，便是将她灭口，也无济于事了。

她冷哼一声：“是或不是，请她来说个清楚吧！”她眼风一扫，便有人将小古和秦妈妈拖了出去，随意往空房间一关，以备对质。

秦妈妈已经是半昏迷，被人一拖动，呻吟一声醒来，浑身仍是发颤。

“妈妈别急，这没咱们什么事，说清楚了就好。”小古仍是傻愣愣的，手里拿着个冷馒头在吃——这是她方才央求如瑶院里的仆妇送来的。

秦妈妈只觉得头脑一片昏沉——明明是自己下手杀人，怎么就平安无事了？

她茫然地转动着眼睛，只听小古大咧咧道：“好像二夫人要倒霉了。”

二夫人？

她替自己背了这黑锅？

秦妈妈一时震惊，随后又感觉快意无比——这个毒妇也有今天！

小古却是浑然不顾她复杂的心情，只是埋下头使劲嚼着馒头，口齿含糊不清道："都已经下午了，初兰应该上路了吧。"想起接下来的一切，她眼中浮现狡黠的笑意——不知道那家伙是不是能及时来劫人呢？

太夫人的萱润堂里，正是剑拔弩张，一片死寂。

王氏端坐在右下首的座椅上，面对指控，满是惊愕怒意："这怎么可能，两个都是我的亲生骨肉，我疯了才会这么做！"

"这可不一定呵！"左下首的陈氏略见夸张地尖声一笑，捂唇咳嗽了两声，指间硕大的宝石刺得人眼发疼，却只衬出她一身小家子气，"就是要亲生骨肉，才能演得逼真啊——弟妹可别误会，我可不是在说你，是在说昨天点的那一出戏文而已。"

她见上首太夫人并不斥责，显然是默许，于是胆子更大，进一步笑道："再说了，广仁、广瑜的伤，看着挺重，现在不是痊愈了吗？这可多亏了萧家引荐的那位神医！话又说回来，萧家的夫人跟弟妹你可是亲姐妹，果然是心灵相通啊，你这才一出事，那边就有神医来救人，真是好默契，好巧合啊！"这话简直是在指着王氏的鼻子明讽她自编自导"假山崩塌"这一出戏栽赃庶子广晟，夸大两个儿子的伤势，再让连襟萧家出面来救人！

陈氏用帕子捂唇假笑了两声，突然又叹道："有妈的孩子那是千宠万娇着的，没妈的孩子就是那墙边草，任人践踏啊……可惜我那广晟侄儿，小小年纪蒙受冤屈流浪在外，如今还不知道怎么吃苦受罪呢！"她越说越是带劲，还装腔作势地低下头抹了泪，心里却是乐开了花——假山那件事其实是她嫉妒二房的风光，心怀不忿，这才假造广晟字迹引两人前往，又让自己的贴身婢女凿松了支撑的石块，等到三人见面时再拉动木杆，瞬间让它崩塌。

这一切都是神不知鬼不觉，陈氏出身小官之家，娘家世代属于工部麾下的官商，专门从事路桥营造之类，这类钻凿撑拉之类的杂学她懂得不少。

原本她还担心终究有人要怀疑到她头上，现在有她最讨厌的王氏替下这一罪名，怎不让她兴奋莫名？

王氏气得面色苍白，双眸却越发灼亮慑人："大嫂这话我倒是听不懂了——为了广仁、广瑜的伤，我们焦心似焚，连太医都请动了，连他都颇感棘手——这么实打实的伤势大家有目共睹，怎么到你嘴里就变成演戏了？"

陈氏正要反驳，却听上首太夫人冷然道："蔺婆子身上那块假山石你可看清楚了，她是你身边的老人，却想谋害你的儿子，你不觉得违反常理吗？"

顿时所有人的目光凝在那一块血迹斑斑的假山石上，太夫人淡然道："她是厨房的大掌勺，为人懒惰不爱生事，谁会对她下此毒手呢？"

她连问两个问题，正是众人心中所想，连一旁的沈熙都暗暗点头，沈源的目光也禁不住带了三分怀疑。

王氏闻言，恭谨地站起身来，也不要人搀扶，在正厅中央跪了下来："列祖列宗在上，沈门王氏在此立誓，此事绝非我所为，若有虚言，便罚我……"她哽咽了一声，终究继续道，"罚我一身孤苦，夫离子散，冻饿而死，死后坠入无间地狱不得超生！"

她嗓音冰冷彻骨，所下重誓让所有人都心中一沉，她随即抬起头，虽然痛苦委屈到了极点，却仍是倔强而优雅："母亲问了这两条，我不敢不答，但那蔺婆子虽然是我的陪房，但她去厨房也已经多年，与我这边往来不多——谁知她是被谁收买了，竟敢做这等背主之事！"

想起两个儿子当时的凶险，她双眼泛红，强忍着委屈看向沈源："夫君，妾身无能，平时忙于家务又识人不明，连先头旧仆都管制约束不了，竟然害了我亲生的骨肉……这都是我的不是！"她说到此处已是泪眼婆娑，低泣之声让人心生恻隐，"做母亲的谁不知道疼爱自己的孩子，别说是重伤了，就是他有一丝一毫的损伤，都是伤在儿身痛在母心，谁会舍得拿他们来演苦肉计？！"

一旁的沈源也已经眼眶微湿，他一撂长袍也跪了下来，陪在王氏身边扶住了她："母亲，她的品行我素来信得过，此事颇为蹊跷，只怕并不单纯，贸然认定有罪，只会让有心人坐收渔翁之利！"

他说最后一句的时候，索性抬起头，目光停在太夫人身上，毫无畏惧地与她对视。

片刻沉寂之后，太夫人怒极而笑："看来你是打定主意要护着她了？"

"只凭一块石头和一具尸体，如何指证当家主母——儿子斗胆说一句，就是大理寺和刑部，也没有这么草率断案的！"

"你——"太夫人气极正要发作，却听外间有人跑来，踌躇着不敢进来。

"又出什么事了？！"

姚妈妈面色怪异，看一眼在场诸人，结巴着说道："外院管事传来消息，说我们这送嫁的一名婢女，被人半道劫走了。"

"这点芝麻绿豆小事也要来禀报吗？"太夫人怒视，姚妈妈却面露难色，嗫嚅道："这婢女是嫁给蔺婆子家的，而劫人的……是广晟少爷！"

什么？是他！

姚妈妈继续道："他带了一群京营的兵丁，扬言说……他饶不了真正的凶手，要替亲兄弟报仇，更要替自己讨个公道！"

所有人的目光，这一瞬又聚集到王氏身上，其中意味说不出的古怪。

"这，这个孽障竟敢如此！"沈源又气又急，恨不能把这混世魔王的庶子塞回娘胎里，却不料太夫人淡淡说了一句："兔子急了都要咬人，更何况还是你儿子——这孩子素来烈性，这次也真是可怜见的。"

一旁陪坐着的沈熙突然笑了一声，嗓子沙哑仍有昨夜荒唐的余韵：“广晟这孩子倒是挺有气性，不像那些娘娘腔的文弱书生……只会哭哭啼啼。”

沈源冷哼了一声，好似没听到继母和兄长的话，冷然板着面孔道：“一个大家公子，居然跟京营那群粗汉混在一起，这成何体统！”

沈熙不阴不阳地插了一句：“我们济宁侯府本就以军功封爵，投身行伍又有什么不对？”

沈源一时失言，顿时作声不得，太夫人苦笑一声，道：“老二你是圣上近臣，满身都是儒墨书香，可惜出生在我们这个军伍之家，真是委屈你了。”她嗓音无奈中带着凄恻，“你父亲在天之灵听了这话，只怕要无地自容——连自己儿子都瞧不起武将，他这一生岂不是笑话一桩！”

王氏见势不好，长跪辩解道：“夫君心思烦乱，言不达意，却是从来没有轻贱武人的意思——只是我们府上也算簪璎世族，即使是要从戎也该遵循正途，京营之中良莠不齐、龙蛇混杂，广晟又是年少气盛，若是被带到邪路上，岂不是让满门清誉毁于一旦？”

“那你又待如何？”太夫人皱眉问道，用如意柄敲了敲桌，追问道，“现在这孩子可是嚷着要个公道！”

“这只是误会一桩！”王氏虽然跪着，目光却是幽邃而沉稳，丝毫不见慌乱之态，“本就是贱奴背主，却让广晟这孩子受了冤屈——误会解开了仍是一家人，儿媳愿意亲自向他赔个不是。”

“长幼尊卑有序，哪有嫡母向庶子赔礼的？”沈源急怒反对，正要搀扶妻子起身，王氏却安抚地拍了拍他的手，眼圈微红道：“家和万事兴，为了这个家，为了你们父子和睦如初，妾身不介意这一星半点的委屈。”

“啧啧，你们要演回去演，这么一对恩爱夫妻真让人肉酸。”沈熙阴阳怪气地讽刺一句，起身就走，“这里可没我什么事了——无端害得我午觉都没睡成！”

陈氏急急跟上，沈源夫妻也随之告退，只剩下太夫人一人面带严霜，冷冷地坐在原地。

“哼，一个个都翅膀硬了，夫唱妇随的！”太夫人目光幽幽闪动，唇边笑意不减反增，“就看你们能闹出什么花样来！”

昏暗的厅堂里，她端坐在上首最中央那雕琢精美的太师椅中，眯着眼从敞开的大门中向外张望——古朴篆字的瓦当、滴水檐下银红照影的窗纱、中庭葱郁浓秀的花木山石以及垂花门外广阔的外院天地……她端详着这豪门府邸的每一方寸，目光甜蜜而贪婪——这个济宁侯府，终究要握在她和她亲生儿子的手上，他人都休想染指！

“轩儿，为娘一定会跟他们周旋到底，等你平安回来袭爵！”

喃喃低语回荡在宽阔厅堂间，太夫人想起远在交趾的爱子沈轩，手捻佛珠的动作更快了。

主子们的勾心斗角，小古她们全然不知，她和秦妈妈被关在杂物间，直到掌灯时分才被放出来，她又饿又累地走回自己院里，刚跨进门槛就被一道人影猛然扑在身上——

“小古，我差点就见不着你了！”初兰一把眼泪一把鼻涕，哭着倾诉自己的遭遇——

下午她就被两个婆子押送着去蔺婆子侄子家“成亲”，甚至连跟小古告别都来不及。本以为这一生就落到那个白痴手里，没想到半道上被一群白甲兵士拦住马车，蔺婆子家被砸了个稀烂，所有人都被捆了手脚送回来！

“这不是挺好的吗？”小古仍是呆呆地看着她，随即要求道，“我饿了，要吃面疙瘩汤。”

初兰含泪而笑，捏了她的腮帮一下，转身去灶下操持。小古凝望着她的身影，唇边露出一丝慧黠满意的微笑，随即一隐而没，陷入了沉思——

接下来，就要做正事了！

传说的京营三大营四十八卫，即使龙潭虎穴也要闯一闯！

翌日起身后，才做了一阵活计，就有管事媳妇和婆子把初兰和小古及秦婆子唤去，不由分说地让她们换了崭新的衣裳，收拾了简单的随身物件，就把人带上了一驾青帘黑轮的马车。

“这是要去哪里？”初兰抱紧小包袱，颤声问道——昨天的经历已经让她成了惊弓之鸟。

“不要多问！”姚妈妈没好气地呵斥道，身子被马车晃得东倒西歪。

她昨天接到广晟劫人的消息，一心想让他在长辈面前更显恶名——最好被宗谱除名，所以急匆匆进来报告，没想到，这一次拍马屁拍到了马蹄子上，反而害得王氏陷入不利境地——想起她那冷然肃杀的眼波，姚妈妈更加害怕，心里烦乱一片。

马车跑得很快，但这一段路似乎很长，一路通过长街，出了城门，往西又疾驰了大半个时辰，这才停了下来。

“到了，快给我下车！”姚妈妈恶狠狠地拧了初兰一把，又推了秦妈妈和小古下车，匆匆对她们说道，“今后，你们便在这儿安心服侍广晟少爷吧！”

车夫从后厢卸下数十箱物件：有锦缎、瓷器、兵器、被褥、酱菜，等等，还有满满一箱金银。

姚妈妈草草清点了一下，转身就回了车上，急急喊道：“回府吧！”

还没等三人反应过来，那马车就带着滚滚烟尘离去，那慌张奔突的架势好似有恶鬼在背后追着一样。

小古三人这才开始打量周围环境，随即都吓了一跳——她们居然站在一座巨大的坊门跟前！

放眼望去，四周都是连绵的山峦和梯田，不远处黑压压一片好似是校场，插有赤玄二色旌旗——而眼前这道高大的坊门，居然是以椽木混合着石砖垒成的！

“你们是干什么的，竟敢私闯军营驻地！”坊门前站着两列三十六名兵丁，清一色穿着制式鸳鸯胖袄，身披白色棉甲，他们原本懒洋洋地靠在门洞角落晒着太阳，看清楚眼前三名乃是老少妇人之后，顿时虚声大气地吆喝着走近。

“官爷，请行个方便，禀报我家少爷一声。”秦妈妈说得还算有条理，打头那人四十上下，嘴里喷着酒气，眼光放肆地打量着初兰的胸脯，问道：“这平宁坊里住着的是军官家眷，家家都是少爷小姐，你们到底找谁？”

“我们少爷姓沈……”

那人哈哈大笑道：“京营四十八卫，谁知道你找谁——他是什么官职？”

“这——”秦妈妈愣住了，她哪知道什么官职！

那人阴阴一笑，目光似狼似虎，铁钳般的手掌一把抓住初兰往里拖——“连主家官职都说不出，可见你们是来蒙骗的奸细！”

他听着初兰尖叫，正要把手摸向她的胸口，不料身后一阵疾风，紧急一闪，竟是一柄巨大铁斧直劈而来！

“小古！”初兰尖声叫着，好似看见了救星。

小古拿着劈柴的斧子，大开大合地砍去，虽然毫无章法，却惊得那人一身冷汗，大叫道：“反了反了，有奸细来劫营啊！”

顿时四周喧腾哄闹，好似开了锅一般，女人的尖叫声孩子的哭号声遥相传递，好似被无形的引线点燃！

“都给我住手！”一声清喝，震得众人耳朵嗡嗡作响。

秦妈妈回身看去，顿时惊喜交加：“广晟少爷！”

3.

广晟好似刚从校场回来，身上甲胄已去，军袍却还未换过，只是襟口敞开着毫不惧怕严寒，长发并未用头巾或是发冠而是用朱红丝绦随意束住，更显出他额角如玉的肌肤和那晶莹的汗水——光从容貌来看，他比这里的三个女人都要胜出许多。

那几个人看见广晟，却好似看见妖怪一样，吓得脸色都变了，急急往后退了几步，结结巴巴地讪笑道：“原来是、是沈总旗您啊！”

广晟扫了他们一眼，直接走到小古跟前，把她那把斧子接了过来，掂了掂重量，笑着调侃道：“这就是你吃饭的家伙？不错吗，比我们那长枪都有用，一扫就是一大片人头。”

那带头的一见广晟那张比美女还艳丽的容颜，顿时酒都吓醒了一半，强笑着上前见过："沈总旗，这、这是您的家眷啊，这真是……大水冲了龙王庙了！"

广晟昂起脸微微一笑，那笑意有七分漫不经心三分轻蔑："三个女人就能让你们大喊劫营，你们是越混越回去了！"

那几个人面面相觑，谁也不敢接他的话，领头那人哭丧着脸说："我们真不知道是小爷您的人，多有得罪……"

广晟笑容不变，眼中光芒却转为狠戾："若是知道是我的人还敢动手动脚，你们就别想站着回去了！"

他信手敲了敲手里的斧子，发出铿锵之音，那几个人腿一软，拼命摇头道："借我们熊心豹子胆也不敢啊。"

小古站在旁边一脸迷糊，心中却有些奇怪——军中少妇人，这平宁坊里住的也不过是军官家眷，真正的军营重地可说是连只母蚊子也没有，这几个守门士卒荒了这么些年，母猪也看成貂蝉，见到衣着简朴的初兰，信手揩点油也不足为奇，为何一听是广晟的家眷就吓成那样了？他虽然是个总旗官也算是平步青云，但京营之中品阶高的多了去了，既然不相隶属又为何惧他如虎？

此时平宁坊中已经隐约引起不安和骚动，有住得近的健妇和老人手拿钉耙长刀气势汹汹地跑来——这都是醉酒士卒喊那一嗓子惹出的祸。

广晟回身挥了挥手，扬声大喝道："没事了，误会一场！"

"沈大哥你没事吧？"遥遥传来着急的女音，一道窈窕的朱红身影出现在坊门后长长的大街上。

只见来人是个垂髫少女，上身穿件箭袖对襟，朱红蜀锦短袄流光明灿，更衬得一张芙蓉脸庞易喜易嗔。

她脚下一双雪白羊皮长靴纤尘不染，在青石长板上飞奔而过，步履矫健轻快，说话之间已经飞奔到近前。

"是哪路奸细来闯营？"她的脸上满是英姿勃发的兴奋，忽闪着双眸问道，一派少女的鲜活妩媚之美。

领头的士卒眼中闪过晦气和尴尬，偏又惹不起这位姑奶奶，只得跪地求饶道："是小的眼拙，胡乱叫嚷起来，愿受军法处置。"

"军法什么的去找我爹领受吧，这我可管不着。"那少女毫不在意地挥手，一双美目看向广晟，似笑非笑间眸光流转，晕出一道思慕的光晕，停了一瞬这才看向旁边的三个女人，见姿容打扮都是仆妇模样，这才悄然松了一口气，笑着问道："沈大哥，这是你家里的下人吗？"

广晟点了点头："我不过晚来一会儿，就闹出这么多事来，罢了，先回我住处吧。"

他把斧子交给小古，随手胡噜了一下她的乱发，皱眉道："你这丫头，每次见到你都是一头稻草似的头发，每日都不曾梳妆打扮吗？"不等她回答，便唤来那几个闯祸事的士卒，“罚你们把东西给我搬回家！”说完不顾他们的苦瓜脸，转身朝着坊中住处而去，只留下冷然一句，“你们都跟上！”

小古一路跟着走进平宁坊，这才发现内中街巷纵横交错，占地颇广，简直可以称得上一个小镇。

从太祖朱元璋时，京营就设有三大营四十八个卫所，足足有二十万人，这些人围绕京畿，以不同兵种布成坚不可摧的防线。这么多人，士卒虽然大都出身军户，但中层以下的校尉军官等却来自五湖四海，所以在驻扎地附近，通常会建成这些坊居，让他们的家眷入住。

一路上，那个朱红箭袖的少女好似对她们挺有兴趣，一边走一边闲聊问话，一来二去，倒是被素来精明的秦妈妈套出了她的身份——原本这位小姐的父亲，便是广晟的上司，镇抚黄震海大人。

镇抚专管军纪，本就威权甚重，营中两个百户暂且无人署理，也由他代管，即使是千户大人也要给他三分面子。

“沈大哥家中……父母高堂，一切可还好吗？”黄小姐家中行二，她转过头浅笑盈盈问道，话中不无刺探之意。

“这……”秦妈妈故意露出迟疑怪异之色，存心引得对方心怀疑窦，随即她叹了口气，语焉不详道，“家家有本难念的经，这么些年，广晟少爷也够难的了！”

黄二小姐心里“咯噔”一声，狐疑更盛——她早就隐约听闻，广晟出身公侯世家，只是家中纠葛复杂，逼得他容身不得，这才投身军伍。

她凝望着他端秀绝华的侧脸，心中又是怜惜又是欢喜——惜的是他出身高贵却只得流落此地，欢喜的却是他既然脱离家族，这终身大事想必不会有人横加拦阻……她一时心思上涌，只是停住脚步，想得痴了。

不多时，广晟的住处便到了，这是一间三进的小院，虽然不大，但胜在单门独户，门口有一个小厮正在打扫，见主家来了连忙帮着卸货搬运。

“爷您回来了吗？”惊喜的嗓音宛如银铃天籁，从院中迎出的娉婷身影，却在见到这一大群人后，蓦然收住笑意，随即急急反应过来，朝着广晟蹲身福礼，“奴婢见过少爷，见过黄小姐。”

那是一个身着淡紫对襟布袄鹅黄撒裤的少女，丫鬟打扮，鬓间却插着一支铜鎏银的花蕊流苏钗，虽然不值几个钱，映在发间闪闪烁烁倒是显得她秀发如云。

她并不算很美，手脚皮肤也有些粗糙，只是那一双水眸时时露出楚楚之态，让人好生怜惜。

黄二小姐仰着下巴瞥了她一眼，“哼”了一声朝着广晟道：“你家的丫鬟也太没规矩了，毕竟是刚买来的，比不得家中用熟的。”

那丫鬟一听这话就泫然欲泣，珠泪含在眼眶中滚动：“是奴婢笨手笨脚，惹得黄小姐不高兴，求您饶我这一次，我以后再也不敢了……”

“你这是什么意思，说得好像我专程上门来欺负你似的！”

黄二小姐也不是省油的灯，眼风如刀地扫过她的脸，冷笑道：“你一个五吊钱买来的奴婢，跟街上猫狗似的，真要为难你，提起脚来就可以卖了——”

“够了。”广晟淡淡一句让两人停止，随即吩咐小厮和那丫鬟去收拾两间侧房来给小古三人住下。

“这是新来的姐姐吧？”那丫鬟正要见礼，广晟拉了小古就走：“你跟我来！”

两人进了正房，广晟关了门，竟是一副要促膝长谈的模样，惊得所有人都呆住了。

“这、这丫头……”黄二小姐话到嘴边，终究还是惊醒过来，顾及身份实在不好多问，但她想起小古那副尊容，简直不敢相信自己的眼睛！

一旁的那丫鬟也睁大了眼——难道爷喜欢的居然是这种类型的？

她比画着自己的脸，考虑着要不要化个大花脸妆。

“想不到我才离家一个多月，就发生这么多事。”广晟详细询问了小古家中的情形，嗤笑一声，在矮榻上躺了下来。

“我也不知道为什么会这样，好端端的就又杀又打的……吓死我了！”小古缩了缩脖子，心有余悸道。

“这也就是你这个傻丫头看不懂罢了！”广晟想起那龙潭虎穴一般的家，唇边浮现一道冷笑，“据你所说，蔺婆子不见，灶上饭菜出了差错，这本来只是小事——但我那个好妹妹如珍，大概是想替掌家的嫡母分忧解劳，免得被太夫人挑刺，所以故意去如瑶那里挑衅，就是想逼得她闹起来，以便把这饭菜失误一事推到她身上。”

“如瑶在府中无依无靠，根本不会有人来替她说话，姐妹之间话说到一半，太夫人突然出现——这是如珍故意派人去引了她来，想让她看见如瑶撒泼闹事，只可惜，你偏偏在那个节骨眼儿上喊出蔺婆子被杀，反而让太夫人抓住了二夫人王氏的把柄。”他惬意地喝了口茶，继续道，“不管是不是王氏杀人灭口，也无论她是否自编自导了假山之事，太夫人绝对会把这罪名牢牢地栽在她身上——他们这群人狗咬狗一嘴毛，真是一场好戏！”

他转过头来，看见茫然睁大眼的小古，恨铁不成钢地敲了敲她的脑门，无奈而亲昵地道：“自从你这个呆瓜让我去半道劫什么新娘，我就知道府里要出事，探听之下居然闹得这么大——你见到杀人场面又喊破了秘密，已经犯了大忌，继续留你在侯府，只怕你活不过三天！”

小古吓得张大了嘴，双眼圆睁——两人靠得很近，广晟清楚地看到，她虽然脸色黛黑，一双眸子却是宝光熠熠，幽华沉丽——只怕他见过的所有绝世美人，都没有这样一双好眼！

她好似吓得不知所措，舔了舔唇——她的唇色鲜妍娇嫩，染上水色后又轻咬，微微肿起，宛如工笔画中唯一的嫣红，细微却又摄人魂魄。

“所以，是广晟少爷你把我要来的？”她盈盈大眼望定了他，好似有千言万语，一时却又口讷，只是轻声问道。

“我才不会光要你一个呢，他们怕我叫冤闹起来，只得尽力安抚，我把你们三个都要来了，还要了三千两银子。”

小古眨了眨眼，看着他绽开笑容：“原来我只是个奉送的搭头啊！”

答应她的是一个轻轻的暴栗：“你知道就好，赶紧去吃饭睡觉歇下！”

小古美美地睡了一觉起来，发觉日头西斜，已到饭点了。她长发舒泻在肩上，美美地伸了个懒腰，只觉得这种日子是多年来难得的悠闲轻松。但只是一瞬，她微微眯眼，从床上利落地起身！

隔着门板有人在偷窥！

她不动声色地下床，脚下不见半点声响，缓缓走到门前，猛然拉开了门！

“啊——”极近的距离，小古双眼微眯，好似猫一样在黑暗中闪着光。对方尖叫一声，好似受了极大的惊吓一般瑟瑟发抖，眼眶又含着泪水，蹙眉头看着她，好似她会吃人一样。

“你、你是小古姐姐吧……”是进门时候那个泪包丫鬟。

“你在偷看什么？”小古面无表情地问道——其实她是睡迷糊了，看在他人眼中，却十足一副阴冷莫测的模样。

“我、我没有——我是来喊你吃饭的！”那丫鬟急得嗓音颤抖，眼中泪水似有泛滥之势。

小古摸了摸鼻子，笑得露出洁白的牙齿——头一次不要砍柴却能吃到热乎的，挺不错的！

她洁白的牙齿在昏暗光线下闪闪发光，看在那丫鬟眼里，却似猛兽猎食般地惊悚——不知怎的，她对这新来的同伴有一种本能的畏惧。

小古到了厨房套间，看到小圆桌上坐了三女一男，那小厮年纪才十二三，平时扫地挑水很是老实，这时候陪坐着这么多妙龄姐姐，脸色跟红布一样。

她们吃饭的时候，那位黄二小姐已经回去了——她静坐喝着茶水，跟秦妈妈东扯西拉地却总是不走，眼看到了用饭的时辰还不见广晟从演武场回来，只得怏怏而去。

她们一干下人，一时倒也说不出什么话来，只是默默用饭。

小古的饭量倒真把那个叫月初的丫鬟给吓着了——她动作斯文不见粗鲁，一筷一勺却是指点江山挥洒自如，一个人就吃掉了两碗，月初看着自己浅浅的半碗饭，嘴角不露痕迹地撇了撇，细声细气道：“小古姐姐的胃口可真好，你家里以前是做什么的？”

以前是做什么的？

小古的手一顿，眸子陷入回忆的深邃，沉思之后，她笑了：“是杀猪的！”

父亲曾经说过，直臣应以笔为刀文作剑，诛天下奸佞匡扶社稷，这才是我辈十年寒窗的目的。

他做到了，有多少人因他的一纸直谏而丢官丢命，他的笔刀上染了多少人的血，才成就他那一顶乌纱一条凌云之路。

对于那些无辜和不无辜的人来说，所谓刚直不阿的天下名臣，也只是一个凶恶残忍的屠夫而已。

“哦……”月初的嗓音拖得有点长，玩味的神情带着些不屑与优越，“我爹以前是秀才，有功名的。”

初兰觉得有些敬畏：竟然是读书人家的女儿，她为什么会被卖到这里？

一旁的秦妈妈看不得她那轻狂样，冷冷道：“秀才虽然是读书人，未通过举业仍是无权无势，只能每年一次分些孔子跟前贡着的猪头肉，若是没有谋生的本领又惹了乡间豪绅，也只得卖儿卖女了。”

她的口角何等老辣，只看月初的眼圈红了筷子都在发抖，就能明白她说得很准。

大家刚吃了两口，却听广晟在唤月初的名字。

“少爷您回来了？我马上就来！”月初立刻破涕为笑，放下晚饭，扭着腰肢离开了。

秦妈妈冷笑一声：“又是一个想要攀高枝的。”

没一会儿，月初就回来了，脸色有些发青，神思恍惚间险些把小古的汤勺塞自己嘴里——幸好初兰眼明手快夺了下来。

月初的嗓音有些发抖，负气般从腰间拿出一把钥匙：“秦妈妈，少爷让我把家中的银钱交给你来管。”

广晟身为总旗官，俸禄并不算多，但他是个单身汉没几个家眷，这月俸连带长官的赏赐便暂且由月初保管，这次却居然叫她转给秦妈妈来管。

秦妈妈心中妥帖——她一直担心因为自己是济宁侯府来的人，广晟少爷根本不会信任，但如今看来，他还是眼明如炬的。话说回来，侯府那群主子没一个是善茬，她是先头张夫人的亲信，又怎么会替她们卖命？

月初抹了把眼泪，哽咽着跑去房里拖来一个存银钱的木匣，又拿来一本账册，幽怨地瞥了小古一眼：“少爷还说，这账本交给小古你来管。”

秦妈妈暗暗点头：一人管钱一人管账，这才会杜绝私弊，账目清明，这个少爷从小荒诞，但做起事来居然很是精干。

小古皱起眉头很是诧异，月初偷瞟着她，不死心地小声问道：“小古姐姐你会看账吗？你刚才说你爹是屠夫，你认得字吗？”

面对质疑，小古拿起账册来看，眉头皱得更深。

月初暗自得意，假作好心道：“你要是看不懂也没关系，实在不行，我替你去向少爷说……总不能让你一个大字不识的勉强来做吧！”

小古翻着账册，幽幽地来了一句：“这是谁写的字？难看得跟狗啃一样。”

“呃……”不顾月初面红耳赤的模样，她继续毒舌打击道，“这个酒钱的酒字少了一横，成洒水的洒了……还有这里十六加二十五是四十一，而不是五十一……算术乱七八糟，这账简直跟乱麻一样！”

现场寂静一片，尴尬的气氛连端着碗喝汤的初兰都感觉到了。

下一刻，月初“哇”的一声哭了出来，头也不回地跑了。

“她怎么了，好好的哭什么跑什么？”面对小古的疑惑，秦妈妈和初兰对视一眼，只得苦笑而已。

夜深三更，万籁俱寂。

小古听着初兰细微而安稳的呼吸声，悄无声息地下床，走到院中。

清幽的月华铺撒在黑瓦白墙之间，树枝的深影在寒夜中摇曳不定，檐角园圃都凝霜成冻，露出一层晶莹浅白。

小古悄无声息地走了出去。

平宁坊并非是寻常城镇，因为军令优先，所以并未有宵禁这一说。但此地住着的都是军官家属，为安全计甚少半夜出门，也不流行夜饮消遣，所以街上空无一人。

小古走向坊中唯一的驿馆——这是为皮毛商人们准备的，因为军户的职责包括了农耕和畜牧，所以也有朝廷指定的商人会来把富余的稻谷和皮货收去。

驿馆之中灯火通明，重重叠叠的院落门户，有半开的门扉之中有人在叼着烟袋摸骨牌作赌，有的房里算盘珠子声响彻院落。

小古走到一间偏院前，目光凝住了——有人在半开的窗边放了一盆小巧清雅的君子兰，严寒料峭，君子兰略见憔悴枯凋，却仍顽强地存活着。

这就是金兰会接头联络的暗号！

小古的目光警惕地打量着周围，随后毫不犹豫地走进去，敲响了门。

“是哪位？”是一位中年男人的嗓音，隔着门板轻声问道。

小古站在门前，娴熟而镇定地问道：“是金老板吗？我手里有一白一红三斤七两的皮货要卖。”

“不，鄙人姓蓝。”

“那也许是我那亲戚说错了吧——先生可是来收皮货的？”

“我需要三条银狐皮，四条无瑕疵的火貂皮。”

“我有两条，是老祖母传下的，您觉得值多少？”

“千金难换。”

对上所有的接头暗语，大门终于打开了，一个白净富态的中年商人把小古让了进去，一关上门，便是一揖及地。

“十二娘见谅，沿途勘合查得紧，我来迟了。”

“无妨，这毕竟是京营附属的眷坊，虽然不是军事要地，也是检查严密。”

小古盯着他的包裹，见其中白狐掖裘的样品和硝制罐粉一样不缺，看起来毫无破绽，这才满意地点了点头。

“这次召你来，是我要办一件大事。”小古清秀的唇边露出一丝冷笑，双眸晶莹慑人，“我要救出所有的随军罪妇！”

“这……”即使早知这位十二娘手段非凡，那高姓商人也吓了一大跳，“京营之中，建文旧臣家眷被贬为军妓和奴婢，任人取乐——我绝不能再坐视这种惨事！若是连这种事都不能解决，我们金兰会凭什么得到大家的信赖？！”小古的嗓音不大，却满是坚决之意!

“你在这里做熟了生意，上上下下的关系都能打通，这次行动需要你的配合。事成之后，你就会从富商变为逃犯，再不能享受富贵安逸，你舍得吗？”

那黄老板惨笑了一声，声音凄厉诡异：“因为牵涉进建文旧臣的案子，我的亲兄弟和侄子都被腰斩，那么小的一个孩子，只剩半截身子在土里打滚，伸出手好像在向我求救……这么多年来，我每夜每夜都梦见这一幕。我入赘成了富户之婿，我这么多年来赚了数万家财——但这有什么用呢，我全家都死了！”

小古默然地点了点头，要把计划正式说出，却听门外有人敲门，在寂静暗夜里分外清晰——“是金老板吗？我手里有一白一红三斤七两的皮货要卖。”竟是一模一样的接头暗语!

这怎么可能!

小古震惊得愣在当场。

夜深霜浓，毫无心事的人们都已经入睡，驿馆里的热闹却不止这一场。

靠近正门的一间宽阔跨院里仍是灯火通明，正房里隐约有莺声笑语传来，空气中隐约有脂粉香传来，在夜色中显得分外妖魅惑人。

京营中自有军妓随行，单纯为安置眷属的平宁坊中绝不容许有娼妓之流，但对客商带在身边的就睁一只眼闭一只眼了，有钱便是大爷这一点到哪里都行得通。

另一侧不起眼的厢房里灯火荧荧如豆，广晟一身小兵的军袄简陋无华，正默然端着大瓷杯，坐姿随意而慵懒。一边恭身陪坐的那客商胡髯粗豪，脸上皮肤黝黑开裂，腰间佩一把镶嵌绿松石的华丽短匕，瞧着倒像是大马士革精工。

他虽然姿势谦恭地哈着腰，眼中却没有商人该有的谄媚圆滑，而是沉静地聆听着广晟说话，眼角一闪即逝的精光似在打量又似揣测。

“你的上级派你来，没有说明任务为何吗？”广晟漫不经心地喝着那粗涩带苦的劣茶，好似大口饮下的是琼浆玉液，而不是几钱银子一大块的大路货。

“奉指挥使纪大人紧急密令，卑职风雨兼程，跟随商队赶来，听凭沈大人您驱使。”那唤作老罗的客商斩钉截铁地答道，说起锦衣卫指挥使纪纲，他面带冷肃之色，连腰板也挺直凛然起来，眼中神光也转为犀利。

“这一次的任务非同小可。”广晟放下茶杯，唇边带着捉摸不透的笑意，微弱烛光下更显得眉目如画，宛如池中盛开的睡莲艳色，“我们要在京营之中——杀官谋反。”

老罗也算是刀头舔血的老江湖了，听到这一句顿时吓得汗毛直竖，整个人险些从凳子上摔下。

他的脸猛然抽搐一下，脸上的皱纹显得深而狰狞，但随即收敛住了——眼中的精光爆燃之后归为平静：“锦衣卫军令如山，卑职这条性命就交给沈大人您了。”

广晟的目光锐利，好似要看透他内心最深的角落：这老罗袖中之手虽有轻颤，语调却充满着一往无前的平静决然——锦衣卫的秘谍果然名不虚传！

“既然如此，我们的目的和计划就是这样……”广晟当下压低了嗓音，几乎只是以唇形告知详细情形——驿馆之中龙蛇混杂，谨慎小心乃为上策。

虽然有心理准备，听完广晟的计划，老罗脊背上的里衣已经被冷汗湿透，他不禁换了惊畏交加的目光，看向这位年轻异常的临时上司——这么狠辣又新奇的主意他都想得出来！

这小子将来必成气候！

想到这儿，他不禁把头压得更低，恭敬答道：“卑职一定做到，若是失败，甘愿受军法处置。”

“若是失败，世上就没你这个人了，哪还谈得上什么军法？”广晟轻描淡写地笑道，老罗只觉得眼前一花，自己腰间的佩刀已经被劈手夺过，只见他信手一挥，自己的半片衣角已经翩然落地。

“真是好刀。”

广晟的笑意甜美畅快，绝世端秀的容颜，看在老罗眼里却宛如凶神恶煞，他吓了一跳，把背心最深处的一些小心思都收起，恭恭敬敬地跪下行礼道：“卑职就算粉身碎骨也要完成大人的吩咐！”

驿馆另一边的偏僻院落里，突如其来的敲门声和如出一辙的暗语，让小古和黄老板都惊得呆住了！

室内一片死寂，紧绷诡谲的气氛却是一触即发！

仿佛感应到这份不安，桌上烛焰“啪”的一声绽开烛花，室内短暂一亮后更显阴森，窗外的树木摇曳声混合着风声，宛如鬼声呢喃，让人不寒而栗！

见无声应答，那低沉的男音又重复了一遍暗号。

面对这莫测局面，小古一咬银牙，顿时有了决断——是福是祸，总要见个真章！她断然走过去开门，映入眼帘的却是一张少年的顽皮俊颜！

“这位姐姐你好，你这里收皮货吗？”小古站在门前打量着他——黑暗夜色中，他浸沐于屋檐树影的阴影之下，浑身裹在雪白锦裘之中，额前一道缡珠抹额，闪着紫晶迷离的光泽，头上的小髻亦是以明珠为坠——这是从哪个达官贵人家跑来的小公子？

小古神色不变，嗓音平平道：“我也是来卖皮货的，这位才是老板。”

“哦？”那小小少年笑得古灵精怪，滴溜溜一双桃花眼将来必定是要迷死无数闺中少女，“可是我家大哥吩咐，要找的就是你这位女老板，十二娘实在是太谦虚了！”

小古目光一凝，长袖轻轻一振，冰冷银刃已经滑到她掌心，她不动声色地笑了——虽然面庞平淡无奇，那一瞬冷幽灿然的眼眸，便胜却世间任何繁华。

“还没请教小兄弟，你家大哥是？”嗓音甜美而低沉，正在酝酿着不寻常的杀机，那小小少年却似浑然不觉，仍是笑吟吟道：“我这位大哥并非亲生，是结拜来的，我一心仰慕他才干品行……”

这倒霉孩子似乎是个话痨，完全没意识到危险，只是站在门口说个不停，只见他拍了拍脑子，抱怨道：“看我这记性，大哥让我带给你一封书信，你看完就明白了。”

以火漆徽记封口的信笺，小古接过一阅，松了口气的同时，眉心皱得更深。

她默然侧身让那少年进入，关紧了门，这才开口道：“你是大哥的手下？”

“这戒指印下的专门徽记，十二娘你应该看得很清楚。”少年仍是笑嘻嘻的，说出的话却能让人勃然大怒，“大哥怕你冲动乱来，所以才派我来助你一臂之力。”

小古冷然一笑，下一瞬，却把手里的信纸放到灯焰间，一阵青烟升腾，火舌吞噬卷动之下，只剩下一些焦黑的灰烬。

“你居然敢烧了信！”少年尖声嚷道，终于气得双目圆睁。

小古轻笑声回荡在这空旷房里，魅惑而自信：“很可惜，将在外，君命有所不受——你回去吧，我用不着你。”

黑暗中，她双目熠熠，带着不容错认的决然怒意：这件事已经由她揽下，大哥竟然横插一脚，这是什么意思！

那少年涨红了脸，直瞪着她片刻，突然嗤笑出声，那顽劣惫懒的神情让小古有了不好的预感。

果然，只听他慢悠悠道：“赶我走？只怕你没这个资格。”

他对上小古的眸子，显摆似的扬起头：“我亲生兄长就是新上任的千户大人，我们一家刚刚搬来，正要跟你们这些老住户多亲近亲近。”

第四章

秘谍乱战

1.

新上任的千户！

小古面若寒霜，毫无表情，袖中银刀攥得更深，黑糁糁的双眼看向他，室内的气氛变得更为肃杀。

半晌，才听她笑道："大哥的人脉和势力竟然已经延伸到这里，连千户大人都能参与我们的计划，真是让人佩服。"

笑意未及眼底，她美眸一转，起身作势要走。

那少年一惊，连忙拦住她："我兄长跟这事没关系！"

"我明白，是你顶着他的头衔，一心要助我们这些反贼办事。"

小古的嗓音不大，少年听了却是一阵心惊：他素来争强好胜，此次不忿这女人的高傲，这才脱口说出，好叫她知道自己也是有倚仗的，没想到，她居然这么说——兄长是个只知兵略的忠臣良将，若是被人查获跟这些反贼有染，只怕立时就要有抄家灭门之祸！

小古冷冷地看他脸色发白，这才笑吟吟道："既然你这么有自信，这次的大事就交由你负责了——务必把那二十八位罪臣女眷平安救出才是。"

说完她又要离开，那少年已经慌了神：在结义大哥跟前打了包票夸下海口，没想到这个凶女人真的撂开了手。

"我只是来协助你而已，你别想偷懒！"他皱了皱鼻子，粉雕玉琢的脸上浮现出恼怒与不知所措。

"既然是协助，就该知道自己的分寸，我不需要你协助的时候，你就该安静消失！"小古冷然一笑，看也不看他的脸色，转身推门而去，只留下一句，"若真要你帮忙，我会找你的，除此之外，不许你轻举妄动！"

行走如风，余音袅袅，只剩下一个钟灵毓秀的少年看着她的背影发愣。

“呃，这位少爷，夜深了，小人也该就寝了……不知您还有什么事吗？”黄老板的催促，只惹来那少年恶狠狠的一瞪。

三更将过，小古趁着夜色深阑回到小院住处，在树下静立了一会儿刚要进房门，却听院门“吱呀”了一声！

她警惕地握紧了袖中的银刀！

一片黑暗中，有人的脚步声朝内而来，微弱的灯光荧荧照来，出现在眼前的是广晟那华美端秀的面庞。

“怎么还没睡？”他诧异地问。

“少爷你怎么出门去了？”她也很是惊讶，暗暗地吓出一身冷汗来——前院那边毫无动静，还以为他已经睡死，险些被他撞破自己的行踪。

“睡不着。”

“出去逛逛！”两人异口同声地答道，随即对视一眼，笑出了声。

广晟的手里提着油灯，微弱的光线下，她的眼笑得微微眯起，好似月牙一般，偏偏又闪着狡黠顽皮的光芒——

“少爷是半夜出门会佳人了吗？”

回答她的又是一暴[illegible]：“随意编排主人的不是，你这丫头好大的胆子！”

小古捂着头瞪着他，气得腮帮都鼓鼓的，扭过头小声嘟囔道：“明明人家小姐都追到家里来了……”

“你这丫头真是牙尖嘴利！”广晟不由得失笑，却并未真正生气，他不愿多说自己半夜出门的缘由，话锋一转问道，“在这里住得习惯吗？”

小古用力地点头，随即又摇头：“吃得饱穿得暖……就是没什么活干，有些手痒。”

广晟大笑，朦胧的灯光下他的面庞显得俊美而迷离：“又惦记你那劈柴的斧头了？”

她理直气壮地说道：“那是我吃饭的家伙，离了它我不习惯！”

广晟故意逗她：“那天你拿着斧头砍的英姿还真不赖，赶得上戏文里的穆桂英了！”

小古的唇角微微抽搐，一副敢怒不敢言的模样，她皮笑肉不笑道：“彼此彼此，我也听说少爷您的丰功伟绩了——听说您拿着刀追砍上司三条街，称霸整个军营啊！”

两个人跟斗鸡似的看着对方，突然同时笑出了声。

小古突然有些扭捏：“少爷，您一个人背井离乡地漂在外头，是不是很难？是不是有人欺负您？”

“如果有呢，你怎么办？拿斧子砍他？”广晟又要逗她，不知怎的，却被这寒夜中一点温暖的灯光照得昏了头，目光和口气都变柔了，他叹了口气，习惯性地揉了揉她的乱发，轻声道，“这不是你该管的事……外头太冷，你回房继续睡个回笼觉吧。”

他转身要走，突然听到身后少女轻轻的呼唤——“少爷……”

他回过头，黑暗中，少女瘦弱的身姿好似要随风飞去，只有那一双宝光熠熠的眼望着他，灵动而深邃——“少爷，我、我也不是白吃饭的，有时也能助您一臂之力——若是有用到我的地方，赴汤蹈火我也愿意！”她轻声地、语无伦次地说道。

不知怎的，广晟的眼眶湿润了。

他低咳了一声，想要说些什么，少女的身影却好似受了惊似的，一溜烟儿地跑进了房。

“这丫头……”他无奈地叹道，唇角却带着自身也没发觉的宠溺和温柔。

日子过得飞快，小古她们来了也快有一个月了，平时她的差事不重，白日跟着秦妈妈照看一下内宅事务，晚间帮初兰下厨做个三菜一汤，整个一天就这么混过去了。

她平时上街经常听到各种消息，再加上她不露痕迹的打探，对京营的消息倒是掌握了不少。

京营分为三大营四十八卫，三大营分别为五军、三千、神机，平时，五军营习营阵主攻，三千营主巡哨奔袭，神机营掌火器奇兵，彼此之间各有竞争——永乐皇帝还是燕王的时候就长年与蒙古人交战，战时甚至有督导诸王之权，可说是精通军略，知兵善战，在他眼皮底下的京营，从将帅到兵丁都是兢兢业业、专注勤练，比起久经沙场的“九边”兵马也不承多让。

广晟所在这一卫，正在南京城的北面，与其他五个卫所背倚长江，东临北固山险，连营地也驻扎在丘陵地带。

平宁坊中皆是中下层军官的家眷，这几天却听到街坊传言，新来的一位千户袁大人居然也落户于此，他既未娶妻，又没带什么美妾，跟随他到营中的居然是两个胞弟，这两位少爷并非是武将，不得擅入军营，只得暂且住在坊里。

“听说，这位袁千户家中是京城的勋贵名门呢！”这是初兰打听来的消息。

“姓袁？难道是……”小古心头一动，正好逢上那黄二小姐又来拜访，她跟广晟寒暄过后，后者又以练武为借口匆匆走避，她正在尴尬无聊，小古便借着添茶水的机会跟她套话，一番巧妙的旁敲侧击后，终于得到她想到的结果。

“果然是广平侯家的公子！”小古的眉头皱得更深，她想起先前王霖那件事来——王霖因为当年的文名所累，辗转在权贵家中饱受凌虐，金兰会当然不能眼睁睁看着他受难，正要出手解救，王霖却主动拒绝了，他自称有办法安全脱身，于是旁人就不便多加插手。

后来，便是广平侯家的一位公子念及昔日的同窗之谊，把他赎出又偷藏在庄子上，原本以为此事就过去了，没想到却被刑部主事杨演告发，不仅王霖被处死在刑场，连广平侯府都得了惩戒。

“不知这位千户在侯府排行第几，怎么称呼呢？”黄二小姐虽然不知小古为什么这么问，但她从不敢小看这些世家出身的奴仆，凝神想了一会儿道：“好像是行二，他那两个弟弟似乎是被仆人称为五少爷、七少爷。”

小古的目光微微闪动——那位五少爷就是传闻中王霖的挚友，他因为这事被家中严责，区区一介书生居然跑到这里来了？

至于那位七少爷……她微微眯起眼，想起那夜突如其来的倨傲少年，心中冷哼了一声。

小古斜欠着身坐在小杌子上，若无其事地问道：“广平侯府上也算是京城数得上的人家，他家另外两位少爷也是想从军吗？”

“若真是想从军，就该跟那位千户大人一样，从小就由名师教导武略，再到父辈世交麾下去历练一二，这两位公子无职无位，平白来到这里，只怕有些蹊跷。”黄二小姐闪动着那双活泼妩媚的眼，虽然说得头头是道，语气却略显卖弄，显然是从家中父母那里听来的，“那位五公子瘦得很，风一吹就倒的病弱模样，听说以前是在国子监念书的，突然跑来我们这种军营坊，实在是怪得很！”

“至于那个七公子，还是十来岁小孩一个，倒是长得跟画上的仙童一般，说是陪着哥哥来军营体验观摩的。”她说道，皱起小巧琼鼻有些不满，“我们京营什么时候成了小儿托养所了，这些勋贵名门不费吹灰之力，就把儿孙安插进来谋求晋升，简直是……”她虽然心直口快，说到这儿也自觉不妥：对方虽是一介奴婢，在她面前乱说，若是宣扬出去，只怕也要给父亲惹来是非。

“二小姐是口渴了吗？这是我刚刚烹煮的枣仁茶，最是甘醇暖身……”小古站起身来替她添茶水，正好无形中化解了这沉闷的尴尬。

黄二小姐打量着小古那黛黑不起眼的面庞，眼中闪过熨帖放心之色，再扫一眼清扫院子的月初那娇怯模样，心中冷哼一声，和颜悦色地说道：“小古你的手还真巧，这茶汤闻起来还真是香甜。”

她使了个眼色，身后伺候的丫鬟就拿出一只荷包，她亲自递给小古，笑道：“这几次三番都劳你来伺候我，这点小东西你拿去玩吧。”

荷包并不算精巧，但里面那颗银锞子却是沉甸甸的，大概有三两重。

黄二小姐给了赏赐，突然有些吞吐，面上也略带绯霞，那丫鬟倒是个精明的，把小古拉到一边，一边把荷包塞在她袖子中，一边细声问道：“妹妹你一向在府上伺候，是否知道……沈总旗是否定下亲事呢？”

这丫鬟一身杏黄短袄配上淡蓝棉裙，笑得很甜，她亲热地挽住小古，低声询问之下，小古却呆愣愣地站着，完全没听见她的问话。

她的眼紧盯在丫鬟雪白的手腕间——那上面以朱砂精心绘了一朵莲花，肌肤更显鲜艳魅丽。

莲花徽图！！

难道是……

她正陷入沉思，那丫鬟见她呆呆的，连忙轻摇她的手臂："妹妹，妹妹？"

小古这才如梦初醒，有些心神不定地回答道："广晟少爷并未定亲，家中嫡长兄今年正要下场，想过了这个坎再议亲不迟，长幼有序，所以就耽误下来。"

她难得不装傻，倒是一口气说完，很是流畅，黄二小姐在旁听得真切，顿时笑靥如花，端着枣仁茶喝了几口便心满意足地告辞回去了。

小古一双幽黑眼眸目送着她们主仆离去，若有所思地皱起了眉。

如果没有看错的话，那莲花图案，只怕是……

她微微眯起眼，双眼闪过警惕与担忧——

但愿，不要如她所想。

广晟这天回来得很晚，近一更的时候才醉醺醺地由别人搀着回来了。

他脚步不稳，一双星眸半开半闭，慵懒而迷离的眼角眉梢让人看一眼就脸红心跳。

月初盈盈地闪进房，先取过湿巾帕子细细地替他擦过额头，又旋开胡商的水晶瓶滴了三滴玫瑰香露到洗脸水里，再用热毛巾敷在太阳穴边，广晟这才略微清醒，他张开眼茫然地打量着四周，目光停驻在月初身上。

月初先是一阵窃喜，随即却刻意红了眼眶，语带哽咽道："少爷今天怎么喝成这样，好歹顾念自己身体啊！"

她上前来劈手取过小古手里端着的醒酒汤，坐在床前殷勤地服侍他喝下。

她微微张嘴吹了吹热汤，红菱朱唇被水气熏染得鲜艳润泽，在朦胧的灯光下更显得纯真而有诱惑。

"少爷，您先坐起来，慢慢喝。"她双手扶起广晟，两人之间贴得很近，充满暧昧的气氛。

秦妈妈唇角不屑地弯了弯，不愿再留在这儿看戏，她微微屈膝正要带着小古和初兰下去，床榻之间传来月初一声惊呼，随即只听"咣当"一声，汤碗摔在地上成了几瓣，褐色的汤水淋漓落了一床一地。

月初捂着手好似烫着了，梨花带雨地一脸受惊模样。

广晟倚在床头，闭着眼沉声道："笨手笨脚的，你先下去！"

随即他喊住了小古："你给我留下，伺候我沐浴更衣。"

所有人愕然一刻，随即听从吩咐各自散去。

月初目光不甘，盯着小古看了一阵，终究黯然退了出去，房里只剩下默然无语的两人。

广晟深吸一口气，将热毛巾一把扯下，揉了揉太阳穴，重新坐直了身体，默然回想着酒宴上的一幕幕。

有人悄然站在床畔，遮挡住了灯光，他的眼前有些昏暗，抬眼看时，却见小古捧了干净的衣袍，正在静静等候。

她并不像月初和家中那些丫鬟那样，手脚勤快又热切地替他宽衣解带——她们一个个都是欲语还休，欲拒还迎，明明怀着麻雀登枝变凤凰的野心，却仍是娇羞可人的模样。而她，是个彻底的呆子，站得笔直像根木头，黑色面庞上似乎永远没有笑容。但广晟记得自己看过她好几种不同的表情——破烂柴房里，她可怜又狡诈地笑道“把我打昏吧”；珍味轩里，她耍无赖地拉着他的袖子，闹着要他带官兵去劫新娘；不久前的三更寒夜里，她轻声而坚定地说“若是有用到我的地方，赴汤蹈火我也愿意”。

“傻丫头……”不知不觉间，广晟长叹出声，脸上表情也柔和不少，他起身到了隔离的屏风后，脱下了被汤水弄湿的衣裤，连同发冠长簪和护腕都统统脱了下来。再抬眼时，屏风旁已经有一大桶热水等候着了——小古做事总是无声无息又快捷合宜。她仍是垂手站在屏风外侧，一点儿也没有替他擦背的意思。

广晟无声而笑，唇角掠起轻柔的弧度，他起身把桶搬进屏风里边，拿了澡豆面胰子和擦背长巾就直接入桶浸浴。

热气蒸腾氤氲，年轻男子健壮而瘦削的身段投影在屏风上，清晰而真实，苍术混合着檀香的味道虽然浓烈却是奇异地清新好闻。

水声潺潺，两人之间仍是默然，却别有一种安宁的默契。半晌，他终于打破沉思，开口道：“明天晚上在主将营帐还有一场夜宴，你陪我一起去。”

进入军营？！

小古双眼瞬间收缩，下一刻就恢复原状——她正准备设法潜入军营探个虚实，他就要带自己前去，简直是绝佳机会！

心思闪动，她面上不露任何端倪，只是茫然地睁大了眼问道：“可我听说，好像军营禁绝女人过夜……据说很不吉利？”屏风后传来水声哗哗，伴随着广晟毫不在意的带笑的声音：“太祖时候，军营中私藏女眷若是被徐大元帅发现，立刻就是死罪；今上节制诸王戍守北疆之时，只怕也要挨军棍……可现如今河清海晏，京营上下不免有所松懈，明晚之宴，只怕脱不了酒池肉林那一套，我何苦去招惹那些营妓？还是带了自家丫鬟服侍为好。”

小古听了他这话，只觉得不尽不实，只露了两三分的意思——朱棣治下的京营，虽然也略见奢靡之风，但还远远未到玩乐弛嬉无所畏惧的地步。而广晟此人平素在侯府就有好色荒淫之名，虽然大多是有心人泼的脏水，但他本人也算是见惯了风月美色了，如今却做出一副柳下惠的刚直模样，只怕另有蹊跷。

她正在沉思，屏风另一端的广晟已经从浴桶里起身，擦干水迹，换上小古早就备好的细棉内袍。他从屏风后绕了出来，看着小古微微蹙眉的神情，一团黑的小脸好似一只煤球，唯有那双眼睛闪烁生辉，流转之间别有一种妩媚清艳之美。

“小丫头也在开动脑筋呢……”他这么想着，唇边挑起一抹兴味的笑意。

这次他所属的虎贲卫设下盛宴，不仅本卫所辖的大小将官齐集，还广邀了相邻五个卫的正、副指挥使和千户们，据说是为了欢迎一位上峰贵客。但根据锦衣卫的秘密侦察，这位贵客的身份大有可疑，而这次盛宴，只怕也是内藏玄机！

“小古，明晚你务必要打扮得清爽整洁些……还有，”广晟俊俏绝伦的脸上闪过一道残酷而奇异的笑意，“你会不会打闷棍？”

“啊？”小古被他这突然一句噎住了，她眨了眨眼，绽出一道呆笨木愣的笑容，“看少爷您说的，奴婢又不是开黑店劫道的，怎么会打闷棍？”

“真是可惜了，本来想你要是会这一招绝技，少爷我就发你奖金五十两，”广晟摸了摸下巴，见小丫头还在犹豫，于是就添了一句，“连同秦妈妈、你和初兰的卖身契，我也会从府里要出来。”

卖身契！

小古的耳朵听到这一句，顿时眉心一跳，笑容变得无比甜美：“少爷，您是说真的吗——我想，打闷棍和劈柴大概也没什么差别，总之我握紧斧子这么咔嚓一下就成了吧？”小古连忙爽快地答应，双眼不停地眨巴着好似很是期待——那一瞬，她双眸之中的笑意，璀璨流波宛如天上星辰，让人不觉迷醉，一瞬过后，她眼中的光芒却暗淡下来，欢跃的笑容化为苦涩，“秦妈妈和初兰必定对您感恩戴德，可我的卖身契要想索回却是极难。”

“是因为罪奴之身？”广晟凝视着她，目光专注而幽邃，一开口就点明问题所在。

小古默默地低下了头。

重重的力道拍在她的肩头，她诧异地抬起头，只见广晟自信决断的笑容在眼前无限扩大：“总有一天，我会替你讨回卖身契，还你自由。”

男子沐浴后的热气熏染而来，军中流行的苍术香息更浓更甜、更衬得他霸道嚣狂的气息。

“少爷……”小古低声喊道，墨玉般的双眸愣愣地看着他。

“怎么了，不用太感动，你家少爷我就是这么慷慨大方的一个人！今后你慢慢就知道了。”广晟的笑容更为灿烂，平素冷若阎罗的脸上居然现出“来夸我吧来夸我吧”这种稚气得意的表情。

“少爷……我只是想说，你腰带没系好。”小古无奈地指向他的腰间——单薄的内袍下，腰带松散地垂下，凉飕飕露出其下风光。

广晟整个人石化僵住了！

深更半夜，正房隐约有少女的笑声，随即好似有什么人在惊叫，这动静听在月初耳中，却让她又嫉又酸，心里像针刺一般。她放下手中的针线，在房里来回走着，神情焦躁，最后走到了窗前，踮起脚尖向外张望。

正房那边灯火朦胧，看不真切，昏暗中，好似又有少女银铃般的娇笑声响起。

这个丑八怪黑煤球!

她恨恨地想道，指尖痉挛一般地抓在窗棂上，粗木窗栏把手刺得出了血也浑然不觉。

沈爷就这么不待见我，宁可要那个丑八怪来伺候，也不愿我近他的身!

月初想起在人牙子那里听到的一些旧事：有某某丫鬟得了老爷的宠，三两年就生了儿子收了房，如今穿金戴银呼奴唤婢好不威风，连正房太太都不敢得罪她……也有丫鬟笨手笨脚不得主人喜欢，做了半辈子苦工被配给一个瘸子男仆，天天挨打又受气，才生了孩子就要下地干活。

“我才不要过那样猪狗不如的生活！”月初当时就在心中立誓，一定要在主家谋求一席之地，牙婆子也夸她身姿妙曼，哭起来惹人怜惜，是天生的通房侍寝的料。被选送到沈总旗家里的时候，她也曾暗怨主位官阶不高，但在见到俊美无双的沈爷那一瞬，她整个人好似飘荡起来，陷入了桃花旖旎的幻梦之中。

若是给这位爷为妾，那该是何等快活！但眼前这一幕却残酷无比地告诉她：沈爷对她，丝毫没有动过心思。

月初不禁沮丧地坐倒在床上。

枕下的一块硬物滑了出来，戳得她肩膀生痛，她从棉罩下拿出一看：是一块桃木雕成的观音像。这尊观音跟世上常见的千手观音、送子观音和水月观音都不一样，它由桃木雕作美貌少妇的模样，杏眼桃腮，举止柔媚中透出英气，她一身打扮非僧非道，云袍飘洒而下，一手持着道书，另一手捏成咒印，生生为这尊雕像增添了三分诡秘。

月初闭上眼，把佛像握在掌心，双手合十，虔诚而焦虑地喃喃道：“佛母娘娘恩典，信女月初求您大发慈悲，保佑我……”

最后几个字，她嘴唇翕动，嗓音却越发低沉诡异：“求佛母保佑此事，信女若得遂愿，一定舍出十两银子，替您广印经文！”

暗夜三更，风吹得书页沙沙作响，书房里空静寂寥，只有广晟一个人静坐着写书信。

他已经写了一页，到第二页的时候，笔尖墨汁不匀，淋漓掉在宣纸上，顿时便氤氲开来。

他深吸一口气，默背起少年时学过的养气文章，压制住心头烦躁，这才重新取过纸笺，安稳平静地重新写了起来。

三页文书不多时就完成了，广晟端详着上面的字迹——那未干的墨迹间，讲述了如此惊心动魄的计划，透露出无尽的凶险意味。

这一封书信递出，整个京营只怕就要天翻地覆！

他再次端详着书信中提到的一个个人名和关键内容，确定毫无差错后，这才郑重地添写上——卑职锦衣卫暗使沈某再拜。

他还没来得及把信封好，只听一阵轻轻敲门声。

“是谁！”他冷声责问道。

先前他就跟这些下人有言在先：书房重地不得擅闯。深更半夜，怎么会有人来敲门？

门外传来娇柔受惊的女音，惶然吓得低如蚊蚋：“爷，是我，月初——我是来给您送夜宵点心的。”

广晟的眉头皱得更深，冷声道：“你的规矩是怎么学的？”

外间有人脚步声慌乱，好似倒退了一步：“奴婢明白的，书房重地并不敢擅入……只是，爷您都忙了一宿不曾安寝，我实在是担心，所以特地给您熬了这碗党参乳鸽汤。”月初的嗓音好似有些哽咽，“奴婢并不敢打扰爷，也不敢坏了规矩，我把食盒子放在门外，爷您好歹用点补补身子。”说完，她就离开了。

广晟打开门，只来得及看到一道袅娜而穿得单薄的身影，提着灯朝着前院而去。而门外放着一个黑漆描花的食盒，打开一看，一碗泛着奇香的汤出现在眼前。

广晟幽黑的目光看了一会儿，拿起调羹舀了一点儿送进嘴里，只觉得氤氲药香中混着鸽子肉的鲜美，实在是厨艺不错。他又细品了一口，发现实在没有什么可疑的味道，冷峻的脸色不由得放缓了三分，但也不愿再喝，便任由那盒子放在门口，自己转身进了书房，拿了书信封好火漆，也不带外院小厮就出门去了。

黎明未至，天上的星辰微弱地闪着，这是一日之中最黑暗的时候。

小古早晨起身的时候，就见到厨房里搁着那只食盒和白瓷碗，里面满满一碗羹汤都冻出了一层冰。

秦妈妈不屑地冷笑了一声，若有所指道：“半夜三更熬什么汤，整整一锅东西都给糟践了。”

小古拈起一块冰碴，放到鼻前闻了闻，点了点头。

初兰一把拉住她，兴奋地问道：“这汤里面有问题吗？”

小古一脸迷糊地看着她：“初兰姐，这汤一股子药味，可我不是大夫呀！”

初兰顿时气馁，脸上仍带了八卦的光芒：“我还以为你发现什么不对呢？”

秦妈妈在一旁轻敲了她的头，笑斥道：“干你的活去，小丫头家家的看了几出戏，就以为自己是断案如神的包大人吗？”她劈手夺过那碗汤，“哐啷”一声连碗带汤全部丢了出去，骂道，“什么下作的东西，没得污了人的眼！”

月初正好从门外走过，听着这话气得眼都红了，不管不顾地冲了进来，尖声哽咽道："妈妈这话是什么意思，你骂谁是下作的东西！"

"谁下作谁心里明白！"秦妈妈口风比她还辣，眼风眉梢都是鄙夷，衬得她那张鹅蛋脸风韵更盛，"你有事没事地给爷们送这种汤，打量别人都是死人看不出来吗——这党参乳鸽汤放了杜仲这些药材，最能补肾壮阳！你一个丫头片子，成天巴望着爷们'补肾'，你安的是什么心？！"这话说得很是露骨直白，简直就是指着鼻子说她是淫贱材料，一心想着爬爷们的床，月初哪受得了这个，气得脸色灰白，浑身发抖，一个字也说不出来。

半晌，她才哭出了声，两行清泪缓缓地流下，落在腮边显得晶莹剔透："妈妈怎么能用这么龌龊的念头想我？"她虽然哽咽，语音却仍清脆好似珠落玉盘，梨花带雨地哭诉道，"妈妈在高门大宅里看得多学得广，心计手腕什么的，我这个贫家小户之女也不懂，我就想着沈爷忙了一宿必定是又饿又疲，正好家里买了只乳鸽，我前几天又买了些益气养身的汤剂，这才放到一块煮了——什么补肾壮阳的，我一个小丫头也不懂，连听到也是脏了耳朵！"她越说越是凄恻，浑身抖得筛糠似的，"妈妈这么说，我还有什么名声可言，不如死了算了！"随即作势就要撞墙柱，小古瞄了一眼，觉得她向前冲的姿势很是妙曼可人，那速度和准头嘛……她忍住抽笑的嘴角，站在原地不动。

初兰却被她吓住了——她虽然有时候刀子嘴不饶人，实则最是心软不过，虽然也觉得月初有不安分的心思，但又怕她脸皮薄下不来台，真闹出人命来可怎么好？她想着自己三人也是因为闯祸惹了主子不喜，这才被打发到广晟少爷这儿来，若是再闹出什么幺蛾子来……

她连忙抱住月初，急声道："月初你别做傻事，有话慢慢说！"

月初挣扎不休，连踩了初兰几脚，哭喊道："她都那样说我了，我好好的清白名声都给她败坏了！我不活了！"

"初兰你放开她，她要死就尽管去好了，就算这屋子的墙软撞不死，我这还有剪刀和白绫，要砒霜隔壁街上的生药铺子也能抓到——我倒要看她死不死！"秦妈妈气得柳眉倒竖，说话嗓门不大，却透着一股狠辣。

秦妈妈算是初兰的老上级了，她听了这话不免犹豫，手上的劲也松开了，月初还要哭闹挣扎，猝不及防之下跌了四脚朝天，干脆在地上呜呜哭道："你们都欺负我……"

正闹得不可开交，门外传来一道女子嗓音——"这是怎么了，谁欺负谁啊？"

抬眼看时，却是黄二小姐带着丫鬟来拜访了。

秦妈妈暗骂门外的小厮跑开没有及时通报，让客人看了笑话，她狠狠瞪了一眼月初，后者见到黄二小姐，脸上也是一阵红一阵白的，羞得默默站了起来就要走。

黄二小姐却不放过她，绕着她看了一圈，好像在端详什么西洋镜，啧啧娇笑道："哟，这是怎么回事啊？我们的哭包西施怎么灰头土脸的，看这小脸蛋都哭肿了，真让人心疼——是谁欺负你了，快说说看，我来给你主持公道。”字面上听着都是关心，实际满是幸灾乐祸的口气，月初就算再蠢也知道她对自己不怀好意，吸溜着鼻子软弱无力道：“其实也没什么，只是一点儿误会。”

“误会？！”黄二小姐冷笑一声，不依不饶追问道，“怎么不误会别人，单是误会你呢？你倒是做了什么见不得人的事？”

“我……”月初想起“乳鸽”“补肾壮阳”这些话，羞得脸色发红。

“说啊，你倒是做了什么好事，说出来给大家听听！”黄二小姐看她这么躲闪，越发肯定个中有鬼。

月初已经被逼到绝境，她支支吾吾了一阵，急中生智把心一横，道：“昨夜，我给爷送夜宵，没想到……”她脸上绯霞染晕，只说这一句，却有意无意惹人遐想。

“你、你说什么？！”黄二小姐挺会联想的，立刻在脑中添加了无数想象——当然，都是那些最可怕耸动的。

“你、你竟敢！你这个不知羞的贱人！”她又急又气，一跺脚，转身跑了出去。

2.

秦妈妈一见不妙，连忙想要拦住，无奈黄二小姐身手矫健，气冲冲出门，她追了两步终于无奈地回来，面若严霜地对着月初道：“你好大的胆子，居然敢气跑客人！”

既然已经撕破脸，月初也就不再对她客气，虽然仍是一副娇弱的模样，话语却不退让：“大家可都听见了，我什么都没说，黄二小姐就骂我是贱人、不知羞，我虽然低贱，可也是好人家的女儿，没来由受这等辱骂——她还不是我正经主子呢，我连一句顶嘴都不曾，怎么能算我气走客人的？！”

“你——”秦妈妈半辈子在大宅门里打滚，虽然内宅斗争无比复杂阴暗，但也没遇到过这种豁出脸皮的滚刀肉——月初方才那句话听起来没什么，实则却有意无意地暗示她与广晟少爷暧昧不清白！黄二小姐又是个没什么心机的人，顿时便被自己的想象激怒了！

“好，既然你觉得自己这么清白，就等广晟少爷回来向他禀明吧。”

这一瞬，听着吵闹有些无聊的小古，一眼瞥见月初脸上愤愤、双手却不自觉地握紧了胸前的吊坠。

那好似是一尊佛像，小古盯了一眼，突然瞳孔为之一缩，正待细看，月初却好似发现了她的目光，顺手把佛像塞进衣襟里。

那个佛像有问题！

小古的目光幽深，转为警惕和深思。

她想了一会儿，转身朝门外而去。

“小古你去哪里？”身后传来秦妈妈的问声，小古答道：“我去送送黄家小姐。”

门外拴马石前，黄二小姐在丫鬟的服侍下已经上了马，却并不就走，而是遥望着军营校场的方向，痴痴而怅然。

“你说，他真的跟那个月初……”黄二小姐明媚的丽颜也蒙上一层阴霾，她死死咬着唇，印出一道血痕也浑然不觉。

“小姐且放宽心，像沈爷这样的侯门公子，眼界可高着呢，他哪会看上这种浑身土气的乡下丫头，不过是一个玩物而已——他现在身边也没什么人服侍，才会偶尔荒唐一回，将来等他正式娶了妻室，这种丫头只怕要被撵出去！”那丫鬟体贴地劝着，黄二小姐的脸色却更差了，眼中几乎要喷出火来：“娶妻室！！”她的嗓门高了八度，眉心紧皱，更加烦躁忧心起来，却由于云英未嫁的矜持，不能言之于口。

那丫鬟知道她的心病，笑容更甜，娓娓劝说道：“小姐您不就是那未来的沈家主母吗？将来啊，这个臭丫头就攥在您掌心了，想怎么处置不都是您一句话！”随即她话锋一转道，“小姐您不必忧心，所谓姻缘自有天定，奴婢前天在佛母娘娘跟前替您求了一签，是上上的好姻缘，只是宜迟不宜早，所以您啊，就放宽心好好待嫁吧！”

“你这个没规矩的，竟然敢说这么没羞没臊的话，看我回去不教训你。”黄二小姐虽然嗔着，语调却丝毫不见真怒，反而唇角带出一道笑纹。她忽闪着眼睛，好奇地追问道，“什么是佛母娘娘？很灵验吗？”

“我的好小姐，连佛母娘娘您都不知道？”她的丫鬟好像巴不得有这一问，连忙急切地介绍道，“佛母娘娘是观音菩萨的三千化身之一。上至行云布雨，广济天下，下至民间男女的生老病死，姻缘生子，都是有求必应，再灵验不过了。”

她打量着自家小姐，见她没什么反感，于是越发吹得神乎其神：“听说啊，南京城外，六合县城里有一间青莲庵，其中有一位远道而来挂单的慧清师傅，乃是佛母娘娘座下的玄女转生而来，不仅精通佛法，也很有神通，七乡八里的百姓都排着队求她治病解厄，这位师傅真不愧是有来历的活神仙，不仅治病救人，而且分文不收！听说啊，有多年无子的，回去就发现有了好消息，也有多年腿瘸的宿疾，喝了师傅的符水立刻就扔掉拐杖健步如飞。”

那丫鬟见自家小姐听得入迷，随即眉飞色舞地说出了最关键的内容：“还有一家寡妇为自己家闺女求个好姻缘，师傅给了她一个红色福袋，让她女儿贴身戴着，没多久，就有本乡本土的秀才少爷来向她家下聘了。这可是打着灯笼也找不着的好亲事啊！”

“真的呀！”黄二小姐听得双眼放光，妩媚而英气的脸上浮现一道兴奋而微羞的霞彩，“既然这么灵验，我也要去试一试！”随即又泄气了，“可是六合那么远，我们若是去了不免就要在外过夜，爹是不会允许的。”

黄镇抚为人雷厉风行，性格豁达大气，又是将门世家出身，所以他家女儿才和一般深闺千金不同，可以在街上自由走动，但她终究也只是女子之身，在这小小平宁坊里放肆些不要紧，若是要随意跑到偏僻县城里又要留下过夜，只怕世人都要唾骂她轻佻无家教，黄镇抚就算再开通，也是绝对不会允许的。

那丫鬟俏丽眼眸一闪，笑着告诉她："真是巧了，听说我们平宁坊有几位军官太太也想邀请这位慧清师傅来讲经求符，只是她们的身份都不够，我们平宁坊又是军眷附坊，规矩很严，若是没有够身份的官家夫人出面，只怕连出入都是困难重重，若是小姐能说动我们夫人，有她作保，定能顺利请回慧清师傅——所以说，小姐您真是福慧双全，才动了这个念头，就有这么好的机会送上门——这是老天注定要赐给您这份姻缘啊！"她巧舌如簧，说得天花乱坠，黄二小姐虽然比深闺少女多了几分大气和见识，却也不免动了心，她双颊染晕很是惊喜，又有些犹豫："我娘一向温柔贤淑，只知道服侍爹爹、照料全家老小，对外间庶务并不太懂，也从来不掺和这些事……"

"小姐啊，您真是过虑了！夫人平素不管外头的事，那是不想给老爷的仕途添麻烦……而这事只是女眷之间常见的求神拜佛，并不涉及老爷的军务，又关系着您的终身大事……您若是恳求夫人，她必定答应的。"

"那……那好吧，我回去对娘说了便是！"黄小姐下了决定就不再犹豫，主仆二人骑马回去了。

小古在门外不远处静静地站着，想起刚才听到的这一番对话，心中已是惊涛骇浪！

出大事了！

这小小的平宁坊，只怕要血流成河、人头满地了！

她想起方才黄家丫鬟对黄二小姐说的话，心下不禁冷笑——什么佛母，什么观音大士的三千化身，这统统都是欺骗无知百姓的谎话！

若是她所料不差，这些幌子背后，只有让天下人胆战心惊的三个字——白莲教！

这三个字宛如无形魔咒，平日里若有人提起，只怕能吓得官民万众都颤抖失色，若是有谁家沾染半分，立刻就是连累满门，被当地衙门视作妖人上枷示众，极端点儿的甚至会泼粪污了全身在日光下暴晒，防止"妖法惑众"，随后再报请朝廷明正典刑，在刑场处斩。

从元蒙时起，白莲教就因为"异徒妖术""惑众作乱"而被朝廷列为万恶邪教，严厉打击之下，它不仅没有衰弱，反而转明为暗，潜入地下秘密培养信众，煽动百姓反抗元朝的暴政。到了顺帝时天下动乱加剧，栾城韩山童父子，诡言白莲花开，弥勒降世，正式创设白莲会，造作经卷符箓传布民间，待时机成熟后率民造反，成为天下闻名的义军首领。本朝洪武皇微贱之时投奔郭子兴，论起渊源来也是要奉韩家父子为主。但等洪武皇帝坐稳江山后，与历任皇帝一样，都将白莲教列为邪教禁绝，一旦发现苗头立刻大肆捕杀——他从下层民众中崛起，深知这种教门对穷苦百姓的迷惑之强，所以越发防微杜渐，杀一儆百。所以白莲教的信徒也就越发诡秘难寻，但他们之间仍有相互甄别的徽记，即为“白莲圣母像”。由于目标太过明显，有些信徒会在身上勾画出简单的莲花徽图，而在传播信众时，为躲避官府的追究，也会讹称是观音大士的化身。

一开始看到丫鬟腕间那独特的莲花徽图，她就生出三分警惕，但也只是猜测，并不敢就此断定——民间这些杂七杂八的偏门迷信很多，很多是以讹传讹，并不值得太过大惊小怪。直到在月初身上发现那佛像挂坠……虽然很小看不真切，但确实是“白莲圣母像”！只是不知她也是白莲邪徒，还是被迷惑欺骗的？

她兀自站在门外沉思出神，北风呼啸，吹得她遍体发凉，连束发的红绳都散落开来，她这才回过神来，万千思绪都化为微微一笑——即便真是白莲教作乱，又关她何事？

这个朝廷、这个天下的兴亡荣辱，便交由那些达官贵人去伤脑筋吧，至少在现今，她们就算企图在平宁坊甚至是京营之中作乱，那也是大大有利于金兰会的救人行动。

她的笑容化为一丝幽冷，转身去追那被风吹走的头绳。头绳飘扬着，一晃就四五丈远，她正要弯腰，一人却抢先一步替她捡了起来。

晨间的日光照在他的眉间——那人二十七八的年纪，有一双冷峻笔挺的剑眉，一双鹰鹫般的煞瞳就那么直直地看着她。

他冰冷的脸色过分惨白，一道长而醒目的疤痕横过眼角，更添几分肃杀。

最为恐怖的还不是这个——而是这个人居然会笑？

他凝视着她，无声一笑，眼角刀疤一扬，顿时充满煞气与凶狠，那笑容却偏偏沉稳尊贵：“这是你的？”

他单手递上头绳。

小古茫然地看着他，缓缓地、试探地伸出手去接，却被他一把拉住手腕，险些栽倒在他怀里：“你姓什么？是哪家的？”他的问话快而干脆，语音之中偏偏带着隐秘而急切之意。

小古被他铁钳似的大掌一把抓住，心中大奇——她天天劈柴也是力气不小，使劲挣扎一下，居然把手缩回几分，那人脚步一晃，手掌却握得更紧——这一番挣扎，他竟是有着上百斤的气力！

“请问……这位姑娘你到底姓氏为何？出身哪家？”好似是发觉自己太过着急，吓着人，那人笑容透出和缓和歉意，但仍执着地追问着。

小古正要回答，旁边却传来熟悉而愠怒的声音——“千户大人，您拉着我的侍婢不放，究竟是何缘故呢！”

小古转过头一看，略带惊喜地唤道：“少爷！”

只见广晟甲胄未除，一身热汗地迎着寒风回来，他冷冷地瞪着那人，面上已是冷怒讥诮。

因为对方是上峰将官，他的问话还算有礼，但那语气简直是放肆狂恣——若是目光能化为实质，那只拉住小古的手掌大概已经被他斩下。

“原来是沈总旗，果然是英雄出少年。”那位千户微微颔首，显然也是听过广晟的“丰功伟绩”的。

小古初到平宁镇时上街买菜，那些大娘大婶见了她这个新面孔，不免要探问一二，听说她是新来的沈总旗家丫鬟，各个都是面色古怪，对她倒是客气了三分。

小古不费吹灰之力就从人们的议论中打听到：广晟初来时，靠的不过是中军书纪官的路子，虽然大家听说他出身济宁侯府，但看那孑然一身的模样就知道是跟家族不对的。因为他相貌长得好，性子又冷傲睥睨，便有人动起了歪心思，深更半夜聚众将他拦住，说些不三不四的荤话挑衅，还说要剥下这小白脸的裤子看看是男是女。

那一夜山上军营和坊里的人们都听到撕心裂肺的惨叫声，只是没人敢轻易去探。第二日清晨，广晟照样叼着烧饼去校场操练，那几个人却踪影全无，午后才被人在山坡阴凉处发现：各个身上都有三道刀痕，一道浅而长横贯整个胸膛，一道在脸上打了个叉，虽然不大但深可见骨，最后一道，则是在……胯下。

前两道还好说，最后一道难以看清，但在场诸人都被那染满鲜血的裤子惊呆了，一时都觉得胯下凉风飕飕，不寒而栗。

究竟伤势如何也没人清楚，听那些八婆议论：据说是家伙还在，只是被一刀贴着要紧处的筋肉割过，已经被吓得全数痿软，再也不能入道了——偏偏又没真正伤及要害，即使有心要拿来做文章，却也闹不出什么风浪。

那几人虽然也各有党羽，都叫嚣着要找广晟报仇，但此事一无证据，二不占理，上峰只是把他唤去申诫几句就按下了此事。从此大家都知道他不是好惹的主。

广晟在军中不久就混得风生水起，他虽然性子冷傲，待人接物却是毫不含糊，钱财和贵货上向来是毫不吝惜，简直称得上义薄云天，谈起吃喝嫖赌来更是无一不精，没几日手下和周围同僚都纷纷折服，翘起大拇指对他称一个服字。

本来如此也算平安无事，偏偏那日秋狩，他那一队人马表现实在出彩，尤其是他本人，单人独骑竟然连过十关，夺得本营魁首之名，这本是好事，但他上峰郝百户却最是心胸狭隘不能容人的，听人笑谈几句“少年英雄青出于蓝而胜于蓝”，顿时心里有妒火直冒。

他指使手下另几个总旗和小旗官逼广晟下场比试，却在暗中放入刺马脚的铁蒺藜，又把切磋用的钝锋刀枪换成战场上用的利器。

他也是老行伍了，对付菜鸟简直是全挂子的本领，没想到就在这一次撞上了铁板！

在校场之上，广晟黑袍银甲，一杆朱枪十招之内横扫对手，端的是威风八面——下一刻，他的坐骑踏上铁蒺藜，一声哀鸣之下就要发狂跌飞！然而，血腥的一幕并未出现，广晟单手勒马，竟生生将它逼停，这等巨力让人骇然，目不转睛之下，竟见他凌空跳到对方的马鞍上，一脚把人踢下去，顺便还夺过他手中长刀，斜劈之下干脆把其他对手的马腿都砍断，顿时血光四溅混乱不堪！

据说当时整个校场都鸦雀无声，广晟一派平静地下马，招手唤来管军械的，一把拎起他的衣领，神情平静得好似刚睡醒的婴儿：“你为何怠慢失职，把这种真刀真枪都混在里面了？这几个兄弟被你害得落马摔伤，你该当何罪！”

可怜那管军械的总旗官简直是哑子吃黄连有苦说不出——广晟的刀剑当然是钝的，那几个“切磋”的对手倒是拿着利器，可被他劈手夺了过去，砍完人还要怪罪自己——这简直是个活阎王真强盗！

他被拎在半空中，被掐得直翻白眼，却愣是不敢说出苦衷——这都是那个该死的郝百户指使他干的！而那个郝百户见事情闹成这样，只能干瞪眼没什么话好说——这一次的暗潮交锋，广晟大获全胜，在这五个卫里都声名鹊起。

不过真正让他扬名立万的却是“深夜持刀追砍上司”这一桩，事情的详细缘由小古也没打听到，只知道那一夜平宁坊万籁俱寂，即使关紧窗户也能听到那位郝百户的凄惨号叫声——他从街头跑到巷尾，身后追逐他的就是一柄雪亮长刀，等到天明被人发现的时候，他浑身上下无一处刀伤，却已是神志不清，又哭又笑地在地上乱爬。

出了这种事，广晟居然没受到任何惩罚，反倒是那个郝百户莫名被除去世袭的军职，回老家休养去了。于是广晟在众多袍泽之中更加有名——下手狠，背景硬，又够义气，这样的人不红透半边天还真没天理了！

说起广晟的“丰功伟绩”，小古一时想起许多来，此时却听他冷然一笑，对着那位千户道：“末将的区区小名，居然入了大人尊耳，倒是让我惶恐不已。”

说是如此，但他可没有半点见了上峰的诚惶诚恐，狭长凤眸之中闪过幽冷笑意：“家中婢女不懂事，倒是冲撞了大人。”他伸出手，一把搭在那千户手上，猛然发力之下，竟生生掰开他的钳制，随即拉过小古挡在身后，笑意中染上了三分讥诮，却更显得他容色绝代，“但她毕竟是我家的下人，就算要教训，也不劳大人亲自动手。”

那位千户的目光仍停留在小古身上——那般复杂、焦灼，甚至混合着别的情绪，但只是一闪就隐没起来，却更显得眼角那条疤斜飞颤抖。他居然没有动怒，只是淡淡道：“我看着她有些像我一位故人，所以才请问几句——倒是我唐突了。”

“哦？那肯定是认错人了——我家这名婢女乃是罪逆之后，你们广平侯府可是这金陵城响当当的名门，又怎会有这样的故人旧交呢？”

小古一听这话却是吃了一惊，原来这位就是新来的袁千户，广平侯府的二公子袁槿。

袁槿听出话中锋芒，目光一凛，随即却缓缓放松下来，居然露出一丝笑意，更显得疤痕狰狞可怖：“沈总旗你也太谦虚了，论起家世门第，府上也是一等一的功勋人家。我虽然年纪不大，倒也听说过令伯父从龙救驾之功。”

俗话说打人不可打脸，济宁侯府上下最忌讳的就是大老爷当年那事，但广晟与家中已近决裂，听了这话倒是丝毫不恼，反而笑意更盛，眼角透出桀骜森冷来：“哪里哪里，你家五公子的学问渊博，我也是一向佩服的，听说他为同窗两肋插刀受了挂落，年纪轻轻倒是义气深重，真是让人佩服。”

这一下打脸更重，说完话他笑着拎起小古，也不拜别转身就回了宅中。

小古被他半拎半拖地往回走，虽然看不见，却仍能感觉到身后那道慑人的目光。

“少爷……”她低喊了一声，却引来他的反问：“你认识这个袁家老二？”

面对他闪动的冷冷眸子，她把头摇得跟拨浪鼓似的：“从没见过。”

“那他怎么一副见着心上人的惊喜激动模样？”广晟越发狐疑，仔细打量着她黛黑的面庞，摸着下巴若有所思道，“我瞧着你要身材没身材，要脸蛋没脸蛋的，他也不会是觊觎你美貌来胡乱搭讪的……这事着实蹊跷啊！”

“你这个孔雀男！你身材脸蛋都有，就是没长一张积德的嘴！”小古心里已是大怒，暗暗把他骂了一顿，脸上却是气鼓鼓的别过头去。

一根带着热意的手指戳了戳她的脸蛋：“生气了？”

“没……”

她偷偷横了他一眼，闷闷地说道：“人家是世家公子，哪会看上我这种无才没貌的下人，只怕真是认错了人。”

“不管是不是认错了人，总之你离他远点儿。”广晟不由分说，有些霸道地吩咐道。

小古低下头，眸光闪动间情绪丝毫不露，乖乖地点了点头，再抬起头时，已经换了一副怯怯青涩的惶恐：“少爷，奴婢一定听您的话，绝不搭理外面这些人！”

“这样才乖！”他又伸出手，胡噜了一下她的头发，觉得手感比初见时清爽不少，于是笑着夸奖道，“不错嘛，头发上的油烟和尘腻都洗去了，你总算不再像以前那样邋遢，懂得收拾打扮自己了。”

“那是因为你家一共六间房，大家都住得清爽干净，我没法往头发上涂油灰！”小古暗自腹诽，感觉那只手收了回去，随即又拿出帕巾包裹的沉沉一团放进她怀里：“这个给你，晚上好好梳妆打扮，陪我去参加军营的大宴。”

他好像有些不耐烦，却又似有些羞赧，转身回了内院。只剩下小古一人站在前堂屋里发愣，任由半明半暗的日光照在身上。她打开帕巾，发现里面裹着的是一对银插梳，上面镶嵌着五彩的红榴石和紫晶、琉璃，等等，虽然并不名贵，却显得精致大方，衬着她一团小髻，倒是有几分俏丽可爱。

小古眯起眼睛，看着手中这对插梳，无奈地叹了口气，终究把它放入了怀里。

午后的日光驱散了冬寒，大家都倚在前院晒着太阳，小古听到外面有收鱼骨、猫尾的货郎梆子声，连忙从屋里收起一堆跑了出去。

“就这点子东西也想去换糖和铜板……”月初在她身后嘟囔，好像是在说她小气穷酸。

小古理也不理，在门前找着那货郎——果然是黄老板乔装改扮的。

“十二娘，那些女人的下落我已经全部打听好了……”他递过一卷铜钱，上面用旧的皇历纸包着，脏兮兮的，写满了字。

“按上面的接头暗号，那些军妓中会有我们的人接应你！”他压低嗓音说道。

小古装作俯身看麦芽糖，低声回道：“今晚我就有机会进入军营！”

“这太冒险了！”黄老板吃了一惊，正要再劝，小古断然道：“迟则生变——这里的水很深，可不仅仅是我们在浑水摸鱼——还有白莲教的人混进来要图谋大事，我们没必要跟他们掺和在一起！”

“白莲教？！”黄老板吃了一惊，小古用眼角余光瞥见街角无人，这才快速把缘故说了，不料黄老板面色大变，双腿一软险些坐倒在地，他颤声道：“黄镇抚家？这……这可如何是好？我入赘的这家就是镇抚的远房族亲，托他的福才能加入这军户生意，靠这皮毛买卖才能混口饭吃……这一下可怎么好！”

小古一听这话，眉头也深深皱起：救人并非一朝一夕可成之事，可眼看着黄镇抚就要被这些隐匿身份的白莲教徒连累——他若是倒台了，黄老板的靠山就没了，这桩军户专营的买卖立刻便会落到他人手里——皮毛买卖看似不起眼，实则专营之权利润丰厚，颇为引人垂涎。

“真是无巧不成书……我们要做下大事，她们却也要在京营中搅事，一旦闹腾开来，定会打乱我的部署！”她咬唇略一思索，已然下定决心，借着翻开鲜亮针线的机会低声说了一阵。

黄老板眼前一亮，却又有些犹豫：“这样闹得天翻地覆……能行吗？”

“既然是要救人，这水当然是越浑越好！”小古抿唇笑道，突然一把抓起黄老板瓦罐里的糖糕，贪吃地放进嘴里，闭着眼睛含糊不清道，“你家的糖味道很甜……老板再饶一把吧！”

黄老板的思绪还在那件棘手之事上，乍然看到她这种少女贪嘴的模样，瞬间反应不过来——即使早就知道十二娘善于伪装，但两种神态面貌之间实在相差太大了！

小古皱起眉嗔道：“就这么一点，老板你也不肯吗？好小气啊！”

她双眸定定地看向黄老板，黑瞳最深处有着警惕的示意——黄老板呆了几秒，立刻领会了她的意思：有人在周边窥探！

“啊，小娘子，我这也是小本生意，这三块就算是添头，若是吃得好，可要多拉些姐妹来做我生意！”

小古吃得腮帮鼓鼓，连连点头，抱着一包麻薯糖跑进家门，转头的瞬间，她眼角的余光瞥见巷口树阴下，有人摆着坐摊、摆着绷子正在弹着棉花。

是谁在监视着这里？！

小古的双瞳微微收缩，随即又恢复原状，她唇边笑意不变，径直进了内院——

“你这孩子又瞎买了什么？”

“小古你这么爱吃糖，当心生出牙虫来！”

内院温馨的絮叨声中，片片白雪从天穹之上飘落下来——新年伊始的第一场雪来得赫赫扬扬，表面的平静之下别有一种惊心之美。

这场雪下了大半天，到傍晚天黑之前已有厚厚的一层，皑皑晶莹覆于屋顶檐角，雪光映得四下里明华幽然，夜寒路滑之下，街头巷尾却早已不见了人迹——大家都早早归家，就着温酒热饭，伴着妻儿家人，酣醉后钻进暖暖的被衾。

坊门外大道之上，有一行人正在策马前行，为首一人身着官服内束轻甲，骏马如龙，雪光更映得他面庞端华绝丽，唯那眉心天然冷凛武威让人心折。

他身后的亲兵也是精剽肃然，身形矫健，默默跟随着。队伍最后是一辆马车，车辙陷入雪地很深。

蓝布车帘之内，堆得满满的都是土特产“炭敬”，整个车厢显得有些拥挤，小古缩在角落里，一身鹅黄锦袄翠纹修竹的罗裙干净俏丽，却因为她的坐姿微微有些褶皱。

她今晚打扮得很是齐整，脸上那层煤灰早已洗去，却仍是显出黄黑肤色，一头青软乌发也向上梳了个翻髻，那一对插梳斜在两鬓，一双杏眼明亮而幽深，顾盼之间颇有几分“黑里俏”的韵味——总之，看起来像个正常的妙龄少女了，但要说姿色，还真算不上什么美人。

今晚的军中之宴，她是被广晟带去的——只是他遮人眼目的棋子。但对她来说，广晟何尝不是一把能让她顺利潜入的保护伞？

她笑着抿了抿唇，神色之间有七分笃定、三分俏皮。

卫所驻扎之地多在高地丘陵，虽然不用翻山越陵，却也颇多颠簸，马车剧烈晃动之下，小古只觉得连早先吃的那几块糖糕都要吐出来了。

走了一个多时辰，终于快到目的地，车厢摇晃之中，她感觉那些土特产堆里好似有什么黑色柱状硬物露出半截，正要细看，却听窗帘外有人冷喝一声：“军营重地，来往之人一律停住！”

随即就有亲兵前去交涉，出示了腰牌又报出口令之后，这一行人终于获准入内。

小古揭开帘子朝外看，双目却因诧异而圆睁——高而广阔的平地上，有无数连绵拔地而起的山间石房和粗布帐篷，堆砌严密，重叠错落，隐隐拱卫着中央，竟是一眼望不到头！

大明军制，一个卫所有五千多人，五个卫所连接驻守，即使是营房也有一座小城那么广阔。虽然只是暂住的军营房舍，每一处都是精心布置，尽显纪律严整。

四周有大小校场，分别有刀枪架丛、弓马射靶和沙袋石锁等物，都被厚厚白雪覆盖，走马观花一瞥而过。

随即就有役军上前来招呼，小古这一行人又行了小半个时辰，穿过重重守卫和围墙，终于来到了三层高楼的卫指挥府。

立刻便有府上亲兵前来带领，把广晟引入正堂，小古正要跟上，却被拦住："刘大人有要事要议，你们先到一旁等候，好酒好饭管够。"

小古看向广晟，后者向她略一点头，就大步走了进去。

后堂偏帐占地很广，且有十来处，都是招待各位军官的亲兵随从，很多兵油子互相认识，大口吃着酒肉大声喧哗，很是杂乱。

小古突然蹙眉，朝那几个斟酒的问道："我肚子有些不舒服……哪里有净房？"

所谓当兵满三年，母猪胜貂蝉。军营之中严禁女人过夜，虽然上官们也经常召来艳妓取乐，但终究是与这些下层杂兵无关。见有一位妙龄少女问话，纷纷兴奋地答话。

小古以"害怕走错路闯进军事要地"为由，仔细问了路径，加上刚才暗中观察所得，心中已经有数，随即便盈盈而出。广晟那几个亲兵见势想要阻止，小古身影如蝴蝶翩然，已经走出很远了。

她灵巧地闪过警卫，又绕过一些暗岗，朝着黄老板所给地图上描绘的方向走去。夜色暗垂，雪光幽独刺骨，她一个人越走越是荒凉，很快便来到了一处黑瓦红墙的院落。院门外高悬一块朱锦斑斓的艳帛，飞扬恣意地横曳风中，透出几分怪异的妖媚。随即，她听到女人银铃般的低笑，以及男人低哑的喘息声。

3.

北风呼啸，夹杂着大而杂乱的雪片漫天乱舞，那艳丽的锦帛飞扬飘动着，空气中隐约传来一股柔腻的脂粉香味。

小古越走越近，女人的笑声越发显得荡靡绮丽，夹杂着暧昧的喘息声，让人脸红心跳。

夜色幽独，脚下薄薄的积雪发出轻不可闻的细响，小古不动声色地继续向前。

走到院门口，见是无人看守，铁青木槛被踏磨得油光锃亮，往里张望，却见残灯一盏被风吹得将熄未灭，照壁处两道人影交缠——

锦衣华贵的男子正在兴头上，衣衫半褪滑落垂在腰间，单手将人压靠在墙边，另一手搓揉得兴起，唇舌并用俯身而就，那女子娇声低笑着，裸露在外的玉肩微微耸动着，瘦削的锁骨凹陷出色相千妙的魅惑，纤纤十指紧搂着那人，艳红的蔻丹在暗夜里熠熠闪亮。

她一头乌黑长发轻软妖娆，垂地蜿蜒之下钗钿横乱，好似受不住那人的撩拨，轻吟之下微昂起头——正遥遥对上小古的眼。

碰撞的视线，宛如电光石火的一瞥。

隔着漫空飘雪，小古站在院门外默然无语。

半晌，她才从荷包中掏出一丛青翠的兰叶，轻轻插在院门前的青砖地上。

随即转身，毫不犹豫地退开。

院外有一处小小的丘陵，树不高，藏下小古瘦小的身形却是毫不费力。风雪交加，冻得她脸色微微发红，她却好似浑然不觉，只是静静等待着什么。

不知过了多久，笑声低喘声停歇了，好似有人低声交谈些什么，脚步声逐渐向里而去。

一丛兰叶被丢了过来，正好落到小古脚下。

微弱的灯光随风晃动，有人提着一盏风灯，慵懒袅袅而来。

"哟，来得这么早啊？"女子的声气打着呵欠说道，隐约有情事荒唐过后的沙哑余韵。是方才那个女人！

这就是黄老板在军妓中发展的内应，小古对她的来历并没什么了解，只知道她名为红笺，在营中长袖善舞很是吃得开，也比其他军妓要来去自由。

她缓缓走近，幽暗的灯光下，小古终于看清了她那张烟视媚行的脸，虽然面无表情，心中却是已惊涛翻腾——

竟然……是她！

她眯起眼，深吸一口气，只觉得浑身血脉都在灼热逆流，却不能让她看出端倪，只得低下脸去，默不作声。

"你也是金兰会的吗？你们这群人就跟老鼠似的，神神秘秘的不敢露面。"

那女人大约双十年华，肌肤似玉一般细腻，吹弹可破，手掌上虽然有些细疤，却是瑕不掩瑜。她正是芳华最盛之时，不仅人长得艳光四射，一双眸子更是花俏妩媚，顾盼之间带着甜蜜而孤傲的笑意，只消轻轻一瞥就能让男人们色授魂与。

她轻声嗔笑着，却是语带讽刺，分外辛辣。

"事关重大，谨慎为上。"小古淡淡地说道，露出袖内的金兰绣纹，出示给她验看过。她拢在袖中的双手已经紧握成拳……低下头双眼低垂，却又忍不住去轻瞥对方。与记忆中重合的小巧鹅蛋脸，宛如新荔般晶莹洁白……原先那端庄矜贵中透出娇俏的容色，多年后却变为诡丽妖娆……小古的心中顿时百味杂陈，千言万语都涌上心头，一时竟让她看得痴了，眼神有些恍惚。红笺轻声一笑，用手在她眼前晃了晃，笑得很是恣意："小妹妹看呆了吗？姐姐我这样美吗？"

小古的目光沿着她脖颈往下，直到胸前——那一道暧昧的红印显然是唇齿留下的，在灯光下闪着淫靡的水光。

如是父亲在世，看到这一幕，只怕也要当场气死吧？

小古浓黑的眼睫颤动，恍惚间，她的唇边勾起一道苍凉的笑意：“倾国倾城，比戏里说的佳人还好。”

红笺听了这话笑得更加畅快，慵懒地以袖掩着唇打了个呵欠，道：“你这丫头的嘴真甜，讨人喜欢。”

她的笑容化为讥诮，横了小古一眼道：“不过，我最不喜欢的就是你这种口不对心的人。”

小古默然以对她的挑衅，径直问道：“二十八个人都在这院子里吗？”

“呵……”红笺娇笑一声，“你这丫头好不晓事，营里这么多男人，哪会让她们闲着？”

虽然明知这是事实，听到这么赤裸裸的一句，却仍让小古心中一痛。她茫然地眨了眨眼，凝眸于眼前那道讥诮刻薄的笑容，迟疑道：“那你？”

红笺吃吃笑着，眼波流转，尽显媚态：“她们那些没用的才会去伺候那些丘八脏汉，我红笺还没掉价到这个地步。”

听她的话意，显然背后有“贵人”护着她，让她免于被普通士卒通宿轮夜。小古莫名地松了口气，却听红笺笑声尖锐，好似是针狠狠划在琉璃之上：“吃这碗饭要看各自手腕的——北疆大营哪个有头有脸的军爷我没睡过？各个三两下就被我迷得神魂颠倒！”

小古静静听着这一番得意的笑言，仍是七情不动，尖锐的指甲已是刺痛了掌心。

“说正事吧……你们准备怎么救人？”红笺娇声问道，漫不经心地把玩着手中的风灯提柄。

小古终于回过神来，皱眉问道：“你们平日的作息如何？”

“小旗以上，谁来找她们都不能拒绝——不过，鸡鸣到掌灯这一段时间他们是在校场对练，谁都不能擅入我们院里——就这样我们也不能闲着，得替军官大爷们洗些衣裳。”

红笺横了她一眼道：“我劝你别痴心妄想了，这段时间虽然空着，也不会有人来找我们，但正好是大营演武的时间，别说是个人了，就算是只蚊子也插翅难飞！”

她讽刺地看向小古单薄瘦小的身材，越发走近端详道：“小妹妹，我不知道金兰会怎么派你这么个人来——啧啧，就凭你这小身板，别救人不成反把自己陷在里面，那可就不妙了。”

“你虽然黑了点，倒也细皮嫩肉的，那些官爷们不稀罕，下面的小卒子却是饥慌了的——”小古打断她的胡扯：“你要是还想出去，就少说两句吧。”

“我只是提醒你，真不识好歹。”红笺撇了撇嘴，却突然眼前一亮，好似发现了什么，凑近端详着小古，嘀咕道，“我以前见过你吗，为什么觉得有些面熟？”

面熟……

耳畔是风声呼啸，单调而寂寥，雪片打在眼睫上，晕染开来，刺得双眼生痛，小古闭上了眼，摇了摇头道："都是两个眼睛一个鼻子一张嘴，瞧着总会有相似的。"

红笺半信半疑地贴近打量着，带着脂粉甜香的气息拂在小古面上，她目不转睛地看了一会儿，有些怅然和失望道："倒也是……我要是见过你这么黑这么丑的小丫头，定是会记得的。"

小古微微弯了弯唇角，笑意却未入眼底："红笺姑娘你有空记挂这些，不如回去探查清楚附近官兵巡营的情况……毕竟，我们干的是造反杀头的勾当，一旦泄露，也只剩下这条命可以赔了。"

她一刻也不想多待，当下约定了下次见面的地点和暗号就匆匆离去了。

红笺站在原地不动，风吹得她的薄衫拂动，胸前春光隐约而露，身后传来稳健的脚步声，一件白狐披肩盖在了她的身上。

不用回头，就可以闻见那人身上清贵而宁静的沉香气息，她眯起眼，像一只爱娇的媚猫一般倚靠在他怀里，纤纤玉指不安分地在他胸前画着圈。

"刚才还不够吗？"男子轻笑着握住她的手，执到唇边轻佻地舔弄，问道，"鱼终于上钩了？"

"没见过世面的小丫头，还嫩得很。"红笺嗤笑了一声，指尖灵动跳跃，抚上了他的眉心，"你放心，这一桩天大的功劳，我定能助你妥妥地到手——只是……你偏要先放长线钓大鱼，这一来二去的，我可是冒了不小的风险……王郎，你要怎么报答我呢？"

"美人说该怎么报答……小生无不从命。"带着戏谑的回答，他的神情却是漫不经心的。

红笺的美眸中闪过一道隐晦的焦虑，却很快被她掩住了。她娇嗔道："王郎你不想与我长相厮守吗？"

"当然是梦寐以求了。"他将红笺搂在怀里，绵密的吻落在她脖颈间，红笺却突然发了性子，甩开他的臂膀，红了眼圈垂泪道："你们男人都是一样的，嘴上抹了蜜一般来哄我，却是根本不把我放在心上！"

她凝视着他，泪珠潸然而下，盈盈大眼下晕出青黛的残妆，带着别样的艳丽与幽怨："你若是真心待我。又怎么忍心让我在这里生张熟魏地伺候其他男人？王郎，我恨不得把一片真心都捧在你眼前，你对我却是太过狠心……"她别过脸去，无声地哭了，香肩耸动着，却偏偏倔强地不让人看见她哭泣的模样。

那男子霍然动容，露出怜惜的神色，一把将她揽入怀中，郑重劝道："我对你怎么不是真心诚意？！虽然不能时时守着你。却也为你打点妥当，就怕你被人欺侮了去——天可怜见，我何尝不想跟你长相厮守，但我家中规矩森严你也尽知，若是贸然把你领进门，只怕是弄巧成拙……"

"你是怕未过门的那位母老虎玉人儿吧？！"红笺一声冷笑，拿了绢子擦泪道，

“听说你家正在为你议亲，陈尚书家的千金虽然貌美，性子却是悍烈，最是容不得人——我是什么牌名的人，贱名只怕污了你们的高门显第，哪值得你大张旗鼓地接回家里！”虽然是气话，她越说越伤心，已是哭得上气不接下气，“什么尚书家大小姐，只不过是个悍妇醋娘子，我有哪点不如她了——王郎你是知道的，我家先前也是一等一的官宦人家，若不是今上得了天下，我和她还不知道谁贵谁贱呢——”

“够了！”锦衣男子厉喝一声，收起嬉笑神色，“这种话我听了没什么，若是被人听见，一个怨望当今朝廷，立刻就能将你凌迟处死！”见红笺被吓得脸色苍白，浑身轻颤，他又放缓了语气，娓娓劝道，“我知道你也是金尊玉贵的出身，一块美玉陷入泥沼，真是我见犹怜——你放心，等我立下这个大功，在父母亲长面前也就有了底气，你也算是有功之人，到时再要纳你入家门，也就水到渠成再无阻碍了！”听得他的保证，红笺擦一把眼泪，终于停住了哭闹，双目盈盈凝视着他：“王郎，你是男子汉大丈夫，一言九鼎，可要说话算数才是！”

“笺儿……你是要我赌咒发誓吗……我若是负了红笺你，就叫我——”红笺连忙心疼得捂住他的嘴不许他再说：“我信你便是！”

片片雪花飘落，她凝望着他锦衣乌裘的俊俏模样，心中总算安定了许多。

两人腻歪了一阵，他突然问道：“对了，那丫头长得怎样……夜色昏黑，我又离得远，都没见到真人如何？”

红笺“扑哧”笑了一声，不屑地答道：“又黑又丑，大概是混在今夜帮忙的粗使婆子里进来的。”

“这大概只是一尾小鱼，顺藤摸瓜，定能抓到大的蛟龙！”锦衣男子断然道，随即拍了拍红笺的香臀，“这一切可都看你的了！”

小古匆匆穿过树林，脚步越走越快，无尽的风雪敲打着她的额头，冰冷的触感让她打了个哆嗦，脚下一个踉跄，终于让她停了下来。

方才红笺的笑容浮现在她眼前，勾起旧日的点点回忆——

多年前，七岁的她着一身玉色交领绸衣，一套赤金镶珍珠头面，衬得小小少女宝光萦绕，矜贵笑着看向自己，那笑容是优雅而轻蔑的——

“这就是妹妹吗，瞧着比我房里的小丫鬟还要不如？”那笑容在眼前逐渐幻化扭曲，变成如今这恣意轻佻的笑脸，这阅尽男人的妖娆之身。

一时之间，她默默站在山石旁，满腹心事无处诉。不远处隐约传来嘈杂人声，朦胧灯火还没照过来，却听有人冷喝一声：“是谁在那里！”嗓音很是稚嫩，却故意装得老气横秋，没等她回答，就是一箭疾射而来！

小古原本可以躲闪，她却站在原地不动，任由箭矢擦着她的手臂射飞，狠狠地扎进泥里。

手臂被蹭得火辣辣地疼，一摸已是鲜血淋漓，只听有人远远地边跑边喊：“抓奸细啊！”

夜深雪滑，那人身量不高，却是矫健轻快，锦裘粉靴在雪光中闪着幽光。听那嗓子很有些熟悉，小古心中闪过了然，干脆脚下一个踉跄，就要扑倒在地上。

“小心！”异口同声的疾喝，一道稚嫩清亮，另一道却是冷峻决然！

小古只觉得一阵天旋地转，身子并未如预想中狠跌在地的疼痛——下一瞬，她倒在一个温暖沉稳的怀抱里。

与广晟身上檀香混杂着苍术的气息不同，那人的身上带着皮甲淡淡的硝味，外罩的官服却是一派平滑柔软，一触手就知非是凡品，不是江南的贡绸，就是宫里内造。

她抬头一看，映入眼中的竟是那突兀而凶凛的疤痕，他冰冷的脸色过分惨白，更添几分肃杀。

“袁千户……”她轻声唤道。

袁槿冷冷地凝视着她，那双深邃的眼好似要看透她灵魂深处。

这时另一道人影也气喘吁吁地跑了过来，俊美少年系着大红蜀锦紫晶抹额，发坠银线，身上着了小号的战袄，虽然还未长成，却也有那么一股英气豪迈。

他手里提着皮弓，急匆匆跑来，老远便喊道：“大哥小心，这奸细被我射中了！”

小古听到他这一嗓子，气不打一处来——你个小混球混世魔王……你才是奸细！居然看也不看就大呼小叫地射过来！

她眼中闪过怒色，挣扎着就要起身，袁槿单手微一用力，将她搀了起来。

“阿桢！”他怒声喝道，“什么奸细，你乱喊些什么！”

那年少稚气的袁家小七阿桢已是跑到跟前，一看眼前这一幕，顿时吓得张大了嘴，面上的红晕被吓得变为苍白：“我、我……你、怎么是你？！”

袁槿冷眼锐利：“你们认识？”

“不、不是……我，她那个……”七公子袁桢已是吓得张口结舌、语无伦次了。

就这点胆识也敢参合金兰会的事？大哥还真是给我挑了个好助手！

小古心中冷笑，却不能真看着这倒霉孩子暴露，于是凶巴巴地说道：“怎么又是你？！”

她站起身来，指着他骂道：“上次纵马冲过我们门口，险些把我撞飞出去。这次又是你？！”

她展开袖子，露出一条长长的滴血伤口——看着虽然吓人，其实很浅。越说越是委屈：“千户大人，你们是名门公子，金玉一般的人物。我只是个小小的奴婢，可这位小公子这么三番五次地折腾着，是真要杀人害命吗？”

雪花飘落的暗夜里，孤灯照出一片嫣红血痕，袁槿面色沉了下来，一双眸子黑黪黪的发亮——这副模样简直让袁桢胆寒！他一言不发，突然撕下自己的长袖。默默地替小古包扎，手法并不温柔，却很是娴熟细致。

袁桢这才反应过来，委屈得几乎要哭出来，心中却明白这是小古在替自己解围。他略一思索，干脆把整个荷包取下，从中拣出金创药的瓷瓶以及一大把金银锞子，胡乱塞回荷包里，不由分说地系在小古腰间："我眼花，以为是看到了奸细……总之是我对不住你，这些是赔给你的！"

"谁要你的钱？我虽然低贱，也是人生父母养的……总之，这些贵重的东西我受不起！"小古眨着盈盈大眼，好似憋着怒气，一双眼圈却是红了。

这次轮到袁桢咬牙切齿了——你这个笨女人！快收下啊！碍于二哥在侧，他不能有明显的暗示，却是杀鸡抹脖子一般地使眼色示意——荷包里有"料"，是传递给你的！

"阿桢你做什么？！"袁槿以为他是在做鬼脸，怒喝一声后冷冷的眼风扫过，顿时把袁桢吓得僵立当场，眼珠子都不敢再转了。

袁槿取过荷包，冷哼一声取出物件细细查看，这时小古也反应过来——这荷包里另有玄机！她和袁桢对视一眼，两人都蹙起了眉头暗自担忧。

装药丸的瓷瓶被打开，袁槿细细嗅了嗅，又取出药丸看了看，顿时把两人吓了一跳，心都跳到嗓子眼了！

他又看过那些金银，没发觉什么异状，这才面色略见和缓，随即把东西丢给袁桢，竟然朝着小古抱拳行礼道："对不住，是我教弟无方，伤到你了！"

以他世家名门的地位，又是炙手可热的千户大人，居然肯对一个下人如此诚恳地道歉，实在是怪事一桩。

小古作出不知所措的模样，退后闪身不受，有些犹豫："这怎么使得？！真是折煞我了……"

她略一思索，连话也利索了："这本是意外一桩，七公子也是少年意气，立功心切，再说我的伤也不重……"

"这伤刚刚止住血，还暂且随我去上药歇息一阵吧？"袁槿凝视着她，好似要在她身上看出什么轮廓来，嗓音是前所未有的柔和，那目光中闪过的，却是极为复杂的……激动和怜惜？！

莫名地，小古觉得这目光蕴含的意味有些蹊跷。

她咳了一声，看看天色，轻声惊叫道："已经快二更了！我出来很久，只怕少爷找不着人要怪罪下来——"她转身要走，随即却又折了回来，劈手从袁桢那里夺过那只荷包，似笑非笑道，"二位的厚赐我却之不恭，就此收下了！"随即转身翩然而去，只留下两兄弟对着她的背影默默出神。

半晌，才听袁槿沉声道："阿桢……"

"啊……"

"回去以后，你自己照着家规去领家法。"袁桢的小脸顿时皱成一只苦瓜。

小古沿着原路返回，刚刚进入后堂偏帐之中，迎面而来是却是一道白盘弧影，她侧身一让，身后传来一声清脆的咣当声。

“滚出去！”这是广晟的嗓音，清冽而冰冷。

她以为是对着自己发脾气，定睛一眼，却见盘子里汁水横流，好似是海鲜一类——站在广晟身畔的，却是一道柔婉优美的妙龄身影。

天寒料峭，这女子却穿了一层极薄的桃花纱，粉光晶莹，乳头若隐若现：“大人，奴婢是奉上官的命令来伺候您的。”佳人娇喘吁吁，柔若无骨，无奈广晟铁石心肠不解风情，一把将她推开，对着小古皱起眉头，沉声低斥道：“你到哪儿去了，还不快过来伺候！”

小古唯唯诺诺地答应着，却见那穿着薄纱的女子强笑贴了上前，眼角却是泪水晶莹，娇声媚气道：“这位总爷，奴家若是伺候得不好，您尽管惩罚便是，可若是真的恼了赶我出去，只怕上官饶不了我，非要打我个皮开肉绽不可！”广晟皱起眉头，虽然明知她是在博取哀怜，但男子汉大丈夫却也没有害人受过的道理，况且此次宴非好宴，若是执意不要她们服侍，只怕反而惹人生疑，可贸然把人留在身边，只怕……

一旁的小古见他迟疑，心中剔透哪还有不明白的，径自上前两步，直截了当道：“我家少爷的饮食衣物从不喜欢外人经手，你若是明白规矩，留你服侍也无妨，否则只好请你打哪儿来回哪儿去了。”

那女子抹一把眼泪破涕为笑，笑意间更带三分俗艳的媚意，眼波好似带了钩子一般：“奴家谢过这位姐姐了……”

她上前来就要站在广晟身后，却被他一个眼色扫过吓得身子都僵住了，只听广晟沉声责问小古：“我才离开一会儿，你就跑哪里去了？！军营重地也是你随便乱闯的吗？”话虽然严肃，却能听出他的关切之意，小古落落大方毫不害怕，笑着答道：“一群男人醉醺醺的，酒气让人受不了。”

广晟瞪了她一眼，气道：“你到外面透透气也就罢了，走远了只怕有危险，你真是好大的胆子！”他板着脸训斥了两句，见小古低头不语，认错态度上佳，于是便熄了怒气，沉声道，“跟我回席。”

一旁的亲兵看得暗自称奇…

这位总旗虽然年轻，但性子冷峻桀骜，人见人怕，只是一个丫鬟而已，他居然特地从宴席上半途离开，莫非是放心不下？

但看那丫头貌不惊人又身子瘦小，怎会让他这么惦记着？连分发来伺候他的军妓美人儿也不放在心上？

在众人揣测声中，广晟带着两女转身而去。穿过长后堂偏帐，又有一座座条石砌成的连屋出现在眼前，四四方方将主将大营围绕在中央，宽阔宏大，很是气派。

这五个卫驻扎在此已经数十年，经营日久，虽然碍于军制不能搞得太过奢华，却也搞得有声有色，漫山遍野一大片房舍营帐，看起来简直是一座小型军城。

小古随着广晟一路走来，好奇地左顾右盼，又遭到广晟狠狠一瞪，她有些害怕地眨了眨眼垂下了头，却默默把核心重地的路径都记下了。

两人渐渐走到了主帐跟前，气象更是森严，一面铁杆大纛旗高矗在门外，纛旗上一幅缎幛，蓝底黄字写着“三千营郑”四个斗大的字，在强劲的西风中威风凛凛地飘扬。虽说是“中军营帐”实则却是松木与青砖砌成的三层碉楼，呈五角凸起长廊连接。四周被松明和油浸火把照得亮如白昼，每隔三丈有一名兵士顶盔着甲守卫，一身鸳鸯战袄已经在风雪中染成雪白，连眉毛鼻子上都冻出冰凌来，却仍是钉子般挺立。

永乐皇帝对军纪约束甚严，如今虽然是一天天松弛崩散，基本的操练防卫却还是有模有样。

广晟瞥了一眼身后两步那低眉顺眼的小丫头，一把将她拉到身边，凑到她耳边悄声吩咐道：“等一下进了军帐，你就……”

他如此这般地吩咐道，小古注意倾听着，冷不防却被身后那女妓撞了一下。她原本老实地跟在三步远的地方，现在不知怎的居然失去平衡一头撞了过来。

小古一闪身，那女人尖叫一声抓住她的衣袖随即倒入广晟怀里。

她一身薄纱颤颤，暖玉般的酥胸与广晟紧密相贴，让周围的士卒都看直了眼。

广晟皱眉，正要将她推开，却听旁边有刻薄淫邪的嗓音笑道：“想不到沈总旗这么急色，还没进门就又是搂又是抱的，年轻人就是沉不住气啊！”

广晟面色一冷，绝色容颜宛如霜雪冰玉，他微微一笑，干脆任由那女人瘫软在他怀里，只是懒洋洋地侧过身来，似笑非笑道：“标下见过百户大人。”

他略施一礼，却是明显敷衍的意思，那方百户哼了一声，眼中精光闪烁，他是个容长脸，两撇胡子随这一声哼抖动着，活像一只偷食的老鼠：“听说你为人飞扬跋扈，今日一见果然不假！”

“哪里，百户大人真是太过恭维标下了……听说郝百户和您是姑表之亲，果然你们两位英雄所见略同啊！”广晟的口舌犀利刻薄，简直是存心要把人气坏。

被他推在一边的那女人“扑哧”一声笑出了声，却惹来那方百户恶狠狠的目光——“千人骑万人压的贱货，这里哪有你出声的份！”他的嗓音嘶哑而凶戾，吓得那女人瑟瑟发抖着就要往广晟身后躲，却被一双带着薄茧的小手不紧不慢地拉住，是小古顺势把她拖到自己身后，不再让她靠近广晟分毫。

“是谁在外面喧哗？”二楼上好似有人听到这外头的争执，从饰有皮毡的小窗向外问道。

这嗓音……似乎有些熟悉？

小古心念电转，却见那方百户脸色一变，退后了几步，再也不敢拦住他们的去路。

正要进门，小古突然发觉自己的袖中多了一件东西，隔了衣料一摸，竟是一张叠成方胜的信笺。

是谁？！

她的目光闪动，停留在那惊惶未散的女人身上——她正躬着身，殷勤地替广晟拂去衣上的积雪。

仿佛感受到她打量的目光，那女子朝她一笑，眉宇之间尽是妖娆媚意。

一进主帐，闹哄哄的热气混合着酒香、肉味扑面而来，宽阔的正堂下，有百来位中层官尉正在斗酒取乐，他们大声说笑着，还有人双手在胡乱摸着乐妓的胸，引起一阵似嗔似笑的娇声。

广晟一进门，就有熟识的同僚笑着上前来灌酒，可随即出现的一名亲兵却打断了他："指挥使大人请您上二楼。"这话一出，顿时四周寂静，就连远处没听清的也感受到这惊讶凝重的气氛，渐渐停止了说笑。

上了二楼，眼前环境明显为之一清。

二楼分为两个隔间，西边一个木制沙盘分黑黄二色插满了小旗，中央正厅为品字铃兰宴，分席而馔。虽是二楼，石砖地下间隔大概烧着地龙，一点儿烟火气不闻，却暖得令人燥热。一桌桌佳肴摆在两边，却是无人动筷。

"原来是广晟表弟……"有人放下酒杯站起身，目光闪动间略见惊讶。

广晟看清来人，目光转为幽沉——原来是萧越！

从礼法和亲缘上来说，萧越的母亲与他的嫡母王氏乃是同胞姐妹，这一声表弟也是理所应当。

小古这时也反应过来——刚才觉得嗓音熟悉，见了真人却一眼认出，这是她长街杀人那次，在蛛网般小巷追捕他的那个军官！

他怎么来这儿了？！

高官满座，军中强将尽在，有人在低声交谈，整个二楼都还算安静，萧越这一番动静虽然不大，倒是引得不少人转头注目。

广晟轩眉轻挑，似笑非笑地上前略一施礼，尽显散漫不羁："原来是萧家表哥……"

他很是眼尖，目光略一触及萧越的官服和佩绶，眼底的笑纹越发幽深："倒是要恭喜表哥你节节高升，青云直上了。"

萧越原先在五城兵马司的时候，位居东城兵马指挥，是正六品之职，这次见面，他却已经调任到了京营，如今已是实授的正五品千户，整整拔擢了两级——按不成文的规矩，天子脚下的官位虽然显重，但京营拱卫京城，乃是天下军队的精锐翘楚，这样的官位变动，确实是大大地高升了。

他如此漫应寒暄着，声调神色并无半点亲热，连那抹笑意也未入眼底。

萧越原本对他没什么好印象，上次去济宁侯府时，又正逢他逃家而去，留下一院子人仰马翻的烂摊子，还险些伤到妇孺老少——萧越平素巡街时总会见到这样的纨绔子弟，在他眼中，这般人物就是一个活生生的祸害。

这次主动招呼一声，只是略尽姻亲之谊，就他本人来说，实在是跟这种人无话可说。

他举杯淡淡示意，瞥了一眼广晟，却瞬间为之惊讶——眼前的少年军袍飒然，眉目之间清隽华秀，举手投足之间悠然自若，略见玩世不恭。却似一柄绝世宝剑，从内而外透出凛然锋芒。才短短几个月，此人身上就有这么大的变化？抑或是……他原本就是藏而不露，到了这军中磨砺，方才显露真实本色？！

他们这里略一寒暄，周围人早已听清，有人在窃窃私语，也有人在听完广晟的身世八卦后轻然嗤笑。

广晟也不愿与萧越多说，略一颔首，就直向正中央主位而去，小古紧跟在他身后离开，擦肩而过之间，萧越隐约嗅到一种奇特的香味——那是一种清淡的冷芬，似曾相识。恍惚间却想不起来。

正中央最上首主位上坐着的是一位四五十岁的国字脸武将，他戴着束发冠七梁冠，齐眉勒着黑貂东珠抹额，身上未着甲盔，一件银狐千锦长裘半披着，却是不耐炭热，半落在臂膀间，露出其下豪奢的织锦妆花官服。

广晟到了下首，单膝参见，一举一动丝毫不见逾越：“卑职参见指挥使大人。”

北丘卫指挥使罗战哈哈一笑，很是豪爽地让他起身，打量了两眼，伸出大拇指道：“你就是老黄所说的沈三郎？果然生得一表人才。比那个潘什么安的还要俊气！”顿时周围一片笑声，甚至有人笑得猥琐，小声嘀咕“比女人还漂亮”。面对四面八方的打量目光，广晟仍一派悠然，轻抬起头，含笑的目光毫不畏惧地直视罗战：“大人可曾听过兰陵王的美貌？传说他为避免被人看轻，上阵都戴着面具——比起他来，末将这种长相可是安全多了。”他停了一下，露出近乎顽劣的笑容，“还有那群文人推崇的古今第一美男卫玠，活生生被那群思春的小妮子们围住观看，弄到最后都累死了，我可不想跟他一样死得这么憋屈。”顿时周围笑声更盛，众人都觉得这少年颇为有趣，对文人的调侃也挺对他们胃口，气氛越发松弛下来。

“哈哈哈哈……说得好！果然英雄出少年。”罗战并不在乎他些微的冒犯，大手一挥道，“来啊，给小沈加座！”

随即便有人端来虎皮乌木的杌子在右侧第三起的空位，又有人搬来一小张条案，给他添上酒菜等物。

以广晟的品阶，原本只该在一楼大厅吃酒喝肉，众人见指挥使如此看重他，顿时啧啧称羡，有些甚至眼露妒意。

“你们大家也不用眼红小沈，我可不是因为他长得俊、嘴又巧才让他坐在这儿的——老子可不爱什么男风兔儿爷那一套，谁要敢瞎想就四脚朝天给我爬出去！”

罗战大声吆喝着笑骂，一指广晟对众人说道：“小沈可是我们这一卫里上月的马战、剑击、射箭、摔跤四连冠，小小年纪就如此了得，你们说，他坐不坐得此座？！”

一听这话，本卫的将领们还好，来自其余四卫的指挥使、副使和千户等瞪大了眼看向广晟，他们怎么也没料到，眼前这个俊美精致的少年，竟是这样一位军中强者！

罗战见大家面露惊叹，越发自豪："所谓人不可貌相，小沈来了这几个月，可说是打遍军中无敌手——这样的好苗子愿意来我这儿，真正是给我老罗面子——为庆祝我老罗得此良将，大家再干一碗！"

众人轰然应诺，端起瓷碗一饮而尽，银炭的暖热中酒香更加浓郁，众人看向广晟的目光却是更加闪亮。

小古看得真切，眉头却轻轻旋起——这位罗战指挥使看似豪爽热情、对广晟赏识有加，但这些话在私下说尤可，如此大众齐聚，又都是勇武悍强之辈，听他这么盛赞广晟，只怕有人未必心服。

这念头刚升，却听有人长笑一声，"当啷"一声把瓷碗拍在桌上，高声道："末将不才，愿领教沈总旗的高超身手！"

罗战勃然色变，骂道："郝百户你这是做什么？！把我这酒席当什么地方了！"

那郝百户年纪不过三十六七，长得豹眼猿臂体格精干，他嘿嘿一笑，却是完全没被罗战吓住："启禀大人，末将当初跟着圣上靖难扫北的时候，圣上也喜好在席间看将士比试。"

他一口一个圣上，立刻把罗战堵得无话可说，只得冷哼一声，脸色也变得铁青。

周围诸将都看不惯这郝百户，私下暗骂道："圣上靖难起兵的时候你还是个十八九岁的毛头小兵，有什么资格到御前看什么比试！真是扯着虎皮做大旗！"

那郝百户更加得意，冷笑一声斜眼看向广晟，道："怎么样，沈总旗敢不敢跟我切磋一二？还是说你年纪尚轻，顾惜自己的小命，不敢上场？"

这话已经是激将挑衅了，四下里顿时弥漫火药味，此时却听有人一拍桌子，怒斥道："胡闹！随意在席间挑战，你置军中法度为儿戏吗？！"

"萧千户你不用拿军纪来压我，老郝我在行伍里混了二十多年，一刀一枪都是靠自己拼来的，可不比你这么命好，有做布政使的爹撑腰做后台。"郝千户连萧越的账也不买，直接噎了回去。

"沈总旗你到底敢不敢？是男人的话就吱一声！"郝百户的挑衅越加热烈，一旁心有不忿的方百户等人也在推波助澜，顿时席间怪笑声和口哨声迭起。

这一场闹得越发热烈，小古静静看着这一幕，心中却觉得很不对劲。这并不是简单的意气之争，而是一场有预谋的行为！目的也不是为了夺得罗战的看重，而是……在试探广晟？！

此时只听广晟轻声一笑，宛如冰玉之凛："既然郝百户这么自信，那就尽管一试吧！"

主帅跟前不得动刀枪，两人于是站定在二楼正中央，比试近身搏击。在众人的起哄加油声中，小古双目凝神，突然发现，在罗战身后的帐帷布幕下，隐约站着一道身影，正在冷然观视着这一幕。

是谁？！

她眯起眼，突然一道利光刺得她眼角生疼——那人手中持有的，竟是闪着蓝芒的精钢箭头！

有毒的箭头，正对准着即将比试的两个人！！

第五章

双簧之戏

1.

毒针对准要害，无形的紧绷感弥漫在空气之中，众人都懵懂不觉，反而兴致勃勃地看着眼前这一出，甚至有人喝彩加油。

小古心中一沉，正要想办法向广晟示警，却见他跺了跺脚下地板，咚咚有声，他很不满意地摇了摇头："这种地板虽然结实，可也经不住高手过招。"

"你该不会是怕了吧，这么多废话！"那郝百户嘴里喷着酒气，眼中却满是清醒的狰狞冷笑，"你当初敢对我堂兄下狠手，那股子狠劲现在怎么没了？！"

小古这才知道，这位郝百户就是传说中险些被广晟削成太监的那人的堂弟，这是来者不善，专为报复而来的啊！

"原来是为前一任的郝百户来讨回面子的！"广晟冷笑一声，绝丽容颜宛如天上谪仙，眼底却是一片冰冷，"我倒觉得，你应该称呼我一声'恩人'。"

他冷眼看向对方，嗤笑道："当初你们郝氏两个房头为了争这个百户的世袭之职闹得天翻地覆，官司都打到了兵部……"后半截话他没再说下去，周围人已是心知肚明，一片嗤笑声中，那位郝百户被揭了老底，恼羞之下脸色铁青——堂兄倒霉他当然大为快意，却不能忍受世袭的将门之威被一个小辈耻笑，所以才有今天这一出，他不知该如何辩驳，怒喝一声抡起腰刀冲了过去。

广晟轻巧利落地一闪，有意无意间避开了帐幕后毒针的方向，一翻身攀上了窗框。回身含笑挑衅道："这里施展不开，你若有胆，与我一同下楼比试。"言罢轻身一跃，引起众人一阵惊呼。

正营楼帐气派端巍。虽然只是二楼，却也很高，他宛如羽毛一般跃下，双腿在雪地里一蹬，竟是轻松地站住了！

这一手功夫绝不含糊，众人轻喝一声彩，却把郝百户挤对得脸色青红不定，他一咬牙也跳了下去，落脚时却是脚下一滑，幸亏他机警，就势成了个滚地葫芦，单刀直插入地猛一支撑，倒也毫发未伤。

“郝百户这一式癞驴打滚，倒是有趣好看得很哪……”广晟站在雪中，朱衣玄袍更显得眉目如画。他的嘲笑犀利而刻薄，楼上的小古听了却微微皱眉：对他的性子她也颇为知晓，虽然嘴巴毒了点，但平时也不会如此咄咄逼人揭人疮疤，如此挑衅必定另有缘故。

夜色深沉，雪花飘散而下，地上的荧光倒映出两人对峙的身影，一人持剑一人拿刀，一触即发的气氛引得一楼二楼的人都探出头来看热闹，连冻成冰人的士卒们都忍不住侧目以示。

广晟的剑招凛然带杀。华丽中隐见戾意，与他平时在院中练习的内敛路数也大相径庭，显出争强好胜之风——小古的眼透过窗边军官们的身影缝隙看到这一幕，眼中的疑惑之色更浓。

那郝百户刀法凶横简捷，显然是家传的战场搏命路数，不到片刻却被广晟逼得连连后退。不到一盏茶的工夫，广晟抓住他一个破绽，剑尖直刺而入，滑开他的衣襟，眼见就要破肉见血，瞬息之间，却见雪中一大蓬银光从二楼扑面射下！

万籁俱寂，只剩下雪片滑落的细微声响，众人都被这一幕惊住，心都提到嗓子眼儿了，只听广晟一声长笑，满透少年人的清狂嚣扬——随即只听叮当之声不绝，无数细小的银针被他手中长剑扫落在地，深深没入雪中，雪地里洇出一个个浓黑的小洞，蜂窝一般触目惊心。

广晟抬起头，巡视着楼上诸人，飞眉入鬓下生就一双狭长眼，薄唇艳如含丹，美得让人心惊：“军营之中，是谁竟敢用这种江湖上的鬼魅伎俩？！”这话问得冷彻入骨，飞雪暗夜之中他站立得宛如长枪般笔直，让所有人暗自心惊。随即就有清晰的鼓掌声响起：“果然是英雄出少年！”随着这一句，沿阶而下的竟是原本安坐主位的北丘卫指挥罗战。

他哈哈大笑着，竟是亲身下楼，来到广晟跟前，脱下身上的银狐长裘为他披上。

广晟吓了一跳，正要推辞，罗战用力一握他的手，豪爽笑道：“常听那些书生吟什么‘宝剑赠英雄，红粉送佳人’，我老罗挂的长剑是国公爷赐下的，不可轻送，这件裘衣是高丽进贡的，遇雪不沾很是轻便，由你这等英挺有为的少年人穿来，才不负这一场龙争虎斗！”

看着雪地上那些银针，他面色阴沉冷哼一声：“一个营的同僚，居然用上这种杀人的利器，脸面和性命都不要了吗！”

他身边的侍卫随即从楼梯上拽下一人，正在反复挣扎却也看不清容貌，便用抹布堵了嘴押下。

广晟盯着那人若有所思，罗战却挽住他，有意无意地挡住视线，笑道：“你受了这一惊，等下得好好享用一番醇酒美人！”随即不由分说地拉他并肩上了楼，引得众人一阵艳羡的目光。

酒过三巡，满室里笑声不断，丝竹靡靡之音越发动人。

众人互相敬酒行令，虽不如楼下恣意笑闹，却也熙熙攘攘很是亲热。只听乐声一变，顿时转为呢喃轻颤，场中央只着薄衫彩霓的舞姬们摇动腕间金铃，扭着水蛇腰上前来一一斟酒伺奉，或是口对口哺之，或是用三寸绣花鞋置了莲盅罚酒，场面变得很是靡乱。

罗战一个眼色，就有几个妙龄女子半露酥胸，贴着广晟身子磨蹭不已，却被先前跟随他前来的那女人不着痕迹地推开，霸占了他怀里的位置。

“请爷怜惜奴家吧……”那女人倒也别有手腕，她轻吐丁香小舌，灵蛇一般沿着他的咽喉、胸膛一路轻舔深卷，那般妖娆风姿简直要让人血脉贲张！小古盯着她，眉心皱痕更深——刚才是她把纸条放入自己怀中的吗？

好似受这气氛影响，广晟也一反平日的冷峻不假辞色，反手将她一个横抱，惹得那女人一阵惊呼媚笑。

她比起那些舞姬来并不算多么美貌，伺候男人的手段却很是熟练，几番撩拨之下，广晟的呼吸开始不稳。小古接到他一个隐晦的眼神示意，立刻心领神会，凑到他身前，略微提高了嗓音劝道：“少爷，二夫人有话在先，请您顾念家门荣辱，不可轻易在外沾染女色——”她话没完，就被广晟狠狠地推了开去，整个人站立不稳，狼狈地摔倒在地，巨大的声响引得弦乐中断，众人纷纷看过来。

“贱人，给你三分颜色你倒蹬鼻子上脸了！张口闭口拿二夫人来压我！你眼里还有我这个主子吗？！”广晟怒不可遏，指着她继续骂道，“我倒不知道你的主人究竟是谁了——既然你心心念念二夫人，你干脆回府去服侍她算了！”

小古跪伏在地，酒水洒在她黛黑的脸上，宛如泪水盈盈，整个人好似都吓呆了，身子颤抖宛如风中落叶。

旁人见广晟突然发作下人，都在窃窃私语，有人小声笑道：“这家的夫人也管得真严，弄个跟脚鬼在儿子身边，是一心想让他不沾女色了？”

“世家大族就是讲究这个！”也有人如此啧啧称赞，却遭到勋贵出身的同僚反驳：“哪有这么严格啊，你没见锦乡伯家那几个多么荒唐爱玩！只是这小子是个庶子，他家济宁侯府上下都不待见他……”他压低了嗓子讲起广晟爹不疼娘不爱的尴尬身世，听者立刻心领神会，看向这边的目光包含着嘲笑与好奇。

萧越正襟而坐，原本并不关心广晟闹出的这些事，听到语涉姨母和姨丈，顿时眉头一皱，“砰”的一声将酒杯顿在几案上，冷峻的目光看向广晟：“要怎么教训奴婢是你的事，何必在大庭广众前打骂吵嚷，不觉得有失身份吗？！”

广晟冷笑一声，看都不看他一眼，只是用脚尖轻踢小古，讥讽道：“原来你是仗着有人撑腰，这才敢指手画脚地教训主子！”

小古低声啜泣着，萧越心中更怒，越发觉得这个庶出的表弟刻薄偏激，他怜悯地看了一眼小古，却并无理由再管，只得冷哼一声，站起身来向罗战拱手告辞，随即就拂袖离去。

这种情况，任谁都能看出他们这对表兄弟之间隔阂很深。

目送着他的身影，广晟不依不饶地笑喊了一句："表哥慢走，回去可千万别向我母亲告状啊！"

罗战见萧越退席，面上闪过一道阴霾，随即便再无半点端倪，只是哈哈一笑，以训斥自家子侄的口气埋怨广晟："小沈啊，你真是年轻气盛，嘴上不饶人——是自家亲眷又是同僚战友，何必闹得这么僵呢？"

广晟猛灌了一大杯冷酒，微微呛着咳嗽，面上露出苦笑道："指挥使大人好意，卑职感铭不忘——只是这'自家亲眷'四字，我还真不敢领受：萧千户是嫡出的贵胄公子，我却是贱妾所出，他看在我嫡母的分上称一声表弟，实际上哪只眼睛看得起我呢！"

他又猛灌了一杯，带着些醉意和狷狂笑道："他看不起我这庶出，我还看不上他那世家大族的清高模样呢！俗话说，莫欺少年穷……真以为我就没有出头之日了吗？！大家走着瞧！"

只听"咣当"一声，他将手中酒杯摔碎，哈哈大笑着搂起怀中女妓，踉踉跄跄地扬长而去，丝毫不顾地上哭泣的小古。

席上众人议论纷纷，都觉得这小子张狂不知礼数，罗战却望着他的背影笑眯眯地若有所思："少年人嘛……"

宴罢人歇，密室之内却有几道身影在密谋议事。

烛光飘摇，映出一道瘦削的身影，穿着布衫直缀，昏暗中面目看不真切："萧越之父乃是山东布政使，一向简在帝心，若是把他也卷进这件事，只怕会给我们的计划带来危险。"

罗战哼了一声，将敞开的皮甲从身上取下，懒洋洋地丢在一边，倚坐在太师椅上："萧越这小子虽然年轻，却很是谨慎小心，这种人最是棘手，这一着险棋如非必要，还是先别下。"

他若有所思地摸了摸下巴上的胡髯，眼中闪过精光，与方才豪爽粗犷的模样判若两人："同样是世家勋贵出身，另一个不知天高地厚的小子，却更让我有兴趣……"

"大人是说济宁侯府沈家的那个小子？"黑影有些不以为然，"这小子是有两下子，可他只是庶出，且并不受家中待见……"

罗战很有自信地截断他的话："他不仅心狠手辣，而且渴望出人头地，对那些蔑视他的还以颜色——这般有野心和愿望的人，才会为我们所用。况且，你别忘了，他父亲沈源可是今上潜邸时的旧人！论起圣眷来，沈学士可以常伴帝侧——这样的一颗棋子，简直是天赐良机！"

"可沈学士并不宠爱这个庶子……"

“总也是他亲生骨肉，一损俱损，一荣俱荣！”

罗战瞥了那人一眼，加重语气道：“这是最合适的人选了，错过这个机会，再难找到这么合适的！”

那黑影深呼一口气，终于点头应允：“那就照大人说的，先试探他一下。”

“放心，进了我的营帐，就时刻有眼睛在盯着他。尤其是……在床上的时候！”

罗战的笑容，带出三分诡秘与淫意来。

红木雕花大床内套牙板雕纹，显得精致华美，罗帐轻垂，昏暗中隐约可见百蝶绣纹在帐顶熠熠闪光。

窗外风雪呜咽，有一丝丝细风从缝隙中吹入，脉脉间让纱帐轻扬飞舞，露出床上的两人。

广晟脱去外袍，只着一件雪白里衣，他半卧在床间，好整以暇地托腮凝视着身畔的美人。

一旁的女人似乎已经意乱神迷，妙曼身姿蛇一般地缠绕上来，带着幽香的喘息声近在耳边，她想要舔上他的指尖，却在瞬间被他强制钳住蠢动，只得半睁开如丝媚眼，疑惑地问：“总爷……”

“小古她怎么还没到？！”广晟心里忖道，皱起眉头，以绝对强硬的姿势将她揽在怀中，双手在她洁白光滑的脊背间抚摩。薄帐掩不住这一片旖旎风光，两人交缠的肢体在墙上透出晃动的人影。

墙上挂着一幅不起眼的绣图，图的中心有一团黑色蝌蚪，而其中的一点，并非是墨色晕染，而是一个空洞。

透过空洞，有一只眼睛在窥视着这一幕。

眼睛的主人藏匿在墙的隐秘间隔里，冷冷地观看他们的举动，随即在宣纸上画下两人的身体。

他画得极为仔细，尤其注重广晟身上的特征，连一点痣、一道疤痕也不放过。

这套动作极为熟练，显然是经常这么做的。

画完之后，他掏出一管烟斗，正要朝室内吹迷烟，突然觉得身后疾风一闪——

下一瞬，雪刃一闪，他被人干脆利落地打晕了。

墙壁里发出的异常声响惊动了床上的女妓，她正要惊喊出声，却遭到广晟手刃，立刻软软地昏倒。

“怎么磨蹭到现在才来？”广晟没好气地问道，一边从床上起身，扯过披风盖住半裸的身体。

小古打开墙上的隐门，持着斧子跳了进来：“这墙上的门可真难找。”

“少爷你让我来打闷棍，可没提要我寻找暗处的机关呀，我找了半天才闯进那间隔密室！”她无辜地辩解道。

想起方才在密室里看见的那惟妙惟肖的“春宫图”，她“扑哧”一声笑了，闪亮着眸子上下打量广晟，毫不害臊地笑道："少爷你的身材真好，那人画得也很妙。"

广晟一听这话冷哼着瞪她一眼，疾步走进密室，取过桌上的一叠图画，越看脸色越是黑沉。

"哎呀，没想到少爷你大腿上还有痣呢！"这丫头似乎是一点儿也不怕惹毛他，继续在兴致勃勃捋起虎须来。

广晟没理她，看着那些画——不仅有他的，还有别的男女，他皱起眉头，若有所思道："这画工这么逼真娴熟，做这个非是一时一日了。"电光石火间，他蓦然想起多年前朝中一件旧案……

那还是三年前的事，一位姓吴的监察使代天巡查，连发奏折举报当地官员和世家豪绅弊案，朝野都为之震动，天子褒奖连连，眼看着就要青云直上——一桩晴天霹雳的奇案落到了他身上：一觉醒来，他莫名发现自己家门前吊着好几具衣衫不整的女尸！这些女人都是当地将士绅小之妻，顿时引起满城轰动，从尸身上发现几封血书，字字泣血，控诉吴监察使人面兽心，屡屡以家族和夫君性命威胁逼奸，她们实在不堪忍受，只得一死了之。血书中还历历举证了吴监察使私处的胎记、毛发形状，连他床笫间的私癖也写得一清二楚，在公堂上读出证供时，旁听的官员和吏员们都听得面红耳赤、血脉贲张。

吴某的行为犯了众怒，立刻便有雪片般的奏章弹劾他，把他说成万恶，最终落得刑场问斩的下场——据说这位吴监察使死到临头仍然喊冤，说那几个女人只是曾经来府中拜见过他妻子，他为了避嫌连照面都没打过！

广晟虽然小小年纪，却最是思维缜密，加入锦衣卫的暗部之后，就处处留心那些案件宗卷，揣摩之下，却是直觉此案有蹊跷——在纪纲那里的几天，他曾谈起过这件疑案，面对他的疑问，纪指挥使微微一笑，说了一句意味深长的话："只要你精心设计布局，做成铁证，就算万岁心明如镜，也只能用红笔勾了他的性命。"

想起旧事，再看眼前情景，分明是准备在自己身上故技重施，广晟冷笑一声，低语道："我小小一个总旗官，也值得他们这般设计？"

再看搜来的一大沓裸画，却显然是分属军中各人的，他心中念头一凛：看来，这些人并不是想置自己于死地，而是存了胁迫利用之心，这些画和表记就是现成的把柄！

小古在一旁看他发愣，拉了拉他的衣袖，低声问道："少爷，下一步该怎么演？"

广晟似笑非笑地瞥了她一眼："接下来，就要看你的口技表演了！"

广晟所处的雅室，正是那些军中当红的女妓乐姬接待客人的地方，外间的守卫早已瞌睡连连，却听房内"咣当"一声，好似有什么重物落地，正疑心间，却听女子娇声媚气地哀求着，随即传来板子击打皮肉的声响，淫声燕语惹得人心里分外酥痒。

"想不到这位沈小爷看着俊秀斯文，却原来好这一口……"

他们发出心照不宣的笑声，虽然仍秉持监视的责任，却更加心不在焉，终于有人忍耐不住，跑出去另找军妓快活，三两下就走得一个不剩。房里广晟的脸色几乎要变成铁青，他咬牙切齿地低声问道：“我让你假造嗓音，可没让你这么喊！”

完了，自今日起，他的名声算是彻底完了——这个丫头，她、她是故意的！

面对自家少爷要杀人的脸色，小古瑟缩一下，眨着天真无邪的水眸，悄声道：“可这是少爷你刚才吩咐的——动静越大越好……”

广晟气得眼前一阵发黑，但时间紧迫，也顾不上跟她多说，他警觉地吹熄了桌上蜡烛，从窗纸缝隙中打量四周，随即翻身一跃而出。

小古继续绘声绘色地表演着她的“口技”，一只手却悄然从袖中取出叠成方胜的信笺。迅速看完后，她把信笺撕碎扔进床下未熄的炭盆，又眼看着它烧成灰烬，鼓起腮帮吹散这才放心——据说前朝有细作能从成片的灰烬中复原字迹，万事小心为要。

柔媚的呻吟声在一声餍足之后告一段落，院子内外都恢复了平静——四更已过，正是所有人酒酣好梦之时。

床上的女子颤动着浓密眼睫，茫然地睁开了眼——深不见底的黑暗中，小古俯着身，正默默看着她，双眸之中的光芒冰冷魔魅，惊得她脊背上瞬间布满冷汗。

两人脸颊贴近，最近也是最危险的距离，小古的嗓音细得好似一束线：“你拿的是赤丸，还是黑丸？”

那女妓伸出手，掌间竟是一枚鲜红欲滴的珠丸，雪白的手臂上更是以艳色刺青绘了一族兰草。

小古这才略微松弛地呼出一口气：“原来你就是蓝宁！”

那名唤蓝宁的军妓嫣然一笑，虽然满脸浓妆，却也不掩花信美色：“奴家蓝宁，原本是在松江那边的卫所伺候大爷们，最近才调过来的。”

“调你来费了我不少心思，没想到你居然主动拿了赤丸——既然如此，这次负责杀人的是你……另一个手持黑丸的呢？”

“他们随后就到。”那女妓笑得一片柔媚，双眼弯弯却别有一种风情，小古却不为所动，仍是冷冷道：“这次情况有所不同——金兰会另外派了人来协助我。”

想起那位年少天真的袁七公子，小古轻蔑一笑：“大哥虽是一片好意，却给我平添了累赘——可论起名分，他才是一会之长。”

那女妓仍是笑着，眼都不眨道：“我们只听命于十二娘你一个。”

“好！既然如此，若是有另外的人以暗号联络，你们只作不知，不许有任何人回应！”小古悄声说着，冬日的寒意凝在唇边，化作最纯粹凛冽的杀意，“至于要你杀的人，次序和方法都在这只锦囊里，你回去也许会被搜身，我把它放在屋后的大石下，天亮后记得去拿。”

那军妓掩唇而笑，更显得风尘狐媚：“早就听闻十二娘一身杀人本事神出鬼没，善于算计人心让他们死于非命，倒是让奴家好奇不已。”她舔了舔唇，好似很享受这即将到来的漫天血腥。

小古凝视着她，似笑非笑道："不愧是蓝家的孙女，天生就嗜血。"

蓝这个姓氏，来自洪武太祖时的大将军蓝玉，他骁勇善战，桀骜惨暴，威名与凶名一样让人闻风丧胆。

暗夜里，只听蓝宁咬着唇微笑，一字一句轻柔道："这些臭男人，他们都该死！"

她裸着身子从床上起身点亮了油灯，近在咫尺的小古清晰地看到，她双腿之间针戳火炙的疤痕。

"这是我八岁时候留下的。"她仍是笑得狐媚风尘气。

小古凝视着她，并没有说话，炭盆的火渐渐尽了，黎明前的夜，格外有一股清冷寒意，就连唇边吐出的每一个字，都化为微白的雾气，凝成一股似有若无的冷风。

蓝宁这样的人，其实不需要任何怜悯，这些都太过苍白。就如同她自己一样，每个人都有自己的绝望与暗黑。

蓝宁说完这些，就打着呵欠陷入了沉眠，这次是真正安心地睡去。小古托着腮，百无聊赖地等候着广晟归来。

到天色微露鱼肚白之时，广晟带着一身寒气，拂帘而入。他的神色舒展，含笑宁静，好似刚刚在牌桌上小赌尽兴，但小古却能敏锐地觉察到，他骨子里透出一种肃杀桀骜，好似绝世名剑刚刚归鞘。

替他更衣时，鼻端隐约嗅到血腥味，但看他身上却无伤痕。

小古没问他的去向，只是轻声道："少爷在这盘桓了一宿，也该给这位姑娘拿些缠头。"

广晟的笑意加深，点头道："这倒是我疏忽了，她伺候得挺好，你把这个给她——跟她说，静待下次再见。"

他拿下的是一枚双鱼金并莲压坠，虽然不重，但胜在做工精巧，作为夜渡之资，算是很慷慨了——送这礼物，也是暗示下次还会来找她。

"这位蓝姑娘好似睡得很熟，梦中还滚来滚去磨蹭着……"小古面色绯红地低下头去，继续流利地撒谎。

广晟满意地点了点头。锦衣卫中有专门用来迷惑人心的香包，有轻微的媚药效果，吸入者能在梦中缠绵交欢，实际上只是做了一场模糊的春梦而已。

这半夜的行踪需要这个军妓的掩护，仅此而已。

他看向小古的目光透着满意，这个丫头虽然有时有些不着调，但却是一点就透，值得信赖。

"接下来，就要看罗指挥使那边的反应了。"他暗中冷笑一声，毫无半点留恋地出了这香闺。

从这一日起，小古便陪着广晟在军营住下了。

此时军纪尚严，但上有严令下有对策，经常有人暗自将自家婢女穿了男装充作小兵近身伺候。但广晟一个新人，就敢这么胆大妄为，实在是让人侧目。

已经有人准备向上峰告他一状，但很快被人压下不提，还碰了个不软不硬的钉子。

广晟知道，自己背后隐约有本卫指挥使罗战的身影。

风流一夜欢娱半夕，对于许多人来说这只是枯燥军营生活的调剂而已，对罗战来说，却意味着他已经掌握了广晟的弱点，拖他入伙简直是水到渠成了。

新年诸事都比较懒散，天子脚下宿卫更是松懈，大小宴会流水席面，只要不大白天喝个烂醉如泥，就不会被抓到挨军棍。

在广晟连续光顾了三次那位名唤蓝宁的军妓后，突发之事出现了！

有人深夜闯进房内，森冷的白刃指着广晟的鼻尖，一旁赤身的蓝宁吓得扯紧被子缩在墙角。

“敢动我的女人，找死！”此人相貌也算英伟，就是一双吊梢眼透出阴鸷，他眼光瞥到蓝宁，半截皮鞭就劈头盖脸地挥了上去，“贱人，看我怎么收拾你！”

蓝宁白皙的背上满是血痕，可她凄惶地睁大了眼，一声也不敢哭，显然这种情形不是第一次了。

广晟懒洋洋地起身，随意披了件袍子，一头长发随意落下，散漫不羁中透出天生的优雅从容。他本就生得绝好，那人看得一阵发呆，禁不住咽了口唾沫，连逼在他脸上的刀势也为之松懈。

“你这个小白脸兔儿爷，长成这样何必睡这个贱人呢——过来陪陪哥哥我，这笔账就此罢休！”那人的语气不如方才狠厉，双目之中的淫邪之意却是大盛。

“这个家伙死定了！”听到动静跑到房门口窥探这一幕的小古如此想到。

果然，广晟唇角微微划出动人心魂的弧度，略见沙哑的嗓音更是让人血脉贲张：“你是谁？”

“世袭轻车都尉，本卫指挥佥事沈容。”那人趾高气扬地报出名姓，正等待对方惊慌失措跪下参见，却见广晟轻然一笑，无边容光让人惊艳，从他的薄唇中轻轻吐出三个字：“没听过！”

沈容顿时气得僵立当场，脸上一阵青一阵白的，看着眼前这小美人，立刻就想一个耳刮扇他，想想却又舍不得，冷哼一声道：“不知道参见上官吗？”

“这里是红帐雅间，风月之地，怎会有贵人足踏贱地，前来滥嫖争风？”广晟的笑声悦耳，却是带着把人气晕过去的犀利挖苦，“我眼前只有一个拔刀乱挥的急色鬼，所谓刀剑无眼，伤到自己可不好。”

他双臂一展一推，沈容只觉得一阵巨力涌来，身不由己地倒退几步，颓然坐倒，那长刀飞舞出去，正好扎进他的大腿。

“啊——”凄厉的叫声打破夜的沉寂，院外好似有人靠近，喧哗声也多了起来，无奈却有所顾忌不敢靠近。

“小子，你死定了！”沈容因为疼痛而扭曲了容颜，他的武艺虽然稀松平常，那股趾高气扬的劲头却是比谁都要足，“你可知我堂姐是谁？我父亲是谁？”

广晟盯着他不说话，那目光却是把人吓得发毛：“可怜见的！”

他突然朗声大笑道：“你连自家父母亲眷都不记得了，居然来问本官，可见真是头脑受创，疯傻得厉害。”

“你——”沈容气得要命，却见来人一步步走近，猛然在他跟前俯下身，形成巨大压迫的阴影——

“啊——”更加凄厉的嗓音响起，他痛得眼前一阵发黑——广晟居然把刺进肉里的长刀生生拔了出来：“小心，小心，我刚才说过，刀剑无眼，伤着自己真是不好。”

广晟笑眯眯地说道，站在门口的小古不禁替那个不知死活的倒霉蛋捏一把冷汗——自家这位少爷可真不是宽宏大量的人，他是小气恶毒、睚眦必报的。

“你记住，我们全家都不会放过你的，我堂姐在宫里——”

喋喋不休的话止于下一刻，广晟飞起一脚踢中他的裆部，沈容整个人就像断了线的风筝一般倒飞出去，随即“轰隆”一声落地很响。

那一脚……一定很疼。

小古眼观鼻、鼻观心地站在门口，正要悄悄离开，却被广晟喊住了——“给我进来！”

她扯出一抹呆呆的笑，迅速到了他跟前，殷勤道：“少爷有什么吩咐？”

“把这蠢货的底裤拿去挂在门口旗杆上。”

“啊？”小古低头，这才发现，广晟这一脚实在是很猛，居然把那沈容的裤腰带踢断，他那人又很是骚包，内里穿的是青地松花撒腿裤，倒飞出去的时候，裤衩就滑落出来。

“少爷……你真是太、太……”她简直要说不出话来了。

“看你这崇拜景仰的模样，嘴巴闭紧点，苍蝇要飞进去了，这么大惊小怪真是丢我的脸。”毒舌孔雀男如此说道。

2.

在狠狠蹂躏了那个公子哥沈容一顿后，广晟在军营里的知名度急剧上升，就算站在校场上也会有人争着围观，走在路上更是成了人型凶器，那些得罪过他的都噤若寒蝉、退避三舍。

罗战为了这事专程把广晟唤了去，劈头盖脸一顿臭骂之后，又轻轻把他放过了，什么“年少冲动，受不住他人挑衅”、“面对闯入者不该私斗，应该尽早禀报上峰再作论处”，言谈之间更是和蔼可亲，对他好似自家子侄一般。

“这是上了贼船应有的待遇，怎么说也该对替死鬼好些，毕竟还指着我替他们做牛做马呢，怎能不喂些好草料？”广晟豪饮三杯之后，对着扮成客商的老罗如此自嘲道，随即又问道，“鞑靼人那边有动静了吗？”

酒意上涌，他白皙的面庞上涌现两片艳色，让老罗几乎看花了眼，讷讷之下，终于回过神来，尴尬地干咳道：“已经派人去北平接洽了，三五日之内必定通关进来。”

“哦？这么说，北平那边也被他们收买，沆瀣一气了？”广晟的眼中闪过光芒，并非是愤怒，而是兴奋，“真是钱能通神，这群丘八爷是要钱不要命了，连这种生意都敢做！”

老罗说起生意经来，总算是说得流利连贯了：“弓箭铁器是鞑靼人急需之物，而南边最缺的就是兽皮虎骨和药材，即使是通敌之罪也禁不住有人为钱铤而走险。南北交通都有各地驻军的专驿，凭路引勘合就能顺利通关，一南一北转手就是八到十万两银子。就算这是杀头灭族的买卖，也值得他们提着脑袋做下去。”

“只怕有命赚没命花！”广晟冷冷一笑，端起桌上的白瓷茶盏，嗓音沉然冰寒，“这种事虽然做得隐秘，却也逃不过锦衣卫的眼睛，纪指挥使隐而不发，就是等着他们生意做大了，然后一网打尽，做成滔天大案，捞足功劳和声望！”他的眼中闪过一道深思，继续道，“不过，我们锦衣卫的雷霆手段可不止于此啊，纪大人真正想要的，是震惊朝野的轰动，甚至是……救驾护主之功，所以，这中间还需要我演得更像！”

老罗浑身打了个冷战，已经不敢再继续听下去，只是低头恭谨道：“卑职是粗人，一切听从您的吩咐。”

“这次我回平宁坊，所需之物都给我准备好便是。”想起纪纲早先亲口吩咐的计划，又提起所需之物，广晟的眼中闪过一道诡谲厉芒，“这些东西，可都是要让千万人掉脑袋的！”

“刺杀朝廷命官，救走这二十八名犯官女眷，这可是滔天大罪。”小古坐在回廊孤灯下绣着帕子。一旁蓝宁端了张小杌子坐在一旁，细细地替她分开丝线。

她仿佛有些心神不宁，眼中却是更为坚定毅然：“人已经凑齐了，你要见一见吗？”

“不必，我相信自己当初的眼力。更何况……一旦你们失手，我们一个也不会活着回去。”好狠的心肠……好绝的回答！

蓝宁咬唇，正要反问她是否怕死，只听小古缓缓道：“我这条命够值钱，绝不会葬送在这种小地方。”昏黄微白的月光照在她身上，倒映出幽黑闪亮的眸子——那是超脱于激越之上的绝对冷酷！

“现在还缺什么？”

“是火药和引线……我们先前准备的量远远不够，这又是违禁之物。”蓝宁想起小古放在锦囊中的详细计划，脊背上不禁生出冷汗来——如此疯狂的计划，若真能实现，那才叫人间奇迹！但这位十二娘既然如此笃定，她也别无选择，只能赌这一把了。

小古略一思索，目光闪动间露出青涩微羞的笑容：“这不难，过几天就是正月初十，我跟少爷都要回到平宁坊里，清点送给上峰和亲友的年礼和回赠，还得见一下本家派来的嬷嬷——平宁坊虽也是眷区，总比这里要戒备宽松。”

蓝宁仍是有些不放心：“这么大的爆炸事件，总有人会发现其中的蹊跷，到时候大肆搜索，只怕要连累无辜。”

“不用着急，我早就物色好背黑锅的角色了——白莲教那群人这个时候出现，最合适不过了。”小古的话让蓝宁冷汗直冒，却又佩服无比：这才是真正的凶残手段，杀人不用刀啊！

大年初十，两人回到平宁坊，街巷之间却是张灯结彩，喜气而温馨。家里还是老样子，秦妈妈带着两个丫鬟和几个小厮倒也把年礼清点得井井有条。

看着满盘的如意寿喜银锭，以及鲜亮轻软的缎料，小古随意挑了两件，眼看着一旁嫉妒得眼红的月初，她微微一笑，继续添油加醋道：“哎呀，我都不喜欢这些桃红柳绿的料子，少爷却非要我做两身……大营里很多贵人上官家的下人都穿金戴银的，我这么打扮都略显寒酸呢！”说这话的时候，她两鬓插了那对精致的宝石银梳，五色流辉熠熠闪动，耳边也是一对丁香珍珠耳坠，整个人看起来平添三分娇俏，刺得月初眼都红了，恨不能冲上前来，将她这些首饰小玩意儿抢下来，踩个粉碎！

“那些贵人都带着四五个伺候的，少爷只得我一个，每天都是手忙脚乱的，只能睡在少爷床前的脚踏上，很是辛苦……”

小古跟初兰在一旁“窃窃私语”，嗓音却正好传入月初耳中，撩拨得她心思涌动，不能自已！

这个蠢货果然上钩了……

随即她又对着来串门叙旧的黄二小姐主婢二人抱怨了一通，黄二小姐很是怜惜广晟无人照顾，要不是军营重地，只怕她要亲自端茶送水了。一旁的贴身丫鬟倒是目光闪烁，跟月初对了一眼，神色诡秘，显然别有心思。

“过年真是热闹，以前我们那里还有和尚啊尼姑施粥给大家喝，结个佛缘，这里连个出家人都看不见，连佛经和护身符都没处去请。”小古又抱怨开了，说者有意，听者更有心，那丫鬟显然又动了歪脑筋，顺着她的话开始吹捧六合县的那位慧清师傅：“真是既和善又有学问，因果和轮回故事都能说，又能替人看脉治病，听说连多年老寒腿都能治……”

黄二小姐越发动心了——上次她跟母亲提起要请那慧清师傅，黄夫人虽然动心，却也只敢私下派人去打听那庵堂和尼姑是否真正有灵验，仍是有些犹豫。

娘也真是年纪大糊涂了，这既关系到我的终身，也能治愈父亲骑马落下的伤……这样一位师太简直是活菩萨，非得请来给大家瞧瞧不可！她如此想着，决心回家撒娇哭求也要坚持。

另一边的月初也下定了某种决心，于是，晚间她又开始给广晟送汤水了。

“少爷，我建议您还是喝了这碗鸡皮酸笋汤——月初在里面加了特别的料。”小古突然闯进书房，惊人之语却是把广晟吓了一大跳，迅疾收起手中书信：“你说什么？！”

广晟的目光投向书案旁那一碗热气腾腾的浓汤，眉角一挑不怒自威：“这汤里放了什么？”小古突然吭哧着说不出来，脸涨得通红，讷讷道：“月初她下了符灰。”

“符灰？！”广晟对下毒迷药之类的事可说是耳熟能详了，但饶是他经验丰富，也没想到会听到这一句，顿时哭笑不得，干脆开起了玩笑，“这符灰吃了能升仙得道，还是能梦见十个八个美娇娘？”

小古眨了眨眼，很诚实地打破了他的幻想：“我觉得少爷您喝了肯定会欲仙欲死，把月初当成美娇娘。”

广晟哈哈大笑，整个人都伏在桌上颤着，简直是乐不可支。笑过之后，他收敛了所有表情，冷然道：“这是哪个尼姑或是和尚串门时送来的？”

“我也不清楚，反正如今城里正流行这物件呢，据说是六合县的慧清师傅亲自诵经加持的，凡是求姻缘、子嗣、前途都很有效。”小古一五一十地说着八卦，广晟越听越是面色沉肃，用手扣了桌沿，若有所思。

“听说，黄夫人准备邀请这位慧清师傅来我们这儿做法事呢！”小古打完小报告敲完边鼓，也不再理会广晟深皱的眉头，替他磨好了墨铺好宣纸正准备出去，却被广晟叫住了：“捉只猫来，把那汤水喂它几口。”

大半夜的哪里有猫啊，小古腹诽着，还是照做了。

正是料峭冬日，街边饿冻得奄奄一息的土猫还有几只，小古提溜了一只回来，给它灌上热汤，这家伙大口大口地贪婪喝着，随即陷入了兴奋的躁动。它歪着头，眼睛水汪汪的好似带着圈纹的涟漪，又呆又迷惘的模样，急声叫着又跳又挠。广晟凑得近，看得饶有趣味，不幸中招，脸上三道爪痕，狼狈又醒目。

“这小浑蛋！”他气得喃喃骂道，随即没好气地瞪了一眼正在偷笑的小古，问道，“它到底是怎么了？”

看样子不像猫发春，更不像中了春药……叫声倒像是火烧屁股一般急切。

小古熟练地拎起它脑后皮，左右端详了一下，断然道：“这汤好像能让它产生幻觉。”

她突然端起汤来喝了一口，广晟愣了一下才急忙打落她手里的碗，怒喝道：“你做什么！”

“我替少爷试毒……”话音未落，她整个人便开始感觉飘然起来。

那种感觉……就像三杯醇酒落肚。将醉未醉地放松心安，渐渐地，周遭的一切都开始变得模糊、柔和。

恍惚间，她好似回到旧日的残破偏院，蒿草及膝，月轮初露，耳边有母亲在温柔地呼唤着她的名字。

她利落地从墙头一跃而下，举高手里的收获，兴奋雀跃地献宝：“娘，我今天抓到三只麻雀呢，我们可以煮一锅汤来喝。”

“好孩子，我的如郡……”母亲的怀抱温暖而甜美，她紧紧地抱着，再也不想撒手。

即使知道她早已死去，即使知道这只是荒诞的梦境和过去，她唯一的念头，也只是伸出手紧紧地抱住她，再也不放她离开！

“喂，醒醒！”头顶一阵刺痛，随即有人用力地扯了她的发辫，她的脸上感觉到水的冰凉，刺骨寒意让她打了个战，终于清醒过来。

眼前的一幕让她尴尬脸红——她紧紧抱着广晟，几乎要把自己娇小的身躯埋进他怀里。

“少爷，你这是……”她低声问着，又发觉这难免有“恶人先告状”的意味。

广晟微微扯动唇角，似笑非笑地瞥了她一眼：“你跟这只猫一样，都陷入幻觉，不能自拔，所以我用冷水让你清醒过来。”

“喵——”头顶上趴着的那只猫好似能听懂人话，居然又用力拽了下她的发丝。

它什么时候跑到我头顶去，真是没大没小……不对！问题的关键不在这儿吧？！怎么能趴在他怀里，得赶紧放手才是！

小古轻咳了一声，用帕子抹干了脸，正要告退，却发觉自己动不了——广晟反握住她的手，不由分说地接过帕巾，缓缓地替她擦干净手，这才训斥道：“不明来历的汤水，你居然敢进嘴！你不要命了是吗？！简直是傻大胆，下次再让我看见你这样，罚俸六个月……不，一年！”

劈头盖脸的低喝回响在耳边，那只死猫仍然赖在头顶，小古回想着方才的幻境，心中明镜一般——是白莲教的迷魂散混合着罂粟膏！

这样的幻境，能让人无比放松畅美，好似徜徉在旧日最幸福的时光里，眼前之人也俨然成了心中依恋的对象。

耳边广晟的训诫终于告一段落，他目光幽沉，吩咐道：“月初要送汤来，你继续接着，设法套问出她是从哪儿弄来的药，那个慧清师太，我会去派人详查。”

夜已经深了，他正要让她回去歇息，突然听见外间大路上有人声喧哗，随即有人直冲过来，把大门敲得咣咣响！

“是谁？！”广晟的眼中闪过警戒，他放开小古，走到门前扬声问道。

“沈总旗，罗指挥使有令，请速速回营！”隔着整个院子和两道门，来人嗓音嘶哑，门外又有马蹄阵阵，显然是去各家通知的。

“到底出了什么事？”广晟追问道，对方却喘着粗气答道：“军营中出了大事，请各位大人立即赶回，军令如山，不得有误！”

话说到这个份上，广晟只得快速收拾行装，该带的年货都没准备好，只得轻装简从而去，没想到小古变魔术一般让小厮套好车，整整一车都是礼物和日常用品：“没想到走得这么急，有些东西还是落下了，但大部分我都整理装进箱子了。”

看着她一脸“夸我吧”的自豪和得意，广晟微微一笑，拉了她上车，随即自己跨上骏马，挥鞭而去。

小古坐在车厢里直摇晃，还不忘吩咐车夫：“小心不要颠簸……这里面有一箱瓷器碗碟。”

她的手摸过一只不起眼的木箱，眼中闪过一道奇异的光芒——整整一箱，除了最上一层的瓷器，下面满满的都是火药！

只要轻轻一点，就能猛烈爆燃，把所有的人和物都炸得粉碎！

广晟回到军营时，其他人才来了一小半，正是年节，老婆孩子热炕头过得很是舒服，突然一声令下深更半夜被召回，要说没有怨言那是假的。广晟是个单身汉，所以来得迅速，好些人拖家带口在平宁坊住着，老婆孩子哭闹个不停，过了三刻才姗姗到齐。

一个可怕的消息传入大家耳中：指挥佥事沈容被杀了，而且死状非常离奇，让人不寒而栗！

沈容死的时候毫无征兆，他正坐在单独的营房内喝着小酒，听着歌妓唱小曲。

虽然军营里颇多枯燥，他的日子却一向过得花天酒地、有声有色。除了规定的操练时间不敢离开，其余时间都没人敢管他。

歌妓唱的曲子很是妖娆淫靡，但比起正宗青楼里的却又显得不那么时兴了，沈容皱着眉头，托着腮有些无聊，最后喝多了甚至要求她们穿了小衣起舞。

那几个军妓含着泪遵从，心里却都明白这是蓝宁得罪了这位大爷，在给她们颜色看呢。

暗夜红帐，艳曲娆词，玉人横陈，沈容多喝了两杯，凝望着这群衣不蔽体的女人，目光逐渐火热，呼吸也显得粗重起来。他站起身来，伸手抚摸了两把妙处，还伴着音乐手舞足蹈了两把。下一瞬，异变突生，他的头颅，突然间掉落下来！

好似是噩梦中的幻觉，那黑发戴冠的人头掉在歌女身上，砸出一蓬鲜血，随即落到地上，发出清晰的钝响。

所有人都惊呆了，未及反应，幽幽烛光下，现场是死一样的寂静，半晌，才有女人发出尖利惊恐的嘶叫声。

由于还在过年探亲的时节，好些军官都未及回营，此事直接报到罗战案头，凌晨时分他一骨碌从床上爬起来，听到这个消息脸颊抽搐，阴沉得可怕。

一声令下，所有将官都被急催回营，听到这种离奇之事议论纷纷。

广晟站在堂下不起眼的地方，听着众人窃窃私语，唇角勾起一道冷酷的讽笑，随即一隐而没。

罗战一身戎装，怒不可遏，向众人宣布了验尸结果：沈容死于锐器割喉，凶手下手毒辣，竟将他整个头颅都切了下来。

众目睽睽之下，谁能做出此等离奇之事？众将议论纷纷，却不得要领，数十名负责宿营警戒的将官成了倒霉鬼，或是被拖出去杖责重刑，或是被革职羁押。

闹腾到了中午时分，罗战派人来请广晟。

广晟刚刚踏进内室，却见罗战踞坐正中，直接丢给了他一纸笺表："这个你看看，可还满意？"

广晟接过一看，却是擢他为百户官、昭信校尉的委任状。这轻飘飘的一张纸，在普通人看来却有千钧的力道。有些将官穷其一生也不能提升这一步。

广晟漆黑的眸子看着这一张委任状，突然一撂袍服，朝着罗战一拜到底："末将谢过大人栽培，愿为大人赴汤蹈火，在所不辞。"他这话说得直截了当、诚挚有力，连那一双狭长凤眸也微微透红，向来桀骜的面容上透出的感激化为冷酷而扎实的誓言。

罗战哈哈一笑，亲自上前将他搀起，亲昵地打量着，宛如对待自家子侄："不必如此，满营年轻儿郎，数你最是可造之材。我老罗当兵吃粮这么多年，很少看错人，你将来必定有出头之日！"他又数落起广晟来，语气却是轻飘飘的，"少年人脾气大也是难免，但切莫得罪了后台硬的小人——像那沈容，你又何苦去招惹他呢，他眼高于顶又心狠手辣，若是今后给你使个绊子下黑手可怎么好？"

"大人的叮嘱，末将一定谨记。"广晟抿唇一笑，神色之间仍见少年的犀利意气，"不过沈佥事命弱福薄，已经早登仙界了。"

"你啊你……今后再吃几次亏，你就知道收敛棱角了。"罗战恨铁不成钢，半真半假地笑骂道，随即话锋一转，"说起来，这次沈容被杀，倒让我们全卫上下都大大丢脸了——一个大活人，众目睽睽之下就'喀嚓'一声掉了脑袋，简直是活见鬼了！"他又摇头又叹气，面露惋惜之色，"可惜啊可惜，小沈虽然心高气傲了点，但毕竟是名门子弟，平时也算精明强干，他这一死，本官简直是断一得力臂膀啊！"

广晟几乎要冷笑出声：老狐狸装得还挺像！沈容身为指挥佥事，虽然无法染指军权，却对本卫内务财帐负有监督之责，罗战早就想搬掉这块碍眼之石了，现在这么假惺惺的，不知情的还真以为他对下属多么爱惜。

他仔细观察罗战的表情，发现他虽然并无真正的哀痛惋惜之意，那种惊疑的眼神却不似作伪。再说他即使是要弄倒沈容，也犯不着用这么激烈醒目的方法——也就是说，沈容之死真的与他无关。

那又是谁杀的呢?

广晟想到此处，漆黑眼眸波光一闪，瞳色更深，只听罗战寒暄了一阵，终于切入正题了：“你既然已经晋升，未来的前途和去处却须好好思量斟酌才是。”

“一切听凭大人吩咐。”广晟毫不犹豫地一口应下，罗战低声一笑，拍了拍他的肩膀，低声道：“沈佥事这一死，他负责的屯田和内帐这些事都没人管了，他属下几个经历和张吏目都不太老成，我怕他们没人辖制从中弄鬼——总之，佥事一职先空悬着，你暂代署理掌印官之职，把这群兔崽子管好了——只要做到账目不乱、屯田能赚，我老罗绝对不会亏待你！”

广晟一听，轩眉一挑，也颇感意外，按军制，各指挥使、同知和佥事都配有一位掌印官，但大部分将官都让此职空悬，或是干脆由副将代理，就是不想让人窥知本职这一摊的阴私暗账，罗战趁着现在沈容暴死，把自己扶上佥事掌印一职，将来等新官到任了，只怕还有得官司好打。

他心中念头闪过，面上却仍是一派冷傲率直，又再次拜谢了罗战，大大咧咧说道：“大人放心，有我在。绝对替您管好账，不让人撬了您的钱箱子！有人敢作耗的，病休的郝百户就是前车之鉴！”

罗战听入耳中满意万分：这种愣头青不知天高地厚，家中背景又还算雄厚，偏偏是庶子没受过什么青眼照顾，一旦对他赏识加官，他必定万分激动，愿意成为上司的鹰犬。

“你也是世家子弟，读过族学，区区军中账目肯定游刃有余，那些屯田、皮毛买卖之类的事挺繁杂，倒是要辛苦你了……本卫虽说驻守在天子脚下，却并不受五军都督府那些大人的照顾，皇上又对旧时亲军多有呵护。我们啊，真是爹不疼娘不爱，所以只能做些小生意，把这些土特产一贩一卖的，弄些辛苦钱给兄弟们填饱肚子。”罗战好似在数苦经，絮絮说着，“总之，你不要怕苦，对这些生意要有耐心，俗话说，和气生财嘛，这可不是你平日里打来杀去的，做事要三思而行！”他观察广晟面色，虽然不见什么不满，却仍提醒道，“你莫小看了这些杂务内账，虽不是掌军大事，却关系着全卫上下的粮口和钱袋，疏忽不得！我知道你喜爱舞刀弄枪，厮杀对打，但先得耐下性子来做好眼前这重任。等你资历和功劳都够了，我提你做掌军千户，若是逢上全军调动的机缘，只怕御前立功也有你的份！”

若是平凡少年，只怕被他这一顿拍心窝子加前途鼓励的话吹得满心火热，摩拳擦掌要好好做一番事业，广晟幽黑的瞳孔中却升起一道冷然笑影——演了这么久，这条老奸巨猾的鱼终于上钩了！

哼……小生意吗?

如果跟蒙古鞑子勾结，私卖军械的罪名还不够大，锦衣卫不介意火上添油，造出通天大案来——通敌卖国、图谋篡位这个名头，够不够吓人?

两人各怀鬼胎，都觉得对方已入自己套中，于是气氛更加亲热。

仍是那飘着艳丽红绡的庭院，满院军妓都在门前洗着衣衫被褥，倒也是旖旎一景。

大门口挂着五锦斑斓的艳帛，为了凸显“艳帜高张”之意，这满含淫猥的含义就是沈容想出来的。他这一死，倒成了那些营妓的谈资，叽叽喳喳个不停。

院外树林里，小古跟蓝宁一边遥看这一幕，一边低声细谈。

“你胆子很大，居然敢先杀沈容。”小古淡淡说道，蓝宁面色一白，见她没有怪责之意，于是轻声解释道：“总要先除掉他，才能进行我们下一步的计划，再说，有白莲教这个现成的替死鬼……”

“小心你的行动，动作越频繁，只会越容易露出马脚。”小古对她的行为不置可否——虽然有些冒险，但沈容分管内务，依照他的霸道和好色的性格，军妓这一块也是插手很深的，若是继续留着他，只怕会增加救人的难度。况且，他这一死，头上的阎王没了，那几个吏目的心思都开始活络了，这样才方便下一步的动作。

她停了一下，打量四周环境，才悄声道：“那些火药，被我埋在你们后院柴房下，你记得尽快取走。”

蓝宁眼中冒出兴奋的光芒，但随即想起一事，犹豫道：“我听说，我们金兰会在这里另有卧底，何不让她协助？”

“她是大哥的人，而你，听命于我。”小古一句话就让她彻底闭嘴了。

金兰会内部十几个首脑，结成异姓的兄弟姐妹，彼此是过命的交情，但十二娘却是其中异类，除了跟秦遥关系密切，她对其他人都有些敬而远之的态度，对真正的龙头大哥，她更是……蓝宁不敢再多想，两人匆匆说完后就分别，只留下小古站在树林边，慢吞吞地踱步出来，朝院门外探着脑袋。

那些女子上首的石阶上，坐着一名绝艳女子，她就是本院的花魁红笺，她的衣服不用自己洗，自有“姐妹们”代劳，她百无聊赖地看着指甲蔻丹，一抬头看见小古，顿时喜出望外——这条乡下小鱼终于又出现了！

3.

自那夜匆匆一见，红笺便再也没见到这个看似青涩的小丫头，她牢记某人的叮嘱，把她视为网中之鱼，满以为手到擒来，没想到这么多天以来却是再无音讯。

见到小古，她精神为之一振，款款站起身来，似笑非笑地吩咐一声：“你们可要洗干净了。”随即弱柳扶风一般朝着树林袅袅而去。

院门口的众女交换了眼色，有人嫉恨交加地小声骂道：“猖狂什么啊，自己不动手还喝三吆四的！”

有人酸溜溜的：“人家勾搭上的可是指挥同知王大人，金枝玉叶生的贵胄公子，到这里来不过镀金个一年半载，就要放出去重用的，红笺这小妖精若是跟了出去脱了籍，这一辈子就不用在这儿受苦了！”

“呸，人家堂堂国公府的亲侄儿，郡主之子，哪会要她这种残花败柳！”说这话的人骂得痛快，随即又想起自己也是这个残败尴尬的身份，低下头负气把洗衣槌丢了出去，却不防砸中了人，只听“哎呀”一声痛叫，众人抬眼望去，只见一旁两个十一二岁的半大女孩正在收拾半旧的胰子和墩布，其中一个着破烂枣红短袄的捂着额头，露出痛楚的神情。

那闯祸的女人松了口气，笑骂道：“小安，少他娘的在那儿装死，以为你是西施在世啊，在那儿娇滴滴号丧——”她话还没说完，不远处一道身影绰约而来，嗓音柔丽娇媚：“她不是西施，你倒是把自己当成杨贵妃了，不顺心就拿东西乱扔。砸中人还这么嚣张——我们这小庙里容不住你这位大菩萨，你倒是去找个唐明皇来疼一疼你吧！”

那女人眯眼一看，神色之间略见几分畏色，却仍强撑着反唇相讥道：“蓝宁，你那靠山沈容已经死了，还敢来狗拿耗子多管闲事！”

“啪”的一记耳光把她打愣了，蓝宁吹了吹用力的纤纤指尖，斜睨了她一眼：“去了个佥事，又来了个沈总旗——哟，我说错了，他如今已经是百户大人了。本姑娘命好，跟姓沈的就是有缘分！”

说完她一把拽起那半大少女小安，见额头破了个口子直冒血，连忙扯下腰带替她包住，轻哼一声：“就当被狗咬了一口。”拉了她就要走。

“你敢骂姑奶奶是狗？！”那女人扑上来就要抓人，另一个穿杏色棉袍的女孩飞起一脚把她绊倒，摔了个狗啃泥，引得众人大笑不止。

那女孩眼珠骨碌碌灵动，转身跟着小安和蓝宁离去，只剩下那女人坐在地上叫骂，一旁众人看热闹。

红笺不管身后那一阵吵闹，在树林里找着了小古。

日光照在小古略黑的面庞上，红笺歪着头端详了她一会儿，笑道：“你若不是皮肤黑了点，也算是个小美人……”

她越看越觉得有几分眼熟：“我到底是在哪儿见过你，是小时候吗？”小古神色不变，冷眼看着她：“我找你有急事。”

“是要开始行动救人了吗？”红笺端详着手上新染的凤仙蔻丹，嗤笑一声道，“我觉得光是要说服这群女人就够麻烦的——她们哪里会相信你区区一个小丫头能来救人，只怕早就一窝蜂叫嚷起来，反而会坏事！”她凑近小古，冰冷而暧昧的香气吹拂在她耳边，那般妖冶风情即使是女子也要心神恍惚，“我们都是自己人，你不妨透个底，这次行动由哪位大人指挥，如果逃出这里我们要到哪里落脚？”见小古默然不语，她笑意转为嗔怒，“这些事起码我心里有数，才好帮你们呀！若是信不过我，那就算了，大家一拍两散！”

她作势要走，只听小古清脆嗓音响起："请留步。"

小丫头真是好骗!

"主持我们这次行动的首领还没到，我只是个打先站的，这次有另一家组织前来帮忙，准备得万无一失，红笺小姐你且放心。"

"还有一家组织?"红笺没想到能探听到这种意外消息，双眸炯炯等着下文。

"我信得过你才说出来，千万不能泄露出去……"小古作势压低了嗓音，"这次连白莲教的姐妹们都自愿帮助我们，她们人手众多，我们金兰不必出动太多人就能手到擒来了。"

白……白莲教?！听到这个邪教之名，红笺彻底震惊了，血脉冲得太阳穴突突直跳，脸上第一次露出狂喜之态——这可是一尾大得不能再大的鱼啊!

若是能循着蛛丝马迹铲除白莲教的邪徒，王郎一定能立下大功，而她作为功臣之一，一定能脱离贱籍，顺利入他家门为妾。到那时，凭她的手腕和美貌定能博得独宠，什么尚书小姐的正妻不过是无趣的摆设而已……

她正在激动地浮想联翩，却听小古又道："白莲教的姐妹们可是非常厉害，这军营里前几日不是死了一个大官吗?"

"是，是指挥佥事沈容。"红笺连声答道，随即追问道，"他的死难道也跟她们有关?"

"正是白莲教的姐妹们下的手!"小古自豪而崇敬地回答，让红笺内心更加兴奋，恨不能立刻去报告她的王郎，让他好好夸自己一声能干。

"那接下来，需要我做些什么?"

"再等几天便是观音菩萨寿诞，这些白莲教的师姐将有大动作，到时候整个军营都要陷入刀山血海，我们趁机救人只是小事一桩。"小古故意夸大其词，逗得红笺心痒痒却又不肯再说，"接下来我们这边的首领就要来主持大局，具体做些什么就不是我这种小卒子知道的了。"

她转身要走，却被红笺一手拉住："听说金兰会这次来的是十二娘，她是个怎样的人?"

怎样的人?

面对她期待的眼神，小古眨了眨眼，莞尔一笑："大概是长得像红笺姑娘你这么美，武艺高强像戏文里千里取人首级的女侠吧……"

小古回到广晟的侧营中，见他正在奋笔疾书。见她回来，他信手用描金字帖把笺纸盖住了，皱眉问："又到哪里去野了?"

"四处走走嘛。"

"你一个女孩子家，在这到处丘八军汉的地方乱走成何体统?！"广晟板着脸训斥，小古连忙可怜兮兮地讨饶："少爷，我错了，我一定注意安全，不到那些偏僻地方去。"

“你这样让我怎么放心把你一个人放在军营里？！”

“少爷要离开吗？”

广晟点了点头：“回我们暂住的平宁坊，关于内务生意的一些生意和账目要谈。”

他想起这趟行程很是凶险，实在不愿带小古去，于是严令道：“我三天后就回来，你乖乖在营帐里不许乱说乱动，否则……”

“否则就让少爷把我赶回侯府去。”小古嘻嘻一笑，倒是让他发不出火来，叹了口气抚了抚她的头顶，吩咐道：“听话，乖乖的！”

小古的头发虽然有些乱，但是轻软而黑，若是再长些，必定像一匹月光下的绸缎。广晟顺手胡噜了两下，却遭到小古的抗议：“少爷的手上还有墨汁，害得我又要去洗头了！”

广晟一愣，低头去看手心，果然是刚才匆忙之间略微污了两点，小古从他手里扯回头发，用银镶米珠的篦子重新梳了，松散地束在身后，鼓着腮帮好似在生闷气，却又不说话，默默替他整理行李。

“怎么了，生气了？”广晟微感抱歉，轻声道，“算我不好，回来给你带个新的发绳。”

见她仍是不抬头，于是加了一句：“再加上一包麻薯糖。”

“我才不是三岁小孩子呢，少爷休想拿这些小孩子的玩意儿来哄我！”小古轻哼一声别过头去，眼波流转间却更见盈盈，广晟只觉得她鼓起腮帮的模样很像胖河豚，不禁笑了：“那你究竟要什么？”

“我听说，过几天是观音菩萨的寿诞，有一位师太是她身边的天女降凡，会来我们这儿讲经说法，少爷若是有心，替我向她求个符吧。”小古抬起头，双眼闪亮地期盼着。

广晟的脸当时就黑了下来：“这都是谁告诉你的？！”

“大家都在说啊，月初身上也带着一个，像宝贝似的，看都不给我们看呢，听说百求百佑很是灵验……”

广晟阴沉的目光瞪着她，咬牙问道：“那你想求什么？”

“很多呢，大家身体康健，我越长越漂亮……”声音越来越小，“还有，少爷你不要再熬夜，不要再跟人打架受伤……”

广晟的眼神，在这一瞬变得无比柔和。

半晌都没有声音，小古抬起头，却正好撞进他眯眼看她的莫测神情——

“愿望是不错。算你有良心。”

染了墨汁的手继续胡噜她的呆毛，然后下一刻，一声狮子吼彻底把她吓蒙——“但是今后不许信这些乱七八糟的！”

望着广晟怒气冲冲远去的背影，小古微微一笑，捂了小巧晶莹的耳朵，轻声抱怨道：“少爷你的脾气真是越来越暴躁了！”

平宁坊里仍有年节的余韵，地上有孩童玩过的红色花炮。家家户户门上的春联也是崭新发亮，唯一不同的是好些人手里都多了佛珠手串，身上挂着护身符。

广晟略一打听，秦妈妈就竹筒倒豆子说了个全："说是几位官夫人联合下帖子，从六合县请来的师太，名叫慧清，法力通神百求百灵，过几日便是观音寿诞，她要在我们这儿开个经场，替大伙说说佛法……"

一旁初兰还补了一句："月初那小妮子就很信这个，成天跟外头的人嘀嘀咕咕的，我看她跟黄二小姐的丫鬟也来往密切。"

广晟想起小古跟他也提过一句，于是微微颔首，简单抛下一句："你们不许去掺和这些怪力乱神之事。"

他随即去了皮毛商人常住的驿馆，老罗早就准备好酒菜等着了，见了他连忙上前，禀报道："第一批货物已经快抵达济南了。"

广晟摆了摆手，漫不经心地说道："不必大惊小怪，这一批里虽然小有违禁，但总也脱不了漠北的皮毛、兽筋和参草之类，没有我们想要的。"

他目光闪动，晶莹瞳仁之中一片清明犀利："我身为指挥同知的掌印，会在账目上加以核实，随后就让它平安入库，但你们必须盯住接下来的两批四十车货物，那才是真正的大鱼。"

老罗悚然动容："那里面是什么？"

"金砖和银锭。"广晟毫不在意地一笑，眼中却露出肃杀之气，"都是这些元蒙人当年从我中原逃窜时带去的，都是百姓的民脂民膏！他们花这么大价钱，买的就是我大明军队里的精锐弓箭和刀枪，这样的生意可说是一本万利，但被抓住的话就是满门抄斩，甚至株连整个卫所里的同僚。"

他冷笑一声，总结道："所以，罗战才需要找我这样的愣头青，既有背景却又无人赏识，狂热地想出人头地。东窗事发之时，还有我爹这样的天子近臣可以背黑锅。"

因此，锦衣卫指挥使纪纲才看上了他来执行这样一个计划。

故意不抓罗战这一伙人，引蛇出洞，然后把事态闹大，呈现在万岁和满朝文武面前的就是这样一个滔天大案！

这样的布局，只是为了锦衣卫的未来和前途着想。

同一时间，小古终于等到了手持黑丸的那个人。

这个规定是她设立的，金兰会中凡是她手下的人，都是两人一组执行任务，执红丸者负责刺杀，执黑丸者则是负责救人和湮灭痕迹。

"小人叫郭大有，是整个车队的车夫头目，这些骡子啊马什么的都是我的弟兄们调弄着。"满嘴西北土腔，此人二十岁上下，看着老实憨厚，实则却是内中精明，"小的和这些兄弟专门替军中官爷们赶车、喂马，虽然是民夫，但也算是半个当兵吃粮的。"他看了看小古，见她面带微笑，于是舔下嘴唇，继续道，"这次也算是巧合，正好北丘卫这里有自产的货物往来，所以一拿到十二娘你的黑丸，我就马不停蹄地来了。”

“自产的货物？”小古立刻想起广晟的新职务，“是不是新任的佥事掌印沈大人负责管这事？”

“对对，就是这位沈大人，年纪轻轻据说很不好惹，虽然长得漂亮，眼角带煞呢。”这话给他本人听见非要气疯了不可……小古“扑哧”一声笑出了声——倒也真是巧，居然是他在经手这事，这就更好办了。

“你把货物运进军营，第一趟不要轻举妄动，以防这位沈大人新官上任抽查，第二批运来的时候，我们就把那二十八个女眷藏进车里运出军营！”小古终于说出自己的计划，她微微一笑，补了一句，“然后，蓝宁就会引爆所有的炸药……爆炸威力可以让整个军营陷入瘫痪，无法追上你们！”

“这样的滔天大罪……”她眼波流转，笑靥如花，瞳孔深处却是一片冰冷，“自然有白莲教那群人领下，再不济，还有大哥的人在，他们路子广手腕高，必定能帮得上忙。”

她的笑容让郭大有背心发冷，不由得打了个寒战：十二娘狡猾多智的名声固然很响，金兰会会首大哥却更是个神通广大的人物。听十二娘这口气，不仅根本不打算用他的人，弄不好还得把这烂摊子丢给他们收拾。

正月刚过天寒料峭，他却出了一身冷汗，嘴唇动了动却也没敢问出口——金兰会高层之间的暗潮汹涌，他为人属下也不敢多问。

他们密谈的地方，仍是在那飘着艳丽红绡的庭院前的矮坡密林里。此时正是傍晚时分，淡金的夕阳暮光照在那白墙黑瓦之间，门口的妙龄女子们排成一列，正在等候着军官与兵尉们的挑选。即使穿了厚厚的棉袍，仍然可以看到她们窈窕的身影，因为夕阳的柔光，她们的脸有些模糊，说不清是在强颜欢笑还是真心，而那些粗壮的男人却显得格外兴奋，他们扔了头上的盔甲，敞开着身上的皮甲胖袄，拽着她们的手粗野乱摸。

“这么多年了，这些女人过的就是这样迎来送往、生张熟魏的日子。”小古以手托腮，凝视着眼前这一幕，她的眼中没有愤怒的火光，剩下的只是火焰燃烧殆尽后的冰冷。

暮色之中，她的嗓音带着淡淡的倦意，但下一瞬就转为清明犀利：“接下来，我该去会会那位袁公子和红笺姑娘了。”

“您是要去见袁千户？”郭大有心念一动问出了口，随即却发现自己多嘴实在不妙。

小古冰冷不带任何情绪的眸子看了他一眼，突然笑出了声——不是那种轻蔑恶意的冷笑，居然带着三分温暖和调侃：“不。不是袁二，是袁五和袁七……广平侯府的二公子袁槿是堂堂千户，军中高官。说起他脸上那条疤痕，整个北丘卫的官兵和家眷都晓得，相比之下，他那两个弟弟知名度就不高了。”

七公子袁桢是个喜着红衣和璎珞、喜欢热闹的开朗少年——当然，在小古眼里，这熊孩子太能闹腾了点儿，小小年纪居然参加金兰会这种反贼组织，若是自己家孩子，定要请出家法来把他狠狠教训一顿。

比起他来，五公子袁樨简直是个幽灵透明人，据说他是个文弱书生，却莫名跟着二哥和七弟跑到这卫所附近的平宁坊来，据说是犯了过错被家里严责，形同放逐的。

只有小古等少数人知道，他犯的“过”就是私藏好友王霖，还想替他赎身逃亡。但这样的古道热肠，最后的结局却是王霖惨死于刑场，袁樨被家里打断了两条腿，如今蛰伏在小小平宁坊里养伤思过。

要见袁五，必须先见袁七。于是小古吹着口哨，按照约定的暗号在袁家兄弟的营房后等待。

几声布谷鸟的叫声响起，随即袁桢略见慌张地跑出来，见了小古这才松了口气，故作老气横秋地挥了挥手：“不用再叫了，这鸟叫难听死了——上次给你的密信可看了吗？”

“大哥的意思，我已经晓得。”小古静静地站着，不疾不徐道，“不过，我从不跟乳臭未干的孩童合作。”

“你……”袁桢气得瞪圆了眼，发间的明珠佩饰也微微摇晃，玉雪可爱的脸上一片绯红，没等他开口，小古的盈盈大眼看着他，似笑非笑地继续道：“还是请你家五公子出来与我面谈吧。”话说到这份上，袁桢也不是笨蛋，终于气馁了，哼了一声问道：“你怎么知道真正的接头人是我五哥？”

“我金兰会上下虽不算什么良善之人，当家大哥也不会让未成年的孩童轻易涉险，更不会与你这般孩童结拜。”她微微一笑，彻底戳穿了袁桢的谎言，“再说你小小年纪，从何去认识我们这些反贼呢？倒是五公子因为九哥王霖的事受累匪浅，金兰会上下都认定他是我们的恩人和知己。”听到她夸奖自己最崇拜的五哥，袁桢的愤怒这才有所缓和，想起死去的王霖，小脸上也露出哀伤之色：“王大哥为人温柔和善，学问又好，没想到最后死得那么惨，我五哥也不容易，因为这事惹得圣上大怒，父亲大怒之下，把他的腿都打断了，虽然有医生接骨，但如今仍不便于行呢！”

小古笑吟吟地看着他：“五公子高风亮节，我等仰慕已久，如今能一睹真人，实在是荣幸。”

“总之就是不信任我就对了，你这个女人，翻脸比翻书还快！”袁桢没好气地说道，小脸气鼓鼓的，好似一只充了气的河豚，小古忍不住想捏他两下。可这小鬼眼珠子一转，又想出了刁难人的问题，“可你没有腰牌，怎么出军营去见我哥，再说这也太显眼了！”小古盯着他，那似笑非笑的眼神让他心里直发毛，禁不住倒退两步，咽着唾沫道，“你……你想做什么……”

小古狞笑着逼近：“小美人，你还是从了我吧！”

一个时辰后，平宁坊袁宅正房花厅中，面色苍白，一双眼睛却灵活含笑的男子亲手递上一杯茶："抱歉，在下行动不便，舍弟又自作主张替我送信，耽误了金兰会的大事实在抱歉。"

他一揖到底，险些摔倒在地，袁桢惊呼一声要扶，袁樨连忙使眼色制止："小声些，房外廊下那些人听见了可了不得！"

袁桢对着小古撇了撇嘴，带着哭腔道："本来我五哥死也不肯让我送信，但他被贬到这里来由二哥严加看管，身边的心腹全部撵了出去，换上的全是家里的眼线！"

小古穿着一身小厮的服装，接过茶水一饮而尽，爽快利落再加上刻意伪饰的脸庞，举止之间一点儿不见女气，真是演得惟妙惟肖："哪里，五公子高义，七公子亦是帮忙心切，这才出了些小乱子和误会，其实我也是戒备心强了些，请两位海涵。"这个狡诈的女人突然这么客气，必定有所图谋！

袁桢想起她混出军营的手段，简直要泪流满面——小古乔装成他的小厮，居然还要求他"轻怜蜜爱"地搂着他，做出亲近男宠爱南风的模样，那些官兵都笑得不怀好意，看都不看腰牌是一人还是两人就挥手放他们走了。

"小爷我的名声啊，贞操啊！！"想起这点，袁桢就用恶狠狠的眼神瞪着她。

袁樨看看七弟的表情就知道他吃了闷亏，这个弟弟古灵精怪，有时让人头疼，这次终于有人能治他了。

他微微一笑："舍弟宛如脱缰野马，被我们宠惯了，若有什么失礼之处，还请姑娘海涵。"

"好说，七公子天真伶俐，看到他就想起我也有个弟弟，若是活着也这么大了。"小古微微一笑，眼中的光芒在那一瞬似乎是痛楚而炽热的，但一瞬之后，就恢复了平静无波，好似那只是袁樨的幻觉。

她的胞弟……论年龄应该跟袁桢相仿吧，袁樨本想开口问及，却又想到她的身份，顿时知道这个问题也是不可触及的禁忌，于是把话吞下了肚。

袁桢哼了一声正要插话，小古笑吟吟地对他说道："夜已深，七公子不如早些歇息？"

这是明晃晃在赶人啊！

袁桢给了她一个大白眼，终于在兄长无声的催促下还是心不甘情不愿地圆润滚之了。

这个活宝走了之后，两人之间反倒是一片寂静。

良久，小古才道："王霖真是可惜了！"

袁樨看着她，虽然目光凝视，但小古却可以感觉，他的所有情感和心念都已经远去，随着那个在刑场殒命的男子一起，葬入了无尽的悲怆之中。

"他临死前，有没有留下什么话？"小古叹息着问道。

这本是平常一问，袁槿却是浑身一颤，眼眸中闪着非同寻常的光芒！

他低下头，掩饰所有的激动情绪，轻声道："有的。"似乎是过分悲痛，他的双手都在瑟瑟发抖，喉咙也嘶哑得说不出话来，"他说……"声音几不可闻。

小古凑近想听更清楚，不料下一瞬，她本能地发觉不对——却迟了，疾风比她的动作更快。一柄描金镶珠的小刀架在了她的脖颈上，而手柄那一端，正稳稳地握在袁槿手上。

"你这是做什么？"小古并不惊慌。

"我去探监的时候他确实有过遗言。"袁槿的嗓音带着微妙的战栗，明明是清晰，却昭显着极度狂乱的情绪，"那遗言关系到一个天大的秘密。"

"就因为这个秘密，所以才有人张罗巨网，只为取他性命——凡是主动来问这个遗言的人，都是知道其中内情的。"袁槿的嗓音越来越轻，怒意却宛如岩浆迸发，"可我没想到，来问这个遗言的，竟然会是他视为异姓手足的十二妹！"到得最后，他几乎是怒吼了，"你明明知道他有危险，却坐视他去死！"面对这样的指控，小古静静听着并不出声。良久，她才答道："王霖的死是一个陷阱，这点我知道，另一个人也知道，这个人就是——"她微微一笑，扬声道，"七公子可以进来了！"

只听"砰"的一声，袁桢猝不及防从门外跌入，显然是偷听被抓了个正着。

"王霖去世时，给金兰会送信的是你吧，当时是否还有人问起他的遗言？"小古径直问袁桢，少年从未见过眼前这诡异局面，吓得乖乖点头。

小古了然地点头："是否还问过你，王霖在府上躲藏的时候，留下了什么遗物？"

袁桢再次点头，袁槿顿时惊呆了，话都说不利索："是、是谁？"

"就是金兰会的大哥！"袁桢被逼不过，终于说了出来。

顿时袁槿的脸上满是震惊，小古的神色却是丝毫不变，眼中甚至有着"果然如我所料"的讥诮。"是否还让你保密，跟任何人都不能说？"小古继续问道。袁桢怯怯地点了点头，看到五哥责难的目光，嗫嚅道："你以前也交代过我，大丈夫一言九鼎，答应别人就要做到，所以我一个人也没告诉。"

小古冷笑一声："果然如此。"

随即看向袁槿："现在你明白了吧，真正坐视王霖去死的人是大哥，不是我。事实上，我是在王霖死后才知道有那个秘密的。"

她又继续道："大哥这个人城府颇深，他派你来协助我完成任务，就是想引得我按捺不住，向你问起这事，可惜，你的刀不够快，人也不够爽利，既没杀了我，也没泄露王霖真正的遗言。"她抬起头，用手指轻轻拨开刀刃，灯光下只露出一段雪白的脖颈，欺霜赛雪，妙不可言，虽然是男装扮相，却充满了一种无邪的魅惑，"我那位好大哥做任何事都是有目的的，我不相信他是怜悯那些军妓。他派你来，想必也另外交代了任务。"

"他让我杀了锦衣卫指挥使纪纲。"袁槿倒也没有隐瞒，深吸一口气，干脆放下小刀，面上露出痛恨来，“王霖被人告密在郊外庄子上，是锦衣卫那群恶狗把他抓住的——那个告密的御史是该死，可锦衣卫更是罪该万死：世上在逃的犯人那么多，他们却偏要抓一个手无缚鸡之力的落魄文人！”

小古皱起眉头，觉得这个答案超出她想象，情况也越来越复杂：“纪纲是何等重要的身份，怎会来这个小小的北丘卫？”

“根据他的情报，北丘卫这里将有大事发生，即使不是纪纲，也会有一位重要的锦衣卫密使前来，这里有他们想要的大鱼！”

袁樨说出了金兰会老大的所有吩咐，小古却觉得这次真的有些邪门：金兰会、白莲教混在这儿各有所图，原本情况就很复杂，居然又插入了锦衣卫的势力，他们想干什么？

“你有没有想过，你是靠着二公子袁槿的关系才进来的，如果你轻举妄动，杀了锦衣卫重要人物，也许会拖累袁千户，甚至连你们广平侯府也会有麻烦的！”

“我当然知道。”袁樨露出一阵苦笑，恍惚间，他的笑比哭还要悲哀而怪异，“家族、兄长……我知道不该拖累他们，但是失去了王霖，我整个人都没有活下去的意义了。”那般失魂落魄的眼神，让小古瞬间明白了他们之间的关系。

“那他让你怎么杀？”

“确定锦衣卫的最终人选是纪纲或是别人，不管是谁，一律引他进入你的炸药范围。”这个答案让小古觉得头疼欲裂——

“这……简直是想毁灭整个金兰会啊！”

锦衣卫原本就在秘密侦查金兰会，现在居然要炸死他们的首领纪纲或是什么密使，肯定会引起锦衣卫在全国范围的疯狂搜捕的！

第六章

黄雀·蛊毒

1.

想到这儿，她只觉得太阳穴突突直跳，眉头深深皱起。

大哥究竟在想什么？这不仅是以卵击石了，而是拿金兰会所有人的性命去冒险！

她目光更为冷厉，闪动之间压下心绪，随即看向袁槿，正色劝说道：“你若真为王霖着想，就不该为他去对上锦衣卫，这样只会让更多人受害！”

见袁槿沉吟不语，她又加了一句狠的：“你自己不想活了，连家里也不顾，可你忍心看着七公子也落到这种境地？”

袁槿的脸色变为惨白——他自己毫不畏死，跟家人之间也不算亲近，唯独这一个七弟，从小缠着他玩耍、讲课，坐卧起行都在一块，怎么舍得他受牵连充军，甚至落入贱籍生不如死。

“他要我到约定地点去见锦衣卫的人，来人不是纪纲就是他器重的暗使，只需给他一封信函，就能把人引到你们爆炸的范围之内。”袁槿终于说道。

“什么信函这么神奇？难道是……”小古心中一动，眉心皱得更深，断然道，“把信拿出来！”

袁槿犹豫了一下，还是把信拿给她。

信上封着印泥，打开一次就会失效，小古要撕，袁槿急忙阻止，但小古脚下一闪，避开了他的手，毫不避讳地打开一看，心中顿时惊涛骇浪——

“信上写的，就是我们这次救人的行动！”她惨笑一声，扬着信纸道，“我还以为大哥真是想救这些军妓，原来她们和我，只是引出锦衣卫的诱饵而已！”此言一出，袁氏兄弟的面色也满是震惊，抢过信纸一看，彻底颓然坐倒！

“我们也只是诱饵和牺牲品……”袁槿喃喃低语，有些不能接受这个险恶狰狞的事实！

袁槿抿着好看的薄唇，牙关咬得死紧，眼里却闪着泪花——他是真心把金兰会的老大视为兄长和偶像的，没想到对方却是利用他、让他们去送死！

“幸好你揭穿了此事，总算没有酿成大祸……”袁樨心有余悸，喘息着叹道。

“未必！”小古唇边浮现一道冷笑——结义这么多年，对大哥的性子也略知一二，他绝不会把所有希望都放在一个人身上，必定还有后招。

“在利用你们传递信件告密之外，他必定会用其他途径让锦衣卫知道！多管齐下，务必引出他们的大头目！”小古冷然道。

另一边，广晟正在跟老罗密会，他刚刚看过新传来的情报，几方对比验证之下，顿时眼前一亮，心中的疑惑也得到了解答！

“原来白莲教齐聚于此，也是为了这批军械和钱财！”

北丘卫从罗战起，好些将官抱成一团，偷卖军械给元蒙人赚取巨额金银，此事不知怎的被白莲教查知，他们就利用无知妇孺的迷信，准备黑吃黑大干一场。

他们吃准了官兵犯法在前不敢声张，准备把交易的军械和金银都夺走，用来起事造反。

老罗正要说什么，却听窗外一阵朗笑——“果然英雄出少年，白莲教的行动虽然隐秘，却终究被你发现，纪纲大人果然没看错你！”

广晟一惊之下，霍然起立——他也是练武之人，却一点儿都没发现窗外有人偷听！

“是谁？”厉声问出，他已经拔出腰间短刀！

“身为同僚，理当相亲相近，哪能动刀动枪呢！再说论起亲戚关系，你还得喊我一声表叔呢！”走进来的男子长身玉立，相貌俊美，一身明蓝色织锦直缀，头上也不戴冠，只是用一根晶莹玉簪绾住，一派闲适贵胄公子的气度。

“指挥同知王舒玄！”广晟立刻认出了来人的身份。

整个北丘卫以指挥使罗战为尊，但第二位的大人物却是指挥同知王舒玄。

身为这里的二把手，这位王大人一派纨绔贵公子的架势，万事不管，每日只是左拥右抱，美人醇酒，罗战见他如此识相不与自己争权，对他更是投桃报李、有求必应，不仅允许他把军妓中最为绝色的红笺当作禁脔，每年分给他的孝敬都是第一份的。

王舒玄家世显赫，是漳国公的侄子，他母亲安贞郡主是先前楚王朱桢之女，因被徐皇后看重，新近晋封为公主，而漳国公家老太君跟广晟他们沈家是出了五服的远亲，所以才有“表叔”这一说。没等广晟猜测他的来意，他拿出腰牌一晃，笑着道：“我说过，我们是同僚，理当相亲相近！”

赫然竟是锦衣卫的身份腰牌！

广晟这才松了一口气，却听王舒玄继续笑着夸道：“这次行动，沈百户你必定获得头功，再把白莲教的骨干一网打尽，只怕名字要上达天听，青云直上不在话下！”但他话锋一转，原本轻佻俊逸的笑容也含了几分嘲弄，“不过你虽然耳目灵便，善于发现蛛丝马迹，却仍是没有发现另一伙的行动。”

看着广晟皱起的眉头，他笑得更加开怀：“金兰会这个名字，不知你是否熟悉呢？”

对金兰会，广晟毫不陌生，先前他在暗部的时候，就曾经跟着上官侦办过这类案件：告密者是个府衙的衙役，虽然要投诚却口风很紧，依仗这个讨价还价，却被同党看穿破绽，将他除去灭口，广晟到他家中搜查时，一干弟兄险些被炸药机关轰上西天。比起白莲教这伙造反煽动的教派妖孽来，金兰会更加低调隐秘，却让当今永乐帝夜不能寐——只因这群人都是潜伏在民间的建文乱党，而且个个身怀绝技，是朝廷真正的心腹大患。

这是真正的一尾大鱼，难道他们也有行动？！

“我们这个小小的北丘卫真是藏龙卧虎啊，罗指挥使胆大包天，私卖军械通敌叛国；白莲教居然想黑吃黑插一脚；而这些金兰会的人，却是要来救回那些罪犯女眷！”

王舒玄的笑容俊美而炫目，却带着凉薄的讥讽：“只是一群残花败柳而已，却值得他们如此冒险费劲……反贼们的愚蠢和固执，真是不可思议！”他感叹完，看了一眼广晟，笑容中有着淡淡的轻藐，“比起白莲教还在外围打转，金兰会的人已经混进了军营，还杀死了沈容，马上就要下手救人，而你这位锦衣卫暗使却浑然不知！”这样严厉的指控，分明是不把广晟放在眼里，广晟眼中冷光更盛，却没有反驳，更没有大怒。

“消息从何而来？”他只是静静地问道。

“红笺就是金兰会的细作，这次行动，她负责接应金兰会的十二娘。只可惜，她对我死心塌地，什么都对我说了。”他笑得三分得意，更有七分高高在上的轻讽，“女人就是女人，天生就该依附男人而活，那些大义啊组织啊，在炽热的情爱和美好的归宿面前，根本不堪一击！”见广晟仍然没有被激怒，他笑吟吟地添了一句，“你虽然官职不高，但既然身为新任的暗使，锦衣卫在这边的要务都该归你处置，可惜我实在不放心……所以，我已经写信请纪指挥使亲自出马来这儿一趟！”这是赤裸裸的打脸和挑衅！

广晟心中已是大怒，一阵嫣红上涌，面容更显艳色绝伦：“纪纲大人事务繁忙，杀鸡何必用牛刀？”

“金兰会可不是病鸡，而是一群妖狐——北丘卫庙小妖风大，你初出茅庐，只怕不能胜任！”王舒玄春山如笑，眉目舒朗，那抹笑意却让人感觉心火直冒，“指挥使大人若不能来，我也只有勉为其难，替他分忧了。”这种轻蔑带笑的口气，明显争功的行径，让广晟眼中更见凛然冰封，“锦衣卫的规矩，每一项任务只有一个主事，除非我死或是失手，否则没有他人插手的余地！”

“锦衣卫的规矩是铁和血打出来的，不是无能废物遮掩的借口。”

话说到这儿，已是锋芒各现，王舒玄嗤笑一声道：“你不过是沈家的一个弃子，侥幸撞了大运，得到纪大人的青眼，就觉得自己是个人物了？北丘卫的水很深，一不小心可是会淹死的！”面对这种威胁的话语，广晟居然一笑，瞳孔深不见底：“水深才能擒蛟龙。”

“金兰会的一切秘密都尽在我掌握之中，只有我才能为纪纲大人分忧，至于你……”王舒玄轻笑一声，见他神色不动，心中却是一凛，笑容转为温润和煦，“年轻人想独占功劳，青云直上，心如热炭倒也能没什么不对，可也得看这一块肥肉能否吃得下——今日之事，你若是听我号令，唯我马首是瞻，我保你功劳簿上稳居第二！”杀威棒过后就是利诱……真是毫无新意！广晟心中冷笑，眸中笑意却越见幽冷：“哦？你装神弄鬼的半夜跑来，就只有这些废话可说吗？”

“金兰会的底牌尽在我手，你先机已失，毫无胜算！”王舒玄皱眉，目光中的轻藐转为憎恶——因为他已经看到，广晟从怀中掏出代表锦衣卫暗使的令牌，高举向他，令牌表面冰冷暗黑的纹路在烛光下发出不祥的凶光：“我锦衣卫军令如山，不听号令，擅自行动，该当何罪？”冰冷彻骨的发问，牌面上狰狞的凶兽宛如实物，仿佛下一刻就要凌空飞起，噬人头颅——暗夜之中，王舒玄感受到莫名的危机，被这无形的杀气一激，单手反扣腰间长剑，却只觉五指一麻，已然受制于人！

广晟竟是信手一挥，抽走一旁的老罗弯刀，瞬间架在了他脖颈之间。

并非威胁，逐渐加强的力量让刀刃陷入皮肉，一分分地加深，鲜血横流，好似毫不在意接下来就要触及咽喉要害。

王舒玄倒也硬气，虽然痛得满头大汗，却仍然神色自若：“杀了我，就算是纪纲也保不住你！”

“锦衣卫不许内斗，你若是出了意外，有好几批人可以背上这个罪名。”广晟好整以暇地笑着问道，“被罗战杀人灭口、发现白莲教阴谋被暗害、赤身裸体死在金兰会那个红笺的肚皮上……你选哪一样？”这口气简直是卖菜一般，王舒玄瞳孔内缩，知道是遇到了狠角色，危急之间顿时作了取舍：“我愿意与你合作！”

冷笑在耳边轻响，刀光一闪，让人惊魂，转眼却是一缕长发被切下：“把你所知的都说出来！”

王舒玄面色铁青，但随即，他恢复了平静，笑得居然不算难看：“我答应你！”

微笑的神情中首次浮现郑重，王舒玄觉得眼前这个比女人还美的小子，必定要成为一个心腹大患！

“当初来找红笺的是一个略见黑瘦的小丫头……”随着他的描述，广晟的眉头却是越皱越紧，掩在袖中的手掌几乎要沁出汗来——这样的打扮形容，难道是……小古？

这怎么可能？！

初春的西风吹在脸上已不似往日那般刺骨，平宁坊的街头今日熙熙攘攘、人头攒动，连平素不在家中闲坐的军官们都跟着妻儿一起，站在青石街道两旁仰望着一列车队。

马车上没有遮帘和车板，葛布遮阳盖下坐着一位青年女尼，面容白皙俊俏，眉目之间却是端庄温蔼。她指尖捻着佛珠，身上缁衣法袍之外还罩了一层白纱，风动之间宛如白玉雕成的观音像，让所有人都心生好感。

“这就是从六合请来的慧清师太吗？”

“听说佛法高深又心性慈悲，求医问卜也无所不灵……”

围观人群的啧啧声中，慧清却毫无拘泥之态，只是低诵着经文，垂眸端坐在车上，身旁青衣布鞋的尼姑们齐声跟着念诵，听入众人耳中宛如天籁般宁静祥和，连刚才些微的议论声也没了。

尼姑们随即掏出一把菩提子手串，一一赠给在场众人，有虔诚信女连忙掏出银钱结缘，不料尼姑们却纷纷婉拒，只是言明，此次是受诸位夫人邀请来说法，除了施主们给的饭食，不受一钱一物。

菩提子带着特殊的淡淡清香弥漫在空气中，让人感觉心情畅快怡然，神清气爽之下，对这位慧清师太更加景仰。

小古站在街角阴影里静静地看着这一幕，唇边带着娇俏可人的笑意：白莲教果然善于使用药物迷人神魂！

她看了几眼那慧清师太，转身疾步朝家中走去。

推开院门，绕过小小回廊到了正房门口，她敲了敲门，传来广晟熟悉的嗓音：“进来。”

小古正要推门进入，目光停在门扉处的一点，整个人的动作就停止了——门边掉着一根女人的头发，在日光下闪着柔亮乌黑的光芒。

这样的发丝，不属于家中任何一个女人，看那微微蜷曲的角度，也不像是常来探望的黄小姐的。

有陌生女人来过……甚至，现在还未离开！

小古心中飞快闪过这些，面上却若无其事地推开了门。

广晟坐在中央的高椅上，他身旁侍立着一道窈窕身影。

“小古你过来。”窗纱深垂，房内一片昏暗，广晟的神色也很是模糊，看不出什么喜怒，唯独那嗓音沉然凝重，仿佛暴风雨前的阴森诡谲。

“是，少爷。”小古一脸懵懂坦荡，走到他身前，抬眼看时，不禁倒抽一口冷气——站在他身后的，竟然是那红笺！

“红笺姑娘，这位是贴身服侍我的小古……你能认出她吗？”广晟的问话在室内响起，看似漫不经心，却是在端详着两个人的神情，连一丝一毫的破绽也不放过。

红笺笑靥如花，那笑意却未到眼底："我跟这位小古妹子，可不是第一次见面了。"这一句听着普通，却是暗藏杀机。广晟双眉一凝，有如实质的目光投射在小古身上。

凝重……冰冷！

就在这一瞬，只听那红笺脆声笑道："这丫头粗粗笨笨，见了两次就让人印象深刻，算是牢牢记住了！"

广晟的目光更冷，瞳孔深处却燃起一种热焰，盯着小古几乎要将她射个对穿："那晚来找你接头的，果真是她？"

死一般的寂静。

小古却丝毫不感觉害怕，清亮的黑眸静静地看着两人，好似对广晟目光中的阴霾和探究毫无所觉。

只听红笺"扑哧"笑了一声，拖长了声音道："当然……不是了！"

她媚眼如丝，似嗔似笑地走到广晟身边，一股幽香简直要沁人心脾："大人年少英挺，身边却是这样姿色的丫头，我们姐妹私下议论，都觉得这丫头粗粗笨笨，实在是不堪差使——因此印象深刻，算是牢牢记住这丫头了！"说完这话，她三寸金莲仿佛站立不稳，袅袅地就要倒入广晟怀里。

迎接她的是一只冷漠的手，强硬地将她推直："你先前说过，那丫头也是这样的形容打扮。"

红笺"扑哧"一声笑了，闪亮的眼眸忽闪好似有钩子："确实如此，所以奴家想着，那些反贼大概是想乔装冒充大人身边的亲随，混进军营。"

他们两人一问一答，暂时没人理会小古，但她是何等冰雪聪明，顿时明白了目前的处境，也不作声，仍是静静听着。

只听广晟吩咐红笺道："金兰会为救那些营妓，这几天就要动手，若是有任何人再跟你联络，你只要在房门上铜钉敲一下，说一声暗号，我们的人就会跟上——这次如果跟丢了人，你知道勾通反贼是什么下场。"

红笺颔首答应，明媚的秋波又似不要钱地向广晟飞去："奴家晓得了，绝对乖乖地让大人满意。"

看她这模样，显然让广晟满意的绝对不是字面意思。

广晟皱起眉头，好似赶苍蝇一样挥手让她离开，等红笺踏出房门的时候，这才低声咕哝一句："呛死人的香味！"

小古"扑哧"一声笑了："那个好像是什么苏腊爪哇来的沉香，几十两银子才能买到小小一块，少爷你的鼻子真是灵敏。"

广晟白了她一眼，没好气地斥道："我还没找你算账呢，你居然还敢嘲笑起自家主子来了——你对这些价钱倒是拎得很清啊！随便东奔西跑被贼人仿了你的打扮，真是丢人！从今日起不许你胡乱往外跑。"

小古一双杏眼看着他做无声的控诉和求饶，但广晟理也不理，任凭小丫头拉他的衣袖，唇边却露出一丝笑影来：方才听说那金兰会的反贼可能是小古，他一颗心“砰”的一声简直坠入了冰潭，如今才缓过气来，这丫头吓得他够呛，也得有所惩戒才是。

小古继续扮可爱嬉戏，心里却是“咯噔”一沉：金兰会大哥的图谋是把营救小组的人都当诱饵，引出锦衣卫进入炸药圈，可惜阴差阳错，袁樨身上的告密信被她截下了，但随即就出了红笺这事，简直要惊出一身冷汗！

红笺这个人，爱慕虚荣、趋炎附势又心思恶毒，根本一点儿都不可靠，而大哥却把她作为营妓中的唯一眼线让自己前来联络，显然他对红笺的背叛早有预料！

她若有所思地看了一眼广晟——红笺要告密，跟她那个恩客说就行了，怎么会闹到广晟这儿？

“少爷……”她怯生生求饶道，黑亮的眸子睁得大大的，“你要不要紧？”

广晟抓着机会正要好好训诫她一顿，却听她这没头没脑的一句，正要追问，却听小古继续问道：“那什么会的贼人厉害不厉害，少爷你是要抓他们吗？”

事涉金兰会，能伸手去管的只有锦衣卫一家，广晟身为京营武官也是沾惹不得的。

广晟以为她在担心自己，心中一暖，笑着安慰道：“这事自有人管。”

如果所料不差，那个装模作样自命不凡的王舒玄肯定要插一手，不如静观他如何出丑就好——况且，金兰会虽然是反贼，但他们只是想救几个弱女子，比起自己手头侦办的勾结蒙元鞑子出卖军械这事，简直是小事一桩。

小古却以为他说的“有人”是指交给锦衣卫办，终于莫名地松了一口气——再过几日自己就能顺利救人后功成身退，锦衣卫就算再怎么追查也是白搭了。

她正在想心事，突听广晟又问：“总之，你给我乖乖留在家。这几日到处都是闹哄哄的，那些女娘家都在烧香拜佛，闹得乌烟瘴气的，不许你去掺和。”

“遵命。”小古知道他是指那群白莲教的妖孽，心中暗笑嘴上答得爽快，随即天真无邪地皱眉，“可是，月初姐姐可喜欢听观音说法了，天天都去，身上香气比刚才那个更熏人。”

仿佛在印证她的话，正房外传来轻巧的脚步声以及娇俏的嗓音：“少爷在吗，奴婢月初，给您送午膳来了……”

小古皱了皱琼鼻，若有所思：“少爷，我觉得，月初姐不是给您送吃的来了。”

“哦？”面对广晟的疑问，小古一本正经道：“我觉得她比较想吃您——难道您的肉跟那戏文里的唐僧肉一样，很甜很香吗？”

广晟的脸顿时就黑沉下来，狠狠地瞬了她一眼，大步上前开了门，顿时门外之人受不住这力，“哎呀”一声就要跌倒，手里的食盒也倾了半边。

“我的红烧鱼！！”身后传来小古惋惜的惊叫声，广晟低咒一声，瞬息之间双手翻飞，一手一个操起倒落半空的盘子和汤碗，动作极为惊险也优美流畅，竟是连滴汤汁也没掉出来。

好似不觉得烫手，广晟冷着脸把碗盏放回盒中，劈手把整个食盒都提过来，眼角余光触及月初本人时，突然觉得有些诧异。

月初不似平时那样精心打扮，只是穿了件细葛布的蓝袄，整个人一件首饰也无，清清爽爽素面洁白，反倒让人眼前一亮——小古注意到，她连指尖的凤仙花染红都洗净了。

“少爷，都是奴婢的错……奴婢没别的意思。”她低下头，慌乱而困窘地低声道，露出一截白生生的脖颈，肉皮很是嫩滑，带着少女微润的光泽。

一截红色线绳挂在胸前，那是一尊木雕神像——广晟的目光在触及这尊佛像的时候，突然恍惚着凝住了。

似佛似仙的妖异神像，落在少女微微隆起的胸脯上，朴素之间却似乎有一种别样的香味，凉沁而甜蜜，甜得人心都要酥软、模糊……

广晟的目光好似被这尊神像、这股香气吸住了，眼眸直勾勾的，整个人好似失魂落魄一般。

“少爷，让奴婢来服侍您净手吧。”清甜而柔媚的嗓音，好似蛊惑人心的毒蜂，嗡嗡响着让人心里发痒，而无名的灼热却在血管间奔流。

小古看到这一幕感觉不对，随即明白过来——又是白莲教迷惑人心的幻术！

她不再犹豫，整个人突然冲上前去，大喊道：“不得了了，少爷的癔症又发了！”

话音未落，她冲到广晟身边，不由分说地抡起手来“啪啪啪啪”打了四记耳光！

广晟只觉得眼前迷幻妖媚，心神激荡之下不能自已，刚刚生出征兆，就遭到小古这“迎头痛击”。

迷离之中的佳人，瞬间转换成小古微黑却慧黠的眉目，脸上的火辣刺痛让人心神一醒，不知不觉之中冲淡幻术的束缚。

“小古你好大的胆子，竟敢对少爷动手！”月初站在门前，气急嚷道。

“少爷的癔症又发了，这是老毛病了，府里的老人都知道。”小古平静以对，毫不在乎地撒谎胡诌着，“只有这般狠狠的刺激才能让他清醒。”

“你……”月初气急败坏，想起自己此行的目的，眼中闪过一阵狠绝——不能让这个丫头坏了自己的好事！

“少爷若是身体有恙，就让奴婢扶您进去歇息吧。”她一闪身，腰肢灵活地避开小古的脚步，一个踉跄踏在门槛上，就势靠在广晟臂上。

只听“当”的一声轻响，木雕神像紧贴在广晟身上，顿时鼻间香味氤氲……那是一种金玉仙麝般的奇妙甜美，广晟整个人好似愣在当场，眼神再次陷入空茫。

他转过身，脚步随着月初缓缓入内。

小古心中大急，疾步上前阻止，却遭到一声冷语：“出去。”广晟长袖一拂，门扉应声而关，正好撞在小古鼻子上，让她碰了一身灰。

门内传来月初得意而花哨的轻笑声，接着便是娇语侬侬听不真切了。

这个鬼迷心窍的家伙！！

小古气极而笑，一跺脚转身要走，却终究放心不下，蹲身在窗边，用指尖捻破一点，朝里看去。

隔着内室的竹帘，只能模糊看到两人依偎在一起，月初正在给广晟喂饭，那般温柔体贴看得人肉麻，两人靠得极近，几乎都要坐成一团。

难道真的中招了？这可怎么办？

小古皱起眉头，眼珠一转，顿时有了主意。她转身一溜小跑进了厨房，来到灶间，从码得整整齐齐的各色菜苗中掐下几把，又从收藏的调料中捏了一把麻椒籽，随即又飞快地跑回窗下。

房中喂饭的两人还在亲昵——再不解救，广晟少爷这颗水灵灵的美白菜就要被猪拱了。

小古随手把菜叶堆积在窗框下当柴火，随即从袖子里抽出火折子，老神在在地点燃，随即火苗熊熊燃烧，浓烟滚滚。

"着火啦！！着火啦！！"随着她这一声喊，正在后院晾晒被单的秦妈妈和初兰赶紧跑了过来，正要救火，无奈冬日天干物燥，木窗和柴火顿时烧成一片，把整个明暗三间都熏得烟雾缭绕。

只听"砰"的一声，窗子被人从里用力砸落，变成火球一团落在地上，广晟寒着脸隔窗出现在众人面前。他被熏得直咳嗽，双眼瞪大看着小古！

"少爷，你没事吧？"小古假装惊讶地问道，心中却是窃笑，麻椒被火一熏，那个味道可真是销魂……

回答她的是更加惊天动地的咳嗽声，小古低下头，掩饰唇边加深的笑意。

"你——"广晟怒瞪着她，那般酷狠似乎要把她生吞活剥，双眸又因为麻椒刺激而水汽氤氲，几乎要落下泪来，红彤彤圆滚滚好似兔子。

"噗……"小古发出轻不可闻的笑声，随即掩住了嘴。

"你居然敢放火，这是要造反吗？！"广晟的身后，月初嗲着嗓子，妖妖袅袅地走了过来，隔着半扇窗子，可以看出她发髻有些凌乱，面带红晕轻喘，一看就不是在做正经勾当。

"谁放火了？不知是谁，灶下煨汤的火没封好，火星子溅在我衣袖上，这一大片柴火都遭了殃，我没要你赔就不错了。"小古好整以暇地说道，月初闻言呼吸一窒——她急着来给广晟送饭，没多看就跑出厨房，自己也不记得到底封没封炉门了。

秦妈妈先入为主，对月初的印象就颇为不佳，闻言皱了眉头："谁让你擅自送饭？还有没有规矩！"

"够了！"广晟打断了女人们的口舌之争，拂了染灰的衣袍，径自走了出来。

"月初今后就不用做这些活了，贴身伺候我便是。"这一句轻描淡写，却让四个女人顿时变了颜色。

月初喜上眉梢，却又带着羞涩的春意，秦妈妈和初兰却是皱紧眉头狠狠地瞪了她一眼，不知道这个狐媚子用了什么手段，让原本看都不看她一眼的少爷改了主意。

至于小古，她整个人都陷入了惊诧！

这不应该啊！

白莲教的神像魅惑看似神奇，实则只是一种香味引起的幻术。药典上记载：用麻椒烟熏就能让人涕泪交加，迅速恢复神志，怎么他还没清醒过来？

她偷眼打量广晟，却正与他的目光撞了个正着。

眼神仍是那般冰冷犀利，因为眼圈发红而略见虚弱——他一个眼神示意，让小古明白他是恢复了清醒。

这是在演戏，而观众只有月初一个，或者，还有她背后的那人。

广晟眼中闪过一道狠戾和嘲讽，随即转过头，吩咐月初道："今后你就住在这外间，缺什么用的，只管向秦妈妈要。"他嗓音是前所未有的温柔，目光却冰冷无比，停留在她胸前的木雕神像上！

月初却是会错了意，半是娇羞半是得意地深吸一口气，映得胸前更显白皙柔嫩："少爷……"

下一刻，广晟做出一件让所有人瞠目之事：他解下荷包和一串钥匙，毫不犹豫地放进月初手里："今后，我这些贴身物件也交由你保管了。"月初的脸因为兴奋而嫣红，她挑衅地瞥了小古一眼，满心里只有一个念头：佛母娘娘果真有灵！

清净简朴的静室里，有两道人影在蒲团上静静打坐。一旁的香案边放着经书和木剑符纸，最上端神龛之中，佛母的圣像被素绫遮了，更添几分诡秘之气。

慧清师太看完纸条，白皙秀丽的脸上露出一丝笑容，紧绷的神情也终于放松，她开口打破了沉寂："月初那边传来消息，那位沈大人终于被她迷住上钩了。"

她冷笑了一声，捻动腕间佛珠道："男人嘛，有几个不吃腥的？就算月初长得不够美貌，配上我们的香药，还不是手到擒来？"

"师姐，你有些得意忘形了。"静静听着的另一方，端坐在黑暗之中，看不清容貌，只有那一道嗓音却是意外的稚嫩。

慧清师太美眸扫了对方一眼，嗤笑道："赛儿师妹你年纪虽小，却是稳重过头了，龟缩在军营里什么事都没干成。我这边就要旗开得胜，倒是用不着劳烦你帮忙了！"

想起即将立下的大功，她的嗓音都有些颤抖："北丘卫官兵跟元蒙私下交易，所谓螳螂捕蝉黄雀在后，那些金银和兵器都要归我们白莲教了！"

2.

“我们教中兄弟所用只是锄犁棍棒，而官兵手中的精铁刀枪用之不尽，甚至可以私下卖给元蒙来大发横财——与其便宜了蒙古鞑子，不如我们拿来替天行道！”

慧清师太看似清雅淡漠，说到此处却是格外激昂：“有了这些兵器，我们就能练就更多护教神兵，山东香堂那边，再也不用受那些狗官的欺压！”

她越说越是兴奋，眼中光芒闪动，却听那暗处的少女冷冷接了一句：“只怕事情没这么简单。”

静静的焚香之间，她的嗓音清脆，还带着未褪的童音，天真无邪却又透着机智精灵：“那位年轻美貌的沈大人才接手这事，罗战一伙人只怕并不完全放心。北丘卫戒备森严，外松内紧，要想顺利劫走两边的财货，只怕是困难重重。”

“唐赛儿！休要长他人志气，灭自己威风。”面对慧清的气急反驳，静坐在暗处的少女唐赛儿轻声笑道：“慧清师姐你倒是威风了，若是拖累了教中兄弟姐妹，你担待得起吗？”

“你……”

慧清气得说不出话来，狠狠反问道：“那依你说，就这么放过大好机会？”

“做当然要做，但是要下手小心。一旦出手，无论成败立刻隐遁千里，不露我们白莲教的底细。”

慧清对此嗤之以鼻：“七天后，我会借送佛珠和经书结缘的机会，让整个眷坊的人都参加法会，在香药的作用下，所有人都会陷入沉睡。神不知鬼不觉，所有财货都会落入我们手中……然后，被我们幻术控制的沈总旗就会担下勾结元蒙奸细的罪名，‘畏罪自尽’，如此天衣无缝的布局，你又有什么好担心的？”

慧清师太的语气冰冷而得意，但那名唤“唐赛儿”的少女却并不赞同，黑暗之中她的瞳孔闪闪发光，宛如上好的墨玉，照亮了眉宇间的忧虑纹路。

两人话不投机不欢而散，慧清师太匆匆而去，唐赛儿却换下道袍，重新穿上了来时的枣花粗布棉袄，提起早就准备好的包袱，这才从容不迫地离开。她灵猫一般走在屋檐的阴影下，不多时，就走回到约定的街角。

夜色迷蒙，青石街道上已经空无人迹，她一派乖巧模样等着，对方却迟迟不到。北风呼啸，滴水成冰的天气，她鼻头被冻得通红，呵一口热气在手上，随即两手都缩进粗布棉袄的袖筒里，只剩下即将麻木的脚在地上轻轻跺着。

一阵马车的响动由远及近，她揉了揉眼，看到轩敞气派的车驾逐渐清晰，寂静夜间传来女人的娇声笑语。

唐赛儿迎了上去，车帘被揭开一条缝，红笺慵懒地探出一张芙蓉玉面，瞥了她一眼，曼声问道：“单子上的东西都买到了吗？”

唐赛儿赶紧递上包袱，红笺看都不看一眼，挥挥手道：“回去再说。”

唐赛儿很有眼力见地坐到车后，红笺随即缩回车中，继续娇声漫语对王舒玄撒娇道："王郎，我连个正经的丫鬟都没有，只有这丫头替我跑跑腿，你可得替我把她要来！"

唐赛儿是在营妓们的红帐里干活打杂的，年纪又小，实在是无足轻重，虽然要人麻烦点，但以王舒玄的地位来说也是不难。他爽快答道："这是小事一桩。"

捏了一把红笺粉嫩的下巴，他含笑追问道："金兰会那边可有消息了？姓沈那小子家里的丫鬟到底是不是十二娘？"

红笺柔顺地用香腮贴着他的手，半侧的面容上美眸闪动，目光复杂而诡秘——如果这么快就把那丫头供出来，自己对王郎而言，还有什么价值呢？

她微微一笑，低下头，娇声抱怨道："别提了，他家那丫头黑黑笨笨的毫无姿色，还当成宝一样带在身边——沈大人到底是不懂女人的美丑还是——"话音戛然而止，她吃痛地蹙起眉头，只因王舒玄捏紧了她的手腕，冷峻逼问道："到底是不是！！"

"当然不是了！"红笺痛得脸色惨白，急急嚷了出来，王舒玄这才脸色微霁放开了她，用另一只替她揉捏手腕："这事非同小可，我一时情急，倒是弄疼了你。"

红笺凝望着他——俊美的容貌露出这般温柔体贴的深情，以前曾经让她深深沉醉，此时不知怎的，心中却一阵发凉。

王舒玄叹气着道歉："最近我也实在是心力交瘁，忙得累了，这才对你发脾气。"

他话锋一转："金兰会这边，十二娘是一条大鱼，只要能抓住她，我定然能把这个反贼组织一网打尽！"

红笺垂下头，长而浓密的眼睫垂下，漾出艳丽而乖巧的阴影："王郎你有经世之才，这样的大功，才能显出你的才干和手腕来！"

纵然知道她是在甜言蜜语，王舒玄心中仍是一阵舒畅，他哈哈大笑着将她拉入怀中轻薄，沉声吩咐道："金兰会可能近期就会下手救出那些军妓，你也帮我盯紧些。"

"那是当然，我可是他们唯一的眼线，他们对我很是信赖！"

红笺的回答让他很是满意，于是不正经地把手伸入红笺的亵衣中，再次许诺道："只要立下这个大功，我就能在锦衣卫里真正做到呼风唤雨，到时候把你纳进家门就再没什么阻碍了。"

"坏人，尽是轻薄哄骗人家……"女人不依的娇嗔声荡漾在车内，逐渐与男人的大笑喘息合为一体。

车后的唐赛儿在木架边蜷成一团，看似困倦，实则却是把耳朵贴在板壁上，把两人的对话偷听了大半。

金兰会？救人？军妓？！

她震惊于听到的消息，眉头皱得更深。

回到营中，唐赛儿帮红笺把那些店铺里买来的胭脂首饰和点心小玩意儿搬进房里，随即就回到自己的住处。

黎明初启，晨曦微露，营妓们打着呵欠正在洗漱，逼仄昏暗的通铺旁摆满了水盆和杯子、胰子等物，廉价脂粉的香味混合着人的体味，有些熏人刺鼻。

那个唤作阿琼的女人拿着柄断了齿的梳子，略显粗暴地拽着自己的长发往下顺，看见唐赛儿就开始骂骂咧咧："热水都还没烧，又到哪里东钻西爬去了！满院子男人还不够你偷，小小年纪不学好！"

只听"咣当"一声，她手里的梳子就朝这边飞来，擦着唐赛儿的脸庞飞过。

周围都是沉默，夹杂着叹气和呵欠声，唐赛儿却仍是笑眯眯地答道："昨晚红笺姐姐那里有事，让我去帮忙服侍，从今往后，我就不在这院里，改调往她那里做活。"这话一出，所有人手里的动作就是一滞。

红笺和蓝宁，是这个军营里最美、最有身价的艳妓，蓝宁先前是跟着死掉的佥事沈容，后来又跟着沈总旗，而红笺则是指挥同知王舒玄的禁脔。

"原来是抱上粗腿了，怪不得敢这么怠慢我们！"话音未落，另一个杂役丫头小安从门外搬进大水盆，热气腾腾的让各种杂味更加流窜，"各位姐姐水来了。"

唐赛儿连忙过去接过，两人一起抬到房间中央，所有人一哄而上，用大盆争先恐后地抢着接。

"早饭在灶上热着，你去拿吧。"小安悄声对唐赛儿说道，她小小年纪，独力干完这些重活却一句怨言也没有。

两人到了灶上，抽了柴火灭灶火，把饭食端到桌上，这才捧着一小碗稀粥蹲在屋角吸溜着吃。

"你真要去红笺姑娘那里？"小安得到肯定答复后没有丝毫嫉妒，只是笑得温暖舒心，显然是真心替唐赛儿高兴，"你调去那里肯定能轻松好些，但她脾气大，你小心谨慎，千万不要惹着了她。"

唐赛儿摸了摸她消瘦的小脸蛋，一股愧疚涌上心头，却什么都不能跟她说。

她这次是奉师尊之命来这个军营潜伏，完成任务后就会离开，但短暂的相处，却让她跟温柔善良的小安格外投缘，好似一对亲姐妹。

她又想起马车上偷听到的金兰会救人的计划，若有所思地看着小安——也许，再过几天就有人来救走她，从此远走高飞，再也不用受这个罪！

"小安，你有没有考虑过，有一天，能够离开这个军营，自由自在地到外头去？"突兀的一句，却让小安愣住了。

良久，她双眼沁出泪花，朦胧闪烁着，显出面黄肌瘦下的秀美文雅："怎么不想呢，做梦都在想着……希望有一天，能找着我娘亲，娘儿俩在一起，再苦再穷也不分开。"

"你还有娘亲啊？"唐赛儿问出这一句，自己都觉得不好意思，恨不能咬了自己的舌头，“那她现在哪里？”

“抄家的时候，被押到另一间牢房去了，据说是被卖到官妓楼馆里，后来再也没见着。”小安低沉的嗓音几乎听不清楚，唐赛儿却能感受到她那份凄惶和痛苦。

“这个狗朝廷！该死的狗皇帝！”生平第一次，她发自内心地骂道。

一旁的小安好似被烙铁烫了，飞快地转头，见左右无人听见，这才捂住她的嘴，吓得浑身哆嗦：“这话怎么骂得！”

小安的掌心紧掩住唐赛儿的嘴唇，原本柔嫩的掌心却有着粗糙的茧子，让她感觉到凹凸不平。

“放心吧，我知道分寸，不会出去乱说的。”唐赛儿轻轻道，小安这才松了口气，此时那群营妓吃完早饭，又有人不耐烦地嚷着喊人，小安于是站起继续忙碌，小而瘦弱的身影被人支使得团团转。

那群金兰会的人真能救出小安，让她跟母亲团聚吗……

唐赛儿望着她的背影陷入沉思。

四更时分，正是黑暗最浓之时，平宁坊的牌楼前却是火把重重，照得亮如白昼。

广晟站在队伍最前列，正在静静等候着。他披着一件大红缎子猞猁皮袍，半敞的衣襟下露出珍珠锦绣而成的内甲，足下一双战靴，腰间佩着长剑，显得华贵而嚣狂。

渐渐地从山间大道上传来车马的轰鸣声，开始宛如虫鸣，越来越近，隆隆车辙声越发响亮，连地上的石粒都微微震动。

连绵四十多辆的车队出现在平宁坊门前，车辕上纷纷跳下精悍兵士，第二辆车中还有几位管事也急匆匆下来，虽然穿着绫罗绸缎，但腰间的缠带却颇有塞外胡风。

“启禀掌印大人，各色货品已经到齐。请大人验收。”广晟闻言眨了眨眼，打了个呵欠，好似很不耐烦地挥了挥手，身后那些军士和账房便开始忙碌起来。

一连串的清点、计算、交接，这些都是历年做熟的老手，根本不用广晟操心，只是过程烦琐冗长，等到天边露出鱼肚白，也不过清点了一小半。

平宁坊附近开始有人走动，但看到这边的阵势便识趣地远远避开，广晟抱臂而立，斜着身子靠在墙边看，双眼似睡非睡地眯着，对眼前的一切好似毫无兴趣。

突然一阵香风袭来：“少爷！”

泫然欲泣的嗓音，好似受了无穷委屈，却又蕴含着诉不尽的情意。

广晟压下唇边的讥讽线条，抬头一看，只见月初提着个三层食盒正在不远处翘首企盼，却被兵士所阻。

“这是我的贴身婢女，让她过来。”广晟一挥手，满不在乎地说道。

月初上着柳烟色小袄，裹一条粉霞石榴裙，袅袅地走了过来。仍是冬日，她居然穿得颇为单薄，只是那一点樱桃小口被冻得越发嫣红。

“少爷，您还没用早点呢，我紧赶慢赶地总算给您送来了，您公事辛劳，好歹多用点……”娇嗔一声，月初在广晟面前打开食盒，取出热气腾腾的栗子糕、脆饼和米羹，一双殷切大眼盈盈地望着他，“我服侍您吃吧。”

她一双藕臂轻舒，将栗子糕递到他唇边，又舀了米羹喂他，两人的身子贴得极近，外人看来简直是在调情。

广晟轻笑一声，一把抓住她的纤纤玉手，调笑道：“我看这香味比栗子糕还甜……”

众人倒抽一口冷气——虽然军中私畜女妓成风，但此刻正事为重，这位新任的佥事掌印官居然敢如此放浪形骸，简直是不折不扣的纨绔子弟。

也有消息灵通的立刻想起：先前好似也有传闻，这位沈大人流连青楼荒唐纨绔，被家人排挤这才加入军中，成了凶名远播的狠人，想不到江山易改本性难移，他又开始好上这口了！

两人还在你侬我侬地喂饭，另一道甜美柔靡的嗓音又插了进来：“沈大人在哪儿？”

抬眼一看，只见一辆轻车之中出现蓝衣雪貂的娇媚身影，虽然不着粉黛，眉目间的风情却让在场所有男人都心猿意马起来。

正是营妓中的两朵名花之一：蓝宁！

蓝宁目光一扫，顿时朝着广晟大发娇嗔：“沈大人好没良心，奴家大老远地来看你，你却如此薄情，真让奴家伤心！”

广晟哈哈大笑着，一把将她揽到身边：“什么风把你吹来了？”

眼角瞥见如此艳光，月初只觉遇到劲敌，也连忙依偎在侧，广晟左拥右抱，如此艳福简直羡煞旁人。

“大人，这个总数和单子请您过目。”广晟好似在兴头上，看都不看就签上自己大名：“年年都是买进卖出这些虎皮羊角的，哪里会有错。”

几个管事放下水晶镜片，对视一笑：此人果然如罗指挥使所说，志大轻狂，一窍不通。

不远处的牌坊下，看热闹的人群中，小古的身影一隐而现，她的目光犀利，一眼就看见车夫队伍中的郭大有。

郭大有对上她的视线，状若无意地举了三个指头，在头顶晃了晃，又比了个圆圈，小古隔空对他点了点头，转身要走——这一瞬她已经注意到，有几个尼姑打扮的女人也在紧紧盯着这批货物！

是白莲教的人？

她们到底想做什么？

平宁坊的商栈库房也都属于军有，一间间很是高大宽敞，按照朝廷的规矩，为杜绝有人中饱私囊，车中货物不能解开，一捆捆原样送了进去。

广晟看到几个管事正狡狯交换着目光，唇边露出一丝讥讽，大步走了过去，亲自提起一箱货物。

一位管事连忙阻止："使不得，怎能劳动大人您呢？"话音未落，广晟手一松，箱子落到地上发出响亮的声音，藤木做成的箱子顿时散开，露出了内中的货物！

所有人顿时一惊，整个场面立刻安静下来。

广晟抢先一步捡起货物，发现只是普通的皮毛包裹着兽骨，顿时心中失望。

"东西倒是不错，是今年的新皮子和虎骨吧？"管事之一松了口气，擦着额头刚出的冷汗，谄媚笑着奉承道，"大人若是喜欢，小的也有些私人存货，今晚就给您送过去？"

"一股子烟熏火燎的味道，谁耐烦看这些？"广晟笑骂一声合上箱子，让差役继续搬运，背过身去却皱起了眉头——真正的"货物"到底藏在了哪里？

三更暗夜时分，小古宛如幽灵一般，出现在长街的圆形入口处。

一道黑影匆匆前来接应——看到郭大有熟悉的面容，她终于松了口气。

郭大有也不多说，把她引到一列车驾旁边，俯下身用手掰开底板，顿时露出一个可藏两三人的秘密空间。

"到时候可以把人藏在这里运出。"他悄声低语道。

小古左右端详，面露赞赏之色："天衣无缝，真是不错——这是你自己想出来的？"

"属下哪有这个本领，这都是军中走私惯用的藏匿地方。等待车队离开的时候，把人藏在里面，谁也不会料到。"说话之间，小古已经径直沿着马车走了一圈，一一试过挡板下的密格，神色之间颇见欣慰。

到第十七辆的时候，她伸手一摸，神色顿时一变——"不对，这辆车的重量不对！"

不等她动手，郭大有俯身打开底板，出现在两人面前的竟然是金灿烂一片，耀得人睁不开眼！

竟然是一大箱黄金大锭！

黄金光华湛然，流辉万道，刺得人眼生疼，即使是定力很好的人，此时都是心中剧震！

郭大有已是瞠目结舌，彻底呆住了："这……怎么会有这么多金子？"

小古也凝视着眼前一片灿金，皱着眉轻声道："这些东西只怕来头不妙！"

郭大有深吸了一口气，心中却是更加惊诧，他疾步上前，连连拍开后面几辆车的密格，出现在两人眼前的，竟然全是满满当当的金锭！

"这么多！"小古越发觉得此事蹊跷，只怕不能善了，她伸手抽出一锭金条，正要察看底部的印戳，却蓦然心神一动，目光扫向郭大有发出警示——“有人来了！”

不远处传来隐约的脚步声，细微到几乎让人以为是幻觉。

万籁俱寂，这脚步声不紧不慢，仿佛智珠在握，却又沉稳无比，每一声响动，都给人内心的压迫。

郭大有顿时冷汗直冒，急得手足无措——这是街角的堆场，停满了马车，满地都是高不过膝的蒿草，空荡荡的连块瓦片都不见，脚步声逐渐近了，只听咔嚓连声，堆场木门上的铜锁正在被打开！

小古当机立断合上密箱的木盖，指了指先前确定过空着的第十五、第十六辆马车，两人一个鹞子翻身，各自躲了进去。

也就在这一刻，“吱呀”一声，木门被打开了。

小古躲在密箱之中，只能透过细微的缝隙看着外面——一片黑暗中，来人的脚步踩过枯叶，已经走到了马车跟前。

只见光芒一闪，他点燃了火折子，小古正要看清他的面容，那人却脚步一转，越过这一辆去了那藏有黄金的第十七号马车。

熟悉的开阖声，随之而来的是金锭清脆叮当的颤动声，那人仿佛是在清点，更似乎对这一切熟稔在心。

而就在这一刻，更匪夷所思的事情发生了——

堆场的木门与铜锁再次发出响声，另外有人即将进入！！

说时迟那时快，神秘人身影闪动——火折子熄灭的瞬间，小古只觉得他的影子投射在自己藏身的密箱上！

不好！

她发觉不对时已经太迟，顿时只觉一阵巨力将盖板掀开，神秘人一跃而入，衣袂当风一挥，盖板准确落下，四周重新陷入了黑暗！

原本狭小的密格空间容纳了两人，顿时肢体交触，神秘人“咦”的一声轻响，根本始料不及内中有人，而就在这一瞬，小古出手如电袭向他的脑后要害！

神秘人由于惊讶慢了一拍，须臾之间只觉纤纤素手冰冷中透出杀意，急忙格挡却已失了先机，再加上刚进密闭空间之中，双目不能适应，交手之间已落了下风。

性命倾危之际，他不躲不闪反而迎头而上一扑，果断利用自己的身量压住对方，内力吞吐之下试图将人制服！

小古惊怒交加，一双眸子在黑暗中宛如星辰冷玉般熠熠闪烁，狠狠瞪着对方。

“噤声。”神秘人轻声命令道，随即更加恬不知耻地扑倒在她身上，让她反抗不能。

只是短短两字，却是无比熟悉，让她如遭电击——竟然是广晟的声音！

小古彻底愣住了。

广晟用自己的身高优势，牢牢压制住黑暗中的不知名对手。两人之间躯体交缠，剑拔弩张之下，距离无限接近。

经过一场惊心动魄的近距离打斗，他的脑子这才重新开始运转——这到底是怎么回事？

暗箱里另外有人，而自己一时情急跳进来，却撞了个正着！鼻端是一股女子的幽香，袅袅飘忽于方寸之间，宛如春之蕾芽般稚嫩鲜活，却又似最上等的波斯厚毯中那魅惑人心的妖艳。

广晟不由得心中一动：这香味似乎在哪儿闻过？

“你是谁？”他贴着神秘佳人的耳边问道，而后者回应他的竟然是银钗的一道利光！

广晟一仰头，听风辨器躲过这一下，却借着这一道闪光用肩肘制住她右手，顿时银钗脱手。

“想死的话，尽管继续，把所有人都引来。”他贴着她的耳悄声地说道，醇厚的男子气息拂动在她面庞四周，小古心中暗恨不已：原本是想刺中他的安眠穴，让这聒噪孔雀男消音沉睡，却没想到竟然功亏一篑……

她如此想，不愿引出声响，于是也默默停手了。

狭小的密闭空间里，两人的纠缠打斗不再，黑暗一片也隔绝了两人的目光交汇，彼此都只听见对方微微的喘息声。

而外面走进的第二批不速之客已经到了马车跟前。

“砰”的一声，松明火把被点亮了，来人似乎有四五名，完全不似广晟方才的小心谨慎，大大咧咧地掀开木盖，观看清点每一箱黄金，甚至传出算盘的滴答声。

“整整二十六车共一万两千两金子，已经清点好了。”其中一人的嗓音听起来很熟，广晟听出是刚才向自己禀报的那名管事。

“你办事我们都放心，待此间事毕，老朽定然向东翁禀明你的功劳，也少不得赏你一个顶戴。”这个声音……果真是罗战身边的亲信罗师爷！

广晟眯起眼，警惕中又带有莫名兴奋——终于捉住你的狐狸尾巴了！

师爷给过甜枣后，不忘大棒恫吓众人：“按照军规，必须先在这里把那些毛皮兽骨检查清楚，明天等那姓沈的小子盖戳认定后，这趟任务才算完成，你们都警醒些，千万不要被他看出些什么来。”

“放心吧大人，那小子沉迷于美酒妇人，弟兄们灌了几杯就醉了，如今正抱着蓝宁姑娘和那个丫鬟在床上玩‘一龙双凤’呢！”一片猥亵笑声响起，罗师爷也不禁捻着胡须得意道：“沈某虽然出身官宦，却是少不经事，只是我们的挡箭牌而已，他越是好色桀骜，就越好控制。”

广晟听了也不动怒，只是默默听着他们在商量如何运走黄金，却已是胸有成竹。

几人议完正事，不免又开始口花花：“蓝宁那个小妮子就是皮白肉滑的，看得我都心痒痒——等姓沈的倒台以后，能不能请罗大人把她赐给我等稀罕几日？”

罗师爷此时要仰仗几人出力，顿时满口答应，引得那为首的管事喜不自禁：“多谢师爷厚赐，我这边另有孝敬——”笑声未停，随即却化为一声惊叫：“你是谁，怎么进来的？！”

“鬼啊！！”广晟和小古在暗箱中听得一呆，知道外面又出了意外，但此时缝隙很小看不真切，广晟内力贯于指尖，轻轻一划，木板的缝隙变大，出现在两人眼前的，竟是这样一幅场景——

罗师爷和管事们被吓得颤颤巍巍，连连后退，站在他们身前的，竟然是一名身着白衣、披头散发的鬼魅！

此时云层中露出一弯残月，朦胧月光照在满地蒿草之间更显阴森诡秘，偌大的堆场空空荡荡，只有那白衣披发的女子突兀而立，目光阴森。

“鬼啊！”有人发一声喊就要逃走，白衣女鬼周身却凭空生出一阵淡淡迷雾，随即传来一阵喃喃念诵声，不知怎的，众人的动作开始停滞缓慢，连眼神也变得直勾勾的。

小古看着这古怪的场面，虽然明知此事有异，心中仍升起一点寒意。

“又是白莲教的圆光幻术。”广晟在她耳边悄声说道。

只见那白衣女鬼好似松了一口气，拿下脸上的鬼魅面具，露出一张稚嫩少女的脸，随即对站成一排的男人们开始问话：

“你们是奉谁的命令？”

“这些金子总数多少？”

“将要运到什么地方去？沿途有什么戒备之策？”

这些问题原本是机密，然而罗师爷和管事们却知无不言、言无不尽，听得躲在箱中的两人眉头大皱！

“果然能迷人心智，厉害啊……”广晟又开始议论，小古怕他引起对方发觉，胳膊肘一用力撞在他小肚子上，广晟吃痛，却就势倒在她脖颈之间，“好香……”

这个流氓坯子孔雀男！

小古毫不犹豫地上了指甲，纤纤两指之间夹住少量的皮肉，轻轻一拧，广晟顿时痛得蜷成了虾米——

“真是最毒妇人心啊！”箱内两人默不作声地缠斗，而白衣少女却站在装有黄金的暗箱前，双手平放还念念有词。

小古和广晟都不相信这些神鬼咒语，心中各自猜测她是在黄金上撒了些什么。

白衣少女戴上青面獠牙的面具后快步离去，过了好一阵，那四人才如梦初醒。

“刚才我们在说什么来着？”几人竟然对发生的一切全无记忆！

虽然已经见识过多次，但小古对白莲教的诡异手法仍然心生警惕——神不知鬼不觉就让人着了道，全然按她说的去做，这种迷药真是非同小可！

四人只觉得有些头昏，略微谈了几句就离开现场。小古闭着眼，沉着地听他们锁上门，走出百步，她突然伸手夺过遗落的银钗，右手疾刺而出，左手飞掀木盖！而同一瞬间，广晟出手如电，擒拿手一翻一扭就制住她双手——然而同一时间，小古的脚已经踢中他的要害！

"唔——"这是男人身上最薄弱的地方，就算是武艺精湛、身经百战的广晟，此时也受不住这剧痛，整个人眼前一黑向后瘫倒！

"啊？"小古惊呆了，她怎么也没料到会踢中那里！

面上飞霞闪过，惊愕愧疚在她眼中一闪而过，随即却惊醒过来，挣脱广晟后，宛如受了惊的小兽脱逃而去。

广晟只能眼睁睁看着这小妮子掀开木箱，轻盈地一跃而出。月光晦暗，只能照出她的轮廓，那面容却颇为陌生，广晟脑海里完全没有任何印象。

可那熟悉的香味又是怎么回事呢？

他不禁陷入了迷惑，暗夜的凉意从半开的木箱外袭来，寂静的一切好似只是一场荒唐离奇的梦，只有双腿间的痛楚昭示着那个神秘女郎的存在。

小古从暗箱中脱身后，立刻从另一只暗箱里找出郭大有——他比较倒霉，藏身的处所木盖毫无缝隙，呼吸断绝之下憋得半死，也没听清外面发生了什么事，就被她拎着跑路了。

当她洗去易容妆，睡到自己床上时，已是三更时分了，她回想着方才发生的一切，却是毫无睡意。

广晟怎会去夜探马车？他不是应该与月初一起在床上"演戏"吗？

他到底是发觉了什么？

她的眉头皱起，过了片刻，只听暗夜寂阑之中传来院门开启的声音，随即传来广晟熟悉的脚步声——他也回来了。

那脚步声一拖一跛着，显示出他"某处"受伤的事实……小古眼波晶莹闪动，更多的愧疚涌上心头。她好看姣美的眉形深蹙着，决心做点儿什么来补偿自家少爷的无妄之灾。

广晟依照惯例早起，虽然双腿之间隐痛未消，他仍然舞剑习武半个时辰，到了早餐时，却意外发现丰盛的饭菜摆满了一桌——翡翠烧卖、野菜珍珠羹、三鲜包子、小萝卜丁儿……虽然比不上侯府二十多道例菜珍馐，却也清新鲜嫩、别有风味。

他吃得津津有味，还连连追问："是谁做的？"

听秦妈妈说是小古亲手所做，他的脸上露出好奇兴味："想不到你还有这等手艺？"

一边的月初自感被冷落，于是娇嗔着倚在他身边，撒娇道："都是山野之物，我没什么胃口，让她做些八宝羹来尝尝吧？”

秦妈妈见她这么没规矩，凌厉地扫了她一眼，却因为摸不透主人的态度，没有接这个茬。

“少爷，人家昨夜好累……”月初打了个呵欠，双腮泛红，羞怯之外更似暗示邀赏。

小古看着她这般媚态，心中暗忖：难道广晟昨夜是“喂饱”了她，才偷偷溜出来的？真的辛苦了。

“既然累了，就少吃点油腻之物，也别跟我出去办事了，在家里安生待着。”广晟冷淡地回道，月初的脸色顿时一白。广晟看了她一眼，随即转身离开，只留下一句淡淡吩咐，“你好好歇着。”

月初虽然感觉他冷漠，却以为他这一句是对自己的关心，虽然没能刁难小古，却唇边带笑，得意扬扬。

午饭时候，院外传来一声声奇怪的鸟叫声，好似是某种信号，月初闻声放下饭碗，急匆匆去了。

“鬼鬼祟祟的，少爷也不知是被什么迷了心窍！”秦妈妈看着她的背影低声骂道。

初兰一边啃着骨头，一边含糊不清道：“少爷就算是喜欢狐媚子，也不该找她，没才又没貌的……”

小古端着汤碗，笑眯眯地数着黄豆，道：“你们别着急，再过几天就好了。”

月初来到院墙边，踮着脚尖拿起葡萄架最上边的半块砖，打开压着的一只信笺，从内中掉出来一封信以及几串佛珠，她仔细看着，神色变幻不定。

3.

黄昏时分，天边的云彩灿金而静美，商驿入口处的人群却是渐渐散去，广晟坐在大堂内，看到最后剩下的一叠文书证明，正要签字画押印戳，却又放下了，站起来伸了个懒腰。

“真是无聊……”他抱怨道，身旁管事心急如焚，一心想让他签字盖章，连忙劝道：“大人，还剩下最后一份，干脆一鼓作气……”

“这又不是十万火急的战报，何必着急？”广晟将他的话打断，闭上眼一个示意，在旁侍立的蓝宁连忙把冰镇葡萄送进他嘴里。

师爷这下真急了，没有签字盖章，这批货谁也不能动，但接应的人今夜子时就要来，这可怎么办？

他还待再说，只听罗师爷干咳一声，在旁奉承道：“大人连日来为公务辛劳，也该放松放松。”

“人间至乐，无非酒色二字……我每晚都在放松啊。”广晟轻佻地笑着，一语双关地答道，一边伸手，在身畔的蓝宁脸上轻拧了一记，一副吊儿郎当的纨绔模样。

罗师爷露出男人都懂的暧昧笑容，凑到他耳边低声说了几句，广晟笑着答应道：“都是绝色的回族女人？那倒要好好见识一下。”

罗师爷却反而露出为难的神情：“那里离我们平宁坊不远，是一个员外的外宅，可是您军令在身，若是没有完成就擅离职守，按照律法可是死罪啊！”

“什么军令，就是让老子来做账房先生的！”广晟不耐烦地抱怨道，随即扯过手边公文，看也不看就签字盖章，一旁站着的罗师爷和管事交换了个眼色，松了口气对视一笑。

天擦黑的时候，广晟并未回来用晚饭，而是派小厮送回官服官印等物，月初看到这一幕，急忙迎上前去，笑得比蜜还甜，跟小厮连道辛苦，就要接过他手里的东西，却被秦妈妈及时拦住了：“少爷吩咐过，书房重地闲人莫入。”

“少爷早就把钥匙交我保管了。”月初语声骄傲，秦妈妈却不以为然：“唯一的一把书房钥匙也不在其中。”

月初不信邪，却见小古拿出贴身收藏的一把钥匙，引了小厮走向书房，顿时气得面色铁青，紧抿着嘴唇几乎要咬出血来。

晚饭时分，月初却是袅袅地出来了，神色自若好似完全没有方才那一场难堪，谈笑自若地跟三人套近乎：“今晚听说是慧清师太举办法会，平宁坊的大姑娘小媳妇和官家太太都去。”

秦妈妈声音平平没有起伏：“少爷吩咐，让你好好在家歇着。”

“妈妈您误会了。”出乎意料，月初居然丝毫不恼，仍是笑容可亲，“我知道少爷身份非凡，我们不能抛头露面去看，但佛法无边，普度众生，多信些也是没坏处的。”说着，她拿出几串佛珠，放在三女面前，“这个是先前从慧清师太那里求来的，送给你们，一人一串戴着，也好保佑平安。”秦妈妈一愣，警惕地拿起来仔细观看，甚至轻轻嗅了一下，看样子是怕月初又出什么幺蛾子。

小古冷眼旁观——秦妈妈对药剂也算精通，但白莲教的圆光幻术并非寻常药物可比，只怕她也发现不了什么端倪。

果然，秦妈妈一无所获，虽然迟疑，但仍然把佛珠戴在腕上——她对月初虽是不喜，但神佛之物求个吉祥，按民间规矩是不便拒绝的。佛珠的檀香萦绕身畔，莫名地让人心神安宁、松弛，渐渐地上下眼皮都打架了。

“秦妈妈，少爷的官印在哪里？”

“在书房暗柜下第四个格子。”

“怎么打开？”

“按动桌角下的凸起。”

秦妈妈居然一一作答，毫无警惕，这大概又是佛珠的功效——小古静静听着，却是闭着眼，竭力掐疼自己来抵御昏沉之感。

“给我少爷书房的钥匙。”月初走到小古跟前，毫不客气地伸手。

小古缓缓地拿了出来，月初得意一笑，狠狠踢了她一脚，笑着骂道：“凭你也想跟我争？！”

她接过钥匙急不可待地去了书房，随即又提着绢布包的物件窜了出来，打开院门急匆匆去了后巷。

后巷之中狭窄曲折，石砖上青苔遍布，月初心急慌张，一个踉跄就要摔倒。

白皙手腕伸出，将她从地上搀起，月初抬头，却见来人葛布遮住一头一身，只露出半张面庞，虽然眉目秀丽，眼角的细纹却显示她青春不再。

“慧清师傅……我把你要的东西都带来了。”慧清默不作声地接过她手中的包袱，打开看着里面的错金虎踞篆印、几封公文书信，唇边露出微微笑意来。

“就这些了？”月初愣愣地点头，随即却拽住师太的衣角，急切道：“师傅，那个药真能一直管用吗？”

“佛度有缘人，三生石上一根红线牵。只要用了我这药，你们之间的红线就再也扯不断、理不清。”

月初的脸上露出兴奋而甜蜜的光芒：“我什么也不求，只求少爷永远这么疼宠我、爱惜我。”慧清师太眼中露出一丝讥诮冷笑，随即却隐没化为一声轻叹：“这却是难了。”

“啊？！”月初惊慌失措，脸色变为惨白。

“贫尼虽不解世间情爱，却也知道有愿有劫，玄奘西天求经尚有九九八十一难，你所盼望之事虽小，却也有他人觊觎，恐遭非难。”看到月初焦急的表情，她的嗓音压得更低，“况且贫尼略通相法，观察沈大人之面相，只怕命中桃花匪浅……”这话正中月初的心口，虽然不愿承认，但她也知道自己容貌不算出众，而少爷身为军中新贵，侯府公子，这一生里都不会缺少美女投怀送抱。

“那要怎么才能拴住少爷的心？”慧清师太笑得温柔和蔼，递给她一只精致的荷包：“这里面放着佛祖座前奉贡过的佛经，足足念过一百遍，只要把它放在你家少爷的枕头下，就能让他对你死心塌地。”

目送着月初欢天喜地地离去，慧清合上灰色葛布斗篷，唇边的细纹勾画出一道阴郁恶意的笑：“可怜又愚蠢的小女人，给你的药只能暂时迷住心窍，让他对你身上的味道着迷——这世上，哪有什么永恒的情爱？就算是漫天神佛，也不能阻止一个男人移情变心。”她冷然的笑声回荡在阴暗逼仄的小巷里，满是愤世嫉俗的慨叹。

夜幕缓缓降落下来，天空下起了小雪，顿时千万朵白绒静静飘飞，宛如无根之萍。一向平静的平宁坊却并没有陷入沉睡，反而在街头巷角点起了一盏盏气死风灯。

十字街的中央空地上，木雕梁柱的花楼戏台被临时改作佛场，一帮女尼们便在一旁歇息，准备即将到来的法会。

高台侧边的屋檐下，早有人备好了素色庄严的油布长棚，架好了连幅道屏，连炭盆火堆都布置齐备，军官太太们聚集在一起，百无聊赖地观赏着雪景，等待着慧清师太的到来。

她们之中俨然以黄镇抚家夫人为首——她是个温柔娴静的中年夫人，着一件紫锦宝相花纹的长袄外罩雪上青貂绒昭君套，身边跟随的妙龄少女正是黄二小姐。

“你爹一向不喜我抛头露面，这次法会规模如此之大，他会不会生气？”黄二小姐同样在母亲耳边窃窃私语：“娘亲你不用担心，一心向佛乃是积德行善，听说宫里的贵妃娘娘也信这个呢！”黄二夫人板起脸：“我真是把你宠坏了，我们是什么人家，怎敢跟贵妃娘娘相提并论？”

黄二小姐不依了，撒娇道：“娘……虽然贵贱高低有别，但佛祖面前众生平等，我们求佛也是为了父亲的身体安泰，更为了我……”

说到这里，她面色绯红，再也说不下去，黄夫人叹了口气，轻抚她的头发：“罢了，若是佛祖能保佑你父亲脚上旧伤痊愈，再赐予你一个如意郎君，我就舍了这张老脸，出这一次头。”

说话之间，三声磬响，在风声细雪中越发显得庄重肃穆，顿时，所有人都安静下来。

夜色苍茫，天光雪色都倒映在灯火的熠熠之中，万众瞩目之下，一身素白缁衣、手持念珠的慧清师太缓步走上高台。

她缓缓念起经文，通篇都是梵音呢喃，纤细清瘦的身影伫立在高台中央，自然有一种浩然高华之意，众人都是军官家眷，粗通文墨，虽然不懂其中意义，却都被这种气质所慑，心中生出无穷敬仰。

“佛在世时有长者，梵名‘须达多’，译曰善施，别号‘给孤独’，建祇洹精舍……”慧清师太开始讲起贤者须达多为求佛法，以黄金铺满太子的精舍别院的故事，又讲了佛祖舍身饲鹰的经典，她口才又好，卖相气质美妙绝伦，众家太太都被她迷得神魂颠倒，又是惊叹又是啧啧称赞。

不知不觉间，就连站在屋檐下驻足倾听的人都被她吸引，渐渐走到高台下，只盼能离她近些、再近些。

她的嗓音悲天悯人又温柔悦耳，好似有无穷的魔力，很多人甚至取下身上的首饰布施给她。

慧清师太手下的尼姑们将布施之物放在一边，给一文钱的、给金珠玉贝的，统统一视同仁，赠以十八子手串和药丹一枚。

“此乃佛母万生灵丹，专救苍生苦厄，今日与众人有缘，故此奉上。”慧清师太面容淡然，口气倒是不小。

众人都欢喜不已，药丹拿在手中一嗅，若有若无的香气扑面而来，只觉一阵神清气爽，连带病虚弱的顿时都好转了七分。尼姑们都面容白皙，面对众人的感激，只是淡然一笑，拱手道："是佛母娘娘慈悲，也是施主们的虔心。"

黄夫人手中托着药丹，脸上满是惊喜："这药真管用，我的眩晕症都好了很多！"

黄二小姐赶忙托起掌心的药丸，凑到眼前，只觉得它色泽淡绿晶莹剔透，多看一眼心神都为之荡漾，好似整个人都升入五色幻迷的天宫仙境之中。

"太好了，这下父亲的腿伤也有救了！"她兴奋地低嚷，却不料被为首的尼姑泼了冷水："这药丹乃是佛母座前诵经千遍才赐下的，离开佛光一个时辰，便毫无效力！"

"这可怎么办！"黄家母女的脸上蒙上了失望的阴霾，一旁众位女眷也是满心火热落进了冰窖里——这里大部分女人乃是军中眷属，哪家男人出兵放马身上没有一两处旧伤？她们满心盼望慧清的药能治好家中的顶梁柱，没想到居然有这个限制！

黄二小姐眼珠一转，看向一旁站着的家中护卫，这本是黄镇抚身边的亲兵，弓马武艺不在话下："陈叔叔，你全速赶去营中，能否在一个时辰内送到？"

陈护卫是个身板壮实沉稳的中年汉子，闻言一愣，随即道："若是用双马替换也许可以一试，但属下奉命保护夫人和小姐……"

"我们好端端在这儿会有什么危险？你快去，我父亲的伤能否痊愈，可就全靠你了！"这一顶高帽扣下，陈护卫只能从命，他吩咐了护院们几句就匆匆打马而去，而其他各家夫人小姐也都派出孔武敏捷的男丁，把药送去军营之中，一阵忙乱之下，不远处街角的骏马与车驾离开了不少，只剩下灯光浅影里踏碎的雪痕。

慧清师太翩然立于高台之上，看着底下妇孺坊民们，眼中闪过一道讥讽，随即转为悲天悯人的清圣。

"诸位都是有心向佛，但却常常不得其门而入，也不便经常外出拜谒。但入我佛门本就是论心不论形，只要心意到了，必定会有灵佑。"

说完，她转动手中佛珠，缓缓念诵道："若欲灭烦恼障、报障者，当贯木槵子一百八，以常自随；若行、若坐、若卧，恒当至心无分散意，称佛陀、达摩、僧伽名，乃过一木槵子；如是渐次度木槵子，若十，若二十，若百，若千，乃至百千万。若能满二十万遍，身心不乱，无诸谄曲者，舍命得生第三焰天，衣食自然，常安乐行。"

这一番话显然是说，只要经常转动佛珠，念诵佛母之名，便能求得安乐顺心，顿时，在场众人纷纷拿起刚刚分发的佛珠，一边转动一边跟着她念诵经文。

白雪飘飞之下，暗夜天地间都充斥着这梵唱一般的诵念声，佛珠的异香渐渐地浸染众人的心神，渐渐地，她们的眼神开始迷茫混沌……

慧清静静观看这一幕，心里满是计划成功的兴奋："请各位离席，将佛珠放于净水之中，让家人邻舍饮下，才能与佛结缘。”

所有人好似听到了至高之令，站起身来鱼贯离去。她们眼神浑噩，寂静无声，在暗夜中缓缓行走着，宛如行尸走肉一般，偌大的队伍透着一股阴森诡秘之意。

“只要碰触、服用过佛珠上的香药，就足够让你们浑浑噩噩过上一天一夜，整个平宁坊，已经在我掌握之中！”慧清太过得意，以至于没看见，在女眷们队伍中间，有一个身量娇小、面色黛黑的少女正以清澈明亮的目光打量着她。

小古看着慧清微微一笑：“白莲教的如意算盘很不错，但胃口太大，小心会被噎着。”

商驿的大堂上灯火通明，任凭窗外雪落凝冰，此间却是温暖如春，酒香扑鼻。

广晟身着织金深紫斓纹曳撒，懒洋洋地倚靠在上首矮榻上，身边倚着千娇百媚的蓝宁，巧笑嫣然之下一双美眸几可勾人魂魄，柔若无骨的身子让底下的罗师爷不禁咽了一口口水。

“罗师爷，那些美人儿什么时候才能到？”相对于广晟的潇洒不羁，罗师爷却显得有些焦虑不安，他低咳一声，连忙回道：“就算快马来回也要两三个时辰，更何况佳人还须梳妆打扮。”

他偷偷打量着广晟慵懒自在的模样，心下暗恨：这小子爱好声色犬马，这次不知怎的，却只上钩了一半！

原本他以回族美人为饵，想引诱广晟去那所郊外别院之中过夜，这边他们便能顺利将马车上的黄金安全卸下运走，再将允诺对方的甲胄铁器出库运走，没想到，广晟满口垂涎答应，临走却犯了懒劲，不肯奔波跋涉，非要派亲兵们将美人们带来。

“这么天寒地冻地跑来跑去太累了，还不如把美人儿请回来，可以多多玩乐几天。”罗师爷听了简直是如雷轰顶，忧心忡忡地试图劝服他：“大人千万不可啊，虽说军中私下玩乐是人之常情，但毕竟是指挥使大人初次对您委以重任，偶尔偷欢一夜也罢，如此大张旗鼓地将人带回嬉戏，只怕会……”

广晟当时斜睨了他一眼，漫不经心地笑道：“这里只有我和你们在，谁会嚼舌头？”

他一双眸子浓若点漆，笑意艳丽，却暗含一种毒辣冷戾，吓得在场几人都猛一哆嗦，纷纷表示不敢出去多言。

“这就好，现在就只等美人驾临了。”话说到这个份上，罗师爷只觉得嘴巴发苦，无奈何只得出去张罗，他疾步而出跟心腹手下吩咐了一阵，眼中精光一闪，已是有了决断——既然姓沈的小子不肯走，那就彻底把他灌醉让他跟美女们颠龙倒凤，只要外面搬运的人小心些不弄出声响来，必定能安然无事，大功告成！

“师爷……师爷？”广晟的催促打断了罗师爷的沉思，他正要赔笑脸，却听外面马蹄阵阵，随之而来人声嘈杂，香风阵阵，更有隐隐而来的莺声燕语，夹带着异族腔调，顿时引起众人兴奋：

“来了来了！”

只见帘子一掀，一阵奇异的香味随着冷风扑面而来，出现在众人面前的竟是身披白色滚毛斗篷的一群女子，她们抬眼时众人都倒抽一口冷气：竟是如宝石一般碧绿苍翠！炭盆被密密地排在两旁，地上的毡毯也准备好了，打头一个女子“刷”的一声把斗篷除下，顿时酥胸半露，一袭烟纱裹胸上面镶满了明珠璎珞，更衬得那浑圆呼之欲出。她生疏地敛衽，低头行礼之下两点嫣红若隐若现，堂上几乎可以听到男人们咽口水的声音。

她一人穿白，其余众女都是红色纱丽，胯骨上半露着镶金丝的云纱缕裙，随着胡琴奇异幻美的音色环绕成一圈，开始扭动腰肢，雪白颀长的美腿极尽魅惑。

奇异的香味如兰似麝，门窗紧闭之下更是甜甜的沁人心脾，据说是来自黑衣大食的特殊香料，广晟吸入时眼神一阵恍惚，强撑着一股念头捻痛掌心的皮肉，这才略清醒些，心知这香料有异，回看罗师爷却也在低声咳嗽，略带厌恶地咕哝道：“这香味也太呛人了，哪儿弄来的啊！”

难道……这香料跟他无关？

广晟的眼中闪过惊异之色：他原以为罗师爷今夜就要卸货装货，嫌自己碍事就干脆用了药，没想到这戏中还有戏呢！

甜美的香味迅速弥漫，无声无息之间众人的眼神都开始恍惚了，广晟低头伪装不支，那打头的女子身躯宛如灵蛇般腻在他身侧，突然一口气轻吹而出，脖子后面一阵瘙痒，正要将她推开，却不料她香舌轻舔，划过耳垂，血液之中宛如中了毒鸠一般火辣。

“大人，您就是负责那批货的吗？”广晟点了点头，假装已经被控制，双拳紧握之下，实则是控制自己的脾气，不至于一拳把她打飞。

舔脖子什么的……湿湿滑滑实在是让人反胃。

“那笔巨款在什么地方？”

广晟瞬间起了恶作剧的心，眨了眨眼道：“都在罗师爷的账上。”

他可没有说谎，买卖皮毛兽骨的钱都在账上，撑死也不过七八千两银子，轻飘飘几张银票而已。

一旁罗师爷尚有几分意识，听着这话转身就想跑，却被波斯回女一把抓住，左右开弓扇了十几个耳光。

一个特制的香囊从女子腰间解下，喂到罗师爷嘴边，就算他骨头再硬，几秒钟之后也被香药迷了心窍，顺利逼问出了黄金的下落。

丢下被打得嘴角出血陷入昏迷的罗师爷和沉默只知傻笑的广晟，任由姑娘们将所有人五花大绑，那美貌回女转身走向放置车辆的堆场。

广晟在她走后，变魔术一般解开自己身上的束缚，却仍假装瘫软在榻上，一旁的蓝宁假装倒在他身旁，眼珠却骨碌碌一转，露出一条缝来。

就在此时，广晟的身子颤了一下，脖子微微转动，避过众女的监视，侧耳倾听着什么——围墙外面，好似有什么动静……似乎是许多人整齐划一的脚步声？！

那脚步声虚浮无力，飘忽得好似鬼魅，却整齐得几乎成了一个声音。这是怎么回事?

夜色更深，雪花静静飘飞，整个平宁坊却陷入了一种诡异的律动节奏。

无数的妇孺老少默默地在暗夜里行走着，宛如鬼魅和活尸，空气中萦绕着一股缥缈空灵的香味。

行走的人群越来越多，好似整个平宁坊几百人都汇集在这里。

在慧清师太的喃喃念诵下，有些人自发地走到平宁坊周围的楼墙边，站成一排好似在警戒，其余的人跟随她来到了商驿周边，将这一片围得水泄不通。

慧清师太远远站在长街中央，耐心等待着。

不一会儿，就有人出现——正是那个魅惑妖娆的波斯回女。只见她从眼睛中取下绿色膜片，又擦去浓妆，赫然只是个胡汉混血儿而已。

“金子都找到了！”她气喘吁吁地低喊道，慧清师太也是面露喜色，两人一起来到寂静无声的堆场里，启开马车中的暗格，果然只见满目金子耀眼!

“终于是我们的了！”慧清师太正在兴奋，面色却瞬间冻结了，化为铁青色的严霜，“这个味道……竟然已被唐赛儿那小妮子捷足先登！”她的叫声震惊而尖利，完全失去了平时的仙风道骨。

那回女一头雾水，不知道发生了什么事，却见慧清师太浑身颤抖，脸色从铁青变为了死灰，她抖着嘴唇，咬牙切齿地叨念着：“唐赛儿，小丫头片子！你竟然……”

“大师姐，这到底是怎么回事？”面对回女的疑问，慧清师太咬牙低声道：“你还记得我们圣教的教规吗？”

不等她回答，她冷笑道：“凡我圣教众者，皆为兄弟姐妹，不得相争相杀，若此处一人得宜，则另一人迁转即可。”

“好你个唐赛儿，先是推三阻四说要稳妥，不愿相助于我，暗中却要抢我的任务，把这批金子收入囊中！！好深的心机啊！”慧清又气又恨，鼻端那股熟悉的甜酸味道传来——唐赛儿家祖上是开米醋作坊的，这既是她已经捷足先登的明证，也是她显示自己所有权的炫耀，简直让她怒气冲天!

按照教中规矩，既然唐赛儿已经得手，慧清便不可再插手，但慧清咬着牙冷笑不已，却不愿就此退走——好不容易抓到这尾大鱼，正要一展身手，怎么甘心就此把机会让给那个乳臭未干的小丫头呢!

见她踌躇不已，回女低声问道：“大师姐，我们该怎么办？”

慧清此时头脑已经清醒了不少，却反而更不愿罢休：若说是唐赛儿已经得手，可金子却原封不动留在原地……

她转念一想，不由得轻蔑一笑：“小丫头虽然有几分鬼点子，不知怎的被她先找到这批‘黄鱼’，可她又有什么本事能运出去？既然不能拿走，仍是要便宜我了！”

她断然下了决定：“命令外面那群人，赶紧把这些‘黄鱼’搬走——不，这样太麻烦，干脆整个车队都带走！”

有马车运送，简直是如虎添翼，为何不用呢？慧清师太拿出先前月初给她的广晟印信，在一张空白文书上盖了个戳，又提笔描了几句，这才满意地笑了：“那个姓沈的掌印官连大印都落到我手里，这就是绝佳的通行证，将来皇帝老子要是问罪，自然由他承担。”

“大师姐果然神机妙算，月初那个丫鬟总算派上了用场。”慧清师太被一番奉承心情更好，她一声令下，那些被丹药迷住心窍的人们默默地上前，替她赶着马车就要离开。

马车的车辙从泥地和蒿草之间拔了出来，染满雪屑和泥浆，慧清的目光突然呆住了：在装有黄金的车轮旁有一小块青石，下面压着一张祭祀用的纸钱，上面好似小孩涂鸦一般有着几个图案。

她的脸色更阴沉了。

这是教中表示危险，要求回退的意思。

看得出来，这也是师妹唐赛儿的手笔。

“小丫头片子想独占功劳，装神弄鬼就想把我吓走吗？”她低声一笑，不以为然地挥手示意，众人开始将马车备好，将厩中马匹系上笼头，暗夜里有马不乐意了，正要仰着脖子嘶叫，被慧清师太单手一拍，顿时哀鸣一声伏倒在地，乖乖受了驱使。

暗夜里人影幢幢，一出门，慧清师太手下几个小尼姑连同那些西域的舞女都迎了上来，她们飞快地跳上车辕，快马加鞭就要冲出平宁坊，车后跟随着那些被迷魂蛊惑的人，或是骑马，或是双腿跑着，寂静无声中却夹带着赫赫声势。

雪花飘落在人们的睫毛上，马蹄声嘚嘚落在青砖石上，四周除了这些被控制的傀儡，再没有任何威胁——慧清师太嘘了口气，没有坐在车里，而是卷了棉袍，坐在马车前辕，见那回女赶车手势生疏，微微一笑接过她手里的长鞭，或轻或重地甩开驱使，很是熟练。

“大师姐你居然会赶车？”名唤臻臻的回女惊讶问道。

“是啊，我家以前是开大车店的，最兴盛的时候曾经有五十几匹骡子、二十匹马。”回想前尘，慧清师太的神情有些黯然，雪花落在她略见细纹的眼角，竟是意外的柔和波光，“那时候我是个风风火火的闺女，成天就记挂着跟爹出去跑码头，每次装成小子要跟都被他识破拦下。最后我想了个狠招，躲在了运货的圆桶里，可就在那一夜……”她的嗓音变得凄厉而痛恨，“突然有官兵冲进我们大车店，见人就杀，还割了脑袋拴在马后，最后把整个店都烧成了一片白地。我躲在桶里想出去，却挣脱着滚到了河里逃过一命。天亮后，我发现我们家被贴了封条，说是‘白莲匪徒’。

“官兵根本是杀良冒功，拿良民的人头冒充白莲教，那时我就下定决心，一定要加入白莲教，做一个真正的教匪，为我全家报仇雪恨！”她冷笑着咬牙道，随即却问起了臻臻，“我听说你爹是山西挂三千亩地牌子的豪商，你怎么会加入本教的？”

臻臻淡淡一笑：“我爹有钱没错，但我生母是从大食买来的奴婢，我爹在的时候还有我一口饭吃，等他死了，我就被送上京城给一个六十八岁的老头做妾，听说他是个侍郎，最爱玩什么‘一树梨花压海棠’，每年都得纳几个新的，死几个旧的。”

她耸了耸肩：“所以我跟押运的镖师逃了，被他卖入青楼又跑了，穷途末路就只能加入圣教了。”

慧清点了点头，仿佛是自嘲，又仿佛是结语，她轻声道：“加入本教的，都是些穷途末路的，不跟朝廷作对到底，我们也没有别的活路。”

“唐赛儿姑娘可不是。”臻臻在旁小声说道。

慧清板着脸哼了一声，道：“她是师傅的心头肉，关门弟子嘛，家里也是武术世家，从小也算是娇宠着长大，在她眼里，只当加入本教是件有趣的勾当罢了，遇到困难就推三阻四的！”

眼看着平宁坊坊门就在眼前，慧清不由得踌躇满志：“等我们完成这票任务，我们就要招兵买马，让那些达官贵人从宝座上滚下来！”话音未落，一道铁箭扑面疾射而来，她惊险一躲，“咚”的一声射入车厢，铁翎还在微微颤动，就在这一刻，坊门牌楼外传来喊杀声：“快冲进去，拿下这群妖惑人心的教匪啊！”

顿时，一阵铁弩连射而来，暗夜雪花之中但见玄黑长影四面八方乱飞，顿时驾车的一个尼姑被射成了蜂窝！

女人的惊叫声四起，慧清师太只觉得惊怒，却仍竭力镇定下来，她朝着坊门上的墙楼喊道：“快关上大门！”

被迷魂的守门将士们行动犹豫，他们虽然已经着了道，但本心里仍然知道职责所在，而门外又一阵箭雨射入，已经由试探转为突进！

“你们上去，把门关上！”慧清师太一咬牙，命令那些跟随的平民和妇孺家眷。

那些人默不作声地快步上前，由于心神被迷，他们毫不在意地行走在箭雨之中，有人被射中，胸口绽出一朵血花，而四周的同伴却没有哀号和惊慌，他们只是静静地、宛如活尸一般走上了楼墙，推出了保护坊门的连射机弩和小炮。

外面有人点亮了松明火把，接着好似传来更大的骚动，很多人在惊讶喊叫，有人的嗓音惊慌而杂乱，几乎带着哭腔：“快住手弟兄们！！”

杂七杂八的声音四处响起：“那上面站着的是咱的家小女人啊！！”

“天老爷啊，这是怎么了！！”

“大概是被教匪邪术迷住、魇着了！”

“天杀的教匪，连老人孩子都不放过，畜生！”

男人们粗糙的吼声响起，而四射而来的箭雨在这一刻软弱地停下了。

慧清师太露出狠毒而得意的笑容，喃喃道：“你们也有家小，也舍不得朝自己儿女的身上射啊！”一字一句好似从牙缝里蹦出，随即她一个眼色，吩咐臻臻道，“我们上楼墙去看看！”

火光暗走了夜半的雪色，椽木混合着石砖垒成的楼墙上，积雪只有薄薄一层，踩在脚下咯吱作响，慧清来到女墙的一端，面色冰冷地看向底下。

一彪人马当前，有四百来号人，后面有更多身着鸳鸯胖袄的步卒跟随，当首一人盔甲之下露出美髯一部，威武严肃之外更见三分儒雅。

“本官黄本固，你们这些教匪立刻束手就擒，否则本卫将士冲入，立时让尔等灰飞烟灭！”

这位就是黄镇抚吗，看着却是将门英豪，可惜声色俱厉之外仍然不够果决——

慧清师太微微一笑，居然有闲心念了一句佛忏，素白缁衣临风飘飞，宛如雪中菩萨：“黄镇抚，你们到得好快！”

谈笑自如之中眼中闪过一道紧张的阴霾：原本她让各家家眷快马把药丹送去军营，一是为了调走这些精锐之士；二是想用它来控制几个要员，就算有人怀疑不愿吞服，但必定也会有人中招。那药丹服下后感觉龙精虎猛神清气爽，都是热血男子，禁不住就会找些女人来发泄一番。

她的目光朝着黄镇抚脸上逡巡而去，笑得慈悲而温柔，暗夜中看来却别有一种诡秘：“你家夫人小姐千辛万苦向我求来的药丹，你居然没有吞服吗？就算你不愿信这些神佛道法，但那指挥使罗战常年有不举之症，他真的能忍住诱惑不吞服这神丹吗？”

罗指挥使……居然有不举之症？

底下微微有些骚动，有些官兵们唇角抽搐忍得辛苦，若不是如今十万火急的形势，他们立刻就要喷笑出声。

黄镇抚这才恍然，自己虽然在北丘卫算是一号人物，但平宁坊仍是在罗战掌握之中，若是他没有默许，想要贸然请来外人，哪怕是个尼姑也是不太容易的。

罗战的正妻当然是留在京城伺候公婆，但平宁坊里有他一个侍妾住着，平时虽然不算得宠，但肯定是他在眷坊的一个耳目——她必定也是求子心切，罗战这才通融一二。

“我很奇怪，就算你没有吞服，又怎会这么快就起了疑心？”

黄镇抚面色一变，好似想起了什么让他不悦的事物：“不用多加废话，本官数到三，你等立刻自缚出降！”

其实根本没人发现不妥，就连他自己，虽然不愿吞服这些奇怪的江湖药丹，但也感念夫人的一片诚心，只是置之一笑而已。在他们这些男人看来，妇道人家喜欢求神拜佛寻医问药本就是小事一桩。但随之而来的变化让人意想不到：竟然有锦衣卫的人赶到，通知这里出了白莲教匪，顿时全军风声鹤唳，黄镇抚担忧自己的妻女，一马当先率军赶到。

“是有人通风报信吧？”见黄镇抚拒绝回答，慧清师太冷冷一笑，一挥手，顿时有人拖过一对母女，“既然被你发现，我们的事就算功亏一篑，也不会让朝廷得了便宜——你的妻女在此，若是强攻，立刻就是玉石俱焚。我们这些乱匪是不值什么，可你那夫人和小姐可就……”

黄镇抚怒睁双眼：“你敢？！！”

火把闪烁的光芒照亮了他妻女的脸，北风呼啸中，她们连兜帽都没有戴，就这么双目迷蒙地站在楼墙上，雪花落了满头，脸上冻得通红也茫然不觉，任由尼姑们的长刃架在脖子上。

黄镇抚竭力压制心痛和恐慌，面无表情地捋着胡子：“放走逆贼，我全家也是连坐之罪，我家女眷死罪可免，却要落到那肮脏地方去——与其这样，还不如死在你手上——你动手吧！”

一语既出，在场之人都惊住了！

“你、你说什么？！”慧清师太噎住了。

“你动手吧，死在你手上也算是为国尽忠，称得起贞烈二字。我是朝廷命官，绝不会受你胁迫要挟！”

见慧清师太犹豫，他越发显得铁石心肠：“你不动手是吧，本官就亲自动手送她们上路！”

他一把夺过亲兵手中的弩箭，朝着自己的妻女就是两箭连发，两道铁箭准确命中两人的肩膀，透体而出，顿时血花四溅！

“啊——”

剧烈的疼痛让黄二小姐略微清醒了些，她口中发出含糊不清的痛呼声，如一片落叶一般坠落下来，顿时有亲兵上前充作肉垫将她接住，一声闷哼之下，伤口更加开裂。

黄夫人委顿在地，乌黑长发蜿蜒在慧清脚下——这一幕让她禁不住眯起眼，瞬间回想起当年自己从河里的木桶中回到家中的情形：亲生母亲的头颅被砍下带走，只剩下一头乌黑长发被当作累赘丢弃在地……那般的乌黑、蜿蜒，好似失去生命力的蛇……慧清整个人都因为旧日回忆而发抖着。

第七章

夜战·绣春

1.

而就在她怔忪的一瞬间，官兵已经开始猛烈攻上来了。

黄镇抚方才故作冷酷，其实自己也是捏着一把冷汗——他当然不会故意置妻女于死地，但若是仍由她们作为人质，这些教匪事后也不会让她们活下去，且这罪名却能让自己一家陷入泥沼。他当机立断，急中生智射中两人的肩部，就是为了博得一个挣脱魔掌的机会。

这个机会成功了一半，黄二小姐已经顺利脱出，现在剩下的，就只有战斗和杀戮了！

平宁坊不是什么军事要塞，也不在什么边关要地，它只是天子脚下离金陵府不远的一个小小的眷坊，椽木混合着石砖的楼墙，在平日里经受风雪侵袭也算牢固，但终究挡不住官兵们的刀砍枪挑箭射。

臻臻发出尖利的叫声，慧清终于从残酷的记忆中醒来，她铁青着脸喃喃念诵，顿时周围的人们神志昏茫地围绕在她们外圈，结成一片人盾替她抵挡刀箭。

这些人也是底层军官们的女眷家人，彼此都算是熟悉，兵卒们手中的兵器顿时迟疑下来，而慧清朝臻臻和尼姑们使了个眼色，一起跳下了楼墙，回到车上。

坊门被拉开，马车驶出，两边人马再无阻隔，面对面剑拔弩张。寒夜的北风呼啸着吹到每个人身上，那汗珠却顺着甲胄往下滚落。兵刃的冷光映着火把跳跃的炽芒，暗示着这将是一个难以善了的长夜。

黄夫人的躯体被拖曳在马车上，血痕拖了一地，也不知生死，黄镇抚虽然面无表情，心中却已是肝胆俱裂——但他不能露出一丝端倪，只要给这些教匪看出一丝一毫的软弱，他们就抓住了他的罩门。

马车继续向前，刀枪向前，围在周围的人群肉盾沉默向前，官兵们面面相觑，正待后退，却听暗夜里遥遥传来一声——

“在我们锦衣卫眼皮底下，你们竟敢心慈手软，私纵教匪？！”

只见坊门外的大道上，一群人簇拥着一位将官疾驰而来，来者相貌俊美，宝蓝色织金箭袖长袍外罩雪色明光铠，通身上下一派贵气。

“是指挥同知王大人！”

众将士神色紧张，互相交换了眼色，想起方才在大营中王大人突然拿出锦衣卫密令腰牌的那一幕，都觉得不寒而栗——王舒玄先前都是以纨绔贵公子的模样出现，他官位虽高，大家却从来不怕他，没想到他居然是锦衣卫派在军中的密探！

指挥使罗战当时就瘫软下来，颤抖宛如风中落叶，王舒玄却是咄咄逼人，不仅揭穿了白莲教的所谓“神丹”，还要求北丘卫众将士戴罪立功，立刻把教匪一个不漏地拿下。

黄镇抚眉头深皱，凝视着王舒玄腰间那柄长刀：材质极好乃是百锻精钢，光芒吞吐之下显出玄铁的炽黑，狭长略弯显得格外轻巧，刀脊是直的，不似倭刀的弯曲——然而轻轻一击，却可以将整头猛虎斩成两截！

这是锦衣卫的绣春刀，而且是上位者才有资格佩戴的精品！最值得瞩目的是，刀柄中央那镶嵌成妖异眼眸的南红宝珠——这象征着锦衣卫在黑暗中无孔不入的监视窥探。

他不禁打了个寒战，抬起头却触及王舒玄的目光，那般飞扬跋扈、志在必得：“黄大人，如果让这群教匪脱逃，这可不是你一个人能担待得起的，我们纪纲大人的脾气，想必你也略知一二，若是他知道是你家女眷招来了这些人……”

坊门口的空气在这一刻几乎凝滞！

黄镇抚的心顿时凉了下来——自己的妻女虽然是被人所骗，但这引狼入室的罪名绝对是逃不了了，若是再任由白莲教匪逃脱，只怕整个北丘卫都将遭到血的清洗！但是屠杀女眷老少，他实在下不去这个手！

见他神情仍在挣扎，王舒玄冷笑一声，从容地从马上下来，取出一把模样别致的神机弩，朝着慧清便是一箭！

谁也没想到他会如此鲁莽果断！

这一箭力量无比，穿越风雪发出咻咻之声，穿透围绕在外的人墙胸前，带起一连串血花，却仍然余势不减，朝着慧清直贯而去！

“大师姐小心！”一声清喝，慧清还未反应过来，却只觉得一道人影挡在身前，电光石火地正中胸口，颓然倒地。

“臻臻！”她死死抱住她的身体，而后者被这箭巨大的力道带倒在地，胸口竟然出现了拳头大的一个血洞。

四周的人墙也倒了一地，胸口连珠一般出现巨大的血洞，有人甚至半颗心都掉了出来，场面一片血腥。

所有人都呆住了，一片寂静中只听见王舒玄的亲兵在响亮地阿谀奉承，而王舒玄气定神闲，笑眯眯地说道：“这是锦衣卫锻造司新出的巨力弩，果然不凡啊！”

“臻臻！”慧清不顾一切地想要扶起臻臻，后者双目圆睁，嘴唇嚅动着却终究什么也没说出来，头一歪就此气绝。

慧清弯腰不顾一切地摇着她：“臻臻，你醒醒啊，你起来啊！”

她的声音悲恸而疯狂，带着不敢置信的恐慌。

她跟臻臻只是点头之交，这次一起出任务才算是真正深谈——然而转瞬之间，活生生的人就在眼前没了。

是为了替她挡住这一箭而死的！

慧清觉得自己全身血脉都要炸开了！

“臻臻你醒醒，不要睡着……”眼角好似模糊了，却又火一样地烧灼疼痛，她茫然地抱起尸身，一时呆住了。

“好机会！”王舒玄精神一振，拔出腰间长剑就要杀过去取下她的首级，突然他的眼睛瞥见一样物件——慧清的怀里居然滚出了几张文书和一个铜金官印来。

远远地看不清楚字样，但那形状，他却是在文书账目上看过无数遍！

那是指挥佥事的官印！

整个北丘卫，同样形状的印有是三块，指挥使、指挥同知和指挥佥事。但罗战由于是一卫之主，印章的成色和尺寸要更胜一筹，而自己的官印好端端保存着。

这必定是沈广晟掌管的佥事大印！

那小子掌管的官印，怎么会落到白莲教手里？

指挥使的正印与这一枚佥事印使用次数最多，因为许多账目来往通关都需要盖这枚佥事官印——王舒玄的脑子飞快转动，立刻意识到这是个绝佳的机会：若是这些白莲教侥幸逃脱，事情就彻底闹大了，而这落在贼手的官印必定会派上用场，足以让姓沈的死得灰飞烟灭！

私通教匪的罪名他是逃不了了，要是设计得当，就连纪纲也保不了他！

王舒玄越想越是得意，禁不住脚下踌躇，站在原地不动，黄镇抚等茫然不知他要做什么。

他的目光直朝那些浑浑噩噩的人身上看着，还特意看了生死不明的黄夫人一眼，叹气道：“快把这些人身上的妖术都解除了，放了他们，可免你一死。”

慧清抬起头，眼中满布血丝，充满仇恨的眼睛死死瞪着王舒玄，后者好似更有顾忌，停住脚步重复道：“赶紧放人！”

慧清当然知道这是骗三岁孩子的，但见他目光闪烁游离，不断看向那些迷了心窍的人，顿时自以为明白了他的心思——

他还是在乎这些人的性命安危，不敢冲上前来！

这次的计划已经功败垂成，但只要手握这些人质，也许还能杀出一条活路来！

她回望着身后一辆辆马车——这么多黄金，是宝贝也是祸物，现在一一取出已是来不及了，但可以用来混淆视线。

心念既动，她使了个眼色，又反复比画，确定其他车子上的尼姑和舞女们能领会自己的意思，顿时手下一紧，死死掐住黄夫人的咽喉，顿时满手染了血污，也分不清是臻臻还是黄夫人，或是自己哪里受了伤——

“站住！再过来一步，我先杀了黄夫人，再命令这些人自尽，死在你们跟前！”王舒玄好似真被吓住了，只是皱着眉头怒声喝骂，居然真的不再有动静，慧清师太手中长鞭一挥，顿时双马发出一阵嘶鸣，惊起前蹄猛然冲了出去——

王舒玄身影一闪避让开来，望着马车的背影只是大喊道：“来人啊，快追，莫放跑了这些教匪！”

他光是喊，却是雷声大雨点小，姿态悠闲得很，黄镇抚眼睁睁看着，怒气横生地质问道：“王大人你为何放她们走？”

王舒玄嗤笑一声，反驳道：“方才就是你舍不得自家爱妻，在那里优柔寡断，现在我成全你的意思，你居然反过来问我？”

话音未落，他翻身上马，一边挥鞭急追，一边从怀里掏出一个圆筒，用牙齿咬开，随即向天空丢去，顿时暗夜苍穹之上爆开一朵特殊的礼花，五光十色久久不散——

这显然是锦衣卫的某种传信记号。

黄镇抚也急急跟上，两边所带的兵马见状也是一声呼啸，调转马头纷纷追赶。

暗夜里雪花纷纷扬扬，落在人脖颈之间带着冰冷的镇定之意，而一追一逃的两帮人马却是喘息着、酝酿着杀意。

王舒玄看似卖力地追着，但他好似嫌热闹不够大，连续燃放几次烟花，黄镇抚越发觉得他行为怪异，好似别有目的。

马车夹带着大量的货物，即使拼命奔跑也渐渐被追上，突然慧清一声清喝，马车分四路散开，各自朝一个方向驶去！

王舒玄冷哼一声，锐利的眼神紧紧盯住慧清所在的第一辆车，紧追不舍。

慧清的车上开始不断地丢下兽皮牛筋这些货物——虽然是作为跟元蒙交易的遮掩，这些货物也是林林总总非常齐全，乱七八糟的东西丢弃在山道上，不断给追兵制造麻烦，又是黑夜视线不清，王舒玄手下有人不幸被绊倒，哀号一声折断马腿滚落山涧。

没了累赘，慧清的车子越发轻盈飞快，一追一逃之间，距离渐渐拉开了。慧清松了一口气，揭开马车的帘子，天边初露鱼肚白，朦胧的视线中却出现了另一座哨卡式的石堡，路旁还有拒马和木蒺藜围栏。

金陵乃天下帝都，近畿原本就是重兵云集，但天下太平已经几十年了，这里原本也是虚应其事，只有十个守哨，正在懒洋洋地打着瞌睡。

慧清心中一喜，策动缰绳让马继续狂奔，响亮的马蹄声把那些兵勇顿时吓醒了。

“路条勘引——”话音未落，只见慧清一手继续加鞭，另一手高高擎起广晟的官印，高声喊道：“奉北丘卫指挥佥事之命，闲杂人等全部让开。”

守哨这边的人都惊得弹跳起来，完全不知道这是怎么一回事——就算是北丘卫那儿也要按手续验路条引证什么的，哪有这样土匪一样闯过去的！

慧清飓风一般冲过他们身旁，几人都被冲得惊慌躲闪，最后一人躲闪不及，被一张盖了官印红戳的文书糊了一脸，他拿下一看，恨得咬牙切齿。

几人惊魂未定，又一阵马蹄声急冲而来，吓得他们几乎要做滚地葫芦，随即出现在他们眼前的却是一个俊美华贵打扮的武官。

正是刻意拖延想把事情闹大的王舒玄。

他听完三言两语，大惊失色地喊道：“什么，沈大人连官印都被教匪劫了！”教匪带着朝廷命官的官印逃之夭夭，这绝对是件天大的祸事，眼前人证物证俱在，沈广晟这次是翻不了身了！

他唇边露出一丝阴狠的笑意：所谓强龙不压地头蛇，沈广晟突然派来接手北丘卫这边的要案，这是在他王某人的盘子里抢饭吃，若是他态度谦恭，肯把头功让出也就罢了，先前居然还敢这么倨傲不恭，现在闹出这么大的娄子，查案人反被教匪劫了官印，就算是纪纲大人也面上挂不住，不会再保他了。而他王舒玄，先是英勇剿匪不落人后，接下来又是怜惜同僚家眷侠骨柔情，虽然一时放走教匪，很快就布置周密亡羊补牢，及时调动周边的锦衣卫人员在前行之路上围追堵截，小小几十个女匪，已经注定是他的瓮中之鳖！

这次不仅自己立了头功，还分了功劳给附近的锦衣卫同泽，这样他王某人的人望呼声就会更高，听说南镇抚司的二把手马上要出缺，或许自己也能……

他正在浮想联翩，突然只听见远处山道上传来逆向的马蹄声，清脆而响亮。

是谁？

难道是教匪们去而复返？

他摇了摇头，觉得这不可能。

马蹄声滴答，速度不紧不慢了，从容不迫却又带着蓬勃朝气。山路上的残雪被马蹄扬起一团，好似一团仙雾弥漫开来，迎面而来的骑者沐浴在熹微的晨光中，黑甲银枪，身材挺拔眉目如画，举手投足之间更见冷峻威仪。竟然是……沈广晟！

王舒玄只觉得整个脑袋“嗡”的一声大了，满心的震惊化为一声大叫：“不可能！”

他不是应该被白莲教的舞女们迷昏了，正在黑甜乡里做春秋大梦吗？

广晟策马又走近两步，笑容绝丽，笑吟吟地跟王舒玄打招呼：“这不是我们的指挥同知王大人吗？这冰天雪地的，是出来猎狐狸兔子呢，还是来找美艳小寡妇过夜的？”

王舒玄只觉得一股惊怒交加的恶恨从心中涌起，一张俊脸都因此变得通红：“沈广晟！你死到临头了还敢卖弄唇舌！”

广晟冷冷一笑：“卖弄唇舌的人是你吧王大人——没想到你脚程这么慢，跟裹了三寸金莲似的，连个女教匪都追不上。”

“那是因为有你的官印，她轻而易举通关了！”王舒玄好似抓住了天大的把柄，低吼道，“你吃里爬外，真是丢尽我们锦衣卫的脸！”

“丢脸出丑的人还是王大人你……”广晟轻蔑一笑，长枪一扫，下一瞬，一颗黑而圆的东西从他马后飞起，呼啸着朝他丢了过来。

王舒玄急忙闪过，那物件掉在地上，溅起紫黑色半干的血迹，混着灰白色的脑浆——竟然是一颗人头！

那面目，那光溜的脑袋，是方才被他们追赶的慧清师太！

“王大人，你连个女人都抓不住，还得我来代劳，真是丢尽我们锦衣卫的脸啊！”广晟嘲讽他，用方才同样的话来打他的脸。

王舒玄顿时一滞，如此大功却被他抢先了，但他转念一想，却又转为狞笑：“你这是杀人灭口——你的官印被她所夺，一路通关直入毫无阻碍，如此失职，就算杀了她也抹杀不了事实。”

广晟一愣，随即笑得前仰后合，好似听见了极为有趣的事，他手中长鞭扫出，从一旁看呆了的兵勇手里卷起那张盖有红戳的文书，丢在王舒玄的脸上，“啪”的一声好似无形耳光：“你看看清楚再说吧。”

王舒玄怒极，接过通关文书一看，却是宛如一盆冰水当头浇下，全身怒火都化为惊惧，文书上盖着的，竟然是自己的官印！

“这、这怎么可能？”

王舒玄好似急红了眼的赌徒，低喝道：“这是你跟那群女教匪勾结，伪造的！！”

广晟踞于马上，居高临下地瞥了他一眼，微笑中的冰冷却让王舒玄悚然一惊。

“你们统统退下。”广晟一声令下，兵勇们纷纷溜之大吉，广阔的哨卡前官道，只剩下两人对峙而立。

下一刻，广晟叹了口气：“我跟王大人你同僚一场，又都是纪纲大人派来北丘卫的，原本就该通力合作，却没想到闹成这么个局面……”似乎很是惋惜的口气。

王舒玄飞扬跋扈惯了，以为他要服软，心下一松要就坡下驴：“你要是早这么识相，我又何必……”

回答他的是一声清脆的响声——广晟的长鞭宛如灵蛇，卷起一小枚官印送到他眼前，王舒玄一看，顿时魂飞天外——这正是自己的官印。

“王大人，你自己的东西，自己总该有印象吧？”

王舒玄颤抖的手在官印上抹了两下，发现是真，正要劈手夺过，长鞭一卷，官印又被卷回广晟手中。

“丢失官印是什么后果，同知大人先前已经研究透彻了，不用我多说。”

王舒玄眼前一黑，却咬牙挺住了，他深呼吸两次，已经慢慢恢复了冷静：“这一开始就是你设的局吧？”

“一开始，这个局就是为白莲教设下的，从她们蛊惑我家里的丫鬟起，我就准备将计就计了。只是没想到王大人你手伸得那么长——既然你要夺功又要栽赃，那这个通关令，我就干脆借你的官印一用了，好在你我二人的官印外形都相似，只是字迹不同。但是白莲教派来偷取官印的那个丫鬟月初，她只略微认得几个字，心慌之下又哪会细看？”

“你是什么时候偷到我的官印的？”王舒玄咬牙问道。

“王大人天天惦记着踩我一脚，故如此勤奋，三过家门而不入，我去取来自然轻而易举。”

王舒玄突然恍然大悟：“是红笺这个小贱人？只有她知道我的官印放在哪里！！”他愤怒之下脸上肌肉抽搐，破坏了他竭力营造的俊美贵公子模样，“枉费我对她如此宠爱，居然勾结小白脸来害我！”

“你对她虽然柔情蜜意，却迟迟不肯帮她脱籍离开，只是玩弄而已，我对红笺毫无情爱之意，不过是给她一份安全的庇护，她就愿意倒戈，你想想自己为人是何等失败吧？”

广晟好整以暇地说道，王舒玄一颗心却是沉到底——偷鸡不成蚀把米，自己反而有把柄落到这小子手上，只怕他不会善罢甘休。

“你究竟想怎样？”他俊美的脸上浮现一道晦暗与怨毒混合的光影，颓然低下了头。

同样的日光照在广晟的脸上，却是无比耀眼夺目——那微笑并非浅薄的得意，而是志在必得的自信：“放心，我不会要你的性命，只是请你因病暂且回家休养而已。”

王舒玄略微放心下来，爽快却又口是心非地答道：“我立刻就称病告假。”

谁知广晟摇了摇头，浓若点漆的眸子微微漾出笑意，却让人莫名地浑身发寒：“这样太假模假样了，也太平淡了。”

回家休养还有什么平淡和激烈之分？

王舒玄还没明白他的意思，下一刻却见黑色鞭影直袭而来，他下意识地拔刀抵挡，劲风呼啸之下发出清脆的敲击声，长鞭缠在刀身上，震得他双手发麻，紧紧握住没有脱手。

好强悍的功夫！王舒玄也算是将门虎子，平时虽然嬉戏于女色之间，弓马武道也一直没放下，这次一交手，却隐隐已落下风。

没等他多加思量，长鞭一抖已经收回，利剑出鞘之声在他听来，竟是如此杀意凛然——只见广晟腰间佩剑已经出鞘，大开大合之下的一击，雪刃明光宛如白虹贯日，快得令人反应不及！剑气宛如深泉冰水一般浸肤而来，王舒玄咬牙，刀法凌厉格挡，只听叮当连声，刀剑交集之间火花四射。

以快打快的搏击，让两人游走于生与死的危险边缘，绣春刀与佩剑不停碰撞，勉强算是平分秋色——王舒玄却知道，自己是占了兵器之利。

刀刃格挡的声音显得无比刺耳，好似划在骨头上一般，王舒玄只觉得双手越发酸痛，两人的脸庞却是无比接近，近得可以看到彼此脸上的神情——“擅杀朝廷命官是死罪。”王舒玄气急喊出一句，平素潇洒倜傥的仪态此时却是显得狼狈。

“我不想杀你，我只是……想打断你一条腿。”初升的旭日照耀在广晟的脸上，仍是那般姿容绝世的美，比军营里任何姑娘都要好看，此时在王舒玄眼中，却宛如来自地狱幽冥的恶鬼！

话音未落，王舒玄手中的绣春刀被打飞出去，那颗象征监察之眼的南红玛瑙受不住巨力，从刀柄上滚落，在他眼前划出一道猩红的弧度——猩红的南珠宛如血珠……一颗飞散开去，又从一颗扩散成一片——不，那不是南珠，而是自己身上喷涌而出的鲜血！！

王舒玄凌乱的意识宛如一团乱麻，此时才感觉到一阵剧痛，整个人再也站立不住，摔倒在地。

他的右膝关节以一种怪异的角度扭曲着，显然是骨头碎了。

广晟长剑一收，含笑看着他：“王大人忠于朝廷，率先追击白莲教匪徒，可惜匪徒狡诈，伤及您的右腿，只能回家好好将养一下了——这可得找个好大夫，若是耽误，可能要做一辈子瘸子。”

“你这个——”看着他平静含笑却宛如无底深渊的神情，王舒玄只是痛得在地上颤抖，一个字也说不出来。

清晨的大营正房里炭盆齐整，温暖如春，指挥使罗战却披着貂袍走来走去，他眼圈发着青黑，神情显得焦虑而有所期待。

罗师爷快步走了进来，罗战看到他脸色就更黑了，冷哼一声，突然疾步走到他跟前，“啪”地给了他一记耳光：“你做的好事！”

罗师爷哭丧着脸咧了下嘴角：“东翁，这实在不能怪老朽，本来我计划得挺周详的，给那沈广晟找来一群回族舞女，让他玩个乐不思蜀，谁知道……”

“谁知道那群舞女是白莲教的奸细，还把我们的黄金全劫走了！！”罗战怒极，低声咆哮，愤怒带火的目光简直要在罗师爷身上戳出个洞来，“我是万万没想到，日防夜防，却竟然是你引狼入室，捅出这么大的娄子！”他越说越是急躁，“其他都还好说，我问你，那黄金到底去哪儿了，有消息了吗？”

罗师爷面露难色：“昨夜那群女教匪劫走马车，四十多辆马车四散分开，分几路逃窜了……”

罗战只觉得眼前一阵发黑——他最担心的事果然发生了！

“那还不去追！”

“指挥同知王大人已经追去了……”

罗师爷讲述了昨夜发生之事，罗战越听越觉得心惊：“居然直接就开打了？还闹出这么多条人命？弄到最后黄金还是追不回来？！”

面对他的滔天怒火，罗师爷只得乖乖认错：“四堂侄，这次是我不对……看在同族的面子上，一定要替我想个办法啊。”

罗师爷原本是罗战的一位族叔，看到原本也是精明干练的他如此一副惶惶不可终日的神情，罗战竭力压制自己的火气：“现在的关键是如何把事情压下去，还有找到黄金。”

罗师爷突然眼前一亮：“不如把事情都推到黄镇抚身上，毕竟是他家夫人招来了那个尼姑，那才是罪魁祸首！”

“这倒也可行。”罗战面露沉吟之色，显然这个办法他也想过，“但是黄镇抚也不是蠢货，他只要静下心来一想，就会发现蹊跷——这群白莲教来这里做什么呢？这里既不是守卫大内的禁军，也不是边关重镇，白莲教就算占据这里，难道能进攻金陵城？他只要坚持调查到底，我们的秘密就有泄露的危险！”

罗战想起这事又瞪罗师爷一眼：“这么多年了，我们用库里的精锐兵器换取元蒙人手里的金银宝货，这么一本万利的生意都没出过乱子，都是你做的好事！”还没等罗师爷回答，守卫的亲兵突然来禀：“佥事掌印官求见。”

广晟走进大堂，罗战略微皱眉，正要试探他是否知情，广晟就干脆来了一句：“大人，我提来了教匪头目的首级。”

血淋淋的人头托在盘里被呈了上来，罗战松了一口气，觉得这也能对上级交代过去了，他笑着满口称赞道：“果然是英雄出少年！”

“王同知英勇追击，可惜伤着了腿……这原本就是残酷的战场，他这样的软脚虾本来就不该掺和进来。”广晟继续扮出偏激狂傲、看不起人的模样，随即话锋一转，“可是卑职在王大人的身上找到了这个——”

断为两截的绣春刀被递到罗战跟前，罗战先还不以为意——绣春刀和麒麟服一样，虽然是锦衣卫的常见配备，但一些公卿王侯有时也会佩戴，王舒玄身为郡主之子，拥有一把绣春刀也不为奇。

但刀柄上镶嵌的那颗南红玛瑙宝珠可就太不常见了——宛如魔魅的一只眼眸，冷酷而无声息地监视着所有人，罗战顿时感觉一阵寒意涌上心头，突然抬眼看向广晟：“你觉得这把刀怎样？”

“精巧而轻便，可以一刀斩下马头，杀伤力巨大。”面对罗战强烈气势的逼视，广晟目光沉稳，瞳孔深处却好似倒映出一道火焰——那是满染野心与欲望的颜色，“可惜它只有一柄，很容易折断，而更多的同类虽然更强更锐利，却远在京城，鞭长莫及。”

罗战听着这意有所指的话，仔细品味着他的含义，广晟此时却是更上前一步，低声道：“其实卑职想汇报的另有一事。”

“哦？”

“那几十辆装着‘货物’的马车……”

广晟的话让罗战心头狂跳，但他多年历练也算是城府深重，闻言只是笑着望定了他，眼神中一片幽深：“你找到那些马车了？”

“除了一辆摔碎以外，其余都完整无缺，罗师爷等下便可前去清点一下。”广晟的目光中那点火焰的欲望越发浓厚，他舔了一下嘴唇，意味深长笑道，“所谓见者有份，大人吃肉，也别忘了给属下一份汤喝才是。”说完，他就转身告退，只留下面面相觑的罗战和罗师爷。

“他这话是什么意思，你听明白了吗？”

罗师爷已经吓得面色煞白，答非所问道：“王、王同知居然是锦衣卫！！”

罗战的脸色沉了下来，却仍是强作镇定道：“这也没什么奇怪，锦衣卫在各处军营、官衙，甚至是塞外都有密探，每一个的同僚、你身边的人都有可能是锦衣卫的人——他只是负责监视，未必是发现了真凭实据。”

“好在教匪是落到沈某手上，王同知也伤了腿要回去休养，等过这几天，我们银货两清，天衣无缝，他们想怎么查也查不出任何蛛丝马迹了。”罗师爷心有余悸地说道。

罗战摇了摇头，苦笑道：“王舒玄且不去说他，这个沈广晟也不是省油的灯啊，你听听他这话，分明是发现了端倪，现在也要分一杯羹呢！”

罗师爷发狠道：“他一个小小的庶子，被发配到我们军中，没根没基的就敢伸这个手，不给他点教训——”

罗战沉声打断了他：“答应他。”

“什么？大人你……”

“眼下只有稳住他，等过了这个风口浪尖，我会让他原样吐出来！”

罗战的眼中露出豺狼般的狠辣和精明。

白莲教匪一事，在有意无意的低调运作下，暂时平静了下来。

平宁坊的人大清早醒来，才发现自己宛如梦游一般，或是躺着，或是站着，甚至有人离奇地挂在楼墙上，发现自己的处境后发出一声尖叫。

那个温柔而神奇的慧清师太此后就失踪不见了，连同她带来的尼姑也再无人提起，而那齐声梵唱白雪飘飞的一夜，好似只是众人做的一场离奇之梦。谁也不知道发生了什么事，而军营方面也讳莫如深，不肯多说，只是男人都告诫众家女眷，今后不许再信这些邪神异佛。黄镇抚的夫人经过救治终于醒了过来，却因头部受创，不得不即刻回到京城寻名医继续治疗，黄二小姐陪同母亲一起启程离开。

临走前，她最后一次偷偷前来看望广晟。

身着纯白皮袄和浅紫棉衣的少女，脸上不复平日的活泼神色，而是变为苍白与憔悴，短短一日之间，她的眼里布满血丝。她身边形影不离的那个丫鬟也不见了，显然是被黄家秘密处理了——家里的丫鬟跟白莲教勾结，把人带进军中眷坊，还险些害死夫人小姐，这样的罪名，足够她死无葬身之地。

“沈大哥，我要走了。”少女眼中的憧憬仰慕，仿佛是千言万语，却未能说出，只化为一种忧伤的笑意，“这次的事，都是我任性惹的祸，给你，也给我父亲带来了很大的麻烦。”

广晟看着她叹了一口气：“这也是我的错，不仅没有看好你，还让你们一家身处险境。”

开始他是全然不知慧清的阴谋，后来发现了白莲教的企图，却因为不能打草惊蛇，不仅不能点醒她，还得眼睁睁地看她上当入套。

“是我怂恿母亲邀请了那妖女，就因为我对你……”黄二小姐哽咽了，苍白的双颊染上微微的红晕，凝望广晟的眼眸，一切尽在不言中。

闺中少女的心思千转百回，那般希冀着对方回应自己的爱，宛如小兽一般警惕着每一个可能成为情敌的人，曾经因为广晟对自己一句简单的笑语而浮想联翩，又因为他毫无回应的冷漠而伤心失落。

求神问佛，只是希望那三生石上的红线能将两人系牢，少女的美好憧憬竟然被居心叵测者利用，卷进了这一场混乱。

面对她眼中炽热而哀伤的情思，广晟再次叹息，无法回应她的心意，只能转换话题：“你放心吧，那个女匪首已经被我斩首示众，指挥使罗大人也不想把事情闹大，更不会多提是你家把人邀来的，黄镇抚虽然会吃些挂落，但想必不会太严重。”

罗战现在一门心思就是要把交易的银货两清，然后毁灭证据，所以尽量把此事压了下去——说起来平宁坊这里出了乱子，总归都是他的责任，万一朝廷派来巡检使之类的，也会连累到他的赚钱大计。

交易完成后，他有可能翻脸不认人，把白莲教和黄镇抚抛出去领功——但关键是，他能顺利完成交易吗？或者说，自己会让他顺利完成交易，抱着大笔金银退休过富家翁的生活吗？

广晟心里想着，不禁冷笑了一声。

他抬起头，再次对黄二小姐保证道：“你放心，只要有我在，就不会让黄镇抚出事。”

他如此关怀备至，愿意照拂父亲……是对自己也有意吗？

少女的眼中漾起希望的涟漪，下一刻却因广晟的话而彻底粉碎了：“二小姐，听说黄大人要给你在京城议亲，你我宛如兄妹，到时候我一定会去为你添妆的。”

宛如兄妹！

如此而已吗？

黄二小姐身子一颤，浑身失去所有的力气几乎跌倒在地，但她竭力稳住了——他已经说得如此明白，自己也该死心了，不能再让父母为自己担心、受累。

她攥紧了手里的荷包，悄悄收回袖里——那本是她临行前匆匆绣完的，如今已经不用送出了。

“感谢沈大哥的美意，我们全家都受你恩惠，不知该如何报答，只能祝你……娶得心仪的娇妻美眷，青云直上，一生遂意。”

她感觉自己好似说完了一生的吉利话，再也忍不住抹一把眼泪，转身逃也似的匆匆走了。

小小的雪晶从枝丫上坠落，宛如少女的芳心，未落地便四分五裂，随风吹去了无痕迹。

“少爷、少爷，你在哪儿啊……”清脆的嗓音从林外响起，广晟不用回头就知道是谁，他眼中闪过一道温和而宠溺的笑意，回头问道：“月初那边已经处理好了吗？”

小古从林边大路走了进来，她着一件杏黄色棉袄，头上系着红头绳，两鬓插了点有珍珠的银梳，虽然脸色黛黑了些，但仍能看出是个俏丽小佳人。

“秦妈妈已经托人找来人牙子了，月初哭得死去活来，抱着柱子不肯走。”月初因为跟教匪勾结，偷盗主人的官印，心怀不轨想要爬床，如今事发，广晟再也不用麻痹假装，立刻让秦妈妈找人来把她卖得远远的。

广晟略微皱眉，有些不耐道：“告诉她，若是不愿走，那就依律法来办，勾结教匪足够拉到刑场砍头。”小古点了点头——秦妈妈苦劝无效，估计也会这么下最后通牒，而且言语肯定更是刻薄。

2.

她目光看向广晟——他一夜未睡，却显得神采奕奕，想必是事情办得很顺利。

昨日下午，她按照广晟的吩咐，装作被月初迷昏，实则却是去替他察看慧清的动作，及时通报了他。

广晟看着她笑眯眯打量的目光，不禁拍了拍身上的飞雪和尘埃，笑道：“怎么了，是因为我生得太过好看，看得入迷了？”

“少爷您又自恋了……”小古无奈地扫了他一眼，“我是看看有没有少胳膊断腿的？”

“少胳膊断腿的那是姓王那小子！”王舒玄居然断腿了？小古沉吟着，看着广晟那似笑非笑的神情，不由得也笑了。

广晟一夜之间追击杀人，提着人头凯旋，而王舒玄不仅徒劳无功，还伤到了腿要回家休养，这中间的奥秘不问可知。

雪花落在她的眉间，那般慧黠流转，自有一种青涩少女的楚楚风致，广晟的目光闪了闪，突然觉得她的身材又长高了一些，身姿也越发显得婀娜。

若是没有脸上的黛黑，小古应该是个美貌佳人，也不知道是在厨房熏染的，还是本身如此。但即使是这样，小古也是个既可爱又有趣的姑娘，有她在身边的日子才不会显得无聊。甚至对于他来说，相貌平平的小古才是意外的珍宝，否则依照她原本的美貌度，只怕早就被色欲熏心的大老爷染指了。

广晟想起她灵巧地挥舞着斧头吓唬人的模样，突然又觉得——倒霉的会是那个色鬼大老爷林熙。

小古完全没猜到他在想这些，只是觉得这人双眼亮晶晶，笑得像偷了鸡的狐狸一般，而自己……好似就是狐狸嘴边的鸡。

“家里已经清理干净了，我们回军营吧。”他跟以前一样，一边说一边替她理了理鬓边的插梳。

“回到大营，就要解决罗战这一干人了，金兰会的人也该来劫营救人了吧？”他一边走，一边想到。

小古跟随着他的步伐，心中也在想：“回到北丘卫的大营，下一步必须赶紧救人，还有必须小心锦衣卫的人，以及小心大哥手下的人！”

回到大营的广晟，受到很多同僚的私下称赞，既然已经“加入”罗战一伙，他做起事来就越发没有人来掣肘了。

军械库里，堆积如山的满是精铁的枪头、腰刀、宽背剑，以及一副副闪闪发亮的藤甲、牛皮软甲和明光铠。

“大人，这些都是要拿出去处理融掉的废旧品？”库管躬身向广晟禀报。

只要有眼睛的人都能看出，这些全都是制作精良的军械，是朝廷给京营精锐用的。如今却要私下卖给蒙古人，如果被人发现，整个北丘卫无数人的头要落地。

罗战的交易，元蒙人付出了巨额的金条，是为了买他从库中“损耗漂没”的精锐兵器和铠甲。

在大元统治整个天下四海的时候，这些精铁锻造的兵器铠甲，对他们来说轻而易举就能得到。

一身精甲，百锻钢刀，再加上本就无敌的骑术弓箭，无数的蒙古铁骑就凭着这些一直打到金发蛮子们的心腹地域，将无数的皇宫毁于一旦。但自从太祖起兵将他们赶回漠北，那里并不出产铁器，要得到上好的兵刃铠甲就很难了。

得不到那就抢，元蒙人几次侵边滋事后，朝廷干脆就迁走边关庶民，把军户迁移过去，元蒙人的日子越发难过，甚至连一口铁锅也难以得到。精钢和铁器变得越发珍贵。

"是啊，这些废铜烂铁也没什么用，早该扔掉了。"广晟也是在睁着眼睛说瞎话，很爽快默契地就给开了批准文书。

两人演完戏对视一笑，兵勇和杂役们开始打包、贴封条，而一旁的小古穿着小厮服饰，也在打量着眼前这些。

"三天后的早晨就立刻出发，把它们运出去处理掉，别再放在这里碍眼。"广晟朝着库管以目示意，后者原本就是罗战的亲信，看到他的暗示顿时笑成了一朵花："卑职一定遵命。"

小古默默记住了这个日子。

晚饭时分，小古正要服侍广晟用餐，此时却来了一个不速之客。

红笺仍是那般妆容艳丽、风情万种，她来到广晟的正房，原本简陋的布置顿时被她周身的风采照亮了。

"这次多亏你，我们才能拿到王舒玄的官印。"广晟请她落座。

王舒玄原本警惕心不低，但任谁面对蓝宁和红笺两大军营名花的左右环伺、殷勤献媚，都要醉倒在绝色花丛之中，红笺又透露了他的官印藏在何处，这才让广晟得了手。

"还请大人怜悯妾身……"红笺微微敛衽，原本只是寻常的行礼，她举手投足之间却是无比娇弱好看。

"我答应帮你脱籍，回到京城就会做到。"广晟思量着自己虽然没这个权力，但纪纲许诺他可以保举几名有功之臣，到时候把红笺的名字填上，必定能够让她心愿达成。

红笺目光一亮，原本妩媚的脸上顿时笑靥如花："多谢大人了，妾身真是做梦都想离开这个吃人的肮脏泥潭。"她的言语倒是非常符合实情：一个原本养尊处优的官家女眷，被罚成为官妓，最大的心愿必定是想离开这里，脱籍得到自由。所以她背叛把她视为玩物的王舒玄，毅然决定站在广晟这边。非常合情合理，没有任何疑问。但，这一切都不对劲！

红笺……她是在演戏，说谎！

一旁的小古站在广晟背后，将自己的小脸都浸润在他挺拔身材的阴影里，她犀利的目光打量着红笺脸上的每一丝微微颤动，根据自己对脸部肌肉的深刻研究，她如此判断。而且，别人的名字报上去，将功折罪，可能得到脱籍免罪，但唯独红笺，那是根本不可能的！！小古清楚地知道这一点。因为，她跟红笺，乃是同父所出的姊妹。而她们父亲的名字，却是今上朱棣最为憎恨厌恶的，即使时过境迁，只要有人敢提起，必定是勃然大怒！只要一报出身、姓氏，那必定会遭到驳回，甚至还会提醒皇帝：你最恨的那个人还有子嗣留在世上，只怕反而会招来更残酷的凌虐对待。所以，红笺根本不会抱有这种指望，她所说的“帮助广晟是为了脱籍自由”根本是不可能的。

这是个骗局，一个圈套。

是谁设下的，又是为了套住谁？

小古突然觉得迷雾重重，原本眼前清晰的局势又开始变得模糊万分。

她凝视着红笺，突然发现后者也在看她，以一种看似微笑却又含着复杂探究的目光。

到底是谁在她背后……

难道是……

“小古、小古？”广晟的呼喊让她从沉思中清醒过来，抬眼看时，却被眼前无限接近放大的俊颜吓了一大跳。

“你怎么了，居然在那里发呆，连吃饭都忘记了？”广晟把大饼撕碎，蘸了卤牛肉酱和碎鸡肉，不由分说地把一块喂入小古嘴里。

“我是在想，这位红笺姑娘靠得住吗？”小古咀嚼着嘴里的美味，垂下眼掩饰自己纷乱如麻的思绪，“她以前跟着王大人那么久了，说翻脸就翻脸，在这之前她好像还是什么会的奸细，这样的人满嘴谎话，估计不太靠得住。”

“她是金兰会的人没错，之前更是王舒玄的禁脔，因为两者都对她承诺过自由，所以她才会乖乖听话。但前者是地下叛贼组织，一旦被抓到那是凌迟剥皮的酷刑，后者也不太靠谱——王舒玄的母亲安贞郡主正要给他相看名门闺秀，哪能容他把这种烟花女子养在外头？所以我对她来说，就是救命稻草了。”广晟一块一块地把饼子卷了鸡鸭鱼肉给小古吃，看着她的脸颊因为食物而微微鼓起，好似一只小松鼠，“扑哧”一声笑了，这才放下食碟，拍了拍她的肩膀，“放心吧，世道难行人心叵测，我知道你担心我，我会小心谨慎的。”

小古对着他笑了笑以示安抚，心中却是警铃大作。

深夜万籁俱静，小古和蓝宁踏着月色偷偷进入库房大院。

“哪来的钥匙？”

小古得意地晃了晃银闪闪的钥匙，低声说：“还用问吗？”

“你家少爷的东西，随便就能挪用，这份受宠不一般啊。”蓝宁调侃地说道。

院墙边响起布谷鸟的叫声，小古和蓝宁对视一眼，侧身隐入院墙的阴影处，也回了三声杜鹃叫。

她们在等待的郭大有终于披着棉袍出来了，手里提根木棍，乍看那模样，就像是淳朴的车夫杂役睡蒙了，出来解手放水，他看似半打着瞌睡朝前走，实则却是警惕到了十分。

“这人就是手执黑丸负责扫尾的吗？”蓝宁见郭大有灰头土脸的，一时好胜心起，拈起墙边土块朝内一丢，实则声东击西将怀中匕首掷了过去。

郭大有的眸子瞬间变得野兽一般锐利，他瞬间迅速跃起，手中长棍刺向土块的方向，发现扑空后就势一倒，一个铁板桥正好接住飞来的匕首，眼中露出嗜血的光芒，看那手势是要把匕首回掷。

小古看到玩笑过了有开打的趋势，拉着蓝宁现身：“是我们。”

郭大有向小古作揖示意，看着蓝宁却露出谨慎的目光：“你就是执红丸的刺杀者。”

蓝宁听着她这口气像是小看人，美眸一瞪：“是又怎样？”

郭大有掂量着手里的匕首，表情诚恳朴实：“这种身手做刺杀者，被杀的得是个泥塑木雕才行吧？”

蓝宁一怒之下反而笑得灿烂，纤纤玉指一勾，匕首短柄上闪过一道光丝，宛如惊鸿一瞥，天上流星，快得看不到痕迹——下一瞬，郭大有就发现自己的咽喉已经被一道光丝锁住，他下意识地用手去拦，却被蓝宁怒声低喝：“快撤手！”

他的手缩得慢了几分，在指尖划出一道深而小的伤痕来，顿时冒出血珠。“你想断手吗，居然敢乱摸。我这蛛丝是出自人面彩蛛，断金切玉的锐利……”蓝宁凑近他，眼中闪烁着快意的光芒，“当初沈容那个人渣，就是死在这上面的。”

叫你还敢小看我！

郭大有眨着眼，突然出手在蛛丝上一弹，蓝宁顿时觉得手腕酸软，连匕首带蛛丝都掉落离手。

小古俯身一拾，接住了匕首和蛛丝，制止了两人的较劲。

“够了，我们是为正事而来，不是为了你们俩斗气。”

一弯月牙照着库房大院，净白月光让人心头安稳。

院子旁边停放着那些失而复得的马车，马早已经进了马厩，车身上全是刀砍斧凿和摔破的痕迹，显示那天战斗的激烈和凶险。

小古打开车厢下的密格空间，不出所料，所有的黄金已经被运走了，只剩下空荡荡的暗厢。

“按照我们的原定计划，等车离开军营时，就让人藏身在这里面，神不知鬼不觉就运出去了。”郭大有跟蓝宁解释道，却接到后者一个妩媚的白眼——“你觉得经过白莲教那群女人一闹腾，这秘密暗厢还会是个秘密吗？”

蓝宁终于找到机会报方才的一箭之仇了，银铃般的嗓音满染嘲讽：“我觉得，身为执黑丸的清理者，你的头脑也够呛，能被你算计的大概得是蠢猪一头了。”

“你……”小古抚摸着车厢上的刻痕，对两人的斗嘴充耳不闻，她的眉头微微皱起，眼风一瞥两人，两人顿时乖乖闭嘴。

——十二娘子的年纪虽小，却有一种天上地下仅此一人的冷然平静。

罗战这次交易被几方势力所查知，白莲教浑水摸鱼这么一闹，估计这个马车上的机关暗格也要被人发现，必须另想办法。

“车中密厢的这个计划，就此作废。”小古说完，转身进了库房，“我们看看这次的货物。”

库房里那些箱子齐崭崭堆放着，几乎装满三个大屋。

“把封条打开。”

两人一起出手，把封条小心撕开，小古翻看着即将运出交易的货物，每一处细节都不放过。

“看这个又有什么用？”蓝宁低声咕哝着，却被郭大有捂住了嘴。

小古的眼神有些迷茫，她的脑子却在精密算计之中——进出军营的车辆都是有限的，如果只有一两个人，那尽管可以藏在什么运送蔬菜、倒恭桶的车里，但二十个人却是一支不小的队伍，她们都是缠了足的女人，大部分已经被折磨得谨慎崩溃、胆小怕事，很容易就哭出声，既不会演戏，也不会战斗。

要想救出这些军妓，原本藏身金子暗厢的计划也行不通了，但是眼前，还有最后一个机会，一个让人意想不到的办法。

小古的目光投向箱子里，那一排排的甲胄。放置铠甲的箱子巨大有一人高，每箱里都放有四具明光铠。明光铠高大威武，基本是镀金而成，千余片甲片、铁环编缀连接，并饰以缅甸玉石，胸前和背后的圆护以铜铁等打磨，颇似镜子，在战场上会发出耀眼的“明光”，故得此名。

“我们可以把人藏在铠甲里运出去。”小古出语惊人，两人顿时一呆，围着这几具明光铠绕着圈子观察，随即开始反对，“这样太冒险了！万一里面人受不住颠簸，发出一点儿声音，搬运的人就会发现。”

“而且几个时辰不进水米不说，明光铠加上箱子极为密封，弄不好会被憋死。”

“是啊，十二娘子你是不是太心急了，我们可以从长计议慢慢想办法。”

面对质疑，小古只是淡淡道：“罗战的案子马上就要爆发，时间紧迫，必须赶紧把人救出去，否则这里所有的人都要被详细调查，寸步不得离开。”

她心底还有别的忧虑——金兰会内部也并非铁板一块，十三位兄弟姐妹中，唯独“大哥”来历神秘，心思难测——她从袁家兄弟那里得到的信上得知，他制订这次计划，并不真正是为了救人，而是为了引出锦衣卫的大头目纪纲，让他死于爆炸之中。甚至连红笺的异动骗局，也很有可能是他一手设下的。

不管是与不是，小古都嗅到了空气中不寻常的阴谋气息，这促使她把救人的计划提到最前。

针对两人的质疑，她不慌不忙：“如果怕她们出声，我们可以事先让她们饮下麻沸散，让她们睡着，至于难以呼吸的问题——”

她俯身察看木箱——这是精细桦木打造成的，板条榫头之间密合无缝。

小古又拿起锁头仔细观察了一下，随后取下自己的簪子，小心翼翼地伸进锁孔，轻轻地左右扭动。

“你这是做什么？”蓝宁不禁问道，小古摇了摇头，闭上眼好似在感受着锁中心的某一个用力点。

万籁俱寂之中，锁心发出“咔嚓”一声。

“好了。”小古睁开眼，如释重负地说道。

蓝宁接过锁看不出什么异常，小古解释说：“锁心已经被我破坏了大半，虽然仍能锁上，但若是经过搬运的颠簸震动，锁心就会弹出，箱盖就成为虚掩着的，这样里面的人就能顺畅呼吸了。”

说做就做，接下来蓝宁亲自试验将整个人藏进整套铠甲内，她娇小的身子不费吹灰之力就做到了，但最大的问题出现了——箱子的重量不对！

明光铠唐时流传至今，技艺几经失传，先前甚至重达百八十斤，经过历代的改良，现在每具明光铠的重量也在四十到五十斤重，每箱的重量就是在两百斤左右，需要三到四个成年汉子来抬，如果里面再装上几个人，那搬运的时候立刻就会发现变重了！

“这该怎么办呢？”寂静无声的库房里，三个人面面相觑，眼看着时间一点一滴地流逝，却想不出什么办法来。

“要是铠甲能变轻就好了。”

郭大有的话引起蓝宁嗤笑：“你以为是在削土豆呢，削掉一层变轻了，再削掉一层就变一小疙瘩了。”

两人又在斗嘴，小古却因此眼前一亮——如果想办法把铠甲变得轻薄，再让人藏身在铠甲内呢？

沉吟一会儿，她从怀里掏出一个香囊，掏出几个小瓶子——每只只有指肚大小，打开后一阵奇香氤氲。

“这是什么？”蓝宁好奇地问道。

“易容改骨用的东西。”小古一边回答，一边用其中几只混合搅拌放入其中一只小盅，顿时香味一变，更加浓郁甜蜜——闻起来有点像京城最贵的玫瑰果子露。

“甜丝丝的，好想一口喝下啊……”郭大有端起小盅，喃喃道。

蓝宁白了他一眼：“十二娘子身上的东西，你都敢喝，不要命了。”

“这些混合在一起，是绝佳的腐尸水，苗人用它来对付踏入陷阱的猛兽，半个时辰就只剩下一把皮毛，连骨头都不剩。”小古的话把郭大有吓得整个人都僵硬了，端着小盅的手直发抖，却又不敢晃出一滴药水。

蓝宁在旁边幸灾乐祸地毒舌：“哟，刚才是谁想一口喝下的？男子汉大丈夫居然会手抖，还不如我呢！”谁知小古淡漠的眼神立刻瞥向她：“蓝宁你会涂指甲的蔻丹吧？你用这小眉刷蘸着这水把明光铠的内部涂一遍。”

蓝宁的脸色顿时也变得惨白，嘴唇抖动，一个字也说不出来。

“用这水在铠甲内部薄薄的涂一层，就会腐蚀掉大部分的材质，只剩下外面一层防御最为严密的玄铁，铠甲大约只会剩下十斤重。那么每只箱子可以藏身两人，这里有二十多只箱子，足够把所有的女人都运出去。”郭大有偷笑着斜睨了蓝宁一眼，非常爽快地把小盅递给她，“这种事果然要靠你们女人的巧手才行，我们男人粗手笨脚的就是不行啊！”

“时间紧迫，你也要帮忙涂。”小古一声令下让他整个人都再次不好了！

“仔细涂一遍需要半个时辰，今晚最多只能完成四分之一，我们必须加紧完成。”

小古看向蓝宁：“联络那些女人的事，也要交给你了——红笺这个人，我们完全不能相信。”

“红笺也是我们金兰会的人？”蓝宁一惊，她与红笺同为军营双花之一，两人的性情却毫不投契，红笺谄媚浮艳，喜欢掐尖要强，还勾搭上了王舒玄，平素奢侈浪荡，完全不理会普通军妓的死活——这样的人居然也会是金兰会的秘密成员！

金兰会的外围成员都是单线联系，尤其是小古的手下独成一体，根本不与其他兄弟姐妹的脉系接触。“她是大哥的手下，我发现她有背叛组织的迹象，也不知是她本身叛变，还是……奉了某人的命令。”小古的嗓音冰冷，话中隐含的意思却让人不寒而栗。

“那么，要除掉她吗？”蓝宁甩动着手里的匕首和蛛丝，郭大有也摆弄着手里的木棍。

“暂时不要打草惊蛇。”小古垂下眼，冰冷语调显示她并不愿意多谈红笺。

虽然疑惑她情绪的反常，蓝宁还是继续汇报：“联络组织女人们这事，我想交给一个叫安儿的小丫头。”

安儿……这个名字很熟悉，是二姐血泪啼哭时喊的名字……

是她的亲生女儿！

“这个人可靠吗？”虽然心中微微激动，但小古的嗓音仍是平静无波。

“非常可靠。她也是我们这些罪臣家属，都是受了父母家人的连累，伶俐懂事得人疼，上次杀掉沈容，也多亏了她的协助。”

上次杀掉沈容，蓝宁靠的是蛛丝切金断玉的锋利，隐在屋檐下利用特殊角度瞬间割下人头，但当时场面淫靡，在场女子都身着轻纱甚至裸着，蛛丝和匕首就是靠厨房打杂的小安藏在烤鸭肚里送进来的。

蓝宁想起小安和唐赛儿这对小姐妹：“这里就数她跟唐赛儿年纪小又能干，不过唐赛儿最近成了红笺的贴身丫鬟，所以这事我就防着没告诉她。”“好，你把这个药交给她，三天后的晚饭让大家服下。”小古另外拿出一只香囊，里面满满都是白色粉末，“这是大剂量的麻沸散，能让人昏睡数日不醒。”

三人商量完毕，开始慢慢地在铠甲上涂上腐蚀药水，长夜漫漫，他们时间紧逼，却必须如履薄冰、小心翼翼。

早饭时候，营妓们的大院里永远是在忙碌混乱着。

带着黑眼圈、神情略见憔悴疲倦的蓝宁走进前门，立刻就有人看见了，有人瞥了一眼看向别处，有人上来谄媚递茶，眼中却是火一样的艳羡嫉妒，更多的人却是带着疑虑，背后窃窃私语。如今的蓝宁非同小可，那位炙手可热的小沈大人带着她出出进进，很是受宠，甚至有人传说她要脱籍离开了。

小安从厨房里拎着一桶水出来，见到蓝宁顿时一惊，两人目光一对，立刻明白对方的意思。

“还不赶紧把水端来，又跑去哪里浪了？！”上次被蓝宁教训过的泼悍妇人阿琼尖声骂着小安，随即转过头来，觍着脸迎上蓝宁，笑着问道，“蓝宁妹子，听说你要走是吗？”见蓝宁不答，她絮絮叨叨道，“你可算攀上贵人了，终于可以脱籍出去过好日子了，可要帮我们这些姐妹们美言几句……”

蓝宁望着她摇了摇头，那目光温柔和气，却又犀利直刺人心。

阿琼本是先前钱御史家儿媳妇，原本最是温柔羞怯的一个人，在这种地方受尽凌辱，整个人的性子都变得扭曲了。不仅是她，所有的人，在饱受折磨的十几年后，都已经变得像周围这些人一样尖锐刻薄。

自己不好受，也要扯更小、更弱的人来垫背。

在她的目光下，阿琼只觉得一阵不自在，不由羞惭起来，咕哝道：“攀上高枝就这么傲——”

“我是不会一个人离开的。”蓝宁甩下这句话，大步离开。

风吹过她乌黑的发丝，蓝宁笼在袖中的双拳握紧，默默地在心里接了一句：“我不会一个人离开，我要跟十二娘子一起，带着大家一起离开！！”

蓝宁径直走到自己原本的住处，拿了仅有的几件衣裳鞋子和首饰，卷成一个包袱。

她虽然受宠不用住大通铺，可房间内也很是简陋——上头的赏赐都被她用来救助那些苦命染病的营妓了，加上她手头大方散漫，所以一直也没存下什么值钱的家当。

背起包袱却没有就走，一个小小的身影轻巧地闪了进来。

“蓝宁姐，你终于来了……”小安的眼中闪过惊喜之色，“她们都说你跟官老爷走了，可我就是不信……”

“小安，还记得，我跟你说过的事吗？”这平平淡淡的一句，却让小安脸色骤变！

“蓝、蓝宁姐，我们真的……真的可以逃出去吗？”少女的脸颊因为激动而发红，双眼的光芒却是耀眼无比——这是害怕混合着兴奋的情绪！

“可以，但是需要你的配合。”蓝宁温和而又严肃地看着她，“我们做的是掉脑袋的大事，不是小孩子过家家，加入我们一定要三思，一旦决定，就不能再反悔退出。”

“我能做到……蓝宁姐，你吩咐我做吧！”小安连嘴唇都在颤抖，“只要能离开这里，再见到娘亲，我什么危险都不怕！”

“那好，我需要你这样做……”蓝宁低声跟她面授机宜，最后还叮嘱了一句，“千万不能让任何人知道，连赛儿也不例外。”

“赛儿她不是坏人。”小安低声说道，看到蓝宁严峻的目光，低下头小声道，“我知道了。”

隔着一道纸糊的窗，被两人提起的唐赛儿正站在院中，凝视着两人倒映在床上的剪影，皱起眉头，若有所思。

平宁坊的大宅里，王舒玄躺在床榻上，耳边听着孩童们嬉笑的声音越发觉得刺耳嘈杂，心中一腔邪火不知该怎么发，他从床上支起身，提声大喊道：“来人，来人啊！”

连喊三声，他的小厮才急匆匆进来，刚喊了一声“爷”就被他一个耳光打倒在地！

“你聋了还是瘸了，这么久才过来！”一个瘸字刚骂出，王舒玄的脸色越发难堪，整张脸阴森得好似厉鬼一般。

他喘息了一声，继续骂道：“外面怎么这么吵，我还怎么休息，快把这些臭小子给我赶得远远的！”

小厮答应一声正要往外跑，却跟一个人撞了个正着，他只觉得一阵香风馥郁，抬眼看时惊讶得嘴都合不拢：“是红、红笺姑娘！！”这一声让床上的王舒玄蓦然抬起头来，眼中映入的是红笺那张妩媚而又莹白的俏脸。

这张脸无比熟悉，曾经给过他无数床第之欢，却又是让他陷入噩梦深渊的罪魁祸首！

他颤抖地指着她，眼中几乎要喷出火来：“贱人，你居然还敢来！！”

“王郎……”一声轻喃，红笺明丽的大眼凝视着他，朱唇微动，扑簌簌落下泪来，竟是伤心欲绝的模样。

“王郎，你的腿，怎么会弄成这般模样……”红笺好似再也忍不住心中的痛楚，捂着脸扑进他怀里，紧紧抱住了王舒玄。

王舒玄大怒，一掌掴了上去，红笺不躲不闪，唇边顿时流血：“王郎，你打死我吧，只要你心里能好受些！！”

她紧紧地抱住王舒玄的身躯，娇躯贴合再无一丝缝隙，只是嘤嘤哭泣，喃喃道：“是我害了你，都是我对不住你……”

“一句对不住就算了吗？”王舒玄粗声喘息着，一脚把她从床上踹下，自己却一个踉跄，靠着拐杖才好容易站住了。

“王郎，他居然打断了你的腿，你疼吗，大夫来看过了吗？”

“你给我闭嘴！”王舒玄一把扯下窗边的佩刀，架在红笺脖子上，顿时入肉三分，鲜血横流，“我现在就杀了你这个吃里爬外的贱妇！”

“你杀吧，杀了我，你心里这口气也能消了。”红笺仰着脖子，泪眼婆娑地笑看着他，一副临死之前的幸福模样，“下一次可要小心，别再被人骗了……你的腿也要赶紧回京城去治，王郎你生来是金玉般的人物，我生就蒲柳之姿，也不敢再奢求什么，只希望你能觅得贤良之妇，娇妻美妾永伴身旁——你动手吧！”

“你——”人这种生物最为微妙，总是喜欢相信自己的判断却又怀疑心重——若是红笺一进门就满口谎言为自己辩解，王舒玄二话不说就要将她斩杀当场，但如今她轻喃爱语，一心求死的悲痛模样，反倒引得他心中狐疑，手中长刀也不由得停了下来。

红笺见时机成熟火候到了，不顾玉颈之中的伤势和鲜血，抱紧了王舒玄没伤的那条腿，哭着说道：“王郎王郎，我从来没有想过做对不起你的事，但那个姓沈的他逼我，他不知怎的找到了我妹妹的下落，以她的生死来要挟我偷出你的官印，呜呜，我也实在是没办法了……”

“你妹妹，不是说抄家的时候就失踪了吗？”王舒玄倒是记得以前红笺说过这事，不由得信了三分。

3.

红笺的眼中闪过诡谲波光，握着帕子却不去擦，任由珠泪一颗颗落到他衣襟上：“是啊，妹妹虽然与我不同母，但以前经常玩在一起，她失踪后我牵肠挂肚也不敢去找，毕竟就算流落在外也比落入贱籍受人欺辱来得好，可没想到，姓沈的神通广大，居然找到了她……”

她偷眼看了一下王舒玄，又不动声色地添了一把火：“姓沈的跟我说，锦衣卫的纪纲大人极为器重他，把手下的暗部密谍都调拨给他，只要他想查，天下没有什么查不到的。”

“哼！！”听到这话，王舒玄内心的万丈怒火就压抑不住——他自认出身高贵能力又强，谁知纪纲大人却始终对他不冷不热，还另外捧起那姓沈的小子来查探这边的大案，现在居然偏心到如此地步，把最为重要的暗部都给他使用！

“那沈广晟势大，我实在担心妹妹的安危，迫于无奈偷了你的官印，才害得王郎你如此……这一切都是我的罪过，我万死莫赎！！”红笺说得声情并茂，已是哭成一个泪人了，王舒玄冷哼一声，虽然心下有些软化，却仍不肯原谅：“现在说这些又有什么用？！”

红笺擦一把眼泪，毅然睁眼望着他，露出万般仰慕而愧疚的眼神：“我本来打算一死，只是临死之前，我得知了一个绝密的消息——我要亲口告诉你，这样我死也瞑目。”

“什么？！”

“金兰会这次有个大计划……”红笺娓娓而谈，“这次大哥派十二娘子前来，表面上是为了救出那些军妓，实则是为了引锦衣卫的大鱼上钩，然后引爆炸药，把你们一锅端了！！”听到这种惊天秘闻，王舒玄心中一震，极为惊诧，但是腿伤的疼痛却让他又变得意兴阑珊了：“算你还有点良心，但我伤着了腿，又有官印的把柄落在姓沈那小子手上，本来就不会参加这种事，就算一锅端也害不着我。”

“王郎，这可是千载难逢的好机会！”红笺睁大了美眸望着他，低声喊道，“我是中间传信的，只要我不说出去，计划就会如期执行，锦衣卫这边就会乖乖踏上陷阱，到时候那姓沈的小子必死无疑，很有可能纪纲大人亲至，那他也难逃这一场，那时候，只有您……”

“只剩下本少爷一人，因为腿脚而早就在家休养，不禁毫发无伤，也毫无罪责和嫌疑。”王舒玄接过话来说完，终于明白了她的意思，他一时精神大振，跛着脚来回踱了两步，兴奋道，“纪纲要是一死，锦衣卫群龙无首，只要运作得当趁乱下手，我就算不能成为第一人，至少也能掌握一个镇抚司！”想到这儿他哈哈一笑，亲手扶起地上的红笺，用帕子替她包裹颈部的伤口，亲昵地问她，“还疼吗？”

红笺露出受宠若惊的模样，又流出悔恨的泪水：“我只是小伤，哪有什么要紧？倒是王郎你的腿，还是马上回京城找个上好的大夫看看吧！”

“我是要回京，但不是立刻，我要亲眼看到那小子，还有纪纲被炸上天！”王舒玄笑着说完，喊来随从，吩咐他们准备三天后启程，随即贴着红笺的耳边道，“他们三天后动手，这个热闹我们必须看完再走，哈哈哈哈，看一场盛大的‘烟花爆竹’，岂不快哉？”说着，他的手开始不老实，在红笺腰肢上游走。

“王郎，你的腿，你的腿还不能……”红笺发出担忧的惊叫声，随即却因为他的肆意而化为舒服的轻吟。

“小乖乖，我的腿不行，那不是还有你吗？”王舒玄翻了个身，把这尤物举高，换成了男下女上的姿势，一挥手又把床帐打散，遮住了满室旖旎……

红笺哭着进王舒玄的宅子，出来时已是破涕为笑，满面春意的妩媚。傍晚的寒风里，她拢了拢身上的狐裘披风，袅娜地扭着腰肢，登上了等候在路旁的马车。

马车里放着一只炭盆，已经烧了很久，架子上的茶炉温着一盅人参红枣茶，唐赛儿穿一身青色长袄月白棉裤，正在小心地朝里放着雪片冰糖。

“红笺姑娘回来了？”

红笺不答话，接过热茶一饮而尽，这才娇喘着轻声抱怨："害我哭了那么久，嘴里又干又涩的。"

她回头问唐赛儿："吩咐你买的东西都置办好了吗？"唐赛儿很少乖巧地拿出一只包袱，红笺接过清点一下，发现货品挑得好分量又足，心中喜欢，就逗唐赛儿说笑，"你倒是挺能干的，刚才等急了吧，没有四处去逛逛吗？"

"我去看了会儿热闹。"

"呵呵，小丫头最喜欢这些……街上都有些什么热闹啊？"

"有卖糖人的，有出大殡抢着当孝妇的，还有，大家都说，三里外的官道旁挂着一具无头尸！"唐赛儿忽闪着眼睛一一道来。

"无头尸？"红笺皱眉，她本能地不喜欢这些恐怖血腥的东西。

"是啊，就是上次来招摇撞骗的假尼姑，听说军爷们砍了她的头，把尸体吊在路旁，是杀鸡给猴看，吓唬那些妖人不敢再来。"

唐赛儿表面上讲得兴致盎然，却没人看见她藏在袖中的手已经握得发红，深深陷进肉里。

车厢里很是暖和，只有小丫头唐赛儿叽叽喳喳说个不停："还听说啊，白莲教的人肯定要趁夜来抢回尸体，再砍下旁人的脑袋来装上去，凑合囫囵全尸，好吓人啊！"

红笺听见这话，脸都有些吓白了，天已经黑了马上要入夜，她原本准备连夜回大营，但现在听说路边有这么恐怖的东西，又想起那些白莲教的人会不会来劫人闹事什么的，顿时打消了赶夜路的念头。

她本想回王舒玄的临时大宅里去，但她方才花言巧语哄他已经费了很大的劲，心里也着实不愿再面对那个阴晴不定的男人，略一沉吟，她决定去住在商驿。

马车辘辘而去，墙角闪现黄老板的身影，警惕地盯着这主仆两人的车子开进驿馆，不由得笑了：奉命监视了半天，居然回到自己的老住处，真是方便！

夜深人静，红笺忙活了一天很快就入睡了，睡在外间矮榻上的唐赛儿听了一阵她均匀的呼吸声，悄悄地起身穿好衣服走了出去。她走得轻巧又快速，很快到了楼墙下，斑驳的楼墙上还有前几日激战的痕迹，唐赛儿从地下刨了一阵，露出一个小到不能钻的狗洞来——这是她白天用迷魂香暗示街上的孩童在这里打闹刨出来的，楼墙上的守军虽然严厉，但对着自家同僚的小孩子也没多加注意，笑骂一阵赶开了事。

唐赛儿小心翼翼地、艰难地钻了进去，穿过木条和砖块筑成的楼墙，到了外面。

春寒料峭，漫天的星辰格外明亮，冰霜凝结在枝丫树叶上，呼一口气便变成白气。唐赛儿仅着夹衣，小脸冻得通红，却仍快步向前走着。

很快就走到三里外的山路与官道岔口，枯老的大槐树上停歇着几只乌鸦，头向下倒挂着睡觉，树的顶端悬挂着一个像人的东西，黑乎乎的，在风中飘荡。

唐赛儿走近几步，小心地端详着那无头尸体：素白的缁衣已经被灰尘血污弄得面目全非，套在外面的黑色斗篷也被撕成一缕一缕的随风飘荡——半露的躯体已经有些浮肿发黑，却又因寒冷而尚未腐烂，只有两条腿拖在地上，不知道是被什么鸟兽啃食了露出半截森森白骨来。

确实是慧清师姐！！

慧清牙尖嘴利，喜欢抱怨师傅偏心，遇事独断专行不肯听别人意见，唐赛儿平时跟她话不投机——但此时，她却由衷地感到一种悲伤与愤怒！虽然讨厌，却始终是自己的师姐，转眼间，一个大活人就没有了！自从加入白莲教的那天起，就有这种丧命的感觉，但她毕竟青春年少，第一次遇见如此惨烈的死别。

风吹得枝丫沙沙作响，尸体仍在原地规则地晃动着——唐赛儿凝视着这一幕，周身氛围冷凝而严肃。

她想近前一步，想把师姐的尸体解下来，想把她好好葬了，给她烧几沓纸钱，让她走得也安心。然而，她什么也不能做。按照官兵们的惯例，周围只怕布有陷阱，只等着白莲教的同伙上当……悲愤过后，她的心中仍保持一种近乎残酷的清醒。

她保持十丈的距离，远远观察着，最后决定冒一次险试探——一颗小石子被丢在尸体不远处，毫无动静。又一颗更大的丢下，在尸体的相反方向，随即唐赛儿迅速卧倒。

一大丛铁制弩箭从天而降，把槐树周围射成了筛子。

过了一会儿，丘陵上的草丛枯叶里有了动静，一个装有枯草的圆盖被推开，两条戴着斗笠披着棉袍精壮汉子从下面爬了上来，目光扫视四面，发现毫无收获不禁气馁。

“妈的，又是那些该死的野狗黄狼子！”两人骂骂咧咧地继续躲进地下棚子里——春寒冻人，地下要比地上温暖很多。

唐赛儿静静观察着这一切，发现连珠铁弩是灵活操控的，要近前需要冒很大的风险。但不能就此放弃师姐的尸身，让她在这里喂野兽。她想了一会儿，做出了决定。

唐赛儿伏在草丛中，掏出背囊中的长绳，迅速打成结做成灵活的套环，悄悄地伸过去套回了几支铁箭。

然后拗弯一棵小树，做成简易的弹射机关，再把绳套系上。最后掏出火折子，点燃一根根倒满煤油的木条，绑在箭身上。她走出百步远，拉动绳套，远远地听见树干弹出铁箭的清脆声音——她从枯叶间隙中望去，只见铁箭纷纷射到尸体周围，木炭上煤油点燃了尸体和槐树，“轰”的一声燃烧起来。浓烟滚滚，皮肉烧灼的味道在夜间闻起来越发刺鼻，唐赛儿回过头来，最后望了一眼浓烟燃烧的方向，合掌祈祷道：“愿无忧无怖，往生空乐乡。”此时已经无法为她念一卷齐全的经文，便以这一句为她祈祷。

随即便转过头，再无一丝留恋地快步奔跑而去。高岗上有人冲出来，喝骂声冲破暗夜的寂静，呼啸的北风助长火势，一发而不可收。

唐赛儿紧赶慢赶回到商驿馆，天边已经露出一丝曙光，她匆匆赶到灶间把身上烤热，免得红笺有所怀疑。

由于时间急切，她没有对周边多加注意——黄老板正站在抄手回廊那边，偷偷观察着这边院子的动静，一眼瞥见了这个风尘仆仆的小小人影。

他不声不响地走到厨间门外，咳嗽一声然后喊道："有人吗？给我来点粥。"

随后大模大样地在门外张望——昏暗的厨下外间，半大少女正在低头烧着火。老黄见没什么破绽，但心里仍有些狐疑，观察片刻就转身离开了。

唐赛儿等他离开，立刻端了水到庭院中洗起了衣服。

不一会儿，墙头上出现"咕咕"的鸟叫声，一只很瘦小的鸽子飞了下来，唐赛儿把一卷纸放在它腿上，鸽子随即又飞走了。

半个时辰后，红笺也起身了，主仆二人收拾齐整后就乘车离开了。

黄老板目送着她们离去，皱起眉头，总觉得有什么不对劲，考虑再三，他把这边的情况都用米汤写在了纸上：包括红笺去了王舒玄的临时大宅，又喜气洋洋地出来，住了一夜驿馆，她的那个小丫鬟鬼祟地在外一夜，又放飞了信鸽，等等。

他皱着眉，临了又添了一句，这才放心出门，左右一看，吹了声口哨，顿时又是一只鸽子飞了出来，毛色灰蓝，比前一只要壮实多了。

黄老板顺利绑好传书放飞了鸽子，看着它飞向山上寄给小古，松了口气正要回房歇息，却听墙外打更的两个老头在大声唠叨——"今天一早怎么这么多鸽子啊，都第三只了。"

什么，三只？！

黄老板大步跑了出去，在墙外小巷里及时撵上了两人，追问之下，其中一人不耐烦地说："你们那驿馆西院天还没亮，就飞了一只，接下来是一只特别瘦的，再接下来就是刚才了，呵，好胖的一只鸽子！"

黄老板顾不上反省自己把鸽子喂成小胖墩，直接过滤得出了一个事实：第二只是那小丫头放的，第三只是自己家宝贝——那第一只是谁的？西院，还是红笺住的那屋，难道是她？

黄昏时分，大营内，广晟正在自己房里处理一些文件书信，一阵乐声和笑声传来——是卫指挥府那边的动静，罗战这两天都在宴请手下众兄弟，成日里酒池肉林，昏沉玩乐。

广晟有些理解他的心态：现在就是在等这最后一批军械能顺利送出，完成交易了，他年纪也不算小，眼看升迁无望，做完这一票就要金盆洗手不干了，若是成功，这几顿就算是变相的践行祝贺，若是失败，这也是上断头台前最后的快活。

有多大的利润，就有多大的风险，个人罪孽个人担。

广晟正要喊传饭，小古和蓝宁已经端着食盒进来了。

琳琅满目的菜摆了一桌子，非常丰盛，而且都是可口的家常菜，里面甚至是新春的野菜，广晟兴致勃勃地正要下筷，突然看到两人的神情，诧异地问道：“你们这几天都没睡好吗？黑眼圈都快赶上蜀地的熊猫了。”

“你才熊猫呢！”小古腹诽着，和蓝宁对视苦笑，这两夜都在赶工把腐尸水涂在铠甲内，终于忙活完了，胜败就在此一举了。

这时外面有插着领旗的兵尉出现，风尘仆仆地递上密件，广晟一见封口处的火漆印，顿时脸色变得郑重，打开看了，先是皱眉，又松开了。是纪纲大人的亲笔信。

他说罗战的案子收网的时候，他要亲自前来。

光是罗战的案子，只怕还不能劳动纪纲本人，况且他既然已经委派了广晟作为锦衣卫的密使，一般就不会过多插手。

他来这里的用意，是想利用罗战的案子做文章？或者，他在意的是一直潜伏但是尚未有动静的金兰会？

广晟有些捉摸不透了，他放下筷子，草草喝了一碗汤，坐在书桌前开始琢磨，而一旁的小古也有些心神不宁。

她刚才出门，找的借口是去摘野葱调味。到了临近山坡——这是约定的时间地点，一般没有动静就真的是摘野菜，弄得这几天摘的野菜能有一麻袋了。

结果那只胖鸽子居然出现了，打开一看，平宁坊那边还真是热闹！

红笺跑去王舒玄那边——若是真背叛，她怎么敢亲自上门？

唐赛儿在外一夜，是红笺派她去的，还是她自己另有心思？

最后一句尤其让她介意：唐赛儿身上的味道，是燃烧血肉脂肪的气息——黄老板做过香料生意，鼻子的嗅觉非比寻常。

广晟和小古都不作声，陷入沉思，这时有人送来急报，上面画了罗战以下官员“已阅”的蓝色印戳，现在是传到广晟这里让他看。

平宁坊外面，那个白莲教女匪的尸体被人半夜放火烧了！广晟猛然站起，只觉得这么多方势力都不消停，不停蹦跶简直让人不可忍！

小古趁着他背对着，也偷空瞥了一眼文书内容，顿时想起方才飞书上的讯息：燃烧血肉脂肪的气息……是那个小丫头唐赛儿做的！

她也是白莲教的！小古立刻下了断言。

窗子那边，广晟眉头皱起个川字：白莲教阴魂不散，罗战这边的案子马上要收网，那个神秘、几乎没有浮出水面的金兰会又会做出什么样的举动？

他立刻想起王舒玄的话来：金兰会的目的是为了救出那些罪犯女眷！！

只有红笺一人的言语为证，从未发现这个组织的蛛丝马迹，但也不得不防备一二。

说到营妓，他身边就有一个蓝宁——把她收在身边，原本是为了向世人显示自己的好色纨绔，但相处久了，发现她挺懂得规矩也会看人眼色，倒是不介意留着——但她若是有问题……想到这儿，他抬眼看向小古："蓝宁平时和那些营妓来往密切吗？"

"除了去拿一些衣物，基本没什么来往。"小古实话实说，但心中却是"咯噔"一声——他为什么要问起那些营妓，难道是发现了什么?

"她们现在应该在罗指挥使那里陪酒，少爷你找她们有事吗？"广晟摇了摇头，走到书桌前，写下了另一张手令，让人立刻呈送专管营妓的一个张吏目。

他要求把这些女人迁移到平宁坊里，派专人看管。写完这个摇铃让人连夜送去，他心事重重地去了卧房——希望这一切都是杞人忧天。

小古目送他离去，内心只觉有点不对——怎么奇怪而突兀地问起了那些营妓！！

她目光闪动，一种非常不好的预感在心间弥漫——过去无数次，这种对危险本能的警觉救了她。

小古来到广晟的座位上，仔细看着他垫在底下的一页宣纸——广晟的字迹力透纸背，在垫纸上留下了轻微的痕迹。

小古拿起宣纸，对着烛光仔细辨认，读出了关键的几个字，脸色一下变得严峻。

深夜时分的库房里，蓝宁和郭大有不敢掌灯，凭着月光终于涂完了最后一具铠甲，疲累交加地在那儿喘气。

"真不容易啊，这一阵涂得我都手脚麻木了。"这是蓝宁在抱怨。

"我都学会给女人涂指甲油了，人说技多不压身，还真是的，今后娶媳妇就能派上用场了。"

郭大有的话让蓝宁"扑哧"一笑，斜睨他："就你那土豆地瓜样还想给媳妇献殷勤，先确定有人愿意嫁给你再说吧。"

"你——"两人正在唇枪舌剑，突然小古急匆匆推门而入——"情况有变，计划提前到今晚！"

"为什么？"两人异口同声地问道。

"因为明天一早她们就要被转移到其他地方去了，我们只有今晚才有机会！"小古急匆匆说完，但蓝宁立刻提出："后天才是这批货物出库的时间，整整一天时间，二十几个人要藏在哪里？"

"就按照我们的计划，把她们藏进铠甲装进箱子！"

"万一有人来搜呢？"

"不会。"小古断然说道，"箱子打了封条就是为了不让别人打开看见——一旦发现是精良铠甲武器，而不是废铜烂铁，罗战就要露出狐狸尾巴——你觉得他会那么蠢？"

“那万一——”

“有万一也只能见机行事了，时间紧迫，我们不能再等了！”

三人商量已定，各自分头行事。

第一个发现营妓们失踪的，竟然是厨房打杂的老黄头。

虽然大大小小的炊房有十来个，但只有他是专管给那些营妓送饭的。

那些白嫩嫩的娘们儿……他不由得吞了口口水。

每次他都是把饭送到房门口，那时候她们衣衫不整，他可以探头探脑让眼睛占点便宜，但经常遭到她们呵斥，然后一个瘦小的、叫小安的丫头接了过去。

这一日的清晨十分平常，老黄头推着小车来到院门口，却发觉红漆木门大开着，里面却是空荡荡不见人影：“还没起床吗？”

他舔了口唾沫，色欲熏心地想入内一探究竟——也许还能看到酒醉后不着丝缕的女人。

他冒冒失失进去了，不到一会儿，一脸惊慌地跑了出来——

“人呢，人到哪里去了？”

他跟只没头苍蝇似的，到处乱旋——但每一间房里，衣物都放得整齐，甚至连喝了一口的茶水都在那儿，只是找不到一个人影。

“人都不见了……”老黄头茫然地站着，突然扯起嗓子大喊——“来人哪，快来人哪，那群娘们儿跑了——！”声音沙哑而恐惧，遥遥传出去，划破了清晨的宁静。

“什么，人都失踪了？”清晨的书房里，广晟一掌拍在桌上，眼中冷光一闪，手下管营妓这一摊的张吏目被吓了一跳，虽然心中仍在嘀咕“只是代理掌印而已，嚣张什么”，面上却也惶恐不已。

“大人，要不要去追，这里三面环山，只有一条大道出去，她们女人脚程不快，只怕还来得及抓回来……”张吏目小心翼翼地建议道。

广晟摆了摆手，深呼一口，闭上眼保持冷静——金兰会……果然出手了！

一直以来，虽然红笺那边传来消息，他们要动手救人，但始终不见太大动静——没想到，突然便是雷霆一击！人真的已经逃走了吗？

不，不对！

那是二十八个大活人，不是二十八只蚂蚁飞虫，可以在戒备森严的军营里凭空失踪，这么利索就跑了。况且，军营虽然来往车辆不少，但夜间有禁令，不可能是夜间跑走的。

“她们也许还在这个军营，给我详细地搜查。”张吏目不禁吓了一跳，搜查整个军营非同小可，这是要担大干系的，那些营妓逃走虽然严重，但毕竟不是十万火急的大事，发个通缉文书慢慢追捕也就是了，何必弄得这么紧张。

“大人，兹事体大，是否要禀报罗战大人一声？”

广晟皱起眉头，发现这也是个难题，要在全营搜捕，不经过一把手罗战是不行的，但站在罗战的立场，他是不愿平白生事的，尤其是这个节骨眼儿上。

难道要去告诉他，这些营妓不是单纯逃跑，而是金兰会的阴谋？那你是怎么知道的，难道能告诉他自己是锦衣卫的？这明显是行不通的。

广晟皱眉想了一会儿，心中已有了主意。

“掌管典狱军法的是萧越萧千户吧？”

“是。”

张吏目不知道这位新近蹿起的掌印官又要闹什么玄虚，却听广晟哈哈一笑，很是欣慰的样子：“那倒是好办了，是自家亲戚。”

他眼中闪过兴奋的光芒，带着些恶作剧的顽皮——这一刻，他才显示出他真实的年龄。

您这眼神，完全不是遇见亲戚的模样——而是要给哪个倒霉蛋挖坑拐骗的节奏啊！张吏目心底这么嘀咕着，却完全不敢追问。

小古走出院子的时候，外面天色已经大亮了。她打了个呵欠，却仍觉得浑身酸痛，不由想到昨夜发生的一切——就在昨夜，她们三人趁夜来到营妓们的红院里，见到了惴惴不安的小安，以及昏睡一地的女人们。

小安很瘦弱，也很懂事，从她那大而深邃的杏眸里，小古看到了很深的兴奋、疑问以及恐惧。

外面的世界，对于这个一出生就被扔进监狱和军营的孩子来说，有些陌生，让人害怕不安。

小古的心不由得软下来，伸出手摸了摸她的头，低声安慰道：“别担心，好好睡一觉，一睁开眼就好了。”其实她是想说，一睁开眼就能看见母亲了，但是事到临头还是没有说，她不想让这个孩子太吃惊，一时难以接受。

这是二姐的孩子。

虽然不是自己的亲生姐妹，金兰会也只是一个为了互助而歃血为盟的秘密组织，但她仍然很喜欢二姐。

她身上那种温柔如兰的气质，是天然如母如姐的馨宁感觉。

小古的母亲早已去世，至于同父异母的姐姐……她想起红笺那模样，不禁只有苦笑。收拾起一切不该有的情绪，她与其他两人一起把所有人都扶起，伪装成酒醉后搀扶的模样，以一趟三人的频率把昏睡的女人们分多次送进了库房，再把人塞进铠甲之中，包裹严实。

最后拍一下锁心，让它虚掩留出空隙，三人才一步一回头地离开。由于太累，小古回到床上倒头就睡，这时才醒来。望着林间的阳光，小古知道，这么多人失踪的事，今天肯定要闹腾开来。虽然嘴上说得很有信心，但事到临头仍然有些隐忧——那些女人在铠甲里能透气吗，万一有人鬼使神差去把箱子上了锁？

万一，有人头脑发热，真的把那些铠甲拖出来拆开？

万一，发生其他不可预料之事？

她心中其实也惴惴不安，但身为主事者，是不能让下属发现自己的焦虑。

蓝宁突然气喘吁吁地跑了进来：“营妓的红院那边一群人在围观，不知是在闹什么。”小古一愣，随即跟上她的脚步匆匆而去。

人去楼空的朱红院落门口聚集着一大群军官，议论纷纷，有一个好事者正在口沫横飞地说着他看到的情景——“哎呀，好多件男人的亵衣裤衩，还都绣着花，怪精致的，就这么一路抛在地上，我沿着这些衣服一路找过来，就见到这个兜肚挂在这些娘们儿的门上。”

他手指所及之处，居然是一个绣着胖娃娃水中嬉戏的艳红兜肚，看娃娃的模样是男款的。

这是闹哪样啊？

小古一时也不知这是怎么回事，却听人群那一端响起了广晟惫懒的嬉笑声：“想不到啊想不到，萧越表哥你这么严肃无趣的人，亵裤的颜色还是满丰富的啊，虽然不算鲜艳，但都绣着暗纹掐边，这个兜肚就更有意思了，既有童趣，又见绣工——这是你幼儿时候穿的吧，啧啧，想不到萧越表哥也有光屁股满街跑的时候，还这么念念不忘，带在身边赏玩。”

人们“哄”的一声都笑开了——萧越身为高官之子，平素性格冷酷寡言，这些兵油子早就想看他出丑露乖了，这次的亵裤和兜肚真是戳到笑点了，彻底满场戏谑，七嘴八舌地说了起来。

“这亵裤可比那些娘们儿要精致多了。”

“那是，萧大人虽然板着脸，其实长得也不错，又是大家公子出身，他的屁股只怕也要比你的脸白嫩些。”

小古听着也“扑哧”笑了，她拨开人群，只见广晟站在红院门口，似笑非笑地跟萧越对峙，后者面对旁人的议论说笑，脸色黑得很难看，眼中的冷光怒火几乎可以冰封一切。

广晟好似讲得更起劲了：“我说萧家表哥啊，你就算喜欢这些女人，也不该把亵裤兜肚丢在这儿，还弄得门口路上都是的……”

萧越扫了他一眼，面沉似水道：“昨夜有人来我房里，偷走了这些衣物。”话刚说完，进入院中搜查的兵丁已经出来了——

“报告千户大人，红院里的营妓们不知去了哪儿，一个也不见了。”这话一出，众人哗然：军中三年母猪赛貂蝉，女人极少，可以说是肉少狼多，几乎只有高层长官才能享用到，但就算这样，也不会一个人也寻不见。

人到哪里去了?

萧越的内衣兜肚为什么又会丢在这儿?

“彻底搜查这一带！”萧越一手攥回那艳红兜肚，从嘴里蹦出这一句。

这个兜肚是他母亲萧王氏所绣，因为他出生时难产，她长期卧病在床，这几乎是她唯一亲手替爱儿绣的，萧越看似冷峻无情，对母亲的敬慕却让他一直把兜肚带在身边。

“慢着，你不经过罗指挥使就随处乱搜，眼里还有上官吗?”广晟的话简直是一种挑衅，反而激起了萧越的万丈怒火，他眯着眼毫无一丝表情，让人不寒而栗：“传我的命令，军中出了宵小，必须仔细搜查。”

“你可要考虑清楚啊，随便搜营不是小事。”

萧越理也不理广晟，径自下令道：“把整个军营都搜一遍，任何角落都不要放过！”

站在一旁的小古，这一瞬看到了广晟眼中的得意笑容，顿时明白了一切——这个家伙想寻找营妓们的下落，但没有这么大的权力，于是故意偷走萧越的内衣兜肚撒在红院门口，激得萧越搜查全营!

真是……损人缺德的主意啊！小古咬牙，恨不能朝着那张得意的笑脸踹一脚，但她忍住了，转身出了人群。

她要去想办法，应对接下来的搜查。

第八章

偷天换日

1.

她气喘吁吁地跑了出去，却被蓝宁一把拉住："怎么了，难道是露馅了？"她压低嗓音问道，也很是担心紧张。

"不，是萧越要搜索整个军营！"小古简单地说了一句，脚步不停继续朝前跑，小小的身子好似蕴藏着无穷的精力，速度很快。

萧越的搜索很慢，但非常精细，每一处都不放过。两个时辰过去了，整个军营被搜了个底朝天，一丝一毫也没放过，中途查出不少偷窃之物，甚至连男男之间的苟且之事也查出不少，而看着他徒劳无获，广晟唇边的笑意也渐渐变淡了。

那些女人，似乎是真的宛如烟雾一样地消失了。然而下一步，萧越做出了让他更加意外的事——他要搜查库房！

"库房里全是废弃的军械和铠甲，还有火铳的琐碎零件，腌臜不堪……"库管已是冷汗直冒，却仍然拒绝萧越入内。

"不想让我查，是因为里面藏了女人吗？"萧越的话简明扼要，却把库管吓得双手乱摇："大人千万不能开这种玩笑！小的怎么敢私藏人犯！！"

"那就打开，以证清白。"萧越的嗓音不紧不慢，听不出什么喜怒，却让广晟皱起眉头，笑意彻底消失了——该死！！萧越居然要查到这里来！

"萧千户，这是罗大人亲自吩咐由我负责的生意，你未免管得太宽了吧？"萧越的目光第一次正式投在广晟身上，冷漠却含着讥诮的揶揄："本官身为你的表哥，管得宽些也是为你好！"

广晟被他用这称呼一噎，简直要吐血。不能让他进库房搜，否则那些精良的武器铠甲全部要暴露——想到这儿，他哈哈一笑，大步上前推开黑铁大门，里面凌乱的箱盒顿时一览无遗："表哥你要看就看，这里面四四方方，根本不能藏什么人。"

萧越的目光凝在那些箱盒上，眼中莫测的冷光更甚：“把这些箱子打开看看。”这话一出，围观的蓝宁和郭大有一颗心怦怦直跳，简直要吓得脚软。

“你这是存心要寻事挑刺了？”广晟的眼中酝酿着冰与火的无声风暴，而萧越声音冷若冰霜，整个人身上的煞气越发浓重。

“不做亏心事，不怕鬼叫门。”

“今天我还就不许你进这个门！”

广晟皱着眉头拦在箱子跟前，而萧越也上前一步，两人的剑瞬间架在彼此脖子上。

“呀——”众人一看不好，全部退出几丈开外，七嘴八舌地劝道：

“两位大人冷静！”

“都是同僚何必呢……”

“军营不许私斗！”

两人靠得极近，几乎是眼瞪着眼，广晟只听到萧越低声问道：“你跟罗战勾结，到底在做什么坏事！”

他居然知道了！

广晟心中一凛：“你又知道什么？！”

“这个军营发生什么事，我也不是一无所知——你们沆瀣一气，究竟犯了什么大罪？！”

“关你屁事！”广晟绝美的唇形下居然爆出粗口。

“与狼为伍只会葬送你自己！”萧越简直是痛心疾首了。

“你怎么知道我就是属羊的？说不定我才是那只笑到最后的老虎！”广晟狠狠瞪着萧越，心中却有搬石头砸自己脚的懊恼感——他原本是为了搜索那些女人的下落，现在查了半天毫无线索不说，居然要来拆这些箱子——罗战这案子马上要收网，现在要是让人看见了，弄不好要打草惊蛇。

萧越看着广晟严防死守的模样，原本冰冷的眼中也染上了浓厚的怀疑之色——看来这事必定小不了：“一些报废的破铜烂铁，也值得你这么在意——这箱子里到底是什么？”这话一出，广晟心中“咯噔”一声，连趴在窗外不时朝里面偷看的蓝宁和郭大有也吓得手脚冰凉。

这、这该怎么办才好？

“我奉的是指挥使大人的命令，萧千户这是要干预机密？”

广晟心一横，干脆把罗战抬出来了。

“就算罗指挥使亲临，今天这些箱子我也检查定了！”萧越的脸上闪过一道决然，突然把剑抽了回去。

不好！

广晟正要出手阻拦，却见萧越虚晃一招，长剑出鞘已经撬开了箱子！！

快如闪电，来不及反应，所有人都呆在当场！

众人的目光集中在箱中，然而，出现在大家眼前的，竟然是一箱破损变形的铠甲残片和卷了刃的断刀钢条。

萧越冷然的目光无比犀利，用剑一一挑开这些垃圾，却是一无所获："把其他的箱子也打开。"

其他的箱子里也都是些废弃的钢片铁条。

萧越的目光久久停驻，他不愿相信眼前的结果，但却也别无他法，找不到任何破绽，他冷冷地瞥了广晟一眼，转身离去。

其余的人见没有热闹可看也纷纷散开，只留下广晟惊讶地看着眼前的一切——这是怎么回事？

"少爷，少爷……"窗外有人轻声喊道。

广晟一抬头，只见小古趴在窗台上，正在笑着朝他招手。

"你怎么来了？"

小古从窗外一跃而下，三两下跑到广晟身边："少爷，那个萧大人好凶。"

"跟他姨妈一样脸白心黑，都不是好东西！"广晟想起王夫人，不由得低声骂道。

——是你先去偷人家的内衣兜肚才惹出这场风波的吧！小古暗暗腹诽，露出一道明媚的笑容，扯了扯他的衣袖，轻声说道："少爷，其实那个箱子……我偷偷地调了包。"

"你说什么？"广晟简直不敢相信自己的耳朵，震惊得睁大了眼看着她。

小古好似不好意思地低下头："我也不知道少爷那箱子里是什么，但是我知道这对少爷你来说很重要——我就找了袁千户，请帮忙找了这些废铜烂铁，趁你们吵闹偷偷换过。"

"我不是让你不要跟那姓袁的来往吗？！"广晟气急斥道，转念一想不对，"你哪来的钥匙？"

小古扑簌着浓密的眼睫，眼神有些瑟缩害怕，但仍是说了实话："我偷偷拿了少爷你的。"

"你好大的胆子！"广晟这次是真的发怒了！

小古好似受了惊，头低得更厉害了，声音又低又软，听在广晟心里，不知怎的麻酥酥的："少爷对不起，你罚我吧。"

"你可知道偷窃库房钥匙是大罪，被人发现连我也保不住你……"广晟又训斥了两句，看到她这个模样，满心的气恼也散了大半，没好气地说道，"算了，这次我知道你担心我，情急之下才这么做的，下次不许再这样了。"

见小古乖乖点头，他叹了口气，心中更多却是感动——小古不是胆大妄为的人，但为了他，毫不犹豫就这么做了。

这是比金子还真的一片诚挚之心!

“好了，那箱子现在在哪儿?”广晟话音未落，外面传来铁皮的轻微摩擦声，随即而来的是浑厚的男子嗓音——

“沈大人，你的东西在此。”袁槿大步而来，金灿灿的日光照在他身上，绯紫锦葵纹外袍越发显得他皮肤苍白，乌黑浓密的长发随意用竹簪束了。笔挺的剑眉下，一双鹰鹫般的煞瞳仍是那般充满魔魅，他微微一笑，眼角的伤疤挑高，更让人觉得清漠而惊悚。他的手下抬来五十几口箱子，又把那些废铜烂铁的箱子收走，一切做得干脆利落，找不出一丝缺点。

“完璧归赵。”袁槿淡淡说道，目光却不是看向广晟，而是凝视着小古。

“这次真是多谢袁千户了。”广晟笑容灿烂，礼节周到，笑意却未到达眼底，“我这个小丫鬟顽劣，因为担心我才胡乱出了这个主意，倒是让你费心了。”

“她是个聪慧的女孩，我帮她是心甘情愿，用不着说谢。”袁槿看着小古，唇边露出温和亲昵的笑容，这笑容却让广晟心里发酸，怎么也高兴不起来，心火一盛，他说出的话也别有涵义：“她随侍在我身边，跟我形影不离，袁千户你既然帮了她，当然应该由我这个主人来说谢。”两个男人目光交汇，火花四射——彼此的笑容看在对方眼里，却是无比心浮气躁。

小古没顾得上他们的暗藏机锋，她看着袁槿的脸，心下只觉得无比怪异，不由得回忆起方才两人见面的场景——先前，萧越对全营大搜查，她就知道不妙——丢失的内衣裤是小件，随便塞在哪个犄角旮旯都可以，所以大小器物都会被打开检视。那箱子只怕也难逃法眼，她匆匆跑出去，原本是想找袁樨、袁桢两兄弟帮忙的，没想到，却在他们的住处遇到了袁槿。她急匆匆跑入的时候，他正穿了一身玄色直缀，坐在唐榻上喝着新雪梅茶，手中翻着一册古籍。梅花的香气氤氲淡雅，他就那么闲适地托着腮，专注地盯着纸页，长发没有用簪，而是蜿蜒垂落在身侧。明明是一个武人，此刻却是意外地气质清隽高华。这种奇妙的气质，好似上古画卷中的贵胄先王，与他五弟袁樨那种书卷气的耿直清高全然不同。

“你是来找我的?”小古愣在门口的时候，他开口问了。

“不，我是找七公子，我这就告退。”转身欲离的她却被他拉住了手臂，温和却不容拒绝：“有事的话，找我也是一样。”

小古皱眉欲走，袁槿却干脆下了榻来，挡在她的前路：“看你如此焦急，是遇到难事了——只要你开口，我都会为你做到。”

好大的口气!

只是萍水相逢，就说这样的话!

若是旁人说出这样的话还拉拉扯扯，小古只怕要嗤之以鼻，认定是登徒子，但他那张清俊淡漠的脸以及带着诚意的魔魅双瞳，却很难让人生出这种念头。

她挣扎着要走，而他手上的力道却也加强，丝丝缕缕的衣料被收紧纠缠着，好似象征着两人奇妙而漫长的复杂纠葛。

“放手。”

“告诉我你在焦急什么。”两人之间的距离不过两步，他的眉眼舒展，带着淡而沉然的清寂，嗓音却仍是醇厚好听。

眼看时间紧迫，小古心一横，干脆说出：“请你帮我准备五十八只铁箱，里面装满废铜烂铁……”她说出她的要求，自然而顺畅，自己也感到暗暗吃惊，而他只是默默听了，随即吩咐手下雷厉风行地完成了一切。

一切都是刚刚好，把箱子调包以后，萧越的搜查也到了。直到现在，小古回忆方才那一幕，都觉得暗暗吃惊——自己怎么这么轻易就相信了这个人，而他自然而然地愿意接受他的帮助？

好似……很自然就有的默契，更似乎是，很久前就有这样的感觉。

难道，她与他，之前见过，甚至是熟识？

她陷入了沉思，直到广晟把她晃醒：“想什么呢，人都走掉了。”

小古目光闪动，仍是弱弱地说：“我在想，我笨笨的，什么都做不好，又让少爷欠了袁千户的人情，拖累了你。”

广晟一颗心本来浸在酸水里，听到她这一句自责，马上偏转了过来，反而安慰她道：“别瞎想了，这些我都会料理妥当的。我们回去吧……闹了这么大半天，你饿了吗？我带你去烤兔子吧，山上的野兔可肥了。”

两人一齐往外走，广晟还在说着。小古乖巧地笑着，一边以他看不到的手势，朝后面比了个“一切妥当”。

窗外墙角边偷听的蓝宁两人佩服得五体投地——什么叫演技炉火纯青，什么叫卖了你还让你感激涕零，十二娘子做得简直是完美！

闹腾了大半天，仍然一无所获。

萧越既没有找到偷内衣的宵小，也没有找到广晟犯罪的蛛丝马迹——然而广晟也没有发现那些女人的踪迹。她们好似初春的冰霜一样，遇见旭日暖阳就消融不见了。

人，到底会到哪里去呢？

广晟百思不得其解，皱眉坐在书房里苦思冥想，想到头都疼了仍是没有结果，终于颓然放弃。

“只要是大活人，终究要离开这个军营，我就不信真的能水过无痕！”

日头西斜，天色渐昏，他干脆换下官服，痛痛快快地沐浴洗澡，裸着身体从屏风上拿起中衣穿了，再罩上素色道袍，又干脆拿起玉簪束了个道髻。

这副打扮本是朝中文官惯常休闲时的打扮，对于喜欢舞刀弄枪的广晟来说却是难得如此。

他本就容貌绝世端丽，这般随意安然的打扮，却让他眼角眉梢的锋芒都略微收敛，更显得俊秀贵气文雅，美得让人移不开眼。

“我这样打扮怎样？”广晟略有得意地让小古看着他，看到她眼眸中的赞意，心中更是舒爽到十二分，把刚才的郁闷都抛到九霄云外，“比刚才那小子怎样？”

小古正在煮着茶，闻言手中动作一顿：“你是说袁千户？”

“是啊。”广晟接过甜白瓷的茶盅，毫不吝惜地一饮而尽，目光炯炯地看着她，“上次我就发现了，那小子看你的眼神很特别。”

“少爷！”小古顿时啼笑皆非，“人家堂堂千户大人，侯门贵公子，多的是娇滴滴的美人，哪里会看上我这种貌不惊人的小丫鬟。”

“这也难说，吃惯了大鱼大肉，也会喜欢清粥小菜的。”广晟话虽然这么说，想起袁槿的眼神，仍然心中焦躁不快，他逼近小古，半是兴味半是认真道，“你该不会也对他动心吧？”

小古正要回答，却听外面有脚步声传来，迟疑了一下，还是隔着门禀报了：“大人，那批废次物品要启程运出了。”

小古的心猛然跳了一下，却只见广晟眼中光芒一跳，很快便恢复了平静，他的嗓音也是不疾不徐，好似这只是一件平常公务：“好，一刻之后立即出发。”

天色已经完全暗了下来，平宁坊的门楼却并没放下，而是点燃了松明火把，连楼墙上的风灯都点燃了。

沿街的房舍院落都已经静默无声，只有间歇的几声犬吠划破这份死寂。广晟一行人押运着车辆一路行来，身边的亲兵们都着了皮甲鸳鸯袄，腰间佩刀锃亮，沉默肃杀的脚步声在长条青石上敲出有节奏的声响。

约定于元蒙人交易的地点就在这里，罗战早几日前已收了金子，但他位高名显，对方倒也不怕他赖账，两相权衡之下，罗战派了广晟前来。

广晟骑在马上走在前头，瞥一眼身边队伍雄壮，心中却是如明镜一般：这些人虽然是他进入京营后收揽的，但其中必定有很大一部分是罗战的人。真动起手来，能有一小半靠得住。

广晟眯起眼，打量着周围，随即闭上了眼——北风从耳边呼啸而过，小巷的枯枝虬干摇曳不定，发出沙沙声。

无边的寂静之中，风声的走向似乎有些阻碍——有人，在远近的街头巷角边无声而迅速地移动着！

广晟眼中利芒一闪，不敢确定到底是谁的人。突然风中传来哨子的清脆声音，远远的好似鸟鸣。

“什么人！”罗师爷猛地打了个哆嗦，尖声叫道，一旁的兵勇连忙拔刀在手！

从小巷中突然跑出一个面目脏污的孩童，手中的陶哨做成一只鸟的形状，他灵巧地从官兵中间跑走，一边跑还在一边吹，发出清脆的哨子声。

三长一短，是一切安全的意思。

广晟这时才真正松了口气：这是锦衣卫约定的紧急联络暗号，表示锦衣卫的人已经到位，准备等罗战跟元蒙人交易时，一举冲入一网打尽！

“哪家的小兔崽子，天黑了还不回家睡觉！”罗师爷也松了口气，赔笑着催促广晟，“买家正在商驿馆等着大人您，时候也不早了……”

广晟瞥了他一眼，微微一笑问道：“此等大事，指挥使大人真的不来看看？”

“大人身份非凡，掌管着上下五千多号人，这里好些是他们的家眷，他轻易露面会被人认出来……”罗师爷见广晟面色一沉，怕他在这个节骨眼儿上撂挑子不干，连忙保证道，“不过罗大人授权您全面代表他，去会会那些元蒙蛮子——罗大人说了，您就代表他亲临了，一干人等谁敢对您不恭敬，您不用禀告他，就可以军法从事。”

“这还差不多。”广晟脸色稍霁，看在罗师爷眼里，不禁心下暗骂：你摆什么谱，等这边交易完事，你就是死人一个了！

一行人进入商驿馆，这里已经被全部清场，一行人长驱直入，到了贵宾所在的花厅，却见来人四十岁上下，只是高鼻深目了些，举止装束都是中原富商的打扮。

“这位就是沈大人吗，果然是少年公子，英姿焕发啊！”那人热络地迎上前来，态度谄媚却不失分寸，张口就是生意经，“区区这点小生意，多亏沈大人照拂，真是感激不尽……”

行礼到底后，两边落座上茶，广晟打开茶盅盖，却发现里面是鸽蛋大的一颗明珠，光芒流转彩华幽幽，跟普通的珍珠绝不相同。接下来又看到，茶碗底下的托盘里压着一张银票，打开一看，面额也让人心跳不已。

“大人，我出身南海，那里出产一种罕见的夜明珠，暗夜里宛如明灯般光芒四射，甚至能安定心神、补气平躁、延年益寿。”

那人好似在闲聊，实则却是在介绍茶盅里的那物，接着又拿出一只木盒，躬身递给广晟道：“这是家乡特产的武夷茶，没什么珍贵，只是喝起来还算舒心，给各位兵爷们尝尝鲜。”

广晟伸出手掂了掂，发现入手一沉，却也只是一笑，不露声色地让亲兵接过。亲兵看到盒面缝隙中透出的银光，不由得咽了口唾沫。

“已经收了你们的金子，东西也该给你们了，不过，因为事关重大，我要验看一下你的身份凭证。”广晟这一句是笑着说的，罗师爷和那人却都是脸色一变。

“沈大人，这样的生意，是要冒着掉脑袋的风险的，我过关通行到这里来都很是不易，又怎么会有什么身份凭证？”

罗师爷连忙帮腔：“是啊是啊，大家都不容易，互相体谅一下……”

“师爷，我不能辜负罗指挥使的信任啊！”广晟一口打断师爷的求情，表情诚恳无比，语气却是坚决不容置疑，“这么一批货，是我们整个北丘卫一年多辛苦积攒的，要是交错了人，我怎么有脸去见罗大人！”

罗师爷还想再说，只听广晟道：“师爷你刚才也说了，我在此就等于罗大人亲临，谁都必须听我号令。”

罗师爷被这一句噎住，再也说不出话来。

那个豪商的表情也变得严肃，皱眉道：“沈大人这是不信任我了。”双方都失去了笑容，气氛顿时紧绷起来。

马车停驻在驿馆外的长街上，一连五十多辆，几乎从街头排到街尾，长街外有兵勇围绕看守，守在库房四周的人马却并不多，只有十来个。杂役们抬着箱子和杂件朝库房里搬，络绎不绝却极有秩序，几乎没人说话。终于全数落进库房，那十来个看守的人终于松了一口气——虽然是早春，夜风吹得人遍体生凉，几人干脆就聚在一起，守着门搓手说笑取暖。

突然传来鸟的翅膀扑棱声，恍惚有灰蓝羽影闪过，抬头看时，却发觉什么也没有，只见小巷深处的枝丫随风乱舞。

“这么冷的天，还有什么鸟出来？”

“干脆捉了来，就着火烤了吃。”

“你疯了，被上面知道小心挨鞭子。”

突然，小巷中传来一阵脚步声，开始轻微宛如灵猫，随即越来越快，眨眼之间，却见黑色人影纵横闪入，手中长刀宛如阎罗索命——

“啊——”喊声未起，便已是血溅当场！

剩余几人眼看不好，拿起腰刀抵挡，却也在片刻之间被格杀当场！

黑衣人脚步迅疾，黑色斗篷几乎没有沾染血迹，锋利的刀锋抽出，十来个兵勇顿时气绝倒地。

看那轻刀样式，却是与王舒玄所用相似，只是略欠精巧华贵，锐利锋芒却是不减。

黑衣人汇集起来，长披风翻飞之下显得格外英武，他们正要闯入驿馆的库房，突然却有一只肥胖的灰蓝鸽飞了出来，扑棱棱羽毛之下，突然一阵白色粉末弥漫周围，落地便香味馥郁。

“小心有毒！！”黑衣人之一厉喝一声，扯下黑色披风遮挡口鼻，露出了内里的秋麻色妆花缎锦。

这几人居然是锦衣卫的缇骑！

他们脚步连退，而胖鸽子却飞得更快，香味随风飘散而来，众人虽然竭力保持清醒，却也终于两眼翻白，昏睡了过去。

小古的身影出现在库房门口——她已经及时易容成一个普通的坊间少女，随即蓝宁和郭大有也从街上赶了过来。

“那些车夫杂役和兵勇都妥当了吗？”小古问道。

“我挨个给他们敬烟和槟榔，每个人都很痛快地吃下睡着了。”郭大有摸了摸头，有些留恋，又有些不好意思地说道，“真是对不住这些哥们儿了——在一起也快一年了，就这么阴了他们一把，实在是我不厚道！”

蓝宁吃了一惊：“你投身杂役之中已经有一年了？”

“我本来就是做杂役的，木匠、粉刷匠、车夫什么都做过，就数这一份工作时间最短。”郭大有朝她眨眨眼，脚下动作不停——三人已经到了临时的驿馆库房。

驿馆这地方只供买办商人歇息，库房什么的原本是没有的，但罗战一声令下，就把三间连着的西屋改成了库房。由于是临时停驻，元蒙人马上就要启程带走，所以里面的箱子都乱七八糟地重叠堆放着。

“糟了！！”小古三人对视一眼，脸色顿时一白——锁扣虽然浮搭着，但空气毕竟有限，这么重叠着被压在底下，只怕里面的人呼吸困难！

三人吓得七手八脚把箱子搬开，把放有明光铠的那二十几个大箱接连打开，探一下鼻息，这才松了一口气。

“还好，活着呢……”松了一口气大家干脆瘫坐在地——

必须赶快把人运出去！！

三人用力抬起女人的躯体，一趟趟朝外间街上的马车搬去。

库房三人正在努力搬运，而花厅商谈的两边人马，却已经进入了剑拔弩张之势——广晟坚持要察看对方的信物，而那个元蒙的秘密使者，眼中却露出了怒意。

只听“咚”的一声，他掷出袖中匕首，镶金描银的非常华丽，竟是擦着广晟的脸惊险而过。

“这个算不算凭证？”广晟静坐不动，一手捏了茶杯，另一手两指好似玩笑一般在桌上一敲，那匕首弹跳而出，竟然断成两截——

“只是个漂亮玩具而已，这就能代表你们的黄金家族？果然不堪一击啊。”这话一出，对方的脸色顿时化为酷狠，咬牙道：“沈大人，若是在草原上，你已经是身首异处了。”

广晟的嘴皮子怎么可能输给他：“你要是在金陵城里，已经被千刀万剐了——没有凭证，谁知道你是不是哪家奸细？”使者心中怒极，但仍然没有忘记自己的来意，眼见广晟油盐不进，暗忖道：这整个平宁坊的兵马都是罗大人精心挑选的，谅你也玩不出什么花样！

他犹豫一阵，突然脱下衣物，在胸前竟然出现昂首苍狼的图腾刺青，脖子中央项圈上挂着一枚圆形金牌，上镶一枚硕大绿宝，活像是苍狼凶残的眼，金牌边缘是一行蒙古文字。

“这是我家王子的信物，我们可是诚意十足，彼此就不用互相试探了！”广晟眯起眼，凝视着那一道图腾和金牌，突然大笑出声："够爽快！"

他突然摔碎手中茶杯，瞬间短刀出鞘横在使者脖子上："全部别动！"

这一下变生肘腋，谁也没有料到，罗师爷以为两人还在意气之争较量功夫，连忙调停道："别动手啊沈大人……"

广晟一脚将他踢倒，力道巨大顿时让他伤了双腿，连声呼痛，随即以那使者为人质，扣着他的脖子走到花厅门口。

"这、这里全是我们的人，你插翅难飞——"罗师爷倒在地上蜷成虾米样，却仍狠狠威胁道。

"插翅难飞的是你们才对！"广晟估计着援兵快要到了，手中紧扣人质不放，不着痕迹地变换各种角度，以人质为盾来抵御众人的冷箭刺杀。突然一阵疾风袭来，说时迟那时快，广晟猛地放开人质，用手中短刀挑开刺向他的两截枪！

从立柜后面跃出的竟然是罗战！

当当连声，两人已经是对了几招，都是险到极点，差之毫厘就要惨败身死。

"早就知道你不放心，必定到现场潜伏，掌握整个局势……"广晟轻笑道。

"小兔崽子，你居然敢出卖我……老子终日弄鹰，却被鹰啄了眼珠子！！"罗战气急而笑，露出猛兽猎食般的狰狞笑容，他积威日久又久经沙场，两截短枪狂扫之下，宛如飓风过境，被带倒的人发出惨号声，顿时便是皮开骨裂。

广晟身影灵活地避开，一旁的亲卫见势就要动手帮助罗战，此时花厅的门却被猛然踢开——一群黑衣人如猛虎出笼般冲了进来，其中几人身着秋湘锦缎麒麟服，表情酷冷。

"锦衣卫办事，降者生，顽抗者死！！"一声冷喝宛如晴天霹雳，罗师爷和几个军官顿时面如土色，却有几个吃了厚饷的士兵悍不畏死，还想硬来，只听一声淡淡的"格杀勿论"，顿时身首异处。

锦衣卫众人团团围住罗战，后者已是面无血色，突然爆发出一阵狂笑声："没想到啊，小子你居然是锦衣卫的，我居然被你骗得这么苦……"

"投降吧，罗大人。你已经输了。"广晟平静地说道。

罗战突然举起两截短枪，交叉席卷而去，直袭广晟，锦衣卫的校尉们对视一眼，同时甩出袖中的钩镰飞刃缠住罗战，顿时罗战被七八条金丝锁链悬吊扯住，宛如吊线木偶一般。

"哈哈哈哈……"狂笑声由得意转为凄凉，他突然掉转枪尖，朝着自己咽喉而去。

这一下变得太快，没人料想得到，却只见一条人影飞扑而去，用手掌挡在前头，任由掌心被戳了个血窟窿，坚持握住了枪尖。

广晟长身而立，炯然目光凝视着罗战，任由掌心的热血滴落："你选择自尽，不禁可以少受皮肉之苦，还可以避免扯出更深的人物。为了你的家人考虑，你如此作为也是人之常情，但你若是真死在这里，只要我们锦衣卫传出你伤愈招供的假消息，对方反而要把你一家屠尽——我言尽于此，是死是活听凭你的抉择。”

无论死不死，都要祸害他家人，这还叫听凭抉择——罗战死死瞪住广晟，目光几乎要喷出火来：“好……好，好个毒辣的小子！”却再也不见自戕行为。

锦衣卫的人上前见过广晟，广晟微微一笑，取下脖颈上挂着的玉观音雕像，翻开一面，里面赫然是锦衣卫的令牌。

锦衣卫众人肃然，顿时单膝跪地行礼如仪：“标下等见过密使大人。”虽然也有人心中不以为然，但却丝毫不敢质疑——他们跪拜的不是眼前这个漂亮得过分的青年，而是纪纲说一不二的威权。

一旁协助的锦衣卫试百户率人把坚持顽抗的元蒙使者也五花大绑起来——他虽然身材壮硕善于摔跤骑射，但毕竟比不上身带内家功夫的高手。

“你是怎么从漠北一路过来的，是谁协助你的，还有什么党羽？”面对逼问，那人倒也硬气，虽然被打得鼻青眼肿，却是闭目不发一言。

广晟居高临下地站在他跟前，屋内的光线太暗，众人都看不清他的神情，却见他突然出手如电，从那使者口中敲下一颗金牙。

用刀劈开金牙，里面顿时露出白色粉末，锦衣卫众人发出一片轻微的吸气声，有经验丰富的交换了眼色，觉得这趟越发不能善了了。

元蒙贵族一向悍不畏死，但最多自尽于金刀美酒，不会搞这些诡秘的弯弯绕绕，必定是中原某方势力送给了他们这种嚼破即死的剧毒，一旦行迹败露立刻自尽灭口。

广晟俯身拿起那枚绿宝金牌，只是淡淡地说了一句：“我知道有其他势力跟你们结交，帮你顺利通关，我也知道，草原的好汉子是不会出卖朋友的。”

那人垂着头，眼皮都不愿掀动半分。

广晟话锋一转：“可是，那些帮你的，并非你的真朋友，只是盟友而已。”

“所谓盟友，乃是为利益而结合，一旦丧失互相利用的价值，随时可以翻脸——而你们最大的利益，是看着我们中原自己窝里斗起来，可以坐收渔翁之利。”

花厅之中，银炭的热气熏染沸腾，广晟的嗓音缥缈而寂然，带着淡淡的疲倦，却意外地打动人心：“你说出来是谁，我们立刻就会自相残杀，这对你们来说，将是最大的收获。”那使者被这一番娓娓而谈迷住了，犹豫半刻，终于抬起了头，张口欲说。

“这里交给你们了，我去西屋看看那些货。”广晟微微一笑，竟是毫不犹豫地走开了。

这是什么意思？

在场众人都是人精，立刻就明白了他的意思——抓捕罗战，人赃俱获已是头功，询问口供这一笔功劳，就让大家分了。

“不仅精明强干豁达大度，在人情世故上也如此犀利……前途不可限量啊！”两鬓斑白的张姓试百户笑着评价道，周围人感激之下也一片赞誉。

“只是，纪纲大人这么抬举他，难道是……”深知内幕并不寻常的试百户皱起长眉，心中隐约感到恐惧担忧。

2.

临时仓库那边，三人正在抓紧时间搬运昏迷的女人们。肩膀已经变得酸疼，但动作丝毫不见缓慢。

“其实我觉得我们应该在他们搬上马车之后再动手下迷药。”蓝宁一边搬一边叫苦，“我觉得我们都快成杂役苦力了！”

郭大有终于有发挥嘴毒功力的时候了：“你要是去当杂役，那买主得亏多大的本钱啊，肩不能挑手不能抗的！”

三人打开最后一只箱子的时候，小古发觉不对，箱子里发出急促的喘息声，她把人扶出后却是惊叫一声：“小安的脸色发紫，口吐白沫！！”她蓦然想起，金兰会二姐有时也有这个症状，“莫非是癫痫？”

可能是放在憋闷的环境内，心中又因为知情而恐惧不安，加上麻沸散的作用，于是发起病来了。

蓝宁试图扶着小安走，她立刻发出小兽般无意识的哀鸣，面色变得青紫，抽搐也更加明显，唇边白沫却反而减少了。

不好！

小古立刻阻止蓝宁：“把她放下别动！”

癫痫不能随便移动，否则立刻就要窒息，神仙难救。

小古俯下身，喂她吃下自己特制的养神丸子，又给小安在几个穴道用力按摩，一旁的蓝宁和郭大有心焦如焚，催促道：“赶快，不能再拖延了！”

小古手中不停，眉头深皱之下决然道：“我知道，不能因为小安一人就拖延——你们先赶着马车走，剩下一辆给我，我随后就到。”

“什么，这怎么行？！”两人齐齐惊呼出声。

“没时间了，他们马上就会发现……必须保全大多数人！”

“可是……”

“你们要抗命吗！”小古低声呵斥道，见蓝宁眼含着泪花，不禁软下声调，安慰道，“这些女人们已经饱受折磨，眼看就要脱出囹圄，经不起任何意外了，你们先走吧！”

此时，她神情冷静，黑眸却是熠熠生辉：“你们放心吧，我不会轻易失手的——能抓住我的官兵，还没从娘胎里生出来呢！”这一句豪情说出，映着她从容镇定的微笑，就连那张易容过后毫不起眼的脸，也变得生动闪耀起来。

目送着蓝宁两人驾着六辆连接的马车离去，小古摈除一切杂念手下用力，渐渐地小安的呻吟开始变得轻微，眼睛也微微睁开。

“我……我这是怎么了？”她好似梦游一般小声问道，视线好似仍然有些模糊。

“再忍一下，你娘快来接你了……”小古用力一按，小安某处穴道刺激之下，“哇”的一声张口干呕，总算是恢复了知觉。

突然，不远处的长街另一头传来熟悉的嗓音：“是谁！站住！”是广晟的嗓音！

小古还没反应过来，广晟已经飞身扑了上来，猝不及防之下，两人撞在了一起！

广晟刚刚赶到，只看到充作临时仓库的平屋门外有两个女子一立一卧，而原本应该看守的一队人马却是踪影全无。他立刻意识到，这是出事了！

广晟立刻疾冲而来，瞬间长剑掷出，却被对方躲过——而几乎同时，他的长腿扫过，两人倒地压在一起。

机不容发的急切之间，两人无声地纠缠翻滚，小古率先出手，尖利的兰簪袭向他脑后——看似凶狠却是手下留情三分，只希望让他昏厥。

广晟则是牢牢压住对方，死死制住一切的蠢动，银簪顺着他的额头划过，一缕血痕浮现在白皙的肌肤上，显得妖丽而危险！挣扎之下，他又嗅到了那种熟悉的幽香，袅袅飘忽，那般魅惑人心的妖艳。广晟不由得心中一动：这香味似乎在哪儿闻过？他的脑海，瞬间映出前几日，在马车的暗格之中遇见的神秘女人……那般伸手不见五指的暗处，两人激烈的打斗，几乎揉到一处的亲密暧昧……

是她！！

广晟瞬间全部想了起来，不由得深深打量对方：丢到人堆里都找不到的平凡相貌，唯有一双眼光芒四射宛如星辰。

她的相貌大概是易容伪造的，不知道真人到底长相如何……他一边想着，不由得又多打量了她几次，好似要穿透那层伪装看到内里。

“你是哪边的人？白莲教，还是金兰会？”小古看到他专注凝视着自己，吓了一大跳，唯恐自己露出破绽被他看出，干脆抿紧了唇，一声也不出。

他的手劲更大，宛如铁箍一般陷入肉中，她只觉得双腕剧痛，几乎要断裂的感觉。

广晟只觉得这个女人很特别，她抿着唇沉默不语，忽闪光芒的双眼却似乎有千言万语要跟他说，然而，随即而来的痛苦袭上心头眼间，她颤动了一下浓黑幽然的眼睫，好似暴风雨中瑟缩的蝴蝶翅膀。

眼中的光芒一闪即灭……他禁不住心中一动，手上力道也放缓三分。

她正要挣扎，最不可思议的事情发生了：两人只觉得地下一震，气流在这一瞬突然爆炸开来——

"小心！"广晟的惊呼声未尽，两人都被巨大的气流席卷，各自被震飞了出去。

随即，整条街道爆燃开来，房舍屋宇都在瞬间震撼、摇动，随即化为断瓦残垣，甚至成为齑粉消失不见！

宛如天崩地裂一般，火药的气息和弥漫的烟尘让人窒息，而幸存的人们未及庆幸，又陷入了火海之中！

金陵山麓不算太过高峻，但站在最上端的鹰嘴岩风口，却能登高望远，山下的一切动静尽收眼底。火光冲天，照亮了整个天际——山野的青葱漫地之中，唯有平宁坊一块平整的灰白，纵横交错的房屋街道宛如棋局，在烈火烟尘的围绕下几乎要被吞噬殆尽。红笺披着白狐昭君套，笑靥如花地看着下面这一场浩劫，轻声问道："王郎，你觉得这景致如何？"

"壮观，实在是太壮观、太精彩了！"王舒玄坐在轮椅上，夜风将他的衣袂吹得飘然若仙，只是脸上笑得阴森无比，肌肉微微颤抖扭曲，"姓沈的小子也有今天！！"

"只死他一个，哪里能解王郎你心头之恨呢，继续看下去吧！"红笺伸出雪白剔透的纤纤玉指，继续指向下一条街道，那里的小巷拐角处，停着一辆不起眼的油布乌厢马车。

剧烈的爆炸宛如尘浪翻滚，排山倒海而来，将土地和房屋都掀起，那小小马车虽然及时奔跑，却仍被波及，四匹马皮肉开绽，哀鸣一声倒地——车厢倾覆之下，整个倒入了火中，噼里啪啦燃烧起来。

"你知道这马车里的是谁？就是赫赫有名的纪纲大人！"红笺吃吃一笑，指尖的凤仙蔻丹红得让人目眩，"根据我们金兰会的线报，他喜欢一个人做儒生或是农人打扮，轻车简从到各处巡视——今天罗战的大案事发，他必定到现场来看个热闹——只可惜啊，一代枭雄，竟然葬身火海之中。"

虽然早就知道这个计划，王舒玄却仍感到一阵心悸目眩——那个高不可仰的指挥使纪纲，神秘莫测的一双眼，曾经多少次让他感觉无所遁形，那样的逆天强人，居然也死在这一场爆炸中？！

"这才是金兰会的真正目的，什么拯救那些营妓重获自由……哼哼，相信这种说法的人才是真正天真！"红笺掩唇而笑，笑容得意中却带出三分苍凉。

"在男人眼中，失去贞洁的残花败柳，不值得付出半分心思——只有权力和厮杀，才是你们今生最爱。"

王舒玄讪讪一笑，内心却深觉有理，因此没有反驳。

"不过，金兰会的十二娘子却也不是省油的灯，居然发现了袁五公子身上的那封信，知道了这个计划。不过她有张良计，我们那位‘大哥’更有过墙梯，这次干脆在平宁坊动手，把所有人一齐送下黄泉！”红笺越说越是得意，“那些炸药，原本是十二娘子她为了救人后在军营制造混乱而埋下的，蓝宁那个女人，自以为鬼鬼祟祟没人知道，其实我早就看在眼里，偷偷挖了出来改埋在这里——王郎，我可又救你一次呢！”王舒玄听着她的得意叙述，拍了拍她的俏臀，心中的舒畅简直要满满地溢出来——那个夺他功劳的沈姓小子，那个宛如高山峻崖般的上司，就在这短短一刻齐齐上了西天！

何等震撼！

何等巨变！

震惊过后便是巨大的窃喜：纪纲这一死，锦衣卫内部一定乱成一团，自己出身贵胄，背景深厚，手腕人面一样不缺，未必不能搏一搏，即使不能上位，也必定能让新任的指挥使高看一眼，谋个好缺……

他越想越是兴奋，哈哈大笑，只觉得无比解恨，满心的抑郁都消散了大半。被贪欲蒙蔽了心眼的男人并未发现，依偎在他身边的如花美人，也嘴角含笑地凝视着他：那是艳若桃李、毒如蛇蝎的嗜血眸光。

“这是怎么回事？有炸药！”

“快救人啊！”

一片火光烟雾中，官兵们竭力发出尖叫——他们是靠得最近，也是最不及防备的。

一排排的房舍倒塌，很多人被压在下面，而突起的火舌正在无情肆虐！！

不幸之中的大幸，因为罗战谋图的“大事”，驿馆周边很多人家早在几年前就被陆续搬离，受伤的以官兵为多，倒是没有老弱妇孺。

在一片断瓦残垣之中，一只手有气无力地伸了出来，鲜血从掌心滴落，四处搜寻的锦衣卫众人看见，立马呼喝着把石块搬开，把人救了出来。

广晟大声咳嗽着吐出灰尘，摸了摸肩膀上被爆炸波及的伤口——很长的一条，伤口深而血流得很多，周围人帮他包裹，他却只是径直问：“有没有看到一个女人……”

众人面面相觑，有人连忙在旁边废墟之中扒拉着搜寻，却并未看见任何人。

“人到哪里去了呢？”广晟无暇多想，抬眼望去满目都是火焰和疮痍，连忙开始指挥灭火救人。

红得肆意的火舌，席卷着周围的一切，引燃声虽然轻微，却好似黑白无常走近的脚步，每一次响起，都伴随着更加猛烈的爆炸。

小古模模糊糊地睁开眼，只觉得周围火红一片，烫得惊人，而浓浓烟雾让她不断地呛咳，奋力站起身来，她终于想起爆炸前发生的一切——就在那一瞬，她扑倒抱住了小安，拼命一跃进了西屋。西屋地上到处散乱着铜铁碎片，那些没来得及运出的箱子凌乱地倾倒着。小古踉跄着到处搜寻，终于在一根倒塌的梁柱下找到了小安。

“小安，快醒醒！”被大声呼唤着，小安睁开眼又闭上了，呼吸倒是恢复了平静，也不再有痉挛和粗喘。

也许是针灸起效了，也许是被这一摔，歪打正着撞到了脑袋。

小古已经无暇分辨原因，她一把扶起小安，奋力朝着门的方向走去。

鲜血从她的眼睑上滑下……大概是伤到额头了，眼前的一切越发模糊，那般强烈的晕眩感让她感到一阵恶心想吐，却仍坚持着蹒跚向前。

必须把小安送出去！

这个信念支撑着她向前，然而火焰飞跃横天，包围了一切，而烟雾越发浓烈，短短的一段路程，竟然险象环生！

胸膛被热烫占据，几乎要窒息，而近在咫尺的门槛却被火舌围绕着——小古终于支撑不住，倒在了地上。

可恶……就差一点点了！

小古发现自己的双手在瑟瑟发抖，大概是因为呼吸不畅吧——她哆嗦着手脚，用力拖着小安，一寸寸地朝前移动着。

眼睛逐渐发黑，快要看不清四周，唯有那道雕花木门和门槛正在燃烧着，熠熠发光——近得似乎几步就可以冲出，但却是分割生与死的阴阳线！“我……我要死了吗？”小古在这一刻问自己。

眼前开始浮现过往的人、事、物，似幻似真，如梦如雾。

母亲的音容笑貌宛如昨日，那般温柔怜爱地看着她，笑吟吟地倚着门槛在等她归来。

稚童顽皮的她，总是对这份小小的温馨习以为常，以为可以天长地久。

那时的她，未曾懂得什么是生离，什么是死别，什么是求不得，什么是怨憎会。

母亲，我永远也无法回到你身边了……

一滴泪从她的眼角滑落，小古看向身边的小安，突然爆发出最后的力气，一把将她推出了大门。

小安，门外就是宽阔生路，有苦苦等待你的母亲，你一定要见到她！请你，代替我，好好地孝顺母亲，永远地伴随着她，让她不再哭泣、不再忧愁。

请你，把我那一份小而卑微的幸福，也长长久久地延续下去。

而就在下一瞬，被大火烧灼的屋脊终于支撑不住，整片屋顶坍塌下来，一切都淹没在火海之中。

火随风势，越发扩散蔓延，而山崖之上的那对男女，却是全无心肝地在说笑着。

“这把火真是太妙了，烧了个干净透彻，烧了个红红火火，若是有酒在手，定要浮一大白！”王舒玄哈哈大笑着，真正是心满意足。

红笺玲珑娇软的身子俯下，胸前一抹白腻柔滑微微荡漾，正好突出在王舒玄眼前，他不由得咽了口唾沫，正要伸手去摸这一对玉兔，却被红笺吃吃一笑闪身躲开。

“王郎，我们一起下去看看吧？”她嗲声恳求，只要是男人都要心动神移。

“又是火又是烟的，太危险了吧？”王舒玄行动不便，又急着回京城医治腿伤，实在不想节外生枝。

“总要下去看看嘛，你难道不好奇吗，那个心腹大患死了没，纪纲这个老狐狸是不是真正尸骨无存了？”

王舒玄一听，却是眉头一皱，只听红笺娇声抱怨道：“王郎，我为了你，连金兰会大哥都出卖了——偌大牺牲，总要有所价值才行，他们要是不死，你就没有出头的一天！”王舒玄一听这话，顿时心动，红笺上前推着轮椅走了一阵，乘上早就备好的马车朝山下开去。

小古幽幽醒来，是被难闻的烟味混着其他霉腐的气息呛醒的。

她睁开眼，发现自己平躺着，四周漆黑不见五指。隐约听到上方有人声喧哗，白烟从上方的空隙中袅袅飘入，味道却是比昏迷前的火场里稀薄不少，却又奇异地看不见明火。

这是哪里？她支起身子，费力地从怀中的各色荷包里找出一个火擦子，用力一擦，顿时燃烧起来。

微弱的火光照亮四周——这原来是一个长而宽广的密室，建筑得极为考究，四壁居然用青石垒得齐整，还有长条石阶从地面延伸到下。

她仔细打量四周环境，尤其注重观察正上方冒烟的顶部，终于发现自己身在何处：原来这竟然是一间隐秘的地窖。

回忆先前那几乎葬身火海的一幕，她不禁暗自庆幸：方才那坍塌的屋脊，将地面砸破，露出了这个地窖的一个小口，自己极为幸运掉落下来，这才避免葬身火海。

她借着手中的火光看着周围，只见地窖之中一只只巨大的槐木铁皮大箱，走上前去打开一看，竟然是禁中所用的银雪铠甲。这些比起先前卖给元蒙人的那些还要精良贵重，看样式不仅是宫中所用，甚至是戍卫御前的“大汉将军”们所用的制式！小古眯着眼，想起变乱之前在家中见过的官员们酒后愤愤：太祖爷身边的那些殿廷卫士，蒙他亲赐天武将军的殊号，却不思回报深恩，反而向逆贼朱棣投降，得了大汉将军的名头，听着比原先还要鄙俗不堪。

不管俗还是雅，这些御前护卫的武器却是天下最精良的，区区一个罗战，连这些都能搞到，这简直是不可思议！

她心中一凛：罗战费尽心思去弄来这些东西，大费周章地藏在驿馆西屋的秘密地窖里，显然不是为了卖给蒙古人发财——那么，他是为谁而准备的呢？

身为文臣宦官之女，小古立刻敏锐地想到了一个最大的可能：有人要谋反作乱！

从古至今，为人臣者私藏精良甲胄和旌旗、龙袍等物，一律视同谋反，即使是皇子公主，也不可饶恕。

这些东西，只怕会牵扯出更大的内幕。

小古巡视着周围，顺着石梯走上，逐渐接近的时候，却见上方堆积的木料瓦石渐渐噼啪作响，不断往下掉落着碎石。

不好，堆积的废墟之中，木料被火燃烧殆尽，承受不住砖石的重压，又要塌落下来了！

断裂的木框几乎已经烧成焦黑炭条，簌簌地下落着，小古顾不得多看这些箱子，左躲右闪避开这些坠落的火团。地窖上方好似被什么压住了，震动了两下，更多的砖瓦掉落下来，随即只听“轰隆”一声，一堆木板和车轮也砸了下来，落到地窖里，把青砖都砸出一个大洞来，飞溅的碎片也随着余势，把小古额头上的伤又砸出了血！

这是什么？

小古吓了一大跳，顾不得自己头上的伤，上前小心翼翼地观察——虽然被摔得七零八落，但仍能辨认出这是大半个车厢的样子。

听说过天上掉黄金的，没见过还能掉马车的，真是奇了！

一堆破烂木条和钢板散乱地纠缠在一起，车轮也只剩下一个，骨碌碌在地上滚动着，每一处细节都能看出做工精巧严谨——这一堆东西之下，露出一截血肉模糊的男人手臂。

是一个死人！

小古皱起眉，上前扒拉一下，用力把人拖出来半截，不禁倒抽一口冷气——这个人四十岁上下，衣着华贵而不张扬，全身几乎断成两截，好几处的白骨茬子都露了出来，看着非常瘆人，但最可怕的是那颗头颅，大概是因为在爆炸中心，已经被炸得脑浆崩裂，只剩下下颌和鼻子了。

小古看着这恐怖骇人的一幕，目光微微闪动，却并未觉得多么恶心。就在这个时候，地窖上方突然传来清晰的动静——抬头一看，居然有两道人影从露出的入口爬了进来。

小古不知对方是谁，但身体比意识更快地做了选择——她飞快地跑到大箱子边上，打开盖子钻了进去。

石梯传来仓促的脚步声，一重一轻，其中特别重的那道步履拖沓，好似走路不便。两人一步一步走进地窖，以脚步声辨认，就在五步开外。

小古蜷缩着身子躲在箱子里，看不见对方是谁，只听一个女人的声音，柔媚婉转，好不动听："王郎，你的脚没事吧？"这嗓音是如此熟悉——竟然是红笺！！

小古的心一下揪紧了，震惊之下连呼吸都屏住了。她怎么会在这儿……心思飞快转动，小古立刻猜出，那个被她叫作"王郎"的男人是谁！

完全不知道箱子里有人藏身，王舒玄靠在墙边喘息着，他的嗓音虽然阴郁三分，却仍是不减意气风发，甚至还多了几分得意："哼，没想到纪纲这个老狐狸真有一手，在车里居然有机关，一旦有人入内探查，车子的挡板就会四散爆开！死都死了，还要这么阴别人！幸亏这里满地都是爆炸起火的，否则必定会有人发觉异状，那我们就有麻烦了！"他想起方才下山时看到的情形，仍然心有余悸——整个平宁坊都陷入爆燃火海之中，女人孩子们哭喊着四散奔逃，而纪纲的马车已经被炸得四分五裂，倾倒在火中燃烧着，静悄悄无人问津。

尸体在里面吗？抱着这样的疑问，他上前查探，却不料触动车辕的机关，顿时白光一闪，精钢铸成的挡板四散爆开，他靠着红笺才狼狈躲开，没有掉进火堆里。

四散的钢板木条爆开，压在倒下来的废墟中，不知触动了什么，竟然半个车身都掉了下去——探身去看时，才发现这倒塌的屋子底下竟然有个地窖。

为了验看一具尸体就这么来回折腾，现在还得爬到地下去——王舒玄心里厌烦不已，一旁的红笺笑着劝他："既然都下来了，那就看一下尸体，也算求个安心。到时候论起功绩来，你脚伤不便仍然关心敌情，亲自找回锦衣卫指挥使——就算只是个尸体，传到圣上耳朵里，也显出你忠勇兼备，郡主娘娘听了，也得以你为荣呢！"这话听得王舒玄全身上下都舒畅——他宠爱红笺，不仅因为她貌美如花、床第之间销魂，更因为她能言善道，巧舌如簧，总能触到他心中痒处。

红笺扶了王舒玄，温柔地替他擦汗，两人歇息了一下，点亮了火折子，朝着马车的残骸走去，一眼便看到了那具面目全非的尸体。

"呀！！"红笺好似被尸体的模样吓了一大跳，捂着胸口倒退了几步，花容失色道，"真是惨不忍睹啊……"

只有箱子里的小古听出，她的嗓音虽然有着惊慌恐怖，却显然是装出来的。

王舒玄凑近尸体从头看到脚，皱眉之后又松开，哈哈大笑声回荡在幽暗的地窖里："虽然面容被毁，但看这身材、这衣饰，绝对十成十地相似——这枚玉扳指我见他一直戴在手上，是纪纲本人没错！！"心中一块石头落了地，他正志得意满，却突然感到背上一阵剧痛，惊愕回头，却见红笺笑容灿美，却将一根锐利而长、柔颤绵长的银针刺入他的胸膛！银针锐利非凡，缓缓穿胸而过，脏腑内鲜血狂喷而出，王舒玄狂号一声，积蓄全身的力气正要反抗，却发觉自己浑身麻痹无力。

"王郎你公忠为国，即使腿伤严重，也竭力救护纪纲大人，实在是人臣楷模……可惜啊，白莲教的贼子实在是丧心病狂，虽然阴谋失败，却一直躲在平宁坊伺机报复，你虽然拼死抵抗，却终因中毒过深，英年早逝了。”

“贱人，你竟敢背叛……”王舒玄声音嘶哑，已经转为微弱。

“哼，什么叫背叛？这一切，都是‘大哥’的主意，我也是奉命行事。”

王舒玄的眼睛因为惊愕而睁大，却终于呼出一口气，苦笑道：“原来，你从头到尾都没有背叛金兰会！”

红笺微笑着看向他，突然一脚踹了下去，将他流血的脊背踩在脚下，用力碾压着：“王郎你痛吗？你这种狼心狗肺的东西，也会感觉到痛吗？！！”

她的笑容柔媚妖娆，嗓音压低却带着一种魔魅怨毒，瞳孔最深处的疯狂让人不寒而栗——她脚下的力道并不厉害，但王舒玄内伤严重，顿时加剧鲜血横流，近乎恶意的窒息让他宛如被捞上岸的死鱼，费力地粗喘着：“你——”

“王郎，你是积年风月的老手，你若是刻意对人温柔，甜言蜜语地哄人，很少有女人能逃过你的掌心——一开始，我就跌进你的风流陷阱了，被你迷得晕头转向。”

红笺咬牙冷笑，俯下身在他耳边继续轻声说道：“我居然相信了你，相信你会为我脱籍，带我回府纳我进门，让我常伴你的身旁，从此才子佳人，红袖添香……”她越说声音越是轻柔柔媚，好似在回忆过往的恩爱缠绵，那些海誓山盟，那无数的等待与喜悦——下一瞬，她的脸上浮现坚毅决然之色。

“那时候，我是真心要跟你生死相随，也是真心地、毫不犹豫地出卖了金兰会……王郎，为了你，我就算出卖兄弟姐妹，双手染满鲜血，将来要下地狱、下油锅，也在所不惜！”她的笑容转为疯狂苦涩，嗓音也满染怨毒妖魅，在微弱阴森的火光照耀之下，好似在红莲罪火中盛开的曼陀罗花，“背叛？哈哈哈哈……要说背叛，也是王郎你先背叛了我！你嫌弃我是罪余贱籍，根本无心带我离开那个肮脏的地方，更无心与我长相厮守——你的甜言蜜语、慷慨许诺，只是为了利用我掌握金兰会的情报！”

“不是的，红笺你误会了——”王舒玄的辩解，却遭来更残酷的对待——红笺居然用银针，活生生地把他的眼球挑了出来。凄厉的惨嚎从他的嘴里发出，混合着红笺银铃般魔魅的大笑声，让整个地窖好似森罗鬼蜮一般。

“你的小厮酒后失言，让我看到你的书信，我才知道，在你心目中，我只是个贱货婊子，玩过之后就嫌脏手，根本不会带我回家，玷污你那位郡主母亲的贵眼——我为了你，愿意出卖组织、出卖自己的所有——而你回报我的，却是彻头彻尾的欺骗！”红笺嘶声喊道，情绪激越癫狂之下，拿起银针，在王舒玄身上不断戳下，“放心吧，我不会让你这么死的——你见过女人用的针插吗？不把你刺成那样的千疮百孔，我是不会让你死的！”

王舒玄痛得满头大汗，好似一只丧家之犬在地上翻滚抽搐，而身上的痛楚却是变本加厉，他痛得失去了理智，一头朝着铁皮镶木的大箱子撞了过去。

“咚”的一声钝响，箱子被推倒在地，盒盖打开，里面的弓箭手弩掉落开来，而同时散落在外的，还有一个活生生的人！

小古从箱子里钻了出来，刚刚恢复视线的眸子闪动着，竭力适应火把的光芒，而红笺却是震惊当场，颤抖地指着她，目不转睛地盯着：“竟然是你！”

半晌，她居然绽开一道温柔而诡秘的笑意。

“你，居然会躲在这种地方，真是让人意想不到啊——”如此熟稔的语气，却是毛骨悚人的复杂亲切，“我该叫你小古呢，还是该喊你的闺名如郡……亲爱的三妹妹？”

3.

红笺的眸子闪闪发亮，那是见到最心仪猎物的嗜血渴望：“怪不得……我早该想到，所谓的小古，实则是从‘胡’姓中分拆出古月二字，拿了最前头的一字当作自己的假名——三妹，你真是蕙质兰心、心思细密啊！”火折子的光明暗闪烁，人的影子拖曳在地上，随着火舌而晃动成各种浓黑的阴影，有无形的冷风幽幽从头顶吹入，微微的白烟继续弥散过来，不时有火星溅落。

小古拍了拍身上的木箱碎屑，抬眼看向红笺：“什么时候认出我来的？”她的嗓音平静，不高不低，却隐含着暴风雨前的危险和冷肃。

“初次见面，我完全没想到是你，我们一别多年，都各自长大了，再加上三妹你从夫人那里学来的苗疆下九流玩意儿，在脸上涂涂抹抹就能变成另外一个人，谁能认出你的本来面目呢？第二次见面，分别的时候你要走，我一把拉住你的袖子，却意外看到了你手腕上的伤痕——那不正是你小时候掉进池塘被石头划破的？那个伤疤我记得很清楚，所以我一下子就认出是你！”红笺冷笑出声，“一别多年，没想到却会在这里重逢——更没想到，妹妹你居然也加入了金兰会！”她打量着小古平凡寡淡的容貌，目光锐利却含着几分讥笑，“这里没有外人了，妹妹何不露出本来的相貌？”

“看到我本来面目的只有死人，你很想下地府试试？”小古低声答道，周身的肃杀冷意却让人如浸冰雪，整个人从头凉到脚。

红笺闻言掩唇而笑，目光闪烁肌肤如雪，实在是风情万种：“真是个小没良心的……父亲要是知道我们多年后能重新团聚，不知道该多高兴呢！”一说父亲两字，却见小古黑眸之中升起两道明灿的火光——那是宛如熔浆奔流的爱与恨、怀念与鄙夷……重重复杂纠结，就这一道眼波之中喷涌成火，却又凝结成冰。

父亲吗？

多么熟悉又陌生的称呼。

“高兴吗……呵，你确定那不是惊吓？”小古突然抬起头，笑容显得格外讽刺，“一个女儿成了营妓名花，另一个成了反贼，你觉得他该有多高兴？”红笺噎了一下，却很快拾起了笑容，只是有些惨淡凄凉，眼圈已经红了：“父亲是文臣风骨，宁死也不愿投降燕王朱棣，我们为人子女，做些牺牲也是难免……”小古突然打断了她：“你知道吗红笺，从小时候起，你说谎坑害别人的时候，眼睫毛就不停地颤动。”

红笺吃惊地睁大了眼看向她，一副无辜哀怨的模样。

“别用那种眼神看我，我可不是你那些冤大头的男人，一滴珠泪就足以让他们心软。”小古冷冷地看着她。

半晌，红笺突然笑出了声，银铃一般的，充满魅惑与狡诈：“哟，三妹你果然长进了，以前只要我略施小计，你就傻呵呵地上当了，每次父亲都是狠狠责罚你，让我在一旁看了好心疼。”

“那是因为他的心长偏了，自然看什么都是偏的。”小古毫不客气地揭起已故者的短来，“他从来都没看得起我母亲，虽然迫于信诺，必须娶她为正妻，但从来没给过她疼爱和体面——相比起来，你这个庶出之女，简直能在整个府里横着走——仗着他的偏宠，你才能欺凌折辱我，你以为这是什么值得炫耀的事？”红笺反唇相讥：“你们母女也配在我面前摆原配嫡出的架势？也不想想你母亲本来就是苗疆出身的粗野女人，哪里比得上我娘亲温柔美貌、幽兰之质？爹之所以疼爱我，那也是我女红、诗画都是上佳，在各家闺秀中也算数一数二的才女——你呢，要才没才要貌没貌，跟你娘一样上不了台面！”

“所以你们就敢窃据正房，让我和我娘蜗居在后园的漏水偏院里？所谓文人风骨，满口正派大义，暗地里却是宠妾灭妻，也只有他那种伪君子，才能生得出你这种口蜜腹剑的女儿，你们确实是亲生父女，家风倒一脉传承了！”

“果然是没有教养的野丫头，父亲对我们有养育之恩，你却如此忤逆不孝！”

“养育之恩？哈……听到你喊这一句，简直是说不出的讽刺！”

火折子照耀的最边缘，小古整张脸庞都浸润在幽暗的阴影里，看不出什么神情，只有她清脆冰冷的嗓音，一字一句宛如珠玉落地：“我和我母亲住在阴暗漏水的偏僻院落，长年不见荤腥，穿的是打了补丁的旧衣裙，你们却是住着宽阔敞亮的正院，呼奴使婢遍体罗绮——就算是体面些的奴仆，都过得比我们好。养育之恩？你倒还真敢说啊！”小古想起过往岁月里：那些粗劣简陋的饭食，有时甚至是馊的；穿的衣服一年只有一匹料子，还常常是拽了丝败掉的；夏日也还算能熬，冬日里连个炭盆也没有，冻得人眼泪都流不出来……而红笺呢？那时候，她的闺名叫如笺，是父亲的掌上明珠，长得明媚娇丽又骄矜可人。光她身边的大丫鬟就有四个，八个二等丫鬟，更有粗使仆妇无数。她用的桐木古琴乃是建文帝钦赐的，轻轻一拨就有风雷缥缈之音，据说在闺秀们的聚会上一曲《春江花月夜》独占鳌首，连皇后娘娘都有所赏赐。她有一件蜀锦暗绣月华裙，据说是西南进贡之物，就是宫里的娘娘也很难得到，那时自己只有四岁不到，好奇心起想偷偷摸了一下，却被红笺大叫有贼，害得她被父亲胡闰以偷盗之罪，重打了四十藤条。那时自己昏死过去，全身一时火烧一时冰冷，三天三夜之中耳畔只能听到母亲凄楚的哭声。

小古闭上眼，深吸一口气结束回忆，冷然对着红笺道："一饮一啄，莫非前定，你享了多大的福，就要承受多大的业果——抄家灭门的时候，那些如狼似虎的兵卒可不管你谁是嫡谁是庶，把你们这群金尊玉贵的太太小姐都送到教坊去了，至于我和母亲……因为吃穿用度太过寒酸，身边连个服侍的人都没，就被直接送到奴仆中间，算价发卖了。"小古的话让红笺气得眼睛都红了，她的胸膛剧烈起伏着，却说不出一个字来反驳——因为这些都是实情。

当时情况十分混乱，红笺母女只知道哭喊哀求，被五花大绑送到教坊后，又得自己即将接客的噩耗，一番哭闹寻死之后，又是一顿下马威的调教打骂……种种艰辛苦难，宛如海中恶浪一波波涌来，实在是让人喘息。哪会有什么精力去管另一对母女被送到哪里去了。却原来，她们根本没被送到烟花之地，没有沦落风尘……

强烈的嫉妒混合着惭愧、怨恨，在红笺心中翻滚发酵，她死死瞪住小古，低声咒骂道："你可知道，我在教坊吃了多少苦，受了多少罪——可我都没有屈服，因为我爹胡闰是大学士、大才子、大英雄，我不能向他们认输！教坊的鸨母用擀面杖打我，用猫抓我，最后用媚药才让我就范，狗皇帝亲自下诏，让我们这十四家的'罪魁家眷'送去各营轮流……这些苦我都受过了！"她越说越是激动，伸手指着小古，骂道，"而你呢？你也是胡家的女儿，大家出身，却居然苟且偷生，宁可被人当作贱役，也不敢说出自己的真实姓名——胡家的脸面都被你丢尽了！"

"朱棣手段狠毒残暴，我早有耳闻，你们受苦受难，但大家何尝不是度日如年？！"

"金兰会的二姐，被赐予权贵之家，被主人玩弄虐待，子宫被杖击脱出，连声线都被割哑，现在也不过勉强能说话而已；王霖死的时候，尸体上伤痕遍布……你知道有多少人含屈忍辱，受尽折磨？！"小古讽刺辛辣，看着红笺冷笑道，"至于你……你也不要再装了，你心里不知道多恨多埋怨父亲的死心眼儿，宁死不肯屈从永乐帝，这才让你沦落风尘——"

"你胡说！"红笺厉声呵斥，她眼中的光芒却证明了小古所说不假：这么多年来，午夜梦回，其实她也恨、她也怨，恨父亲刚直不阿却拖累了家人，怨自己才貌兼备却命运多舛——但是这一切却都只能埋藏在心中，不敢真正说出口来。

红笺瞪着小古，一双美丽惊人的杏眸却是空洞而疯狂地睁大了，她的声音轻喃而破碎："你胡说……我才没有这么想，这一切，都是狗皇帝害的，都是命，谁也逃不过！"

她瞬间从呓语中醒来，看向小古的目光却是更加恶毒——那眼光宛如毒蛇的舌芯，黏腻而不寒而栗："不，不是谁也逃不过！同样是父亲的女儿，为什么我就要被送入军营，被那些臭男人糟蹋，而你却可以逃得一劫，顺利脱身！如此不公……这究竟是为什么！"

小古却不饶她，继续道："你嘴上不说，心里却认为胡闰太过耿直死板，不识时务，于是你见风使舵，三心二意——你刚才的话我都听到了：先是参加金兰会，然后以为王舒玄能让你重新回到荣华富贵的生活，你就毫不犹豫地出卖金兰会；最后你发现这是骗局，你就毫不犹豫地反手把他害了。"小古淡淡地嘲讽，目光看向满身伤口、一只眼球被扎出来的王舒玄，他已经浑身流血彻底昏死过去了，不知道还有没有气。

"住口，你又知道什么！"红笺面上闪过一道难堪，随即想到了什么，眉目之间又见得意冷笑，"就算你是金兰会的十二娘子，我是大哥的人，这一切都是大哥的命令，你难道想抗令吗？"

"大哥派你来，就为了拿我们当诱饵，诱杀纪纲等人——这种话你可以在众兄弟姐妹面前说说，我倒要看看大家怎么想？"

红笺呆住了，顿时脸色一片苍白，这个命令千真万确是"大哥"下的，但是能做不能说，若是让其他人知道，只怕当时就要群情激奋！"大哥"会承认自己这样冷血无情，拿人当棋子吗？显然不会。他必定会说这样的事是自己擅自决定的。

"金兰会处决叛徒，可是铁血残酷，绝不容情，你想好如何解释了吗？"红笺的脸色更白了，几近透明，她咬牙冷声道："你想怎样？"

"在众人面前作证，揭穿大哥的骗局！"小古断然说道。

红笺皱眉："就算我出来作证，又有什么凭据？"

小古深深地看了她一眼："这就要看你的本事了，我不信这么久以来，你就没留个心眼。"

红笺心中一凛，知道再不能小看这个臭丫头了："我先前求教'大哥'，问了该如何排布炸药，大哥口述了一阵我却不懂，他无奈之下，只得画了一幅图，给我看了具体地点。"她见小古不动声色，只得继续道，"那幅图，被我妥善地藏在了一处地方。"她说话之间，摸向自己的亵衣之下，取出一个薄如蝉翼的纸卷。

小古上前，正要接过，突然心生警兆，整个人向后弹跳——但已经来不及了！

纸卷之中弹射而出的牛毛针擦过她的脸庞，一蓬粉末弥漫到她的口鼻，那个气味……

"王舒玄和你，都因为轻敌而中招。"红笺的嗓音，在耳边听来宛如魔音，小古却昏昏沉沉地睁不开眼。

"我知道你善于用毒，每个苗家女子都擅长这个——但是我用的是'大哥'给的西洋'催眠芳'，一开始西洋人是用来捕捉烈马的，后来专给那些失眠者用来放松睡一觉，根本不是什么毒药。”红笺慢慢走到她跟前，用脚尖踢了踢小古——

“你以为自己长大了，翅膀硬了，就不会再被我骗了？太天真了！”她见小古没有动静，于是俯下身，抚上了她平整细致的脸上肌肤——虽然有易容术在，但十六七岁的少女天然有一种饱绽勃发的青春之美，透过那重重阻隔洋溢在外。

“虽然涂满了油膏，改变了骨架，整日里把自己扮丑，但你终究很好地保护了自己，就像一块鲜肉，包上了层层的草纸，就再也没有猫来偷腥了……比起我来，你真是太过幸运了！”

小古只感觉自己脸颊上有冰冷的痛楚——那是红笺用尖利的指甲刺入皮肉，她费力地抬起头，却发觉对视的美丽杏眼中满染恶毒冷酷的光芒——“金兰会的‘大哥’说过，十二娘子年纪虽小，胸中却有丘壑，是个厉害人物……可你今天再厉害，也是插翅难飞了，再过一刻，大火就会蔓延到这里，你就会变成一只地窖里的烤红薯了！”仿佛是在印证她的话，噼啪的火炭声顺着风势越发接近，小古心中焦急，想要把自己掐醒，但整个人却是连小手指都动不了。

“遇见三妹你是意外之喜，但若是我告诉你，这一场陷阱，本来就是针对十二娘子的，你又要如何呢？”在大火熊熊之下，她的嗓音转低，越发显得诡秘阴森，瞳孔最深处，却有小古看不懂的得意与怜悯：“你到底知不知道，金兰会的‘大哥’究竟是一个什么样的人呢？”

大哥？

是什么样的人？

小古因为这突兀的一句，眼睛困惑地睁大了。

红笺却仿佛只是给死人留下疑心，转过头去，笑声越发得意，也越发邈远：“上面的火场还在继续燃烧，这里早晚也会被波及，你就好好留在这里吧。”随即，她朝着石阶匆匆而去，身影逐渐向上，逐渐模糊……接下来的一切，小古已经不能感知，她整个人都陷入了似睡非睡的昏沉之中。

蓝宁和郭大有策马狂奔，终于把二十几个女人送出了平宁坊。

官道的小路上有人接应，黑衣黑裤的男人们看似憨厚的大车店伙计，实则却是最可靠的同伴。顺利交接后，两人心急如焚地调转车头，朝着烈火熊熊的平宁坊奔去。

平整的青石街道已经荡然无存，到处都是废墟与死伤的血肉之躯，官兵们与锦衣卫暂时不再敌对，而是齐心一致，奋力抬起碎石残垣救人。

“糟了，十二娘子还在——”蓝宁一声惊呼，眼中几乎要冒出火星来，她用匕首切断马的缰绳，一跃而上就要朝前冲，郭大有却一把拦住了她。

“做什么？！”

“你看那边！”

快要急昏头的蓝宁顺着他手指的方向，看见了街边呆坐的黄老板，他的神色茫然，肩膀上却站着那只小胖墩的灰蓝鸽子。

“他的鸽子通灵性，也许能找到十二娘子她们。”蓝宁这时才明白他的用意，提起裙摆直奔过去。郭大有看她这么冲动，只好苦笑着跟上。

“黄大哥，借你的鸽子一用！”

“啊？”还没反应过来的黄老板只见眼前倩影一闪，肩上的鸽子就被人攥住了。

“鸽子可以寻人吗？”面对两人期待的眼神，黄老板沉吟一下，不太肯定地说道：“大概吧。”

“那就是有救了！”蓝宁几乎要喜极而泣，拿出一块帕子，上面的绣的花朵很大，但是绣工几乎可以用简陋来说。

“这是小古绣的，给它闻闻。”这是鸽子又不是狗！郭大有默默腹诽，但仍然按照她吩咐的做了。

鸽子展开翅膀，在火海上空盘旋着、搜寻着，突然，它开始调转方向前行，三人对视一眼，连忙追了上去。

被爆炸和烈火毁得面目全非的街道上，广晟正在指挥着兵勇们灭火救人。

一切可以使用的工具都用上了，水桶、竹竿、水车、绳索……虽然暂时不能把火熄灭，但总算把大部分人都救了出来。

他正在忙得热火朝天，突然听有人在焦急呼喊，抬头看时，却是蓝宁提着裙角跑了过来：“沈大人，快去救救小古！”

蓝宁气喘吁吁地说道。

小古？她怎么了？！广晟心头一紧——他怕这里打起来会出事，早早地把小古留在了军营，难道她出事了？

蓝宁跑到他跟前，喘息着竭力道：“小古担心大人您，偷偷跑到平宁镇上了……”

“混账！不是让你跟她做伴看好她的吗？”广晟又气又急，“知道她到哪里去了吗？”

蓝宁颤声说道：“她大概被压在驿馆西面的那一片废墟下了！”

广晟的眉头皱得死紧，他抬眼望去，只见一片片火海横冲直撞，人们四散奔逃着，场面混乱不堪。

在这个时刻，想要找到人几乎是不可能的，只能碰碰运气了……他一咬牙，转身朝着西方跑去。

驿馆西面的屋子已经全部倒塌了，加上爆炸把街面上的青石和物件都卷压下来，重重叠叠地堆积成很大的废墟。

焦黑的木板框架被烧得只剩下一个四方，黑洞洞的好似一只眼睛看着赶来的几人。

“大概在什么位置？”广晟质问道。

蓝宁看一眼天上盘旋的胖鸽子，不确定地伸手划拉了一下：“大概就是在这里吧。”

这个地方！广晟凭记忆打量着周围地貌，突然发觉这就是自己跟女叛贼遇见、打斗的街边。

小古怎么会来这里？！她会不会遇到那个女叛贼？会不会有危险？广晟的心里顿时一阵揪紧，他俯下身，用力抬起各种瓦砾碎石，开始拼命搜寻，蓝宁和其他兵勇也都四散找寻。

“小古，你在哪里啊？小古，你听得到吗？”蓝宁的喊声，在火光与暗色交错的废墟上回荡着，而此时天边微微露出一丝鱼肚白。

这个混乱、杀戮、欺骗的夜，终于快要结束了。而突然失踪的小古，她的安危生死成为几人心头最大的重担。

小古又一次从昏迷中醒来。

整个人的状态更加不妙，头上的伤好像又裂开了，眼前一阵发黑，似乎是失血过多。

整个人好似僵尸一般，丝毫无法动弹……头顶的浓烟越来越重，不断掉落的石块瓦砾划破脸上的皮肉。

呼吸越来越困难了，眼前的浓黑逐渐扩散，再炽烈的火光也无法看得清楚……

这次，再没有其他地方和力气可以躲藏了。

小古闭上了眼，等待即将到来的死亡。

突然，头顶上“轰隆”一声巨响，巨大的碎石堆被推得四散滚落，随之而来的是冷风呼呼——好似有人在上面强行打开了一个洞：“找到了，在这里……”

是谁在上面呼喊着，嗓音充满惊喜。

小古眨动眼睫，发现自己所中的迷药略微消散了些，但仍然只能稍稍动弹。

上面的声音越发嘈杂，隐约是“大人，您千万不能冒险”“滚开，让我下去”之类的。

是谁？

这个嗓音好熟悉！

有人从上面一跃而入，随之而来的是熊熊烈火，彻底包围了地窖。

“小古，你在哪里？”浓烟滚滚而来，笼罩上下左右，那人近人咫尺，却无法找到她的踪迹。

“小古，你在哪里，快回答我！”那人的嗓音带着焦急的颤抖，却终究没有找准她的方位。

是广晟少爷!

他是来救我的吗……小古的心头闪过这样一个念头，突然又觉得荒谬：两人一个时辰前还激烈交手过，现在却是他拼死来相救?

心中泛起一种又酸又甜的情绪，她摇了摇头，突然发觉了一个极为致命的问题——

她的容貌还没恢复过来！这个念头仿佛惊雷一般，将昏昏欲睡的她震醒——用尽全身最大的潜力，她捡起掉落身旁的牛毛针，用鲜血和衣袖擦去迷药，咬牙刺入面部各处穴道。

脸部的肌肉和骨头微微抖动，渐渐地产生很细微的改变，一张脸就变了个模样。

还有脸上的油膏和颜料……现场没有水来调和，她吃力地侧过头去，混合着鲜血，用衣襟布料来回摩擦。

鲜血染上衣襟，其中混合着怪异的油脂和颜色，层层叠叠，几乎看不出原来的调色。

差不多了!

身上的迷药仍然在发挥着效果，双手抖得几乎拿不动任何东西了。小古最后一个动作是脱下外袍，将它胡乱撕开，朝着旁边的火堆抛去。火舌略一伸展，将最后的痕迹也吞噬，至此，“神秘女叛贼”就不再存在，在烈火中等待救援的，只是一个平凡小丫鬟而已。

她终于松了口气，闭上眼，将自己的命运交由上苍来裁决——

即将到来的，或许是那个人的倾力救援，也或许，是阴曹地府的湮没。

广晟二话不说，撕下衣袖的一角，用背上的水囊弄湿了蒙在口鼻之间，不顾众人的阻止就要跳下，却把周围的锦衣卫缇骑和官兵们都吓了一跳，慌忙阻止。

他虽然官职不高，但眼下指挥使罗战被捕，指挥同知又病休，其他几位千户都不在，掌管佥事印的广晟无疑成了此地唯一能说了算的，他若是亲自涉险出了万一，在场众人谁都说不清楚。

“既然是大人心爱的婢女，我们一定尽力救出，来啊，派两个人拴着绳子下去……”广晟看向好意相劝的试百户张大人，轻轻地摇了摇头：“多谢好意，此乃沈某私人家事，不敢劳动众位兄弟。”

他断然上前，在自己腰间系上掺了铁线的粗麻绳——这是紧急从一家铁匠铺子调来的。

锦衣卫中突然冲出一人，看着很是熟悉，竟是以前的老同事李盛!

意外重逢的两人未及寒暄，李盛已经拉住广晟的手，急切劝道：“阿晟，不，沈大人，你听我一句劝，这底下已经被火烧透了，你年轻有为，前途似锦，实在没必要为了一个女人冒险！！”

一个女人吗？

广晟茫然地看着他，瞳仁却没有对准，眼前好似出现了小古瘦弱娇小的身影，以及与她相处的点点滴滴——

“少爷，我、我来伺候您包扎……”这是初次见面时，她笨手笨脚替他包扎时的情景。

“少爷，您现在也算是个大官了，可以派人半道上把初兰劫走吗？”这是她为了救姐妹出火坑，想出歪点子的慧黠模样。

“少爷，我、我也不是白吃饭的——若是有用到我的地方，赴汤蹈火我也愿意！”这是暗夜寒峭，她回身凝望着他，无比坚决的誓言。

“少爷，其实那个箱子……我偷偷地调了包。”这是她趴在窗台上，狡猾又有些羞怯的甜蜜笑容。

种种过往，浮光片影，在他脑海中出现，看似繁杂，现实中却只是一瞬间的失神呆愣。

“沈大人？”李盛见他微一愣神，以为他在犹豫胆怯，于是更加劝说道，“只是一个女人而已，将来等你功成名就了，要什么样的没有？”他的话戛然而止，只因广晟径直将绳子套牢，单腿一蹬，三两下就跳入了地窖之中，身后只留下一句：“她只是我身边的小丫头，不是什么女人。”

地窖之中，烈焰冲天，地面堆积的废墟瓦砾原本是最佳的遮挡，却在燃烧殆尽后成为半黑的焦炭，掉落助长火势。浓烟滚滚阻隔视线，广晟在黑暗之中摸索着，却什么也没发现。突然，他的脚下踢到了什么——是一具人的躯体！他心中一跳，弯下腰摸索，却发现这是个男人！还有微弱的气息，但根据双手摸到的濡湿血腥，这人显然很是不妙！

广晟犹豫了一下，随即用力拉了一下身上的绳索，顿时就有一个吊篮颤巍巍地垂了下来，把人丢进吊篮，升到半空时烟雾略淡了些，他才看清这人竟然是王舒玄！

居然是这个混账！广晟轻蔑地皱了下眉，也没再去管他的死活，任由绳子把吊篮和人拉上去，只是专心致志地搜寻小古。

“嗯……”大火噼啪声中，他好似听到若有若无的女声，弱得好似幼猫一般。

“小古，你在哪里？”不见任何人回答。

冥冥之中仿佛有人在竭力回应，却听不到任何有形的声音。

她是无法出声吗？

难道伤得非常重？

这个可怕的念头在广晟心中一闪而过，就被他强行按捺住了。他深吸一口气，竭力让自己平静下来，然后闭上眼，静静地谛听周围的声音，连气流的异动也不放过——蓦然，他捕捉到了急促而含糊的呼吸声——就在侧前方三丈处！！找到你了！

广晟毫不迟疑地听风辨声，终于在地上摸索到那熟悉娇小的人形。

“小古！！”他在她耳边大声喊道，而后者只是轻轻地颤动了一下，含糊地“嗯”了一声——嗓音微弱而空茫，好似随时要睡过去。

他却误以为她命在旦夕，顿时吓得一颗心都要从喉咙口跳出来：“醒醒！别睡过去！”在她耳边低喝道，他一把将人负在背上，用绳索绕着打了几个圈，随即转身朝着出口大洞方向疾速奔跑。突然只听“轰隆”一声，出口的大洞被倒下的墙砖彻底压住了，外面传来人们的惊呼声，上下两边却是被彻底隔绝！

这要怎么办才好？

广晟临危不乱，打量着四周——前后左右都是火舌缠绕，身上备用的喷水葫芦都只是杯水车薪了，他一咬牙，干脆用披风淋上所有的水，裹紧在两人身上，拉住绳索就朝石阶上冲！

石阶本是唯一正常的通路，却因为被火烧得透彻，连地面都被烤得几近融化！

快！每一步都是闪电惊雷之势，若是慢了半分，人的脚掌就要被炙成半熟——广晟忍住脚下的疼痛，朝着最上面唯一的亮光冲去！

快到了……那亮光却只有碗口大小，广晟去势不减，用头颅狠狠地撞了过去。

只听“轰隆”一声，地窖出口硬生生被他撞开了！

鲜血从额头上滑下，染红了眼眶，耳边好似出现众人惊喜的欢呼声“救出来了”，广晟眨了眨双眼，突然直挺挺地倒下了。就是在倒下那一刻，他仍然不忘背上的少女，将她挪了个位置，稳稳地抱在了怀里。

小古醒来的时候，发现自己躺在一张柔软舒适的床上，身边是一拢天青色细绢纱帐，顶上绣了仙鹤月桂花的花样，显得素雅安谧。

两层厚暖的衾被盖身上，还有两个黄铜汤婆子偎在手脚处，整个人暖融融的不想动弹。

额头上的伤仍然隐隐作痛，但力气和精神却是恢复了不少，她微微坐起身来，发现头上被包了个严严实实，伤口也是凉丝丝的，显然已经上了药。

这显然已经不是广晟原先的住处。房内虽然昏暗，但看那乌木插瓷画的四扇屏，那镶了螺钿的穿衣镜、东洋式描银五斗橱，倒像是一家豪商的气派。

“你醒了吗？”初兰原本趴在桌上打盹儿，此时也醒了过来，连忙给她斟了热茶，“喝吧，看你嘴唇都起皮开裂了。”

喝了一口水，小古的嗓子才能开口说话，但仍带着沙哑：“少爷呢？”

说到广晟，小古顿时心头一急——她立刻想起，熊熊烈火之中那道挺拔俊秀的身影，那急切激动的呼喊声……

那个人，不顾众人的劝阻，亲身进入被火包围的地窖，在滚滚浓烟中，寻找那近乎渺茫的救人机会。

他背着她，从烧得赤红的石阶上一路疾奔，争分夺秒地将她从阴曹地府拉了回来。

那用头撞开出口的惊险一幕，在她昏然的神志中，烙印成最强烈的影像……

“少爷他没事，只是把头撞晕了，经过大夫诊治并无大碍。”初兰回答道。

小古这才松下一口气，随即开始关心起别的：“你们没事吧？”

第九章

劫后缱绻

1.

小古问出这一句，后知后觉地惊起一身冷汗——红笺放的那些炸药，原本是她托付给蓝宁埋在军营里的，一旦人被安全救走，就由她发展的内应点燃长引线，目的不在多加杀戮，而是为了制造混乱，阻碍追兵。

没想到人算不如天算，竟然被红笺拿来用在多是女眷老人的平宁坊，这简直太过歹毒下作了！

“我们还好，出事的时候我正好睡不着，拿着棍子去赶那在屋檐下偷吃的馋猫，就感觉地面一片晃动，然后大片的墙就塌了下来……真的跟做梦一样。”她继续喂着小古喝茶，一边心有余悸地继续道，“几个小厮人也机灵，就擦破点皮，只是秦妈妈被墙压在下面，好半天才扒拉出来——她左腿骨头断了，全靠少爷恩德，才及时找到了大夫。”她看了小古一眼，咽下了后面的话：当时广晟抱着全身是血的小古出来，自己也随即晕倒，那些官兵一时心急，倒是把平宁坊最精湛的大夫给请来了，又有另一群服饰不一样的官爷拿出了特制金创药，秦妈妈也托了福，及时得到了诊治。

说着说着，话题又回到广晟身上，初兰回忆起昨天看到的，心有余悸道：“昨天真是一场大劫，少爷把你救出来的时候，脑袋上鲜血直冒，吓死个人！”

她看了小古一眼，别有深意道：“听说啊，少爷坚持让大夫先看你的伤，自己一身是血也不包扎。”

说曹操，曹操就到，此时只听“吱呀”一声，房门被打开了——

出现在门外的那人，脸上有多处烧灼的红痕，依然难掩绝丽俊秀，神色略见疲惫，却仍是目光炯炯。他微笑着看着她，背后是初升的旭日，熠熠金光之下，他整个人更显得俊美鬼魅——

“你醒了。”他微笑着看向她。

“少爷，你……”她不顾一切地从床上下来，不顾初兰的惊呼阻止，赤着脚跑了过去——直到站在他身前，睁大了眼，才能真切感受到他的存在。

他真的没事!

虽然方才已经知道，但此时，小古才真正松了一口气，但她随即看向他的头上——原本一头漆黑浓密的长发，此时却被削得只剩下寸许，用素白葛布包得好似一颗圆蛋。

仿佛感受到她的目光，广晟摸了一下额头上的厚布，无奈道：“是不是看起来挺滑稽的，我说不要紧，他们非得把我包扎成这样!”

他冲着小古挤了挤眼，笑得很不正经：“比你上次包得还丑!”小古“扑哧”一声笑了，随即却又发觉连自己也被编排上，轻哼一声，瞪了他一眼——那白眼却是比美人的明眸善睐更加闪亮俏皮。

广晟哈哈大笑，习惯性地抚弄她的长发，却发觉小古低下了头。

“对不住，是我险些害了你……你没事就好。”小古的嗓音哽住了。

“是我连累了你们才对，若是不跟随我这个主人，你们也不会这么吃苦受难。”广晟叹了口气，却发觉小古仍然垂着头，情绪不高的样子，有点诧异，“怎么了，嗓子哑了吗，多喝点蜂蜜水就好……”他柔声安慰道。

小古深吸一口气，摇了摇头，一种无法言语的苦涩从她内心深处浮现——如果，他知道那个神秘女人就是自己，还会这么拼命来救吗?

广晟却误解了她的纠结，揉了揉了她的头顶，笑着安慰道：“放心吧，一切都过去了，现在我们所处之地十分安全。”

小古站在门边，这才发现这是一个从未见过的陌生庭院：白墙黑瓦月亮门洞，红梅虬枝斜出，蜿蜒小道由黑色鹅卵石铺就，不远处一道清浅池塘，岸边乃是西湖运来的嶙峋怪石，顶端有晶莹的冰凌垂下，宛如凝固的瀑布，一旁的凉亭飞檐临风，看着便是一派富贵闲逸之象。

正值清晨，微冷的空气中熏染着梅花的清香，冰凌略有融化，碎屑落地发出叮当的清脆声音。

她不由得想起昏迷前的喧哗和哭喊、爆炸与火烧……那噩梦般的一夜，与这里的宁静安逸完全是两个世界了。

这是哪里?

仿佛感受到她的诧异，广晟解说道：“我们已经回到京郊了，这是一家皇商的别院。”

小古打量了一下周围，开口问道：“我们要回京城吗?”

“是啊，我要回京城重新述职。”广晟平淡地回答，好似只是微不足道的一件事。

小古目光一闪，小心地追问道：“那北丘卫大营和平宁坊那边……”

“遭遇白莲教匪起事作乱，不仅以邪术蛊惑民众，更以火药炸毁整个平宁坊，这已经是惊动天下的大案了。”广晟淡然述说，双眸之中一道厉光闪过。

“那少爷您不该留在那里料理善后吗？”小古敏锐地发现了问题的关键。

“此事已经被锦衣卫全权接手，后续如何已经和我无关了。”广晟如此告诉小古，这也是他告知军中同僚的标准答案。

他的公开军籍是从京营派遣在北丘卫的，如今查案完结，功成身退，应该回到锦衣卫，但不知为何，纪纲却传来密令，让他对身份严加保密，不许公开锦衣卫暗使的身份。这短短一句，却让小古脸色一变——

锦衣卫！！

她垂下头，压下眼中一闪而过的警惕杀机，装作为广晟抱不平的样子，惊诧低嚷道：“怎么能这样呢，这个案子从头到尾，都是少爷您出生入死去查清楚的，如今眼前就是大功一件，锦衣卫怎么能凭空出现，夺了您的差事呢！这不是摘桃子吗？”

“摘桃子？哈哈哈哈！”广晟一愣，随即明白了这俚语的意思，大笑起来。

“少爷，你还笑得出来？”小古睁圆了眼，好似疑惑不解的模样。

“我知道你是担心我吃了亏——放心吧，你少爷我还没那么蠢。”广晟笑声停歇，略微低头，对上少女圆睁的黑眸——那般清澈熠熠却又懵懂无邪，眼中唯一的光芒也是实实在在为他担忧，他心中最坚硬的一块顿时融化了大半！

浊世滔滔，也只有她一人，这么一心一意地关心牵挂着他。但涉及锦衣卫的机密，他也不便多说，只是亲昵地点了点她的鼻尖，安抚道：“总之，这次回京，我必定会有所封赏，你放心吧。”

小古心中一动，面上却是半点不露，只是看着广晟，俏皮地眨了眨眼：“那我就安心跟着少爷在这里吃香喝辣了！”

“小机灵鬼！”广晟刮了她的鼻子一下，“你想吃什么都行。”

夜里，广晟在前院待客并未回来，初兰已经早早入睡，小古趁这机会，终于跟蓝宁见上了面。

“郭大有那边传来消息，接应的人一路顺利，二十八名女眷已经进金陵城了。”她直截了当的一句，让小古松了口气，心里紧绷的那根弦也彻底放松下来。

“这次真是局中局、险中险啊……”小古叹了口气说道。

“为什么要让她们回到金陵？”

“因为京城是最危险也是最安全的地方，所谓的灯下黑……若是让她们长途跋涉，一是大部分人身体欠佳，二是沿途关卡众多，必定严加盘查，反而更容易露馅。”小古皱起眉头，说到最后一条也是最大的隐忧，“第三，却是‘大哥’的动向和目的让我担忧，所以暂时就近藏匿，不想节外生枝。”

说起金兰会大哥，蓝宁也觉得心中悚然：那个炸药的计划，一开始就被小古破坏，却又通过红笺之手死灰复燃——那个男人，竟然心狠至此，一点儿都不在乎会中其他人的死活！！

蓝宁看着小古眉间的阴霾，小心问道：“我从来没见过本会的会首大哥——那是个什么样的人呢，真是令人好奇。”

大哥，是个什么样的人呢？小古没有回答，因为此刻，她也在用同样的问题在问自己。

良久，她才打破了沉寂，幽然声息吹拂着桌上的一盏孤灯，让昏暗的光芒飘忽不定：“我加入金兰会多年，众位兄弟姐妹的身世多少也算知晓——可只有大哥一人，从来没有人见过他的真面目！他总是隐于帘幕之后，掌控着会中的大小事务，冷静沉着，举重若轻……虽然没有与他正面交手，但我能感觉到……大哥，是个很可怕的人物。”她看向蓝宁，略带倦意与迷惑的眼眸，却在这一瞬变得犀利冷冽，好似一柄绝世神兵终于出鞘——

“可他就算再厉害、再可怕，这次我也要捋一捋虎须！！此事他必须给我一个交代，否则，就休怪我要闹个天翻地覆了！”小古的嗓音很低，却是宛如冰刃划过虚无之夜，凛然气势让人觉得背上一寒！

前院的书房本是那位皇商附庸风雅的闲置处所，此时却成了广晟临时办事、见人的地方。

夜已经深了，此地却是灯火通明——

“你说什么？！一万两千两金子全部失踪了！”广晟听到这惊人的消息，顿时拍案而起，任由墨汁染黑了自己的衣袖，整个人都陷入震怒惊诧之中！

“整整一万两千两黄金，堆起来也有小山那么一座，怎么会突然消失？”广晟只觉得这事荒谬绝伦——此案已经水落石出，罗战等要犯也都顺利擒下，可现在最重要的赃物：元蒙人拿来交易的黄金却不翼而飞了！

他深吸一口气，压下心头的烦怒，沉声问道：“那些黄金早已经落入罗战囊中，就算不在军营里，也是被他私藏起来，现在居然查不到吗？”

站在下首禀报的锦衣卫小旗眉心也皱起个川字，低头道：“罗战倒是没有把黄金藏起来，那些金子就在他的军营私库里……可是我们冲进去收缴的时候，里面已经是空无一物了！”

太过蹊跷了……广晟的右手双指在桌上轻轻地、有节奏地敲着，整个人却是陷入了苦思——

军营重地，谁又有这样的能耐，来去自如地劫走这么大一批黄金呢？

“沈大人，试百户大人让我禀报您一句话……”偷窥着他的脸色，那人继续低声道，“我们这次案子，两边的赃物都丢得莫名其妙——俗话说，捉贼要见脏，什么证据也没有，只怕这案子办得不牢靠，那些嚼舌头的文官自不必说，就连皇上那里，只怕也要龙心不悦啊！”

广晟心头一沉：罗战私卖军械精铁给元蒙鞑子，两边的口供、证物要完整对应，这才能算是铁证如山，但眼下黄金丢了不说，就连那些箱子里的兵器铠甲，也几乎找不出什么完整的了。

这点也同样让人狐疑不解：那些刀枪还可以说在大火中被熔成铁水，难以寻回，但那几十具明光铠可是精炼打造，就算是烈焰焚烧，也该找到些碎片钢板的！！案子办成这样，两边的证物已经全部丢失……只怕经手的人都要吃刮落，但罪责最大的，却是他这个新鲜出炉的锦衣卫暗使！

想到这儿，广晟心里一沉，只觉得眼前的局面前所未有的棘手：无数的谜团和困难宛如暗夜荒原里的荆棘，缠绕着他的手脚和思绪，让人烦躁得近乎要发狂！虽然心中焦急，但他面上却丝毫没有露出端倪，只是吩咐道：“严加盘查周边的车辆记录，多加盘问沿途关卡和百姓——我就不信，这么大一堆东西，能像变戏法一样消失不见！”

内院的两个女人之间，也在谈着同样的话题。

“哦，黄金消失不见了？”小古在听完蓝宁传来的讯息后，沉默了半晌，突然发出清脆的笑声，“我明白了！”

面对蓝宁的诧异，她的眼中闪过耀眼光芒——那是棋逢对手的激动和赞赏：“我们所有人，都忽略了另一个对手！”

不等蓝宁回答，她兴奋地从椅子上站了起来，来回踱步：“你还记得吗，我跟郭大有曾经夜探那些马车，车厢暗格里藏着许多黄金？”

“那一夜前来窥探的有好几派人马，但最让我印象深刻的，却是那个戴着獠牙恶鬼面具的白莲教少女！”

小古目光闪动，顾盼之间清美幽然，只是平凡的面容也好似会发光一般，让人移不开眼神：“这个女孩儿，就是你经常见到的唐赛儿！”

“这——怎么可能？”蓝宁一时接受不了这个惊人的消息，“她跟小安一样，只是负责生火打水的杂役，平时看着爱说爱笑，全然看不出有什么异样。”

“黄老板发现了她的信鸽——是她潜入，将慧清的尸身放火安葬的。”小古平静地叙述自己的发现，“这次因为红笺的突然引爆，所有人都狼狈不堪，却忘了防备她，黄金大概已经落到她手上了。”

“可是白莲教的内应已经全部肃清，她一个人是怎么做到的？”蓝宁仍然觉得难以置信——那个朝夕相处的小女孩，不声不响地竟然做了这么一件大事！

“这个，就需要当面问她了！”小古霍然起身，取出衣橱中的两件青狐和银鼠女式长袍——这大约是那家皇商姬妾所有，她毫不客气地拿来用了。

她丢给蓝宁一件，自己也匆匆套上：“我们走吧。”

蓝宁被她的行为弄得摸不着头脑，一边穿上一边问道："这是要去哪里？"

"我们去会会她！"小古露出一道明丽而慧黠的笑容，在昏暗灯光下显得分外神秘！

蓝宁觉得匪夷所思，正要再问，小古已经取下廊下的气死风灯，率先走了出去。

"喂，等等我啊——就这么走了，沈大人会发现的！"小古脚步不停，嗓音却是压得极低，在春寒风疾的夜晚里，轻得几近鬼魅耳语："若是我所料没错，他今晚也要在书房熬通宵，度过一个不眠之夜了！"

她们悄无声息地在深深庭院中行走着。夜凉如水，冰冷的霜珠染湿了鞋袜脚尖，小池之中波光潋滟，假山宛如暗夜里守候的鬼神，静静地看着这两个纤纤弱女。

整座别院里静得近乎空寂，唯有前院的灯火隔着灌木花丛隐约透来，昭显着主人的繁忙。

他应该也在为黄金的失踪而焦头烂额了吧？

小古凝视着那灯光，唇边露出一丝笑意，似俏皮，似温暖。眼前仿佛出现广晟端秀绝世的容颜，却是那般冷峻严肃，沉默而忙碌。

这个傻瓜笨蛋……弄不好已经被锦衣卫夺了功劳，却在这里忙里忙外地查案。

小古无奈地摇了摇头，感觉自己似乎白替他操心了，不由得加快了脚步。

到了垂花门处，那里竟然是广晟的小厮亲自看守，他已经困得瞌睡重重，却仍挣扎着睁开眼："小古姐姐，是你啊！"

"嘘！"小古制止了他，分外神秘地悄声道，"少爷让我去做一件事，你不要声张，悄悄把门开了！"

那小厮甚是乖觉，犹豫了一下想问，却还是照她吩咐的做了。

小古走出大门，顺着台阶朝左边而去——那里只有黑乎乎的一片矮林，别无他物。

夜风呼啸，摇动树枝的黑影，手中的灯影投射在地上，近乎幽绿的昏黄。

蓝宁听到老鸹似笑似苦的啸叫声，不由得拉紧了披风，问道："这是哪里？"

"坟场。"小古的简单两字却让蓝宁脸色发白，几乎要跳起来，她颤声问道："你、你是来这里见唐赛儿？"

"对，她过会儿必定会出现。"小古的话越说越奇，蓝宁简直不能理解她。但她对于这位神秘的十二娘子一向信服，也就不出声，灭了灯芯蹲在树丛边等着。

冰冷的夜风从脚尖吹过，半湿的绣鞋几乎要冻成冰碴，蓝宁的脸冻得更白，却见周围仍然没有丝毫动静。

正在焦躁时，却听有板车移动的声音，吱呀作响，缓缓来到了林旁的小道。

有人轻轻走进树林，也不用灯，拿起铲子就开始挖了起来。次情此景，显得分外诡异，若是蓝宁一人在此，只怕是汗毛直竖，就要夺路狂奔。饶是如此，她的手仍然有些发颤，正要轻声问，却见小古突然站了起来，一挥手，重新点燃了手中的风灯，大步走入了林中——

“久违了，唐赛儿姑娘，或许，你更愿意我称你一声‘白莲圣女’？”嗓音清脆，宛如珠玉泻地，冷月凝碎。随着这一声笑语嫣然，她手中之灯光芒大盛，照亮了树林的中央空地。只见空地中间，有一道瘦小灵活的身影放下了手中的洛阳铲，泰然自若地站直了身子。

粉色白蝶短袄，松花撒绿长裤，头上裹着玉白帕巾，插了两柄银挖耳簪，这是标准的乡间富户人家小姑娘的打扮……蓝宁在灯光下看得真切，正是之前在营妓们的红院里打杂帮忙的唐赛儿！

“果然是你……”她低声喃喃道，心中涌起难言的懊丧和自嘲：自己果然被这个小妮子骗得彻底，一点儿也没怀疑到她。

唐赛儿面上居然带着笑，脆生生的嗓音让人打心眼儿里舒服：“赛儿见过两位姐姐。”

小古的目光也是含笑，盈盈目光流转，却是凝落在她铲起的那半车铁皮焦土之上。

“这些就是平宁坊火烧后的余渣？”她轻笑着问，好似只是平常问话，却让唐赛儿的目光变得凝重严肃，她缓缓收起了笑容，突兀问道：“你居然发现了？”

“侥幸而已。”小古笑容淡然，却并没有得意忘形。

唐赛儿年纪比她还小了几岁，仍是童稚的面孔上，却闪过一道与年龄不符的沉静：“我早就听师尊讲过，金兰会中能人异士数不胜数，今日一见十二娘子，果真是世上少有的聪明人！”

“过奖，天下间的妙局甚多，我也不能一一看破——这次我也是被人挖走炸药，反噬己身，险些性命不保。”小古说起自己的狼狈来，一副毫不在意的态度，随即她眼波一转，平凡面目中闪过让人心醉的幽然神韵，“我只是个愚钝凡人，世上胜过我的不知有多少——就连赛儿妹妹你，不也暗度陈仓，拿走了那么多‘小黄鱼’？”

“什么‘小黄鱼’？姐姐说的话，我可一点儿不懂。”唐赛儿说着，手上动作却是不停，板车上的渣土越堆越高。

小古看向唐赛儿拿着铲子的手，目光含笑，却变得犀利冷然：“我数三下，立刻停下，否则……”

“否则怎样，姐姐就要对我不客气了吗？”唐赛儿睁圆了杏眼，那般惊讶又无辜的可爱，简直让人无法对她彻底生气。

小古看着她，突然笑出了声，双眼弯弯俏皮可喜，更见少女的楚楚风致：“你身手了得，我可不是你的对手！”她的嗓音变柔，好似真是对着小妹妹嬉戏说笑一般，但内容却让唐赛儿再也笑不出来了：“我数三下，你若是不停手，我就立刻高喊有贼，把人招来，大家玉石俱焚就此了结！”

唐赛儿微一皱眉，把手中长铲往渣土之中一插，将墨黑渣土铁石满满一铲甩入车中，曼声抱怨道："我只是在这片乱坟场里挖些焦土铁渣，你们这些富人就这么悭吝，把一个钱看得比磨盘还大，不给就不给吧，还要诬赖我是贼——唉，这年头，穷人的日子真是难过啊！"

"我倒是没见过这么贪心的穷人，想着把一万两千两黄金独吞——"小古微微冷笑，盯着唐赛儿那板车上的渣土碎铁，目光深不可测，"就算你是白莲教的圣女，也不能把黑白两道都当成傻子呀！"两人唇枪舌剑，一旁的蓝宁只觉得冷汗直冒：眼前分明是两名如花烂漫的少女谈笑晏晏，实则却是暗藏凶险！

唐赛儿还要搪塞，小古面色一愣，笑意更加冰冷端丽："我说过，数三下——一……"

"不能打个商量吗？"

"二——"

"这是官府为非作歹的飞来横财，江湖鱼龙混杂，各凭本事——"

"三！"

眼看小古面凝寒霜将作雷霆之怒，唐赛儿终于颓然放下铲子，正色问道："你究竟想怎么样？"

"见者分一半。"小古平静地说道，却让唐赛儿怒极反笑，"十二娘子，你真是威风霸道！我花了多少心思才得到的黄金，你却横刀杀入就要得一半——你的脸面也未免太值钱了吧？"

小古却也没有生气，幽邃双瞳闪过明灿的火光："我的脸面有多大，是该让你见识见识——是要文比还是武比，画出道来吧！"

唐赛儿忽闪着大眼睛，笑得像只小狐狸："这里不是动手的地方，白莲教也不想跟你们多起争端——只有一条：若是你能说黄金是怎么到我手上的，我立刻二话不说，退让一半！"

"就这样而已？"小古忍俊不禁，微微张口，只说了两个字，"酸味。"

唐赛儿脸色一变，心中暗暗预感不妙，却仍睁大了明眸，等待她的下文。

"其实，一开始我就见过你了，戴着獠牙鬼面的小姑娘，你的圆光幻术真是让人印象深刻啊……"小古娓娓而谈，手中的风灯照亮她整张面庞，依稀可以看出那平凡五官下的锦绣风华，"我听说，你家里是开酿醋作坊的，所以下手之时，往往会在现场洒下米醋，表示你已经捷足先登了。"她到底知道了多少……唐赛儿听到这一席无关紧要的话，心中一松，却又更加警醒凛然。"其实所有人都猜错了，你在现场洒上米醋，根本不是为了标记身份，而是为了让黄金消失不见！"这一句石破天惊，终于让唐赛儿霍然动容！

她居然真的发现了！

"从一开始，马车停在驿馆还未交接的时候，你就已经动手了——你洒下的酸液，其实根本不是什么米醋，而是用炼丹炉的高火烧就的‘绿矾油’！

“古时的炼丹家狐刚子在《黄帝九鼎神丹经诀》中就记载着‘炼石胆取精华法’，炼出来的‘绿矾油’能溶解腐蚀一切，包括黄金。”

唐赛儿的目光紧盯着小古，脸上神气不再是得意，而是复杂的专注——似乎是惋惜自己的功败垂成，又隐隐盼望着小古说完，真正验证她并非曲高和寡，也是有知音的。

“你一开始用的剂量不多，不能完全消溶黄金，却也足够让它变形碎裂成团、发黑暗淡——你发现奏效后，干脆大量制造，用厨房的铁锅趁夜浇灌进去，让黄金发生反应，变成这些‘焦土铁渣’，你再利用运送煤渣的车辆将它们运出——由于罗战被捕，平宁坊又被炸，你们厨房的煤渣虽然也有人例行盘查，但只是匆匆走个过场。

“这些真正的废品，跟罗战私下出卖的那些兵器甲胄不同，是根本不会有人多注意的，于是它按照往年的规矩，就倒在这个距离不远的庄子树林里——我向家丁们打听过，这位皇商为人又抠又精明，买通了处理废渣的小兵，把这些废渣源源不断地运来，是为了填平这些野坟，想要造起果树林来。

“于是，你只要每晚来这里挖走这些焦土废渣，就可以神不知鬼不觉地把黄金带走了。”小古一口气说完，熠熠宛如星辰的双眼看向唐赛儿，“你的手法确实高明，只可惜，天下间的行家，不可能只有你一个。”

唐赛儿听得双拳紧握，抬眼不服输地看向她——两人的目光微一触及，顿时火花迸射。然而她竟然没有生气和沮丧，只是凝视着小古，唇角的弧度转为不服输的顽皮：“清谈无益，你说这堆焦土里面有黄金，有何证据？你能让黄金恢复如初吗？”

“这又有何难呢？”小古微微一笑，拿出一只大肚白瓷瓶，上面封了蜜蜡木盖，显然早就有备而来——蓝宁分明看出，这瓶是从广晟房里顺来的。

她打开瓶子，顿时一股刺鼻的酸味随着白烟蒸腾传来，唐赛儿发觉这味道是“绿矾油”的气息，只是显然要浓得多。

小古接过土上的铲子，轻抖了一铲渣土丢入瓶中，再另外取出一块铜，爽快地丢了进去。白瓷瓶中咕噜连声，白雾开始沸腾滚动，酸味正是浓烈，吸入鼻端就禁不住要打喷嚏咳嗽——到了最激烈之时，甚至有酸液蒸腾跃出，小古一拉蓝宁避开了。

过了许久，这种沸腾终于停滞，小古倒出酸液，顿时地面一片焦黑——这酸液竟然会腐蚀地面！

里面的铜块已经荡然无存，出现在三人面前的，竟然是一块崭新的、不规则的金块！

唐赛儿眼中的惊奇，在这一刻达到最高——用铜块放入“绿矾油”中发生反应，置换出金块，这本是白莲教经文术法卷轴中的不宣之秘，没想到眼前这个女人居然也懂得！

“你难道也看过我白莲教的天经？”面对她惊奇震惊的质问，小古摇了摇头：“每一家苗家寨子都有自己的秘密手艺，我的母亲精通的，就是这些瓶瓶罐罐的药水。”

从前，母女二人被禁锢在那深深内宅之中，视线无法越出四方庭院的天空，母亲穷极无聊之下，把苗家的所有技艺都教给了她。

唐赛儿至此心悦诚服，再也没有任何刁难，爽快道：“既有如此手段，分你一半也算应该，我昨晚已经挖走五车了，剩下这五车归你了。”

她本是半大少女，说这话的架势倒是颇有气概，却像是孩童学大人说话，一挥手自以为有权威，却惹得蓝宁“扑哧”一声笑了。

唐赛儿瞥了她一眼，嘟囔道：“蓝宁姐，你们搞那个救人的计划，我都没有去告密呢——你领了我这份人情，居然好意思嘲笑我！”蓝宁用袖子掩了笑意，一本正经地对她说：“是，是我孟浪了，对不住。”一边低下头，还是想笑——这孩子的包子脸大人样实在是挺可爱的。

唐赛儿把铲子和板车一丢，干脆道：“长夜漫漫，你们就慢慢挖吧，挖完一车还有四车，等这些废渣都搬回去，再慢慢用‘绿矾油’置换恢复吧。”

她看到两人的表情发苦，更加乐不可支，嘻嘻笑着就要走开，却又想起了什么，停住，看着小古：“小安已经顺利救出去了吗？”

小古见她眼中满是诚挚关切，据实答道：“她已经平安到达金陵，这会儿大概已经见到亲生母亲了。”

“小安，终于能回到母亲身边了吗？”唐赛儿的眼中闪过羡慕和欣慰，最终却是笑得比以往都要甜美舒心，“这样就好，小安那个人啊，又乖巧又胆小，若是没有我在身边护着，只怕就要吃亏——现在有她娘亲在，我总算可以放心了！”

她转身要走，却听小古低声道：“请留步。”

唐赛儿的脚步停下，只听小古低声道：“我知道你是白莲教的圣女，深受贵教的器重。但如今朝廷势大，小民如草，些许人死，对于那些上位者来说，只不过是地里的韭菜，割了一茬还有一茬，但对各自的亲人来说，却是顿失依靠，全无活路了。所以，非到万不得已，轻易不要跟官府硬碰硬——这是我一点儿肺腑之言，还是请你们能斟酌。”

小古说这话，也脱离了平时冷淡平静的神情，而是一片诚挚，发自内心。

唐赛儿没有回头，只是轻声问道：“你们金兰会跟朝廷仇深似海，为什么却希望别人忍气吞声？”

“正因为我们全家覆灭，生无可恋，才希望别家至少能骨肉团聚——就算是卑微、苦难地活着，总还有过上好日子的希望！”

小古的话让唐赛儿身形一顿，也不知她听进去了没有，只是朝身后挥了挥手，就快步离去了。

注：绿矾油是古人炼丹时对产生的浓硫酸的称呼，但里面混杂着其他成分，腐蚀力较强。我这里是直接把它当作类似王水的效果处理，只能说效果有但是没这么明显。

2.

唐赛儿离开，只剩下小古和蓝宁两人，默默伫立在这个荒郊坟场边。

夜风吹得人遍体生寒，月牙从暗夜苍穹之中显露一角，发出一种朦胧的妖红。

好似是人血的猩红，让蓝宁不自在地拉了拉身上的袍子，问道："我们真的要在这里挖土装满四车？"

小古看了她一眼，调侃道："你会乖乖照她说的去做？"

"当然不可能了……所谓死道友不死贫道，这种粗活就该让五大三粗的男人去做！"

蓝宁眼珠一转，顿时想到了一个绝妙的主意："我赶紧发信号把郭大有叫来，这种苦力活正适合他！"她一眼瞥见旁边的小古唇角微动，似笑非笑，顿时明白过来，"好啊，你早就想这么做，却偏偏怂恿我去做这个恶人。"

小古微笑，朦胧的月光照在她脸上，却有一种无邪的魅惑——那般不属于成年夫人也不属于青涩少女的别样风姿。若真的要打个比方……就是那边疆地域，盈盈傲立于杂草之中的绚美罂粟。

蓝宁鬼使神差地想到，等回过神来，发现自己已经跟着小古离开了那片树林。

离开了那种阴森的氛围，她舒了口气，看着自己的影子倒映在灰黑官道上，白生生的，连脚步都轻快了几分。

天边的星辰已经暗走移位，三更的时辰已过。

"我们赶紧回去——"蓝宁的话还未说完，只见小古眉头一皱，瞬间拉了她跳进道旁的灌木丛里。

"唔——"蓝宁没来得及惊呼，就被她掩住了嘴唇，小古凑在她耳边悄声道："小心，别出声！"

月光照在她脸上，那是一种前所未有的郑重和警惕！

这个世上，居然有连她都会害怕的东西？！

蓝宁不禁心中惊诧，却也知道轻重，乖乖埋头在灌木丛里，屏息不敢发出任何异动。

仿佛是最缥缈的梦魇，又仿佛是最真切的现实，嘚嘚的马蹄声渐渐地响起。

先只是轻微的、不易觉察的，接下来却是轰然庞大的、宛如暴风骤雨般的声响，那般敲打在人心上，一下下地，让整颗心都不自觉地颤抖——

这般声势，起码有上百人!

蓝宁终于发现异常之处了：这么多的马蹄声，却丝毫不乱，好似都踩在一个节奏点上——简直是数百人心灵相通，好似一个人一样!

这是何等严苛的训练才能做到的？!

趁着月光，她正要抬头偷看，小古眼疾手快，一把将她的头压下——

下一瞬，她感觉有一种冰冷的东西，无比迅疾、锋利地从头顶掠过，顿时无数枯草灌木被切成两截，纷撒而飞。

草屑弄得人鼻子瘙痒，可这次蓝宁却丝毫不敢再喘一声大气，只是用眼角的余光才能看到，那长而冰冷的兵器——不知是长矛还是横刀、钩镰一样的东西，仍在来回扫着周围，以求发现任何潜在的威胁。

有跑出的野兔或是飞鸟，但很快便听见弓箭拉动的声音，随即就只剩下人的脚步声——仍是那般整齐划一。

“报，周围已经清场。”

远远地，看不见任何情形，只听到有人轻声“嗯”了一下，随即，这诡异的队伍便开始继续朝前走去。

等他们走出数十丈远，蓝宁才敢略微抬起头——

只见在猩红月光下，前后各五十来人，皆是骑着高头大马，身披森黑斗篷，隐约露出秋黄织金的官服缎料，行动之间冷峻严肃，宛如天上煞神一般。

他们护卫着一顶普通的青布乌木便轿，四个轿夫的脚步都沉稳整齐，显然也是练家子。

这一行人沉默无言，只能听到单调整齐的马蹄声，却是让蓝宁激灵灵打了个冷战。

“真是可怕……”她叹了一声，回头问小古道，“这都是些什么人啊？”

“锦衣卫的精锐缇骑。”小古沉声答道，迎着月光，蓝宁发现她的眼眸中，倒映出妖红的月光——那般平静的声调中，好似蕴含着惊心动魄的激越杀意！蓝宁最近与她几乎是形影不离，从来没见她这种模样，不由得心中“咯噔”一声，喃喃道：“那轿子里……”

“那就是锦衣卫的指挥使，纪纲。”在这个沉寂暗夜里，小古的嗓音越发显得缥缈轻微，这轻轻的一句回响在蓝宁心中，却好似晴天霹雳一般：“这、这怎么可能？！他不是已经死在红笺和王舒玄手里了？！”

她惊讶得倒退了几步，看向小古，追问道：“这到底是怎么回事？那掉落地窖里的无名残尸，不就是纪纲微服出巡吗？这是你亲耳听到红笺两人说的啊！”

“确实是这样，没错，红笺燃爆炸药，最主要的目的，就是为了取纪纲的性命，她也确实把那顶轿子里的人炸成几截了。”小古的声音冷得好似冰湖冷泉，“但那个人，却未必是纪纲。”

她叹了口气，幽幽望向浩渺苍穹，低声道：“其实我早该猜到，纪纲是何等精明狡猾的老狐狸，又怎么会被红笺的区区炸药所杀呢——大哥的这次计划，把所有人都当作了棋子，机关算尽太聪明，到头来却只是一桩笑话！”

蓝宁也跟着唏嘘不已，她正要迈步离开，却被小古拉住了，她摇了摇头，道：“小心，锦衣卫的后队有时会倒行过来刺探跟踪者，我们还是等到天亮再动身吧。”

“可是天亮了我们不在，会被人发觉的……”

蓝宁的急切，却被小古制止了，她坚决地摇了摇头，道：“宁可回去找个理由搪塞过去，也好过现在这样撞个正着。”

正在这时，官道上突然又响起马蹄声，蓝宁以为又是锦衣卫的人，正要蹲身躲藏，却被小古拉住了：“马蹄声不对！”这次的马蹄声，响亮迅疾，充满了少年意气和风雷之势，转眼就到了两人眼前，而马上之人，竟然是千户袁槿！

“是你，千户大人……”小古松了一口气，却又产生了新的疑问，“月黑风高时近四更，您为何会在这儿？”

“月黑风高，你们两个小女子都能在外游荡，我为何不行呢？”袁槿高踞马上，似笑非笑地看着她，双眼之中的光芒，既柔和又宛如鹰鸷。

他此时着了一件月蓝箭袖，披着黑貂外袍，前衽却是任意敞开着，露出白皙而精瘦的胸膛。头上既不戴冠也不用簪，而是随意用发巾一束，倒是显得像个少年书生一般。

“你们半夜三更到这里来，是想做刺客呢，还是想去坟场捉鬼？”

他的问话，总是那般犀利直白。

蓝宁脸色一白，觉得实在不好回答，小古却迎着他的目光，毫不退让：“大人半夜三更在这里，是想做鬼呢，还是想客串一下护驾救人的功臣？”

“哦？你知道刚刚过去的是谁吗？”袁槿抓住她的疑问，反而追问道。

小古目光闪动，不假思索地答道：“我一个小丫鬟，哪里知道这些，我只知道那架势，比我家少爷的上司还要威风，一定是个大人物！”

“哈，倒也算是滴水不漏地回答。”袁槿笑了一声，明知她在说谎，却没有继续质问揭穿，只是停留在她身上的目光越发兴味，那般久久端详的模样，却好似在看一个旧识故人，“你还是跟以前那般牙尖嘴利的！”

“上次我好像没跟你斗嘴吧……”小古心中嘀咕道，目光却含着疑问。袁槿笑得更深，无数复杂情愫，却只化为唇边一声轻叹：“你已经忘记了吗？”他似乎在问小古，却又似乎只是在慨叹。

“忘记什么？”小古觉得他今天的态度有些古怪，心中一动追问道。

“罢了……”袁槿干脆下了马，几步就走到两人跟前，“你们是要回沈广晟新得的那间别院？”

看这模样，他对广晟的一切了如指掌。

“是。”小古谨慎地看着他，却也不怎么害怕担忧——上次就是他，不问什么就主动帮忙，虽然不知道他的目的，但看这情形，却不像是要对自己不利。

果然，袁槿干脆提出：“上马吧，我带你们回去。”

“这……”小古正在犹豫，袁槿却已经猜出她在想什么，直接道：“我另换一条小道抄近路过去，可以避开前头那些锦衣卫的人。”

他如此盛情，小古也只得答应，于是两个女人，一人坐在马后，一人坐在他身前。

虽说孤男寡女共乘一骑，说出去简直是伤风败俗，但荒郊野外，不要说是人，连只孤魂野鬼都没有，倒也不怕人看见。

虽然又搭了两人，袁槿策动缰绳，马跑起来还是非常迅疾。

夜风在耳边呼呼作响，吹得人身体都不由得晃了一下。

小古刚要稳住身形，袁槿却一把箍住她的腰，不由分说地、强势地将她搂在胸前——

“小心，靠着我别动！”男人的气息在耳边吹拂，他身上的清冽味道，却让小古似曾相识。

“你们以后小心些，不要随便轻举妄动……”他的嗓音低沉，在她耳边响起，似乎是泛泛而谈，却又似乎意有所指。

“不是每回我都能及时出现救你的。”他的劝说似叹息，似安慰，却又似乎笃定她不会照他所说的去做。

“总之，尽量小心，危险的事就交给别人去做，自己不要傻乎乎冲在前头。”这般言语，亲昵而推心置腹，几乎像是……丈夫对妻子的依依叮咛？

小古简直被惊吓到了！

没等她反应过来，耳边的轻声又向她说起一个惊人内容——

“金兰会那边，小心你们的‘大哥’。”

什么？！

小古浑身一震，回头正要追问他，却被他压住了，浑身不能动弹。

看不见他的表情，只能听到那低沉而悦耳的嗓音，伴随着风声在耳边叮嘱道：“别回头，也别追问，只要把我的话记在心头便是。”

她整个人都散发着疑问的气息，而袁槿却没有再开口，耳边只剩下风声呼呼。

夜风吹拂着两旁的苜蓿和灌木，无数树影都化为一道线条和明暗色泽，从身边滑过……偶尔有枯叶落在两人身上，小古伸手从他肩头拈下，却能感受到他愉悦而轻快的心情。

这样轻松而默契的氛围，默默萦绕在两人身旁，不多会儿，别院的轮廓就出现在眼前。袁槿勒住了马，看向那里，没等小古反应过来，便搂着她的腰，利落地下马。

小古险些一声惊呼，随即一片天旋地转，双脚落地时，看入他一双深邃的眼眸——

随即，他做了一个更加意外的动作——竟然把自己身上的黑貂外袍脱下来，披在了她的肩头。

“我只能送你到这里，夜寒风冷，你自己多加保重。”那般温和醇厚的嗓音在耳边响起，小古眨了眨眼，第一次感到很不自在。

仿佛是感受到她这般目不转睛的诧异，袁槿不禁笑出声——琥珀色的眼中闪动着温柔的光华，给人如沐春风的清新感，倒显得他眼角那一道伤疤不那么突兀狰狞了。

笑意慢慢收敛，化为唇角的一缕复杂情绪——那是混合着眷恋、感慨和失望的线条：“你我之间有什么好客气的？你就穿着吧。”他勒起辔头缰绳，调转马头要走，却又停在原地，就那么半侧着身凝视着她。微弱的灯光只能照出脚尖前尺许的距离，他的面容浸润在无边的暗黑之中，神情模糊而暧昧，只剩下那一对幽闪发亮的眸子，宛如混沌世界仅存的两点火种。

那般的灼热，却又无法言明的焦躁不安……似乎要席卷整个世界，又好像只是眷恋着、破碎着、孤独着，将自身燃烧殆尽。

“如郡……”他喃喃低语，喊出了她真实的闺名，也打破了这无边长夜的沉寂。

嗯?

他怎么会知道?

小古心跳一快，皱起眉正要问个明白，却见袁槿突然展眉一笑，那般肆意飞扬，风流可爱，随即他催马疾驰而去，只在滚滚尘烟之中留下一句：“保存好我的玉佩，别丢了。”

什么什么……玉佩?

小古顿时惊得呆立不动，片刻之后回头，却看入蓝宁晶莹坏笑的美眸之中：“真看不出啊，你跟这位也有这么深的缘分啊，连玉佩都收下了。”

“什么啊，我根本不认识他！”

“快别害臊了，什么时候交换信物来着，神不知鬼不觉手脚真快啊！”

“都说了我跟他毫无瓜葛，以前从未见过！”小古哼了一声，快步朝着别院而去。

夜阑到了最深处，四更将尽，书房之中仍是灯影幢幢，广晟静坐书桌前，把玩着那柄欧罗巴特制的象牙拆信刀，陷入了沉思，整个人一动不动。

灯光宛如无声之水，在他身上缓缓流动，他端秀绝丽的脸倒映在刃口上，越发显得冰冷慑人。

浓若点漆的眸子缓缓地闭上养神，唇角深抿的曲线，却显示他正陷入一个棘手的难题之中。

书房的门被轻敲了两下，这个时间，有谁敢来打扰他的公务？

广晟没有睁开眼，只是淡淡道："进来。"

猫着身子溜进来的少女，手中一只托盘，在寒夜里散发着热气和强烈的香味。

"有什么好吃的？"广晟的嗓音仍是那般淡漠，好似无动于衷，小古却分明听出他嗓音中暗藏的笑意。

"是羊肉汤加胡麻烧饼。"

两碗羊肉汤平放在托盘里，熟透了的小羊腿肉被切成薄片浸在汤里，上头搁了青绿葱花和蒜，一旁的大圆盘里堆了一摞烧饼，胡麻的褐色颗粒均匀地撒在白面饼子上，散发着一种诱人的香气。

"天快亮了，你忙了一夜也该饿了。"小古眨着眼，自己也是垂涎不已——其实她来回奔波了大半夜，也已经是饥肠辘辘了。

"我们一起吃……"广晟的话在看到两碗羊汤后戛然而止，他不禁失笑，"原来你早就准备了自己那一份！"

小古回了他一个白眼，却是妩媚俏皮得让他心中一甜："少爷就舍得我饿着肚子为你下厨啊？"

"当然不舍得，可我更不舍得你每晚来蹭我的夜宵，积少成多吃成个小胖妞。"

但凡是女人，从古到今除了唐朝，没有人不害怕这一个"胖"字的魔咒，小古顿时柳眉倒竖，气鼓鼓地瞪着他。

"是我不对……你劳苦功高，是该多补补！"广晟大笑着连忙举手告饶，先把汤碗递给她，又帮她撒了胡椒，调了老陈醋，最后干脆撸起袖子替她把烧饼撕成小块。

广晟先喝一大口羊汤，满口酸辣加上羊肉烂熟的口感，顿时让整个人大汗淋漓，浑身舒畅不少，他于是不客气地大快朵颐起来。

两人靠着一张茶几，面对面吃着，书房里一时只剩下调羹清脆的微响。

"少爷，刚刚我看到院子里有些古怪，一群人神神秘秘地来了又走——是什么特殊的客人吗？"小古忽闪着眼睛，好似满不在乎地问道。

一个时辰前，她回到别院的时候，正逢锦衣卫那一大帮人抬着便轿，沉默而迅疾地进入前院。纪纲并不是突然路过，他竟然是直奔这里来的！

小古看着他们进入前院，这才拉着吓出一身冷汗的蓝宁回到寝居。

她躺在床上却是毫无睡意，干脆去了厨房，捣鼓出这一顿热腾腾的夜宵。

此时她忽闪着清澈无翳的眼眸，坦坦荡荡地问起，反而不惹人怀疑。

果然广晟微微一愣，虽然笑意转淡，周身的凛然之气更盛，却也没有回避问题。

"那是锦衣卫的人。"他低声说道。

"什么，他们来做什么？"小古一副担忧着急的模样，却引得广晟轻笑出声：

“放心吧，他们不是来摘桃子、抢我的功劳的。”

“那也肯定没好事！”小古很不乐意地嘟起朱唇埋怨道，“他们一来，少爷你的脸就耷拉下来了，连笑容都变得阴森可怕了。”

这丫头，还真敢说啊！

完全没有察觉到她是在套话，广晟笑着刮了一下她的鼻子，莞尔一笑道：“官场上的事你不懂。”

“少爷不说，怎么知道我不懂！我看啊，他们就是一副讨债上门的模样，很讨厌呢！”小古看似天真的话语，却在广晟的心中引起阵阵涟漪，他叹了口气，不禁想起一个时辰前，纪纲突然前来时的情景——

妖异猩红的残月下，那人缓缓从普通的青布便轿中出来，一身湖蓝精棉直缀外罩银鼠外袍，仍是随意绾着个道髻，白皙的面容上狭长的凤眸慵懒而笑，开合之间却是神光自盛！

唯一变化的，是他的脸色更白了，额头也比初次见时更多了三道深纹。

看到广晟愕然急急奔出的模样，他的笑意更深，眉目之间的微醺倦意也越发浓了：“多日不见，为何盯着我看，好似见到鬼的模样？”

广晟当时就反应了过来，连忙行礼道：“大人平安无事，卑职欣喜若狂，一时失态了。”

纪纲“嗤”的一声就笑了，上下打量着广晟：“你难道真的以为，那种预谋的爆炸能够取我的性命？”

“属下并不敢小看大人，但现场的那具残尸，却让前来援助的锦衣卫人心涣散，所以属下并不愿过分冒进，宁可停留京郊，以待上命。”

“是吗？这样稳扎稳打，可并非你的作风啊？那些锦衣卫小旗的聒噪担忧，何时又被你放在心上了？”纪纲的笑容转冷，盯着广晟的目光有如实质，好似要看透他的五脏六腑最深处，“才几个月没见，你睁眼说瞎话的本领见长啊——你之所以保守行事没有冒进，是因为关键的证据全部丢失，这案子，只怕定不下来了！”

当时广晟的心“咯噔”一声，好似坠入冰窖，但他仍然站得笔挺，神态安闲平静，毫不躲闪地迎上纪纲：“大人料事如神，属下也没什么可说——只要有一丝线索在，必定要追回那些黄金和兵器铠甲！”

“哦？你有什么可以倚仗的？是我的看重，是你沈家那破烂的爵位，还是你这文武双全的大好前途？！”纪纲的追问直截了当，近乎冷酷恶毒，“若是找不到两边交易的东西，这所有的一切，都会灰飞烟灭，没有一件靠得住——你的小命，顷刻之间就要没了。”

他突然大步上前，来到广晟身前，闪亮的双眸宛如灵蛇吐芯，直逼而来：“罗战勾结外敌私卖军械，这事我早就知道——让你来就是为了查出实打实的证据，可你现在却要告诉我，你两手空空，正在继续追查？！”这样尖锐不留情面的话，宛如狂风暴雨一般，纪纲无形而酷狠的气场笼罩了整间书房，连门外廊下伺候的其他缇骑们，都吓得面色发白，躬身不敢大声呼吸。

广晟双眼的光芒更加明灿，却仍然没有露出丝毫惧怕和窘迫：“我愿意立下军令状，限期——”

他的话，被纪纲冰冷的大笑声打断：“你啊，还是太嫩了！”

面对广晟微微诧异的目光，他曼声道：“记得我们初次见面时，我跟你说过的话吗？”

“我们锦衣卫的人出马，没有证据你难道不会做假？有什么罪名黑锅只管往别人头上扣，谁能反驳，又有谁敢于反驳——我这句话，你转眼就忘到脑后了，白白浪费了好几日，就为找那什么证据？！真是蠢透了！”仿佛在呼应着他的狂妄和魔邪，夜风呼啸而入，书房里几盏明灯都接连吹灭，昏暗一片之中，唯有纪纲的双眸闪亮宛如天上星辰——

那是最微妙的悲悯，也是最邪意的杀戮！

“现在，你明白证据在哪里了吗？”

纪纲说完这一句，便转身回到了轿中，那一众人马默不作声地回退、起步、开拔，不发出丝毫声响，重重黑影动作自若，倒映在庭院中宛如一簇簇泼墨剪影，却有一种让人战栗的威慑。纪纲就这么三言两语就离开了，他接下来的行踪，广晟不得而知，只是那最后清清淡淡却是振聋发聩的一句，此时仍然回响在广晟耳边，让他陷入久久的回味和思索之中，整个人都好似愣住了。

“少爷、少爷……”小古的喊声让他蓦然清醒过来，他目光凝动之间恢复了锐利，断然叮嘱她道：“什么也别问——记住，你昨晚睡得很熟，什么也没见着。”

“少爷，你有烦心事……”小古担忧地凝视着他，眉心微微蹙起，这样的神情，却是让广晟心中一暖：“放心吧，没什么，只是一些冗杂公务而已。”

“连‘人见鬼愁’的锦衣卫都上门来了，哪里还会‘没什么’？！”小古忽闪着眼睛直言不讳，广晟皱着眉头低斥一声：“胡说！”却再也没言语。

小小的、软软的身子突然倾侧过来，似乎是要跟他面孔靠在一起，广晟吓了一大跳，突然却觉得一阵温热——原来是她贴在他耳边，细细密密地低声道：“我觉得少爷你跟丢了魂似的——要不，就是丢了什么重要的东西！”

“少爷你偷偷地跟我说，我什么人也不告诉！”小古睁大了眼睛看着他，黑瞳永远是那般清澈明净，然而浓密的眼睫微颤了一下，却又晕染成一种流光溢彩的幽丽。这样的眼睛凝望着你，仿佛有魔性一般，足以让人相信她所有的言语，即使是最荒谬的谎言，也不会有任何怀疑。

广晟满腔郁闷，被她这么一打岔，却是泄了个干净，他轻叹一声，道：“是丢了很重要的证物。”

小古脸上懵懂，心中却如明镜一般——是那些明光铠丢了！

“我跌下去的那个地窖，里面有好多威武神奇的铠甲——是那些吗？”

广晟摇了摇头，虽然款式不同，但同样是不许外流的铠甲，他也曾动过李代桃僵的念头，但那些都是内宫禁中专用，一旦闹出来，那更是点了火药桶了！！

皇帝身边戍卫的大汉将军们的铠甲，都流落到外敌手上了，宫里肯定有人里外勾结，这闹起来顿时便是沸反盈天，连皇帝都要觉得身边不安全了！

纪纲是想查获一件要案，把声势搞大，可并不是要把满宫人马得罪了，因此这件事千万不能闹起来，务必死死捂住。

“那些不行，会惹出大事的，必须是罗指挥使卖出的这一批。”

那些明光铠，被逃跑的营妓作为藏身之处了，所以对广晟来说，简直是不翼而飞！

小古看着广晟眼底的黑影，突然心中产生一种别样的愧疚：广晟原本已经把案子查得水落石出，现在却因为自己的计划而陷入僵局，甚至连锦衣卫也上门挑衅！

不行，不能让他这种老实人吃亏！

小古顿时在心里下了个决定。

不知道自己已经被脑补成“吃亏受欺的老实人”，广晟拍了拍她的头顶，又亲身帮她收拾了碗筷，催她回去：“天都快亮了，你也回床上去好好睡一觉。”

小古连声答应，眼中却闪过晶莹的光芒。

翌日午后，广晟便接到一个惊人的消息：那批消失不见的明光铠，居然在不远处荒郊坟场的渣土堆里发现了！！

广晟几乎是当场惊呆了！按照纪纲的“没有证据就制造铁证”的原则，他正在“伪造证物”这一条罪恶大道上大踏步前进着，突然有人告诉他：你不用忙了，那些丢失的物证已经找到了！

这简直是绝妙的玩笑！

“你怎么发现这些的？”扫视着站在书房下首的那个粗实汉子，广晟的眼神好似利剑，要直刺他的心间。

那人好似受不了这般犀利的眼神，瑟缩一下仍然站直了，眼神倒是坦荡本分，看着是个老实巴交的人。“大人，小人郭大有，随您的麾下做些杂役活计……”他絮絮叨叨说开了，“那运货的老李跟我是亲哥们儿一样，他就抱怨说那些渣土特别重，连驴子都嗷嗷叫着不肯往前，一路上吃得贼多……跟平时都不一样！”被广晟冷眼一扫，他立刻变得结巴，言语倒是变得简洁了，“他就把渣土铁屑倒在那里，说里面有东西咣咣直响，小人这个没出息的，就想里面大概是有大块铁皮，想去挖了来换些猪头肉，没想到里面居然有军爷们的东西！”

广晟点了点头，其实这些话他已经让手下去核实过了，一切无误。

可他却总觉得这事有些蹊跷！

所有人找得天翻地覆，满世界都不见踪影的三十四具明光铠，突然无声无息就出现了……这似乎不能用巧合来形容。但这是谁丢下的呢？白莲教、罗战，或者是那从不显山露水的金兰会？

他们的目的又是为何呢？

广晟的脑海里顿时思绪繁杂，他想了半天不得要领，于是只得挥了挥手，给了郭大有丰厚的赏钱让他下去了。

郭大有出门，迎面便在门口跟小古面对面擦身而过，两人交换了个默契的眼神，一进一出分开。

“照我说啊，这是老天爷知道疼人，体恤少爷您来着。”小古一边说着，一边送上用新雪梅瓣泡的茶，顿时一股幽香淡淡沁人心脾。

广晟接过一饮而尽，只举得胸中郁气也随这一杯茶而烟消云散了。

“你说得对，也许这就是天意吧。”他如此慨叹，眼中那一道狐疑却转为确信——这是有人在暗中帮忙！

是谁呢？

这是个无解的问题。

抛开这些无用的思绪，他看向小古：“如今此案已经水落石出，北丘卫那边我也没必要再待下去了，春日将至，我们也该回金陵城了。”

“啊？这么快？”虽然早就知道有这一天，但小古仍然觉得这简直是神速——兵部做事虽然不似礼部和户部那般拖沓缓慢，但也不会风驰电掣令出如山。

广晟微微一笑：“这是纪纲一开始就交代的，也是他早就规划好的，锦衣卫中的进身之阶。”

案子若是没破，他的人头落地，用来消弭这一场动乱，扑灭上位者的怒气；而案子若是顺利解决，出现在他眼前的，便是这样一条尊荣显赫、无比危险的通天之路！但这些黑暗之中的种种不堪，他不想让眼前这个古灵精怪的少女知晓，他只是笑着拉了拉她的麻花辫，戏谑道：“怎么，你又想念我们那侯府了？”

回答他的是少女的果断摇头：“不想，秦妈妈和初兰姐都在这儿，我又新结识了蓝宁……”

她看着广晟，露出个苦瓜脸道：“府里太憋屈了，好些人都太坏！”

广晟点了点头，轻轻摩挲她丝缎般的黑亮长发，叹道：“我和你一样，都不喜欢那个侯府——但我们总是要回去一趟的。”离开之时，他是近乎逃亡而出，而这次，他要堂堂正正地回去，给那些看不起他们主仆的人一个大大的“惊喜”！

他们动身很快，两天后的清晨，四辆大车载着一众人等，朝着金陵方向而去。

马车走得不快，到黄昏时分终于进了城。

正是晚饭时分，西市上十分热闹，有卖吃喝的，还有卖首饰花簪的，虽然都是穷人的物件，初兰却揭开车帘看得津津有味。她觉得这个有趣，那个也没见过，正要拉小古来看，却突然想到了什么，叹了口气怏怏放下了帘子："唉，又要回到府里了。"

"那府里有老虎咬你不成？"蓝宁在旁边看得真切，好奇地问道。

初兰瞥了她一眼，对她出自烟花之地仍然心有芥蒂，但蓝宁笑得温柔诚挚，伸手不打笑脸人，她还是答了："我们府上没有老虎，可有些人啊，比豺狼虎豹还可怕！"

小古正在吃着福橘，冰凉而甜蜜的汁液顺着喉咙往下咽，她一口气吃完，才笑着对初兰道："少爷自有分寸，你别担心。"

"你这一趟出去倒是开朗了好些，整个人都变了不少……"

初兰有所感慨，但回想起自己，又何尝不是？

离了那全是害人玩意儿的侯府，避开了那些软硬刀子，她跟着少爷虽然受了些惊吓，但却是少有的太平舒心日子。然而现在，这种舒心和安全感，正随着马车的辘辘轮子响动而化为了泡影。

很快便到了侯府侧门前，有一个管事模样的人正带着几个小厮在翘首等待着。

这个人并非外院最得脸的周管事，而是原本管着厨房的吴管事。

他红光满面，那双眼还是一笑起来就显得色眯眯的，只是原本肤浅谄媚的笑容，如今也多了三分矜持架子。

看来，他虽然没通过蔺婆子走成王夫人的门路，却也是如愿以偿调到外院，找到一条青云路了。

不用他招呼，小古和初兰等人便利落地下车，把重要箱笼物件搬了下来，看得严严实实。

这简直是防贼的架势啊！

吴管事眼中露出冷笑和怒意来，看向广晟的目光更是多了三分倨傲："少爷，外院那边管庶务的大家伙都分不开身，就让小的来迎接您，给您接风洗尘。"

3.

这厮虽然看似恭敬，但说话皮里阳秋、阴阳怪气的，这意思明显是说广晟身份不够让其他管事出面接待，他资历最浅，于是就被踢来做这不讨好的差事了。

小古和初兰忙着整理行李箱笼，广晟连一个眼神也欠奉，而那边几个小厮也忙着搀扶断了腿的秦妈妈下马车——所有人竟是对他视若无睹，根本不予理会。

吴管事碰了个硬钉子，脸上一阵发青，他暗暗运气，对着广晟继续笑道："小的们人手不够，晟少爷还请多担待。"

哪里是人手不够，分明是只有三三两两的下人，还都伸长了脖子干看热闹，看着腿脚不便的、小姑娘家家的也不伸手帮一把，只比死人多口气喘着呢。

广晟仍然对他熟视无睹，小古上前，脆生生的嗓音响起："吴管事，怎么侧门还锁着呢？"

吴管事看都不看她一眼，直接躬身道："少爷且跟我来，我们走西侧边后院角门进去。"

这是什么意思！看不起人吗？

小古皱眉要说，广晟懒洋洋地瞥了吴管事一眼："一个下人，就敢替主子决定，这派头还真不小啊！"

"少爷误会小人了，小的真没有这意思啊……"吴管事轻飘飘打了自己一记耳光，叨念着，"打你这笨嘴拙舌的"，随后涎着脸在广晟面前解释道，"不是小人目中无人，不肯说实话，实在是二老爷有吩咐……"他故意苦着脸，嗓门却是又大又拖，恨不能在众人面前嚷嚷出来，眼角的余光却瞥着广晟，指望他跟其他少爷一样，听到父亲训示就垂手肃立恭敬领训。

广晟懒洋洋地抚弄着手中长剑，剑上流苏荡漾着，剑刃波光潋滟，触手生寒。

吴管事嘶哑的嗓音不管不顾地复述着沈源的话："回来就回来了，就当多个饭碗，自己安顿下来别给人添乱，这就上上大吉了……"

突然"当啷"一声打断了他的喋喋不休，随即只觉一阵冷风袭来，他暗叫不好，一个赖驴打滚狼狈地滚倒在地，只看到那雪亮的锋芒险些就割中他的咽喉，他嘶声哭喊道："杀人啊！！少爷您对老爷有怨言，也不能拿小的来出气啊！"

脆生生的少女嗓音响起："吴管事这是发了羊角风了吗？"

抬眼看时，落地的竟然不是广晟的长剑，而是一柄巨大的斧子！

小古走上前来，干脆利落地掂起斧子，对着吴管事盈盈一笑："吴管事，真是对不住啊，这斧子太重了我拿不稳，倒是吓着您了，也不知您有羊角风这老毛病，若是把您吓出个好歹来，那可怎么好——真是对不住您啊！"

夕阳的光辉照在她身上，杏色的棉袄显得越发明亮暖心，她虽然貌不惊人，身姿却能初见婷婷之态，比起离开侯府时的瘦小干瘪却是好了很多。

——即使知道广晟不在乎，她也不想让他在这么多人面前被一个猥琐的下人轻辱。

她张口闭口道歉，礼貌周到，吴管事就算是恨得咬碎了牙也不便发作，只能自己狼狈地爬起，不顾周围人嘲笑的眼神，神色狰狞地低斥："哪里有什么羊角风，小丫头片子不懂事胡说什么！！"

他才顺利调到外院不久，好些人眼红他的位置，若是真传出什么羊角风的恶疾，只怕上头的大管事也要让他挪出去休养一阵了，那什么差事油水都别想了，只怕想再挤进来也难。

小古顿时泪眼婆娑，好似吓破了胆："是……可是听说这病也有吓出来的，管事您还是回去吃药吧，这病耽误不得！”

周围散发出零星的嘲笑声，吴管事还要再骂，广晟轻飘飘地来了一句：“你若是没有得了狂疾，又怎么会在大门前搬弄是非，离间主人父子？”这话一出，吴管事的脸色更加黑了，他挤出一个笑脸，笑得比哭还难看：“少爷，小的说的是实话！！”

小古惊叫道：“少爷，我看这位吴管事还是脑子不好使，真的被吓出毛病来了。”

广晟冷冷地说道：“听说把人吊起来头向下，能让发疯之人恢复清醒，要不然我们试试？”

这一对坏心眼的主仆简直是天生的默契，一唱一和简直是要把人气死的节奏。

“你、你们敢？！”吴管事哆嗦着，气得鼻子都挪歪了地方。

一声咳嗽，秦妈妈由人搀扶着过来了。

“吴管事，你还不够了解我们少爷的性子啊……他说要做，那是天塌下来都能做到！”

秦妈妈横睨了他一眼，随即看着小古呵呵笑了：“我们小古也是个傻孩子，实心眼，少爷说吊，她肯定把你绑得妥妥的，就挂在这个大门牌匾前！”

“好呀好呀，就照这么办！”小古上前就真的要捆绑悬挂，吴管事这下真的吓住了——广晟这个混世魔王的性子他也略知一二，但想着府里不受宠的主子，得势的下人总可以踩几脚，还能博得上头几位主子的欢心，于是就想当头一棒杀杀他的威风。可如今，被人杀了威风的人反而成了自己吗？

他从牙缝里挤出一句：“二老爷必定会发怒，好好管教晟少爷……”

“那时候我们早就跑远了。”小古的话简直能把活人气死，“反正我家少爷闯祸跑路不是第一次了！”秦妈妈也插了一句：“倒是吴管事你，初次办起事来就出丑露乖还没完成，这可是吃罪不轻啊！”

“你、你们这些……”吴管事看着这几个从前的下属，恨恨的目光简直要把他们生吞活嚼了，可最后一丝理智让他终于屈服了，“少爷，是小的猪油蒙了心，胡乱嚼蛆胡说八道……”

“这就对了，你上前让他们开侧门吧。”广晟的一句话，让这一场闹剧宣告落幕。

到了晚间掌灯的时候，小古等人已经安顿下来了。

“哈哈哈哈，想到今天吴管事那副嘴脸就觉得痛快！！”初兰坐在通铺上，兴奋得笑出了声——她因为被强行许配蔺婆子家那件事，对吴管事等人深恶痛绝，想起来就牙痒痒。

笑过之后又开始担心了：“你说这个浑蛋会不会去告状啊？”

小古低着头，在帮蓝宁梳理收紧长发，头也不抬地说道：“当然会。”

“那会不会害少爷被处罚啊？”初兰有些着急，总是正义感爆棚，又心软喜欢担心别人。

“如果是以前，当然会，但今时今日，少爷可不再是从前任人揉捏的软柿子了。”小古静静地说道。

她取下嘴里叼着的银丁香小钗，为蓝宁定住最后一缕鬓发，左右端详着：“好了。”

蓝宁从前的发式是两鬓留长垂落，风流妩媚香艳惑人，这回了府上，总也要随大流改了发式。

她如今只是梳了个圆盘髻，穿着普通的湖蓝比甲月白袄子，却仍显得美貌动人，楚楚风致。

“大美人，快出来给小爷瞧瞧——”远远地传来男人们粗野的笑闹声，小古一皱眉，推窗看去，只见隔了月亮门，外院的一些无聊小厮正蹲在那儿朝着这边调笑喊叫。

内院规矩森严，但这几个小厮仗着年纪小又在几位少爷身边伺候，很是得脸，他们又不入内，只是在门边远远地笑闹过了嘴瘾，又不是调戏什么大丫鬟，因此谁也没来呵斥他们。

“大美人姐姐，小弟我童子鸡一只，最欢迎您来尝个新鲜了哈哈哈哈……”又有人推搡着骂他，嗓音比那“童子鸡”还粗：“你当这大美人哪里来的？是军营窑子里的上等货，都是伺候军官大爷们的，哪里是你吃得到嘴的！”

“人家身经百战，你这只童子鸡上去一盏茶不到，肯定落败成了银枪蜡烛头！”虽然性格强韧，但蓝宁听到如此恶毒不堪的话，仍然脸色一白。

初兰气得冲出去找他们算账，她虽然对蓝宁仍然有些芥蒂，但总也没有这么当面泼人污水的。

小古唇边露出一丝诡异的冷笑，突然起身：“我去一下灶间。”

灶间里已经没几个人了，只有个看柴火的小丫头正昏昏欲睡，小古拿起一罐猪油，用棉纱浸泡了，再取出一包黄磷，偷偷地端了出去。

那群人还在怪声怪气叫着，突然被什么东西弹中了，仔细一看竟然是一颗纱布做成的弹丸。

这种东西不痛不痒的不算什么，他们只当什么人恶作剧也没理会。

下一瞬，惨叫声起！

那纱丸子捏在手上软绵绵的，随即却无端自燃起来，黄绿色的火焰宛如鬼火，无风自动，整个人身上的衣服都被烧着了，灼痛感让人发出杀猪般的叫声。

“救命啊，着火了！”

“快来人啊！”

这些无赖小子在地上打滚，满身火焰好不吓人，顿时惊得周围人都出来看热闹。其中那个“童子鸡”烧得最惨，身上的衣物已经没法遮蔽要害，顿时露出雪白的屁股锭来，周围那些仆妇都看得掩嘴笑，有小媳妇还羞红了脸。

“快来人啊！！救火啊！”有婆娘端来了水，却被羞怯的那个一推又倒在地上了，场面十分混乱，等到几个仆役闻讯赶来，这才终于扑灭了火。

“真是恶有恶报啊，老天都看不过了。”初兰从窗户里看得解气，又有些担心，“小古这是你做的？”

“哪啊？是秦妈妈留下的黄磷，我只是顺手而已。”小古意味深长地说道，从外走进来的秦妈妈听到这一句，脸色一变！

秦妈妈藏起那包黄磷本就心里有鬼，听小古这么一说，她的脸色顿时发白，神态颇不自在，手上拐杖一滑险些摔倒。

小古笑眯眯地看着她：“妈妈，这包东西一股子大蒜臭，难闻死了，我从你行李里拿出来本想丢掉，但发现它居然遇潮就会起火，倒是挺好玩的——就想着拿来让这群家伙出个洋相！”

黄磷含有剧毒，弄不好就要出人命的啊……小古这丫头不明就里，险些酿成大祸啊！

秦妈妈心底暗暗埋怨自己腿断了就精力不济，没有看好这几个小丫头。

她急匆匆出门，大概是料理那几个受伤的小厮去了：黄磷造成的灼烧其实并不是热烫出来的，而是腐蚀皮肤，弄不好真要毒性发作！

小古望着她的背影若有所思，唇边漾起一道轻笑来——秦妈妈藏起黄磷，原本是要替先头大夫人报仇雪恨的，现在被自己用掉，她势必不能再使这一招，满心的愤恨怨毒更是无法排遣——这个时候，先前看到她杀人碎尸的那个神秘人再次提出交换条件，不由得她不动心。

只要查出那只长条木盒，不仅替你查清真凶，还会替你完成复仇的心愿，让害人者血债血偿！

这样的代价，秦妈妈必定会心动了，主动去查那只木盒的消息……

小古眼神转为严肃凝重——当初，也是为了这只木盒，自己才在众多达官贵人的府邸里选择了济宁侯府沈家，在这偌大侯府里蛰伏忍耐，当一个烧火劈柴的粗使小婢。

那个木盒……神秘的木盒，莫名出现又失踪的木盒，最后的线索，只是指向早就过世的大夫人张氏，而她最亲近的两个人，一是秦妈妈，另外一个，就是她养在膝下，视若亲女的大小姐如瑶。

想到这儿，小古的眼神更加幽深。

此事不能急躁，只能慢慢来，查个清楚了！

几个女人闲谈之下，不知不觉夜已经深了，蓝宁暂时还没有安排住处，只能跟初兰在一个铺上挤挤，而小古却又一头钻进了她那阴暗狭小、没有窗户的隔断里间。

几个月没有人住，这里面的气味更加难闻——有细微的融雪从墙缝中洇进来，把墙角那煤油瓮头打湿了，再加上咸菜发酵的味道，简直要把人呛昏过去。

小古却是习以为常，甚至是甘之如饴了：易容所用的油彩材料有一种特殊的香味，藏在这里才不容易被人发觉。

小古把带出去的那些瓶瓶罐罐放进大匣子里，顺手整理着旧日杂物。突然，她的目光停留在一块黄白石头刻成的挂坠上，上面系着红绳，小古记得是从小就戴在身上的。

这块坠子石面纹理粗陋，看着就不是什么珍贵物件，因此在辗转被卖的过程中居然没有丢失被夺，而是被她淡忘，丢在匣子里没再理会。

摩挲着这块挂坠，感觉着指尖温润却又略显粗糙的矛盾质感，小古突然心中一动，用洗去易容的药水和布巾慢慢擦拭，顿时这块坠子露出了真面目——竟是一块玲珑剔透的玉佩！玉质洁白细腻，雕工精巧却不显得冗繁，刀笔斧凿手法不凡，那温润细腻的光泽，顿时让这半间陋室显得明亮起来！

玉佩刻的图纹乃是螭龙，盘旋飞舞却不显得张牙舞爪，而是一派端严高华之气，周围灵芝与祥云为边，却隐约刻有比米粒还小的微篆——小古凑到眼前想要细看，却发觉字迹被特殊染料所污，根本看不清楚了。

这块玉佩是哪里来的？

小古皱起眉头，竭力回想，却只记得跟母亲一起被贩卖的时候，就已经戴在身上片刻不离了。

蓦然，她脑海里想起前日里袁槿那双晶莹而深邃的眸子，那一句别有深意的话——

“如郡……好好收着我的玉佩。”

难道……这枚玉佩是他的？！

问题是，他究竟是什么时候送给自己的，真是毫无记忆啊！

小古纠结着皱紧了眉头，只觉得手上握的不是什么玉佩，而是块烫手火炭！

她不禁回过头去，打开藏在箱底的包袱，顿时看到那件黑貂披风叠得整整齐齐压在最下面。

想起那夜，他喃喃呼唤着自己的真名，那般炽热而奇异的眼神，小古叹了口气，抚着额头安慰自己：“算了，就算想不起来，至少知道他是友非敌！”

下次见面，一定要找他问个清楚！

第二日清晨，小古三人吃完了早饭，正要继续收拾东西，突然房门被粗暴推开，刘大家的扭着腰肢闯了进来。

几个月不见，她的脸更圆更白了，穿了紫色绣彩雀纹的缎袄，头上的银簪也换成了半套赤金头面，明晃晃的刺痛人眼。

“哟，你们这群小丫头片子，出去多时都学得又娇又懒了啊！”

见没人理睬她，她一个箭步上前，不由分说地攥住蓝宁，抬起她的下巴仔细端详，顿时又惊又羡——

“这么俊的狐媚子，就是从军爷们的红院里出来的吧？长得真是不错！”

蓝宁眼中冷光一闪，一把甩开她的手，若不是因为在侯府，她早就匕首划过断了她的手！

“刘大娘你来这儿做什么？”初兰站起身来下了逐客令。

“真是还没成贵人就开始健忘了——你们的差使在大厨房，这都太阳晒屁股了，还不来干活，非要老娘我三请四请吗？”

“我们可是晟少爷的人！”初兰反驳道，却遭到刘大娘一阵嗤笑：“晟少爷，他是泥菩萨过河，自身难保了！老爷已经让他禁足房间不许出门了。”

“什么？！”初兰面色一白，吓了一大跳——跟着广晟的这几个月，虽然也住在远郊眷坊，还遇到爆炸危险，但总的来说，却是她最为舒心的一段日子，如今跟着的主子被关了起来，难道自己又要落到吴管事和刘大家的这群龌龊人手里？

“你胡说，少爷是朝廷命官，哪有随便关起来的道理？！”蓝宁在旁边假装气愤，实则却是在套她的话。

刘大家的本就多舌，这次更是得意扬扬：“你这外头来的小狐狸精见过什么世面？见着一个官就看作棒槌大！我们侯府可不是普通人家，绿豆大的一官半职还不在眼里！什么晟少爷，在老爷夫人面前都像个避猫鼠似的！”她自以为吃定三人，厉声催促她们去干活，“还杵在那儿做什么？以为自己是千金小姐吗？”

初兰还想再争辩，小古使了个眼色，于是两人就默默起身。

刘大家的眼睛剜着蓝宁，还想把她也弄回去搓揉，蓝宁冷声道：“我可是晟少爷的人。”

刘大家的眼里顿时充满鄙夷不屑，隐约还有羡慕，但转念一想她容貌太好，到大厨房只怕也要勾了什么贱男人，于是不再言语，带着两人就走了。

大厨房还是那么吵闹纷杂，秦妈妈由于伤了腿在休养，她在柴炭房的管事位置顺理成章被人顶了，这个人竟然是玉霞儿！她年纪还小资历也浅，照理说不能这么越过众人，但她似乎攀上了什么粗腿，在大厨房里可以挺着身板走路了。

她小人得志，拿了鸡毛当令箭，支使得初兰团团转，直到小古手一滑，巨大的斧子擦着她的脸就过去了。

尖叫声几乎可以冲破天际，新来的小吴管事连忙冲出来怜香惜玉，怒瞪小古正要斥骂，小古幽幽地低声道：“少爷说了，我们要是少一根毫毛，他今天就让小厮过来砸了这大厨房。”这话让小吴管事彻底消音了，所谓恶的怕横的，横的怕不要命的，广晟的恶名在府里真是广播远扬了。

所谓按下葫芦起来瓢，刘大家的仗着自己跟吴管事有一腿，在他侄子小吴管事面前也是摆起长辈的谱来，借着这个机会说玉霞儿压不住这几个小丫头，要换自己的妹妹胡寡妇来管柴炭房。

小吴管事哪里肯依，只管拿软话搪塞，玉霞儿却当了真，攥住他的衣袖哭得梨花带雨，却又引来刘大家的粗声高骂“小浪蹄子”。

趁着一团乱，小古溜进红白案那边，偷偷拿了几个鸡腿和清蒸蟹粉狮子头，放在刚出锅的香米饭下面，连食盒带菜一股脑儿拎走了。来到广晟院门口，果然见铁将军把门，里外都沉默肃杀，毫无人气。

小古提起裙角，干脆利落地爬上了小院西侧的大树——树冠正对着广晟的卧房。

果然，一道熟悉的身影站在窗前，手里拿着一卷书，百无聊赖地在看。

小古倒退一步，抱紧食盒一跃而入，力道计算有些偏差，却撞了个正着。

“小心！”广晟一抱之下却被强大冲击力带倒，倒地之前，他急忙拥住小古，将力道卸去，以免她受伤。

下一瞬，他抱了个满怀——怀里温热的少女躯体，与他紧紧相贴，小古的双腿甚至是压在他身体两侧的。

“你好重……这是要把我压成肉饼吗？”广晟的话顿时让小古柳眉倒竖，眼睛喷火。

“少爷！！”她叉腰怒瞪他。

广晟倒在地上，双手仍然抱着她的腰，乍听这一声河东狮吼，忍不住哈哈大笑起来。

“好啦好啦，是我乱说的——我单知道从天而降的有鸟屎和落叶，没想到还有小美人和好吃的呢！”他笑得爽朗，居然也油嘴滑舌起来。

他突然觉得这场景似曾相识——仔细一想不禁失笑，先前被关在祠堂的那一次，也是小古来替他送饭。

“哈，那一次你来送饭就扑倒在我身上，这次又来投怀送抱？”广晟不急着起身，反而是仰天躺着，一双飞眉入鬓的俊目朝着小古不正经地眨了眨。

这算是色诱，还是调笑？

“还有精力调戏良家女子，看来少爷你还不算太饿嘛……”

小古也不急着起身，扬眉笑得阴森，突然手一滑，食盒整个就朝广晟怀里倾倒过去，油乎乎的鸡腿朝着他的脑门飞去！

广晟眼明手快伸手一抄接住，却不料下一枚“暗器”又飞来了，蟹粉狮子头一大团直袭过来，他张大嘴一口叼住，对她挑衅地笑。

自作孽不可活，小古瞪圆了眼看他，突然从食盒里取出最后一只鸡腿，朝着他摇了摇！

别再乱丢了小姑奶奶！

广晟费劲地咽下半只狮子头，噎得直翻白眼，还得小心她又丢过来，谁知小古突然笑得双眼弯弯，把鸡腿凑到唇边，轻描淡写地咬了一大口。

“喂，这是给我吃的吧？”广晟把剩下半颗狮子头也囫囵嚼了吞下，不满地抗议道。

小古这才拍拍手，轻松地站起身来，继续咬了口鸡腿，赞道：“真香——其实这只鸡是左撇子，这条是左边的腿，比少爷你那一条更加嫩滑有弹力！”

广晟也慢慢起身，闻言懊恼地叹了口气：“这个世上有两种人最不能得罪，一种是厨子，另一种是爱记仇的女人！”

“偏偏我两种都是。”小古眯起眼，拖长了声音看向广晟。

广晟故作苦着脸，也不束腰带，任由白皙而精瘦的胸膛露出：“那小生只好任你鱼肉了！”

小古的杏眼凝视着眼前美景，突然“扑哧”一声笑了：“少爷又出卖色相了！”广晟得意扬扬地把鸡腿放在嘴边啃了一大口：“你这个小没良心的，我若是不出卖色相，你都不知道送吃的来，真要把我饿死了！”

虽然只是笑话，但小古听了，心中仍是揪一下地隐隐作痛。

明明在外头闯荡做出了一番功业，回到家中却宛如虎落平阳，各种憋屈一起袭来。他被二老爷沈源禁足，也没什么人给他好好准备饭菜，估计就是拿些冷了的胡乱对付。

“少爷，你为什么还要回来？”小古不禁问道。

怎么看，广晟也不是那种肯逆来顺受的愚孝之人。

“我在等一个消息。”广晟遥望着不知名的远方，唇边露出一丝笑意，似有三分苍凉苦涩，更多的却是坚毅自信：“而在这之前，我也必须遵循朝廷表彰的所谓‘孝道’，不能让人拿住话柄！”

小古盯着他，敏感地发现他瞳中有一丝嘲讽的阴霾：广晟和他父亲沈源，真是前世的冤家对头！

“况且，我还真想看看，等那个消息传来的时候，我那位父亲大人，该是怎样的表情呢！”他的嗓音残酷而冰冷，却偏偏染满华丽的音调，宛如莲池之中开出的魔魅曼陀罗。

胸前的衣襟散开着随意披散，黑亮长发任意束在身后，白皙的额头显示青年人的棱角与酷狠，却偏偏雪白晶莹，比世上的佳人更加绝美。

小古盯着他看，突然心中升起一个念头：少爷的亲生母亲，定然是倾国倾城的佳人！在她发呆的时候，广晟已经三两口吃完饭菜，他把食盒里的米粒也吃得一干二净，随即递给小古：“你不要再来给我送饭了，太冒险——过不了三天，他们就得恭恭敬敬地开锁送我出去！”

小古从窗台上迈开腿，正要一步蹬上树杈，却突然一阵大风吹过，吹得她鬓边的丁香银钗都要落下了。

一双温暖的手揽住了她，利落地替她把头发别起，笑着责怪："每次都是绑不好头发，披头散发的。"

春日的午后日光淡然明灿，照在这近乎依偎的一男一女身上，好似一幅绝佳的图画——并不沾染任何色欲与男女之情，而是单纯而自然的温暖光芒。

夜至一更天，小古又秘密装扮起来，让守院的老人打开角门，幽灵一般地出了门。

她这次头上扎了白布巾，浑身缟素，手中持了长命烛，在寒夜里默默地走动着，袖中不断撒出纸钱来。

这也是金陵乡下的一种习俗：凡是有小儿夭折的，必须在五七之夜手持白烛纸钱，燃烧孩子的生辰八字，送走投胎失败的冤魂，否则就可能对家中不利。

一路无人查问，就算是宵禁律法也不外乎人情，谁也不想招惹这种晦气。

一路来到了岳香楼前，原本沉静的大门之内，却隐约有人声细细响动，门缝里传来耀眼的灯火。小古叩响了门环，半晌才有人开了一条缝，压低声音道："今晚秦老板有堂会，不见外客——"

看到小古出示的兰花簪，那人连忙把话咽下，只是奇怪地咕哝一句："怎么整整提早了一个时辰……"

"带我去见你们秦老板。"小古低声说道，夜风吹拂她的衣袂，一身缟素洁白的重孝加上她眼中的森冷寒意，让那人打了个冷战，连忙低头引她入内。

岳香楼分为三层，门脸不大，内中却是曲折往复，地方深广。

那人引着小古一路走进，各处的小院和空地上都有人在辛苦练戏：有在练习着绘画脸谱的，有在练习甩水袖翻跟斗的，甚至有一个小孩童被师傅倒提着立在半空不动，小脸因为呼吸不畅而通红发胀。

小古的眼中闪过一丝不忍，带路的那人却低声解释道："都是这么一代代苦熬过来的，我师傅当年为了练戏，被木棒生生打折了腿呢！"

"你师傅是？"小古刚刚问出声，屋檐下就有人低声笑着接过话道："他师傅就是我！"

抬眼看时，正是秦遥长身玉立，含笑望着她。

几个月不见，他似乎清瘦了些，脸色倒是不坏，一身淡紫绣仙鹤瑞草暗纹的道袍，硬是让他穿出了清贵倜傥的气度，墨青貂绒随意披在身上，面庞却似乎仍在丝丝冒着热意。

"七哥！！"小古欢呼一声，迎上前去，紧紧握住了秦遥的双手，感受到他温暖细腻的掌心温度，唇角的笑容更加明灿娇妍，几乎让旁边那引路的少年看得目不转睛了！

秦遥轻轻在他头上凿了个暴栗，笑着向小古介绍道："这个猴崽子是我新收的徒弟，叫六指。"

好古怪的名字，小古不禁看向他手掌，果然在他右手小指末端，有一个不明显的紫红色疙瘩，不仔细看根本发觉不了。

"这小子胆大又死心眼儿，自己割的——我们梨园行的规矩，是不能用缺指、残肢之人的，他为了学戏，自己咬着裹了麻药的白布，硬生生用菜刀割下来的。"秦遥说话之间，已经把小古带进内室之中，见六指出去泡茶，又轻叹着加了一句，"他们家原本是乡下小地主，二叔有个女儿嫁给了齐泰的弟子，这就连累上了'瓜蔓抄'，原本只要罚没一人为奴，他家中还有几个姐妹没嫁人，他就自愿被卖成了戏子。"

小古听了也只有苦笑，低声道："我们是受了至亲骨肉的牵累，摊上了没办法，他这纯属是被连累的。瓜蔓抄？！也难为那些官员想出这么恶毒的名头来。"

秦遥见她虽然精神还好，但脸色苍白略见疲惫，眼底甚至带出一种郁色悲意来，于是追问道："你刚从北丘卫回来，这次金兰秘会没什么要紧的就先告假，为何要匆匆前来呢？"

小古被他这一问触动衷肠，抬头看向秦遥，眼角竟是隐隐有泪光闪烁："七哥，这一次……你险些就见不着我了！"她并没有哭出声，嗓音却是微带哽咽，顿时让秦遥心中一惊，连忙道："出了什么事？"

小古睁大了眼望着他，幽黑双眸之中闪过悲愤光芒："大哥他利用我们作为诱饵，想用炸药杀死纪纲……"随着她娓娓而述，秦遥的脸色越发沉重难看。

下一刻，只听"砰"的一声清脆响声，他手中的茶盅被狠拍在桌上，碎成了几瓣！

夜近一更三刻，岳香楼的各处角落都渐渐归于平静，而主楼三层之上却是灯火通明，笑语嫣然。

今日在此请客的主家是户部尚书夏原吉，请了五六位客人，他生性宽厚亲切，从不摆上官架子，因此来的既有他的心腹副手，还有新近官复原职的左都御史刘观，以及最近炙手可热的皇帝近臣沈源。

几位大人的车驾从人都不算煊赫，但加起来也有二三十人，门外街道顿时显得有些拥挤喧闹了。

这几位大人都有特制的行牌，区区宵禁当然不在话下，就连巡街的五城兵马司也不想惹怒他们，于是远远地避开了。

就在这平常的喧哗走动间，没有人注意到，岳香楼的二楼一个房间外的窗台上，被人放上了一盆兰花。房中幽暗无灯，却有人已经到了，正在黑暗之中静静倾听着楼上的锣鼓喧天。

他坐在上首的矮榻上，面前却垂落一道黑绢纱帐，显得神秘而诡异。

“吱呀”一声，门被推开了。

他犀利而明亮的目光看向门口，而那里，却站着一个周身缟素，宛如梨花般素洁的少女。

“是小十二？你来得真早。”黑绢纱帐后的神秘人低声笑道，嗓音熟稔而亲近。

“大哥每次都来得很早……”小古的声音清脆悦耳，却带着冰刃乍破的锋利冷锐——

“每一次，比我们中的任何一人都要来得早……”她的脚步迈入，在木板上发出轻轻声响，随之而来的夜风却是冷意透骨、狂舞乱飚之下，吹得纱帐飘摇不定——

“大家都只能见到你端坐在帷幕之后，从来没有人……能看到你的真实面貌。”小古的嗓音仍然很轻，纱帐之后的“大哥”，却敏锐地听出了她声音中蕴含的风雷之势。

那是金断玉碎的决然！

他突然笑了，暗夜中听来，清清冷冷的男子嗓音，显得儒雅而可亲，却又威仪自生——

“十二妹你提早到来，就是想看我的真面目？”回答他的，是斜刺而来的雪亮青锋，“刺啦”一声，纱帐豁出一个大口，剑锋就透过这缺口刺入，直接架在“大哥”的脖子上。

“托大哥的福，我险些回不来了……那般惊天动地的爆炸，真是好心机、好手段！”小古幽冷的笑声回荡在房间里，下一瞬，她的剑尖刺入，顿时有鲜血滴答落地，“我原以为，你是为了救出那些受尽凌辱的女人，没想到，你居然把所有人都当作了可以利用的棋子——事到如今，大哥你还有什么解释的？！”

第十章

怨憎·情仇

1.

少女的悲愤化为泣血控诉，宛如冰泉破封崩裂，直逼而去。低沉的嗓音回响在这幽暗的内室，混合着肆意吹入的呼啸狂风，整个房间都好似沉浸在一种单调而不安的嗡嗡声之中。

“解释？”对方似乎笑了一声，态度居然从容不迫，“你需要什么样的解释？”

小古紧握手中长剑——这是她从秦遥的房间拿走的，用力之深，连剑柄都几乎要陷入手掌之中：“你原本的计划，就是把纪纲引入爆炸圈，而让他心动的诱饵，就是金兰会要营救的那些女人！”

“那些女人，都是与我们境遇相似的苦命人，有些年纪甚至可以做我的姨母姑姑了，剩下的也都如同我姐妹手足——而你，却把她们当成了脚底泥任意利用糟践！她们的命，在你眼里到底能值多少呢？”

“十二妹，我看你对我误会很深！”似笑似讽的声音回应她，“就凭着这一腔热血，就来找我要个说法……十二妹，我原以为你头脑清醒聪明睿智，却没想到，你也有这么愚蠢的时候！”

他的嗓音一振，却是满染严肃冷峻：“她们不仅是你的亲人手足，也是我的！！你以为每个男人都会像迂腐的老五一样，恨不得自己的母亲姊妹都自尽守节？！我跟你一样，翘首企盼着她们能好好地活着回来！”

他的声音并不高，却是非常激越，听在小古心中宛如惊雷一般，她双眉一挑，琉璃般的眸子冷笑着瞪向他。

“说得比唱得还好听！红笺是谁的人？你给袁五公子的信上又写了什么？我的火药为什么会莫名失踪，又为什么会埋在平宁坊的地下？又是谁指使红笺丧心病狂地杀人引爆？这些问题，倒要劳驾‘大哥’您说出个子丑寅卯来！”小古说完，却觉得自己的嗓子有些干哑，她咳嗽着，胸中一股郁恨却越发深了。

房中一片昏暗寂静，只有鲜血落地的声音清晰无比。

“红笺是我的人，袁五的信是我写的，引出锦衣卫指挥使纪纲是我最终的目的，平宁坊的大爆炸也都是我授意红笺做的。这些，你都没说错。”“大哥”站在破了个口子的纱帐后，态度镇定自若，仍能平静地侃侃而谈，“这些都是我做的，没什么不敢承认的。”

“但是我做这些，目的是为什么，十二妹你应该心知肚明！”他话锋一转，语气从方才的温文尔雅转为尖锐残酷，“纪纲是什么人，是皇帝最大、最得力的鹰犬，也是一直追着我们金兰会蛛丝马迹的人！他若是一死，锦衣卫群龙无首再也不复往日的犀利，也等于断了朱棣那狗皇帝的一只臂膀！”

“十二妹你自己来说，取下纪纲的性命，让锦衣卫瘫痪混乱，是不是一件最有价值的事？”

“当然是！”小古毫不犹豫地回答，却也立刻转折，“你若是用其他手段做到，我对你必定心悦诚服，可你牺牲自己人和手无寸铁的女人，这种手段简直是卑劣无耻！”

“你以为用正人君子的手段就能达到目的吗？”

“大哥”突然长笑出声，嗓音清越而动听，仿佛有一种特殊的魔魅之力，让人想仔细倾听：“我们的父执长辈倒是一个比一个正人君子：方孝孺、铁玄，哪个不是风骨铮铮君子楷模，结果他们害了一大群亲戚故旧，自己视死如归地去了黄泉，狗皇帝朱棣的皇位却是安如磐石，不见半点动摇——你觉得这种正人君子有半点用处吗？”大哥的嗓音越发低了，楼上的锣鼓乐点也越发喧闹高昂，但他的嗓音却似乎有魔力，穿透这堂会前奏的热闹，直刺小古的耳畔：“在这个世上，要想制裁那纣桀之君，禽兽狗官，只有手段比他们更无耻、更恶毒、更下作，这样才能赢过他们！”

小古听得心神摇曳，但她心中却仍坚持一点，近乎固执：“你自己要用什么手段那随你愿意，可你没资格拿其他人的命来交换——那不是别的，是活生生的人命，一旦出事再也无法重来的人命！”

“人命矜贵，不可轻忽，这是家父经常教导我的，我也时刻铭记在心——但人命再贵重，也只是代表着价值更重、更多而已。这世上的万事万物都有其价值，两端的比重，在每个人心目中的秤杆上一量，就立刻一清二楚。对我来说，如果能除掉纪纲，引起锦衣卫内乱，即使是牺牲这些女人、牺牲你，甚至牺牲我的良知，也是值得的。”大哥轻笑一声，突然抬起头来，凝视着纱帐另一端小古闪着火光的黑眸，“这件事，从头到尾，我都不会后悔，也永远不会愧疚。你和那些女人，要恨要怨，就冲着我来吧。”

这个人！这个人……简直是个疯子！

不可饶恕！

小古剧烈地喘息着，眼中的怒火因为这一番言论而更加炽亮。

在进入这个房间之前，她曾经猜想过大哥可能会巧舌如簧来解释，他可能会激烈地矢口否认，甚至可能软语央求她不要声张，但这样的反应，却是让她的愤怒涨到了极限却无处发泄！

“你……”她一时竟然说不出话来了。

对于这样心如铁石的一个男人，世上所有的律法、道德、良知、感情，都已经不起作用了！

他剩下的，只有心中那一杆秤，可以把世上万物包括他自己都拿来称量、交换、牺牲。

小古闭上了眼，心头突然涌上了一阵强烈的悲哀和无力感。

楼上的锣鼓已经停下，胡琴如泣如诉，喑哑哀婉，那般缠绵悱恻的前奏，在她耳边回荡……小古的心头乱糟糟的，她茫然地透过破了一道口子的纱帐，先要看清大哥脸上的神情。然而一切都是徒劳，都败给了黑暗。

无边的黑暗。

胡琴突然一顿，青衣花旦便羞涩欢喜地开了腔——竟然是王宝钏绣楼招亲！

楼上那对男女，正在演着青年男女一见倾心的恋慕羞涩，而楼下这对峙的两人，却是目光炯炯，各怀心思。

“大哥”的目光隔着纱帐凝视着小古，那光芒幽邃而复杂，却是比任何人都要闪亮——突然他伸出手一握，小古的长剑竟然被人制住了。

“女人不该这么舞刀弄枪的。放下吧……”小古想要挣脱，却被他一股巨大的力量拖纱帐另一端，她想要放手，却发觉整个人都身不由己——

下一刻，整个暗室突然亮起了烛火！

“该放手的人，是大哥你才对！”有人站在窗台上，突然出声说道。

“嗯？”大哥惊愕一声，正要回头看，却被一支铁枪横扫而入，不得已，放开手中控制的小古。

“是你，老七！”

“七哥！”

他和小古不约而同地喊出了声，只是前者是惊讶，后者是喜悦安心。只见靠着院子的窗台上，一人矫健地一跃而入，长枪微颤，亮光随之而来，照见他俊美清贵的面庞，微微的戏妆油彩气息传入，却是让小古一颗心瞬间放了下来。

“七哥，你怎么才来！”她深吸一口气，低喊道。

秦遥一枪逼退大哥，站稳了身子，对着小古低声道：“站到我身后去！”

他微敛眉目，看不出什么喜怒，周身的气势却是让人心底发冷：“大哥，其实我一直在窗外听着。”

“哦？”仍然隐身在纱帐后的神秘男人微微一笑，目光看向敞开的窗棂：外面靠着院落的蔷薇花丛，只有窗台上一根竹竿，秦遥能站得了那么久、那么稳，一身功夫真是不容小觑。

“七弟的身手越发高明了，连我都没发觉。”

秦瑶的头上戴着一顶珠玉王冠，身上仍只穿了那件淡紫绣仙鹤瑞草暗纹的道袍，脸上只敷了淡淡的一层妆彩，更显得他肌肤玉雪细腻——明明只是戏里的装扮，在他身上却完全不见任何可笑之处。

他应该是正在化妆，却放心不下这里，于是匆匆赶来了。

“大哥的身手，更是让人大开眼界呀！”他意味深长地笑着，笑意到了眼底却化为空冷。

“大哥的话我都听到了。”

“哦？那七弟你准备如何呢？”

“大哥你心里的秤砣掌得很稳，算得很精，做弟弟的只有佩服而已。”

秦瑶突然眼光一闪，手中长枪改扫为刺——“但我却是无比好奇，你是用什么样的面目来说这一番话的？”

长枪着力之下，顿时整个纱帐被扯成了碎片，大哥的庐山真面目也出现在两人面前。

借着窗外微弱的灯光，可以看到他面容清秀儒雅，笑容可亲宛如春风，一身蓝衣直缀加上学士巾，更衬得风神隽秀，气质宛如芝兰玉树。

掌控整个金兰会的“大哥”，竟然是如此弱不禁风的书生模样？！

秦遥愣住了，而下一瞬，只听一声惊讶低喊，充满了震惊和不敢置信——

“竟然是你！”小古受不了这意外刺激，整个人失去重心，一个踉跄，手中长剑也落在地板上，发出很大的声响来。

顿时，楼上的乐声唱腔停止了。

好似有人在询问出什么事了，随即开始有脚步声走动。

秦遥和大哥对视一眼，立刻反手有了默契，大哥一把拉住小古，躲到了角落的屏风后，而秦遥开始若无其事地站好台步，舞动了手上的长枪。

不多久，就有人从三楼下来，打开了门，略显傲慢地呵斥道：“几位大人正在楼上听戏，什么人敢在此地吵闹！”

秦遥连忙放下手中长枪，朝着门口微微一笑，顿时让对方的斥骂咽在肚里：“原来是秦老板您在练功啊！”

“真是对不住了，一时失手弄出声响，倒是我搅扰了几位大人的雅兴……待会必定罚酒三杯。”

那人顿时喜形于色：“秦老板肯给面子，那是再好不过了，哈哈……”

他转身走了，等那脚步声彻底远离，屏风后的两人这才缓缓地出现。

“放开我！”小古拼命挣脱了大哥的钳制，惊愕激动的目光狠狠瞪着他，“阿语，原来是你！”

凝视着他那张熟悉而陌生的面容，她的目光呆呆地看着，脸颊也飞起红霞，不知是由于愤怒，还是别的原因。

“如郡妹妹，是我。”对方的回答，终于让她确认，眼前这个男人，就是她魂牵梦萦、苦苦等待多年却离奇失踪的景家大哥，景语。

她的身躯因为激动和震惊而微微颤抖，双手绞在袖口的白边上，几乎要攥进肉里——就那样痴痴地望着他，几乎以为眼前是一场荒诞离奇的梦！！

“怎么会是你？”她喃喃地、语无伦次地问道，随即急切地攥紧了他的衣襟，“这么多年来，你到底到哪里去了？”

夜风吹得木窗来回晃悠，拍打着窗框发出吱呀的声响，秦遥带入的一盏油灯已经被吹熄了——三楼的华灯火光照映下来，投射在三人的脸上，却只剩下变幻不定的暗影。

面对小古的质问，身为金兰会领袖的蓝衣男子沉默不语，内室之中的气氛变得怪异而凝窒。

秦遥也没作声，只是收起木杆，静静擦拭着锃亮的枪头，他的目光却是集中在小古和“大哥”身上。

小古浑身都在瑟瑟发抖，茫然地睁大了眼，喃喃道：“这么多年了，我一直打听找你的消息，因为你说过，一定会平安回来见我的，可我真是没有想到……”

她深吸一口气，低声继续道：“你竟然会以这样的身份，出现在我面前！”

今夜她特地提早来到，不顾七哥秦遥的反对，执意与大哥兵戎相见说个清楚。

她曾经冷静沉着地预测过很多可能，但眼前发生的这一切，却是超出了她内心所能接受的极限！

竟然是他！

这简直是老天跟她开了最恶毒的玩笑！

小古心绪激动之下只觉得眼前一阵模糊，脚下踉跄就要跌倒——她先前多日劳累，在地窖火场中又吸入过多浓烟呛了肺，加上刚才的大起大落，整个人都好似累脱了形似的，失去了所有的力气。

被她唤作“阿语”的男子，此时急忙伸出手扶住了她：“你怎么了？”他眼中的关切神色并没有作伪，小古却迅速拍开了他的手，冰冷而狼狈地低声道：“我没事！”

“你伤还没好就杀上门来兴师问罪，这般冲动的性子何时能改改呢？”他无奈叹道，却遭到她狠狠地瞪视：“这都是拜你所赐！”

秦遥在旁边冷眼旁观，不由得心中暗暗惊奇：他也认识小古多年，她素来冷静聪慧，即使身陷险境也游刃有余，却从来没见到她如此情绪外露！

简直像是……一只被人抛弃了，浑身毛发直立、凶狠而狼狈的猫！

“你以为我会真的眼睁睁看你死吗？”

景语此时也深深皱起眉头，沉声道：“你以为蓝宁和那小子是怎么发现你在地下遇险的？”

小古摇了摇头，终于恢复些许清醒：“是黄老板的鸽子报信——”

她终于醒悟过来，尖着嗓子问道：“他是你的人？”

莫名地，她感觉心头一热，那种针刺般的隐痛此时也轻缓了下来，随即却彻底明白过来，浑身都开始发冷：“也就是说，这一次的任务，从头到尾，都在你的监视和掌控之下？”

“若是连这点本事都没有，我也没有资格做你们的大哥了。”

这般平静无波的回答，不用刻意渲染自信，却是成竹在胸的超然淡定。

好似一位国手，轻轻拈起棋子，放入大盘中央，一着定下乾坤。

见她整个人都愣住了，对方随即也轻叹道：“不过，你看穿我的计划，却也几乎破了我所有的设计，再加上姓沈的那小子反应及时，这次行动声势虽大，却也没有收到预期的效果……甚至连被炸得四分五裂的纪纲，也只不过是一个替身而已。我的谋算，仍然不能算无遗漏啊！”

耳边传来他遗憾的轻叹，她抬起头看向对方，却陷入那温柔而深邃的眼神之中，整个人都打了个寒战。

可怕的心机，深远的布局……冷酷无情可以牺牲所有的决断，眼前之人，既熟悉却又陌生，完全不似她记忆中那个淳朴善良、满身书卷气和正义感的小小少年！

“阿语，你怎么会变成这样？！”小古再也忍不住，低声嘶喊道。

被喊着自己的小名，蓝衣男子笼在袖中的双手不禁紧攥，随即却又松开，他面上丝毫不露，眼中却是浮现了温柔而哀伤的笑意，让人心头为之一痛：“如郡，那你觉得，我应该变成什么样呢？”

小古顿时愣住了，嘴唇颤抖着，却是一句话也说不出来。

鼓乐声齐作，楼上的折子戏正演到“彩楼配”这一段的尾声，喧天锣鼓的热闹声中，整个长安城的人为了王丞相次女的婚事而疯狂，而薛平贵却拿到了绣球。

想到这戏文的典故，小古的目光凝视在景语身上，清澈动人的眸中闪过哀痛。

她的父亲胡闰，乃是建文帝时的大理寺卿，圣眷之重却不在几位阁老之下。胡府没有抄家之前，也曾经有好些达官贵人前来拜会交往，而景语和他父亲景清，却是其中最为寒酸不起眼的。小古仍然记得初见面时的那一幕——

她因为躲避如笺侍女的恶意推打，反而失手将如笺推进了小池塘里，池塘的水很浅只到人的腰间，如笺却哭着“吓昏过去”，满院的仆妇惊得连忙去禀报老爷，小古顿时知道，自己大祸临头了。

小小的女童才四岁多，身子却很灵活，从众人的围追堵截中穿梭逃过，一口气跑到了垂花门旁的围墙边。

因为过度害怕，她三两下踩着假山和松枝蹬上墙头，坐在围墙上才发觉自己离地已经很高了。

她两条小短腿晃悠着，脸上的神情却是无助惊恐，快要吓哭却又倔强强忍着。

身后的追赶喊叫声越来越近，小小的如郡一咬牙一闭眼，朝着围墙外就跳了下去。

“小心！”稚嫩而略微沙哑的嗓音响起，随即，她发现自己跌倒在地，而被压在身下做肉垫的，竟是一位十岁左右的小小少年。

如郡虽然身在内院，但对外界却有着强烈的好奇心，她曾经多次偷偷跑到外院的花园里，偷看那些来拜访的客人。

大部分人都华衣锦冠，好些留着大胡子的喜欢穿一袭布袍，但面料也不差，但唯独眼前这少年，一件湖蓝长袍已经洗得发了白。“好痛啊……”正在如郡不知所措的时候，地上的小哥哥呻吟呼痛着站了起来，他抱起仍在发愣的如郡，虽然脸上挂彩，却仍对她笑得温和：“小妹妹，你没事吧？”

如郡睁大了眼，摇了摇头。那少年随即抬头，看了看围墙，蹲下身皱着眉头对如郡道：“不可以调皮爬围墙哦，太危险了！”

他忍着痛替如郡整理了衣领，发觉她的衣服衬里居然也打着补丁，不由得诧异地看了她一眼。

胡闰乃是天子眼中的大红人，赏赐颇多，他府上就算不是富贵满堂，也应是衣食无忧，下人簇拥。

这个小小的女童看打扮简直比胡府粗使丫鬟还不如，但看神态面貌又不像是仆妇之女，她究竟是……

“小妹妹，你叫什么，是住在哪里的？”温和好似有魔力的嗓音在她耳边响起，对方并没有责怪她，而是笑得那么好看——小女童也颇为早熟，本能地知道眼前之人并无恶意：“我叫如郡，住在那个地方！”松鼠一般的小短手指着的，隐约可以看到是一片荒废陈旧的院落。

“你爹和娘呢？”

“爹从来不来看我，娘就住在那里，外面的人很凶，不许我们走出院子呢！”

少年目光闪动，顿时想起先前听到的传闻——

大理寺卿胡闰为人刚正不阿，眼中揉不得沙子，他的母亲被一个粗野苗女所惑，迷了心窍要将她娶为儿媳，胡闰虽然不愿却也只能听从，谁知那女子居然对婆母不孝，让她受了惊吓一病不起，碍于母命胡闰不能休妻，只能与她分院别居。

眼前这衣着破旧、神色惊惶的小女童，就是胡大人的嫡出之女？

这也太过分了吧……就算她母亲真是不贤，那也是明媒正娶的原配，将她被关在那么破旧的院落不说，连亲生的女儿也不闻不问……胡闰大人向来自诩清贵刚直，只怕也是盛名之下其实难副！

他正在沉思间，却发觉衣袂被扯动，小女孩骨碌着大眼睛问他：“大哥哥你呢，你叫什么，是你爹娘带你做客的吗？”

她虽然年纪幼小，肌肤却宛如初雪冰玉般剔透，眉目如画宛如天上的仙童玉女一般，少年见了也是心生怜惜，摸了摸她的头，蹲下身与她对视：“我叫景语，是我爹带我来拜见胡大人的。”

说是拜见，不如说是例行的道别：景语的父亲景清因为被人诬陷，以“奏疏字误，怀印更改”的罪名，被给事中弹劾进了监狱，如今虽然被释，也要被贬到偏远之地担任小官了。

景清与胡闰做过一阵同僚，两人关系尚可，之后胡闰也曾帮景清直言脱罪，因此离开京城前也要来拜会兼道别。景语从小受父亲严格教导，年纪虽小，却是一派君子气度，对幼小的女童也是彬彬有礼。两人互相介绍后，景清正要将她送回垂花门那一端的内院，突然传来下人的呼喝追赶声——“往那边去了！”如郡的脸上明显露出害怕之色，却强忍着不肯说出来，景语看得真切，心中一软，随即打量四周，见芍药花丛繁密，就把她藏在里面，朝她嘘了一声，做了个“噤声”的暗示。

不一会儿，手执棍棒的健壮仆妇气势汹汹地赶到，见只有景语一个陌生少年来，不由得皱起眉头四处搜寻。

见她们用棍棒刮着四周花木，力道凶狠毫不留手，景语越发觉得不忍，开口道：“这是在搜贼吗？”

仆妇们虽然人多势众，但毕竟是跑到了外院的范畴，怕这外来的客人在老爷面前提上一记，不免受罚，于是匆匆离开了。

芍药花丛小心翼翼地被移开，小小女童黑水晶般的眸子看向他：“大哥哥，多谢你救了我。”

“方才我压着大哥哥了，真是对不住……”她学着大人的模样福一福身，小手小脚加上穿着大人衣衫改成的旧衣，好似一只圆滚滚的小团子在屈膝行礼，巴掌大的小脸严肃却又趣致，反而逗得景语笑了起来，他俯下身，郑重其事地看着她的眼睛，微微欠身道：“如郡妹妹不必客气，你我两家乃是通家之好，这点小事不算什么，我在景家行三，你唤我阿语就行。”

他替她摘下发辫上的芍药花叶：“这些人为什么要找你，是你不小心做错了什么吗？”

如郡的眼中露出害怕惊恐的神色，但仍坚持把原委说了，毕竟是小孩子，吓得脸色煞白：“我不是故意的，可是如笺姐姐的那些丫鬟打得我好疼，我一推过去就……”身为长姐居然纵容身边侍婢欺凌幼妹？

这胡家的规矩竟是如此？

“她们找到我，一定会把我关起来，用脚踢我，不给我饭吃……大哥哥我好害怕！”

看着她黑亮的眼中浮现了水汽，景语心中怜惜之下，也起了义愤不满，但他自幼饱读诗书，父亲景清平素也是足智多谋，耳濡目染之下也知道不能跑到长辈那里去横加指责。

但要如何为这小姑娘解围呢？

他脑子一转，顿时有了主意。

俯下身在如郡的耳边低声叮嘱：“待会儿见到你爹，你就哭着上去抱住他的腿……”

小小的女童听着大哥哥温和而沉稳的嗓音，不知不觉间心中的害怕就减轻不少——淡金色的日光逆照在少年的背后，在他湖蓝的衣衫上染上了一层锦绣金边，他的眼睛含着轻笑，暖融融比穿了新棉袄更舒服，俊秀的容颜好似也会发光……莫名地，让人觉得无比安心、亲切。

好似天塌下来也有他挡在前头，只要这一双温暖的手牵住她的，就不会任由那些凶恶的丫鬟婆子再来欺凌！

那初见的一幕，此时此刻想起来，仍然让人唏嘘不已。

小古垂下眼眸，掩饰心中的激动和痛苦，继续道：“那时候，我们府上贵客如云，却只有你，小小年纪，敢于在我爹面前使心计替我遮掩，让他不再责罚我。”

那时候，她按照景语的吩咐，冲进议事会客的花厅，抱住那个陌生的、称作“爹爹”的男人，大声哭了出来。

“爹，爹，快去救救二姐！”景语一个箭步走进花厅，对着惊愕来不及反应的胡闰长揖及地，恭敬愧疚地请罪道，“请伯父恕罪，小侄一时疏忽，惊吓了令千金，害得她摔了一跤，之后为了扶她起来，又擅自进了内院。”

随即对着胡闰和自己父亲景清娓娓解释起来，在他叙述之中，如笺是因为丫鬟的疏忽而跌入池塘的，而姐妹情深的如郡不顾一切地攀上围墙呼喊求救，却正好被他惊吓，跌了下来。

“伯父，惊吓了如郡小姐，这都是我的不是——虽说池塘水浅，但如笺小姐也是千金尊贵之躯，轻忽不得，我父亲也略懂岐黄之术，不如让我爹替两位小姐把脉确诊一下？”

胡闰静静听着他说，神色平静并不见愤怒，眼中却闪过一道厉芒，让如郡浑身发冷，不禁躲到了景语背后。

景清听儿子之言心知有异，深深看了他一眼，给他使了个“你小子在捣什么鬼”的眼色，但也附和着应声道：“两位小姐年纪尚幼，倒也没有什么男女大防，让我把脉看看，也算求个安心。”

小古遵照景语先前的吩咐，跨步上前，把满是补丁的衣袖藏在身后，却“恰好”让胡闰看见，急急行礼道：“见过景叔叔——我没受什么伤，您还是先去看看二姐吧！”俨然一副姐妹情深、谦让爱护的模样。

胡闰看到这里哪里还不明白，老奸巨猾地蹲下身，竟然将如郡抱在怀里，却有意无意地将她衣服上的补丁掩住："好孩子，苦了你了，不必担心你姐姐，我立刻就让人请大夫去。"

随即对景清父子点头致谢道："我家中池塘只是观赏而已，现在又值枯水，小女应是无恙，也不敢劳动世弟你，至于贤侄，"他深深地看了景语一眼，眼神看似慈爱，却冰冷毫无温度，"贤侄你乃无心之过，又是为了救人心切，请罪什么的休再提起了。"

景语被他的目光所慑，只觉得身上一冷，却仍然没有退却，反而上前一步，再次躬身道："如郡妹妹聪明伶俐又懂事，请伯父千万不要责怪她。"

胡闰目光一闪，却颇感惊奇——他身为大理寺卿，专掌刑狱案件审理，不知审问过多少老奸巨猾的罪犯和高官，那般威严的目光不是一般人受得了的，眼前这少年却居然能不卑不亢，毫无惧色。

此子……将来必定出色之极，非池中之物啊！

景语不仅不怕，反而弯腰对着如郡笑道："这次初见妹妹便觉得投缘，等我到了北平，就给你寄当地土特产小玩意儿。"

景清在一边咳嗽示意，无奈他那宝贝儿子却反而对着两个中年男人粲然一笑："父亲，伯父，妹妹才四岁，这不算我们私相授受吧？"如郡在旁边忽闪着大眼睛——她在景语他爹的脸上读出了以下这句：你这个厚脸皮的臭小子！！

一旁的胡闰想反对却说不出口，又不能跟小孩子一般计较，只听景语拉着如郡的手，还在低声细语什么"北平出产小狐狸皮毛的捂手和斗篷，又暖和又漂亮，最适合小姑娘了，那边的蜜饯也不错"……

他说了那么多好吃的好玩的，如郡听得晕乎乎的，只听到关键的一句："我会派人送来给妹妹的，妹妹一定要安好康健才是，可不要生病受伤！"

那一刻，他的眼神是看向一旁的胡闰的。而胡闰，此时此刻终于皱起了眉头——如郡看得很清楚，那是一种遇见棘手情况、却又难以摆脱的神情！

……

小古从回忆中醒转，她站在这昏暗内室之中，看向对面站着的景家哥哥，那个曾经叫"阿语"的少年，两人目光交缠之时，却是各怀复杂心思。

"阿语，记得初次见面，你就不由分说地要寄我东西，后来那些小泥人、蜜饯、狐皮捂手，我都收得好好的，直到抄家那日才丢了——我后来才想明白，你不断地给我寄东西，是以另一种方式在替我撑腰……你的父亲景清虽然官职不高，在民间却有'文曲星降世'的美誉，在士林的名声也是不错，你这么频繁地关注我，我父亲为了遮丑，也不敢任由下人太过作践我们母女。"小古看定了他，黑眸之中有泪光点点，"多亏你豁下面子照顾我们母女，否则，在那深深后宅之中，我们的日子会更加难熬……"

从那次以后，胡闰好似也发觉这么闹腾会引人话柄，她们母女虽然仍旧住在那陈旧院落里，但屋顶总算修缮得不再漏雨，也换了三个丫鬟和下人来伺候她们母女，就连如笺似乎也被叮嘱过，对如郡的戏弄和刁难不敢再那么露骨，只敢偷偷摸摸给她些难堪了。

两年之中，景语不断地给她寄来信笺和物件，小古在母亲的教导下也学会了看书、写字，当两人之间开始互传书信的时候，“靖难”这场滔天大祸爆发了！

这一场叔侄之间的皇位争斗，让大多数藩王和百官都遭遇了人生最大的变革，战火轰然之下又夺走无数人命，这中间有多少悲欢离合、生死血泪，大概只有苍天大地知晓了，但对于如郡而言，那突兀而来的横祸，将她的平静人生彻底打破！

被抄家、被贩卖、母亲染病、垂危……如郡以她孱弱单薄的身躯扛住了这一切，然而当她再见到景语的时候，却获知了一个晴天霹雳的消息——景语的父亲景清，成了逆贼朱棣麾下的宠臣！

景清当年被贬到北平，就担任了北平参议，燕王朱棣偶然与他对谈，对他的才华赞叹不已，迁他做了御史大夫，这次他随燕王大军进入金陵城，眼看就要大获重用，将来入阁为相，位极人臣也大有可能啊！

出现在小古面前的景语，着一件明蓝绣银锦的长衣，腰束一条九连环羊脂玉腰带，发冠上一颗碧玺熠熠生辉——俨然一位意气风发的贵公子！在四面漏风的土屋里，他好似一颗闪闪发亮的星辰，刺得人眼睛生疼。

从未见过他如此打扮的小古睁大了眼，陷入了茫然，还来不及惊喜，却听他哼了一声，指着小古和她气息奄奄的母亲，以傲慢的声调问吏目官：“这两个病病歪歪的，怎么能放在送去边关的名单里呢？赶紧挪出去！”

“是，小公子息怒……”谄媚的吏目立刻在名单上一划，却陷入了踌躇，该把这对病弱的母女送哪里去呢？

好似是不耐烦地挥了挥手，景语冷声道：“算了，上天有好生之德，让她们滚去那些京城的府上吧，那里好歹能吃口饱饭，天气还不算太冷！”他说这话的时候，如郡明明看到他对自己隐秘地眨了眨眼。

2.

两年多不见，他的个子明显拔高了，脸庞也是脱去稚气的圆润，俊秀之中更透出少年的磊落棱角和儒雅气度。

他的父亲即将青云直上，可他眼中却染满严霜，冰冷彻骨——即使是看向小古时略微露出温暖会心的些许笑意，可随即却陷入更深的浓黑阴霾之中！

景语……他怎么了？如郡想问却又不敢——她知道景语在人前这么冷淡地对待

自己，必定有所缘故。照理说，他父亲是新帝的重臣，自己母女又被误认为是仆妇下人，要想开释这样的两个人，应该不难才是。可他却只是故作挑剔，让自己母女免于送去边疆，改为留在京城送到功臣府上为奴。

这是为什么呢？

如郡心中狐疑，却压制住自己想问的情绪。

景语哼了一声，很是冷淡骄横地挑了几个健壮的奴仆，随即转身离开了。

小古和母亲被送往了某一位郎中家里，这一家人口简单，夫妻二人都年过半百，心肠也软，碍于她们母女是贱籍，没敢多加照顾，却也只派给了轻省的活，小古甚至可以趁着午后一个时辰的休息时间，去当铺当了她藏起来的碎银和衣物，再奔波去替母亲买药。

然而母亲早已病入膏肓，药石罔效了——早在抄家前，大夫就诊断她的病在心上，难以治愈。

在最后某一夜的三更时分，下人的平房里突然出现了一位不速之客。

如郡揭开门帘要出去倒掉药渣，险些与来人撞了个正着，不禁惊呼了一声：“阿语是你！”

星夜赶来的景语，一身玄色长袍却披了件月白绣竹的箭袖，简洁朴素，与上次刻意装出的华贵高傲判若两人。他整个人疲惫而憔悴，双眼却仍是炯然有神，他摆了摆手，上前替小古的母亲把了脉，眉头皱得死紧。

“不用了，我也略懂医理，苗疆的秘药有那么多种，再也没有一种救得了我……”母亲那一夜的神志格外清明，瘦得脱了形的脸上漾起一道微笑，依稀可见年轻时的娟秀，“如郡，你先去睡吧，我跟语哥儿有话要讲。”

如郡紧紧盯着母亲，死死忍住眼中的泪花，脚步却有些不愿迈动，但在看到母亲祈求的眼神后，终于还是离开了。

她并没有睡去，而是猫着身子躲在窗台下，偷听着里面的动静。

看不见内中的动静，只听到窸窸窣窣的起身声响，母亲低声咳着，好似搜寻着什么：“语少爷，你是个好孩子，我若是有个万一，如郡就拜托你了。”

微弱的烛光刺入如郡眼中，她浑身颤抖着，紧闭双目，眼泪却一滴滴地滑落下来。

“伯母既然担心如郡，就应该努力治好病，亲自照顾她——对于如郡来说，您才是她心中最重要的人！”景语的嗓音略带沙哑，朴实却是诚挚，如郡的心头莫名一热，感动混合着酸楚让她的眼泪落得更凶。

“治得了病，也改不了命，我不成啦……”母亲的叹息声，让如郡浑身的颤抖停止了，整颗心却好似坠入了冰潭之中——

她的声调，已然毫无生气与活力，只剩下坐等死亡的麻木！窸窣声又起，只听母亲道：“这个给你。”

“伯母，这是……”景语翻开着什么纸页，整个人也好似吓了一大跳，嗓音显示惊诧。

“这是如郡的庚帖，从此以后，她的荣辱生死，所有的一切就交给你了。”母亲低声咳嗽着，嗓音里却带着温柔的笑意，“我看得出来，你喜欢如郡，否则也不会两年多来一直跟她书信往来，还送来那么些吃的玩的。”

没等景语回答，她又继续道：“窈窕淑女，君子好逑，我家如郡在才貌上还算过得去，不过你们现在年纪还小，也未必就是这心思——将来，若是你有意，就把这庚帖拿去合婚，比目连理，共伴一世；你若只是把她当作妹妹，我也厚颜请托你，帮她找个稳重可靠的人家，拿这庚帖与他们换了，三媒六聘地让她好好地出嫁。”

她一口气说了那么多，顿时咳嗽不已，窗下的如郡已经彻底听得呆了，双颊顿时如同火烧，整个人都浑浑噩噩，手足无措。

她虽然年幼，却天性早熟聪慧，当然知道给人庚帖的意思：那上面写明姓名、生辰八字、籍贯、祖宗三代等，男女两家互递，乃是用于合婚问卜。

娘……要把自己许配给景语吗?

这个念头宛如洪水拍岸，“轰”的一声在她脑子里炸开。许久，她才听到景语的声音：“伯母厚爱，我实在是欢喜得很……”

他犹豫着，仿佛不知该怎么说才好，如郡的一颗心也“咯噔”一声沉下。

“如郡小姐乃是金玉之质……只是世事如棋，变幻莫测，我只怕不能给她应有的幸福……”下面的话，如郡什么也听不见了，夜风呼啸着吹过小院，吹得她遍体生寒，不由得双臂紧紧环抱着身体，把小脸都埋在臂弯里，也狠狠地擦去了眼泪。

他果然，还是拒绝了。

她的心头酸楚更甚，却又添了一重隐秘而深重的痛苦……

阿语他，不愿意与我在一起!

半大的孩子，其实并不能完全理解这些情爱姻缘，却也早熟而敏感地知道，两个人若是定了亲、成了婚，便要衣食住行都在一处，一辈子都不分开。

阿语他，讨厌我吗？耳边传来脚步声，抬头看时，却蓦然看见景语接近观视的脸庞!

“如郡，你怎么了？”看到小丫头蹲在地上哭成了花脸猫，景语拿起帕子要替她擦，却被她狠狠地躲开。

“把那个帖子还我！”仍带稚气的小丫头，瞪着杏眸朝他伸出了手，那小模样泼辣又娇俏!

景语目光一闪，顿时明白她肯定听见了什么：“如郡，我不是那个意思……”

他皱着眉头，眉心因为疲惫和担忧而结成个川字：“你年纪还小，很多事情还不明白。”

他的眼神，还是那么温柔，却又含着她看不懂的焦虑与沉痛：“只是，我并非你的良配，也不能好好地保存这庚帖。”

他从怀里小心翼翼地拿出那张红纸，如郡羞愤得涨红了脸，正伸手要夺，却见景语走到屋檐下熬药的小火炉前，平静地把庚帖放入了火中。火舌一卷，顿时将那抹艳红烧成灰烬，灰白的粉末四散飞扬着，却也让如郡的心痛得几乎要裂开。

她不知道这代表着什么情与爱，脑子里只有一个念头：阿语他……竟然这么讨厌我！宁可烧掉庚帖，也不愿接受！

无边的黑暗涌上眼前，耳边好似嗡嗡作响，她只觉得手脚发软，却强撑着要逃开——下一瞬，她被他紧紧地抱在怀里，宛如对待最珍视的宝贝！！

“对不起，如郡……我什么也不能接受，因为我不能害了你！”那般黯然却是痛入骨髓的低语，好似有某种说不出口的隐衷徘徊在他嘴边，却是丝毫不能吐露！

那般温柔而紧密的怀抱，让如郡感觉眼前微微眩晕，未等她反应过来，他放开了手，转身毅然而去！而他离开的那一刻，如郡分明看到，景语对着她做出的口型竟是：“自己多保重！”这一句，配着他那决然的神情，竟隐约有一种诀别的不祥之兆！

果然，不久之后，小古震惊地听闻：景语的父亲景清，竟然将利刃藏于朝服之中，意图谋刺朱棣！

他外披朝服，内着绯衣，寒光闪闪的短剑被拽下之时，离皇帝的宝座也不过几丈之远，真正是凶险万分！

她从街头巷尾的议论听到——景清当时见谋刺败露，慨然呵斥道：“叔夺侄位，如父奸子妻。尔背叛太祖遗命，真乃奸臣贼子，人人得而诛之！”

朱棣勃然大怒之下，命令左右打掉了景清的牙齿，割去了舌头，以“磔刑”处死景清，将他肢体分裂并剥了皮，在腹中装进茅草，悬挂在长安门示众。

朱棣还下令“诛灭九族”，但“转相攀染”，景氏族人几乎斩尽杀绝，连师长、亲戚、朋友、学生也难以幸免！

如郡听到这些的时候，整个人都好似浸在冰水之中，浑身颤抖不已却发不出声音。

原来，那时候的景语，已经预料到会有这样惨烈的结果！他不愿因自己而连累小古，才那样不理不睬，刻意冷淡。

景语！！他究竟怎样了，是生是死？！

这个问题让如郡心急如焚，却又收不到半点消息，也就是那个时候，她开始加入金兰会，开始用母亲教她的易容术改头换面，甚至以义庄收尸人的身份去乱葬岗搜寻，希望能发现一星半点线索。

可景语，就那样消失得无影无踪了，再也没有任何人知道他的消息。

小古后来曾经冒险让官府的仆役替自己查了宗卷：景家几十口人都被凌迟处死，可死者的名录上，唯独没有景语。

她一直相信，景语还活在这个世上，总有一天，他会从天而降，告诉她他还活着，一直在等待着与她相见！她一直，如此坚定地相信着……

时光荏苒，物是人非，此时此刻，当年的女童如郡已经变成了妙龄少女小古，她历经家破人亡、颠沛流离，用油彩和易容的方式遮掩了自己的容貌，收敛了性情，成为了金兰会最神秘、最冷酷的十二妹。

而他呢？

不可思议的命运，在多年后以最离奇的方式，将他送到了她的眼前！

楼上胡琴声悠扬哀伤却又激烈流转，云板急促而敲，青衣花旦的唱腔饱含着人世的离愁苦痛——

“流泪眼观流泪眼，断肠人送断肠人……”

那唱腔依依不舍，百转千回，充满生离死别之苦，云板敲得越发急促——演薛平贵的那小生在跟妻子道别，唱得浓情蜜意却又大义凛然，闻者伤心，见者落泪。

人生如戏，戏如人生，楼上演的王宝钏与薛平贵这一场离别，再重逢时已是过了十八年。

而如郡与景语，却是在十二年的久别后，在此时此地，以这样的方式重逢了！她的长剑落在地上，显得无比狼狈，而他藏身的纱帐也被划得四分五裂，显露在外的容颜曾经那么让她惊喜，如今却变成莫大的讽刺！

“阿语，那时的你，冒着得罪我父亲的风险，毫不犹豫地帮助我，给我写信开导我，为我母亲诊治……即使是你家即将陷入万劫不复，你还记挂着暗中搭救我们母女，那时候的你，和如今比起来……简直是判若两人！”小古的嗓音哽住了，“你为何会变成现在这样？”

楼上的一折戏好似退场歇息，那五彩炫目的光影也缓缓暗下，灯光变得愈发熹微，照在她脸上，模糊得看不清表情——昏暗之中，只有那缓缓落下的眼泪在闪闪发光。

秦遥轻叹一声，眉头皱得越发深紧，此时楼上的细细鼓点又起，他一甩袖子，低声道：“你们继续谈吧，该我上戏了。”从窗口掠出时，他回望了一眼僵直对立的这对男女，又添了一句，“还有一刻不到，其他兄弟姐妹就要到了，你们把握好时间和分寸吧。”

窗户被合上了，唯一的一点亮光也消失，面对面站着的两人浸润在黑暗之中。良久，景语开口了：“我也很想知道，为何我会变成现在这样？”

“很久以前，我父亲就教导我要秉持淑世淑人之道，不仅要及时救助身边之人，更要怜悯苍生的苦难。他教导我四书五经之前，曾经给我写了一幅字，那便是‘为天地立心，为生民立命，为往圣继绝学，为万世开太平’——这是他的信念，也是他对我寄予的莫大希望！”他的嗓音很低，却是不折不扣地颤抖着，为九泉之下的父亲，也为这十多年跌宕起伏的人生！

“对年幼的我来说，父亲就是我人生的目标，他聪明能干，却又诙谐有趣，天生就有一种独特的魅力——他不仅是榜眼才子，还是杏林国手，经常在诊脉时以有趣的故事放松病人的心情，有些人甚至不药而愈，他曾经说过，不为良相，便为良医。”景语的声音，在黑暗之中显得缥缈淡漠，却又蕴含无穷炽热的怀念与痛苦——“父亲每到一地做官，百姓们都舍不得他离开，民间甚至有话本说他是文曲星下凡，天生肩膀上有两盏灯，上照社稷君王，下拂黎明百姓。年幼的我曾经立下志愿，希望将来有一天能够像他一样，无论才能大小，都能济世救人，让黎明百姓过得更好。”

“父亲在我眼中一向是智谋无双的，直到那一场战争——燕王朱棣公开以‘清君侧’的名义，率军南下，自称‘靖难’，实则是要篡夺侄子的皇位！我父亲深受燕王的赏识，可即使是这样，我仍然坚定地相信他会固守臣节、忠于朝廷，我甚至准备跟父亲一起逃出北平——可后来，燕王召他前去，单独跟他长谈了一夜。”景语的嗓音越发低沉，却含着难以言语的沉重苦涩，“次日早晨我才发现，我的世界……在一夕之间倾覆了，黑白是非，竟然可以颠倒如此——父亲他居然主动为燕王出谋划策，俨然要助他谋反称帝！”说到这里，景语苦笑了一声，“天下士林都震惊了，以为他是为了贪图从龙之功，是为了趁机上位，而我却是不敢置信、不会相信！在我的仔细追查和反复追问下，父亲终于告诉了我真相：他其实是在暗地里联络齐泰、练子宁、黄子澄、方孝孺等人，谋划讨伐叛逆，力保天子。”景语说到这儿，苦笑了一声道，“起初，他确实传递了好几次秘密消息，燕王的中军被长驱直入击破，两次大败，都有他的功劳，但朝廷实在是颓靡不堪，大好局势下连出昏招，居然被燕王连破重镇，渡过长江天险攻破了金陵，而建文帝就这么离奇地不见了，也许是死在火中，也许是逃了。接到这个噩耗的时候，父亲正在弹琴，瞬间三根琴弦断裂，他手指也涌出鲜血，他长笑一声，吟出了南宋文山先生的名句‘人生自古谁无死，留取丹心照汗青’。那时候，我就知道，他要以自身来殉这社稷江山，用性命和鲜血来匡扶这倒乱的朝纲大义！那几天我心急如焚，几乎要发狂，有时候，我觉得他这是在犯傻：天下那么多文臣武将都没能让朱棣倒下，你一个书生非要站出来以卵击石！我甚至想过把他绑走……有时候，我又觉得他这一生都在为自己的信念理想而奋战，再也没什么遗憾，即使身为人子，也不应横加干预。更多的时候，我清楚地意识到：无论成败，他的性命，甚至我全家、全族的性命，都将彻底覆灭！”他的声音越来越轻，几乎是在喃喃自语了，可小古却分明听出，他当时内心深处的巨大痛苦——那种难以抉择却又预知结局的感觉，是可以把人彻底逼疯的！

她心中一痛，接口问道：“所以那时候你为了救我，只能故作冷淡，把我们分在金陵为奴，而不愿给我们脱籍自由——你是怕连累了我们？！”

“我父亲当时很受朱棣看重，你们母女登记在册子上也只是胡府下人的名义，要想赦免你们并不困难，但我清楚知道，过不多久，我父亲就要从天子重臣变成万恶刺客逆贼了，以朱棣的残酷狠毒，所有跟我父子有关系的人，都难逃厄运。”小古听着他的话，眼中光芒越发闪亮，强忍着鼻酸和眼泪，急急追问道：“所以你来替我母亲诊治的时候……”她嗫嚅着，一种又酸又甜又苦又涩的滋味弥漫在心间，让她再也说不下去。

她说得词不达意，景语却听得清楚明白，他在黑暗中微微一笑，凝视着她的眸子也在发光：“我把那庚帖烧了，也伤了你的心——可你难道以为，我就是那薄情寡义的人吗？”

话说到这里，两人都明白了话中之意，也都陷入了沉默，只有彼此略显急促的呼吸声，显示他们内心各自的不平静。

楼上的云板又起，弦音华美而流畅，这次的剧目，竟然是《吴汉杀妻》。

只听楼上顿时一阵山呼海啸的激烈赞声，显然是秦遥饰演的吴汉出场了，这是个文武双全的传奇人物，乃是光武帝刘秀麾下的云台二十八将之一。

他少年英才，深受王莽看重，不仅许以王爵，而且把南宁公主许嫁，授潼关总镇，作为心腹股肱之寄。

原本风光得意的人生，在某一日突然终结——母亲告诉了他真正的身世：父本汉臣，为王莽所杀！

母亲让他投奔刘秀，光复汉室，至于南宁公主，只可看作仇人之女，取下她的头颅便是！

原本的恩爱夫妻，顿时成了杀父仇人之女……吴汉遵奉母命，不得不实行，但念及夫妻情深却又割舍不下，极端矛盾之下只得提剑入内，窥视着公主却不忍下手。

秦遥一派贵公子风范，却又毫无女气，正适合演这种白袍少年将，他反复焦躁地踱步，欲杀又心疼，要放弃却想起大义……这般矛盾踌躇的举动，被他演得扣人心弦，让人唏嘘。

景语静静地听着，眼中的光芒却逐渐冷却、黯淡下来——仿佛天边炽热的星辰，燃烧自身的一切，穿越重重阻隔划破宇宙苍穹，却终于力竭心累，冷却冰封，化为一块顽固铁石。

“七弟唱的是戏，演的却正是我们的人生……”他喃喃说道，似乎是在跟小古说话，又似乎是在自言自语，“本来是如花美眷，比翼连理，可人生偏偏有这许多的不得已，这许多的悲苦艰难……”

“可我不是你仇敌的女儿！”小古低声喊道，呼吸因为激动而变得急喘。

“不，不是你的错，是我……”景清静静地看着她，“这一切都是我自己的选择，怨不得任何人。”他的嗓音，淡漠而不含一丝感情，好似出现在他眼前的并非是他青梅竹马的小小少女，而是一个陌生的、不相干的路人，“是我对不起你。”

他的嗓音甚至是凛然带笑的，冷酷而满含嘲讽，对这世界，也对在短暂时间内沉溺过去、难以自拔的自己，“我已经不再是你心心念念的阿语了，而是变成了一个冷血无情、把他人性命当成游戏的怪物。”他的身形，在黑暗之中站得笔挺，一字一句地宣告道——

“再见了，如郡。”

三更终于到了，楼上的达官贵人们仍在精神抖擞地听戏，当红名伶秦老板的唱腔身段更是让他们频频称赞，然而只有他们自己知道：这也只是一场正在演出的戏而已。

户部尚书夏原吉盯着秦遥，频频拈须点头，心无旁骛。而左都御史刘观却拉着沈源，使劲灌酒行令，随后两人似乎谈到了什么好笑的，一起笑得前仰后合。

正在唱堂会的秦遥心中雪亮：他们必定是在商量什么朝堂上的隐秘之事，为了遮掩，故意出了条子请他到岳香楼来出堂会。这些人都是老奸巨猾的狐狸——在嘈杂的鼓乐声中最不容易窃听，而且说起来也是风雅之事，比去青楼红馆那种不堪之地要好得多。

他一场演完，顿时便有清客相公上前来打赏，那些银子倒是其次，夏原吉还将他唤去夸赞了几句，说要向杨相公推荐他。能攀上内阁首辅的门路，秦遥在梨园行里的地位更是无人动摇了。

秦遥作惊喜状谢恩，然后匆匆回到后台卸了妆容，着一袭银蓝宝相纹便服回到二楼。

原本黑暗的密室，已然点起了一支蜡烛，微微的光芒把众人的表情都照得铁青。

房内气氛沉默，好似有一种怪异的凝窒在其中蔓延。

秦遥一眼看到，原本破裂的纱帐已经换过一面，“大哥”仍旧端坐在矮榻上。而小古坐在最远的一张座椅上，脸色惨白不发一言。

“这是怎么了，都不说话干什么！”宫羽纯敏锐地感受到室内的怪异气氛，一拍桌子站了起来。

当时满室寂静，连呼吸之声都清晰可闻，宫羽纯这一记力道不小，“砰”的一声让所有人都抬起头来。

“三姐！”秦遥眉头一皱，上前低声喝止道，“楼上那些人还没散，小心声响！”

宫羽纯虽然脾气火爆，但也知道利害，烦躁之下弄出这么大声响，自己也吓了一跳，她掠了一把鸦翅般的鬓发，不耐烦地放低了嗓门：“今日本是例会，有事就说事，没事干脆散伙，做什么摆出这种死样子来，好像谁欠了你们十万两银子似的！”

被她这么一闹，房内气氛有所松动，秦遥不着痕迹地看了看纱帐背后，又瞥了一眼小古，只见她低垂双眸，整个人就那么呆呆坐着，空茫茫好不凄凉。

这两人也真是冤孽……秦遥无声地叹了口气，方才这里提前闹开，他急急赶来，却正撞见两人对峙、揭穿，彼此之间的纠葛，虽然不能尽知，却也明白了大半。

此时的两人，心中想必也是无尽煎熬、混乱吧……

想到这儿，他干脆站起身来站到中央，先是对着纱帐拱手一礼，随即环视在座结义金兰的兄弟姐妹，含笑点头道："大哥这次密会，是要商量几件大事——"

"第一件，就是十二妹从北丘卫归来，她已经顺利救回了那些被充军为奴的女眷。"这一句好似天外惊雷，又像一勺滚油泼进热锅里，顿时众人一片哗然。尤其是二姐，听到这个消息之后惊喜交加，几乎又要昏过去，宫羽纯连忙掏出麝香精油给她擦在太阳穴上，催促问道："全部都救出来了吗？那现在人呢？"

在众目睽睽之下，小古站起身来，她的身形单薄纤瘦，整个人都异常沉默，配着一身宽袍大袖的缟素，简直是弱不胜衣，几乎要被风吹走一样。

她垂头敛目，谁也不看，只是低声道："全部二十八名女眷，已经被我安置在一个安全的居处。"

她的嗓音微微沙哑，低垂的眼角眉梢，分明微微红肿，那是方才流泪的痕迹——此时却无人关注到这些，现场顿时开始议论纷纷。

二姐张口要追问，却见小古默然无语，自觉不妥，忙停住，却偏偏心中焦急如焚，拳头紧握，手上的指甲几乎掐进肉里。

宫羽纯见她如此挂念担忧女儿，想起自己身世，心中好似针刺一般，却又因为感念她一片慈母之心，不管不顾地逼问小古："那人呢，你为什么不把人带来，二姐盼着女儿都快疯了！"秦遥见两人弄不好又要吵起来，正要打圆场，却听纱帐之后，大哥突然开口了："人现在已经进了南京城？"

秦遥见"大哥"出声，心中却是暗暗钦佩他冷静沉着，简直好似铁石心肠一般——刚才那一幕别后重逢，换作世上任何一个男子，就算不是肝肠寸断，也要心乱如麻，无心议事，可这个唤作景语的男子，却这么快就清醒过来，恢复了常态。

听他这一问，小古眼中闪过一道光芒，随即心中却又更生一层警惕，这一瞬，她的耳边又响起他方才那一句——我已经不再是你心心念念的阿语了，而是变成了一个冷血无情、把他人性命当成游戏的怪物！

阿语……他又想达到什么目的？

心中虽然狐疑，她斟酌着词句，审慎回答道："送往他处都需要路引凭条，关卡越多越容易出事，而南京城里是天子脚下，借着我家少爷的车马反而安全。"她终究不忍二姐的泪眼婆娑，又添了一句，"明日我想办法让你们见上一面。"

"人救出来了，实在是喜事一件。"景语的嗓音平静漠然，好似什么事也没有发生过，"但接下来，大家觉得该怎么安置这些女眷？"

"都安置到乡下去吧，那里可以土里刨食，多几张嘴也不会饿死。"老五在旁边低声咕哝着，他素来是读书人的冬烘酸性，上次虽然被小古一顿教训，再也不敢公开说这些女人"失节""贪生怕死"，但也实在是没什么好声气。宫羽纯狠狠地瞪了他一眼，嘲笑道："你们读书人不事稼穑，以为乡下是陶渊明的桃花源吗？那里都是本乡本土，祖宗八代都彼此熟悉，多出来一群女人算怎么回事？"

"那把人留在这南京城，万一被应天府查到怎么办？五成兵马司也喜欢查检那些游浪妇人，讹两个钱花花……"经常被讹诈的小十三怯生生说话了，他年岁不大，却是南风馆里的主事，对这些动辄讹诈的衙役差人实在是心有余悸。

"十三弟说得对，我要把人留在这金陵城里，是要设法给她们找个营生。"小古抬起头来，看向那绵密的黑绢纱帐，眼睛一眨不眨，似乎要透过那层遮挡，看到内中之人的神情，甚至是内心。

虽然看不见那一端，但她仍然觉得，对方也是如此凝视着她！

这一刻，她感到自己屏住了呼吸——

"大哥有什么高见吗？"她听到自己这么问道。

"十二妹智计无双，安然救回这些女眷——所谓救人一命胜造七级浮屠，我们既然救了人，就不能不管。"大哥的话听着冠冕堂皇，细品之下却又让人不安，"可是，你们想过没有，这些女眷多年在军营之中，只怕已经习惯了生张熟魏，送往迎来。"

"大哥，你这是什么意思！"宫羽纯好似自己被戳了伤疤，又惊又怒地喊出了声。

"三妹少安毋躁，我没有别的意思，只是就事论事——十二妹，你跟她们接触过，你能打包票，她们所有人都跟我们一条心，没有投降官府的意思？"

3.

所有人的目光都聚集在小古身上，只见她目光闪动，犹豫了一下，终究还是说了实话："不能。"仿佛感受到众人的惊诧，她低声道，"好些人已经被摧残了心志，褊狭自私，好逸恶劳，弄不好为了自保，会检举他人。"这其实也是她先把人藏匿，不让金兰会这边插手的缘故。

世态炎凉，人心难测。漫长时光的摧残折磨，有些人为了吃饱饭，为了得到赦免，可以毫不犹豫地出卖同伴——这样的事，历史上屡见不鲜。

"你觉得，我们金兰会如果执意要管到底，有没有风险？"面对景语的追问，小古双手紧握成拳，却仍然说了实话："有，而且很大。"

"既然这样，把人留在金陵，就并不值得了。"景语淡淡说道，"我听说有人经常来往于闽浙之地行船，让她们搭上船，回到各自原籍，归隐藏身吧。"他好似看了一眼二姐，"二妹你家乡族人众多，把孩子送给别人当养女吧。"

二姐呜咽一声泪流满面，心如刀绞却仍没有死心："我把她带在身边，就当作是买来的小丫鬟不行吗？"

送回原籍归隐，说起来容易，实际却是吉凶未卜的——若是宗族里体恤宽容，愿意代为隐瞒，那就安然无事，但若是宗族里有人泄露或是被官府发觉，只怕是要被重新抓回去的。这简直就是听天由命的意思！

“不，我还没见到小安呢，别让她离开我！！”二姐的哭声不高，听着却是让人心头悚然，浑身汗毛直竖。

“二妹，你要保持冷静，克制心情——任何可疑的行动都是不被允许的。为了她们把所有人搭进去，你觉得值得吗？”景语这话直接而且诛心，二姐双膝一软就要跪倒，却被秦遥拉住，朝她摇了摇头。

一片寂静之中，只见小古深吸一口气，一横心一咬牙，干脆抬起头看向纱帐，主动开口——

“我们金兰会，是为了救出更多的受难人，为了向朝廷讨还血债而成立的，众位兄弟姐妹都自觉重责大任在身，大哥你尤其如此，二十几个女人的性命，在你们心目中是比不上所谓的大业的。”她的嗓音并不算高，却自有一种激越昂扬，火焰一般喷薄而出，“可是那些都是活生生的人，是我们的兄弟姐妹，是死难者们的唯一血脉——她们不是麻烦，不是累赘，是想要好好活下去的一群人！！”

这一刻，她想起小安满含希冀而脆弱小心的眼神，想起那群为了几块糙米馒头而争夺不休的妇人，想起她们原本优雅从容如今却粗鲁刻薄的举止，想起那承担了所有人希望的二十八具铠甲、十四只铁箱。

这一路走来，是多么艰难才到了这一步的……她比这世上谁都要清楚！因此，她不愿放弃，也不会放弃！

强行压制住内心的激动波澜，她缓和了一下情绪，低声道：“当然，我也不愿因为自身执着而让金兰会陷入险境，她们的安置我一人承担，不会拖累其他兄弟姐妹。”

宫羽纯素来和她不睦，此时却急促插嘴道：“你逞什么能，做什么英雄好汉？！我们这些人还没死绝呢？这事算我一个！”她迎着纱帐后大哥的幽沉目光，勇敢地挺起了胸膛，“我的万花楼里，每年都要买进好些姑娘，有些卖身，有些卖艺，还有些打杂粗使，就让她们来我这儿吧。”

小古看向她的目光变得柔和起来，两人经常吵嘴，这一次居然立场一致，惺惺相惜。

秦遥在旁边阻止道：“万花楼虽然是青楼楚馆，买卖人口却都有牙婆操办，买来的女人或是官府罚没，或是家贫无着，都是说得清来路的，而这些人却毫无身份凭证，你那里又人多眼杂，若是有人说漏了嘴，只怕立刻就要出事！”

宫羽纯还要说些什么，秦遥已经朝她微笑着摇了摇头，随即他从座椅上站起身来，对着众人便是团团一个周揖。

众人慌忙起身：“七弟有何指教？”

“七哥快折煞小弟了，你有什么说的，我们赴汤蹈火跟着便是。”

秦遥虽然排行老七，但他武功高强又义薄云天，人脉广手腕足，众人都对他很是信服，可以说，在金兰会中，论起声望和地位，他是仅次于大哥的第二号人物。

“各位兄弟姐妹，此事确实棘手，大家有所犹豫也是人之常情，但就这么把人送走，未免过分凉薄。”他的话说得很是从容和缓，也正中大家的心思：既不想把人踢出去送死，却也不想就此殃及整个金兰会。

“七弟，不能就这么把她们赶回家乡——万一再落到朝廷手上，我们于心不安啊！”

大家连声附和，有些是发自真心，有些却是眼神忽闪，言不由衷。

秦遥早就料到是如此局面，作揖之后又道：“十二妹也是一片仁心救人，不能让她前功尽弃——因此我向大家请求，此事就由我和她来负责。”

他环视四周，态度诚挚和让人信服：“我们一定会找出妥善的办法来解决这事的，请大家暂且信任我们一回。”

秦遥的话并未说清具体怎么办，众人却反而觉得吃了颗定心丸，纷纷表示同意。

纱帐后轻咳一声，景语开口了：“既然如此，此事就交给七弟和十二妹了。”

第一件事横生波澜，却终于就此决定。

秦遥深深地看了一眼纱帐后的男子身影，继续道：“大哥，第二件事，跟楼上那几位有关。”

“哦？他们讨论的，无非是老话题而已，只是最近有人蹦跶得厉害，所以上面那些大人们开始坐不住了。”

景语藏身在幕后，轻声笑道：“这个所谓的太平盛世，也不是处处光鲜，有水灾匪乱，有官逼民反，这些大人们最在意的，却永远只有东宫二字。”

“东宫安则朝纲不乱，文官们无论如何都是要争一争的。”

秦遥想起楼上那几人的秘密议论，不由得无奈摇头。

“已经死了一个解缙，他们仍然前赴后继……这该说是气节呢，还是在用性命身家投注？”景语的语气讥诮，却带着他自己也难以捉摸的复杂——文官们力挺太子，这种行为跟他父亲当年如出一辙。

都是一样的宁折不弯，义不畏死。

不过究其本心，却未必都能与景清相提并论了——他是在明知建文帝已经覆灭的情况下，仍然谨守臣节，慨然行刺篡位暴君。而眼前这些人，虽然有捍卫太子之心，却也只是维护正统名分，若是朱棣真正属意的乃是汉王，只怕有人愿意肝脑涂地死谏，更多的人却是要改弦易辙了。

“无论如何，解缙是为了翼护太子而死的——朱棣这个暴君，即使是杀人也要惺惺作态，纪纲这个刽子手他用得顺手，将来必定是要兔死狗烹的！”

景语说的这事，发生在去年正月十三，锦衣卫指挥使纪纲依例呈上囚籍，成祖看到有解缙的名字问了一句："缙犹在耶？"

解缙一直以来维护太子朱高炽，当初奉命写立储诏书的也是他，因此汉王朱高煦深恨解缙，屡次设局诬陷他，朱棣也认为解缙逢迎东宫，离间他们父子关系，所以将他下狱。

朱棣这话的意思非常耐人寻味，你可以认为他还挂念着解缙，也可以认为他不想再让这个人活下去。总之，天子喜怒无常，圣心难测。而听到这一句的纪纲，则认为是后一种。他立刻赶回狱中，假意置酒祝贺，将解缙灌醉，活埋于雪中。

这件事在朝野都引起巨大波澜，本来已经落于下风的汉王党羽又开始兴风作浪，而支持太子的文官们则开始惶恐猜疑。

景语说起纪纲，声调却染上一重炽热凛然的杀意："所谓刑不上大夫，就算要杀人，也不该用这种残忍恶毒的手段——纪纲这个屠夫刽子手，他的末日也不远了！"

小古听到这儿，冷冷地插嘴："纪纲的命还真是挺硬的，没有死在你派出的红笺手上，真是让人遗憾啊！"

想到那次爆炸，平宁坊遍地哀鸿，死伤的大都是眷属妇孺，她就觉得愤怒而不安，于是自己还没意识到，就开口将嘲讽之语说出。

"这次用了替身假扮，下次他就不会有这种幸运了！"冷笑声中，景语的杀意在这一刻达到最盛，小古甚至觉得，比起残杀他父亲和全族的暴君朱棣，景语对纪纲的仇恨，竟是有过之而无不及！

这是为什么呢？她心中存下狐疑。

见两人之间一问一答，气氛又开始诡异，秦遥连忙打断，把话题转回之前："今晚的堂会，是夏原吉发起的，他请的几位都贵在机要，或是天子近臣，或是六部的主事郎官。方才上场之时，我虽然没有全部听清，但也听见了只言片语。"他停了一下，眼中闪过凝重光芒，"他们要联手造势，把汉王赶回封地去！"

"哦？"景语的嗓音充满兴味，"这倒是一个可以利用的机会，但具体怎么做，还要看他们下一步的动作——所谓秀才造反，三年不成，汉王手下有骄兵悍将，只怕这群秀才公未必能如愿呢！"

已经快到四更了，秦遥的马车在路上辘辘而行，车中坐着他和小古。

夜风卷起窗口的棉帘，街角的孤灯映入眼中，刺得人眼发花，一阵疲惫和无力涌上心头，小古不禁闭上了眼。

"累了吗？"秦遥问道。小古摇了摇头，干脆靠在他肩上闭目养神兼取暖。

秦遥这次的白狐披风，浑身上下竟然没有一丝杂色，银针晶莹剔透，穿起来不显臃肿却温暖如春，小古把小脸靠在上面摩挲着，半晌才咕哝道："我是心里难受。"

她喃喃说起了两人之间的关系，眉间涌上无穷忧悒："我没想到，'大哥'竟然就是阿语，更没想到，他遭逢劫难，竟然心性大变到这般地步！”

她想起他最后的那句话，心中更是针刺一般疼，嗓音也显得激动嘶哑：“他说他已经不再是我心心念念的阿语了……真是荒谬！”

秦遥默默听了，替她掖了掖脖子上的毛领，开口道：“无论他变成怎样，他都是你认识的景家公子，不是吗？”小古深呼一口气，点头道：“七哥你说得对。”

寒夜里，她突然睁开眼，双眸含着痛楚和怜意：“他变成现在这样，是因为遭遇了杀父灭族的血海深仇，受了这么多年的苦，并不是他本性就这么狠毒。”

她想起景语那陌生而冰冷的眼神，那断情绝义的一句，心中痛不可抑，但随即眼前浮现的是他在黑暗中那微微一笑，那凝视着她的发光眼眸——

“我把那庚帖烧了，也伤了你的心——可你难道以为，我就是那薄情寡义的人吗？”

不，绝不是！

她心中越痛，那股近乎执拗的勇气和力量却也越强，火辣辣地燃烧着：“我不能让他变成这样的人，让他继续伤害、牺牲那些和他一样的人，因为我知道，每一次他那样做，最心痛的必定是他自己！”

“我不会放弃他，更不会让他放弃自己！”黑暗之中，她的嗓音带着哭泣过的嘶哑，却是无比铿锵自信，巴掌大的小脸上浮现坚毅飒然之气，映着那一身纯白缟素，宛如暴风雨后的一枝梨花，晶莹高洁却又惹人怜爱。秦遥的眼眸在这一刻变得更深，眼中浮现的情绪复杂而纠结，却也更快地消失了，在她回过神来的时候，他已经恢复了平素的淡然清贵：“这样的话，你就要跟他斗到底了？”

“是的……我不能眼睁睁看着他害人害己——我们金兰会成立，不是为了把大家送到一条死路上去的。阿语身为会首，如果非要这么做，我只有尽自己的力量阻止他。”

小古说到这儿，心中已是确定自己要走的路，情绪也畅快了些，她看向身旁的秦遥，半是撒娇半是期待地说道：“七哥你会一直帮我，站在我这一边的，是吗？”

少女黑眸闪亮，眼波流转，秦遥不禁笑了，宠溺地刮了她的鼻头：“小无赖！”

小古回嘴道：“都是你教得好。”两人对视而笑，仍是和从前一般默契。

车子辘辘而过，速度很快但坐着不觉颠簸。不知不觉，已经到了济宁侯府外一条街的角落，小古正要下车，却被秦遥扯住了，最后在她耳边叮嘱道：“小心，你们府上的二老爷沈源，今天也是来堂会听戏的，他的车驾刚回不久，那些守门当差的必定还没歇下，你小心别被人看见了。”

小古默默点头，突然脱下身上的素白孝服，翻转过一面重新穿在身上，整个人顿时化为烟霞灰，幽灵一般丝毫不引人注目。

她跳下马车，悄没声息地离开了，秦遥深深看一眼她的步伐，终于放下了厚重的锦缎车帘。

时近四更，王氏的清渠院中仍是灯火暗熄，寂静沉睡。

论起孝道，她本该早起洗漱，然后去太夫人的萱润堂等候请安。但太夫人借口娘家带来的规矩，是要到卯时三刻才起的，王氏刚嫁过来时吃了无数次闭门羹，甚至有站在寒风之中被冻病的前例。她也是厉害倔强的风雷之性，久而久之就干脆踩着点才去，倒也没人敢说她不是。

沈源带着一身疲惫和风霜寒意，让人敲开了院门，也不用亲随，自己提着一盏灯笼就走向了正房。

廊下看守的小幺儿正打着瞌睡，被他用脚尖轻轻一碰顿时吓得起身，提高了嗓门惊叫道："二老爷来了！"

内室上夜的大丫鬟娇兰听到动静，急忙披衣出来伺候，她正是青春少艾，匆忙之中，胸前一抹白生生的肌肤，滑腻晶莹让人眼馋。

沈源朝她胸前多看了一眼，随即摆了摆手，压低嗓门道："别吵醒了夫人。"

说话之间，王氏已经醒转起身了，她绾了个小髻，着一袭百蝶慧绣的织锦短袄，又披了一件猞猁皮的长袍，胸前一排是赤金篆字卐字盘扣，灯光下照着更显得眉目柔和。

沈源进入之时，她已是命春杏加了些银炭，又亲手泡了热茶给他，替他卸下冰冷的披风和外衣，心疼地嗔道："都快天亮了你才回来，再过一个时辰不到又要上朝，你也是一把年纪了，还当自己是钢筋铁骨不成？"

沈源接过瓷盏，将热茶一饮而尽，又在王氏亲手服侍下换下翻毛大衣裳，终于松了口气，他让其余人退下，对着王氏歉意一笑，道："都快天亮了还吵醒夫人……"

"你我夫妻之间还需要客气吗？"王氏多年来也算了解他的秉性，见他眉宇之间的凝重还未散去，便聪明地不多问，只是拉他到大床上躺下，又亲自替他按摩脚上穴位解乏，"你好歹在床上歪一歪打个盹儿，到点了我会叫你起来，不会误了时辰。"

灯烛被熄灭了，拔步床的雕花罩板也重新合上，满室寂静再无半点动静，只剩下最后的长夜漫漫，在银炭的冷梅清香之中徐徐而过，直到燃尽它最后一个时辰。

沈源躺在床上，只觉得周身酸软疲乏，却是毫无睡意。

他干脆睁开眼，想起方才堂会上的那一幕。

觥筹交错，看戏行令，看似热闹，实则却是若有若无的试探。

夏原吉从头到尾都沉醉听戏，可他想要说的，却是通过户部左侍郎李文郁之口已经暗示透彻了。

台上那戏正演到王宝钏的姐夫魏虎在京城横行不法，欺男霸女，李文郁笑眯眯地来了一句："所谓王子犯法与庶民同罪，别说只是个纨绔子弟，就算是皇子，这么做也该在御前受责吧？"

这话似乎是在说戏，沈源却立刻想到了前日京城的一大新闻——汉王私选各卫健士，并放纵他们在京城劫掠，无数百姓富户受害，哭喊声震天。

这话是在影射要弹劾汉王吗？

一旁的刘观是个白面矮胖的中年人，笑得跟弥勒佛一般，看到第二出《吴汉杀妻》时，也说起戏文来：“王莽真是下手狠毒啊，啧啧，当初他作威作福飞扬跋扈的时候没人在意，以为他只是贪些财货权位，实则他的野心是越来越大，最后竟然想要那张龙椅了！”

这话更是惊心动魄，仔细一想简直要让人汗流浃背。

沈源当时只是敷衍笑着，心中却宛如惊涛骇浪一般——夏原吉原本就倾向于太子，他的左右手有那种暗示并不意外，但刘观却是素来跟太子不睦，前些年甚至被太子当庭责罚，还在北平的朱棣甚至专门为此事写信来劝诫太子。

连这样的朝中政敌，也被太子笼在袖中吗？

沈源眼前仿佛出现太子朱高炽那肥胖高大的身材，那和蔼甚至是忠厚的笑容……他不禁打了个冷战。

与弟弟汉王那煊赫军功、飞扬跋扈的形象相比，太子一直给人“老好人”“仁厚可欺”的印象，汉王甚至在皇帝面前抢白他，他也不生气，只是乐呵呵地笑着。但在这个翻云覆雨、诡谲莫测的朝堂之上，他却是大多数文官心目中的正统所在，对于整个天下的儒家学子来说，嫡长子天然是皇位的继承人。

这样的太子，只怕连皇帝本人也是忌惮三分，可他面对弟弟汉王的咄咄进逼，却是步步退让。如今，他终于要一击必杀了吗？

为什么找上自己呢？

沈源露出一丝苦笑，夏原吉是洪武皇帝时的老臣，威望深重，掌管着皇帝最为信重的户部，但他权位越重，就越是不能随意站在太子一边，否则只能适得其反。文渊阁的“三杨”学士倒是很好的人选，他们随侍帝侧，草诏参议政事，虽然品阶不高，却隐隐是皇帝最为信任的文臣。但“三杨”其中，被称为“西杨”的杨士奇，多年来辅佐太子监国，早已是铁杆的太子党，他若是跳出来说汉王的任何不是，只怕皇帝反而会猜忌太子陷害手足。至于“南杨”杨溥，他本身就被选侍为太子洗马，又因为永乐十二年“迎驾案”而入狱，现在还被关着呢。剩下一位“东杨”杨荣随侍今上多次远征，圣上在经略军机政事上对他无比倚重，他若是肯说一句话，能顶其他人百句、千句，只是这位谋而能断、老成持重的人，对于东宫和汉王之争从来不肯多说一句，甚至有文臣猜测他因为专注谋划边防，对长于军略的汉王也颇有好感。因此，这位也是靠不上的。所以，多年来担任燕王府属官，新近又得到越级拔擢的沈源，便被他们看成是最值得拉拢的助力了，只要他在朱棣面前略提一两句汉王的横行不法，再加上御史台和六科给事中们的推波助澜，争相弹劾，事情必定要闹大，汉王绝对脱不了这一劫！

想到这儿，沈源不禁觉得左右为难，头疼不已：他身为皇帝近臣，本就该不偏不倚，不党不群，这样才是真正的纯臣气度，太子虽是储君，但只要他一天不登基，沈源就不必对他稍加辞色。但若是拒绝帮忙，就是要彻底拒绝太子的拉拢了，不仅把下一任天子彻底得罪了，而且是跟大部分文臣对立，简直是瞬间竖起一大帮强敌，光是今后的冷箭绊子就让人头皮发麻！但自己若是上了这条船呢？沈源的苦笑更深了——汉王又岂是好惹的人物？一旦让他知晓是自己进言对他不利，只怕当时就要带着兵马冲进自己家，把人活活鞭死——殴打朝廷命官这种事，他又不是第一次做了，这等飞扬跋扈的人发起狠来是不会手下留情的。

左也不是，右也不是，沈源这一刻真是陷入了纠结之中。他沉重地叹了口气，干脆不去想这件事，却又想起告别的时候，夏原吉拉着他的手，意味深长地说了一句："听东里说，令公子最近在军中崭露头角，做了件了不得的大事，连上位都提起他的名字呢！"

东里是杨士奇的号，只有跟他关系匪浅才能这么称呼。夏元吉是跟随洪武皇帝的老臣，他称呼皇帝从来不用圣上之类，只称"上位"而已。

这话轻描淡写，听在沈源耳中却又似一声惊雷！

是广晟那个小畜生！！

他共有四子，但符合这一句的，却正是加入京营，最近又从北丘卫调回的广晟。

这个小畜生，他在外面又闹出什么事来了？

想到这个让他头疼又厌恶的儿子，沈源就气不打一处来，连呼吸之声都粗了不少。

王氏躺在他身边，发觉他好似在发怒，没等她猜测原因，就听沈源突然开口问道："那个小畜生，最近在家里还安分吗？"

"啊，广晟这孩子……"王氏的眼中闪过冷厉的光芒，却假装惊诧道，"这孩子回家之后就被你禁足，这一阵倒是挺消停的——难道他又惹出什么事来了吗？"说到最后，她言语中带出三分怜惜来，"他也是可怜又可气，跟家里闹别扭出去从军，结果直属的上官居然获罪被抓了，他这么两手空空回来难免沮丧，老爷你就原谅他一二吧。"

"哼，他现在翅膀硬了，本事也大了！"沈源眼中露出冰冷而复杂的光芒，哼了一声转身起床，王氏急急跟上，替他穿衣洗漱，满心等待他再多说几句，沈源却闭口不谈广晟，让王氏心中更是焦虑不安，她表面安坐，却是不由自主地将掖在袖中的帕巾绞得全是褶皱。

好容易等沈源洗漱完又匆匆用了早点，他乘着轿子去宫里上朝，剩下王氏对着满桌琳琅满目的点心粥菜，却是毫无食欲。

一旁伺候的娇柳见她神色变幻不定，小心上前替她盛了一小碗热气腾腾的姜醋面，又放了榨菜丝和萝卜丁，王氏吃了一口只觉满口鲜香，虽然满腹心事，但总算强撑着把面吃了一半。

“夫人每日要掌家管事，多少总要用一点，今早这面吃得好，我拿几个铜钱去赏给厨房。”王氏听娇柳说了，略微露出一丝笑容，随即问道：“知道嘉禾居那边有什么动静吗？”

嘉禾居是二少爷广晟的院子，娇柳一听便知端倪，凑在她耳边低声道：“二少爷乖乖禁足着，倒是没什么动静，不过，跟随他去伺候的几个丫鬟和婆子倒是天天去送饭，挺知道护着主子的。”

“哦？”王氏目光闪动，想起先前为了蔺婆子之死，自己跟婆母妯娌一番较量，最后把那惹事的三个粗使丫鬟和妈妈送去给广晟，本来指望是眼不见心不烦，没想到她们不仅跟着回来了，还居然成了广晟的心腹，真正顾念起他来了！

“她们跟随二少爷出门在外，倒知道不少。”娇柳见她沉吟，连忙上前禀报道。这却正合了王氏的心意，她吩咐道：“把人给我唤来，让姚妈妈去问个清楚。”

娇柳正要去办，却又被王氏叫住了，她眼中闪过幽光，低声道：“现在先不要惊动，等到了晚上再说。”

娇柳顿时心领神会：白天就在太夫人眼皮底下，若是再给她抓住什么把柄，只怕又要节外生枝，晚上把院门一关，区区几个小丫鬟，还不是攥在她们掌心，想要揉圆捏扁只是一句话就行！

MU FEI
WORKS

{中}

中国友谊出版公司

目录

第一章

诡案疑云

1.

清晨时分，仍是由小古去给广晟送饭。

上面一层是蘸了芝麻的酥饼，这东西味道不错，但看色泽明显是过了夜重新烘热的，广晟瞥了一眼没吃，只是懒洋洋地配着萝卜干和宝塔丝喝了几口粥。

小古从提盒下取出一个纸包，在他眼前一晃，广晟笑着夺过，打开一看，是切成菱形的水晶红枣糕。放进嘴里，正好一口一个，鲜甜糯软的滋味顿时在口腔里弹射开来，整个人都精神一振。

“这是谁的手艺？”

“我。”小古答得自信果断，见他似笑非笑地看着自己，又补充道，“我和秦妈妈。”

“这几天倒是麻烦你们偷偷给我做吃的。”广晟轻叹道，却没有因为美食而变得高兴，眉宇间那一抹凝重忧郁丝毫不减。

他踱步到了窗边，看着满天云霞被朝阳染成金色，仿佛是青水云碧的光滑缎料绣上了一道滚边，窗下的红梅盛放了一季，此时已经有些凋残，夜半枝头的冻霜被日光一晒，顿时化作了晶莹的水滴。

“已经是第三天了。”他突然说道，目光却遥望着东南远处的尽头——那是皇宫的方向。

广晟一直在等待锦衣卫那边的消息，但是他回到金陵城已经三天了，却没有任何消息，好似所有人都忘记了他这个人。

即使他心中镇定如常，此时也不免升起疑虑和担忧。

旭日的光辉照在他的脸上，那眉心的一点刻纹，却是让一旁的小古也觉得他今日情绪不对。

她不禁走上前去，默默地递上了满盘的水晶红枣糕。

“我听别人说，烦恼和难受的时候，多吃些甜蜜蜜滋味的，这样心情就会好起来。”她对着他笑，笑得没心没肺，露出雪白的牙齿。

“是吗？”广晟接过她手里的瓷盘，连续往嘴里放了好几个，吃得整个腮帮都鼓起来了。

“味道真不错！”他含糊不清地赞道，却没发觉，站在旁边的小古正在打量着他，渐渐地皱起了眉头。

这情绪很不对头！

明明前几天，他不是还自信满满的吗？是出了什么事吗？小古把前因后果一想，顿时心里升起一个念头：该不会是被锦衣卫那群浑蛋抢了功劳了吧？

她并不知道所有内情，只是根据广晟泄露的只言片语和自己所知，拼凑出这样一个结论，越想越觉得有道理！

心中突然升起一股怒气：这群鹰犬太过分了！

广晟有多么努力，多么想做出一番成绩来，她都看在眼里，没想到先有那个王舒玄态度傲慢地搅局，现在又来摘桃子抢他的功劳——尤其是这功劳里的证据还是她特意为他送上的，难道要白白便宜这群锦衣卫的人吗？

真是是可忍，孰不可忍！

她的脸色也一下子黑了下来，暗暗决定下次要给这群锦衣卫的鹰犬一个颜色看看！

各怀心事的两人默默用完了早饭，小古虽然担忧他的情绪，却也只得提着食盒离开了。

等她走后，广晟细思片刻，决定冒险出去打探一下，没等他决定翻墙还是乔装溜出，却听外面有人敲门。

很用力，很不客气的敲法。

“是谁？”他不耐烦地皱起了眉头。

“吱呀”一声，房门被打开了，不是他的随身小厮，而是五个陌生的男人，都是外院长随打扮，年纪很轻却是孔武有力：“老爷让广晟少爷去前院书房说话。”打头那人态度简直可以说是桀骜。

广晟冷冷一笑，什么也没说，只是收拾了一个包袱提在手中，就跟着他们走出了房门。

为首那人看一眼包袱，广晟举高了给他看，黑漆漆的一块块也不知是什么。

“是阿胶，我带回来给父亲补身的。”为首那人忍不住露出嗤笑的神色：阿胶是女子补身的，给男人用是怎么一回事？这小子连献殷勤也不会，难怪混得这么差。

几人说话之间走出了房门，廊下倒着两个人，鼻青眼肿地低声呻吟——是广晟随身的两个小厮，另有两个从军中带回的亲兵冲上前来救人，却被这群人挡在前头，狭窄的回廊上，顿时挤成了一团。

“你们都少安毋躁，等我回来。”广晟沉声吩咐道，“若是到午时我还不回来，你们就去找那位李爷。”

锦衣卫的李盛跟他原本就是一个小旗辖下的，分外投契，这次若是有什么万一，也只能通过他找纪纲了。

那为首一人走在前头一步的地方引路，剩下四个男人把他夹在中间，貌似跟随，实则是无形的监禁，六人一路穿过抄手游廊，三进的院子和抱厦，又走过中庭的假山和池塘，一路走向前院的方向。

“我们走快些吧，父亲在书房等我，该着急了吧？”广晟突然没话找话来说，打头那人皮里阳秋地笑了一下，意味深长道：“时间长着呢，不急。”

“倒也是，他喜欢喝的是老君眉，茶过三盏才有味——那个刘师爷也在吧？他倒成了我爹的影子，见天泡在书房里。”

“刘师爷深受老爷器重，一起商议的定然是大事。”那人不知广晟为何如此絮叨，还以为他要探听什么，只是顺着他话敷衍两下。

“哦？”广晟眉毛一挑，魅惑的双眸闪过冷冷的杀意，下一瞬，他的双手化拳突然猛击而出！

他两侧的两人未及反应，其中一人尖叫一声被推入池中，另一人身影一晃，从袖中掏出一柄雪亮的短刀，朝着广晟就猛扎过来。

前头那人也猛然回身，袖中顿时射出三支小箭来，都是乌黑锃亮；后方的两人也各自掏出短刀，从身后袭来。

广晟低喝一声，轻身跃起，躲过两支小箭，第三支擦着他肩过去，所幸初春还冷穿了一件夹衣，衣物裂了个大口子，白皙而精瘦的肩膀裸露在外。

他脚下步伐细碎，却是挪移闪躲不定，虚晃一记又躲过那两人的短刀后，他干脆跳到了假山高处，脚下用力，顿时一块石头被轰然踢起，朝着那两人落下。

自从上次出了假山崩塌之事，府里的所有假山和池塘都被清理修整得妥当，假山之间的黏合已经很紧，广晟这一脚竟然能将一块大石分离踢起，实在是不容小觑。那两人之一被石块砸中，头破血流之下也跌入池塘，但带头那人的袖弩却又疾射而来，铁箭头在日光下熠熠闪光，广晟把身子一缩，干脆跳进了假山腹内。

济宁侯府的宅子是攻入南京后才建的，占地足有大半条街，最得意的景观便是这些假山，不同颜色的山石因地势而分布成四座，分别是“春”“夏”“秋”“冬”之意，森罗棋布，意趣盎然，若是孩童跑进假山内部，只怕一刻钟都找不到出口。

那四人急急追进假山腹地，微弱的光线，逼仄的空间，曲折的羊肠小道……所有人都眯着眼，却没提防那“一线天”的上端，突然有零星沙土掉落，眯得人眼都睁不开！

“小心！”为首那人刚刚喊出一声，整座假山“轰然”一声倒下来了！

沙土弥漫，石块乱飞，被压在下面的人顿时脏腑出血身受重伤——还好，侯府的假山毕竟是江南款格，讲究一个“秀”字，这四人也是会家子，不似广仁、广瑜兄弟那般文弱，这才没有危及性命。为首那人挣扎着从废墟下爬出，却是伤着了腿，倒在地上满口鲜血：“你怎么发现有假的？”

广晟冷然一笑，放下手中的火折子，看着他的眼睛，道：“你来请我的时候，行礼太过草率了。”

“我父亲最讲究一个‘礼’字，他调教的亲随哪怕心里对我再不以为然，面子上也会礼数周到，而你行礼连腰都没弯下去，简直是丢我父亲的脸——因此，我断定你们是冒了他的名来。”

那人大声咳嗽着，鲜血直流，只觉满嘴都是苦涩：他们好不容易潜入外院，偷拿到对牌和服饰，连说话腔调也扮得十成相似，没想到栽在这个无关紧要的点上。

“还有，我父亲的师爷不姓刘，而是姓蔡，我试探一句，你就露出马脚了。”广晟的话让那人更加懊丧，空气中弥漫着硫黄的刺鼻气味，顿时让他想起刚才假山的坍塌，悚然一惊顿时明白过来，“你带的不是阿胶，而是黑火药！”

他又惊又怒，怎么也没想到广晟不按牌理出牌，胆大妄为到居然敢在自家院子里引爆火药——这人简直是个疯子！

广晟悠然把火折子小心地收入荷包之中，微笑宛如天上金童一般俊秀平静：“我带着火药，可能为了防你，也可能是防备我爹——总之，谁要对我不利，就先尝尝爆炸的滋味吧。”

哪怕真是他爹唤他前去，只要有加害他的意思，大家就一拍两散，玉石俱焚——这简直是大逆不道的想法，却是广晟一直以来的生存理念。

至于这炸药，就是上次在平宁坊那些反贼埋下被挖出的，本想带些回来找人查看是哪儿出产的，没想到居然派上了用场！

“这又是怎么了？”突然而来的声音引起一个人的注意，却是广仁晨读完毕后散步，正好撞见了这一幕。

他见假山坍塌石块四散，不由想起上次的惊魂一刻：“怎么又塌下来了？”

“你别管，快些离开！”广晟皱眉赶他走，广仁却书生意气发作，反而责问道：“二弟你又闯什么祸了？”

倒在地上的那人突然眼中精光爆射，怒吼一声身影急扑而上，手中最后一支袖弩射向广仁，后者惊叫一声却来不及闪躲——下一刻，广晟快如闪电追上，单手箍住刺客的脖颈，“咔嚓”一声折断颈骨，刺客顿时气绝身亡。

袖弩射出时已经没有力度了，但广仁惊诧之下没有躲闪，面上被划出一条长长的血痕。

这里的动静颇大，顿时引来一大群人，仆役等人见假山又出状况，顿时连声高喊，传到前院终于惊动了刚刚上朝归来的沈源！

“这是在闹什么！”沈源的脸色本来就不好，看到广仁脸上吓人的血痕和满地山石废墟后更加阴沉，他一眼瞥见一旁闲着看热闹的广晟，顿时怒不可遏，一记耳光掴了上去，“这又是你做的好事！”

广晟的脸被打得侧歪过去，顿时白皙皮肤上出现显眼的五指痕迹，他神色冷如冰霜，转过头来轻笑着讥讽一句：“看来父亲不用审案就能定罪了？既然我是罪魁祸首，那这刺客是来这儿玩赏观光的了？”

他一手从废墟中拎出另外两人，都是奄奄一息却还没断气。

沈源这才看到有四五个陌生男人或伤或死，他冷哼一声，看着广晟的目光仍然是犀利而嫌恶：“沈家上下都是清正之人，从不在外惹是生非，这种三教九流的恶贼肯定是冲着你来的。”

广晟心中冷笑一声，反唇相讥道：“俗话说宦海险恶，父亲大人也该小心才是！”

“反了！简直是反了，小畜生胆敢如此无礼！”沈源满心纠结，被说中心事更加暴怒，“给我拖出去重重地打！”

庭院里正闹得不可开交，突然沈源身边的随从沈福气喘吁吁地跑了进来，禀报道：“二老爷，宫里的张公公来了！”

难道是有旨意？

沈源顿时从暴怒失态中清醒过来，追问道：“知道是什么事吗？”

“说是……要宣召我们二房的广晟公子。”

什么？！

沈源整个人都愣住了，周围的下人们也一片哗然侧目。

小古在厨房继续劈着柴，初兰在大灶上使劲塞柴火烧水，大火耀得她整个脸都通红一片。

自从玉霞儿接手掌管柴炭房以来，她对两人可说是横挑鼻子竖挑眼的，初兰每次都要跟她生半天气，小古却是默默无语，就当耳边是在鸡鸣犬吠一般。

初兰用大勺子把水盛出，灌进一只只木桶里，汗流浃背地抱怨道：“大厨房有那么多人，非要把烧水这事也揽回来，既讨好了上头又折腾了我们——玉霞儿的心眼简直是坏透了！这天冷还好，三伏天可是会热死人的！”

柴炭房由于存放了大量的木柴怕弄湿了，因此只开了一扇小窗透气，本来没有烧水这差事，暑热之时都是浑身汗湿，今年这个夏日只怕更加难熬了！

小古看似面瘫脸，实则一心两用，一边劈柴一边沉思着：那些女眷现在躲藏在空置的房舍内，但不能一直如此，像阴沟里的老鼠一般不见天日，必须找个地方安置她们。

阿语到底要做什么？他会不会真的把整个金兰会都当作棋子牺牲？

如果是，要怎么阻止他呢?

还有少爷广晟，他到底遇到什么难题了?

众多念头纷涌而来，不知不觉间，已经到了晚膳时分。

小古放下斧子，擦了擦汗，正要去给广晟送饭，突然门口来了一个不速之客——只见来人也是妙龄女子，虽然作丫鬟打扮，但那华贵姣美的衣裙，精致的妆容，显示她身份不同。

玉霞儿躬身替她引路介绍，阿谀奉承地笑道："娇柳姐姐，这里就是柴炭房，地下腌臜，小心别污了您的衣裳。"

那名唤娇柳的女子文雅中带着倨傲，看都不看玉霞儿一眼，只是懒洋洋地打量了小古两人一眼，眼角上扬都不屑再看，只是吩咐道："我有话要问她们两个，先把人给带走。"

随即便有两个健壮的仆妇不由分说把小古和初兰挟了拎走，娇柳这才看了玉霞儿一眼，朱唇之中冷冷吐出一句："管住你的嘴。"不等她答应就扬长而去。

"哼，小贱人你傲什么傲，装个清高模样还不是想爬二老爷的床！"玉霞儿啐了一口，嘴上逞强，心里还是有些怕。

清渠院左侧有抱厦六间，其中有三明两暗是堆满箱笼的库房，最后一间是小卷棚凹在里面，平常人都当作这里面是堆杂物的，实则有一些不体面不方便的事都放在这里。

房内黑洞洞的也不点油灯，窗上的糊纸都破了一个洞，冷风飕飕地刮进来。

小古和初兰被推倒在地，上首是长脸高颧骨的姚妈妈，刚才来的娇柳，还有四个凶恶健壮的仆妇。

乌黑冰冷的鞭梢好似蛇尾一般，划过小古幼嫩的脸庞，她好似整个人都被吓愣了，脸上一片苍白，粗重呼吸间发出嘶哑的颤音。

"把你们这一趟出去的事都说一说，要是有半点遗漏……"

鞭子"啪"的一声打在小古脖子上，顿时一道血痕沁出。

一旁的初兰才喊了一声："你们怎么打人——"就被用木塞塞住了嘴，有健妇朝着她的肚子踢了一脚，她吃疼之下蜷缩成一团。

"把她们分开，各自说一说这几个月二少爷都做了什么，见了哪些人。要是说不清楚或者供词不同的话……"姚妈妈撇嘴一笑，那笑容阴森狰狞好似故事中的妖婆，"我也不打你骂你，就把你远远地发卖出去，据说煤窑那里很缺女人呢！"这话一出，小古仍是面瘫似的呆愣，初兰已经吓得几乎要昏厥过去——

金陵乡下也有一些采煤烧砖的坑窑，里面的苦工长年不出坑，浑身黑漆漆臭烘烘的，送进去的女人也极为便宜，几文钱就可以尽情发泄，卖到那里简直比去青楼还要惨。

初兰颤抖着身子看向小古，很是犹豫——广晟少爷对她们确实是好，但被这么威吓，她实在是吃不消，况且她天天在内宅打理琐事，根本也不知道少爷在外面做什么，倒是小古跟着少爷贴身伺候的时候多……

小古对初兰的眼神好似完全没看到，整个人仍是面无表情，不知是吓傻了还是倔强，一个字也不说，姚妈妈心头火起，眼神示意手下人给她点颜色看看。

初兰尖叫着要去阻拦，却被拖在旁边的小隔间里，只听小古那边传来木杖击打皮肉的沉闷声响，顿时心如刀绞泪落如雨，失声喊道："别打她，我来说便是！！"

她将这几个月的经历事无巨细地说了，却略过了黄二小姐的追求、月初的蹊跷表现和少爷的诡异行踪——在她心目中，这些跟广晟的前途息息相关，不能说给这个老妖婆听。

谁知不说还好，姚妈妈越听脸上越是阴云密布，狠狠地瞪了她一眼："我让你们来，不是说这些今天烧了什么菜，明天跟哪个丫头拌嘴的！"

一旁的娇柳打了个呵欠，不屑地撇嘴道："二少爷自己是个不老实的痞赖脾气，连身边的丫鬟都学坏了，这么不老实，拿废话来哄人！"姚妈妈更觉得自己的面子被人踩地上了，阴声道："狠狠地打，这群贱骨头不打不说实话。"

暴风骤雨般的拳脚和鞭子朝两人身上招呼，初兰痛得浑身颤抖，抱膝埋头躲过头脸等要害——所有人都没有看见，同样受到毒打的小古，一直翘首听着外面的动静，好似在等待什么。

突然，外面好似有人在喧哗和走动，原本的寂静被打破了，姚妈妈心里一动，让所有人停下，自己凑到小窗边仔细听——是几个三等丫鬟抱怨着走到清渠院正门口去开门，门外好似有人在喊门。

这么晚了，还有谁会来？

姚妈妈心里"咯噔"一声，下意识地看了看被打得鼻青眼肿的两人——虽说下人是签了死契的，任意打骂只要不出人命，都没什么要紧，但王氏一向以和蔼温柔的面目出现，若是被人撞见这里私刑拷打，说出去总不是体面的事。

院门好似开了一条缝，几个三等丫鬟在跟来人说话，三两句下来，有陌生的女子声音略微提高了，好似很是愤懑："人命关天，我们姑娘的奶娘昏死过去都快没气了，不请大夫只怕过不了今夜，姑娘亲自来求二夫人赐下对牌，你们这么拦着，是想替二夫人做主吗？"姚妈妈觉得这嗓音不算太熟悉，但那犀利的言辞口风倒是领教过一次——她随即想起来了，这是大房那个庶女如瑶身边的二等丫鬟碧荷。

这是个有名的辣子，年纪虽小却是敢拼敢闹，眼睛里揉不得沙子。清渠院的人跟她碰过两回，每次都各自回去受罚，下次见面她还是敢叫敢嚷冲在前头，几次下来谁也不愿去惹这横的愣的——大家都是鸡蛋，碰碎了人家不在乎，自己可要倒大霉了。

应对的几个丫鬟好似在解释什么，碧荷又气冲冲嚷了几句，随即另一个平静和缓的少女道："奶娘好歹养了我一场，给我吃奶，若是眼睁睁看着她就这么没了，我实在不忍，不得已打扰了婶娘，等事后再来赔罪吧。"

这显然是大房的姑娘如瑶亲自出来说话了，主子说话，那几个三等丫鬟如何敢驳，随即门被推开了，一行人匆匆走进，好似要朝着正房而去。

就在这一刻，小古突然跳起身来，一把推开正在踢打她的几个仆妇，靠着一股蛮劲就冲了出去！

这一下出乎所有人意料，眼睁睁看着她冲出门外，这才反应过来。

"快把人追回来啊，你们都是死人吗？"姚妈妈脸上肌肉抽搐，简直想扇这群人几个耳光——连个小丫鬟都看不住，简直是一群废物！

天色已经黑沉下来，晚风微凉，有花瓣盈盈落在人脸上，两侧的耳房内依稀透着暖黄色的灯光，小古闭上眼，不顾一切地朝着自己的目标冲去。

如瑶刚刚走到正房回廊下，静静地站着等候丫鬟向内室禀报，她着一件烟霞色斜襟薄棉长袄，下系着绯紫月华百褶裙，一头青丝松松地绾着簪儿，只用了一只镶琥珀的蝴蝶金簪，蝴蝶翅纹在夜风之中微微颤动，活灵活现又巧夺天工，如瑶本人却是纤腰盈盈，纹丝不动，更显得她青春娇艳却又端庄沉静。

一旁的碧荷提着一盏灯笼，专心为她照亮脚前的台阶，面上却微微露出不忿之色。

如瑶垂眸等待婶娘王氏起身，却突然之间眼前黑影一闪，伴随着一股疾风直冲过来，险些让她一个踉跄摔倒。

身后的两个小丫鬟被惊得低叫出声，赶忙上前来搀，碧荷也急急冲到如瑶身前，很是紧张地将那团黑影挡住。

如瑶稳住身形，取过碧荷手上的灯笼，只见明耀火光下，一道纤瘦身影倒在她脚下，身上衣衫破烂且有血迹！

仿佛感受到她手中的灯光，对方抬起头来，只见一张巴掌大的小脸好几处青肿，几乎看不出本来长相，连嘴角也流着血，披头散发之下很是狼狈，唯独那双黑眸却是熠熠生辉，睁得很大看向她。

好似一只落魄受伤的幼猫，已经毫无力气瘫软在地，却偏偏沉静地看着她，不愿求救，也不乞怜。

"你是……"如瑶皱起眉头，感觉眼前这人似曾相识……尤其是那双眼睛，绝对是在哪儿见过的。

"我是秦妈妈手下的……"小古低声答道，顿时如瑶想起了那天的情景——瘦小的少女提着沉重的食盒，匆匆进来呈送，随后如珍如灿进来挑衅……

这个叫小古的丫鬟，瘦瘦小小、貌不惊人，居然阴差阳错地揭穿了蔺婆子被杀人埋尸的惨事，又跟随二房的广晟去了军营……如瑶目光一闪，顿时明白了五六分。

这时抱厦那边的仆妇已经追了上来，姚妈妈脚步最慢，却是一眼瞥见如瑶主婢几人，心中“咯噔”一声，立刻停住脚步，悄无声息地躲在人群之后。

娇柳却仗着是王氏亲信，一向矜贵自傲惯了，一口气追到如瑶这里，匆匆对她微一屈膝，便要押走小古。

“且慢，你们这是要做什么？这丫鬟犯了什么错？”如瑶开口问道，一旁的碧荷与她心有默契，上前两步，有意无意地靠近。

娇柳唇角略微弯起，笑容看似恭谨，实则却是轻忽不屑：“瑶姑娘，这些奴才手脚不干净又撒谎成性，略施惩戒才能让她们老实，您身份贵重，还是别理会这些才是。”

如瑶微微一笑，露出惊愕神色道：“她们是偷了婶娘房里的东西吗？”

姚妈妈在后听得真切，知道这话有陷阱，娇柳却懵然不觉，笑吟吟道：“是啊，真是胆大包天，非得好好教训一下不可。”

“哦？原来婶娘这里门禁如此之松，一个大厨房里的粗使丫鬟居然也能登堂入室了。”如瑶这话内含锋芒，却让娇柳窘得面红耳赤，偏偏又不敢发作，一旁的碧荷幸灾乐祸地嗤笑着插嘴道：“几位姐姐是怎么看家理事的？主子的物件也能丢了，你们的胆子也够大的，居然不怕责罚。”

“你……”

娇柳气得正要反驳，此时王氏已经起身迈出了正门。她刚刚用过晚饭，正在灯下抄经，夜风中缓步走来，一身墨香风韵更显得慈蔼温文。

“原来是瑶姐儿，已经入夜了，是有什么急事吗？”她神色温柔惊讶，目光亲昵带笑，好似在看自家女儿，“有什么事犯难，居然让你这不出房门的丫头入夜来找我？”

“深夜惊动长辈，是我的不对。我来是借婶娘您的出入对牌……”如瑶深深一福，不肯在礼数上有所差次。

“只是一点儿小事，你这丫头为何不早说呢！”王氏很爽快地就让人把对牌拿出，如瑶目光一闪，却不接，只是看着被摸得乌黑锃亮的檀木对牌，抿唇微笑道：“这一块好似是祖母那边常用的。”

王氏是掌家夫人，内宅的所有出入对牌都在她这里管着。太夫人虽然常年在佛堂颐养天年，但有时也要派人去给姑太太送东西，或是去庙里放灯油经文钱，若是拿了她那边常用的对牌，只怕对景儿就要落个“举动自专擅自外出”的罪名——太夫人对张氏那边的，可也从来没有什么好脸色。

王氏好似这才发现，皱眉责怪身边的娇兰：“越发不会做事了，居然随意拿错对牌！”

娇兰“咕咚”一声就跪地请罪：“是奴婢眼花心粗，看错了，求主子饶恕。”

她用力磕头，地下又是厚实的青石板，几下额头就红肿得快要出血了。

“罢了，婶娘是个吃斋念经的人，对你们最是慈悲不过……下次做事可要小心才是。”

如瑶懒得看这主仆唱双簧，连忙叫起，话说得漂亮，却是让王氏目光一冷。

她随即恢复了常态，欢笑如常地携了如瑶的手，要她进来坐坐，如瑶心中念着病入膏肓的秦妈妈，哪里肯再与她虚与委蛇，只想赶紧回去让小厮去请了大夫来。

正要走，她的目光停在地上的小古身上，脚步也为之停住了：“听说这个丫鬟偷了婶娘房里的东西？”

王氏看都不看地上狼狈的身影，唇边笑意不减，只是冷冷瞥了一眼娇柳，不怒而威让她心头一凉：“只是些许不值钱的小玩意儿，下人们眼皮子浅，偷了去换钱也是有的。”

如瑶抬起头，诚挚地对着王氏又福了身：“婶娘平日掌家辛苦，这才让一些小人钻了空子——不过我们侯府平素井井有条一点儿规矩都不错，这么着闹开了反而容易让人看笑话，也显得婶娘您这边看管不严，阿猫阿狗都可以入室顺手牵羊了。”“倒也有几分道理……”王氏抿嘴而笑，笑意却未达到眼底，“依你的意思，就这么把她们放了？”

“这样也太宽和了，不如先找个地方关起来，等天亮再审问清楚，也好弄明白东西是怎么丢的。”如瑶这么说似乎没什么不对，但姚妈妈和娇柳都知道，这次算是彻底失败了——等天亮闹得沸反盈天又搜不出什么贼赃，别说太夫人会有闲话，连那个小贱种广晟那边也不会善罢甘休！

王氏的目光停留在地上的小古身上，冰冷而不带一丝温度——

都是这个小丫头作死！居然跑出来求救，如此倒反而不能再严刑拷问弄个清楚了！

她的目光又回到如瑶身上，唇边一丝笑意温柔无比：“瑶姐儿也真是长大了，说话也是一套套的，既然你这么说，就照你说的，先把她们关到抱厦里吧。”

如瑶敛衽告退：“侄女惭愧，当不起婶娘如此夸赞。”

临走时，她吩咐碧荷道：“先替她包扎一下吧。”

碧荷毫不犹豫地掏出绢帕，替小古擦去伤口的血污，再取出另一方撕成长条细细包扎。

如瑶看了一眼就屈膝福礼告退，走过小古身边时，她腰间的香囊轻轻晃动，掉出一个指肚大小的瓷瓶，正好落在小古的衣领里。

王氏含着笑，目送她离去，这才收起笑意，看一眼身边众人。姚妈妈首先“咕咚”一声跪倒：“是老奴的错，没有看紧人……”

“妈妈年纪大了，难免精力不济。”王氏淡淡说道，这一句就将姚妈妈说成老弱昏庸，不堪重用了，姚妈妈汗流浃背正要求饶，却见王氏又把目光投向娇柳和娇兰两人。

“娇兰你先下去吧，今日受了惊也吃了苦头，自己去领十两银子的赏。”王氏将娇兰轻轻放过，目光停在娇柳身上，却是宛如芒刺冰针一般：“你长着张聪明人的脸，却是蠢到家了！”

如瑶再怎么落魄不受宠，那也是正经的主子，娇柳没看住人出了娄子不思量如何补救，反而去跟主子拌嘴——这么蠢的丫头，她实在是用不起。

2.

娇柳已经吓得眼泪直流，跪地胡乱磕头，却听王氏淡淡道：“你且回到爹妈身边，让他们给你找户人家嫁吧。”说完转身进了正房，丫鬟婆子们急匆匆跟上，宛如众星捧月般簇拥着她，只剩下娇柳一人孤零零跪在地上，哭得几乎要昏厥过去。

小古被拖了进去，姚妈妈恨得直咬牙，一双眼睛瞪得几乎要凸出来，仆妇们还要再打，姚妈妈阴冷道：“再打下去，人家的云南白药就要派上用场了。”

她方才看得真切，想必如瑶也不会以为真能避开所有人耳目，但她丢下这瓶云南白药的意思，就是不想让这丫鬟再受什么折磨。若是她身上再添什么伤口，只怕过几天就要传出什么不利于清渠院的谣言了。

一群人七手八脚把小古绑了拖回小杂物间，此时初兰已是遍体鳞伤昏死过去，小古看到如此惨状，眼中燃起一丝怒火，宛如流星一闪即逝。

这笔账今后一定会讨回来！她心中暗暗决意。

“妈妈，那现在该怎么办？”另有丫鬟怯声问道。

姚妈妈自恃私底下折磨人的法子不少，却没想到居然被大房的如瑶撞着了，什么手段也不能使了，气得整张老脸都耷拉下来，映着幽微的灯光，更显得阴森：“先把人捆着等天亮吧！”

姚妈妈老眼瞪着小古那张漠然无动的脸，她心中又起了恶毒念头，咬牙冷笑道：“去取那箱子里的牛筋绳来捆，捆紧点！”

这话一出，那些小丫鬟们还没如何，深谙内情的仆妇们眼中却闪过惧怕之色。

那牛筋绳可是特制的，是以前县官和小吏们用来对付抗租闹佃的刺头的，看起来普通一团绳子，却是比站笼枷号更加残酷……

牛筋绳取来了，众人七手八脚把小古捆紧了，面对昏死的初兰却是手下留情了，略微松了三分。

姚妈妈又让人取来一大盆冷水，狠狠泼在小古身上，顿时冻入骨髓，小脸都变得苍白起来。

“小贱人，你就在这儿好好享受吧！”油灯被吹熄了，所有人鱼贯而出，唯一的木门被反锁，小小的杂物间陷入了一片黑暗。

小古感觉到冷水让身上的袄裤变得冰冷黏着，整个人好似置身冰窖一般，逐渐失去温度；而被打湿的牛筋绳索也随之渐渐收紧，深陷肉里，勒得人喘不过气来！

好冷……冷得让人头脑都浑浑噩噩，整个人瘫软着直打哆嗦，却是昏沉着想睡过去。而绳子收紧却让呼吸更加不畅，本就微弱的视线开始模糊、崩散。一旁初兰的轻微呻吟声让她恢复了一些神志——必须给她上药！

小古就着反绑的姿势，艰难地挪移到她身旁，这小小的几步，却让牛筋绳更加收紧，小古口中发出一阵剧烈的喘息声！

曾经听说，用被浸了水的牛筋捆住，千万不能挣扎移动，否则越收越紧，最后会无法呼吸而被勒死——以前她不过是当作说笑，此时却是实打实体验到了。但初兰的伤口一直流血不止，就这么躺在冰冷的地上一夜，只怕真要出事！她小心平衡着身体，将藏在衣内的小瓷瓶艰难取出，反背着手艰难地倒出一坨药膏，颤抖着为初兰抹在伤处。药膏散发着一股清凉味道，很快就止住了血。小古心神一懈，松了口气，整个人却感觉眼前一阵发黑，更加剧烈地喘息——再加上冷水的浸泡，整个人顿时瘫软倒地！

天边最后一丝暮光也暗走了，夜色彻底染上了树梢，清渠院大门前也点起了灯笼，更映得门前照壁上的琉璃珐琅都通明透亮，华彩熠熠。

粗使的仆妇们都偷偷地去喝茶烤火了，只剩下两个三等丫鬟垂手在正房门下廊前守候，冻得脸色青白也不敢挪动一步。

负责上夜的正是娇兰，她睡在拔步床的外间，却是连外衣都不敢脱，战战兢兢的生怕王氏有什么吩咐。

灯盏被拨得只剩下一丝火芯，幽幽地闪着光芒，让房中更显昏暗朦胧。拔步床的所有挡板和雕座都关上了，层层的纱帐帷幔也放下了，整个大床变成了一个幽闭密合的空间，王氏换了罩衣，又把发髻散下，整个人平躺在正中央，却是毫无睡意，睁着眼正在想事。

清晨夫君沈源的寥寥几句，已经让她心中起了无穷波澜，再加上宫里的宣召，更是让她惊骇莫名——广晟那个下贱种子，什么时候竟然混得风生水起了？！

她一把攥住旁边的锦缎衾被，指尖顿时一阵剧痛，仔细看时，竟是蓄留了很久的指甲被生生折断了。

指尖的痛楚更让她心头好似火烧一般，她把中指放入口中吮吸，鲜血的咸腥让人更加烦躁！

那个贱人生的儿子，这么多年来，不是已经被她踩在脚下，变成了一个彻底的废物了吗？为何会突然翻身逆转？！

她姣美的面庞一阵痉挛，保养良好的贝齿咬着下唇，鲜红的嘴唇配上苍白的面色，简直好似乡野奇谈中的吃人狐妖！当初，就该把他掐死在襁褓中，不该为了寻找那些账册单据，就留他一条小命苟延残喘……

无尽的懊悔与怨毒弥漫在她心头，嘴里充斥着苦涩的滋味，她深吸一口气，竭力让自己清明，低声喊了句："茶。"

顿时就有轻巧而快疾的脚步声走近，正要打开床幔和雕花板，王氏不耐烦地低喝一声："放在那里！"

听出女主人嗓音中的怒火，娇兰在床头小几上放下茶杯，如蒙大赦地离开了。

王氏坐起身来，披上雀绒织金的雪色外袍，伸出一只手去取了茶杯，凑到唇边慢慢抿了一口。

苦涩的滋味被甘甜微酸的花香味冲淡，温热的气息端握在掌中，她略微恢复了平静，唇边的冷笑却变为冰冷彻骨："无论如何，我都是你名正言顺的母亲——还怕你翻到天上去吗？"

大明朝并非是那胡来的蛮夷，礼法规矩乃是所有人都尊崇的大义。只要等他一回来，她就会立刻好好"关心"一下这个庶子——让他知道，这个家究竟掌握在谁手里！

心中瞬间已有了好几种计谋，只要仔细谋划，定能让那小子入局……王氏正想得出神，突然窗外传来尖叫喧哗声。

她顿时大怒，一把推开挡板的木销，沉声喝问道："出什么事了？！"娇兰匆匆跑了出去，又更快地跑回来，气喘吁吁却是脸色变幻不定："夫人，出大事了——广晟少爷他，不顾阻拦，冲进我们院子里来了！"

什么，简直是反了天了！

王氏今晚已是再三被惊扰，听到居然有成年男子胆大包天冲进内宅，气得眼中直冒火星，手脚都在颤抖："你们都是死人吗，为何没人去阻挡他？！"

"夫人，护院的小厮和妈妈们被他一脚一个踢开，没人再敢上去了……"娇兰说的算是有所保留了——广晟是练过功夫的，就算没有出全力，被他踢中也是骨断筋折，哀鸿满院，谁敢去惹这混世魔王啊！

王氏深吸一口气，虽然盛怒却反而头脑清晰："去喊外院的管事们来——跟他们说，若是不来，今后也不必见我这个主母了！"

娇兰应命却又不敢走，王氏知道她心意，安慰道："你放心，我不会有事的——本朝还没出现过以下犯上、弑杀嫡母的忤逆大罪的事件呢！"

广晟刚刚回到侯府的时候，是既疲惫又兴奋的——先是被内官张公公匆匆召去，练习了半日觐见礼仪和制式问答，他这才知道，竟是当今天子要亲自见他！

就算他心性沉稳坚定，此时也感觉震惊不可思议，但张公公的话却好似一盆冷水，让他浑身一激灵脑子也清醒了下来：“皇爷只是想知道，到底有多少人在军中吃里爬外，私通外寇，你照实说来不得隐瞒。”

这照实二字，却是有千钧之重，皇帝轻飘飘的一句话，却是会让无数人头颅落地、家破人亡——即便是对广晟来说，这也是前所未有的危险局面！

在皇帝面前，任何隐瞒都会引来杀身之祸。

一路匆匆见到的巍峨宫阙、曲径院落他全无心思去看，只是在心中打起了腹稿——但一切的谋划和心机，在得见天颜的那一瞬间，全部都化为空白了。

当今天子之尊，太监们口中的“皇爷”朱棣，只着一件细葛布道袍，坐在岸边正在垂钓。这位天下万民的主宰，传说中喜怒无常、动辄杀人的永乐皇帝，此时看来似乎也只是个寻常老者而已。只见他放下钓竿，轻轻瞥了一眼广晟，后者就感觉心中一震，那般平淡却天高海阔的威仪，瞬间让人生出凛然拜伏之意。

广晟并没有被吓住，坦坦荡荡地看了一眼，安然垂目行礼，正要报出职司姓名，朱棣挥了挥手阻止了他：“你的姓名家世，来历功绩，我都已经听惟仁说过了。”

惟仁是纪纲的字，难以想象这个凶名在外的锦衣卫指挥使，居然会起这种字，但想想他先前乃是饱学的诸生，这也不足为奇了。

朱棣的目光含笑，却如鹰鹫般直刺人心：“朕只想知道，到底是谁想谋反？”这一句直截了当，却让广晟面对最严峻的考验！

这个问题一出，在场的两个宦官都不禁低下头去，周围气氛变得微妙而肃杀。

该如何回答呢？

广晟清楚地知道，这一个答案，不仅关乎自己的荣辱生死，也关系着许多人的未来！

他的心头，瞬间有千万个念头涌上，却又好似什么也没想，眼神平静明亮，唇边的笑意轻松而恭谨，整个人都好似会发光一般：“启奏皇上，有反意者天下间多矣。”这一句简直是胆大到不敢置信，御案边随侍的两个宦官吓得浑身一震，倒抽一口冷气却及时捂住了自己的嘴。

“哦？你认为哪些是心腹之患呢？”

“这次北丘卫事变，险些被白莲教浑水摸鱼，坏了大事……这等邪教妖言惑众，在各地州县流毒甚广，且历朝以来绵延不绝，但这也不过是芥藓之患罢了。”广晟的话倒是跟那些州县道官截然不同，他们总是喜欢把白莲教说得神出鬼没又人数众多，简直是燎原之势。朱棣眉头一皱，不悦道：“年轻人锋芒毕露是好事，但也不要把诸事都看得轻易了。”

“是，皇上圣训，微臣铭记在心。说他们是芥藓之患，是因为他们一直在乡间贫苦民众中间流传，而百姓的心最坚定，却也最善变。”

他徐徐抬头，唇边笑意不变，眼中却是熠熠发光，世上最美的明珠在此也要黯然失色，朱棣在看清他的容貌时也不禁心中一凛——竟有如此美貌的男人！

“百姓们总是趋利避害，好似墙头草。”广晟的嗓音清朗，却好似有一种无形的魔力，让人注意倾听，配上他近乎绝世的容貌——朱棣几乎要觉得，眼前这个出身济宁侯府的小小庶子，却是比那些妖言惑众的巫婆神汉更能蛊惑人的心神。

“他们膜拜神佛只是一种交易，希望能得到财富、安康和福气，最大的心愿却只有一个——好好活着。因此，他们虽然容易被蛊惑，但也只是昏了头跟着起哄而已——只有真正觉得活不下去的时候，才会有杀人、造反之事。”

广晟的眼神并没有刻意避让，话语也显得胆大妄为：“百姓只要能安居乐业，就不会跟着白莲教的人走。若是这些邪教流传甚广，地方上的各位大人难辞其咎。”

朱棣听了却并未动怒，反而陷入了深思。良久，他才叹了一声：“民不聊生吗？想当初，太祖皇帝也是因此揭竿而起的。”

这话太凶险了不能接，广晟见好就收，及时躬身低头道：“我大明施行仁政，倡行忠孝节义，国运正是如日中天，元蒙那是暴政虐民，万万不可相提并论。”

“然则情不同而理同，不是吗？官员们贪渎苛政，却要让朕来替他们兜着……”朱棣的笑容变得阴沉冷酷，广晟心中一凛，知道自己这话暗合了他“清肃吏治”的念头，于是也不再多说，只是低头道：“至于军械流落在外，兵部武库司应该严加管制清点，也应把此案传檄各卫所，警示他们不可步罗战后尘。”

“所以你把罗战活擒回来了？倒也算物尽其用。”朱棣低声一笑，那笑声更加让人浑身汗毛直竖。他看向广晟，以漫不经心的口吻问道，“他背后到底有什么人，你们锦衣卫难道一无所知吗？”

果然来了！

广晟在此刻想到纪纲那意味深长的叮嘱：“我们锦衣卫，很久没有遇见大案了，我们不能成为没用干吃饭的——这就跟猫抓不住耗子、狗拿不着贼一样，非常危险。”

所以要往深里挖，甚至要生生造出一件谋反大案吗？

广晟此时目光闪动，在这一刻，他已经做出了决定。

“我们已经发现幕后黑手的线索。”广晟从袖中取出一片丝帛帕巾，上面赫然绣有蟒龙纹饰，却是被大火烧得焦黑，只剩下半面。

蟒龙并不是真龙，但也意味着此人的身份，若不是宗室，就是封地藩王！

朱棣的面色阴云密布，并不显出太深的怒意，眼中的酷狠冷光却让旁边的两个宦官都吓得颤巍巍瘫软跪伏。

“好，好……果然有人觊觎朕这个座椅！”朱棣哈哈大笑，看向广晟的目光却是阴沉莫测，“你们是从哪儿找到这个的？”

“罗战贴身藏着。”

朱棣怒声责问道：“你们锦衣卫精通拷问的不知有多少，区区一个罗战也撬不开嘴吗？”

广晟垂眸低声道："没等我们用刑，罗指挥使已经什么都不能说了——他已经疯了。"

"哦？朕没想到，人在惟仁手里，居然还能出这种差错？"

下一刻，广晟神色未动，却是毅然跪下请罪道："罗指挥使在抓捕后的次日就开始神志不清了。一路赶回京城，大夫对他也是束手无策，这都是微臣的过错，跟纪大人无关，请万岁责罚。"

"居然把罪过都揽在自己身上吗……"朱棣眯起眼，眼角皱起深深的刻纹，看向广晟的目光含着兴味和打量，"济宁侯府的子嗣，居然有你这般敢说敢为的小子，真是异数！"

他话锋一转，冷声道："你可知道，出了这个差错，你的大功就要被抵消，甚至要被问罪，大好前途就这么没了？"

"微臣只是实话实说而已，雷霆雨露都是君恩，微臣不敢有所怨怼。"广晟低下头，不去看上头的圣颜和表情，只是静静地等待裁决。

朱棣凝视着他，眼前的青年长发漆黑闪亮，规整束在冠巾之中，那般俊秀而平静的气质，却与多年前的记忆似曾相识。

他神色之间突然变得寂寥而伤感："看着你，朕不禁想起了一个人。"

"是沈源吗？"广晟低头想到。

谁知朱棣接下来一句竟然是："惟仁当年拦住朕的马头，自荐为朕所用的时候，也是这般年纪——你与他虽然长得不像，却大有他昔年之风啊！"

他想起了纪纲，这算是什么意思?

广晟仍在回味这话，一旁的司礼监青年宦官拂尘一扫，示意他可以退下了。

在回府的路上，广晟回忆着面圣的那一幕，自己感觉背上也是起了一层冷汗。

今上的赫赫威仪，果然非是常人可以承受。

想起刚才说的话和送上的证物，他唇边露出一丝笑意——希望指挥使纪纲知道自己擅作主张后，不要震怒发作才好!

纪纲想把案子闹得更大，甚至剑指某位藩王，这意图未必是错，但他沈某人也有自己的想法——等明日拜见时，一并向他解释吧。

沉思之间，他已经骑马回到了侯府，谁知一进门就有一桩"惊喜"在等着他!

"你说什么？小古和初兰被二夫人抓去已经整整一夜了？"他惊怒之下，一把推开惊慌失措的小厮，取了墙上悬挂的绣春刀，大步冲了出去。身后小厮的恳求呼唤，他已经充耳不闻，满心里只有一个念头：小古千万不能出事!

他怎么会没料到，以王氏的口蜜腹剑，定然会对他下手，第一个倒霉的，必定是跟随他出门的小古等人!

这个蛇蝎心肠的毒妇!

他咬紧了唇，血腥的滋味在口腔中弥漫，反而激起了他胸中潜藏的狂野嗜血之性！

若是小古有什么万一，就算你是我名义上的嫡母，我也会杀了你！

绝对！

夜色笼罩下，王氏所居的清渠院已经近在眼前了，广晟一言不发直冲进去，把两个守门的小幺儿都踢出老远，随即涌上来阻止的丫鬟仆妇未到他身前，都被他挥动剑上的穗带，抽出血痕来，丫鬟仆妇们都哭叫着后退。

他随手拎起一个女子，不顾她花容失色涕泪凄楚，冷声逼问道：“小古在哪儿？”

没有人敢回答他，在这个大院里，王氏才是说一不二的权威，谁若是当众卖主，就算是从广晟手里逃得一命，主子也饶不了她！

广晟大怒之下，扼住雪白脖颈的大掌缓缓收紧，那丫鬟喘不过气来直翻白眼，却仍不敢多说，只是用眼珠瞥着一旁，似乎是意有所指。

广晟眼尖，顿时看向一旁缩在人群里的姚妈妈，后者触及他的目光，正要迈动着老迈的小脚逃之夭夭，却见一道雪亮利光朝自己飞来，顿时吓得魂飞魄散！！

只听“当啷”一声，竟是广晟掷出绣春刀，将她的裙角钉在地上。姚妈妈吓得小便失禁，脚边湿漉漉的更加让她无地自容，喃喃地念着阿弥陀佛。广晟走到她身前，高大身形笼罩在她头顶，被灯光一映宛如修罗鬼煞一般，姚妈妈再也承受不住，颤抖着手指指向杂物间。

小古昏沉之间，只感觉自己周身火辣辣地疼痛，胸口憋闷，整个人都似乎喘不过气来，似乎有谁抱起了自己，一双手在身上涂抹着什么，随即而来的就是一阵清凉——下一刻，她就什么都不知道了。

等她再醒来时，竟然发现自己睡在柔软的床上，窗外已是天光大亮。

她略微一动，只觉得周身骨架好似被碾压过一样，痛得龇牙咧嘴的。

“用被泡了水的牛筋绑住，你还敢挣扎乱动，没被勒死就算是幸运了！”随着这一句轻责，广晟端着一碗药出现在房门口。

小古这才发现，这是少爷的卧间，而自己躺的，正是广晟的床。

“少爷……”她喊了一声，嗓音也沙哑得说不成话，却是坚持问道，“初兰呢？”

广晟把碗凑到她嘴边，一边喂她，一边回答道：“初兰没事，虽然流了点血，却是没有伤到骨头，休养一阵就好。”

他没好气地瞪了她一眼，却是满含关心与情意：“倒是你，自己险些被牛筋收缩勒死，还敢去给她敷药，你的脊椎和手骨被捆得太久，需要每日矫正运动。”

小古这才感觉到自己的右手手肘完全麻木，好似全无知觉，背上的脊梁也是一动就咯咯作响，非常可怕。

“我的手不会废了吧？”她皱起眉头，浓若点漆的眼眸之中生起担忧的波光，那波光粼粼氤氲，几乎化为水雾。

“别哭啊……你不会有事的，大夫来看过了！”广晟顿时手足无措，他能横刀独对大军将首，也能在天子面前从容奏对而不变色，偏偏看到她泫然欲泣的模样，整个人都不知道如何是好！

小古伏在檀木桌上，瘦小的脊背好似在耸动，广晟怕她哭得伤心，连忙上前劝慰：“大夫都给你看过筋骨了，只要连续敷药三个月就没事了……这次是我连累了你们，一定会替你们讨回公道的！”

他急得心间一阵钝痛，拿出帕巾俯下身来替她擦泪，却发觉她笑意盈盈，脸上哪有半点泪痕——

“好啊，连少爷我都敢骗！”小古用右手抽过他的帕巾，姿态调皮轻俏，虽然速度慢了些，但动作倒是自如无恙。

“放心吧少爷，我的手还成——”话音未落，她的脸因痛楚而扭成一团，筋骨被折动的感觉简直是非常可怕。

广晟见她虽然疼痛却强颜欢笑，心中怒火更盛，站起身来朝外扬声道：“来人啊，都死了吗？”顿时有两个丫鬟和三个婆子拥了进来，广晟很不客气地扬眉吩咐道：“再给她敷药，那炉子上煎好了没，快去端来——还有你，今后就贴身伺候她！”

被他指中的丫鬟点头如捣蒜，其他人也一副殷勤惶恐的模样，对广晟和小古都是毕恭毕敬的，与往日的怠慢冷遇全然不同。

等他们告退后，小古心中越发疑惑，开口问道：“少爷，这是发生什么事了？”

你终于问到了啊！

广晟得意扬扬地略弯了弯唇角，那般看似矜持而故意显摆的花孔雀模样，让小古又好气又好笑——看他这轻狂样儿，想必是发生了什么好事。

她沉吟，缓缓猜测道：“难道是……”

你猜，你使劲猜！

他端起茶杯故作姿态，却是更加得意地朝她眨着眼示意，眉眼乱飞简直要迷死天下少女。

“难道是少爷姿容无双，终于把二夫人迷得神魂颠倒，决定痛改前非，好好疼惜你这乖孩儿了？”

“噗——”广晟嘴里的清茶险些喷出，整个人呛咳不已，他狠狠瞪了小古一眼，突然伸出手来搔她的痒：“看你还敢调戏少爷我——”

小古的脊椎不便行动，左右躲闪却仍逃不出他的魔掌，虽然隔着重重衣裳，她脖颈和腰间的痒痒肉却是异常敏感，整个人笑得乱颤，蜷缩成一团——

“放开我——哈哈……”她整个人又气又窘又好笑，却偏偏躲不开他那禄山之爪，只觉得这孔雀男真是闹得过分了——

熟归熟，怎么能动手动脚呢！

广晟原本只是单纯地捉弄，却在凑近时感受到她周身的少女温热，他渐渐地靠近——

那清澈黑耀的眼眸，好似最纯净懵懂的山间小鹿，却又似最无邪妖媚的鬼魅狐妖，勾得人心烦气躁；那柔软可人的腰肢左右躲闪着，不盈一握却又像能在床上做出各种柔韧动作——广晟禁不住瞳孔一深，一颗心都禁不住漏跳了一拍。

不知不觉间，他舔了舔唇，压制她的手腕微微用力，整个人越发靠近，几乎要贴着她的脸——

在无限接近之时，他伸出舌尖，缓缓地、细细地舔上了她的朱红菱唇。

这本是少男少女之间的玩笑，却在这一刻染上了奇异的香艳暧昧。

这、这是疯了吗？！！

小古彻底呆住了，一双杏眼睁得很大，广晟也被自己的行为惊住了，两人面面相觑，一时都震惊失了神。

“啊——”小古尖叫一声，用力把人一推，广晟整个人顿时从床上跌了下去——他虽然身手高明，却正是浑浑噩噩的呆头鹅状态，毫无反抗地跌了下去——

然后，顺理成章地头着地，发出砰的一声钝响。外间有脚步声，犹豫着好似要进来看个究竟，广晟没等从地上爬起，低吼一声：“滚！”顿时外间伺候的人惶惶作鸟兽散。

小古这时已经恢复了平静，她心中怒气上涌，狠狠瞪着四脚朝天形容狼狈的广晟，瞬间想起第一次见面时的情形——那一次，她装扮成一个清丽可人的小家碧玉，当街巧计杀人后匆匆奔跑，却被他压在墙上一阵啃吻轻薄——原本以为那次是他逛了青楼喝醉了酒，没想到他这次居然故技重施，真正做了次登徒子！

明明平时只是当她是个小丫头，虽然亲昵但都是对待幼妹般的玩笑捉弄……

等等，这不对啊！

她不禁摸上自己的脸——虽然柔滑，却并不是原本的吹弹可破，欺霜赛雪，这般略黑不起眼的容颜，也能让他起了色心？

这不可能啊！

广晟从地上爬起身来，看着神色茫然呆滞的小古，感觉她瞪着自己的模样无比古怪——

“少爷，你是喝多了吧？”小古没等他回答，自顾自地说道，“你喝醉了居然偷舔别人……呵呵。”

呵呵你个头啊！广晟几乎想大喊出声我没醉，却见小古别过脸去，脸颊虽然绯红，却不愿直视他的目光，自顾自地继续问道：“到底是出了什么好事，让你喝了这么多酒？”

“喝什么喝，你见过迎接圣旨还敢喝酒的吗？不要命啦！”广晟如此腹诽道，却见小丫头仍然别着脸，根本不愿转过头来看他。

这是还在尴尬啊……

终于醒悟到自己的行为有多鲁莽唐突，他也老脸微红了下，很是默契地以其他事情转移话题——只见他从桌上拿出一道明黄色的精绣卷轴，在小古面前打开：“你看。”

这、这是货真价实的圣旨啊！！

小古一眼就认了出来，随即她的心头涌起的不是兴奋，而是一种深入骨髓的恐惧惊慌——下一瞬，她的小脸变得无比苍白！

这般重锦绣纹的华贵缎料、这熟悉而狰狞的龙形、冰冷而漆黑的字迹，以及那落款处嫣红宛如鲜血的印章……这一切在她眼前逐渐模糊、晕染，幻化成她当年记忆中的那一幅——“胡闰犯上作乱，大逆不道，罪不容诛……”随着那一道圣旨，在她心目最可恨，也是最可怕，亦是最亲近的男人——原本该称为“父亲”的那人的尸体，就那么直挺挺地被丢在众人面前。

他的尸体被粗绳五花大绑，披头散发，面目狰狞，牙齿颗颗被剥落，口部鲜血淋漓却已经干涸，观之宛如厉鬼一般，他生前宠爱的侧室李姨娘“嘤”的一声就吓得死了过去。

据说，朱棣在朝堂上让他换去孝服，而胡闰不从，朱棣命力士尽碎他满口牙齿，而他仍然不从，于是被活生生缢死。那些军士残暴大笑着，拉动绳子把尸体乱甩，对她们这些女眷解释道：“圣上大恩，着他死后浸于石灰水中，脱皮以干草填之，悬于武功坊。你们见了这最后一面，我们还得把这尸体拖回去呢！”随之而起的，就是无尽的哭喊、尖叫声，以及虎狼般冲入掳掠捆绑的军士……

那是一场最深、最长的噩梦！

“小古、小古你怎么了？”广晟的呼唤，让她从那骇人的记忆中醒来，她看着眼前熟悉而陌生的圣旨，禁不住激灵灵打了个冷战。

“吓着了吗，这就是皇帝陛下的圣旨。”广晟以为她被赫赫龙威震住了，于是主动拉了她的手抚摸着圣旨的面料和字迹，“你看，这东西又不会咬人吃人，没什么可怕的，做得倒是挺精致的。”

触摸到那墨黑端严的字迹和鲜红玺印，小古的手好似被针刺了一般，闪电般地缩了回去。她略微恢复了些清醒，问道：“这圣旨是给你的？”

“那是当然！”广晟随意将它卷起，唇边露出一丝欣慰笑意，眼中却是闪耀冷厉锋芒，“这是我出生入死拿命换来的。”他随即看向小古，又添了一句，“也险些把你搭进里头，这功劳也有你的一份。”

小古看向他，目光闪动，却是颇为惊异：“皇帝对你也未免太好了，居然升你做什么武略将军兼旗手卫副千户！”

3.

旗手卫掌大驾金鼓、旗纛，是皇帝亲近信重的京卫之一，广晟这次确实立有功劳，但一下子就把他升到这么一个重要位置上，也实在是太惊人了！估计整个京城都要为这道任命而议论纷纷了！

小古这才明白，为何原本对广晟慢待的众丫鬟仆妇，如今会这么驯服听话。

“哼，你刚才是没看见，我父亲知道这消息时的表情……”

广晟冷笑一声，回忆起先前那一幕——

他冲进杂物间之时，看到两名少女倒在地上一动不动的模样，浑身血脉瞬间沸腾起来——连眼睛都几乎变成血红！

他颤抖着伸出手探了一下，发现还有微弱的气息，这才略微清醒了些，怒火盈胸之下一手抱了一个，疾步冲出杂物间，却正面撞见了蜂拥而来的外院管事和家丁们。

“哎呀广晟少爷，您这是在做什么啊！”领头的就是上次吃瘪的吴管事，他见到广晟，新仇旧恨一起涌上心头，顿时开始大呼小叫起来。

话音未落，他整个人僵住了——狭长轻巧的长刀宛如破空闪电，在眼前划出一道闪亮的弧度，下一刻，他只觉得脖子一凉，刺痛随之而来。

他惨叫一声倒地，顿时其他人也叫声不断。

鲜血浸染了衣襟，这些人随即发现自己还活着，只是咽喉处被划了个交叉记号，所有人都是整齐划一——而这只是广晟一刀之威。

“还不快滚，是想让我送你们进宫当公公吗？”广晟冷笑着瞥一眼他们胯下，顿时所有人跑得比旋风还快。

广晟抱着两女，“砰”的一声踹开门要走——下一刻，他的脚步顿住了。

夜色之中，门外站着一道清癯高瘦的身影，正是他名义上的父亲：沈源。

沈源负手在背，冷冷地盯着广晟，从他杀气腾腾的眉梢眼角，一直看到他掌中的雪亮长刀，以及那含着暴戾怒意的一脚。

他的眼神中满含鄙夷和厌烦，皱起的眉头每一道纹路都好似无形尖针，一下下地戳在广晟心头。

这种厌恶痛恨的目光，广晟从出生至今已经承受了多年，但此时狭路相逢，仍然觉得心头一痛。

“逆子，你竟敢闯到嫡母院子里动刀动枪。”沈源沉声斥道，眉毛一竖却是强烈的气势逼压——他素来重视养气功夫，此时怒到极点也没有大喊大叫，这样低沉的嗓音却让人心头一震。

广晟一双凤眼毫不畏惧地盯着他，微微一笑，那笑容决然端秀，却让沈源顿时呆住了——

刚刚入夜，树梢的黑影倥偬，灯笼的光芒反照在朱红廊柱上，映得人脸都浸沐在光暗之间——那样相似的绝色容貌，凄笑讥讽的凤眸，像极了记忆中的某个人，沈源不禁打了个冷战，顿觉毛骨悚然。

“哈，父亲倒是来得正巧。”广晟的笑容冰冷，一边说着一边收刀入鞘，礼仪周到地躬身、退后两步，“您是知道这里快出人命了，所以才过来看看的吧？”沈源听他的话讥诮中意有所指，不禁眯眼看了看他怀里的两个少女，虽然有青紫血污，但看到是婢女服饰，目光却带上了几分不以为然。

“你母亲掌家理事，管着上下几百口人，对下人惩戒也是分内之事，所谓尊卑有序上下有别，你以为这是在混迹江湖，自己是英雄救美的侠客吗？！”

他久在帝侧，虽然平时沉默寡言，但此时竟是词锋锐利如刀，直刺要害不容辩驳。

广晟一愣，随即失声笑了起来，再抬起头来之时，瞳孔之中好似有两团火焰在燃烧：“父亲真不愧是文臣之中的翘楚，人人看好的下一任文渊阁学士候选，这口舌上的功夫，孩儿我只传承到您十之五六。”

没等沈源呵斥，他冷笑道：“只可惜，孩儿只信奉军中的道理，那就是好男人不能当缩头乌龟，让手下替你顶缸受罪——嫡母有什么便冲我来，为难我身边的婢女又算什么？”他盯着沈源，笑容突然转为阴戾，美玉般的雪白额头浮现怨愤的绯红，在夜色下越发显得妖异讽刺，“说起来，欺凌逼死弱女子，也算是我们侯府的拿手本领吧。”

“你这话是什么意思？”沈源被说中心头最隐秘的痛处，整个人连脑袋都轰然一声涨大，又惊又怒之下，顿时失态低喝出声。

“就是字面上的意思而已，父亲是不是想到了其他类似之事？”广晟仍然笑得灿烂，幽黑双瞳却宛如沉入魔渊般深不见底，让对面的沈源心中咯噔了一下。

他到底知道了什么？就在父子俩僵持之间，只听外间有随身仆役匆匆跑来，上气不接下气道：“禀二老爷、晟少爷，朝廷有恩旨下来！”

沈源一愣，目光瞥向广晟，口中问道：“是给谁的？”

“是、是给晟少爷的。”那仆役当然看到现场气氛古怪，但也只能硬着头皮说了。

沈源眉毛一扬，心中更加狐疑：今日宫里宣召这逆子前去，刚回来就又有旨意吗？

他心存狐疑，只能眼睁睁看着广晟抱着人回房、更衣、与众人一起聚集前堂，开香案接旨。

一篇骈四俪六的圣旨念完，兵部的文书和印信勘合也由中官和使者带来。众人屏息凝神，都觉得不可思议——这个一向游手好闲、被众人忽视的二房庶子，竟突然有了这么大的出息？！

武略将军兼旗手卫副千户！

前者乃是从五品的虚衔，却生生把副千户的正六品又带高了一层，再加上是在旗手卫，那简直是天子亲军之中的嫡系，毫不费力就可以平步青云啊！

当今乃是马上成就天下的天子，虽然注重提拔殿阁学士以供中枢参谋，但心底里仍是重武轻文的，有多少勋贵武将都是在他近前亲军之中脱颖而出，从戍卫帝侧打熬得情分，封了世袭爵位得了丹书铁券。广晟还这么年轻就到了这个位置上，只要遇上机会，随时便会鱼跃龙门成大器，对景儿遇到朝廷用兵，飞黄腾达起来，就是现在武臣第一人张辅的位置也并非无望啊！顿时，众人的目光好似一根根尖针，向广晟射去，有羡慕的，也有不屑的，更多的却是算计与嫉妒。

众目睽睽之下，沈源的表情最为平静漠然，只有跪在他身旁的广晟，看到他面色变得苍白凝重，双手在袖中紧握——显然，这一道圣旨，在他心中也产生了极大的波澜。

广晟的异军突起，显然是他料想不到的，但他毕竟是后生小子，位阶虽然不低，但还不能直接威胁到侯府与沈家。

沈源的忧心，却是另有缘故。

他身为户部右侍郎，左春坊谕德学士，但比起掌握天下钱粮的实职来说，众人更看重他的是后一个虚职——他平日里就以此身份，行走大内帝侧，以备皇帝咨询参谋。

可以说，这简直是皇帝的亲信秘书官了。

可他身为皇帝近臣，对自己儿子的这道任命却是一无所知！这无疑在他心头蒙上了一层巨大阴霾！

沈源上前请中官留步，喝一杯茶再走，那中官原本也是熟人，却不敢接受馈赠，连称宫中即将下钥，匆匆离去了。

在夜灯之下，在众人的嗡嗡议论声中，沈源冷着脸站在前堂之上，那脸色苍白之中透出几分阴晴不定。

广晟想起那一幕，心中便宛如六月酷暑喝了冰饮一般的畅快！

区区帝侧亲军的官职，这就让你意外了吗？父亲大人……今后，让你惊讶、愤怒的时候还多着呢！你且等着，等我积蓄了力量，变得无比强大，再向你讨还母亲的那一桩旧年血债！

我一定会做到！

想到这儿，他的脸上露出毅然郑重之态，双手紧握刀柄，几乎要嵌入肉中。

“少爷，少爷你怎么了？”小古的呼唤声让广晟从回忆中醒来，他惭愧一笑，连忙拿过药碗，用毛笔替她刷上药膏。

小古的皮肤上血痕纵横，略见黄黑的皮肤下，却并非他想象的粗糙，而是柔滑细腻得不可思议，随着鲜血的沁出，肩上的大片皮肤都似乎变得白皙起来。

广晟只觉得自己眼睛看错了，又以为小古失血过多才导致皮肤发白，正要扳过她的身子细看，却被羞窘交加的小古拍开了手，哼了一声躲到被子里，发出模糊的催促声："我自己来吧！"

"别任性了，你自己够不着。"广晟还待劝说，却被小古一个羽毛枕头丢在脸上，没好气地嚷道："你再动手动脚，我还有什么清白名声可言！"

广晟暗叫惭愧，一时情急忘记男女之分，但又担心小古又昏厥。小古蜷在被子里像一只茧子，低声道："快出去吧，让秦妈妈来帮我便是。"

广晟正要退出，突然一阵劲风从窗外袭入——他心中一紧，身手利落地接住来物，竟是一封竹片打造的名刺，上面字迹很是熟悉！竟然是纪纲的召唤！他果然忍耐不住，要找自己兴师问罪了吗？

夜色已深，仍是那个充满田园野趣的庭院，广晟跟随着默不作声的仆役走在回廊上，由一盏灯笼引着进入正方。

明暗三间的正中央被打通做了书房，一开门便可看到东西两面墙边都是高可及顶的书架，堆满各色书籍和宗卷；南面的墙上挂了弓箭、犀角和唐刀，比起普通文人雅士来，多了几分大气和威严肃杀。

纪纲着一件青蓝道袍，也没用冠，只是用玉簪一束。他正凝神提笔，在信笺上写上最后一字，安详清隽的神色，倒不像是杀伐决断、凶名在外的锦衣卫统领，更似是书院里的饱学大儒。端详墨迹片刻，他终于抬起头来，狭长凤眸不怒自威："你来了？"

"卑职见过指挥使大人。"广晟行礼周全，神色自若。

纪纲细细打量了他一回，眼中神光闪动之间，广晟原本以为他要发怒，谁知他却是笑出了声："你很好。"

"是卑职自作主张，坏了大人的谋划。"广晟低下头，干脆利落认罪了，"大人原本的意图，是想查出大案，让圣上感受到我锦衣卫的用处——就算是鹰犬弓箭，如果长期安逸也会被人视作无用，渐渐遭到冷遇，甚至被抛弃，所以，我这次的任务，就是要打造一件震惊朝野的大案。"

"锦衣卫虽然是圣上亲军，很多人却也是出身武勋世家，难保不跟几位藩王有勾结，为了万无一失，大人选择了我作为特派的暗使。"广晟看了一眼纪纲的表情，继续道，"我是个初出茅庐的愣头青，虽然有青云之志，却无上天之梯，大人此时给我这个机会，却是恩同再造，因此我到了北丘卫，一直勤恳追查他们倒卖军械的真相。"

"这点你做得很好，人犯和铁证都完好无缺地被押回来了……"纪纲看着广晟，苦笑着轻叹道，"可我没有想到，你竟然会在觐见之时，做出出人意料之事——我给你准备的帕巾，竟然被你动了手脚！"他叹息一声后，无奈道，"我纪某人一生，从来只有算计别人的，却没想到被你这小辈哄骗得彻底！"

"大人给我的帕巾，上面绣有谷王的印记，您是准备把这次私卖军械里通外敌的罪名，栽给远在长沙的谷王朱橞？您觉得朝野会相信这种结论吗？”

“谷王原先统领上谷郡地和宣府镇，北丘卫的很多军官都是出自那里，我把他定为背后的主谋，并没有什么破绽。”纪纲沉静地答道，犀利目光看向广晟，“我在圣上面前保举你的奇功，让你当着御前拿出帕巾指认谷王有不轨图谋，没想到你拿出的，竟然是一块只有蟒龙图案被烧得只剩半块的无用之物——这样做，对你到底有什么好处？”

面对他的气势威压，广晟毫无惧色：“食君之禄当做忠君之事，欺君罔上乃是大罪——圣上是何等人，怎会被我等蒙蔽？因此卑职思量再三，还是用火把谷王的印记给烧了。”

“哈哈哈哈……”纪纲笑得喘不过气来，咳嗽过后赶紧喝茶，一边还指着广晟道，“别说笑话了，圣上不好蒙蔽，难道我纪纲就是傻子吗？说实话吧。”

广晟微微一笑：“实话就是——给谷王栽赃，是一桩不合算的买卖，这么宝贵的机会不如留给别人。”纪纲听了这话，端起茶杯的手停在了半空。

“圣上早就对谷王不满，因此大人您投其所好，借着这次案件指认谷王犯下大罪。这固然是好事，但对您，对我们整个锦衣卫来说，却并不算是什么顶天的功劳——您在靖难之役、查处众藩时都立下无数奇功，比起那些来，眼前这一件不过是锦上添花而已。更何况，圣上早就对谷王磨刀霍霍，有没有这罪名，谷王都要坏事，又何必把机会浪费在他身上呢？”纪纲听了广晟大胆近乎叛逆的话，却并未斥责，只是睁大了眼，将他重新打量一回，好似从没见过这个人似的，低叹一声：“我果然还是小看了你！”

他随即问道：“那你觉得，应该举发谁作为幕后主使呢？”

“恕属下直言，查不到幕后主使，比查到是谁……对我们更有利。”广晟的话更加让人难以理解，而纪纲却是屏息凝神，听他仔细解释。

“我把半幅帕巾给圣上看了，他自然看出是宗室藩王之类的大人物所用，但因为被烧毁，看不出其他线索，他的心里必定也在猜忌：究竟是谁在暗中收藏兵器甲胄，私通外敌，阴谋作乱？这个人下一步的目标是什么？是要弑君，还是要夺位？越是英明之主，他的猜忌心越盛，何况皇爷他年事已高，近年来性子越发严酷。他会反复地猜想每一个可能的人选：各位藩王、王叔，甚至是亲生儿子……”广晟的嗓音在宽广书房里回荡，油灯的光芒闪烁不定，却照映出他眼中的熠熠光芒——那是自信混合着野心的火焰！

“查不到幕后主使，圣上感受到的威胁才是最大！未知的危险和敌人才能让他辗转反侧，夜不能寐——这样，他才会更加需要我们锦衣卫。”广晟的话终于说完，他朝着纪纲深深躬身，再次请罪道，“这就是我的一点儿浅见，但无论如何，不听号令肆意妄为总是我的不是，一切惩戒都愿领受。”

纪纲摇了摇头，淡漠的嗓音带笑，却更似是自我调侃：“我之前就说过，你是藏在土狼群里的一只虎，虽然还小，却是有勇有谋——这一次，你同样让我感到惊奇。这世上能反手一局，把我也算计进去的人不多，你也算是一个。”他一边说着，唇边的笑意也略微加深，“以你来看，真正的幕后黑手，究竟是谁？”

广晟闻言心中一凛，他的视线对上纪纲，竭力想看出些什么，但后者却是含笑听着，连瞳孔最深处的光芒也未曾变化一丝：“请恕属下大胆——罗战身后的那个人，大人早已是心如明镜，属下却是到最后才猜了出来。”

“哦？”纪纲的笑容，在此刻增加了三分惊讶，“你已经知道了？真是后生可畏啊！”广晟不卑不亢地回以神秘一笑：“只可惜，大人心中所猜测的，并非是真正的答案。”

什么？纪纲到此时，彻底陷入了惊讶，不禁用目光催促广晟说下去。

广晟的笑容仍是那般自信，却多了几分凝重，他斟酌一下，继续道：“我大明的藩王不少，很多手中掌握着骁勇精锐的亲军，其中最强大的乃是燕王，后来他率领大军发动靖难之变，这才成了如今的永乐皇帝。”

这等于公开说今上是篡位谋反得来的皇位——大逆不道的话只是让纪纲的神情更冷，却是静静听着没有反驳。

“今上是靠领军打仗才夺得了天下，相对文弱而臃肿的太子，骁勇善战的汉王更得他的喜欢。然而在群臣压力之下，汉王先是被封云南，后又改封青州，他素来骄横不法，麾下又有天策卫精锐——所以您认为，这是他指使人干的？罗战在靖难之役时跟他走得很近，汉王甚至在战场上救过他，只有他才能指使得动这些骄兵悍将。”

纪纲的嗓音有些干涩：“即使知道是汉王所为，但我们锦衣卫却不能如此上报——因为今上对汉王很是偏爱，对他的种种恣意横行都袒护不问。”

他的声音冰冷，甚至带着讥诮：“身为鹰犬，主人要你咬谁，你就得冲上去——但主人真正心爱的，你若是伤了他一丝一毫，必定会被狠狠踢一脚，死了伤了都是活该。世人都艳羡我们锦衣卫手握大权可以随意逮捕侦缉，但谁又知道其中的无奈？”

他回看广晟，目光仍带上了几分疑惑：“你说我猜错了，那你认为是谁？”广晟目光闪动，答道：“看上去最不可能的那个人。”

“你的意思是……”纪纲心中念头飞转，顿时一个名字跃入脑海，他惊愕不已，仍是有些不敢相信——

“难道真是——不可能！”他断然否认，手中的茶杯也滑落下来，发出清脆的响声。

门外传来脚步声，有人不放心地低声问道：“大人可有事召唤？”

“所有人滚出一百步开外，不许靠近！”纪纲突然冷声斥道，目光中满含阴冷——这一瞬，他身上长久浸润在鲜血与黑暗中的气质显露无遗！

他看向广晟，低声道：“你可知道自己在说什么？”

“我相信自己的判断，更相信大人不会把这话传出去。”广晟的目光凝重而严肃，却含着对自身判断的自信，“罗战此案的真正幕后主使，正是我们那位看似文弱宽厚的太子殿下！”

不等纪纲问他证据，他从怀里拿出一块盔甲的铁片：“这是在平宁坊的地窖里发现的铠甲，款式竟然是内造的，我命人把它擦拭干净，却反而看见了这个……”

虽然从铠甲上拆下，但铁片切口平整，断面纹路呈细密圆圈状，在灯光下流淌着水一般的光芒，显然是质量精良。

“这有什么可疑之处？”纪纲接过仔细打量，却始终不得要领。

“看那里面一点儿粉色污痕。”纪纲这才发现半弯的铠甲碎片内侧，有米粒大的一块污痕，好像是铁锈一般，却又呈现淡粉色泽。

“这铠甲定然是长期在宫苑内的某处墙角堆放，天长日久之下，墙壁上的花椒粉末让铠甲内壁生锈，就结成了这么一块锈渍。”

“世人喜欢称后宫为椒房，就是因为墙壁上用花椒的粉末进行粉刷。颜色呈粉色，不仅气味芬芳更有防蛀的效果——皇宫之中，用花椒涂墙的除了后妃们的住处，还有一处就是太子东宫。”广晟说到这儿，意思不言而喻——汉王早就出宫开府，就算他要陷害太子，也会做得比较明显，这么米粒大的一块又凹在里面，若不是广晟识破，普通人根本不知道这是什么。

纪纲把锈痕放到眼前，那么小的一点，比针尖大不了多少。他面色阴晴不定，半晌，他才长叹了一口气：“是纪某小看了天下英雄——以为你是毛头小子，更以为太子是文弱书生，看来，真正有眼无珠的人是我！”

他看向广晟，神色凝重冰冷：“本来又该记你一功，但是兹事体大，我只能当作没发生过，今夜过后，就把它完全忘记。”

太子和汉王的争斗，目前已是从暗中搬到了台面上，朱棣虽然偏爱汉王，平时对太子多有斥责，甚至还几次将他亲近的师长和詹事府官员下狱问罪，但接到要求易储的奏折，却都是勃然大怒严惩不贷，众人谁也猜不出他的心思。

站队这种事简直是一场豪赌，弄不好就要把身家性命都丢进去，位卑官小的可以去尝试一下，皇帝的真正股肱之臣却是万万不能沾惹这种事的。

广晟明白纪纲的选择，但他却更加明白：若是两头不靠，新君上位之后，同样会觉得锦衣卫不是自己信得过的鹰犬，到时候只会更加糟糕。

纪纲的选择，只能说是中庸守成，难道多年的高官厚禄，已经让他满身的锐气和煞气消散，成了个得过且过之人？

广晟的心中升起疑问，纪纲好似看穿了他的心思，微微一笑道：“觉得我这么做是和稀泥？”

“大人苦心造诣，不想让皇室再生阋墙之乱，但东宫与汉王只要一日并存，只怕这场大位之争就不会停止。”

毕竟皇帝的宝座只有一个。

纪纲的笑容加深，在暗夜灯光之下，广晟却觉得带了几分苍凉孤渺："对于我来说，和稀泥拖日子，是再合适不过了——我还能剩下多少时间呢？"

广晟闻言大惊："大人何出此言，您正是青春鼎盛……"

纪纲摆了摆手，示意他不要惊讶，他低沉的嗓音甚至是轻松带笑的："我虽然只能和稀泥，但你却不一样——你是我们锦衣卫年轻一辈的翘楚，这样一份天大的功劳，你若是要选择一方送出的话，你会选太子、汉王，还是今上？"

这似乎只是一句问话，广晟却从中感到了不一样的意味，他沉思片刻道："我选择太子。"

面对纪纲，他解释道："若是把此物送给今上，虽然是显示了我们锦衣卫的忠心，但也等于是告发太子有不轨企图，任何一个父亲都想不让人看到自己被儿子玩弄于股掌之中。"

"更何况，今上从来不是以宽仁著称的，他觉得你看了他的笑话，略微迁怒之下，只怕你就要前途尽毁了……"广晟心中暗暗加了一句。

"至于送给汉王，等于是给了他一个绝好的把柄，他一定会欣喜若狂。可是汉王此人残忍跋扈，看着一举一动的做派都学着圣上，却偏偏少了圣上的沉稳大气。就我个人而言，是不会把赌注下在他身上的。"

"至于太子……"广晟也禁不住微微苦笑，"太子素来以宽仁文雅的形象出现，朝臣们对他的评价都是大好人一个——但他这一次偶现峥嵘，却把我们所有人都吓了一跳，我不想跟这样可怕的对手为敌，更何况他有嫡长子的大义名分，朝野闹腾着要换太子这么多年了，他却是岿然不动，他才是最好的投注对象。"

他看了纪纲一眼，叹道："更何况，大人你把此事隐下，已经是间接帮助太子了，又何必再来问我？"

纪纲一愣，随即大笑出声，广晟以为他被自己揭穿后必定会发怒，纪纲却似乎越笑越是欢悦。

"哈哈哈哈，这话是反将我一军啊！"他一边笑着咳嗽，一边从书架后的暗格上取出一只藤木匣子，打开之后，又拿出一个冰裂纹的青白瓷瓮，拍开封泥，顿时一阵清冷梅香伴随着酒气扑面而来，被房内炭火的热意一熏，简直是让人垂涎欲滴。

"这是五年前用无根雪水加上温泉煮沸后的白梅酿造，我藏了多年也舍不得喝，今日倒是便宜你了。"见他如此慷慨，广晟也不矫情，分宾主坐下，先替纪纲执壶，自己也斟满一口饮尽，顿时满口梅香混合着一股冰冷甘意直冲脑门，打了个激灵之后浑身变得暖融融的，整个人都神清气爽起来。

"果然好酒……"广晟叹了一声，纪纲又替自己连斟三杯，鲸吞豪饮之下文雅不再，这才显出让天下闻风丧胆的枭雄豪气。"好酒，可惜今后再不能喝到了。"

广晟今天已经是第二次听到这般不祥之言了，正要问个究竟，纪纲却摆了摆手，笑着问他，“你今后有什么打算？”

不等广晟回答，他解释道：“你的军籍原本在我锦衣卫中，上次为了查案才暂时调你去北丘卫，这次圣上给你奖赏，却直接让你做了旗手卫副千户，这可是许多人干了一辈子梦寐以求的职位啊，事到如今，你可以选择直接过去当旗手卫，从此青云直上，也可以选择把军籍留在锦衣卫，由我去向圣上说清楚。”

广晟的双眼微微闪光，在酒意润泽下显得分外妩媚风流：“只要我一日活着，便一日是锦衣卫的人。”

“好！你对得住锦衣卫，锦衣卫也必定不会负你！”纪纲欣慰之下，酒后吐真言，“你觉得我这把交椅如何？”

即使早知他对自己青眼有加，广晟却也身上一震——亲军的十二上卫之中，锦衣卫与其他各卫都完全不同，它深受皇帝信任，可说是权势滔天，上可以侦查文武百官们的行迹言论，下可以索拿百姓和贼寇，简直是名声一出，鬼神胆寒。这一卫掌事的指挥使，权势绝非其他府前卫、羽林卫等可比。

这样显赫的一把位置，居然会问到广晟头上?

他一时心中闪过无数念头，面上却是无惊无喜，镇定淡然：“卑职年少又无人望，暂时不敢有如此奢望。”

这话的意思纪纲也听明白了，放下酒杯道：“年纪和阅历可以慢慢增加，人望这东西，我是从尸山血海里蹚出来的。你想怎么做？”

“我锦衣卫，明面上可说是人才济济，但暗中的势力，却仅有那些探子和卧底，卑职想在旗手卫中保持军籍和身份，暗中替大人侦缉讯息。”广晟又喝了一口梅酒，白皙脸颊染上红云，灯下看来简直是绝色容颜，却偏偏满身自信锋芒，“兵部和京营三十六卫，素来都不肯让锦衣卫染指分毫，宁可肉烂在锅里也不愿让我们插手去查，这次的案件也是如此吧？”

纪纲微微点了点头，锦衣卫可说是风光绝伦，人人害怕，但越是如此，兵部和其他勋贵武臣却对锦衣卫深深忌惮——我惹不起你，可我一问三不知打哈哈敷衍，你能拿我怎么办?

这次查案也是如此，广晟揭出了罗战私卖军械里通元蒙，主犯虽然在锦衣卫这边羁押，但其余从犯却被兵部牢牢地看管起来，锦衣卫出了驾帖也推三阻四的。

“有卑职在，锦衣卫就在其他卫军中伸了一只手，多了一只眼。”广晟的建议，让纪纲眼中闪现耀眼光芒——锦衣卫中人才济济，但多是弓马高强的禁军校尉升上，要么便是擅长刑侦缉捕的酷吏，真正背景身世清白、能被其他卫军接受的将才，眼前只有广晟一个!

广晟若是仍算锦衣卫的人，却又能在旗手卫做官，他一旦立住脚、得了势，锦衣卫便连京营也能攥在手里了!

纪纲想到这里，也是怦然心动——锦衣卫是他一生的心血铸就，若是能再更加壮大、更上一层楼，对他来说也是极大的诱惑！但他随即犯了难：锦衣卫的密探身份可说是千变万化，甚至边军中也有他们的人，可那毕竟是九边重镇，是为了防范有人通敌卖国，皇帝是默许的，但京营这些也算是皇帝的亲军，若是想在其中安插钉子，皇帝必然不肯——他不会容许锦衣卫的势力膨胀到如此地步！

要怎么说服皇帝呢？

第二章

搜捕·夜审

1.

广晟也猜到纪纲在迟疑什么，他不动声色地添了一把火：“若是卑职能查出其他卫军跟此案有染呢？”

酒过三巡，他也略有醉意，把早就预想的话都说了出来：“此案牵连复杂，连白莲教和金兰会都插手进来的，金兰会竟然神不知鬼不觉能把人运走，卫军中若说没人配合怎么可能？一路关卡通行，一丝蛛丝马迹也没显露，这要说没有内贼可信吗？”

“白莲教不过是一群装神弄鬼的山野暴民，不足为虑。金兰会的背后，却是那些建文逆臣——京营三十六卫中，肯定还有人跟他们一样，支持着建文残党一系！”

纪纲顿时眼前一亮，皇帝最忌惮的便是建文帝的消息，只要以此为由，必定能让他同意！

暗夜的灯火下，两人的眼光对视，顿时火花四溅，随即都大笑一声，干了最后一点儿残酒，将酒杯抛下。

一场轰轰烈烈席卷京城的缉捕风暴，就在这一刻酝酿爆发！而金兰会的危机才刚刚开始。

深夜时分，京郊的客栈里，黄老板匆匆收拾包袱，在桌上给掌柜留下银两和便条，随即戴上毡帽，压低了帽檐，从院子里走了出去。

一盏纸糊的檐灯半死不活地照着客栈前的小巷，不远处传来犬吠之声。

黄老板脚不沾地地走了出去，却在下一瞬因震惊和恐惧而停住脚步——

穿着玄黑外袍、腰佩长刀的锦衣卫校尉正在巷口瞪着他，眼中的光芒冰冷而嗜血。

黄老板转身要跑，身后的拐角处出现了身着飞鱼服和朱红鸾带的总旗官。他好似下了决心，闭目咬牙——黑暗中的那些人却是更快，一拥而上将他推倒在地，门牙狠狠地撞在地上，有人凶狠地用刀柄朝他嘴里塞，一颗毒药混着四颗门牙和鲜血掉了出来。

“带走。”冰冷残酷的一句，顿时人被五花大绑拎走，只剩下地下的鲜血和门牙，在微弱灯光下越发显得瘆人可怕，远处的野狗呜咽一声，好似也害怕得夹着尾巴跑走了。

黎明时刻，城门口已是排起了长龙，有倒夜香的、送水送货的、进城买菜的各类人等。

一名身着府前卫校尉服色的中年男子骑着骏马疾驰而来。

不等城门守军问及，他勒停了马，从怀里取出一张通行文书来，守城门的小旗官看了正要挥手，目光却停住了。

那人的身后烟尘滚滚，好似有一彪人马冲了过来：“拦住他，那人是叛党！”

远远地有喊声传来，顿时士兵们鼓噪起来，旋风一般丢下被盘查的百姓，冲到马前试图阻拦，那校尉狠狠抽了一鞭硬冲过去，顿时地上死伤狼藉一片。

城门在慌乱中缓缓合上，那人冲到门前时只剩下一条细缝，他纵身而起正好穿过，脸上不禁露出笑容——下一刻，他的身子被铁箭射中，大叫一声倒在地上，城门砸在他的脸上，顿时血流满面。

“带走。”锦衣卫一干人马风一般地冲来，把人捆在马后又快速消失，只留下一地惊慌失措的百姓和死伤狼狈的士兵。

夜近三更，岳香楼的密室之中，金兰会众人默然而坐，气氛沉重。

景语端坐在矮榻之上，纱帐垂落看不清他的面貌和表情：“这几天锦衣卫行动频繁，四处抓人，已经有黄老板、燕校尉和石巡检等人连续被抓。”

秦遥也皱起眉头，不复往日的轻松之态：“府前卫有熟客来看我的戏，听他说燕校尉是发现不对，来给我们通风报信的时候被抓的。”

宫羽纯也是忧心忡忡：“我们这次行动的通行文书是石巡检弄来的，连他也被抓了，看来事态严重了！”

石巡检是宫羽纯万花楼的常客，那些通行文书就是她让手下的花娘诱惑他签下的，虽然设局巧妙轻易不会被拆穿，但若是锦衣卫严刑审讯，只怕仍然会有风险。

说到这儿，她板着脸瞪了小古一眼——都是这个小妮子惹出的事！

景语沉声道：“黄老板也是发现有人盯梢他，还有人在偷偷向他手下的伙计打听这次在平宁坊办了什么货——这次救人的计划，确实是引起锦衣卫极大关注了！”

小古隔着纱帐打量他的神情，却发觉他连呼吸都没有丝毫变化——黄老板是他的人，如今身陷囹圄生死不知，他却仍然没有一丝动容担忧。

如果有一天，被抓的人是我，不知他是否仍然是这样的冷漠淡定？小古在心中问自己，不由得有些出神了。

她心中对景语充满复杂、纠结的情绪，一旁的宫羽纯却以为她心不在焉，大声咳嗽后，阴阳怪气道："这都是某人惹来的祸事，别人替你去吃苦送死，你心里难道不觉得难受羞愧？"

小古看都没看她一眼，神色之间不见任何尴尬犹豫："我们从锦衣卫眼皮底下救人，这本来就是捅了马蜂窝，他们必定要严加追查。被抓之人中，除了你那位石巡检，其他都是本会的兄弟姐妹，当初制订整个计划的时候，他们就应该知道事情的严重性。"

宫羽纯媚眼一翻，撇嘴冷笑道："你倒是推得干净，照你说的，就眼睁睁看他们送命？"

"当然不是，此事由我一人承担！"小古断然回答。

"那我就等你的好消息——可别光顾着嘴上逞强，迟迟不见行动！"宫羽纯讽刺道——不知怎的，她跟小古就是不对盘，每次见面总要争吵几句。

"这就不劳二姐你费心了，你还是好好应付即将上门查问的朝廷鹰犬吧。"

"够了。"景语阻止了两女互呛，仍是不动如山的冰冷之态，"当务之急，是防止金兰会的人员身份和机密被泄露，一旦被锦衣卫顺藤摸瓜抓住线索不放，我们整个组织都要被人一锅端。"

小古心中一凛——自己思考的是如何救人，而景语担心的却是泄露组织机密。

身为会首，这是他应该思考的，但他要如何防止机密被泄呢？是要及时把人救出，还是……干脆让人无法开口说话？

这个世上，只有死人是无法说话的。

小古想到这儿，心中"咯噔"一声，连忙追问道："你想要做什么？"这话问得突兀而且无礼，却又透着一股奇特的默契，众人都觉得有些意外，宫羽纯来回打量着两人，脸上浮起疑窦，只有知道一切的秦遥心中暗叹。

"先设法救人，如果不行，希望他们能以组织为重，自行解脱痛苦。"景语的答案，果然如小古想象中一般冷酷严苛。

她的心中一片冰凉，嘴唇动了动，却是一个字也说不出口。理智上，她知道景语的决定是对的，锦衣卫那帮鹰犬都是刑讯逼问的老手，他们会用各种匪夷所思的手段让人吐露实情，人落在他们手中，只怕撑不过三天！

万不得已时，只能将他们灭口，也算给个痛快。但从情感上说，她无法接受，这般冰冷的、杀死同伴的言语，竟是出自青梅竹马的阿语口中！

其他人可以这么说，甚至小古也觉得自己应该狠下心这么做，但唯独从景语口中说出，却让她感到心头针刺一般的痛。他曾是那么温柔正直的人！

小古甚至宁可自己弄脏双手染上血腥，也无法想象他会下这样的命令！

她呆呆地看着纱帐中的他，只觉得眼前这人，熟悉而陌生，眼角渐渐浮上酸涩，却又哭不出来！

心中一片混乱，她只听到自己的声音在说："我一定会把人救出来的，一定！"

无论如何，她都不希望他变成杀死同伴的凶煞恶鬼！

散会之后，小古要走，却被二姐扯住了袖子，温柔沉静的她忽闪着美眸，却是羞涩得说不出口。

小古顿时会意："你是想见小安？"

二姐点了点头，虽然竭力控制，仍是泪水盈满眼眶："这么多年了，我只是想看她一眼，看她长大了是什么模样……"

小古叹气，很是为难——锦衣卫正在到处搜捕，此时带她前去探望被藏起来的小安等人，无疑是非常危险的。但当她看到二姐那红肿而急切的泪眼，却是什么也说不出来了。

转过头去，不出所料，秦遥正站在门口等待——两人之间已有默契不需任何言语，他微微一笑道："上车吧。"

马车辘辘而行，二姐一路上沉默不语，但一双素手却紧紧搓揉着裙角，显示她内心紧张到了极点。

突然有马蹄声传来，小古连忙一拉二姐，低下头藏匿，那骑士快速接近，听声音只有一人，此时月轮从云中出现，照亮了他的脸庞，小古从飞起的窗帘中看到，来人分明是袁槿！

电光石火之间，两人的目光对了一下，袁槿突然放缓了马速，炯然的眼神盯着马车窗户。

他是看见自己了吗？

小古心中揣测，却奇异地并不怎么担心——袁槿三番两次的帮忙，连问都不问一声，这种袒护到底的态度，让小古不禁把他归为友方，而实际上，他的底细如何，小古也并不知道。

马蹄声又加快，袁槿飞速驰离，小古从车里探出一个头，看着他离去，而沉默看着这一切的秦遥却是若有所思："你认识这个人？"

小古犹豫片刻终于点了点头："是广平侯府的二公子。"

"你们之间关系很亲近？"从来不八卦的秦遥，突然也问起这个来。

"只是说过几句话而已。"小古淡淡带过，不知怎的，她并不愿意把袁槿的几次帮忙公之于众，那枚奇怪的玉佩之事更是不想说出口。

终于到了那群女人们藏身的地点，城南本是平民居住之地，马车越往前走，街道两旁的宅院越见破败简陋。

街道原本宽阔，但数百年来各种建筑逐渐蚕食街面，连流水通城的明渠都被堵塞，街面上时而出现垃圾和污水，连屋檐下的角灯都显得昏黄暗弱。

从正街拐进了三个弯，出现在眼前的是一家漆黑门板的店铺。这处店铺门板漆黑不露一丝灯光，惨白的灯笼随风晃悠，幌子上挂的不是五光十色的货物，而是一只小巧玲珑的朱红棺材。

这是一家长生棺材铺，所用的木料都是最下等的薄木皮子，只够勉强塞进去一个人的，但胜在价钱便宜，一百个铜板就得，如果手头不顺，还允许自己去伐来木料只收五十个铜板的手工费。

很少有人知道，这家棺材铺的东主跟城郊义庄是同一位，即使知道，也只会赞一声仁善。

小古他们在街口下来，悄然步行来到门口，轻轻敲门，门板那边有人站起身来，对了暗号，打开一条缝隙让人侧身而入。

只是简单一进的院子，后面是个堆满木材的杂院，还有没有上漆的四具棺木靠在墙边，引路的伙计搬开一具，露出暗门来。虽然早已预料到她们的藏身之处不算宽敞，但进入内中，小古仍是被逼仄拥挤的情景吓了一跳——

三间密室里，用木架和棺材盖板做成临时的床铺，重重叠叠架了三层，女人们或是坐或是半躺着说话，空气显得有些浑浊。外面正在加紧搜捕，她们又都是些身体羸弱的女子，送回家乡只有死路一条，小古迫不得已，只能暂时把她们藏在这家棺材铺的密室里，但这也不是长久之计。

“哎呀，可算来人了，我还以为要把我们姐妹关在这个老鼠洞里十年八年呢。”能始终保持这种尖酸刻薄腔调的，不用问，必定是那位琼娘。她支起半个雪白手肘，从上铺探出头来，眼睛骨碌碌四下打量，见到四人进入，有些失望地抱怨道：“居然没有夜宵，我依稀听到街上有人挑担在卖馄饨。”

“你以为这是在别院上悠闲度假呢！”小伙计啐了一声，不顾她的咒骂把灯芯拨亮。

“什么时候放我出去啊，在这里吃没好吃穿没好穿，躲躲藏藏还不如待在军营——”

“我看你是心里痒痒天天想着男人！”

“哟，在我面前装什么，平时打扮最风骚的就是你，私下跟男人勾勾搭搭换来吃的用的，你以为大家是瞎子？”

一片嘈杂之中，突然有人尖叫一声，撕心裂肺：“小安！”

一声母亲的激动嘶喊，瞬间让大家都静默了，推搡劝架的停下了，吵闹的也不禁住嘴了。

久别重逢的母女两人，紧紧抱成一团，哭得成了泪人，嘴里喃喃已是神志不清，不知该说什么好。

这种场景，即使是铁人也要心酸落泪，小古侧过脸去，有些不自然地忍住眼眶的酸涩，秦遥也低下头摸着剑上的流穗。

孩子是母亲骨中之血，比她自己的命还要金贵……二姐抱着小安哭得喘不过气来，摸着她瘦得一条条凸起的肋骨，只觉得心如刀绞。

突然，暗门外传来急促的敲击声，另一个伙计飞快地把门打开，略带惊慌道："锦衣卫的人来巡查铺子！"这一句好似一盆冰块浇在热火上，顿时把众人惊住了，连二姐和小安都停止了哭泣，身子瑟瑟发抖。

秦遥目光一闪，"唰"地拔出身上长剑，小古也心中"咯噔"一声，但她面上丝毫不露，低声吩咐道："把棺材恢复原样，把暗门关紧，不要露出破绽。"

此时门外传来粗野的敲门声、吆喝声，在暗夜里听来，显得格外恐怖。

两个伙计手忙脚乱将东西恢复原样，敲门声越发急促，简直有破门而入的架势，不多时，门好似被打开了，一群男人的声音哄闹着走了进来。

"慢吞吞的不想混了吧？"

"小子你睡迷糊了在被窝里想婆娘了吧？"

随即是一阵鸡飞狗跳的搜找。

听那语气，小古知道外面来搜查的都是锦衣卫的军余力士，领头的也不过是个校尉，奉了上峰的命令来搜查。

外面闹得沸反盈天，密室之中的女人们却是吓得似筛糠，有些甚至抱在一起，却又怕哭出声，拼命堵住自己的嘴。

秦遥的剑光护在暗门之后，好似黑暗之中唯一的光芒，给这群妇孺莫大的勇气，但是小古清楚地知道，一旦被发现就是死局——对方人多势众，根本没有逃脱的可能。

"我们在搜查一群逃跑的女犯，你们可曾见过什么？"例行的查问，两个伙计连声告饶，说成天在铺子里卖这些晦气背时的东西，哪里能见到什么大姑娘小媳妇，那些丘八大爷笑得声音老大，倒也没有为难他们。

搜找的声响并没有什么规律，却逐渐逼近了暗门——这个院落实在是太小了。密室之中，静得连一根针落地的声音都能听见，二姐和小安抱在一起，母女两人对视一眼，眼中写满无奈惊恐——她们都生怕这份历尽磨难的小小幸福，下一刻就会被粗暴践踏、毁灭殆尽！

"把这些棺材都搬开！"

"大人啊，我们这行有风俗，没漆完的棺材不能挪动啊，否则阎王爷发怒要抓人代替的。"这个借口平时是百试百灵，但这次却遇上不信邪的了："阎王？我们锦衣卫号称鬼见愁！信不信老子现在就让你去面见阎王？！给我搬开！"

正在这千钧一发的紧逼时刻，小古突然听到外面有人的脚步声响起，随即有一个熟悉的嗓音插入——

“你们在做什么？”竟然是袁槿！

他嗓音冷漠，却带着天然的尊贵威仪：“整条街上都吵闹不堪——你们锦衣卫竟然故意滋扰民宅，让你们百户来找我说话。”

“你算是哪个裤裆里出来的人物——”有人才骂了一句，领头那个校尉却给了他一个巴掌，显然是认出袁槿的身份来。

小古对广平侯家的事也算略有了解，袁槿的父亲是广平侯袁容，尚了朱棣的永安公主，朱棣对永安公主颇为宠爱，他们家在勋贵之中都是炙手可热的。

据说，朱棣本来要把永安侯的爵位进一进，年前却出了他家五公子私藏王霖那事，这事才被搁置了——但话说回来，私藏建文逆臣还能全身而退，整个永乐朝也没几家有这般底气。

“千户大人息怒，我们也是例行公事，既然此地并无可疑，我们立刻就走。”

锦衣卫这边撤得很迅速，不一会儿就再无声息了，小古只听到一阵脚步声，好似某人站得离自己更近了。

“自己多加小心。”袁槿好似是在自语，又好似是对着虚空的墙壁叮嘱，他轻叹一声，脚步声也远去了。

小古等他走远，才打开门出来，街上的喧嚣已退去，夜风吹着她的鬓发，清冷之中却别有一种微微的暖意。院子里的梅花都凋落了，而杨柳却开始萌发新绿。她深吸一口气，只觉得整个人都充满着劫后余生的轻松。

“看来，这位袁公子真是你的幸运星啊！”秦遥在旁边打趣，小古想起自己先前的话，有些心虚尴尬，呵呵笑了两声蒙混过去。

第二天清晨，小古正在广晟的嘉禾院里散步活动筋骨，而初兰也包着一块帕子出来晒太阳了，她额头上的伤也好了许多。两个伤员又遇到了第三个伤员，秦妈妈拄着拐杖也出来了，三人对视一眼，看到彼此伤痕累累，都是又好气又好笑。

秦妈妈还是闲不住，一手拄着拐杖，另一手拿着一个食盒，散发着浓郁的香味：“我去给如瑶姑娘送些葱花虾饼，她小时候最喜欢这个了。”

秦妈妈以前是张夫人的陪嫁，曾经嫁给外院一位大管家的儿子，不料夫君和没满月的孩子都染病死了，紧接着张夫人又血崩小产，撒手人寰。对她来说，最重要的人就是大房的小姐如瑶了。初兰叹道：“听说上次，就是秦妈妈伤腿感染，突发高烧，如瑶小姐为了救她，才会闯进二夫人的清渠院，这才误打误撞救了你——如瑶小姐看着清冷，倒还算是有情有义。”

小古随声答了一句，看着秦妈妈的背影，心中却是若有所思——上次不动声色布下的局，如今也该水到渠成，可以收线了。

秦妈妈的高烧，实则不是什么伤腿感染，只是一包对身体无害的药而已，如瑶闯入王氏那里索要对牌，正好撞见满身血污伤痕的自己，从私设的刑堂跑出来求救——这看似巧合的邂逅，其实，也不过是一场人为设定的精彩戏码！而设计整场戏的人，正是她这个不起眼的小丫鬟。

俗话说，一回生，两回熟……如瑶小姐，我们很快就会再见面的。她心中想着如瑶，真正在意的却是张氏夫人那只神秘木盒——目前来说，真正知道这只木盒价值的人还没有几个！但在这之前，她必须先考虑救人。

锦衣卫的诏狱……那是一个可怕到让人连想一想都要发抖的地方。

诏狱里黑沉沉不见天日，铁栅栏里不时发出或是含糊或是凄厉的嘶喊声，夹杂着狠戾的呵斥声、撞击声，让人如入地府幽冥。

各式各样让人毛骨悚然的刑具挂在墙上，通红的火盆燃烧得炽热，却有一种皮肉混合着鲜血的焦臭腥味。

铁架之上拴着一个人，却已是血肉模糊看不清长相，脚底心的肉也被生生撕开一层，露出森白的踝骨。

烙铁又一次贴在他身上，那人发出不成调的嘶哑喊叫，身子剧烈地抖了抖，却仍是牙口紧闭。

广晟顺着台阶走入囚牢的时候，那人吐了一口血，睁大眼睛正好对上他的。

“这姓燕的是府前卫出身，这么多年来一直是在苦哈哈地巡街，上头也没什么人照应。”一名小旗官在广晟耳边低声说道。

行刑的是个瘦小精悍的中年人，又拿鞭子在凉水中蘸了，在他身上抽得啪啪作响，声音虽然沉闷，却是每一记都凸起一道紫红血痕。

“说，你的同党都有哪些人，藏在什么地方？”行刑人有心在广晟面前露一手，狠声逼问道，燕校尉直愣愣地看着他们，剧烈地咳嗽着，却是一言不发。

“只要进了我们这儿，没人能够嘴硬到底。”行刑的从壁上的立柜里取出各种匪夷所思的刑具，广晟却是摆手示意他停下，他俯下身，凝视着燕校尉的眼睛：“何必呢，你在这里苦苦坚持，你的同伙却在外面逍遥自在。”

燕校尉无神的目光看着他，仍是咳嗽着不愿理会。

黑暗中，广晟的嗓音魔魅而诡异：“说不定，他们更希望你死在这儿。”燕校尉仍是沉默，但广晟却分明看到，他的喉结微微颤动了一下。

“罢了，让他好好休息一会儿，明天我再来。”遍体鳞伤的燕校尉被拖到隔壁的囚房里，黑暗中响起陌生的声音：“小子，太过心慈手软，可是成不了大事的！”

从诏狱另一端的甬道迈出的是个国字脸大汉，黑黄钢髯，行动之间连地面都微微颤动，他的五官很是豪迈英雄气，唯独那一双三角眼凶煞闪闪，让人不寒而栗。

这位是锦衣卫北镇抚使刘勉。锦衣卫辖下有一个经历司和南北两个镇抚司。经历司掌管收发公文。南镇抚司掌管本卫的刑法事务，兼理军匠；北镇抚司则专掌诏狱，从事侦查、逮捕、审问等活动，人们俗称的诏狱就是属北镇抚司管辖。

广晟长身玉立，看向他的目光不卑不亢，端华隽秀的容貌在这片混乱血腥之中，好似明珠美玉一般，很是引人注目。

刘勉走到跟前睁大眼打量着他，喷着鼻息嗤笑道：“这么俊俏的孩子，不去羽林卫穿金盔金甲吸引小姑娘们，来我们这儿弄得一身血一身臭汗的，真是自找苦吃啊！”

广晟听他话音就知道他把自己当成了无用人，话音里透着挖苦调侃。他淡然一笑，低声道：“我让他休息，不是什么菩萨心肠，而是有把握问出口供。”

“我们这边各种刑法十八般手段用了一大半，你一张嘴轻飘飘就有把握了？”刘勉显然并不相信，但因为纪纲看重眼前这漂亮小哥儿，他也不愿多说，广晟见他神情也分辨——明日便知分晓。

囚牢里总是一片昏暗，燕校尉躺在稻草堆上，感觉四肢百骸都不能动弹，昏沉之间也分不出时间，只感觉有人送来一碗凉水和一碟干馒头，他费力地爬过去，勉强喝着水咬了几口馒头。

突然，腹中升起剧烈的疼痛感，随即胃里翻江倒海，他“哇”的一声吐了出来，吐出的馒头碎糜中混着鲜血，他痛得蜷成一团，继续大口吐着鲜血与食物的残渣。

那剧痛扩展到全身，整个人都瑟瑟发抖。

好似有狱卒跑来，把他拖了出去，又有人用大量清水灌进他嘴里，不由分说地重复着催吐、灌水这一过程……他抽搐着，呕吐着，直到胃里的酸水也吐了个干净。

最后，他彻底昏迷了过去。

再醒来时已经是天亮了，一丝晨光透过狭小的天井，从甬道另一端透了过来，燕校尉费力地想爬起来，却被一双手扶了起来——他抬头一看，竟然是昨天那个年轻漂亮得过分的锦衣卫少年高官。

“你真是命大，被人下了毒还能活下来。”广晟含笑低声说道。

燕校尉的心狠狠地抽了一下，不禁回头去看地上——虽然已经清理干净，但那残渣和鲜血的痕迹仍然有一片轮廓。

真的是金兰会的人下毒灭口吗?

他心中狐疑，嘴上却是丝毫不愿示弱：“哼，这只不过是你们使的离间计，堂堂锦衣卫的诏狱，岂会被人轻易潜入？”他大笑出声，那嗓音却显得格外嘶哑和勉强。

“被同伴背弃，实在让人难以接受，我知道你不会相信，不过下毒之人已经被我们抓到，他已经什么都招了。”

燕校尉瞥了广晟一眼，越发觉得这人是在虚言恫吓。

下一刻，广晟俯下身，在他耳边低声问道：“那只长条木盒。”

燕校尉的瞳孔因为极度震惊而缩为一点——他怎么会知道？！

“这就是方才那个下毒之人所供述的，看你的神色，我倒是确定他没有撒谎了。”广晟微微带笑，那俊秀的笑脸看在燕校尉眼中，却是比地狱恶鬼更加可怕！

木盒的事情，他只向金兰会的七公子禀报过，当时站在他身后的只有十二娘子一人！

他们两人都是金兰会的首脑人物，除了他们，燕校尉敢担保，自己连家中妻小都没有透露过！而现在，这个锦衣卫的恶贼，竟然知道了这件事！燕校尉顿时心乱如麻，这一刻，他整个人都好似浸在冰窖里，冷得说不出话来！

竟然真的是金兰会来杀人灭口！他们居然如此心狠！

这个想法宛如毒蛇一般窜入脑内，他整个人都瘫软在地，面如死灰。好似感觉这打击还不够，广晟又低声道：“你的妻子儿女都快急疯了，昨夜四处去求人托关系……”

燕校尉身子抖了一下，他出身青州，武举人出身，在京城始终也没谋个好前程，妻儿跟他也没享上什么福。

“你见过那些失踪的营妓吗？”燕校尉看了他一眼，不知广晟是什么意思——他茫然摇了摇头，这事连七公子都没有插手，据说是十二娘的惊人手腕，因此他是真不知道。

“那些营妓，好些都是官宦人家小姐，因为父兄犯罪才落到这种地步，我听说……你也有个女儿。”广晟淡淡的一句，让燕校尉彻底崩溃，他的脸色一会儿通红一会儿铁青，额头冒出黄豆大的汗珠，整个人都陷入极大矛盾之中。

“再过一个时辰，锦衣卫就会把你的缉捕文书送到你们府前卫——一个时辰之后，你的妻女就会被赶出官家的宅子，被充为罪奴。”广晟的话让燕校尉急怒交加，顿时又吐出一口血来，他粗声喘息着，终于开口了：“我们金兰会，下级只能听上司召唤到指定地点会面。”

他舔了舔出血的嘴唇，颓然道：“我们见面的地点是岳香楼，我听命于七公子。”

“七公子是谁？”广晟逼问道。

“我不知道，他从来都是隔着屏风跟我说话……”燕校尉低下头想了一会儿，又补充道，“我只知道他和十二娘最是要好。”

十二娘！

广晟禁不住眯起了眼，精神为之一振。

又是这个神秘的十二娘！

上次营妓被劫，就是她的手笔，神秘的铠甲失而复得、王舒玄的莫名重伤……这些迷雾重重的事件，背后都有她的影子！

听说金兰会中的首脑乃是结义而来，她排行十二，可见年纪尚小，却有如此手腕和心机，实在是个棘手而危险的敌人！他整理一下思绪，追问道：“他们两人身上有什么特征？”

“十二娘我没打过照面，而七公子……”燕校尉突然眼前一亮，肯定道，“他的身上，有油彩淡淡的气味。”能用上油彩的，除了少数擅长工笔画的画师，就只有一种人——戏子！而岳香楼正是有一整出戏班子常年停留！

广晟顿时站起身来，吩咐左右亲兵道：“立刻查封岳香楼！”

2.

他快步走出地牢，身后却跟上了一个尾巴。

刘勉笑着跟定了他：“小子，行啊，居然真的被你问出来了。”

广晟也不理会他，直接穿过仪门、照壁、跑向门外，翻身就要上马。

刘勉也跟着上了自己的马，狠抽两鞭跟上广晟，两人一前一后，冲出锦衣卫官衙所在的长街。这里靠近承天门，偌大的动静顿时惊得隔街相望的六部守卫们频频张望。

“你自导自演了下毒灭口的戏，为什么那姓燕的会相信你？”刘勉一边纵马奔驰，一边在风声中坚持追问。

广晟也算服了他了，只得解释道：“光是演那一场戏，他当然不会相信，但我查到了只有他们内部知道的一个秘密讯息，他以为他上司派来灭口的人已经招供，当时就心凉了，再加上不愿家眷受苦，再强硬的汉子也只得屈服。”

广晟微微一笑，说得很是简略。只有他自己知道，要查到一条重要的消息，需要付出多大的气力。

他早就派人去查过燕校尉的经历，他十几年来被人排挤去干巡街的差使，却着力结识了各个官宦显贵之家的家将家奴。国朝勋贵延绵多代，这些人都是为主家奔走在外的，知道很多主家的秘辛。

由燕校尉牵扯到的这些人，可说是鱼龙混杂数量庞大，一般人是耐不住性子一一查证的，只会挑选他经常来往的好友来查问线索。但广晟却偏偏有这个耐心。他调来二十多个精于讯问的老吏，让这些人分开供述燕某人的一言一行。这一举动不仅被人看作是做无用功，而且还平白惹来许多高门府邸的抱怨——打狗还得看主人面哪！幸好纪纲统领下的锦衣卫凶名远播，总算那些主家没敢闹腾。

这些人的口供堆起来有半人高，广晟花了一天一夜才来看完，最让他留意的是有三个人都提到，燕校尉曾经问过，是否在主人的书房里见过一只长条木盒。

这几家都是从太祖时候就封爵的老牌勋贵，广晟当时就直觉，这个神秘的木盒一定有文章！

他用这事来虚言诈了燕校尉一回，他果然上当受骗，以为自己被组织抛弃灭口，乖乖叛变招供了。

这个木盒里究竟有什么？牵连着怎样的内幕秘密？广晟不禁心中猜想，而不远处，岳香楼已经近在眼前了。

原本宾客满堂的岳香楼，此时已经被兵丁团团围住，一派剑拔弩张的场景！李盛见到广晟，快步跑了过来行礼迎候——两人本来是同僚，此时地位却是高下立判。

李盛也不像上次那样穿着皮甲头戴毡帽，而是一身光鲜的飞鱼服，系着金牌，佩着绣春刀——这是标准锦衣卫小旗官的装束了。

情况紧急，来不及寒暄，广晟径直问道："现在里面情形如何？"

"我们已经把所有人都关在院子里，准备一一鉴别。"广晟吩咐道，"把他们一一捆了，带回诏狱。"

"这……是否牵连太多？"李盛有点犯难——岳香楼的老板背后也有几位大人物的干股，真把事情做绝了，那就是打人家的脸了。

刘勉也赶了上来，建议道："我倒是觉得，可以把燕校尉带过来，让他一一辨认声音。"

"要改变声音不是难事，而且也有可能听错——这些都是极为危险的逆党，一旦错放，有危险的人是我们。"刘勉顿时有些脸上不好看，他不仅资格老，品级还比广晟高上一阶，这个新近红得发紫的年轻人居然当面驳回，实在是太不顾他的脸面了。

他阴着脸命令道："把所有人一齐带走。"

百十个官兵立刻冲进岳香楼内，将楼上客人拦在一边，直扑戏子们居住的后院厢房。

正是清晨练嗓的时候，官兵们如狼似虎地冲进去，后院顿时一片骚动，抓人的、申辩哭喊的闹成一团，突然有官兵发出一声惨叫！广晟等人快步冲入，只见一个锦衣卫的军余倒在地上，肚子上一个血淋淋的窟窿，连肠子都露了出来！

"快抬下去急救。"刘勉连忙吩咐道，居然有人敢袭击锦衣卫的人，这让他又是恼火又是震惊——这时他才发现：广晟担忧的事成真了！

"是一个十几岁的小兔崽子，突然出剑刺向我们……"其他军余有气喘吁吁禀报的，更多人却一窝蜂追了上去。

"他上了房顶了！"乱七八糟的嚷嚷声中，广晟抬头，只见一道清瘦敏捷的身影在屋顶上奔跑挪移，不时躲过锦衣卫军士们射出的铁箭，看上去简直像一只伶俐的猴子。

看那身形像是个挺拔少年，几个跃身却是朝岳香楼的主楼而去，在众人的惊呼声中，只见他一个猴子捞月，接着倒挂金钩，用靴尖钩住屋檐，飞身一跃跳了出去，极为惊险地落在主楼的窗沿上。他纵身跳入二楼的一个房间，在如雨的铁箭下关上窗户，却中了一记铁箭，墙壁上喷上了鲜红的血痕。

他要做什么？

广晟眯起眼看着那边的动静，刘勉喘着粗气怒声道："简直反了，儿郎们快与我冲上去！”

一群人应诺一声，性急的已经踏上岳香楼的木梯——下一瞬，一团团火球掉落下来，落到人身上，顿时燃烧起来，被烧着的拼命扑打身上，却几下就成了火人，发出凄厉的哀号声。

那火球好似浸了煤油和黑水这类，在木梯上迅速燃烧起来，随即迅速波及整座主楼。坐落在应天府繁华地段的岳香楼，此时彻底陷入了火海之中，有好些来喝早茶的富户和官员们在不远处发出惊呼声，围成一圈指指点点。

第二层的窗户此时突然打开，从中冒出阵阵白烟，好似里面也在烧着什么东西；一道人影站在窗边，用长剑在挑动拨弄着什么，随着他的举动，那浓烟越来越重。

“这小子在烧信件文书！”刘勉怒骂一声，一旁的李盛立功心切正要冲上去阻止，广晟拦住他摇了摇头：“今日风大，助长火势，不过一刻就会把整座楼都烧着，你进去也是白白赔命——况且看他这架势，是不会留下一个纸片的。”

仿佛印证他的话，楼内的白烟越发升腾，最后只见那人把一只火盆举高，长笑一声从楼上摔下。

火盆落地四散飞溅，发出巨大的声响，那人哈哈大笑过后，仿佛很是惬意，在窗边踱了几步，看那身姿英华隽永，简直好似在戏台上走步一般。

响亮的吟唱声从楼上响起：“人生自古谁无死，留取丹心照汗青……”

那身影在火光中逐渐模糊，清朗嗓音却回荡在半空中——吐字清晰嗓音圆润，宛如珠玉落地，绕梁回旋，周遭那些叫喊、咒骂声都不能压过他半分。

“这声音……这声音是七公子！”广晟听到身后有人发出惊慌喊声，回身去看，正是那燕校尉被押送了过来。

他浑身都在颤抖，抬起头，死死凝视着窗前那道身影，颤抖着声调说道：“不会错的，这就是七公子的声音，我记得的！！”

原来那个少年，竟然就是金兰会的七公子！

广晟心中一震，而就在这一刻之间，火舌肆虐狂舞，已将整座岳香楼吞噬包围……

巨大的梁柱发出木料剥落声，随即倒塌下来——随即而来的，是众人的惊呼，以及楼阁残垣的轰隆坠地声。

燕校尉呜咽一声蹲在地上，双手捂住脸，不知是在哭还是笑。广晟叹了口气，只觉得心中怅然若失，满腔激越都好似被冰水一浇，化为了眼前这一缕青烟。

顺藤摸瓜，居然发现了金兰会的重要人物，却终究让他自尽身亡，功亏一篑。

好不容易寻得的线索，到这里再次中断了！

他深吸一口气，转眼之间恢复了平静，让人把燕校尉押回，又让手下兵士帮忙救火，自己却绕着这一片火场走动着、观察着。岳香楼在视线中逐渐化为灰烬，再无半点可查，周围的百姓或是兴奋震惊，或是害怕惋惜，都在指点观看着。

这里面，会不会也混着金兰会的奸细？广晟这么想着——下一刻，他居然看见了熟悉的身影和面容！

“小古！”他喊出了声，随即觉得疑惑，“你怎么会来这儿？”

小古是来岳香楼找秦遥商量救人之事的，却撞见这样一幕！

她站在人群中，抬头望着熊熊燃烧的岳香楼，心中却是如坠深渊！她只觉得眼前一黑，努力控制情绪才让自己没有摔个跟头。

耳边充斥着百姓的议论和兵士们粗暴的叫喊，她一眼看见，站在中间指挥灭火的中年钢髯大汉，正穿着秋黄蜀锦的飞鱼服。

是锦衣卫的人！

一股凉意从四肢百骸升了上来，小古咬住下唇，面上却是丝毫不显露。

越是这个时候，越是要冷静！

七哥他人在什么地方？是否被抓？还是已经葬身火场？

到底是哪里泄密？锦衣卫的鹰犬们又知道多少？

这些念头回旋在她脑海里……就在此时，她听到一声熟悉的嗓音——

“小古！你怎么会来这儿？”抬头一看，竟然是广晟！

“少爷，是你。”小古看到他，莫名地觉得有些安心——虽然不是金兰会的同伴，但此时遇见熟悉、亲近之人，仍然让人感觉多了一重保障！

“少爷你来这儿做什么？”不等他回答，她眼珠一转，哼了一声瞪他道，“你又出来鬼混了！”

被她这一讽，广晟这才发觉，自己一直以来都穿着普通京卫军官的战袄与银甲，再加上他信步走远，倒是与那群锦衣卫的人显得泾渭分明，完全不似一伙人。

他如今的军籍还在旗手卫，因此纪纲虽然授他相宜独断的权力，服饰却一直没换过来。这样也好，锦衣卫这种名头实在是吓人，也没必要让小古和家里那帮人知道！

“哪是什么鬼混，我是来听戏的，没想到这里居然有叛党，又是抓人又是放火的。”他含糊带过，小古却听得五内如焚，追问道：“是什么叛党啊，抓住了吗？”

广晟摇了摇头：“自己放火烧死在楼里了。”

小古身子一晃，下死力掐住自己的掌心，用疼痛控制了所有的情绪。

“是吗，那真是太可惜了……”她的话很是含糊，不知是在说锦衣卫没抓到人可惜，还是在说叛党死于非命可惜。

掌心被握得剧痛，她的眼神不敢向那一团冲天大火看去，心口却几乎要爆裂！

“你怎么了？”广晟见她神色恍惚不定，觉得有些奇怪。

“这些锦衣卫的缇骑又在这里抓人放火，简直是无法无天——你看那些百姓敢怒不敢言的模样！”小古心乱如麻，勉强保持冷静地岔开话题。

傻姑娘……你要是知道我决定留在锦衣卫里，那该吓成什么样呢？

广晟心中好笑，看到小古略带惊慌的眼波，顿时又感到沮丧：她难道也把锦衣卫当成洪水猛兽了？

若是她知道了……是不是也会用这样的眼光看我，甚至是厌恶、痛恨？广晟心中惴惴——在乱军中厮杀他也不曾有这种担忧害怕，心中只是升起一个念头：不可让她知道自己的真实身份！

他心中打着鬼主意，嘴上却是安抚道："这里火啊烟啊的，没什么好看，我们还是回去吧。"

小古心中犹豫：岳香楼这个重要据点被发现并毁去了，按照金兰会的行事规则，在场之人必须尽速离去，保存自身为第一要务，但她却实在挂念七哥的生死安危——连尸首都没见着，让她如何甘心！

正在此时，却见火场那边开始骚动喧哗起来，好像有人抬着什么出来了——她的心再次吊到了嗓子眼儿。

"少爷，我们过去看看吧。"她拉扯着广晟的衣袖，半是撒娇半是恳求道。

广晟倒也想看看，但又不想被人叫破自己也属锦衣卫的身份，于是饶有兴味地在她耳边悄声道："我们偷偷溜过去看看好不好？"

"好！真好！少爷真是大好人！！"小古泪眼婆娑点头如捣蒜，这极大地满足了广晟的男儿虚荣心，两人手牵手混在人群里，从旁边的巷子迂回偷偷往前凑去。

锦衣卫的人正在凶神恶煞地驱赶百姓——但无奈岳香楼在城市热闹的道口，赶走了一波又来一波。此时锦衣卫的军士正抬着一具尸体从这边走过，顿时人群都凑近尸体指指点点的。

那尸体烧成焦黑干枯，淡红色的肉翻在外面，凑近看的有人忍不住呕吐起来。"这就是七哥吗？"小古不禁摇了摇头，不敢想象这样一截干枯可怕的躯体，就是那倜傥风流、钟灵毓秀的秦遥！

她摇着头，不禁捂住唇——怕自己哭出声来。

下一刻，她的眼凝于一点，因震惊而睁大！

她看到，尸体那烧得蜷缩的手掌上除了残损的五指，还有一个明显的骨节——好似这人生前有第六个畸指！

瞬间，她想起先前来岳香楼时，秦遥向她介绍引路的少年——

"这个猴崽子是我新收的徒弟，叫六指。我们梨园行的规矩，是不能用缺指、残肢之人的，他为了学戏，自己咬着裹了麻药的白布，硬生生用菜刀割下来的。"

……

音犹在耳，她心中悚然一惊，顿时明白了所有：竟是这个叫六指的少年，在官兵攻入之时挺身而出，烧掉所有文件，装扮成七哥的模样慨然赴死！

锦衣卫的军余们发起性来，用鞭子朝人群抽去，百姓们哀哀叫疼，潮水般往后退去，到广晟这里时，他挡在小古身前，目光淡然一瞥之下，那些人大惊失色，正要跪下行礼，却见他双手虚按，示意他们不必多礼。

见他身着普通军服而非是象征锦衣卫的飞鱼、麒麟服，那些人也机灵得没有喊穿身份，而小古此时心潮起伏，心绪大起大落之下并未发觉异常。此时，两个校尉吆喝着把一个五花大绑的人犯押来，那人遍体鳞伤，一瘸一拐地，地上留下了他的血痕。

“看看，是不是这个人？”燕校尉被揪着头发凑近焦黑的尸体，鼻端闻到那焦臭味道，浑身颤抖不已——也不知是愧疚还是害怕。

“看看清楚，到底是不是！”李盛在旁边吆喝着，而小古此时也反应过来：就是这个人出卖了金兰会的秘密！

她躲在广晟身后，用冰冷而仇恨的目光死死盯住那人，好似要将他整个人都千刀万剐！

好似感受到她的目光，燕校尉抬头看向这边，却正好撞见广晟平静无波的脸，他好似看见了恶鬼一般，忙不迭低下头仔细查看尸体。

小古偷偷地往外张望，却见那燕校尉的目光也停留在尸体的手部，顿时心中“咯噔”一声。

这一刻，她的心都要跳出嗓子眼儿了，吵闹喧嚣的气氛在她心中，却是无比凶险紧逼——突然，燕校尉开口了：“是的，这的确是七公子，我没有看错！”

小古在听到这一句时身体终于放松下来，数次的大喜大悲加上紧张疲惫，她眼前一黑，整个人都一个踉跄。

“你怎么了？”广晟连忙扶住她，急切问道。

“我没事，就是凑近了看有些吓着了……”

“赶紧跟我回去，身子不适还出来乱跑！”广晟一边抱怨着，急切地扶住小古转身便走。

入夜时分，万籁俱寂，嘉禾院的正房里却正在上演龙争虎斗——

“我早就说了没什么事，就是被那尸体吓着了。”小古端着一碗汤药，苦着脸就是不肯喝下去。

“你是嫌苦吗？”广晟冷眼看她讨饶耍赖，任凭他怎么软硬兼施就是不想喝，唇角微弯，绝丽容颜让小古一阵脸红，随即却反应过来，顿时觉得头皮发麻——

“你，你想干什么……啊啊，别过来啊！”小古跳起身来往后躲闪，却逃不过广晟的无情魔爪，被拎了回来施行残酷镇压——广晟拿了柄小银匙，一点一点地喂给她喝。

“这是安神的，你今天受了惊吓，正合这症头。”

小古被喂了三口，终于颤巍巍抗议：“少爷……”

“不准说不喝，也不准喊苦。”暴君冷酷无情地提前否决了她的诉苦挣扎，再次把一匙药送进她嘴里。

苦……真是太苦了！

最要命的是，这浑蛋还一小勺一小勺地喂！

你喂过药吗你！

这样会苦死人的！

小古终于爆发了，一把夺过他手里的药碗，咕嘟咕嘟一口气喝完，这才气哼哼地说道：“这样总行了吧！”

“真乖。”广晟嘉许地摸了摸她的头，又递来两颗雪片梅糖，“这个奖给你。”

“我又不是三岁小孩！”小古瞪了他一眼，还是接过糖含在嘴里。

我就吃，吃给你看！

广晟含笑看着她泄愤一般地咬糖，笑容变得更深，随即却好似想到了什么，收敛了下来。

“问你件事……”他靠近小古，在灯下看着她的眼睛，郑重道，“我们在外面另选个宅子住下来如何？”

“啊？为什么？”小古一时没反应过来——难道他又跟二老爷或是夫人吵起来了？

广晟目光闪动，解释道：“我如今被调入旗手卫，需要戍守皇宫大内，一般十天才能休沐一次，这么久不能回来，我怕把你们留下会受人暗算欺负。”

他这谎话可说是天衣无缝，但实情却是：锦衣卫任务繁忙，最近查到了金兰会这条大鱼，他需要夜以继日地忙活了。

他的最新任命，下午就已经送到：以副千户之职暂掌锦衣卫一个千户所！而明面上的军籍仍在旗手卫，方便他以此身份缉查叛党动静。

旗手卫中有好些是权贵子弟恩荫得官，他们几乎只挂个名，常年不在，因此广晟只需一两个月在那边出现一次，也不会引人疑窦。

锦衣卫在边军中有安插密探，但京营一向被视为皇帝亲军不容他人染指，这次居然破例允许他如此潜伏，实在是燕校尉的事让皇帝也大发雷霆：连十二卫里也有金兰会的奸细，世上还有什么人真正可信？！

广晟下午接到敕命之时，纪纲甚至意味深长地告诉他：只要这次做出实绩让今上满意，马上就可以再升他做千户，甚至暗示他，未来连南镇抚司也可以由他掌管！

锦衣卫的同等官衔一向是比其他军卫贵重得多，一个千户走出去，就连二品武官也要对他阿谀奉承，不敢丝毫得罪——可以说，只要不得罪那重要的几家勋贵，不去惹那几位大学士，在京城街面他几乎可以横着走！

这样的拔擢速度简直是骇人听闻，但广晟却明白，这其中风险甚大，弄不好就死无葬身之地！

因此，他放心不下小古和其他几个人，想另行在外安置。

“少爷你才刚升官就要别宅居住，这会被人弹劾大不孝的。”小古冷静地帮他分析，“就算你把我们偷偷放在外宅，可我们的身契还在侯府，他们随时可以上门把我们绑回去。”

广晟一愣，倒是觉得她说得有理，想起这侯府里满是算计的眼神，他心头一阵烦躁，反问道：“那你有什么主意？”

小古眼神清明，含笑看着他：“这个府里只有一位主子是个明白人，少爷不如把我们都暂时送到她那里吧。”

“哦？”广晟立刻反应过来，“你说的是如瑶妹妹？”

“少爷也这么想，可见我们是英雄所见略同。”小古的大言不惭让广晟笑出声来。

笑完之后，他却是叹了口气，低声道：“其实，我是有亲生的妹妹的……”

他苦笑着看着小古，继续道：“我亲妹妹如珍，是个名副其实的才女，不仅针线女红是上好的，诗词书画也都精通——只可惜这样的妹妹，有了竟是跟没有一般！”

小古隐约听过旁人的议论——这位如珍小姐秉性沉稳大方，平时侍奉嫡母王夫人殷勤，甚得看重。她一言一行都不肯行差踏错，与广晟之间也是来往冷淡。

广晟不愿多说这个心中隐痛，转了话题回到如瑶身上：“如瑶妹妹倒是个明理之人，她那小院也是门庭冷落没什么是非，秦妈妈又是她的奶妈，你们搬去那里倒也不错。”

想起如瑶的处境，却又有些踌躇：“太夫人和我那嫡母对她也颇为冷淡，你们住那里只怕要跟着受些委屈。”

“要说受委屈，在大厨房里我们都受了这么多年了，哪个管事和婆子都能在我们头上踩一脚，少爷你要是离家久了，我们要么被二夫人拎去小黑屋挨一顿板子皮鞭的，要么就是留在大厨房继续被人使唤——其他少爷小姐也不敢沾惹我们啊！”

广晟觉得这话有理——如瑶在后宅之中虽然常受排挤压制，但她毕竟是大房的姑娘，王夫人就算在吃穿用度上有所苛刻，却也不便手伸得太长去管大房的事——小婶子插手大伯子房里的事，是要被人笑话的。所以，把大家都托付给如瑶，其实也是利大于弊的。

“我跟如瑶关系尚可，但先前也没频繁来往，这要怎么跟她开口合适呢？”广晟觉得有些不好意思，小古自荐道：“这几天我去外面铺子买些女孩子喜欢的物件，备一份礼由你去拜访如瑶小姐，秦妈妈再敲敲边鼓，十有八九是能成的。”

“这倒是，这几天我忙昏了，买什么东西只能你自己斟酌了。”广晟从怀里拿出几张银票递给小古，“除了买礼物，你自己看上什么也买回来便是，别给我省钱啊！”

小古看那银票，居然是四张一百两的，看广晟那架势却似满不在意，不由奇怪道：“少爷这是发财了吗？”

广晟不禁汗颜，这倒是疏忽了：其实锦衣卫中有所谓的份例钱，都是各处店铺豪商层层上贡的，越是位阶高当红的百户千户拿到的越多，他才去不久就分到了八百多两的银票。

“旗手卫里有同僚先借给我使着的，让我替他去参加京卫比武。”他急中生智扯了这个理由，倒也不算完全撒谎：入春以后，京营往往会举行御前比武，有些是抽签上场的，但更多情况下则是挑选精英参加比试，永乐对弓马骑射步战都很是喜好，若是能在这场比试中博得圣上青睐，那顿时就身价百倍了！

他是圣上钦点的人，旗手卫那边无论如何都会给他留个名额的。

“这倒是不错，以少爷的武艺，定然能把对手打得鼻青眼肿抱头鼠窜的。”

“你……这是在夸我还是骂我啊！”广晟哭笑不得，没好气地瞪了这个没大没小的妮子一眼，让她收拾几件衣服就走。

夜近二更，万花楼的兰香阁中气氛凝重，楼外的戒备却是比平时更森严了数倍。

“七哥！你居然没死！”秦遥白衣翩然出现在座位上，顿时引起众人一片喧哗鼓噪。

小古蓦然站起身来打量着他，只见他虽然面容略见疲倦，但身上却并无伤痕，终于松了一口气。

“我没死……但这条命，却是六指牺牲了自己换来的！”秦遥眼中含悲，淡淡说了一句，却让在场众人都静默下来。

“六指是个好孩子，家里没钱让姐妹免于充官罚没，他就主动以身相替，卖身当了戏子。为了吃梨园行这碗饭，他不仅剁了指头，还日夜苦练，就盼着有一天能赚上大钱，堂堂正正地恢复自由身回到家乡……他连梦里都喊着爹娘……”

秦遥的嗓音哽咽着，说不下去了，他低下头，眼前却出现一条白色绣绿萼兰的帕子，接过擦了擦眼睛，再抬起头却发现是小古，两人目光相触，各自看见眼中水光。

一句多谢还没说出口，却听旁边有人冷哼一声，一块帕子带着香风被狠狠地丢在地上。宫羽纯感念身世，也是听得珠泪盈盈，见秦遥双目悲愤交加却强忍着没有哭出声，摸出袖里的香帕要递过去，却又有些犹豫，就在这犹豫的当口，小古已经抢先一步送了。

一股酸意涌上心头，宫羽纯狠狠地抹了一下眼泪，好似一头被激怒的母狮：“岳香楼是我们的重要据点，现在竟然被锦衣卫查抄了，还折损了我们的人——不能就这么算了！要让他们血债血偿！”

“还有燕校尉那个叛徒也留不得！”小古看着众人愤怒喷火的眼神说，但想起燕校尉面对尸体时的那一刻犹豫，以及他身上的伤痕累累，却只得心中暗叹一声，不再言语。

“幸好七弟这位徒弟深明大义，毁掉了所有的文书密件。”坐在上首的景语终于开口了。

他端坐在帘幕之后，嗓音不急不愠，随即却对着老八聂景道：“你在太医院那边混得怎样？上次说起的药可有办法弄来？”

这个话题转得突兀，不仅聂景，连在场众人都为之一愣。

聂景上次治好了广仁的头伤，便受到侯府及几家姻亲的看重，不仅常常让他问脉诊疗，还想法把他从药房杂役的身份上调一下，如今已是太医院下属御药局的一名“直长”了。

虽然身份略有提升，但直长只是比药童和杂役要高些，但基本上只能负责调配药材和汤剂，还不够资格跟几位太医说话，更不用说到御前伺候了。

“我是外面进去的，不是出自京城和燕王府的医药世家，所以始终不得太医和御奉的看重，只是让我看着熬煮药膏打磨蜜丸。”

聂景说到这儿却是毫无气愤不平之色，又继续道：“不过我每日早到晚退，平时做事倒也没出什么岔子，大家经常拜托我帮忙代班，大哥要的药材不是特别紧要贵重，我倒是偷偷藏了些。”

聂景从荷包里掏出三只瓷瓶放在小几上。

“嗯，很好——这是我下一步要配的药物。”景语从帘幕后又递出一张纸，上面墨迹宛然不知道写的是什么，却让聂景吓了一跳，目光从纸面到帘幕来回了三次，这才狐疑地问道：“大哥确定是要这几样？”

“嗯，你照着方子抓药便是。”小古冷眼看着，心中响起了警铃：阿语又要搞出什么事来？！

她凝视着那缓缓收回幕后的右手——雪白细腻，修长而温文，在幽幽灯火下宛如羊脂玉般剔透，却是比女子的手更多了几分刚硬的线条！

这只手是柔和温柔的，曾经替她擦去眼泪拯救她于危难之间，在漫漫长夜里秉笔写信，以良言诤言抚慰她那惊惶不安的心，到最后，也是这双手，在灯下决绝地烧去了她的庚帖，断去了那三生石上的姻缘红线……

而如今，这只手，却是染上了无穷的血腥与暗黑，在无声无息间掀起京城的波澜诡谲！她的眼神有些恍惚，浓黑眼睫颤动之下，却是遮住了眼底的忧悒与隐痛。

3.

“燕校尉彻底成了叛徒，可如今在锦衣卫的诏狱之中，还有两个隐患……”景语意味深长地说道，却不碰小几上的瓷瓶，只是对着宫羽纯道，“三妹，那个石巡检，由你负责让他长眠——拿走左边第一只瓷瓶，去完成你应尽的职责吧！”

宫羽纯脸色发白，眼中却是光芒闪动，她咬着唇走过去，拿起瓷瓶，却是倔强地昂起头，看向众人：“此人由我负责，我不会让金兰会之名蒙羞！”

“至于黄老板……”景语轻飘飘的语调，好似在说一个素不相识之人，小古心中却是“咯噔”一声，升起不祥之感——“他自己会知道怎么做的。”这一句冰冷的话，却是宣告了黄老板的死期，小古心中一动，不禁开口道：“不试着救人吗？”

虽然有帘幕遮住，小古却仍能感觉到那一双冷漠犀利的眼眸停留在自己身上，瞬间似乎有冰与火交缠燃烧而过，让人心头一凛！

“十二妹，你愿意一试吗？”冷漠的嗓音带着兴味，却让小古皱起眉头——这般好整以暇地回答，显然是对方早就预料到自己的反应，专程在这儿等着她呢！

又是跟上次那般，被人玩弄于股掌之中的感觉！

这种感觉让她心升愠怒，非常不爽，于是直截了当道：“大哥又有什么妙计，你倒是说个清楚，也省得我把戏演砸了，大家脸上都不好看！”这话赌气中带着挑衅，如此明显的火药味却是让在场众人都吓了一跳——十二妹是寡言少语的性子，为何这次却语气辛辣不善，夹枪带棒地跟大哥呛上了！

帘幕后那人并未发怒，反而发出清朗的笑声：“十二妹真是外有娇媚之姿，内秉风雷之性。”这本是一句风雅的调侃，不知怎的，小古却觉得耳边热辣辣的，心中却是五味俱全，酸甜苦辣一齐涌上心头，她似笑非笑地扯动嘴角，冷声道：“我却觉得，大哥你才是秉风雷之性，怀刀斧之心，却又具菩萨之相。”

在场众人大都是官宦出身，听着这话脸色都是一变——比起大哥方才的调侃，小古这话的含义却是严重了，简直是指着他鼻子说他城府深重、心机诡诈！

小古说完，只觉得胸中那口气略有消退，也不看众人脸色，径直站起道：“空谈无益，大哥要是没什么吩咐，我就先告退了！”没等她迈出一步，从帘幕后飞出一张宣纸，卷成一个小轴射向小古，她顺手一抄接住，打开一看，竟是景语亲手写的行动计划。

“十二妹若是看完了，没什么异议的话，就请拿起桌上最中央的一只瓷瓶。”小古的目光看向方才聂景放下的剩下的两只瓷瓶——原来，其中一只竟然是为她准备的！

她微微一笑，将瓷瓶收在怀中，转身离去，只是剩下众人惊疑不定。

“各位兄弟姐妹不必惊慌，这次锦衣卫摸上我们的据点，满城搜捕，是要把我们金兰会一网打尽的架势——既然纪纲有此雅兴，我们就陪他玩一局！”景语的嗓音含笑而淡定，但在说到纪纲的名字时，却是变得轻渺而诡秘，一字一字从舌尖滚过，那般切齿的惦念缠绕之下，一种阴森的气氛顿时萦绕他的周身，让人听了忍不住要打个寒战！

不断有文书卷轴飞出，落在各人桌上：“这是你们各自负责的那一部分，你们策应协助十二妹完成任务，给锦衣卫还以颜色！”

诏狱之中仿佛永不见天日，只有微弱的灯光照着方寸之地。广晟坐在桌前，打量着眼前满脸是伤几乎变成一只发面馒头的黄老板，却见他畏畏缩缩地躬身坐在矮凳上，目光却是笔直地看着地上。

“这是个棘手的人物……”他心中如此想道。

虽然是个显得窝囊的小人物，广晟却觉得此人比死去的燕校尉更加难以说服。

所谓无欲则刚，对于一个全家死光、自己入赘，连姓氏也改掉的人来说，这个世上再也没有什么可以威胁他的人或是事物了。

广晟翻动着手里的资料——锦衣卫的探子早把黄老板的底细查了个清楚：他本是一家富户之子，却因为兄长的座师是建文死党，一家遭到牵连：兄长和侄子被腰斩，父母病死在流放路上，只有他因为逃到舅父家而幸免一死，但不久舅父家为了避祸搬迁外地，路上被流寇所杀，他从死人堆里爬出来，到了一家铺子从小伙计做起，因为勤勉可靠，东家招了他入赘，生了几个孩子，夫妻和睦，却又染上瘟疫全部故去了。孤身一人的黄老板如今做着皮毛和粮食生意，在军中也颇有人脉，却没人料想得到，他居然是金兰会的探子！

广晟看着他，突然开口道：“你知道你是哪里露了破绽吗？”黄老板抬起鼻青眼肿的脸，刚喊了一声“冤枉啊大人”，就被广晟打断了，他凑近黄老板，低声道：“因为所有去过北丘卫的商人中，你是唯一货物数量不符的那个！”

黄老板直愣愣地看着他，几乎呆住了——平宁坊闹的那一出，连商驿都着火了，大家匆匆离开是非之地，哪还有人顾得上监督计算什么货物重量？

广晟好整以暇，平静的声音在昏暗不定的灯光下却有一种蛊惑人心的魔力：“平宁坊附近的山路上有一座木桥，木板已经腐朽霉烂，我详细做过测算——普通体积的载重马车，若是超过六百斤，那桥就要被压垮，而你却安然通过了，显然，那时候你车上只有这次购买的皮草和棉花，那些女人并不在你车上，而是另外有人带走了。

“你回金陵城的时候是从通济门进入，那里商贾游人热闹异常，就算是卫兵也只是草草登记，不会详细搜查，但你心急之下，犯了一个小小的错误——飞驰的车轮碰撞之下，把一块街砖压碎了。

“这在普通人眼里看不算什么，可通济门的卫兵却是看了几十年的城门了，他对你产生了深刻的印象，在我派人详查询问之下，他说出了这点。经过我反复实验，相同大小的马车，只有载重到七百多斤时，才可能出现这种情形——本朝洪武太祖建这座南京城时，对城砖材料要求极为严格，若有闪失，营造之人必定人头落地。那些剩余的城砖，就地利用铺就了那条长街，因此绝对不可能出现材质问题。”广晟如此侃侃而谈，轻描淡写，实则却是多日来细心调查的结果——为了测算精确，他甚至去专门请教过数术大家。

他犀利的目光看向黄老板，让他内心的念头无所遁形：“你的货物离开平宁坊的时候与进入金陵时重量不一，而且毫无添购货物的可能——请问，到底是增加了什么东西？”这一句让黄老板无言以对，目光对峙之下，他脖子上的青筋直跳，整张脸都涨成红色！

“那些女人究竟在哪儿，金兰会的人又是在哪儿？”广晟的逼问却好似将他逼到绝境——下一瞬，他不顾身上的锁链脚枷，暴起怒声道：“她们被我藏起来了，你们别想再找到人，就算把南京城翻个天翻地覆也是白费心思！”

锁链的叮当声中，他状态癫狂，甚至伸出手来要掐向广晟的咽喉，卫兵们连忙跑来，朝着黄老板腹部猛击一记，他嘴角流出血来，大声咳嗽着弯腰蜷曲成一团。

有雪白的手绢凑到他嘴边擦去血痕，黄老板粗声喘息着抬头，却正好看见广晟黑糁糁的眸子——与他狂乱憎恨的眼睛贴近，带给他前所未有的悚然压力！

“你是受了谁的指使？”广晟的面庞俊秀华隽，那浓黑不见底的眼神却比地狱里的恶鬼更让他感到心凉，黄老板的心颤抖了下，咬牙道：“全部是我一人所为！你们休想问出一个字来！”他突然哈哈大笑起来，对着满墙壁的刑具咆哮道，“来啊，你们来啊，统统用在我身上！我不怕痛，也不怕死！！”

嘶哑的咆哮声中，他的双眼泛满血丝，好似一头穷途末路的困兽！

广晟收起帕子，完全不受这凝窒气氛的影响，好似眼前不是什么危险的逆党奸细，而是一个普通的生意人。

他缓步上前，靠近黄老板，凑近他的身旁说了一句：“我知道你全家死光，你成了天煞孤星。”这话近乎恶毒地揭人疮疤，黄老板恶狠狠地瞪着他，呸地吐了一口血痰。

广晟略微侧身躲过，继续说道：“因此你觉得你什么也不怕，什么也不在乎——是这样吗？”

黄老板继续用血红的眼睛怒瞪着，一言不发。

“可是你错了，你不是心如死灰，而是满心憎恨——你仍然在乎着报仇，不是吗？”广晟说得一针见血，黄老板神情微动，心中的波澜让他的双眼微微眨动。

在血腥与暗黑的气息熏染之下，广晟雪白端秀的容颜好似云端的神仙，却又似最诡丽的妖物在喃喃低语，魅惑人心：“你是生意人，我们来谈一笔交易吧……”

诡异的寂静之中，只听他的嗓音清漠悠然，好似在说一件赏心乐事一般：“如果我把告发你兄长的仇人首级取来给你，你的憾恨，就能得到满足了，不是吗？”

黄老板身子一震，露出激动与不敢相信的眼神——告发兄长的仇人……是他兄长曾经的同窗好友卢姓书生，那个人据说已经入了贡院，选了巡按御史，正随着朝廷大军在交趾前线呢！

杀了这个人，为全家报仇！

在他混乱疯狂的记忆中，一直是他内心的一个执念，但多年来阴差阳错，一直没能达成心愿，如今那人远在交趾，他也是鞭长莫及。

广晟的嗓音回响在他耳边：“你应该知道，我们锦衣卫的势力可说是遍布天下，即使是军中也布满我们的耳目，要杀一个文官也不是难事——只要你告诉我，你的幕后主使是谁，他们是怎么联络的……”如此诱人的条件交换，即使是心志坚定的黄老板，这一刻也陷入了动摇之中！

广晟微微眯眼，观察他微妙的神情变化，心中却已有十足的把握——

这个人，已经动心上钩了！

就在黄老板要开口的这一刻，突然诏狱之中吹起尖厉的哨声，穿透重重障壁和铁栅栏，让所有人都惊跳起来——这是遇到突发敌袭的信号！

难道有人敢进攻锦衣卫的诏狱？

这是疯了吗？

广晟目光闪动，一把将黄老板推进戒备森严的铁牢之中，吩咐四个军士：“看住他，死守这里，他要是有个闪失，你们也别活着了！”说完随即飞身赶去哨声响起的地方。

响起哨音的是另一间铁牢，顺着甬道拐弯后向上几级，就能看到铁门大开，纷乱的人群还在不断涌来！

“都不要乱！”广晟高声怒喝道，这是提起内力所发，众人只觉得耳边嗡嗡作响，都不由得停下脚步。

“是谁吹的哨子，出了什么事？”颤巍巍的声音在昏暗中响起。“是卑职。”广晟点燃了火折，光明亮起的那一刻，他看到熟悉的面孔——李盛？！

“大人……是我这儿出事了！”李盛垂着头，瑟缩道，火光照亮他身后那一大块监牢，地上简陋的木椅上倒着一个人，身子不自然地僵硬垂落。

是那个石巡检！

广晟瞳孔瞬间收缩：三个重要犯人之一，居然死了！

巡检官阶不过是九品，简直可说是芝麻绿豆官，但掌管的却是各镇市、关隘要害处的交通往来，职权却是不小。这个石巡检掌管的应天府下辖的江宁县那一块，境内水路、山路可说是蛛网密布，他也是捞足了的地头蛇，看那矮胖敦厚的身材就知道平时油水颇多，此时却僵倒地上成了一具冰冷的尸体。

锦衣卫手中只有三个关键性的人犯，其中燕校尉被广晟诱骗招供，牵出了岳香楼，可线索却因为一场大火而生生被掐断了，剩下的黄老板油盐不进，但广晟却也有法子让他开口——只剩下这个石巡检，是由李盛和两个校尉一起审问的。

并非此人不受重视，而是广晟略一上手盘问，就觉得这个石某颇为滑头——他一听说自己发出的通关文书惹上大事了，就抖着一脸肥肉，几乎要吓晕过去，但被兵士踢了两脚后却又眼神乱瞄，凑近广晟道：“大人可否借一步说话？”

广晟看他鬼鬼祟祟的模样不想理会，那石巡检却看了一眼左右看押的兵士，以极为灵活谄媚的态度凑上来低语道：“通关文书这门生意不是光凭下官一人做下的……”他还要再说下去，广晟已经心领神会，直接把人交给李盛，吩咐道：“都有哪些人掺和这门生意的，让他一一招供，你们继续追查便是。”

后来的三天他就撂开手让李盛他们自由发挥，谁知追查到现在，石巡检却突然在诏狱中成了一具尸体！

李盛虽然年纪不大，却是世袭传承的锦衣卫世家，他脸色煞白，知道这事非同小可，一个渎职无能就足够让他前途尽毁，他颤声道：“卑职三人刚刚是在询问他，也没动刑也没怎的，他突然口吐黑血一头栽倒！”

广晟扒开尸体的衣裳，看胸口等要害确实没有什么新鲜的伤痕，又蘸取了血痕仔细观察，此时药医和仵作也赶来了，详细检查后，众口一词道：“死于毒杀！”

仵作还用细小的铁钳从死者嘴里拽出舌头，只见舌根与喉骨接合处有一片黑色血痕微微肿起，又扒开眼睑看了血点和瞳孔，确定道：“是被人喂了毒药，吃下一刻后毒发全身了！”

李盛的脸色更白了，目光停留在桌旁的那只粗瓷大茶壶，广晟感受到他的眼神变化，上前提起茶壶晃了晃，却是点滴不剩！

李盛目光游移，迟迟疑疑地禀报道：“他喊口渴，我给他喝了一杯，包括我们喝的，都是出自这个茶壶，不可能有毒的！”

广晟眉头皱得更深，突然走到他身前，一把拎起他的领口，冷声道：“你要是条汉子，就把话说完——锦衣卫不是翰林院，容不得巧言搪塞的懦夫！”

李盛被他这么劈头狠骂，惭愧狼狈之下脸上涨成紫红，横下一条心说话反而变得流利：“他说要喝茶，东扯西拉就是不说实话，大人你又吩咐不许动刑，我就、就把整壶茶叶渣都逼他吞下去了！”他终于吞吞吐吐说出真相，一旁的两个校尉也低下了头。

锦衣卫之中多有狠辣嗜血之辈，甚至以折磨犯人为乐，这个石巡检奸猾成性，问半天都是废话，还喜欢攀扯兵部户部的关系，早就激起三人怒火了，等到喝茶时他又涎着脸要喝，李盛一时兴起，就干脆逼他吞茶叶渣，看他缩着脖子噎得直翻白眼，三人都笑得前仰后合。

所谓乐极生悲，下一刻，石巡检就翻着白眼大喊一声，吐血倒地了，再一摸没气了——三人顿时觉得乌云罩顶摇摇欲坠了。

“就算是茶叶里有毒，我们也喝了的，怎么会——”

广晟摇手阻止李盛失魂落魄下的喋喋不休，他仔细查看了一下茶壶，又凑近闻了尸体口中的气息，目光着落在一点上：“把他的手放在水里浸湿，然后研毒。”一声令下，药医等人虽然不解其意，但仍是照做了，水盆之中波光潋滟，加入试毒的药粉后却开始冒黑烟了！

“水里有毒！”在众人的惊呼声中，广晟指着死者的右手问道：“他之前拿了什么？”

李盛回忆道：“我把巡检司的账本丢给他，要他一条条解释，他就接过来翻着看——”

他霍然明白了，跳脚道："是这账本有问题！"

又是一阵忙乱，账本上果然被查出有毒，石巡检平时就有一边蘸口水一边翻书的粗鄙习惯，这次却成了他下地狱的催命符！

看着满头大汗的李盛等人，广晟微微一笑，冷然道："你们三人玩忽职守还滥用私刑，统统给我出去自受二十军棍！"

那三人自知有错，一句也不敢多说，乖乖出去受了军棍，一瘸一拐地走回来，广晟继续道："再罚你们半年的薪俸，由你们将功补过，负责追查账册之事，你们服是不服？"

"听凭大人吩咐，卑职誓死完成任务！"三人俯首帖耳地答应，从地上起身时，眼中却闪起鹰鹫般的光亮，嘴上不说，却都急于用行动洗刷这次的耻辱！李盛低声对其余两人道："我带人去巡检司衙门，你们分两路，一个去他家里报信兼搜查，另一个去街面上调查他平时跟什么人来往！"

秦淮河附近的绣花巷离着万花楼不远，零散居住着一些娼家女寓，内里第三家种了满院杏树的，此时春光初绽，却是满院新绿含蕊，显得明媚而闲雅。

正房里却正在爆发一阵激烈的声音——一名二十八九岁的美貌女子正在急匆匆指挥着两个丫鬟收拾贵重细软，她身着银红真丝云纹长衣，罩着厚暖又轻巧的雪缎褙子，一头青丝也未曾梳起，笔直散落下来像一匹黑绸，手腕上叮叮当当地套满了四五只金玉镯子，耳上明晃晃的红宝石显得有些刺目。

"快快，那个杀千刀的瘟汉子被抓起来了，京师我们是待不住了，得赶紧逃了！"她催促着丫鬟们，自己却几乎要哭出声来，"我怎么如此命苦啊，好不容易给姐儿找了个靠山和门路，刚刚交上好运，结果却惹上了锦衣卫！！"

"妈妈，不好了，姐儿哭着要去寻死！！"一个小丫鬟跑进来报告却被门槛绊了一跤。

鸨母虽然不再年轻，却依然美貌，她一瞪眼，顿时粉面含威，变成了母夜叉一般："她要死让她死去，跳井喝药随便，再磨蹭下去，就等着被卖到下等窑子睡成一块烂肉吧！"

此时西屋里呜呜的哭声更响，见没人理会，干脆就拿房里瓷器出气，咣当之声不绝于耳。

"小贱蹄子真是作死呢！"鸨母气得柳眉倒竖，此时才觉得选出这种貌美无脑的女儿来捧红待客，简直是自找苦吃。

西屋那边见妈妈不作声，哭着哭着就开始呜咽着骂了，说自己怎么薄命，妈妈怎么狠心刻薄，明明自己有个翰林的情郎，却硬逼她着去伺候石巡检那种粗鄙客人，现在出了事，妈妈又要一跑了之，自己真是生不如死云云。

鸨母听了简直气炸了肺，要冲出去揪这小白眼狼出来理论，却又觉得时间紧迫，扬声喊道：“我的小姑奶奶，再不走真的要没命了！”

下一刻，却听院门“咣当”一声，好似被人硬生生踢开了，而看守的龟公护院却一点儿也没声响，鸨母脚一软就跪倒在地了——这下真的是官差来抓人了。

过了片刻，正屋的门帘被人掀开了，出现在眼前的是一张华贵明艳的脸，似笑非笑地看着她，居高临下却是显得无比自然。她的身后浩浩荡荡跟随着四男四女，都默不作声，好似幽魂鬼差一般。

“是万花楼的宫大姐！”鸨母失声喊道——青楼行里自有规矩和势力分布，虽然宫羽纯比她还小一两岁，她却必须以大姐敬称之。

“哟，这不是秦家弟妹吗，看你这架势是要搬家吗？”宫羽纯调侃道。

鸨母强撑笑脸问道：“宫大姐来此有何贵干？”

宫羽纯“扑哧”一声笑了：“秦妹妹你真是好笑，你家石巡检的事发了，官府正在满世界找杀人凶手呢！”

“杀、杀什么人？”鸨母再受惊吓之下，只觉得舌头都不灵便了。

“何必再装蒜呢，石巡检刚刚在牢里被人毒死了，据说那剧毒就在贴身保管的账册上——你女儿这谋杀恩客的罪名可逃不了了！”

这一句好似晴天霹雳，鸨母简直要昏死过去，她抖得筛糠一般高喊道：“我们行院人家做的是下九流卖笑营生，哪敢动手杀人啊，冤枉啊！”

账册……又是这该死的账册，鸨母提起这害人东西，简直要咬牙切齿了！

前几日雨夜，石巡检来红姐儿那西屋过夜时，神色紧张心不在焉，却是提了一个用油纸包得严严实实的包袱，走的时候却是空着手的，她曾经去旁敲侧击，红姐儿却懒洋洋地笑道，姓石的胆小如鼠，最近好似上峰对他颇多关注，又有应天府官员前来查探，于是他就干脆把账本册子藏到了红姐儿这里。

谁知过了两日，竟然有锦衣卫的军爷凶神恶煞地冲了进来，拿着账册就走，还不许她们往外声张——石巡检的勾当，鸨母也略有所知，甚至还从中穿针引线帮忙，私下收了不少银钱，如今来这么一出，她顿时心虚吓得半死，想着收拾行囊回乡下避祸。但现在这位江湖人称“玉面狐”的宫大姐突然而来，竟然说石巡检是被那账册上的毒毒死的！

“天老爷啊，真是人在家里坐，祸事从天降啊！”鸨母简直是六神无主，说话之间，她好似抓住救命稻草一般，跪下紧紧抱住宫羽纯的腿：“宫大姐你是本行的行首，手面宽人脉广，求求你救我们一命吧！救人一命胜造七级浮屠啊！”她哭得涕泪交加，却听头顶好似有悦耳的仙音传来——

“我来就是为了救你一命的。”宫羽纯轻轻踢开鸨母，笑容妖媚而明丽，吹了吹指尖的蔻丹，轻描淡写道，“秦家弟妹，你们俩公母也忙碌了半辈子，可以去乡下享享清福了——听说你有个妹妹在四川，可以去投奔她。”

鸨母惊疑不定，不知道她是什么意思，开口道：“四川离这儿何止千里，天高路远的有个闪失可怎么好——我和我那口子的老家都在江宁乡下，回去也只是半天的路程。”

“让你走远点就是为了没有闪失——留在这里或是去江宁乡下，你只有死路一条。”宫羽纯仍然笑容不变，眼角眉梢的冷意却是让鸨母心头发寒，只见宫大姐略一点头示意，她身后的四男四女中就有人越众而出，来到鸨母身前，细细打量着她。

那只是个面貌平凡的小丫鬟，一双碧清妙目却是让人印象深刻，她打量鸨母的眼神很是奇怪，那样一寸寸地逡巡过去，好似要把每一道细节都记在脑中。

“怎么样，有把握吗？”宫羽纯问道。

“简单小事而已。”那妙龄少女答道，打开随身的大木匣子，随即取过旁边的靶镜，对着镜子开始梳妆，鸨母在旁看着，却是越看越觉得心惊胆战——

她不知怎么弄的，用了些膏油软泥，加上各色颜料，竟然把自己的脸逐渐弄成了鸨母的模样——鸨母看到一个截然不同的人，在一刻之间变成了跟自己一模一样的脸，简直是惊骇欲死！！

“你、你——”鸨母已经语无伦次了，那少女看也不看她一眼，只是轻声说了句“借用一下”，就拔下她耳上的红宝耳坠，又有其他人去掳下鸨母腕上的几只镯子，又不顾她的挣扎，脱下她身上的外衣长裙子，开箱另外拿了衣裙给她去隔间换过。

等鸨母再回来时，出现在眼前的竟然是活脱脱另一个自己！无论衣裙打扮，一颦一笑，都像极了！

第三章

易容·越狱

1.

“你们这是要做什么！”鸨母也不傻，顿时明白眼前这群人如此诡异，必定有所图谋，宫羽纯的一句话却是让她彻底哑口无言了：“马上锦衣卫就要抓人了，你愿意去坐牢受刑吗？”

见她犹豫不安，宫羽纯又柔声道：“你跟那个白翰林之间到底有什么事，我可是知道得一清二楚，去官府可有你受的——与其坐牢受罪，还不如带着你这些细软金银，远走四川去过惬意日子。”

鸨母听到白翰林三字，身子都摇摇欲坠，听完宫羽纯的“开导”，立刻如蒙大赦，颤声道：“我这就走。”

“送他们出去吧。”宫羽纯一声令下，三个站在院子里的男女就把鸨母往麻袋里一装，另有人去找龟公也是如此所为，最后不忘把她的金银细软都给装上，悄无声息地从后门运了出去。一刻之间，这里就无声无息地换了主人，而那西屋的红姐儿和丫鬟们完全懵懂，还在长一声短一声地哭闹着。

“接下来就看你的了……”宫羽纯打量着眼前陌生而熟悉的女子，不放心地又加了一句，“你不会搞砸吧，那样我们就前功尽弃，反而要折损人手——也没人敢去那个龙潭虎穴救你了。”

“三姐，我觉得你小瞧人的毛病还是一如既往。”说这话的人，便是从来跟她不对盘的小古，此时她眼波妖娆勾魂，眼角却有两道细纹，一身华衣却透着不正经的成熟韵味，实实在在是位风流美妇——任谁也看不出，这易容术底下，竟然是十七八岁的妙龄少女！

看着她从容惬意的模样，宫羽纯哼了一声，突然好似又想起了什么，扬声朝着外面道：“还不请红姐儿去洗脸梳妆，妈妈有话要吩咐她，哭哭啼啼像什么样子！”

不多时，西屋那边就有了动静，三个人的脚步声朝着这边过来了，宫羽纯低声道：“这个红姐儿是鸨母新近买来的，彼此之间不太熟悉，你不用担心被看穿。”

小古坐在榻上，听正房门帘被人掀动，有丫鬟低声禀报道：“红姐儿来看妈妈了。”

小古嗯了一声，略一点头，却是朝宫羽纯瞥了一眼。

“我的事已经办完。接下来的任务就看你的了。”宫羽纯朝着小古略一点头，转身也从后门离开了。

“妈妈？”廊下房门外的丫鬟催问道。

“让她进来吧。”小古在瞬间进入了角色，抚了抚头上的金海棠压鬓，悠然地坐在矮榻上摆弄着被鸨母弄乱的梳妆匣。

“哟，妈妈你还挺悠闲的嘛，急匆匆地喊我过来，不是要一起逃跑吧？”随着这一声骄矜的嗓音，一名梳成凌云高髻的绝色美人儿在丫鬟搀扶下走了进来，只见她一身水红撒虞美人花缎衣，下系着绯紫月华百褶裙，身上还懒洋洋地披了一件雪狐长袍，却仍显得一派修身窈窕。她行动之间袅袅妖娆，看来就不是好人家的女儿，纤腰扭动之间却让所有男人都觉得口干舌燥。

光是看到那身影，小古的心头就升起一种荒谬的熟悉感，等到真人露出脸庞，她整个人都呆住了——眼前之人，竟然是红笺！就算小古精明聪慧，计谋百出，此时也惊得目瞪口呆，圆睁了眼看着红笺！

怎会是她！！

红笺看到鸨母傻愣愣地坐在那儿不动，有些不耐烦地走过来，笑着晃了晃她的身子：“哟，妈妈这是魇着了，还是吓着了，你之前生张熟魏的不是挺能摆弄吗，这次出了娄子就成这模样了？”

小古仍然瞪视着她，直到那微凉滑腻而带着香气的手碰到自己臂膀，这才如避蛇蝎地闪开，沉声道：“你来做什么！”

“不是你喊我来的吗？！妈妈是真得了失心疯了吗？”红笺更加不耐烦地挑高眉毛，“我来是以为你想出什么好办法了，既然妈妈如此经不得事，那就各人顾各人吧——就算进官府衙门我也不怕，反正石巡检是妈妈的老客人了，要找也是第一个找你算账！”

小古看到她那飞扬跋扈又卖弄风骚的模样就来气，想起她在地窖火场之中凶残恶毒的做派，险些让自己死于非命，心中的怒火就更盛！

她看一眼周围众人，沉声吩咐道：“你们都下去！”

等到众人都退下，小古冷冷地盯着红笺：“大哥派你来做什么？！”

红笺大吃一惊，脸上泛起激动害怕的红晕，倒退一步手伸入袖中，却被小古一脚踢出正中膝盖，吃痛得低叫一声跌倒在地！

小古上前一步，从她袖中夺走利器，竟然是一支侧边做成锋刃的鎏金掩鬓，切面能倒映出人影，端的是杀人越货、居家装扮的利器。

小古将这掩鬓丢在地上，发出清脆的响声，冷笑道：“你还有什么暗算人的物件，一并拿出来吧？”

红笺倒在地上，却是用那双娇媚大眼瞪着小古，眼波流转之间风流自成，若是有男人瞧见必定要身软骨酥，她略一思索，立刻明白了：“原来是你，如郡！”

她狠狠咬牙，却是破坏了那弱不禁风的娇媚美态：“你居然还没死！”

“你这种祸害都没下地府，我怎么会死呢！”小古反唇相讥道，两个同父异母的姐妹就这么互相瞪视着，眼中都是无与伦比的厌恶和憎恨！

红笺知道从武力上自己讨不了好，气得酥胸起伏，怒声道：“怪不得，会首告诉我说，不久就会有人来与我接应，原来是你这个小贱人！”

“嘴巴给我放干净些！”小古拿起桌上的胭脂花粉，兜头朝着她就撒过去，顿时弄得红笺一身狼藉！红笺惊呼一声被香粉呛得直咳嗽，狠狠瞪着小古，却不敢上去跟她动手。

小古想起景语先前给她的计划书内容，这时才明白，所谓跟她一起行动的合作者，竟然是红笺！

两人都是相看两相厌，恨不得对方此时就死的心情，想到要跟对方合作，都是哼了一声，把脸侧过一边，互不理睬。

此时，外间突然响起马蹄声和人声，小丫鬟跌跌撞撞地跑了进来，惊惶道：“妈妈，不好了，锦衣卫的军爷闯进来抓人了！”

好戏要开场了！

小古略微激动地目光一闪，随即却恢复了平静，她整理了下自己周身的饰物，缓缓地坐回矮榻之上。

她看都不愿看红笺一眼，目光平视前方的虚无，低声道：“等一下他们就要冲进来了，你做好准备，不要露出破绽才好！”

“笑死人了，我才是主角好不好，你只要演好这个鸨母就行了！”红笺有些狼狈地从地上起身，拍打着身上的粉末，又捡起地上的插鬓收入怀中，冷笑道：“说起来，我还得喊你一声‘妈妈’呢——会首的计划不容半点差池，到时候你可别拖我的后腿！”话音未落，一群虎狼般的黑衣人冲了进来，他们戴着毡帽，身着灰色箭衣，腰束一根皮带，脚下皮靴上铜钉碰撞有声！

他们旋风般地冲入，瞬间制住几个丫鬟，将房间和走道都团团围住，随即有一个年轻男子大步而入，神色严峻地看着两人：“你们俩就是这间行院的妈妈和姑娘？”小古笑得娇媚答应了一声：“妾身就是，官爷有什么贵干？”

她娇滴滴地要起身，却被士兵横起的刀口一逼，吓得跌坐在榻上，花容失色之下，眼角的细纹却显得风韵更盛。

“跟我们走一趟吧！”随即一群人涌上来，毫不怜香惜玉地把两人五花大绑，粽子一般地扛了出去，狠狠地丢在马上，随即一群人呼啸奔驰而过，周围院宅的人都吓得闭紧了院门。

昏暗的诏狱之中不见天日，顺着台阶向下走，视线瞬间失去了目标，脚下一个踉跄，却被人粗暴地拎了起来，不由分说地拖着向下，进入了类似大堂的所在。

方才颠簸的马身把肚腹硌得生疼，小古忍住呕吐，竭力让眼睛适应周围环境，开始逐渐打量周遭——黑压压的铁栅栏一眼望不到头，火把那边是另一排密室，似乎有痛苦的呻吟声从那里传来。

没等她看清楚，就被人一把揪住压倒在地，套上了手枷和脚链，叮当作响之中，整个人都失去了自由！

一旁的红笺发出痛呼声，娇慵甜美好似雨后初露，让人色授魂与，那几个锦衣卫的兵士和军余们好似愣了一下，手脚也放轻很多，给她用的枷也选了轻便短小的。

红笺朝小古飞了个得意的眼波，但下一刻，她被这四人拖了出去。

“你们要带我去哪儿啊，我要跟妈妈在一起！”红笺惊慌害怕的嗓音响起，一路回荡在昏黑的甬道里。

小古知道她的用意，闭上眼，用耳静静谛听声音回响的路线和所在……半晌，她才又睁开了眼。

“轮到你了！”粗暴的兵士将她拖起来，押送的路径竟是朝着那一排密室而去，越走近，那痛苦压抑的呻吟声就越响，出自多人之口，杂乱回响在空中，让人感觉毛骨悚然。

“进去！”被人推进一间密室，里面竟是无窗无门，漆黑不见五指！

小古摸索着，在地上找到了一张矮凳，刚刚坐下，却突然发现密室之中有另外一人的呼吸声！

“是谁？”那人并没有答声，黑暗中，他的呼吸绵长而沉静，却好似择人而噬的猛兽，在暗处潜伏、等待着什么！

“到底是什么人，别装神弄鬼的！”小古的嗓音已经露出仓皇的颤抖，身子也抖得似筛糠。

“你们跟石巡检，私下在做着什么勾当？”

“妾、妾身是真不知道啊！”按照事先设定好的布局和计谋，小古尖声求饶道。

“账册上的毒，是谁涂在上面的？”那人又继续问道。

他的嗓音冰冷，好似金玉钢铁碰撞之声，却完全听不出人类应有的情绪。

这个人，应该是刻意改变自己的嗓音！小古心中暗忖。

他是谁？为何要这样？

这两个疑问在她脑海里回荡着，嘴上却是继续矢口否认：“这位官爷，妾身哪敢下什么毒啊，这必定是弄错了——”她嗓音戛然而止，对方的手突然伸了过来，掐住了她的咽喉！

“说。”毫无情绪起伏的男人嗓音在她耳边回响，那手掌微凉而干燥，指尖略带薄茧，刺得她脖颈间的肌肤又痒又疼。

“妾身是真的不知——”手掌在下一刻收紧，缓缓的，却是不容置疑的强硬!

“嗯……”小古只觉得呼吸开始不畅，费力地扭动着脖子、张大嘴唇，却挣脱不了那人的铁腕钳制。

挣扎之间，她唇边的香脂抹在了那人的虎口之处，对方却毫不在意，继续用力。

眼前开始冒出金星，整个人的意识都有些飘浮，小古在这千钧一发之际，喘息着低声道：“饶了我，我、我愿意说！”

手掌突然放开，她无助地跌落在地上，整个人大声咳嗽着，整个人发髻蓬乱散脱狼狈不堪。

那人站在她身前，居高临下地在黑暗中看着她——虽然小古看不见，但她能感受到他的目光注视。

“你可以随便编些谎话来。”那人的嗓音在黑暗中听来，仍是冰冷毫无起伏，“但只要我查到有一字虚言，我就在你这纤纤手指上割一刀，把指甲生生地撬开——我想你是不愿尝到那种苦头的。”虽然早对入狱有种种心理准备，但那人以如此平静的口吻说起这般酷刑，小古仍然觉得身上一寒!

她的呼吸变得急促紊乱，而对面那人的眼睛变得更加闪亮——小古知道，这一局演得火候到了。

她低声抽噎了两声，咬着嘴唇貌似为难，终于开口道：“此事，大概跟白翰林有关……”

“白翰林？”黑暗中那人似乎也为之一惊，好似脑海里完全想不出这个名号对应的人物。

“是太子詹事府的属官，上一科的进士，不到三十岁的年纪，跟我家红姐儿好似金童玉女一般，一见面就对上眼了……”小古以凄惶害怕的嗓音开始讲述，而随着她断断续续地说话，对面那人散发出的气势也越发严峻，整个牢室都沉浸在一种让人窒息和恐慌的气氛之下!

广晟站在黑暗之中，听那鸨母带着哭腔的嗓音叙述着，眼中异光连起，心中却已是波澜万丈!

据这个姓赵的鸨母所说，石巡检是这里的常客了，她之前养着另外几个姑娘的时候他就频频前来，简直是把这间行院当作他的办公场地了——倒不是这里的姑娘多么国色天香，而是因为这是他熟悉的地盘，跟人会面谈事都比较安全妥当。

巡检只是八九品的小官，实在是不入流，但他掌握着交通要道的通行检查职责，若是在穷乡僻壤那简直是没人正眼瞧他，但他掌管的却是江宁县，这里不仅是靠近北直隶的交通枢纽，更是贴近应天府金陵城的天子脚下，随便发几张通行证，放一些违禁的人或是物品出入，石巡检就会赚得盆满钵满了！但国朝以来，从上到下都有职权制衡之力，石巡检最怕的就是巡按御史发现蛛丝马迹，就算是兵马司和地方卫所，一旦抓到他的把柄，他不仅肥差不保，连性命都要搭上去，所以才把这间行院弄成了自己的一个据点，从鸨母到丫鬟上上下下都收了他的金银，绝对不会泄露。

“跟石巡检来往的人很多，三教九流的都有，但最近跟他打得火热的，却是在太子詹事府当官的那位白翰林。”鸨母的话在他心中激起惊涛骇浪，广晟面上不变，心中却是知道此事越发棘手了——追查金兰会的同党，一路顺藤摸瓜，竟然发现此事跟太子的手下有关！

这怎么可能？

太子乃是储君之尊，未来的天子，怎么会去跟建文余孽的金兰会搞在一起？

广晟的目光停驻在那鸨母身上，黑暗中看不清她的神色，却听到她害怕得低声抽泣着，随即好似掏出了帕子来拭泪，一股如兰似麝的浓香弥漫在牢房内。

广晟有些不习惯这香味，微微抽动鼻子退后了两步，剑眉不易觉察地皱起——下一刻，他的神色有些恍惚：这种浓烈的香味之中，好似夹杂着别的熟悉的气息，让他心中莫名一动！

是哪里闻过呢？

他心中如此想到，一时走神，却很快清醒过来，只听那鸨母颤声道：“就连那账本，原本是石老爷在几天前藏在我们这儿的，他神色慌张匆忙来了又走，过了一日，那位白翰林也来了，张口就问妾身要那账册。”

“你就这么给他了？”广晟问道，却听那鸨母立刻叫起撞天屈来：“我哪敢随便拿石老爷的东西给人看啊，但白翰林那次的模样简直要吃人似的，说我要是不给，立刻绑我去应天府大牢，在烈日下枷号几日——他说那府尊是他同一个恩师座下，这点小事只要一个帖子递过去就行，我听了都吓瘫了……”

“说重点！”

“是，是，这位白翰林拿着账册一个人躲在房里，连红姐儿都不许进去，好半天才出来，脸色神气简直像见了鬼一样，走的时候也慌慌张张的……”

“你的意思是，那账册上的毒是白翰林下的？”广晟皱着眉头问她，却引得鸨母惊慌失措，“妾身可不敢这么说，但那账册，我是亲自保管的，除了白翰林，旁人都别想摸一下。”

如果她所说不虚，那在账册上下毒的，必定是这位白翰林了！但，这个女人说的，究竟是真是假，还要存一个疑问。

广晟如此想到，伸出手抚摸了一下她的脖子——冰冷而有力的五指划过咽喉，却让她一阵瑟缩。

“这里是我们锦衣卫的诏狱，你应该听说过这个地方吧？”他的嗓音冰冷而不见喜怒，黑暗中，只听那鸨母点头应答道：“妾、妾身知道！”

她的牙齿颤抖有声，连颈边的血脉都一跳一跳的，显然是被吓着了，只听广晟淡淡道："大部分人进了这里，从此就在这个世上消失了。"

只听"咕咚"一声，那女人彻底瘫软跪地了！

"因为他们都不够聪明，想要隐瞒和欺骗，却又没有生就钢筋铁骨，最后连小命都搭上了。"冰冷阴森的语音回荡在刑房里，越发显得此地宛如森罗地府。

"大人，求你饶命……"那女人膝行几步，抱住了他的腿，"我真的只知道这些，别无隐瞒啊大人……"

她身上浓馥的香味传来，却让广晟很不自在，用力推开了她，那女人倒在地上，发出绝望而恐惧的哭泣声。

这出戏吓得她也够了，该去看看那边一个了……广晟意兴阑珊地瞥了一眼地上那窈窕风韵的身影，目光闪动之间，却是投向了关着红姐儿的另一间。

下面该红笺上场了，希望她不要搞砸……小古跌倒在地上，目光也停留在红笺被关押的那间。

昏黑的刑房里，小古被关在里面，虽然手脚都戴着枷锁，但她仍然慢慢地把自己的发髻解了下来。

进诏狱都是要搜身的，什么簪子啊银针的都不能藏在身上，这点她早有预料。

桌上陶罐的水，居然是清澈干净的，倒是颇为让她意外。

小古就算是神仙，也无法掐算到李盛那群人用茶叶梗噎囚犯的事——受此影响，诏狱里面的水都是现给的，也没有馊坏发臭。

她把头发末梢浸在水里，顿时那香粉的味道也传到水里，一阵甜香馥郁。

青楼行院人家，用的香多为奇异浓烈的，适合夜妆，然而小古伪装成鸨母所用的，却是另有玄机。

她把水泼在地上，不多时，就引来了几只蚂蚁。

这本是无比寻常之事，小古却是笑眯眯地聚精会神看着。

蚂蚁小心翼翼地接触水滴，然后开始引来更多的同伴，密密麻麻的一大群，饱饱地吸满了水，透过门缝开始朝刑房外蜿蜒爬去。

小古闭上眼，感受着空气中那股微妙蔓延的香味——苗疆的人生活在湿热满是虫蚁的地方，天然会调弄这些爬虫毒物，这些都是母亲手把手教给她的。

黑暗中，她的眼睛熠熠生辉，好似天上最闪亮的星辰，静静等待着另一边的动静。

隔壁另一间刑房里却是比小古这间多了一盏油灯，显然，这里的囚犯态度更为配合。

红笺跪在广晟脚前——且不说她梨花带雨的哭泣模样，但光是那令人酥麻的娇慵嗓音，就让旁边手持刑具的两个力士心间蠢蠢欲动，连呼吸都粗重了几分。

“大人，白翰林是我新近往来的客人，他对我极为热忱，都开口要纳我为妾，我流落风尘多年，好容易遇到个知情知意的，当然心下甘愿，可妈妈却迟迟不肯松口，还要我去伺候石巡检那个一身汗臭的粗蠢之辈——他们酒酣之时，还提到什么太子殿下，真把我吓得心惊肉跳的。”红笺眼波流转，那份入骨的媚意让一旁两人口干舌燥，而广晟却也是目光一亮——并非为她的美色，而是为她供述中蕴含的信息！

“他们在谈些什么，把你听到的都说出来！”

红笺仿佛有所犹豫，伸出丁香小舌舔了舔唇，水色润泽越发显得香艳靡丽，顿时旁边两人闷哼一声，胯下都撑起了异样。

“大人，我都说了，能不能……”美人盈盈眸子凝望着广晟，充满企盼，这世上大部分男人都要不假思索地一口应下，偏偏广晟却是坐得笔直，眼神始终清明。

“哼……长得比女人还美的小白脸！”红笺暗暗腹诽，表面上却是露出为难和祈求之色，“能不能让贱妾……服侍大人您？”

这一句简直是神来之笔，旁边那两人心头一震，随即却顿生“果然如此”的念头，看了一眼广晟那端秀绝伦的面庞，彼此对视一眼，暗笑摇头不已。

这位副千户大人的相貌，真正是绝色倾城，连这个青楼行里的翘楚红姐儿都对他一见倾倒，如此动心！

仿佛感受到两人揶揄调侃的目光，广晟眉头一挑，眼神满是厌烦与凌厉，正要开口呵斥，却见那红姐儿双目盈盈几乎要滴下泪来：“贱妾自知是残花败柳之身，又无才无貌，实在配不上大人的金玉之质，情愿在您身边为奴为婢，端茶倒水，也是甘之如饴。”她说话之间，却是抱着广晟的腿，用柔嫩面颊摩挲着他的裤腿。

“混账！”广晟一脚踢开了她，绝色佳人顿时成了滚地葫芦，“嘤”的一声跌倒，纤纤弱质好不让人怜惜。

一旁那两人偷眼看广晟，见他面无表情，连忙上前把红笺扶起。

红笺握住他们俩的手腕，挣扎着从地上爬起，肌肤碰触间，两人却觉得无比柔滑细腻，心中一荡更生涟漪。

“大人，贱妾愿说出所有真相，只求你……只求你怜悯我这一片诚心！”红笺哽咽着，简直唱念做打无一不真，她重新抱住广晟的大腿，哀婉哀切地说道。

这是铁了心要贴上来了！

广晟眼中越发冷厉，正要再起一脚踢开，谁知红笺此时却是颇为殷勤小意，无比虔诚地纤指翻飞，却是小心翼翼地为他按摩起来。

一边手上伺候，一边柔声细语道：“听白翰林跟石巡检两人谈话，太子经常会把一些货物要让白翰林去经手，他交好了石巡检，都是从江宁县来去运送的——他们说起这些货物的时候非常小心，连贱妾也不知道是什么。”

太子竟然亲身牵涉了进去！

广晟立刻明白问题的严重性了：太子让白翰林神神秘秘运送的，必定是违禁之物，甚至有可能就是那些铠甲兵器！！他到底要做什么，难道真的要谋逆吗？！

红笺将手握成拳替广晟敲打着，却是不动声色地逐渐上移，纤指灵巧，有意无意地碰擦广晟大腿内侧。

天底下怎么可能有不吃腥的男人？要看个人手段而已！

对自己极为自信的红笺，感受到广晟并未反对，动作越发大胆妩媚，若不是当着另外两个人的面，只怕真要解开他的缎裤了。

下一刻，她的手摸到了一片冰冷的钢铁上！

抬眼，却看入广晟残酷无情的幽黑眼眸："你口口声声要伺候我，可我身边的下人，却没有这么不懂规矩的。"

红笺的手僵住了！

她是风月行的翘楚，当然知道适可而止，强忍住尴尬，又开口补充道："我听白翰林还提到什么金啊兰的！"

果然有了线索，那个鸨母真没有说实话！

广晟目光一闪宛如雷霆霹雳，却又舒缓下来，以平静语气追问道："白翰林说什么来着？"

"他说：'越是天下大乱，越是对我们有利，太子殿下也乐见金兰会的人苟延残喘，略得小胜。'"红笺按照景语吩咐的话，描述着那子虚乌有的场景，却让广晟面色一冷，越发阴沉慑人！

岂有此理！

堂堂国朝储君，竟然为了自己图谋不轨的便利，坐视甚至纵容金兰会的人来去自如，随意劫走营妓女犯！

广晟咬牙不语，"砰"的一声拍了桌子站起，却突然觉得眼前一花，竟然浑身发软，视线也开始模糊。

糟了……是中了他人的暗算了！

他目眦欲裂，咬牙欲起，却终究不甘地闭上了眼，陷入昏迷。而他身后的那两个锦衣卫力士，此时也歪倒在地。

"哼，饶你精似鬼，也着了老娘的道！"红笺得意地嘀咕道。方才她抱着广晟的大腿，既是肆意勾引，也是麻痹他的心理，最重要的却是将指甲缝的香脂蹭到他身上——这是小古特意调配的，可以让人在几个时辰内昏睡，那两个力士来扶她，却是一并遭了暗算！

她从广晟身上取下一串钥匙，蹑手蹑脚地走到门边，轻轻打开，见甬道外侧守卫的四人没有发觉，这才猫着身子蹿进了隔壁的一间刑房。

刑房内小古已经等待多时了，见红笺进入，她沉声问道："事情办得怎么样？"

"哼，我们只是暂时合作关系，你有什么资格来问我！"红笺看到她就气不打一处来，狠狠地瞪了她一眼，娇媚美目之中满是怨恨与讥诮，“怎么，大名鼎鼎的十二娘也被这锁链手枷困住了，眼巴巴地等我来救你？”

她“唰”的一声掏出一物，却并非刚才偷来的钥匙，而是一把雪亮短刀——这是方才从广晟身上拿下的。她冷笑着，一步步朝小古逼近，眼中的杀意却是毫不遮掩——

“你不是挺有本事的吗，这次却是如此狼狈受制于人？！”短刀逼近，带起一阵疾风，下一刻，却只听“当”的一声清脆声响：是小古以腕间枷锁抵挡，刀刃撞上了枷上铁链！

“红笺，你还真是贼心不死啊！”小古冷声一笑，身子一旋带起铁链甩动，叮当连声之下，竟然将红笺手中的短刀卷起，绞入了铁链之中，红笺大惊之下正要夺回，小古却是顺手一操，将短刀拿在手中！

她将刀刃刺入锁扣之中，突然双手翻飞好似变戏法一般，毫不费力地打开了锁孔！这般神乎其技简直让红笺目瞪口呆！

她一呆之下，立刻反应过来不妙要逃，却见身前横生阴影：小古轻盈地一跃而起，挡住了她的去路。

短刀如雪，瞬间横在了她的咽喉处，攻守之势顿时逆转。

“你……”红笺咬牙，一张雪白而精致的俏脸却是微微颤动，不知是因为愤怒还是害怕。

“我早该杀了你这个祸害。”小古的嗓音很低，却带着斩钉截铁的凛然。

“少在那儿假惺惺了！”红笺从唇缝里吐出这一句，目光却是闪烁不定，似乎在想办法逃脱这境地。然而下一刻，咽喉处的冰冷刺痛突然消失了，再抬头时，却是小古收起了手中短刀。

“这次本该取你性命，但现在正是执行任务的当口，你可以不顾大局胡来，我却不是不顾轻重缓急的蠢货。”小古冷声说道，随即闪身出了牢房，红笺凝望着她的背影，恨恨地跺了跺脚，也跟着离开了。

2.

诏狱之中，仍然是那般暗无天日的感觉，不知怎的，今日却多了几分寂静沉肃，原先的呻吟、喝骂、行刑声都消失不见了。甬道上的那四个守卫仍然不知疲倦地站着，小古对红笺使了个眼色，后者虽然不情愿，却也轻踮莲步，朝着四人而去。

走到近处，却发觉四人已经靠着石墙睡着了！

红笺被这一意外惊得双眼圆睁，身后传来小古嘲笑的嗓音：“隔这么近，你连人的呼吸也感觉不出吗？”

红笺哼了一声不再理会她，她手中本也拿了一柄收缴来的绣春刀，正要割下两人头颅，却被小古制止："我们是来救人的，不要横生枝节！"

两人朝着前头而去，一路上，红笺震惊地发现，无论是通道里的守卫，还是牢房里的囚犯，甚至是刑房里的行刑者，都陷入了沉睡之中——整个诏狱之中，好似有一只无形的魔魅之手，将这些人都打昏过去了。

"这、这到底是怎么回事？"红笺反复问小古，又似在喃喃自语——她拿到的计划书只有自己的部分，却不知小古会怎么跟她配合，在她心目中，也一向不把这个同父异母的妹妹放在眼里，却不料小古不声不响做下如此大事！

"我用了一些蚂蚁而已。"小古轻描淡写地说。

"蚂蚁？"红笺简直不敢相信自己的耳朵，见小古笑而不答，这才放弃盘问的企图，跟上脚步向前而去。

小古微微一笑，也丝毫不准备向她解释——红笺此人乃是蛇蝎心肠，只要抓到机会就要害人，对她不得不防！

她头发上抹的香粉，不仅含有能吸引蚂蚁前来的蜜味，还有一种药粉是苗寨中用来放倒大型豺狼虎豹的，只要让蚂蚁吞下蜜水，它沿途爬过散发出来的气味，就能让方圆半里内的人畜全部昏睡，好似中了蒙汗药一般。

苗寨善于用虫蚁，这种香粉只有寨中的巫老才会调配，如今近乎失传，小古从母亲那里继承到的只有区区半瓶而已，不到万不得已是绝对不会使用的。

蚂蚁不仅能使人昏睡，以小古的嗅觉还能辨认它们的走向，避开少数几个没被影响的囚牢和房舍，直接进入一刀一个，将人打昏！

"真是假仁假义！"红笺讽刺的是小古用刀背只伤不杀的行为，小古悠悠一笑："在锦衣卫老巢杀了他们的人，可是要引起这群疯狗不死不休追杀的。"

光是想象那个场面，红笺的脸色就有些微微发白，她虽然手段恶毒，却还不是无脑之人。

两人脚步不停，直到将整座大牢里的人员都彻底清除，这才罢手。锦衣卫的诏狱有好几座，但最关键的却是这一处，如今两人联手布下此局，更有景语运筹帷幄，竟然将这里短暂性地控制住了！

但这只是暂时而已，据说锦衣卫不仅有人定期巡视，还有定时改变的口令暗号，这里人手被控制，只需短短一个时辰，外界就会发现不对劲。必须抓紧时间完成任务！

两人匆匆赶到最核心的一处囚牢——此处竟然设有一道暗门，常人若无敏锐的视觉是决计不能发现的。

小古撬开锁孔，红笺用惊呼和甜笑迷住出现的校尉，随即从左右两边一起出手狠狠将他打倒——这两个同父异母的姐妹虽然彼此仇恨，此时却是配合得珠联璧合！下一刻，出现在她们面前的，竟然是一个铁笼子，里面被关之人只能屈身其中，形容狼狈。

“黄老板！”小古立刻喊出了声。

黄老板费力地抬起头睁开眼，看到小古的瞬间，整个人都呆住了。

他身上没有什么明显的伤痕，神情却是憔悴委顿，显然受到的折磨并非是肉刑，而是精神上受到了什么打击。

“十二娘，居然是你！”他嗓音有些颤抖，虽然有重逢的激动，更多的却是焦虑不安！

小古心中掠过一道阴影，不及细想，她迅速用短刀插入锁孔——然而，原本轻而易举的开锁动作，此时却遇到了一点儿阻碍。

“嗯？”她凝神仔细研究，红笺却有些焦躁不安了，低声问道：“怎么样，你到底行不行啊？”

“这个角纹锁是来自欧罗巴，机关打造得跟我们这里不同。”小古皱起眉头，目光专注盯着小小的锁孔，漆黑的瞳孔几乎凝为一点。她手中咔嚓连声，却不见锁钥开启，一旁的红笺心急如焚，抱怨道：“时间有限，你别磨蹭了！”

“你闭嘴。”小古连眼风都不瞥她一下，仍是聚精会神地努力。

时间一点一点地流逝，一旁的红笺来回踱步，终于跺脚道：“我看是没希望打开了，好在我们还有其他办法。”说完，她取出方才缴获的绣春刀，“当啷”一声，从铁笼的缝隙里丢了进去，“黄老板，事到如今，您还是自行了断吧！”她的嗓音娇美，说出的却是如此狰狞可怕的话。

黄老板身子一震，仿佛所有血色都从脸上褪下，巨大的心理打击之下，连说话都有些口吃：“这、这是会首的意思吗？”

红笺微微仰头，有些趾高气扬，却又有些不耐地说道：“我是大哥派来的，我的话就代表了他的意思。”她瞥一眼还在努力动手的小古，见她神色严峻，额头微微冒汗，唇角顿时露出一丝嘲讽的弧度，对着黄老板劝道：“你也看到了，这位十二娘都已经忙碌快一刻钟了，现在都是束手无策，你也该死心了，不是我们不救你，而是你运气不好——是男人的，麻利点捡起来，给自己一个痛快吧！”话音未落，却听“当”的一声，锁匙竟然打开了，小古抬起头，看了一眼呆若木鸡的红笺，似笑非笑道：“这锁花了点时间，但终究还是难不倒我。”她扫过红笺那雪白娇美的面庞，又冷冷地添了一句，“我倒是不知道，你什么时候能代表大哥了？”

红笺微微涨红了脸，咬牙道：“锦衣卫诏狱如同龙潭虎穴一般，你以为真能从这里救人？大哥派我来协助你，其实就是怕你心慈手软，不肯果断了结！”她瞥一眼从笼中钻出的黄老板，又添了一句，“黄老板你别怪我心狠，就算我们把你顺利救出，你的家人还在他们手心捏着呢，你能忍心看他们受尽拷打折磨？”

这一句立刻点中黄老板的死穴，他身子一僵，整个人都佝偻下来，连步伐都停顿了。“之前锦衣卫那个年轻的大人也说起我妻儿——人为刀俎，我为鱼肉，只怕我这一走就要连累家人！”他疲惫浑浊的眼里满是泪水，抬起头看向小古，却突然一揖及地，低声道：“这次劳你们来救，实在粉身碎骨也难报答，但我不能为了自己苟活就如此轻率离开。也请回报会首，黄某并非易反易覆的小人，为了保存会中秘密，这一条命绝不吝惜！”言毕，拿起那柄绣春刀，便朝咽喉刺去。“当”的一声，绣春刀被打飞，只见小古情急之下，竟是掷出了手中的锁钥，将刀身砸飞。

小古这时真正怒了，冷厉目光看向红笺：“再危言耸听动摇人心，别怪我下手无情，替大哥清理门户！”

“我是会首的人，你敢在这里跟我动手？”红笺虽然有些害怕，但仍是不相信小古敢撕破脸——上次她轻而易举就暗算成功，所以轻敌傲慢的心理占了上风。

“我为何不敢？”小古冷冷一笑，红笺只觉得眼前一花，瞬息之间，她的头发就被什么物件打散，正要尖叫，却被人用手拽住一头青丝，被迫抬起头来。

小古站在她身前，用短刀划过她的面庞，冰冷的触感让红笺打了个哆嗦，她颤声道：“大哥不会放过你的！”

见小古不闻不问，手下用力，她光洁细腻的额头上顿时出现一道血痕，红笺惊得魂飞天外，急声喊道：“你不能这么毁我容貌，我是大哥的人！”

仿佛怕小古听不明白，她又继续低声嚷道：“我跟大哥已经有了肌肤之亲，我是他的人了！”

这一句好似天外惊雷，却让小古的手顿住了，黑色眼眸因为震惊而凝为一点！

“你说什么？”她的嗓音有些低沉，却似风暴前的平静狰狞。

“别以为我看不出来，你对大哥有意思，但他看中的人是我——男人中意一个女人，就会化身禽兽，跟她耳鬓厮磨，牙床交欢……”红笺虽然在刀刃之下有些害怕，但报复的快意却更让她觉得舒畅优越，“他跟我是天雷动地火，难舍难分——怎么，你妒忌了，气着了？”她险中求胜，干脆把自己的脸面贴上了小古的刀刃，“你再刺啊，再刺下去把我的脸划花啊，这样他就能知道，所谓冰清玉洁、聪慧冷静的十二娘，也不过是个拈酸吃醋，恶毒报复的蠢女人而已！”

两人的眼神对撞，红笺是害怕极了反而陷入疯狂的明灿，眼中甚至带着三分得意和炫耀，而小古却是冰寒好似一潭冻泉，幽黑的眸子无人能懂！

这一幕针锋相对，却让一旁的黄老板看得有些害怕——他完全没有想到，这两个如花似玉的妙龄女子，竟然会瞬间拔刀相向，闹得不可开交！

“两位还是暂且罢手——”他咳了一声，却是尴尬地摸了摸鼻子，只觉交浅言深，不好再说下去。

小古的刀停在那里，整个人毫无半点情绪，眼前最近处的正是红笺得意的笑靥——

那般刺眼、得意、炫耀的笑容，在她冰冷无痕的心里深深刻下一道。

隐隐钝痛在心间蔓延，口中尝到微微苦涩的滋味，她微微闭眼，再睁开时，眼中已是了无波澜。

“你跟大哥之间是什么关系，我没兴趣知道，也没必要知道——我只知道，这次主控行动之人是我，而你只是协助配合之责，若是你再擅自做主，横加阻挠，我立刻取下你的人头，想必大哥也不会因为区区私情而怨恨于我！”

言语铿锵，眼神之中的冷静决然却让红笺再也无计可施。她气红了眼，她尖利的指甲狠狠刺入掌心，心中只觉得这个同父异母的妹妹比上次又狡猾了几分，竟然不被她言语刺激所动!

冷冷嗓音在她耳边响起，不见锋芒和情绪，却更带三分煞意：“现在，你能答应我，好好完成这次任务，不再多嘴多舌了吗？”

红笺不甘地咬唇，眼珠直转正在动别的歪脑筋，脖颈间的要害处冰冷痛意传来，她气馁地叹了口气，低声道：“我知道了。”

“很好，下次再犯，我就割下你的鼻子，再有第三次，你的耳朵也保不住了。”冰冷的刀刃依次停留在那两处五官上。红笺微微发抖，她能感觉到，这次对方是认真的——虽然比方才少了几分激动情绪，却是无比坚决。

解决完红笺，小古深吸一口气，将所有疑问和情绪都压入心底，看向黄老板，眼神变得柔和悲悯：“你以为你死了就一了百了了？你不怕锦衣卫拿你的家人泄愤？”

黄老板身子一震，苦笑起来，却是比哭还难看：“只希望金兰会诸位能够看在我黄某为组织赴死的分上，把他们救出来吧。一旦我死，家眷就没什么用处了，锦衣卫应该会放松监禁的。”

“你错了。”小古冷然道，迎着黄老板的眼神，她重复道，“你真是大错特错!”

“这个世上最在乎你妻儿的人就是你，只有你一个！就算是我，就算是金兰会其他的兄弟姐妹，就算我们再有善心，一旦遇上组织大事，说不定也会退让、会牺牲你的妻儿！”这话直白且不客气，听起来简直是恶毒，但黄老板却睁大了眼，整个人好似醍醐灌顶一般。

“在这个世上，唯一能全心全意照顾你妻儿的，只有你一个人而已，你怎么能以死逃避呢！”说到最后，小古目光闪动，神情激越，好似自己也沉浸在某种相似的情绪里!

黄老板的脸一会儿铁青，一会儿却变得通红了，终于，他一跺脚，狠狠地给了自己一个耳光：“是我太蠢了！”

随即看向小古：“我们离开吧，拼了我这条命也要逃出去！”

三人脚步匆匆走在暗门外的甬道里，四周一片昏暗，只有微弱的灯光从远处照来。黑暗中，小古只听到红笺的嗓音，不知怎的，却不似平日的娇嫩做作，别有一种沉重：“你跟他说话的时候，想起了谁？”

“嗯？”小古不由得侧过身去，昏暗之中，却只见红笺低着头，一头青丝用衣带随意系了，脸上的表情却是看不真切。

“你刚才对着他喊：在这个世上，唯一能全心全意照顾妻儿的，只有你一个人而已，你怎么能以死逃避……”黑暗中，红笺的嗓音幽幽传来，却是少了几分乖戾骄横，多了几分沉静温柔，“是不是想起父亲——你这句话，分明是想对父亲说吧！”

听到这一句，小古的手掌禁不住紧握成拳——她的眼前浮现了那个熟悉而陌生的男人形象，她的父亲，胡闰。

曾经对父亲这个称谓有多孺慕，后来对那个人就有多痛恨，然而看到他惨不忍睹的尸身时，那一瞬的痛苦和茫然，却是她一生都挥之不去的暗黑梦魇！

父亲死后，那般抄家灭族的惨状，那般颠沛流离的凄苦岁月，多少次午夜梦回，希望有一个人能从天而降，将她和母亲从苦难中解救出来……

然而这个世上，终究没有人……没有人救得了她们。

红笺的话在她心中引起万丈波澜，无数的爱憎喜怒在这一瞬沸腾激越——她的嘴唇微微发抖，良久，才答道：“不是。”

红笺的呼吸声有些紊乱，黑暗中不知她是否落泪，小古不知怎的心火燃起，略微提高了嗓音道：“对你来说，父亲是你的擎天大树，你依靠他、敬爱他，即使在苦难中，也希望他在天之灵能够佑护你。”

她的嗓音变得越发激越讥诮：“只可惜，我对他的印象，只有四个字——死了活该！”

“你！”红笺气得跳了起来，黑暗中把脚扭了，却仍不管不顾地指着她鼻子骂道，“你这个忤逆不孝的黑心种子！”

“世上的君臣父子都是相互的，父对子不慈，又哪来什么孝子贤女呢？”小古瞥一眼红笺的身影，自觉也是刻薄恶毒地补了一句，“我觉得你怀念的不仅是父亲，还有你那段锦衣玉食的闺秀生活吧，可惜啊，你只能在梦里回味了！”

“你这个——”红笺尖声骂了半截，声音却卡壳了。

小古以为她噎着了，但下一瞬，她整个人也呆住了。

出现在甬道另一头的，除了几盏羊角风灯以外，还有黑压压的人群。

来人们皆是乌纱帽、飞鱼服、皮扎靴，鸾带佩腰，系着腰牌，还有荷包、火镰等零碎物件，在灯光下熠熠发光。

原本应该被迷晕过去的那群锦衣卫，如今正好端端地站在眼前！

饶是小古聪明冷静，诡计多端，此时也感觉一阵晕眩！

红笺咽了口口水，那低微的声音在此刻听来分外明显，彻底震惊之后，她反而心平气和了，因为眼前简直是绝望到底了。

她悄声问道：“你那药是路边游医捣鼓的吧，连个人都毒不倒！”

小古也苦中作乐地悄声道：“我觉得药没啥问题，应该是诏狱这儿的鹰犬狗鼻子太灵，没有上当！”

“明明是你说万无一失的，这次可被你害死了！”红笺怒急抱怨道，却听人群背后有人轻笑一声，“死到临头仍然交头接耳，金兰会之人果然是泰山崩于前而不变色啊！”

明灯照亮眼前，那些人的身后反而成了最暗的阴影，那人着一身黑，却是隐于众人身后，看不清面貌和身材。

“来人，把她们给我统统押下。”仍然是那般冰冷无起伏的声调，小古突然明白，这人就是在黑暗中审讯她的那个锦衣卫年轻高官！

计划失败了！

这个冰冷的念头在脑海里升起时，她感觉到一种微妙的战栗悚然——那是棋逢对手、暂时落败的惊险与觉悟！

这一局，她输了。

输了就要认，在人家屋檐下，她也不是什么传奇女侠能以一敌百，所以小古很痛快地束手就擒，很明智地不去反抗。

冰冷粗糙的牛皮绳被狠狠勒入皮肉，手臂被反剪至身后，整个人被绑缚成一只虾米——这种感觉实在很不美妙。

即使是在如此恶劣的情况下，小古的一双黑眸仍然清明不见慌张，她甚至在被迫抬起头时，还用眼角余光瞥了一眼阴影处的那个人。

即使是在大获全胜的现在，那个人仍然隐没在黑暗中，不露半点峥嵘。

小古知道，在锦衣卫中，有些人的身份是属于绝密，终其一生都不会公开。

眼前这个人，也是如此吗？

明亮到近乎刺眼的灯被摆在她眼前，整间囚室之中空荡荡的，只有小古被牢牢绑缚在椅子上。

吸取上次牛皮绳越挣越紧的经验教训，她这次乖乖坐着不动。

“没想到你们大费周章，居然是为了救人。”那人平平的嗓音传来，隔着门板显得很是飘忽不定。

“我也没想到，你们连审问也要藏头露尾的。”小古懒洋洋地坐着说道，眼珠微动，似笑非笑地调侃道，“是大人您长得太英俊了，所以反而不愿在人前露脸？”

这本是闲极无聊耍嘴皮子，也是有意无意地试探一下他的肚量，谁知对方沉默了一下，居然干脆答道：“你说对了。”

噗……这人真是大言不惭！

小古肚子里简直要笑翻了，在她心目中，要说容貌绝色，首先就要数她家那个广晟少爷了——在他面前，大部分绝色美女都要自惭形秽，黯然退下。

这个人还真是挺自恋的……锦衣卫中，何时出了这么有趣的人？

叹息暗笑之后，小古却是有些想念广晟了。

他跑去旗手卫任职，十天才能回家一次，而秦妈妈初兰那边只当她去同乡那里住几天，所以她暂时失踪的消息应该不会被发觉。

“老天保佑，笨蛋少爷千万不要临时跑回家……否则自己私自跑出来的事可要穿帮了！”小古心里这么想道。

广晟隔着门板上的特制玻璃朝外张望，这玻璃是从欧罗巴的葡国运来的，比起大明烧制的古法玻璃，确实是又透明又轻巧，十分神奇。

这间审讯室是在他要求下赶工特制的，尤其是这扇门，半面是透明的玻璃，房间内部却是根本不能觉察。

只有非常狡猾的犯人，才需要用到这间，因为若是面对面地审讯，他们的每一道神情都可以是伪装的，只有在空无一人的房内，他们的神情才会松懈、真实！监房内的女子，虽然显得有些疲惫，却仍是顾盼神飞，镇定自若，完全没有身在龙潭虎穴的紧张与惶恐。

“这样的人，往往最难对付，因为她的心坚定更胜金石。一般的酷刑对她来说毫无作用。要想让她开口，只能另辟蹊径……”广晟如此想道。

“你知道这次为什么会失败吗？”隔着门板，他看到她睁开眼睛，脸色神情微微一愣。

“是因为你身上的香味。”小古听了这话，顿时愕然：为了扮演这个鸨母的角色，她将此人平日所用的香粉口脂都原样拿来用了，香味虽然俗艳，但也是铺子里能买到的上好货色，怎么会露了破绽？

“你的身上有一股特别的香味，即使是用了那些胭脂水粉，仍然能隐约嗅到。”广晟微微一笑，看牢房中的女子眉间更露惊愕。

小古皱起眉头，仍然迷惑不解——她又不是传说中的花神花仙，天然体带异香，这话从何说起呢？

突然，她眼前一亮，顿时明白了所有——是易容所用膏粉惹的祸！

苗疆湿热，植物繁密多样又多虫蚁，当地百姓天然善于侍弄药草，小古的易容术全部是传承母亲而来，这些药膏敷在脸上，自然会有一股轻微的气味。

这人嗅觉真是灵敏，简直是狗鼻子！看到她若有所悟的表情，广晟微微一笑：“你装扮得很像，没有露出任何马脚，只可惜，你撞到了我手上。”

从小到大，在侯府中他都是受人挤对和欺负的，就连贴身小厮也敢对他阳奉阴违，拿隔了夜不新鲜的菜来敷衍他，甚至偷走他的贵重物件藏在包袱里想带走，每次都被他揭穿，靠的就是这灵敏异常的嗅觉。

最初闻到这种特殊的香味，大概是在岳香楼附近，那一次是他初次参加锦衣卫内部的秘密行动，第一次杀人——那个从小巷里冲出来的神秘少女，与他意外邂逅，那围墙角落的匆匆一吻，是轻薄调笑，亦是解围掩护。

后来是在那藏有黄金的马车暗格里，逼仄狭小的空间里，两人紧紧相拥，毫无一丝空隙，氛围香艳，然而充满杀机！

第三次，是在平宁坊商驿的仓库门前，两人迎面撞见，短兵交接之时却遭遇火药引爆，各自被炸飞开去。

这已经是第四次见面了吧！

这次若非他事先发现端倪，及时做好防备，她们两个女人就要迷昏诏狱里的所有人，顺顺当当将人犯救走了！

还真是有缘啊……广晟心中调侃，却分外提高了警惕，他知道这监牢之中的女人，十有八九就是那位传说中的十二娘，金兰会中最近名头最响的神秘女人！

“我们金兰会与朝廷本就是水火不容，撞到你手上，要杀要剐随你，若是来劝我出卖同伴，那就别浪费唇舌了。”小古的话并不慷慨激昂，只是平淡述说，广晟闻言微微一笑：“你就是一条大鱼，从你身上就可以查到很多，何必舍近求远？”

话音一落，只见监房之中门板被打开，有人入内取走了所有灯盏，满室顿时重回黑暗，就在此时，小古感觉有人走了进来。仍然是那个穿着宽大黑袍的男人，他一步一步地走近，带来一种静默而诡异的压迫力。

他想做什么？小古心中提高警惕，却苦于无法动弹，只能任人宰割。

高大的黑影笼罩在她眼前，那人站得很近，身上有军中特有的苍术熏香，掩去了他本来的身体气息。

温暖而干燥的手抚上她的脸庞，她挣扎着侧过脸，却被强硬的力量抬起下颌——黑暗中，她眼底的愤怒落入那双闪闪发亮的眼睛里。

“真是漂亮的眼神，像火一样……”

混账！

她狠狠地瞪了他一眼，却被他攥紧了下颌，迫使她整个人都倒在他怀里。

修长而有力的手指轻轻抚过她的眉眼，温柔细腻缱绻，好似是在描绘情人的一颦一笑。

这般诡异的氛围让小古越发感到不安，却听那人轻声在耳边说道：“果然是绝代佳人，所谓顾盼生辉、明眸善睐——男人看了都会心痒痒。”

耳边的热气吹拂得她浑身不自在，很不舒服，那人接下来的话却更让人心惊：“这副面容虽然也还将就，但却配不上这双眼，我更想看看你真实的容貌。”说完，他的手指在她脸上细细摩挲，指腹处渐渐用力，好似要擦下一层皮来。

他将另一只手里的东西放下，好像是一只装着水的陶罐，用袖子蘸湿了，用力在她脸上擦拭着。

“看到你真实的容貌，就能查到你另外的真实身份——那才是你真正在意的软肋。”这话好似燎原之火，小古的心被烧得炽痛，她一时焦急，对方却不顾她的挣扎，继续用力擦拭——

大块的膏泥染上了他的衣袖，脸上的肌肉被他用力压制之下，渐渐恢复原样……

就在这千钧一发之际，突然监房外人有人紧急来禀——

“副千户大人，不好了……签押房着火啦！”来人气喘吁吁，竟然是李盛。

什么？！广晟手中动作一顿，眉头皱成个“川”字——锦衣卫的签押房当然跟普通衙门不一样，根本不需要犯人画押认罪什么的，进入诏狱基本就是有死无生，偶尔有被赦免的却是皇帝另有大用，那是必须当作贵客恭敬的，也用不上这手，因此那里一般是当作证据文书的存放地点。最近的证据，便是那一份含有剧毒的账册！难道是它又出了问题？

广晟想到这儿，只得丢下撕下的衣袖，匆匆离开了监房，剩下只身一人的小古只觉得逃过一劫，长长地松了口气。

此时只听外间人声喧腾，又有多人脚步声匆匆跑进跑出的，过了一会儿，监房大门被打开了，有几个力士押着红笺和黄老板几人进来。

“老老实实待这里别动，要是再敢闹事，按照我们锦衣卫的规矩，可以就地格杀！”为首的力士威胁着丢下他们，转身匆匆走了，门板一开一闭之间带进不少烟气——看来这次签押房着火确实挺大，大家忙着救火，所以才把大部分人犯都集中关押起来。

小古打量了一下新来的同伴，除了红笺和黄老板两个，还有几个精悍黝黑的中年汉子，有的瘦高，有的矮小，眼神忽闪凶狠，看那架势并非善类。

仿佛感受到她的目光，那两个矮小的汉子这才发现这里竟绑着一个风情娇媚的女人——虽然脸上的妆被擦了些许，但仍能看出姣好轮廓，他们两人被关押多时，此时不由得淫心大作，饥渴地舔了舔嘴唇，对视一眼就要上前。

这类囚犯也是戴了手铐脚镣的，但他们身材精瘦剽悍，虽然步伐缓慢，但也能活动自如，黄老板见状正要上前阻止，却被“砰”的一声打昏过去。

那两人其中之一甩动着手上的铁链，蔑视地看了一眼昏迷的身躯，又看见缩在一旁的红笺，不由得哈哈大笑：“真是好运气，美娇娘共有两个，你我足够分了。”久被关押的囚徒多时未曾洗澡，一股浓烈的臭味熏得红笺直掩鼻子——她虽然曾经沦为营妓，但因为容貌出色，向来只接待当红的军官，身上大都干净清爽，何曾见过这种穷凶极恶的底层恶徒？

另一人靠近小古，正要去摸她的胸口，却突然感觉脚下震动，一惊之下以为是地牛翻身，随即再细看却毫无端倪，以为自己白日做梦了，随即而来的却是更猛烈的震动敲击——

下一瞬，地面突然整个凹陷下去，巨大的水柱从下冲天涌起，喷得那人一头一脸，他大叫一声就跌落下去。

锦衣卫诏狱都是用上好严整的青砖铺地，再用上好的贝壳粉配了糯米浆填缝，平日里简直可说是滴水不漏，此时突然凭空凹陷一个地洞，众人谁也料想不到！

他的同伴怒吼一声，丢下被剥了半边衣衫的红笺，正要上前看个究竟，突然脑后遭到重击，昏迷之前，却见黄老板和红笺合力，把木枷连在一起敲中了他的头！

地面破了一个大洞，水柱继续哗哗上涌，从中却有一人探出头来，急声招呼道：“你们还不快下来？”

“四哥，是你！”小古看到来人，顿时惊喜交加。

“别废话了，快下来走人吧，这地下水可支撑不了多久！”

于是黄老板连忙上前帮小古解开绳索，他跟红笺也来不及找钥匙，连着手铐脚镣跳进地洞之中。

小古最后跳了进去，一进水中就被巨大的冲力卷了个踉跄，在四哥示意下，她弓着身子潜进水里，顺着水流冲进了一个长长的陶管之中。

陶管直通向前，内部狭窄全是地下水，污浊难言简直要把呼气都闭住，里面也没有任何光亮。

小古的身子被水冲击着向前，整个人好似断了线的风筝一般，不停跟管壁撞击，更是弄得一身污渍狼狈。她闭住气，顺着水流朝前而去，过了不到一盏茶的时间，却被前方的网绳挂住了。

头顶有人打开地盖，将她连人带网绳拉了上来，到了地面，她看到众人都安然无恙，只是身上的污泥和臭味简直可以顶风熏出三十里！

3.

“这到底是怎么回事？”她喘着气问道，回答她的是四哥那洪亮浑厚的嗓音——他一边咳嗽着，一边说道：“这是大哥事先吩咐我的，他给了我整个金陵城的地下水管图。”通过他的讲述，小古终于明白了其中原委。

最早殷周时代的宫廷里，就有用明管埋入地下引走污水的，到汉魏六朝时期，主要城市普遍都设置，那时首创了用陶管做下水管，但仍然没有普及，就算是国力强盛的隋唐时期，仍然只有长安和洛阳城中有这种昂贵而舒适的玩意儿。

金陵在历朝历代以来都是名城大邑，被洪武皇帝定为京师之后，工部的官员也曾雄心勃勃想要把明沟暗渠三层地下水道修缮齐整，但天文数字的银两却让人望而却步。最终妥协之下，只是在皇宫和内城几条重要大街上完成了地下陶管的铺设。

四哥虽然如今落魄在漕帮中厮混，但他的叔父却曾是户部主事，专门负责提押江南赋税的，因此对这些水道的纵横走向了如指掌。

“也只有这几条街下面有这个，若是全城都蛛网密布地铺上，我这榆木脑袋也记不住了。”他气喘吁吁地说道，小古这才发现，自己所在的位置竟然就在平天街外的路边草丛里，远远可以看见都察院、大理寺、刑部三法司的衙门——这里离刚刚逃出的锦衣卫诏狱不过是一条长街的距离。

果然，隐隐从长街那儿传来一大群人的混乱脚步声，粗野的军人呼喝声让众人心头一凛：还没有完全脱离危险！

“事不宜迟，赶紧上车吧！”

拐过道口，迎面而来的便是熙熙攘攘的行人——这里是内城，普通庶民除非朔望吉日是不能进入这里的，路上的每一个不起眼的行人，都是各衙门的书吏和小官。

四哥的手下赶忙牵来一辆马车，里面堆满一人高的瓷缸——这是一辆定时送水的马车。

在内城之中，有送水这个职业，送水人或是用车或是肩挑，一一为各个衙门和府邸送来城外山上的泉水，每日早晚两次。

众人登上车辆，锦衣卫的追兵也出现在半条街开外，连他们手中兵器碰撞的声响都可以听到！

此时正是黄昏时分，大街上人流并不密集，只有五六辆车或快或慢驶过，带起一阵烟尘。

“全部给我停下！”马蹄声疾响而来，好似苍穹云端的雷霆霹雳，宣泄着来人的怒火！

满街的人顿时惊愕，等停顿下来看清是锦衣卫的人凶神恶煞地冲过来，顿时好似炸开锅般惊慌躲闪。

纪纲统领下的锦衣卫，经常肆意逮捕官员，掀起腥风血雨，简直是所有官员和富商心目中的恶鬼和梦魇。

有人吓得双腿战栗浑身瘫软，有聪明的就抱头蹲下，但也有人不知是心中有鬼还是激动恐惧，竟然没有停下，反而不顾一切地朝前跑去，原本宽阔安静的大街顿时陷入了一片混乱！

“统统停下，违者格杀勿论！”锦衣卫那边带头的小旗厉声呵斥道，见逃窜人群和车辆仍然充耳不闻，不由心头火气，猛抽一鞭纵马疾驰而去！

大街上众人惊呼躲闪，更有刚刚蹲下的老实倒霉蛋被波及践踏，好几个都受了重伤被踹飞出去，鲜血与惨叫更加引发人们的恐惧。

“前面那几辆车给我停住！”李盛嘶哑着嗓音喊道，他整个人跟胯下骏马一样都是喘着粗气，眉间更是掩不住的暴戾杀气！他锐利的眼珠盯着前方那些飞驰的马车，只觉得它们都万分可疑，胸中怒火燃炽之下，恨不得上前一脚把它们踢成齑粉！

自锦衣卫创立以来，还从未丢过这么大的脸！

先是全体被人迷昏，让两个小娘们如入无人之境，险些劫走要犯；接下来竟然签押房无故着火，一群人冲去救火兼抢出账册，却不料竟中了调虎离山之计，那一群人竟然里应外合，从地下挖洞逃跑了！

幸好锦衣卫中有老前辈，依稀记得这下面是有通水陶管，是直通整条长街的，他们急急追出来，断定那些逆党还没逃远——他们甚至可能就藏在这些行人和马车里！

锦衣卫缇骑们都是虎狼之士，不多时就追上所有的马车，一一拦截后将人赶出搜查。

“真是斯文扫地，斯文扫地啊！”有一位好似是户部的员外郎也被轰下马车，涨红了脸正要争吵，却被塞了一嘴麻胡桃五花大绑起来。

其他人都噤若寒蝉，乖乖站到一边接受搜查询问，整条街都渐渐安静下来，气氛却变得狰狞肃杀。

“怎么办？”小古等人躲在瓷缸之中，个个心急如焚——街上的马车一共也没几辆，很快就会彻底暴露！

果然，那个粗嗓门的锦衣卫军官来到了这辆车前，呵斥道：“这些瓶瓶罐罐里装的是什么？”没等四哥回答，他的手下已经开始呼呼砰砰地砸了起来，靠近车辕的大缸被一一打碎，瓷片碎裂之声格外刺耳，顿时让小古的心都揪紧了！

她们藏身的瓷缸都摆在车厢内侧，这样下去只怕谁也无法逃过！

“啊——”突然有人发出一声惨叫声，小古实在压制不住好奇心，用眼角余光从大缸边沿偷窥，却见一个瓷缸被打碎之后，里面竟然出现了一个人，正蜷缩着身子呻吟叫痛。

这人是谁？竟然会藏在同一辆马车的瓷缸里？！

小古看着他完全陌生的打扮和面容，深深皱起了眉头——她只觉得内中别有蹊跷，这一切的混乱背后，有一只无形的大手在拨弄局势！

“缸里有人！”锦衣卫的军官发出一声喊，顿时所有人围拢过来。

李盛如获至宝，那人却睁开眼睛尖叫着，从车辕上跳下，飞快地朝另一个方向而逃！

“快抓住他，要活口！”李盛踹飞了一个校尉手中的弩箭，怒吼道。

那人飞快地奔跑着，但身形显得文弱，他头戴乌纱折上巾，脚上粉底皂靴，身着天蓝杭绸直缀，在渐渐沉落的夕阳余晖下显得格外鲜明！

锦衣卫的人大步追上去，军靴的马刺碰撞得叮当作响，眼看就要追上，此时平天街的另一头却微微有人头骚动，出现在眼前的是另一队人马。

“是五城兵马司！”有眼尖的低声嚷嚷道。

五城兵马司管理城中坊市大大小小的治安事件，大到杀人越货，小到街坊争执，都可以归在他们治下，虽然职权广泛，但按例巡街的也不过是六品官，照理说见着锦衣卫办事，是不敢过来啰唆的。

李盛却是浑然不顾这些来人，眼看追到只剩三丈处，他扯下腕间的马鞭直甩出去，神准狠辣地套中蓝袍男子的脖颈，顿时将他拖倒在地！

那人手脚动弹着挣扎不已，李盛却是喘了口粗气，用力拉扯着长鞭，见那人被勒得直翻白眼，不由得哈哈大笑起来。

"住手！"有人策马来到跟前，居高临下地喝止。

李盛却是只当没听见，连眼角余光都懒得瞟过去——这是锦衣卫在办事，哪有其他人插手的余地！

"全部给本官停手，尔等没听到吗！"来人怒喝一声，好似舌绽春雷，下一瞬，一柄长刀从那人身后扫入，将李盛的马鞭断为两截。

索套一松，那蓝袍男子顿时被余劲拉得打了个滚，却终于重获自由，踉跄着站起身来。

"救、救命啊！"他带着哭腔喊道——此人的相貌原本算是英俊，此时惊魂未定、涕泪交加，灰头土脸的，分外狼狈，却是连滚带爬向那群人跑去。

煮熟的鸭子飞了，李盛怒气冲冲地抬眼，却见身前围了一队人，为首的戴着纱帽，穿着七品文官元青色的官袍、皂靴、牛角带，一副美髯长可及胸，越发显得相貌堂堂。

在这个文官身后，兵士们顶盔束甲，手中刀戟耀眼，带队那人也骑在马上，手中长刀精光湛然，年轻冷峻的面容好似寒冰冻结——显然，方才那一刀是他所出！

"原来是巡城御史！"李盛冷哼一声，胸中一口怒气憋着，却终究化为一声讥笑，"御史大人今日真是威风凛凛啊，竟然来插手我锦衣卫之事！"

按照大明制度，五城兵马司巡查之时，需听从都察院分派的巡城御史吩咐，配合他纠察纲纪缉捕不法——御史乃是清贵言官，大都铁骨铮铮两袖清风，就算是公侯勋戚也不给面子，反而能在同僚中获得"强项"名声。锦衣卫虽然强悍，遇到这种不怕死的酸书生，也是大感头疼。

若不是文官柔弱又不好惹，李盛早就一脚把他从马上踢下，此时却也只能讥讽一句——他随即瞥见那个冷漠的年轻将官，顿时嘴角一歪，怒声道："萧大公子，你也在这里——多日不见，听说你频繁调职，如今却沦为御史大人的跑腿跟班了？"

他看着萧越那张波澜不惊的脸，想起他刚才坏事的一刀，心中越发光火："怎么着，这是要跟下官比试一下刀法吗？"

李盛先前也曾见过萧越其人，但那时他只是个锦衣卫的校尉，对方却是兵部的大红人，不仅中了武进士，还迅速得到了东城兵马指挥的实职，两者简直是云泥之别。那时候对他的印象就是——小白脸靠了父荫才青云直上！

后来又听说他跟广晟也算表兄弟，况且广晟的嫡母逼得他在家中存身不住，李盛因此对萧越越发存了偏见，心中也想着有机会要替上司兼好哥们儿讨回这个脸面，给这个小白脸一个好看！萧越手握刀柄，淡然瞥了他一眼，沉声道："此处乃是三法司官衙重地，就算是锦衣卫执法，也不该当街滥杀无辜。"

此时当街哭逃的众人好似找到了主心骨，纷纷忍着伤痛起身哭诉，但却又不敢把锦衣卫得罪狠了，一时吵嚷不休。

那骑在马上的巡街御史见众人仆倒在马前哀告，此时此刻真把自己当个青天大老爷了，略微得意而自矜地摸了把胡子，盯着地上那人看了一会儿，直接向李盛质问道："天子脚下，闹得这般沸反盈天实在不成体统——这人到底犯了什么罪？"

李盛还没开口，只听那人失声喊道："大人，下官乃是东宫詹事府的白苇！"

这话一出，顿时四周哗然：此人竟然是太子身边的属官！

在场的没有真正意义上的庶民百姓，多是七窍玲珑心之人，对朝政局势颇为了解，此时看向锦衣卫之人的目光却是有些微妙了，而李盛本人也已经被这意外惊呆了——他要追捕的是那几个犯人，这个姓白的是从哪儿凭空出现的！

"他们就算是神仙，也只有上天落地这两种招数——他们还没逃远，来得及追上！"广晟当时斩钉截铁地对李盛说道，于是他就这么率军追出，只觉得满街马车都有可疑。锦衣卫的原则一向是宁可错抓，不可轻放，直觉让他锁定了这辆，满眼看去更是疑点重重：车辕上的水痕和泥浆便是明证。然而无论如何，他也不曾想到，在这些装水的粗瓷大缸里，竟然藏着这位白苇白翰林！

白苇这个名字李盛很是熟悉，虽然素未谋面，但却是与石巡检的死大有牵连，甚至那本蹊跷染毒的账册都要着落在他身上——身为詹事府的官员，却与金兰会那帮逆贼脱不开干系，李盛早就请缨去逮他回来，却被广晟严令制止了。

这样一个可疑又敏感的人物，此时居然藏身在这口粗糙简陋的装水大缸里！

就算李盛率直粗犷，此时也知道事情不妙！

"竟然是东宫属官……"此时那位御史神色之间颇多踌躇，拈着胡须直皱眉头。

御史虽然喜欢标榜刚直不阿，但也不是凭着热血一味蛮干的蠢货，他见此时涉及太子和锦衣卫，心下只觉得棘手无比，暗暗后悔沾惹了这事！

眼看着白苇这个烫手山芋，他正在踌躇，那白翰林却担心他怕了锦衣卫的权势和恶名，失声大喊道："这位是都察院的弋谦大人吧？下官的同门师弟薛语与你乃是乡试同年……"

"你说的可是薛贤弟？"弋谦干咳一声，听说是同年的师兄，心中暗忖这也算是自己人了。若是等闲的干系，他早就大包大揽担下来了，但眼前锦衣卫如狼似虎，摆明了要抓人，这可怎么是好？

仿佛看出他纠结犹豫的所在，白苇急忙道："戈大人的清正耿直我早有耳闻，求你看在儒门连枝同气的分上，救下官这一回吧——下官以项上人头作保，绝没有作奸犯科之事，若是让我落入这些鹰犬之手，我宁可现在就撞死在大人马前！"这话说得铿锵有力，若是忽略白苇那两条发软颤抖的腿，简直是无比坚定堂皇——危急时刻，他倒也算有急智，既有动之以情，更有以大义威胁，弋谦听完心间一沉，情知不能把人交给锦衣卫，否则自己立刻就要成为文官和儒生们眼中趋炎附势的小人，在都察院也要存不住身。

“本官奉圣命巡查京师缉捕不法，既然你们撞到本官面前吵闹不休，干脆就提交刑部大理寺问案吧。”弋谦看向面带怒容，喘着粗气的李盛，虽然毫不退让，却又添了一句劝慰，“这位小旗你也辛苦了，白某既然在逃涉案，无论个中内情为何，本官都会勿枉勿纵，亲身把他押送到刑部去，你也不用担心他会被轻易私放。”

他自恃御史清名，这种场面和一个区区小旗来说话已经是纡尊降贵了，满以为对方会顺着台阶下，谁知李盛断然拒绝道：“不成！”

半条街里都惊住了，只见这个壮实粗豪的汉子梗着脖子看向马上的弋御史，虽然施了一礼以示恭敬，但眼角眉梢却透着桀骜不驯：“标下等奉命追捕人犯，若是他从我手里被放走，我家千户断不能饶我！”

被当众这么硬邦邦地拒绝，那碰了钉子的御史弋谦顿时脸色一沉，冷笑道：“本官乃是代天子巡查四方，你是要顽抗圣命吗？”这话一出口，他自己也觉得重了——实在是被这眼前局势一激气得心血上涌，再加上文人的傲气和耿介，对这些鹰犬本就心存芥蒂，所以这话才冲口而出。但既然插手管了闲事，就必须横下一条心硬挺着，不能让这些锦衣卫带走此人，巡城毕竟是自己分内职责，秉公执法也并不算逾越。

“别拿着鸡毛当令箭！圣上可没让你这般狗拿耗子多管闲事！”李盛骂得粗野酣畅，却是占住了正理，弋谦气得眼前发黑，喃喃道：“简直是猖狂之极！”

两人对答之间已是动了真火，现场的锦衣卫都是虎狼之辈，冷笑着齐齐拔出刀剑指着对方，而萧越手下受到这种挑衅却是面面相觑，有些面露怒色，有些却是犹豫不定。

锦衣卫毕竟是天子亲军，近年来又四处搜捕残杀文武百官，创下滔天凶名，五城兵马司却只负有巡查街道清理沟渠之责，实在也没这个底气跟人对着干。

谁知李盛本来就是嘴贱，此时气盛勃发之下却是斜着眼扫了萧越一眼：“萧大人若是无事，可以去就近的街上抓几个粉头小偷回去交差了事，这里的事你就不必管了，你也管不了！”

这话一出，萧越神情未变，只是眼中冰霜之色更重，冷然眼眸一闪，沉声道：“我等职司在此，岂容你胡言乱语！”

剑眉一轩，一双眸子宛如冷电，瞪向李盛，后者只觉得眼光交触感到一阵威压，心思恍惚之间竟然打了个冷战，愕然之后却是愤怒：小白脸竟然敢装腔作势。他一个眼色，锦衣卫的缇骑默然围上，刀枪明晃晃地指着弋御史和萧越的鼻尖。

萧越微微一笑，眼中的冷意化为炽芒，默不作声，他也拔出了佩刀——他在手下面前威信深重，见他都出兵刃了，那些人一反方才的犹豫不定，也禁不住怒火上眼，七嘴八舌地嚷道：“好啊，把咱爷们当作是鱼腩是吧？”

“锦衣卫了不起啊，我们五城兵马司的也不是软蛋！”

只听兵刃撞击之声连起，街上顿成剑拔弩张之势！

那白苇看到这一幕，脸色已是白得不能再白，他一咬牙，好似下定了什么决心，嘶声喊道："几位不必为了我这区区一个书生动刀动枪！"

两边都是恶狠狠地看着对方，连一个眼神也懒得给他——事到如今，已经不是为了区区一个疑犯，而是锦衣卫与巡城御史、兵马司之间的意气之争了！

白苇面色青一阵白一阵，却是下定了决定，嘶声喊道："弋大人风骨刚烈，深明大义，下官无以为报，却也不能再拖累您了——请您送我到天子皇城之下，我要叩阍击鼓自告！"最后一句说得文绉绉的，锦衣卫那边都是底层校尉力士，一时没听懂，弋谦身为正牌子的御史却是瞬间明白利害，他的脸色因为极度震惊而发红，眼神发直，连嗓音都变得口吃颤抖："你、你说什么？你要去敲登闻鼓？"这话一出，顿时满街陷入死寂！就连李盛这种粗坯都知道，圣上皇宫午门左侧有一面大鼓叫作"登闻鼓"，天下官民若有极大冤屈，可以上前击鼓鸣屈申冤，甚至可以向朝廷提出建议。

根据引经据典的翰林学士们所言，宫门前的登闻鼓从周天子起就设立，一直到元蒙鞑子夺了天下，也仍然保留此项制度，国朝当然也不会例外，巍峨壮观的太和殿之下，有锦衣卫和内廷宦官看守，每日甚至有专门的监察御史值班。

如此郑重其事，却毕竟已流于形式，谁也不会吃饱了撑着去敲这鼓——毕竟，按大明律，敲响登闻鼓必须由天子亲自接见，若是一些细小事件，必定会触怒龙颜——"敢沮告者，死。"这一条就足够让人胆战心惊了！而今上又是暴戾易怒的性子，敢去捋虎须的实在没几个。

"对，下官不才，有惊天内情要告发……"白苇声音颤抖，眼神却是血丝初绽，整张脸上都是难以抑制的激动，"此事涉及大逆案，下官必须亲自向圣上禀报！"

"住口！"这一声断喝却是出自弋御史之口，他脸色更加苍白，整个人哆嗦着几乎要从马上掉落，连一副美髯也随之晃动不已，"你知道你在说什么吗？"

此人连"大逆案"这种话都说出来了，显然是横下一条心且有猛料要爆，再加上今上好杀暴虐，如今年事渐高又越发猜忌，只怕真要出惊天大事了！

但弋谦毕竟是老谋深算，此时勉强保持镇定，呵斥道："御前叩阍非同小可，无论是否诬告，进殿前就要承受廷杖三十，你可想清楚了，不要自误！"

"大人，下官心意已定，您也不必再劝。"彻底豁出去的白苇看向锦衣卫那边，脸上露出嘲讽的微笑，"这位小旗官，我要到圣上那里去击鼓告状，你若是执意要抓我，也请跟我一起去御前说个分明吧。"

李盛的脸色已经黑如锅底，但仍强撑着哼了一声："谁知道你是不是找托辞要逃？"

"你再三纠缠，是要阻止下官击鼓面圣吗？莫非是锦衣卫做贼心虚？"这话一出，就算是李盛气得满脸凶光，也不敢再行阻拦——他也不是笨蛋，跟这种"大逆案”沾惹上绝对是九死一生，就算咬断钢牙，也不敢再提什么抓人了！只得眼睁睁地看白苇步履蹒跚地站起，骑上兵马司那边匀来的马，随着嘚嘚马蹄之声逐渐远去。

小古从缸边沿看着这一场对峙，只觉得眼前这一幕无比惊心动魄，虽然没有动上刀枪，却是比什么样的杀局都更加凶险，也更为扑朔迷离——

锦衣卫的人明明是追赶自己几人，却为何瓷缸被打破后，出现的竟然是这个白苇！

他怎会被装进缸里，为何又要大喊什么“大逆案”去敲登闻鼓？

他此去究竟是何人指使，又会达成什么样的目的？

所有这一切疑问，在她脑海里形成了一团迷雾，而这团迷雾背后，仿佛有一只看不见的大手，正在翻云覆雨地拨弄……

她正在出神，突然发觉身后有动静——警觉地侧脸去看，却发觉马车后厢的暗门竟然被人打开了，有人一步步踏了进来，到了自己藏身的瓷缸边。她握紧手中短刀正要出手，却见对方匆匆而压低了嗓门道：“金兰十三脉，梦里山河在。”这一句暗语切口证明是自己人，小古松了口气，却听对方低声继续道，“请十二娘忍耐片刻不要作声。”话音未落，却感觉身下微微晃悠：竟然是整只缸都被人抬起来了！

爬进来的几人手脚轻便却又力大无穷，将瓷缸抬起一一从后车厢搬下，又从车下搬来相同数量装满水缸的替换，动作快速却没留下半点动静，满街人此时都盯着看锦衣卫和巡城御史的纠葛要如何善了，居然没人发觉这边的异常。大概就算偶尔有人看见，只怕也没有丝毫警觉吧——装水的容器卸下又换上，每天都要重复无数次，又有什么稀奇呢？

马车旁边有小木板钉成的双轮轱辘车，瓷罐放在上面满满当当就被运走，却因为简陋而无比颠簸，水泼出来好些，内中藏的人也被晃得眩晕欲吐。小古只觉得眼冒金星，远远地听到街心那边两帮人还在高声喝骂，似乎有人单骑而来制止，马蹄声敲打在青石板上，宛如绵密而沉闷的暴雨，虽然惊心动魄，却是离自己越来越远了。

小古洗头沐浴好几遍，终于觉得身上那股让人窒息的恶臭被洗去了，她神清气爽地着了雪色浴袍出来，却只是用湿巾裹住长发，站在窗边，透过飞霞纱的窗边向外看了几眼。

正是黄昏时分，万花楼还未开张，但盈盈的脂粉暗香已经浮上来了，庭院里似乎有丝竹缠绵之声，有人在调弦弄琴，也有人在嬉笑闲聊，正是一片安宁喜乐。

此情此景如此安谧，与阴暗狰狞的诏狱相比，简直是天上地下两个世界！

直到水珠从额前湿发上滴落，她这才从沉思中惊醒，赶紧把帕巾解开，用梳篦细细打理整齐，正要习惯性地用红绳打成长辫卷起，却发觉梳妆台上放了一盒头面首饰，乃是用珍珠和细小的红宝石珊瑚镶嵌，虽然用料不算贵重，却是精巧细致，让人眼前一亮。

再回头一看，却见屏风旁的架子上放置着杏黄海棠花贡缎立领长袄，花鸟样蓝青错紫暗绣马面裙，连雪貂围脖和檀香木绣鞋都是齐整妥当，显然很是细心。这几个颜色和衣料都是她平日喜欢的，看来对方不仅细心周到，还对她也有所了解。

这是谁给准备的呢？这个疑问在她心中升起，同时却有一个隐约的答案也闪现了：宫羽纯跟她很不对盘，更不会了解她的喜好——难道是他？小古禁不住抿起嘴唇，眉间浮现一道复杂而纠结的神色，迟疑了一下，她终究对着镜子开始更衣梳妆起来。

兰香阁之中沉寂安静，今日并无金兰会众人聚集，只有一人坐在长椅之上，静静等待着佳人出现。

莲步轻挪，木底轻叩，暗光交织的廊下有纤纤身影缓步而来，步摇的珠光在她微微抬时璀璨而亮，宛如无尽长夜里那唯一的星辰——

“你来了。”黄昏的斜阳透过纱窗折射在文雅男子的身上，雪青色的直缀上好似遍染金辉，整个人越发显得钟灵毓秀、温润风雅——唯有那隐在书柜背光处的一双黑眸，寒芒点点却又让人如凝深渊。

光与暗，春光与暗渊……如此矛盾的气质，却在此人身上和谐显现。而就在小古出现在门口的那一瞬，原本幽邃浓黑的双眸，此时却浮现一抹温柔而奇异的笑意：“累坏了吧，过来坐下吧。”那抹笑意宛如春风拂面，却在下一瞬看清她的面容后顿时一滞，“为何仍然用那鸨母的脸，不肯以真面目示人？”

柳眉明眸，琼鼻朱唇，这张脸虽然美貌，却是借用那俗不可耐的女子的，并非是他旧日记忆中的那一颦一笑……

“你很想见我吗？”小古站在离他两丈远的地方，低声问道。

景语闻言心头一震，面上却若无其事，温文笑道：“怎会不想呢？”这一句让小古心跳都漏了一拍，却听他继续道，“你亲身犯险去那龙潭虎穴，我放心不下，时时都在惦记着。”

小古听到他平实叙述却饱含真挚的话语，心头好似打翻了五味瓶，酸甜苦辣一齐涌上——恍惚间，有些心喜，却有更多的失落——只怕换了金兰会中其他人置身险境，他也是如此担心吧？

第四章

真情·假意

1.

这份担忧焦急，是只对她一人，抑或是，对金兰会的所有兄弟姐妹?

这般念头一闪而过，却好似隐秘而无形的刀刃，在她心头划了一记，默默地开始隐痛。

她心思有些混乱，再抬头时，发觉那人已经走到中间身前，手中递上了一块湿帕：“把脸擦擦吧，这里没有外人，已经安全了，不用再做任何伪饰。”

竟然再次提出，要看到她真实的容颜!

为何如此执着呢?

小古的心里乱糟糟的，愣在那里没有动，景语叹了一声，再走近两步，伸出手要替她擦去。

温热的呼吸就在彼此周身，垂眸与抬眼的瞬间，彼此都猜不透对方的心思，却又莫名地灼热和期待，虽然心中有苦涩。

他的手伸出，轻轻地，连着帕子掠过她的脸庞。

那轻柔闪过的是布料，宛如剔透的蝉翼忽悠而过，划过肌肤却是指尖的微粗薄茧，带着体温的刚毅坚定……

他只擦了一下，却被她躲闪而过——昏暗之中，她的一双眸子晶莹明灿，宛如墨玉宝珠一般，只是静静地凝视着他，低声道：“不用。”

“这里没有外人，你可以安心。”他的回答简单平实，言语之间却有一种莫名的亲昵可靠。她的眼神却是微微闪动，仿佛因这话触动了衷肠——对他来说，到底谁是外人谁是内人呢?

红笺吗?

想起这个同父异母的姐妹，小古的脑海里顿时浮现她那句惊世骇俗的低喊：我跟大哥已经有了肌肤之亲，我是他的人了!

想道这儿，她心中一阵焦躁，想发火却是强自压抑住了，淡然道：“我已经习惯以这种面目行走见人，又何必多此一举。”

“我只是想看看你，如郡。”他的声音悦耳，仿佛是世上最清朗无瑕的书生儒音，却又似暗夜里那勾魂摄魄的狐仙妖孽，腾云驾雾的一声招呼，便要掠去世间女子的一颗心。

那最后的两字轻唤，低沉而惑人，好似将那不见的十多年都酿成了金黄宛如琥珀的流光残影，黏稠之中却是泛起微甜。

小古心头一颤，却是扭过头，低声道：“没什么好看的，这张脸十多年前你就看习惯了，长大以后也不会变成什么西施、褒姒。”

这样顾左右而言他，对她来说，却是一生罕见的示弱，她心头的焦躁更盛，狠狠心，却终于将那冰碴般的言语吐出唇边：“你还是去看看红笺吧！”

“红笺？”听到这个名字，景语的眸子一冷，顿时恢复了浓黑幽邃，“怎样，难道是她出了什么事不成？”

果然非常关心！

听出他话音的重视之意，小古只感觉唇齿之间的微甜之意，在这瞬间一寸寸变酸，最后化为苦涩：“她是你的人，你方才没有去探望吗？”这么冷飕飕的一句说完，她转身就要走，却被景语拉住手腕，脚下又不慎绊到了衣料，立身不稳之下，整个人都倒向地上。

这该死的累赘长裙！她心中暗咒，却没有等到撞击的痛楚，而是被他牢牢扶住，双眼炯然看向她，愠怒道：“三句话没完你就闹脾气，简直跟只刺猬似的！”

“放手！”小古拍开他的手，侧过头去冷声道，“何必拉拉扯扯，有话就说，我听着便是。”这般冷若冰霜的态度，却是让景语眼中的灼热瞬间冰住，怒意上涌想要指责，却深知她脾气倔强，只能徐徐劝引，于是叹了口气，换了正式话题问道：“红笺在狱中跟你配合救人，到底怎么会闹成这般模样，若不是我留了后手，只怕连你们两人都要失陷在内！”他的语气原本偏冷，这句含着薄责质问，却好似是冻实在了的冰碴，让人胸口噎得慌，小古听了心中隐痛更甚，混合着那股焦躁，冷笑道：“是我技不如人，露了破绽被人识破了手段，倒是连累了你心心念念的红笺，这事我会负起责任来！”

“你说这话，真是全无心肝了吗？！”景语双眉一轩，眼中的怒火却都化为幽邃冷意，直直瞪向口气夹枪带棒的小古，“你可知道，大家为了救你们，花费了多少心力？老四带人彻夜赶工挖通堵塞的陶管，连十指指尖都磨出血来，就是这份地图，我也不是凭空弄来的——工部的书办为了偷来当年建城的管道导引图，也是险些暴露身份！”

小古听得呆了，心中所有的焦躁烦恨都在瞬间冰消溶解，她睁大了眼，眼中闪过愧疚的光芒，随即却强压下去，只是冷声道：“这又是何必？金兰会的规矩以任务为先，能救则救，不能救便罢，横竖我们只是在牢里受几天罪而已，锦衣卫那边不会轻易杀人。”

她随即想到了什么，眼中闪过惊诧而觉悟的波光，似笑非笑地回过脸来看他：“也对，你担心美人儿受刑被虐，所以才急着救人——虽然是附带，可我也承你这份情，将来必定还你便是！”

“你到底在说什么？”景语不是蠢货，听到她这么三番两次夹枪带棒的话音，心中已经明白了三分端倪，“听你这意思，是疑心我跟红笺有什么首尾？”

“这算什么疑心呢，红笺眉目五官像极了姨娘，当年可是把我父亲迷得专宠偏疼无比……”小古唇边冷笑，却漾出一道苍凉讥讽的弧度，“她那般花容月貌，又是弱柳扶风之姿，你们男人见了便要疼惜不已，又何必再装什么正人君子呢？”

“哈哈哈哈……”回答她的是景语的大笑，小古正摸不着头脑，却见他收敛了笑容，幽邃冰冷的目光看向她，“只因为你父亲薄情寡义，你便要把世上男人都恨上了？！”

小古被他那寒冰般的目光一触，不知怎的心中一颤，原本犀利快疾的言辞竟是一句话也说不出来，只见景语在昏暗中冷冷一笑，那般风神隽秀的脸上，却是闪过一道凌厉之色：“这般庸脂俗粉，又算得了什么？”

他明亮清冷的目光停留在她身上，脸上原本含怒，看入她睁圆的星眸时，不知怎的唇角却带出笑意来：“怎么，你这口角是喝了多少山西老陈醋？”

他原本是个儒雅端肃之人，突然口出如此俚俗直白之语，顿时把小古惊呆当场！

她睁大眼眨了眨，下一瞬却是怒意燃炽涌上明眸，越发显得宝光璀璨——

“休要胡言乱语戏弄我！”她咬着唇，那般睁圆了眼的羞恼模样，却是让他心中一阵甜蜜，随之而来的是更大的酸楚——

“对你……我从未轻言戏弄，如郡，就算骗尽世人，我也不会在你面前伪装！”他凝望着她的眼，那般深幽的眸子似乎要将她整个人都包裹，把这一字一句都化为誓言，镌刻在她的心房、她的骨血最深处！

“虽然分开多年，历经流离失散，但在我心中，只有你是不一样的——再怎样危险狠毒的念头，我都愿意吐露，宁可被你当作奸恶之徒，也不愿拿那儒雅正直的画皮来哄骗你——而你，却连真实的面容都不愿给我看见！如郡，你说我变了，变得狠心残酷，但真正变了的人是你，变得如此狠心！”他就这么盯着她看，小古被这般郑重而危险的眼神定住了，心跳都漏了一拍，随即却又清醒过来，心底的苦涩和纠结更甚，羞恼之外，一种愧疚和挣扎却从内心更深处浮现而上——

眼前这人，正是多年前在绝望困窘中对她处处援手照应，无微不至地关怀叮嘱，甚至在他家破人亡的最后一刻，他都不忘为她铺好生存之路，为她的母亲送上最后一丝温暖……

即使他性情大变，即使他经历诡秘复杂，眼前之人正是她心心念念的阿语！

小古心中一痛，却是咬着唇背过身去，开始用袖中的棉纸蘸水，擦去脸上的易容材料。

厚厚的印泥被棉纸刮下，五色斑斓不知是什么材质，再回头时，景语顿时呆若木鸡，随即眼中却发出惊喜的光芒来——世上的美人他见过许多，但眼前的亭亭少女却宛如初升时光华明灿的旭日，那般独特的气质让人心仪倾慕，被他直盯着禁不住双颊染晕，顾盼流转之间宛如明珠，却是在清贵端丽之外，更多了几分娇媚。

她并不算是倾国倾城之色，比起红笺的妖丽绝艳来，却是胜在通身的气质。

景语双目炯炯盯着她，冰冷幽深的眼眸也染上了灼热赞赏，这无声的凝视却是让小古更觉得不自在，微微侧过脸去，不看他的眼，轻声道：“你看也看了，这次总不该说我狠心了吧？”没等景语回答，她又道，“你跟红笺之间到底有什么纠葛，那是你们之间的事，我管不着，但这次的计划，我却要问个清楚——你到底有什么样的布局计划？”

这一句好似晨钟警声，顿时让景语眼中的灼热消退，眼中波光一闪，笑道：“我的劫狱计划书你早就看过——”他的话被小古冷冷打断：“我说的是你真正的目的和计划！”

迎着景语微微惊愕的神色，小古压下心中所有复杂情绪，低声道：“你说不会骗我，是不屑对我编造低劣的谎言，但却不代表你会吐露所有的布局——劫狱救人的计划是真，但却只是你用来掩饰的表象而已，你真正想做什么，又安排了什么样的阴谋诡计，现在就说个清楚吧！”

景语的神色从惊愕转为泰然，突然哈哈大笑：“果然秀外慧中，不是那些庸脂俗粉可比！”

小古看向景语，冷声道：“休要顾左右而言他——那个白翰林怎么会突然出现在瓷缸里？他说的‘大逆案’又是怎么回事？”

景语见她犀利又敏锐，倒也不再绕弯子，神秘一笑道：“锦衣卫是皇帝的鹰犬，不知有多少贤臣和忠良之后受他们所害，我这一计，是要趁此机会让这个鹰犬组织彻底覆灭！”

小古闻言身上一震——她早知景语胸有韬略乃是经世之才，但却没想到他这次口气这么大！

让锦衣卫彻底覆灭？若是他人所说，小古必定当作痴妄梦话，但景语这一豪言却是落地有声，铮铮誓言！这要怎么做到？

看到她迷惑的眼神，景语的笑容越发加深，眼底那道冰冷诡秘，却让小古心中莫名不安。

“锦衣卫在指挥使纪纲的统领下，肆意逮捕杀人，个个都是手染鲜血的屠夫！纪纲本人的罪恶更是罄竹难书！锦衣卫之人该杀，纪纲更是该下十八层地狱！”景语说到纪纲的名字时，神色怨恨激越，眼中光芒让人悚然，小古想到他父亲死状凄惨，不由心中恻然。

她自己幼年饱受父亲苛待，胡闰被残酷处死后悬尸，她当时感觉并不如何悲伤，直到抄家灭族母亲逝世，方才领略世事无常。她低声咬牙道：“他们都是奉了皇帝的命令，罪魁祸首乃是朱棣。”

“但纪纲却是他手中最快最狠的刀，而且是主动攀附为恶！”景语眉目凛然，低声说道，眉间的冰寒此时化为最炽烈的火焰，耀眼，却又将吞没一切：“这次，我不仅要锦衣卫覆灭，更要纪纲死无葬身之地！”

景语说到此处，黑眸一转，反问小古道：“锦衣卫势力深广，全国上下共有三万多人，这个组织是个庞然大物，更是深受皇帝信任，你觉得，要想让他们灰飞烟灭，需要怎么施为？”

小古略一思索，断然道：“锦衣卫文不能定邦，武又比不上那些勋臣名将，他们最大的软肋，也是他们最大的优势——他们是皇帝手中之刀，皇帝就是他们唯一的倚仗！”

“一旦这倚仗不在，锦衣卫覆灭易如反掌！”景语眼中浮现赞赏，“那照你所说，要怎么让皇帝不再信任他们？”

小古却并不回答，只是白了他一眼：“这正是我想问的。”

景语微微一笑，显然已是智珠在握：“皇帝最信任的莫过于手上这柄杀人的刀，但是如果这柄刀不再忠诚于他，反而跟他猜忌忌惮的儿子有勾结，你觉得，这柄刀还有存在的必要吗？”

这话一出，小古顿时心中一凛，逼问道：“你找到了锦衣卫跟皇子勾结的证据？”

“纪纲虽然酷狠，实则是个小心谨慎之人，他平时只忠于皇帝一人，即使要另寻炉灶，也不会留下什么证据。”景语的笑容加深，眼中闪过的光芒在小古看来，却是绝对的残酷冰冷，“没有证据就造一套出来——我已经为他们设下了陷阱，如今白翰林去皇帝御前敲响登闻鼓，告首的就是他们勾结太子图谋不轨的大逆之罪！”

小古心中一动，目光闪动：“白翰林是你的暗棋？”

“他是正牌子的进士，一路进翰林院点了庶吉士，又被分配到太子东宫的詹事府去掌管账目文书，跟各方势力都没什么瓜葛——只是没有人知道，他幼时全家染病性命垂危，是家父偶然遇见为他诊治，还送上银两和药材，他们一家虽然没有声张，却一直要报此大恩。”

“所以你让他去告状诬陷锦衣卫和太子？”小古不禁皱起眉头，“太子与你无冤无仇，而且素来有仁厚之名，将他扯进来有点过了。”

“朱棣残杀无辜的时候，可曾想过这些人也有妻儿父母？他把人家十族尽数屠戮，还要作践女眷把她们充作营妓——这个血海深仇报到他儿子身上也是应该！”景语目光冰冷怨恨，脸庞微微痉挛，让他周身那份儒雅浩然都染上了浓重暗黑！

“我设下此局，就是想让朱棣陷入百般猜忌，让他夜夜睡不着觉，让他以为最得力的鹰犬跟亲生儿子勾结！朱棣是个雷厉风行之人，必定要闹出父子相残、君臣翻脸的大戏，只需想象那画面，就让人感到心旷神怡！”景语的笑意加深，却让人感觉不寒而栗，“无论朱棣父子闹到什么地步，敢于‘勾结太子谋逆’的纪纲，却绝对是死路一条了——一条狗不忠于主人，便活该被人宰了吃肉！”

小古暗暗狐疑——她发觉景语每次说到纪纲此人时，神情更加凛冽怨毒，眉宇间却有一抹刻骨复杂的熟稔。

凭她的直觉，景语对纪纲的仇恨，更在朱棣之上。

这又是什么缘故？

仿佛发现她若有所思的凝视，景语逐渐收了笑容，低声问道：“怎么了，你觉得我这计划太过狠毒了吗？可你也亲身经历了，我们的兄弟姐妹们，十多年来过的是什么日子！大仇不报，我又如何心安？”

小古看着他，只觉得眼前这人，既陌生又熟悉——在她看不见的这十年里，他到底是怎样一步步地被仇恨腐蚀心田，变成了这样一个狠戾冷酷之人？

她心中不禁酸涩交加，喃喃道：“是，阿语你说得不错，这个仇我们必须报。”

他仿佛感受到她内心的感伤与隐痛，走近两步，轻轻地摩挲她的肩头，温热的掌心让她身子一颤，抬起头看入他的眼中。

耳边传来他沉稳平静的嗓音，带着男人特有的热意，让她心头一颤：“放心吧，我不会滥杀无辜的，只要有朝一日这几个首恶伏诛，大家能平安过活，我也不愿再招惹这些阴谋诡计。”

两人靠得很近，他的嗓音变得愈发平缓温柔，再不见丝毫的狠戾怨恨：“那时，我们就一起归隐田园，过着闲云野鹤的日子，再也不理会这世上的是是非非。”

这些话温柔恬静，好似不带凡尘的烟火气，让小古那颗冷静的心也裂开了一道缝隙，心中酸涩之外，却又添了一重微微的甜味：我们一起？这意思是……

再抬头时，只觉得景语的眼神灼热而复杂，那微绽的笑意更显得风流隽秀，让人的一颗心都要随那笑容雀跃而起。小古感到脸颊有些发热，受了惊似的后退一步，耳中却满满都是那四字“我们一起！”

她后退的脚步仓皇似逃，他的动作却是更快更坚定，一把攥住了她的手腕。

“如郡！”他低声喊道，亮晶晶的眼中含着笑意，小古能从中看到自己的倒影。

“如郡，这一天，我们必定能等到……”他的低语，好似情话喃喃，更似稳如磐石的誓言。但小古却莫名地觉得：誓言越是斩钉截铁，往往却显示主人的隐忧与不确定……

她不知该不该相信这份允诺，也不知景语的誓言究竟最后能不能守住。

大家都经历得太多，已不是那院墙下初见的稚童少年了。

这一瞬，小古想挣脱他的手，可对方手掌之间传来的热意却让她的心绪陷入了矛盾。

下一刻，有人推开了门，靠得极近的两人吓了一跳，愕然回身去看，却见红笺笑吟吟地站在门口，一双媚眼打量着两人，唇边似笑非笑。

“哟，是我打扰你们了呀！”话虽如此，但她那语气简直似挑衅嘲讽一般，小古冷冷地瞥了她一眼，轻轻挣脱了景语的手，景语的脸色也沉了下来，问她道：“你来做什么？”

“哎呀，这话说得真是无情，人家的一颗心都要被你伤透了！”红笺以袖掩唇娇嗔道，眼波流转间，万般妩媚都朝着景语散发而去，竟似忽略了小古，当她整个人都不存在。

她此时也已经沐浴更衣，浑身上下都焕然一新，漆黑如云的长发绾成斜云髻，此时更加走近两步，有意无意地插入两人中间，衣袖挥洒之间，一种如兰似麝的奇香弥漫在两人鼻端。

“景郎你真是狠心，我为了你，历经千难万险去锦衣卫那龙潭虎穴走了一遭，险些失陷在那阴森森的诏狱里，现在心都在怦怦跳呢。”她又朝前两步，整个身子都似乎要贴在景语身上，景语皱着眉头要把她推开，红笺却轻笑一声，贴在他耳边亲亲密密地说了几句，景语神色之间一松，竟是没有再拒绝，任由她倚进怀里，在耳边继续喁喁私语着。

小古再也忍耐不住，冷哼一声转身就走。景语正要追去，却被红笺笑着拉住了衣襟。

天边的最后一缕夕阳都已经离散，只剩下烟青色的云霞烟霾，渐渐地被暗色遮没。

小古匆匆而出，任由身后的那扇门重重碰撞在一起。

眼不见心不烦，她深吸一口气，渐渐恢复了冷静。

红笺那一幕是做给她看的，但景语没有推开，两人之间的亲密和默契，像针一样刺痛她的内心。

未必是真有私情，但他们之间，必定是有着某种共同的秘密。

这两人到底在搞什么鬼？又有什么样的谋划布局？准备要做什么？小古对这些并无头绪，但她心中那重隐忧却渐渐泛了上来——让金兰会跟随他们的脚步，让这么多兄弟姐妹掺和他们的诡诈阴谋，真的对吗？

她的心中思绪万千，浮现在脑中的，一时是悬吊示众的父亲残尸，一时是凄惨落魄的贱籍女眷，一时却又是景语怨恨激狂的眼神、红笺那讥讽狡诈的神情……

金兰会这艘大船，究竟要驶向何方？未来究竟该怎么做？

沉思之下，她不禁打了个寒战，这才发现自己站在庭院的桃树下已经过了很久。下一刻，一件雪青羽绉面白狐皮的鹤氅披在她的肩上，回头看去，却正看入秦遥清幽而专注的眼神。

“你总算平安回来了。”他俯身替她系上领扣的带子，轻声道，“每次你出任务，我都悬着一颗心，更何况这次是先深入锦衣卫的诏狱……答应我，下次不可这么冒险。”

小古笑着看他：“他们奈何不了我，七哥你别把我当成手无缚鸡之力的柔弱女子……况且这是大哥的计划，你也该信任他的智慧谋划。”

“我听老六说了全过程——虽然侥幸成功，但中间也出了岔子，险些就要失手被擒。”秦遥的眉间露出深深褶皱，凝视着她的笑靥，意味深长道，“若是有人经常担忧你失手，怕你受伤，那他必定是十分在意你；同样的道理，男人若是不在意某个女人，往往会觉得她强大无比，无所不能。”

小古“扑哧”一声笑了：“我知道七哥你对我好，常常把我放在心上。”然而她咀嚼回味秦遥的后半句，却觉得他意有所指，“你是觉得，大哥——阿语他没有把我放在心上？”

秦遥轻轻摇头：“我能在他眼里看出对你的情意，但你也应该清楚，在他心目中最重的是什么——不是你，也不是金兰会，而是那刻骨铭心的仇恨。”

这一句正中靶心，直截了当，却是让小古的脸色变得惨白，嫣红下唇被牙齿咬得死紧，却仍试图为那人辩护：“杀父之仇不共戴天，况且阿语与景大人相依为命，简直是天塌地陷一般的悲痛。”

“我不是说报仇不对，而是他急切激进的手段让人感到不安。”秦遥眯起眼，感觉自己似乎在背后说人坏话，神色之间更见忧悒，犹豫斟酌了半晌，才接了一句，“我只怕将来有一天，金兰会上下都会被他连累。”这一句更是血淋淋地直刺小古的内心，说中了她的心事，隐痛之下，却让她激动反驳道：“我会看着他，阻止他，不会让他走到那一步的！”

“他仍然在意你，只是这份在意，能让他改变自己最深最重的执念吗？”说完这一句，秦遥替她拍了拍肩头的桃花落瓣，轻叹一声离开了，只剩下小古，在庭院的中心望着他的身影远去。

二楼兰香阁的窗户紧闭，隐约有银铃般的笑声传来，这笑声宛如毒烟一般钻入小古心中，引燃她心中的焦灼烦躁。

无精打采地回到侯府下人房里，小古意外看到秦妈妈和初兰正在房里，两人在床边的矮凳上嗑着瓜子，见到她回来，秦妈妈眼前一亮，推了推初兰：“有点口渴了，你去拎一壶水来吧。”

初兰虽然性格率直，但也不是蠢货，见此立刻明白她俩有话要说，朝着小古点了点头就转身离开。

“你去同乡那里住了这几天，可曾托他找到亲人？”这本是小古想好的借口，此时她面不改色地笑道：“仍然没有头绪，倒是见着了不少的同乡，大家都是做乘船衙役和工匠营生的，日子过得艰难得很。”

秦妈妈也叹气：“今上好使个雷霆手段，凡是当年支持他侄儿的都落了个凄惨下场，七亲八眷的也倒了霉。”

小古苦笑着应声——她虽然落入贱籍，但却几次设法篡改身份文书，如今她的身份记载已经不是前大理寺卿胡闰的女儿，而是一个无端被连累的小官亲戚之女。

秦妈妈仍在絮絮叨叨地开解小古：“不过你的苦日子也快到头了，街面上都在传说，太子殿下仁德宽厚，将来必定要赦免大批的贱籍罪眷呢！”

小古顿时一惊，追问道：“这话是哪里来的？”

“我也不知道，但府里府外街上住的人都在哄传，这几天大家都沸沸扬扬地在议论，看这架势十有八九不假吧？”

小古心中一凛，感觉此事很不对劲——就算太子真的有心赦免，那也是他登基之后的事，今上虽然年迈但仍然精神矍铄，而且对太子多有不满，这个关头太子若是扬言要赦免他父皇钦定的罪人，除非他是真的疯了！

此事大有蹊跷！

不知怎的，小古眼前浮现景语冰冷而残酷的笑意，以及红笺倚靠在他怀里的娇柔和讥讽——这传言跟两人有什么关系吗？

莫名地，小古觉得自己的内心有些乱。

秦妈妈感受到她的心事重重，但也不觉得有什么奇怪的，于是接着劝慰道：“就算是要赦免，那也得等太子登基以后，得等到什么时候还不得而知呢！”说完她立刻惊觉自己说了大逆不道的话，慌忙捂住嘴左右看看，这才狠狠地打了自己一个巴掌，“看我这嘴——圣上当然是要万岁万万岁的！”

小古“扑哧”一声笑弯了腰，心中的郁闷也减轻不少，秦妈妈瞪了她一眼，却也没说什么——论起本心，她对今上朱棣也实在没什么好感，乃是因为张氏夫人的娘家是倾向于建文帝朱允炆的，而欺凌、陷害她的二房夫妻之所以显贵，是得了今上的宠信，两相对照之下，秦妈妈也对这位圣上明显缺乏敬畏爱戴。

2.

“对了，你不在的这几日，广晟少爷派小厮来家里拿过衣服，还特地要把他柜底的几件旧衣服带去。”这一句却让小古一愣之下失去笑意——广晟衣柜底部的几件旧衣服她也见过，虽然旧得不能再穿，却是他的心头宝，据说是他生母亲手缝制的，如今急吼吼地带去，难道是出了什么事？”

她心中一凛，匆匆跑去检视他的随身之物，果然发现自己替他绣的手帕也不见了——不仅如此，广晟重视、珍藏的几件有纪念意义的物品，都被来人尽数带走了。

“广晟少爷……必定是出了什么大事！”小古心中暗忖道。

广晟确实摊上大事了，而且是身陷生死存亡的危局之中！不仅仅是他，整个锦衣卫衙门的气氛都是死寂凝滞，惶惶不安！自锦衣卫成立，他们天不怕地不怕，向来都是强悍精劲，将众多大臣抄家虐杀无所不为，何曾有过如此畏缩之态?

一切只来源于三个时辰前送来的一道口谕。

那个名叫张宁的宦官面庞白净含笑，眼中闪烁的光芒却让广晟感觉危险，果然，他登堂入室之后，指挥使纪纲顿时肃然起身，跪地行礼。

他原本是那么骄傲出色的人物，此时却也在这不起眼的宦官面前屈膝跪拜，只因为对方代表的，乃是九五之尊的皇帝陛下。

张公公跟纪纲也是熟识，在他面前从来都是欠身弯腰，笑容满面地答话，此时却是面无表情，冷冰冰地开口道：“有圣意，奉命问你话。”这句一出，议事大厅之中所有人都面色大变，僵立当场——任谁都知道，这是非常不妙的前兆!

“你们都退下。”纪纲倒是沉得住气，面色如常不见一丝惊慌，他扫了一眼下首的众属下，缓缓吩咐道。

有人眼珠转动似乎在想辙，有人如释重负恨不能当场离开，但更多的人却是面露担忧与激动，丝毫不肯迈动脚步——纪纲在锦衣卫中威望深重，大部分人都不愿丢下他一人。

“军令如山，汝等可还记得加入时发下的誓言？”纪纲沉声一喝，所有人这才如潮水一般地退开了。

只有一个人，悄悄地，以旁人难以觉察的方式留在了大厅里——广晟身手高强又脑子灵活，在众人僵持之时就躲到一个视线难及的死角，三两下攀上了横梁，用腰带将自己系住，稳稳地吊在了空中。

“有旨意问你，你与太子勾结，沆瀣一气意图谋反，你承不承认？”这一句冷冰冰的，却是斩钉截铁绝无迟疑，劈头盖脸地逼问上来，纪纲心中一凛，双眼微微眯起，仰头朝着那张公公看去，后者一个激灵，强忍住才没有后退半步。

“微臣启禀皇上，绝无此事。”纪纲既没有哭天抢地以示忠诚，也没有尖叫反驳，只是平静果断地否认。

“圣上问你，你对白苇横加逮捕追杀，是否奉了太子的命杀人灭口？”这一句一出，房梁上的广晟顿时如梦初醒——原来这个阴谋圈套，竟然在这里等着锦衣卫众人!

那个白苇他们确实是在暗中调查，但并不打算动他，一则是会打草惊蛇，只能慢慢调查；二是不知他到底在此案之中涉及多少，还没确定他到底是不是在账册上下毒；三则是之前他与纪纲议定的：锦衣卫虽然表面不投靠哪一方，却要与太子结个善缘，以便将来在他身上下一笔最大的赌注。但所有的一切，都只是设想和计划，并没有付诸实践，锦衣卫的军士校尉等当时在追捕的是那群金兰会的逃狱之人，没想到打破瓷缸，出现在众人眼前的竟然是白苇，这简直是大变活人！但这个白苇，随即摆出一副被锦衣卫追捕，走投无路只能向皇帝叩阍告首的姿态！那时广晟听到禀报，就知道事情不妙！显然，白苇这一状告得惊天动地，不仅把锦衣卫说成是杀人灭口，还把他的主上太子朱高炽说成了“意图谋反”！

这是一个连环圈套，设计者真正的目的，不是到狱中救人，也不是隐瞒什么账册，而是剑指太子和锦衣卫。这两者都是庞然大物般的存在，真正有资格让他们覆灭的，只有那御座之上的皇帝，而唯一能让皇帝自断臂膀的，只能是谋反之罪——而且是一旦涉及，永不能翻身！

何等恶毒的用心，又是何等巧妙的设计！

广晟在空中听得心驰神动，怒火激越，长跪答话的纪纲却是长眉一挑，冷然道：“白苇此人与锦衣卫无关，我若是真要追杀他，他绝不能活着跑到街头，哪还会有时间在众目睽睽之下演出一场好戏！”这话直言不讳，却透着一种霸气和自信，那张公公奉旨问话，遇见的文武官员都是战战兢兢地只是求饶，这样近乎狂妄的回答却是第一次碰到。

张公公不愧是宫里的人精，呵呵一笑，对着纪纲道：“万岁向来喜欢大人您果敢刚毅的品格，这句辩白我必定替您一字一句呈上。”

“那就多谢张少监了。”纪纲似笑非笑地看了他一眼，措辞虽然客气，但却并不似常人那种急于辩白的惶恐，仍是一派怡然。张公公心中闪过一个念头“莫非他另有倚仗”，于是干咳一声，又看了他一眼，继续问道：“圣上问你，那本账册上记载的是什么？太子是否真有私藏偷运甲胄之事？”

这一问好似晴天霹雳，连吊在横梁上的广晟心中也是“咯噔”一沉，抓住木椽的手指关节因用力而发白！

他心思混乱之下手掌用力，房顶横梁本就有些年头，顿时发出一声脆响，竟然断了一根，广晟悬吊的腰带也顿时滑脱，整个人顿时掉落下来——他反应很快，顿时单腿踢出，着落在另一根柱身上，借力向上跃起，极为惊险地落在了木椽的三角边上。

纪纲听这一问神色一凛，眼中波光一闪而过，正要开口，却听头顶房梁发出吱呀之声，眼角余光一瞥之下，顿时眉头皱得更深。

“什么声音？”那张公公狐疑地朝上看，但大厅之中光线并不算亮，柱子与横梁之间纵横交错，一时没看出什么端倪，他向中央走了两步，仍然抬头端详。

“也许是老鼠，也许，是这里不太干净吧。”纪纲淡淡地说道。

“不、不干净！”张公公腮帮的肌肉蹦跳了两下，整个人都吓得一哆嗦，“你的意思是这里有……”

“元朝时候，此地乃是关押死囚的，怨气积蓄之下，难免有些阴森鬼祟。”纪纲说得越是轻描淡写，张公公就惊吓得越是厉害，大概是因为这些宫里的阉人都被去了势缺乏阳气，他们最怕的就是这类鬼神传闻。

他眨了眨眼虽然竭力保持冷静，但笼在袖中的手指却在不停地颤抖，方才那种居高临下的隐隐姿态已是荡然无存。张公公挤出一道笑容，却是比哭还难看：“纪大人您还没回答方才的问题呢！”

“账册之上是石某贪赃枉法的记录，他把通行证私卖给三教九流之人，里面甚至包括金兰会的匪徒。”纪纲被这一打岔，已经想好了说辞，这突兀一问对他来说也不算什么打击了，“至于此事涉及太子之类的骇人听闻言论，微臣实在不敢相信——这些十有八九是金兰会的匪徒编造出来的，而最可疑的就是白某一人！”纪纲目光炯炯看向张公公，“白苇跟石巡检既然早有勾结，跟金兰会那群反贼也脱不开干系。再说句大逆不道的话，他是东宫属官，一旦今上百年后，功名利禄对他来说唾手可得，他现在出卖告首太子，得到的绝不会超过今后那一日。”

“你大胆！”张公公怒喝出声，怎么也没想到有人居然敢把话说得这么直接。

“张公公就把我这话直接上禀圣上吧。”纪纲微微一笑，好似毫不害怕永乐皇帝的雷霆之怒，“一字一句都不可漏下，我与圣上结识多年，深知他生平最恨受人欺瞒，所以为人臣者满腔赤诚坦率，无事不可言说。”张公公只得唯唯答应，心中却把纪纲骂了个遍：皇帝确实是最恨人欺瞒，但他性格暴躁乖戾，若是把这种刺耳的实话传到他耳朵里，只怕说话的纪纲没事，传话的自己就要倒霉了。但纪纲说的“一字一句不可漏下”，亦是传口谕代问话太监的本分，宦官们虽然喜欢欺上瞒下，但对于他这种凶残狠人仍然是忌惮三分，不敢瞒下他的言语。

张公公苦着脸，又问了几个能让普通臣子汗流浃背的问题，纪纲答得自然又毫无破绽，让他更觉棘手，干巴巴地安慰了几句就扬长而去。

他虽然走了，锦衣卫衙门的气氛却仍然沉寂凝重——谁都知道，指挥使纪纲原本是今上朱棣的亲兵，圣眷深重又受信赖，朝中无人可比。百官的位秩虽然有比他高的，却往往惊怕不敢得罪他分毫，是怕惹上锦衣卫这个血腥组织，更忌惮的却是他在皇帝面前独一份的宠信。但如今，这份宠信却有了深深的一道裂痕，锦衣卫的圣眷和权势，会不会因此冰消瓦解？！

纪纲是何等样人？在大厅之中静坐了一会儿，便知外头人心惶惶，但他却是微微一笑，毫不理会，只是悠然看了梁上一眼：“你的腿不麻吗？”

下一刻，只听“扑通”一声，广晟从横梁上掉了下来，虽然有腰带缓冲，但仍然摔了个踉跄。

纪纲头也不抬，凝视着杯中缓缓舒展的绿茶梗叶，徐徐说道：“你也太过轻佻胡闹了。”

广晟讪讪一笑，摸了摸鼻子已经恢复了潇洒不羁的神色：“做人要能屈能伸——下得地窖救火，上得房梁探听，都只是区区小事——最关键的是，我想知道这位宫里来的大使，到底葫芦里卖的什么药！”

纪纲弯了弯唇角，慢条斯理端茶到唇边啜了一口，那种斯文秀气的举止，完全就是个学问端方的大儒气度，根本想象不出他是京城数一数二的凶残人物。

“我锦衣卫大厦将倾啊……”他突然冒出一句，却是让端起另一只茶杯牛饮的广晟吓住了，顿时咳嗽不已：“都督您为何如此危言耸听？眼前这局虽然蹊跷凶险被人暗算，我们仍然有线索可查，未必如此绝望啊！”纪纲摇了摇头，望着杯中缥缈的白烟出神，神色之间仍不见半分惊惶，只是轻声道：“暗算？线索？这些都毫无用处。”

他突然大笑出声：“锦衣卫不是大理寺，也不是刑部，并不讲究这些——锦衣卫办案，很多是并无铁证，有些甚至是屈打成招，根本就是冤案，但圣上从无怪罪，甚至对我信重有加，屡次封赏，你觉得这是为什么？”

这个话题凶险而微妙，不等广晟回答，他就揭晓了答案：“因为锦衣卫是他手中最锋利、最好用的刀。”

广晟霍然动容——纪纲说的这一句，揭破了他心中早就存在但始终模模糊糊的概念和真相，只听纪纲道：“锦衣卫在京师风光无比，是因为独有我们能完全贯彻圣上的旨意，他说拿谁杀谁，查谁办谁，我们立刻就能替他做到，完全不像文官那样清高不驯，也不像武官那般粗莽无能。大家骂我们是鹰犬，这话也不算错——若是把朝政比作打猎，我们就是替他抓来猎物的大鹰、替他咬人啃肉的猛狗，什么文人风骨、武者霸气都不讲究！”

他叹了口气，闭上了眼：“所有圣上都不愿意沾惹的肮脏血腥、阴谋诡诈，我们都替他做了，这个过程中，我知道的太多了，掌握的权势也太大——这样的刀，可能会划伤主人，因此，早在几个月前，今上就决定对我动手了。这次的‘勾结太子谋逆’，正好如了他的意，让他掌握了我的软肋把柄——因此，圣上这次定然要穷追到底。”

他疲惫地再叹了口气，没有睁开眼，顺手把茶杯放在桌上，白瓷撞击的声音显得分外清脆：“文人们说，欲加之罪，何患无辞，更何况我满身是小辫子呢！只是事到如今，我也不会坐以待毙的！”

纪纲的眼微微眯起，缝隙之中露出一丝精光，却是满含霸气与威仪——他招了招手，示意广晟走近些，开始低声叮嘱一些绝密之事，广晟心中剧烈震荡，脸上也禁不住露出震惊之色！

“若是局势真到了那一步，你照着我说的，放手去做便是。”

纪纲的话语中透出的凛然杀意让人胆寒，广晟目光闪动，终究还是问出了声：“这样一来就是鱼死网破了，圣上绝不会饶过大人你。”

纪纲微微一笑：“所谓狡兔死走狗烹，飞鸟尽良弓藏。我替皇帝办的差使太多了，手上很不干净，朝野的名声也是坏透了，此时舍弃我正是时候。”

他神色之间露出苍凉沉郁，但随即眼中锋芒一闪，却更为激越犀利：“我这一辈子，经过金戈铁马，见过皇权易手，审过宫闱秘辛，办过滔天大案，杀过名臣大将，虽然不能寿终正寝，但也算是精彩万分，十分值得了！大丈夫死则死耳，唯有一事放心不下，那就是锦衣卫的兴衰存亡！”

他看向广晟，目光如电自有一种湛然神采：“锦衣卫不仅是我一生心血所铸，更是所有成员用鲜血和生命打造出的威名——他们中间并非都是皇家的鹰犬，有潜藏在官员府邸做仆役侦查贪腐的，有匿名江南做教书先生查探民情的，甚至有乔装马商远赴蒙元刺探军情的，这么些人，我不能让他们没了出路。我可以死，但锦衣卫不能亡！”纪纲的嗓音虽低，却是铿锵有力、锋芒毕露。

广晟微微动容，此时心中却是又酸又涩、百味聚集。

先前加入锦衣卫，不过是因为这个组织暗黑而神秘，拥有无边权势，能轻易在朝野掀起血雨腥风，但一路走来，不知不觉间已经融入了这个集体，也禁不住为它感慨唏嘘，作为锦衣卫的一员，油然而生同仇敌忾之心。

纪纲的目光凝视着他，带着淡淡惆怅和温和：“总之，这是最后一件也是最重要的一件任务，我把它交托给你了，你务必完成。”

这话平平淡淡不带任何威势，却让广晟顿觉自己肩头重担千钧，他微微颔首，郑重道：“我必定全力以赴。”

说是全力以赴，那便是会用尽所有心血和力量，却是比那些“保证完成”“鞠躬尽瘁死而后已”更加可靠，纪纲心中一热，与广晟对视一眼，一种男人之间特有的默契和交心尽在不言中。

小古右手提了包袱，左手拽了一只藤筐，里面堆满了属于自己的杂物，跟随着碧荷走向西边那座偏院，那里正是如瑶小姐的住处。

小古听秦妈妈说过，先前大房的张氏夫人掌家时，如瑶被称为大小姐，养在膝下如珠如宝，那时候她年纪还小，住在张氏夫人的正院里，张氏曾经跟她笑谑，说将来等她长大了搬出去住，要给她的院子取名叫作“糖乐居”，乃是出自孩童口齿不清的“长乐”之意，又有取笑小孩子爱吃糖的意思。

如今，如瑶被打压排挤，被赶到这所偏僻院子里，她却怡然自得，给自己的小院取名“唐乐院”。虽然墙壁斑驳泥灰簌簌掉落，但沿着台阶向上，却可见每一处都被打扫得干净齐整，连窗棂上斜插的花纸都显得温馨可爱。

碧荷不紧不慢地引着小古一路走来，手里还提着她的衣服被褥——这是她在一见面时就不由分说抢过去帮忙的，小古虽然力气很大不怕这些累赘重物，却也觉得她爽朗友善不摆架子。

“先前就听说你要来我们这院，大家等啊等的把眼睛都望直了，到现在才等到你搬过来住。”碧荷的性子风风火火，想说就说，但也不是完全没有心计城府之人，小古微微一笑：“少爷恩典，让我出府去探望了表亲，这么多年都没联系，就多住了几天，给你们添麻烦了，真是对不住。”

“哎呀，我只是说笑罢了，你还当真了！”碧荷用指头轻戳小古的额头，自己却“扑哧”一声笑了，“其实小姐早就料到你要整理交接处理琐事，免不了要迟几天来，是我急性子给你把房间床铺都给准备好了，掰着手指头数你什么时候来。”

她凑近小古，低声道：“我这么眼巴巴地等着，是有事要拜托你呢。”小古正要问是什么，两人已经进了院门，迎面而来的就有几个二等、三等丫鬟，纷纷上前来接过两人手里的东西，笑着问候道：“碧荷姐姐又出去乱逛玩耍了，小姐都等你好久了。”

“你们这群小蹄子一开口就是酸醋味，我跟新来的妹妹亲香一下，你们就这么排揎我吧！”

碧荷跟她们关系显然颇为亲密融洽，互相打闹说笑了两句，却也不敢耽误正事，引着小古进了正房明堂。

正房明暗三间，正中间一间是小姐日常起居做针线的地方，也兼着接待客人，如瑶在这里见小古，对她也颇为礼遇了。

先前，广晟就跟小古商量，要让她们几个先去如瑶那里暂避锋芒，免得被气恨他的父亲和嫡母迁怒，秦妈妈和初兰早就搬了过来，而蓝宁和小古却因为诏狱劫囚救人之事，生生拖了好几日。

蓝宁昨天就已经把铺盖搬过来了，算起来小古竟然成了最迟的。

房内的布置仍然和上次来时差不多，只是因为如今已是开春，甜白瓷的梅瓶之中插着几枝含苞欲放的桃花，里面用清亮亮的水温养着，端庄大方之外又显示出青春和妩媚。

如瑶刚刚用过早饭，桌上放着一卷棋谱，折了页放在那儿。见了小古她微微一笑，目光清澈而温和：“你总算来了。”

接着就跟她说了一些闲话，告诉她缺什么就去找碧荷和青漪两个，其余二三等丫鬟年纪倒是一多半比她小，怕她们顽皮反而把事办砸了，并让小古补了二等丫鬟的缺，初兰和蓝宁暂时只能屈就三等丫鬟，但月例银子跟二等一般。从头到尾，如瑶的神情都是亲切自然，小古也很是配合，两人都像这是第一次见面，那一夜的混乱和搭救都好似不存在一般。

如瑶也不吩咐小古她们干些什么，让她们安心住下来便是，小古也不曾推辞，到了准备好的两排后座房，发现一切都准备停当，房间被劈成两半，每人都有小小的一间。秦妈妈因为伤了腿还在休养，初兰身上的伤也没好全，倒是蓝宁无所事事站在窗前发呆，看到她回来喜出望外，连忙迎了上来。

“你可算来了，事情办妥当了？”

小古使了个眼色，蓝宁立刻会意，目光扫向窗外和门边，确定没有问题后，两人回到床边靠近坐了，小古这才低声道："侥幸完成任务，险些把自己也给搭进去。"

她把当时情况说了，蓝宁听了都为她捏一把冷汗，恨恨道："我也可以配合你行动，为何非要让红笺来跟你搭档。"

"她是大哥派来的人。"小古若无其事地说道，眉间却闪过一道忧悒阴霾。

蓝宁一愣，她倒是对小古跟景语之间的真实关系毫无所知，闻言冷笑道："这是对你不放心还是怎的，非要拿自己的人插进来，红笺这种阴狠恶毒的货色真是成事不足败事有余！"

"倒也不全是她的缘故——大哥只是把我们当作明面的棋子和诱饵而已。"小古深呼一口气，想起景语的诡诈和残酷手段，就觉得额头太阳穴一阵阵疼。

偏偏这种郁闷还不能向任何人吐露，就算是身为同伴的蓝宁也不行。

也许她自己也不曾意识到，在她心目中，景语是与其他人都不一样的存在——这个人活在她的记忆里，与她共享那些童年的或是喜悦或是悲伤的小秘密，与她共度风雨，甚至手握着她的庚帖……

这个人的一切，已经在漫长的岁月中深深烙印在她心中，而他的重新出现，却又带给她最深的纠结和担忧！

这些复杂而混乱的心情，她实在无法跟任何人提起，更别说讨论了。

"小古，小古？"见她有些恍惚出神，蓝宁忧心地喊了两声，小古这才回过神来，淡淡道："总之，他早就有全篇的布局，我们只要等着看就是。"

"那万一他捅出娄子来呢，男人都是些好大喜功的家伙！"蓝宁有些愤愤道。

小古其实也有这样的隐忧，但她跟蓝宁不一样，倒不是怀疑景语的能力，她担忧的，只是他的决绝和狠心——这样的首脑，究竟会把金兰会领到一条什么样的路上？

见她神色之间也有隐忧，蓝宁叹了口气，转换了话题："你家少爷呢，今天不是该亲自送你过来的吗？"

她不提还好，一提广晟，小古微微皱眉，脸色变成另一种纠结，叹气道："他也不知道在外面闯了什么祸。"

想起被他全部带走的衣服和珍藏物件，小古就觉得这里面透着危险的意味，但如今金兰会在京营的耳目几乎一个不剩，她手下都是各府的仆役，也没人探听得出发生了什么事。

"这里的这位如瑶小姐倒是看起来不错，对我也是和蔼和亲，不像那些人听说我先前的身份，就满脸异样鄙夷。"蓝宁说起这事，眼中闪过一道愤怒之色。

整个侯府都知道她是被广晟少爷从军营带回来的，眼角眉梢都带着看不起，平素见她也好似碰着了什么脏东西似的退避三舍，就连初兰和秦妈妈，虽然也觉得她身世可怜，但论起本心也不是毫无芥蒂的。

本朝注重女子的贞节，虽然不禁改嫁，但对这种做过妓家的仍然抱以很大歧视。蓝宁虽然心胸开阔，但天天遇上这类有色目光也不禁气馁，索性关紧房门做起了针线。

小古有些愧疚："你暂且忍耐一下吧，广晟少爷把你的身契文书从军营里转到府里，已经是担了很大干系，这还是他报你配合查案立功才开了特例。等风声过去些，再设法把你弄出府吧。"

蓝宁却是摇头道："我若是走了，你在这里就孤掌难鸣了——虽然你什么都没说，但我却猜得出来，你费尽心思不露痕迹到这唐乐院，定然是别有目的！"

小古眨了眨眼，想说什么却被蓝宁打断了："如果犹豫就别告诉我了，一个字也别说，你若需要我做什么配合，直说就是。"

小古心头一热，正要说出自己的真实目的——是为了寻找那一只神秘的长条木匣，却听窗外传来脚步声，顿时心头一凛。那人的脚步声很轻巧敏捷，几乎听不出什么声响，到了门前不紧不慢地敲门，小古应声后，探出一张亦喜亦嗔的面庞，却是刚刚带路的碧荷。

"我来给你送些小玩意儿，不知道合用不？"碧荷拿来的一只三层梳妆匣，打开一看琳琅满目，有靶镜、口脂、茉莉粉，第二层还有针线、小剪子等物，再下面还有一个包袱，打开看是几件九成新的衣裙。

"这些是我们匀出来的，你先用着，缺什么就跟我吱声。"碧荷的脾气就是风风火火的直爽，一口气给她看完后又说了一大堆，随即却又有些犹豫吞吐，一旁的蓝宁察言观色，于是笑着说有事离开了。

屋里只剩下小古和碧荷两人。

碧荷又看了一遍蚊帐，这才主动说出了来意："之前路上我也说起过，想求你办一件事。"

小古凝视着她，只听碧荷有些不好意思道："你在大厨房帮忙，对灶上烹煮也擅长吗？"

小古微微颔首："太考究的不会，一般的还能凑合。"

"太好了，这下小姐的饭食总算有人来弄了！"碧荷笑着说道，随即却觉得自己嗓门太高了，略微压低声音道，"小姐这边的伙食，一向是被大厨房不待见的，把最差的送来我们这儿，之前你也见着了。"

她眼中充满气愤，继续道："不是冷的就是不新鲜的，我们忍忍就算了，小姐的肠胃本来就弱，这么多年来吃不好又受凉，最近经常胃痛，我们想弄个小厨房，可太夫人和二夫人都阴阳怪气地说我们小姐太娇气刁钻了，这么多肥鸡大鸭子的还不够——这简直是欺负死人了！"

3.

这是想弄个小厨房了?

在普通人家看来，弄个小厨房无非是找个擅长厨艺的，弄个灶头搬些柴火，自己再搞些锅碗瓢盆就完事，可在官宦人家来说，能设立私人小灶的定然是家中掌权人或是受宠的，这不是钱财物品的问题，而是你有没有这个脸面。

很显然，如瑶小姐绝对不在此列。

小古知道碧荷不会异想天开，于是也不插嘴，静静地等她下文。

果然碧荷什么也没说，从门外提来一只白竹镶铜圈足的圆炉，精致小巧四周篆文，却一眼看出是闺阁书房之中所用的茶炉。

“我们已经略微改了下，应该可以用来热菜热饭。”说这话的时候她有些脸红羞赧，显然觉得这有些强人所难了。

小古微微一愣，仔细看过那装炭的地方确实是被细心掏干净，底座加深并把烟道弄大了些，她笑着安慰道：“足够了。”

面对碧荷微微愕然的神情，她解释道：“只能尽量炖肉或是熬汤，猛火起油炒菜估计有点难。”

“这已经足够了！我家小姐不太挑嘴的，只要热饭热菜就不会胃疼。”碧荷高兴的声音略高了些，自己发觉了吐了吐香舌，双眼笑得弯起，分外俏丽可爱。

小古看着也微微觉得恻然，勋贵侯门的小姐，因为年少失恃，居然连一餐热饭都不可得。

“放心吧，我的厨艺还算过得去，应该能行。”小古干脆大包大揽了，随即却有些奇怪，“初兰做事比我细心，你先前没有去找过她吗?”

碧荷闻言露出很奇怪的表情，挣扎再三，终于弱弱地说道：“你难道从未尝过她做的饭菜吗?”

“当然吃过了，我们吃的粥和饼都是剩下冷残了的，全靠她在炉上煨热。”碧荷犹豫再三，终于道，“她下起厨来，那是打死卖盐的了。”

小古呆住了，半晌才回过神来，顿时笑倒在床上，整个人都要爬不起来了。

碧荷也跟着笑，绘声绘色道：“其实一开始秦妈妈是想让初兰来做的，没想到她下了一碗面看着色香味俱全，青漪端起来吃了险些没呛死。”还真没想到啊，初兰竟然有这般天赋异禀。

小古强忍住笑咳嗽了两声，只见碧荷又拿出一只荷包递给她，里面装了满满的铜钱，甚至有十多个碎银角子。

“这是小姐让我给你的，她说你免不了要跟大厨房打些交道，那些人都是一双势利眼，不给他们些好处会找你麻烦的。”如瑶倒是很能认清形势，做事也很是妥当，这个唐乐院里，倒也打理得井井有条，小古心中暗暗忖道。

接下来的几日，她在唐乐院中适应得很好，每日安心给如瑶小姐做起了厨娘。

柴炭都是足足的，引火的木柴是托秦妈妈的面子去搞来的，以前她管着大厨房的柴炭，这点老面子还是有的，小古眼尖手快，只要注意风向也不怕什么浓烟。

说是下厨，其实也只是把汤热一下，把热菜甄别一下，丢弃一部分再加葱酱蒜醋和糖重新过一下。

大厨房送来的饭食确实是半热不冷，且菜蔬多有残坏不新鲜，小古做了两日，就发觉丢掉的倒是有一多半，主仆一院子人吃起来简直是捉襟见肘。

更不妙的是，大厨房那边好似觉察她们用茶炉热了饭菜，竟然干脆送来一些烧焦烧烂的叶菜，再这么一加热，根本难以入口。

这简直是存心折腾人啊。

小古觉得，二夫人王氏倒是没必要这么跟侄女过不去，但她现掌着家，自动会有人苛待挤对如瑶来给她手下的几个陪房献媚讨好，小人作耗最是难缠，让你难受却说不出来。

要怎么解决这事呢？小古自己当然是不止有一种方法，但她却不动声色，静待如瑶的解决办法。

她要从这件事看看这位大小姐的秉性。

如瑶果然出招了，而且一出手便是无比凌厉。

一连好几天，小古送去的餐盘里都是干净没有剩下，她却对着盘子若有所思。蓝宁见她端详着盘子，不禁笑道："你要把那盘子看出花来吗？"

小古神秘一笑，答道："我在看如瑶小姐的妙招。"

蓝宁微微一愣，想起自己昨天晨间在庭院里见到如瑶请安归来——淡金色晨光之中，她的脸色惨白，两腮的肉都凹陷进来，整个人轻飘飘的好似要迎风飞起。

"她是怎么了，生病了吗？"小古仍然笑眯眯地端详着盘子——盘子上实在是过分干净了，连点汤汁都没有点滴。

这不是人吃剩后的盘子，倒像是被倒了精光，一点儿不留。

小古慢慢放下盘子，眼波闪动着看向蓝宁，唇角微微勾起弧度："她没什么病，是饿的。"

这一日一大早，就有太夫人那边的丫鬟来请如瑶过去，说是有客到了，让她也去见见。

如瑶听到这一消息的时候，眼睛都亮了起来——这是她等待已久的机会！

碧荷扶着自家小姐走向萱润堂的时候，感觉她手上冰凉无力，脚步蹒跚几乎要跌倒，惨白的额头却滑下一颗颗细汗。

她心如刀绞，低喊了一声小姐，一时却不知该说什么好。

若是夫人还在，看到大小姐她受这么大罪，不知该多么心疼呢！

一旁的青漪狠狠拉了她的袖子，使了个眼色，一行三人走进了太夫人的萱润堂，穿过假山和养鱼的池塘，踏上曲折木廊，脚下的绣鞋一步一步，踩出空洞的响声。

木廊蜿蜒到了正房屋檐下，这般别致的设计，据说是四老爷派来的江南匠人画了图督造的。

还没到正房门口，就听见里面隐约有欢声笑语，站在门前的丫鬟也多了几名，各个穿得簇新齐整，发髻上还簪了花。

如瑶的心跳略微快了些，握一握身旁两个丫鬟的手，彼此对视一眼作为鼓励——这一次，定然不能出了岔子！

见她们前来，丫鬟们目不斜视，直接卷起了帘子，让如瑶迈入房里。

进屋就是一阵热意，混合着清雅馨宁的香味，让人头脑为之一清，精神也振作起来。

房内光线有些暗，她行礼请安后，才来得及好好打量周遭人等。

太夫人坐在上首，身穿五福捧寿纹样的织金紫云霞纹大氅，头上戴着貂绒抹额，中间缀着一颗硕大红宝石，越发显得面容安详和蔼。下首只坐了二夫人王氏一人。

一旁的矮榻上坐着二房的如珍、如思、如灿众女，个个都是簪环明灿衣着华美。

如瑶用眼角余光瞥了一眼客座之上那人，心中总算一颗石头落了地，却偏偏装作羞涩懵懂的模样想要行礼，惹得客座上那位夫人笑了起来："好孩子快过来给我看看。"

如瑶莲步轻挪到了近前，那位夫人一身玫红镶银线竹叶纹的交领长袄，下配雪青色马面裙，雪白如玉的面庞含着笑，耳边翠玉明铛微颤，本是八分的相貌，却因为上挑的眼角而显出几分凌厉之意。

"这是如瑶吧，都这么大了啊。"她亲热地握了如瑶的手，笑问道，"还记得我吗？"

如瑶心中明白她是什么人，却装出懵懂思索的模样，那贵妇拍了拍她的手："也难怪你想不起来了，上次见时你四岁不到，还没有超过我的膝盖呢！"

如瑶演技非常逼真，眼中闪过喜悦孺慕的光芒："您是五姑母吧……我记得的，当初您给我佩了一块羊脂白玉，玲珑剔透，我一直好好珍藏着呢。"

五姑母的秉性最喜受人吹捧，这么一句恭维虽然直接，却正合了她的脾胃，于是笑意更盛："哟，小小年纪记性真是好，大概是随了大嫂的缘故！"

这位五姑母嘴里的大嫂，只能是逝去的张氏无疑，虽说陈夫人今日有事没来，但这么大咧咧地提到，却是让太夫人和王氏都面色一僵。

仿佛感受不到她们的不悦和尴尬，五姑母笑着拉了如瑶不放手，上下端详着，却是轻声"咦"了一下，皱起了眉头："你这孩子是病着吗？脸色怎么这么难看！"

众人这才发现，如瑶不仅面色惨白，面庞凹陷神色憔悴，简直是气血不足憔悴支离之态。

如瑶微微抿唇，美眸氤氲好似有千言万语，最终却低下头，低声道："劳姑母动问，我只是略染风寒，养几日就好。"

一旁的王氏凝视着这一幕，突然不易觉察地皱起眉来，随即化为一脸慈爱担忧，开口道："你这孩子就是太过懂事娴静了，身子不舒服也不说，让长辈担心，你先回去休息吧，我现在就让人去寻大夫来。"

如瑶低着头看了她一眼，波光盈盈中却是透出一道慧黠之色，她屈膝福礼正要离开，却被五姑母喊住了："且慢。"

如瑶的心跳顿时加快了——她知道最关键的时刻就要来临，面上却是一派恭顺平和，等待吩咐。

五姑母对着王氏皮笑肉不笑地弯了弯唇角："二嫂到底是侯府掌家理事的帅才哪，日理万机繁忙得紧，倒是贵人多忘事，忘记了我家夫君也是杏林中人了。"

王氏眼中闪过一道阴霾，面上却是笑意自如："五妹夫乃是堂堂医官，晚辈小小一场风寒哪里要劳动他呢，我们府里常请的大夫医术倒也不坏，离这里又近——"

五姑母却毫不客气地打断了她："倒是不用我家老爷亲自出诊，我自嫁他以后，夫唱妇随也学了些望闻问切的功夫，还是让我来把把脉看看病情吧。"

王氏本能地感受到一种危险——她也说不清楚是为什么，却有一种极为不好的预感，想要婉言推辞却实在寻不出什么理由，上首的太夫人却好似听出了她们言语之中的锋芒，笑着嗔道："好好一个七品孺人，一照面就要给人把脉看病的，你这痴迷的劲头，简直可以选进宫里做女医了。"

太夫人是五姑太太的嫡母，她这么说语气柔和带笑，倒像是在嗔怪调皮不懂事的小女儿，但五姑母却听出她话中的不悦和讥讽。

七品孺人！

五姑母的脸颊抽搐了一下，眼中闪现难堪怨恨的光芒。

她的夫家姓夏，乃是御药局一位尚药副御，却因为不受皇宫贵人们的青睐，连进宫诊脉的机会也没有，只能碌碌无为混日子，受人排挤嘲笑之下，索性埋头钻研药典，成了个地道的书呆子。

五姑母虽说是庶出，却也是侯府千金，议亲的时候原本是可以选一家新科举人或是官宦人家的次子，却被太夫人吹了枕边风，被许嫁给这位仕途平平的夏太医。而王氏跟她也有冤仇——原本张氏夫人在时，送去夏府的三节六礼都是极为丰厚的，也是张氏体恤这个小姑子家底不厚，暗中照应的缘故。但自从王氏掌了家，送来的节礼全部是些寻常不值钱的物件，五姑太太气了个倒仰，从此对王氏也是怀恨在心。至于什么选进宫做女医，更加不是什么好话——自永乐元年以来，内廷数次甄选医婆入宫伺候后妃，但选中的就很难再出宫，因此中选的要么是家道中落生计无着之女，要么是医药之家的寡妇。

五姑太太原本就不是什么心胸宽大之人，因为丈夫的仕途、娘家的冷淡早就积蓄了一肚子邪火，看着眼前太夫人和王氏一身锦绣辉煌，自己却连整套的上等头面都险些凑不齐，顿时恨得咬紧了牙，冷笑道："母亲夸赞，女儿实在是承受不起——我家老爷医术一般得很，连自己家亲眷得了急病都不愿找他，我这个为人妻的就更不会有什么岐黄妙手了，母亲和二嫂信不过我也是应该。"

这话说得很不客气，直接说的就是上次广仁、广瑜被假山砸伤的事——当时侯府满世界寻觅良医，却偏偏放着自家姑爷夏太医不闻不问，好似没这个人一般。

王氏脸上闪过一道尴尬之色，拢在袖中的双手绞紧了帕子——当时沈源也曾想要去请夏太医，却被她阻止了——在王氏看来，夏太医这种庸医连宫门都进不去，堂上根本是门可罗雀，去找他只会延误孩子的病情。

她勉强露出笑容："五妹妹实在是多心了，我们当时是急昏了头，正好我娘家送来一个——"话音未落，却听侧边的丫鬟们发出一声惊叫——随之而来的，却是重物摔落的声音，连带一只瓷瓶倒下摔成粉碎！

"不好啦，如瑶小姐昏过去了！"

不知哪个小丫鬟喊了一声，伴随着瓷器落地碎裂的清脆响声，满室里顿时陷入了死寂！

太夫人和王氏被吓了一大跳，回头看时，却见如瑶倒在地上一动不动，一旁满地都是碎瓷片和散落的花瓣。

她坐的圆凳压在身上，乌黑长发披散着遮住脸，整个人好似昏死过去。

"这、这是怎么了，快去请大夫……"太夫人最是惜命，瞬间就想到，该不会是这丫头染了什么春瘟吧！她这下可真是急了！

五姑太太一看这场面却没什么惧怕，大约真是得了夏太医的真传，她快走两步上前，在丫鬟们的服侍下扶起如瑶，两指搭了她的脉搏，闭目凝神一阵，再睁开时，却是神色古怪。

"如瑶侄女倒是没染上什么时疫。"她慢吞吞地说道，看向太夫人和王氏的眼光显得分外诡异，嘴角的笑意也让两人心头一颤，"她是饿晕过去了。"

这一句简洁明了，却是让所有人都震惊当场。

在场的丫鬟仆妇都吓得呆若木鸡，简直不敢相信自己的耳朵！

这是堂堂济宁侯府，煊赫勋贵的朱门望族，竟然会有千金小姐因为极度饥饿而晕倒的事发生？！

这是何等惊人的丑闻奇谈！

满室寂静之中，只听得五姑太太的嗓音哽咽着哭喊道："怎么会这样！！我苦命的侄女，你怎么饿成这样了啊……你醒醒啊，这是要让姑母心疼死吗？"

她随即抬起头，急声命令道：“快去端碗稀粥来！”

丫鬟们都愣着，碧荷和青漪哭得满面是泪，忙不迭点头要去，结果忙中出错，青漪脚下一软也跌了一跤。

“真是没用！”五姑太太骂了一句，却瞥见这丫头也是面有菜色体态瘦弱，于是缓和了语气，对着一旁王氏的陪房姚妈妈冷哼了一声，“这些小丫头都不中用，倒是你这位妈妈看着富态有福气，劳驾你跑一趟厨房吧。”

姚妈妈讷讷答应着却不就走，看着王氏眼色，王氏此时已经清醒过来，沉声道：“妈妈还不快去？！”

于是姚妈妈迈动着肥短双腿疾步而去，不经意间却被如珍拉住了，如珍低声说了几句就让她离开——由于众人都围着昏倒的如瑶，倒是没人注意这个无关紧要的细节。

五姑太太阴阳怪气道：“我难得回一趟娘家，倒是见识了这么些怪事，正牌的小姐饿得面黄肌瘦，这些黑心的贱人倒是吃得满面红光！”

王氏面色一僵，显得格外阴沉，看着五姑太太和她怀里的如瑶，眼中闪过冷厉光芒，却是强撑着辩解道：“我们府上怎么可能会有这种事，兴许是五妹妹你弄错了。”

“你的意思是我把脉都把不准了？”五姑太太自觉拿住了这嫡母和二嫂极大的把柄，气势如虹冷笑一声道，“可怜这孩子没了亲娘，亲爹也是个不晓事的，在后宅之中不知受了多少折磨！”

王氏听了这话心中惊怒交加，正要争辩却听上首太夫人咳嗽了两句，随即垂手侍立听她吩咐。

太夫人慢腾腾地咳嗽了两句，看向如瑶和五姑太太的目光却是犀利如电：“世上病症繁多，就算是华佗再世，也不能打包票说自己绝对不会误诊。”

这话说得倒是有几分道理，五姑太太一时不知该怎么反驳，却听太夫人语重心长道：“小五，你说风就是雨的急性子什么时候能改改？真要把自己娘家闹得鸡犬不宁吗？”

她的眼睛周围满布细纹，却偏偏有一种雍容端华之态，望定了五姑太太，目光中的震慑和警告却让她背上起了一阵冷汗。

“我……”五姑太太出嫁前是尝过太夫人狠辣手段的——那时候太夫人刚进门还没生下七姑太太，她虽然是庶出却颇受老侯爷喜爱，性子不免骄纵了几分，对眼前这个填房继室未免有些不恭敬，谁知却被按上了几个确凿的错处，连她姨娘带她都被行了家法罚跪祠堂。

眼前太夫人又露出峥嵘之态，五姑太太不禁有点胆寒，此时却听旁边有人“哇”的一声哭出了声：“小姐！”却是碧荷再也忍不住悲愤，抱住昏迷的如瑶低声啜泣。

“把她给我拖出去！”太夫人沉喝一声道，宛如晴空霹雳让在场众人吓得身子一颤。

“太夫人容奴婢禀上一声，便是立刻粉身碎骨也甘愿。”却见青漪拉了碧荷跪下，朝着太夫人和五姑太太咚咚磕了三个头，顿时额头鲜血直冒。

青漪此时是真情本色演出，嗓音哀婉又口齿伶俐，一一述说了她们这一院受尽厨房和针线等处的排揎慢待，说到激愤之处更是添油加醋几分。

她的嗓音已经哭得嘶哑：“因为我们用小茶炉热了下饭菜，那些个龌龊小人却是变本加厉，拿些馊的臭的来给我们吃，我们本就是卑贱下人，强忍着混了个半饥半饱，如瑶小姐却是金玉冰洁之身，实在不愿吃下这些秽物——她已经四五天不进米粒了！”

太夫人越听脸色越是阴沉，炯然目光停留在青漪和碧荷身上，这两个丫头也是胆大，居然顶着她目光的压力说完了。

既然已经张扬开来，那便只能好好算账了！

太夫人面色阴沉已极，满腔怒火无处发泄，“砰”的一声将挂在襟前的十八子手串丢在地上——那是用极为名贵的凤眼菩提穿起的，此时猛烈摔打之下丝线断开，骨碌碌滚了一地。

王氏的脸色发白——这菩提手串正是她孝敬太夫人的，此时被摔成这样，就好似她的脸面也随之被摔得四分五裂了！

她连忙请罪：“这都是媳妇管家不严，没有详加监督这些下人……”

“哼，原本说你能干贤惠，如今连这种事都闹出来了，真是丢人现眼！”太夫人狠狠瞪了她一眼，语气也变得尖刻犀利起来，“你倒是说说，这些奴才你是怎么管的，一个个竟然眼大心空，飞扬跋扈得连家中主子都敢欺凌——我们沈家好好的门风都被你败坏了！”

此时一碗热腾腾的稀粥已经送来了，青漪碧荷扶起如瑶小心喂她，一旁五姑太太指点着吩咐道：“别喂太快了，大半碗就行——她胃里空空身子还虚，不能多吃。”

随着热粥灌了下去，如瑶的脸上出现了一层微薄血色，人也幽幽转醒。

五姑母上前一步抱住她，又探了脉搏和呼吸，这才松了一口气：“没什么大碍，这就是饿的，喝碗粥吃点松软的馒头就行。”

这话哪是安慰，简直是火上浇油——堂堂侯府小姐，先前竟然喝碗粥都难以办到，太夫人的目光好似淬了毒一般射向王氏，后者脸色苍白却目光幽静，仍然没有失去冷静。

先前是不敢移动病人，如今早有丫鬟们把如瑶抬到矮榻上让她躺平，太夫人慈爱地看着她，叹气道：“苦了这孩子了，去把我的燕窝粥给瑶姐儿送去，今后每日一盏，直到她恢复为止。”

王氏站在纷乱的人群背后，脸色铁青，而姚妈妈递上粥碗后，整个人都气喘吁吁地站在旁边，看这情形却踮起脚尖，拉了下她的衣袖，凑在她耳边低声说了些什么。

王氏脸上的阴沉渐渐散开，一丝笑容竟然浮上眉间——那一瞬间闪过的冰冷和得意，却是让一旁坐着看戏的五姑母吓了一跳。

她上前一步，笑吟吟地拦住了太夫人道："母亲，我看您还是让瑶姐儿好好回去休息吧，什么燕窝粥之类的倒也不必，没的折了她的福分，只需着下人看牢她用三餐便是。"

"胡说！你真是好狠的心肠，对侄女如此不慈——我这是作了什么孽啊，居然修来这样的儿媳妇！"太夫人一摔衣袖，痛心疾首之下咳嗽连连。

顶着众人的目光，王氏依然不惧，跪地请罪道："母亲，儿媳惹您生气，真是万死莫赎，但唯独这不慈之名，我实在不敢领受——我、我真是清白的！"

她说到这里，也激动落泪了，一旁的姚妈妈也跟着跪下，顿时磕头如捣蒜，失声道："太夫人您明鉴，可别冤枉了我家夫人，她可是一片菩萨心肠，什么时候都是掏出一片心宽仁待人……"

她膝行几步上前到了太夫人跟前，哭告道："老奴刚才去厨房，已经问遍那里的厨师杂役，顿顿都是按时给她们唐乐院送去的，七个盘子八个碟子的每日不重样，哪里会像她们说的这样呢！"

一旁的碧荷忍耐不住，尖声道："大厨房上下都是听二夫人和你的，就算你让他们说盐是甜的也都会齐声答应，这种舔腚溜须的货色，说什么都不可信！"

她还要再骂，一旁的青漪拉住了她的衣袖。

只见太夫人脸色阴沉看不出什么喜怒，只是沉声道："我倒是没想到，这个家里居然这么没规矩了。"

这话既是骂姚妈妈更是骂碧荷，仔细一品却又似在说王夫人一手遮天，整个厨房都对她唯命是从。

王夫人长跪在地，脸上露出一丝苦笑，自嘲道："看来，我这个黑心婶娘是做定了！"

一旁的如灿早就忍耐不住，哭叫一声正要冲过去，却见眼前倩影一闪，竟然是如珍提起裙裾疾走两步，跪在嫡母身旁，无比坚决地对着太夫人道："祖母明鉴，母亲绝对不是这等狠毒之人！若您要责罚母亲，如珍愿以身代之！"

"你……"太夫人原以为如珍对王氏只是面上情，素来庶女跟嫡母都是有三两心结的，冷不防看见她冲出来求情，一时不知该如何斥退她。

"如珍，我的好孩子！"王氏一把搂住如珍，母女两个抱头而泣，整个场面倒像是太夫人在欺凌儿媳和孙女一般。

如珍哭了几声，轻轻替王氏掠起散乱鬓发，对着太夫人道："孙女斗胆建议——既然两边说辞不一，那就请如瑶妹妹房里的人都出来对质吧——真的假不了，假的真不了！”

太夫人沉吟片刻答应了，事情闹到这个境地，她也是脸面无光，不由得用眼角光芒瞥了一眼罪魁祸首五姑太太，露出一丝烦厌之意。

很快，如瑶院子里的人都到了，太夫人干脆让人把椅子搬到庭院之中，要审清这一场疑案。

连着上来几个都是说伙食如何差，他们神情激动抱怨连连，实在不像作什么假。面对众人的控诉，王氏神色冷静不为所动，就连姚妈妈也丝毫不见急躁。

接下来是一个小丫鬟，笨笨呆呆的模样，平时是照管屋后花木的，她支支吾吾了半晌，竟然憋出一句：“其实好吃的东西倒是多的是，都被姐姐们埋在花圃里了。”如瑶躺在榻上，隔着帘子听到这一句，眼中闪过一道冷光，青漪碧荷等人却是身上一震，大声怒骂道：“你胡说！”

话音未落，就被太夫人身边的婆子拖了下去，用手帕塞进嘴里，只能呜呜连声一句也说不得。

太夫人冷眼看着这一切，端坐在藤椅之中，姿态从容而优雅：“你慢慢说，不要害怕，也不要撒谎——若有一句假话，你该知道叛主诬陷是要腰斩两截的。”那小丫鬟吓得战战兢兢，好不容易才把话说囫囵，她说如瑶等人逼着大家饿了好几天，每次送来的佳肴都被她们埋在花圃地里。

“上头两位姐姐的命令，我们谁敢不听啊！”她带着哭腔指向青漪碧荷，后者脸憋得通红却是无法出声。唐乐院的人听到这小丫鬟在说谎，各个怒目以对，却不敢再在太夫人跟前吵闹。

太夫人挥了挥手，立刻就有人去挖掘唐乐院后的花圃。

如瑶平躺着纹丝不动，心中却是波澜起伏——眼前这一局，本是她跟两个丫鬟合计好的。由于厨房的刁难，众人本就只能吃个半饱，略微再减少些也无人觉察，她则是刻意地饿着不吃一粒米，就等着在太夫人面前这惊天一昏！她早就知道今日来客是五姑母——这是青漪花了五两银子从前院负责车马的小厮那儿打听到的。而五姑母本身略通医术，又跟太夫人和王氏都不对付，性子偏激急躁，定然会吵闹着把真相说出来，给这两人一个难堪！

第五章

后宅暗战

1.

五姑母虽然是客，但也是沈家出嫁的姑奶奶，她虽然会借此事闹大来排揎讽刺，但终究不会闹到外头去，弄得满城风雨——这一切，如瑶都算得点滴不漏，却没想到眼前竟然会冒出这样一个小丫鬟！

那些剩下的饭菜，她早就让青漪碧荷碾碎了丢到枯井里——那里经常有几只野猫出没，早就被吃得精光，何曾埋在什么花圃里？但眼前这些人既然敢如此反咬一口，就必定设好了局，不会露出破绽——如瑶突然眼前一亮：是姚妈妈！她跑出去，好一会儿才气喘吁吁地端着一碗粥回来，时间有些过分长了，但当时几个女人在唇枪舌剑，没有人觉察到这一点。

她必定是出去找了人吩咐这个小丫鬟——这人先前都没看出有什么异样，没想到竟然是王氏放在如瑶院子里的一个眼线，如今这关键时刻终于用上了！

她管着花圃，要在泥里埋些完好的食物，实在是太容易了……如瑶这么想着，不禁咬紧了下唇，整颗心都好似沉进了冰水之中。

去掘开花圃的人很快就回来了，两人一组果然抬着一个包好的大包袱回来了，棉布外套上满是湿泥。

让那小丫鬟辨认，她肯定地说就是这个，嗫嚅道：“这三天的饭食都在这里面，那些鱼虾和梅菜水晶肉都新鲜着呢，姐姐们就不让吃，一起装进去埋了。”当着太夫人和众人的面，包袱被打开了，顿时里面散发出刺鼻恶臭，熏了众人一头一脸，有人忍耐不住，顿时干呕起来。

里面的东西各色各样，有半个身子脑壳残缺的鱼骨架，有臭得生了蛆的对虾，还有更多是长了绿毛的米粒子，甚至脱水干瘪硬得像石块的馒头也有。

如今虽然是初春时节，但京师金陵城靠着长江，仍然有几分春寒，死鸡死鸭埋在土里只怕要十天半个月才会开始腐坏。而根据那小丫鬟所说，这些东西埋入土里才三天而已。

太夫人眼中浮现了狐疑和不信的神色，看了那小丫鬟一眼："这就是你说的美味佳肴？"

那丫鬟吓得浑身颤抖宛如筛糠，"咕咚"一声跪倒："我明明，明明是……"

总算她还残存着最后一丝神志，没有把"明明是我亲手放进去的"说出来。

太夫人为了郑重起见，又让人去前院请来老侯爷出兵时的亲军头领——此人正兼着府里的枪棒教头，清晨时分刚刚练完了武就被人急急喊来，太夫人也不多说，就让他看这些带着恶臭的食物。

那家将细细看了几眼，抽动一下鼻子，肯定说道："回禀太夫人，这些东西至少都放了一个月了，而且都是些残骨馊饭，看着不像是什么正经吃食。"

他是行伍出身，言语之间仍然是粗犷直接，太夫人点了点头，追问一句道："你能打包票吗？"

"那是当然！"家将觉得老主母这一问有点多余，骄傲自豪地挺了挺胸膛，"末将年轻时跟着老侯爷在战场上厮杀，激烈时血流成河满地尸体，不管敌友就浅浅埋了，等大胜之后才会挖出妥善安葬——人死了三五天和一个多月，那臭味和腐烂程度绝对不同，不会搞混的！"

他本意是想说明自己不会弄错，这么着满口说着血啊尸体的，却是让在场众人都脸色惨白，恶心欲呕，再加上刺鼻的臭味不断传来，又有几个丫鬟仆妇"哇"的一声吐了。

太夫人也觉得肚里翻腾，但她强忍住了，皱眉问道："这些菜到底是不是你们说的——'厨房送去的美味佳肴'？"

语音微妙却带着调侃，姚妈妈整个脸都涨得通红，无助的目光却偷偷看向地上跪着的如珍。

如珍低着头扶着王夫人，眉心却是深深皱起，顿感无比棘手——眼前这个反击之局，正是她方才吩咐姚妈妈去做下的！

她的思维快而敏锐，在如瑶昏倒、五姑母叫破是饿晕的时候，就推断出整个事情的发展走向——如瑶的昏倒，正是剑指王夫人！

王夫人是她的嫡母，更是她的靠山，关系到她下半生的荣辱福祸，她自然不会眼睁睁看她失势倒下——更何况，眼前正是大祸，又何尝不是一个讨好嫡母、晋身上位的好机会？！

于是如珍敏锐地布下反击的一着，要让如瑶主仆背上"诬陷长辈"的罪名。但眼前出现这个包袱，却让她也震惊当场——这跟她设计的根本不符！

太夫人的声音满是嘲讽，重复问道："这就是大厨房送来的美味佳肴吗？"

这个问题，王夫人一系无人敢答，也实在没法回答。

如果回答说是，那如瑶的控诉就成真了——你拿这些泔水骨头给正经的千金小姐吃，真正是铁证如山！

如果回答不是，那就更妙了——你们不是口口声声说如瑶主仆布局，把完整的食物埋进土里吗？为何突然又不肯承认了？

在这死一般的寂静之中，突然有一道嗓音颤巍巍地响起——

“太夫人，那些东西是我埋的。”

众人一惊，霍然回头去看，却见一个瘦小身影跪在唐乐院众人的最末，这一句正是她口中传出。

如瑶再也不能维持平静，瞬间从榻上挣扎着起身——这说话的嗓音非常熟悉，竟然是小古！

不等太夫人吩咐，人群立刻朝两边散开，露出小古的身影，让她上前面禀。

隔着珠帘，如瑶隐约看到，小古仍然是那般木愣呆笨的模样，向太夫人行礼后，便伸着两手不知往哪儿放。

太夫人觉得这丫鬟有些面善，略一踌躇，就有身边人上前来耳语，她这才想起，这就是那次蠢笨却无意揭穿王氏“贼喊捉贼”阴谋的那个。

她对小古的印象倒是不错，太夫人喜欢的就是呆呆笨笨的，用起来觉得安心。于是温言问道：“这些都是哪儿来的，你为何要埋进土里呀？”

小古仍是愣愣说道：“这些死鱼臭虾、干瘪长毛的馒头都是厨房送来的饭菜，姐姐们勉强吃下一些，我们姑娘实在忍不住要呕，房里都是整盘撤下的。”

这一句一出，王氏顿时面如死灰，姚妈妈要争辩，却被如珍眼神示意，冲她摇了摇头。

满院里只听小古的嗓音平板木讷：“我觉得东西吃起来又臭又酸，会吃坏肚子，就包了埋进土里发酵，准备沤成肥料再挖出来，到时候再好好浇灌，那些葱姜大蒜和鸡毛菜就能长得快了！”

“沤成肥料？葱姜大蒜和鸡毛菜？”太夫人还是第一次听见这些新鲜的话，有些感兴趣地问道。

“是啊，我在花圃旁边的泥地里种了些葱姜大蒜，还撒了鸡毛菜的种子，现在还没长出来，但是要先准备肥料啊。”小古泰然自若地说道，看也不看旁人，继续道，“送到我们这儿的菜和饭都不够，所以我才设法要了些蒜头啊种子的，等两个月就可以吃炒青菜，就不用挨饿啦！”

这“天真烂漫”的孩子话，顿时给了整个事件最后的沉重一击，众人面面相觑之下，都用异样的眼神看着王氏那一干人等。

好似完全不知道自己说话的严重性，小古继续直愣愣道：“我记得那天埋的时候，就是这个小妹妹一直躲在旁边看啊看的，我还以为她嘴馋也想摘我的青菜呢！”她的手指指向的，正是那个管理花圃的小丫鬟，后者被她的手指一指，整个人呻吟一声昏倒过去，也不知道是惭愧还是被气的。

整个事情已经很明显了，众人看向如瑶和唐乐院众人的目光是怜悯的，看向王氏的则是嘲讽和看好戏的眼神——王氏掌家多年，算得上是威风八面、无人敢驳，此时却是长跪在地，面色铁青嘴唇发白，实在是非常狼狈！

“如瑶的身子还虚着，先下去休息吧。”太夫人隔着帘子回望榻上虚弱苍白的少女，叹息道，“没娘的孩子可怜啊……除了我那燕窝，每日再从我小灶上给她做莲子银耳粥，不可放糖。”又吩咐其他人道，“你们都退下，出去以后给我把嘴闭紧了。”

太夫人沉声说完，顿时所有下人仆妇如蒙大赦，纷纷离开了庭院。

大部分人被这一幕幕的反转彻底惊到了，肝胆俱裂之下绝对不敢再多说，但有些人却仍然窃窃私语着，把今日之事传遍了整个侯府。

庭院之中，逐渐升高的日光和煦温暖，照得四周桃红柳绿、春光明媚，但剩下的几人却是无心赏景，满腹心事各自不同。

太夫人冷眼看向跪着的王氏，眼中闪过一道快意：“老二媳妇啊，你让我怎么说你才好！”

她恨铁不成钢的呵斥道：“这么多年来，我信任你，看重你，把掌家的重担交给了你，原以为自己可以享享清福，没想到啊，你居然做出这种事来——祖宗八代的脸面都被你丢光了啊！”她的嗓音不大，却充斥着整个庭院，好似一条无形的长鞭，狠狠地抽在了王氏的脸上！

王氏身子一颤，原本就惨白的脸色顿时蒙上了一层黑气——她素来要强，此时却是满口苦涩，什么也说不出来。

她死死咬住下唇，心中又恨又痛又悔——实在不该小看如瑶这个小贱人！但随之涌上心头的，却是更多的不服气和冤屈：她虽然默许大厨房等处慢待排挤如瑶，但也只是想让她难受、屈服，乖乖低头任她摆布，若是能交出张氏生前的嫁妆，那就更好了！但那些黑心悖逆的下贱种子，竟然真的蹬鼻子上脸给如瑶送馊的臭的饭食，让太夫人和五姑母抓住了这个把柄！

王氏低头咬牙不语，一旁的五姑母却是闲闲看完热闹开口了：“哟，我很久没回娘家，没想到一回来就这么热闹！婶娘虐待侄女，下人让主子挨饿，这要是传扬出去，满京城都得戳你们脊梁骨呢！”

太夫人本就强压怒气，听到她这么说风凉话，顿时冷冷扫了她一眼：“这话说得也奇——你难道不姓沈，你不是从这个门楣里八抬大轿嫁出去的？娘家被人戳脊梁骨，你又能得着什么好！”

五姑母干笑一声，半是讨饶半是要挟说道：“是啊，人家肯定说我们沈家家风不正……七妹和我都是出嫁女，保不准要被婆家妯娌指点嘲笑呢！”

她说的七妹，就是太夫人所出的七姑太太，嫁给成安侯世子的那位。太夫人听了这话，眼中厉芒大作，狠狠瞪了五姑太太一眼，心中却是怒上加愁，满心懊恼——她只生了一子一女，七娘就是她的掌中宝、心头肉，如今成安侯刚刚传出病重的消息，听说他那位庶长子铆足了劲在找世子一系的毛病，想要让爵位易手，这虽然是痴心妄想，但若是此时传出世子夫人娘家的丑闻，只怕世子在族亲耆老面前也要丢尽颜面。

太夫人对王氏早有嫉恨心结，又想给自己亲儿子铺路上位，所以对打击二房向来是乐见其成，所以这次王氏被揭穿苛虐侄女，她很想借此让她名誉尽毁，再无颜面掌家，连带沈源这个皇帝近臣也要被栽上纵妻虐亲的罪名。

可如今，五娘却提了七娘，这简直是打老鼠怕坏了玉瓶——大房二房都死绝了她都不会心疼一下，但她的小七绝对不能被如此恶名带累！

太夫人抿紧了唇，嘴角露出尖刻而细密的细纹，她淡淡道："既然知道，你回去以后也要谨言慎行，不要把这事传扬出去。"

五姑太太似笑非笑地用嘴角朝院外努了努："刚才那些走掉的下人，可不是个个都是嘴紧的。"

"这不用你操心，我自会料理。"太夫人带些厌憎地转过头去，不再理会这个搅事精的庶女。

她看向王氏的目光凌厉而优越，沉声道："老二媳妇，你知罪吗？"

王氏默然，太夫人却不容她发愣，紧追不舍非要凌迟她的尊严："我们沈家还真要不起你这般不贤的儿媳妇！我是该找亲家王老大人说话，还是直接把你送回娘家去？你自己挑一个吧。"

这两个选择的后果都是灾难性的，王氏听到这儿，原本勉强支撑着膝盖的力气终于一空，头晕目眩之下整个人都朝后跌去！

千钧一发之际却见如珍闪身扶起了她，膝行几步上前，对着太夫人求情道："祖母，母亲已有悔改之心，只是她羞惭过度，已经不能言语，还请您发发慈悲，饶过她这一回吧。"

她双眸熠熠生辉，不等太夫人回答，继续道："我僭越大胆地说一句——母亲是天子近臣之妻，我兄长广晟正是青云直上，更有大哥广仁马上就要下场考试——我们这一房若是此时出了纰漏，只怕也要带累了府里的名声。不看僧面看佛面，太夫人您也得为远在交趾的四叔想想啊！"

如果说七姑太太是太夫人的掌中宝心头肉，那随军远在交趾的四老爷便是她的骨中血身上魂，她所有的狠毒筹谋，都是想把最好的留给这个亲生儿子。

太夫人的唇抿得更紧了，严厉的眼神看向如珍——这么一个不起眼的庶女也敢用她的四郎来说事！

如珍坦然对视，全然无惧她眼中的锋芒，微微一笑，以闲聊的口吻道："父亲前几日还提起四叔呢，说是今年兵部考评，有功将士的名录都送到了御前，圣上知道四叔跟父亲是亲兄弟，还大赞我们侯府后继有人呢！"这是恭维，更是一种隐晦的警告——身在御前的沈源只要随便说上一两句，只怕永乐皇帝对四老爷沈轩的印象就要打折扣了。

太夫人的眼神瞬间转为冷怒，幽黑的瞳孔之中似乎酝酿着无声风暴，如珍却是低下了头，默然无语地搀扶住了王氏。

仿佛过了很久，太夫人才叹了一口气："这都是一家人啊，怎么闹成这样了呢？"语气哀伤却是和缓不少，她环视空荡荡的庭院，对着剩下几人道，"没想到啊，外人没能把沈家怎样，你们倒自己折腾起来，这是要让老侯爷泉下不安啊！"

她说到此处自己也感伤起来，拿起绢帕擦了擦眼角，对着王氏道："你连一个侄女小辈都这么苛待，我也不敢让你这个好儿媳再来伺候，你就留在自己小院好好悔罪吧。"

看着她死灰般的脸色，太夫人仿佛还觉得不够，冷笑道："既然你掌家这么辛苦，那索性就不麻烦你了，那些账册钥匙暂且交给我。"

这是要禁足且夺走一切大权的意思了——王氏身上一震，眼中升起无穷的怨毒，却只能低下头去，狠狠地把头磕到尘埃里。

立刻就有太夫人身边的粗壮婆子上前来要将人架走，如珍在一旁伶俐地磕了个头，恭敬道："母亲是一时糊涂心思昏乱，我愿去她院中陪伴。"

"你倒是孝顺！"太夫人冷冷地剜了她一眼。

"我也要去！"如灿刚才被吓呆了，现在终于反应过来，尖声嚷嚷道，"你们不能这么把母亲关起来，我要等父亲回来说个清楚——"

如珍站起身来一把拉住她，不顾她的挣扎封住了她的嘴："我先送二妹回去，再去母亲那里服侍。"

说完，不顾如灿的呜呜连声，带着她的侍女离开了，其余人也各自散去，只剩下太夫人眯眼看着高挂树梢的日轮暖阳，良久才冷哼一声，拂袖回屋。

唐乐院正房里，茶炉的热气把整个房间都烧得暖和滋润，上面架着的紫砂壶盖直冒白雾，从中透出药香的苦涩。

"小姐，先喝药吧。"碧荷扶起如瑶，看着她憔悴苍白、瘦骨嶙峋的脸庞和手腕，顿时心疼不已落下泪来。

如瑶喝了燕窝粥，精气神恢复了一些，看到她泪落如雨，禁不住低声嘲笑道："又掉金豆子啦，看来我们要发财了。"

一旁几个小丫鬟发出善意的笑声，碧荷抹一把眼泪，不好意思地破涕为笑："小姐尽欺负我，青漪姐姐也必定躲在房里掉眼泪呢……"

想起方才那一幕惊险场景，她心有余悸地吐了吐香舌，低声道："没想到二房那边竟然有那么多耳目，早就盯着咱们呢，一个摆弄花圃的小丫鬟，险些把我们整个唐乐院都坑了！"

她说起那个小丫鬟恨得牙痒痒，拍了拍胸口压惊，随即却又疑惑道：“那小丫鬟既然是奸细，定然在那花圃中埋了好些完整的美食佳肴，为何挖出来的会是那样一包臭鱼馊馒头呢？”

“这就要问问小古了。”如瑶坐起身来，背后靠着靠枕，就着碧荷的手喝起了汤药，浓褐色的药汁看起来就很苦，她却面不改色地一口喝完，神色平静地说道：“去请她过来吧，我有话要跟她说。”

碧荷发觉小姐竟然用了一个请字，语气也是前所未有的郑重，不由得心中暗暗诧异，但她也不敢多问，收起药碗就出去唤人了。

小古进门时，室内只剩下如瑶一人，她似乎精神有些疲倦正在闭目养神，听见脚步声时睁开了眼，冲她微微一笑，指着床前的绣面瓷凳道：“坐吧。”

小古泰然坐下，很是自然地拿起小几上托盘里的一只苹果，又从抽屉暗格里取出一柄小银刀，动手给病人削起皮来。

她的姿势优美好看，力道均匀始终，手腕轻动五指挪移之间，便见银光闪烁，那苹果皮便宛如蛇皮蝉蜕一般连绵脱下，却不见丝毫裂痕。

转眼之间，一只苹果就削好了，小古又用银刀切成小块，浸在装有热水的小碗里，等它焐热了再用竹签刺起，递到如瑶嘴边。

她做这一切的时候，如瑶只是静静等着，并无半点不耐，等到果片到了近前，也是毫不犹豫地一口咬住，轻轻咀嚼。房中一片寂静，就连咀嚼苹果的声音都是细微的。半晌，才听如瑶开口道：“那些剩菜残羹到底是怎么回事？”

“是从大厨房偷来的。”小古好似早就猜到她要问这个，轻松随意答道。

事实上，就算大厨房的人再狠毒势利，也不敢真把馊了臭了的送给主子们吃，那包东西打开的时候，就连躲在帘子后矮榻上的如瑶，也能闻到那股浓烈的臭味。

如瑶目光闪动，紧紧盯住了小古：“你是从什么时候发觉这一切的？”

迎着她犀利而清澈的目光，小古并没有躲闪，目光闪动之下微微一笑，道：“用饭时撤下的碗盏菜盘太干净了。”

她眨了眨眼，笑意带着些俏皮：“连汤汁都没剩下，干净得跟舔过一样。”

这话有点放肆，更多的却是诙谐逗趣，如瑶睁大了眼，下一刻就忍不住大笑起来。

她笑得前仰后合，平时的优雅仪态荡然无存，玫红小袄下的窈窕身姿更显出青春活力来。

“这话要是说给青漪碧荷两个小妮子听，她们准得羞愤欲死……”如瑶一边说，一边又笑得咳嗽了一阵，这才消停，她雪白双颊增添了一丝红晕，又喝了半碗燕窝粥，精神更加恢复些许，又追问道，“那个侍弄花圃的小丫鬟……”

“她刚刚埋下东西，就被我调包了。”小古答得干脆利落，却也让如瑶心中一惊——整个事件，竟然都被眼前这个不起眼的少女掌控！

从一开始洞察自己的计划，到及时发现小丫鬟的异常动作，更是见缝插针调包换菜，手段高明了无痕迹——拥有如此聪慧卓绝之才，却为何肯在大厨房蛰伏多年？

她到底是什么人，有着什么样的目的？

如瑶的目光变得深邃幽沉，小古却是神色如常地看着她。

两人之间陷入了长久的沉默。

半晌，如瑶开口道："这次真是多亏你了。"

"举手之劳而已，大小姐你不必在意。"小古居然也不自谦，淡淡应下，随即却一本正经说道，"你这个计划得了一个'狠'字精髓，却是杀敌一千，自伤八百，并不合算。"

如瑶听了星眸微闪，眼光黯然染上轻愁，随即却转为毅然之色："这我也知道，但后宅之中多是这种琐碎小事，一点一滴的最是折磨人，与其长年累月被她们硌硬，不如放手一搏，一击即中！"这话掷地有声，铿锵可见胸中格局，小古也暗暗赞叹她的果断决然。如瑶小姐若是个男儿，必定能出去做一番事业，如今却被困在这深闺后院之中，受这些冤枉闲气，小古光是想象就替她觉得憋闷。

"好在这次终于让二房那伙人吃了个大亏，王夫人这次被禁足，那些趋奉她的管事和仆妇也该掂掂自己的斤两了。"如瑶叹了口气，靠在蓬松的大迎枕上，脸上露出暗战后的疲倦和轻松，却是握住了小古的手，再次郑重道，"我不知该怎么谢你才好。"

小古知道她有下文，只是含笑静静听着。

如瑶笑道："你是堂兄广晟的人，留在我这本是为了逃个清闲，没想到反而把你卷进事端之中，我实在是过意不去。我母亲在郊外还有个庄子，你可以去那里住一阵，等堂兄回来我再派人去接你。"

这是要礼送自己离开的意思了……小古心中雪亮：如瑶对自己好奇之中更添狐疑猜测，却又不愿辜负广晟的托付，于是就委婉行事，请自己暂离侯府住到庄子上。

这既是为自己安全着想的好意，却也是明确地拒人于千里之外。

如瑶性子刚毅内敛，不愿贸然相信他人，更不愿随意去查探，于是只有唯一的办法：拉开彼此距离。

小古的笑意更深，一双黑眸流光溢彩，璀璨生辉："如瑶小姐的美意我心领了。少爷让我来您这里服侍，您便是我的主子，哪有抛下主子自己住在外面的道理？"

见如瑶眉头一皱正要说话，小古好整以暇添了一句："我的赤诚忠心，小姐您很快就能见识到了。"

如瑶一惊，追问道："你这是什么意思？"

"树欲静而风不止，我在您身边能做的事可是不少呢。"小古笑着起身，将如瑶用完的碗盏放入黑漆托盘内端走，只剩下若有所思的如瑶，望着她的背影出神。

比起唐乐院的宁静，王氏的清渠院却是风声鹤唳，人人自危！

王氏坐在榻上，神色之间阴沉呆滞，眼中布满血丝满含戾气，嘴唇更是生生被咬出血痕来。

“这个小贱人，竟敢布局陷害夫人！！”一旁的姚妈妈看到自家主子气得面如金纸，心中怒火也是一簇簇涌起，不禁破口大骂起来。

“妈妈还请慎言。”侍立在王氏身旁的如珍开口制止道，“小心隔墙有耳，太夫人派来‘护送’的人还没走远呢。”

提起太夫人押送王氏的那几个仆妇，姚妈妈顿时哑火了——那几个人膀大腰圆，手劲大得将她们身上都勒出瘀青来，实在是太过凶恶。

一旁的如灿却不肯罢休，尖着嗓子嚷道：“你就知道胆小怕事！太夫人又怎样，她还能吃了我们不成？她这么护着如瑶欺负我们二房，我们绝对不能忍气吞声！”

“你也住口！”王夫人低声呵斥道，如灿却是从小受她娇宠，受不得半点委屈，闻言顿时红了眼圈，哭着嚷道：“太夫人做事偏心，竟然把母亲你禁足，她不过是个填房续弦，有什么资格摆谱——”

话音未落，却被扇了一记耳光！

王氏雪白柔腻的手掌微微颤抖着，目光却是宛如深渊沉水：“太夫人是你的祖母，你一个大家小姐，竟然这么大声嚷嚷毁谤长辈，还有规矩没有！”

如灿捂着脸颊，不敢置信地看着母亲，王夫人却是看也不看她，沉声道：“你回自己院子去，抄写女诫二十遍，快去！”

“你，你竟然打我……”如灿“哇”的一声哭了出来，捂着脸颊跑出了上房。

这么天真无知却又口无遮拦，可怎么得了！

王氏看着女儿伤心的背影，顿时心如刀绞，却又烦恼万分！她咬着唇感受着这份淡淡的血腥和苦涩，思绪昏沉之间，只听身旁传来清脆悦耳的嗓音：“母亲喝口茶吧。”

睁眼看去，却是如珍捧来了热茶，正满含担忧地看着自己。

“你也累了一天了，坐着吧。”王氏接过茶盏喝了一口，疲惫地闭上眼吩咐道，却不料如珍没有就座，反而跪倒在她跟前，哽咽道：“母亲，都是我思虑不周害了你！”

2.

她花容惨淡，清泪滴滴滚落下来，满眼里都是愧疚。

姚妈妈方才已经把一切都说了，这一切都是如珍吩咐这般应对，如今却马失前蹄阴沟里翻船，才落到如此境地。

“都是我自作聪明出了馊主意……”如珍愧疚后悔难当，却被王氏亲手扶了起来，抬头时，正看入她温柔含泪的眼：“好孩子，苦了你了！”

王氏将如珍搂在怀里，挽了她的胳膊亲亲热热坐在榻上，叹道：“当时情况我看得清楚，又怎么会怪你呢？你一心替我解围，向来都是吃苦受罪了都不肯吱声——我养了你这么久，连这点秉性都不知道吗？”

“是我思虑不周，才让如瑶钻了空子，如此生事污蔑。”如珍见嫡母如此体谅爱护，泪珠更是连线一般落下，王夫人拍了拍她的手，安慰道：“那小丫头一肚子阴谋诡计，有心算无心，你也别放在心上了——我们做长辈的处罚不了她，天道伦常也要收了她！”

说这话的时候她双眸闪动，那光芒让如珍心中一凛，却收敛了心中隐忧，强笑道：“母亲能想得开，才是我们的福分——您且好好休养一阵，等太夫人气头过了，此事必有转机。”

“这满府上下大大小小的事，实在是操心费神，我也该歇歇了，你实在不必替我担心。”王氏已经渐渐恢复了平静，言谈之间颇有宠辱不惊的意味，如珍却是心知她必定不会善罢甘休，让太夫人就此得意。

母女二人看似亲密靠坐悄声细语，却是各怀心思，房里气氛倒也是馨宁安静，此时突然传来一阵急切的脚步声，随即有人狠狠甩开门帘，怒气冲冲地走了进来。

“二老爷！”姚妈妈惊叫一声，却被沈源粗暴地推到一旁，他疾步来到王氏跟前，如珍慌忙站起喊“父亲”，他却理也不理，满眼怒火对着王氏道：“你做的好事！”

王氏面容发白，却毫无惊恐之色，只是淡淡吩咐如珍和姚妈妈：“你们都下去。”两人如蒙大赦离开，房内只剩下夫妻二人。沈源原本在宫中当值，今日正是休沐回府，就听到这出闹剧，原本烦躁的心中更是无名火起！

他属于翰詹科道这类的清流文官，近在帝侧伺奉诏令文辞，出入内外也算是消息灵通，这几日之间，朝局却是狂飙突进，突生大变让人心力交瘁！

先是五日前的黄昏，有人竟然敢去敲响大殿前的登闻鼓，告首的内容竟然是太子勾结锦衣卫指挥使纪纲，意图谋反叛乱！这般狂悖大逆不道的言语，让按惯例值守登闻鼓的都察院言官顿时吓得“咕咚”一声跌倒——但那名叫白苇的詹事府官员却双眼发亮好似魔怔一般，继续用力敲动着巨鼓。

鼓声钝而沉闷，声声巨响宛如地震，随着夕阳的淡金余晖四散而开，传入殿中，传入更深的宫阙楼台……

要出大事了！

沈源当时正在奋笔疾书起草诏书，听到这声响也惊得手腕一抖，一滴浓墨落在上好的宣纸上，显得分外刺眼。

后来听说，圣上在奉天殿中大发雷霆，竟然用一枚镇纸击毙一名小黄门，余劲把槛门都砸得碎裂！

宫门即将下钥，一份份的诏令却如雨点般朝外而去，分发到兵部、五军都督府、京营各卫，一片风声鹤唳之下，连几位文渊阁、文华殿学士都宿在值房之中。

沈源等人也被告知不得擅离，事实上很多人都草诏写得手酸骨软，鲜红印玺在纸上、帛书上盖下一个个印记，随后便是一片暴风骤雨般的抓捕、杀人。

自翌日起，朝中的奏折也是如雪片一般涌来，有严词恳切担保太子清白的，有弹劾皇帝身边有小人的，有质疑白苇离间天家骨肉的。偶尔也有几人弹劾纪纲飞扬跋扈刑杀大臣的，但重点也是说纪纲为人狡诈，太子也许是被他蒙骗了！

沈源被调去将奏折分类呈上，此时匆匆瞥了大部分内容，心中却是“咯噔”一声——竟然是一片替太子说话的声音！

他心中升起一个隐约的念头：今上性情强悍，甚至可说是暴虐残忍，对太子也偶有嫌厌之意，让他看到这么多人都替太子说话，岂不是火上加油，更添猜忌？！

朝中向来有人支持太子亦有人支持汉王，为何这次众口一词太子清白无辜？这其中的蹊跷，让他深思之下顿时打了个寒战。

那个漆黑夜里他望向窗外，目光穿过重重仪门、宫道、东华门，直达大内禁宫——不知道这位英明刚毅却又暴虐的皇帝陛下，究竟要做何打算？

随之而来的局势变得凶险诡谲，第三日夜里金吾卫、旗手卫中竟然有十多人伪造腰牌长驱直入，直到御门云台之下才被发觉，激战之后被当场拿下，却纷纷服下毒药自尽。

这个消息一出，宫中更是戒备森严，连轮值的近臣、宫女、宦官都不敢多走一步。

据说，太子东宫和锦衣卫衙门两处，圣上分别派了中官去传旨问话。还有传说，京营已经紧急调动，以备不测。但是外朝也有谣言：京营并不可靠，他们之中有人心向太子希望拥立新君！

甚至还有传说，锦衣卫联络了元蒙人，约好时机要冲入京城！

虚虚实实，谣言乱飞之下，气氛更显诡异恐怖。

好容易到了今日，上面竟然传下口谕：十日一次的休沐照旧，各衙门官员可以好好回家团聚。

沈源就这么浑浑噩噩地回到家里，连朝服都没换就听到家里闹腾成这般模样，心中怒火一簇簇往外冒！

“我把侯府托付于你，你却闹出这种丑事来，居然让瑶姐儿那里连口饱饭都吃不着！”他沉声说道，那般凛然怒意让王氏身子一震——自从嫁给他以来，很少见到他这般发火。但她深知此时不能示弱，更不能哀求认错，只是默默跪下，低声道：“都是妾身的错，让老爷你丢脸了……”言毕站起身来，不管不顾地走到多宝格前，取下一只仿越窑的玉瓷小瓶，从瓶底暗格里摸出一包药来，打开朝着喉咙就要咽下——

沈源看得真切，顿时吓得魂飞天外，飞奔上去夺下药包，看也不看丢得老远，嘶哑着嗓音低喝道：“你疯了吗？”

这瓷瓶、这药，他都很是眼熟，正是当年，他被贬出京去了燕京，沿途之中匪乱频频，王氏当年正是青春少艾，年轻美貌，在北行的马车上，她拿出藏在瓶底的毒药给他看，泰然自若笑道：“若是遇上贼徒，我就一口咽下，绝不给沈家和你丢脸！”

那时的他，曾经那般心疼愧疚地抱住妻子，在那简陋艰险的旅途之中，彼此感受这份甜蜜缠绵。

此时拿出这药来，沈源想起当年，整颗心都软了下来，却发觉怀中的妻子微微颤抖，闷声哭了起来。

娇柔身躯在他臂弯里挣扎着，却终究抱住他，伏在他胸前，低声道：“老爷，我给你丢脸了，是我对不住你……”

沈源此时已是怒气全消，将妻子小心翼翼地放在榻上，替她拿来帕巾擦了眼泪，温言问道：“究竟是怎么回事？”

王氏简单把事情说了，末了幽幽地添了一句：“我竟是不明白，如瑶侄女那些馊菜残羹是从哪儿弄来的？”

沈源深深皱了眉头，在房内踱步，一会儿叹道：“她这样闹腾，简直是拿整个侯府的脸面往地下踩，如今正是多事之秋，还嫌不够乱吗？”

言语之间，对如瑶很是厌烦，对妻子却多有偏袒。

王氏唇角微微勾起，随即却转为忧心——她看向丈夫眉心的疲惫和阴霾，小心问道：“朝廷里最近有什么不妥吗？”

虽然是内宅妇人，王氏祖上却出过南宋的枢密副相，对朝堂政争也颇有心得，只是碍于牝鸡司晨的骂名，一般不轻易跟丈夫谈起这类话题。

沈源叹了口气，揉动眉心解乏，三言两语说了，却突兀问起了另一个人：“那个孽障回来了吗？”

王氏一愣，这才反应过来，他是指广晟，略一思索，有些不确定地说道：“听那边的下人说起，五六天前收拾了一些衣物离开，不知现在是否到家了。”

说完就要让人去看，沈源却是被这“五六天前”惊了一下，沉吟片刻道：“若是他回来了，立刻让他来见我。”

有一个二等丫鬟杏仁去看了回禀说二少爷一直没见人影，沈源的面色更加阴沉晦暗，低声道：“他在旗手卫，可不要卷进什么祸事才好！”

想起这个桀骜不驯又能惹祸的儿子，沈源眼角眉梢都泛起厌烦憎恶的神色：“早知如此，当初就不该心软，留下这个孽障的性命！”

这话声调极低，身旁的王氏却偏偏听见了，神色变幻之下，一时也不知该说什么好。

天色逐渐暗了下来，锦衣卫衙门前戒备森严，十来盏气死风灯在夜色之中摇曳晃动，好似悬挂在半空中的惨白人头，散发着诡秘不祥的气氛。

广晟站在瞭楼的二层向下凝视，只觉得夜色宛如无尽的浓墨深渊，如雾如幻地将一切湮没，只剩下卫兵身上的甲胄，在灯光下反射出冰冷的铁光。而整座金陵城也被这无尽的暗色雾霾笼罩，那些远远近近的灯光，原本宛如明珠宝毓般璀璨，此时却也变得寥远微渺，难以捉摸。四周变得无比寂静，无尽苍穹之中，他仿佛可以听到自己的心跳声。

身后传来脚步声，那般熟悉的嗓音，此时听来却仍是沉稳淡然——

“你在等什么？”来人一身银蓝色宝相花道袍，长发随意披散在雪白衣襟上，眼角细纹昭示年龄与风霜，却更显他清俊泰然的气度。

“我在等待天意，也许此事还有转机。”广晟意有所指地说道，眼中光芒闪烁，说出的话却是连他自己也不敢相信。

“在这个世上，天意即是圣心，而圣心从来是莫测难猜的。”纪纲淡然说道，即使面临危境，他的眼里仍然不见半点惊惶和焦虑。

“早在我替天子执掌锦衣卫时，我就知道，所谓的圣心信任，实则不值一文，我们只是他手中的利刀，用来制造鲜血和杀戮，以此震慑天下所有人——一旦这把刀钝了，染血太多变得污秽了，圣上就会弃置一旁，让众人践踏、毁灭它来发泄仇恨，然后，他会寻觅下一把顺手的刀——贵为天子，什么样的神兵利器，都是任凭他使用的。”

纪纲眯起眼，对自己的宿命早已看透，心中不起半点波澜：“你所等待的圣意赦免，终究是不会来了，我们身为凡人，只能靠自己的力量，背水一战！”

他的嗓音铿锵，蕴藏着决绝之力，仿佛应和他的话，天际隐约闪现蓝紫电光，照亮了两人的眉眼。

轰隆的雷声响起，却是没有半点雨丝，无边的暗霾云层之中，那电光穿梭蜿蜒，宛如魔魅之蛇，让人更加心烦意乱。就在此时，长街之上突然传来暴风骤雨般的马蹄声，一大队兵马轰然疾驰而来，铁甲碰撞的声响在暗夜里显得格外刺耳，带刺的马靴敲打着辔鞍叮当作响，急促有力犹如潇潇雨点响在人的心头！

“果然来了！”纪纲露出一丝冷笑，而广晟也凝神看去——只见队伍最前端，火把的光芒耀亮了整条长街，旗帜飘动之间，如林的雪亮刀枪兵器闪着寒光，无数骑着战马身着甲胄的身影飞速而来，鲜红斗篷在火光与雷电映照下惊心动魄！而在长街两端的另外几个衙门却是空无一人寂静无声，连日夜看守的兵士也不见人影。

“四周邻居都清空了，就是冲着我们锦衣卫而来啊……”纪纲仍然笑得温文，黑瞳之中却是闪过一道光芒，对着广晟道，“我深知圣上的秉性——他不会让我这么简单就一刀毙命，必定要擒下活人后凌迟处死，再玩一次杀鸡儆猴。”

话音未落，只听急驰而来的军队爆发出一阵惊慌惨叫，广晟抬眼看去，之间前锋停在街心岔路交会之处，有几十个人从马上跌下，满身鲜血生死不知！

好似是被地上的铁蒺藜等物伤了马蹄……广晟正在想着，身边响起纪纲淡漠而略带疲倦的嗓音："我也略有准备，不会束手就擒。"

又看了混乱的队伍，冷冷一笑道："五军营的精锐，也不过如此而已。"话音刚落，却听不远处的街心有人纵声喊道："锦衣卫指挥使纪纲意图篡位谋反，罪在不赦，速速自缚出降！"

这几人大概专职发令传声的，一起大喊，嗓音洪亮宛如春雷，顿时整个锦衣卫都被惊动了！

这几日风声鹤唳，锦衣卫上下并非不谙世事的笨伯，各人心中都明镜一般，知道这次不能善了，指挥使纪纲更是面临不测之罪。

并非没有人内心活络，另寻门路，但只看整个锦衣卫衙门和南北镇抚司都波澜不惊，就知道纪纲对整个局面仍是牢牢掌控。

这其中，除了他手腕了得以外，还有一个原因就是：锦衣卫上下虽非铁板一块，但凶神恶煞的惨烈之名远播，只怕投靠哪方都落不着好。

此时此刻正是亥时未到，衙门里大部分人却都未入睡，心里正提着一根弦，这声响传来，顿时引起了一阵小小的骚动。但这股骚动来得快，去得也快，很快恢复了平静，好似喊话的人根本不存在，锦衣卫衙门仍然是死一般的寂静。

街心那边有人勒马冲出，对着衙门这边高声喊道："首恶只有纪纲一人，其余人等不得抵抗，本官保你们不——"一个死字尚未出口，暗夜之中仿佛飞过鸦雀的尾羽，在雷电的闪光下飘然一曳！那人情知不妙，紧急闪避，却是一个滚地葫芦从马上摔落，一旁的几个亲兵发出一声惨叫，顿时被射成刺猬一般。锦衣卫衙门上下仍然是昏黑一片，不见半盏灯烛，却有数十道轻便敏捷的身影，宛如狸猫一般爬上了屋檐房梁，他们或蹲或趴，迅速找准方位隐蔽，手中的强弩却对准了街心那一干人马。

"锦衣卫衙门，可不是你们随意撒野的地方！"北镇抚使刘勉站在院子中央、众人之后，缓缓开口说道，他是练过内家功夫的，声音虽然不大，却传得很广，在众人耳边嗡嗡回荡。

"混账大胆，你们要跟纪纲一体谋逆吗！"对面街心爆发出更大的怒吼声，暗夜里听来，却显得有些色厉内荏。

那滚落在地之人好似是将首，狼狈爬起后躲在木包铁的长盾之后，高声继续喝道："你们都是拿的圣上俸禄，没必要陪纪纲一起赴死，识时务者为俊杰啊！"

他顿了一下，见暂时没有冷箭继续，又娓娓劝说道："纪纲指挥使可敢出来当面一晤？下官以性命担保，只要您束手就擒，绝对不牵连其他——锦衣卫衙门上下都是你的人，都是上有老下有小的，你也该为他们考虑着想啊！"

不知是人有急智还是有智囊谋划，这番话却是比刚才厉害多了，也说到了点子上。锦衣卫出去的都是跺脚也得让地面颤三颤的强人，但谁也不是从石头缝里蹦出来的，对纪纲心悦诚服是一回事，但真要提着全家脑袋跟着他造反，估计也没多少人能做到。

“本官愿以项上人头担保，只要纪纲大人愿意孤身出降，其余人不仅能得到宽赦，还能列入戴罪立功的保奏名单，封妻荫子飞黄腾达！”

这话更是诛心恶毒，但针对人性弱点往往却最是有效。

夜风呼啸更加猛烈，云层中的雷光闪烁不定，街心和屋脊上有尘土飞扬盘旋，整条长街寂然无答，只有那闷雷的声响越发沉郁钝长。

山雨欲来风满楼。而站在望楼之上的纪纲却是淡然垂眸，微微一笑之后轻叹道：“这人太啰唆了。”

他转而看向广晟：“你来吧。”

“好。”广晟慨然应诺，内力催提之下，开口呵斥，“你开口闭口提到圣上，可有哪道圣旨是让你如此大张旗鼓杀进锦衣卫衙门？圣旨上可有写要将锦衣卫上下全数擒拿？”

他的嗓音清朗悦耳，回荡在长街四周，并不让人觉得如何飞扬跋扈，却让并肩而站的纪纲对他赞赏一笑。

这才是真正的明白人!

圣意只可能让他缉捕纪纲，在案情未明前绝无可能将锦衣卫一锅端了。当然，要是纪纲失势，圣上又对他们的能力和忠心失望，那时候就是墙倒众人推的下场了。

不等对方反应过来，广晟继续道：“既然并未要擒拿我等，又何来宽赦一说呢？这种虚言恫吓的手段吓吓城外卖菜的百姓还行，拿来用在锦衣卫身上，未免太小看我们了。”

顿时四周气氛为之一松，众同僚听到他的回答，心中也是亮如明镜，顿时一片声说笑喝骂起来。

死一般的寂静被打破后，锦衣卫这边的气势反而高涨起来。

对方见势不妙，强辩道：“虽是缉捕纪纲一人，但汝等若是负隅顽抗，也是一体同罪，出动大军乃是防患未然。”

“纪纲大人并未坚持顽抗，若是你孤身一人入内，他也必定愿意以礼相待接受旨意。”此时此刻，广晟的口才也是相当精彩，用同样话题将了对方一军，“怎样，下官也以项上人头作保，只要这位大人你解散大军，孤身进来，绝对保证你性命安全。”

对方的阵营里毫无声息，实在也是没法回答。

广晟轻笑一声，又补充了一句：“圣上让你来缉捕纪纲大人，你却摆出两军大战的阵势，这位大人你究竟是奉了圣意呢，还是别有用心？”

他轻飘飘的嗓音传入五军都督府众人的耳中，却是显得诡异而神秘：“你究竟是想来抓人呢，还是想替某人来杀人灭口？”

这个罪名对方可承受不了，怒极之下喝骂反驳道：“你这是血口喷人造谣污蔑！”

“只要你敢孤身进来，我立刻为我的造谣污蔑跪地道歉。”广晟简直跟他铆上了，对方气得七窍生烟却无可奈何，一旁的纪纲低声问道：“万一他特别有种真的进来了，你要怎么办？”

广晟看着他转动了下眼珠，特别无辜诚恳地说道：“那就把他拿下屈打成招，以我们锦衣卫的刑法，想让他招出谁是主谋都行，到时候情势就掌握在我们手上了——那时别说跪他一次，就是让我扮女装博他一乐都行！”

纪纲听了禁不住大笑起来，而下面的锦衣卫官员校尉们也纷纷鼓噪：“有种你进来啊我喊你爷爷！”

大家都心知肚明，即使真要交出纪纲，也不能任由这群人随意冲入决定生死——锦衣卫自从成立以来，向来掌握天下人的生杀大权，哪有这么窝囊无为的时候?

此时纪纲却收敛了笑容，终于开口了。

他的嗓音平淡不见波澜，沉然传遍四方：“你们大军呼啸而来，手中旨意是真是假，本座也无法判定。但锦衣卫衙门乃是圣上亲设，非刀兵可以轻亵——一刻之内，统统给我退出街外，否则杀无赦。”

这话够稳，也够狂，纪纲任由狂风吹拂自己的长发，狷狂之外更见潇洒不羁，他转头凝视着广晟道：“你头脑清醒又有大局眼光，我总算能略微放下心了。这边的事就交给我吧，你可以去执行‘那个任务’了。”

说到此处，他的嗓音清淡而平静，却有一种风暴顶端的凝重和紧迫！

广晟心中一震，藏在袖中的双拳紧握，眼中闪过一道光芒——那是兴奋混合着紧张的情绪！

两人的目光相对，彼此真正的心意已经不言自明，各自点头，最后看了对方一眼，广晟便开始收拾背上的包袱和装备。

黑巾蒙面，弓弩齐整，一切准备停当，他脚下一纵，飞鸟一般从望楼的侧面滑掠而下——

惊险，却是极快的一瞬！

脚尖落地时，耳边的风声呼啸宛如鬼哭，他动作快如闪电，却又如鬼魅般不发出一丝声音，接连起纵掠跳之下，已经悄无声息地潜出了锦衣卫衙门的范围。

“什么人？”越是靠近街心就越是危险，对方感觉到屋脊上黑影闪过，喝骂声中长箭如雨疾射而来，广晟闪身挪移，局面惊险万分。

下一刻，锦衣卫的望楼之上，纪纲的声音响起：“一刻已到，看来你们是选择刀兵相向了。”

暗夜里突然亮起一盏灯，照亮了他高踞望楼的身影，随即有无数弹丸从高墙之上射下，街心的官兵顿时发出惨烈的哀号，倒下了一大片！

伤口处糜破一大片，铁砂火石深嵌入肉，十分棘手，那五军营的大将见了，顿时面色难看，颤声道：“是火铳！锦衣卫怎么会有这东西！”

火铳射程厉害准头很高，乃是神机营的绝密武器，平时管制严厉，一铳一弹都不准流失在外，锦衣卫只是皇帝亲军，竟然能弄到此物，简直是骇人听闻！

“你们果然是有谋反之心！”话音未落，又一阵手弩疾射而来，锦衣卫衙门似乎内藏无尽的长距离兵器，根本不容他人靠近。

“老子就不信这个邪了！”五军营的统兵大将狂怒之下，大喊，“弓箭手和盾手给我冲上去，后队把云梯给我送来！”

竟是一副要攻城的架势，至于方才发现的可疑黑影，早就被众人忘在脑后了。

广晟在屋檐高墙之间疾奔飞掠，目标乃是城中央的皇宫大内。

此时宫门已经下钥，要唤开宫门，只有“告急变”一个办法！

“急变”乃是将书信从宫门缝隙塞入，一般是城中有大变，禁卫不能有丝毫耽搁，必须立刻唤醒皇帝起来处置！而纪纲的要求便是——在丑时前将这封密折送至皇帝御前，让他亲自过目！

想到这儿，广晟紧了紧背上的包袱，布包之内藏的密折他只匆匆看过一遍，却是字字句句入心。

上面呈报的，是汉王朱高煦多年来暗藏的勇士私兵和甲胄武器，光是来源就密密麻麻写了四页，涉及的朝臣大大小小有五十多人！

皇帝对太子猜忌颇深，更认定纪纲与他勾结，暗中藏兵意图谋反，铁证如山之下，纪纲已经无法辩白，那就只剩下一条路——把对手也拖下水！

没有道理只曝光太子的阴私，而让汉王顶着“勇武直率”的头衔继续横行京城！

除此之外，更是向皇帝昭示锦衣卫的作用——这些资料都是绝密收藏不露半点风声，锦衣卫却迅速收集齐整，这般非凡能耐如何不让人心惊！

风声在耳边呼啸，此时此刻广晟又想起纪纲的话——我可以死，但锦衣卫不该被裁撤闲置！铮铮有声，慨然壮志。他心头涌起一种又热又酸的况味，不自觉地加快了脚步。

整个金陵都陷入了沉睡，他感觉到头顶有淅淅沥沥的雨丝飘下，正要抬头去看，眼角却瞥见一股寒光——说时迟那时快，他侧身一闪，一道银光擦着他的面庞飞过，顿时一缕鲜血滑落下来。他警惕地扫视四方，却只见无尽的暗色笼罩，不见任何人声。

他站定原地不动，脚下的瓦楞却是“咔嚓”一声，碎为数块，细小声响在夜色中显得格外清晰。

下一瞬，他纵身而起，龙狼般狠戾踢出一脚，碎裂的瓦块化为绝佳暗器，朝四方溅射而去！而就在此时，他的身影宛如青烟般捉摸不定，竟然绕到了屋檐的另一侧。

对面平行的房舍屋顶，一道人影匆匆躲闪，宛如鬼魅般从眼前掠过！

终于抓到你了！

广晟扯下背上铁弓，力尽于臂射，瞬间连环射出三箭！

箭头射中屋檐下的铁马，顿时火星四溅！那人刚刚闪过，又是连环三箭，封死所有退路！

那人看似陷入绝境，却是腰身向后一仰，以难以想象的柔软身姿闪过两箭，却被最后一箭射中发绳，顿时一头青丝逶迤而下！

广晟双腿一蹬直射而去，在墙上一个接力，瞬息之间已经到了对面屋脊，落地时已拔剑在手朝对方刺去，黑暗之中只见那人双眸宛如寒星熠熠，身着全黑夜行衣连面容也蒙住——她也颇有急智，没等广晟落地，一撒手便是一阵蓝色烟雾！

那烟雾香味甜腻，广晟才吸入一口便暗觉不妙，瞬间闭气却是手脚一软，顿时对方手中的银匕便疾射而来，他极为狼狈地就地一滚，落到了屋檐最低处，“咯噔”踏破几块瓦，这才稳住身形。

“嗯，竟然是你？！”这熟悉的香味一出，广晟心中便知遇上了老对手——对面那个神秘的黑夜女子，正是屡次与他对敌的金兰会十二娘！

3.

竟然是她！广晟心中一凛，眼中升起冷厉光芒，脚下灌注真气，瞬间已将戒备提高到十二分！

暗夜寂静，两条身影快如闪电，轻如鬼魅，各自蒙面身着夜行衣，在长街两侧的屋檐上警惕对峙！

广晟握紧弓身欲射，对方却也发出一声轻咦，好似也认出了他，将垂落的浓密黑发迎风一扬，那蓝色烟雾便随风更加扩散！

广晟闭气快速在屋顶奔跑，那神秘女子却也紧追不舍，一道银光好似天外飞仙般回旋飞越，从街道对面的屋顶上穿梭刺杀而来！

广晟以铁铸弓身抵挡，利器碰撞之下火星四溅，他身影挪移，那银光却安如活物一般，以刁钻不可思议的角度再度疾射而来！

暗色夜空之中，他匆匆一瞥，却有白亮银丝划过眼前！未及躲闪，那短刃又追至眼前，他终于看清这银丝系在短刃尾端，对方以腕力催动卷起，论起娴熟灵动已臻化境！

“当”的一声，两人各自震退半步，却是停止了所有的动作，死死盯住对方！

“又见面了，十二小娘子！”广晟扬声调侃道。

“又是你啊，锦衣卫的高官大人！”那女子嗓音沙哑平板，显然也是经过伪装的，“上次你那么威风凛凛地审我，这次为何却藏头遮面，像老鼠一样偷偷溜走？莫非锦衣卫真要树倒猢狲散了？”

两人口中说笑，实则却是紧盯对方动作，不放过每一处破绽！

那女子手中银刃悬丝又出，广晟抓准时机顺利躲闪，正要还击，眼前突然白光一闪！

不好！

无数银点宛如飞蝗夺日、暴雨梨花一般袭来！

他不顾形象躺平，沿着光滑的屋檐青苔向前滑去，耳边只听到叮当之声不绝于耳，侧脸看时，只见无数小银锥密密麻麻射中屋顶，整片屋脊已被射成刺猬一般，吱呀连声过后，轰然倒塌下来，房中的百姓顿时发出惊骇的尖叫声！

真是逼人太甚！

广晟心头火起，却并未轻举妄动，反而伏在断裂的残垣附近静静等候！

“出来吧，你今日注定不能活着离开此地。”那般淡漠无情的语调，仿佛只是宣告一件最简单之事，广晟心中怒意更甚，整个人却越发沉着冷静。

咔嚓咔嚓……银锥落在身旁的动静好似冰雹，他继续蛰伏着，等待对方接近！

死一般的寂静，突然有瓦片连续动摇的声音，混杂在淅沥雨声之中，几不可闻——她已经到了这一侧，而且在不断接近！

广晟握紧了手中的长弓！

天空渐渐飘起了雨丝，小古一身黑衣，轻灵如仙地挪移飞跃。

她的步伐宛如羽毛，让人无法捉摸轨迹，看似轻松的表象下，却无人发觉她的额头已经见汗！

这一场激烈的追杀突袭，也耗尽了她大半的体力。而体力对于女子来说，本来就是弱项。

那一大片黑魆魆的瓦砾残垣半悬在空中，好似一张张大的狰狞之口，正在等待她进入陷阱。

小古摇了摇头，将这种莫名的不安感甩去，她手中银刃在空气中划过轻盈弧度回到手上，凝神警惕戒备。

仍是一片死寂，那锦衣卫的少年好似整个人都从这天地之间消失了。

小古的黑眸熠熠，凝神屏息缓步前进——下一瞬，她的眼前突现黑色身影和长剑银光！

小古射出手中短刃，正中那人的要害，她却并未萌生胜利的兴奋，反而心中古怪！

等她看清眼前的黑影只是一件抛出的外袍裹着长剑时，她心知有诈，但一切已经来不及了！

剧烈的痛感袭中她的右胸，鲜血喷涌而出，染红烧灼了她的眼，整个身体都好似失去控制，断然从屋顶上滑落……

她最后看见的，是那人站在残垣的木梁上弯弓搭箭的沉着英姿！

无尽的黑暗……只有那人身上染满雨水的反光，隽永、冷酷、强大！

广晟剧烈喘息着，发觉手臂已经酸得抬不起来，而脚下的半根木梁也不堪重负，发出吱呀的断裂声。

他踉跄着下来，只觉得一颗心跳得快要从口中跃出！

他抛出衣袍和佩剑，只为迷惑对方取得一瞬间的机会，间不容发射出一箭，却是看都未曾看清，只凭冥冥之中的直觉和判断。

空中传来清晰的裂帛之声，箭入人体的轻微裂响，他当时抬起头，却只能看到那个纤细敏捷的身影，像断线风筝一般跌落下去！

终于射中她了！

不知怎的，他毫无艰难取胜后的狂喜，反而心中升起一种莫名的惆怅。

青石板的街上，因为水光而显得润泽闪亮，他喘息着，一边跳下屋顶想要看清楚她的面容——下一瞬，四周散开一阵浓密的白雾，等他踉跄着跳开，地上已经失去了那人的踪迹，只剩下一大摊鲜血在雨水里蜿蜒扩散，渲染出惊心动魄的颜色。

夜近亥时，梆更的声音混着雨声远远传来，整座金陵城的人都好似进入梦中，而靠近皇宫西侧的大理寺衙门里却是灯火通明，其中一间公房里，却有一人正在埋头书写。

公房并不宽敞，四周堆满了书籍卷宗，却是井井有条，风雅之中更见博学。

一旁的长凳上，坐着一个娇美窈窕的身影，却是有些不安，将手帕都揉捏得不成样子。

“你的计划到底能成吗，如郡她会不会失手？”埋头书写的那人头也不抬，直到写完最后一笔，这才抬起头：“红笺，你太过慌张了。”

“我只是不信任如郡那丫头而已。”红笺蹙眉，说不尽的娇弱好看，眼珠却是闪烁不定，“她虽然有几分能耐，但锦衣卫派出高手呈送密件，她真能拦住吗？”

她偷偷瞥了那人的脸色，嘴甜如蜜地笑道：“我信不过她，还能信不过你吗？以你的聪明能耐，必定还有后手，方能确保万无一失。”

那青年书生微微一笑，不回答却也不曾否认，红笺便知道自己猜对了，笑吟吟地走上前去，挽了他的臂膀，撒娇卖俏道：“阿语，你到底有什么锦囊妙计，连我也不能说吗？”

身旁便是温香软玉，美人旖旎，景语却不为所动，似笑非笑地说道："别忘了你现在是戴罪立功的阶下囚。"

他的目光瞥向她，仍是那般和煦含笑，却让她忍不住打了个冷战——那笑容是毫无温度的。

"回去原位坐好吧。"他淡淡地说道，并不疾言厉色，红笺却是一句娇嗔也不敢有，乖乖入座。

景语将写完的文书节略轻轻吹干，递给红笺："等一下就会有个重要人物来听你的供述，你就照着这上面的来说。"

"什么东西这么神秘？"红笺强笑着接过，略一看完，整个脸都变了颜色，连说话都不利索了，"这、这我怎么敢！"

她颤着手丢下那张纸，好似那上面附着什么鬼怪，整个人都抖得似筛糠——若非此地是大理寺的公房，只怕她立刻就逃之夭夭了。

这次前来大理寺自首，是奉了景语的命令，红笺也是见过大场面的，连锦衣卫诏狱都去过一回了，以为这次也是出来作证那账本和白苇之事，却没想到，他要自己供述的竟是这般骇人听闻的言语！

红笺哭丧着脸，哆嗦道："我要真这么招了，可是实打实的死罪啊！况且这些事都是子虚乌有的瞎话啊！"

"假作真时真亦假——只要你能把瞎话说顺溜了，它就比黄金还真。"景语冷冷一笑，凝视着她的眼睛低声细语道，"只要你照我说的办，三天后，你就能亲眼看到纪纲的首级，亲耳听闻锦衣卫的覆灭——他们可是虐杀你父亲的元凶啊！"

他眼眸幽沉浓黑，似乎蕴藏着无穷的魔魅引力，红笺受这莫名的蛊惑，又想起父亲悬尸示众的惨景，心潮激荡之下，险些就要张口答应了，但她内心仍然有最后一丝害怕和理智，一时陷入踌躇。

景语见此情势，又添了最后一把火："此事就连如郡也无法做到，只有你的口供才有如此威力！"

就连如郡也不行吗？

红笺心中暗暗舒畅，看着眼前男子的热切眼神，唇角勾起欢欣的弧度："我还以为，你心中只有如郡一人，把她看得如珍似宝，舍不得让她冒险呢！"

"她正在伏击锦衣卫的暗使，此事不仅危险，而且多半徒劳无功——只有你，才是我的撒手锏，真正的底牌。"男人晶亮的眼神、炽热的微笑，让熟悉他淡然脾性的红笺心中更加得意："好，那我就试一试吧。"

"等一下就是你表演的时候，我希望你能演得万无一失。"景语笑着深深看了她一眼，俯身将那页纸捡起，凑到灯芯跟前，不多时那白纸黑字便化为一堆灰烬。

他坐回自己的书案跟前，扬声道："来人啊！"

门外不远处传来几人的脚步声，随即便是大理寺的胥吏应声道："薛先生有什么吩咐？”

红笺听这句，这才知道景语在大理寺中伪称姓薛，看情况也是混得风生水起。

“这位姑娘已经愿意招供，但事关重大，她不敢相信大理寺这里的推官和狱卒，要亲口告诉陈大人。”他所说的陈大人，乃是大理寺卿陈洽。

门外那两人没有作声，显然已经被吓得呆住了，景语轩眉一皱，扬声道：“她怕消息泄露活不过今晚，你们快去禀报陈大人。”

陈洽向来是永乐皇帝的忠臣心腹，他今晚正好值守在大理寺，听到这种诡秘的口供，必定会按捺不住好奇心，连夜就来审问。而此时，还有一位更重要、更关键之人，正在朝大理寺而来……

他亲手排布的好戏就要上演，上至九五之尊，下至芸芸众生，都将是最出色的演员，也是最懵懂的观众！

大理寺的主衙后堂，陈洽正在阅读最近的邸报，耳畔听着淅沥雨声，眼前的黑字一个个都好似跃出了纸面，在眼前叠成了一团。

他心烦意乱地放下邸报，干脆站起身来在房内来回踱步。

这几天京城气氛诡异，好似暴风雨前的凝窒，奏章雪片一般地弹劾锦衣卫都指挥使纪纲，甚至有大胆的语涉太子。

百官之中甚至有传言，太子已经被今上软禁，不日即要废黜。

身为大理寺卿，陈洽当然是皇帝可以信重的臣子，他的赤胆忠心不容置疑，但眼前这个诡异难辨的局面，就连他都感觉棘手，恨不能退避三舍。可老天好似在跟他开玩笑，居然有一个纤纤弱女子前来自首，而且口称是涉及太子身边的白苇，而她不肯信任应天府和刑部，想来想去只有来大理寺陈情。

陈洽顿时头大如斗！百姓信任他治下的大理寺固然是荣光美誉，但这种烫手山芋他却是摸一下都嫌命大的！事已至此，他也没有把人往外推的道理，只有硬着头皮接下，却又不敢让寻常狱卒审问，只得让新进的主簿薛语去秘密询问。

薛语这人年纪轻轻倒是沉稳机敏，聪慧俊秀世上少有。他是陈洽同年荐来的，乃是一位宦游京城的少年举人，因为囊中羞涩这才暂时在大理寺做个主簿糊口，平时参赞文书机要，等下一科便下场，依他的学问，考上进士是大有希望。

他是学子出身，又是临时来帮办事务，跟大理寺这些官吏没有任何牵扯，陈洽用他来讯问女犯就是取了安全可靠这一点。

不知薛语那边有何进展了，那女人到底招了些什么？

陈洽来回踱步正在心焦，突然门外传来一阵脚步声，雄健沉稳，十分有力，却也打乱了他的思绪。

门板被不由分说地推开了，他不禁背过身去，沉声呵斥道：“谁这么没规矩，给我出去。”

“哈哈哈哈！”来人发出一阵豪迈大笑，“大理寺卿好大的官威啊！”

这声音十分熟悉，竟然是……陈洽身上一颤，反应过来后急忙双膝跪地，大礼参拜道：“皇上！”

来人身材高大，一身玄色湖绸长袍，折上巾也是半旧不新，平凡衣着下却是一双锐利双目，顾盼之间龙威凛然。正是大明永乐皇帝朱棣！

“听说爱卿这几天都在忙于公务，连休沐都不肯回家，朕特地来看看，是什么样的犯人如此棘手。”

朱棣说得简单，陈洽却已吓得魂飞天外，急忙禀报道：“万岁，此事正是——”话音未落，走廊上顿时响起仓皇的脚步声，随即是护卫阻拦的声音。

“是来找你的？深更半夜你仍是公务繁忙啊！”皇帝的夸赞却让陈洽汗流浃背，那两个吏员被带入时早就被院中林立的侍卫吓住了，战战兢兢地跪在地上把话说完，没等陈洽反应，朱棣却轻笑起来，“夜半灯下审美人，确实是风雅之事。”

陈洽吓得正要辩白，朱棣却摆了摆手：“只是一句戏言，大理寺卿何必惊慌？朕就陪你一起，去听听这小女子的供词。”

从公衙到前头倒座房有一段距离，深夜里雨水潺潺，朱棣却大步流星地走着，连侍卫为他撑伞也摇头不要。

陈洽在身后亦步亦趋，却跟得胆战心惊，浮想联翩——为何皇帝竟会深夜造访大理寺？他难道是听说了什么？又或者，那烟花女子事关重大，连天子也不惜连夜赶来？

他瞥见朱棣身边有几个宦官黄门躬身跟随着，其中一人神情稳重怡然，一双鹰眼却是精光四射，正小心虚扶着皇帝，一边还在他耳边低声说着什么。难道是这些阉人作祟，给自己使绊子下舌头，这才引动皇帝突兀而来看个究竟？！

陈洽将重重隐忧和疑虑都吞在肚子里，跟在皇帝身后，来到了主簿书办所在的那一列公房门口。

公房最右侧的静室，原本是用来审讯一些身份尴尬却重要的朝臣，这次的秘密审讯也只能设在这里。

朱棣和陈洽刚到门口时，一个青年书生已经迎了上来。

“陈大人，人犯正在里面。”他向陈洽郑重见礼，好似疑惑地看了朱棣一眼，显然对他的身份毫不知晓。一旁的侍卫正要呵斥，朱棣摆了摆手，满含兴味地打量着他。

只见这青年举人打扮，着一身蓝绸襕衫，头上束了四方平定巾，面容俊逸，一双黑瞳宛如上好墨玉般温润含笑，清雅淡泊却又风度翩翩，不由让人心生好感。

陈洽连忙介绍：“这是我们帮办文书的主簿薛语，是一位待试的年轻举子。”

他踌躇了一下，见朱棣含笑负手而立，于是只得含糊道：“这位大人是刑部来的，我们这就进去吧。”

房内十分简单，只有明暗半间相连，亮着的那间里只有一张漆黑高椅，一名韶龄女子正怯生生坐在上头，梨花带雨的娇媚姿态让人心生怜爱。

暗处半间有门板屏风等物隔开，却也隐约看到动静。

陈洽用眼神请示皇帝，得到颔首后走了进去，站定在那女子身前：“本官陈洽，忝为大理寺卿，把你知道的内情一五一十说出来吧。”

那女子好似吓呆了，张口结舌地不知如何是好，屏风后面传出一声不耐烦的咳嗽声，陈洽无奈，只好吩咐薛语道：“还是你来问吧。”

薛语躬身答应，随即上前两步，对上了那女子的目光温柔和煦：“你叫什么名字？”

“红笺……大家都唤我红姐儿。”红笺的目光对上他的，电光石火地一碰，彼此都知道这场戏该怎么演。

她舔了舔唇，颤声道：“实际上，我真正的名字叫如笺，我的父亲，是前头的大理寺卿胡闰。”

胡闰这个名字一出，顿时满场寂静一片！

陈洽听到这两个字，只觉得耳中嗡嗡作响，连太阳穴都一阵乱跳——这个名字，瞬间让他想起靖难时狰狞的腥风血雨！

他禁不住打了个寒战，目光却看向屏风那一端。

屏风后面只露出一双皂靴，团龙吐珠的绣纹让他心头一颤，赶紧扭转头不敢再看。

心绪混乱之下，他听到自己竭力发出的声音：“你是逆贼胡闰的女儿？”

“不，我爹不是逆贼！”红笺凄声哭喊道，楚楚可怜的娇态简直让铁石人儿也要痛心，审讯现场顿时被哭声打乱。

陈洽一时不知该训斥还是安慰，一旁的薛语却叹了一声：“朝廷自有法度，你这么哭叫，只怕令尊在九泉之下也不能心安。”

陈洽胆战心惊地看了一眼屏风背后，只怕那人要龙颜大怒，但薛语却似乎懵懂不知，继续娓娓劝说道：“既然来了我们大理寺，你就该信任我们，把所有真相说出，这样才不负令尊之名，动辄哭闹实在于事无益。”

他甚至亲手递给红笺手帕，后者擦了泪后，抽噎两声后偷偷瞟了他一眼，低声道：“我，我是金兰会的人。”

这又是一句惊人之语！

陈洽站在门边，瞬间觉得自己才是最需要手帕擦汗的！

他这下肯定自己是陷进一个棘手旋涡里去了，若是世上有后悔药，他一开始就要让衙差把这女人轰出去，不许她踏进大理寺一步！

屏风背后发出轻微的衣料摩擦声，八风不动的永乐皇帝，此时也有了浓厚的兴趣！

此时那薛语及时发问道：“谁发展你加入这个逆党的，你可知道，他们最喜欢诱拐你们这些无知妇孺，骗你们去吃苦受罪？”

这话好似触动了红笺的衷肠，她又低声哭了起来：“我、我以为出了军营就逃离火坑了，没想到他们也不把我当人看！”她伸出手，欺霜赛雪的玉膊上出现了好几个被烙铁烫破的伤口，看起来触目惊心。她氤氲含情的眼眸看着那俊逸温柔的青年，柔声道：“我全部说了，你们能否保证我的安全？”

在得到首肯后，红笺低声开始叙说，随着她的顺利招供，一桩桩骇人听闻的秘辛和真相显露在众人面前。

深深吸了口气，陈洽只觉得眼前一阵发黑，颤声道：“你竟然敢如此污蔑……”

他几乎说不出话来。

“我没有撒谎，事实就是这样的！”听到陈洽如此失态跟她斗口，屏风后面发出一声怒哼。

在红笺的供述中，她原本是在军营中苦熬，是金兰会将她改名换姓救出，就让她在行院之中引诱服侍相关目标，而通过白苇等人，金兰会跟太子搭上了线！

“太子帮助金兰会，唯一的要求就是……杀了他的父皇——当今的永乐皇帝！”红笺低声说道。

这话一出，陈洽就想一头栽倒在地，长眠不醒了！

房里静得可怕，只有红笺的嗓音轻微带怯，柔柔传入大家耳中。

屏风后面静无声息，不知怎的，却有一种让人窒息的气氛逐渐蔓延。

“竟然是要弑君吗，简直是大逆不道……”景语演技了得，整个人好似震惊过度，踉跄一下这才站稳，白皙的脸上失去了血色，显然又是愤怒又是惊吓，但他随即站稳了，表情也恢复了正常，“他们想怎么做？！”

“我也不知道，不过有一次，白苇跟他们喝醉了，提到‘毒杀’和‘兵谏’这两个办法。”红笺说得很是模糊不确定，这样反而让人浮想联翩、毛骨悚然。根据她所说，金兰会与太子一拍即合，共同目标和心愿就是弑君。

太子私练精兵藏铸兵器甲胄，为了维持巨额开支，甚至暗中授意罗战等将领出卖甲胄给元蒙，中间搭线的便是红笺伺候的那位白苇，而红笺正是金兰会的人！

众人听到这里已经是心惊胆战，红笺却是眼波流转，偷偷看了一眼化名薛语的景语。

他长身玉立，站在她身前不疾不徐地提问，神色沉稳言辞滴水不漏，偶然对上的一瞥，却是对她微不可见地点了点头，表示鼓励。

红笺的心里顿时踏实不少，满嘴谎言也说得更加流利、逼真。

真正成功的谎言，乃是建立在大部分真实上的虚构加工，而且要符合询问者心理，让人获得有用的讯息，越发相信自己的判断——这是景语告诫她的。

红笺继续供述：由于事情泄露，太子又拉拢了锦衣卫，把事情推到其他人身上。

听到这里，屏风后面发出一声冷哼，景语眼中闪过一道异彩，嗔怒问道："太子贵为储君，天下万物都唾手可得，何必如此呢？你说的话绝不可信！"

"是真的，大人！"红笺"又惊又急"，尖声叫道，"因为有太子撑腰，我们金兰会甚至从锦衣卫那里拿到了腰牌，可以自由出入京城不受盘查，就是靠着这些，我们才能把那些犯官女眷给救出来了。"

屏风背后有轻微的脚步声，看那靴子烦躁地来回走动，显然是怒极无处发泄。

朱棣为人刻薄寡恩，糟践、凌辱建文旧臣的女眷本就是他授意的，目的就是发泄怒气和仇恨——那些忠臣在他登基大肆唾骂"乱臣贼子"，让整个登基仪式都黯然无光！谁敢替这些人求情，都要承受他的雷霆之怒！

如今听到锦衣卫连这事都敢插手，他心中的狂怒可想而知！

"这也不对啊，锦衣卫大力搜捕也不是在做假，更是逮捕了数名疑犯，很是尽忠职守——我看你倒像是不怀好意，故意构陷朝廷栋梁！"

景语厉声冷斥："纪纲大人为圣上分忧多年，他上你们的贼船有何好处——显然，这是你们金兰会的离间之计！"

陈洽听了这话，也觉得醍醐灌顶，不由得擦着冷汗暗暗点头。

红笺泪眼盈盈，委屈得眼圈都红了："锦衣卫狠抓疑犯，那是奉了太子之命，准备栽赃嫁祸给汉王！"

她喊了这一句好似有点害怕，舔了舔唇低声道："他们大概过几天就会准备好齐全的人证物证，递密折向皇帝禀报。"

"太子那边说了，只要除掉汉王这个心腹大患，他就给锦衣卫指挥使纪纲封王裂土。"她的嗓音沙哑空洞，好似幽魂絮语一般，此时窗外传来一声炸响雷声，紫白电光把窗纱都照亮了，也映出众人各色异样的面庞神情——宛如地府中游荡的一群鬼魅，有的浑噩，有的惊骇，更有的咬牙切齿！

雷声隆隆，雨越发大了，哗哗之声回荡在耳边，白花花的水柱溅落在水凹和暗渠里，渐渐漫上来，浸没鞋面连裤腿都打湿了。

广晟疾步如飞，在街道和矮墙间跳跃穿梭，整个人都湿透了，也不知是汗水还是雨水。

因为跟金兰会十二娘子的一场激战，时间已经略有延误，而纪纲的命令，是在亥时前将密折文书送到皇帝御前让他过目！他心急火燎一路疾行，皇宫的西华门已经近在眼前了，却是朱红大门紧闭，侍卫兵士们站在雨中岿然不动，好似铜钉铸就一般。

"什么人，站住！"一声暴喝，灯笼被瞬间拎高照亮，广晟耳边甚至听到弓箭上弦的声音！

“我有腰牌，十万火急！”雨水中有神策营的校尉上前来，仔细验看过腰牌后才哼了一声，斜睨道：“你是新人不懂规矩吧，宫门已经下钥，有再急的事也只能等明早。”

广晟抹一把脸上的雨水，向他抱拳行礼：“那就只能告急变了。”

对方被这三个字和他镇定自若的态度吓了一跳，深深打量他一眼，见他神色诚恳不似说笑，一时却不知怎么是好了：“这、这可不成啊，你还是回去吧！”

广晟心中“咯噔”一沉：谁也不会拿告急变来说笑，听到这个就该知道出大事了，这人居然拒绝接纳？是以为锦衣卫失势，所以才这么不给面子？

时间紧迫，他已经没法去想，直接拿出背上裹得严实的包袱，取出准备好的黄绫笺表，准备咬破指尖以血书之，直接穿越封锁投入宫门缝隙。

四门内都有值守的少监，照着规矩，见到告急变的血书必定不能迟疑，立刻就要去唤醒皇帝。

那神策卫官尉见他如此决绝激进，吓了一跳赶紧拉他到一边，左右观望后，低声凑在他耳边道：“你闹什么啊！圣上今晚微服出巡了，根本不在宫里！”

什么？！广晟心中剧震，眉心深深皱起个“川”字，连手中密折也险些掉落在地！

第六章

皇权逆鳞

1.

大理寺静室内，气氛凝重而险恶。

一声巨响打破了沉寂——有人一掌拍在屏风上，发出一声怒喝：“孽障！”

众人噤若寒蝉不敢作声，此时突然有人打破了这诡异气氛：“这位大人，审讯时不可喧哗。”薛语看向屏风这边，温文却又严肃地说道。

天哪！

众人几乎不敢相信自己的耳朵——竟然真的有人敢去捋虎须！

这是不想活了吗？

陈洽额头冒汗，连忙呵斥道：“薛生不得无礼，你可知道——”

“所谓王子犯法与庶民同罪，有司审案时，其他衙门只有旁听之权，不可插手另判——这些都是太祖《大诰》上所写的，怎可知法犯法？”平素温和的薛语，此时却是意外的坚定，陈洽见他书生意气发作，又气又急正要说穿朱棣的身份，却听屏风背后那人冷然一笑：“后生可畏，有这份胆识倒是不错。”

话锋一转却是口气冷肃：“年轻人不畏权势是好事，过度自信自傲却是不智！如此滔天大案，你以为能凭一己之力审个水落石出？”

面对如此诘问，薛语怡然不惧，朗朗答道：“我无包拯之智，却有断案清弊的志向，无董宣之才，却有不畏的胆识。”

嗓音坚定，目光清澈有力，就在众人为他的话捏一把汗之时，屏风之后传来哈哈大笑：“好，那我就在此静观，看你如何断案如神。”

薛语略一作揖，昂然踱步到红笺跟前，静静凝视半晌突然质问道：“你说的话仍然有蹊跷不实之处——这些都是绝密之事，怎会让你一个小女子轻易听到？”

“白苇是酒后失言才跟我说的，他心里也很是害怕，担心太子过河拆桥把他拿来顶罪，所以酒后压抑之下就统统跟我说了。”红笺低叹一声，“至于金兰会那边，会首大哥跟我也有肌肤之亲，什么事也不瞒着我。”

众人看着她星眸雾鬓的娇美模样，心中都是一荡，对这些话倒是深信不疑。

薛语眼中闪过一道讥诮冷光，却因为背对着众人，谁也不曾看清。

“你虽然是纤纤弱质，但竟然参与这种逆案，已经是罪不可赦了。”

红笺一愣，随即泪落如雨：“我是个苦命人，身不由己！”

她泣不成声，嗓音嘶哑凄然，薛语却是长叹一声，没有再疾声厉色，反而拿起桌上的瓷杯递给她道：“你也是受人指使，倒也是其情可悯。”

当着皇帝的面这么怜香惜玉！

一旁的陈洽看得发急，连连朝他使眼色，薛语却好似没有看到，更加温存地递过巾帕，让她净面擦泪。

屏风后果然遵守诺言，没有龙颜大怒。

“虽然其情可悯，但法不容情啊！”薛语娓娓劝导，诚恳温和的嗓音配上他儒雅之态，让人不知不觉信服，“按照朝廷律例，你逃不过一个‘死’字。但上天有好生之德，若是你能戴罪立功，我必定亲自向朝廷求情，让你逃过死罪。”

红笺茫然地睁大了眼，泪眼婆娑之中看到薛语诚挚的表情，心中暗笑，却也露出踌躇之色，咬着唇想了半晌才道：“此案我知道的就这么多，但有另一件秘密，如果我说出来，能不能让我免罪？”

“只要这秘密有足够分量，我以自身功名替你作保。”薛语毫不犹豫地保证道。

一旁侍卫有人暗笑：“你自己也不过是个临时的主簿，位卑言轻，所谓担保，只能骗骗这种无知小女人而已。”但红笺却好似信以为真，终于开口道：“我父亲胡闰是建文重臣，在朝政危急之时，辅弼帝侧尽忠职守——”

陈洽实在吓得魂飞天外了，不顾一切地出来阻止：“胡说八道！这是乱臣贼子倒行逆施！”

红笺一愣，随即垂下了头，低声道：“如今他已赴黄泉幽冥，是褒是贬也无所谓了，但这件秘密非常要紧，它关系到……”

她左右顾盼，终于低声咬唇道：“建文皇帝的下落。”

这一句一出，只听屏风那边发出一阵巨响！

透雕精刻的紫檀木屏风被推倒在地，水墨晕染的绣面被生生绷断，显然，屏风背后之人情绪十分激动！

“所有人都退下！”威仪天成的嗓音响起，除了薛语和身戴镣铐的红笺，所有人在顷刻之间如潮水一般离开。

薛语貌似惊愕地回身，终于见到屏风背后那人的庐山真面目——此人五十上下，头发却乌黑浓密，只是偶见银丝，明亮有力的双眼满含阴鸷冷戾，两颊深刻的法令纹却让人心中一凛。

薛语的目光端详了片刻，目光停留在他腰间垂落的九龙玉佩上，突然跪拜行了大礼，随后不等朱棣叫起，转身便走。侍卫拦住了他，朱棣饶有兴致地看着他，冷声问道：“薛生为何如此狂悖荒唐，莫名行礼后又扬长而去？”

“面见天子该当大礼叩拜，至于接下来的秘辛，绝非人臣所能听闻。”这个叫薛语的青年说话干脆利落，倒是让朱棣更加印象深刻，但此时并非说话的好时机，于是他摆了摆手，示意侍卫让他自由离去。

静室内只剩下红笺一人坐在高椅上，惶恐不安地看着走向自己的高大老者——铁一般的手掌钳制住她的咽喉，快要窒息才被放开，红笺只听到一旁宦官阴恻的嗓音响起：“说得越详细越好。”

她咳嗽着，说出景语为她准备的最后秘密：“事情的关键在一只长条木盒上，据说里面有建文帝的遗诏……”女子微弱惶恐的嗓音回荡其间，平添了无穷的诡秘阴森。

薛语跟陈洽等官员一起，远远地在衙门另一侧的签押房里等候，一刻多后，才见那边有了动静。

“皇爷有旨，让薛语入内觐见。”小黄门的嗓音嘹亮，一旁的陈洽擦了擦额头汗水，不放心地叮嘱道：“你说话行事可千万小心，不可孟浪！”

薛语点头应诺后进入，刚刚跪地要三拜九叩，却听永乐皇帝摆手道：“出门在外不必拘礼，起来吧。”

室内已经重新整理过，红笺也不见踪影，朱棣金刀大马地坐在上首，开门见山地问道：“你怎么看？”薛语没有推辞，当仁不让地上前坐下：“学生才疏学浅，对此案也不算全部了解，只觉得此女所说未必全是真的，但空穴来风未必无因，只怕眼下锦衣卫已经靠不住了。”

朱棣摇了摇头，低叹道：“纪纲跟我快有二十年了，他一开始做我的亲兵，多少次战场上互相救援——若说他要杀我，实在有太多机会，朕还是有些不信。”

“此一时彼一时，那时跟随您能得到荣华富贵，此时跟随别人，更能裂土封王，鹰犬的胃口都是越喂越大的。”薛语冷静分析道，朱棣的脸色阴沉下来：“锦衣卫那边，朕已经派人去把纪纲拿下。”

“不剥去猛虎的爪牙，他会甘心束手就擒吗？”朱棣的脸色更加不好看，眼中的光芒让人心惊胆战，而对面那个青年书生却是神色若常。

真是初生牛犊不怕虎！但朱棣也承认，他的话说到了自己心坎上：锦衣卫在纪纲手中管得铁桶一般，早就有尾大不掉之势……

这个组织，真的如此悖逆了吗？

他心中权衡，于是吩咐道：“去把那白苇押来对质！”

有人匆匆去了，白苇就在大理寺斜对面街角的刑部大牢里。过了一刻却又匆匆来报，满身雨水泥泞，整个人都几乎瘫软在地：“白苇，他、他在狱中自尽了！”

什么！！

众人眼中闪过不敢置信的光芒，随即却像遇见暴风雨的鹌鹑一样，纷纷低头屏息，等待即将到来的暴风雨！

“好，真好！”屏风后大概是怒极反笑了，众人噤若寒蝉，谁也不敢作声。

只有薛语的声音清朗而起：“刚要对质，证人便死了，锦衣卫真是手眼通天啊！”

朱棣听这话更是狂怒，连额头青筋都凸显起来。他蓦然想到：锦衣卫衙门所在，距离三法司这里也不过是两条街的距离，若真有不测，只怕微服夜访的自己也有危险！

这个念头一闪而过，他的眼中闪过冷厉寒光，断然吩咐左右道：“派五城兵马司的人去锦衣卫那边，协助五军营平定乱局！”他又想起一人，添了一句，“萧明夏家那个小子最近又调回五城兵马司了吧？不如就让他去吧。”

西华门前，广晟站得笔直，任凭风雨将自己全身都打湿。他举目四望，只见四周都是寥远深广的浓黑，黑得让人茫然、绝望，只有眼前这一处灯光明灿，却让他的眼角灼痛，满心愤懑却是无法发泄！

“圣驾何往？”风雨大作声中，他听到自己的声音干涩而茫然。

“这就不是我们所知了。”广晟点了点头，垂眸不语。

那校尉见他形孤影只，被雨水浸透的脸上，一双秀气清冷的黑眸写满疲惫，有些于心不忍，劝道：“你还是回家去吧，你们锦衣卫这次算是栽了！”

回家？

他还有家可回吗？

广晟想起那个陌生而冰冷的济宁侯府，微微摇了摇头。那校尉低叹一声，只得回到自己的岗位上。

雨变得更大了，倾盆怒灌而下，天地之间仿佛被这单调而巨大的水幕所笼罩。广晟在这一刻陷入了最艰难绝望的思索——

到底该怎么办？

亥时将过，却无法找到皇帝的踪迹，更无法将证据递上，再说就是递上了，只怕皇帝雷霆大怒之下，也会对两个儿子都失望忌惮。

他还精神矍铄，不许任何人妄想染指那个宝座，更别说各使心眼明争暗斗了。

锦衣卫在这个旋涡里，究竟要怎样保全自身？

自己该何去何从呢？

广晟恍惚地想着，好似过了许久，又像只是一刻，突然他心中闪过一道火花——天无绝人之路，还有这个办法可以试试！

锦衣卫衙门前，激战正如火如荼！

铁蒺藜和临时设置的拒马已经被推开压平，两旁的房屋也被拆了方便兵马进攻，大雨之中，满地鲜血和燃烧的断瓦残垣混合着，让马匹和人都行走艰难。

又是一阵火铳声响起，架好的云梯被射得千疮百孔，“咯噔”一声断成了两截！

进攻的黄偏将抹一把脸上的水，嘶声怒喝道：“人家能射准，你们为什么不行，瞄准里面探出头的，射死一个奖赏二十两银子！”

当时朝廷法度严整，京营不得滋扰地方，从军官到士兵都是手中拮据，听到二十两银子连呼吸都急促起来。重赏之下必有勇夫，立刻便有人在同僚的协助下，躲在盾牌后，趁着下一波弹丸未出之时，用弓箭将火铳手射倒了四个！

“好，太好了！”

黄偏将大喜过望，下一刻却见大雨倾注之中，锦衣卫那边有人默默上前，搬下同僚的尸身，平静地站在点位上，拿起火铳继续开火！

这份泰然自若，让官兵们都心中胆寒：这群冷血屠夫还真是难对付！

黄偏将心中宛如猫抓油煎一般：他是奉了圣命前来捉拿纪纲的，但有一位老上司却在昨晚紧急约见他，拿出五千两金票，并许诺事后给个世袭的千户之位，让他竭力把场面激化，最好将整个锦衣卫衙门的人都剿灭杀光！

眼前这个局面，别说剿灭杀光了，没被对方包了饺子就不错了！

黄偏将暗恨自己鬼迷心窍，不该如此托大答应下来。

一片火砂射过来，他头皮一阵火辣辣的疼，黄偏将一个“懒驴打滚”躲过，又气又急不知如何是好。此时街心后队的人突然传来喧哗声，有亲兵气喘吁吁跑来：“五城兵马司的萧越大人来了！”

“那个乳臭未干的小子？他过来做什么？”

说话之间，只见一道身影骑马疾奔而来，身后骑兵和步卒紧紧跟随，队伍虽然逶迤却并不散漫。

一人一骑穿过嘈杂混乱的人群，如闪电般插入前队。黄偏将先惊后怒，却见马上那人身着藤甲藤盔，整个人好似会走路的虬枝，连马身和要害也被藤甲笼罩，看起来怪里怪气的。

那人勒停战马，弯弓搭箭，对飞蝗一般迎面袭来的火砂弹药视若无睹。如雨的弹丸打在他身上，发出沉闷的响声，藤甲上也立刻凹陷一块，却终究没有穿透，火箭落在上面也并未点燃。

他屏息静气，箭身终于离弦，宛如白虹贯日直透主楼二层，顿时二楼房内燃起熊熊大火。浓烟滚滚之中，锦衣卫的狙击手再也无法躲藏，纷纷从房内蹿出奔下，那人手下的骑兵一起连射，顿时又正中十多人。

“聂大夫所配的药水真是不错！”

藤甲之内，那人终于出声，黄偏将战战兢兢地上前正要发问，却见那人取下头盔，露出年轻而冷峻的面容。

“原来是你，萧越！”

黄偏将对萧越也算是印象深刻：此人少年英才，父亲是山东布政使却一心好武，在禁宫射柳时曾经拔得头筹，在京城地面上也屡破奇案，只可惜在上次北丘卫事变中并未料敌先机，只得以原有品阶调回五城兵马司任职。

“你来做什么？”

此时天下承平未久，京营将士颇看不起专门跑腿管地方的五城兵马司，萧越闻言却冷然无波：“奉圣上之命，前来平定乱局。”

他倒是干脆，把“协助”一词干脆不提，黄偏将歪了歪嘴唇：“笑话，我们拼死拼活忙了半夜，哪有让你摘桃子的道理？”

萧越看着他皮笑肉不笑的模样，很干脆地推开了他。黄偏将大怒，却见他引弓搭箭，又是一箭正中锦衣卫的铳手，顿时血花四溅，引起众人惊呼，将整个颓势都逆转过来。

“这只是你运气好而已！”

黄偏将讪讪咕哝一句，自己拿起弓箭摆出勇武姿势，却不料一阵弹药射来，吓得他立刻卧倒在泥水血污里。

“黄大人还是暂避吧。”萧越的嗓音清冷淡漠，“我所用的藤甲，都是用特殊药水泡过的，坚韧非凡，这里就交给我们吧！”

随着他一声令下，那二十多名身着藤甲的骑士，开始大规模连射弓弩，将锦衣卫的射手清除！

大雨倾盆之中，不断有人从二层和三层中箭跌下，泥水混着血污从半空流淌到地上，倒映出艳丽诡谲的光影。

马匹嘶鸣着，随着骑士们的大获全胜而向前推进，门口的两道防线被连续突破，有锦衣卫的校尉拦在门前，绣春刀的寒光在暗夜中闪烁不定，在望楼之上的纪纲眼中，却只剩下沉痛凄然。

短而精悍的绣春刀，并非用于战场上正面厮杀，正如同锦衣卫的军士，并非是专长对战！

纪纲放下千里眼，沉痛地闭上了眼，而亥时也终于在刀光剑影中结束了。

一切都已经来不及了！

闪电照亮了他的面容，这个中年男子眉心微颤，好似酝酿着无穷的激愤和隐忍！

双手紧紧攥着木栏，掌心已经渗出血来；他的理智宛如奔腾翻滚的岩浆，就在下一瞬彻底冲破一切藩篱——在电光与火把的双重照耀下，锦衣卫将士被连连砍翻在地，瞬间就被战马践踏成为肉酱！

他浑身的血脉就在这一刻喷张，纪纲知道自己已经无需再忍了，因为已是退无可退！

他缓缓睁开了眼，右手伸向腰间拔出佩刀，凝目看去，只见秋水般的刃口冷光流溢——这还是当初朱棣在战场上赐给的！

纪纲冷然一笑，心中决断已生，下一瞬他纵身一跃，如云鹤青烟一般飞跃而下，落在门口石阶处混战的人群中，顿时寒光闪烁，凛冽杀意席卷四周！

他的刀法并不狂猛，却迅疾非常，肉眼看去只见一道银光宛如天虹闪电，只听惨叫声连作，顿时便有来攻的官军血肉横飞，倒地身亡。

他好似天降神兵，将来攻的七八人都制住，剩下的几十人一时被震慑也放慢了手脚。

“统统退回去，用沙袋堵住大门！”

纪纲一声沉喝，锦衣卫军士愣了一下，随即迅速后退数丈，原本威严肃穆的衙门前，只剩下纪纲一人冷然伫立。

“大人！”

这些前锋的锦衣卫军士见他不动，靠在门边也不肯进入——其中就有李盛，他对着纪纲大喊，却只换来后者冷冷一瞥：“你们想抗命吗？”

指挥使大人这是要做什么？

李盛压住满心惊怒，竭力劝说道：“大人，外面太危险了，您还是撤回来吧！”

北镇抚使刘勉此时也气喘吁吁地从诏狱跑来，趴在墙头冒着如雨弹箭大声骂道：“锦衣卫上下还没死光呢，哪里用得着你跑出去送死！”

纪纲微微一笑，满染风霜的眼角微扬，显出超越年龄的俊逸魅力，气宇轩昂之外更见淡定从容。

“老刘你这是咒我呀，我还没有这么不济呢！”

纪纲淡然笑言，目光巡视四方，眼神并不凶狠，甚至带着闲适的空渺，不知怎的，触及他目光的将士都心中一震，不敢再抬头直视。

只有萧越昂然抬头，与他平视对眸——他此时也感觉眼角微微刺痛，那人的目光宛如矢箭。

“果然是江山代有才人出，一代新人胜旧人啊！我们终究是老了。”

纪纲轻叹一声，端详萧越的目光带着赞赏：“我知道你，出身书香翰林之家却偏偏投入行伍，英俊斯文却不容人小觑，今日让我锦衣卫上下饱尝败绩。”

萧越不卑不亢答道：“愧不敢当，这藤甲能制成，也是多亏了一位良医，并非都是我之功绩。”

“不骄不躁，日后必定大有成就。”纪纲点头赞道，突然手中佩刀举高指向他，“可愿与我一战？”

锦衣卫那边一阵鼓噪声，那些将士齐声喊道：“大人不可亲身犯险！”

“你们都闭嘴，退回去把门关上！”纪纲冷怒呵斥道，听身后没有动静，“这是连我的命令都不听了？”

众人面面相觑，墙头的刘勉以为纪纲想要拖延时间，眼珠骨碌碌一转，低头示意他们照办。千疮百孔的铜环朱漆大门终于关上，随后响起忙碌奔跑的脚步声。

这是要跟他单打独斗一决高下吗？

萧越眼中闪过寒芒，知道眼前这一仗并不那么简单，对方甚至可能是在拖延时间。

“你们奉的圣命不是捉拿纪某吗？只要你能赢，一切听凭你意。”

话已至此，萧越不能再推辞，他跳下马，众人连连退后，为两人空出一片场地。

纪纲横刀一闪，宛如妖异鬼魅游走四方，萧越周身笼罩在这份光芒之下，宛如大海中颠簸的小船。

两人交手不过一盏茶的工夫，萧越就感受到对手的强大压力，但他冷静应对，终于抓住对方一个破绽，长剑直挑过去，却并未遭到意想中的格挡，反而长驱直入，直刺对方的心口——

这怎么可能？！

长剑触及肌肤见血的那一瞬，他见到纪纲脸上平静的笑容——那是从容赴死的悠然！

长剑直刺而入，鲜血四溅喷涌，萧越知道不好，但高手过招实在没有留手的余地，竟是无法收回力道，继续贯体而入！

说时迟那时快，突然有一道银光飞入，打在他的长剑刃口，巨大冲击之下，萧越虎口开裂流血，长剑脱手而出，在纪纲胸前拖曳出很长一道血痕，“当啷”一声落地。

“住手！”一声大喝，穿透雷声与雨点而来，“奉太孙殿下之命，两边都暂罢干戈！”

太孙？

众人听到这一声称呼，心头都是一震。

萧越回头看去，只见一骑疾奔飞驰而来，雨幕潇潇中显得气势如虹，凛然威仪让人群都不由得分成两边，为他让出一条路来。

嗒嗒的马蹄声中，那骑士很快就来到长街这头，官衙之下。

萧越看到他的面容，顿时心头惊愕——

“是你！”

“好久不见了，萧家表哥。”

广晟翻身下马，仍是那般轻佻不羁的模样，看到眼前这一幕惨景，眼角却似有火光流溢。

他翻手拿出一面金牌：“这是太孙殿下的禁宫腰牌，请萧将军暂时罢手吧。”

萧越皱起眉，对他这般模样最是厌恶不惯，心中暗忖他为何摇身一变，混到太孙那里去了？

若是他人贸然插入，以他的刚直不阿，必定毫不犹豫地驱赶，但广晟搬出皇太孙朱瞻基来，却让他不敢等闲视之。

这位太孙殿下，自幼在圣上身边学习弓马和诗书，还曾伴随他远征蒙古，祖孙二人亲密无间——比起深受忌惮的太子，太孙殿下才是当今永乐皇帝的心头所爱。

他居然插手今日这棘手局面，实在让人料想不到！

萧越犹豫了一下，却仍然拒绝道："我奉圣命平乱而来，太孙殿下的意思，恕我不能领受。"

"太孙殿下又没让你私放钦犯，只是让你静等片刻而已。"

广晟深深凝视着萧越，又轻蔑地瞥了一眼惊恐不安的黄偏将，话中有话地笑道："有人急得像热锅上的蚂蚁，迫不及待要杀人灭口了，萧将军自诩高洁，应该不会跟他们是一伙吧？"

萧越面沉似水，冷然道："谁是谁非我一概不管，但军令如山，天亮前必须擒拿纪纲回报。"

"太孙殿下已经前往陛下停驻之处，亲自回报了。"广晟冷冷一笑，手中金牌在雨水冲刷下越发熠熠生辉，"他的身家性命都托付在我手中的腰牌上，论起前途，他可比你贵重要紧多了——萧将军又何妨一等呢？"

见萧越眉头深皱却没有再作声，广晟就当作他默许了，大步走到纪纲身前，见他胸前鲜血直冒，脸色惨白却仍然以剑触地屹立不倒，连忙上去要搀，却被纪纲断然甩开。

大雨倾盆之下，纪纲摇摇欲坠，一双狭长凤眸却是飞扬不羁，越发显得冰寒孤傲，他高声喝骂道："本座就算虎落平阳，也轮不到你这乳臭未干的小子来可怜施舍！"

四目相对，他一双黑瞳看似冰冷，最深处却升起了欣慰和信赖的笑意，对着广晟微不可察地点了点头。

广晟知道他是为了替自己遮掩身份，让自己这个旗手卫的虚衔能继续存在下去，心中一痛，却是一个字也不能多说，只能以目光示意。

广晟打量着纪纲，见他胸前的伤痕并不算深，也没中要害，总算略微放下心来，但风雨交加之中，鲜血却一直往外冒，他咳了一声，油嘴滑舌地笑道："纪都使还是这么威风凛凛，可你这么着，血都快流干了——你要是一倒下，锦衣卫可就树倒猢狲散了！"

"臭小子，你才是猢狲！"

纪纲知道他是在劝自己治伤，又好气又好笑地瞪了他一眼，却终究接受了他的好意，冷声道："拿金创药来。"

广晟看向萧越，萧越颔首，顿时就有两名军士送上膏药，纪纲接过敷上，又撕下衣角包扎伤口——他久经沙场，手法娴熟精准，一会儿胸口的血就止住了。

“好大的雨啊，今夜真是热闹。”纪纲四顾而望，喃喃低语了一句，随即笑着叫住了那两个军士，“既然用了你们的药，不给你们一点儿回礼也显得我太过小气。”

说完，他丢下长剑，伸出了手腕，淡然道：“把我绑了吧？”

什么？！

广晟一惊，纪纲双眼一眯，眼中冷光却是瞪住了他，随即催促那两个被惊呆的军士：“怎么，绑人没学过吗？”

他说着话，瞪着广晟的目光却似磐石般坚定，又像名剑般锐利无双！

这是他的决定，不容任何人置疑！

广晟咬着嘴唇握紧了拳头，想冲过去把他打醒，更想跳上马将他劫走……这些激越而危险的设想在他脑海里盘旋不定，却终究狠狠地沉入心底。

“大人，不可以！”

见纪纲束手就擒，锦衣卫官衙内发出惊呼反对声，有人挣扎着打开门要冲出来，却又似乎被人抱住拖走，门板砰砰作响，好似有人以头用力磕着。

纪纲垂眸不语，暴风骤雨中，晶莹水光从他眼角滑过，再抬头时，他却头也不回，提气发声却是对着官衙内众人说的：“你们都给我听着，不许乱动放箭，一起静待圣意裁决。”

即使身受重伤，即使五花大绑，他仍然站得笔直，冷然好似千年寒冰。

圣意吗？

广晟顿时想起他先前所说的：“圣意缥缈难测，我们身为凡人，只能靠自己的力量战斗到底！”

这一瞬，广晟心痛如绞：他明白眼前这个男人，是彻底捐弃了自己的性命和名誉，只为了保全锦衣卫这个组织！

雷声隆隆，雨声哗然，单调声响中更显出诡异的死寂，这一刻，对峙的两边都陷入了静默，所有人都在等待着，等待一个结果，一种命运。

而无边的黑暗已经逐渐被雷电驱散，天边隐约有熹微的云光，这漫长的一夜，终于走到了尾声。

2.

天近黎明，大理寺之内却是五步一哨戒备森严。

属于主官的书房和起居室早就被小黄门整理干净，又燃起了线香。

室外风雨未减，室内却是灯光明亮，两人正在对弈，一个是精神矍铄而威严的老者，另一个却是唇红齿白的少年。

“你这一着，太过鲁莽了。”老者淡淡说道，也不知是在说棋，还是在说人。

面对那老者淡然无波，看不出喜怒的表情，那少年却不像其他人一般诚惶诚恐，一派轻松地笑道：“阿爷，您曾经说过：路遥知马力，日久见人心。”

那少年英姿勃发却又儒雅可亲，虽然穿着便服，但周身却透出一种上位者的尊贵。

“我也教过你快刀斩乱麻。”老者淡淡瞥了那少年一眼，“纪纲这个人留不得了，留着他只怕牵扯更多。”

这个话题让一旁躬身伺候的宦官冷汗直冒，那少年却不见一丝惧怕，反而道：“我知道阿爷你保全阿爹，也是一片苦心。”

“哼，这个孽障！”老者脸色顿时阴沉下来，少年放下棋子就要请罪，老者却挥手阻止道，“此事你不要多管。”

少年朱瞻基碰了这个软钉子，面上却是不急不躁，两个人手谈了一盏茶的时候，他放下一枚白子，满盘的局面顿时活了起来：“这半边已经尽入我手。”

朱棣一愣，随即大笑出声：“居然被你赢了。”

朱瞻基笑着收起两边的棋子，玉石棋子清脆的响声中，他继续道：“我刚才是使诈来着，让您以为我要坚守中央，实则却是在左下角小飞……”

他看了一眼祖父，意味深长道：“可见真龙天子也有打盹的时候。”

话锋一转，他又道：“不过，欺瞒使诈只能一时，早晚会被人发觉的。只是下棋可以复盘，人的性命却不能重来。”

朱棣皱眉，却并未发怒，只是沉声道：“因此你建议留下纪纲一命？”

“脓包总是挑破的好，我也想知道阿爹究竟涉入多深。”

朱瞻基却有着与年龄不符的沉稳果断。

“那可是你阿爹，我的亲儿子，查清楚了又能怎样！”

朱棣凝视着自己最宠爱的孙子，后者抬起头来，清澈黑眸中闪过忧伤，随即却低声道：“可我也是阿爷的嫡长孙，大明未来的继承者。”

他的声音有些沙哑，眼眶也慢慢发红，却仍是熠熠迎视着祖父，毫不退让：“若是中间有小人作祟，离间我天家骨肉，那我阿爹岂不是冤枉？”

朱棣凝视着这寄予厚望的爱孙，耳边听着他口口声声“阿爹”，虽然话说得狠绝，却仍是在替太子开脱，心中顿时百味杂陈，一种复杂的酸楚和愧疚弥漫在心头。

他心头火辣辣的，垂眸半刻，终于叹道：“都依你。”

没等朱瞻基露出轻松神色，他又道：“不过，锦衣卫那边仍然要严查——他们只是皇家手里的刀，若是不顺手，就没必要委屈自己，太祖皇帝当年也曾经裁撤缇骑。”

他顿了一顿，想起方才那个薛语所言，“锦衣卫瞒上欺下，多有民怨，况且彼辈好勇斗狠，在京城之中呼啸肆虐，对景儿发作起来，只怕连皇城大内也要受其逼凌。”

他的脸色又阴沉了几分，却听朱瞻基道：“他们有个年轻将官，姓沈，出身济宁侯府，急匆匆跑到西华门前有急事觐见，被淋得落汤鸡似的……我让他宣完手令就赶过来，阿爷您不妨见见？”

“是他？”

朱棣立刻想起了那个端秀美貌的青年：“他有什么急事？”

随即他又想起红笺所招供的“锦衣卫狠抓疑犯，准备栽赃嫁祸给汉王”，顿时眼中闪过狂怒火光，冷笑一声：“是要来告汉王的黑状吧？”

他怒不可遏地来回踱步，冷厉眼神扫向一旁的朱瞻基，原本和煦疼爱的眼神也变得有些猜忌阴冷——难道连瞻基都参与此事，跟他父亲沆瀣一气，要给汉王栽赃？

后者感受到他情绪的转变，一时愕然，不知为何他会勃然大怒。

“宣他进来，朕倒是要好好见识一下，锦衣卫都查出了些什么东西？”

朱棣的口气轻渺淡漠，却让朱瞻基背上生出冷汗来——这是他真正雷霆大怒的前兆。

“这人必定是来告你叔父的！”

朱棣冷笑之下，说起方才听到薛语审问红笺的一幕，而朱瞻基一颗心却是沉到了底，他不由得为广晟担忧起来。

广晟打马前来，没等休息就被引入觐见。

此时已是黎明时分，闷雷和闪电已经停歇，雨仍然哗哗直下，在屋檐下等待了不到一刻，浑身再次湿透。

进入房内后，广晟依礼叩见，却敏锐地发现气氛压抑凝重，让人喘不过气来。

“起来吧，你今日前来，究竟有什么十万火急的讯息要说？”

广晟用眼角余光瞥见，皇帝身旁，正站着那位太孙殿下，他面无表情，瞳仁最深处却闪现一道焦急光芒。

他皱着眉朝广晟摇头示意，动作微小几乎看不见，广晟心中“咯噔”一声，藏在袖中的密折捏得更紧：“微臣确实有急情上报……”

他停了一下，断然道：“有人暗中纠集人手，私铸武器，准备图谋不轨。”

一旁的朱瞻基听到这里，心急如焚却又无计可施！

他知道广晟最后的底牌，就是那道密折，上面有汉王藏匿人手私造兵器甲胄的详细证据。

原本这是个大杀器，但他却刚刚得知：有人棋高一着，提前用口供反告锦衣卫准备污蔑汉王，为太子扫清障碍。

这样一来，广晟手里的证据，就不是什么底牌大杀器，反而是他诬陷亲王的证据，是一道催命符！

朱瞻基想到这，拼命朝广晟眨眼，指望他看懂自己的意思。

虽然与这人才认识两个多时辰，但对他的才华性情却颇有投契欣赏之意。

今夜，他原本是在南内的太孙府内跟孙氏小酌，灯下看美人正是旖旎——孙氏是新封的太孙嫔，原本是他母亲太子妃张氏亲自择定的儿媳，选入宫中教养多年，与他可算是青梅竹马，同窗切磋。这么一对金玉良缘，却在正式册立太孙妃的时候平地起了波澜——钦天监竟然声称“后星直鲁也”，朱棣派人去山东地面寻访，斟酌之后决定另立胡氏女为后，原本内定的孙氏便落了空，为了不让她出宫另嫁，朱瞻基费尽心思才让她以选秀的名义留下，费尽周章才为她讨来太孙嫔的封诰。

人逢喜事精神爽，今夜也算是另一种意义的洞房花烛夜，朱瞻基与孙氏私语盟誓，正在说着情话，却冷不防屋顶一块瓦被揭开，一道人影飘然而入——

“所谓覆巢之下岂有完卵，太孙殿下你大祸临头，竟然还有心思儿女情长吗？”

随着这近乎大逆不道的言语，出现在他眼前的，便是这个美貌更胜女子的沈广晟！

当时孙氏慌乱正要叫人，朱瞻基却觉得此人危言耸听：“本殿整日闭门读书习武，能有什么大祸？”

“我知道太孙的依仗，不在太子，而在今上。”

事关紧急，广晟也来不及跟他客套，直截了当说道：“即使太子风雨飘摇，您仍然是皇上信赖爱重的太孙，地位可以确保不坠。”

朱瞻基眉头深蹙，正要喊一声胡说，却听广晟笑道：“圣上曾言：若非有此贤媳佳孙，大儿更是不堪！这话总不会有假。”

这是朱棣亲口褒贬的话，大内禁宫之语不得外传，这人又怎么知道？

朱瞻基目光闪动，那人却深施一礼，拿出表明身份的金牌，朱瞻基一下便认了出来，他让孙氏退下，沉声问道：“你是锦衣卫之人？”他微微一笑，少年的锐气和矜贵一闪而过，“大祸临头的人是阁下才是，怎么有闲心来我这做梁上君子？”

“锦衣卫一旦倒下，太子就要坏事，而幕后主使下一个针对的，就是太孙殿下您。”广晟微微苦笑，眼中光芒却是犀利无比，“叔叔夺了侄子的宝座，在我们大明可不是什么新鲜事啊！”

“你好大的胆子！”

当时的朱瞻基，被这一句彻底惊呆了——他从未见过有人如此胆大包天，竟然敢说这种话——如今在位的可还是永乐皇帝！

这一句在他心中引起惊涛骇浪，却也切中他内心最深的隐忧！

汉王，他的叔父……

朱瞻基眯起眼，想起了叔父那般英武而桀骜的目光，拢在袖中的双手渐渐紧握成拳。

“我只能带你去见皇祖父，其余的，就要看你的造化了。”

彼此都是聪明人，不必多说，朱瞻基的帮助也仅限于此了，他不能为了援救太子和锦衣卫，把自己也彻底栽进去——他唯一的依仗，就是今上的宠眷。

天家无父子，再怎样骨肉亲情，也不值得他为此舍生忘死。

朱瞻基想到这，心中却是一凛——这个锦衣卫的美貌青年站在眼前，即将步入为他预设好的陷阱，朱瞻基焦急，却也无能为力。

朱棣一双鹰目扫视广晟，唇边的冷笑让人不寒而栗：“哦，你说有人图谋不轨，究竟是谁呢？”

他眼中的光芒残酷冷冽——只要这个年轻人说出“汉王”两字，取出那份诬陷栽赃的所谓密折，那便是坐实了红笺的口供！

太子和锦衣卫沆瀣一气，既然要对汉王下手，下一步岂不是要让他这个老父让位？

罪无可赦！

广晟低头垂眸，恭顺答道：“是微臣的上司，锦衣卫指挥使，纪纲。”

什么？！

这一刻，朱棣霍然睁大了双目，一旁侍立的朱瞻基简直不敢相信自己的耳朵！

什么？！

他禁不住看向广晟怀里：那里不是藏着一道密折，历数汉王各种劣迹吗？

他连夜奔走，殚精竭虑、费尽心血，不是为了搭救纪纲和锦衣卫吗？

这到底是怎么回事？

祖孙俩人正在惊诧，却听广晟的声音稳稳传来：“微臣这几日调查，偶然得知，最近充斥朝野的疑案和流言，都是纪纲一人所为！”

“所谓太子私造甲胄、意图不轨；汉王桀骜纵容甲士行凶，都是纪纲一人散布，目的是为了蛊惑人心，制造皇室内乱，而他本人却是跟金兰会勾结，意图谋反弑君！”

广晟口气急促地说完，重重地磕下头去，“这里已经不安全了，请万岁赶快移驾，以免不测！”

朱棣眯起眼，对他的话半信半疑：“你的意思是，这些全是纪纲一人干的？”

“还有金兰会那群逆贼，他们联合设下此局，就是想要取您的性命啊！”

广晟一副心急如焚的模样，眼眶都红了，继续叩请道：“逆贼手中可能有红夷火炮等物，一旦轰击这里就会变成一片火海！”

朱棣仍然半信半疑，老谋深算的他向来猜忌心很重，对眼前这个纪纲推重的青年才俊，他也缺乏太多的信赖，一时不肯离开。

“万岁，来不及了，快走吧！”

广晟满头大汗地喊道，仿佛为了印证他的话，下一瞬，只听轰然一声巨响，整座衙门都被震得晃动不已，连地面都颤抖起伏！

窗外响起连续的倒塌巨响，随即升起浓烟和火舌，有人发出惨叫声：“放炮啦，着火啦！”

小黄门已经被吓得瑟瑟发抖，朱棣却仍然保持镇定，他正要迈步冲出，下一轮的轰击又至——轰然巨响过后，硫黄火药的味道直冲鼻端，天旋地转之后，连这座衙门花厅也承受不住，墙面倾倒之后支柱断折，顿时便是半边残垣！

“阿爷，我们快出去！”

朱瞻基高声喊道，上前一步要搀扶朱棣，不料椽条脱落，连另一面墙都塌落下来，顿时将他压住，粉尘弥漫之下被压得严严实实！

“瞻基！”

朱棣长眉抖动，身边的一名武监见状就要冲过去救人，只听又是一声火炮声响起，那人顿时满脸是血，僵直着倒了下去。

小黄门发出尖叫声，两腿抖成筛糠，朱棣怒发冲冠，却见窗边又是一阵火光冲天，浓烟呛得所有人都咳喘不已！

朱棣心急爱孙，身边人却是七手八脚要搀他出去，正在忙乱之时，最后一堵墙在火焰熏烤下终于倒了，四周被大火吞噬，渐渐向中心逼近！

“没时间了，皇上！”

广晟低喝一声，不由分说背起朱棣就往外跑，高温烘烤之下，他的鬓发都微微卷曲，身上的衣服都散发出白烟！

一鼓作气把朱棣背了出去，身边跟着逃出的宦官只剩下两人，外面被火势阻挡的侍卫们顿时一拥而上，倒是将广晟挤出了人群。

朱棣一落地便是猛咳，拉风箱一般喘息着，终于平息下来，却竟然又要冲进火场：“瞻基，瞻基还在里面！”

广晟此时也暗暗诧异——早就听说朱棣偏疼这个孙子，每日将他带在身边亲自教导，就连饮食起居也关怀备至，朝野早有传说，若不是看在这位太孙殿下面上，只怕太子也坐不上那位置！

皇帝竟然要亲自冲回救人，众人连忙阻止，朱棣也感觉自己年老体力不如从前，但看着冲天火舌，想起被压在墙下生死未卜的爱孙，顿时心乱如麻。

“还是微臣再跑一趟吧。”

广晟请缨说道，众人一时愕然看着他。

此时大火熊熊，飞焰横天蔽地，整座后衙都被燃烧成火柱一般，要冲进去救人，多半是毫无希望还要丢了性命的。

“只要臣有一口气在，必定安然带回太孙殿下。”

广晟毅然说道，朱棣早就知道他身手卓绝，闻言心中也是一松，顿时脸色稍霁：“让几个侍卫跟你一起去吧。”

“只要一人足矣，火场之中人多了反而难以协同。”

广晟说完，拿起侍卫准备的棉被、布帛等物缠在身上，又用水将全身一层层淋透，口鼻处也蒙了块湿巾，又换了厚底长靴，目光凝视原先花厅所在的大概处所，随即大喝一声疾冲而去。

众人只见他的身影瞬间被火海环绕吞没，不禁发出一声惊呼，但那身影实在太快，瞬息之间就深入内中看不真切。

“皇爷，这位小沈大人身手上佳，必定能顺利救回太孙殿下。”身边剩下的宦官张铭恩低声说道。朱棣点了点头，神色冰冷漠然，一颗心却是悬到了半空中——

瞻基……瞻基他万万不能出事！

他粗粝的手掌攥在一起，只是岁月无情，自己已不是当年那个纵马扬鞭、远征蒙古的英武燕王！

真是老了，若是年轻二十岁，定然能亲自救出瞻基，又何须在此提心吊胆？

朱棣心中泛起苦涩——这位强大冷酷、好似无所不能的九五至尊，此时跟普通百姓家的年迈祖父一样，只是纯然一颗担心爱孙的心！

正在这时外圈人声鼎沸，大理寺卿带着一众差役气喘吁吁前来救驾。

朱棣阴沉的目光停留在他身上，那目光好似要择人而噬，让陈洽冷汗直冒却又不明所以。

这是个必杀之局，手段狠辣、消息准确——朱棣想到自己不过是随兴夜访，却立刻被人察知，竟然准备用火炮来弑君！

到底是谁走漏了消息？

是大理寺，还是宫里的某些人？

朱棣阴冷暴戾的目光从众人脸上一一掠过——火光冲破黎明，照出很多人惊惧不安的焦黄面色，唯有站在陈洽身后的那蓝衣书生从容淡定，风华隽秀皎如明月。

是叫薛语吧？

如此处变不乱、怡然不惧，倒是颇有读书人的风骨……朱棣对他的印象很是不错，但此时朱瞻基生死未卜，他也没心思唤人来多问。

景语看着永乐皇帝那般阴沉的脸色，耳畔听到大明的皇太孙陷落在火场，心中快意得简直让他想大笑出声——报应，真是报应！

这种复仇的狂喜只是在心中一闪而过，随即他却恢复了冷静——是谁在远处放炮轰击大理寺？是谁如此大的手笔，来谋刺皇帝？

绝对不是他主持下的金兰会所为，那是元蒙间谍？是白莲教来京城活动？还是……

满心狐疑充斥他的心中，任凭他智珠在握，满腹心机，却也是漫无头绪。

就在他心神恍惚之间，突然听见靠近火场那端传来喧哗欢呼声：“出来了！救出来了！”

景语心头一震，抬眼看时，只见漫天火焰扑腾升高，火堆之中跑出一道身影，臃肿围绕的防护布帛上水汽已经被蒸干，正在熊熊燃烧，整个人好似被点燃的蜡烛一般！

那人却不顾身上疼痛，背上仍然负着一人！

“是小沈大人和太孙殿下！”

侍卫们赶紧冲过去用水和衣服扑灭他身上的火苗，广晟一张脸被熏得乌黑，身上也有多处灼伤，到了此时浑身力气一懈，顿时仆倒在地。

有人连忙将他背上的太孙解下，这才发现太孙已经被烟熏得半昏迷了，呼吸微弱不稳，顿时又是一阵急救。

朱棣大步上前接过爱孙，见他面色惨白、神情委顿，立刻大喊：“御医！御医呢？”

有机灵的早一溜烟去把大理寺内值守的大夫请来了，这大夫只是负责犯人的，医术不算多么精通，但此时也只得赶鸭上架硬撑，他吩咐众人散开不要挡住太孙呼吸，给他灌了些醒脑汤药又用艾草熏了，朱瞻基打了喷嚏，终于醒了过来。

“太孙殿下安然无恙！”

这一嗓子喊得好，朱棣欢喜得连双手都发抖，高声道：“赏！都赏！”

此时随侍在旁的张铭恩惯会察言观色，低声笑道：“小沈大人也被烧得厉害，奴婢过去看看，也给他上些药。”

朱棣此时也恢复了冷静，闻言倒是显得和蔼可亲多了：“你去吧，让大夫有什么好药先拿出来用，御医那边也快去催催。”

顿了一下，又道：“熬好了药就扶他过来，给朕瞧瞧。”

他随即也不嫌中庭泥地污浊，居然席地而坐，守在朱瞻基身旁，见他嘴唇干裂，微微开合却是嗓音嘶哑，不由得心中一痛，低下头俯身道：“你要什么，阿爷都答应你！”

“阿爷，我阿爹他，必定与此事无关……”

朱瞻基声如蚊蚋，却仍坚持说道：“方才沈大人也说了，这是纪纲跟金兰会的阴谋，阿爹是冤枉的。”

他嘶声咳嗽，整个胸膛都起伏不定，好似风箱在拉动的声音，朱棣心头一软，连忙阻止他说话：“别说话，御医快来了，让他看看你的喉咙。”

朱瞻基看着祖父焦急关切的神情，眼中倒映的面庞，仍是如往常那样威严慈爱，却分明看到他耳畔的银发。

祖父，真的老了……

而某些人，真的已经迫不及待。

这些人里，有他的叔父，也许，还有他的父亲。

但此时此刻，他必须替父亲说话——因为皮之不存，毛将焉附？

沈广晟说得对，即使祖父再怎么宠爱他，若是太子不在，连“太孙”这个称呼，都只是一种笑话。

“金兰会的逆贼，用火炮这么轰击，是想让我和祖父都葬身火海，父亲素来仁孝慈爱，绝不会如此心狠手辣……”

他费力翻过身来，凑在朱棣耳边低声道：“您毕竟是他的亲生父亲，我也是他的嫡长子，他哪里舍得如此？”

他本意是为了说服朱棣，太子是遭人陷害，但朱棣心中却有另一种复杂而深沉的秘密，听到他如此说，反而悚然一惊——

嫡长子！

若是瞻基有个三长两短，这个嫡长子的位置，就是他三弟朱瞻墉的了！

莫非，高炽这个逆子，是想一石二鸟，既让朕这把老骨头归天，又顺利让瞻墉代替瞻基……

他忍不住打了个寒战，不敢再想下去，但疑忌的种子却越发在他心中生了根！

他从来就没喜欢过朱高炽，这个嫡长子，不仅体态痴肥，挽不动弓，骑不了马，还喜欢摆出礼贤下士的态度，跟满朝文臣打得火热——从那时起，他就觉得这个儿子，虚伪而危险！

他也许，早就知道了“那件事”……

他心中涌起对太子朱高炽深深的厌憎，但看到朱瞻基孺慕企盼的眼神，却又心中一软，一种酸楚混着苦涩泛上心头。

瞻基他，如此竭力地为父亲说话辩解，他又怎忍心让他痛苦失望？

这大概就是民间所说的，打老鼠却又怕砸碎玉瓶吧！

“你好好养伤，别东想西想了……”朱棣咬着牙，勉强道，“朕知道太子的清白，不会被小人构陷离间的。”

他不愿再看朱瞻基惊喜和欣慰的表情，转头去看别处，正好有人扶了广晟过来，他虽然遍体鳞伤敷了药膏，但双目湛然有神，正要挣扎着行礼，朱棣竟然亲手扶了他起来，随即不等他反应过来，竟然亲手扯下身上长氅，披在了他身上。

“今日多亏有你，我祖孙才逃过这一劫！”

这话说得太重了，广晟连忙拜倒：“圣天子有百神护佑，微臣不敢居功。”

“朕在军中时，对人一向赏罚分明，如今做了天子，难道还会更小气不成？”

朱棣笑得豪迈，突然凝视广晟，道：“护驾之恩，勇救太孙之功，朕要好好酬谢于你！”

没等广晟反应过来，他已经吩咐身边内侍道：“传朕的旨意，济宁侯这个爵位，就让这孩子袭了吧。”

什么？！

所有人在这一刻都不敢相信自己的耳朵！！

这轻描淡写的一句，是要把拥有承天开国丹书铁券的济宁侯府，交给眼前这个年轻而美貌的少年？！

广晟也呆住了，他眨了眨眼，觉得这简直像是在开玩笑！

为了这个爵位，整个济宁侯府明争暗斗，闹得乌烟瘴气——大伯沈熙本是嫡长子，却因为靖难时那不光彩的笑料往事招了皇帝厌恶，被礼部和宗正寺故意拖延了三年，迟迟不见消息；父亲沈源虽有意，但他身为清贵文臣深谙帝心，知道鱼与熊掌不可兼得的道理，权衡之后宁可在文官位置上继续发展；倒是王氏夫人，一直有心把这个爵位弄给小儿子广瑜，再加上太夫人魔怔一般想替儿子沈轩夺下爵位，这两个女人都是诡计多端之人，内宅争斗日久……但再怎样，广晟也没想过，这爵位有一天会属于自己。

他只是二房的庶子而已，论嫡论长论血脉亲近，都不会轮到他——朱棣这道旨意，绝对会让整个侯府炸窝！

“怎么，你还不谢恩吗？”朱棣干咳了两声，似笑非笑地看他，“还是少年人沉不住气，欢喜得傻了？”

广晟连忙再拜辞谢：“袭爵应是嫡长，微臣只是旁系庶出，与礼不合——”

话音未落，只听朱棣淡淡说了一句：“朕和太孙的两条命，不值得一个侯爵的酬劳吗？”

广晟心中一凛，顿时无言以对。

朱棣的嗓音不疾不徐，却带有一种天然的霸气威仪：“袭爵的恩赐出自于朕，无论雷霆雨露，无论给谁还是不给，都是朕一心而决，其他人就不必太惦记了。”

这话别有含义，仿佛说的已经不是眼前这事，略微一想就要让人冷汗直冒，广晟见事已至此，也不再多说，只是三拜领受皇帝的旨意。

此时天光大亮，广晟谢恩起身后，继续谏言道：“金兰会不知从何处弄来红衣火炮，我只怕他们手中仍有弹药，若是继续对准此地，只怕仍是危险万分，恳请陛下……”

朱棣点头表示明白他的意思：“所谓千金之子，坐不垂堂，这次是朕麻痹大意了。”

一声令下，所有随从准备开拔，朱棣却并未忘记正事，吩咐广晟道：“明日你来宫中谢恩，朕还有好些话要问你。”

显然，他对眼前这个“金兰会炮击大理寺”的铁案并不完全相信，对广晟告发自己上司纪纲的行为也多有狐疑。

广晟点了点头，目送皇帝一行人离去，顿时觉得心头一松，浑身的力气都在这一瞬被抽空，疲倦的感觉充斥每一寸血肉，他一个踉跄，却被身旁一人扶住了。

“沈大人小心。”

那嗓音清朗悦耳，广晟抬眼看时，却见一名蓝衣书生微笑和煦，凝望他的眼神却深不见底——

“不，现在该称你为沈侯爷了。”

他的笑容让人如沐春风，可不知怎的，广晟却有一种微妙的感觉——只觉得浑身汗毛竖起，心中升起一种奇怪的警惕戒备！

“尊驾是？”

“学生薛语，暂为大理寺的一介主簿，今日正巧目睹侯爷的英姿，真是幸会。”

那人言谈儒雅可亲，却不觉谄媚，但不知怎的，广晟就有一种说不清、道不明的感觉，好似眼前这人……极为危险。

他不愿久留，略微寒暄几句就匆匆离去，只剩下景语看着他的背影，眼神莫测不定——

这个沈广晟，真的只是运气好救了皇帝祖孙，还是另有蹊跷？

天光已经大亮，唐乐院的东角倒座房里，正弥漫着血腥而紧张的气氛！

蓝宁小心翼翼地在棉被中点起油灯，仔细察看着小古身上的伤。

雪白而光洁的少女身体昏睡平躺，胸前却有一道深可见骨的箭伤。

箭翎已经被剪短，但箭头却仍穿透胸骨没有取出。

她握着匕首，在油灯上细细烧灼，随即对准伤口，却怎么也无法下刀。

因为伤口太深，太靠近要害了。

蓝宁的手有些颤抖，突然却有一只手伸出，握住了她汗湿的纤纤玉指。她吓得一抖，那匕首却“当啷”落下，被另一只玉嫩手掌稳稳地握住。

“呀，你醒了！”

她的声音因为惊喜诧异而略微提高。

“嘘……”小古低声提醒道，“不要出声！”

蓝宁捂住嘴点了点头，悄声问道：“你怎么样，需要给你叫大夫吗？我听说金兰会八爷是位杏林圣手……”

“不要叫他，不要接触金兰会的任何人。”

小古低声说道，语气中带着不容置疑的坚定，却让蓝宁吓了一跳，惊疑不定问道：“难道他们有问题？”

小古不置可否，只是低声道：“谁有问题我不知道，但我感觉……大哥的指令别有蹊跷。”

“什么？你怀疑大哥……”

蓝宁惊骇莫名，小古摇了摇头，牵动身上伤口，顿时痛入骨髓：“他让我去拦截锦衣卫的暗使，我却觉得，这只是他故布疑阵的一招。”

她眯起眼，想起红笺跟景语的鬼祟私语，低声喃喃道：“他们究竟想干什么？”

景语和红笺，心心念念的就是要报仇，尤其是景语，他对锦衣卫，对纪纲本人，宛如着了魔一般的憎恨。

那样走火入魔的执念，究竟会做出些什么来？

小古心口越发剧痛，一颗心怦怦直跳，她皱眉捂住胸，发出一声叹息般的呻吟。

“很痛吗？”蓝宁的眉头皱得死紧，“对方身手竟然这么好，能把你伤到如此地步？”

小古摇了摇头，想起午夜时分惊心动魄的打斗，眉头微微蹙起：“那个锦衣卫暗使是老对手了，他虽然很强，但我也不弱。”

原本平分秋色的对决，却在间不容发的时刻棋差一着，被对方长箭射中。

那一瞬，她原本也有机会射出手中银刃，但她犹豫了。

那个人，不知怎的，给她一种极为熟悉的感觉。

那样的雨夜，那样的一个黑衣男子，冥冥中，好似知道对他痛下杀手极为不妥，她犹豫了一下，慢了一瞬，便宣告了落败的结局。

“为什么会有这种感觉呢？那个锦衣卫的暗使，究竟是谁呢？”

她凝眸不语，胸口的疼痛却让她无暇多想，她决定先把这箭头取出。

小古将雪亮匕首再次在火上烤过，随即熟练地切开胸口伤口，顿时血如泉涌。

小古的脸上闪过一道痛楚——亲手切开自己的伤口，即使对她来说也是件不小的负担。

蓝宁倒抽一口冷气，随即却醒悟过来，连忙朝伤口倒入半匙粉末，血奇迹般地止住了。

“这个药只能维持一刻而已。”

苗人擅长的是虫蚁之类的秘药，这药就是用某种昆虫的翅膀研磨出来的，能紧急止血，但不能持久，比起正宗医术来说逊色不少。

如果能请来聂景医治当然最好，可小古如今对金兰会上下都缺乏信任，除了七哥秦遥，她对其他人都有所保留。

尤其在她重伤卧床的虚弱期，她不愿把伤口交给其他人！

3.

小古在蓝宁的帮助下，从镜子的倒影中看清伤口，冷静沉着地剜出箭头。

虽然已经止血，但切开的皮肉仍然带出少量的血浆，满身满手都是，看得蓝宁心惊肉跳，小古却面无表情，好似切开的不是自己的身体。

“当啷”一声，箭头被挑了出来，落在准备好的托盘里。

“终于出来了！”

蓝宁松了口气，正要替小古包扎伤口，突然听到外面一阵喧哗，寂静的清晨里竟然有人猛烈敲打着院门！

“开门，快开门啊！”

唐乐院的宁静温馨被彻底打破了！

蓝宁屏息凝神，只听外面有人去应门，脆生生的嗓音好似黄莺一般，是如瑶房里的一个二等丫鬟英儿：“谁啊，大清早这么敲法是要做什么？”

“如珍、如灿两位小姐来看望姐妹，哪个作死的婢子敢如此无礼？”

两边隔着门，就开始呛呛上了，火药味甚浓。

那英儿被派到这个差事，嘴上本领也不是白给：“两位小姐来访，我家小姐高兴还来不及，但这么敲门可不是贵小姐的做派，别是你们这些小丫头片子拿着鸡毛当令箭，来哄骗排揎我们吧？”

她认定外面即使真是那二房两个姑娘，也不便自降身份跟丫鬟斗口，谁知下一刻，门外传来一声温柔绵和的女音，似在喃喃自语：“太阳都出来了，如瑶妹妹还在睡觉吗？那真是我们失礼了，且等一等吧。”

哪家官宦小姐这么大清早了还在床上赖着？传扬出去了，只怕这一家的教养都要受质疑。

英儿听了这话又急又气，一时不知该说什么好，此时只听有人咳嗽了一声，上去将院门打开了，听起来是碧荷的声音：“两位小姐恕罪，都是奴婢的错，我是听着那敲门声如此凶恶，担心上次那些背主欺主的恶奴们又杀回来了，一时情急才没有开门。”

只听有人轻哼一声，似乎是娇蛮的如灿：“你的嘴倒是跟八哥一样巧，赶明儿剪了舌头，也能说几国番话了吧？”

似说笑似嘲讽，下一刻却听碧荷“哎呀”一声，似乎是拦住了来人的脚步：“两位小姐去正房，剩下的这些姐姐妹妹们跟我去西厢用茶便是，怎么可以乱闯乱窜呢？”

“哼，今日既是来拜访，也是来替如瑶妹妹查查，是否有人窝藏贼赃的！”

如灿刁蛮的嗓音略高，连这里都听得清清楚楚。

“如灿小姐这话奴婢可不敢听——我们院里都是清清白白的，哪来什么贼赃？”

仿佛有人冷笑一声拿出什么东西来，只听碧荷惊呼一声：“这是什么药？”

“这要问你们了——大清早的，你们的人去大厨房提水拿饭的，不知是谁就掉下了这瓶药，闻着气味不像什么好东西啊！”

这声音年老狠辣，好似是两位小姐身边的某个嬷嬷。

蓝宁听了悚然一惊，一摸腰间顿时大惊失色，脸色都变得惨白。小古看得分明，眼中露出几分疑问，蓝宁羞愧低声道：“那是罂粟籽，本来是想在切开伤口前给你吞下的。”

这是怕自己昏睡中疼痛，尖叫出声引来注意。

小古点了点头，两人对视一眼，都知道这是惹来了大麻烦。

外间正在娇声软语的吵闹着，果然如珍、如灿两个不依不饶，要搜查整个唐乐院。

碧荷气得狠了，尖声道："都是隔房姐妹，居然上门来搜我们小姐的院子，两位小姐好大的威风！"

"说到威风，我们哪里及得上瑶姐儿？"

如灿尖声回道，却被如珍机警地接过了话题："东西是这院子里的人落下的，那么多双眼睛都看得真切，你们中间有人不干不净偷用外头的脏药，还敢拿主子来当挡箭牌，破坏如瑶妹妹的清誉！"

"来啊，给我好好搜搜！"如珍温柔娴静的嗓音中透出一种决然，"若是如瑶妹妹觉得不公平，搜完之后，我们那两个院子也任凭你们搜！"

随即而来便是一阵纷乱脚步声，以及丫鬟们的叫嚷声。

那两位小姐那边好似人手占了优势，有能干狠辣的嬷嬷又占了理直气壮的至高点，唐乐院众人虽然焦急阻止，却被她们冲了进来，开始到处乱搜，院子里鸡飞狗跳。

蓝宁心中一惊，看着满床的血污和小古的伤体，一时不知如何是好了——这群人要是冲进来，根本来不及掩饰，一切就要暴露在人前！

蓝宁一咬牙，雪亮匕首带起银丝飞旋，紧紧攥在手中，准备在来人冲入时直接动手！

小古咬牙，感觉胸口一波波的痛楚，竭力支撑起身体，低声阻止道："不要对普通人下手！"

"你伤成这样，若是被她们一窝蜂撞进来，我们就走不成了！"蓝宁说着，眼圈都红了，眼中升起狠绝的光芒，小古低叹一声，却也不得不承认她说得对——侯府也是武勋出身，外院的家将也是武艺娴熟，这里只要一闹开来，只怕两人就要失陷在这深宅大院里，插翅难飞！

此时已经有人冲到房门口，猛力拍打着门板："快出来！"

门板的震动带来无声的压迫，蓝宁手中的雪刃正要射出，千钧一发之际，突然有人开口打断了一切——

"都给我住手！"

嗓音清脆柔婉，宛如珠玉落地，顿时满院的嘈杂都停了下来。

"珍姐姐，灿妹妹，你们来我唐乐院，就是来抄家的吗？"

小古目光闪动，听出这是如瑶的声音。

"我这是犯了王法呢，还是私藏了贼赃，劳烦你们二房的人青天白日冲进来？"隔着一道门板听去，如瑶的嗓音并不大，话里却有凛然风骨，"还是看我这才吃上几天饱饭，觉得不忿想出出气？"

她冷然一笑，笑声好似寒冬簌簌直落的雪花，“看这架势，整个侯府你们都可以随心所欲冲进冲出了，这要是传扬出去，人家只怕把整个侯府的闺誉都看低了！”

“你……你竟敢说我们没教养！！”

如灿尖声嚷道，脚步声纷乱好似要冲过来打人，但又似乎被谁拉住了。

“教养规矩不是拿在嘴上说的，而是要看实际行动！”如珍的嗓音不疾不徐，却透着锋芒锐利，“我们本来也没资格多管妹妹房里的事，但瑶妹妹你方才也说了：若是有什么丑事传扬出去，人家不说是谁做的，只会把整间侯府女儿的闺誉都看低——这瓶药不是什么好物件，其中不知有什么蝇营狗苟之事，这起子奴才瞒着你也不知在搞什么勾当，何妨查一查让他们都显形，这样也好保得妹妹你的冰清玉洁！”

她这一番话说得滴水不漏，院子里顿时陷入了静默，也不知是如瑶在考虑还是动摇。

房内蓝宁听得心急如焚，只怕如瑶退让一步，真的让她们破门而入搜检。

忽然，只听有人嗤笑一声：“珍姐姐真是好口才，义正词严说得我都心动。”如瑶的笑声转为讥诮，“可惜你不是男儿身，否则可以去入那锦衣卫，指鹿为马什么的真是轻而易举。”

一旁的清漪也低嘲道：“我们这院子可不小，就怕搜着搜着，就多出些什么来。”这话的意思简直是说两人没安好心准备栽赃放点儿什么，如灿气得大骂：“真是反了，主子说话哪有你插嘴的余地！”

“灿妹妹还记得我是这里的主子呀？”如瑶好似压下了愤怒，柔声细语地笑道，“我这个主子没什么用，让下人也吃了不少苦，受了好些罪——但今日，只要我站在这儿，还有一口气在，就不容你们迈过这道门！”

只听“咣当”一声，好似是如瑶打破了什么花瓶之类的，蓝宁用指尖捅破了窗纸往外看，却见如瑶站在这道房门前，用身子挡住来势汹汹的仆妇们，手中拿着的竟是锐利的碎瓷片，对准了自己的咽喉——

“小姐，您这是做什么？！”

“瑶妹妹你——”

众人大惊，正要夺下她手里的瓷片，却听如瑶冷然道：“里面住的，只是两个粗使丫鬟，不是什么尊贵人物，但再怎样，她们也是我的人，是我的脸面——谁要想朝我脸上踩，我拼着今日血溅当场，也要讨回这个公道！”

她眯起眼，瞥了一眼两个姐妹，“你们俩今日威风凛凛，逼死了自家姐妹，传扬出去，我倒要看看谁家想要这样的儿媳！”

这话一出，外面顿时寂静无声。

小古也趴在窗台上看着这一幕，清晨的日光照在如瑶身上，她那么纤弱的身躯，就这般刚烈坚决地挡在门前，将所有的凶险和灾难都挡在了外头！

“你——”

如珍的嗓门发涩，踌躇半晌，却终究没有这个胆子闹大，她叹了一声，攥紧了手里的瓶子，低声道：“瑶妹妹这般偏激，我也不便强求，只是这瓶药我要呈给几位长辈，让他们来劝你吧。”

说罢，福了一礼，拉了怒气冲冲的如灿转身而去。

唐乐院的人等她们走了，立刻一拥而上簇拥在如瑶身边，如瑶放下那瓷片，疲惫地叹了口气，让她们各自散去，随即敲了敲门。

“吱呀”一声，门打开了，迎面而来的是蓝宁，神色感激又惶恐，却傻愣愣地站在门口，好似没打算让如瑶进去。

“小古她……着了风寒，起了高烧。”她讷讷说道，却在如瑶洞察人心的剔透目光中卡壳，不知该怎么说才好。

如瑶微微一笑，目光越过她看向床上的小古。

房内有些昏暗，床上的身影也有些模糊，但那宝珠晨星般熠熠的眼，却是睁着的。

她的眼对上她的，深深一次凝望，便似乎什么不用说了。

“多谢。”小古在床上低声说道。

房内的血腥味混着药味，又被院内的花香和清新气息一冲，反而成为一种蛊惑人心的甜腻。

如瑶点了点头，以同样的低声说道：“我只能挡住这一回。”

说完，看也不看蓝宁一眼，转身离去。

门板关上的声音清晰干脆，蓝宁彻底松了一口气，喃喃道：“多亏了如瑶小姐。”随即想起如珍在门外隐含威胁的言语，顿时发急道，“这里也不安全，我们还是快走！”

“走到哪里去呢？现在是白日，人多眼杂，我带着伤不能行走，你还能背着我飞檐走壁？”小古支起身子，费劲儿喘息道，“你去倒盆水来。”

蓝宁一愣，小古唇边带起苍白的笑容：“把我身上的血擦一擦，床单就地烧掉——我既然得了风寒，卧床休息也是当然，你小心些，我们能蒙混过去的。”

话虽如此，她眉宇间仍然带着几分阴霾——这种重伤虚弱的感觉，这种性命任由他人宰割的处境，让她也觉得不安和挫败。

“我倒是不知道，哪个大家姑娘会跟个母夜叉一般，冲到隔房的堂姐妹院子里搜检！”碧荷仍在咕哝着，看着自家小姐冷若冰霜的脸，却是自动噤声了。

如瑶端起茶盏却不就口，而是皱起了眉头：如珍、如灿自以为抓到把柄，必定不肯干休……这事只怕还有得官司要打！

“小姐方才真是吓着我了，您是千金之躯，何必跟她们置气，拿自己性命来说事。”碧荷又在跟清漪心疼絮叨，清漪却是瞪了她一眼：“小姐做事必有缘故，你那榆木脑袋哪里能明白？”

如瑶微微摇头，叹气道：“其实我也不知道这么做对不对。”

她不是傻子，自然知道那药必有蹊跷，房门口闹得沸反盈天，却没人出来看个究竟——那时候她便猜出，这药跟房里两人必定脱不了干系！

而且凭直觉，此事只怕是小古惹来的——她那般神秘能干，智珠在握又算无遗漏，怎么会受了这么重的伤？

在她身上，只怕是发生了不得了的大事！

如瑶微微咬唇——从理智上说，她应该不去管这闲事的，明哲保身才是一个闺中弱女应该做的，小古能力通天却又来路不明，贸然帮她掩护，只怕要惹祸上身。

她应该把她交给长辈或者护院家将的，或者让她自生自灭！

但是，她终究没有这么做，而是选择了用自己性命相胁，保住了那扇门板后的秘密！

如瑶闭上了眼，将幽幽叹息压在心里——人非草木，岂能无情？一直以来，小古帮她、救她，她不能眼睁睁看她被打杀！

可她们也不能长期留下，必须赶紧转移离开。

她正在沉思想辙，突然外间传来哄闹声，碧荷跺脚道：“今天真是没完没了了！”

随即跑了出去，不多时又跑回来，哭丧着脸道：“二老爷派了嬷嬷和管事来，说要好好审审我们院的人！”

这是要彻底闹大了！

如瑶心头一紧，急忙站起身来！

“太夫人也来了！”

又有人喊道，如瑶心急之下，险些一个踉跄摔倒，不等两人搀扶，却是自己稳住了。

唐乐院中一片萧条肃杀，丫鬟仆妇们都站在廊下瑟瑟发抖。

“还有谁没到的？”太夫人在众人簇拥下来到，丫鬟仆妇们顿时跪了一地。

她手里捏着那装有罂粟籽的瓷瓶，眼中冷光观察着，只觉得所有人都有嫌疑。

“祖母！”

如瑶匆匆赶来，太夫人见了她，脸色却不复这几日的慈蔼。

毕竟是少了娘亲教养，连一院下人都管不好……她心中如此想道，脸上就更带了出来。

刚刚夺去了王氏的掌家权，那两个小的就闹腾出这事，还非要查个彻底——太夫人对如珍、如灿固然是厌烦，对如瑶却也只是面子情——只因如瑶是张氏夫人膝下的，而张氏正是她的眼中钉肉中刺，先前要不是想捧起她来跟大房那毒妇打擂台，她根本不会替如瑶主持什么公道！

“把各处房间都打开，让我的人来替你搜搜吧。”

如瑶点了点头，却又添了一句：“有一两个感染了风寒，还在卧床不起。”

“这要过了病气可怎么好，你就是心慈手软还把她们留下！”

太夫人颇为看不上如瑶的“懦弱”：“赶紧挪出去！”

如瑶低眉顺眼答应着，心中却是松了口气，只盼着小古两人赶紧离开这是非之地。

“母亲此言差矣，没查清楚岂能让人离开！”说话之间，沈源也赶了过来。

他今日不当值，听到两个女儿哭诉，拿起那瓶子一闻，就发觉这是罂粟籽，顿时怒发冲冠。

他此时一身冷肃，对太夫人行礼后哼了一声：“此物是朝廷明令禁止的，家里竟然有人敢用，非得好好查查不可！”随即看向如瑶，目光犀利而冷淡，“大侄女，我听说那间房里住的两个染了风寒的，原先是伺候我那孽障的？”

“是晟二哥身边的人，暂时托给我照应。”如瑶暗暗着急，深知这个叔父不是好糊弄的。

“直接绑了送前院，拷问出口供再送官府。”沈源的话冷酷无情，吓了众人一大跳。

“我想来想去，全家上下只有这个孽障，结交狐朋狗友一大堆，出入烟花之地——服食阿芙蓉禁药也只有他做得出来！”

这是要不由分说定了次子的罪！

如瑶深深皱起眉头：她早就听闻这位叔父对广晟冷漠苛刻，此时听来，简直是要给儿子硬套上罪名，置之死地而后快！

顿时就有如狼似虎的外院管事和仆妇冲进去，要把人拖出来！

如瑶上前阻挡，近乎哀求道：“只当为侄女留点儿体面，这样把人拖出去，流言蜚语之下我要怎么做人？”

“瑶姐儿，你心软受那孽障的迷惑怂恿，留下了这等奸猾奴婢，这是我做叔父的对不住你——你放心，等到了衙门上，必定只说是他身边人，不涉及你这未出阁的弱女。”

沈源的话说得慈祥，态度却很坚决，房内发出蓝宁的惊呼声，如瑶着急正要冲进去，却被仆妇们拦住寸步难行。

正在闹个不停，突然有沈源的身边亲随大荣气喘吁吁跑了过来：“二老爷，不……不好了！”

他跑得喘狠了一时说不出话来，双目凸出满面惊惶，整张脸都扭曲狰狞起来。

沈源眉头一皱正要发火，又有太夫人身边的蔺婆婆疾步如飞，人未到就尖着嗓子：“太夫人，圣上有旨！礼部和太常寺的都来了！”

太夫人听见礼部和太常寺，心中顿时一震，只觉得喘不过气来——难道是那事终于有了结果?

“是袭爵的诏令下来了？”

蔺婆子哆嗦着点头，笑得却是比哭还难看，一眼望去好似枯井里的老精怪：“是下来了，不过却是让……”

“圣上下旨，让广晟少爷袭了这爵！”

这话一出，整个庭院里都是寂静无声，好似晴天里一道霹雳，又像白日里蹿出个妖怪，把众人都吓得呆若木鸡。

太夫人的整张脸都在颤动，眼角的细纹纠结成一团，那目光简直是狰狞可怕：“这……这怎么可能？！”她嘴唇抖得都要说不了话，指着蔺婆婆骂道，“你这个老货简直昏聩了，这种没凭没据的谣言都当真！”

蔺婆子哭丧着脸，知道这趟差使简直是倒霉催的：“不是谣言，是真的！”

一旁那个大荣添了一句：“宫里的天使还在等着呢！”

太夫人只觉得一阵天旋地转，一个趔趄险些摔倒在地，顿时引起丫鬟们的惊呼搀扶。

这个爵位……她心心念念，等了这么久，做了这么多，就是为了让自己的轩儿能回来袭爵！可如今，皇帝却把它赐给了那个不起眼的小畜生！

她紧咬着牙关，眼中的光芒让所有人不寒而栗！

那是极度震惊失望后的怨毒！

“太夫人这是欢喜得迷了心，快扶她回去歇息吧。”如瑶微微一笑，上前吩咐道。

一旁的沈源也是愣住了，但他毕竟胸有城府，虽然心中惊疑，但终究还是没有失态。

“皇上的恩典……”

他的嘴里好似含着一颗苦果，却是一个字也不能抱怨。

目光闪动之间，他深吸一口气，把所有情绪都压下不提，淡淡催促道：“快些把这两人处理干净了，你们都跟我一起去跪迎旨意。”

如瑶只觉得这一幕发生得太过突然，有目眩神迷之感，但心中却是大为快慰，她上前一步，似笑非笑道：“二叔，这两个可是新侯爷身边的人！”

“我还是他老子，连几个奴婢都管教不得？！”

沈源再也忍耐不住，怒声低喝道。

“君臣父子是世上至理，在父子前头还有君臣二字呢。”如瑶嫣然一笑，却是比刚才更有了底气，“侯爷今日得了赐爵，您就这么大张旗鼓地抓人，知道的是要赞您严父苦心，不知道的，还以为晟哥哥不孝呢！这个罪名我们府上下都承担不起。”

她的笑意甚至带着几分俏皮调侃，噎得沈源一阵光火却是没法发作，正在这时，只听有人柔声道：“说起来，这后宅的事，老爷您确实不该管。”

回廊那端，王氏款款而来，穿着仍是简素，面容虽然清瘦但神色不见憔悴，“这也是我这个母亲眼力不好，让这些刁奴贱婢糊弄了孩子。”

她不是被禁足了吗？

如瑶正在疑惑，姚妈妈笑眯眯地说道：“太夫人已经审清楚了，这全是小古这丫头胡编滥造嚼舌头，挑拨两边主子生了嫌隙，于是让夫人出来，好好管管这些糟心烂污事情。”

如瑶目光冰冷看着她，姚妈妈却是得意扬扬，带着人三两下就把门撞开。

外面的光线直泻而入，躺在床上的少女黑发如云，散乱在枕巾上，头朝着内里看不清表情，那棉被却似乎在瑟瑟发抖。

“把这被子和好衣服首饰都剥了，把人丢到后街上去，捡个老光棍白送了。”

姚妈妈笑着低声吩咐——她想起那天自己灰头土脸跪肿了膝盖，就恨得牙痒痒！

因为这股恨意，她甚至不用小丫鬟，亲自动手——刚刚拽到小古的头发，突然被一道巨大的力道将整个人都踢飞开去！

一道挺拔高硕的身影站在门口，挡住了大部分光线——

雪青色缂丝莲纹锦袍显得有些凌乱，袍角上甚至溅着星星点点的泥浆焦黑，显然主人是风尘仆仆疾奔而回！

广晟冷冷地看着躺在地上哀号的姚妈妈，漆黑瞳仁之中燃烧着炽烈怒焰，端秀绝丽的面容让人看了心颤——

“你这是自找死路。”

平静的语气却似酝酿着无穷风暴，在他身后，沈源和王氏急匆匆追了上来，沈源冷哼一声，刚说了一声“住手”，只见眼前银光一闪，广晟竟然拔剑出鞘，将姚妈妈的一只耳朵割了下来。

银光一闪，鲜血飞溅，王氏一句尖叫，呵斥还没出口，就被一滴血污溅到了雪白脸上，而飞在半空中的那耳朵，却巧巧落到了她脚尖。

即使是擅长阴谋诡计，王氏也是出生诗书官宦之家，哪曾见过如此血淋淋的场面，她顿时俯下身，拼命擦着脸干呕。

“你这畜生真是大逆不道！”

沈源又惊又怒，看着手持绣春刀、长身玉立冷然轻笑的广晟，这才发现这个从来都是纨绔荒唐的庶子，如今已经是这般强大而危险！

自己这是麻痹大意，养虎为患啊！

“我只是对恶奴略加薄惩而已，她又不是我父母和君上，何谈什么大逆？”广晟微微一笑，绝色容颜更显轻嘲，“父亲这句话，若是被前头钦差传扬出去，只怕满朝文武都要笑话儿子，拿一个跛扈老奴当作爹妈一般敬着，连自己身边的人都护不住。”

沈源气得耳边嗡嗡作响，眼前一阵发黑，只是喃喃“畜生大胆”，广晟微微一笑，大步流星走进房内，借着昏暗的光线细细打量了小古，随即不由分说地连人带被打横抱起，昂然朝外而去。

金灿灿的日光透过窗栅、门框、屋檐，一重重地照在人身上，又一重重地退散在身后，他抱紧了她，走得很快却又丝毫不见颠簸。

暖融融的日光刺得眼皮微微发涩，整夜的负伤煎熬、惊心动魄之后，小古只感觉整个人好似散了架，懒洋洋的不想再动。

她嗅到他身上的味道——那是彻夜激斗的汗味混合着雨水沥干的味道，却因为混合烟熏檀香味，并不如何难闻，反而让人心生安稳。

“少爷，你还没去沐浴更衣吧？”

她小声问道，却换来他一个白眼：“我本来倒是想去，听见某个小惹祸精有危险，就一身臭汗赶过来啦！”

小古故意皱起鼻子轻轻抽动：“哇，果然很臭！少爷你是跌进污泥沟里了吗？”

广晟微微挑眉，不确定道：“真的这么熏人？”他的眼中闪过懊恼微羞，却在看到她唇边揶揄笑意时知道被骗，顿时气结，伸出手来就挠她痒痒，“好啊，都骗到我头上了！”

他抱着她走的是抄手游廊，曲径通幽，周围只见花枝婆娑不见人影，幽静而恬美——众人都在前院忙着接待天使，剩下些也都慑于刚才那一幕不敢跟随。

两人低声说笑，好似共同呼吸在彼此唇齿间，那般久别的默契和亲昵，却是让小古心头一颤——什么时候，她跟这位少爷如此熟稔了？

好似不知不觉间，就彼此谈笑不忌，彼此关怀惦念……

“怎么了？”仿佛感到她微微失神，广晟凑近她的额头，担忧皱眉问道，“你真的病了吗？可请过大夫？”

他霸道地用自己的额头贴上她的额头，眉间的川字却是蹙得更深：“是有点儿发烧……”

下一刻，他眯起了眼，嗓音变得危险而敏锐：“你身上有血腥味！”

“你受伤了吗？！谁干的！”

他把裹着被子的小古放在梅林下的石桌上，直接动手就要拆开被子看个究竟——

“别……别动！”

小古羞恼惊叫，心中却是“咯噔”一声——虽然伤口处理过，但一旦打开仍然瞒不过人！

“你给我住手！”

“啪”的一声，他的手被狠狠拍开，广晟一愣，随即眼中浮现委屈的光芒，水光润泽更衬得他面容如玉。

“为什么不能看？”

“还为什么！你这个登徒子！”小古狠狠白了他一眼，双颊因为羞怒而染上薄晕，“不许看就是不许看！”

“可你受伤了啊！圣人还说事急从权呢！”

他睁大了眼，越发委屈地控诉，甚至带上了三分撒娇意味。

这家伙还娇羞上了！

小古哼了一声，转过头，感觉到广晟蠢蠢欲动的手劲儿，冷声强调道：“不许打开偷看！”

“你到底是怎么了？”

她越是遮遮掩掩不让看，他越是焦急担忧。

小古一咬牙，一句谎言脱口而出：“我们女人每月都要那啥的……”

第七章

袭爵之变

1.

她双颊更加绯红，目光羞恼简直可以杀人。

“啊？”

广晟听到这意想不到的回答，顿时愣住了。

一种可疑的绯粉色从他脸上蔓延，连耳根都显得微红，他有些手忙脚乱，结结巴巴词不达意：“哦……哦，原来如此。”

小古暗暗松了口气：总算没穿帮，但随即却因为自己编出的这个借口而懊恼不已！

再抬头时，看到这向来爱臭美的孔雀男变成了呆头鹅，心中的怒气这才略微松缓下来。

“你……不要紧吧？”广晟憋了半天，冒出来一句，“那你要不要喝红糖水？我听说可以用玉缎和棉芯来做那类物件——”

居然懂得这么多！

小古似笑非笑看了他一眼：“少爷你这是从哪学来的？”

“就是上次去万花楼，他们不许我喝酒，我就跟姑娘闲聊——”倒霉实诚的广晟这才发现自己说漏嘴了，“我当时有伤在身，可是什么都没干。”

“这意思是说，你没受伤的话，是要好好跟姑娘们看星星看月亮促膝谈心了？”

小古的眼光一闪，让广晟觉得舌头都短了半截似的，没等他反驳，就连珠炮一般道：“都谈到这么私密的话题了，少爷还真是受欢迎。”

这口气……不知怎的，带出些娇蛮酸味来。

广晟大汗淋漓，突然觉得自己理屈词穷，他干咳一声，脚下步子加快了：“我得赶紧送你回去，前头宣旨的还在等着呢。”

小古瞟了他一眼，只见他的眼角眉梢都带着疲倦，心中一软，那些带刺的玩笑话就没有说出口。

“你这几天还好吗？有没有受伤或是累着？”

她柔声问道。

广晟一时不能习惯她的温柔语气，面上绯红又起，心中却是又暖又甜。

别人在意的是他突兀得到袭爵，今后荣华富贵前途可期，只有她，记得问一句“可有受伤累着？”

这几日时局动荡，宛如无地旋涡一般将他卷入，稍有不慎就是粉身碎骨的下场，他终于挺过来了，也成为了最后的胜利者……无数奔波凶险泛上心头，万千感慨，却只化为淡淡一句——

“我没事，你别担心。”

他的眼眸晶莹闪动，清澈而放松，宛如最神秘温柔的墨玉，蛊惑着她，她却从中看到一种隐忍的痛楚。

他的笑意温柔和煦，不知怎的她却读出了哀伤的意味——在这一刻，他好似传说中瑰丽神秘的妖兽，静静袒露着自己肚皮上的伤口。

只有在她面前，才会露出这份脆弱和痛苦。

广晟把头靠在她的肩窝棉被处，闭上眼，低声道：“我只是有点儿累了。”

这一场，他成为最后的胜利者，可这份救驾大功背后，却是指挥使纪纲的身陷囹圄。

怎能眼睁睁看着这位如父如兄的上司被问罪凌迟？

锦衣卫这条大船，该怎样在接下来的风浪中保住自身？

这些念头纷杂而来，所有的痛苦、愤怒、甚至恐惧，在这一刻都被他驱散摒除，耳边只有少女的清脆一句——

“平安回来就好。”

是啊，平安回来就好——留得有用之身，未来才有无穷可能！

嗅着少女的发香，广晟心中的不安焦躁逐渐沉淀下来。

平安回来就好……小古却是微微苦笑：少爷，你可知道，我险些就不能活着回来见你！

想起那暗夜长街的激战，那神秘暗使的惊天一箭，正中胸前的剧痛……小古不由得打了个冷战。

若是我无声无息的死在那里，眼前这人该多么着急啊！

“冷吗？”

他掖紧了被子，加快了脚步。

“不，我只是庆幸。

庆幸此时此刻，大家都是好好的。”

小古由衷地说出这一句，憔悴面庞上绽放出一道微笑，却让广晟莫名觉得美而不祥。

好似禁苑之中的昙花，绝美而旦夕消逝。

他甩了甩头，把这种荒诞的感觉丢弃，直接抱着人回到了自己院子。

小古静静躺在床上，衾被都是丝绵柔缎，厚实暖和熏过了香的。伤还没好正该休养，她却是睁着眼毫无睡意。

耳畔鼓乐之声大作，院外隐隐传来欢声笑语，喜庆而热闹。

刚刚那阵云板声响，是排了香案在迎接天使宣旨，如今大概是大摆筵席接待上门庆贺的宾客。

有几个小厮在门外廊下议论这次的盛况热闹，小古只听其中一个道："各家勋贵都是亲自前来，就连英国公家都来了两位侄少爷……马车和仪仗从人们都排出两条街开外了，这场面我还是头一次见！"

"别说是你，就连我爹跟了老侯爷一辈子，也没见过这么多公侯大人们如此赏脸——除了这些勋贵爵主，据说连几位文渊阁学士都派人送礼来贺，这些清贵文官可很少卖这么大的脸面！"

那人啧啧惊叹："我们这位广晟少爷，这下算是飞黄腾达了！"

"那几位学士也许是看了二老爷的面子……"

这人很快遭到反驳："上次二老爷升官，也没见他们有这么热络！"

又在那热火朝天地说起广晟袭爵的原因："宾客们都传遍了，是晟少爷忠勇果敢，立下了救驾大功，据说是把皇上和皇太孙都从火场里救出来，迟了就要被反贼的火炮轰着了。"

什么？！

小古心头巨震，什么反贼的火炮，救驾之功？

这到底是怎么回事，是谁干的！

她蓦然从床上起身，却因为失血过多一阵晕眩。

难道是他？

她的眼前，瞬间浮现了景语冷然含笑的面庞。

这一切，真是你布局的其中一环吗？

她心焦不已，却无法从内院离开去查个清楚。

正在这时，她听到另一侧的窗棂，有人轻轻叩动了三声。

"是谁？"

她警惕地直起身子！

对方没有回答，只是继续叩动三声，一片寂静中显得格外诡秘怪异。

小古一摸怀里却摸了个空——随身的短刃已经藏起来了，她拔下发间铜簪，蹑手蹑脚走到窗前，猛然打开朝外刺去——

手臂被人及时挡住，眼前出现的熟悉面庞却是让她一愣——竟然是袁二袁槿！

他的脸靠得很近，眼角横曳的刀痕触目惊心，犀利眼眸看向她："别动手，是我。"

"你怎么来了？"

小古问出这句立刻觉得自己多此一问，身为广平侯袁家的二公子，年少有为的千户大人，这么热闹的袭爵筵席，他怎么会不来呢？

袁槿看着她，嗓音是少有的急促凝重："出大事了，金兰会和你只怕都要遭殃！"

小古心头一震："怎么回事？"

"你藏匿那些罪臣女眷的地点，已经泄漏了。"

袁槿的声音低沉，听在小古耳中，却好似霹雳巨响一般："怎么会？"

这个地点非常隐秘，都是小古通过自己可靠的下线张罗的，平时也不惹人注目，就连金兰会那边的兄弟姐妹，她都没有告知具体地点，怎么会泄漏出去？

"五城兵马司的钧令已经发出，一个时辰后，官兵就要过去查抄逮捕，必须赶紧把人转移了！"

耳边传来袁槿严峻急迫的警告声——他是公主与广平侯之子，在军中也有一定的人脉，这样才能得知这类绝密情报，趁着今日袭爵庆贺急急赶来通风报信。

加上上次的事，他已经几次三番施以援手了——他出身显赫，父亲在五城兵马司掌着兵权，母亲更是朱棣亲生的公主，为何要蹚这浑水？

小古抬头看向他，只见他俊眸若朗星，熠熠光芒却是不容错认的焦急，疏朗眉宇却因为此事而深深蹙起，仿佛酝酿着复杂而凝重的风暴。

他从窗边一跃而入，拉了小古的手，也不避讳，直接道："我带你去那！"他的手劲儿强而有力，一扯之下拉动小古胸口的伤处，顿时让她脸色一白。

"怎么了？"

他发现异状，随即拉开她胸襟的衣带，惹起她压抑的惊呼："你做什么？"

"你受伤了？"

看到贴肉的白色绷带和淡淡血色，他瞳孔一缩，原本冷峻漠然的神情，此时平添一种怒戾："谁干的？"

"别管这么多了，救人要紧！"

小古迅速收拢衣襟，又罩了一件外穿的黑色氅衣，把垂腰长发三两下打理成一个圆髻，正要走却又心生踌躇：就这么离开，只怕少爷要担忧着急找人，于是让袁槿藏好，唤来门外小厮请来蓝宁。

"我有急事离开，少爷若是问起，就说我去城郊亲戚家住一晚，今天是他的好日子，若是为了我跟二老爷吵闹起来，反而不美。"

彼此都是聪明人一点就透，这个时候还出去必定是有十万火急的事，蓝宁目光闪动，看向无风自动的帷幕微微诧异，却没有点头答应：“你还有伤，我替你去吧。”

“这事你也替不了，放心吧，我会小心的。”

小古苦笑着朝着帷幕一瞥，却见床边的帷幕下露出一双男人的银缎军靴，不由得扶额叹息：“这位大爷连基本的藏匿都没做好！”

没等蓝宁继续说下去，只见帷幕之后身影一闪，拉着小古便从敞开的轩窗跳了出去。

男人身手高强，即使带了一人，仍是风驰电掣般从屋檐踩过，离开了内院范畴。

外院的几个花厅之间，人来人往很是热闹，袁槿带着她闪到柱子后面，避开了半醉的几个来客，随即穿了几道庭院和角门，来到一个偏僻角落，那里有袁槿的小厮正在等着，小厮解开手里包袱，里面是一套小厮的服饰。

“先将就装扮成我的下人离开吧。”袁槿说完，就装作不胜酒力的模样告辞，原本也没什么波折，谁知身后传来一声朗笑，“酒还没喝尽兴，袁千户怎么提早退席了？”

这声音……简直不能再熟悉！

就是她家这位孔雀男的少爷！

小古简直头疼欲裂，手心冷汗直冒，毫不犹豫的，她闪身躲到了袁槿的小厮身后。

只听脚步声有些拖沓，广晟走到了袁槿身前，带来一阵浓郁的酒香：“莫非是酒菜招待不周，还是……对我有什么不满？”

他好似喝了很多酒，嗓音不如平时的清冷淡漠，反而带着一种肆意轻狂，茫然而笑之下更显得面若桃花，简直让周围男人都偷偷咽了口口水。

袁槿却是面色若常：“侯爷言重了，我刚刚得知家中有急事，这才不得不跟您告罪，提前离席了。”

“嗯……那好吧，你且先回去吧。”

广晟醉眼蒙胧，笑着挥手道，袁槿转身要走，却又被他拉住了手臂。

“我有一句话忘了叮嘱你……”

众目睽睽下，广晟冷然一笑，眼角眉梢染了一种魔魅，靠近他的面庞，却是引起一阵低低的抽气声。

两个男人，各自端秀英俊各具神采，如此暧昧地贴近，几乎靠在一起，这场面不仅不雅观，而且还容易引人绮思。

广晟靠近他耳畔，低声道：“袁二郎，你千万，千万别打我家小古的主意，否则——”

他打了个酒嗝，原本闪亮而认真的双眸开始混沌，脚步又有些打飘。

“侯爷的话，我记下了。”

袁槿静静答道，回以冷然一笑，唇角的弧度让人不寒而栗。

“好了，你去吧。”

广晟挥手，看着那一行三人离去，突然身子一震，又喊道：“等一等！”

这是又怎么了？！

袁槿眼中升起一丝不耐烦，勉强回身要问，却见广晟又走了过来，突然一把抓住他身后的“小厮”，目光蒙眬地问道：“这是谁？”

小古被他的铁掌牢牢抓住，顿时更加头痛，低下头作畏缩状，竭力让自己保持冷静，不露出任何破绽。

广晟茫然地眨着眼，水光莹润的眼中，所有人影都映出重重叠叠的两个，让他看不真切：“你，长得很像一个人……”

“侯爷这是喝醉了。”袁槿不动声色的挡在小古身前，沉声道，“醉得连人都认错了，还是该回去好好歇息。”

广晟困惑地睁大了眼，努力想看清眼前那人——不知怎的，他的心头总是模模糊糊浮现小古的面容和身影：“嗯，确实很像……”

“小古，你……怎么会在这？”

他总觉得有什么不对，正要再上前去拉她的袖子，却反被袁槿挽住了手臂，藏在袖中的左手悄然用力，点在了他的睡穴之上。

酒气混合着睡意，终于让他眼中的神采黯淡，渐渐闭上了眼。

“来个人扶侯爷回房歇息。”

袁槿冷然说道，等广晟的小厮出来接手后，一拉小古转身出了侯府。

长街上夜凉如水，无云的夜空星辰闪烁，显然明天是个大晴天。

街角仍然排满了马车，零星的下人正或蹲或坐等候着。长街那头，鼓乐丝竹之声仍是隐约可闻。

小古与袁槿坐在马车里，她端详着内部精美的湘绣靠垫、四角丝带上垂挂的明珠，感觉广平侯不愧是皇帝的宠臣和女婿，家底绝对比济宁侯府要厚得多。

马车疾驰而去，小古却是忧心忡忡，她看了一眼袁槿，低声问道：“知道是谁泄露出去的吗？”

“据说是一个女人招供出来的，是你们金兰会的人。”

小古瞬间想到了红笺，难道是她？她把这些事情前后连起来想了下，越发觉得很有可能是她。

但就算真是红笺，她也不知道那个确切的藏匿地点！

去过那个地方的，只有二姐和秦遥。

但是他们两人，却是绝对不可能这么做的。

到底是哪个环节出了问题？

小古苦思不解，一旁的袁槿低声道：“我一得到消息就来找你了，若是我直接去，只怕她们不肯信我。”

小古看向他：“为什么你要帮我？”

袁槿一愣，随即却是微微苦笑：“我家两个弟弟都上了你们的贼船，我若是撇清，岂不是对兄弟不义？”

“这个理由很牵强。”小古盯着他每一分的表情，低声说道。

以广平侯袁家在皇帝那里的荣宠，就算真有子弟跟金兰会搅和到一起，只要及时告发说是年幼无知被蛊惑，保下一条命是绝无问题的。

看着小古怀疑不信的目光，袁槿微微一笑，眼中波光晶莹，轻轻撩起她一缕鬓发，用发钗重新绾了，低声道：“若是我说，对你是一见倾心，所以才愿意出手相助，你信不信？”

小古皱起眉，拔下那支银钗，亲手重新绾了，略带嘲讽道：“千户大人，我觉得……”

“嗯？”

他目光炯炯，饶有兴味地看向她。

“我觉得你比我家少爷喝得更醉，说的醉话也更好笑！”

她挑眉说完，那人却没有动怒，反而唇边露出一道神秘笑意：“是真是假，我会让你了解我的心意。”

小古似笑非笑地瞪了他一眼——她才不会相信，这个男人是被自己迷得神魂颠倒，这才愿意尽心尽力帮助反贼的。

他必定别有目的。

两人各怀心思，不一会儿就到了那家棺材铺后的另一条街巷。

“马车不要再靠近，否则会被人盯上的，若是再闹出什么事来，你们府上又要有麻烦。”

袁槿知道她说的是袁五私下藏匿王霖的事，一边扶她下车，一边苦笑道：“五弟是三叔的遗腹子，太夫人一向疼他，又常年闭门读书，这才纵得他这般不知世事又胆大妄为。”

他叹了口气，感慨道：“五弟对王霖情深义重，为了他什么都肯做。”

“但他险些拖累整个袁家获罪。”

小古对袁五颇有意见，虽然袁五是为了帮助金兰会的人，但是将心比心，这么不顾家人的行为，却是非常自私任性。

“我很羡慕他。”袁槿又叹了口气，眼神复杂而悠远，“他能够不管不顾，顺从自己的心意做事，而我却不能。”

这有什么好羡慕的？

小古无法理解他的思维，不过这一家三兄弟的秉性各有古怪，她也不以为意。

说话之间，两人已经悄然进入棺材铺后院，对了暗号，顿时就有守门人把密室打开。

密室里空气混浊，很是拥挤，好些人正在熟睡，却被这门口的一道灯光照醒，睡眼蒙眬地打着呵欠。

“快醒醒，赶紧出来。”

小古冷声说道，顿时把众人的睡意吓走，在昏暗的灯光照耀下，众女的脸色都显得青白不定，茫然不知所措。

“十二姐姐……”小安从简陋的木床上跳下，俏丽的瓜子脸上却有着与年龄不符的早熟，“是出什么事了吗？”

小古俯身替她扎好长发，绾成一束盘在头顶：“我们要立刻转移。”

密室内的人闻言更加骚动，有些胆小的已经簌簌发抖。

“是朝廷要来抓人了吗？我真是命苦啊，早知道就不要逃出来，如今也好好在军营呢！”说这话的就是那个不受人待见的阿琼，她拍着大腿干嚎道，“你们这群逆贼把我也拖累了，将来菜市口杀千刀也有我的份儿啊！”

凄惶粗俗的喊叫声划破了暗夜的宁静，惹得旁边众女也要悲声大作。

“住口，你是要把所有人都引来吗？”小古皱眉，压抑怒火冷斥道。

“那又怎样，跟着你们担惊受怕四处逃窜，还不如死在这儿呢！”

阿琼不管不顾地撒泼，小古的身影闪电一般掠出，等她反应过来，冰冷的手指已经掐住了她的咽喉。

冰冷毫无感情的目光冷冽瞥过，让她心头一凉，随即却被人捏开了嘴巴，丢进了一颗黑色药丸，强制吞咽之后，咽喉火辣辣的刺痛，格格作响却又发不出声来。

“这药能让你做一天的哑巴，要是继续吵闹把官兵引来，我只好给你配真正的毒药了。”

小古的声音不大却满含冰冷，扫过众女，暗含警告道：“赶紧撤离，如果继续磨蹭落到官兵手里……”

她没有再多说下去，但那种现实可怕的阴影却宛如三尺利刃，悬在众人头顶。

接下来没人敢再闹，顺利在一盏茶的时间内收拾齐整离开。

曲折狭窄的街巷中，昏暗的气死风灯在风中摇晃不定，地上堆满了箩筐杂物，看起来黑魆魆的一片，越发显得鬼魅阴森。

女人们挽紧随身小包，手拉着手，放轻了脚步急促地朝前走，其中大部分还裹了小脚，更显得步履维艰，踉跄缓慢。

突然前方闪过一团黑影，有人吓得魂飞魄散就要尖叫，一旁的小安眼疾手快，跳起来捂住她的嘴，不顾她呜呜挣扎，低声道：“那是一只猫而已。”

小古站在前头用手里的角灯照亮拐角，果然一团毛茸茸的猫影直蹿而去，还传来一声尖利喵声。

暗夜的猫叫宛如婴啼，听起来格外瘆人，有女人吓了一跳又松懈下来，脚下一滑又崴了脚。

小古只觉得头疼麻烦不已——这还不如上次把人迷昏，藏在铠甲箱子里偷运出去简单方便呢！

但她也只能耐着性子上去搀扶，低声安慰道："别怕，马车就在前头。"

前头的大街已经清晰在望，袁槿的身影站在那里翘首等待，他的朱轮大车后面，一溜跟着的是七辆简陋破旧的马车。

另一条身影闪进巷子，虽然高大粗壮却又宛如灵猫敏捷："十二姑奶奶，我来了。"

说话的正是郭大有，小古离开侯府前，让蓝宁放信鸽召唤了他。

两人见面顾不得寒暄，略一点头就要把人带上马车，而就在他们走出小巷的那一瞬，小古只觉得背后疾风袭过，她凭直觉低头一闪，冰冷刀锋擦着脸颊而过！

另一道刀锋闪过，郭大有没有防备，顿时被砍中胳膊，他痛哼一声，另一手出拳轰开对方，只见右臂上血如泉涌，伤可见骨！

面对他们的袁槿露出震惊的神情，拔出佩刀飞快地跑了过来——两边相聚不到十丈，眨眼之间已经冲到了跟前。

小古被一个黑衣蒙面人逼得左支右绌——她背上负着一人很是累赘，擅长的轻盈敏捷身法不能奏效，反而被对方以快打快钳制！

对方的高强身手出乎她的意料，下手狠辣招招毙命，一时之间她陷入了危局，下一刻，袁槿冲到了跟前，一泓寒光之下拔出了长刀，及时挡住了这一下！

黑衣蒙面人冷哼一声，弯刀一闪，内家真力浑厚，袁槿竟然被他震退三步，虎口出血险些兵器脱手！

小古没来得及反应，那人又追上来拦住她的脚步，刀光风声呼啸在身旁，小古浑身寒毛都战栗而起——这人好厉害！

她心中暗惊：这样的高手世上罕有，必定不是无名之辈，怎么会突然出现在这伏击偷袭？

不太像朝廷的人，但又是哪一边的势力呢？

虽然心中狐疑，但她面对眼前刀光，还是只能奋力应付，眼角余光示意倒地的郭大有：赶紧把女人们带走！

巷口狭窄，三个人拼杀挪移，刀光剑影满罩住这方寸之地，但只要逃出十步开外，便是广阔的大街！

郭大有捂住伤口，拉起缩在巷子里抖成一团的一个女人，嘶声喊道："跟我来！"

话音未落，又一个黑衣人冒了出来，弯刀一横，顿时让那女人发出一声尖叫往回逃窜！

"救命，杀人啦！"她的尖利喊声，划破了暗夜的宁静！

"你们一个个都休想离开！"为首的那个黑衣人沉声说道——他的嗓音也是平板诡异，不知怎的小古却也有一种莫名的熟悉感。

附近民居好似被这边的激战惊动，窗前亮起了灯火，远远还传来犬吠人声！

小古一咬牙，长袖一甩，顿时飞出一只精致细小的瓷瓶，落在地上摔得粉碎，顿时一片蓝色荧光弥漫而起！

这蓝色荧光乃是蓝月凤蝶翅膀上的磷粉制成，混合特殊的药水碾成粉末，可以溶解于空气中，造成大雾一般的效果。

蓝色荧光四散弥漫，顿时四周伸手不见五指，诡异的蓝磷闪光之中，袁槿与黑衣人都不能视物，刀刃乱挥之下不时发出撞击声，渐渐偏离原地！

小古眯起眼，一把拉住郭大有的右手，低声道："一个拉一个，跟我快走！"

郭大有立刻明白意思，左手拉住那个瑟缩的女人，低声重复道："一个拉一个，赶紧撤离！"

女人们哆嗦着哭泣不敢上前，小古低喝道："快啊，再胆小就只有死在这！"

小安咬着牙冲上前，作为关键链接的第二个，女人们总算勉强成了一长条，跟着小古快步而逃。

那两个黑衣人感觉到杂乱的脚步声，惊怒之下朝着这边冲回，袁槿以一敌二战态激狂，却始终落在下风，不一会，三人的战团就重新回到了这里。

"我说过，谁也不准离开！"

黑衣人长刀凌厉，挥向近在咫尺的小古——因为巷口逼仄，小古身后就是手无缚鸡之力的女人，她退无可退又来不及反应，只能眼睁睁看着利刃逼近眼前——说时迟那时快，袁槿飞步一跃，挡在了她的身前，黑衣人的弯刀宛如毒蛇之信，一下戳中了他的胸膛！

"袁槿！"

小古惊得肝胆俱裂，眼睁睁地看着刀尖刺入，下一刻就要血肉四溅——然而让所有人震惊的是，刀尖似乎被什么硬物挡住了，竟然没有伤到袁槿。

只听"当"的一声，似乎有什么佩饰一类的东西落在地上，闪着玉莹光芒——此时蓝雾已经消退不少，黑衣人"咦"了一声，眼角瞥见那物件，突然身上一震！

正在激战之中，他居然俯身捡起了那枚玉佩！

等他看清玉佩的样式，顿时整个人身躯一震，看向袁槿的眼中闪现强烈异常的光芒："这玉佩哪来的？"

"还我！"

袁槿冷然一声，手中长刀横挑而去，黑衣人不知怎的，再没了方才那种刀刀杀机的凶狠，反而似乎有所顾忌，一味闪避。

"这玉佩是你的吗？"

刀光闪闪之中，他重复问道，显然很在意这玉佩。

小古凝神去看那玉佩，觉得那轮廓好似很熟悉——她顿时想起自己匣子里藏着的那枚，也是自小戴在身上的。

似乎很相似……

情况紧急也不容她胡思乱想，她迅速带着女人们冲到了马车跟前，扶着她们迅速上了车。

郭大有单手挥起了长鞭，当头的两匹马一声长嘶就要飞驰而去，小古却站在原地，看向身后——袁槿想要夺回玉佩，与黑衣人缠斗片刻，却不得要领。

此时袁槿的车夫大喝一声，甩出手中长鞭，宛如灵蛇一般缠住黑衣人的手，他刺痛之下微微一送，那鞭梢就卷起玉佩飞旋而回，平稳落到了车夫手上。

这般神乎其神的手法，让小古双眸一凝——袁槿的车夫看起来只是个普通的下人，毫不显山露水，竟然也是一个高手！

此时袁槿的马车也动了，驶过她身边时，一阵疾风吹去，他轻舒猿臂将她拉了上来，身后黑衣人紧追不舍，但终究赶不上马车，过了一阵总算被甩脱。

小古整个人都松懈下来，耳边只有两人略微急促的喘息声，以及车轮滚动的声响。

"这次真是连累你了！"她看向他胸前衣服的破洞，难以想象方才的惊心动魄，犹豫半刻，终于还是问了，"那枚玉佩……"

袁槿看向她，昏暗的车厢里只有一盏煤灯，照得四角垂落的明珠光晕柔和："这玉佩，你应该再熟悉不过。"

他打开掌心给她看，果然跟小古藏在匣子里那块一模一样，螭龙透雕，一派端严高华之气，旁边米粒大的篆字殷红剔透，小古只认出一个"敬"字。

看着她诧异的眼神，袁槿目光深邃，唇边带着淡淡笑意，"这玉佩是一对，乃是我们当初订下婚约的表记。"

婚……婚约？！

小古睁大了眼，整个人在这一刻已经吓傻了。

她眨了眨眼，半晌才回过神来——这人是在说什么疯话！

看着她眉宇间的震惊和愤怒，袁槿好整以暇道："这是令尊在我们幼时定下的亲事，那时候下定的礼物里就有这一对玉佩，是他亲手为我系上的。"

小古只觉得耳边嗡嗡作响，那句"令尊在我们幼时定下的亲事"好似晴天霹雳，在她耳边回荡咆哮——

这怎么可能！

她狠狠瞪着他，却看入一片含笑的黑眸深海，"玉佩是自小就随身带着，你应该有印象。"

确实如他所说，但并不意味着这代表着什么婚约！

看着她冷笑不信的表情，袁槿叹了口气，从贴身的香囊里掏出一张叠成方块的小纸片，展开递给小古，竟然是一份八字生辰庚帖。

看着属于自己的熟悉八字，小古的眉头皱得很紧，这份庚帖确实是自己的，仔细端详那字迹，果然跟记忆中父亲的字迹相同。

真是他写的！

小古想起那个称作父亲的男人，心中便升起复杂纠结的怨恨——他苛待自己母女在先，居然还莫名定了下这什么鬼亲事！

真是混账……

她握紧了拳头，原本对袁槿印象不错，此时此刻看来，他那张带着伤痕的冷峻容颜，却是说不出的可恶："什么婚事？我从来没听过，袁二公子你不可胡言乱语！"

"是不是胡言乱语，你我心知肚明——这桩婚约实实在在存在过。"袁槿见她这般如临大敌似的反对，唇边的笑意不禁淡了下来，眼中闪过一道黯然。

"如今我父母双亡，只能任凭你天花乱坠胡编了——光凭一份庚帖和一对玉佩，又能说明什么呢？"她想起胡闰那个渣爹，心头恨意就化作怒火上涌，"再说，就算真是我生父写的那又怎样？他那种人也配决定我的婚事？真是笑话！"

见小古摆出一副油盐不进的冷笑模样，袁槿也不禁心中微怒，冷峻面容上更加凝肃："怎可如此忤逆？"

2.

"忤逆？哈，看来你是真不知道我爹是个怎样的人啊！"小古的美眸因愤怒而灿亮，"我爹那个人最是虚伪无耻、薄情寡义，他把我卖给你，换了多少钱？"

袁槿看她神色激动怨愤，皱起的眉头微微松缓："你爹对你很不好？"

"袁二公子，你对我、对我家到底了解多少呢？这样居然也敢跟我订下什么婚约？"

小古冷然一笑，袁槿却是欲语还休，好似有什么复杂的内情。

"我们的婚约，是两家在燕军南下时仓促订下的。"

袁槿唇角扬起苦涩的笑容，整个人好似陷入了无边的黯然哀恸。

想起那时候金陵城的兵荒马乱，政权变幻，小古也默然了，出乎意料的没有再牙尖嘴利。

"那还是建文四年的事情……"

袁槿轻轻叹息，说出那个被视为禁忌的年号——那也是建文皇帝朱允炆执政的最后一年。

"那时候我还在你家花园里见过你一面，只是你不知道而已。"他凝视着小古，眼中闪动着奇异的光芒，“那时候，我偶然看见你手腕上有这颗朱砂痣，便记在心里了。”

小古愣了一下，随即才反应过来，他说的朱砂痣，根本就是她手腕上那处旧伤形成的红色伤疤——那是小时候她被如笺陷害，推到池塘里划破留下的。

上一次，如笺就是凭着这个伤痕认出她的身份的，没想到连他也是同样……

袁槿凝视着她，想起那一日晨间，在平宁坊遇到她时的情形——

北风呼啸的青石长街上人烟稀少，白色的冰霜在屋檐化成水滴，落在窗前的红梅花蕊上，淡金色的暖阳照在那纤瘦娇弱的身影上——那少女低着头，好似在追着被风刮跑的头绳。

他的心弦莫名一动，好似受了什么蛊惑，下得马来，替她捡起那段莹莹红头绳，递给了她。

“多谢你。”

她伸手来接，他的目光落在那雪白素腕上，那一抹嫣红记号，跟他记忆之中的瞬间重叠——他激动得浑身血脉贲张，一把抓住了她的手腕！

竟然是她！

竟会是她！

那个曾经与他订下婚约，缘悭一面的小小少女！

这是怎样的巧合与缘分？

“你姓什么？是哪家的？”他的问话快而干脆，离奇的重逢让他几乎怀疑自己在梦中！

她好似被吓坏了，使劲儿挣扎一下，他却死死抓住不肯放手——

“请问……这位姑娘你到底姓氏为何？出身哪家？”他怕自己抓疼了她，放缓了语气执着追问着。

她的害怕疏离，让他的手掌一僵——晨间的日光照在两人身上，少女清澈晶莹的瞳孔之中，倒映出他激动的面容：一道长而醒目的疤痕横过眼角，显得格外狰狞！

那一刻，他无比痛恨自己半毁的容颜。

袁槿回想起那一幕时，心中最深的角落仍隐隐作痛——世事难料，人事已非，只怕他带给她的，不是惊喜，而是惊吓。

“喂，你怎么了？”

身边之人的轻喃低语，让他从回忆中醒过神来，他凝视着她，无声一笑：“贸然出现我这个未婚夫，倒是把你吓着了。”

这都是胡闰那个混蛋渣爹干的好事！

小古狠狠腹诽，但终究还算理智：“听你说来是家里订下的，既然如此，我不怪你。”她抬眼看他，虽然有些难堪，却终究把话说明白了，“但这桩婚约，我觉得不能算数。”

看着他手里那张写有自己生辰八字的庚帖——微微泛黄的纸叶，被折成密密的皱痕，却是保存得很好很用心。

“这张庚帖是家父胡乱给出，如今大家都有了新的身份和生活，就不必留着了。”

她伸手要拿回，却被他的手掌一挡。

“不必。”

他的嗓音低哑，引起她双眉紧皱，同样低声道：“我坚持。”

她的眼对上他的，浓若点漆的双眸之中，燃起决然的抗拒火焰：“我根本不会遵从我父亲的什么婚约！”

“这点，我刚才已经知道了。”他平静地看着她，神态稳如磐石，“可我觉得，这个婚约没有废止的必要。”

这人……真是油盐不进啊！

小古气结，皱眉低吼道：“可我不愿意！”

“你不愿意的原因，是恨你父亲，还是觉得我不堪相配？”

他凑近她，在宽敞车厢里将她堵进角落的阴影里：“婚约是结两姓之好，可真要在一起的却是我们，你若是因为对父亲有恨而迁怒于我，这岂不是因噎废食？”

噎你个头！简直是歪理邪说！

他呼吸间的热意熏染出清雅的焚香，沉默而侵略地弥漫渐染，小古眉头皱得更深：“对我来说，你只是个陌生人。”

“俗话说，一回生，两回熟，算起来，我们这已经是第五次见面了，那也算是熟透了。”

袁槿看似冷峻寡言，居然有这种诙谐幽默，更加让小古恨得牙痒痒，她按捺不住胸中怒火，高声道：“我不会嫁给你的，你死心吧！”

“我这人生性执着，绝不轻言放弃。”

“你……混蛋！”

小古看着他微微热烫的笑容，恨不得拿起锦垫来扔过去——

“你到底喜欢我哪点，我下回改了还不成吗？”

袁槿一愣，随即爆发出一阵大笑声。

收敛了笑容，他仍然维持冷面形象：“我喜欢的，就是你这种凶巴巴的拒绝，你若是愿意改，我更是欢喜万分。”

小古简直气得眼前发黑，正在此时，车窗外有人微微叩动。

“是谁！”

两人近乎同时冷声喝问道。

弹墨莲花纹的垂帘被揭起，露出郭大有微带尴尬的神情：“你们两位吵得还挺厉害哈……”

关你什么事！

迎接他的是两人同时的黑脸瞪视。

郭大有骑在马上，一边追上马车的速度，一边笑得更加暧昧，“呵呵，打扰你们真是抱歉，不过前面快到目的地了。”

小古直起身子向外看，只见暗黑熹微的天光尽头，重重树影里露出了飞檐一角，黑瓦白墙显得宁静安详。

“这是……”

袁槿从来没来过这陌生地方，略带好奇地打量着。

“俗话说：车船店脚牙，无罪也该杀。这里就是整个京城买卖人口的官牙所在。”小古唇角抿起，嗓音冰冷微微带着讥讽。

袁槿很是吃了一惊：此地看来颇为安静雅致，完全不是他想象中的腌臜暗黑。

天边逐渐露出鱼肚白，小古站在山丘之下的小径，学了几声鹧鸪叫，遥遥听到里面也传来回应之声。

“行了，二姐在左边小门接应我们。”她略微松了一口气，带着女人们朝半山腰走去。

清晨的石阶上有些湿滑，罗袜小脚未免踉跄辛苦，但小安却是眼中露出兴奋活跃的光芒，在旁边鼓励搀扶：“快到了，我娘正在等我们呢，到那就可以好好歇歇了。”

这大半夜的惊慌逃窜，也实在是耗尽了所有人的体力，大部分人都气喘吁吁香汗淋漓。

二姐的名字，其实连小古也不知道，只知道大家都唤她紫姑。

她原本也是世家大族的贵妇名媛，一朝落魄被卖为官奴，却惨遭主家凌虐，严刑杖击之下连子宫也脱出，险些大出血死去，勉强救回后，声线也是嘶哑低沉。之后不知是哪位大人物搭救，居然兜兜转转被调到了应天府开办的官牙，专职人口买卖。

从本心上说，小古并不愿把人藏到二姐这里，一是因为她跟小安是母女，真情流露很容易被人怀疑；二是因为这里鱼龙混杂情况复杂，二姐又并未完全控制局面，很容易卷入官牙内部的是非倾轧。

但这次情况紧急，也只能先暂时逗留几日了。

天光曚昽之中，那鹧鸪叫回响在耳边，显得有几分凄厉不祥。小古摇了摇头，把这种感觉甩在脑后，却是看向袁槿：“我们已经到了安全之地，你可以先回去了。”她想了想，又添了一句，“婚约什么的根本不存在，你就别惦记了，我们金兰会是逆贼叛党，你最好别蹚这浑水。”

袁槿凝视着她，目光含笑，却又带着复杂难懂的幽黑：“我知道你是不愿意拖累我。”

没等小古翻白眼，他无比郑重地凑近她，低声道："每家的水，其实都不如外人看得那么清澈——对景儿发作起来，谁连累谁还不好说呢。"

这话似乎别有含义，小古却觉得云里雾里，袁槿不再撩拨她，犀利目光打量四周，低声道："太安静了些。"

小古心中"咯噔"一惊，睁大眼睛打量四周，却是没什么发现，小安在旁边低声道："我听我娘说过，官牙这边管事的吏目有失眠心悸的毛病，因此她们每隔几日都要泼洒药水灭杀虫蚁，连蟋蟀鸣叫都不许有。"

小古这才松了口气，却听袁槿低声道："还是小心为妙。"

小古点头，再次迈步向上时，却是把他这句记在心里，再想起地点漏泄之事，心中也不免提高了警戒。

一行人走到了半山腰，官牙的营所就在眼前，碧绿的芭蕉叶依伴在水潭边，半遮的角门边，绰约站着熟悉的身影。

"是二姐！"

小古大大松了一口气，正要上前，却再次被袁槿拦住："我进去探探。"

"你多虑了，二姐是小安的亲生母亲，其他人也许会出卖我们，唯独她不可能。"

小古身手敏捷，三两步上前，却见二姐手提一盏堆纱角灯，幽冷灯光把她照得面若白纸，长发垂髻，纱裙纤纤宛如山林间的狐女妖鬼。

她好似很是焦虑恐慌，双手绞在一起，见到小古马上迎了上来——

"你们总算来了，我做了小安爱吃的芋头。"

这本是寻常一句，听在小古耳中却宛如狂澜鬼音——

不对！

上次母女相认时，她们絮絮叨叨说了很久，小古也在场，听二姐问起小安，平时的过敏症有没有好些。

小安的过敏症很奇特，并不忌惮那些花粉虫蚁，只是要小心不能误食那些毛茸茸的芋头和蟠桃等。

一个深爱自己女儿的母亲，怎么会说什么"小安爱吃的芋头"？！

小古瞬间停住脚步，死死盯住二姐看去！

二姐跟平时一样，除了担忧惶恐并没有别的异样，但她一双瞳孔深处，那两点奇异的光芒，却是灿亮得惊人！

那一种深入骨髓的害怕和绝望，以及……无比强烈的求救示警！

就在小古惊愕的瞬间，袁槿眼角瞥见树丛中一道银芒——

"小心埋伏！"他一声暴喝，下一刻，树丛中射出无数箭雨，顿时在小古身后溅起血花和惨叫！

这……怎么会？！

震惊之后，意外变故横起，众人竟然陷入另一个杀阵陷阱！

大理寺之中，已是忙碌得不分昼夜。

最近炙手可热的主簿薛语，此时正站在书案前，负手等待着什么。

黎明的天光拂过窗纱，好似有人微微叩动三下，薛语目光一动，悬腕在桌上也回应了三下。

窗子被从外翻转，有人飞身跳入，带来一阵冷风。

“事情办得怎样？”

薛语抬眼看去，见来人气势沉敛宛如枯木，身上黑衣凌乱带伤，微微一笑，眼底却浮现冷厉之色：“看你的模样，就知道失败了。”

黑衣人取下头套，个头魁梧一脸虬髯，竟然是金兰会老四常孟楚，只见他剧烈喘息着，目光闪烁不定，好似见着了什么可怕的意外之事。

“到底怎么了？”

薛语有些纳闷，下一刻，却见老四上前一步逼近他，瞳孔深处蕴含着震惊与畏惧——

“那个孩子，他……他居然还活着！”

他喃喃自语，目光怔怔诡秘，整个人都好似着魔了一般。

薛语皱起眉头，断定他的神志不太清楚，他略一沉吟，拿起桌上的茶壶，将整壶茶水都从他头顶淋下。

冰冷的水随着茶叶灌进老四衣领，他不禁打了个寒战，眼神恢复了些许清醒。

“到底出什么事了，那些女人呢？”

老四抹了把脸上的水，嗓音带着疲倦和心不在焉：“十二妹抢先一步到了，她生性狡猾，洒出的药粉又实在怪异，我没能拦住那群女人，被她们跑了。”

“如郡？她怎会这么快就得到消息赶去？”那群女人居然能顺利逃脱，就意味着自己的下一步计划不能实施……薛语的眉头皱得更深，“她的身手在你之上，但内力不如，你有心突袭之下能够得手，而且她身边又带着这么多累赘——我本以为你能取胜的。”

他的嗓音淡漠，听在老四耳中，却是最重的斥责，他咬牙低喊道：“本来我也是这么认为，但她身边居然有个男人做帮手！”

老四说到这个人，身体又是一颤，眼中的光芒古怪而强烈，他喘着粗气，反问薛语道：“你知道，这个男人是谁？”

薛语情知有异，挑眉问道：“是谁？”

老四欲言又止，舔了舔嘴唇，拿起桌上的笔墨，就开始画出一个玉佩的图案。

他看似鲁莽粗汉，画工却居然不俗，几笔之下就活灵活现，薛语一看，整个人身上一震，也是变了脸色：“怎么会是……”

暗夜中，他墨玉般的眸子闪闪发亮，瞬间眼中已是风云诡谲——他抬头看向老四，“难道是……这位殿下，居然还活着！”

老四上前一步，近乎质问的口气激动而狂喜："你们不是说，大皇子文奎在宫变中被杀，二皇子文圭被幽禁在凤阳高墙之下，已经变得疯疯癫癫——为何还有一位幸存在外？"

"你冷静些。"

薛语眼中也是熠熠，却并不似老四那般单纯喜悦，而是一种复杂而警惕的幽光，"只是一枚玉佩而已，未必就是原主，兵荒马乱之时辗转流落在外也有可能。"

老四也略有踌躇，却又摇头道："不会，此物明显是皇家所有，一般人就算据为己有，又哪敢这么藏在身上，这十有八九就是我们的一位小殿下！"

他想起方才那惊险的一剑刺入，不禁打了个冷战，心有余悸道："方才那一剑若不是刺中玉佩，就是正中心口——我险些就犯了弑主泛上的大罪！"

他又想起这次行动是薛语所派，心中"咯噔"一声——

这到底是巧合遇见，还是他早有算计？

老四抬头目视薛语，眼神中含着肃然冷意："你们景家乃是忠良之后，景清先生虽是一介文弱书生，却绯衣藏刃刺杀燕逆，你虽然年纪不大，胸中韬略却不逊于令尊——我们愿意尊你为大哥，也是希望能在你领导下，向燕贼朱棣讨还血债，匡扶正统。"

他的声音低沉而有力，让人心头悚然："但你若是另有主意，甚至暗中设局动手脚，休怪我常孟楚翻脸无情！"

这话掷地有声，乃是最严重的警告敲打，薛语却是面色如常，微微一笑，道："四弟，我知道你对正统忠贞不贰，心情激动之下难免想得偏了，但此事确实非我设局，事实上，我比你更想知道，这位幸存的殿下，究竟是哪一位？"

老四目光炯炯，薛语抬起头平视，目光清澈而坚定，半晌，老四终于相信了他，沉声道："黑暗中，那人的面容没看清，但身上的料子显然非富即贵，年纪很轻，大约二十出头……"

"他若真是皇嗣，当时应该不超过十岁。"薛语接口道。

老四眼中波光粼粼："当时大半个皇宫被烈火包围，皇家的玉牒和宗谱都略有散失。"

薛语却是神色不动："别人可能不知道宫里有几位皇子和公主，但你们常家却必定了如指掌。"

他看着老四，目光隐有深意："常家女为懿文太子的元妃，乃是建文皇帝的嫡母，若非当日朱棣谋篡，你们就是堂堂的太后母家。"

老四面色瞬间涨红，却又变得铁青，冷然道："开平王一脉是勋贵功臣之中的翘楚，而我只是个家族弃子，又何必相提并论？"

他心中郁愤，却见薛语不温不火在等他的答案，于是低声道："宫里符合这年龄的皇嗣有好几位，但要么早早夭折，要么当时被燕军所杀，剩下的也被幽禁惊惧而死。”

他皱起眉头沉思，突然眼前一亮：“建文皇帝所出的都对不上，但我突然想起，懿文太子薨时有一位遗腹子，乃是他跟一位琴女姬人生的，当时定下的名讳是允熑。”

薛语目光犀利明澈：“也就是说，此人乃是建文皇帝的手足亲弟。”

“符合条件的只有他了。”

老四的眉头皱得更深：“他生母出生低微，在宫里也很是低调，大概也没几个人记得这对母子了。”

他又细细想了下：“宫变之后，朱棣对几位皇嗣都做了相应处置，但是却没有他的消息。”

他看向薛语：“不论是或不是，在没有查清之前，你都要立刻停下所有布局，以免让他被我们的人所伤！”

“只怕来不及了。”

薛语淡然一语，却让老四心头一震，他上前一步几乎要揪住他的衣襟：“你又做了什么？”

“让你去伏击十二她们，我的本意只在阻拦，只要让她们受伤或是受阻，大理寺这边就有人前去拘捕，如此这般，红笺的口供也得到了证实，锦衣卫剿逆不力甚至勾结叛党的罪名，就此稳稳当当——而我，也将得到永乐皇帝的信任和重用。”

薛语的嗓音淡漠清雅，如同冰泉雪溪流过，所说内容却是算无遗漏的冰冷残酷——他却仍是那般笑意儒雅，芝兰玉树。

这一幕看在老四眼中，却宛如凝视暗黑深渊，心头升起寒栗之感，只听薛语继续道：“但我料定十二虽然处境不利，却仍是智计百出，只怕你未必对付了她——因此，我还设定了第二步棋局。”

“她会去投奔谁，最信任的是谁，我都了如指掌。”他的嗓音含笑，唇边笑意带上三分宠溺，“这么多年来，她下棋的棋步，我又怎会猜不出呢？”

老四见他这般模样，冷哼一声道：“你这么着算计，倒不怕害死自己的心头肉。”

“她不会有事，我对她有信心，对自己，更有自信。”

薛语笑得如沐春风：“我一向认为自己算无遗漏，直到今天，直到今天……我仍是这么认为啊！”

谦谦君子的青年，此时的口气却是狂傲而肆意。

“我不会让她去赴死，其他人，却是说不定了。”

他的口吻淡然，在老四听来，却是宣告着血腥杀戮的开始！

半山腰的官牙管所，一侧不起眼的角门前，却突然变生肘腋，让人意想不到！

箭矢如雨般疯狂射来，顿时让小古身后的女人们惊叫一片，有人被正中胸膛，鲜血朝天喷出，惨叫声凄厉，划破黎明的宁静。

"有埋伏！"

小古惊怒交加，随即掠身闪躲，脚下却不肯退开——因为这一退，身后那群小脚女人必定死伤惨重！

危急时刻，身后袁槿上前一步，长刀出鞘舞出银芒残影，将小古周身护住！

树影重重，从四周跳出十多名黑衣人，后排六个手中弓弩银芒闪烁，前方七八个宛如凶神恶煞，持刀杀入人群。

女人们发出尖利惨叫声，小古心急想要回身去救，却被其中三人缠住，一时之间竟然脱不开身！

二姐呆呆站在一旁，整个人失魂落魄双肩颤抖，却在看到小安被黑衣人逼至角落时，双眼霍然发亮！

"小安！"

混乱之中只听二姐一声凄厉哭喊，好似疯了一般扑身过去，挡住了一道银刃。

"娘——"

鲜血随着小安撕心裂肺的哭喊声飞溅四周，让小古清澈的眼瞳蒙上了一层血色！

她心中怒火狂燃，浑身血脉激荡之下，手中冰丝与银刃穿梭，以妖异角度在黑衣人之一的咽喉上轻轻划过！

一道艳丽细微的血线沁出，那人圆睁双目，喉头咯咯作响，终于颓然歪头，倒地身亡。

另外两名感受到她周身的凛冽杀意，不自觉地退了一步，却不料那银色冰丝宛如活物，呼啸着折返绕回，刺中其中一人的咽喉——另一人吓得魂飞魄散正要飞身跃开战团，小古罗袖一甩，一根银钗直射而去，竟然戳中了他的一只眼睛，那人顿时倒在地上惨号挣扎。

那一边，袁槿也解决了两个，剩下两个追杀那群女人，已经跑出十丈多远，山野之中地形崎岖，他们虽然砍中两个，却也被躲在一旁的郭大有将山石滚下，压中了脚，一瘸一拐之下再也追之不及。

见场面混乱，那四个弓箭手从箭筒中抽换长箭，正要再来一波，突然一团黑雾落在中间，顿时一股辛辣异味直冲脑鼻，所有人都呛咳不已，手下也失去了准头。

是小古甩动罗袖，袖中飞出的粉末所致！

下一刻，银色短刃与雪亮长刀齐齐杀至，顿时有两人中招倒地，其余两人见势不妙，冲到死伤人群里，拽起一个就充当人质——

"让开一步，否则……"

冰冷的威胁声，让小古等人心中一惊：被他挟持的正是小安！

一片惊慌失措的人群中，只有小安跌坐在地，抱着血泊中的母亲痛哭——如此明显的目标，当然被黑衣人当作救命稻草擒在手中。

小安哭着挣扎，伸手去抓生死不知的母亲，却被黑衣人用刀逼住咽喉。

那人看向小古的目光凶戾中带着恐慌，却又转为憎恨——

“我数三，你放下兵器，给我过来！”

他的目标居然是自己……真是奇怪！

小古皱起眉头，心中飞快思索，对方用力一划，顿时小安脖子上也滴下血来：“快点！”

小古丢下系着冰丝的银刃，缓缓的、一步步走上前去，经过袁槿身边时，两人交换了个不易觉察的眼色。

小古站在那人五步远的地方，衣袖下的双手微动，却听那人道：“十二小姐你最好不要轻举妄动，把手伸出来举高。”

小古照做了，那人单手将她扯了过来，丢下小安，掐住她的咽喉，死死盯着她，眼中有忌惮和恨意：“我收到的命令是不许伤你，但是你杀了我们这么多兄弟——我要你用命来赔！”

他低吼出声，小古却不急不怒，对着他嫣然一笑。

她的容貌是易容过的，并不算起眼，但那清妙双目在这一瞬间宛如天池仙莲，让人惊艳心动。

那人一呆，而就在这一刻，小古微动檀口，唇齿之中散出一种奇异的香味——

不好！

那人发觉自己中招，手足已经开始麻木酥软，他用最后的力气朝小古咽喉割下，却只觉眼前疾风飞来——

他最后看到的景象，就是一柄长刀迎面掷来，狠狠地劈中了自己额头正中——铺天盖地的鲜血和黑暗随之而来……

小古挣脱尸体的钳制，袁槿也快步上前，气喘吁吁的两人对视一眼，都觉得方才那场配合十分默契。

“娘，你快醒醒啊娘！”小安的哭声回响震荡在耳边，小古上前一探脉息，朝着袁槿摇了摇头。

黑衣人的弯刀贯穿二姐整个身体，一点一滴的生命在飞快流失，她看向女儿的美目之中充满泪水，嘴唇微微翕动，却是对着小古说的：“我对不住你。”

方才那一幕突兀而惨烈的厮杀，显然是有人知道她们的行踪，事先埋伏好的——而二姐却是脱不了干系。

“是什么人胁迫了你？”小古沉声问道。

二姐的脸上闪过一丝苦笑，低微的嗓音宛如蚊蚋：“我的夫君还活着，正在几千里外的崖州流放。”

“有人用他来威胁你？”

小古目光闪动，越发觉得这一切充满蹊跷——这不像是朝廷的路数。

二姐轻轻咳嗽，鲜血从唇边流下，渐渐染红衣襟：“我对不住你，也对不住小安，更对不住大家。”

小古痛心疾首低喝道：“什么人威胁你，你可以说出来啊，我们都会替你一起承担，为何要这样害人害己！”

“我们？”二姐听到这个词，笑意转为三分讥讽与义愤，却又牵动心绪，吐出更多的血块来。

“这群人的目的，只是为了生擒或是斩杀这群女人——但是你跟小安，却是‘他’事先担保不会伤及……因此我私心作祟就屈从了——”

二姐喃喃低语着，小古听在耳中，却更生疑窦——‘他’是谁?

不伤小安是为了说动二姐帮那群人设下陷阱，但不伤及自己，却又是为什么?

她想起方才那黑衣人所说的，“我收到的命令是不许伤你”，也证明了二姐所说非虚。

这个人，必定跟自己关系匪浅……

小古心中念头转得飞快，却听二姐咳嗽着，面色宛如金纸，显然是进入弥留之态：“我对不起大家，只能到九泉下去赎罪，可还有唯一心愿未了，厚颜相求……只希望你能答应。”

“你放心，我会替你照顾好小安的。”

小古郑重答道，二姐唇边笑意加深，轻轻抚了小安头顶，低声说了一句：“等你爹回来，我们在一起……”

余音未尽，头一歪便断了气息。

初露的晨曦照在山林之间，温暖而明灿，淡金色流辉照在二姐的脸上，那般洁白如玉、温婉秀丽，最后终究归为平静死寂。

“娘！”

小安抱住母亲犹有余温的躯体，痛彻心扉的喊声震彻了整个山林，扑簌簌惊起无数鸟雀。

小古秀眉紧皱，冷然咬牙不语，但她藏在袖中的双手，却紧握成拳，渐渐的沁出了血痕。

袁槿也低叹一声，低头垂手站在尸体旁边默然无语。

一种浓重而晦涩的悲哀宛如深渊冰潭之水，缓缓地流转他全身，他冷峻无波的脸上，肌肉微微抽搐。

他的嘴唇动了动，似乎想说什么，却终究没有说出口。

小古感觉到他周身气息的微微波动，瞥了他一眼却没有多想，她的整颗心都被愤怒和痛苦充满着。

冰丝悬腕，银刃挥洒，雪光横扫之下顿时血落如雨，剩下几人只留下一个活口，其余都在瞬间毙命！

众人都心惊于小古的身手，只有离她最近的袁槿看得真切：她的面庞染上嫣红粉霞，唇角却有些发白干涩——这是劳累伤病的迹象！

袁槿心中“咯噔”一声，匆匆上前欲扶，却被她眼风一瞥阻止了。

3.

“谁派你们来的？”

小古的嗓音冰冷，却宛如冰山下蕴藏的地火狂燃。

那人受伤倒地，眼中幽光闪烁不定，随即却是哼了一声，身子一僵倒下。

不好！

袁槿一个箭步上前，掰开嘴唇，发觉其中冒出黑血，一颗牙齿下有些异样颗粒。

“是嘴里含毒，必要时候宁可自裁也不肯招供。”

他沉声道，却见小古眼中闪过一道阴霾，凛然眼神让人不敢直视。

“到底是谁……”她低声喃喃道，与其说是疑问，还不如说是一种不确定。

她心里大概有些眉目了吧……

袁槿这么想着，却听小古沉声道：“这里也已经暴露了，我们赶紧离开！”

官牙管所内隐约传来人声喧哗，显然外面的激战和尖叫已经让里面的人觉察了，只是因为惧怕，一时不敢出来看个究竟。

郭大有上前来重新召集女眷们，除了二姐以外，还有一人被射中胸膛当场死去，剩下几人都是皮外伤，假以时日就能痊愈。

但这些女人却是各个惊惶瑟缩，腿脚酥软都迈不开步了——连番的凶险追杀，命悬一线的恐惧，让她们几乎崩溃。

眼看有人呜咽着抖成筛糠，小古黯然叹息，沉声道：“不用多想，赶紧上车吧。”

仍是有人无视她的呼唤，蹲坐在地上双手抱头，抽泣不停，小古的脸色如浸冰雪，重复道：“赶紧上车吧，否则他们又要追来了。”

“到处都有埋伏，人家肯定是知道我们往哪逃！这简直是自投罗网！”那个阿琼又伶牙俐齿上了，她瞪着小古道，“你到底要把我们带到哪儿去？你找的这婆娘是个奸细差点儿害死我们！早知道你们这么不牢靠，我还情愿回去——”

“你闭嘴！”

小安在旁边突然暴怒，抱着母亲的尸体低吼道，那凶狠而悲伤的眼神，让阿琼瞬间语窒，说不出话来。

“我娘是被胁迫的，不是奸细！”

小安斩钉截铁说道，面对她满是血丝的泪眼，阿琼撇了撇嘴，终究没敢再说下去。

小古见人心涣散，忍住心中烦躁与火气拍了拍手，示意众人听她说。

“我知道，这些日子都委屈大家了，尤其是今晚，大家疲于奔命还受了惊吓。”

她柔声说道，顿时引起一片轻微的嘈杂抱怨，小古环视周围，继续道：“但你们也许不知道，若是被抓回去，你们会有什么样的下场。”

阿琼在旁嗤笑：“不过是重新伺候男人而已，总不能把我们杀了吧？”

小古冷冷一笑，眉眼间的讥诮让阿琼一呆——

“他们会逼问你们叛党的下落，而你们显然是不知道的，不说的下场，比死还要难熬。”

女人们都经受过苦难，听着这话只觉不寒而栗，小古的嗓音压低，带着不容置疑的蛊惑力量：“跟我们走，还有一线生机，否则的话，你就留在这里静待官兵吧，什么水银灌顶剥皮，再做成人皮灯笼，这类手段想必你们已经见识过了。”

说到这里，竟然心中莫名一痛，这一瞬，她想起了景语的父亲景清，更想起了那个称作爹的男人——胡闰。

他们都是如此惨烈的死法，痛到极致却无法挣扎，死后仍然被悬挂在仪门上，以阴森恐怖来震慑世人。

女人们倒抽一口冷气，浑身的惊骇又被推高一层，绝望之下反而迸发力量，一个个争先恐后爬上了车。

马车隆隆而去，只留下满地狼藉，清晨的日光照在蜿蜒凝固的血痕上，越发显得惊心动魄。

“接下来要去哪儿？”袁槿低声问小古。

小古眸似寒星，咬牙思索片刻，却叹了口气：“走投无路，别无选择，只有去找我七哥了。”

“金兰会的七哥？”袁槿眼中波光闪动，“连续两个秘密据点被泄露，你们连连遭遇背叛追杀，接下来还能让你敢于前往的，那地方、那人必定是你绝对信任的。”

小古毫不犹豫地点头，眼中闪过坚定光芒：“七哥确实是我最信任的人。”

她随即掀开蓝布棉帘，指点郭大有行驶路线，正巧遇上路途颠簸，她一个踉跄跌回了车里，落入一个温暖沉稳的怀抱。

“小心！”

袁槿扶住了她，却发觉怀中少女面色苍白发青，“哇”的一口喷出鲜血来。

他大惊之下一摸她胸前衣襟，却发觉濡湿一片，指尖竟满染血腥：“你受伤了？！”

“是昨夜的旧伤裂开了。”小古微微喘息着答道。

连夜的奔波、疲劳和激战，再加上情绪激动，终于让昨夜受到的箭伤裂开了。

小古的嘴唇干涩发白，额头微见细汗，袁槿伸手一摸，竟然有些发烫！

“你受伤了还敢这么胡来！”他皱眉瞪着她，低声怒喝道，毫不犹豫地撕下衣袍内衬，替她重新包扎裹上。

“我也没料到，今夜竟是如此险恶……”

小古低叹一声，却是不动声色挣脱他的怀抱，倚在柔软的靠垫上，只觉得整个身子都有些乏力。

她抬起头，却是郑重向袁槿道谢：“这次真是多亏你襄助，但你终究是侯门公子，跟我们这些逆贼叛党混在一起，只会给你惹来天大的麻烦。”

“再大的麻烦我也能应付。”袁槿毫不犹豫说道，他盘膝坐在车厢中央，四角明珠的莹润光芒照在他的侧脸，却不能显示他眼底的神色——小古只是直觉感到，那是一种复杂而迷离的眼神。

那般一闪即逝，在迷离的光与影交错间，快得好似幻觉。

“一定要去你七哥那儿吗？我家有几个庄子就在附近……”

小古摇了摇头：“王霖之死是前车之鉴。”

“王霖……”

袁槿喃喃低念着这个名字，脸上肌肉又微微抽动，万千复杂心绪，却是一字也无法吐露，只能化为一声叹息：“你说得对，我们袁家的地方，也算不上安全。”

小古见他神情黯然苦涩，心中却有些过意不去，于是轻声问道：“你如此费心帮我，就是为了那个虚无缥缈的婚约？”

“也是，也不是。”

袁槿的回答可算是玄妙，也可以说是极度敷衍，小古瞪了他一眼，却觉得整个人一阵晕眩。

看着小古双颊嫣红却星眸涣散，显然已是伤重疲惫到了极点，不由分说将她抱起，却惹来意料之中的一声惊呼——

“你做什么？”

“别逞强了，赶紧躺下。”

不容置疑的低语在耳边响起，他摸索着，从自己荷包里摸索出个瓷瓶，倒出药来凑到她唇边：“吃下去再睡一觉，到了目的地我再喊你。”

小古自己身上也有良药，正要婉拒，却见他双目炯炯盯着她，大有不达目的不罢休的气势，她犹豫了一下，还是乖乖服药了。

那药好似有安神舒缓的作用，不多时，她就感觉神思松缓模糊，不知不觉间进入了黑甜乡。

看着她眉心的皱褶慢慢散开，巴掌大的小脸渐渐陷入了安静甜睡，袁槿心中百味交杂，望着窗外越发明灿的日光与树影陷入了沉思。

小古不知道自己睡了多久，但她感觉有人轻轻将她推醒，睁眼看时，却感觉车帘上的日影微热而刺眼。

她眯起眼，适应了好一阵，才看到袁槿正坐在自己身旁，而小安仍是缩在角落，紧紧抱着母亲的尸体，整个人悲痛至极显得有些茫然。

听到她起身的动静，小安转过头来，两眼通红却哭不出泪来："小古姐姐……"

"小安，我们马上就能安顿下来，让你母亲入土为安。"

小古安慰她，却发觉自己的嗓音嘶哑难听，额头的热烫虽然稍退，但浑身仍是酥软无力。

袁槿用指尖挑开车帘略微观察地形，然后道："已经到了兰庆班所在的街上了，马车停在这里还是绕到后门那条巷子？"

袁槿问她的意思，小古不假思索，正要选择后者，话到嘴边却又改了方向："还是停在这里，我先进去见七哥吧。"

袁槿何等聪明，立刻知道她的意思，俊眉一挑，半是戏谑半是认真道："到了地方就要过河拆桥，让我滚蛋吗？"

"金兰会的事，你还是不要掺和太深——所谓深恩难报，我也不想欠你太多。"

小古说得干脆利落，光明正大，迎着袁槿幽黑的眼眸，她微微有些愧疚，但还是硬着头皮继续道："那婚约你也别惦记了，还是回去听从父母之命，迎娶门当户对的贵女吧。"

袁槿凝视着她，幽黑的眼眸中闪过苦笑，突然拉住她的手腕，将她紧紧地搂在怀里！

"嗯……"

小古正待挣扎，却感觉他钳制的手臂暴烈而用力，浑身却又蕴藏着悲哀与激越的情绪——

"你是我的未婚妻子，这点谁也改变不了——包括你在内！"

他在她耳边断然低语，随即放开了她，毫不犹豫地起身，从车上一跃而下。

身影突然不见，但却抛下了一句话："到了那儿，你要记得好好养伤。"

耀眼的日光随着他的离去而直泻射入，小古感觉眼角刺痛，微微闭眼之下，已经失去了他的踪迹。

兰庆班在京城梨园行里，可说是稳坐头把交椅的魁首。当家名角秦老板，不仅唱念做打冠绝京师，更妙的是风华隽秀、气质清贵宛如王孙公子，让无数男女戏迷都为之倾心沉醉，为他散尽千金也毫不心疼。

但要看到秦老板也殊为不易——每十日会在街对面的兰庆堂粉墨登台，往往只是在压轴时惊鸿一现。原本岳香楼还在时，他还会偶尔去帮师弟替个场，自从那里出事后，他是越发深居简出了。

小古小心绕过正门，到了一个不为人知的侧门，敲动门环后，与守门人暗语对答，费了一番周折，终于见到了秦遥。

午后的日光金灿而慵懒，照在倚窗而坐的那白衣男子身上，他闭目凝神，仿佛正在小寐。窗边小几上有一卷古雅乐谱，却凌乱翻开着丢放，显然主人此时心绪不佳。

小古轻微的开门声惊醒了秦遥，睁眼看见是她，眉心霍然一跳，眼中神光宛如春雷初绽，灿亮一闪。

“十二，是你！”

秦遥站起身来迎上前去，素来沉稳的步伐，此时却带了三分激动。

“七哥！”

小古见到他的这一刻，几乎要喜极而泣——整个人都好似找到了主心骨，她也快步上前，正要叙说。

下一瞬，她只觉眼前疾风一闪，白芒扫来，根本来不及躲闪，便有一柄利剑逼在了她的咽喉!

而这柄利剑，正稳稳地持在秦遥手中。

事出突然，小古没有任何防备，直到雪刃及颈，她都不敢相信眼前的一切!

冰冷的锋芒刺得她眼睛发痛，她只觉得眼前这一幕宛如噩梦一般。

“七哥，你这是做什么？”

她睁大了眼震惊喊道。

秦遥静静看着她，眼中并无往日和煦温暖的笑容，而是变得冷然严肃。

他就那样凝视着她，好似要看透她内心最深处的一点一滴，而小古又是震惊又是愤怒伤心，更多的却是满心疑惑——两人就这么你看我，我看你地对视了整整一刻，秦遥终于开口道：“你眼神里满是清澈坦然。”

“那是因为我没做过亏心事，因此问心无愧。”小古不假思索地答道，随即又问，“为何一见面就要这样对我？”

秦遥眼中闪过冷冽怒意，宛如冰山最高处的日影——冰冷沉静，却又燃尽最炽热焰：“当年之事颇多疑点，这些年我静下心来，也曾细细思索，却没想到，真相竟是如此！”

他看向小古的眼神，越发显得犀利：“没想到，你父亲胡闰，才是真正寡廉鲜耻的告密者！”

“你到底是在说什么？”小古完全不懂他在说什么。

秦遥拿起几案上的乐谱，从中抽出一份信笺，看那墨痕新鲜显然是刚刚收到的，他默不作声地递给小古，手中长剑却并未收起。

小古展开看去，信笺里附了几张发黄的旧纸，上面还有殷红的印章和指印，最后的那个签名，却让她眼角霍然一跳——

很是熟悉的笔迹，果然是胡闰的亲笔。

照理说，胡闰待她们母女如此狠心，小古不该对他的字迹如此熟悉，但世上的爱恨情仇，往往却不是能以常理来论的——小古母亲直到过世前，最珍藏的一只盒子里，就有胡闰亲笔所签的婚书。

那是十几年前，他唯一一次写给她的，签名潦草漫不经心，实在是乏善可陈，却被她当作宝贝一般。

小古小时候偷偷拿出来看过多次，无数次想烧掉、撕掉、毁掉，但终究不忍心。

不是不忍心毁去生父唯一的手迹，而是不忍心毁了母亲微小的、低至尘埃的爱恋。

这样的签名，在十几年后，再次出现在她眼前，还带着鲜红刺眼的手印。

那陈旧发黄的纸张，是衙门里书办记录的密审供词，最后签名画押的正是胡闰本人。

小古看着供词，眉心越皱越紧，心中满是惊涛骇浪，越卷越高，原本发烫发红的面色此时因为急怒攻心，越发烧得火霞一般！

“这……怎么会是这样！”

她从牙齿缝里迸出这一句，满心的震惊却渐渐化为更深的愤怒！

胡闰在这一份供词中，详细叙述了他是怎样将京城的防卫布置图和军情消息私下送给燕军的，一笔笔时间地点翔实清楚，确凿无疑。

小古看了那份供词的时间，却是发生在建文四年六月十七日，也就是燕军攻入京城的三天前。

胡闰竟然暗中勾结朱棣的燕军！

这怎么可能？！

小古深吸一口气，将心中惊怒和狐疑沉淀，摇头道：“这供词会不会有假？”

“这是当年大理寺秘密审讯的实录，审问的官员、内廷宦官、誊写的书办三人，字迹都核对过了，而最后的签名……你应该也能辨别真假吧？”

秦遥面沉似水，冷然道：“胡闰乃是建文皇帝最信赖的臣子之一，他泄露的绝密军情，乃是最高层面的，精准度极高——由于他的泄密，朝廷在东昌等好几次战役原本是笃定的胜局，最后却是连番大败，损失惨重！”

他的嗓音有些低哑：“我有一位堂兄和两位族叔，都参加了齐眉山的决战，最后没能活着回来，连尸首都找不到。”

小古只觉得心间狂跳，秦遥眼中的沉痛与哀意，让她只觉得眼前一阵发黑，简直要喘不过气来。

难道泄露朝廷军情，导致靖难军长驱直入，莫名大胜的，竟然是胡闰一手造成的？

他竟然是如此卑鄙无耻的小人？

小古又详细看了那份供词：审讯连续了两天，到最后定论签字画押时候，却是大家都笔画潦草心不在焉——此时燕军即将攻破京城，大势倾颓之下人心涣散，也没什么人愿意再继续审下去了。

胡闰就被暂时羁押在他长期任职的大理寺中，然后过了两天，朱棣就势如破竹地杀入了京城，而建文皇帝朱允炆，却也在皇宫一场大火中自焚身亡……

不对！

小古想到这里，却立刻意识到一个问题："若真是这样，他岂不成了朱棣的大功臣？为何又会被朱棣问罪抄家，最后落得剥皮实草悬挂仪门的惨状？"

秦遥闻言也微微颔首，眼中冷意稍退："这也没什么奇怪的，当年朝中也不乏文武官员跟朱棣暗通款曲，也没得到什么好下场——曹国公李景隆都曾经当阵献城呢，朱棣当时也大加封赏，过了没多久就褫夺爵位抄家囚禁，活活把他折腾死了。"

"你父亲暗中出卖军情，让无数将士冤死，最后却反遭朱棣戕害，落得如此下场，也是罪有应得！"

秦遥目若朗星，闪着清冷而激愤的光芒，看向小古的眼神却渐渐柔和下来："我也知道，你跟你爹不亲近，他的事，你多半是不知道的。"

小古露出一道清涩苦笑："别说是他的事，就连他本人，我也不过见过三五回而已。"

而且次次都是冷言呵斥，明明是红笺欺凌辱骂她们母女，在他的偏心偏见下，却总被说成是她生性顽劣不守规矩，和她娘一样，上不了台面。

秦遥凝视着她的笑容——那么清瘦的脸庞，即使知道是易容，却也能看到双颊那病骨支离的嫣红，以及眼角眉梢的憔悴。

她是病了？还是受伤了？

他心中"咯噔"一声，没有问出声，却是盯着她看个不停。

明明知道，害死堂兄和族亲的那人，就是她的生身之父……这般的血海深仇，明明不该再对她呵护关怀，心中那道弦，却是莫名地痛了起来。

秦遥深深地凝视着她，那幽深一眼几乎要将人的魂魄都卷入——随即他深吸一口气，放下了手中寒光凛然的长剑，转过头去不愿再看她："你走吧，金兰会之中，大概都收到这份密笺了，你我相识相知，彼此信赖，其他几个……却未必能如此待你。"

传遍了金兰会？！

小古心头一震——即使是向来与她默契如知己的七哥，都不免在见面时兵刃相向，其他人会是什么态度，简直是不问可知。

短短两个昼夜，她死里逃生，挺着重伤救出了这些女眷，却被迫亡命四处逃窜，而在这期间，她竟然成了金兰会的叛徒之女，人人得而诛之？

小古瞬间只觉得头疼欲裂，整个人再也支撑不住，一个踉跄倒了下去。

"小心！"

有人在她耳边急切地喊，接住了她软成一团的身躯……眼前一片模糊，她再也看不清，听不见。

日上三竿，济宁侯府经过昨日的喜庆忙碌之后，宛如一个卸去盛装的贵妇，慵懒而散漫，却又不失优雅。

各院的主子显然是各怀心思，但也不敢在明面上反对圣旨，只得强行按捺种种情绪，在众位宾客面前笑脸相迎，好不容易把来贺的亲朋好友并朝中官员都送走，个个都是疲惫不堪，正在自家院中休养，因此整个侯府都显得安谧宁静。

只怕，这也只是暴风雨前的宁静而已……

嘉禾居的庭院里，广晟穿好衣袍，起身在院中打了一套拳，又练了会剑，这才回到房里用早饭。

看着周围十多个殷勤伺候的丫鬟仆妇，各个环肥燕瘦千娇百媚，身上的香气却熏得他直皱眉头，到真正吃饭时，就更让他不自在了——只要目光在哪个餐点上停留一下，顿时就有人拣了来放到他的碟子里。

整整二十四道珍馐宫点，色香味俱全让人垂涎欲滴，比起以前送来的残羹冷炙，简直是天壤之别。

然而这些却让他的脸色变得更黑了。

“你们都出去，不经召唤不得擅入。”

他沉声说道，那些美貌丫鬟们不了解他的秉性，正想撒娇弄痴一番，却被他冷哼一声，狠厉眼风扫过，全部吓得低喊一声，快步离开了。

只剩下满室空寂，广晟自己用筷子慢慢品尝着满桌佳肴。

厨师手艺不错，用料又是极名贵新鲜的，其中有好几道点心，他甚至只在童年时偷偷在厨房摸过几块尝了，平时这些最上等的份例，是绝对轮不到他的。

十丈软红，声色犬马……整个府里最珍贵、最上等的东西，似乎在此时都自动呈现在他眼前，任他予取予求。

广晟冷冷一笑，唇边的笑意不屑而讥讽。

在外见过了大世面，闯过了暴风雨，谁还会在意这些身外之物？

他略微用了几口，又喝下一大碗养胃的杏仁羊乳，用帕子擦了手，这才沉声道：“进来。”

他命令的对象，显然不是那群美貌伶俐的丫鬟美人儿，而是一群精悍骠勇的青年。

这是他从锦衣卫的军余和力士中挑选出来的，平民出身家世清白，身手武艺还过得去——这是准备用来作为亲军随从的。

所有人宛如标杆一般站得笔直，剩下四个少年个头稍矮，落后一步站在他们身后——这是他为自己调训的贴身小厮。

其中一个是他在北丘卫时买的小厮沈安，因为彼此还算契合就带了回来，平时让他跟着锦衣卫的后备队一起训练半天，剩下半天跟那三个买来的一起学习算账、家政和读书写字，费了很大的劲儿才略有小成，原本还顾忌府里人多嘴杂，不想立刻带回来使唤，这次皇帝既然将整个侯府的爵位都赐予他，这些人立刻就跟着他回来了。

剩下三个他起名叫沈宁、沈康、沈泰，名字虽然平庸，人却颇为机灵精干，最重要的是对他绝对忠心，跟府里这些下人没有任何关系。

整个济宁侯府宛如百年老藤，盘根错节人浮于事，可说是复杂又不顺手，他不耐烦对这些人一一甄别，干脆釜底抽薪，一个不用一个不信，贴身伺候、跟随的都用自己人。

这只是最初一步，接下来，还得设法将府里的外院管事和总账目都弄来，回事处也得换上自己的心腹，内院那些飞扬跋扈不可一世的老嬷嬷和大丫鬟也要清理一番，还有库房、修缮处、针线房这些也得一一接手弄清。

府里这些人，哪个是省油的灯？哪个又会心甘情愿地放手让权？

广晟简直可以肯定，接下来这些人必定会各施手腕，将他这个崭新的侯爷给架空、压服了，最不济也要浑水摸鱼把局面搅浑了好牟得重利——至于那两个女人，感觉自己碗里的肉落空了，恼羞成怒之下更是会铤而走险！

万岁，你赐我这个爵位，真是给我塞了个烫手山芋啊……

广晟唇边露出一丝笑意，看着眼前这些自己未来的班底，沉声训示勉励了两句，各自分了职责范围，又再次强调："府里这些人说什么，做什么，你们不必理会，只需遵守我的军令便是——我以军令治府，先从你们开始，剩下的那些人，少不得也要他们一一改过来。"

底下齐声应诺，轰然一声气势齐整浩大，广晟微微点头微笑，对这般挑战颇为兴味和满意。

但他随即却感觉有些怅然若失——陪伴他一路行来的那个人，此时却没有和往常一样，站在他身后，沉默而贴心地微笑着，与他一起分享这份荣誉和挑战。

小古……据蓝宁说，她去看望城郊的表亲了，这才走了一天一夜，广晟就觉得很不习惯。

好似在不知不觉间，她就宛如润物无声的细雨，渐渐的，潜入了他的生命里，跟他一起同欢喜，共艰险。

广晟的眼前，此时又出现了那张宜喜宜嗔的脸庞，以及那双平凡却熠熠生辉的杏眸……这次打开库房，要好好给她找些首饰和脂粉，让她好好打扮一下，省得老是灰头土脸的。

他微微一笑，眼中闪烁着温暖的光芒，随即又想起了什么，冷冷地收敛起来，吩咐两个小厮沈安、沈宁道："你们收拾一下，我们去大理寺。"

那里，正关押着一位与他亦师亦友、情谊深重之人，正是锦衣卫的前指挥使——纪纲。

他必须去跟他见上一面。

兰庆班的正房中，小古幽幽醒来，发觉自己躺在贵妃榻上，额头上覆了一块冰凉的帕巾，伤口处也传来一阵清凉的草药味。

“你的伤口很深，没好好休息又到处乱跑，还跟人动武交手，已经恶化裂开了——你自己没感觉发高烧了吗？！”

房门外传来沉稳而熟悉的嗓音，虽然貌似训斥，却含着关切焦虑。

小古撑着要起身，秦遥走了进来，手里端着一个红泥陶铫，盖子半掀正冒着药香白气，他小心过滤药渣，又将黑乎乎的药汤倒进碗里，端到了榻前。

“药已经煮好了，快趁热喝下。”他沉声催促道。

小古接过喝了一口，刚要叫苦，却被他瞪了一眼，只得赌气似的一饮而尽。

带着热意的苦味在喉头无尽蔓延，却又化为一种微妙的香味，消失在脏腑之间，小古咳了两声，觉得额头没那么烫了，正要起身却被秦遥阻止了：“你还敢逞强折腾，这几天都别下床落地！”

小古微微咬唇，不放心地开口要问，秦遥明白了她的意思：“跟你来的那些女人，我都暂时安置在库房那里了。”

秦遥做事，永远是那么稳妥。

小古一颗心放下大半，随即却想起昏迷前听到的骇人听闻真相，剩下半颗心就沉到了冰水里：“金兰会的兄弟姐妹都知道了我爹的事……”

“是。”

小古低下了头，嘴唇有些干裂，想说什么但终究沉默了——就是现在，她仍然处于震惊的余波之中——虽然一直对胡闰抱有复杂的憎恨，但他的忠直不阿却是所有人公认的，没想到他竟然跟朱棣勾结，彻底把朱允炆叛卖。

“他怎么能……”

怒意哽咽在喉头，再怎样的语言，此时都是苍白无力的。

她开始咳嗽，秦遥立刻让她躺下：“事已至此，多想无用——你应该养好身子再说其他。”

明灿日光照在她苍白面庞上，双颊的那抹嫣红略微淡了些，但眼角眉梢却仍能看出憔悴来——她就这么忽闪着星眸，就那么乖顺地躺下，任由他替她掖好被角。

秦遥俯下身，呼吸之间嗅到她身上的药香，混合着少女天然的馨宁，再加上一种说不清道不明的香氛……这一瞬，他心中升起一种又酸又甜又涩的况味。

“你先休养几天，我设法把你转移到城郊去避开这阵风头。”

昏暗中，他目光闪动，略微侧过头去沉声说道。

“金兰会那边，你暂时不要跟任何人联络，好好休养一阵子，静待时机再说。”

小古抿唇，唇角的线条是沮丧和不甘：“他们只怕都要视我为敌寇了……这事又确凿无疑，难以解释。”

无声一叹，她低声道：“也只能这样了，我去城郊住几天，等伤好了再回侯府。”随即问起了秦遥，“锦衣卫那边怎样了？”

那一夜的激战，最后却意外失手被那人所伤，随即又匆匆赶去救出那些女眷，也不知时局已经闹成什么样了。

秦遥目光闪动：“锦衣卫那边已经停止反抗，纪纲自愿束手就擒。”

“什么？”

没等小古震惊，秦遥又说起那件轰动京城的“火炮轰击圣驾”的行刺案：“据说是沈家二房的庶次子在火场中将朱棣祖孙救了出来。”

原来如此，小古这才彻底明了，所谓的“救驾之功”原来是这样，怪不得突然有旨意让少爷袭了爵位。

听完这惊心动魄的一连串事件，她深深地叹了口气：“没想到这短短两天两夜之间，竟然发生了这么多事！”她看向秦遥，“你觉得，真是纪纲暗中设计，要轰杀行刺朱棣吗？”

秦遥看向她，目光含笑：“我们的想法应该是一样的。”

小古点了点头：“纪纲飞扬跋扈，萌生野心也并不意外，但他若是要行刺皇帝会选个更好的机会，不会拖到最后大势已去才搞这一出。”

“这次所谓的行刺，倒更像是一场匆匆编写、上演的戏。”

到底是谁导演了这场戏呢？

两人对视一阵，心中都想起一个人选——

难道是他？

“你觉得，是大哥所为？”

秦遥终于首先开口。

小古默默点头，随即又用力摇头：“我觉得这里面，必定有他的手笔，但最后的那场行刺，却显得有些诡异和多余。”

两人面面相觑，只觉得眼前局势宛如迷雾，所有人都好似戴着假面具，重重叠叠看不真切，只有小心谨慎走一步算一步。

小古咬唇道：“行刺什么的反正与我们无关，是不是他只有他自己清楚，但这些女眷被追杀、我们金兰会的秘密据点连续泄露，这却与他脱不了干系！”

秦遥眼中闪过一道冷然光芒：“我刚才只是怀疑，既然说到这份儿上，不如把话说开——事实上，我觉得你爹勾结朱棣的证据在此时爆发，也与他有关！”

小古顿时打了个激灵，宛如置身冰窖之中。

她并非蠢人，而是乍逢变故，情绪激动之下未能深思熟虑，此时想起，却也深感蹊跷：胡闰变节背叛的材料早在十几年前就存档了，为何在此时冒了出来？

而最有可能得到这份东西的，就是潜伏在大理寺的景语！

“他为何要这么做？！”

小古低喊出声，那般深入骨髓的愤怒，是被亲近之人背叛的至痛。

“我觉得他倒不像是要害你，而是要用此事钳制、绊住你的手脚。”

秦遥仔细分析道，这一答案却是让小古若有所悟——之前那些黑衣人，奉命不能杀她跟小安，小安是因为二姐的缘故，而她……若此事是大哥景语所为，一切的事情就说得通了。

他派人追杀那些女眷，只是为了达成他的某种目的！

多么可怕的连环谋算！多么冷酷无情的心肠！

小古不禁打了个冷战，秦遥见她脸色不好，又拿出一个安神的香包，放她鼻端嗅闻一阵：“再睡一觉吧，我这里绝对安全。”

小古点了点头，有些浑浑噩噩地乖乖听话——这一夜她受到的心灵冲击太大，已经累极了，整个身心都到了崩溃边缘。

第八章

东厂开设

1.

大理寺的公房里，薛语正在奋笔疾书，桌上的公文堆成一叠，却渐渐少了下去。

房外檐廊下有杂役走过，却只是屏息凝神将茶水搁在外间，不敢打扰这位炙手可热的青年主簿。

午后的日光明媚而微带炽热，透过窗边柳荫的碧绿照在纱窗上，薛语眯起了眼，闭上双目略微养神，随即干脆走到窗边眺望远方。

微风吹动他的鬓发，轻轻挠动他的脖颈，那般熟悉的感觉，宛如童年时那个美目盈盈的可爱女童，手中拈着狗尾巴草，这般戏耍捉弄于他。

如郡……

心中念着这个名字，他的神色有一瞬间的温柔，随即却化为一声叹息。

她此时，大概正躲在秦遥那里，黯然神伤。

因为她父亲的背叛证据，在此时此刻被掀开，她在金兰会中，已经无法存身。

实际上，那一封证据，正是他精心设计在此时掀开的。

“你若是知道是我所为，只怕要恨我入骨吧？”薛语唇边勾起一道苦笑，却是那般淡定儒雅，“但我别无选择，只能逼你离开。”

小古若是继续留在金兰会中，他下一步的计划，甚至是今后一系列的布局，都可能被她看穿、甚至破坏。

这样的危险因子，其实早在计划前就应该剪除。

但他，又怎么舍得?

无法割舍，无法伤害她，于是他只能出此下策，让她父亲身败名裂，逼她黯然离开金兰会，不再插手这边。

“如郡，希望你能原谅我……”

他轻声叹息道，突然听到门外有人禀报道："薛主簿，济宁侯前来拜访。"

济宁侯？

薛语愣了一下，这才想起来，是那个一步登天的沈家庶子。

他眼中微微闪过讥讽之色，随即却仍是温煦而笑道："快快请进来。"

沈广晟嘛……这人真是个幸运儿！

薛语想起昨夜发生的一切，只能叹一句：人算不如天算！

他原本设下重重布局，让皇帝一点一滴地发现纪纲勾结太子、图谋不轨的真面目，最后红笺的口供，乃是最终的致命一击。

纪纲的前途和性命，在此时已经彻底完了。

朱棣相信了这一切，并派人去抓捕那些被营救的犯官女眷，而他，只要牺牲了那群女人，就能指证整个锦衣卫都为她们提供保护和帮助。

那时候，不仅是纪纲，而是整个锦衣卫几万人，都要成为朱棣眼中的背叛者，被彻底清除。

所谓天子一怒，血流漂杵……当年朱元璋剪除他那些老部下，不也是动辄杀了成千上万人？朱棣攻入京城时，族诛流放的文臣武将也有上万人。

只是这次，轮到这群刽子手和鹰犬倒霉了。

只可惜，本来完美的计划，却出现了两个漏洞。

一是所谓的"火炮轰击大理寺"事件，此事不是他筹划设计的，对他的计划来说也是画蛇添足莫名其妙！那个姓沈的小子虽然指证是纪纲所为，但无形中却把锦衣卫给开脱出去了，而皇帝竟然对他的话深信不疑，居然只关押了纪纲，没有动锦衣卫任何一人。

薛语深深皱眉，随即又想起小古和那群女眷，眉心的皱褶更深——她不知怎的得到了消息，冲过去救人，竟然将他设置的两处埋伏都打散，让他这一着棋全部失败！

这两处漏洞，让整个计划只完成了一半。

纪纲必死无疑，而锦衣卫……却是百足之虫，死而不僵。

纪纲、锦衣卫的鹰犬……这些人全部该死！

薛语的眼中闪过戾色，却听门外有脚步声传来——不同于仆役的小心谨慎，那是一种沉稳中透出刚毅果断的步伐，随即，有人敲响了门，走了进来。

是新任的济宁侯来了。

薛语回身，对着那人长揖一礼，郑重道："下官公务繁忙，没能远迎，请侯爷勿怪。"

"薛主簿这几日为圣上分忧，必定是夜以继日地忙碌，一些虚礼又何足挂齿。"

日光映照下，那青年面如冠玉目若朗星，身着红金蟒纹箭袖，外罩石青莲纹鹤氅，绝色姿容之外，更见华贵气派。

薛语只觉得眼角微微刺痛，终于将那夜那个一身血污的苍白青年，与今日这气度端凝的侯爷重合在一起。

“侯爷风采真令下官心羡……今日到此，真让我这小小陋室蓬荜增辉。”他含笑亲手递过茶来，“今日贵足踏贱地，是有什么吩咐？”

广晟两次接触，只觉得对方温文儒雅却又不迂腐，谈笑之间让人如沐春风，难以产生恶感，但不知怎的，他却对此人有一种奇妙的隔膜和防备。

“我想见见纪纲那个逆贼。”

“哦？”薛语目光闪动，眼底的微笑加深，“他可是大逆不道之犯，虽然羁押在我大理寺，我却不敢擅自做主。”

他看向广晟，诚恳建议道：“侯爷不如去找我们大理寺卿陈大人试试。”

“陈大人虽然位高权重，但这件事上，真正说话算数的，却是你薛主簿。”

广晟的话直截了当，大胆却又不显得无礼：“圣上专门派你经略此事，所谓县官不如现管，还请薛主簿通融一二。”

“没有圣上的旨意，任何人接近纪纲，下官都要掉脑袋的啊。”薛语的神色无奈发愁，“侯爷就不要为难我这个一介书生了。”

“那用这个腰牌又如何？”

广晟拿出的黄金镶象牙腰牌，却让薛语心头一震——这是不需禀报直接出入大内的通行腰牌。

这种腰牌，就算是皇帝亲信臣子，也没几个人能有——他怎会有这东西？

面对薛语惊疑眼神，广晟好整以暇道：“这是皇上赐我查案时用的。”

话说得不明不白，却更容易引人遐思。

薛语心中“咯噔”一声：虽然责成大理寺查纪纲，但朱棣是个疑心病特别重的皇帝，难道他另外派了这小子在调查此事？

虽然之前有旨意让大理寺彻查此案，但按照朱棣猜忌的个性，确实可能让两边同时查案——他未必会相信单方面的结果。

九五之尊，任何时候都是喜欢制衡权力。

他心中几乎要确定这个想法，但此时却又升起一个念头——眼前这位侯爷的话，语焉不详，只怕也是颇多保留。

各怀心思的两人，隔着茶水的清香和雾气，一时间陷入了沉默。

广晟气定神闲，实则心中却也有些惴惴——他这番拿了鸡毛当令箭，可以说是半真半假。

这腰牌是特许他可以随时出入宫掖，上意明旨里也有“监察不轨清弊除恶”，但这其实是对锦衣卫官常有的嘉许之词，并不是说真让他去查这案子。

这样的行为，往大里说可以是假称圣意，其实是冒着绝大风险的。

但，他必须见到纪纲一面！

薛语看着眼前这个凤眸俊颜的青年，心中思绪渐渐延伸开来——

他真的有上意密旨吗?

为什么要见纪纲?

这个人，会不会有问题?

无数的疑问在他心头闪过，就在这一瞬，两人目光对撞，波光熠熠之下，却是各自的心思博弈。

“我也知道，薛主簿尽忠职守，不敢有丝毫松懈，我也不想为难你。”

他看着薛语，诚挚地继续说道：“我可以不跟他接触，但必须看看他是否安好，身上是否有什么异状。”

这个要求听起来更加合理，但不知怎的，薛语心中那种奇怪的感觉却更加清晰。

他垂眸思索，片刻之后抬起头来，断然道：“既然如此，我陪侯爷一起去吧。”

竟然是要跟着他一起去察看人犯!

广晟目光一凝，随即若无其事地笑了：“这是你的地盘，客随主便，我听你的便是。”

大理寺的监牢跟刑部、锦衣卫的截然不同。

锦衣卫的阴森恐怖，曲折深回，十步之内就能看到血腥狰狞的刑具，宛如他们的恐怖名头一样，可以止小儿夜啼。

刑部的监牢方方正正地方宽广，犯人鱼龙混杂三教九流都有，里面有住得很舒服的单独小院，也有多人挤住的腌臜斗室。

只有大理寺的监狱，永远是那么冷清寂静，不闻人声。

这里只会接手皇帝钦定的大案要案，而在皇帝极为信任锦衣卫之时，这里甚至是空荡荡的。

通过重重铁门，没有任何台阶一直向前，最深处的那间，宽广而洁净，甚至还点起了白蜡，毫无阴森恐怖的感觉。

广晟的脚步停住了，因为他的眼前已经出现那个熟悉的身影。

纪纲着一件蓝色细棉直缀，发间一根竹簪，脚上是乡间士绅儒生常穿的千层底布鞋。

他手持一卷纸书，正看得专心致志，好似完全没有发现拐角处有人。

广晟盯着他，将每一寸表情都收入眼底——纪纲看样子没受什么刑求，神色之间也不见憔悴，那般居家的穿着，在他身上竟然显得舒适闲逸。

广晟此时此刻可以听到自己的心跳声——他以极大的自制力，压住了眼眶的湿热。

这一刻，他想起了两天前那个漫长、几乎看不到尽头的险恶之夜。

那一夜，他奉了眼前这人的命令，前去皇宫告急变，递送汉王蓄养私兵图谋不轨的证据。

然而圣上突然离宫不知去向，进退两难的他就这么站在宫门前的倾盆大雨里，任由雨水浇灌。

那一刻的绝望和手足无措，他一生一世也无法忘记。

后来，他想出办法，请出了太孙，整个局面似乎要绝处逢生了。

只是似乎而已。

在跟太孙一同前往大理寺的路上，他打开了装有证据的包袱，里面除了文书证据，还有一只锦囊。

封口处写着，最后时刻开启。

什么是最后时刻？

他不知道，但他毫不犹豫地打开了，而里面的内容，却让他整个人呆若木鸡。

里面是纪纲的亲笔信，告诉他：如果亥时前还没把证据送到，那就是对方早有警觉，这份证据应该立刻销毁——因为它不仅是没用了，而且反而会成为敌方手里的武器。

随后，他让广晟做唯一一件，也是最后一件重要的工作。

出首告发他。

告发对他有知遇之恩的锦衣卫指挥使——纪纲。

广晟那时候简直不敢相信自己的眼睛！

这……这怎么可能？！

他怎么能做出这样的事来？！

但纪纲的文字，熟悉而冰冷，宛如他之前任何一道命令，准确而不容置疑：必须由广晟亲自告发他，才能博取皇帝的信任，才能保住锦衣卫。

保住锦衣卫……这是他最后的心愿。

在那一瞬间，广晟的手在簌簌发抖。

坐在他对面的太孙，昏暗中看不真切，只以为是车子颠簸或是面圣之前的紧张。

谁也不知道，那一刻他面临这个世上最艰难、最痛苦的任务！

最终，他还是告发了纪纲，保住了锦衣卫。

而在他下车时发出的暗号，也被纪纲事先安排的暗卫准确收到，随即，一刻之后，两条街外的红衣大炮准时轰中了大理寺。

元末时期，从欧罗巴流落到中原的红衣大炮，早就腐朽半坏，炮弹的杀伤力很低，但它含有的硫黄硝石等物能引起大火。

锦囊的最后没有吩咐他如何做，但事情已经很明显了。

就这样，广晟由告发汉王改为告发纪纲，并在火炮轰击下的火场里，救出了被困的朱棣和太孙殿下。

救驾之功，非同小可。

别人不知他的身份，可朱棣却是清楚，他的秘密身份是锦衣卫的千户。

锦衣卫并未叛乱，尚有忠勇之士。

这是锦衣卫没有被拆散、灭杀的唯一原因。

他以一己之力，撑住了整个局面！

这，就是那一夜所有的真相。

此时此刻，广晟站在纪纲不远处的拐角，眼睁睁看着他身陷囹圄，却只能这么默默看着。

不能交谈，不能有肢体接触，甚至不能有异常的表情和眼神。

身旁的这位薛主簿，正紧紧盯着他的一举一动。

广晟就这么静静看着纪纲，而身旁的薛语，深深看着他们两人。

半晌，他冷哼一声，转身就走。

听到寂静囚牢里这一声，纪纲从书卷里抬起头来，却只看到一人离去的背影。

那人身材挺拔俊秀，衣着华贵，腰间水云飞龙玉带上，却分明挂着一只大而精致的锦囊。

那锦囊在烛光照映下，熠熠生辉，十分显眼。

熟悉的颜色和轮廓，熟悉的针线绣纹……

纪纲在这一刻心如明镜，一缕欣慰的笑意瞬间闪过眼底，快得让人无法捉摸。

不用多说，也不用任何表情，看见这锦囊，就代表一切都按照他的计划在进行。

他随即缓缓地低下头，继续沉浸在书卷的世界里。

薛语站在原地，静静凝视着他，却是一无所获，看不出任何蹊跷。

片刻之后，他跟随广晟离开了牢狱。

薛语跟在广晟身后半步，两人都是那般不疾不徐的步伐。

“侯爷是想看什么？”薛语连续问道，“又看到了什么？”

广晟停住脚步，看着他的脸，冷然道：“我要看到的是他还活着，活得好好的。”

“侯爷的意思，是我们大理寺看管不力，人犯会有闪失？”

“薛主簿言重了，大理寺乃是三法司中清贵之地，我只是担心，若是此人有所闪失，那些火炮轰击案之类的大逆事件，就彻底死无对证了。”广晟目光清澈而笑，“那下官的些许功劳，也就变得不值一钱了，就连薛主簿你，也是要在圣上面前减分不少。”

他笑着看向薛语，貌似无意地闲聊道：“对了，我仿佛听说，宫里有人在圣上面前吹风，说向来只有锦衣卫一家侦缉监察百官，实则是一手遮天，建议再搞一家类似的衙门，由公公们来管着。”

他怎么会知道！

薛语心中惊愕狂震，双拳不由得攥紧，却装作若无其事道：“是吗，竟有这样的事？听说侯爷原本在旗手卫当差？还是您消息灵通啊，宫里的这些新闻，我们竟是一点儿风声都听不到。”

“薛主簿太过谦了。”广晟意味深长地笑着，走出了最后一道门禁，“听说宫里的使者多次来你这探望，薛主簿拥有如此人望，青云直上指日可待。”

“到时候，也许这大理寺都未必放得下你这尊大佛——只怕你很快另有高就了吧。”

广晟的话在旁人听来，都是一些无意义的恭维之词，听在薛语耳中，却是激了无尽的惊涛骇浪！

广晟回过身来，瞥了一眼有些心神不宁的薛语，拱手笑道：“薛主簿请留步，我这不速之客就此告辞。”

目送着他的身影远去，薛语的眼神幽远而冷厉——

他这些话……到底是什么意思？

是无意的巧合，还是真的知道了些什么？

半晌，他才回过头来，踏上了月亮门旁边的鹅卵石小路，若有所思地踱步，心中却始终记挂着此事。

白墙朱壁连绵方正，将整个大理寺切成方方正正的块状，大气恢宏连绵半条街，玄黑色明瓦上雕刻朱雀、青龙、玄武、白虎四圣兽，飞扬的顶端挂有铜铃，风吹起时带起一阵清脆响声。

这里，在他年幼时曾经来过一次。

那时候，胡闰胡叔父，还只是大理寺少卿，他跟随父亲来拜访，亲眼见到他断案如神、意气风发的模样。

年少时的他，虽然对胡叔父处理家宅之事有所诟病，但满心里希望自己将来也能像他这样，执掌大理寺，斟决天下重案。

奇妙的命运，终于将小小少年的憧憬化为了现实——即使，是以如此荒谬离奇的方式。

他放弃了引以为傲的景姓，伪造了身份来历和一切宗籍，成为了这里的一名主簿，如今，因为陈洽对此案避讳，称病在家的缘故，更是让他暂时执掌了局面。

只是暂时而已。

但就算他今年下场金榜题名，甚至考上了庶吉士，要想真正掌握整个大理寺，仍然需要十几二十年的论资排辈，步步耕耘。

胸中的怒火，夜以继日地炽燃升腾着——他不愿意等，也等不起。

他选择了另外一条路，一条一步登天的捷径，一个被士子清流们看作是歪门邪道的办法。

在锦衣卫之外，开设另一个特务侦缉衙门，然后彻底控制、掌握它！

这个设想，早在他设下重重陷阱与杀局，将锦衣卫和纪纲算计在内的时候，就已经在脑海里形成。

这几日，锦衣卫失势倒霉已成定局，而他与宫里的几个宦官，也越发热络，简直可以说是一拍即合。

这个侦缉监视百官的衙门，必须由宦官们来掌握，他们才是皇帝真正的心腹亲信，才是真正值得信赖、不会叛乱谋逆……他提出的这个想法，让那位张公公十分赞赏，已经回去联络自家师兄弟，到朱棣面前去造势煽风。

太祖皇帝在时，严厉禁止阉人干涉朝政，但朱棣夺位之变，身边太监如郑和等出力不少，当时建文宫里的太监也为他做内应打开宫门，事后也得到厚赐，因此经过这十几年，太祖皇帝的训令，已是名存实亡——御马监的太监，甚至掌握着一万多弓马齐备的精锐之士。

这些宦官阉人听到能获得如此权柄，必定会积极在朱棣面前争取，目前传来的消息，已是十拿九稳。

薛语甚至连这个新组织的地点都想好了。

“可以就近设在东华门附近，名字就低调点儿，就叫作东缉事厂吧。”他心中思量齐备，又想起广晟方才那话中之音，略微皱眉又松开，“大概是因为他在宫里厮混，听到了些什么风声吧。”

话虽如此，他却对这位济宁侯起了三分警惕——他的话中之意，是要保住纪纲的命，还是单纯怕他被灭口，削弱了他的救驾之功?

纪纲……

唇齿之间滑过这个名字，他的面色就变得阴沉下来，眼中闪烁的两点憧憧火光，宛如九天惊雷般灿亮吓人。

他停住了脚步，眼中闪过隐秘而复杂的怒焰——无穷的怨愤将周身血脉都烧得滚烫，简直下一刻就要奔涌而出，那般深入骨髓的恨意，简直可以让他丧失所有理智!

这个原本权倾天下的大人物，此时此刻却是穷途末路，被关在他辖下的大理寺囚牢之中。

只要他轻轻伸出手，就可以把那人碾压成齑粉……

双拳握得死紧，几乎要皮开肉绽，他这才发现，自己的脚步正停在囚牢前精铁大门前，肃然伫立的卫兵正诧异地看着他，似乎不明白他为何去而复返。

恨不得，此时就让那个男人尝到复仇的怒焰……薛语深吸一口气，运用最后一丝理智将这个念头压下。

那个济宁侯说得对，此时纪纲若是有个闪失，对皇帝来说，很多案件就是死无对证，这份功劳，对济宁侯、对他来说都是要打折扣的，下一步的计划也难免受影响。

不可在此关头节外生枝!

他暗暗告诫自己，随即脚步一转，朝着另一间囚室而去。

渐渐走近，暗香盈动，被关之人抬起螓首，惊喜地娇声喊道：“你终于来看我了！”

这间囚室连一丝烛光也没有，昏暗一片之中，那女子美目盈盈，波光流转娇媚无比：“我要在这待到什么时候？”

她的抱怨带上了哭腔，柔媚声调宛如羽毛轻挠，大部分男人听了都要把持不住。

薛语压下心中的厌烦，温言安慰道：“很快就能解决了，你暂且再委屈一下。”

“哼，人家可都是为了你，才被关在这又冷又黑的监狱里……”红笺如慕如诉地娇声道，薛语心中却是冷笑不已——少年时他出入胡府，不止一次看到她颐指气使欺负如郡，那般狡诈阴险的嘴脸真是印象深刻，如今她再装出这般娇怯模样来，只会让他感觉作呕。

“再过两天，只怕你就要换个地方住了。”他站在铁栏栅外，沉声说道。

“要放我出去了？”红笺喜出望外。

“你所说的一切，事涉建文皇帝的行踪和秘辛，宫里不会让你长久待在这，必然要将你带入大内，详细审讯。”

“啊？这……”红笺吓得花容失色，“这可都是你让我说的！若是被抓进宫，那些变态恶毒的阉人还不知要怎么刑囚折磨我呢！”

“你放心，有我在，必定不会让你承受这般痛苦。”

薛语的话饱含深意，红笺却完全没有领会，顿时破涕为笑：“我就知道，你一定有办法，也一定会救我出去的。”

薛语微微抿唇，站在栅栏前光与暗的交汇之处，一派芝兰玉树之态：“说起这神秘木盒，你知道它到底去哪了吗？”

红笺微微一愣，目光有些飘忽：“我父亲只是在最后几天提起过它，至于它到底在谁手上，我也完全不知。”

她是在撒谎！

薛语目光锐利，已经看出她言之不实：“连我也不能说吗？”

他缓缓上前了两步，拉住了她的手，轻柔而不容置疑地握在掌心，含笑的目光凝视着她，那份热烫和诚挚，让久经欢场的红笺也不禁晕红了双颊。

无声凝望之中，他将握在掌心的柔荑轻拉一把，红笺低呼一声，隔着栏杆跌落到他怀抱里。

宛如魔蛊，又似仙音，他在她耳边轻声道：“连我也要防着吗？”

“不，不是……”

红笺脸红心跳地闭上了眼睛，潜藏在心底的秘密险些就要脱口而出，但最后的警惕心防却仍然发挥了作用。

薛语微微一笑，捧起了她的脸，看着她的眼睛，郑重说道：“我知道，你是一朝被蛇咬十年怕井绳，被那姓王的纨绔公子骗了，因此不相信这世上男子——但我跟他完全不同，你也不再是当初任人摆布的卑贱营妓。”

“过几天宫里就要来提人，我若是负了你，欺骗你，你立刻便能大嚷出来，道破我的身份，那时，我必定死无葬身之地。”

他的眼神闪亮，每一个字都似乎力道万钧：“我把我的身家性命，整个金兰会的秘密都托付给你了，你还有什么不相信的？”

他说的话，红笺深觉有理，但她仍有些迟疑：“你要这木盒做什么？”

“先帝的旨意，我们作为遗臣之后，当然是要竭力完成！”

薛语义正词严道，随即又低叹一声，“而且里面的东西，必定对燕逆朱棣不利，我身为金兰会之首，必须尽快拿到它。”

红笺心中天人交战：父亲曾经叮嘱过“就算是夫婿和子女也不能泄露一字”，但薛语又不是外人，他也是匡扶建文皇帝的正朔，跟朱棣有不共戴天之仇，东西交给他，就算是九泉之下的父亲，也会放心答应吧。

她终于首肯：“当初那木盒是由宫里紧急送出来的，给父亲看过一眼后就贴上封条转送出去了，但我躲在他的书柜后，却听到两个关键的字眼：张纨的侄女……侯府……”

张纨？

薛语心头一震：张纨此人乃是洪武时的名臣，到建文帝时也颇受信重，担任吏部尚书之职，在朱棣攻破京城后，张纨被列为朝中奸臣二十九人之一，被逼自缢而死，妻儿也随之投水殉难。

难道这木盒，最后送到了他侄女家中藏了起来？

薛语心中思索，但又突然想起：胡闰此人首鼠两端，暗中勾结朱棣，他若是真要讨好朱棣，为何不把这件事说出来？建文帝失踪生死不知一向是朱棣的最大心病，若是他把这最后的遗物木盒献出来，必定能在朱棣面前立下大功。

但目前看来，朱棣那边，显然对这木盒的存在全然不知，这次听到红笺说出这桩秘密，简直如获至宝，朱棣竟然屏退了旁人，单独询问红笺，若不是发生了火炮轰击的险情，只怕他当时就要把红笺带进宫里详细拷问。

这真是非常蹊跷！

薛语自从在大理寺的故纸堆里找出胡闰暗通燕军出卖建文的证据，就对这人的操守很是鄙夷，但如今这木盒之事，却让他有些不确定起来。

他蓦然想起，孤零零在外的如郡——他将她父亲的丑闻证据传遍了金兰会，她此时只怕正是东躲西藏，被会中兄弟姐妹不容！

如郡……她可安好，会不会有什么危险？

那个名字，在唇齿和心胸之间萦绕不去，说不清、道不明的情愫，宛如暗夜里浮现的点点繁星，照亮了他所有的过往岁月——那般又是甜蜜、又是酸涩的滋味，让他在这一瞬呆立当场。

如郡……你到底在哪？

是不是已经到了七弟秦遥那里？

他面临两难抉择，究竟会对你如何？

是大义灭亲，还是把你藏起，护你周全？

如郡……

终究，是我对不住你！

红笺见他神色变幻不定，陷入了思索，不禁低声一叹，隔着栅栏抱紧了他："景郎，我把最后的秘密都告诉了你，你千万不可负我啊！"她贴着他的耳边，近乎梦呓一般喃喃道，"我只有你一个了，若是连你也欺骗我，出卖我，我就算千刀万剐，也要……"

薛语抱紧了她，那份温暖和坚定，顿时将她的所有毒誓都压在了心里。

"你放心吧，一切有我。"

他的嗓音，清朗而醇厚，莫名让人安心，却又宛如苗人的妖蛊，轻易拨弄人心。

走出了监牢的大门，薛语掸了掸衣袖上并不存在的灰尘，又掏出绢帕来擦了擦手，轻轻一抛将它丢进花丛里，随即朝着公房后面的卷宗库房走去。

他以协助办案为名，从吏部调取了几十年间三品以上官员们的履历资料，虽然因为靖难之变散佚弄乱，但还是汗牛充栋，堆了满满一间。

薛语进去后，不顾灰尘和拥挤，躬身在其中找了半天，终于找到了他想要的东西，匆匆翻了一本，终于找到了关于张纨的详细情况。

张纨乃家中独子，自然也没有什么兄弟和侄女，但他们关中张氏乃是书香大族，宋朝时候甚至出过一任宰相、三位翰林学士。族中分了两支，他这支住在富平县，另一支却在元时迁移到了宁波府。

这两支相隔几千里，几乎已经没了来往，但张纨任官之后，却亲自去宁波拜会了那一支的宗长。金陵与宁波距离不远，一来二去，两边又联上了宗谱，和睦融洽来往频繁。

宁波张氏子孙繁密，约有七八百人之多，若是论起排行，只怕张纨立刻就会多了三四十位堂兄弟，这些人又各自生儿育女，若是要查起来，只怕非是易事。

薛语皱起眉头，很快又舒展开，他想起方才还有"侯府"二字，立刻从另一堆卷宗里翻找——旁边那堆是文官，这里的便是勋贵和武将了。

半个时辰之后，他终于眼前一亮，找到了想要的目标：确实有一家侯府娶的是宁波张氏嫡长一系的千金。

仔细一看，他顿时倒抽一口冷气：竟然就是济宁侯府！

他的眼前，顿时浮现一张端秀绝色的面庞——济宁侯才离开不久，而那神秘木盒，竟然与他家有关！

这是偶然巧合，还是……

薛语目光炯炯，仔细看了那记录，那张氏千金当年所嫁的，乃是沈老侯爷的长子，算起来，应该是那沈广晟的大伯——沈熙。

济宁侯府的事他也略有耳闻，大房跟二房关系素来冷淡不睦，好好一个爵位，大房因为不得朱棣的喜欢，生生被拖了三年不得承袭，如今却因为一个救驾之功，落到了二房的一个庶子头上，这内中要如何明争暗斗，简直是不问可知。

那沈广晟，到底知不知道这木盒的存在？

薛语犹豫片刻，仍然准备稍晚些前往济宁侯府一趟，探个虚实。

2.

广晟离开大理寺之后，并未回府，而是从两条街外绕了一圈，找个空隙支开随从，换了便服衣衫，这才朝着锦衣卫衙门而来。

原本威仪赫赫、百官辟易的当街大门，此时却是一片狼藉冷清，不见守卫的人影，更不见任何属官和吏员。

两天前的激战痕迹，仍然历历在目，一些断箭盔甲无人收拾，就那么丢在地上，被践踏成了废铜烂铁。地上的血污变成了紫黑，散发出一阵若有若无的腥味。

广晟见大门紧锁，上前去敲门，门内有脚步声接近，很快却慌忙逃窜走远。他眼中闪过一道冷厉之色，拔出佩剑，“当啷”一声砍断铜锁，飞起一脚踹去，顿时连门闩都断成了两截。

不远处的前堂屋檐下，有几个仆役慌慌张张地走避，广晟也不去跟他们计较，走到中庭随手抓住一个，问道：“人呢？”

“演……演武厅那里。”

没等那仆役求饶，他丢下了人，朝着西后院而去。

没进演武厅，便听到内中人声喧哗，好似在争论什么。

广晟不见迟疑，大步流星上前，却惊动了靠近门口的看守者。

那人正坐在门槛上双眉紧锁，听到动静跳起身来拔出绣春刀，却正好与他撞了个正着。

“千户大人！”

蓦然相见，李盛激动地喊了一声，他急切地迎上前来，却又想起了什么，阴着脸停下脚步。

“他们说，是你出卖了纪指挥使！”

他眼睛瞪得老大，怒意上涌又不敢相信。

此时厅中众人有些听见动静，回头来看，见到广晟顿时怒发冲冠，高声怒喝道：“你这个吃里爬外的叛徒，居然还敢来？！”

广晟这才看清，演武厅中密密麻麻站满了人，都是京城锦衣卫中的头面风云人物，平时威风凛凛的几十个百户，此时只能站在门口靠外的位置，干瞪眼也插不上嘴。

他们正好听见外面的动静，顿时七八个一起冲了出来，瞬间拔刀把广晟团团围住了！

“叛徒，今日要你偿命！”

“指挥使大人对你恩重如山，你竟然敢忘恩负义！”

“还废话什么，杀了这畜生！”

广晟看着他们瞪大血红的眼睛，刀锋凛然满含杀气，却是微微一笑，也不辩白，慢条斯理地取下佩剑，连着剑鞘凌空比画了一下。好似觉得手感还算满意，他瞬间出手，用带鞘之剑迎上众人手中的雪刃！

顿时只见银光闪烁雪刃翻飞，身影腾跃快得看不真切，长剑纵横捭阖之间锐意无双，竟在三两下之间就将绣春刀打飞三柄！

“当啷”之声连作，最后一柄竟然收势不住，“嗡”的一声长吟直飞而去，宛如白虹贯日一般穿过演武厅，直入上首，“嘟”的一声扎进堂上太师椅的背面，顿时将正在争论的众人吓得鸦雀无声！

众人惊诧回头，却见日光澈照之下，有一个黑袍青年大步流星走入，淡金光芒照在他俊美绝丽的面容上，一时宛如天上神祇，让人不敢正视。

黑压压的人群好似被无形的力量压迫着，自然而然地为他让开一条道路，广晟目不斜视，淡然走到了最前面。

“是你！”

“出卖了指挥使和我们锦衣卫，你还敢回来？！”

有人高声怒喝，好似引燃了炮仗里的火药，顿时气氛变得狂热激怒。

广晟冷眼看向一双双闪烁怒火的眼眸，突然微微一笑，那笑意宛如繁花初绽般艳丽，却又冰冷让人发颤。

这笑容看在众人眼中，顿时让满堂人马陷入静默，随即却更加怒气爆发：“你笑什么？”

“杀了这个贼子！”一片叫嚷之中，有人“砰”的一声，拍断了放置兵器的木架，这突兀而来的巨响顿时震住了所有人。

“乱吵吵什么，还有规矩没有！”北镇抚使刘勉沉声骂道，那一双三角眼凶煞闪闪，瞪视之下顿时没人敢再哄闹。

他看向广晟，目光犀利不怒自威：“真的是你告发了指挥使？”

广晟的目光清澈无波：“是。”

“好，好！”

刘勉大笑两声，突然踏前一步铁掌伸出，闪电般地袭向广晟的咽喉。

周围有人发出惊呼声——刘勉在加入锦衣卫前，是沧州武学世家中的第一高手，掌上功夫可以捏碎一把铁弹子！

眼看那青年白皙柔弱的脖颈下一瞬就要被折断，突然，刘勉的手掌停住了！

广晟手中拿起一个锦囊，在他眼前悠悠地来回晃动！

刘勉发出粗重的喘息声，面孔涨得血红，手掌就这么停在离他脖子不到一寸的地方！

他死死瞪住了这个后生小子，而目光的焦点，却在那个锦囊上！

那样的绣纹，那样的款式，他只在一个人身上见过！

纪纲大人！

他的呼吸越发粗重，眼中的光芒亮得骇人，额头的青筋绷起："这是他的？"

"是他给我的。"广晟低声答道。

"里面装的什么？"

"锦囊里装的，必定是妙计。"

"什么？难道是他……"

刘勉瞪大了铜铃般的眼，眼中凶光越发炽亮。

"是他的意思。"

两人一问一答，好似哑谜一般，众人都是一头雾水摸不着头脑。

"原来是这样！"

刘勉低吼一声，满腔郁闷和悲愤无处排遣，狠狠地一跺脚，只听"咔嚓"连声，一连几块青石大砖都碎裂开来！

他心里火辣辣的痛，虎目圆睁睚眦欲裂："他为什么要这么做？"

"为了保护大家，为了保住锦衣卫。"

广晟的一句话，却让刘勉浑身都在哆嗦，咬牙蹦出一句："我们都不是怕死怕事的！"

"可他希望的是，大家都好好的，锦衣卫的名声，宛如此时烈日一般，长盛不衰！"

刘勉闻言浑身一震，他随即抬头看向下首的众人——大家也不是傻子，听这些云里雾里的话，已经有五六分明白。目光触及之间，彼此都是眼角湿润，只是咬牙不肯落泪！

广晟垂眸不语，朝着刘勉和众人淡然道："总之，我做的一切，没出卖指挥使，也没有对不住锦衣卫。个中内情，你们知道无益，更无须在此聚集吵闹。"

下面有人低声啜泣哽咽，却也有愣头青梗着脖子道："我们争的是如何去救出指挥使大人！"

"是啊，朝廷明显是要对他不利！"

面对更加激昂的气氛，广晟冷声一笑，那笑声比十二月的飞雪更加凉薄："哦，你们是准备骑马扛枪地去劫狱，还是要冲进皇宫大内清君侧？"

这两样都是犯大忌讳的，众人虽然激愤，但听到这样的问话却都心头一颤，没有人敢于接话。

他瞥了众人一眼，眼角波光流辉宛如桃花幽潭，别有一种诡丽惊心：“指挥使的愿望，是我们锦衣卫能团结一心，好好发扬光大，你们这么闹腾，对得起他的苦心孤诣吗？！”

众人默然，那个愣头青却不依不饶，继续问道：“那就眼睁睁看着纪指挥使去死吗？”

广晟看向那人，只见他面貌方正朴拙，身量不高却是虎背熊腰，一看就是有蒙古血统。

此时朝廷虽然跟北元时有征战，但蒙古人内部有好些小部落，却是愿意归顺朝廷，跟黄金家族那一脉也是势不两立的。

“救人的事由我来处理，你们各自回家静待，千万记得低调恭顺。”广晟见有人露出不以为然的眼神，又添了一句，“朝廷文武百官都盯着你们呢，若是有人冲动坏事，纪指挥使必死无疑。”

这话简直好似一把利剑，直插众人心间，痛过之后就是悚然!

广晟从锦衣卫衙门的角门屋檐离开，又穿过几条小巷，到僻静处换过衣衫，拐了个弯又悄然回到一条热闹的大街上。

他衣着华贵气度端凝，走到一个古董文玩铺子里，掌柜亲自来迎，看了一柜前朝摆件后胡乱买了一件回去充数，目光一瞥，却看到一旁檀木匣子的几支簪子。

这里并非是女眷光临的首饰金楼，卖的簪多数也是前朝古物，或是象牙、砗磲等余料制成，式样古朴无华，买者寥寥。

他从匣子里取出一支，是整支象牙透雕而成的凤含珠款式，雪白光滑之外，那颗珊瑚珠嫣红一点，光华灵动惹人喜爱。

这一刻，他想起小古那双闪烁熠熠的杏眸，唇边漾起温柔的笑意。

等她回来的时候，正好送给她这个小惊喜。

他毫不犹豫地点头，连价也不还，掌柜喜出望外，连声赞道：“这是宋朝时才女张玉娘所制，这般兰心蕙质，哪里是庸俗脂粉可配，正该由大人您买回府里。”

广晟心中“咯噔”一声，笑容也淡了三分，张玉娘是宋时才女，跟未婚夫沈佺情投意合却阴阳两隔，实在是兆头不好。

他不假思索地说道：“换一件吧。”

掌柜看他脸色便知道不妥，连忙去内室另取了个金丝楠木盒子，打开后里面是一对羊脂玉的发簪，明显是男女夫妻所用，上面刻的是并蒂莲开，显然是暗喻夫妻缱绻。

广晟看了总算点头同意，掌柜抹了把额头的汗，轻声笑道：“这簪子虽然是新工，但兆头很好，夫妻恩爱白首偕老，那必定是顺顺当当子孙满堂！”

广晟感觉耳根处有些发热，“嗯”了一声，让掌柜用洒金绢包好，这才拿了走人。

出门时却险些被门槛绊了一跤，心中“咯噔”一声：张玉娘的古物有甚不好，只是因为夫妻一人早逝，鸳鸯含悲，自己就果断不要——难道在自己心里，是情不自禁地把小古和自己两人，比作张、沈这对未婚情侣？

再看向手中拿的羊脂玉对簪，想起方才那一阵发愣，顿时心中雪亮，已经彻底明白自己的心意！

这一刻，他觉得脸上更加飞红，却是连心中也暖了起来。

他加快了脚步，朝着侯府而去。

半个时辰后到达侯府门前，见那兽头辅首五架三间的大门台阶下，却有一道熟悉的倩影。

“小古！”

不知怎的，他的心跳略微加快起来，手中不自觉地攥紧了长盒。

“你可算回来了！”他上前去就要拉住她的手，却不料小古退后两步，躲开了他的碰触。

广晟这才看出来，她脸色苍白憔悴，眼中带着血丝，也不如平时那般明亮有神。

“你这是染病还是怎么了？”

见她躲闪，他更要上前看个究竟。

小古咳嗽了两声，又往后闪了闪：“我身上在出疹子，有点儿发热，怕过给少爷你。”

广晟顿时更加心焦：“为什么不早说，我派人去找大夫！”

“不用了，如瑶小姐已经替我找好大夫开了方子，只要静养几日就能退烧。”

小古看门口守卫正在探头探脑，不知该不该过来拜见，于是拉了广晟的衣角，示意他到旁边屋檐下说话。

“既然身体有恙，那就在府里好好静养，要什么药材只管开了库房拿来便是。”

广晟现在是一派当家做主的样子，谁知小古却是摇了摇头：“这疹子是要过人的，留在府里不妥，我准备去张夫人留下的庄子上住一阵子。”

广晟双眼一瞪，面露寒霜道：“莫非谁敢嫌弃你不成，这个侯府现在由我做主，我说让你住下，谁也赶不走你！”

他看到小古肩膀上背着包袱，一副要离开的模样，更加生气，沉声逼问道：“到底为什么急着走，有是谁敢欺侮你吗？”

小古看他那模样，若是自己敢说个是字，只怕立刻就要有人倒霉，于是连忙又咳嗽了两声，隔着帕子用手拉住他：“真没谁敢欺负我，我是怕这病传染，弄得大家跟我一样。”

广晟看她眼眸里闪烁着真诚，不像说谎的样子，于是脸色稍霁：“那也不用一个人孤零零跑去什么郊外的庄子啊，我们侯府也有别院，我派人去服侍你……”

这般殷勤，换来的却是佳人娇俏的一个白眼，倒是不见什么怒意，反而让他心头绮思一动：“我是哪牌名上的人，怎敢拿大让府里的姐妹们伺候？再说侯府别院的人我可不敢沾惹，谁知道是哪个太太奶奶夹袋里的人物！”

这话倒也对，广晟刚刚接掌侯府，府里的人手都没有摸清楚，下人们盘根错节，很多都是几代联姻错综复杂，更有不少是太夫人和王氏的暗线，若是让她们伺候照顾，只怕广晟自己也不放心。

看着他略微踌躇，小古趁热打铁道：“你就放心吧，那庄子上有张夫人的几房陪房，如瑶小姐已经写了书信让我带去，她们会好好照顾我的。”

“大伯母素来稳妥，她的陪房倒是靠得住。”

广晟略微颔首，知道小古说得都对，但总不放心她一个人住在外面，于是又道：“那让秦妈妈她们三个陪你一起去。”

“秦妈妈的腿还没好利索呢，再说她也要守在如瑶小姐身旁。”小古知道不让人陪着自己去，广晟是不会放心的，又加了一句，“要不就让蓝宁陪我去吧。”

广晟还想再加一个初兰，小古连忙堵住了他开口：“初兰跟秦妈妈宛如母女一般，就让她留下照顾吧。”

“你总是考虑别人，却不晓得好好照顾自己……”

广晟反手握住她的纤纤小手，虽然隔着帕子，却感觉掌心一片凉意，像是气血不足的样子。

他想问，却蓦然想起上一次“我们女人每月固定几天”那事，顿时脸上闪过一阵潮红，讷讷道：“那个……还没走吗？”

“哪个啊？”

小古完全没接上他的思路，见他脸上一片绯红，顿时明白了，心中又羞又好笑，低声道：“还没完呢。”

“那你记得多喝生姜红糖水，等下我再派人去库房找些乌鸡白凤丸给你送去，这药虽然苦，但治这个是最奏效了……”

广晟竟然有些絮絮叨叨了，显然对这痛经毛病很是用心，作了深入了解，小古好笑之余，心中也是一阵热烫妥帖。

她手足冰冷乃是失血过多的后遗症，胸口伤处此时又有些裂开，因此才胡诌了这个理由骗他，没想到他这几天夜以继日地忙，却还记挂着为她去查了药方。

这份用心和温柔，显然也表明了他的心思……

小古向来是坦荡不拘泥，此时却也轻轻低下头去。

“总之，你去庄子上好好调养，我明天一早就派人给你送东西去。”

广晟说完，又想起自己刚才买的发簪，连忙从怀里取出木匣打开，取出一支女款的，轻轻递给小古："这个你先用着吧。"

他没说是自己特意为她买来，小古接在手中却感觉柔滑细腻，宛如美人之冰肌玉肤，仔细一看确实用料不凡，造型简洁，自己也颇为喜欢。

她抬头正要插上，却正好看见他合上木盖，一眼瞥去里面是另一支同款的。

这是一对啊！

想起方才看见的并蒂莲花纹，不知怎的，她的脸上也一阵热烫。

"你怎么了，又发热了吗？"

广晟担心之下，不由分说地将她搂住，用手试了试额头，发现还算正常，这才松了一口气。

"趁着天色未暗，你们赶紧出城去吧。"

说是这么说，但他却丝毫没有放手的意思，反而就这么靠得极近，轻笑着凝视着她。

他的眼睛很美，是那种微微挑起的凤眸，眼中波光宛如暗夜里最深的妖魅，让人情不自禁地陷入。

两人靠得这么近，几乎连鼻尖都凑在一起，小古的呼吸有些乱了。

他的手握上她的，隔着帕子，冰凉遇上温暖，那种隐约朦胧的触觉，却让他呼吸也有些急促了。

从她的手中取过簪子，小心翼翼地替她插好，左右端详着，觉得她原本平凡的面庞也变得更加闪亮动人。

"你喜欢吗？"

"嗯……"

小古的表情有些呆萌，好似被眼前的容颜蛊惑，广晟看着她清澈的杏眸，突然心中感到得意和愉悦。

"自己小心保重。"

他沉声吩咐道，想要放手却又不舍，终究还是展开双臂，将她紧紧地抱了一下，这才放开。

他匆匆走进侯府大门，小古看着他的背影，心中百味杂陈，一时竟然呆愣在那里。

她看得太过入神，因此没有发觉，身后不远处，有一个着宽袖襕衫的儒雅青年，正死死盯着这一幕！

正是前来探望虚实的薛语！

他就那么站在街边，眼睁睁地看着这一对男女，躲在不易觉察的拐角屋檐下，态度亲昵的私语、拉手，把簪子插上她乌云似的鬓发——直到最后，他们紧紧地拥抱！

这一幕好似烫红的烙铁，狠狠地印在他心上，他整个人瞬间呆住了，眼前什么也看不真切，只剩下耳边嗡嗡作响！

他眨了眨眼，却见那济宁侯已经离开，而小古却望着他的背影出神。

她居然如此惦记，依依不舍！

他的神志在此时终于恢复了，随之而起的却是满心的酸涩和愤怒！

眼中的怒火冰冷而炽热，宛如九天之上的雷光，若是让人看见，只怕要吓得魂飞魄散！

过了一刻，府里有马车出来，有一个丫鬟模样的女子跳下了车，跟小古说了几句，两人一起上车，马车辘辘的远行而去。

薛语深吸一口气，将所有激动情绪都压在心头，振了振了衣袖，朝着侯府大门而去。

没等门口家丁动问，他递上了自己的名帖："劳驾，请帮我递给沈学士，就说后学晚辈求见。"

家丁愣了一下，有些奇怪地打量着眼前这个儒雅可亲的青年，最近上门的宾客，几乎都是冲着新任侯爷来的，这个人却是来找二老爷的。

京城的家丁最是耳聪目明，看他的衣着不算华贵却气度昂然，再加上这文绉绉的用词，就知道是个有功名的读书人，于是请他稍等，自己匆匆进去向二门管事禀报。

沈源最近心情郁郁却又无法排遣，只能整日闷在书房里练字、研究邸报。

最近局势混乱，风声鹤唳众说纷纭，人人自危之下，就连他这个随侍帝侧的清要学士，都有些迷惑不解。

先是太子被弹劾告密，东宫被围，随即又是锦衣卫指挥使纪纲被抓，自己这个庶子莫名成了济宁侯……乱象纷杂之下，连他也是一头雾水。

府里这几天的欢庆宴席，让他心头颇不自在——虽然平时装得云淡风轻，但他却对皇帝的这个敕命颇多腹诽。

他和沈熙、沈轩都还健在，却越过他们，把这个世袭的爵位赐给了那个小畜生——他本来就猖狂忤逆，这次成了全府之主，还不知要怎么趾高气扬！

而他这个做爹的，却隐隐成了寄人篱下？

每次浮现这个念头，他便是满心懊恼不平。

按礼法来说，儿女听从父母简直是天经地义，但府里如今这个局面，却让他的理直气壮显得有些尴尬了。

想到这，沈源又喝下一口苦涩的六安瓜片茶，压住了心头的烦躁。

突然门外来报，有客人来访。

沈源看了一眼送来的名帖，虽然对方写得谦恭，但这位薛语中举时的座师，却正是自己恩师之侄，按辈分来说，他也要称呼自己一声师伯。

文官们这些盘根错节的关系最是紧要，沈源立刻把他请入了花厅，分宾主坐下。

那薛语气质儒雅俊秀，举止大方，言谈有物，沈源立刻起了爱才之心，论起师门来更有亲切之感。

两人闲聊起近况，沈源这才知道，原来他正在大理寺参赞供职。

薛语笑容略见羞涩，却仍然落落大方："其实是因为我囊中羞涩，京城居大不易，这才去大理寺谋了个职位，抄抄写写好歹谋些银钱，也不算有辱斯文。"

出身清贫却又如此磊落说出，毫不躲闪避讳，才华横溢却又勤奋上进，再加上谦恭有礼的举止，沈源对他更加赞赏，再听到"大理寺"这个关键地点，他目光闪动，不动声色地开始试探询问前几天的事。

薛语态度诚挚，居然直截了当就把当时情况都说了，除了一些皇家秘辛以外，竟是知无不言，沈源听得目眩神迷，这才知道其中内幕远超自己想象。

他心中却有奇怪：他跟薛生只是初次见面，为何他如此交浅言深？

薛语微微一笑，有些不好意思地说道："其实我恩师在上京前就叮嘱过，京城人心复杂，唯有一位师兄崖岸高峻，是可以托付信赖之人，要我有什么难处就找您——这些话旁人也许听不得，对您我却是一五一十地说了。"

沈源顿时释然，他座师当年为了学派意气之争，得罪了黄子澄，连累他被贬至燕王府做了个属官，谁知反而因缘际会成为今上心腹，顺利替老师翻了案。老师全家从此对他很是感激看重——这事也是美谈一桩，薛语年少单纯，一心一意地仰慕他当年风骨，也是该然之事。

这种少年英才，他也是着意笼络的，因此两人整个下午都相谈甚欢，到了晚间掌灯时，沈源干脆留他下来吃饭，薛语推辞婉拒道："我暂住在城北的空林寺客房里，路程不算太近，若是晚了只怕要撞上夜禁。"

沈源一听便知：他为了省钱借住在偏远破旧的寺庙客房。他心中一动，劝说道："住在那里满耳都是和尚念经，你要如何温习功课，眼看这一科就要下场，你应该找个清静地方住下准备。"

见薛语面露难色，他干脆提议："你既然叫我一声师伯，那就不算外人——不如你搬来我家住一阵子吧。"

"这怎么好打扰……"

薛语作势要辞，沈源却打定了主意：笼络少年才俊乃是一件惠而不费的事，这薛生谈吐举止都是聪慧不凡，趁着他科举未成施恩结好，将来朝中也多一二助力。更何况，家中广仁也要这一科下场，彼此切磋温习更能进益。

他还有些隐秘的小心思：家中几个女儿都将及笄之年，虽然还没跟夫人议定良婿的人选，但也必得是世上英才，不能嫁些纨绔废物，这薛生才貌双全，若是有缘做东床快婿，也不辱没了他沈源的一世清名。

"你我同出师门一脉，不算什么外人，何必以俗礼拘之？你就住下来吧，我家那个孽障广仁略大你两岁，比起你却是差之多矣，你若有闲暇也可指点他一二。"

薛语辞让了几次，见沈源坚持，也就落落大方地同意下来：“广仁世兄乃是当世俊彦，晚生愧不敢当，只怕还要劳世兄给我讲解提点呢。”

沈源见他谦恭有礼，心中更加赞许：“你们年轻人互相切磋，一起下场，宜早不宜迟——你今天就收拾行李搬过来吧。”

又喊来管事，让他派几个外院小厮去帮忙搬运。

薛语与他再三称谢后告辞离开，看着他的背影，沈源唇边微露笑意：“倒是可以跟夫人说说。”

家中几个女孩，如珍、如思连同大房的如瑶都是庶出，王氏嫡出的只有一个如灿……这薛语才华横溢，若是这科中了那就更是锦上添花，却也不知王氏是否中意?

他当即匆匆去了后院，跟王氏商量起了这事。

“人我是考量过了，确实是才貌双全当世俊彦，这么年轻就中了举，在大理寺临时参赞书办，也很被看得重，竟能参与机密，唯有一点却是遗憾——他出身寒门小户，父母双亡，也没什么家产。”沈源把此人情况都介绍了，看王氏皱眉不语，又道，“你要是真看不中，不如考虑一下如珍、如思吧，左右也是个庶女，未必能嫁得多么高。”

谁知王氏却横了他一眼，嗔怪眼神中带着妩媚：“谁说我看不上了！所谓朝为田舍郎，暮登天子堂——这话虽然有些夸张，却也不无道理。读书人最是清贵，一旦中了进士又选了庶吉士，再遇上好的机遇青眼，只怕就要一飞冲天了。”

房中只有她跟丈夫两人，她也就不再装“女子无才便是德”，侃侃道：“现在天下承平，圣上虽然宠信武臣勋贵，文臣的地位却是悄无声息在上升，再看那太子身边聚集的都是文人贤者，就知道接下来是要文臣压过武将的。”

这话正说到沈源的心坎上了——他家父辈济宁侯是靠军功得爵，他本人却是弃武从文，自己拼出一条青云之路。但他随即想起了自己的隐忧：“但太子本就摇摇欲坠，现在还被禁足东宫不知生死，若是汉王上位，他一向喜欢骄兵悍将……”

王氏微微抿唇，眼角笑意剔透而冷厉，她靠近丈夫耳边，低声道：“汉王就算是谋反上了位，他要治理天下，还得依靠文臣啊。”

这话吓得沈源打了个冷战，欲要斥责妻子，却又深深觉得有理，但他目前所虑的是自己该如何站队，才能保持地位不坠，甚至能有“从龙之功”。

这种烦难棘手之事想起来就头疼，他叹了口气继续论及薛语此人，却又想到一点：这薛语没有父母亲族，在京城全无根基是一大劣势，但他肯定不会跟这些拥立之事扯上干系，女儿若是嫁给他，富贵尊荣眼前是看不到，但是必定能安然无恙吧。

他把这心思说了，却也引得王氏目光熠熠，心中顿时十分矛盾——这薛语听丈夫说来，竟然是十全十美的好，但为人父母，都却希望儿女嫁入富贵繁盛之家，此人毫无家世亲族，在京城人脉根基浅薄，灿儿若是嫁了过去，只怕要操心操劳不已，况且就算他科举得中，也得从六七品小官熬起——这清苦滋味自己当初过了二十年，又怎么忍心让女儿重蹈覆辙呢？

但丈夫说的也不无道理，若是让如灿嫁入那些公侯之家，看着是尊荣体面了，但府里几层婆婆妯娌，腌臜污糟的事不知有多少，如灿是个直肠子爆炭性儿，只怕应付不来这种钩心斗角的后宅争斗。

从这点来说，这个薛语实在是合适不过。

王氏就这么患得患失地想了半天，脸上表情忽愁忽喜，心中却是矛盾纠结不已。

“也不知道如灿喜欢什么样的……”王氏突然又想起，如灿这个孽障，竟然好似对自己二姐家的那个萧越十分在意，多次旁敲侧击地问“越表哥什么时候来探望我们”。

小夫妻过日子，彼此之间的恩爱才是最紧要的……若是她不喜欢薛语这种文弱书生，而是喜欢越哥儿那般英雄小将，那可怎么好？

沈源见王氏眉头深皱，以为她是真的不中意薛语，于是道：“如灿若是不行，如珍怎样，她性子温柔大度，饱读诗书，配一个少年进士也是投缘。”

他说者无意，王氏却本有心病，听他两次说“不如配给庶女”，又提了如珍的名字，顿时面色沉了下来，冷笑道：“如珍的婚事我自会料理妥当——老爷这么说，是疑心我要刁难刻薄她，把她许给下三滥的人吗？”

沈源没想到会激起妻子如此反应，吓了一跳之后却心又不悦：“平时见你们母女两人亲密无间，如珍侍奉你也算恭谨，所以想着如灿若是不合适，换上如珍也不算辱没门楣……”

王氏冷笑着瞥了他一眼，眼中光芒奇异而刻毒：“我待她不错是因为她是你的亲生骨血，她对我恭谨是因为世上还有‘礼法’二字——但你若是把她许得太好，只怕到时候后悔的不是我，而是你！”

“这话怎么说的？”沈源心中“咯噔”一声，已经有些明白，却仍是颤声反驳王氏。

王氏微微一笑，用银簪挑动灯焰，顿时只听“噼啪”一声灯花爆开，满室里一暗之后恢复了明亮，却照得她眼波灿亮而冰冷，让人如坠冰窖一般——

“你也不想想，她生母是谁，又跟我们有着什么样的冤仇——到时候她得势了知道真相要报复，只怕我们几个儿女都要遭了毒手！”

3.

这话又狠又准，宛如一把利剑刺入心窝，沈源身上一颤，心中满是惊怒：“你……这是什么话？！”

“我说错了吗？”王氏睁大了眼，明丽眼角因为激动而略现细纹，“那件事已经过去十几年了，再也没什么人记得，更没人敢提起，但纸是包不住火的！”

她的唇角勾起讥讽冷笑：“不仅是她，就连你那个好儿子广晟，我每次见到他都是提心吊胆的——如今他已经是侯爷了，我更是日夜担惊受怕，就怕有一天，他知道了什么……”

她说到这，嗓音都哽咽了，沙哑得说不下去。

沈源心中好似被大石震了一下，看着原本知礼贤惠的妻子露出这般神情，心中却是酸甜苦辣五味俱全，愧疚和恐惧化作藤蔓缠绕心间，他低声道：“都是我害了你……”

“为了你，我甘之如饴。”

王氏含着泪水的眼睛凝视着他，恍惚间，他好似回到新婚燕尔的那一夜，她就是睁着这般漂亮黑眸，明媚而大方地笑看他。

他闭上了眼，沉重而略带疲倦地说道：“就算是天大的罪孽，也该由我这个男人来承担，你就不必多想了。”

他看了一眼含着眼泪忧心忡忡的妻子，放柔了声音道：“你是孩子们的嫡母，他们的婚事都该由你做主，你若是不同意，谁也越不过你。”

王氏听了这一句，只觉得心中又酸又暖十分熨帖，她用帕子擦了擦眼角，柔声道：“也是我杞人忧天，每日胡思乱想，才这么失态……”

这一句是变相地对丈夫道歉了，她叹了口气，又道：“其实人非草木孰能无情，如珍孝顺我这么多年，才貌性子都是上上之选，她的婚事我也一直记挂心间。”

她越是这么明理贤惠，沈源心里就越发不是滋味：“既然你觉得这孩子好，那就由你给她觅一个好夫婿吧，家世和才干都没什么要紧，只要性子老实温厚，能善待于她。”

这明显是说，同意她把如珍低嫁了！

王氏眼角闪过一缕得意的喜色，却是低下头，讷讷道：“这么着，我却又担心委屈孩子了。”

“所谓父母之命媒妁之言，她若是个好的，乖乖听从便是，哪有什么委屈？若真有什么痴心妄想，那还算什么大家女子！”

沈源断然说道，随即似乎有些疲倦，坐在一旁的太师椅上，端起了早就送上的清茶，一口气喝尽了。

王氏这才发现他眼底带青，好似多日没睡好了，不由得心中更加愧疚——自己不该拿这些内宅之事来吵扰他。

她毕竟是官宦望族之女，略一思索便知道他仍然在揪心朝政，想起他方才所说的，心中已经明白了大半，她默默替丈夫添了茶水，低声道：“夫君，太子那边已经如此凶险了吗？”

看着妻子担忧焦虑的目光，沈源叹了口气，安慰她道："也没这么严重，虽然太子失势被禁，但圣上却甚是疼爱太孙，这几日赏赐络绎不绝，看来是在替太孙撑起面子。"

王氏垂眸不语，许久才低声道："太孙再怎么受宠爱，他父亲若是被废，那他就什么都不是了。"她的声音幽幽凉凉，"我知道那群文臣拉你跟他们站成一队，去保什么正朔，你可千万不要掺和进去。"

沈源皱眉不语：太子倚重文臣，儒生们又有维护正统的大义名分，站在他这边是责无旁贷，虽然如今圣上大怒无人敢出来说话，但文臣中间，一股暗流正在形成——众人口耳相传，都说太子是受人诬陷获罪，谋逆的另有其人！

他身为文臣一员，若是跟大家立场不同，只怕立刻就要被孤立，但若是敢站在太子一边，只怕立刻就要遭到皇帝和汉王双重的雷霆之怒。

人生在世，并不是旁人以为的不偏不倚就可以，这样的人，若是做小吏尚可，若是位在中枢，只怕两边都容你不得！

他叹了口气，终究没有跟妻子再说下去，只是道："你也不用着急，此事还有转圜的余地。"

想起锦衣卫那边的惊悚传言，他沉声道："若是太子能解开这个误会，也许父子还能和好如初，若是再出现什么对他不利的证据，只怕……"

下面的话他没再说下去，他闭上了眼，房内陷入了一片寂静。

夕阳西坠，天边的云彩变得暗金流灿，最后一丝红霞渐渐地暗了下来，熙熙攘攘的街头人流逐渐稀疏。

广晟在常服外披了黑色大氅，悄无声息地出了侯府角门。

他的小厮沈安牵了坐骑就从巷角悄悄过来了，凑在他耳边说了几句，广晟脸上顿时一变："那个薛主簿要住我们府上？"

"据说是老爷同门师弟的门生，也算是师侄。"

"真是巧了……"

广晟目光闪动，似笑非笑地说了一句。

他们两人趁着将黑未暗的暮色，很快来到大理寺前的一条街上。

这里挂着酒肆的幌子，一盏昏暗的气死风灯来回晃悠着，里面的酒客已经在散场付钱了，乱糟糟的热闹之中散发着酒菜的香味。

广晟使了个眼色，沈安就挤进人群，左顾右盼好似在找寻他家老爷，还大叫大嚷撞了人，把残酒泼到人身上，险些引起一场斗殴，引得站在屋檐下的掌柜都进去劝解。

广晟趁着这个机会，身影宛如轻烟一般跃入酒楼二层，蹲身在雅座旁的屏风后——那里有一扇窗正对着街面。

渐渐的，人声安静下来，连伙计打烊的声响都清晰无比，广晟蹲在屏风后，甚至能感受到小伙计的抹布从鼻端擦过。

终于，楼下连最后一丝灯光都熄灭了，留守的伙计好似打了个哈欠，就发出微微鼾声。

夜幕降了下来，街上的打更声遥遥传来，混合着风声和犬吠，广晟耐心地等着，终于等到了细微的马车辘辘之声。

他探出头，小心偷看，只见一辆普通的马车轻快驶过，从外表看不出什么端倪。

就是这辆！

车里装的，就是那个叫作红笺的女人！

夜色冥茫，宽阔的青石板街上空无一人，只有马车快疾驶过的声响。

广晟拿出手中的小镜片，借着酒肆的残灯之光朝对面射去，对面也有白光一闪，好似在回应他。

一切准备就绪，广晟蒙上了黑巾，从窗边一跃而下，在随风飘扬的幌子下无声无息地落地。

马车快速前行正要驶离此地，下一刻，寂静无声的街道上突然传来一声沉闷巨响，在夜色中显得格外清晰！

只见路面上爆裂炸破了一个黑黢黢的大洞，内中冒出阵阵青烟，青石条砖已经碎裂成片，散落在周围。

“小心刺客！”

马车周围环伺的黑衣男子高喝一声，拔出了佩剑，暗夜里他的嗓音听起来有些尖利阴柔，不辨男女。

其他人发出吆喝声将马车团团围住，众人长相都是面白无须，手中刀剑寒光闪闪极为精良，上面的印记竟是内廷所用。

“马公公，周围不见任何可疑动静！”

有人探查后上前禀道。

为首那人抬起头打量四周，原本和蔼含笑的脸上神情冷肃。他乃是御马监中的一位得力少监，入宫后就练得一身好武艺，在战阵之中甚至屡次射杀鞑子，今上很是褒奖他的勇武。

街道上一片宁静死寂，只有远处被惊动的犬吠隐约传来，完全不似他们想象中的刺客拦路突袭。只有那巨大的地洞裸露在外，青烟弥漫之中隐约有一股硫黄的呛鼻臭味。

又有人战战兢兢趴在洞口朝里看，半晌才起身来报：“大人，看样子是地下水道被污物堵塞，不知什么原因炸了起来。”

这位马公公也是出身京郊的贫苦人家，一些俗务掌故都是精通，略一思索就猜到了原因：如今已是春末之际，一些爆竹作坊剩下的货已经开始发霉，就朝着明渠暗沟之中乱丢，有些流入地下暗管之后遭遇堵塞，暗闷风干之下就爆了起来。

真是倒霉催的……

一群人七嘴八舌议论，却也只能自认晦气：这辆车是押运重要钦犯入宫的，限时必须到达，如今这里路都破了个大洞，还能怎么走？只得绕路而去了。

马公公微微苦笑，正要吩咐掉头绕路，突然心中“咯噔”一声：眼前这一幕怎会如此巧合？会不会有人刻意弄坏道路，诱使他绕路，事先设好埋伏把人劫走？

他越想越是有道理，于是沉声吩咐道：“所有人停在原地不动，牢牢看好马车！”

顿时众人将马车围在中间，如临大敌一般护卫着，马公公又吩咐人紧急从附近寻找衙差来填修街道——根据他目测，这个洞并不算大，只要一个多时辰就能填补完毕，顺利通行。

“何必这么麻烦呢，我们押着这女贼走一段路就行……”

说这话的人话音未落，就挨了马公公一个漏风巴掌！

“混账，圣上的密旨说不许任何人跟她接触，你明白‘任何人’的意思吗？”

马公公压低了嗓门，厉声道：“也包括了我们！”他目视周围众人，低声而狠戾道，“我可告诉你们，今天这差事宁可麻烦苦累些，也别去没事找事，给自己惹一身骚！”

作为一位受重用的少监，他隐约也是知道不少内幕，这个女人涉及到失踪的建文帝等隐秘之事，尽量少跟她接触为妙！

马车于是就这般停驻在街道中央，众人屏息凝神守卫着，却因为马公公方才的告诫，有意无意地拉开了与车身的距离。

月轮朝着大地洒下清冷光辉，世上万物都似乎陷入了沉睡之中，而唯一的诡异事件，却悄然发生在车厢中！

红笺双手双脚拖着镣铐，坐靠在车厢内的靠垫上，看似闭目养神，心中却是如熬油一般上下翻腾不定。

她知道自己正在入宫的路上，也知道一旦进宫，就将受到严酷的拷问逼供，那般惨状，即使是想象都是不寒而栗。

但景语之前向她保证过，他一定会在她入宫前将她救出，不会让她被送进宫里！

随着马车向前驶去，她心中的惶恐不安越发高涨，但景语的坚定承诺，成为她心底深信的一个念头！

他绝不会骗我，绝不会！

她心中念叨着，将一切怀疑和惶恐都强压在心中——王舒玄的欺骗和出卖，在她心中形成的阴霾并未消散，她其实很怕……害怕这一次，重蹈覆辙！

就这么辗转反侧着，她在等待奇迹出现的那一刻！

而就在下一刻，马车停下来了，街道上出现异常的声响和人声喧哗，让红笺精神一振，黑暗中张开了勾魂摄魄的美眸——终于来了！

随即，她看到一缕青烟般的人影，快如鬼魅地从车下爬了上来！

是来救我的吗？

她如此忖道，却见那黑衣蒙面人目光炯炯地逼视，眼中寒意让她心头一凛！

电光火石之间，她想起了对方是谁！

竟是那曾经被她迷昏的锦衣卫千户！

她眼中闪过骇然之色，张口正要大叫，却被一块湿巾捂住了口鼻，顿时浑身发软瘫倒。

广晟将她扶起，靠在车厢角落，贴着她的耳边道："我问什么，你就给我答什么……"

看着她眼中露出的抗拒警惕光芒，他微微一笑，从袖中掏出一只小小瓷瓶，打开瓶盖里面竟是密密麻麻闪着寒光的细针。

他捻起几根，银针在黑暗中闪着诡秘妖异的光芒，他继续贴着红笺耳边，宛如情人般的轻声密语："你一定没见过我们锦衣卫专门特制的刑器，也没尝过这般不见血的极痛。"

红笺拼命摇头，想要喊救命，发出的声音却是低不可闻，车外几步远处守候的内廷武监们丝毫没有发现异状，正在看着衙差们挑起焦土填入地洞。

银针宛如附骨之疽，一根根刺入红笺的指甲缝，那种极致的痛感宛如潮水一般将她吞没！

一根又一根，红笺痛得浑身都在颤抖，十指的指甲缝隙中已经被插入三四十根细针，却极为诡异的没有出血。

"这是我们锦衣卫特制的针，二十根针才比得上一根头发粗细，这样的针只有前朝的老工匠能够打造了，因为够细，所以伤口太小不会出血，因为够多，它们可以把你全身都插遍，让你彻底变成一只刺猬。"

广晟的嗓音听在红笺耳中，宛如地狱鬼语一般让人不寒而栗。她口中发出轻微的呜呜声——

"我愿意说，什么都说……"

这一刻的痛感，深入四肢百骸，难以用言语形容，红笺只觉得整个人都好似被浓黑痛极的旋涡席卷，无数的念头都爆裂开来，满心里只有一个想法：不惜一切代价，快些解脱这痛苦！

针刺在这一瞬停止了，红笺喘息着，雪白酥胸起伏不定，芙蓉玉面上却是涕泪交加，毫无平时的娇艳风情："你要我招供什么呢？"

"先说说那本账册是怎么回事，太子东宫那边的所谓铁证，又是从何而来的？"

"账册是我们金兰会伪造的，真正属于石巡检的那本，在他的外室韦春娘那里。"红笺看着眼前男子冰冷彻骨的眼眸，急促喘息着继续道，"至于涉及东宫的一切证据，都是白苇弄来的。”

眼前男子的眼神不悦，红笺怕他再来一次，急忙补充道：“白苇在东宫还有同党，是三个太监。”她说了三人姓名，满心以为自己能够过关，谁知对方却是冷声嗤笑，“东宫的人你都记住了，我锦衣卫的内奸，想必你也清楚吧。”

红笺咬牙不语，背心却是冷汗直冒——东宫那几个太监是白苇私下拉拢的，离金兰会毕竟隔着一层，但锦衣卫里的内奸，却是“大哥”景语亲自安插的，若是她供出，只怕金兰会那边也不会饶她！

很多人见到景语的时候，都觉得他温文和煦，可亲可敬，只有她在私下见过那个男人的峥嵘锋芒，知道他是个何等可怕的人物！

背叛景语将会遭到何种下场，她只是略微想一想就不寒而栗。

况且，他保证过会来救她，也许下一刻她就能奇迹般地获救?

她正在犹豫，那俊美而冷酷的青年却是轻声一笑：“你还在等什么？等着你的会首大哥前来英雄救美吗？”他指了指窗外密不透风的防卫人马，又淡然说了一句，“从这里直到皇宫东华门，我都会在车里陪你一起——你那个神通广大的会首若是敢出现，也必定是有来无回。”

红笺彻底沮丧下来，她气若游丝地说出了一个名字：“我只知道这个人，剩下的，他就不肯告诉我了。”

因为这人涉及到红笺诬陷锦衣卫和太子勾结的假口供，景语才告诉了她，其他的内奸是否还有，具体是哪些人，他绝口不提。

“足够了。”广晟低声断然道，“只要有这么个突破口，就能寻到线索——锦衣卫对组织内的叛徒，从来都是不死不休。”

他并未放出什么豪言壮语，甚至因为是藏匿在车上，嗓音轻微近乎呢喃，但这一句的力量却让身旁的红笺浑身瑟缩。

她低下头，压抑住浑身的颤抖，侧耳倾听车外的沙沙脚步声——宫监们皮靴在地上磨蹭的细微声响，此时此刻听来，却宛如人间最美妙安全的仙音。

她不动声色地将身子挪开些许，目测着自己若是翻滚出去喊叫示警，能否在一瞬间逃开广晟的袭杀范围!

“我若是你，就不会蠢蠢欲动地想做蠢事了……”男人的嗓音在耳边响起，宛如鬼魅的亲密呢喃，红笺嘴唇发抖想辩解些什么，却觉得胸口一凉，俯身看时，却是有三根针已经刺入大半。

长针穿过胸骨的间隔，精准地刺入肺叶之中，整个人都因为痛苦和窒息而蜷缩成一团，而如此细密的针体，却仍是奇迹般的不见一丝血迹。

红笺的脸色这一刻变成惨白，额头沁出黄豆大的汗珠，整个人已经彻底无法动弹，只有那一双美眸挣扎着转动，散发出无尽的哀怜惊悚。

“最后，你跟圣上到底说了什么？”

他的问题在耳边问出，红笺大声粗喘着，眼前一片黑暗，嘴唇翕动却发不出声音。

“哧”的一声轻响，两根针被拔起，心肺间的憋闷顿时减轻不少，红笺喃喃道：“那只木盒，关系到建文帝的去向之谜……”

“木盒？”

广晟听到这个词，顿时联想起了先前的一件事——先前审问那个燕校尉时，他曾经详查此人的过往，发现他私下在各家勋贵府上调查一只神秘的长条木盒。

广晟当时虽然不知道那是什么，却用它作为突破口，虚言恫吓引诱他意志奔溃，终于开口招供。

据说，他也是奉了金兰会大哥的命令，在暗中搜索这只长条木盒。

这只散发着神秘气息的木盒，牵涉到如此重大紧要的干系，究竟内中藏着什么？

广晟不动声色，静静听着红笺叙述，心中却已是掀起万丈波涛！

建文帝的下落……里面也许藏有遗诏！

这果然是今上的心腹紧要大患，比起这来，什么元蒙鞑子又来滋扰，白莲教又闹出匪乱，根本不值得一提！

红笺还没说完，外面的细语声转为轻轻欢呼——路面已经修好了，足够让这辆车平安通过。

车轮开始启动，武监们分成两列守在车厢旁边，行驶之间，夜风轻轻吹开窗间的布帘，虽然有铁链拴着，但仍能看到外间人头攒动。

广晟屏息凝神缩在角落阴影里，让自己的存在感降到最低，围在车旁的武监虽然时而朝内瞥上一眼，但终究没有仔细察看，竟然没人发现他的存在。

东华门就在眼前，不远处传来禁卫金吾的吆喝查问声，广晟知道此时必须离开，否则就插翅难飞了！

他弯下身子，从车厢下部的挡板处轻轻用力，随即搬下一块，露出底部的精钢铁板。

这种局面常人见到就会绝望，他却是临危不乱，取出身上带着的细小镊子开始拧开钢楔。

在他的巧手下，钢板的接合处终于露出一丝空隙，随即空隙慢慢扩大，整片钢板一分为二——广晟趁着这一刻翻身钻了下去，在裂开处一个鹞子翻身，倒转过来，仰天吸附在车底，靠双手之力抓住钢板——这个动作十分惊险，只要一个失手就会跌落扯下惨遭碾压。

他的眼角余光朝上偷偷看去，想要抓住时机及时离开，却无意中瞥到不可思议的一幕——

守在门口的一个大汉将军，竟然偷偷在袖中挽起手弩，朝着车厢正要射来！

东华门前的宫灯将方圆十丈照得亮如白昼，广晟躲在车厢铁板下，向上仰视正好看见这一幕，心中震惊之下，还未及反应，那人袖中的手弩已经射了过来！

那弩箭快如闪电，“嗖”的一声就到了车前，广晟情急之下顾不得暴露的危险，将手中的小镊子掷了过去，却是因为角度问题准头不佳，擦着箭身过去将它震得一颤，却终究没能把它拦下。

只听车中“啊”的一声惨叫，一腔鲜血喷在车窗上，顺着桐木厢板朝下流淌，将广晟的衣襟都染成鲜红！

变生肘腋，押送钦犯的太监们在宫门前毫无防备，目睹这一切又惊又怒，几瞬之下才大喊出声——

“有刺客！”

那守门的“大汉将军”临危不乱，朝旁飞掠后退而去，暗藏的袖弩又射出几支，连连射入车厢里，哧哧连声仿佛深陷皮肉，又有不少鲜血喷射四周，蜿蜒而下弄得满地狼藉！

一旁的马公公狂怒之下额头青筋乱蹦，心知这趟差事出了大乱子，只怕自己难以向上交代——朱棣为人豪迈却又暴虐，若是有功他不赏赐，但若是有所差池却是惩罚非轻。

他心中冰冷一片，只有一个念头骤然升起：抓住这个刺客将功折罪！

他手中长刀挥动宛如地狱之镰，寒光一闪将那“大汉将军”划下一片皮肉，虽然自己臂上也中了一只弩箭，却是惊险及时地将他拦住了。

马公公的手下也并非庸才，此时也齐声吆喝围拢上来，一片刀光剑影，逼得那人进退不得。

一旁守门的金吾卫和神策卫将士被这突发一幕吓住了，也不知该帮自己的同僚好，还是该襄助那些宦官，只是愣在一旁发呆。

“这人是反贼，是来杀钦犯灭口的！”马公公长刀挥洒寒光点点，一边嘶声喊道，“你们若是坐视他逃走，我定要禀明万岁，问你们一个附逆之罪！”

这一句非常厉害，终于把那群东华门守军吓住了，大部分人虽然迟疑，但终究上前来增援。

黑压压的人群形成一圈，将人团团围住。眼见插翅难飞，那人闷哼一声，袖弩宛如暴雨一般射出，黑色披风闪动之间，只见他腰间插满了半尺长的弩箭，长腿扫出期间已经麻利地插入弩槽，顿时周遭之人连连躲闪。

狼奔豕突之间一片混乱，那人用尽了身上所有弩箭，弹尽之后却也是神色平静，最后朝着马车的方向看去——

只见车厢已经被射成刺猬一般，鲜血流了满地，里面的人显然已经死绝。

他似乎松了口气，心中不再有什么挂碍，下定决心微笑之后咬牙，随即便是身子一僵，宛如木桩一般仆倒在地。

强敌毫无预兆地倒地，众人面面相觑，愣了一下才纷纷冲上前去。马公公一马当先，将那人身躯翻转过来，只见他脸上挂着一抹诡异的淡淡笑容，唇边却是一道乌黑血痕。

这人已经服毒了！

马公公的整颗心都似沉入了冰窖！

他仿佛似不死心的赌徒一般，急红了眼好似要找寻最后的翻本机会，疾步跑到马车跟前，用颤抖的手打开车门，顿时一股血腥味扑面而来！

红笺浑身中了七八箭，倒在血泊中，其中一箭正中心口，绝无生机！

最后的希望也宣告破灭，马公公整张脸都在痛苦的痉挛中，突然他转过身来，指着那群守门的将士大喊道：“你们中间必定还藏有刺客的同党，统统给我站在原地别动！”

这话引起一阵骚动，金吾卫和神策卫的人也不是笨蛋，立刻听出这阉货为了推卸责任，要把事情推给他们！

顿时有一名百户站了出来：“宫门守军并非由一家单独派出，而是几家联合轮守，这人我们都不认识，如何能算是我们的过错？”

马公公冷哼一声，从小黄门手中接过惯用的铜柄拂尘，“咚”的一声敲在那人胸膛上，那人面色一白弯腰蜷曲，周围几人上前来扶，却是敢怒不敢言。

“你们成天在一起厮混，其中必定有人协助这个刺客！”

马公公此时凶相毕露，恶狠狠地瞪着这一群人，一不做二不休想把他们统统拿下，送到皇帝面前去平息他的怒火。

那百户也是精明能干之辈，痛得直不起腰来，却仍是沉声道：“马公公，我们敬你是宫里红人，皇爷面前的亲信，这才再三忍让，可你要是坏了良心想拿我们来垫背，我们这些人就是拼了性命，也要闹个鱼死网破！”

暗夜里灯火通明，远处传来喧哗人声和脚步声，那百户的声音越发急促凶狠：“俗话说得好，烂船也有三斤铁，我们这些人背后也不是全无依仗，马公公你自己掂量吧。”

能在金吾卫和神策卫中任职，大部分都是功臣勋贵之后，有些甚至是跟从今上从燕王府出来的老班底，马公公想到这也是心中一凛。

远处人声喧哗越来越近，他一急之下，顿时眼前一亮，不由得咧开嘴笑了，指着地上的尸体阴森森地说道：“大家不要误会，这个贼子既不是金吾卫的，也不属于神策卫，我找他的主官说话便是！”

他朝着四周团团作揖，半是要挟半是卖好地说道：“我请诸位留下，是请你们到时做个见证，这也是自证你们清白的好办法。”

众人听了乱哄哄说好，各自心中却是雪亮：这刺客是个大汉将军，这笔账，是注定又要算到锦衣卫头上了！

所谓大汉将军，实则是殿廷武士的雅称，乃是属于锦衣卫麾下。

在锦衣卫创建之初，就曾编有大汉将军1500人，取身材高大者为殿廷卫士，以资壮观。在朝会及皇帝出巡时，他们承担着侍从扈行的职责，外围的宿卫则是分番轮值。

说穿了，锦衣卫除了那些凶神恶煞一般的军官和校尉、军余，还有这些靠父荫和身材得到俸禄的大汉将军，大部分人是花架子，负责给皇帝站岗看守，装点台面。

这些人虽然军籍在锦衣卫，但平时很少去应卯接活，真正的锦衣卫精锐是不把他们当成同僚的。

但此时发作起来，这个罪责却是可以堂而皇之地栽到锦衣卫头上。

反正，此时此刻的锦衣卫，就是一只被拔了牙的老虎，想怎么拿捏都行。

众人心中如此忖道，顿时松了口气，七嘴八舌地附和了马公公。

“是啊是啊，锦衣卫管束不力，竟然能让这种奸细充当宫门守卫！”

“各人造业各人担，他又不是我老子，怎么能拉我们连坐呢？”

“都是锦衣卫那些人犯的事，还请公公禀明皇爷，秉公处理啊！”

正在一片七嘴八舌的时候，却听不远处传来一声轻笑：“深更半夜，这里还真是热闹！”众人愕然抬头，却见一道修长挺拔的人影大步走来，宫灯残照之下，映得他眉宇端秀华美，冷凛更胜冰雪。

他一身冰蓝宝相花潞绸的便服，低调不见奢华，马公公却一眼认了出来，此人正是最近炙手可热的济宁侯!

他低咳一声，换上一副亲近笑容道：“侯爷怎么来了？”

“有要事要进宫面禀圣上。”

“可此时宫门已经下钥……”

马公公正要习惯性地推辞，却听广晟沉声道：“那我就在这外朝房暂等半夜吧。”

有什么事这么急迫要急着禀报？马公公心中一凛，又凝神细细打量他一回，却见广晟神色之间一派自如，已经开始在四周负着手踱步，打量眼前这一片狼藉混乱。

“这是怎么了，在宫门前就厮杀开了？”他半是玩笑半是认真地说道。

周围的守军脸色都有些尴尬慌乱，都看着马公公不肯开口，马公公在众人逼视之下也显得有些不自在，他轻笑一声，悠悠道：“只是些许小乱子，方才已经平息了，不值得一提，倒是让侯爷见笑了。”

广晟微微点头，倒也没追问，只是到了值守的外朝房门廊前，搬来一张长凳，稳稳地坐了上去，好似在垂眸假寐。

这……他是真要在这等到天亮啊？！

马公公心里暗暗叫苦：他是奉命暗中押送那女犯，进入宫中秘密审问的，当然不受宫门下钥的规定限制，但这种事好说不好做，这道门的守军都跟他事先约好，谁知却又突兀出了刺客灭口这一出。

他赶着进去报告，但这个新出炉的侯爷却好似完全没有看出他的脸色，居然真的原地坐下等开门了！

这可怎么好？

马公公心里一阵焦急，略一思量，只得自己找个台阶下，呵呵低笑了两声，从袖中取出一块腰牌——与平时出入宫禁的纯金腰牌不同，这块泛着幽蓝珐琅的光芒，在灯光下看来极为精致。

“我有圣上特赐的信物，有要事可即刻入内！”

那些守军知道有这一出，不多废话就从宫门缝隙把这腰牌塞了进去，随后，那沉重宛如天堑的巨大铁门缓缓拖曳着，发出巨大的轰鸣声，从内打开了一半！

马公公一闪身正要进去，却听身后传来微凉一句：“马少监，麻烦你进去面圣的时候，代我禀上一声。”

马公公心中嗤笑一声，一本正经地拒绝道：“皇爷御前，哪有我说话的份儿，侯爷还是等明日一早好生去面圣吧。”

他拔腿就要走，却听身后轻笑一声，让人不寒而栗：“所谓与人方便，就是与己方便，马少监还是顺嘴提一句吧，否则明日一早等我去面圣，圣上大怒之下就要怪罪你了。”

马公公冷哼一声，嘲讽笑着回头：“你敢威胁我？”

“我岂会是如此不懂礼数之人。”

明灭不定的宫灯下，广晟面容如玉，微微一笑好似摄人魂魄：“只是我要说的这事，跟公公办的那件事正好有关。”

马公公心中“咯噔”一声，正要追问，广晟却稳然坐在长凳之上，淡笑不再言语。

马公公侧着身，用阴冷的眼神看着他，那俊美异常的侯爷却微微笑着，不动如山。

两人目光相对，僵持片刻之后，马公公的骄横神情终于有些支撑不住了。

“你究竟是要说什么？！”他低喝道。

“我若是此时说了，公公能替圣上做主吗？”

这话大逆不道而且不客气，马公公脸上涨成通红，却突然一言不发，转身走了进去。

宫门露出一道狭小而幽深的缝隙，宛如深渊之下的虚无，静静等待着眼前众人，仰头看去，只见那重重宫阙楼台都掩映其后，不能窥见真容。

那道缝隙很快就关上了，朱漆宫门上的铜钉熠熠幽华，在众人眼中仿佛燃起一道名为野心的火花，却又浮光掠影般掠去，只剩下一点儿怅然若失。

这其中，只有广晟默然凝视着，眼中一片清明。

第九章

无间之叛

1.

已近三更，小古突然一阵心悸，满身冷汗地从床上醒来！

在醒来的瞬间，她的手伸到枕下，拔出一把护身的银刃！

寝房内没有丝毫动静，桌角的牛角灯罩里微微有些灯芯火光，照得房内一片馨宁。

她僵直了身躯坐在床上，半晌才徐徐吐出一口气，整个人这才彻底松懈下来。

满身冷汗在恢复神志的此时，显得分外黏腻不适，长发宛如上好的丝缎，垂在身畔蜿蜒及膝，她抹一把额上的冷汗，又将长发匆匆绾起，这才下床倒了杯茶，狠狠地喝了一大口。

微凉的茶水入腹，整个人好似更加清醒了些，她叹了一口气，却惊动了睡在外间的蓝宁。

“怎么了？”

蓝宁匆匆披衣进入，点亮灯芯，却看到她脸色苍白眼神空茫，不由得吓了一大跳。

“没什么，我只是做了个噩梦，有些魇着了……”

小古的嗓音在这暗夜静室里听来，显得缥缈不定。

只是个梦吗……蓝宁却有些担心——她从未见过小古有这般可怕的神色：“是怎样的梦呢？”

她才问出口，自己却深知不妥——大家都是从那场“靖难之变”里活下来的，什么家破人亡骨肉分离，任何凄惨的故事都是寻常，此时问起简直是揭人伤疤。

小古瞥了她一眼，好似会读心一般，摇了摇头道：“不是过去那些事，而是……”

她突然说不出口了，在方才的梦境中，她分明看到，素来跟她水火不容的红笺，浑身插满了箭，站在一片血污之中不断哀号哭叫！

“救救我，三妹！”

她倒在地上，无尽的血泊渐渐将她淹没……

这个梦不仅逼真，而且满是血腥和惊悚。

小古接过蓝宁递上的茶杯，喝了一口温热的茶水，歇了一会，这才慢慢道：“我梦见红笺出事了。”

“那种人理她作甚？”

蓝宁对红笺多次陷害的阴毒下作心有余悸，冷笑道：“她这个人从来心里只有自己，可曾惦念过丝毫手足情谊？”

她见小古神色悒悒，似乎并不快活，有些好奇道：“难道你真的在为她担心？”

“也算是吧……”

小古坐在床上，透过纱窗眺望无尽的夜色暗冥，以及那天边熹微的几点星辰，眼中的光芒，冰冷却又透着柔和的唏嘘：“她和我，从来就是水火不容，即使没有这家破人亡的变乱，我们之间，只怕也是不死不休的对立。彼此之间实在是没有什么手足之情。”

她轻叹一声，看向蓝宁：“但终究，她身上流着一半跟我相同的血缘，也许冥冥之中，是有什么感应吧？”

她倒不是什么迷信之人，但红笺跟景语之间密谋非浅，也不知道他们会折腾出什么样来——他们两人连环设计，这般逼着自己不插手金兰会的事，到底是有什么诡秘图谋？

景语的心机和胆略惊人，无论他有什么图谋，只怕终究会让红笺引火烧身……

想起那梦中的凄惨景象，小古微微咬唇不语。

蓝宁知道她心中只怕还是有些微的担忧，但红笺此人心术已坏，她也不愿小古为她多操心费神，于是微微一笑，安慰道：“老人们说，梦都是相反的，只怕那红笺此时不知多么逍遥快活呢？”

她见小古的眉头仍然有些蹙起，于是干脆说起了个笑话：“我家那个二婶以前最是掐尖要强的，做了个梦，梦见圆月入怀。当时还喜不自禁，认为自己怀的这胎是有贵人之相，日日逼我那堂妹去学什么琴棋书画，还偷偷去掐算小皇孙们的年龄……后来我蓝家满门被抄，我那堂妹年龄太小好歹被赎出去了，后来在流放地嫁了个卖白面炊饼的，成天跟那白白圆圆的东西打交道——这也算是梦月入怀的预兆实现，天生的命数吧。”

小古被她这般自嘲逗得一笑，却见蓝宁虽然是嬉笑着，眼中却透出几分酸楚。

她心中暗叹，伸出手在袖中握了握她的手心，温热的掌心透过彼此的肌肤，传递着同病相怜的安慰，蓝宁眼中波光点点，笑意变得澄澈豁然：“我没事，大家都有这样的命数，只能挣扎着向前，什么心痛悲伤，都已经顾不上了。”

小古心中却有些汗颜：因为她对胡闰的感情实在不深，也实在没享受过什么钟鸣鼎食的好日子，所以刚刚事发时，她并没有什么心痛悲伤。

她真正感受到禁锢的痛苦，是在母亲染病却身陷囹圄的那一阵——明明可以去求医问药，及时诊治，却被羁押在大牢里，活活拖垮了身体——那样的愤懑和不甘，如今仍是记忆犹新！

暗夜里，她的眼睛对上蓝宁的眼睛，同样熠熠生辉，同样饱受摧残，却是微笑淡然。

“你说得对，我们总得朝前走，不能沉溺于过去回忆。”小古轻声叹息，说完却是披衣起身，也不点灯，只是在黑暗中忙活。

“你不好好养伤，又准备倒腾什么事来？”蓝宁的声音带着兴味，却并未阻止——她是何等玲珑巧思，早就看出小古来到这个寻常庄子上，只怕另有图谋。

“我要去找一件东西。”黑暗中，小古的嗓音清脆宛如珠玉，却带着不容置疑的冷意。

“是什么？”

“一只木盒。”

别院里有三进院落，前后都造了好些倒座房，加上这里的管事仆妇们搭起的卷棚，琳琳琅琅也有二十多间房。

小古踏着月色，悄无声息地在庭院墙边走过。

月牙隐没在重重云霾里，天际只透出一道滚了银光的弯痕，寥寥几个星子隐没在云层里，显得四周越发黑暗。

有清脆的虫鸣声在草丛里响起，四四方方的墙角处，两人的身影宛如鬼魅，绕过了花木房，没有惊动里面酣睡的婆子，小古和蓝宁走进了最西面的一间库房，用簪子轻轻捅开锁孔，“吱呀”一声打开了门，一股灰尘扑面而来。

蓝宁正要打喷嚏，小古眼疾手快，将她口鼻一把捂住，拖着她闪身进入。

“阿嚏！”

蓝宁的喷嚏在延迟几瞬之后终于还是爆发了，在宁静的库房里显得格外响亮。

“糟糕，被人发觉了！”

蓝宁脸色一白，随即发现周围没有动静。

“放心吧，这间库房是当年为了存放张夫人的嫁妆特意修造的，四壁都坚固牢靠，一点儿声音都传不出去。”

小古神情如此镇定，蓝宁大大舒了口气，环视四周，只见这间库房乃是明暗三间打通，原本十分开阔，如今却是堆满一些古董器皿、家具摆设，虽然蒙上了一层厚厚的灰尘，却仍是显得精致华贵，气派不凡。

“这些东西就是大房张夫人的嫁妆？”

蓝宁细细打量了一回，也悄悄咋舌道：“早就听说宁波张氏家财殷富，今日一见果然名不虚传。”她指了那镶嵌碧玉的鸡翅木屏风，一套十二只剔透宛如青玉的龙泉窑堆花瓷碗，最后目光停留在一个甜白瓷的梅瓶上，眼睛闪闪发亮，显然是喜欢得很了。

“我很小的时候，家里就有这种梅瓶……”她低声咕哝了一句，随即振作精神，问道，“你要找的那只木盒就在这堆嫁妆里？”

“如果秦妈妈没有撒谎的话。”小古想起她在离开侯府时，跟秦妈妈的一段告别——

年近四十的妇人，原本秀丽的眉目却满布寒霜，那般瞪视着她：“原来深藏不露的高人竟然是你！”

小古面无表情地回应她的目光，却丝毫不见愧疚之色。

秦妈妈一掌拍在桌子上，神色之间颇为警惕：“你到底是什么人，刻意接近我家小姐，究竟想做什么？”

姜还是老的辣，如瑶姑娘虽然直觉小古的来历神秘，但秦妈妈目光如炬，立刻便知道她不露痕迹地进入唐乐院，是别有目的。

“妈妈请放心，我并无什么不良企图。”

小古眨了眨乌黑眼珠，微微一笑道：“秦妈妈你杀人弄出的破绽，还是我替你抹平圆上的。”

秦妈妈脸色更加惨白——她想起那一个杀人烹尸的惊悚半夜，那宛如幽灵鬼魅附在身后吹气的那人，身上一阵哆嗦：“我没找到你要的什么木盒……”

“张夫人的物件你都翻遍了吗？她留给如瑶姑娘的呢？”

小古追问道，秦妈妈连连摇头，随即却是目光闪动，欲言又止。

小古看着秦妈妈的眼神犀利透彻：“那盒子隐藏的秘密非同小可，继续留在手里只会招来祸患——您若是愿意帮我，我会记得欠您的这份情，今后必有回报。”

她瞥一眼秦妈妈的神色，又添了一句道：“我会替您继续看顾如瑶姑娘，直到她顺顺当当出阁。”

这一句正中秦妈妈的心坎，她眼中闪过犹豫挣扎之色，小古见此，趁热打铁道：“你也知道她在那深宅大院里，日夜受那风刀霜剑折磨，一不小心就要中了王氏等人的陷阱。”

秦妈妈想起王氏那冰冷的眼神，不由打了个寒战，咬牙下了决心，开口道：“当年大老爷全无心肝，没过三月就偷偷把张夫人的钗环送给小妾，过世的老侯爷怕他挪用了妻子嫁妆惹出笑话，就把大部分珍贵古玩器物都送到了乡下别院。”

她索性把当时的嫁妆单子和一串钥匙拿了出来递给小古：“就是这几间库房，你自己慢慢找吧，如果再没有，那就是真的不在了。”

小古转身要走，却被秦妈妈攥住了衣角，微愕转头时，却见她秀丽的眉宇间一片愁苦，露出两道细纹：“你不仅要保她安然无事，还要护着她平平安安嫁得良婿，不能让二房那一对狼心狗肺的叔婶把她胡乱嫁了！”

她咬牙低声道：“我从小丫鬟那里听说，二老爷和王氏那个贱人正在商议三个姑娘的婚事，大老爷是个昏庸不管事的，瑶姐儿若是落到他们手里，还不知要被卖给什么龌龊纨绔呢！”

小古觉得这倒是有点儿棘手：“所谓父母之命媒妁之言，上头有太夫人和大房二房这些尊长，我又如何能插手去给她找个金龟婿？”

“我们瑶姐儿早就有一门亲事——是张夫人在世的时候定下的！”秦妈妈信心满满，“张夫人给定下的那家，不仅门第高贵，未来姑爷也是人中龙凤，一等一的相貌人才。”

小古微微皱眉，觉得这有点不靠谱：“如果真有这么一门亲事，为何整个侯府没人知道？再说既然定下了，对方也该三时节礼地上门问候，怎会没有丝毫动静？”

她话说得委婉，但心中却估摸，这桩婚事大概原本是有的，但随着张夫人的逝世，对方应该是有悔意了，所以干脆就一缩头毫无动静。

这桩亲事，只怕没有秦妈妈想得那么好！

“绝无可能！”秦妈妈猛然摇头不已，“那家公子来拜见过夫人，我躲在屏风后看得真切，确实是沉稳有礼，双目透着正气！”

知人知面不知心啊……小古心中暗忖，却也不好再说，只是禁不住好奇问道：“说来说去，我还不知道这位未来姑爷是哪家公子呢？”

“是广平侯袁容的二公子。”

什么？！

是袁家二郎袁槿！

小古心头剧震，纷乱烦思涌上心头，一时手错竟然将桌上的茶盅带落在地！

她蓦然想起那一对相似的玉佩，以及他深深凝望着她的眼神——这玉佩是一对，乃是我们当初订下婚约的表记！

可转眼之间，又冒出来一桩多年前定下的亲事！

袁槿啊袁槿，你一个儿郎到底是许了几家闺秀！

小古捡起地上的碎瓷片，想起那个人的炽热眼神和话语，心中只剩下冷笑而已。

男人，果然大都靠不住！

……

秦妈妈当时看出她脸色有些不对，还以为她伤病反复，反复叮嘱她要好好在庄子上休养。之后，小古便以养病为名，来到了这乡间别院。

摇了摇头挥去这些回忆，她站在这间库房里，看着满地的金玉红麝、绮罗锦绣，却是觉得有些头疼：这么些东西要怎么找？

蓝宁居然颇有经验，建议道：“我先按嫁妆单子将物件清点分类，你负责细细搜查。”

小古倒也颇为相信她的能力——蓝家当年何等显赫，若不是卷入谋逆案中全家抄查，只怕蓝宁现在也是位精明能干的贵妇人。

两人于是紧锣密鼓地协作忙碌起来，等到天边露出一丝鱼肚白，却是一无所获，清晨时分溜回房间，躲在被子里装睡，彼此看着对方满布血丝的眼眸，都是忍俊不禁。

笑过之后，蓝宁有些焦躁："这到底是藏在哪了呢？会不会是张夫人偷偷送回娘家了？"

小古缓缓摇了摇头："东西在济宁侯府张夫人那儿——这是我父亲亲口告诉我的。"

蓝宁知道她对生父胡闰的心结，此事听她提起，不由得心头一震。

日光透过窗纱照在衾被上，暖烘烘软绒绒的，小古的嗓音却是冷然宛如寒泉冰封——

"那是在抄家灭门前三天的晚上，他突然把我叫到书房，也不说话，只是盯着我默默无语。"

"他的目光落在我胸前挂着的玉佩上，淡淡说了一句，'这玉佩要保管好，不可丢失。'"

"我以为他又是听了红笺的谗言要训斥我，谁知他却静静看了我半晌，用一种从未有过的复杂纠结语气说道——如果有一日，有人拿着同样的玉佩来找我，我必须告诉他：东西在济宁侯府张夫人那儿！"

她眼中波光流转，无泪无痛亦无恨意："从小到大，他对我心平气和说的，只有这一句。"

蓝宁不由得问道："那另一枚玉佩的主人？"

"我见过了他，但我什么也没跟他说。"小古将被子裹紧，声音带着些模糊缥缈，"我决心把那个神秘的木盒弄到手。"

蓝宁悚然一惊，但想起小古的胆大心细，又觉得这确实像她会干的事。

"如今看来，在靖难之乱结束的时候，有人藏起了这个至关重要的木盒，将它送到了张夫人那里。她只是个内宅妇人，夫家是站在朱棣这边的，娘家又全是清贵读书人，根本和建文帝一派无涉——但很少有人知道，赫赫大名的吏部尚书张纮，竟是她的远房叔父。"

小古侃侃而谈，说起自己私下调查的结果，"实际上，这份亲缘关系隔得非常远，张家这两支一支在西北，另一支却是在浙江宁波，常人难以知晓。"

"你爹让你传递这个口信，给另一枚玉佩的拥有者——"

蓝宁眼前一亮，"那岂不是说，那个人才是这个木盒真正的主人？"

"目前看来，应该是这样。"

小古眼前浮现袁槿那冷然沉默的俊颜，以及那横曳眼角的吓人伤疤，微微皱眉道："只是这个人的身份，却让我觉得不可思议——他们家明明是最坚定铁杆的朱棣一派，怎么可能跟建文帝的遗物有关？”

袁槿的父亲广平侯袁容，深得朱棣倚重信任，他的母亲更是朱棣最宠爱的永安公主。

这样人家的公子，会跟建文一系有牵连？

这听起来简直是天方夜谭！

袁家上次被皇帝训斥，乃是因为袁樨袒护王霖，但大家也都知道，他是出于同学旧谊才藏起了人，并没有谋逆的心思。

小古总觉得这其中鬼影重重，似乎有好些内幕。

但目前她也无暇去解开这些谜团，最要紧的却是抢先一步把那木盒弄到手。

“你要那木盒有什么用？”蓝宁看着小古的眼眸，正色道：“我觉得你不像那种赤胆忠心的建文帝忠臣。”

“你说对了，我还真对这些帝位之争没什么兴趣——说句大逆不道的话，这根本是他们老朱家叔侄之间的事，偏偏却连累无数人遭殃。”

“我父亲以及那些文臣们，一生以大义正统作为人生信念，为此宁愿身死族灭。他们是国之柱石，可我只是个身份低微的奴婢，没兴趣为了一个虚无缥缈的大义名分而捐躯牺牲。”

她的唇边露出讥讽冷然的笑意，近距离看来一双美眸清冷宛如霜月晓星，“我要这个木盒，是为了跟朝廷做笔交易。”

“什么？！”

蓝宁心中一颤，失声叫道。

小古笑靥明灿，那种犀利的冰冷却让蓝宁都有些不敢正视：“这么多些年来，我一直与金兰会的兄弟姐妹一起，跟朝廷鹰犬激战无数，但我真实的想法，却与大家不同。”

“逝者已逝，仇恨固然重要，但活着的人才是真正珍贵的！”

“活下来的都是些老弱妇孺，如今都沦落贱籍饱受折磨，我要用这个盒子来换取他们的自由。”

“这……这怎么行？这里面藏着的，必定是建文帝非常重要之物，怎么可以让它落到朱棣手上？”

蓝宁坚决反对，却看入小古似笑非笑的眼中：“我记得你们蓝家在洪武皇帝时候就已经坏事倒台了，朱棣和朱允炆谁做皇帝，跟你们有什么相干？”

蓝玉是被朱元璋杀头抄家，后面上台的是谁，蓝家的人真心也没必要多管。

蓝宁眼眸露出迷离遗憾之色，幽幽道：“其实，建文皇帝登基后，曾经有意要赦免我们这些流放的女眷，他宅心仁厚，特许我们回京城居住，谁知刚刚收到赦免令，朱棣就攻占京城了。”

这也都是倒霉催的……小古叹了口气：“所以你觉得朱允炆至少比朱棣强

点儿？”

她轻笑一声，隔着被子拍了拍蓝宁的肩膀：“我承认，朱允炆是比较仁厚些，但皇帝这个位置，不是‘一个好人’就能顺利担任的。”

“你知道他登基后出了多少昏招？你知道他器重的齐泰、黄子澄是何等志大才疏的一群废物？你知道他宅心仁厚不肯杀亲叔，因此折进去了多少忠臣部下？”

小古一口气说完，蓝宁叹了口气，艰难说道：“你说的都是实话，可是……”

小古决然打断道：“仁慈好人建文帝，比起朱棣可说是毫无胜算，他都一败涂地了，你觉得就凭这些遗臣后裔，在暗中搞些暗杀谍报，就能把朱棣从宝座上掀下吗？”

蓝宁微微摇头，就算她是站在建文一系这边，也不能昧着良心说虚话。

她心中悚然，今日这一番长谈，才终于知道十二娘并不看好建文这边，那她长久以来的活跃和战斗，又是为了什么？

“我跟阿语……会首不同，他是为了推翻朱棣让建文帝一脉复国，而我，只是为了救出那些跟我同样命运的弱者。”

小古眼中异彩闪烁，想起母亲在监禁绝望中咽下最后一口气，想起那些饱受凌虐的营妓，她的心中更加坚定——

“这个木盒，想必朝廷愿意出极高的价格赎回，让他们用天下贱籍的自由来换，也算是合算的买卖——只要皇帝一道诏书而已。”

确实是只要一纸诏书就能赦免所有人，却是让朝廷和皇帝吞回前言，扇自己耳光。要做到这一点，绝非易事。

“反正我的价码就是这样，就看他们愿不愿意付了。”

虽然木盒还没到手，但小古好似自信满满，已经在预测下一步的动向了。

“朱棣对建文皇帝的下落一向在意，甚至可以说，他是有些疯魔了——胡濙好好一个进士才俊，却被他委任专职，到处去搜查关于建文帝的蛛丝马迹。”小古悠悠道，“因此，我觉得他会答应。”

“一切的前提，是你得找到这只木盒，否则万事皆休。”蓝宁忍不住对她泼冷水，小古却是淡然一笑，“我必定会找到它。”

东西必定不出这个别院的范围，她就不信找不到！

窗外旭日渐渐升起，光华万道，照得房内也有些刺眼了，疲累了一夜的两人也无心再聊，很快陷入了甜睡。

清晨时分，济宁侯府的后花园里隐约传来阵阵鸟鸣声，伴随着树叶落地的轻微细响，越发显得宁谧安静。

景语漫步在鹅卵石小径上，貌似闲适，炯炯眼神却扫向西侧小院——那里，就是张氏养在膝下的如瑶小姐居处。

他的目光犀利闪动，扫过那半旧剥落的外墙和零落破损的屋檐，心中想起这几日寄居侯府听到的传言。

这位如瑶姑娘，因为失去母亲张夫人的庇护，日子过得颇为艰难。

在靖难之乱的关键时刻，那神秘的木盒被送到在张氏夫人那里，数年后她因为小产下红不止而亡，那东西现在又是在哪？

张夫人是有亲生儿子广钲的，照理说有什么贵重物件都该给他，但景语已经探查清楚了，这位少爷是个不折不扣的无脑纨绔，虽然不敢走马章台寻花问柳，却也把自己院子里有姿色的丫鬟都摸了个遍，把他亲娘留下的物件也随意赏赐给她们。

景语昨夜就摸进他的院子，看到那库房箱笼都用破铜烂铁胡乱锁了，男女调笑的声音直到后半夜才停歇——他细细搜索之后一无所获。

是被藏起来了？或者是，不在广钲这里，而在蕙质兰心的如瑶手里？

景语眉头皱起陷入了沉思，身后突然传来少女的清脆嬉笑声，他心中一动，脚下一转移到了花丛背后。

花瓣纷飞如雨，落到他的斓衫衣襟上，渐渐升起的旭日照得草木青翠，更显出夏初的微热明媚。远处走来的三名女子，左右二人都着粉红上襦浅绿长裙，耳畔闪着金银丁香坠的光芒，显然是近身服侍的一等丫鬟——景语微微抬头，却见那中间的女子身着杏黄色窄袖束腰纱衫，下着藕荷色碧纹湘江长裙，乌亮头发绾了一个堕马坠儿，只簪了一对明珠镶玉的花钿，周身却隐约带着书卷气的淡然。

“小姐，这几日大厨房那边送来的饭食可好多了，不仅菜色丰富，而且热气腾腾，连饭也是喷香的新田雪糯……”

那丫鬟絮絮叨叨说着，又感叹道：“我们总算苦尽甘来，过上好日子了。小姐你也趁这机会多吃些食补的，好好将养身体。”

“这也是广晟少爷做了侯爷的缘故，否则啊，我们唐乐院还不知被人怎么踩呢！”另一个丫鬟愤愤道，显然是怨念深重。

景语心中一动：听这话音，中间那位就是他要找的如瑶小姐了。

只听那左边丫鬟又开始唠叨：“小姐的底子还是虚了点儿，侯爷送来的那两支十年的人参正是及时，可又怕被厨房那群黑心的吞没了，拿些参须子熬汤来搪塞我们，若是小古在就好了。”

如瑶微微一笑：“初兰和秦妈妈都在，她们的手艺也不错。”

“那可不一样，秦妈妈年纪毕竟大了，也不好让她过分操劳，至于初兰……我还怕她遇见人参也加三把盐，把好端端的小姐齁昏过去了。”

碧荷心直口快地说笑着，如瑶听了“扑哧”一笑，顿时宛如繁花盛开，周身洋溢着青春妩媚：“你啊你，真是爱记仇！人家初兰不过是偶尔失误放多了盐，都快两个月了你还记着这事，动不动就拿出来说嘴。”

“好啦好啦，我知错了，小姐就不要再责怪我了，不然清漪姐姐的嘴角要笑得合不拢了，越看越像厨房蒸笼里的开口笑。”

“好呀，竟敢这么说我，看我不撕了你的嘴！”主仆三人说笑嬉戏着，顿时响起一片银铃般的笑声。

“说起小古，也不知她在庄子上过得是否习惯，病养得如何了。”

如瑶念叨着远方似婢似友的那个少女，却让一旁花丛中的景语心中一震，随即，一种酸涩沉痛的感觉从心间弥漫，扩散。

他的计划步步紧逼，害得她身受重伤，又被会中众人误会，无处容身之下只得跑到那偏僻的庄子上养伤！

如郡……

你的伤怎样了，可还安好？

念起伊人的名字，眼前却又浮现那日，她与济宁侯亲密交谈、相拥的场面。

景语双手紧握成拳，胸中升起极大波澜，面容却仍是一片冷然。

唇齿间隐约传来血腥滋味，也不知是被刺玫划破了嘴角，还是被自己的牙齿咬破。

这般难受的滋味……

景语无声地叹息，随即眼中一凝——

如郡心志坚定冷静，百折不挠，只怕未必肯乖乖躲到庄子上去养伤。

她难道另有所图？

景语正在思索，却听如瑶低叹一声：“那个庄子连同周围的五百亩良田，正是我母亲的陪嫁，她在那里养病，总比留在这府上提心吊胆的好。”

什么？！

那庄子是张氏的陪嫁！

景语心中一凛，顿时觉得耳畔嗡嗡作响——他是何等聪明卓绝之人，略一思索，整颗心都沉了下去。

难道，小古也发现了什么蛛丝马迹，更或者，她也是为了那木盒而去？

竟然被她抢先一步？！

景语顿时心乱如麻，脚下微滞之下，发出沙沙轻响。

“谁？！”

如瑶好似发觉了什么，冷声喝道。

景语见状，正要现出身形，突然却听不远处的曲折小径上，传来一声轻笑：“这是在自己家，瑶妹妹何必如此紧张，这么一惊一乍的，只怕下人们还以为遭贼了呢？”

随即传来细细脚步声，出现在她面前的是一个身着浅紫樱纹绎丝褙子，面容清丽的少女。

她并不如何精心打扮，只是颈下一道篆字连纹项圈镶嵌五色珠玉宝石，映得面容都熠熠生辉。

“如珍小姐！”两个大丫鬟连忙行礼，却很是纳罕地发现，如珍竟然是单独出现，没有带任何丫鬟仆妇。

“清晨露重，瑶姐姐还有闲情出来赏花，可见身子真是大好了。”如珍这话也是欣慰寒暄之辞，一旁的清漪、碧荷面面相觑，见她径直朝着自家小姐走来，不由得警惕心起，拦在如瑶身前。

在她们心目中，如珍素来狡诈多智，为了讨好嫡母王夫人，使出各种毒计对付如瑶这边，唐乐院上下提起她来，都当作洪水猛兽一般。

“瑶妹妹你两个丫鬟真是大惊小怪，我又不会吃了你。”如珍低声笑着，清丽睿智的眼中却是满含深意，她凑近一步，更加压低了嗓音道，“与其这么防备着我，你更该小心夫人——兔子急了还咬人呢，何况她丢了这整个侯府的爵位，心中该是何等怨恨不甘！”

2.

“你这是什么意思？”如瑶心中一动，却不敢轻信如珍的话。

“瑶妹妹也别装了，你我都心知肚明，我那位母亲大人一直想把你嫡母的嫁妆弄到手，你们明争暗斗了几个回合了，别人也不是傻子呀！”

如珍轻声一笑，比起她平时的端庄沉稳，更见几分慧黠精明。

“你这样毁谤自己的母亲，可不是大家闺秀该有的言行。”如瑶冷然说道。

“呵，这里没有外人，我才跟你说几句掏心窝的话，你若是要假装正经，那我也不说了，由着你吃亏倒霉吧。”

如珍转身要走，如瑶一把拉住了她的衣袖：“把话说清楚再走。”

如珍微微一笑，好整以暇地从她手里抽出袖角，悠悠道：“听说，前头的大伯母在郊外有个庄子，里面堆了好些值钱的嫁妆？”

如瑶心中一紧，冷声道：“要说就说，不必卖关子。”

“瑶妹妹，你应该知道，我们二房这边基本没有袭爵的机会，家里一百多口人，吃穿嚼用的花费不少，太太精明能干，全靠她用嫁妆银子支撑下来了，不仅没有亏空，反而赚了不少。”

如珍说起王氏掌家这十多年，跟平时一样赞得口甜如蜜，但那语气却含着几分讥讽，与她平日的恭顺温柔判若两人。

“哼，只怕是损了公中，肥了她的嫁妆吧。”如瑶没有开口，身边的碧荷却是忍不住冷笑了。

如珍微微一笑，也不反驳：“太太一直希望能让大哥广仁考上科举做官，让四弟袭了家里的爵位，但若是要袭爵，就要去礼部和兵部疏通，而父亲的俸禄一向清苦，因此，她不得不另辟蹊径。”

她眼中闪过一道复杂的光芒，随即笑靥如花地看向如瑶：“你九岁时刚刚没了母亲，那时候太夫人不也是说你和广钰年幼不懂事，要接手大伯母留下的嫁妆——所谓财帛动人心，人人都是如此，也不是我家太太一人。”

如瑶想起年幼的那一幕，不由得脸色发白，当时她年纪还小，却面对太夫人和婶娘王氏的软硬逼迫，实在是左支右绌，步步惊心。

如珍察言观色，继续道：“如今这个爵位眼看没了指望，太太更加只能一门心思捞钱了——只靠父亲的俸禄，四弟将来只能过平民小户的日子，如灿将来的嫁妆也不够——这两个是她的心肝宝贝，怎么忍心让他们吃苦受累？”

碧荷冷笑一声：“所以才更加盯上我们张夫人的嫁妆了？这还要不要脸啊！”

如珍“扑哧”一笑：“去世的大伯母娘家富贵豪奢，当年简直可说是十里红妆，光铺子就有四十多个，还都是金陵和宁波城里繁华地段，如今这些铺子大部分归太夫人和我家太太掌管，剩下的也被大伯父租了出去，每月光拿租钱就可以风流快活了。”

碧荷张嘴欲说，却被如瑶以目光阻止了，她比谁都要清楚，这些铺子虽然暂时被这群长辈管着，但真正的契书却早就被藏在一个隐秘的所在，没有落到这群人手上。

见如瑶虽然愤怒，却并未惊慌失措，如珍的眼中闪过一道失望：“你一点儿都不担心吗？那可是你嫡母留下的东西啊，若是连这个都没了，妹妹你的嫁妆……只怕是要寒酸得不能看了！”

如珍盈盈大眼打量着如瑶，想在后者脸上找出着急害怕的神情，谁知如瑶晶莹面容却是一派从容：“这些事，母亲早有安排，也不会轻易就让某些人得逞。”

又是这般平静信赖的口气……如珍内心蕴藏的怒意怨毒，瞬间就宛如野火狂飙——明明大家都是庶女出身，如瑶何德何能，却能受到张夫人宛如亲女的养育呵护，珠玉一般宠着，而自己却必须在阴险狡诈刻薄寡恩的王夫人身边，小心翼翼地服侍着，艰难地熬着日子……

更可恨的是，如瑶的嫡母死都死了，还留下这么大笔丰厚的嫁妆给她！

凭什么……老天真是不公平！

如珍咬牙想道，平素清丽沉稳的脸上露出一丝诡异冷笑：“妹妹的口风可真紧，这般滴水不漏实在让人佩服——只可惜啊，广钰堂兄可不像你这般！”

“广钰？！你们拿他怎么了？”如瑶心中闪过一丝不安，冷声追问道。

“我家太太只是关心侄子的身体和学业，怕他累着了，把家里新买的两个婢女给了他，据说一个通晓按摩推拿，手艺娴熟，另一个却是精通琴艺小曲，能为主人提神解乏。”

如珍说起王夫人时，那种讽刺更加刻毒淋漓，说起广钰却又微笑着看向如瑶：

"广钲堂兄一见就爱得不行，这几天简直是形影不离地要她们伺候，他头脑一热为博佳人欢心，必定是什么话都肯说的。"

如瑶脸色顿时变得惨白——张夫人最重要的遗产，是整整一盒的契约文书以及大额银票，就埋在郊外庄子的大槐树底下，这个秘密只有她跟哥哥广钲两个知道：张夫人咽气的时候，曾经拉着他们两人的手说，那些东西都写好签字分给两人，千万不能告诉任何人！

难道广钲真的被美色所迷泄露了口风？

"婶娘往侄子房里塞些不干不净的女人，这侯府还有规矩没有！"

碧荷尖声嚷嚷道，如瑶却顿时感觉不对：广钲虽然是纨绔不成器，但也不是这么容易就上当受骗的，况且父亲沈熙一直不肯二房插手大房的事，他虽然昏庸没用，但毕竟是大家长，不经过他首肯，王氏这个婶娘也管不到侄子身上。

难道是……

如珍见如瑶脸色变化，笑意更加加深："你猜得没错，那两个丫鬟，就是大伯父亲自赏给儿子的，也是他亲口吩咐，要给这两个开脸办席面升作通房。"

虽然早就猜到，但听到如珍说出，如瑶的心里还是狠狠一震！

"大伯父本来想袭爵后就把我们一家分出去，所以不许别人来过问张夫人的嫁妆，但如今他的希望落空了，也只能从儿子女儿手里抢回大笔钱财了。"

张夫人的嫁妆虽然不如侯府的爵位和财富那么诱人，但对花天酒地的沈熙来说，却足够他挥霍个十年八年了。因此，王夫人一提议，他算计谋划之后，还是决定跟她一起，从儿女手中把东西骗出来，彻底把铺子房产捏在手里。

"瑶妹妹，你还是放明白点儿吧——这个家里几乎所有人都掺和了这事，就连太夫人也默许了，等着大家把东西抄了，就要把银票孝敬给她呢！你一个小辈，能拗得过这么多长辈吗？"

如珍的声音在耳边回荡，如瑶咬着嘴唇，恍惚间好似又回到幼年时，那暗无天日的头七，那个白幡高悬纸钱满地的灵堂……自己是那般弱小，孤苦无依，而周围的那些亲人，却一个个冰冷狰狞，不怀好意。

她打了个冷战，昏乱的眼神略微清明了些，看着眼前笑容甜美的如珍："你今天来告诉我这些，究竟是为什么？"

"人为刀俎我为鱼肉，瑶妹妹你一点儿也不想着反抗吗？"

如珍笑容文雅娟秀，瞳孔最深处的光芒却让人不寒而栗："你应该把这件事闹开，让他们名声丧尽，至少也要让他们有所顾忌，不敢再伸手过来。"

"我一个内宅女子，只怕是有心无力。"如瑶越发觉得如珍心怀叵测。

"瑶妹妹你跟二哥素来亲厚，他如今才是这个侯府真正的主人，只要他愿意帮忙……"

如珍眼中的光芒有些阴晦，更有些狼狈和怀恨。

广晟突然上位，让所有人都措手不及，如珍更是料想不到，这个从来都是纨绔荒唐的同胞兄长，竟然会有如此一飞冲天之势。

震惊过后便是狂喜：她不再是一个卑微的庶女，而是济宁侯的同母胞妹！

以前，她为了讨好嫡母王夫人，刻意跟广晟疏远，甚至有意在人前划清界限，彼此之间可说是冷淡如冰。

趁着袭爵前的忙碌，她去看望广晟，想要弥合从前的冷淡和嫌隙，广晟却推说有要事在身，匆匆离开不愿见她。

这样的态度让如珍彻底心灰意冷，却又很不甘心——二哥以前的处境很是不好，我若是跟你亲近只能遭到嫡母的厌弃，趋利避害乃是人之常态，你为何不能大度些呢？

压下眼底所有的情绪，她缓缓说出真实目的：“只要二哥愿意插手，我可以提供母亲多年来掌家亏空中饱私囊的一些证据，必定能让她名声扫地，再也不能做这侯府的当家主母！”

她的面容清丽文静，樱唇中吐出的话语却带着浓浓的阴狠怨意，如瑶不禁诧异问道：“你跟婶娘之间发生了什么？”

原本喜欢演出母慈女孝宛如亲生的两人，如今竟然有这么深刻的恨意？

如珍默然不语，眼中的光芒却只剩下冰冷悲愤——

时间退回到前一天午后，天气明媚而略带热意，她刚刚做好一件凉缎披肩，上面绣了王氏喜欢的百蝠花纹，亲自拿了去孝敬她。因为想给她一个惊喜，加上轻车熟路，所以没让丫鬟禀报就直接进了院子。

当时也是凑巧，王氏身边的两个大丫鬟都有事不在，几个三等丫鬟正在互相看着络子比画嬉戏，因此如珍一路走到了正房的台阶下。

房里隐约传来一男一女的嗓音，十分熟悉，正是嫡母和父亲正在商议着什么，突然王夫人嗓音提高，传来只字片语，里面提到如珍的名字，更加引起她的好奇在意，于是悄无声息地潜行而去，猫腰躲在窗下，细细听来。

里面两人略有争执，很快父亲便叹息着妥协了……如珍静静听着，浑身的血脉却是一点一点凉了个彻底！

她一直这么恭谨小心地侍奉着嫡母，以她马首是瞻，为她着想为她出谋划策，王夫人对她也表现得极为宠爱，在整个侯府的人看来，她们俩是母女一心，可没想到，王氏却在私下对她如此鄙薄和防范，不仅不肯把她许配给姓薛的青年才俊，更是逼着父亲同意，要把她往低里嫁！

简直是欺人太甚！

如珍当时只感觉耳边嗡嗡作响，又惊又怒之下，却听到嫡母尖利的嗓音传来——

你也不想想，她生母是谁，又跟我们有着什么样的冤仇！到时候她得势了知道真相要报复，只怕我们几个儿女都要遭了毒手！

这一句宛如晴天霹雳在她耳边炸开，如珍打了个冷战，双臂抱住自己，却只觉得眼前的整个世界，都仿佛染满了恶意和阴森的毒汁！

她的生母……

那个原本是羞耻的称呼，此时却好似在眼前崩裂开来，变成一个狰狞而恐怖的黑洞，里面藏着未知的真相，吓得她簌簌发抖！

到底是怎么回事？

这中间有着怎样的内幕？

如珍心如乱麻，最后听到的，却是父亲叹息着同意了王氏的想法，决定把她嫁得低些，找个“老实厚道的”。

如珍此时已经面无人色，却仍强撑着蹑手蹑脚地离开，故意在厢房那里耽搁了会儿，等面色恢复了些许，这才笑语盈盈地踏上台阶：“母亲，我来给您送新衣裳啦！”

莺声笑语，温柔亲昵，好似刚才那一幕宛如是虚无的梦魇一般。

如珍想起昨日的这段回忆，脸上仍是阴晴不定，她轻笑一声，对着如瑶道：“这你就不必管了，我说这些可都是为你好！你还是赶紧去求晟哥儿派人去庄子上吧，否则等我那个贪得无厌的嫡母去了，只怕你那埋在槐树下的宝贝，就要改姓王了。”

她真的知道埋藏的地点！

如瑶脸色大变，如珍却是冷冷一笑，转身走了，只剩下如瑶挣扎踌躇，一时不知该如何是好！

埋在槐树下的东西，真的要落到王氏手里吗？

这事真的要拜托广晟来主持公道吗？那毕竟是他的父母所为，一顶不孝的帽子落下来，只怕连他也要遭人非议！

但母亲的遗物，却不能这么落到这些人手上！

如瑶神色变幻不定，但终究下定了决心，急匆匆就要去前院，不料脚下一崴踩了鹅卵石，顿时失去平衡就要摔倒在地。

“小心！”

一道冷然嗓音在耳畔响起，随即她落入陌生男子宽厚挺拔的怀抱。

抬眼看时，却见来人气质冷峻刚直，身着墨蓝色绣银箭袖长袍，腰束一条玄色缀玉腰带，周身却带着军中的精锐森然之气。

这人是谁！

如瑶眨了眨眼，慌乱之下就要推开对方，谁知一个踉跄却险些又摔倒在地，那人也确是端方君子，将她扶住后立即放手。

“这里是内宅花园，外男不得擅入……这位公子你是走错了吧。”如瑶想起方才的温热触感，脸上一阵发烫，却仍是冷静客套地吓了逐客令。

“抱歉，是我鲁莽了。”那青年目光清澈，瞥了她一眼后就出于礼数垂眸不看，目光向下，却看见她粉蓝绣鞋上的忍冬花绣。

针线细密而精美，那蜿蜒的花鬘更是趣致可人，只有仔细看时，才能发觉那是用两块不同的鞋面布料拼接的。

明明是极为窘困的处境，却因为主人的巧思妙想而从容掩过……他想起方才看到、听到的那一幕对谈，对眼前这聪慧娴雅的少女的处境若有明悟！

原来她就是这侯府的长房大小姐——如瑶。

萧越与这府里经常来往，亲戚之间也没什么避讳，诸位表弟表妹都见了个遍，唯独这位如瑶小姐从不出现。

“既然走错了，公子还是速速离开吧。”如瑶见此人沉默不语，柔声催促道——不知怎的，她直觉眼前这人不像是举止轻佻的登徒子，但为免瓜田李下之嫌，还是下了逐客令。

萧越默然伫立，心中却是百味杂陈，纠结成了一团乱麻。

他今日是来看望姨母和几位表弟表妹的——济宁侯府这突如其来的“袭爵喜事”已经传到了远在山东陪父亲赴任的母亲耳中，她震惊之下却是分外明白妹妹的心病，生怕她气坏了身子，于是写信让近在京城的儿子多去探望安慰。

那封信里絮絮叮嘱了许多，末尾的一句却是让萧越的心“咯噔”一声——母亲竟然有让他跟如灿表妹结亲的意思！

虽说只是询问，并不是定下来，萧越的心中却蒙上了一层阴霾：姨母向来对他看重亲厚，如灿平素也是颇为喜欢跟他闲谈玩耍，只怕这事两边一议，十有八九就会成真。

但他中意的那个人，却并非是娇俏直爽，甚至有些刁蛮的如灿，而是……

他深吸一口气，眼前浮现了一张清丽沉稳的面庞，那黑嗔嗔的眸子好似有千言万语，总是这么微笑着看他。

如珍！

初次见面是因为疯马横冲直撞冲入内院，他在千钧一发之际救下了她，那般飞身而抱，却是比今日这一幕更加惊险、传奇！

虽然她很快就被如灿挤开，但他却对这个庶出的表妹留下了深刻的印象。

后来他被调去了北丘卫，姨妈曾经托人给他捎来好些吃食和御寒衣物，里面有一件厚而轻软的灰鼠银袍，绣边做得整齐细密，那线路却隐约绣成了梵文的安纹和“卍”字。

一看就知道做针线的女孩儿兰心蕙质却又体贴入微，那份默默祈祷他平安的心意，却更让他心中一动。

对送来的小厮旁敲侧击问了，才知道这是养在姨妈身边的如珍做的。

那时候他的回礼里，便悄悄有了分别，给姨妈和如灿的是塞外的贵重皮子和美发养颜的首乌，给如珍的却是一份并不起眼的徽州贡菊茶。

徽州贡菊，对于养肝明目颇有奇效——而她整日为大家做着针线，正好合用。

他是个武将，不懂得那些甜言蜜语，这份默默的关怀却很快就收到了回复——如灿给他寄来据说是她亲手做的靴子，那密密的牛皮线却明显与上次一样，是如珍的手笔。

他再次送去的回礼是一盒来自元蒙的璎珞宝石钏，以及从波斯、大食来的一套剪子、粗细绣针和顶箍等物件。

他料定以如灿的刁蛮任性，肯定把五色宝石挑走，把那套针凿之物留给如珍。

后来，他收到的棉袍里，果然夹有一张小小的便笺：剪子锋利明快，顶箍也合手寸，唯有银针不亮，许是波斯人皮黑的缘故。

颇为清新随和的称赞和抱怨，却又坦荡诙谐，不含私相授受的鬼祟。

他心中更生愉悦，调回京城后曾经几次来拜访姨妈，每次都能看到她在王夫人身边或是侍立、或是说笑安慰，那般娴雅之态，让他不禁心生好逑之念。

于是两人在无人之时擦身而过，或是眉目对视默契自生，或是悄然一两句，情意渐渐萌发，水到渠成。

这次收到母亲的信，他匆匆赶来，本是想跟她私下交谈，看她走向后花园，情不自禁就跟了上来，却不曾想，竟然撞见这姐妹之间的秘密对峙！

那般清丽娴雅的如珍表妹，竟然有如此狠辣凌厉的一面，她那怨恨狡狯的眼神，让藏身廊柱后的他心中悚然。

那是他从未见过的另一面，宛如民间传说中，那绝色美人脱去画皮，变身厉鬼……

原来，如珍憎恨陷害的对象，不仅有他素来敬爱的姨母，还有眼前这不卑不亢的少女——而他那位温婉平和的姨母，竟然怀着这般阴险刻毒的主意。

“对不起，我知道姨母和如珍做得不妥，若是能挽回一二，我愿意……”

鬼使神差的，他将自己的心里话说出了口，微微抬头，却看见少女惊讶的表情。

此时他才终于看清，眼前少女有一张略显苍白的小圆脸，明亮的黑眸瞪着他十分愕然，他这才反应过来，自己没头没脑却突兀来了这一句。

他心中愧疚更深，郑重一揖，正要自我介绍，突然听到身后传来柔和温婉的一句轻唤：“越表哥，你原来在这儿呀！”

霍然转身，却见如珍一派清袅身姿，缓缓地去而复回，一双美眸宁静温柔含笑看向萧越，宛如春日暖阳，秋月清隽——却是与方才那偏激怨毒之态判若两人。

萧越凝视着她，一时百感交集愣在当场，如珍的一双美眸停留在对他对面而立的如瑶身上，眼角闪过一道警告的狠戾，随即却笑得更加淑雅悠然：“表哥，母亲和灿妹妹正在到处找你呢，快些跟我回去吧。”

轻柔玉指拉动他的衣袖，那般自然而熟稔，温柔却是不容拒绝，萧越心中一声叹息，涩声道：“我来摘一朵佛前兰给家母，她虔诚好佛……”

他绕过如瑶身旁，走向花圃里贴着墙边的那十来盆兰花，有些心不在焉地摘下一朵，有意无意地绕过如瑶身旁，以只有两人才听见的声音道：“我会去一趟你那庄子，替你解决此事。”

说完他目不斜视地走开了，只留下如瑶，看着他的身影陷入了沉思。

原来，这人就是萧越，王夫人口中那当世俊彦的外甥。

也是传说中，那名大胜锦衣卫，一箭定局的少年将军。

萧越快步而去，在回廊折角时却忍不住用眼角余光瞥了一眼如瑶——如瑶仍然站在原地，蹙着眉似乎在想着心事。晨风轻轻卷起她的裙幅，那月白翠绣的挑线裙摇曳而动，宛如树林里露珠闪烁的嫩叶新芽一般。

他的心弦莫名漏了一拍，转过头去却是加快了脚步——大丈夫一言九鼎，答应的事就一定要做到！

仿佛感受到他的目光，如瑶眉头皱得更深，转身匆匆离开，只剩下花园里落英缤纷，被旭日的光芒照得更加耀眼动人。

过了一会，花丛轻轻晃动，出现了一道身影，却正是躲藏在一旁，从头到尾看到了这一幕的薛语。

“这三个表哥表妹还真是有趣……”薛语微微一笑，想起方才听到的关键一句，低喃道，“郊外庄子的大槐树下吗？”

“真是踏破铁鞋无觅处，得来全不费工夫。”

他收起笑容，微微弹指，随即就有一只雪白信鸽飞来，脚爪上带着一个铜管，薛语从中掏出雪白便笺，碾碎花瓣用指尖在上面匆匆写了几句，就原样塞入其中，让信鸽展翅扑簌而去。

“如郡，原来你躲到庄子上去是为了这个——想不到我一个疏忽，竟然让你抢先一步了。”他眼中光芒闪耀，却是志在必得的笃定与自信，“但无论你是否已经找到，那木盒终究要落入我手中！”

清晨的日光穿透重重宫门，拂过红墙黄瓦的重重宫殿，细微的脚步声开始响起，眼前也络绎出现百官朝见的身影。

广晟站在太和大殿的云台之上，冷然凝视着下面井然有序的队伍，耳边传来张公公的尖声传召：“陛下有命，让你速速进偏殿回话。”

已然等待半夜的双腿有些酸僵，听到这一句却是蓦然警醒，迸发出生机和活力——眼前这一关，正是要说服皇帝，给出合理的解释。

随着张公公进入偏殿，却见朱棣着皮牟服，绛纱袍红裳，中单蔽膝，显然是即将登殿视朝之前，略微抽出些时间来见他。

“昨夜真是好热闹。”没等广晟行礼，朱棣便是冷哼一声，面色阴沉让人心惊胆战，“好好一个大活人，就在宫门前被灭口了。”

他目视广晟，看不出喜怒：“你们锦衣卫可真是能干！”

这话到底是说他们能力低下，眼睁睁看着杀人灭口，还是认定锦衣卫就是凶嫌?

广晟心中“咯噔”一声，却并未跪地请罪，只是垂眸恭谨道：“锦衣卫亦有护卫宫门之责，如今让凶手如此嚣张，是我等失职。”

“痛下杀手的，正是你们锦衣卫所属的镇殿卫士——你们大概是觉得，把人杀了就不会说话？！”

朱棣冷笑，鹰鹫般的目光逼视着他，广晟俊秀绝伦的脸上却仍然不见一丝惧怕：“锦衣卫上下忠贞不贰，并未跟纪纲沆瀣一气，更不可能在这种风雨飘摇的关头去蹚这浑水。”

他双眸沉毅坚定，大胆迎上皇帝怀疑的目光：“破解此案，正是我们锦衣卫的职责所在。请陛下给我一个机会，让锦衣卫戴罪立功。”

朱棣似笑非笑地看了他一眼：“后生可畏，倒是敢于担当——只可惜，朕对锦衣卫上下，实在是不能放心了。”

广晟心中一沉，知道这次的计谋终究是得逞了：红笺关系到皇帝心心念念的建文帝秘辛，如今却被刺杀于宫门前，让线索就此中断，这简直是触及皇帝的逆鳞——再加上纪纲的反叛，锦衣卫在他眼里，大概真正是一无是处了！

他深吸一口气，正要竭力说服皇帝，却听他淡然叹息一声：“纪纲既然不在，锦衣卫也更加冗余，朕准备另设一个侦缉衙门，从锦衣卫抽调精锐力量，由宫中宦官来掌管！”

这一句宛如晴天霹雳，让广晟惊得目瞪口呆！

什么?

另设一个侦缉衙门？！

这是要彻底抛弃锦衣卫不用?

巨大的不祥阴影笼罩在他心头，却见皇帝继续道：“关于这个组织，有人建议我命名为东缉事厂，我看就叫东厂即可。”

他眼神一个示意，便有一个瘦小灵敏皮肤黝黑的随侍太监出现，静静躬身等待旨意。

“原本朕是想用小马，但他行事如此脓包，实在是丢人现眼。”

朱棣看了一眼宦官，吩咐道：“安素，建立东厂这事就交给你了，不可让朕再次失望。”

那名叫安素的太监跪地领命，却听朱棣继续道：“你做事果敢坚韧，但头脑智谋不够，我给你配了个军师，是个有功名的读书人。”

他看向一旁面沉似水的广晟，笑道：“那人你们都见过，就是那暂为大理寺主簿的薛语。”

广晟眉头一皱，眼中闪过一道冷光：竟然是他！

“东厂刚刚组建，人手还是不足，就由锦衣卫调拨一些干事番役过去补充实力。”

竟然不只是抢了锦衣卫的任务，还要调拨精锐人员过去！

广晟虽然低着头，眼中却是冷怒不已。

此时外间钟鼓齐鸣，是朝会开始的信号，朱棣整了整衣袍正要出去，却觉得眼前身影一晃，竟是广晟拦住了殿门。

“大胆！”

周围太监侍卫尖声厉喝，正要上前拿人，却见广晟迎着窗边旭日缓缓走来，淡金光芒之下更显绝色容颜，俊雅身姿，眉宇间那道凛然却让人心中战栗。

到了朱棣座前，他单膝跪地，俯首跪求道：“锦衣卫是陛下手中之刀，用或不用，只在您一念之间。”抬起头，双眸晶莹逼视，声音低沉而铿锵，“但求陛下给我们最后一个机会，让我们与东厂同时侦缉此案！”

“哦？给朕一个这样做的理由？”

朱棣的嗓音在头顶响起，广晟低下头，沉声答道：“两个组织分头调查，才能保证陛下永远圣明，不受我等蒙蔽。”

这一句说完，正好钟鼓之声停止，万籁俱静之下，连周围伺候的人都屏住了呼吸。

广晟说话的风格总是这么大胆放肆，那位新任的东厂督主安素倒是反应不慢，跪下叩首道：“奴婢对皇爷是赤胆忠心——”

他的话被广晟突然打断：“当年的纪纲，也是这么说的。”

安素膝盖一软，顿时无话可说——纪纲当年身为皇帝亲兵，千军万马中冲杀护卫，必定也是忠诚不贰。

“人都是善变的，独一无二的权力，容易让人滋生私心和贪欲，除了圣贤，概莫能外。”广晟说完，抬起头断然许诺道，“若是圣上放心把锦衣卫交给我，我必定将此案查个水落石出！”

仿佛被他这份气魄所慑，朱棣微微眯眼，打量了他许久，才沉声道：“你可知道，朕最不喜欢的，就是言过其实、眼高手低的后生。”

他看向广晟宛如星光闪烁不见丝毫惧怕的眼眸，冷然吩咐道：“依你所奏，锦衣卫就交你了，这个案子你们两家分头去查，一个月之内，朕希望看到结果！”

言毕，他袍袖一甩上朝去了，身边从人也如潮水一般退下，只剩下广晟和安素两人面面相觑，彼此眼中都闪着锋芒。

“厂督大人，幸会了！”

广晟微微一笑，宛如春花绽放，更显得容光绝世。

他站起身来，拍了拍衣袍下摆那不存在的尘土：“这一个月内，我们就静待彼此佳音了。”

说完，施施然离开，只剩下安素面色阴晴不定，半晌，才站起身来，却因为惊怒交加，一个踉跄险些摔倒，他的心腹来扶，却被一把推开：“快去备马，我要去拜会薛公子。”

“薛公子最近搬家了。”

那小黄门心惊胆战地说道，安素倒是不诧异：“他早该从那破房子里搬出去了——搬去哪里了？”

小黄门目光闪烁，安素正要发火，才听他嗫嚅道：“济宁侯府。”

“你说什么？！”安素简直不敢相信自己的耳朵，他死死盯着小黄门，“他怎么会去住在姓沈这小子家里？”

“听说……他想跟侯爷的父亲，沈大人求教会试的制艺。”

安素冷哼一声：“他又要耍什么花样？”

不等小黄门回应，他吩咐道：“那你去请他过来我们东厂衙门，说本督有要事商量！”

3.

日头渐渐升高，郊外庄子绿荫如盖，树叶的细碎缝隙中投射下金灿光斑，落在人的脸上，微微带来初夏的热意。

小古跟蓝宁一夜辛苦，回笼觉睡到午后才起，用过饭后，她绕着庄子上这两进大院走了一圈，不放过每一房间，一番搜寻后仍然无果，却是弄得满头满脸的热汗和灰尘，气喘吁吁地站在树荫浓密的大槐树下歇息。

闪光耀目，她眯起眼，仍是心神不属，想起那遍寻不见的神秘木盒，只觉得一筹莫展。

到底藏在什么地方呢？

她回想当初张夫人将贵重嫁妆搬到别院时的情景：这么多金玉器皿，古董字画，浩浩荡荡地搬进库房，很是惹眼，那东西若真是被秘密藏起，必定就在这些东西附近，却又不容易被人发觉。

这个庄子上别无他物，就只有这三进院子，一些简单的陈设用具，庄子上所有的出产也不留存，都是在秋后送一份去侯府，其余的全部换成银钱。

连账目都简单明了，毫无可疑。

水缸、晒场、库房、后院……每一处都是空荡荡的，小古的眉头越皱越深，但她凭着直觉，仍然觉得那木盒应该藏在这里——那样机密重要的物件，张夫人不能也不敢托付给他人!

她的目光在院中搜寻，每一处细微之处都在脑海里过滤，整个人好似着了魔一般，屋檐下的蓝宁暗暗着急，也不敢上前来劝。

突然，小古的目光停在了脚下的泥地上——青草被定期清除，也有人为槐树浇水，从树根起用青砖镶嵌了一个福字，倒是跟本地农户的习惯不同。

她上前用脚轻轻踩踏这些青砖，感受着脚尖的微妙触感——底下到底是泥土还是别的，只有用这种方式来感受。

终于，在离树根五步远的地方，她脸上的表情出现了变化!

“有铲子吗?”

她刚刚发问，蓝宁就递了过来，自己也手拿一把，跟着她掘开青砖，开始朝下挖去。

这是大槐树树荫最密集的一块，泥土被密集的根系缠绕着，挖起来很是艰难，两人的额头渐渐冒汗，正在这时，小古只觉得铲尖“叮”的一声，碰到了什么硬物。

找到了!

小古觉得心头一阵雀跃，蓝宁也看到了，三两下将覆土清理干净，出现在两人眼前的是一只锈迹斑斑的铁箱。

小古见锁眼也生锈严重，杜绝了用发簪开锁的想法，举起铁铲一挥而下，顿时整个盒子发出“咣当”巨响，锁孔却是毫发无伤。

“这钥匙只怕还要着落在如瑶小姐的身上。”

小古说着，跟蓝宁一起把铁箱搬了出来，正要仔细端详。却听院门外一声冷笑：“哈哈，十二妹果然聪慧，这么快就有收获了!”

她震惊之下抬头，却见门外站着两人，一人个头魁梧一脸虬髯，赫然是金兰会老四常孟楚，另一人茜裙金钗，肌肤如雪面如严霜，竟是三姐宫羽纯!

“十二妹，你躲在这儿，真是让我们好找!”

宫羽纯咬牙冷笑道，看向小古的眼神不似平时的斗气瞪视，而是刻骨仇恨。

“没想到你背叛了我们金兰会，竟然躲在这个庄子上逍遥度日!”

她的每一个字都似乎从齿缝里迸出。

“我没有背叛组织，这一点，四哥心里应该清楚。”

小古沉住气，看向眼神冷冽毫无怒意的常孟楚——她早就看出，他就是那夜突袭的黑衣蒙面人!

“哼，大哥已经发现你父亲出卖朝廷机密、投靠燕贼的证据了，你还想狡辩吗?!”

宫羽纯想起建文帝大军的溃败，全是因小古的父亲胡闰而起，不由得想起自己战死的父亲，以及在金殿上被剁成肉酱的胞兄——他刚刚考上武状元，却因为不肯从贼，就此殒命当场!

想到这，她心中仇恨翻涌，美目泛红瞪向小古。

小古微微皱眉，目光却是澄澈干净，毫无畏惧躲闪之意：“我没有背叛金兰会。至于我父亲——他当他的高官大人，我和我娘可没享到他半点儿福，你若是有怨有仇，不如去找红笺，那才是他心肝宝贝女儿呢！”

“红笺也是胡闰的女儿？”宫羽纯乍听这话也是一惊，想起那是大哥的手下，心中也是诧异，随即却抿唇一笑，“她已经死了，你还不知道吗？”

“什么？”

小古只觉得心头一震，蓦然想起昨夜那个噩梦——红笺满身鲜血和伤口，惨不忍睹地站在血泊中，呻吟呼喊着求她救命——她心里一时发堵，只觉得沉甸甸的压抑郁闷，又好像有一片刀刃轻飘飘划过心尖，没有出血，却是隐隐作痛。

以红笺掐尖要强又看不清形势、胡作非为的性子，再加上她跟景语掺和在一起鬼祟密谋，小古心里也清楚，她迟早会把自己也折进去——她跟红笺这两姐妹，虽说是血亲骨肉，但两人之间从未亲近过，也都看不上对方的性情和为人。然而乍闻她的死讯，心里却仍然是空落落的，好似丢了什么似的。

她眨了眨眼，压下这种莫名的情绪，沉声问道：“她是怎么死的？”

宫羽纯此时却也没有再口出恶言，低声叹道：“她是去执行大哥的密令。”

小古的眉头皱得更深，继续追问道：“在什么地方，究竟是什么任务？”

宫羽纯看着她，眼中仍有愤怒，略微迟疑了一下道：“她奉命去大理寺自首，然后被秘密送进皇宫，在宫门口突然遭遇刺客。”

小古听她这话，感觉其中大有内情，正要发问，却听旁边常孟楚插话道：“人死万事休，胡家的罪过，主要着落在你父亲身上，红笺既然为大义捐躯，那也算功过相抵了。”

他的目光停留在小古手里的铁箱，眼神中闪过志在必得的决断：“这里面装的，是张氏夫人的嫁妆吧？”

小古感觉到他目光不善，面上不露分毫，手中却是攥紧了箱子的把手，目光有意无意地朝着身后一瞥，蓝宁顿时心领神会，不动声色地蓄势以待。

“这是大哥吩咐要搜寻的东西。”

常孟楚微微一笑：“你既然说没有背叛金兰会，那就把手上那铁箱子交给我们吧。”

“这只是些女子嫁妆里的田产契书，是张夫人留给如瑶小姐的。”

小古皱眉道：“金兰会可不是掠劫富户的响马土匪。”

“这里面是什么，你应该心里有数。”

常孟楚默然一笑，伸手就要去夺！

小古双眸闪过一道寒光，侧身一闪，手中铁箱向身后丢去，蓝宁身子前倾稳稳接住，然后飞快向院子另一侧的水井跑去。

宫羽纯见势去追，已经慢了一步，蓝宁朝着院墙飞奔而去，常孟楚转身要追，却被小古闪身拦住。她袖中银刃飞跃而出，宛如天女飞梭一般划过半空，朝着常孟楚脑后要穴刺去！

常孟楚横刀挥去，要将银刃打飞，不料它宛如活物一般回旋飞掠，再一次绕回他的面门，直冲双目而去，他连忙回刀格挡，叮当连声之下火星四溅。

另一边蓝宁一口气跑到水井边，拿起铁箱就要朝里丢去，宫羽纯伸手要拦，已经迟了一步，只听“扑通”一声，箱子落入水井里，激起片片水花。

“你！”

宫羽纯气得浑身发抖，指着蓝宁说不出话来，那边常孟楚看到这一幕面色一沉，一刀逼退小古，纵身来到井栏边俯身看去，只见涟漪阵阵，水色幽寒深不见底。

“十二妹真是好手段！”

常孟楚微微冷笑，瞥了小古一眼，竟然脱下衣衫，从井栏开始向下攀爬，身形灵活古怪，宛如一只织网的大蜘蛛。

他双手双脚四仰八叉撑住井壁，不一会儿就深入水面以下，也看不清内部的动静，只能隐约听到人的动静，却是久久不见他上来。

井下动静越来越小，似乎静止下来，宫羽纯又是紧张又是愤怒，拔出鬓间凤尾钗就朝蓝宁刺去，却被小古挡在前头，两人手中的都是短兵器，撞击之下都是虎口酸麻推开一步。

小古只觉得胸口剧痛，随即一阵濡湿，显然是伤口再次开裂了，宫羽纯怒瞪着她大骂道：“真不该相信你的花言巧语，你跟你爹是一路货色——这箱子事关我们金兰会的大业，你百般阻挠果然是居心叵测！”

小古凝眸看向她，冷声道：“真正居心叵测的人是大哥。”

见宫羽纯满脸不信，她苦笑着说道：“你好好想想，他有好些事都是瞒着大家私下进行，包括红笺这次入宫，你们不觉得事有蹊跷吗？”

宫羽纯眉头郁结却又松开，反驳道：“大哥的作风一向就是这般神出鬼没，你拿这点来说事根本就是可笑。”

她的脸上倒是没出现讥讽之色，显然小古的话也说中她一两分心事。

小古跟这位金兰会的三姐素来不和，但也知道她胆大心细又见惯世面，不是那种人云亦云的蠢货，于是又道：“这个箱子事关建文皇帝的行踪，大哥得到它以后是派什么用场，又有怎样的计划，我们谁也不知道，只怕今后还会有人跟红笺一样的命运！”

这是小古的肺腑之言，景语其人天资聪颖卓绝，常人难以捉摸，他要利用这箱子做什么，小古虽然不清楚，但也知道他全部身心都被复仇之火熏染，会中诸人在他眼中不过一个棋子，为了达到目的随时可以抛弃。

就好似莫名死在皇宫门前的红笺一样……

看着小古眼中的沉痛，宫羽纯心中也“咯噔”一声，嘴上却道：“我回去会向大哥问个清楚——无论如何，他还是比你要可靠！”

两人说话之间，井下竟然“哗啦”一声水声轰鸣，随即有一道身影浮出水面缓缓爬上井壁，好一会，终于从井栏边露出一个头。

常孟楚剧烈喘息着，显然刚才那一番搜寻对他体力的消耗颇大，他背上用粗绳拴着，系住的是竟然是那只铁箱，竟然被他从井底生生找到带了上来。

他一跃而上，顾不上歇息，长刀翻飞直劈向小古：“十二妹，对不住了。”

语言低喃，手劲儿却是决然狠辣，寒光闪烁之间白刃就要及颈，突然被横空飞来的一只羽箭打断——

“住手！”

一声断喝传来，顷刻之间羽箭从宫羽纯耳边掠过，擦出刺痛的血痕，却正中常孟楚握刀的右手，顿时透腕而出鲜血迸溅，刀柄受力不住，“当啷”落下。

事出突然，这庄子又在郊外僻远地段，庄子里的管事和佃户都被小古支开了，谁也没有料到会有人突然闯入，猝不及防之下，就连常孟楚这等武艺高强的都吃了大亏。

随着这一道羽箭，门外不远处田径上有马蹄声飞踏而来，常孟楚和宫羽纯对视一眼，迅速把围在脖子上的领巾拉起，扮作蒙面状。

好险……

小古深吸一口气平息了情绪，转头看向院门口，却见一人身着墨蓝色绣银箭袖长袍从马上跃下，随即引弓搭箭正对着眼前这两人！

竟然是那个冷面寡言的萧越！

“青天白日，你们竟敢登堂入室，劫掠财物！”他冷声怒斥道，却是让四人都为之一惊。

掠劫财物？

小古敏锐地抓住了这个字眼，最先反应过来，抬起头来，已是露出泫然欲泣的表情：“萧少爷，求您救救奴婢两人！”

她演技不差，此时已经双腿一软绊倒在地，却是颤抖着用手指向被宫羽纯抱在怀里的铁箱，带着哭腔道：“这是我们先头夫人留给如瑶小姐的嫁妆，千万不能被这些歹人抢走啊！”

常孟楚和宫羽纯一愣，萧越一双利眸却是扫向他们——眼前男女蒙面持刀，显然并非善类。想起之前在侯府花园听到的一切，如瑶的嘱托，他立刻将这两人归为觊觎张夫人财产的王氏所派。

他眼神带着冷意，心中却是对姨母这番作为很是不满：好好一个世家贵妇，为何要财迷心窍，手伸得这么长去抢夺隔房亡嫂的嫁妆？！

姨母是长辈，家丑不可外扬，他也不能真的把人抓到衙门去，可眼前两人却正好被他逮个现形！

萧越再次拉紧弓弦，就要将为首的男子射杀当场——这等刁恶匪类，留着也是在姨母身边作乱为祸！

常孟楚瞬间感受到空气中的凝重杀意，脸上肌肉微微抽搐，脚尖一踢，长刀重新落入掌中，微微用力之下，手腕的骨节"咯咯"作响，鲜血肌肉之下，连微白筋膜也露了出来，显然这一箭伤得不轻。

他那般困兽犹斗的强者气势，却是让萧越心头一惊，郑重地多打量了他两眼，对自己方才的判断有些惊疑不定：这人的气势和站姿都显示他不仅是个高手，而且带着精悍杀气，姨母只是深闺妇人，是从哪里找来这种人的？

正在一触即发之时，小古突然脸色煞白，尖叫一声抱着腹部倒地。萧越一时分心去看，常孟楚眼见他露出空门，手持长刀，背着那只铁箱，疾冲而来。

"小心！"

小古突然一拉萧越，刀光拂过他身侧，宛如闪电龙蛇一般横冲而去，随即传来一股香粉的味道，却是让萧越警觉地闭上呼吸。

再睁眼时，那两人，连同那只铁箱都不见踪影了。

萧越咬牙要追，目光却停留在地上的小古——这个丫鬟打扮的少女正满脸痛楚微微抽搐着，他一时不忍，终究是弯下腰，将她轻轻抱起。

"受伤了吗？"

小古低声垂泣，指着腹部微微羞涩道："被踢了一脚，很痛呢……"

萧越见她表情不似作伪，男女有别又不能揭开她的衣服仔细察看，只得抱着她进了屋，将她小心放在床上："我去找个大夫来。"

随即他出了院门，远远看见自己的两个亲随正气喘吁吁地打马而来，于是让其中一人去延请乡间郎中，又问另一人："路上可曾看到形迹可疑的一对男女？"

他说了形貌，那手下摇了摇头，却又恭谨道："离这一里开外的路上正是有一辆马车开来，里面有几个穿着富贵的男女，看样子像是什么人家得脸的管家仆妇。"

说曹操曹操就到，此时，不远处的大路上传来马车轮轴的声响，以及男女趾高气扬的叫嚷声："里面的人呢，还不出来见过吴管事！"

"小蹄子还真摆上架子了，以为自己是哪家深闺大院的千金小姐吗？"

这么乱七八糟流里流气的叫嚷，顿时让萧越面色一沉，他的手下立刻前去，不多时就把领头的一人给拿了过来。

那人果然是管家装束，一身潞绸袍子加黑底洋布鞋，脸上除了精明还有猥琐，此时却正吓得瑟瑟发抖："大王饶命啊，小的身上没带什么钱，这点儿银子请您笑纳。"

这是当自己是劫道的啊，萧越耐住怒气一问，顿时神色一凛——这几个人，才是二夫人王氏派来收缴张夫人嫁妆的！

那管家原本抖成一团，听到萧越的身份，顿时松了一口气，如蒙大赦般涎着脸笑道："这都是奉我家夫人的命令，萧少爷您跟她是姨表至亲，最亲近不过了……"

萧越懒得跟他啰唆，命令亲随将人捆了，原车送回了侯府："就说我巡视庄园，偶然发现侯府下人偷盗主人财物，特地扭送回府。"

那人吓得魂飞天外，讨饶道："萧少爷，我是二夫人的人，这不看僧面也得看佛面啊！"

"赶紧送回去，就说是我帮姨母分忧了。"

萧越轻飘飘一句话，断送了他们所有的得意奢望，原本简单容易的一场发财之旅，此时却变成倒霉催的自投罗网。

院门外顿时哭声一片，萧越并不在意，只是皱眉沉思道："既然这些人才是姨母派来的，那先前两个人，究竟是何方神圣呢？"

房内，小古正用颜料，小心翼翼地在腹部画着"瘀青红肿"的伤痕，蓝宁趴在窗台上，推开一条缝听着外头的动静，那一阵鬼哭狼嚎传进来时，她几乎笑弯了腰。

"真是活该啊！"

她的笑容随即收起，换成了愁眉苦脸，"只可惜，那铁箱子丢了，里面那么重要的东西也落到会首大哥手里，我们算是白忙一场。"

小古利落地穿好衣裳，神秘地微微一笑："这倒也未必……"

迎着蓝宁疑惑的目光，她低声道："等晚上大家都睡下了，我们去井边，把真正的箱子给捞出来吧。"

"什么？"蓝宁呆住了，"不是已经被捞走了吗？"

这怎么可能呢？

她可是亲眼看到金兰会老四把整只铁箱带走的！

蓝宁疑惑不解，看到小古笑容神秘却不言语，心中灵光一闪："难道说他手里那只是假？"

她想起惊心动魄的整个过程，只觉得困惑不可思议："你是如何做到调包转手的？"

小古冲她眨了眨眼："你不妨想想，东西是什么时候不在你眼前的？"

蓝宁心中思忖：从箱子挖出来，到那两人逼迫交出，双方冲突，最后她将铁箱抛到井里……

井里！

她瞬间好似想到了什么，睁圆了眼睛："难道说这井里？"

她凑到小古床前，神秘兮兮地低声问道："到底是怎么回事？"

小古悠然躺着，轻声道："那是因为在井底，有另一个一模一样的铁箱子。"

"啊？"

轻缓悦耳的嗓音从染满药香的床上继续传来："其实，同样的铁箱在张夫人的那批嫁妆里好几只，都是用的上好玄铁加扶桑款式，据我断定，应该是从泉州港买回的舶来品。”

张氏的娘家是江浙名门，喜欢的是南边甚至海外的款式。

“我当时拿了一只铁箱用绳子拴了落到井底，是为了弄些锈斑上去显得不起眼，好拿回去给如瑶小姐藏起那些银票地契——毕竟，太夫人和二房都看着她手里的好东西眼馋，我们之前就商量把这些东西先转移出去，省的被人算计。”

小古双眸闪动着明慧的光芒，似笑非笑道：“那铁箱里装的，只是一块坠重的青砖。可我没想到，这么快就来了另外一拨人。”

“于是我灵机一动，就让你把箱子丢到井里——四哥是码头搬货的，水性也不差，这当然难不倒他，但他下井之后，拿到的必定是另一只装满砖块的。”

“井底有两只同样的铁箱，你怎么肯定他拿走的是装砖的那只呢？”

“那是因为井底有淤泥，而且很厚很软，装砖的我是用绳子拴了慢慢放下去的，稳稳浮在淤泥表面；而第二只铁箱却是被你狠狠掷下，必定是陷落在淤泥里，一时很难看清，四哥心里发急，在井底慌忙搜索，最大可能得到的，就是那比较显眼浮在上面的。”

小古一口气说完，道理非常简单，时机也巧合，却是绝佳的障眼法。

“那也有可能他伸手到淤泥里去深摸，拿到的正好是正确的那只啊。”

蓝宁听完喜气盈颊，却又有些担心。

“当然，这种可能性不是没有，但我赌的也只是个几率而已，具体结果就得看天意了。”

小古悠悠说道，似乎并不着急。

其实，她心中也隐约好奇，景语急于抢夺这东西，究竟意欲何为？那铁箱中套的神秘木盒里，究竟又是什么？

这些谜团萦绕在她心中，让她并未下狠手去夺回东西——也许，她也想看看，万一景语得到了这东西，下一步他又有什么惊人之举？

心事重重之下，她叹了口气，并不急着去井边看个究竟。

此时，有人轻轻扣动门扉，蓝宁立刻快手快脚地去应门，笑靥如花道：“萧少爷快请进来吧。”

萧越走入，一眼瞥见床上平躺还盖着棉被的娇躯，顿时别过眼去，略微退后一步，低声问道：“你感觉如何，胸腹间可有什么不适？”

“大夫说只是一些外伤红肿，没有伤及内腑，休养一阵就好。”

小古的嗓音也很轻，唇边笑意有些苍白惨淡，双眸之中却是晶莹流转，眉目嫣然。

萧越隐约闻到药草的香味，微带清凉之意，却又显得芳宁馥郁，他禁不住深嗅一口，却发觉有一种似曾相识的香味。

在什么地方闻过呢？

暗香在空气中萦绕熏染，好似是什么绝妙香膏的味道，又仿佛是暗夜里妖鬼出没于暗箱蒿草之间的冷冽。

这一瞬，萧越的脑海里好似浮现了什么奇异的记忆，却是吉光片羽没有成形。

感觉他在发愣，一旁的蓝宁疑惑道：“萧少爷还有什么吩咐吗？”

萧越这才如梦初醒，轻咳一声，问道：“物件器皿可有什么损失吗？”

“除了那只箱子，别无其他丢失。”小古微微睁开眼说道。

“那里面是……”

“是我们先头大夫人留给如瑶小姐的，虽然不知道是什么，必定是些贵重细软，可惜落到贼人手里了。”小古黯然叹息道，萧越却觉得心中“咯噔”一声，一种愧疚之情油然而生——为了张夫人的嫁妆，沈家上下闹腾得这么厉害，其中大部分都是他姨母在推波助澜，现在弄得连蒙面强匪都出现了，如瑶孑然一身，处境简直比孤女还要可怜。

“可曾看清强人有什么特征？”

“他们都蒙着面，说的是京城官话。”

小古低声回答道，眼角眉梢之间却是渐渐有疲倦上升，萧越低叹一声，起身道：“你们好好休息吧。”

他转身欲走，不知怎的，鼻息之间却又嗅到那种隐秘而奇异的香味，他的脚步蓦然停住，回身看时，却见那唤作小古的丫鬟打了个哈欠，长发披散在青花瓷枕上，双目闭上已是神思昏倦。

眼前平静安谧的少女，以及那淡紫碎花的薄棉被褥，微微垂落的竹帘……一派馨宁恬静，宛如春风化雨催人入眠，不知怎的，却让他心中感觉某种异样。

冥冥中，心中的警戒微微萌芽，他皱了皱眉，觉得这种想法无稽无据，转身还是离去了。

静室之中，小古侧耳静听着他的脚步声，等到确定远离，才微微一笑睁开了眼：“这位萧少爷，好锐利的眼神，真是有些吓人哪……”

蓝宁却顾不得跟她废话，一路随行送萧越一行人离开，眼瞅着他迈出大门，这才心急火燎地跑到井边，看着其中水波荡漾，一狠心一咬牙，在自己腰间系上辘轳的粗绳，撩起裙子也从井壁缓缓爬下。

好半天折腾，她终于浮出水面，朝着上头喊道：“赶紧把我吊上去吧。”

小古的脸凑在井口，“吱呀”声中拉起了她，低声抱怨道：“你着什么急啊？万一他去而复返呢？”

“你不急，我可急死了，等着看是哪只箱子呢，是狸猫还是太子，就在今天这一着了！”

第十章

双雄对峙

1.

日上三竿，承运大街上人头攒动，却都是远远围观着正中央一处煊扬簇新的衙门。这是除了承运库和御马监以外的第三个官署，今日显然是开衙的良辰吉日。

围观人群中不乏衣锦华秀的官员士绅，甚至有些着了便服的武将都远远看着，如避蛇蝎，却又有些好奇。

站在正门口翘首等待的，是一群黑衣银刀的东厂武监，为首那人官服雪青，用金银线绣了狞兽补子，三指宽的玉带束在腰中，端的是气派威严，冷峻摄人。

他身后黑压压簇拥着人，只有一人斓衫翩然，隔着门槛站在衙门里面，却是有意无意地躲在照壁阴影下，远远地看不清面貌。

突然有三对小黄门击掌快速跑动而来，尖声喊道："圣旨将到，众人肃静退避！"

众人退得更远，一阵窃窃私语声却终于响起，宛如枝头的落叶簌簌："这个东缉事厂，到底是做什么的？"

有人白了一眼问话者："这还用问，无非是内廷的鹰犬眼目！"

"老兄慎言！"有人惊得面如土色，缩着脖子左顾右盼，"这话怎么好说？"

"这是抢人家锦衣卫的生意啊！这两家有得乐子可瞧了！"有人幸灾乐祸道。

"还提什么锦衣卫，他们现在成了丧家之犬，只怕洪武时候的旧事要重演了！"

洪武时期，朱元璋因为锦衣卫横行不法，曾经罢黜锦衣卫上下官员，撤销衙门建制，毁去刑具和兵器。说这话的人是个文官，此时脸上不免带出些得意之色。

"我看这是前门驱虎，后门进狼！锦衣卫就算失势，这些宦官阉寺又是什么好东西！"有人热血沸腾，嗓音未免高了两分，却引来正门台阶上那些武监们冰冷的一瞥，顿时吓得魂飞魄散，双股战栗。

此时天使终于到来，在门口早就备好香案，新上任的东厂督主安素带头叩拜，武监们簇拥着跪了一地，众人纷纷俯首，却是没人注意到，隐入照壁后偏僻处的那人，冷然凝望着这一幕，身板仍是站得笔挺！

景语耳边听着骈四俪六、响亮流畅的圣旨念诵声，唇边笑意神秘而略带轻嘲——

运筹帷幄、推波助澜了这么久，东厂终于成立了！

朱棣这个逆贼，这次要将监察侦缉天下赐予这些鹰犬，他大概不会想到，这是为自己敲了致命的丧钟！

一切，都照着我的计划顺利进行！

他心中微微快意激昂，却很快被心中无尽的苦痛怨毒所覆盖——他等待这一天，已经太久了！

从很久很久以前，就开始在京城行走客居，默默地营造沉稳聪慧的形象，润物细无声一般的，在大理寺扎下根来，在上官心中留下嘉许印象，最终，在设计好的一场精彩棋局之中，他“偶然邂逅”当今圣上，顿时风云际会，予以重用。

朱棣离开大理寺前，曾经与他详谈，他自愿请缨，成为新成立的东厂的智囊军师。

“听说你科举上有天纵之才，若是不出意外，春闱十有八九能中，甚至庶吉士也是手到擒来，为何要加入这饱受清流唾骂的阉寺一党？”

朱棣当时的语气很和缓，问题却是犀利而直接。

“学生与朝中诸位大人一样，同样担忧以内宦监视天下，只怕为祸非浅。”

景语神色不动，一派清逸凛然之态，大胆程度再次让朱棣眯了眯眼，却并未发怒，沉声道：“你也认为朕重用宦官有错？”

“并非如此——内廷各位大人各有才长，对陛下忠心耿耿，陛下重用也是应该。”景语的话竟然跟那些朝中清流截然不同，“但内宦诸人忠勇有余，刑名、侦缉和律法都不甚明了，到时若是仗着皇家之势，气焰熏天以势凌人，只怕京城局面更要混乱。”

“若是学生能参与其中，以为参赞襄助，想必对安素大人有所裨益。”

他当时低着头，却听朱棣沉然哼了一声，算是默认了他的话：“你觉得你参加东厂，就能让他们对你言听计从，视作师长？”

不用抬头，便可知道他眼中闪烁的乖戾冷芒，“读书人就是这点儿不好，读了点儿圣贤之道，又通晓了些世情，就觉得自己才华绝世，可堪为帝者师，王者师，指掌间翻云覆雨玩弄朝局！”

“圣上所言甚是。”景语没有反驳，缓缓抬起头，眼神中一片清澈恭敬，“学生只是凡俗士子，每日三省犹嫌不够，亦害怕自己生出如此妄念，因此只是申请，圣上能让我在东厂协助安素大人一阵——学生若是有幸得中，在翰林院修习课业也需三年，这三年时间用在东厂也是一样。”

他再次恭谨地垂首，“三年之后，想必东厂也已经步入正轨，学生也该功成身退，由朝廷正式授官了。”

朱棣听完半晌不语，声调大为缓和——景语这话坦坦荡荡，打消了对他揽权的猜忌，自愿在东厂三年，随后回到文官的正常道路，或是留京或是外放做官。

话虽如此，景语此举其实是很不值当——同年们在翰林院三年，打熬资历结识师长好友，甚至历练诏令，作为皇帝和大学士们的助手，对将来的青云路很有好处，而景语却把时间用在东厂，不仅是白白浪费光阴，还要招惹文官清流的不满毁谤。

他这么做，显然是一派轩昂正直之心，毫不计较个人前程！

朱棣当时欣慰赞赏的语气，好似仍在景语耳边回荡，他冷然一笑，唇边弧度却让人不寒而栗——

一切，都在我的算计之中！

耳边颁旨的声音终于结束，山呼海啸一般的“万岁万岁万万岁”传来，景语正要转身离开，却听外面突然传来一阵沉重的马蹄声！

长街踏马，何等飞扬显赫？！这突然的声响，好似掐住了所有人的脖子。

马蹄声越发接近，疾冲狂飙而来，众人发出惊呼，却听一声哨响之后，骏马同时勒住停顿——景语微微侧身，正好看到一人头戴明光铁盔，金丝网面遮住整个面容，身佩绣春刀腰挂金牌，脚上皮靴铜钉闪亮。

只是在马上居高临下一瞥，自然流露的铁血威仪就让众人倒退几步！

这个人……身形有些熟悉！

景语皱起眉头，却听外面有人吆喝道：“我们锦衣卫新任指挥使来拜，安素大人就是这般礼数吗？”

这就是锦衣卫的新任指挥使？

景语蹙眉不语，站在照壁阴影之下，冷然凝视着他的一举一动，只见那人下马后昂然而来，站在台阶下却不愿踏上一步，瞥了一眼那黑底金字的官署牌匾，负手而立，沉声笑道：“今日是东厂大喜的日子，我这个不速之客，倒是为难安公公了。”

安素站在台阶上，眉头皱得很深，听到他仍然唤自己“公公”而不是厂督，心中怒气顿生，但看到那冷峻盔甲下冰冷锦墨般的双眸，不知怎的心里却是一股寒气升起，勉强露出一丝笑容道：“说笑了，不知阁下是……”

“圣上的旨意是刚刚送到安公公这儿吧？”

那人一口打断他的话，笑意之中带着轻慢和蔑然，而他的话，却让安素心中更添惊怒：“几位天使大人也真是辛苦了，先去了我们锦衣卫衙门，再拐到这边来，绕了整整两条街啊。”

这话一出，众人都是一阵抽气——先去了锦衣卫衙门，这是怎么回事？

那四个宣旨宦官也表情略不自在，安素毕竟是他们同僚，感情上要更近些，但是皇帝派他们先去锦衣卫，接着再是东厂这边，显然心中自有丘壑，圣意难测，他们也不便有所偏侧。

为首一人咳了一声，对着众人道：“锦衣卫指挥使的职务空悬，圣上已经委任了新的人选——就是这位大人！”

他点头示意，满脸是笑，周围的人却是交换眼色，觉得这话含糊蹊跷——姓甚名谁，什么来历，都没有交代，这么一句就带过去了？

“圣上有旨，为剿灭叛逆，特允锦衣卫都指挥便宜行事，不必事事回奏，有事可随时出入内廷，不必通传。”

这话的内涵就大了，意思是这人的身份就不公布了，而且因为皇帝信重，他被授予了几乎不封顶的监察侦缉之权！

别人只是在议论纷纷，台阶上的安素脸色极为难看！

圣上这是什么意思？！

明明已经觉得锦衣卫不堪重用，又信任他们这些内廷宦官，这才让他们出来充当皇帝耳目，为何一转眼又捧起了已经失势的锦衣卫，给他们无限权力！

难道是圣上怕他们这些阉人弄权骄横，所以想培养另一方来制衡？

但也不必如此厚赏看重……这小子又是何方神圣，他又立下什么天大的功绩了？

他一时心乱如麻，而站在照壁下的景语冷眼看着这一切，心中思绪却是飞快：此人不露真实面容，却定然不会是毫无来历，他能受皇帝如此青眼，到底是谁呢……

不期然的，他的眼前浮现一道俊秀颀长的身影，那个与他擦肩而过的绝色男子——难道是他？！

他的眼前仿佛闪过一道电光，细想之下，顿时觉得自己的猜想有理！

那个新任的济宁侯！

弄不好真的是他！

他庶子出身，全家冷眼排挤毫无襄助，正符合皇帝对“孤臣”的要求，又是在火场里救了圣驾，这份忠勇博得皇帝青眼……

景语凭着直觉，渐渐地将眼前之人与那个风姿隽华的青年重合起来——十有八九就是他，错不了！

景语目光闪动，深深凝望着那人，心中却是燃起激扬之意：若真是你，那我先前真是小看你了！

他心头蓦然又出现，侯府门外，如郡与广晟亲密相拥的情景，顿时心中的激昂之意，全部被一盆冰水浇透，化为了满腔嫉火与憎恶！

你不仅与如郡纠缠不清，还要成为我最大的政敌吗？

你有这种能耐吗……

这股无形的火焰燃烧在他心头，让他的双目熠熠生辉，宛如晴夜之中的星辰，下一瞬，他的目光对上了那人！

隔着人群，他们的视线碰到一处，电光火石的一瞬，彼此都看进对方眼里！

那是火星四溅的敌意与挑衅！

那人的眼中似乎透出笑意，转身上马，丢下一句：“我们两家都在查叛党的案子，希望安大人和东厂诸位，不要落后太多才是！”

话音未落，他策马而去，身后大队疾风一般地跟上，只留下一名锦衣卫小骑，取出一只礼盒来递给东厂的人：“这是给你们安公公的贺礼。”

他的表情显然不是那么回事，东厂的人恨得牙痒痒，却终究只敢扭曲着脸接下，那人随即也离去。

周围人因为这场变故而议论纷纷，站在官署正门前的安素也是面色阴沉，他接过礼盒掂量了下，觉得轻飘飘的，当着众人的面也不便打开，只能硬撑着架势哼了一声。

庆典仪式匆匆结束，东厂众人原本趾高气扬，此时却像被霜打了，各个略见沮丧——他们都是皇家的奴才，皇帝的信任宠爱才是立身之本，现在这一块被人抢先掐尖，心情哪里还好的了？

景语走在回廊里，却是面色平静如水，而他真实的内心，却也是炽焰滔天——究竟是不是济宁侯沈广晟？！他究竟会有什么意图和举动？！

眼前又再次浮现沈某人跟如郡亲密相拥的情景，宛如剧毒酸水染满了他的心，将他的最后一丝理智吞噬——

他狠狠一掌推开了自己的房门，雕花木门砸在门框上，发出刺耳的声响！

下一瞬，他发现房里站着一个人。

是常孟楚！

他身上仍然有些湿漉漉的，衣衫凌乱，手中却托着一只铁箱。

“东西到手了？”景语沉声问道，心头却是一阵振奋。

“是十二妹从树下挖出来的。”

常孟楚如实讲了当时的情形，景语听得目光闪烁，唇边却是苦笑道：“她自小就聪慧无比，若是个男子，只怕这一科的状元都能稳稳拿到，这点儿事情落在她眼里，只怕早就留心要查了，我慢她一步落在后头，也算是愿赌服输了。”

但他心中随即“咯噔”一声：如郡也要追查那只神秘木盒，是为了什么？她知不知道沈广晟的底细？她与他，有没有可能联手？

这么多思绪纷至沓来，一旁的常孟楚见他面色不对，唤了他一声，景语这才道：“无妨，我们来看看这铁箱里，是不是我们要的东西。”

锁孔微锈，常孟楚用刀猛然一劈，那铜锁从中间豁开变成两半，如此干脆利落让他微微得意，一旁的景语却心中“咯噔”一下——如此轻易就被毁的锁，让他有了不好的预感。

盒盖打开，映入两人眼帘的竟是——

一块长条端正、青泥精胚的沉重长砖！

“这……这怎么可能！”常孟楚顿时脸色大变，睚眦欲裂几乎不敢相信，“我亲手从井里捞上来的！”

景语目光一闪，面色凝重不见半点儿波澜，那般淡漠的眸色却让人感觉窒息压抑：“把过程详细说说吧。”

听完所有经过，他垂眸不语，端起桌上微凉的茶抿了一口：“东西在你脱手的那一瞬，已经被她调包了。”

他蘸了茶水，在桌上划了四划，形成了一个井字，微微一笑道：“以她的智慧，若是真要算计什么，只怕十个你也不是她的对手！”

常孟楚脸上微微抽搐，却终究忍下了这懊丧与怒气：“东西现在落到了她手上，该怎么办？”

景语唇边笑意加深，想起那个聪慧狡黠的少女，那笑意也变得三分温柔，三分无奈，还有四分的苦涩：“我会让她乖乖还回来的。”

常孟楚瞥了他一眼，目光中略有不信：“她现在已经跟你闹翻了。”

“我们之间的深厚渊源，不是你能明白的。”景语的声音里，有怅然，有怀念，更有着决然的自信。

如郡，她看起来性子冷，实则却最是重情，只要对她晓之以理动之以情，她必定会转圜念头的。

只是，他刚刚揭穿了她父亲跟朱棣勾结的陈年旧账，害得她受到金兰会所有人的猜忌，她只怕心里还在怨恨着他……

如郡，我只希望，你能远远离开这些腥风血雨，这些尔虞我诈，你为何不能明白我的苦心！

他黑眸之中光华闪动，痛苦的涩意一闪而逝，却终究化为决然——

无论你怨我也好，恨我也罢，这一盘棋，我定然会下到最后！

而且，我也将是最终的胜利者！

那些亏欠我和你的，亏欠大家的人，终究要付出代价！

广晟带着锦衣卫的精锐从东厂疾驰离去，骏马马蹄翻飞，清脆地叩响着街上青石条板，两边的官吏商民远远地站着，如避蛇蝎。

“大人，这不是回我们衙门的方向啊！”

李盛狠抽了两下马鞭，追上了半个马身，在他后侧高声问道。

“去城西的殡村。”

广晟沉声道，李盛却觉得莫名其妙——城西的殡村停放的都是低阶妃嫔和宫女的遗体，也没什么厚殓祭祀，等到了日子就入土为安。

“那个叫作红笺的女人，尸体就停放在那。”

广晟的声音从他身前逆风而来，话音简短而凝重，显示他心情不佳。李盛摸了摸鼻子，决定不再多嘴。

不一会儿就出城到了目的地，殡村之中倒是不如大家想象的那般荒凉，白瓦黑墙很是宁静肃穆，有看守的老太监昏花着老眼出来接待，看到这么多锦衣卫束甲带刀杀气腾腾进来，脚下一软几乎昏过去，在广晟耐心问了两遍后，才带着他们去了一间朝北的殓房净室。

红笺的尸体被孤零零放在这里的一个棺木里，周围甚至用着冰——她的身份尴尬而特殊，并非妃子宫女，但也不是那些寻常的罪奴贱籍，朱棣虽然对她很是不喜，但对她身上的秘密却是朝思暮想，下面的人察言观色，当然不敢把她丢到乱葬岗，于是就放在这儿，并叮嘱要好好保存尸身。

广晟命人将尸身从棺木中起出，平放在案台上，锦衣卫有精通仵作的，上前去仔细看了，跟他禀报道："死者身中八箭，其中四处分别射中心、肺要害。"

广晟听到这意料之中的答案，却并不见任何失望的表情，八支箭已经从死者身上取出，相信在他调查之前，宫里的高手已经反复验看过了。

他取过染着血的铁箭，细细对比死者胸前的伤口，大小、角度都仿佛对得上，但他却总觉得有什么不对。

他眉头皱得很深，突然俯下身，"刺啦"一声，将女尸身上唯一遮体的衣服撕开，彻底露出雪白却又满布血污的丰盈双峰。

他的脸凑近，几乎要贴到那两点嫣红之上，本该是色情猥亵的一幕，因为他那般绝色端美的面容、犀利凝重的神态，反而显得诡谲阴森。

旁边的锦衣卫众人面面相觑，不知道他在做什么——跑这么远，难道就是为了近距离观摩女尸的春光?

正在此时，广晟突然开口道："这具女尸，不是那个红笺。"

这一句嗓音低沉，听在众人耳边，却宛如晴天霹雳、暗室鬼笑，所有人都被吓呆了!

"这……这怎么可能？"

广晟直起身来，目光却仍停留在红笺胸前——那里，本该有他在马车里逼问红笺时，用牛毛细针在她胸前戳出的几个极为微小的孔洞!

那种细针是为锦衣卫刑讯逼供特制的，能穿透皮肉到达肺部、肉筋之中，让人痛不欲生，却又几乎不流血，针孔小到肉眼难以辨认，所以需要眼睛贴近仔细观察才能判断。

而这具女尸，虽然死状、死因都非常一致，但唯独胸口没有这些针孔——所以，这充分证明，她并不是红笺!

面对众人的疑惑，广晟想要解说清楚，却是欲言又止——他暗中去突袭红笺的马车，逼问她实情，是想替纪纲和锦衣卫洗清罪名，查清真相，但这只是他私下的冒险行为，不能诉之与口。

"因为当时我也赶到了现场，正好看到了她身上的某个特征。"

他含糊带过，却更让人觉得高深莫测。

不顾周围人敬佩、猜测甚至怀疑的目光，他的眉头皱得更深，看着案台上的尸体，那般锐利的目光，好似要将她戳出一个洞来——

如果这尸体不是红笺，那又是谁？

真正的红笺去哪了？

是谁下手刺杀的她？又是谁偷天转日？

这里面到底蕴藏着什么样的秘密甚至是阴谋？

一层层迷雾包围着这件案子，让这本来就神秘的事件，更加难以捉摸。

广晟想起他向皇帝允诺一个月破案，心里顿时沉甸甸的。

他深吸一口气，整理了一下纷乱的思绪，竭力让自己寻出一个线头来。

先是红笺告发金兰会，指控纪纲，然后她透露出当年建文帝留下了一个神秘木盒，皇帝因此而非常重视她的口供，要把她押回内廷审讯，而自己却想趁她入宫前查清真相，所以潜入她的马车——而就在宫门口，突然有大汉将军的卫士刺杀，混乱之中红笺身中利箭气绝身亡。

皇帝真正关心的，其实并非是谁杀了那红笺，而是那只木盒，确切地说，是建文帝的一切蛛丝马迹！

今上心心念念的，就只是那个人而已。

但红笺的消息来源，却是来自她父亲胡闰！

也许可以从这个线索查起……广晟心中思索，随后吩咐仵作帮助殡村的人做好简单防腐，尸体以备下一步查验，又将自己的猜测细细吩咐了李盛，后者不断点头："我马上去查。"

他目光一转，却见上司兼好友上马后朝着北面而去，不由得又多事追上了他："大人你不回衙门吗？"

"有点儿事，想顺路去家里长辈的一个庄子上看看。"广晟简略地说了一句，目光看向北面的某一处，不知道是想起了什么，原本冷然清漠的脸上，漾起了一层可疑的嫣红，唇角居然是微微上翘的！

李盛震惊了，这般微微羞涩好似要见心爱小娘子的表情……难道是？

他试探着问道："大人是要去见红颜知己？"

立刻，他遭到一个冷冽的眼风，但李盛这阵子跟他朝夕相处，也是磨得胆子大了，涎着脸笑道："大人放心，我的嘴可严实着呢，保证不胡乱说出去！"

保证过后，他自己又忍不住好奇，策马冲到广晟身前，鬼鬼祟祟道："小娘子芳龄多少了，是哪一家的，相貌美吗，你们是怎么认识的？"一副八卦男的架势。

广晟没好气地瞥了他一眼，语气凉凉的，带着不易觉察的危险："你很想知道，想亲眼看一看？"

"小嫂子能见个面就更好了，对了她厨艺如何……"

李盛作死的话音还没落，就被广晟挥鞭在马屁股上狠抽了一记，那马嘶鸣一声吃痛，狂奔而去，带着毫无准备的李盛在马上东倒西歪，惊叫连连，转眼之间已经远去不少距离！

"哼，臭小子这次就饶过你！"

广晟似笑非笑地低喃，见周围人一副目不斜视的模样，眼中流露着好奇，于是低喝道："你们也先回衙门，我一个人过去就行。"

"大人还是要注意安全！"

有人提议，却被广晟拒绝，带了小厮沈安，两人直接朝着北面而去。

午后的天空晴朗而明媚，阳光照在身上微热，但换过清凉的布料也就不算难受，反而有种闪闪发光的欢悦。

院子里的大树绿荫浓密，大槐树上已经孕生了好些花骨朵，白生生粉嫩嫩的，微微露出芽来，空气中已经浮动着隐秘的花香了。

小古跟蓝宁坐在树下的长椅上，脸上带着尘埃落定后的轻松。

蓝宁拍了拍胸口，心有余悸却又笑逐颜开："总算老天有眼，没让这两人把真的铁箱抢走。"

上午将铁箱从水井底下吊出来，两人发现锁孔打不开，顿时心头雪亮雀跃——打不开的那只，才是真正装着木盒的，另一只里只有青砖。

小古端着一碗牛乳在喝着，一不小心，连鼻尖上都沾了一点儿白色，她自己却傻傻的没发现，继续小口喝着，好似一只长途跋涉后疲倦的幼猫，正在惬意享受冒险后的幸福日子。

蓝宁打量着她——无论怎么看，这都只是个眉眼平凡的小丫鬟，看起来甚至有些呆傻，然而一旦遇上真正的危急关头，她又何等的聪明狡诈、果断狠辣——那一男一女虽然是她的结义兄姐，但完全被她牵着鼻子走，玩弄于股掌之上而不自知。

仿佛感受到她的视线，小古头也不抬继续喝她的牛乳，却是含糊着声音道："你也别高兴得太早，阿语……大哥那个人，他现在必定发现箱子有假，他若是要做成一件事，很少有人能拦得住。"

蓝宁被她的话吓得心里一沉："那我们赶紧把箱子藏起来？"

"是应该赶紧运回府里。"小古不紧不慢地答道，"但我们不能冒险，若是随便带着它回去，只怕半路上就要被人劫了——可别忘了，除了大哥那边，连侯府那群女人都惦记上张夫人遗下的财物了。"

她将碗底最后一点儿喝尽，不自觉地伸出舌尖卷了一下，连碗底都舔了干净，一旁的蓝宁愣了下，这才想起来，她从小就被父亲苛待，跟母亲一起过得清贫艰苦，这是节俭惯了自然而成的习惯。

"一动不如一静，这几天我会设法把它转移出去的。"

此时院子外面略有人声动静，小古蹙眉，站起来去看个究竟。

打开大门，看到门外几个佃户们还在忙活：外面小路上有些狼藉的垃圾残片，还有一辆马车陷在泥坑里，干脆没人要了——这都是王氏派来的那些管事们留下的，他们趾高气扬跑来收缴财物，没曾想却被王夫人的亲外甥全部拿下，小古让附近的佃户都各自捡回去当柴烧。

除了这几个，大部分人却是去不远处岔口看热闹，小古一抬头，就看到一人一马缓缓而来，马蹄声嗒嗒清脆，那人的身影，也是逐渐在眼前清晰、变大——

“少爷，是你来了……”她凝望着眼前熟悉而亲切的面容，不由得呆住了，喃喃低语道。

“是啊，我来了。”

那端美无双的青年翻身下马，缓缓地走到了她跟前。

凝望着她的凤眸一挑，原本冷峻桀骜的气质在这一刻变得温柔而甜蜜，他薄唇微微勾起，那笑意传入眼底，宛如世上最美、最烈的佳酿。

午后的日光明媚，却比不上他唇边的笑意，一路走来，他的肩上飘落了几片花瓣，那粉色的是桃花，最是盛华却已凋零，白色的是簌簌朵朵的丁香和梨花，衬着他绝色的容颜，越发显得美不胜收。

2.

“你怎么来了？”

“忙公务出城，顺道就过来看看你……”

两个人才三天不见，却好似隔了很久，就这么站在院门口旁若无人地说着话，彼此眼睛都笑得弯弯，看在出来开门的蓝宁眼中，却似两个傻子一般。

她“扑哧”一声笑了，小古和广晟这才如梦初醒，脸上不约而同都升起了赧然之色。

还是小古脸皮略厚，瞪了蓝宁一眼，小手一勾，拉起自家少爷的袖子就往正屋里走，身后一片是蓝宁那小妮子调侃的银铃轻笑。

广晟脸上微羞，更衬得皮肤宛如雪玉上蒙了一层红霞，小古目不转睛地看着他，心里不知怎的也是甜甜的，她一手将房门关上：“少爷你累了吧，我泡茶给你喝。”

三天不见，居然有这待遇了？

广晟一时受宠若惊——要知道她以前虽然贴心，可没这么能干啊？

随即，他看到她娴熟地拿起旁边的瓷罐，顿时一股茉莉清香传入鼻端：“这里后花园种了好些，都开花了，我闲来无事，就跟蓝宁一起顺手晒了点儿。”

他上前去接过她手里的热茶，突然在茉莉香味之外，闻到了另一种熟悉的味道——金疮药！

他眸色一深，散发出危险的气息，一把攥住了她的手！

“你受伤了？”

紧握的手掌宛如钢箍一般不容她缩回，他的眼中燃起火光，另一手不由分说地卷起她的衣袖，一寸寸往上，看到了手肘处的明显擦伤，他的嗓音危险而低沉：“谁干的？”

小古眨了眨眼正想回答，广晟一把将她拉进自己怀里，猝不及防之下，她发出一声惊呼，随即发觉那人居然在揭她身上的纱衫。

天气已经渐热，她只穿了三层薄的，广晟不顾她的挣扎三两下就解开最内的亵衣，看到光洁细腻的肌肤上竟然有大片瘀青。

他的眼睛都红了，正要发怒追问，却见小古拿起边上的帕子，三两下把那瘀青一擦，淡定地看着他：“这是颜料画出来的。”

这也行？

广晟满心的怒火都被这神来一笔给惊住了，他回过神来才发觉，他把姑娘家身上衣服都剥了一半！

白生生的肌肤露在外面一大片，在昏暗的房里显得格外清晰莹润，他只觉得脸颊上的热烫更甚，很是狼狈地转过身去，却仍是恋恋不舍地多看了一眼——

她虽然脸上长得黑，但身子却是雪白粉嫩……

这个念头让他更加口干舌燥，心头怦怦直跳，却又想起方才惊鸿一瞥时，那腹部上方就是微微凸起的两团柔软……

广晟瞬间悲哀地发现，即使跟着弟兄们去过青楼多次，但旁观终究是代替不了实战的，他对女子的胴体，实在是连见都没见过的！

“你……你穿好了吗？”

他勉强出声，发现自己的嗓音紧张得有点儿干涩。

“少爷，你怎么能这样乱来呢？！”

小古的声音很生气，愤愤然让他更加懊恼，下一刻，却听她嚷嚷道：“我就两套换洗的亵衣，就这么着被你乱扯乱撕弄坏了！”

“对不住，我赔你，我赔你十件、百件……”

广晟都不知道自己在说什么，随即他发现自己真是蠢得可以——小古生气的，居然不是他动手动脚形同非礼！

他蓦然回过身去，却见小古滴溜溜的黑眸凝视他，昏暗中看不清她的神色，却听她低声道：“算了，我知道少爷是担心我的安危，一时情急才这样。”

广晟心中顿时又甜又酸——甜的是她对自己信任甚笃，根本不曾把自己想成是登徒子，酸的是她心中如此光风霁月，竟然丝毫没有男女情爱的避讳？

难道说，在她心中，自己只是个可以信赖的少爷？

他不自觉地皱起眉，小古却以为他在怪自己欺骗，连忙拉住他的衣襟，讨好似的牵了牵："少爷，你可不知道，二夫人派了人来这边，喊打喊杀的呢……"

于是她添油加醋，把一群人跑来想抢张氏财产的事说了个够，顺便把金兰会那两人的突袭也算到王氏头上，末了还愤愤道："我的手肘就是他们弄伤的，幸好那位萧少爷及时赶到，否则真不知道他们要怎么杀人放火抢东西！"

广晟心头一阵火起，他早就对嫡母王氏深怀不满，只是最近他新封了侯爷，又忙着锦衣卫的差事，没能腾出手来跟这位嫡母算算账，她居然还敢这么蹦跶，真是不知死活！

王氏此人，不仅胆大心狠，而且如此贪婪，竟然连隔房妯娌的嫁妆都敢染指……她的行径，比起之前有过之而无不及！

想起自己生母的冤情孽债，广晟眼中的怒火化为凛然的冰焰，周身散发的气势更加幽冷摄人——小古敏锐地发现了这一点，安抚一般拍了拍他的背："少爷，你怎么了？"

"没什么，只是说起我那位贤良的嫡母，我就想起一些陈年旧事——所谓财帛动人心，她做这些恶事，又不是第一次了。"

他冷哼一声，声音却冷冽好似从寒风中传来，除了恨意之外，还有无尽的惆怅和哀意："当初，她骗我娘进门，也是因为财帛动人心……"

"你娘？"小古顿时一惊，想起自己在大厨房的时候，曾经听人以鄙夷的口气，谈起广晟和如珍的生母，说她本是商家女，贪慕虚荣、自甘下贱爬床勾引了二老爷沈源，幸亏二夫人王氏仁慈，这才容她这种败德淫行的女子进门做妾。

"是啊，我娘在这个府里，可说是声名狼藉。"仿佛知道她的心思，广晟唇边笑意更加苦涩，"从我记事起，内宅里就这么编派我生母，连如珍也深以为耻，从来不肯认她，也不肯单独跟她说话。"

"我母亲姓庄，家中是跑船的海商，祖上是贩盐起家，这在满府贵胄的太太小姐们眼里，简直是粗鄙不堪，再加上这莫须有的爬床勾引之说，我娘在府里可说是动辄得咎，谁都可以踩她一脚。"

他的眼中露出苍凉愤恨之意："我永远记得，我八岁那年的腊八节，全家都聚在一起喝粥，人多忙乱之下，有人捡到一个绣着不堪春宫的香囊！"

广晟想起那一幕往事，嗓音低沉而微颤，每一字都是幽冷含恨——

"太夫人当时大怒，内宅上下搜索没发现什么蛛丝马迹，她怒气不止，全家都不敢擅自动筷，又冷又饿地熬了一会，我那贤良的好嫡母身边那姚妈妈，突然跳出来言之凿凿说这东西定然出自我娘之手——因为那绣工鲜亮出色，不像是江浙一带的苏工，倒像是泉州、东瀛一带的风格。"

"就是这一句，把我娘逼进了死亡的深渊……"

他的嗓音在暗夜里听来，无限沉痛而怨恨，让人不寒而栗，而他的思绪，也仿佛回到了那繁华而狰狞的夜晚——

“倒像是我们家姨娘喜欢的样式。”

满堂灯烛之下，那个半老徐娘捏着嗓子半是说笑半是认真，一旁的嫡母王氏倒是一本正经地训斥，“姨娘虽然出身低了些，但瞧着也老实本分，你不可胡乱猜测！”

她这么大气端庄，更加博得一旁沈源的赞赏一瞥，唯独站在角落的广晟，却感觉不妙——众人的目光，却都是怪异鄙夷地盯着自己，以及旁边小脸吓得煞白的如珍！

好似他们兄妹是从地里爬出来的怪物，又似他们身上有什么脏东西！

“这也难说，这种淫贱爬床勾引爷们的，能有什么好材料！东西十有八九就是她的，你就是太仁善手软，我才不放心把家务都交给你管！”

太夫人看着王氏，那般恨铁不成钢的模样，看起来实在很慈爱体恤儿媳似的。

“庄氏向来还算老实，服侍老爷也算殷勤，我真不相信她会做这种事……还是好好查查吧，可不能冤枉了她。”

王氏为一个妾室再三说话，那般做派，看在旁人眼中真是十成十的和蔼主母，从小早熟的广晟却是打了个冷战——不知怎的，他直觉眼前这个女人是在演戏。

于是立刻有仆妇去庄姨娘房里搜了个底朝天，果然一无所获，王氏刚笑着说了一句：“我就知道，庄氏是个好的……”

正在这时，庄姨娘身边的丫鬟蝶飞突然冲了出来，跪在庭院里尖声嚷道：“我家姨娘把犯忌讳的东西都藏在箱子夹层了！”

这一句石破天惊，只有八岁的广晟，明明看到站在下首的娘亲，脸色变得惨白，双手都在微微发颤！

箱子夹层很快被撬开，里面琳琅满目，不仅有春宫画片，还有角先生玉势、催情药粉等，看在女眷们眼里，真是淫亵难言，让人面红耳赤。

太夫人气得粗喘，好似要昏过去，周围一片人围着她安抚，只有嫡母王氏颤巍巍站起来，看着自己生母，嗓音满是失望和指控：“你也是服侍二爷一场，平时有些生分，我想着睁只眼闭只眼过去也就罢了，没想到……你竟然真做了这种不知廉耻的事，也真是白费我疼你的一片心肠了！”

那一瞬，她双眸水汪汪的，简直要哭出来一般，广晟看在眼里，脑海里只闪过“佛口蛇心”这四个字。

而自己的母亲，却在众人鄙夷厌恶的目光逼视下，被几个五大三粗的婆子拖走，无力反抗只能哭着回头看他。

年幼的他，想要不顾一切地跑过去抱住娘亲，却被重重叠叠的仆妇们簇拥、阻拦，他拼命挣扎左右突围，却被好几双手狠狠地掐了好几下，连双脚都被绊倒在地……

“赶紧把他带下去，跟只野猴子似的，这般下贱之人生出来的，果然连礼仪教养都不知！”

最后听到的，是太夫人高高在上的冰冷言语，以及嫡母“我会好好教养他”的保证。

多年以后，这段回忆在脑海里翻腾，心中的怨恨几乎汹涌，广晟狠狠地眯起眼，淡然的声音在小古听来，含着无尽哀恸：“这是我最后一次见到生母，被禁足三天后，她被人发现悬梁自尽了。”

“我娘根本不会做那种事，那个箱子确实有夹层，我小时候见过好几次，她偷偷打开又合上，她还曾经抱着我，说里面的东西是她最后藏下的积蓄，将来要供我去书院读书，也要为如珍置办嫁妆。”

他双手紧握成拳，却在微微颤抖，几乎攥出血痕来：“我娘曾经跟我说过，无论如何都会守着我和如珍，看我们长大成人，无论如何吃苦受累，她都甘之如饴——她心性坚韧，不是这么容易就寻短见的。”

小古也觉得事有蹊跷：“侯府虽然规矩大，但也没有动辄要人性命的，庄姨娘就算被栽赃陷害，最多只会被送到庄子上关起来，或者送到苦修的庙里去斋戒跪经，虽然艰苦，也没必要自尽。”

她抬头看着广晟，目光中含着怜惜的温柔，顾盼生辉的眸子好似轻纱一般抚过他的心头：“世人都以为女子当众受了侮辱，被泼了脏水，便会羞愤自尽，但实际上，女子为母则强，无论受到怎样的磨难，都会先护着自己的儿女，不会轻易以死来逃避，把自己的儿女留在世上受人欺负。”

这一瞬，她眼眶发热，水汽氤氲，想起了自己的母亲——在那个冰冷的府邸里，她缠绵病榻，却始终坚持教养她，爱护她，即使是在沦为阶下囚、被卖为贱籍的最后时日，她咳着血，眼珠瞪得很大，一口气强忍着，却怎么也不舍得将她抛下，让她在这个孤零零的世上存活。

这是一颗母亲充满慈爱、关切的心，无法放下、无法舍弃的，只有自己的孩子！

广晟听着她的话，每一字、每一句都说中他的心坎，心中一片火热滚烫——他不自觉地伸出手，紧紧握住她的双手，感觉她掌心冰凉而颤抖，同时却有一滴温热的水滴落下，他愕然抬头，却见她在昏暗中别过头去，肩膀微微抽动。

“对不住，少爷，我只是……”她的嗓音有些含糊沙哑，“和你一样，想起了自己的娘亲。”

她吸了吸鼻子，低声道：“我娘也是这般，受尽了世上的委屈，为了我，每一天都在煎熬，每一天却都是平静地对我笑。”

风吹起轻软的竹帘，带起沙沙声响，整间屋子里，安静得可以听清她细微的喘息声：“母亲为了孩子，可以妥协，可以忍辱，可以坚持到最后——”

她蓦然回过身来，墨玉一般的眼眸凝视着他，闪烁的光芒可以连接彼此的内心：“我们彼此的娘亲，为了我们，都付出了所有。我们又有什么理由不好好活在世上呢？”

这一句振聋发聩，击中了广晟内心最深处的疮疤——多年来，他一直觉得是自己无能，才没能保住母亲，甚至到现在都没能替她报仇！

多少次发誓要做到，就有多少次颓唐沮丧，他只是个一文不名的庶子，无人照管，没有奇遇……很多时候，他恨不能拼了这条性命，在这天地之间博个你死我活的痛快！

昏暗中，他的目光熠熠，冷厉而酷狠，好似一只受了伤的凶兽，正在默默舔着伤口……

小古感受到他身上的冰冷煞意，心下叹息，却是感同身受——她的手反握过来，柔软滑腻，沁凉入心："少爷，你如今已经顺利袭爵，深获朝廷的信重。其他人在你这年龄，也不会比你做得更好。"

虽然已经听过无数次褒奖夸赞，但从她口中说出的，不知怎的，却让他心中窃喜雀跃，无形中倒是冲淡了方才的悲苦怨恨。

小古的目光闪动，诚挚劝道："我知道少爷你这次平步青云，必定要查清庄姨娘当年被陷害的真相和死因，我也知道，二夫人她们手段阴狠毒辣，该有此报，但无论如何，她们在名义上都是你的长辈，你在官场要立足，就不能跟整个天下的礼仪大义作对。"

她冲着他眨了眨眼，虽然美目之中仍然有水光流离，那笑意却是纯净坚定，美不胜收："九泉之下，我们的娘亲希望的，必定是孩子能幸福美满，而不是满心怨恨，被那些恶人牵制半生光阴。"

广晟呆呆地看着她，那眼神中满是复杂而炽热的情绪，半晌，他终于低沉地开口："你知道吗，我娘生前惦记的，除了我的前程，就是我和如珍的姻缘——她不希望我们步她的后尘，祈愿我们都能找到一个称心如意的伴侣。"

小古一愣，不知他怎么突然思维跳跃，说起了这个，下一瞬，只见广晟唇边也扬起微微浅笑，绝色容貌更加显得俊美炫目，宛如世上独一无二的美玉月轮，"她若是在世，必定喜欢有你这样一个儿媳！"

啊？

小古彻底呆如木鸡，方才的机灵、聪慧，此时此刻全部消失无踪，秀丽脸庞上双眸瞪得溜圆，连眼睫毛都忘记眨动。

广晟看到她这模样，又好气又好笑——枉费他平时明示暗示地抱来抱去，暧昧颇多，难道这小妮子心里一点儿也没感受到？

这个念头一起，他心里"咯噔"一沉，连忙死死盯住她每一寸表情，想从中发现蛛丝马迹！

"少爷，你的眼光可不能这么低啊——我又不漂亮，又不机灵，身世更是低微，你照着我这模子去寻觅良配，妥妥是你吃亏啊！"

小古呆愣过后的这一句，让他顿时气得牙痒痒——知道少爷我吃亏，还不欢天喜地地从了，废话什么？

却听小丫头声若黄鹂，指若削葱，掰着指头列起条件：“配得上少爷你的，首先得是名门千金，这样才不怕太夫人和二夫人她们刁难；其次，绝对要国色天香，沉鱼落雁，最起码容貌上不能输给你，否则婚后也很难和谐；第三呢——”

她的话音戛然而止，因为某个怒发冲冠的青年已经扑了上去，狠狠地吻住了她的唇。

他的唇火热而充满侵略感，舌头宛如灵蛇，轻而易举地撬开她的香唇，攫取那唇齿之间的甜蜜清新，随即软硬兼施，长驱直入扫荡四下，霸道地逼迫她与他呼吸一致！

她双目瞪大，似乎想挣脱，却被他抱了个满怀，让她坐在自己腿上，紧紧贴在他胸前——感受着她胸前的酥软触感，他心中一荡，几乎要化身成虎狼！

良久，他才放开她——彼此在唇分那刻都急促呼吸，他冲着她笑，露出雪白牙齿：“少爷我的眼光就是这么差，我自个儿乐意！”

小古气结，瞪着他，颤抖着嘴唇，不知道该骂什么好，而广晟却把这种纠结愤懑看成了她的暧昧暗示，于是越发笑得欢畅得意，“如何，少爷我不嫌弃你不漂亮、不机灵、身世低微，就是认定了你！”

这种降尊纡贵的口气……真的很欠揍啊！

小古气得眼前发黑，狠狠瞪着他灿烂可恶的笑容，突然皮笑肉不笑地扯动嘴角：“少爷厚爱，真是愧不敢当——只可惜啊，我身在贱籍，你若是想纳我为妾，只怕要步上大老爷后尘，被太夫人行家法打个半死——就算他们奈何不了你，一状告到皇帝那里，你也要吃不了兜着走。”

广晟凑近她的眼，黑沉沉双眸看入她的，犀利深邃好似要洞察她所有的秘密。“大丈夫男子汉，若是连自己的女人都保护不了，趁早回家吃奶算了——这事我会去向皇上坦诚求情的，只是普通儿女情事，他也未必会管得这么宽，连这点儿恩惠都不给我。”

谁是你的女人啊……八字还没一撇呢就这么乱说！

小古哭笑不得，心中却有一种莫名的甜意缓缓升起，她绞尽脑汁，又想出一个强大的理由：“我家虽然落魄获罪，但祖上有遗训，绝不与人共事一夫！”

这话半真半假，却也不是胡编乱造的——胡闰家里是正统的儒学清流，自然不会教女儿这种大逆不道的话，然而她母亲那边，却是苗家摆夷女子，素来刚烈绝不容许男人三心二意，传说中，深山里有些神秘的生苗女子甚至不惜在情郎身上下蛊，若是另有艳遇移情别恋，立刻就是肠穿肚烂！

广晟听了这个惊世骇俗的遗训，脸色丝毫不变，缓缓逼近她的唇，用指尖轻轻划过，满染暧昧的水光润泽，直到收获一枚恶狠狠的白眼，才缓缓笑着答道：“正好，我也不想左拥右抱。我们正好一个锅配一个盖。”

“你知道自己在说什么吗？”小古彻底震惊了，“你答应我身不二色——难道不想娶一户门当户对的妻子了吗？”

广晟一愣，随即却笑了，昏暗中，他的眼神闪亮而肆意，好似夜空之中最不羁的星辰，“你知道吗？其实我一直在想，将来若是能混出头，绝对不要成为我父亲那样的人！”

不成为沈源那样的人？

“他是个人人称道的清流文臣，表面看来，妻贤子孝，前途远大，何等美满……但我总没法忘记，我娘被拖出去时，他那鄙夷冷淡的神情！”广晟有些激动地握紧了拳头，“嫌弃她身份低贱，就不该纳她！尊重礼法，就该任由自己妻子折磨妾室吗？既然夫妻两人这么恩爱合拍，为何中间还要插进其他人来？”

小古看到他眼角微微泛红，心中恻然，低声道：“我爹跟我娘关系很不好，他以前也纳过好几房……无论夫妻之间是否恩爱，这些达官贵人，哪个不纳几房妾室？”

“我就不要，宁可跟自己心爱之人琴瑟和鸣！”

广晟的眸子深邃而坚定，凝视着她，宛如看着世上最美的宝物。

“可我，永远也不会成为你的正妻。”

小古接上了他的话，叹息之下，眼角有流光一闪即逝——虽然心底有哀伤之意，更多的却是淡然。

一开始就知道，两个人之间终究是天差地远，就算目前有所交集，也是不过是浮云虚幻。

就算原先的他，只是侯府不起眼的庶子，终究也不是身落贱籍、游走于暗黑之中的她可以托付，更何况如今，他已是堂堂侯爷之尊，深受皇帝看重。

她抬眼看着他，黑眸之中一片平静，却让他心头微痛：“世上就算有身不二色的男子，也没有迎娶婢女的侯爷。”

如果有第三个人听见他们的对话，只怕要嘲笑她痴心妄想——就连芳娘那般花容玉貌，风姿绝媚，也不过是想被大老爷沈熙收在房里，能脱了这贱籍苦楚，而她，居然当着新任侯爷的面，平静地说起自己不能为他正妻。

不能，而非不配。

广晟凝视着她，眼中熠熠晶莹：“我会慢慢排除障碍，替你谋划一个身份，将来水到渠成，我们定然能在一起。”

小古听了这话，心中却又酸又涩，热烫一片——朝廷户籍法度森严，广晟这平平淡淡的几句，不知要花多少心血，费多少心思，又要牺牲多少去疏通人脉。

心里不是不感动的——如果她真的是这般单纯可人的小丫鬟，如果她真的能如莳萝托付乔木一般，也许，这是一个最郑重、最美满的誓约。

她眼中闪过一道隐忍的痛楚，再睁开眼时，却是云淡风轻。

她正在想法儿让他死心，耳边却传来那人诚挚的低语："以前我被他们攥在手心，不得以装得纨绔荒唐，现在总算有了些功业，若是连自己喜欢的人都无法留下，那还不如死在火场箭阵之中！"

她悚然一惊——为将出兵的人都讲究一个口彩，这样不吉的话让她心头一慌，莫名拂过一重阴霾："瞎说什么呢，这种话也好出口？！"

广晟却是并不在意——坐上了锦衣卫指挥使这位置，本来就是九死一生，要么位极人臣，要么就跟前任纪纲大人一样，身陷囹圄，弄不好还……

他心中一痛，孤寂萧索之下，反而激起了豪情万丈——就算为了眼前之人，他也不能认输！

在这场不见血的杀戮博弈之中，他必须屹立不动，必须博得更高的名位权势。

只有这样，才能跟她长相厮守。

心潮澎湃之下，他沉声安慰道："别担心，我一定好好保重自己……"

小古的眼中水光润灿，也许是感怀身世，也或许是担忧他，她有些狼狈地别过头去，低声道："你这般厚爱，我实在承当不起。今后你自有如花美眷相配，可不要再说这种话了。"

看着他正要反驳，她低声道："还有，你平时也小心些。"

"嗯？"

广晟有些诧异，却听她清脆嗓音宛如冰魄："少爷你给圣上做事，只怕那些刀光剑影也少不了，我虽然不懂，但也知道很多人会眼红你、对付你——我听说书的说过，明枪易躲暗箭难防，你就算不在乎，也要千万小心。"

她的嗓音清婉，到此却越发低沉微羞："至于脱籍——我毕竟身在贱籍这么久了，一时半会儿不能脱籍也没什么要紧，而你刚刚袭爵，正是新晋的贵人，如果因此而被人盯上，那我宁可一辈子就做个小丫鬟！"

他的良苦用心让人感动，但是要把身在贱籍的女子赦免后脱籍，这不是普通权势能做到的，现在贸然动作，反而会让人盯上小古的身份——这个身份只是她通过金兰会伪造的，一旦被发现，会连累整个组织！

虽然如今她被金兰会的人视为叛逆，势成水火，但该守的秘密却不能因她而泄露！

广晟不知她心中纠结，听了这话心中更加怜爱，嘴上却不说，只想着偷偷办成了，给她一个惊喜。

小古略知他的秉性，一把拉住了他的袖子，急切道："少爷，我只是个下人，无足轻重，不能因此坏了你的大事——你答应我，在站稳脚跟之前，千万不要为我去奔走设法！"

感觉到衣角绷紧，对方惶急的情绪，广晟心中更加暖烫，反手捉住了她的柔嫩小手，握在唇边轻轻一吻，笑道："我答应你。"

看着小丫头惊呼一声缩回手，他不禁哈哈大笑，笑声震动了窗边的纱帘，微微颤动之下，窗外的淡金夕阳斜照而入，坐得靠近的两人都好似罩上了一层金辉，唇边的笑意温暖而惬意。

3.

这一刻，广晟的心宛如天边风筝，轻轻巧巧地得意飞扬在天上——即使过去那么多磨难，眼前宜喜宜嗔的少女，却已经给了他如水般的慰藉。

小古先是羞恼，却也渐渐垂眸而笑，原本古井无波的心头，却也有涟漪不断颤动，涌向最深、最暗的心湖中央——这十多年来，刀头上舔血，游走于阴阳光暗之间，随时可能不测身亡，眼前却有人爱护、珍视她如珠似宝！

就算只是镜花水月，就算她终究不能接受，就算只是这短暂一瞬，却也足够快慰平生了。

只是，在被他握紧手掌，十指紧扣的这一瞬，她的心头，也莫名闪过另一道清秀儒雅的面容——那一身蓝衣儒袍，风神隽秀的青年。

景语，那个曾经被她唤作景大哥的人。

她闭上了眼，黑亮浓密的眼睫微微颤动，宛如缠困在树梢的蝴蝶羽翼，迷茫而懵懂，忧悒而痛苦。

那个人，曾经是她幼时、少女时唯一的心灵寄托，那般纯净而旖旎的情思缠绕、庚帖定亲……

但也是那个人，给了她太多的伤痛、失望，以及决裂，他宛如游走在正邪光暗间的魔魅，成为了她一生难解的冤孽。

景大哥，终究与她渐行渐远。

她咬唇不语，再睁开时，眼前那道身影已经模糊散去——而眼前的绝色男子，却被夕阳光泽化为金色神祇一般。

“少爷……”她喃喃低语，心中有隐约的甜蜜，却更有纠结矛盾。

他的手指抬起了她的下颌，温暖而干净，带着好闻的男子气息，那般轻轻摩挲着，亲昵却又见风流，她的脸慢慢红了，又叫了一声“少爷”，却听广晟低声笑道：“私下相处，别叫我少爷了，叫我的字成嘉吧。”

小古愣住了，这才发现，她竟然从不知道少爷有字！

这个字，也不知道是谁给他起的，却是雅意而华贵，颇能拿得出手。

“成嘉……”

她轻轻喊了一声，却总觉得有些别扭，他看着她脸上的红霞，好是很有趣似的，低声笑了，凑在她耳边道：“我也不知道你真正的闺名。”

她的闺名……

她的眼神有些恍惚——多年前，也有个少年站在内院的高墙之下，问道：小妹妹，你叫什么？

“如郡，我的名字，叫作如郡……”

不自觉的，她说出了口，心中这才惊觉，暗暗后悔之下，脸色瞬间一白。

竟然就这么说出口来！

由于逆着光源，广晟并未发现她脸色变化，却是反复咀嚼着这两字，笑道：“果然端庄大气，一听就知道是名门淑女。”

端庄大气、名门淑女？

小古心中暗暗自嘲：那个恨透自己母女的亲爹，不知是哪门子抽风了，才会给自己起这个名字——也或许，是疼爱母亲、执意迎娶的祖母逝前所起？

广晟拉着她的小手，甜言蜜语仿佛无师自通一般，凑在她耳边正要继续，却听外面有人小心敲了敲门：“大人。”

广晟双眉一轩，似要发火，却终究叹了口气——这是随身小厮的声音，若不是紧要，想必也不会来吵扰他。

他意犹未尽地起身，却又出其不意地夺走小古手上的帕子，端详着上面的兰草花纹，唇角弧度高扬翘起：“这个送我，聊解相思。”

“少爷你——”

小古又好气又好笑，随即又有些隐忧：那上面绣的是金兰会的兰花纹样，这样给他拿走实在有些不妥，她伸手去夺，却反而被他一把揽住，狠狠地抱了一下，对着润泽红唇就要亲下，却终究不舍得她脸色宛如火烧般羞赧，叹了一声，放开了她。

“等下次见面，给我一个惊喜吧。”

他所谓的惊喜，简直不问可知。

她狠狠地瞪了他一眼，映入他眼中却是娇俏妩媚、清新可人，恨不能把人揉进怀里再好好亲昵一番，广晟蓦然发现：自己的色心和色胆都越来越大了！

“再住一阵好好养伤，若是闷了要回来，只管让人给我送信。”

他恋恋不舍地跟她道别，心中却也觉得她最近住在庄子上更加妥当——这庄子远在郊外，京城那些风云诡变也影响不到这里，虽然之前有王氏的人来搅闹，但只要给她派些侍卫，就可以高枕无忧了。

他又吩咐了沈安去传唤府里的侍卫到此守卫，吩咐道：“告诉他们，要是想攀高枝跟府里的哪位勾结，就准备全家去交趾充军吧。”

这话足够严重，让沈安也唯唯称是——交趾那边偏远又穷困，大明官兵虽然在那屡次大捷，但因为辎重粮草缺乏，因此需要大量的民夫和充军犯人作为苦力，那日子简直是想想就让人不寒而栗。

他叮嘱完小古万事小心，又吩咐蓝宁好好照顾她，正要上马离开，却被小古唤住了：“等等，还有个物件请少爷帮我带给如瑶姑娘。”

广晟本以为是女子之间的绣件针线，没想到却是一个大铁箱，上面还上了锁，他挑眉问道：“这是什么？”

小古凑到他耳边悄悄道：“这是张夫人留给如瑶小姐的嫁妆。”

广晟立刻明白了，想起嫡母王氏的下作狠毒，冷哼一声道：“我明白了，再留在这儿，只怕那只母黄鼠狼又不死心，再闹出些幺蛾子。”

小古“扑哧”一声笑了，广晟见她梨涡浅笑，顿时只觉得美不胜收，连那平凡的麦色面庞都变得熠熠生辉，他只怕自己再多看两眼，就要彻底留下不走了。

铁箱被运上了马车，连同带给如瑶的信件，随着广晟的身影而逐渐远去，小古目送着这一队人马，唇边露出微笑来。

东西被广晟带走，她很放心，等再过几天，她也要回到侯府去，那时候两人提个小包袱，也不用担心有人来抢什么木盒了。

“看你这么沉醉，真是恋恋不舍啊！”

蓝宁打趣她，小古回过身来，却是毫不羞怯，似笑非笑道：“他既是如此绝色，我正该多看两眼。”

蓝宁被她的厚脸皮折服了，眨了眨眼也没说出什么来，只得换了个话题：“你居然放心把这么重要的东西托他带回去？”

“只有东西在他手上，我才能安心。”小古叹道，“整个侯府，只有少爷对张夫人的财产毫无觊觎，更愿意替如瑶出头保全财产，这个铁箱托他运回去才能保证不丢。”

“可这里面是建文帝的遗诏，不是张夫人的财产啊！”蓝宁还是有些担心。

“没打开前，这就是一只藏着金银的铁箱，而我估计，铁箱的钥匙是在如瑶小姐手里。”小古的笑容神秘而睿智，“等我们回去，就能看到真正的神秘木盒了——我也很好奇，里面究竟有什么。”

铁箱里面装着木盒，而那传说中的神秘木盒，里面又有什么？建文帝的遗诏，究竟写着什么呢？

她心里也是充满好奇的。

送走了广晟，她一个人站在小院门口，此时已经天色昏黑，远近的村庄逐渐响起人归与犬吠之声，连树梢的乌鸦也嘶哑叫着栖回树梢。

夜风渐渐变大，吹得她的裙幅卷扬翻飞，她掠了把鬓发，突然发觉有一滴水点落在脸上。

下雨了。

远处响起轰隆的雷声，天上有紫白色闪电划过夜空，拨开重重夜霾，燃起惊心动魄的流辉。

豆大的雨点打在她的脸上火辣辣的，她转身要跑回，却发现头顶有一把伞撑住了所有的风雨肆虐！

她惊讶地回头——暴风雨里，昏暗中，那人毫不犹豫地将她搂住，黑暗中闪烁的眼睛无比熟悉。

“是你！”这熟悉的声音让她脸色大变！她的耳边“嗡”的一声，整个人好似呆滞了一般，被他拉着，跑回了院落。

两人终于躲在了屋檐底下，只听“轰隆”一声巨响，雨水化为水幕一般瓢泼而下。

“你来这里做什么？”

她的声音有些颤抖，脸上带着雨水的痕迹，眼神灼亮却不愿意看他。

“如郡，你徘徊此地，可是在等我？”

那人穿着靛蓝锦缎道袍，清雅出尘，正站在墙根旁微笑凝视着她。

她的脸上顿时失去了血色，水润明眸瞪着那人——并非是痛恨，而是强烈而复杂的情绪。

“阿语——不，现在该称你一声薛大人，你来晚了。”

这话貌似平淡，其中的讥讽和芒刺，却只有彼此才能明白。

“我是特意来看你的。”

男子凝视着她，双眸宛如寒夜中的宝珠，神秘而幽邃，不带一丝人间烟火气，他从怀里拿出叠得干净整齐的帕子，细致地为她擦去脸上的雨水。

小古微微一愣，随即甩开了他的手：“你不是来看我，你是想来要那只木盒吧！”

她微微昂起头，好似一只炸了毛的幼猫一般，冷冷地瞪视着他，心中却是酸楚难言。

“东西在你手上，我很放心。”景语居然丝毫不见焦急尴尬之色，仍是笑得温煦，“论起聪明机智，老四绝对不是你的对手，看到那一块青砖的时候，我几乎要笑出声来——千算万算，没想到竟然被你抢先了一步。”

他的目光如水般温柔，眼中的笑意几乎是宠溺的。

恍惚间，小古仿佛又看到了童年初见时，那般蓝衣翩然的少年。

好似，这些年的远离、猜忌和隔阂，从来不曾存在。

她狠狠地眨了眨眼，压下心中的波澜和隐痛，冷然道：“你如此宽宏大量，倒是让我惊讶了——托你之福，我才会受了这么重的伤，才会留在这荒郊野外的庄子上休养，冥冥之中自有天定，才让我发现了那件东西。”

她杏眸清亮冰冷，眼底却闪过隐秘的哀伤与痛愤：“你隐秘辗转查了多年，却没料到天意让它落到我手上。”

“你发现这个秘密多久了？”他笑容不变，嗓音淡然问道。

“在你吩咐燕校尉在勋贵家族中秘密寻查之后不久。”她转过头去，不愿与他冷眼对视，“他暗中询问虽然小心，却也瞒不过那些人精的仆役们，我自然收到了密报。”

“与其说是我留下痕迹，不如说，整个金兰会的一举一动，很少能蒙瞒得过你。”他微笑着叹息道，“你的眼目广泛，都是各府上的奴婢下人，再加上秦遥与你默契，若是没有我，只怕整个金兰会已在你掌握之中。”

“阿语，不，大哥！你说这话，实在让我无地自容。你手腕高超狠绝，向来只有我被你玩得团团转的份儿！”小古倔强得不愿转身，微微耸动的肩膀，却证明她内心的波澜起伏，“在我被你派去狙击那个锦衣卫高官的时候，我就是你手中的一颗弃子了；在我侥幸未死，伤情沉重之时，你趁机用那些营妓女眷作为诱饵，为了实施你的计划，你要让我冒险救出的人全部死绝！”

她的声调近乎低喊，带着不容错认的痛楚和愤怒，眼角闪过他的身影，却只是燃起更深的灼痛与酸涩——下一刻，她发现自己被他紧紧抱在怀里！

“你……放开！”

她先惊后怒，奋力挣扎要推开，却被他狠狠地抱紧，几乎要揉进自己的胸膛和血肉之中。

两人拉扯推搡之间，已经落到了雨地里，瓢泼的雨幕之中，两人都被雨水淋得湿透，纠缠成一团，却终究没有分开。

“是我对不住你，如郡。”他不顾她的挣扎，在她耳边低声道，“是我骗了你，还想用那些女人的命来布局设计；我还将你父亲的陈年旧账翻出来，让你在金兰会无法容身——这一切，都是出自我手。”

小古恨恨地瞪着他——雨幕之中，他的眼神空茫而寥远，却让她心中顿然一痛。

“但我从未想过要置你于生死险境。”

他的眼中有犀利，却又有更多她看不懂的深邃温柔。

小古喘息着，却顿时明白了他的意思，她愣了一下，冷然苦笑道：“你把我设计调开，才方便下手牺牲人命来布局，当我及时发现蹊跷时，你仍然设下重重阻碍，逼我远去——是，你是不想要我的命，但你要的是更多人的命！”

她眼中光芒爆裂，凛然风华让人不敢逼视：“你没要了我的命，却让红笺去赴死送命——这又是你新一轮计划吧？！”

景语凝视着她眼中的冰冷与烈火，低声道：“我以为你们之间势如水火。”

“再怎样，她都是我的手足，割不断的血脉亲情——红笺她对你可说是死心塌地，你却用她的血来染红你的宏图大业！”

“如郡……”

“别喊我的名字！”

她的嗓音尖利，满是决绝的撕裂，就连暴风雨也无法遮盖这声音，景语凝视着她——风雨肆虐之下，她的脸颊苍白满是水迹，巴掌大的小脸上，两点眸光白亮明灿！

“二姐死了，好几个被我救出的女眷也死了，六指也死了，现在又加上红笺……这么多条人命就在眼前，你心中难道不会不安？！”

“大家都是从那场劫难里苟活过来的——这么多年有多么艰难，你难道会不知道吗？！为何你要牺牲众人，踏着这么多鲜血去实施你的布局、你的谋划！”

她尖锐而嘶哑地质问着，每一句都是痛彻心扉！

他垂眸不语，整个人在暴雨之中站成一尊塑像，只有那藏在袖中紧握、微微痉挛的双手，显示着主人并不平静的内心。

“是我对不住你，也是我对不住大家。但，再让我选择一次，我仍然如此，仍然，不悔。”

原本清朗的嗓音在这一刻听来，满染沉金销玉的疲倦，越发显得嘶哑低沉。

“我早就说过，我已经不再是你心心念念的阿语了，而是变成了一个冷血无情、把他人性命当成游戏的怪物。”

他在她耳边低声说道，这一句宛如利剑，狠狠剜入她的心中，她只觉得胸口好似破了一个大洞，无尽的鲜血和哀痛喷洒而出，却是一片空落落丧失了所有。

无边的风雨侵袭身上，冰冷彻骨，雨水将彼此的眼帘都模糊掩盖——彼此之间的距离，是如此靠近，却又遥远宛如天堑！

两人站在雨中呆然而立，良久，小古才缓缓地推开了他，慢慢的，退后。

她的脸上平静而冷漠，好似全无波澜，却是极致的死寂而沉痛：“所谓道不同不相为谋，会首大哥，你还是离开吧。”

她转身要迈进院门，却被身后那人一句击中心神——

“为了这个计划，已经牺牲了那么多，现在，只需要你手中的木盒就可以完成——你是要让那些牺牲都白费吗？”

她心头“咯噔”一声，回眸看去，只见他伫立在雨中，任凭蓝衫被水流打得湿透，整个人发髻披散，双眸之中的坚毅光芒却宛如实质！

真是心如铁石……

她心中涌起无尽的悲伤，整个人只觉得无尽的疲倦：“那盒子里到底有什么？”

“一个秘密，一个可以彻底除掉朱棣的绝大秘密。”他目光熠熠，在雨中看来仍然闪亮惊人。

“那是建文帝的遗物，若是在这世上重现，将要掀起无尽的腥风血雨——够了，朱允炆这一系已经彻底失败了，就算杀了朱棣又能改变什么？”小古背对着他，想起自己当初所受的那些悲苦折磨，连连摇头，不愿再想起那些噩梦。

“只要除了朱棣，换上正统的天子人选，所有的一切苦楚和冤屈，都能得到昭雪平反——我们受过的苦就不能白费！”

如此执着，大概已经是心魔了吧，小古却被他这一句所撼动，心神也微微动摇。

如果真能昭雪平反，大家也该能过上美满平静的日子，再不用像现在这样东躲西藏，朝不保夕。

究竟该怎么做……她摇了摇头，将一切混乱的念头都甩去，不再理会身后那人，径自跨过门槛，身后“吱呀”一声大门关闭，只听那人最后平静说道——

“五天之内，若你仍然执意，我就只能自行取回了——如郡，我是真不愿与你兵戎相见啊。”

这一句让她心中一沉，却仍然没有回头，只是有些呆滞地一步步朝着内院走去。

雨水从她的头顶灌下，水流肆意流过眼眶，也不知是为何，竟然如此苦涩。

是她的泪，或是苍天的叹息？

还未歇下的蓝宁看到她的身影，连忙撑着伞从后院跑出，见她被淋成落汤鸡连忙将人拉进正房，手忙脚乱地替她擦去雨水，取过干净衣裳替换，正要数落她到处乱跑不爱惜身子，却在看到她眼中的茫然哀意后彻底闭嘴，虽然惊疑不定，却没有再追问一句。

济宁侯府

已是掌灯时分，电闪雷鸣划过窗纱，呼啸的狂风穿过窗格缝隙，将正房内的烛光吹得摇曳闪烁，明灭不定。

“姨母，我只是偶然路过那庄子，没想到却撞见这些恶奴在逼凌如瑶小姐，居然还到处强搜抢夺财物，这些凶徒假托您的名义，败坏您的名声，绝对不能轻饶！”

这些话语都是诚挚恭敬，王氏坐在上首，却是如坐针毡，她嘴角微微扯动，想露出一个笑容，灯下看来却是僵硬无比。

“人都已经押在外院，该怎么处置，全由您和姨父发落。”

萧越坐在下首檀木座椅上禀告完毕，王氏心中却是怒火郁积，眼前一黑几乎要昏厥。

“姨母！”

萧越惊得起身，一旁的两个大丫鬟也惊呼一声前来搀扶，王氏一个踉跄，终究还是支撑住了。

“只是急怒攻心，一时有些气着了——越哥儿你做得对，这些刁奴借着主家的名义在外面为非作歹，正该好好整治才是！”

她眼帘微合，眼角略微露出些鱼尾纹，原本的秀丽风韵因此而憔悴了好些，“我掌管着府里的家务已经多年，却没法一一亲自过问，倒是让如瑶这孩子受了好些委屈。”

她眼眸微黯，意有所指地叹息道：“再加上家里也不算太平，有人总想谋夺过世嫂子的财物，才闹得这么沸反盈天，活活让外人都看了笑话！”

萧越对这位姨母原本就很是亲近，经此一事虽然对她也颇有疑虑，但终究不肯相信她是那般狠毒之人，半信半疑之时，只听王氏低声道：“我倒是确实想把大嫂的嫁妆移一移，省得被人倒腾了个精光，没想到却误派了这些刁奴，连我的脸面都丢尽了！”

她这话说得诡秘，但萧越却立刻相信了——那花园中如珍的讽刺笑语，庄子上遭遇的男女历历在目，他蓦然警惕道：“难道是太夫人？”

“你也听说了——唉，她真是闹得不像话……”

王氏唱念俱佳，用璎珞流穗的白锦团扇轻摇着遮住了脸，捂着额头似乎是心力交瘁：“论理，我做儿媳的不该说长辈的不是，但她那个样子，哪有半分慈爱？简直是黑眼睛盯住了白银子，一心要把侯府上下都搜刮干净，送给那远在交趾的四弟。”

萧越想起母亲平日的私下议论，心中信了大半，王氏见他神色松动，于是低声叹道：“也是我行事不谨，这才闹出了这事——如瑶这孩子只怕对我误会颇深，也有了心结——这不怪她，只怪我这婶娘做得不好，没能照顾好她。”

萧越又安慰了她一阵，王氏这才略微霁颜，却又笑着问起他的亲事：“你也快二十了，父母定是连连催促，亲戚故旧之间，可曾看中了谁？”她目光盈盈，半是玩笑半是认真道，“我那孽障如灿年纪还小，正是淘气烂漫之时，就是小了些……”

萧越脸上浮现一片嫣红，眼前浮现的，却是那清丽而端雅的熟悉面容——下一瞬，那沉静柔婉的神色，却突然变得狰狞狠毒，冷冷而笑……

他打了个冷战，下意识地将如珍的面容从眼前挥去，心中却充满矛盾和痛苦——私下相识已经快一年了，偷偷通信颇为投契，他原以为找到了一生的知己，却没想到，伊人却是如此表里不一，让人不寒而栗。

口中宛如嚼了黄连一般苦涩，他强打起精神，略微敷衍了王氏几句，便借口去找广仁借书，走出了清渠院的回廊。

回廊尽头有个月亮门，门内有新竹一簇，半遮半掩着鹅卵石小径，他匆匆一瞥正要离开，却听到竹丛后面有女子的嗓音轻唤了一声：“越表哥！”

随即，有一双淡粉色莲纹的绣鞋出现在他眼前，一张芙蓉粉面掩映于黑瓦白墙绿竹之间，越发显得清丽可人。

原本他该是欣喜地迎上前去，如今却满心都是针刺般的矛盾，他脚步有些迟疑，却终究走了过去，低声道：“你怎么来了？”

“我给母亲做一件珠攒额勒，有些累了就出来走走，没想到，又让我见着你了……”

原本端庄冷静的如珍，此时眼中闪过快活欣喜的光芒，宛如飞出巢的自由小鸟，萧越心中更加隐隐作痛，突兀开口问道：“你为什么要害你堂妹？”

如珍的笑容僵在了脸上，原本清亮明澈的眸子，这一刻闪过浓黑的阴霾。

“越表哥，你……你在说什么呀！”片刻之后，她的神色只见惊惶困惑，略微带着愤怒，“这是从哪听来的混账话？！”

“你自己心里清楚。”

萧越见她神态逼真，眼眸之中只见委屈伤心，毫无心虚之色，心中越发起了警惕疏远之心。

“表哥，你是听了谁的造谣搬弄，这般坏我清白！”她冷静清幽的眉宇间越发见了激愤委屈，扭身要走，“我要告诉太太去，让她给我做主，好好查查是谁！”

萧越冷然一句，打断了她的步伐：“我在花园里，亲耳听到了一切——包括你对她的怨恨诅咒。”

如珍整个身躯都僵住了，清丽的容颜，在这一刻扭曲痉挛，宛如鬼魅一般！

她的眼中闪过激烈狂乱的光芒，轻声而激烈地喘息着，整个人简直是摇摇欲坠——这次不是演戏，而是真正的喘不过气来！

眼中的光芒黯淡后，那双美丽的眸子便蒙上了一层氤氲雾气，她浓黑的瞳孔呆呆凝视着他，涩着声音道：“越表哥，你……你都听见了？”

几乎是哭腔问出的。

萧越凝视着她，眼中闪过痛心：“是，我在花园里，正好见了你和如瑶姑娘在一起。”

如珍狠狠咬着唇，几乎要滴下血来，她上前两步，似乎要向萧越解释，却在看到他严霜般的神色后突然瑟缩，整张脸因为凄苦不甘而皱成一团。

她神色扭曲着，渐渐转为诡秘的冷笑，转身要走，却又回过头来，凄厉地、哀怨地剜了萧越一眼，低低的嗓音好似从齿缝里迸出——

“你这般嫡出的少爷公子，又怎能明白我的苦楚！”

转身又要疾走，却被萧越一把拉住了袖子，低声吼道：“这不是你心怀恶毒，坑害他人的理由！”

“你又知道什么？！”

如珍此时已经豁出去了——在自己心爱的人面前被揭穿画皮，让她一颗心宛如死灰一般，眼中闪烁着憎恶的光芒，“我在这个家里，是被所有人看不起、踩踏的对象，没有任何人怜惜、照顾我！我要过得好，不受人欺负，就得变成这样！”

她笑得悲怆肆意：“你以为我跟如灿一样，从小被呵护宠爱，变得刁蛮不知天高地厚？我根本没那个资格！我只有懂事，有心机，才能在太太面前立足！”

“姨母对你也算不薄。”

萧越想起经常在姨母那边看见她，虽然不如如灿一般打扮得尊贵，但姨母也算对她和蔼，看那穿戴脸色，也不像是受了虐待的。

“她对我不薄？哈哈哈哈……”如珍突然狂笑起来，乐不可支地擦去眼角泪水，一边咳嗽着一边道，“从小就派着嬷嬷在我身边，让我学针线，每天做不出固定的进度就不让我睡，你看我十根指头都有薄茧，这不是学琴所致，而是戳出的死皮啊！”

她咬牙说着，眼中冒出怒火：“从小到大，她对我都是面甜心苦，我都一一忍了，谁让我是庶出的卑贱种子呢——我小心翼翼地讨好、服侍她，只求她将来开恩，给我个好归宿。”

说到这时，她眼波粼粼，看向他的光芒有甜蜜更有哀怨，“可我没想到，她竟然如此狠毒，要把我嫁给寒门不成器的子弟，连一点儿希望都不给我！”

萧越的胸口好似被擂了一下，隐隐作痛又有酸涩，他耳边嗡嗡作响，好半晌才道：“我去跟姨母说……”

“你要是说了，只怕我立刻就要被白绫勒死，或者送去庵堂清修不得出来。”如珍狂乱一笑，却是满脸泪花，她眼中闪着莫名的乖戾光芒，低声喃喃道，“我既然没法儿活了，那就大家一起过不好罢……”

萧越被她这般狠戾的神色吓了一跳，又惊又怒更有怜惜：“就算我姨母苛待了你，如瑶姑娘却是与你无冤无仇……”

“你知道吗，从小到大，我最恨的人，就是她了。”如珍的嗓音飘忽空茫，整个人好似在噩梦中呓语，“同样的庶出，为什么她就那么幸运，被嫡母疼爱视作掌上明珠，从小到大被称为大小姐，而我却要被人践踏、冷眼——她凭什么，我又是为什么？！”

她咬牙，唇边一滴血终于流了下来，在雪白肌肤上蜿蜒而下，宛如噬人的妖魅一般，看在萧越眼里，别有一种诡魅的艳丽。

仿佛感受到他目光的异样，如珍一把甩开他的手，不顾一切地飞奔而去，她的发髻被竹枝钩住披散下来，一道流光掉落，她却浑然不觉，只是狼狈而去。

萧越俯下身，将那金钗捡起——鎏金镶米珠的小凤钗，不算如何贵重，却是素雅清华，一如她平日的风格。

他伫立在门洞前，望着她远去的背影默然无言，心中却是百味翻涌，什么也说不出来。

如珍的真面目，竟然是这样的……这一刻，他似乎是痛心愤恨的，却又有一种别样的心酸和柔软——他就那么呆呆站着，看着她浅紫暗纹的襦裙在日光下反射远去，渐渐模糊……

那是他简单平实、非黑即白的世界中，从未见过的混沌妖异之美。

萧越就这么浑浑噩噩回到家中，连练武场都没去，直接和衣而卧。整整一夜并未合眼，清晨醒来坚持去练习射箭，眼眶下却有一片青黑。

“你这是怎么了？”母亲王氏对此心疼不已，亲手替他盛了一碗红枣糯米莲子粥，“你就算忙于公务，也不要如此废寝忘食才是。”

她随即又想起儿子是从胞姐家返回的，于是问道：“你这么晚回来，你姨母那边没出什么事吧？”

萧越脸色一僵，眼中更见冰霜之色，他随即端起碗心不在焉地喝了：“没什么，姨母身体一如往日的康健。”

“她那个府上也是尴尬事太多——太夫人又不是亲婆婆，整日里也尽是些算计心思，现在袭爵的也不是亲生儿子，而是那八竿子也打不着的庶孽。圣上这道旨意还真是莫名突兀……”

萧越手中的动作一顿，沉声道：“这种话母亲今后不要再说！”

萧母吓了一跳，讷讷道：“我当然不会出去嚷嚷，只是在自己家说说而已。”

话音未落，却听萧越冷声道：“母亲可曾听说过锦衣卫的缇骑？他们习惯半夜扒人屋顶……”

不用多说，萧母已经吓得脸色煞白，萧越心中更加烦躁，却是放缓了语气道：“最近正是多事之秋，父亲又不在京中，我们都该谨言慎行才是。”

萧母连声答应，却又想起了一桩心事：“你爹忙着在山东做他的布政使，我连你的婚事都没人合计了，再拖下去，你都快二十了。”她含笑看着心爱的儿子，“你可有什么合心意的？这次去姨母那里，可见着了几位表妹？”

她心中是颇为愿意跟姐姐家联姻的，姐夫沈源乃是御前近臣，精通文学参赞枢要，在今帝心中非同一般，新封的济宁侯虽然是庶出，但据说有救驾之功，目前炙手可热，这一家的闺秀也在节日宴会上见过几次，个个都是花容月貌姿态不凡。

“如灿这孩子怎样？”她脸上满是暧昧笑容，不等儿子回答，又自言自语道，“可惜这孩子太过娇惯了，有些刁蛮任性，爆炭一般的脾气，只怕跟你不合。”

她犹豫了一下，低声问道：“你这次见到如珍了吗？”

萧越本就有心病，听到这名字立刻呛着咳嗽，他干脆放下粥碗，皱眉道：“怎么问起她来了？”

萧母犹豫，终究还是说了：“本来她只是庶出的，照理说是不该考虑她，但我经常跟侯府往来，倒也是看着这姑娘长大的，别的不说，单是那沉稳娴雅的气度就很是不错，再加上她模样也是姐妹中第一等的……”

她的眉头略微舒缓了些：“再说，她同胞兄长如今是正经的侯爷。”

意思是，如珍的身价不同往昔，这桩亲事也不是不能考虑。

萧越的脸色本就异样，听到这话更是沉下了脸——他自小就跟广晟八字不合性格犯冲，彼此都是看对方不顺眼。

广晟这个纨绔偶然救了圣驾，被赏赐袭爵也是应该，但若是要他对他趋炎附势，却是绝对不能！

再想起如珍阴戾偏激的言语，他心头一阵烦躁，不自觉说道：“几位表妹之中，唯有如瑶品性高洁。”

说完他放下碗，起身去骑马上衙，身后留下一头雾水的萧母，喃喃奇怪道：“难道这小子，心仪的竟然是大房的如瑶吗？”

她一时欢喜，一时却又蹙眉不悦：如瑶她见过的次数不多，确实也是品貌不凡，但她不仅是庶出，嫡母、生母又都早亡，侯府传说她颇为不吉——再加上她那个不靠谱的父亲，根本不是议亲的好人选啊！

MU FEI
WORKS

{下}

中国友谊出版公司

目录

第一章

亲事波澜

1.

萧越一天都是心不在焉，到了晚间也并未归家，而是在一间酒馆徜徉颇长时间，心中烦乱不已。

如珍，她心性偏激，到底还要闹出什么事？

姨母，真的如她所说的无辜吗？

如瑶，现在的处境如何？

身为官宦之家的贵公子，他原本对这些后宅阴微之事也略有听闻，但真正接触到，却是内心很不平静。

直到月牙初露，他才骑马而回，到了半途，他却不自觉地朝着济宁侯府的方向而去。

发觉之时，已经到了临近的一条巷子里，他找了个空院子拴好马，悄无声息地从侯府侧门翻了进去。

这般大胆的行为，是他从前不敢想象的。

侯府地形对他来说是十分熟悉，他悄然摸到了花园之中，踌躇停住了脚步——这么晚潜进来，是要去看谁呢？

是有嫌疑但态度诚恳的姨母，还是有着善恶双面的如珍？

他的心头一阵烦乱，正要离去，却听花圃后面窸窸窣窣的声响！

什么人？！

他正要沉喝，却反应过来自己也是潜入的，不好声张。

他悄无声息地走近，却见一片繁密的柳树枝条后面，正有两个少女在用小药锄挖着土，准备把一个黑檀木盒埋进去。

借着微弱的月光，他终于看清了其中一个少女的面容，竟然是自己白天提起的如瑶姑娘！

月色朦胧下，只见她穿着一身月白袄子镶浅蓝缎面滚边，梳了个简单的弯月髻，显得身如柳枝，风动杨摆，窈窕中更见单薄。

月下柳边，两个少女悄无声息地加快动作，额头微微见汗，萧越心中疑惑：她到底在做什么？

如瑶从未有过这么深更半夜偷溜到花园的经历，但手上的木盒却宛如烫手山芋一般，催促她赶紧行事。

堂兄广晟回来后，亲自送来了一个铁箱，以及小古的一封书信：“据说这是你母亲的嫁妆，你还是好好收藏吧。”

广晟毫不在意箱子里到底是什么物件，很是磊落地交给了她，叮嘱她小心后就离开了，如瑶却觉得很奇怪：她跟小古商量过，那些东西是要清点收藏，但没必要带回府里来。

小古是个聪明人，为何要这么做呢？

这个铁箱……她当时晃了晃，发现里面略有动静，秦妈妈却拄着拐杖来了，看到铁箱她面露激动之色，干脆丢了铁箱上前抚摸：“确实是小姐当年陪嫁的工匠手艺。”

两主仆屏退了其他人，让碧荷和清漪守着门，秦妈妈帮着如瑶撬开床下的青砖，拿出一个小包袱，里面琳琳琅琅也放着几件重要家当。

其中有一串钥匙颇为奇怪，打头的是一把精铁铸成的，拿在手里沉甸甸的，另一把却是一个薄薄的半圆形玉片，看起来有点儿像上古时候的玉琮，只是边缘多了些齿锯和纹路，看起来颇为神秘。

“这铁钥匙能开启箱子。”

秦妈妈话音未落，手中生锈的锁孔，已经奇迹般地打开了，里面出现的，竟然是一只漆黑发亮光可鉴人的檀木长盒。

秦妈妈不自觉地屏住呼吸，小心翼翼地将木盒从中取出，如瑶看到木盒正面也有一道锁孔，却是一条狭长而深的细缝。

她不禁拿起玉片，顺利地插进去，却只占了半幅，木盒也不见什么动静。

秦妈妈怕她倒腾坏了，连忙接过木盒和玉片收好，轻声叮嘱道：“这是夫人留给你最重要的嫁妆，哪怕庄子上那些都丢了，地契都被老爷和钲哥儿败光了，只要有这玉琮在，你就能有好归宿！”她目光慈爱感慨，看着如瑶的眼神却是别有含义，“这玉琮啊，是一对成圆的，要凑齐那一半，才会有动静——那另一半啊，就是夫人为您订下的。”

如瑶听这话一愣，她也不笨，渐渐地双颊生晕，羞赧道：“妈妈您都说些什么啊！”

“人老了，这话匣子就收不住了。”秦妈妈呵呵笑着，目光端详着如瑶，越发觉得她笑靥染绯，双眸清澈，宛如美玉明珠一般，“这盒子都出世了，看来那两个毒妇是忍不住要狗急跳墙了，这个侯府眼看是待不得了，我们也该设法联系姑爷，让他赶紧来提亲了。”

说到这个，如瑶面上难免有些忧色：“袁公子……”

她提到这称呼，面上红晕更盛，声如蚊蚋道："我从来没见过他，更没跟他说过一句话。"

秦妈妈眉心蹙出纹路，叹了口气——张夫人在时，替如瑶和袁二公子定下亲事，但她去得太早，就让如瑶彻底失了依靠。

论理这未出阁的姑娘虽然闺训严格，但母亲带着去做客交际的机会也不少，两家若是世交，十有八九总会有见面的机会，最不济也能透过屏风偷偷瞥一眼。

但如瑶长到这么大了，就一直被困在深闺之中，京城的贵女交际圈中，几乎都不知道有她这号人。

秦妈妈越想越是替如瑶抱屈，嘴上却只能安慰："世上多少夫妻都是盲婚哑嫁的，洞房那一日才见面，不也是恩恩爱爱的一辈子？况且两家早就定下亲事，姐儿你又如此秀外慧中，姑爷必定一见面就着迷了……"

这话说得如瑶掩面不肯再听，转身到了窗边不肯回头，半晌，才听她低声道："我总是觉得这事不太妥当——既然两家早就定下亲事，为何平日不见走动来往？就算母亲死后两家关系冷淡，该有的三时节礼也应该不会耽搁——怎么好像袁家从未传来片言只语，也不曾有人来过，该不会……"

她心口怦怦直跳，眼角余光看着秦妈妈那担忧皱起的眉头，却怎么也不忍再说下去。

她虽然养在深闺，却并不是不通世俗人情的娇小姐，世态炎凉也早就从府里众人面上看惯——这桩亲事是张夫人在时定下的，这么多年都杳无音讯，只怕不是出了变故，就是对方不想履守信诺了。

她善睐的明眸中浮现一层阴霾，眉心深蹙却终究没有多说，秦妈妈也猜到了她的心思，急切地反驳道："这不可能，小姐在世时候精挑细选的姑爷，怎么会背信弃义呢？"

她一急之下，连往日的称呼都说出来了，如瑶暗暗叹息，起身走了过来，拍了拍秦妈妈的手背，安抚道："您说得对，也许是我太过胡思乱想了。"

"是啊，姐儿的福气还在后头呢，可不能乱说，你啊就安心等着袁家上门提亲吧。"

两人面上都露出笑容，却只是为了安慰对方，心中却都有几分沉重忐忑——这么多年了，袁家到底是什么心思，他们究竟会不会来？这一切都是未知。

秦妈妈眼中闪过坚决之意，却是笑着把话题岔开了："这盒子可得收好，我虽然不知道里面放的是什么，却是夫人如此精心收藏的。"

她蓦然想起自己跟小古的约定：小古会保护如瑶顺利出阁，而拿来交换的，就是这个木盒！

她心中颇为矛盾踌躇：这盒子毕竟是张夫人最后的遗物，如此珍视收藏，甚至需要瑶姐儿和未来姑爷两人手中的玉片合拢才能打开密锁，只怕里面的物件非同小可，就这么给了那来历不明的小丫鬟，她真是心有不甘！

但她随即想起小古的神秘莫测，那一夜的恐怖血腥，顿时打了个冷战，一旁的如瑶看她瑟瑟发抖，以为她冷了，亲手拿起一件氅衣，替她披在身上："夜凉风寒，妈妈还是要小心身子。"

"我还没七老八十呢。"

秦妈妈用亲昵疼爱的目光看着如瑶，却见如瑶又端了杯热茶给她，信手拿起那木盒晃了晃，听来里面略有响动，皱起眉头道："小古信里说，让我们最好把这木盒埋在后花园的柳树下。"

"怎么也该藏在我们院的花圃里啊！"

秦妈妈立刻反驳，她对小古实在是心存戒备，如瑶略一思索，却摇头道："接下来，我们院子只怕要被那些人翻个底朝天，只怕未必能保得住。"

主仆二人对视一眼，都觉得情况严重——太夫人和王氏都没拿到关键的财物，只怕两人真要下狠手把地契铺面都夺过来，这院子确实不安稳了。

如瑶坚持要自己去，秦妈妈腿脚不便，就让碧荷跟着，悄无声息地在后花园柳树下挖个坑埋了。

月上树梢，柳条浓密，临水依依，如瑶擦一把额头的汗水，正要收起药锄回院，却听不远处草丛中传来"咔嚓"一声轻响。

她心中一惊，低声喝问道："谁？"

惊慌之下，脚下踩了个空，险些跌进池塘里，却被一双有力的手掌扶住——

"如瑶姑娘，是我。"

她惊魂未定，抬眼看去，却映入一对沉稳柔和的黑眸。

"是你！"

如瑶惊得双眼都瞪圆了：此时已经是三更，四下幽静无人，他居然出现在这！

她脑子反应很快，随即低声道："你怎么进来的？"嗓音微带怒意，却也没有大声叫唤的打算。

"我有点儿事来探望姨母……"可怜萧越从未撒过这种谎，虽然是在暗夜中，脸庞也发红困窘。

如瑶一听就知道这话不实，但她自己也是偷偷摸摸行事，因此不欲声张，只是皱眉盯着药锄，心中忖道：居然被他看见了，这下前功尽弃，又要换个地方藏东西了。

"惊扰了你，实在对不住……"

萧越也不是笨人，略一思索明白了她的意思，转身要走，突然又停住脚步。

"庄子那边，你不用担心，那两个丫鬟已经没事了。"

"我听晟堂兄说过了，多谢公子的援手之恩。"

如瑶虽然确定眼前之人并无恶意，相反还古道热肠自愿前去救援弱女，但他终究是王氏婶娘的外甥，因此略存戒心，态度虽然有礼温和，神色却带着平静生疏。

萧越点了点头，欲言又止，终于还是说了："所谓财帛动人心，你自己要当心养病，尽量少出门给长辈请安，实在不得已，也要尽量避开如珍。"

如瑶一愣，眼中闪过感动之色——她看如珍之前跟他相处颇见亲近，他却肯为了她的安危这般直言相告。

“公子，你若真是有心，就该规劝你那好姨母……”一旁的碧荷气不过插嘴道。

“住口，你真是太放肆了！”如瑶终于动怒呵斥了她，回过头来却朝着萧越裣衽福了一福，“萧公子，婢女无礼，我在这替她赔个不是。”

她不顾萧越的阻止，又福了身，“公子高义，救了我的丫鬟，也保住了先母的遗物，如瑶铭感五内，实在不知该如何说谢。”

她目光清澈诚恳，再无方才的戒备警惕，反而更添内疚：“方才是我以小人之心度君子之腹，误会了公子，本就该好好赔罪。”

夜风吹过，卷起她月白的长衣，裙边的幽兰暗绣也在月华下熠熠生辉，映着她的面容宛如白瓷一般秀丽端庄。

萧越眨了眨眼，突然发现自己犯了个极为荒谬的错误：他不该凭着第一眼的印象，就认为如珍是个清雅出尘、沉稳内秀的女子——实际上，真正符合这八个字的人，是如瑶才对！

他心中暗叹，此时却是别有酸涩滋味，朝着如瑶略一点头，留下一句“保重”，就匆匆离去了。

月光隐入云层之中，树梢的叶片沙沙作响，如瑶望着他的背影，若有所思地沉默了。

“姑娘，这个人可靠吗？他毕竟是……”

碧荷心直口快，问出了声，如瑶从沉默中醒来，断然点头道：“他应该是个诚实可信的君子。”

碧荷有些不服，嘟囔道：“没想到二夫人的亲戚，竟然也有好人。”

她眼珠一转，又问：“那我们还要挖出来换个地方再埋吗？”

如瑶摇了摇头：“他以诚信对我，我不该对恩人横加猜疑。”

“要是被挖走了怎么办？”碧荷不放心地看了一眼，却见如瑶转身而去，不由得急急跟上，两人身后的柳树下泥土湿润长满杂草，看起来与寻常没什么不同。

天色渐明，日光照亮了花园之中的池塘粼波，假山上的白石也显得透亮，两道儒服身影出现在花园里，口中吟咏背诵，彼此之间互相问答。

“广仁世弟，你这一篇策论开篇就是不凡，只是略有小瑕……”广仁专心致志听着对方剖题，心中却感佩不已：原本他少年中举，饱受师长亲朋的赞誉，虽然没有因此而得意自满，终究还是对自己颇有些期许，但这几日与这位薛语世兄同学切磋，却终于让他明白了天外有天、人外有人的道理。

经史子集，此人无一不通，随便什么冷僻的典故都能信手拈来，对历年考官喜好的八股文章也是谙熟得头头是道，更兼为人温雅风趣，和煦可亲，与他对谈真是受益匪浅。

广仁这才明白为何父亲对此人如此推崇，不禁笑着问道：“所谓洞房花烛夜、金榜题名时，薛世兄家中可定了亲事？”

薛语略一踌躇，叹道："原本倒是收了一家的庚帖，可惜，造化弄人，那女子……"

见他黯然神色，广仁自动猜测，替他补完了下句："真是红颜薄命，让人唏嘘。人世如此无常，世兄还是看开些吧。"

他话锋一转，又继续道："世兄长我五岁，如今年纪也不小了，这次下场十有八九能够高中，可曾考虑过自己的终身大事？"

论理，这些是该父母长辈操心的，但薛语父母双亡，也没有什么太近的亲族，因此这一问并不算出格。

"所谓窈窕淑女君子好逑，世兄可曾有中意的人选？"

薛语闻言苦笑后叹息："为兄痴长你几岁，却是出身清贫、一事无成，在京城又全无根基……"

"所谓英雄不问出身，又有诗云：朝为田舍郎，暮登天子堂。世兄何必如此过谦？"广仁沉吟半晌，才将父母托付的问题说了出来，"我家中也有几位姐妹，都是爱好诗文的，平日里也略通翰墨丹青。"

少年人有些调皮地朝着薛语眨了眨眼，其中意思立刻让薛语诧异，随即摇头不已，"怎敢高攀侯府千金，不妥，这实在不妥！"

"若是能得你这位东床快婿，父亲一定大为快慰，再不用对着我吹胡子瞪眼了。"广仁半是玩笑半认真地露出一个嫉妒的表情，薛语被他逗得笑出了声，虽然没有回答，却也不见拒绝之色。

广仁一看有门，含笑继续道："我有四位姐妹，如瑶擅琴，如思擅长书法，如珍妹妹喜欢的是棋弈，更做得一手好针线，至于我同胞妹子如灿嘛，她喜欢的是……收集画卷。"

他这话说得有些亏心，前几人可算是才艺拔萃，唯有他亲妹子如灿却是素来娇惯，虽然喜欢丹青绘画，却都不能坚持苦练，只是日常喜欢收集些赏心悦目的。

薛语微微而笑，整个人宛如晨曦般隽永明华，眼中的光芒却是深邃幽然——

"琴乃古之君子，相如与文君一首凤求凰，可算是夫妇和鸣，岁月静好，不知是否有幸认识如瑶姑娘？"

广仁吃了一惊——隔房的如瑶在他印象中极为单薄，似乎是个沉默寡言的少女，甚至有些病弱不足，没想到薛语竟然真要与她结识？

薛语看到了他脸上的惊讶，含笑道："乍听这里有琴友，不免有些技痒，倒是我唐突了。"

"这倒也不是，我家不是那种腐儒的家风，要想见一面倒也并非难事。"

广仁凑近他，低声道："你刚来我家，有些事可能还不太了解——本来这家中的爵位是归我伯父袭的，这样算来如瑶算是府里女孩中身份最贵重的，但伯父行止有些……不得圣上喜欢，礼部迟迟没有回应，如今我弟弟广晟意外成了侯爷，大伯父受了刺激越发颓唐，那院子里天天在闹，只怕也顾不上如瑶妹妹了。"

因为涉及长辈和家中秘辛，因此他语多保留，但薛语是何等人物，立刻听明白了——大老爷沈熙看样子是没了希望，破罐子破摔了，成日就醇酒美人干脆享受人生去了，什么儿女亲事，干脆丢在一边不管了。

广仁也是生性仁厚，不愿意说大房的是非，但这话的意思也很明显了：大房目前不仅失势，而且亲爹极不靠谱，若是真有意与如瑶结秦晋之好，只怕对薛语的前途有害无益。

薛语不禁失笑："见都没见过，你就替我考虑选个好泰山了，我只是想以琴会友，还并不敢有此绮思呢。"

"那倒是无妨，我现在就去请来如瑶妹妹，我们在前面亭台赏景论琴，又轩敞又风雅，岂不是人间乐事？"

薛语暗暗赞叹广仁设想周到：他作为兄长在场，就避免了私会之嫌，又在四面见光的水边小亭里，完全不会有流言蜚语传出。

广仁说着就离开了，薛语一人坐在亭中，独自品尝小厮斟来的香茗，临水看石，晨风轻拂，实在是别有一番惬意。

他眯起眼，似乎极为放松，心中却是思绪飞快：东厂和锦衣卫的竞争，这个月就要有个结果，谁能抢先查清案情，谁就将是皇帝最信赖的心腹。

而皇帝最关心的，就是这红笺提到的神秘木盒。

世上存在这只木盒，里面藏着建文帝的信息，这个消息是他故意让红笺招供出来，让皇帝得以知晓。

这是个香饵，能吊着皇帝的胃口，赋予他更大的权力去查案，而他本人，也对这个诱饵志在必得。

父亲在赴死前曾经跟他提过这个木盒——能让朱棣死无葬身之地！但那欲言又止的神情，却让人明显感觉到其中大有隐情。

这个木盒，由张家保存着，归为了张夫人的嫁妆，却被如郡抢先一步拿到手……

如郡，他心中默默念着伊人的闺名，心头一阵迷惘——并非是痛恨，也不是爱恋，而是一种隐秘的钝痛。

他与她，终究是无法相爱相守，而是彼此猜忌，渐行渐远。

他心头郁结，只觉得日光透过水波反射出粼粼金光，双眼有些刺痛，薛语黯然闭目，鼻端飘浮的茶香，此时也失去了况味。

远处传来人声笑语，似乎有多人的脚步声走近，他缓缓睁眼，一眼瞥见迎面而来的一男三女，顿时身上一震！

只见广仁当先而来，身后跟随的是一名妙龄少女，着浅蔷色遍地缠枝纹绸袄，下边暗银刺绣月华裙，纤腰盈盈，沉静而婉约——她身后跟着的两女丫鬟打扮，正捧着一具焦尾古琴，其中一人竟然是……如郡！

薛语睁大了眼，死死盯住了她的倩影，目光专注仿佛贪婪，却是又欣喜又震惊：她不是在庄子上吗，怎么突然回了侯府？

"这人眼光直勾勾的，好吓人……"碧荷在小声嘀咕着，"他该不会对小姐有什么非分之想吧？”

小古嘴角微微扯动——她倒是心知肚明，景语直勾勾盯着的人应该是自己，而不是如瑶。

乍然撞见，她也是颇为惊奇，不过想起之前广仁说的“考前寄住在侯府的年轻举人”，她眉头深蹙，感觉分外棘手。

景语竟然也住到了侯府，他究竟想做什么？

景语目光灼灼，牢牢盯住了小古每一个神情，见她皱眉，心中不知怎的，更添了几分苦涩，却终于回过神来，彼此见礼认识。

薛语为人温文儒雅，谈吐又是风趣诙谐，倒是很快就跟如瑶相谈甚欢，两人就琴道九音的“奇、古、透、静、润、圆、清、匀、芳”谈得热络。薛语邀请如瑶弹奏一曲，如瑶大方答应了。

琴声响起，却是《十面埋伏》的铮铮之音，激昂宛如金石错裂，沙场鏖战。随即琴音转为悲怆决绝，顿时显示出英雄末路、败亡惨烈的意境，薛语原本还在惊叹她的技巧娴熟，此时却是心中恍惚，不禁面色变得惨白。

小古在旁静静听着，看到他神色有异，心中暗忖：他大概是想起景伯父临走前的情形了……景清也是精通琴艺之人，只怕临走那天不能明说，只能以琴声明志，也是跟爱子最后的诀别了。

她心中刺痛又酸涩：那一场诀别，只怕当时的景语年少不谙世事，根本不知道这是最后一面了，这对他来说，简直是一生最大的痛楚！

一曲终了，薛语半天才回过神来，神色有些空茫，虽然恪守礼仪大加赞誉，却总是透着心不在焉的味道。在如瑶身后侍立的碧荷撇了撇嘴，悄声跟小古做了个口型：“一看就是口是心非！”

小古却也有些茫然，被她扯了一下才回过神来，此时薛语凝视着她们主仆，目光却是穿透如瑶停留在小古身上：“抱歉，琴音入心，倒是让我想起了一些往事……”

如瑶见他眼眸带着水光，神色尚未平静，心中暗暗称奇：之前觉得他为人处世圆融而和蔼可亲，此时此刻却是带着真性情了，显然是触景生情。又想起之前他说父母双亡，不由生起了同病相怜的感受，与他对谈也少了几分持重生疏，更觉得这是难得的知己。

薛语似乎与她相谈融洽，目光却始终牢牢停留在小古身上，碧荷此时也感觉到了，心中暗暗奇怪。

时间过得很快，转眼已是一个多时辰了，广仁看看日头，觉得也到复习的时候了，于是就岔开话题，建议两人继续回去写一篇策论互相点评，薛语答应了，起身时却是“刺啦”一声，半截衣袖被柱子上的铜钉撕开了。

“这可怎么好？”他皱眉不已，广仁正要说回去让仆妇缝补，话到嘴边却是明白了他的意思：与如瑶相会本是光明正大，此时却是撕裂了衣服回去，只怕要惹来闲言碎语，对彼此都不好。

景语突然起身向如瑶作揖："能否请姑娘借我一位巧手的丫鬟片刻？"

如瑶正要答应，却见他似乎是随手指了一人，正是小古："就是这位吧。"

如瑶目光闪动，心中怀疑，却没发现什么蹊跷，只得点了点头，转身离去，急着回去温习功课的广仁也跟着走了，凉亭里只剩下小古与景语两人。

"你为何要想方设法住在侯府？"小古率先开口问道。

"所谓解铃还须系铃人，这个盒子是由张夫人保管的，她们这边必定知道些什么。"景语说完，目光幽邃看着她，反问道，"你的伤还没好透，为什么急着回来？"

没等小古开口，他露出一丝冷然笑意："你是担心那盒子被我劫走吧？"

小古皱眉，却是倔强地抿唇："东西已经在我手上，我何必担心？"

"是吗？"景语端详着她的神情，突然笑道，"就算盒子在你手上，但你无法打开锁孔，又有什么用呢？"

他的嗓音清朗，却带着莫名的魔魅："张夫人的手上，必定有钥匙之类的物件，这个东西，很有可能在如瑶姑娘手上。"

"所以你才刻意接近她？！"小古怒目瞪着他，"你离她远点儿！"

"你这是吃醋了吗？"

景语突然问出了这一句，小古一阵羞愤，正要反驳，却见他双眸认真地看着自己，好似在急切等待这个答案。

"你是在为我吃醋吗？"他再次问道，炯炯目光凝视着她，好似非要一个答案不可。

"我只是希望你不要再殃及无辜！"

小古心中刺痛加剧，却仍是冷冷说道。

"为了你的报复、你的血仇，已经有这么多人被你拖下水了，如瑶姑娘为人不错，在这个家里孤苦无依，你别把脑筋动到她身上！"

景语目光一黯，闪过痛楚之色，随即又恢复了平静莫测，"她手中有钥匙，怀璧其罪的道理你不会不懂。"

"就算打开了那盒子，又能怎样呢？建文帝在的时候就输给了自己的叔叔，现在都是生死不知，就凭他的一个木盒又能做成什么呢？"

"这些也是我想知道的，如郡，别以为这事与你无关，你父亲跟这个木盒，只怕也有些牵连。"

景语的话让小古心头一紧："你说什么？！"她回过头来揪住了他的袖子，"把话说清楚！"

"我先前在大理寺发现了你父亲私下跟朱棣来往，还送去入城的情报，但我仍然觉得蹊跷，你父亲跟我爹是多年密友，而我相信我爹不会轻易看错人。"

"我又通过东厂，查到了另一些秘密资料。"

"东厂？！"

景语看到小古奇怪的目光，微微一笑道："我如今是东缉事厂的军师，这点儿特权还是有的。"

“那是朝廷新的鹰犬衙门吧，想不到你居然这么手眼通天！”

小古很是吃惊，却见景语看着她，别有含义地说道：“我去做东厂军师没什么值得奇怪的，不止东厂，连锦衣卫那边，弄不好都有我们都认识的老熟人呢！”

小古正要追问，却听景语已经轻描淡写地揭过了这个话题，回到了胡闰身上：“你父亲当年，原本是被朱棣当作功臣厚待的，所以在你记忆中，你们府上是在永乐二年才被抄家的，那些真正站在建文帝一边的，早在永乐元年就全部被杀被流放了。”

小古默默点头，没有反驳——她当时年纪还小，后来懂事了算算日子，确实是如景语所说。

“你爹给朱棣暗送情报，后来果然受到了回报和重用，但不知为何，短短的一年过后，朱棣突然暴怒，以建文帝党羽的名义将你爹凌迟后悬尸示众，这般怒不可遏的劲头，只怕个中内情别有蹊跷。”

小古惊愕，心中思量后却也觉得景语分析精准，但她心中的谜团，却越发浓厚了——她的生身之父，到底是忠是奸呢？胡闰到底是犯了什么罪，才引动朱棣的雷霆怒火？

“我设法找到了你家的一个老仆，他被卖到了崖州，他回忆说，你爹当时在书房跟人密谈，确实也提到了那只木盒。”

又是这只神秘的木盒！

小古只觉得如坠云雾，却也无暇去多想，只是沉声问道：“你说这么多，无非是想让我把盒子拿出来。”她直视景语，声音低沉而坚定，“也许你说得都对，我爹确实也跟这木盒有关，但是……我不能再让你把整个金兰会拖进危险之中！”

景语的脸色变得严峻，他的目光隐约带着冷焰：“你拿着盒子，是想去跟朝廷交易？”

两人彼此默契，十有八九都能猜到对方的心思。

“也许吧，但我不太信任朝廷，也不想冒险，因此不会贸然行事，而你，却太狠，太急切了。”

小古毫无惧怕地对视着他，看着他因为沉痛而暗沉的眸子，突然心中痛切，低声道：“阿语，你醒醒吧……为何要这么魔障，为何要急切地报仇？”

“因为我已经忍得太久了。”

景语低声说道，那一刻的凛然杀意，让小古脊背生寒。

“你不肯给我盒子也罢，有钥匙在手，我仍然占据主动。”

他的目光恢复了冷静，却让她更加不安——那份平静背后，似乎是雪山崩塌般的惊悚。

“你匆匆赶回，身上却别无长物，那东西藏在谁那里，只有两个人选。”

小古心头一紧，只听他继续道：“要么是新任的济宁侯，要么，就是这位如瑶姑娘。”

他的目光恢复了那种森然幽黑，话中有话道：“你若是把东西交给济宁侯，必定要后悔莫及。”

“你这话是什么意思！”

小古又惊又怒，心中“咯噔”一沉，隐约有些不好的联想，“难道你想对少爷下手？！”

她瞪圆了的杏眸里满是猜疑警惕的光芒，景语心头一阵难受，酸意上涌，他禁不住冷笑道：“别把你家少爷想得太好了，他绝非善类，你还是小心为妙。”

那一日东厂大典之时，上门挑衅的锦衣卫新任指挥使，虽然以金丝软罩覆面，看不清究竟何人，但他心中却隐隐有个猜测，只是一时没法证明罢了。

“他是怎样的人，我看得很清楚！”

小古断然摇头，却更引得景语光火，唇角更显酷狠线条，心中暗暗发誓，定要揪出那人的真实身份，证明自己的怀疑！

景语凝视着小古平凡而微黑的面庞，好似要透过这层伪装，看到从前那玉雪可爱的小女童，心中酸涩苦痛却是更加翻涌，情绪激越之下，他跨前一步，似乎要将她搂在怀里。

“放开你的手！”

一声冷喝传来，随之而来的是一道挺拔轩昂的身影，小古蓦然回头，顿时惊喜交加：“少爷！”

2.

广晟疾步而来，眼中闪着森冷煞意，周身寒气几乎可以冻住湖面，他上前来一把拎起小古，挡在身后，沉声斥道：“让你养好伤再回，你怎么不听。这么匆忙就跑回来！”

貌似严斥，却满含着关心，而且色厉内荏，根本不能让小古害怕，看到他及时赶到，不知怎的，心头一阵轻松，眼波里微微带着笑意，广晟皱起眉瞪了她一眼，眉宇间也是一片宠溺。

见两人眼神交会颇有默契，那么并肩站着轻声低语，景语整个心都坠入了万丈冰潭之中——他眨了眨眼，只觉得自家孑然一身，无边的孤寂萧索。

“见过侯爷。”他轻轻一揖，态度漫然潇洒，仿佛没有看见对方眼中的怒火，反而火上添油，“这位姑娘是来替在下缝补衣服的。”

广晟立刻回头瞪了小古一眼，示意“回去再收拾你”，随即冷声道：“府里待客不周，竟然让贵客连个丫鬟都用不上吗？”

“沈大人和广仁贤弟都极为好客……”景语微微而笑，仿佛是在故意刺激他，“只是佳人蕙质兰心，亲手缝补，意义格外不同。”

小古躲在广晟背后，只感觉他挺直的脊背不断冒着寒意，听着这话怎么都是别有用心，却听广晟冷哼一声，昂起头以睥睨之姿扫了他一眼：“你眼光倒是不错，只可惜，跟东厂那群公公在一起待久了，只怕心有余而力不足吧？”

这话太损了！

小古胆战心惊又哭笑不得，几乎要掩面而逃了——少爷果然狂傲不羁，连这种话都说得出口！

她偷眼瞥去，只见景语眉梢眼角带出似笑非笑，却让熟悉他的人心中战栗：“窈窕淑女，君子好逑，可不是靠着一柄短刀就能抢到手的——这是山贼的手法，我辈读书人实在不能如此粗蛮。”

短刀？

他到底是什么意思！

广晟目光一闪，看向景语的眼神更加犀利幽暗：难道已经猜出了自己的身份？

“侯府以武勋起家，不是口诵子曰诗云就能得到丹书铁券的——要想拥有一个人，也不是动动嘴皮子就行。”

“沈学士若是听到这句，不知该作何感想？”景语冷笑问道。

“我祖父若是泉下有灵，想必也会赞同——这里毕竟是侯府，不是学士府邸。”

广晟言下之意，丝毫不怕得罪自己父亲，也是警告景语不要妄想搬出沈源来压制他——他与沈源实在是毫无父子亲情，又何必装什么慈父孝子来恶心人。

两人一者试探，一者猜疑，彼此目光碰触之下，火星四溅却又暗潮汹涌。

“那个……少爷……”

小古打破这无声的对峙，正要开口圆场，却被广晟挡在身后，沉声吩咐道：“这里没你的事了，下去吧。”

小古略一犹豫，却见对面景语拿起破损的衣袍递了过来，一笑宛如春风拂面，唯有瞳孔最深处有着哀伤之痛：“相逢便是有缘，一切拜托姑娘了。”

广晟劈手去夺，谁知景语手腕一翻，极为灵巧地躲过，另一手化掌成刀，凌厉切向他的手腕，两人连番交手之下，快得让人看不清动作。

一只纤细的素手伸出，接过了衣裳，小古清冷的眸子凝视着景语，眼中似有千言万语，却终究转过了身。她默然在凉亭石凳上坐下，掏出了腰间荷包，取出随身的针线。

“你还真给他补衣啊！”广晟大为不满，眼神中写着不满甚至嫉妒，但小古低着头没有看到，他干脆凑到她耳边，轻声抱怨道，“你都没替我补过衣袍呢！”

这小子何德何能，能享受你这般温柔的对待。

他小声嘟囔着，宛如怨夫一般，却受到小古无奈的白眼一枚——你不说是锦衣玉食，也算是有专人伺候的，什么时候要穿带补丁的衣裳了。

一旁的景语盯着小古穿针引线，唇角微微勾起——她还是在意着他的。

随即看着两人凑近低语，心绪又转为郁闷晦暗，冷厉目光盯牢了广晟，后者感受到不善的注视，抬起头来瞪了他一眼，随即竟然挑衅似的，掠起小古的一缕鬓发，亲昵地替她挽在脑后。

景语死死盯着他的手——如果眼光能化为利剑，广晟的那只手只怕已经被千刀万剐了。

小古有些窘然，将广晟轻轻推开，三两下针走如飞，便缝好了衣服破洞，转手递给景语，却是深深看入对方眼眸深处：“公子下次务必小心，不要再惹出这种麻烦了。”

这是最后的恳求和告诫，她看到他微笑着叹息，便知道自己的诚心劝说，再次付之东流了。

“世事弄人，有时候，人生就跟这件衣袍一样，时常变得千疮百孔，还得含笑披在身上。”

这是他的无奈与坚持，温和平静然而带着淡淡的骄傲，决不妥协。

即使是伤了她，伤了自己的心，也仍然如此。

小古睫绒微微颤动，心中又酸又痛又恨，她不再迟疑，转身离去，强忍着没有再回头看一眼。

广晟神色莫测，只觉得两人的对话别有玄机，他狠狠瞪了薛语一眼，转身急急追上了小古。

水边凉亭恢复了平静，只留下景语静静伫立，目送着两人离去的身影，眼中闪过复杂幽冷的光芒，一瞬之后却也归于平静。

时至中午，小古应付完广晟的问东问西后，终于能喘口气，吃一顿还算可口的饭菜。

广晟似乎起了什么疑心，不断追问她跟景语的关系，终于把她问烦了，似笑非笑地瞥了他一眼，幽幽道：“我们从小青梅竹马订下亲事如胶似漆难舍难分，现在他终于找到我这名未婚妻了。”

广晟彻底被逗乐了，笑得直不起腰来：“没想到你还挺有编故事的天分，是那些民间话本看多了吧？”

他笑着凑过来，不顾她的皱眉抗议，在她耳边轻声调侃道：“真要演青梅竹马从小定亲，也该是我来演未婚夫，哪轮得到这小子！”他的声音很低，在她耳边吹气却是暖暖痒痒的，“你跟他眉来眼去，我很伤心，很难受……”

说着不顾小古的白眼，竟然得寸进尺拖住了她的肩：“我吃醋了，需要人来安慰……”

柔声细气几乎是撒娇，白皙面容精致宛如玉瓷，简直看不出是平时威风凛凛的侯爷！

小古忍住冲动，才没把这个吃豆腐的登徒子一脚踹飞！

被他哀怨地占了好些便宜，广晟还涎着脸得寸进尺，却被胆战心惊的小厮打断了——他面色变得铁青，整个人好似没吃到鱼的大猫，怨气冲天。

两人低语了几句，他的眼神一振，似乎有什么急事，吩咐了她两句，就匆匆外出了——看那神色，似乎有什么棘手之事有了着落！

小古耳边这才清静下来，吃完饭后，本想整理一下行李包袱，想了想又决定去如瑶那一趟。

她来到正房廊下时，正是午后，明媚而略微燥热的日头照在庭院里，看门的小丫鬟脸上都是一层薄汗，坐在小凳子上昏昏欲睡，听到脚步声睁开眼看看，发现是她，笑了下随即又去梦周公了。

小古轻巧走近门廊，正要开口，却听房内有人在急声交谈，似乎有所争执，她心中一动，干脆绕到后窗那一侧无人的地方，用手指拨开些窗纱，偷偷往里看去。

“瑶姐儿，你怎么这么苦命啊！”只见秦妈妈坐在书桌旁垂泪不已，突然一拍桌子，怒声道，“他们休想这么赖掉婚约，如此高门显贵，竟然背信弃义，连说出口的承诺都要吞回！”

“妈妈少安毋躁，不要心急。”如瑶坐在书桌后的座椅上，面色清冷如水，眼角带起严霜，“事到如今，急也没什么用了。”

“我怎么能不急呢？这桩婚事出了岔子，我就是到九泉之下，也没法向小姐交代啊！”秦妈妈急得又要落下泪来，恨恨道，“我看到了这玉片就想到了另外半片，反复惦记着你这桩婚约，于是悄悄地去了广平侯府，想要去拜见侯爷。”

她回忆当时的场面，郁郁寡欢道：“我拿出了小姐在世时的书信，那门房总算替我去禀报了，却把我引到一个偏僻院落之中，几个管事逼着我交出另一半玉片。”

她越说越是气愤，“这是婚约的信物，哪能这么鬼鬼祟祟地索要，我反问婚约到底什么时候履行，他们居然矢口否认有这桩婚事！”

“他们要这玉片，是想存心毁灭证据赖掉啊！”

秦妈妈说着悲从中来：“我可怜的瑶姐儿，自小就是风雨不断，原以为能苦尽甘来，没想到这家竟然要毁约……小姐，你睁眼看看，你的掌上明珠竟是受人欺负啊！”

她哭得声嘶力竭，如瑶也受了影响，拿着帕子默不作声，半晌才道：“我们这一房多年沉寂萧条，我又没有长辈庇护疼爱，广平侯府势大显赫，他们想要另择婚事也是人之常情。”

如瑶嗓子有些嘶哑，显然也不好过，却还要劝着秦妈妈，房里气氛凝重而悲怆，小古在外面听着，心中也是颇为感慨。

正在此刻，突然门外传来急匆匆的脚步声，小古把身形掩住，只见碧荷从外面一路冲了进来，喜气洋洋地喊道：“小姐，大喜了……”

“这什么乱七八糟的？！”

秦妈妈正在伤心，闻言不悦低喝道，却见碧荷完全没有理会她，只是满脸激动地高声道：“小姐，听前院的婆子们说，广平侯袁家来提亲啦——是为您而来的！”

这一句石破天惊，让原本伤心沉郁的两人都惊呆了，连窗外的小古也极为震惊！

“你……你说什么？”秦妈妈简直不敢相信自己的耳朵，一把攥住碧荷的手腕，尖声问道，“你是说袁家来人，向瑶姐儿提亲了？”

“是啊，秦妈妈，千真万确！”碧荷喜不自禁，很是响亮地回答了她。

“袁家来的是谁，谁在接待客人？”

秦妈妈又是震惊又是诧异——袁家态度冷淡，男女主子一个也不出面，让一群管家来索取玉片想把自己打发了，怎么才半天时间，立刻变了态度，如此殷勤地上门来提亲？

“好像是广平侯亲自来了。”

碧荷的话更加让她激动不已——广平侯亲自来拜会求亲，这是多么大的面子！

可之前的鬼祟逼迫又是怎么回事？

她心中又是惊喜又是担忧，却听碧荷又道：“我们侯爷亲自迎了出门，听说与广平侯相谈甚欢呢。”

“那就好，那就好！”

秦妈妈一颗心更加笃定，脸上笑容几乎要挂不住——婚事本该是女眷之间来往密谈，但广平侯娶的是永安公主，公主是君，轻易不能下降臣子宅邸，因此这事就只能让广平侯出马了，济宁侯府这边去接待的当然也该对等。

广晟跟如瑶关系不错，又最是疏朗豪爽的性子，有他出面，那些后宅女人的手腕根本不够看——这下不仅是秦妈妈，连如瑶的脸上也冰霜融解，露出嫣然浅笑来。

碧荷上蹿下跳去打听了这么多，早就口干舌燥，房内一时安静，只听到她端起茶杯的碰响。

小古藏身在窗下，莫名感觉心头有些异样——袁槿曾经信誓旦旦与自己有婚约，但他跟如瑶，竟然也有从小定下的亲事。

两件婚事，一个是玉佩为表记，另一个却是半圆形玉片一人一半——袁家的玉器还真是不少，动辄拿出来作为信物。

她的眼前浮现袁槿冷峻却又深邃的目光，那般灼然殷切的光芒，直视着她，润物无声的关怀与帮助……这一切，是因为心悦于她，或是因为那缥缈久远的婚约？

将来的某一天，他也会这样对待如瑶吗？

她不由得摇了摇头，将这些混乱的思绪都甩去，却听房内秦妈妈正在合十感谢上天：“总算是守得云开见月明了。”

“广平侯府是何等显赫的人家，他们是真心要娶我过门吗？这其中该不会有什么蹊跷？”

如瑶高兴过后，未免有些担忧，秦妈妈也收敛了笑意，叹道：“若是夫人在时，只凭他们首鼠两端的表现，这桩婚事就要重新合计一番——但如今，那些龌龊小人正等着从我们这剜一块肉下来呢，现在是在谋算钱财，只怕接下来就要把瑶姐儿当货物卖了。”

“妈妈！”

碧荷见如瑶面色煞白，身形摇摇欲坠，尖声抗议秦妈妈道：“你也太危言耸听了。”

“我在这侯府也二十多年了，主人家是什么秉性，还会不知道吗？太夫人和二房那个毒妇夺了你的嫁妆，为了堵住你的嘴，必定要把你远嫁出去……”

秦妈妈神色有些凝重担忧，咬牙道：“或是给年老高官做填房，或是嫁给那些行为暴虐不端的，这样的事，她们做了可不止一回！”

“太夫人跟前原本有四个庶女，现在除了五姑太太，其余都远在千里之外，这两年已经连续传了两次丧讯了。”

秦妈妈轻描淡写的一句，彻底让如瑶一颗心沉到了底，一个踉跄之下，反而站稳了身子。

“妈妈的意思是，广平侯府的这桩亲事，已经是最好最妥当的了？”

秦妈妈点头，看向她的目光柔和而哀伤——明明知道这孩子是受了委屈，却只能劝她接受现实，接受目前最好的一个归宿：“至少广平侯府不会对您有任何企图。”

广平侯是今上的宠臣，战场上的骁将，又是驸马之尊，家底丰厚，自然不会把如瑶的嫁妆看在眼里。

“小姐您生得才貌双全，袁二公子若是见了您，必定会喜欢的。即使那侯府里有人对您不满，您只要沉住气，慢慢收拢了丈夫的心，就能站稳脚跟。”

秦妈妈想起先头张夫人的悲剧，深深感觉要在后宅中立于不败之地，就必须把丈夫哄住或者攥在手心，如瑶是个外柔内刚的秉性，长期相处水滴石穿，她不信那袁二公子是个铁石心肠的人。

她去侯府的时候细细打听过——传闻中，这位公子虽然性子冷了些，却很是洁身自好，身边连个通房都没有，应该是位可靠的夫婿人选。

“妈妈说的这些，我都明白——若是能脱离沈家这个泥淖，我一定会好好孝敬公婆，服侍夫君。”如瑶微微笑着，眼波流转看着秦妈妈和碧荷，“到时候，你们跟我一起过去，我给妈妈养老。”

“瑶姐儿……”

秦妈妈感动，房内的气氛变得略微轻松，小古不愿再听，转身要走，突然心中“咯噔”一声，想起了一个可能——

袁家先是拒绝承认婚事，接着却是忙不迭上门求亲，他们所图的，只怕不是人也不是财物，而是……那半个玉片！

两个玉片合起来，能够打开那只木盒！

小古身子一颤，眉头皱得死紧——难道袁家也对这只木盒有兴趣？

他们怎么会知道、参与这个秘密的？

整个事件……好像越来越神秘而复杂了。

夜已三更，长街上杳无人迹，只剩下一道灵敏黑影，在屋檐下疾步而走。

小古照例套着黑色氅衣，挂着草绳辟邪符，在月夜下显得格外阴森不吉，即使偶尔遇到巡街的衙役和兵马司杂兵，也没人来喝问她的身份。

很快到了广平侯府所在的街上，这间侯府明显跟沉寂衰落的济宁侯府不同，光是地方就占了整整一条街，这待遇即使是在靖难功臣中都是很少见的，可见袁容确实圣眷很重。

小古躲在巷子背面，先是换下氅衣，随即在黑暗中在自己脸上摩挲了一阵，出现的就是一名青衣娉婷的小丫鬟了。

她靠近一侧的侯府角门学了几声蟋蟀叫，不多久，就有一个守门的葛衣老苍头默默出来开了门。

“侯爷以军法治府，你千万小心，若是出事可别连累了我。”

“你的赌债可还在账上呢。”

小古轻描淡写一句，彻底让老人颓然，他抖着手把门重新锁上，双眼满是混浊血丝：“侯爷对我不薄啊，自从我这条腿废了，就给我安排了这守门的差事。”

小古瞥了一眼那伤腿，一看就是沙场行伍里断了的，她悄然而笑，眼中的光芒却让那老人瑟瑟发抖：“我只是去见个人，又不是要行刺你家侯爷，何必作出这种赤胆忠心的模样来呢？”

“侯爷说过，一次不忠，百次不容——终究是我嗜赌成性，手痒难耐，这才被你们要挟，从此泥足深陷啊！”

老头还在絮叨，小古微微一笑，闪身而去，心里却是对广平侯袁容的治家御下颇有些赞赏。

侯府内果然戒备森严，光是明哨暗卫就有好几处，小古小心闪避，顺利靠近了袁二的院子。

广平侯袁容的内帷简单到让人惊叹：除了公主之外，只有两个少年时候伺候他的通房，也是断红斩绿的年纪了，从不得宠宛如透明人一般，倒是他两个儿子和四个侄子，统统在六岁后就搬到各自院子里，他每日亲自教导弓马武学，又延请了名门大儒为师，因此袁家的儿郎个个出色，是京城贵妇们心仪的东床快婿人选。

公主自己另外开府，并不长住侯府，这后宅一片简直是男儿国一般，小古纵身一跃，到了袁二正房的屋檐上，低声伏在瓦片上，偷偷搬开一点儿，却见里面烛光通明，袁槿正负手而立，在屋里来回踱步，眉头深皱似乎是遇见什么棘手之事。

小古将眼睛努力凑近，却见他掌心攥着的，正是与自己那枚同是一对的玉佩。

袁槿盯着玉佩，冷峻面容上露出一丝若有所思的笑意，这一瞬很是缱绻柔和，随即却小心翼翼地将玉佩放下，走向书案旁，端详着白绸上的一块玉片。

那玉片半圆古朴，上面似乎有花纹凹凸，袁槿盯着它，眉宇间带着一种复杂的阴霾，半晌，他长袖一拂，玉片“当啷”一声落了地。

听到声响他身子一颤，赶忙从地上将玉片捡起，端详着上面的纹路，突然狠狠地将它拍在几案上，颓然坐在弹墨靠枕的长榻上，深深地叹了一口气。

“怎么会是这样……”

他从齿缝中迸出这一句，整个人露出的深深的疲惫之色，垂眸看着地面不语。

突然，他神色一凛，好似回过神来发现了什么，拔出书架旁墙上的宝剑，指着头顶冷声喝道：“什么人，给我出来！”

只听“咔嚓”一声轻响，瓦片被揭开了，有人轻飘飘从屋顶落了下来，等他看清面容时，先是一愣，随即惊喜问道：“是你？”

“当然是我，难道还是别人不成？”

小古伶牙俐齿噎了他一句，袁槿没有生气，反而露出欢欣眼色，笑着问道：“你怎么会来这儿？”

“看看你深更半夜在干什么见不得人的事……不过现在看来，你是在害了相思病，想着谁家姑娘呢！”

小古看到那玉片，就气不打一处来——先前装得深情款款，居然跟另一位侯门贵女有婚约，幸亏自己没当真！

袁槿听到她这么一句，又看她目光停留在玉片上，顿时脸上神色更加冷峻，黑瞳深处却闪过涩然之意：“你也知道了这事？”

小古皮笑肉不笑地轻哼一声：“如瑶姑娘暂时算是我主子，她也有这么半片玉琮，可见真是天作之合。”

袁槿脸颊微微抽动：“我并没有这样的心思……”

话没说完，却被小古截断了：“我知道，你们家里长辈最喜欢给你定亲了，定了一门又一门，若是姑娘家失势，就只当这承诺被狗吃了，反正你家富贵滔天，玉佩、玉琮这类物件有的是！”

这话犀利而毫不客气，袁槿从来没见过她如此，一时惊呆了，几瞬之后，他才深吸一口气，眼角突然带上了笑意：“你这是吃醋吗？”

“胡说！”

小古尖着嗓子激烈反驳，柔皙粉嫩小脸皱成了一团，气得眼睛都瞪圆了——最近真是倒霉催的，连续有两个男人这么问她了！

她看起来挺像花痴吗？

混账！

袁槿见真的惹恼了她，赶紧递上一杯茶，甜白瓷的茶杯在灯烛下倒映出他深邃幽静的凤眸，一身高华气质让人自惭形秽。

小古愣了一下，仍然余怒未消，别过头不去看他。袁槿仍然没有生气，只是低叹一声放下了茶杯，缓缓问道：“你父亲胡大人……没有跟你说起这桩亲事的由来吗？”

他凝视着小古，眼中满是复杂难懂的情绪：“那时候，同时定下的亲事有两桩，分别是跟你和如瑶姑娘。”

“这怎么可能？！”

小古顿时觉得荒谬宛如天方夜谭：大明律法规定，就算贵如王侯，正妻人选只有一人，胡闰虽说对她们母女不好，但除非他脑子抽风了，否则根本不会让女儿去做妾——同样，素来有爱女之名的张夫人更加不可能这么做！

袁槿看到她惊愣后失笑的表情，苦笑道：“我知道，这事听起来匪夷所思，实在难以理解。”

小古盯着他，越发觉得他不像是在说笑——袁家是把自家儿子当什么了？凤凰蛋，还是天上星宿？

“那时正是靖难事变分出胜负的时候，侯爷带着大军进驻都城金陵。”袁槿目光幽幽说道。

小古敏锐地发现，他提起广平侯袁容的时候，略微迟疑，称呼的不是父亲，而是侯爷。

漫漫长夜里，他的声音宛如冰泉下的暗流，缓缓而来——

“他私下与你父亲胡闰，还有张夫人的伯父有一场秘密会面——他们彼此交换了信物，定下了这样奇怪的两桩亲事。”

明亮的灯烛照耀下，袁槿的面容却浸润在书柜下的昏暗里，一片晦涩沉重，“也就是在第二天，我被父亲抱回了广平侯府，他对公主——也就是我的嫡母说，我是他跟外面歌女生下的，生母微贱，而且刚刚身亡，所以把我抱回来抚养。”

袁槿嗓音平静轻柔，却仿佛在诉说着一个绝大的秘密，在小古心中引起万丈波澜！

袁槿竟然是庶出的，而且是广平侯袁容跟歌女所出？！

小古皱起眉头，直觉这里面大有文章。

“侯爷向来不好女色，与公主可算是情爱笃厚，这一出让公主措手不及，两人冷战了许久，但公主毕竟心肠软，为人良善，终究还是接纳了我，将我跟七弟一样养在膝下，时时关爱。”

小古能感受到，袁槿说这番话的语气是诚挚的，并非冷嘲热讽，看来永安公主确实对他相当不错。

这涉及他身世的秘辛，说出来确实让人吃惊，但跟刚才那怪异的亲事连起来，却让小古悚然一惊！

袁槿……他是在七岁时被抱回来的！

广平侯说是他一夜风流后的庶子，但如果，他是在撒谎呢？

袁槿……他的身世，到底有什么惊人内幕？为什么胡家和张家心甘情愿把嫡长女和外甥女嫁给他？

小古的心里充满了疑团，此时，袁槿走近了她，凝望她的眼神满含深意，却又柔和亲昵：“你戴在身上的玉佩，自己没发觉有什么异样吗？”

小古心中一紧——那玉佩透雕龙纹，看款式质地都非同一般，她曾经偷偷去查了下，只怕，只有宫中和王府才有这种做工！

“那玉佩是一对的，是宫里的巧匠打造，每一个皇室嫡枝都会在出生时蒙赐，将来向王妃下聘时，其中一枚就是由王妃佩戴，象征夫妻一体，同心白首。”

袁槿的声音缓缓传来，听在小古耳中，却好似晴天霹雳——因为极度震惊，她脑子昏沉一片，眼前白光闪烁模糊！

眼前这人，这手拿玉佩、与自己订下婚约的，竟然是……

恍惚间，她听到自己干涩嘶哑的发问：“你是建文皇帝的皇子？”

“不，我是懿文太子所出，名唤朱允熥。”

小古瞳孔一缩，整个人好似连呼吸都停止了。

仿佛是过了一瞬，又似乎是无穷的呆滞和震惊，她终于明白过来。

建文帝朱允炆这一辈都是火字旁，因此他名唤允熥，而在软侬吴语的方言里，“槿”与“熥”读音相似，因此袁容给他起这个名字，看似是按袁家“木”的排行，实则却是暗示了他原本的身份。

她深吸一口气，压住心中的激越情绪，抬眼看那人，却见他风华清隽却又不失刚毅挺拔，眉宇间却有着淡淡的忧郁倦意。

心怀着这样可怕的秘密，怪不得他很少有笑容，整个人宛如万年冰冻的雪峰，那般崖岸高峻，难以接近。

那抹倦意宛如宿命中带来，却在凝视她时渐渐笑开、变淡……

她心中突然一簇邪火升起，尖声问道：“我跟如瑶倒霉催的，被卷进这破事里——因为这玉佩，你就认定彼此有婚约，那么如瑶姑娘呢，你把她当作什么了？！”

她眼角冷冷瞥了他一下，笑道：“你还真打算两女兼收啊？”

“是我对不住你们，让你和如瑶姑娘幼时就被卷进这些腥风血雨。”

他的声音缓缓响起，熠熠双目宛如苍穹中最亮的星辰，眉宇之间一片坦荡浩然，“我知道此事非同小可，一着不慎就是千万人头落地，血流漂杵。因此前日，如瑶姑娘身边的妈妈来我们侯府重提婚约，我立刻示意管家设法让她打消念头，只可惜……”

他摇了摇头，有些苦涩地笑道：“侯爷耳目众多，听说了这事，训斥了我一顿，今日立刻去你们济宁侯府正式商量婚事了。”

小古目光霍然一闪，她自然不会认为广平侯袁容是诚实守信的君子，他这么急着上门，只怕目的不是如瑶，而是那半片玉琮。

“你可知道，若是退掉如瑶小姐这门亲事，她们主仆只怕宁可毁了那信物，也不会让你得着的。身为懿文太子的遗孤，你不想除掉朱棣，重新夺回皇位吗？”

小古看着他，目光流转，问题却是犀利而直接。

袁槿俊眉微皱，没有正面回应小古，只是低声道：“我对如瑶姑娘，只有愧疚之情——这些凶险的事与她无关，她若是嫁我，只是白白延误终身。”

小古见他神色虽然哀伤纠结，但眼神坦荡清亮，渐渐有些心软，但想起自己那桩亲事，却又气不打一处来，冷声道：“你怜悯如瑶，却把我当冤大头不成——口口声声说我们之间有婚约！”

下一瞬，她看到他眼里的光芒黯淡下来，那份笑意收敛，化为无尽苦涩：“对不住……”

“你没有对不住我的，是我那个混账父亲！”小古气得胸膛起伏，想起胡闰竟然这么把女儿卖给皇家，她就怒意上涌，眼前一阵发黑。

他苛待她们母女，对她这个女儿视而不见，纵容红笺欺凌她，居然还恬不知耻地把她的未来给卖了，任意操纵她下半生的命运！

简直是……

小古咬牙不语，冷笑着抬起头看向他，语气有些激动不稳：“这两桩所谓的婚约，到底代表着什么秘密？”

她又不是天真懵懂的闺中弱女，真以为长辈们是在乱点鸳鸯谱——在朱棣大军破城之际，胡闰和张紞甚至是张家都把幼女许给这位侥幸逃出的“殿下”，必定有重重内幕！

面对她的逼问，袁槿目光一凝，清俊面容宛如蒙上了一层阴霾悲痛：“这几位都是朝廷肱股之臣，当时商议之下决定共保我这名皇嗣，毕竟我是懿文太子一脉，从法理上算是嫡枝正统的唯一根苗了。”

建文帝朱允炆自有数子，但全部被朱棣关押在凤阳故里的高墙之中，那里驻军三千将圈禁地团团围住，任谁也是插翅难飞，近年来听说内中死的死疯的疯，宛如阴森鬼蜮一般——所以，正统嫡长一脉幸存逃出的，只有他一个了。

“订下婚约后，他们又歃血盟誓，决定抛却性命，去做一件惊天动地的大事！”

他的眸子闪烁生辉，沉默半晌，好似不知道该怎么说，小古心中惊疑，追问道：“什么样的大事？”

袁槿摇了摇头：“我当时还年幼，很多事情，张尚书他们都是背着我商议的，我只听到他对侯爷说，‘累你做这程婴义行，好好将这孩子养大’。”

这是“赵氏孤儿”的典故啊……小古目光一凛，却听袁槿继续道：“他对令尊则说了一句——为了匡扶社稷剿灭逆贼，委屈你自诬声名，以身投敌……”

他的嗓音变得痛苦低沉：“后来，张尚书宁死不降，全家满门被灭。”

他说得不多，但小古心思如电，想起先前自己父亲“暗通朱棣出卖朝廷”的证据，几番联想之下，心中顿时明白了大半：胡闰、张紞等人暗中设计要保扶朱允熥，剿灭朱棣，为了这个计划，胡闰假装与朱棣勾结暗送情报，为了博得他的信任，假戏真做出卖建文帝这边的情报，甚至被大理寺关押审讯。

刚入金陵城的朱棣立刻放出了胡闰，还准备大加重用——这个计划的开端，可说是毫无破绽。

“后来呢？”小古不禁追问道。

袁槿目光凝重却又清澈，他缓缓摇头道：“其中曲折我也不知，我只知道，他们最后功败垂成。”

小古目光幽闪，心中好似有一条无形的线索，将这些一鳞半爪连起来——胡闰的计划，肯定是彻底失败了，他也因此暴露，在永乐二年突然被抄家灭族。朱棣狂怒失去了理智，甚至将他的尸体剥皮实草，做成皮囊挂在宫门顶端。

这中间又发生了什么？

小古看向袁槿，后者背对着她，嗓音低哑干涩：“胡先生殉难前，接过了我作为聘礼的这对玉佩——这也是我身份的证明，过了两天，他把龙佩送回到了广平侯府，父亲……侯爷让我好好珍藏，他说，这一对玉佩象征着我的身份真相，而合起来的两面玉琮，则是蕴藏着一个绝大的秘密。”

他整个人浸润在光暗之间，身形宛如冰雕一般，似乎深吸了一口气，才继续道：“这个秘密，与胡先生他们的计划有关——只要时机得当，就能彻底剿灭朱棣这个逆贼。”

能将一位英武强干的皇帝置之死地，这个秘密，到底是什么？

广平侯袁容本是朱棣的爱将和女婿，是极为倚重的心腹，为何他愿意跟这些建文旧臣站在一边？

胡闰等人已经功败垂成，袁容为何还是相信，这个计划能顺利实施？

这对玉佩和整片玉琮，到底意味着什么？

胡闰和张紞通过这种隐晦曲折的方式让东西重新回到“袁槿”的手上，又是在期待什么样的奇迹？

小古仍然觉得迷雾重重，很多关键要点时隐时现无法连起。

她因为听到这种秘密，心中涌起无尽的惊涛骇浪，略微整理了下心绪，她不由得冷冷一笑——胡闰和张紞等于是拿她和如瑶作为效忠这位皇子的依据和筹码，真正关键的不是婚约，而是那代表约定的信物！

她跟如瑶，是真真正正的牺牲品！

胡闰……她已经彻底不愿喊那个男人父亲了——他自己愿意去殉死也就算了，现在连这种杀头凌迟的买卖，也得拖上她。

危急时候，他为什么不把他心爱的红笺来填这个坑？为什么偏偏是她？

胸中怒意上涌，她拿起自己的那块玉佩，朝着袁槿狠狠地丢了过去：“还你！”

袁槿伸手一接，掌心牢牢握住了那份冰凉细腻，他看到小古眼中的冷笑，耳边听她道：“东西还你，我们从此再无关系！”

她转身要走，袁槿的眼中闪过痛意哀色，想要伸手去阻拦，却终究停住了身影，孑然一人站在原地，看着她远去。

窗棂的木格震动后又关上，房内恢复了安静，卷起的一阵风将蜡烛吹得明灭不定，袁槿唇边的笑意无尽苦涩，却渐渐转为豁达轻松——

“我早就知道，你若是知晓真相，必定要恨我。”他微微苦笑，眼眸宛如晶玉明珠一般，“但我对你，却不仅仅是玉佩盟约的羁绊，而是……”

暗夜里，他站在那里，宛如一尊寒玉雕成的人像，只有那一双黑眸之中，蕴藏着太多深邃的感情。

僵立半晌之后，他才从书案上拿起一份名帖，雪白的笺纸上写了寥寥几行，是邀请他两日后去万花楼赴宴，署名是一个极为简单、毫无官职头衔的人名：薛语。

这个人名很是陌生，袁槿拿到手的时候原本是不予理会的，可信笺的最下首，却端端正正画了一簇兰花，几笔颇得丹青之妙。

这么多年，袁槿对金兰会颇有了解，看这簇兰花葳蕤生姿，开有九瓣，就知道这是金兰会大哥的徽记。

袁槿的双眸微微收缩，露出警惕的光芒。

这是个非常危险的邀约，去，还是不去呢？

他指尖摩挲着信笺，陷入了沉思。

3.

夜凉如水，月轮在云霾里时隐时现，远近的房屋街道黑黢黢一片，小古在屋檐下身形宛如鬼魅，心绪激荡之下越发疾步如飞。

虽然早就知道生父对自己母女薄情冷酷，但没想到，他竟然还能做出这样的事来！

临到危急关头，却记得她才是嫡出长女，真是讽刺得让人想大笑一场！

她怨愤之下发足狂奔，痛快出了一身汗，眼前已经出现了济宁侯府的熟悉轮廓。

天边露出几丝鱼肚白，黎明的凉风吹在身上，她停住脚步，略微恢复了几分理智。

她去袁槿那里，是为探查他跟如瑶的婚事，如今一切真相大白，却反而惹得她怒气上涌，将自己的玉佩丢给了他，要了断这荒谬的所谓婚约。

如今怒火消散，她皱了皱眉，觉得自己有些鲁莽了。

但后悔也来不及了，况且那玉佩对她来说，实在是烫手山芋，看了就要生气上火。

她草草擦去易容装扮，回到如瑶的唐乐院后座自己的房内，“吱呀”一声推开了门，却发觉房内有人！

她吓了一跳，顿时攥紧袖中暗刃，下一瞬她看清了对方的面目，整个人彻底放松下来，拍了拍胸作心有余悸状，嗔道：“几日不见，少爷你这是要吓死我！”

“这真是恶人先告状，我忙了几天回来，第一个就来探望你，没想到居然房里没人——还以为你出了什么意外呢！”

广晟坐在窗边的方椅上，说话之间，正眺望着远处的天光云影，暗黑一片之中，他的眸子闪闪发光，宛如星辰一般。

“还有，我说过私下不必叫得这么生疏，你又忘记了……”

他站起身来，昂然走向她身边，一身天青色的素纱长袍，微微一笑就让小古心神荡漾。

接下来的问话却让她的心突然一紧：“深更半夜，你去哪儿了？”

真是上山多了终遇虎，夜路走多了撞见鬼，她有些迷惘傻愣地眨了眨眼，低下头，一副不知该如何是好的模样。

广晟反而更有了兴趣，凑近她脸庞，不知怎的，却嗅到一种似曾相识的袅袅暗香。

这是……

他蓦然双目圆睁，这是那个数次交锋的金兰会女匪独有的气息！

下一刻，他轻舒臂膀，一把将她搂在怀里，不顾她的挣扎，仔细凑到她耳畔、腕间嗅着，弄得小古面红耳赤。

他一把攥住小古的手，力道之大让她皱眉：“你遇到谁了？她有没有对你怎样？”

只要一想起那诡计多端、狡诈狠毒的女贼，他就感到不寒而栗——在监狱中，他明明稳操胜算，却被她摆了一道，连累纪纲都坠入那连环局中；那一夜隔着长街屋脊与她交手，他明明射中了真人，却在一阵迷雾后消失不见！

这个女人让人心惊胆战，她若是知道小古正是他的软肋……

广晟打了个寒战，不敢再想下去，却见小古仍然一副傻呆呆的模样，茫然地睁大杏眸不知所以，他略微压下烦乱心绪，沉声道：“把你今晚干了什么好好说说！”

“我……我……”

小古瞄一眼窗外飞过的叽喳麻雀，突然好羡慕它们长了翅膀。

她急中生智，憋出一句：“我是替如瑶小姐去偷看新姑爷的。”

“啊？”

广晟没想到是这个答案，仔细想想白天来的访客，自以为明白了她的心思，瞬息之间脸色变黑瞪着她：“就为了这个你居然彻夜没回？”

“是啊是啊，那位袁千户府上有我一个旧时的姐妹，我在那一边嗑瓜子一边打听，不知不觉就过了宵禁的时间了。”

“因此你就住在那里了？是在丫鬟的房里吗？”

广晟目光犀利，眉头深深皱起，小古硬着头皮低声道：“是啊。”

反正广平侯府的粗使丫鬟她也掌握了几个，若真要对质她也不怕——只是，少爷怎么偏偏问得这么详细？

她心中也提起警惕，越发小心，只听广晟继续问道：“那是几个人一起的？”

“是跟四五个姐姐一起谈天说地，她们非要留我一起睡下了。”小古偷眼看去，只见广晟面沉似水，双眸幽邃得让人心惊，不知在思索什么。

是跟好几个女子一起睡了大通铺？

这么说，这身上的微弱香味，是沾惹的别人的？

难道说，那女贼易容藏身在广平侯府中？

广晟眉头皱得更紧，只觉得有些棘手：广平侯是皇家驸马，又掌握兵权，是京城一等一炙手可热的显赫人家，他的府上，不是可以随意搜查的。

“少爷，我都是跟几位姐姐在一起的，就是为了打听那位袁少爷的性情人品，我错了，不该乱跑还留在人家府上。”

小古很是诚心地忏悔，踮起脚尖轻轻地往外挪，却遭到广晟冷然一瞥：“给我站住！”

小古乖乖地站住了脚，低下头作悔过模样，却更让他又好笑又好气，用手指敲了下她的额头，双目熠熠地问道：“你没见着那个袁二郎吧？”

提起这个名字，他脸色仍然有些不虞——先前在北丘卫中，那厮竟然敢抓着小古不放，举动多有轻薄，还跟他起过冲突，虽然不算大的过节，但想起这人来还是觉得一阵厌烦。

“当然没有！”小古撒谎都不带眨眼的，恨不能变出尾巴来摇摇，指天发誓没跟这些外面的男人牵扯不清，“袁千户是何等身份，怎么会让我这不起眼的小丫鬟见着呢。”

“倒也是。”广晟对广平侯府的规则排场还是颇有信心，但想起堂妹如瑶就要嫁给那个冷眼看人的嚣张小子，他心头就有些不痛快，“如瑶堂妹才貌品行都是上佳，怎么许了这个冷面阎王？”

“这是张夫人生前定下的。”小古想起这件事，心头就是一阵隐痛和恼怒，说起话来也不免带了出来，“纵然我觉得不妥，但如瑶和秦妈妈都觉得这是桩好姻缘。”

“哦？你觉得袁二哪里不好？”

广晟这倒有点儿惊异了——虽然袁槿跟他并不投缘，但为人秉性还是知道的，家世才干也算出众，不是那种夸夸其谈好色无能的纨绔，广平侯府上也还算清净，没有太多复杂的内宅倾轧。

小古不能直说，只能绞尽脑汁找了个理由：“他跟如瑶姑娘从未见过面，性子又那般冷清，只怕将来未必能琴瑟和谐。”

“这你倒是想多了，我虽然讨厌袁二，但他家的家风却是出了名的清正，不会妾室通房弄了满院子的，如瑶只要不是个傻的，都能好好待她——男女之间，只要一方有心，还怕他不变成绕指柔啊？”

广晟说着，目光就似笑非笑地盯在小古身上，后者发觉他眼神别有意味，眼风如刀似的剜了他一眼，却是软绵绵的没什么威慑，反而让他笑意加深，更添几分贼胆。

他轻轻走到她身旁，半是撒娇玩笑，半是认真地抱怨道：“我为你整夜担心，你却跟别人同床共枕！”

眼中却闪过一道犀利的波光——一定要好好查查广平侯府，那里面弄不好真藏着金兰会的贼人！若是让小古跟她们多来往，难保不出岔子……

这种怨夫吃醋的模样让小古气结，她咬牙皮笑肉不笑的：“那少爷你想怎么样呢？”

“又叫我少爷，不是说过了吗，叫我成嘉。”他蹭到她身畔，不动声色地揽了她的腰，口气却越发惫懒耍赖，“做人要公平，是不是？下次节辰，你也要陪我一整夜，倒是不需同床共枕，就我们两个去看灯会，别的什么人也不带！”

倒是挺会顺势而上啊……小古正要答应，却听广晟自言自语道：“听说灯会上有种桂花酿，小娘子们喝了都是吐气如兰，热情爽朗地向意中人吐露爱意，我们要不要也去试试？”

“试你个头啦……给三分颜色就开染房的家伙！”

小古翻了个白眼给他看，甩开他的手就气呼呼往外走，身后传来爽朗醇厚的笑声，显得分外得意。

广晟看着小古的背影，心里好似猫抓一般，得意之外更觉得甜蜜，正要追出去，却听门外有人禀报：“李总旗来了。”

他目光一凛：李盛这个人知道分寸，若是没有急事，是不会擅自来府里见他引人疑窦的。

果然，李盛是装扮成店铺掌柜进来的，他行礼后单刀直入：“您吩咐的老仵作已经请来了，他看过尸体后，确实觉得有些不对。”他压低了嗓音道，“尸体确实有被水泡肿的痕迹，虽然已经及时晾干，皮肤却有些不正常的白。”

“被水泡过……”

广晟皱眉——这意味着什么呢？

“还有，仵作重新检验，在她脚跟后侧发现了这样一个图案，似乎是长时间挤压在皮肉上留下的红痕。”

李盛拿出一张纸，纸面上描了一小块模糊的图案，好似是瓦当和城墙上的那种篆纹，看起来极为模糊，广晟看了半天，眉头皱得更深了。

“这个图案查了吗？”

“我们的书吏翻遍典籍，这似乎是皇宫之中才允许使用的，但瓦当和城墙上都比这个要小，没有这么大。”

李盛的话让广晟眼前闪过一道灵光——皇宫！

这桩离奇的刺杀案发生在宫门前，死者在宫门前气绝倒地，随后被宫内的武监仔细搜查后，送到了城郊的殡村里——按道理来说，她是没有来得及接触宫里的一草一木，就已经被杀了。

但他上次查到，尸体胸口平整无瑕，完全没有他在车上刺入胸中的细针孔洞，也就是说，这尸体根本不是红笺，而是被人调包了！

而这具尸体，身上竟然出现了宫内建筑上才有的压痕！

难道是……

广晟霍然起身，沉声道：“我们再去看看那具尸体！”

说完，带着李盛匆匆起身而去。

·

日头高照，带起初夏的暑气，殡村密室中的冰块也在快速融化，变成一盆盆水。平榻上的尸体已经渐渐露出灰败之色，四肢也开始绵软膨胀——保存了这么多天，已经快到极限了。

空气中满是浓烈腐味，混着香料简直让人要呕吐，众人以袖掩住口鼻，纷纷皱眉，却无人敢退后一步。

因为锦衣卫的新任指挥使，正全神贯注地在尸体跟前仔细查验。

广晟全部的心神都聚集在这尸体上，好似感觉不到鼻端的臭味，他仔细触摸死者的脸部肌肤，在与额头和耳廓交接处终于发现了破绽，他用刀轻轻挑开一点儿，顿时尸臭味更浓。

诡异的寂静中，只听“哧啦”一声，一张薄如蝉翼的面部皮肤被撕了下来，这赫然就是一张红笺的脸！

众人心中惊悸，不禁后退一步，广晟不顾手上污血淋漓，凑近看去，只见下面的肌肉五官都沁出脓血来，昏暗中看来越发狰狞。

这层面皮似乎与肌肉不太妥帖，广晟仔细观察，却反而觉得这简直是鬼斧神工——这一层虚假的面容，竟然是生生缝到尸体上的，却连针脚都无法发现！

多日的腐败衰烂，这才露出了些微的破绽，否则一开始仵作不会全无觉察。

人皮面容下的那女人，五官分辨不出真实长相，却是跟全身状况一样，长时间浸泡引起水肿。

广晟转而去看那脚跟的肌肤，感受那块淡得几乎看不清的压痕。

这个图案印在脚跟只是很小的一角……他看了白纸上描摹复画的，闭目测算，半晌才道："这个图案大概圆形，方圆好几丈。"

"那岂不是比磨盘还大？宫里哪有这样的家什啊！"李盛失声喊道。

"你们仔细想想，哪里曾经看过这样的图案——还有，为什么是压在尸体的脚跟？"

"除非是她长时间踩在上面，因为死后血液停滞，才会留下这种痕迹。"

众人对这种现象疑惑不解，广晟苦思之下，干脆起身朝外走去："我去宫里好好看看！"

众人大惊，待要阻拦，他已经去得远了。

午后的日光更加炽烈，宽阔宫道上人烟稀少，偶尔才见到个把行色匆匆的内侍。

广晟缓缓行走其上，四下打量着周围的砖石条板，甚至连地基碑文都不放过，蹲下身仔细端详，倒是把迎面走来的张公公吓了一跳，看清人影后，他一溜烟跑了过来："指挥使大人，您这是做什么？"

"你在哪里见过这个图案吗？"

广晟把那张纸递给他，张公公看了又看，面露难色："有点儿眼熟，但实在想不起来。"

"再仔细想想！"

张公公被如此疾喝，心中虽然不快，但看到广晟阴云密布的脸色，知道兹事体大，倒也没跟他计较，冥思苦想之下，嗫嚅道："我恍惚记得，以前做小太监的时候见着好几次，但后来升至皇爷身边侍奉，就印象淡薄了。"

也就是说，他做小内侍的时候经常接触这图案，流光一瞥没有放在心上。

"你以前是做什么的？"

张公公皱眉不语，像他这样有身份的宦官内侍，轻易不愿吐露自己的过往生涯。

广晟俊眉一敛，冷然道："张公公你在圣上身边最是得用，想必是身家清白，为人忠勇果敢，没什么见不得人的过去吧？"

这话听着诚挚，实则却是隐含威胁——张公公面上怒意上涌，却终究还是开口了："奴婢以前做的活计可多了，先是做外殿的执扫粗使，大风雪天还得洒扫擦地，后来又调去茶房，再后来总管太监见我机灵，就让我去御前伺候。"

广晟脚步匆匆，一言不发离去，身后张公公望着他的背影，心中隐觉不妥，终究还是急急跟上了。

外殿宫阙分外三座，台阶廊道对称而曲折，蜿蜒向外显得庄严雄伟，广晟沿途仔细观看，身后不远处跟着满心疑云的张公公，看到有宫女太监围观，立刻毫不留情地驱赶。

不知不觉已经两个时辰过去了，日头渐渐西坠，广晟却是一无所获——他连茶房的壁炉都撬开看了，完全没有看到那个图案。

那么大一团的图案，怎么会找不到呢！

每日宫中来往众多，怎么会都视而不见呢？

他心中疑窦更深，却不见烦躁，反而心思更加冷静缜密。

夕阳渐渐染红天边，金色余晖照耀了整座云台，张公公上前来，低声劝说道："已经酉时了，朝房再过一会儿就要关闭，大人您也不便久留……"

广晟点了点头，沿着云台的阶梯缓缓走下，脑海里却仍然在不停思索，他的眼神无意中瞥见一片金光粼粼，凝神看时，却是甬道两旁放置的几口鎏金大铜缸！

这种大缸有一人半高，又被称为"吉祥缸""太平缸"，通常设置在殿前两列，因此又被称为"门海"，寓意"以水克火"，借此祈望皇宫大内不要发生火灾。

这些大缸由十几个内侍专门负责管理，每天从井内取水，一担一担把缸打满。冬天还要在缸口上加盖，外层包上一层棉外套，甚至要点燃炭火，昼夜不熄保持水面不冻。

他心头一震，凝神看着这四只大缸，突然灵光充满脑海，下一刻，他疯魔一般跑到大缸旁边，不顾张公公的呼喊阻拦，他抓来一架矮梯爬了上去，把头伸过缸的边沿，看向里面——

水波粼粼，夕阳晚霞下漾起点点光斑，而透过无波平静的水面，他看到了缸内底部的图案——一个完整的圆形图篆，朱雀、玄武、青龙、白虎四像分列四方，云纹古朴厚重。

他拿出怀里的纸片，终于对上了图案的一角。

一切都明白了！

那具伪装成红笺的尸体，是被丢在某一口大缸中浸泡了许久，由于每日只会有挑水的内侍例行爬上来，所以整整一天之中，根本不用担心被人发觉！

尸体就是这样被丢入、蜷缩在底部，由于上方石炭圈的压力，脚跟靠在缸底，这才印下了那个模糊的压痕。

广晟目光幽闪，突然一把抓住张公公，追问道："这样的大缸一共有多少口？"

"三百多口。"

这个回答简直让人绝望——三百多口大缸，要查到哪一天才有头绪？

幸好张公公还有下文："虽然有三百多口，但这种精铜鎏金的实在不多，只有三十多口，其余都是青石大缸和铁铸的。"

广晟松下一口气，随即却一把攥住他的衣领："一口一口带我去看！"

"这……宫门都快要下钥了。"

张公公劝阻，却听广晟冷笑一声，低声道："如果拖一晚，贼人湮灭了证据，这个罪责我们锦衣卫可承担不起，公公深受皇恩，其中分寸一定会斟酌。”

张公公只能满口答应，广晟让他集中了几十个小太监，去三十多口缸前放光了水，用印泥在纸上拓了底部图案，一一拿来对比。

四处传来奔跑和忙乱声，在这逐渐暗走静谧的天光下，显得分外怪异。

不远处的墩台高处，朱棣一身细布葛袍，灰白头发用白玉簪随意一束，静静看着这一幕。

“皇上，如此扰乱宫廷实在不成体统，要不要去让他们停下？”

身畔传来新任的东厂督主安素的恭敬嗓音，朱棣摇头，冷冷瞥了他一眼，道：“这孩子虽然鲁莽，但终究是忠勇果敢，勤于任事。”

这话听在安素耳中，却宛如狂震，他浑身出汗，慌忙点头，却是张口结舌说不出话来。

“宫里的体统，难道大于朕的安危性命，大于朕想要查的要案？”

这一句更让安素惶恐不安，正要谢罪，却听朱棣冷哼一声：“你出去这半个月，声势倒是很大，满京城都知道多了个东厂，满朝文武都尊你一声厂公督主，倒是挺威风啊！”

他话锋一转，看向安素的目光宛如冷电利剑：“可你到底做了些什么？案子有什么进展，金兰会的贼人到底抓住了几个？”

安素吓得抖成了筛糠，“咕咚”一声跪下，磕头如捣蒜，急切分辩道：“是奴才做事不力，没给皇爷长脸，实在是罪该万死……”

“好了，你起来吧，好好去看看人家沈指挥使是怎么做的，也照样学学。”

朱棣的一声吩咐，安素如蒙大赦，心中虽然把广晟恨之入骨，面上却唯唯答应，急匆匆退下去了。

朱棣独自一人站在高台之上，看着底下众人的忙碌，突然觉得有些意兴阑珊：“朕的眼光，终究不如惟仁啊！他看中的后生晚辈，资质确实不错。”

张公公此时已经跑回来禀过，他拿了一件外袍替朱棣披上，轻声劝道：“皇爷恕奴才插句嘴——安公公虽然才干平庸，但胜在忠心啊，非那些外朝文武可比。”

“你说得倒也对，这世上的鹰犬，听话才是第一，何必要他们英明神武呢，这不是抢了文臣武将的饭碗吗？”

朱棣嗤笑一声，却见底下有好些小太监纷纷向广晟禀报，似乎结果已经出来了。

“这小子目前看来也算忠心——他跟家中父母亲长都是不睦，除了忠心事君，只怕也没第二条路走了。”

“就怕他学了自家师傅……”

张公公不知是在替皇帝分忧，还是在替广晟上眼药。

朱棣突然淡淡瞥了他一眼：“听说你跟他父沈源颇有交情？”

张公公吓得魂飞天外，慌忙跪地：“皇爷明鉴，奴才跟沈大人以前在燕王府潜邸时，经常共事也算熟识，但奴婢知道勾结外臣是死罪，决不敢犯！”

“只是说笑而已，你又何必如此惊慌，起来吧。”朱棣似乎并不在意，张公公一头一脸的冷汗，却是不敢擦，只是跟朱棣一起看着下面的动静，再也不敢多言。

广晟接过各张拓印，跟自己手中的比对后，眯起眼端详着细微的差别。

即使是同一批烧铸的大缸，多年使用之后，因为水纹动静，日晒雨淋，缸底的图纹也会有细微的差异，没有两只是全然一样的。

广晟对比之后，终于发现了一模一样的图案，一问地点，竟然是出自南苑！

他心中一惊——南苑乃是皇宫最偏僻的一角，住的都是些获罪为奴的宫人，或者是贬谪冷落的宫妃，平时也没什么人愿意去那儿。

但，另一个巧合和疑点是，那晚出事的西华门，距离南苑只需要穿过一个拐角的甬道，就可以从一片竹林和矮丘间穿行到达。

广晟带着人旋风一般赶去了。

南苑虽然地处偏僻，却也并不荒凉。

幽深曲折的巷子环绕宛如迷宫，粉墙略微剥落失色，青砖却仍然沉厚凝重，琉璃瓦在日光下熠熠发光，越发显得四周沉寂无声。

广晟他们这一行人长驱直入，也没什么人过来接待盘问，只有几个老太监坐在墩台上，懒洋洋晒着太阳，远远地瞥了他们两眼。

广晟与众人几步来到仪门前，果然两口鎏金铜缸安然分列两旁，锦衣卫的一个校尉爬了上去，再次用印泥拓了下来，广晟确认果然分毫不差！

尸体果然曾经被放在这个缸里！

也就是说，偷换尸体的人很有可能就在周边出没！

广晟示意大家散开搜寻，但正殿前的这一大片却是空荡荡的，每日都有人清扫，就算真有什么线索也早就被清理干净了。

他眉头微皱，沿着后面的甬道一直走，眼前却是一片尚算完好的小院，他正要上前，院子里却出现了一名四十上下的女官，她身着宫服，看到锦衣卫们闪亮的飞鱼服，有些吃惊，但还是上前来阻拦了：“各位大人，这里面是宫女们的住处，你们不便入内。”

这话让这一众儿郎都停下来脚步，有些为难，广晟微微一笑，眉目之间风华隽丽，倒是让那个女官都呆了一瞬：“宫里女眷的住处，我们当然不便随意搜查，不如姑姑陪我进去看一趟，也算尽了职责。”

女官勉强答应了——估计也是因为南苑这边实在没有什么权势人物，惹不起这群锦衣卫大爷，若是换了张、王两位贵妃的殿院，只怕没这么容易。

院落重叠而套，里面住着的都是身着青绿宫衣的花季少女，突然见到有男人进入，都躲在垂帘和柱子后面偷偷观望，倒是没人敢窃窃私语，显然规矩教得不错。

广晟带着手下锦衣卫军官们目不斜视四下搜查，没发现什么可疑的，想要分开一个个询问，那女官却面露难色推三阻四，广晟一个眼风瞥过，顿时有如狼似虎的锦衣卫校尉上前将她拖开，其余的人喝令宫女们排成六列，进入六个房间单独讯问。

宫女们都没见过这阵仗，有抖成筛糠的，有顿时哭出声的，还有想要跑进房间躲闪的，顿时整个中庭乱成一团。

“再有躲闪哭喊，就只能把你们作为乱党的同谋了。”

广晟这一句是提气说出的，周围这些宫女都听得真切，眼见这群锦衣卫如此胡作非为也没有内侍公公们来阻拦，顿时心生绝望，小声啜泣着乖乖听命了。

李盛却有些惴惴，在广晟身旁压低了嗓音道：“虽说是为了查案，但这总是皇城内宫，有些太过张扬了，传进万岁耳朵里，对大人您颇为不利啊。”

广晟脸色清漠，连眉梢都没动半分：“我们的时间不多了，若是不能破案，就算把我们夸出花来，锦衣卫也得关门裁撤，若是能顺利破案，就算我们再跋扈些，圣上也不会降罪。”

“可得罪宫里这些人，只怕有心人再添两句是非，朝臣恐怕要弹劾我们跋扈……”

“锦衣卫若是跟文臣一样讲究气节和谦恭，圣上才会真正不悦——你见过哪家鹰犬是这个性子的？”

广晟脸上露出讥讽之色，这一句却是让李盛无言以对。他转身正要绕到后殿去看看，突然轻咦了一声——转身回眸，皱眉看着整齐排成六列的宫女，好似要在她们中搜寻什么。

“大人，怎么了？”

面对李盛的询问，广晟眉头皱得更紧，目光晶莹却是凛然生威，在人群中逼视逡巡着，宫女们发出一阵惊呼，各个想要躲闪却又怕触怒了他，顿时队伍有些混乱。

他方才转身那一刹那，明明有一道阴冷晦暗的目光，从宫女队伍里偷偷看他，在他背后形成一种奇异的感觉，宛如芒刺在背，顿时让他警觉！

究竟是谁？！

他目光巡视，却又找不出异状，上前几步要看得真切，却又引得啜泣声变大。

李盛眼看这又要闹起来了，也觉得摸不着头脑，惊讶之下也在四处看有什么异常，然而在两人四目之下，却都是如花似玉的纤纤少女，眼花缭乱之下也没发现什么不对。

广晟微微抿唇，终究还是离开了，但那惊鸿一瞥却让他肯定并非错觉——宫女之中，一定躲藏着什么人！

盘问工作漫长而烦琐，直到夕阳西坠，天色彻底暗下，屋檐、回廊和庭院各处点起了灯，庭院里的队伍仍然在缓慢向前蠕动着。

从房间里走出一个个宫女，都是面色苍白心有余悸，看着所剩不多的等待者，却是一句问话都不敢多答，匆匆离开去了别处。

又过了半个时辰，这六处讯问终于告一段落了，累得腰酸背痛的锦衣卫校尉们纷纷起身，把厚厚一摞的审查笔录给广晟过目。

广晟翻看着，上面事无巨细地供出了几桩偷窃和造谣、欺凌的事件，甚至有一个宫女还曾偷偷跑出去跟一个太监“菜户”厮混，但有用的线索却是一样也没有。

无数鸡毛蒜皮的事写在纸上，广晟却耐心地一页页翻过，突然，他翻页的手停住了。

李盛想凑过去看，终究没敢造次，低声问道：“有线索了吗？”

“打扫莲池的宫女抱怨，这一阵池塘边总有人动过她清淤泥的小舟，岸边还有很多脚印。”

“这也没什么奇怪吧，莲花含苞欲放，有人想采几蕊也没什么奇怪，偷偷乘船去玩也是有的。”

李盛觉得这简直不算疑点。

广晟双眸幽闪，问道：“以前这里有这样的事吗？”

李盛想了想：“她说以前从未有过。”

他翻看了下宫女的籍贯经历：“她在这已经八年了，应该不至于大惊小怪。”

南苑的莲池……

广晟心中沉吟——夜色笼罩下，那莲湖在不远处发出粼粼的光华，水波平静间或有月光倒影，实在看不出有什么稀奇。

“要派人守着吗？”

李盛问道，广晟摇了摇头：“太打草惊蛇了。”

他看了一眼宫女们的院落，沉声吩咐道：“就让那个打扫莲池的宫女去盯紧这件事，你替她补个锦衣卫的密探身份——告诉她，如果做得好，我能让她顺利出宫嫁人。”

“这……可是南苑的宫女啊，我们怎么能？”

广晟自信断然道：“若是能解除皇上心腹之患，什么僭越之事都可以原谅，反之，我们就等着树倒猢狲散吧。”

两人靠着腰牌，沿着长长的暗巷朝外走着，夏夜的风拂身清凉，两侧黑黢黢的飞檐与宫墙仿佛接天而立，远处仍然是逼仄曲折看不到尽头。

广晟站在这阴森寂静的所在，不知不觉间白日的燥热已经退散无踪。

无尽的压力和责任宛如潮水一般朝他涌来，他深吸一口气，只觉得心头一阵唏嘘，他叹了口气，连脚步也放慢了。

“大人，你怎么了？”

李盛的声音，空落落回荡四周，越发显得空寂。

“我在想……若是指挥使大人还在，只怕这案子也难不住他。”

广晟口中的指挥使，当然只有一人，那就是身陷囹圄的纪纲。

提起纪纲，李盛也黯然了，两人都是默然无语，半晌，才听到广晟开口道：“我想再设法去见他一次。”

李盛吓得魂飞天外，心中酸楚，却仍然竭力劝阻道：“不可如此，你这样做，若是触怒了圣上……”

广晟又陷入了沉默，李盛心中却更加惴惴不安，广晟的脾气是宁折不弯，他若是有这个想法，费尽心思也要做到。

第二章

女命浮萍

1.

广晟回到侯府的时候已经是黎明时分了，小古见到他又累又饿的模样也吓了一跳，赶紧下厨给他做了一锅鸡蛋姜醋面，又配了切得细薄的镇江肴肉，广晟闻到香味就食指大动，狼吞虎咽吃了三碗，这才去沐浴更衣。

小古看到他院子里仍然没有丫鬟婆子，几个小厮虽然忠心，但总不如女人心巧伶俐，问起来才知道，广晟坚决拒绝了二夫人给他送来的一批又一批如花似玉千娇百媚的丫鬟美人儿。

这也算是一朝被蛇咬十年怕井绳了吧。

看着广晟疲累地上床沾枕就睡，不一会儿就发出轻微鼾声，她才回到了唐乐院中，一走进院门就觉得气氛不对。

“永安公主下了帖子，请我们侯府两位夫人和四位小姐都去做客呢！”

守在廊下的小丫鬟掩饰不住心中的激动雀跃，压低嗓音告诉了小古。

小古先是一惊，随后便明白了——永安公主必定是知道这桩亲事，想要当面看看未来亲家和儿媳。

她想起袁槿说过，永安公主性情良善，抚养他这个来历不明的“庶子”多年，不说视同己出，也是关怀备至，他的亲事，公主不可能不过问。

她进了正房，却见里面一阵忙乱，清漪、碧荷带着一群二等丫鬟，正在热火朝天地替如瑶梳妆打扮。

“小古你可算回来了，侯爷那边怎样？”如瑶一边伸出手腕让碧荷替她戴上十八子碧玺镶玉手串，一边问道。

听说广晟又在外头忙到半夜才回来，如瑶难掩关切：“侯爷是这个府里的顶梁柱，公务虽然要紧，但也要注意休息才是……”

她又惦记着从嫡母的嫁妆里找两根五十年的人参送去给广晟，顿时又是一阵忙乱，被小古劝住了——

“东西都是您的，什么时候给也不晚，公主府那边却是宜早不宜迟。”

经过一番打扮，如瑶越发显得亭亭玉立——一身月色凉缎纱衫，下着浅碧色月华裙，头上绾着别致的朝月髻，只束一条珍珠海棠叶坠带，整个人看来清秀雅致。

秦妈妈满意地点了点头，轻声叮嘱道："公主府上规矩森严，姑娘也用不着怕，拜见时候只要记着恭敬中带着孺慕景仰即可。"

拜见公主的人数都有定例，家中姐妹又多，如瑶也只能带两个人服侍，她指了清漪，却把碧荷留下，又让小古跟随："你素来机智冷静，有什么不妥还要提点清漪才是。"

出二门时，如珍、如思已经在轿中等候了，如灿却是迟迟没到，王氏脸上的神色越发不好看，冷声吩咐道："去个人看看她被什么绊住手脚了！"

此时如灿终于一溜小跑到了，她微微有些气喘，更衬得一张芙蓉玉面嫣红粉嫩，一双精心描绘的柳眉生生把她显得成熟几岁，原本娇蛮可爱的神色也彻底收敛了。

王氏看她身上的镂金丝钮牡丹花纹蜀锦对襟褙子，手腕上镶着荷叶滚珠的虾须镯，只觉得过分娇艳浓重，皱了皱眉有心让她去换，看到女儿小心翼翼的笑脸，却终究不忍说她。

公主府那几位公子，确实都是一时俊彦，但如灿的心思这么明晃晃表现出来，却是有些蠢笨直接了。

这孩子简直是聪明脸蛋笨肚肠，算了……只能今后慢慢调教了。

王氏、陈氏带着四个姑娘乘着轿子出了二门，到了正门侧边又换了车，马车这才辘辘而出。

不多时就到了公主府，虽然跟广平侯府只是一墙之隔，但宫中敕造的府邸气象森严巍然，却是让刚刚下车的四名少女看得目眩神迷，一时有些呆了。

前来迎接的是公主贴身的宫女洪姑姑，四十上下面容白皙和蔼，双眼精光湛然，一看就是管家婆的厉害角色。

她恭敬迎上前来要行礼，王氏等人只敢受她半礼，洪姑姑下力凝神看了几眼四位姑娘，见个个都是如花似玉娇媚可人，举止也还算娴雅，略微放下些心，一边引领她们入内，一边介绍周围景致。

这一路体面显赫自不必说，如珍面上不露，心中暗叹如瑶能有如此尊贵的亲事，又自怜身世心中酸楚，暗瞥王氏的目光满含冰冷嫉恨！

都是这个口蜜腹剑的女人！是她暗中算计自己的亲事，好让自己困顿潦倒，不能向她报复！

同样的嫡母，她跟如瑶的张夫人太不相同了！

如灿心中则是纯粹的又羡又妒，灵活目光免不了东张西望，如珍暗暗拉了拉她的袖子，却换来她一个不屑的白眼！如珍目光一冷，再也不愿理会她。

如思素来畏缩胆小，此时见到大场面不免战战兢兢。四人之中倒是唯有如瑶神态自若，落落大方，洪姑姑暗暗点头赞许。

一行人穿过前院进了垂花门，到了最中央的院子，只见这里气宇恢宏隐隐有几分皇家凛然气势，正堂最上首坐着的便是永安公主，只见她不过三十出头的年纪，身穿一件杏色绣遍地绿折枝牡丹的薄缎褙子，下头一条蜀锦暗绣的襦裙。

她安然而坐，一派娴静，双眸含笑凝视着众人，不等礼毕就赐座，丝毫不以皇家姿态骄人，就算对着陈氏这种浅薄妇人都是亲切和煦，让人如沐春风，又让四个姑娘都上前来细细看过，笑着赞道：“你们府上倒是风水好，养得这几个孩子才貌双全，我看了恨不得抢过来做女儿。”

这恭维饱含深意，王氏正要接话，却听她又问道：“哪位是府上的大姑娘？”

如珍袅娜上前半步，蓦然领悟了话意，臊得面色绯红，心中更加暗恨如瑶。

公主含笑瞥了一眼她，随即把注意力都放在敛衽行礼的如瑶身上，深深凝视了一会，才笑着问平时做什么消遣，爱看什么书。

如瑶一一回答，既不过分矫饰，又显得流畅自如，不卑不亢，公主微微点了点头，眼神闪过赞许，又应景问了其他三人几句，各自赏了物件。

如珍等三人得到的都是一支玉簪，如瑶的却是一柄乌木镶珊瑚的长柄如意，外加一卷宋朝珍本——竟然是方才如瑶说起的书。

“这些都是我嫁妆里的物件，平时放着也是蒙尘，你拿去赏玩，也算让它们见了天日。”

她对如瑶笑容更见亲昵，一旁的如珍目光黯然后低下头去，却是更加阴冷羡嫉。如灿嘟起嘴来，随即想到了什么，却又笑靥如花，她挑了个机会，笑着撒娇道：“听说公主您府上的莲池是‘接天碧映日红’，不知我们这些小辈能有机会见识一下吗？”

“如灿！”

王氏皱眉呵斥道，公主却似不以为忤，笑着让一个身着石青锦缎暗纹比甲的侍女带这四位姑娘去莲池边赏景，留下王氏、陈氏商议亲事。

莲池边荷叶清爽悦目，菡萏初绽粉嫩，流水潺潺，暗香萦绕，岸线曲折，不远处有个凉亭，内中似乎有人影闪动。

侍女把四人带到这里就停下脚步，如瑶微微皱眉——亭子里的笑语似乎是男人的嗓音。

“这声音，似乎是越表哥！”

如灿眼前一亮，眼前漾起欢喜雀跃：“他果然来了！”

他们两人怎么搅和到一起了？

小古微微皱眉，随即却也明白过来——萧越和袁槿在北丘卫时是同僚，两人因此结识也没什么奇怪的。

“你这话是什么意思！”

如珍听出不对，冷然逼问道，如灿正觉得她最近阴阳怪气，不如往日的柔顺，闻言瞪了她一眼：“表哥昨日来我们府上，正好说起今天也要来跟袁二公子研讨军略。”

萧越昨天来过？他居然真的再没来找过自己……如珍心中又苦又恨，嘴唇微微颤抖，却是倔强地咬牙不语。

“既然来了，就去打个招呼吧，青天白日这么多人，也没什么妨碍。”

如灿笑容明媚，对着一旁的水面仔细侧照了一下自己的容貌打扮，袅袅地走了过去，身后如珍面若冰霜，一言不发跟上。

如瑶觉得气氛有些奇怪，但想起凉亭里的正是自己未来的夫婿，脸上也掠过娇羞神色，她想了想，终究还是决定见一面。

清晨日光明灿，绿树藤萝之旁，有影影绰绰的光斑投在凉亭里，显得格外清净安宁，两位青年正在对坐谈论着什么，感觉到脚步声抬头看时，却发觉来的是四个姹紫嫣红的美貌少女，顿时面露愕然。

“越表哥，你也来了？”

如灿从嗓音到脚步都透着轻快喜悦，双眼熠熠发光，脆生生跟萧越打了招呼，萧越却是一眼瞥见了在她身后的如珍，顿时心中百感交集，深深打量了她一眼，发觉她脸色略见憔悴苍白，心中有些莫名发痛。

为了转移注意力，他破天荒地对如灿笑了笑，却让她更加激动雀跃，随后萧越替两边介绍，到了袁槿跟前时，除了战战兢兢的如思，其他三女都觉得眼前一亮——好一个俊逸清隽、气度尊贵的男人！

如灿笑着取笑如瑶：“瑶姐姐今日可算见着真人了！”

说笑虽然有些唐突，但并不见太多嫉妒羡慕，她美眸闪闪，看定了萧越，柔声道：“表哥，他们金童玉女这一见面，可是有好些话要说，不如我们走远点儿，到那池塘边钓鱼？我听说表哥你上次半个时辰就钓了四条大的呢！”

如瑶被她说得面上绯色更重，瞪了她一眼：“你胡说些什么！”

众人也唇角带笑看着两人，却也终于明白如灿打扮得这么靓丽出挑，不是对袁家公子有什么心思，而是专程来这见她这位越表哥的。

萧越微微皱眉本来准备拒绝，但看到如瑶和袁槿面面相觑气氛有些尴尬，却还是认真替挚友着想，颔首答应了，一旁的如珍见他对如灿百依百顺，与平日大不一样，心中绞痛不已。

如灿今日大获全胜，志得意满地看了一眼面若冰霜的如珍和呆若木鸡的如思，笑道：“珍姐姐和思妹妹是向来不喜欢钓鱼的，你们不如走远些看看风景——公主府上可算是十步一景，好好欣赏才能领略精髓啊！”

这话有些颐指气使，懦弱的如思小声答应了，如珍却是咬着牙看向萧越——她不相信，原本对她也是情丝深种的萧越，竟然真的这么冷淡绝情？！

萧越心中矛盾痛苦，别过头不去看她，竟然自顾自地跟如灿问起姨妈身体，如珍再也抑制不住，一滴珠泪落下，她素来倔强，悄无声息地擦了，挽了如思一起走出凉亭去远处了。

“越表哥我们也走吧。”

如灿软缠硬磨拉走了人，凉亭里只剩下如瑶、袁槿以及清漪和小古。

毕竟是未婚男女，不能一个下人也不在，否则真就成了私会偷情了。

如瑶虽然有些羞涩，但很快恢复了落落大方，轻轻福了一礼，袁槿连忙还礼，两人分宾主落座，如瑶见桌上仍然有半副棋局，于是笑道："袁公子跟萧家表兄居然是旗鼓相当吗？"

袁槿只觉得鼻端暗香萦绕，眼前佳人确是温婉可人，但他心有所属，却只感到愧疚和为难："我们只是闲时手谈而已。"

"我听说用兵者以弈相喻，虽是方寸之地，也见沙场铁血。"

如瑶言之有物，谈吐不凡，袁槿心中暗叹，两人闲谈几句后，他终于回到了正题："请问姑娘，你那半片玉琮还在吗？"

如瑶面上飞霞更红，以为他要谈起婚事，一时羞得不敢再听，却听对面传来突兀一句，"我有个不情之请。"

她微微愣然抬起头来，却见他皱眉踌躇，终究还是说出了口："能否请你把它还我？"

她的脸色，因为这一句变得煞白！

"公子这是什么意思？！"日光照在她失去血色的脸上，她的嗓音有些颤抖，"莫非是觉得我资质鄙陋，要撕毁当年约定吗？"

她睁大了眼盯住袁槿，唇角死死咬住显得发白，身后清漪也是怒形于色，恨不能冲上前去唾骂这负心薄幸的男人。

"不，你误会了，是我本人并非良配，只怕耽误了你。"

小古心中一惊，看向袁槿，不料后者的眼神透过如瑶肩膀，看向的竟然是她！

他的眼神幽邃浓黑，看到她时眼中闪过一道亮光，随即却低下了头。

他的神色沉重甚至是苦涩的，嗓音因为纠结为难，略微有些嘶哑，目光却是坚定甚至是平静无畏的。

他就这么静静坐在那里，雪衣翩然，自苦甚至是自厌，好似随时准备接受命运对他的颠覆和玩弄！

小古的心中，莫名升起了这个荒谬的念头！

"这是为何？"

她耳边听到如瑶的追问，嗓音不似平日的冷静沉着，而是带着些尖利。

"因为……我并非是公主的亲生儿子，这侯府的一切，我都没有资格继承，况且我生母来历不明，一介庶孽，实在是辱没了姑娘。"

"这……"如瑶第一次听到这种秘辛，心中不免惊诧，但随即她恢复了平静，"两家定亲之时，母亲必定是问清了嫡庶的，所谓嫁鸡随鸡嫁狗随狗，我遵从母亲之命便是，况且……"

她偷偷看了一眼袁槿——日光照在他的银丝暗纹雪袍上，整个人临栏而坐，风姿仪态实在是清贵凛然，她心跳乱了一拍，却是同样坚定道："公子英姿勃发，年轻有为，就算不能继承侯府的基业，就算没有天家外孙的荣光，我相信以你的才华也一定能有所作为。"

袁槿听完这一番话，心中微微震动，抬眼看时却正看入她眼中的情意，心中更加愧疚，却苦于不能说明真相，更加纠结皱眉。

小古听着两人对话，暗暗喊糟，此时却听袁槿长叹一声，突然站起身来，断然道：“姑娘厚爱，在下愧不敢当，这桩婚事实在是对姑娘不利，我也不愿高攀。”

说完转身而去，丢下眼中含泪不明所以的如瑶主仆，径自离去了。

凉亭里陷入死一样的寂静，如瑶呜咽一声，却是连忙用帕子掩住嘴，将所有委屈泪意都吞回心里——即使是在这个伤心的关头，她仍然记得这是在他人家中做客的礼数。

小古心中恻然，同情之外更是感同身受——作为同样与袁槿定亲之人，她心中有很多隐秘的情绪和疑问，却是一个字也不能跟如瑶诉说。

此时突然有个侍女跑入，看面容正是引她们来的，她手中端了一个药盅，似乎是要给袁槿喝的，见亭子里没人，心中惊讶之下，脚下一滑，整盅药汤都泼到了小古身上，顿时一股浓烈的药味弥漫四周。

“你们府上可真是好教养，一个个的……”

这下连素来平和的清漪都怒了，觉得这些人合着伙来欺负人的！

那侍女面露惊慌连连道歉，说要让小古去她房里更衣，如瑶觉得有些奇怪，小古却是立刻明白这有问题，赶紧答应了：“这一身药味实在失礼，回去夫人可是要罚我的。”

如瑶想想也是，加上方才的打击让她心神大乱，无心多想，于是应允。

小古随着那侍女走到另一个空无人烟的院落，被她引进一个昏暗的厢房内，果然窗边站着一人，正是方才绝情离去的袁槿。

小古看到他神色怅然，想起方才如瑶的泪光，心中顿时气不打一处来：“殿下召见我这小丫鬟，有什么贵事？”

袁槿身子一颤，低声道：“你非要这么嘲讽我吗？”

“我哪敢啊，你们皇家的人，不仅狠心，而且手辣，专拿我们这些草芥之女垫背……”

小古眉间浮上冷笑，袁槿眼角闪过一丝痛苦，低声道：“我是怎样的人，你总有一天会清楚。”

“到底是什么事找我，我家小姐还在等着呢！”

“我要设法跟如瑶退亲。”

他这一句简单直接，小古虽然有心理准备，却也吓了一跳。

下一句却更加劲爆——

“你能否从她手里，把那作为信物的半片玉琮，还有那只木盒偷出来？”

小古眨了眨眼，皱眉道：“你凭什么认为我会愿意帮你？”

她似乎仍在迁怒，语气有些不善，“当初就是为了助你藏匿、复辟，我父亲那帮人才订下这两件可笑的婚约——一切都是因你而起！”

虽然早有心理准备，可真正被她这般指责，他心中却仍然针刺一般疼痛，他垂眸不语，过了一会儿才道：“正因为如此，这个错误必须在我手上纠正。”他看定了她，神色郑重而坚定，“长痛不如短痛，那东西留在她手上只是祸害，只要失去信物又跟我退了亲，将来的一切都不会再牵连到她！”

小古一想，不得不承认他是对的，但随即她眼中笑意更加犀利：“当初就已经把我和她牵涉在内了，现在假惺惺否认又有何用？你当初见了我，还是口口声声说是与我有婚约——哦，你不愿连累如瑶小姐，却不怕连累我？果然是做丫鬟的命更贱些！”

内心深处，她也知道这未必是袁槿的错，但他之前口口声声的未婚夫妻，如今判若两人地拒绝，却让她心头升起酸楚。

连带着对父亲的怨恨，一起发泄在这锋利言辞里！

“不，不是这样的！”

袁槿的眼中哀伤与痛意更重，他凝视着小古，听着这一番话，面色因此而变得惨白，他想要辩白，却又不知怎么说才好。

半晌，他才开口，嗓音低涩艰难：“当我知道，跟我有婚约的人是你，我心中无比欢喜……”

小古当时就愣住了——她从未想到，冷峻英华却又不染世尘的他，居然会说出这样的话来！

她瞬间呆住了，流盼嫣然的双眸之中满含惊诧——人非草木，他之前的举止神情就颇见温存体贴，但没想到，他竟然会有这般直白炽热的心思！

小古抬着头，露出粉藕般的脖颈，线条秀丽而隽永，过了一会儿，她才看定了他，轻声而迟疑地问道：“我有什么好，让你一见就如此倾心？”

“我们不是初次见面，而是很久以前就见过。”

袁槿的回答让她心头一震，小古睁大了眼，静静瞧着袁槿，只见他眼眸中华彩幽绽，眼中笑意甜蜜而怅然：“你还记得吗，七年前的一个端午月夜，你浑身浴血缩在马厩墙角……”

这一句一出，顿时让小古浑身僵直，整个人都呆若木鸡！

“你……你怎么知道？”

袁槿看着她，唇边露出一道温柔而苍凉的笑意：“因为我就是那夜的蒙面人。”

小古惊愕地睁大了眼，仿佛从未认识过他一般，清莹妙目熠熠宛如宝珠，久久地凝视着，只听袁槿低声道：“那时候，搜捕建文余党的风声终于和缓了些，我也被广平侯府收留，听说你家中突遭不幸，你被辗转发卖，我费尽心思终于查到了你的下落，我匆匆赶过去，却没想到，撞见的竟然是那样惊人的一幕！”

他眼中闪烁着激烈光芒，思绪回到了那个时候——

暗黑的马厩黑黢黢一间，月光照耀下，却是满地鲜红从门缝下流出，空气中除了雨和青草的气息，血腥味浓得吓人。

他心口怦怦乱跳，一脚踹开了木门，用气死风灯照亮眼前，却见一个庞大的身躯倒在离门不远的地上，手脚抽搐口中微弱哼哼，已经离死不远了。

灯光照在那人身上，胸前满是刀伤，绸缎袍子裂开，露出淋漓的皮肉和白骨，场面惨不忍睹。

袁槿忍着恶心走过去，却发觉马厩墙角的稻草堆里微有动静，他放缓脚步，慢慢上前，终于看清了墙角瑟缩一团的小小身影。

瘦小的少女颤巍巍抬起头来，雪白脸庞飞溅了几滴鲜血，在昏暗中看来格外诡丽妖异，因为消瘦和惶恐，她的杏眸大得惊人，黑瞳深处却是雾气氤氲，不知是被吓坏了，还是在酝酿着别样情绪。

袁槿一眼看到她，就直觉是“她”，他缓缓走近，柔声道：“不要怕，我不是恶人……”

少女仿佛被他的声音惊醒，湿漉漉的睫绒微微眨动，下一瞬，她的眼中闪过危险凌厉的光芒，袁槿只觉得眼前寒芒一闪，急速闪身之下，却也被一道钢刃划破了耳根皮肤，顿时有血沁出来！

那少女瞳孔凝缩为两点，宛如受了惊吓的幼兽，挥舞着锐利的爪牙，显得既柔弱又危险！

袁槿没有在意自己的伤，平静地停在原地朝她摊手示意：“放下短刀，我是来救你的……”

屋外一个炸雷，他似乎听到少女低喘一声，双手微微发抖，却仍然不肯放下武器，她就那样绝望而警戒地持刀缩在墙角，而袁槿也不逼迫，就那样静静地等待。

手中温暖的灯光照亮了他的眉眼，那样温和疏朗的笑意，渐渐让少女放下心防，她手一松，“当啷”一声，短刃落地。

袁槿松了口气，正要伸手把她拉起来，却见她神色突变，手中凭空闪现一道绕指般的银光，朝着他激射而去！

袁槿的武艺由广平侯亲自教导，也算上佳，此时因为太近又是猝不及防，根本来不及拔剑，颈部寒风一闪——凛然死亡之意从未如此接近！

他闭上眼，那灵蛇般的疾风擦着脖子朝后，下一瞬却听身后有人惨号一声，扑通倒地，愕然回头去看，却见那身躯庞大的中年人脖颈处被银色丝线紧紧缠绕，终于彻底断气，而他手里握着的弯刀，显然是对着袁槿劈来的！

少女剧烈喘息着，再次脚软跌倒在地，此时外面隐约有人声喧哗，似乎远处有人听到了声响被惊动，袁槿心中焦急，一把抱起少女，不顾她在怀里拳打脚踢地挣扎，急声道：“我们赶紧离开这儿！”

心急之下，他将人像麻袋一样扛在肩上，正要离开，却感觉她在摸索挣扎，愤愤之下在她身上拍了一记：“再闹就要被发现了！”

“你浑蛋！”

少女尖叫道，嗓音满是羞愤，袁槿一愣，这才发现自己拍的竟然是她的臀，顿时面红耳赤，期期艾艾不知该说什么好——这少女虽然才十来岁，但已经出落得楚楚动人，显出美人模样。

“还愣着做什么，把我衣服里的火折子拿出来！”

少女忍无可忍吩咐道——她因为被扛在肩上不能动弹，袁槿虽然不知其意，却也只能抖着手伸入她衣襟之中。

隔着一层薄薄的亵衣，只觉得触手温润，他从未有过这般经验，心口又开始怦怦直跳。

"用稻草覆盖尸体，然后把他的酒倒在尸体上，点燃火折。"

少女喘息着说道，袁槿这才明白她的意思，却踌躇着没有动静，少女怒道："男子汉大丈夫，就这点儿胆子？"

"你这样伪装现场是不成的。"他低声道，嗓音却带着难掩的沉郁，"死后再被焚烧的尸体，与被火烧死的人有一点儿差别，就是他们的鼻子。"

他干脆把人放下，小心翼翼地用稻梗通了死者鼻腔，又用火折子熏烧稻草，把黑色粉末碾碎了细细灌入鼻腔。

"被烧死熏死的鼻腔都有燃后的烟灰，不把这个补上，仵作一验就会发现。"

他嗓音带着些难以觉察的悲怆，手上动作不慢，却有些颤抖——难以忘记，那紫禁城里冲天的火焰，那死后口鼻满是烟火灰烬的焦黑尸体……

他摇了摇头，将一切过往都压在心头，又观察死者伤口，在胸口多放了些稻草，"幸好刀伤没有入骨，否则又要露出破绽。"

少女被他这一通说，脸上微染霞赧，知道自己鲁莽有错，却也开始信任这个突然闯入的陌生人："你真是来帮我的？"

"如郡，我是……我是你父亲的挚友之子，你可以称我为世兄。"

提起父亲，少女双眉一轩带上怒色，想要发作却强行按捺，低下头幽幽道："居然还会有人记得我的死活？"

"我正是为救你而来！"他坚决断然的承诺，伴随着重新扛起少女的举动，引起一声惊呼，两人一起从窗口跃出，身后抛下的一团火光，准确命中尸体，很快燃烧起来，不多时便是火光冲天。

同样的一幕也回荡在小古的记忆之中。

在被抄家之后，她因为景语的暗中设法，得以在一家慈和良善的人家为奴，母亲病逝后，景清刺杀朱棣功败垂成，景语也生死不知。

随后的三年，日子过得平静而焦灼，她学会了母亲所教的苗疆毒虫和迷药，原本学着好玩的易容术也逐渐娴熟，突然有一天，主家也遭人陷害丢官，只得散尽奴仆回了老家，身在贱籍的她，被另一家伯府买下，充作了养马的粗使奴婢。

管理马厩的是内院一个管事的胞弟，身躯庞大贪酒好色，不知怎的却盯上了她，设下圈套在这一夜将她关入马厩。

他靠着身材优势将她扑倒，不顾她的反抗，用袖子沾着酒水擦干净了她的伪装，看到她白皙秀丽的面容后喜出望外，当时就脱了裤子要行那奸淫之事，却被她用匕首刺在胸前，刀刀入肉见血陷入昏迷，而她也被他临时的凶力掐得浑身瘫软，加上第一次杀人，顿时意识昏沉，缩在墙角。

是那蒙面少年的一句关切询问，才让她神志恢复过来。

他说，他是专门来救她的。

他毫不畏惧她手中的凶器，仍然笑得温暖。

他竟然把她当米袋一样扛着走！

他居然懂得火烧尸体的仵作诀窍，巧妙伪装了现场！

……

这一切，都是她记忆中难以磨灭的珍贵影像，即使是现在，她仍然清楚地记得，他带着她跃出窗户时，身后那火光冲天的景象。

代表着噩梦的马厩被烧成残垣，也意味着她的人生重新陷入了跌宕混乱。

……

此时此刻，两人对视而望，彼此眼中都是波光粼粼，难掩激动唏嘘。

“没想到，竟然是你！”她的神色彻底和缓下来，唇边微微勾起两道梨涡，似浅笑似轻嘲，“那一次真是多亏了你相救。”

“是我，这么多年来，我一直在找你！”袁槿看着这熟悉的清亮杏眸，唇边苦笑也转为宠溺和无奈：“我救了你出来，你却很快趁乱跑走了。”

当时她用衣角替他擦汗，他口鼻之中却感觉一阵异香，随后就神思模糊，最后看到的，是在蛛网密布的小巷中飞奔而去的倩影。

她飞奔之下，系发的红绳散落飞扬，在熹微的黎明天光之中映出旖旎嫣红。

她一边跑着，一边手忙脚乱地系上……他就那么目不转睛，盯着这仓皇而去的狡猾小骗子，直到不支昏睡。

小古听到这般指控有些心虚愧疚，支吾道：“我当时急着要去跟人会面。”

她眼珠一转，巧言令色道：“只要有缘总会再见，我们这不是又遇上了？”

只是时间飞逝，已然过了七年。

“后来，你就加入了金兰会？”面对袁槿的问话，小古点了点头，袁槿眉头皱得更深，“你又何必蹚这浑水！”

这是什么话！

小古不服气，正要反驳，却听袁槿沉声道：“金兰会的大哥形迹诡秘，心思难测，你最好脱离这个组织！”

这次换小古咬牙为难了，她轻声道：“你知道吗，他也曾经跟我有婚约。”

只是那张庚帖，被他用火烧成粉碎。

面对袁槿愕然的目光，她解释道：“是我母亲临终前定下的，可惜，这只是一个虚无的安慰而已。”

她讲述了那病榻前的一夜——那也是景家父子默默赴死前，她最后一次看到景语！

“你还惦记着他？”袁槿敏锐发现了她的情绪。

“不，我早已经对他失望。”小古只觉得眼角有些酸涩，却逞强没有去擦，“他有什么企图我不想管，可是金兰会的大家，还有我们救出的女眷孩童们却是无辜的……”

她心中矛盾沉痛，一时说不下去了。

袁槿低声叹道：“终究是我们皇家内斗阋墙，却害了这么多人。罢了，你若是不愿走，就尽量离他远点儿。”

语意殷切，却是关切无比，只因为在很久前的那一夜，他的一颗心就已经失落了。

那个暗夜，她手刃那禽兽的时候，瑟瑟发抖却强撑着的神情，深深打动了他。那般孱弱害怕，却混合着果断坚决的狠厉，构成了一种奇异的魅惑。

他凝视着她，平静无波的眼神下宛如深渊，藏着怜惜与愧疚："若是有机会，你带着金兰会那些老弱妇孺，尽量离开吧。"

这种滔天真相、千钧责任，根本不该跟她扯上干系——这么多年来，他不曾给过她呵护照顾，却也不能眼睁睁看她也踏上这皇权争夺的尸山血海！

他又拜托小古一事："想办法说服如瑶小姐解除婚约吧，把我说成十恶不赦的坏人也行，总之，让她死心就好。"

他看着她，目光带着忧悒，微微一笑之后，却是无尽豁达光明："从此之后，你们都将彻底解脱了。"

小古心中咯噔，觉得有些堵，于是转移话题："你也想开启那只木盒？"

问出这个问题，她自己也觉得有点儿傻——那东西就是人家兄长建文帝留下，用来压制、剿灭朱棣的！

谁知袁槿的回答却与她所想不同："我要把这些东西彻底毁掉！"

"啊？"

面对小古的惊愕，他叹道："我对皇位没有任何热衷——为了这张龙椅，流的血已经够多了！"

身为众位遗臣苦心孤诣、偷天换日保下的正统血脉，他竟然有如此念头！

小古震惊之后，对他的胸襟更加感佩——为了争夺这天子之尊的名位，做侄子的建文帝翻脸无情，削藩逼死好几位叔伯和堂兄弟；做叔父的朱棣干脆兴起大军刀兵厮杀——然而眼前，却有这样一个人，彻底放弃了这种野心！

"其实如果可以，我希望用这木盒换来当今天子的大赦天下……"

小古身子一震——袁槿的念头，竟然与自己不谋而合！

"但是他若是知道了我的存在，只怕要寝食难安，更加暴虐地追杀、株连。"袁槿叹息一声，"因此，我只能毁掉它，这样，天下百姓就终于能太平过活了。"

这样的想法、这样的气度，让小古百感交集，一时不知该说什么。

她这一生所遇到的男人，都是胸怀抱负，立志高远要建功立业，有的要封侯领军，有的要做天下名臣，有的要报仇雪恨……可只有眼前这人，却是真心诚意在怜悯那蝼蚁一般的苍生，希望他们能安生过日子。

这样的人，也许天生不是什么帝王之材，也没有什么高志野望，但他的本心本性却最是难能可贵！

小古看着他，想说些什么，却将一切感佩赞许都藏在了心中。

她转身要走，却被他拦住了。

"还有事？"她不解地问道。

他凝视着她，目光明灿晶莹，却又似蕴藏着无穷的深邃情愫："还有一件事……就是你的庚帖。"他从怀里贴身的锦囊中取出一小块大红洒金纸——岁月流逝已经有些泛白，却仍然珍而重之叠得整整齐齐。

他牢牢地握在手中，面容上泛起一丝绯色："这庚帖是你父亲给的。"

那个混账……

小古顿时又恨得牙痒痒，一把夺过那纸片："如你所说，这事本来就是个错误！"

袁槿的目光闪过一丝哀伤，静静站着并没有阻拦躲闪，任由那半旧的庚帖落到她掌心，狠狠攥成一团，好似他的心也被揉成这般狼藉。

"姻缘之事，贵在两厢情愿。"

他凝视的神色似伤感又似惆怅，让她心中一动，莫名的没有把庚帖撕成粉碎，他再度上前一步，突然靠近她，将一个物件挂在了她脖颈上——

"这个玉佩，你仍旧戴着吧。"

温润柔滑的触感，熟悉的形状，正是她之前一气之下丢还给他的那随身玉佩。

他靠得极近，男子带着热意的气息轻拂在她耳边，明明已经挂好，却偏偏近乎环抱她双肩，久久没有放开。

"你……这是什么意思？"她微微一惊，随即抬起头，看入他的眼神。

"这玉佩既然已经送出，我就不会再收回。"他看着她，眼中情意深深，浓得化不开，纠缠入骨，"况且它跟那玉琮不一样，没有什么机密可言，只代表纯粹的心意。"

鸳鸯之盟，一双两好，执子之手，与子偕老……

只是纯粹的他和她，曾经可能拥有的那段姻缘。

看着她微微吃惊、手足无措的表情，他微微一笑，眼底闪过一道萧索落寞，随即恢复了冷峻翩然的完美姿态，放开了手，退后两步。

"时间不早了，让那侍女替你更衣吧。"

两人对视而立，此刻心情却是各自复杂，小古浓黑的眼睫颤动了下，随即恢复了冷静："你也要千万小心。"

她敛衽一礼就此告辞，心事重重的两人都没有听到，后窗那边传来微弱的一声轻响。

2.

如瑶提着裙摆快速疾奔，脚步踉跄近乎狼狈，好似身后有什么恶鬼在追她！

她想起刚才看到的那一幕，心头仍是怦怦直跳！

她躲在后窗底下，眼睁睁地看到了那一幕——跟她有婚约的未婚夫婿，竟然亲密地拥着她的丫鬟小古，将一个玉佩挂在她胸前。

虽然光线昏暗，但他眼中的熠熠深情，却是不容错认！

何等让人惊诧，让人愤怒！

如瑶脚下一绊，终于摔倒在地，她感觉心头乱跳，浑身软绵绵的，似乎失去了一切的气力。

她捂住脸，无声地啜泣着，只觉得心头好似破了一个洞，强烈的疼痛和羞辱让她一时茫然了。

她之前并未见过袁槿公子，要说情根深种也绝无可能，但这么久以来，秦妈妈和嫡母留下的心腹，就在她耳边灌输了无数遍：侯府虽然苛待她，但她未来的夫婿，是才貌双全的大家公子，只要熬到她长大了可以出阁，她就能跟夫婿琴瑟和鸣，过上幸福和美的日子。

可以说，这桩婚事，代表的不仅仅是戏文里的才貌仙郎，还是她对未来生活和希望的全部憧憬！

可是现在，这个憧憬，这个少女时候的梦，已经彻底破碎！

只留下镜花水月的残片，在心底变成琉璃碎渣，狠狠地刺出血来，仿佛在嘲笑自己的愚蠢和不幸！

“他们两个，怎么会……”

她哽咽着，心头愤怒与悲伤翻涌，却终究慢慢恢复了冷静，站起身来发现自己形容狼狈，强忍着心绪到了树丛背后，重新收拾了一下，正要离开这个伤心地，却发现远处传来尖叫声——

“不好啦，我家小姐落水了！”

这声音有些熟悉，仿佛是哪位姐妹身边的丫鬟，如瑶心头一紧，赶紧循着声音跑过来，却见一处西湖石砌成的涌泉深池里，如灿正在水中央快要沉下，一旁她的丫鬟正在尖声喊叫，却已经吓得不知如何是好！

如瑶虽然跟如灿关系平平，与她母亲更是针锋相对，但此时却不能见死不救，她没学过游水，连忙四处环顾找寻物件把她救上，心急火燎之间看到一段半长的竹竿，连忙上前拽过，伸到水里递给如灿，大声喊道：“灿妹妹你快抓紧！”

如灿似乎也是吓呆了，随着水波载浮载沉，就是不去接那竹竿，眼看着人越发往下沉，如瑶心急如焚，咬牙跳入水中，冒着被涌泉冲走的危险去接近她！

几次险些被冲走，她终于涉险来到如灿身边，一把扯住她的衣摆正要往后拖，谁知如灿却伸手胡乱挥舞，攥住了她的手腕死也不肯放。

如瑶被纠缠得不能动弹，眼看两人都要沉下，她灵机一动用竹竿狠狠戳了如灿一下，如灿吃痛果然放开了些，她顺势用竹竿再推，把如灿从最深的水涡处推了出来，狠狠地被暗流冲到了岸边。

而如瑶自己却被水涡卷了进去，晶莹水柱宛如雨幕一般，在岸边观赏想必是景色宜人，此时却成为催命的阎罗，如瑶被呛入不少水，眼前都逐渐模糊，突然，有人大喊着跑了过来，“扑通”一声跳下水来，飞快地朝她游来，一把抱住了她！

强健有力的男子臂膀环抱着她，保护着她凫水，终于脱险上了岸。如瑶不断咳嗽着，睁开眼一看，抱着自己的竟然是萧越！

她心头一惊，想要推开却发觉手脚无力，此时萧越也发觉窘境，连忙放开手，让她自己平躺歇息。

“就是这里，我家小姐就是在这落水的！”

似乎是另一个丫鬟的嗓音随着人声脚步声快速接近，萧越想要放手，两人湿淋淋搂抱的场面却已经被来人看在眼里。

“呀，越少爷，是你救了我家小姐啊！”

那丫鬟刻意做作的高嗓门一路而来，等到看清眼前两人的时候却是彻底愕然，张口结舌了，“这……这怎么是如瑶姑娘！”

她的声音因为震惊而更加尖利，随即看见一旁同样湿淋淋却面色铁青、咬牙不语的如灿，顿时吓得消音。

来的人除了如珍、如思，还有闻讯而来的袁五和袁七两位公子，此时他们看到这一幕，都觉得尴尬无比。袁五倒是知道轻重，连忙叫下人去送如灿、如瑶去靠近的林中精舍歇息，命人取来干净衣裳和姜茶，又派人唤了家中大夫，袁七却是个调皮口无遮拦的少年，想起方才年轻男女亲密相拥的一幕，嘿嘿一笑道：“这真是天赐的好姻缘啊！”

“你胡说些什么！”袁五虽然温和，听了这话也怒了，狠狠瞪了袁七一眼，“那是你未来的二嫂！”

“什么二嫂，我才不承认呢！”

袁七正是满身反骨、叛逆无比的年纪，加上看到这几天家里的闹腾，更加为袁槿抱不平：“就凭十多年前儿戏一样的约定，就要二哥跟她结婚，这是凭什么！二哥根本不想娶她，父亲还狠狠地对他使了一顿家法呢！”

他狠狠瞪着湿漉漉远去的如瑶，嘴巴更加犀利毒辣：“她嫡母生母都早早亡故了，亲爹是个破落户，济宁侯府就是烂泥扶不上墙，哪里配得上我二哥！”

袁五听着这一番话又气又恨，他身子文弱，顿时咳嗽起来：“你……你太没规矩了！”

他毕竟是隔房的，性子又柔弱，不能立刻拿起家法来教训这小子，袁七看到堂兄被自己气成这样，冷哼一声总算闭嘴了。

他们兄弟站得稍远些，这一番话虽然压低了嗓门，但如珍等人却也听了大半，顿时脸上很不好看——毕竟是同一家的姐妹，如瑶被人这么挤对看轻，还辱及她们府上，如珍、如思等人都好似芒刺在背，偏偏又不能发作！

无论如何，如瑶跟袁家有婚约，却在他家掉入水中跟其他男子有了肌肤之亲，这事说出去总是个绝大的话柄！

袁槿此时已经赶了过来，听人禀报这一场混乱脸色也更加冰寒，他不是笨人，亲自察看了现场，又将几个丫鬟请来盘问一通后，心中有了端倪。

“这可不是单纯的落水！”他低声说道，一旁的萧越换过衣服，听到这冷冷一句，顿时心头一震。

“如灿姑娘的两个丫鬟还真是分工明确，一个在岸边尖声喊叫，另一个绕了个大圈请大家来。”

袁槿目视萧越，似笑非笑道：“还偏偏在你射箭练习的林子附近。”

萧越不是笨人，略一思索顿时明白了他的意思。

之前他是跟如灿一起钓鱼的，但由于如珍那事始终是心事重重，意兴阑珊，原本很爱缠人脾气刁蛮的如灿，这一回却是意外的通情达理，建议他去练习一下弓马射箭，还笑着说："出出汗心情就好了，我自己在附近观景就好。"

他还以为这个娇蛮傲慢的表妹终于懂事了，没想到，她居然设计了这么一整盘计划！

如灿落水那一幕正在自己练习的林子附近，丫鬟光是叫喊不救人就是想把自己引来，然后另一个丫鬟去喊来众人，则是为这一幕作个见证——男女相拥铁证如山，加上又是姨表至亲，传扬出去以后，他势必只能娶她为妻了。

只是没想到，凭空杀出一个如瑶，不知真相的她拼死救了如灿上岸，自己却沉入水中，正好被闻声赶来的自己救起！

"萧兄还真是抢手啊，让这么一位如花似玉的贵女为你费心设计！"

袁槿苦中作乐，干脆打趣萧越，却惹来后者的冷冷白眼："我跟如瑶小姐是清白的，只是为了救人才事急从权……"

萧越以为他在意自己的未婚妻，急忙辩白这是意外，谁知袁槿却是摆了摆手，笑着说道："反正已经被大家看到了，你不如……干脆娶了如瑶吧。"

"你说什么……那是你未婚妻！"

萧越彻底震惊了，握紧了拳头险些要揍他。

"那是父亲一意孤行订下的，我不想耽误人家好好一位姑娘。"

袁槿暗忖：如瑶勇于救人，必定品行上佳，越是这样，越不该拖人家下火坑。

萧越眉头皱得死紧："可我……"

他想说他喜欢的是如珍，可话到嘴边却犹豫了——自己真的喜欢如珍吗？

第一眼见到如珍时，她处乱不惊，冷静娴雅，在如灿的刁难下宛如空谷幽兰，让他一见倾心。

随后大半年的鸿雁传书，两人仿佛有了同一个秘密，那般心心相印，默契甜美，让他以为找到了此生的知己挚爱。

在他心目中，如珍是沉静善良、温婉可人的，但他从未想到，她竟然拥有他无法发现的另一面——那狠毒阴冷、性子偏激的一幕，让他心中那美好形象瞬间崩塌！

他爱的，究竟是如珍，还是他心目中自我美化的那个温婉佳人？

"别犹豫啦，如瑶姑娘真的是才貌双全，心地良善——听说她堂妹对她态度很是恶劣，危急关头她居然还愿意亲身涉险去救她。"

袁槿对如瑶虽然没有男女情爱，但真的印象不错——在尔虞我诈暗斗不已的大宅院里，这样心思清明又不失良善的女子，绝对是不可多得。

"再说，你和她湿淋淋的被撞见，虽说是救人，女子的名声也难免有瑕，你们也算是隔着房的表亲，亲上加亲不是更好？"

袁槿见他表情松动，趁热打铁道。

此时公主那边也听到这边出事，派了洪姑姑前来，袁槿只得丢下若有所思的萧越，前去给母亲请安，把事情说清楚。

“怎么好好的会出这种事呢？”公主听了眉头郁结，很是不悦，斥责那几个得用的侍女，“你们是怎么待客的，竟然让贵客掉进水里！”

简直岂有此理——一旁的王氏心中已经是怒不可遏：她好好一个外甥，竟然跟如瑶这丧门星沾上了关系。

她生性多疑，此事又发生在公主府上，不由得心中暗自猜测：会不会是公主府上有人搞鬼?

这个念头一旦生起，她越想越有可能——如瑶这种自小丧母、父亲又胡混的小妮子，根本不是儿媳的好人选，公主若是想让这桩婚事作罢，又不能损害侯爷的面子，就只能如此这般……

她心头一亮，自以为想明白公主的心思了，于是笑着对永安公主道：“这都是这几个孩子淘气的缘故，公主不必怪罪这些姑姑，如瑶那丫头自小就三灾五难的，大约是她命理不好总是容易冲犯什么，等回去给她到庙里问问，找个大师开解一下。”

她这话看似关心，实则是若有若无地说如瑶“命不太好”，今后若是要退亲甚至有了意外，也能圆说过去。

永安公主虽然不是七巧玲珑心，但也不是笨人，听这话就有些不对，只是笑了笑没接茬，吩咐左右拿了上好的补品和药材送去给如瑶、如灿两人，让她们回去好好养养，又让洪姑姑把看守涌泉和庭院的仆役都拖出去打了二十板子。

“是我们府上看管不严，这才让几位小姐受了惊，公主让奴婢走一趟，向侯爷致歉。”

洪姑姑满脸是笑，另坐了一辆车随着她们回了侯府。

到了侯府，王夫人满面严霜，叫了如珍、如灿、如思去自己上房，没等她们喘息，就怒喝一声：“给我跪下！”

如灿心中有鬼，惊魂未定又遭此一喝，顿时吓得一哆嗦腿软，如珍脸色铁青默不作声跪了，剩下一个如思最是懦弱，根本摸不着头脑也乖乖跪了。

“到底是怎么回事，你们给我老实说！”

王夫人怒喝一声，如灿心中又怕又羞又愧，“哇”的一声就哭了出来，王氏眼风一扫，却正好看见娇惯的小女儿眼神飘忽躲闪，她心中“咯噔”一声，遣散了其余两人，逼问道：“你这孽障，你又做了什么好事！”

如灿哭得上气不接下气，哽咽着说不出话来——她好好的一场谋划，没想到却闹成这般田地，她毕竟年纪还小，此时已经六神无主。

此时姚妈妈悄无声息地进来，凑近王氏耳边低声说了几句什么，王氏眼中怒光一闪，一抬手狠狠掴了如灿一掌：“你这个孽障！”

如灿从未见过母亲这么愤怒痛切的眼神，一时吓呆了，连脸上的火辣肿胀都顾不上。

“你……你怎么这么蠢呢！”王氏简直要背过气去，她自诩聪明能干，百伶百俐，却生出这种蠢到家的女儿来，“你的两个丫鬟已经全招了！”

“啊，她们竟然敢……”如灿正要怒骂，看到母亲燃烧着怒火的眼睛顿时气馁，捂着脸乖乖缩在一边。

“你居然在公主府上设计你表哥，还是这么拙劣的计谋——你以为大家都是傻子不成！”

如灿被母亲如此痛骂，面上不来，嘤嘤哭着，王氏只觉得头疼加烦躁，尖声喝道：“你还有脸面哭，既然要做就做得密实些，你居然让如瑶阴差阳错代替你被救，闹出这种乱子来——如瑶可是公主未来的儿媳，她若是下定决心要查个彻底，别说是你，就连我们侯府的颜面也要荡然无存！”

如灿听了这话不服，哽咽道：“说了半天，母亲竟是惧怕公主！我到底是不是你亲生的呀——若不是你不肯去帮我向姨妈提说，凭两家的至亲关系，我跟表哥定亲根本是顺理成章！”

王氏听她如此不知天高地厚，举手又要打她，看着她闪着泪花的眼和红肿脸颊，却又实在狠不下心：“都是我宠着你纵着你，才让你如此娇蛮无知！”

她说着嗓音也哑住了，手臂有些颤抖，如灿从未见过母亲如此疲惫软弱之态，从地上起来抱着她的膝盖，哭着认错，王氏也心软了，抚着她的头发，低声道：“你喜欢你越表哥，我也看在眼里，只是这婚姻之事不能由女方一头热赶着，我几次向你姨妈提起口风，她一开始倒也赞成，后来就开始推脱——显然是回家问过你姨丈或是越哥儿的意思了。”

她看着女儿痛苦懵懂的双眼，硬着心肠道：“虽说是亲戚，但强扭的瓜不甜，这次又出了这种事，只怕你的念想越发不成了……”

见女儿又要号啕，她冷声道：“你哭也没用，好好给我收敛改了这性子，不然今后还有得亏吃！”

她想起这一团混乱，心头也是一阵阵烦躁，来回踱步面色冰冷，一旁的姚妈妈知道她心意，低声道：“要不要等老爷回来，由他亲自去向公主赔个不是？”

王氏咬唇不语，半晌才道：“先静观其变，不要着急承认。”

“可是只怕公主怪罪……”

王氏摇了摇头：“她就算怀疑，也未必有确实的证据说是灿儿做的。”

只是她心中不免也有些担心——那毕竟是公主未来的儿媳妇，现在弄得她跟一个外男湿淋淋在水中搂搂抱抱，还让一群人看到了，这么丢了公主的颜面，只怕她未必肯干休！

想到这里又是深恨——如瑶这小丫头摇身一变，竟然跟公主之子有婚约，张氏生前一声不吭，却居然给自己的庶女寻了这么好的一桩归宿。

王氏想起那个美貌雍容然而早亡的妯娌，唇边露出一丝不易觉察的冷笑——张氏就是不折不扣的蠢女人，居然真的对一个庶女挖心掏肺，大费周章地为她寻来这么个如意郎君！她还真把如瑶当亲生的了！

一旁的如灿早在姚妈妈搀扶下起来了，见母亲若有所思，以为她还在担心公主怪罪，于是咬牙恨声道：“其实公主对如瑶也是面上情，那个袁二公子更加对她没什么喜欢在意，母亲你想啊，当时自己未婚妻落水还被其他男人救了，他一点儿也不着急愤怒，居然扯着萧表哥去一旁说话了——无论多么铁的兄弟，这种事还是硌硬的吧？说不定啊，他根本不愿意遵从这个什么鬼婚约来娶个破落户的女儿！”

她越说越觉得自己有道理，眼珠一转道：“我们要不要去试探一下袁二公子的态度？如果他真的不想跟如瑶成亲，又何必死皮赖脸缠着人家，早点儿解除婚约，还能博得公主的欢心呢！”

她心中早就对如瑶有这种飞黄腾达的好运气满是嫉恨，现在若是有机会毁了这婚事，她再情愿不过！

王氏被女儿说得有些心动——她本身也不愿如瑶能攀上这样一门好亲事，之前为了张氏留下的钱财，彼此之间几乎是撕破脸了，如瑶这个小妮子肯定心里记恨她，将来若是有机会，只怕还要报复回来，现在就斩断她这条青云路更好！

她沉吟片刻，准备让姚妈妈去一趟公主府。

公主府那边，也正在谈论这件事。

永安公主用了膳，缓缓喝完一盅汤，这才对坐在下首的袁槿问道：“今日总算见到了如瑶姑娘，可谁知却出了那种事。”

见袁槿默然无语，她眨了眨眼，轻笑道：“那是你未来的小媳妇，你怎么连个笑脸都不见？”

袁槿沉吟片刻，觉得在公主这边略微吹些风声也好：“我觉得，这婚事有点儿不合适。”

“你是嫌弃今天这事？”公主的脸沉了下来，“你可不是那种冬烘迂腐的人啊！”

“不是，礼有经亦有权，这个道理儿子还是懂的。”

“那是为什么，你父亲给你订下这婚事有什么不妥吗？”公主晶莹美眸闪过诧异，猜测道，“难道是那家姑娘有什么不对？”

“绝对没有。”袁槿决不想让人对如瑶的品行有所猜疑，坚决否认后，皱着眉吞吞吐吐，“就是觉得，跟她实在不投缘……”

公主脸色明霁，恍然笑出了声，用和蔼打趣的眼光看着他：“你跟她不投缘，那跟谁投缘呢？你有什么心上人吗？”

袁槿的眼前，瞬间浮现那俏丽慧黠的双眼、千变万化的容貌。以及，那暗夜中脆弱迷茫，却又狠厉魅惑的风华……

公主看到他脸颊升起一道细微的嫣色，顿时笑着用团扇敲了敲他的头：“看你笑成呆头鹅，就知道必定是有了。罢了，你若是要解除这桩亲事，我就为你设法吧，不过这毕竟是你父亲定下的，他如今人远在北平……”

广平侯袁容身为皇帝亲信，被派去北平居然逗留了这么久？

面对袁槿疑惑的目光，永安公主唇边带起一道亲昵甜蜜的笑意：“你父亲这个人，做事最是认真，父皇派他去丈量土地和勘查地形，他非要事必躬亲，这么着费的时间就长了。”

她轻启朱唇，低声对袁槿道：“你应该也听到风声了吧，父皇有迁都的意思呢！”

什么？！

袁槿瞳孔微微收缩，面上却禁不住露出愕然来。

“父皇多年在北平戍守，已经习惯那边的气候地形了，再加上金陵这边的皇宫被焚烧得散乱瑕疵，早就有回北平的意思……”

这些都是宫中禁语，公主也不欲多说，把话题转回婚事来：“总之你父亲一时半会儿还回不来，我也没法越过他，替你把这桩婚事给推了，况且人家姑娘好好的也没做什么错事，贸然退亲那是毁人名节，太过缺德……”

公主沉吟难以决断，袁槿深知她生性温柔和善，很难作出有效的决断来，这次也不是求公主来解决问题，而是给她一个心理准备，方便将来行事。

趁着父亲……广平侯不在家，赶紧把这桩婚事了结，否则他一旦回来，肯定要坚持履约。

公主说了会儿话，有些疲倦了，袁槿送她回到寝房后，看了看时辰，决定前去赴约。

万花楼内别有乾坤，庭院深深，却是一色的粉白花瓣，开到最盛时悄然凋零，飘摇着落下，拂了人一身清幽香意。

青衣小帽的侍童前头带路，袁槿一路走在青砖铺就的九曲回廊上，只觉得耳边隐约有丝竹之声，却并不显得靡靡色欲，而是清丽婉转、一派文采风流。

“梨花淡白柳深青，柳絮飞时花满城。惆怅东栏二株雪，人生看得几清明。”

有人斜坐廊下的长椅，手执书卷曼声吟咏，雪青衣袍拂在栏杆上，姿态甚是闲逸。

仿佛感受到袁槿的脚步声，他嗓音一顿，声调截然不同——

“白发将军亦壮哉，西京昨夜捷书来。胡儿敢作千年计，天意宁知一日回。列圣仁恩深雨露，中兴赦令疾风雷。悬知寒食朝陵使，驿路梨花处处开！”

这两句铿锵可见金戈铁马之音，豪迈激越气吞霄汉，最后两句蕴含的深意却让袁槿脚下一顿。

虽然同样是咏梨花，这首却是宋时武钜率军抗击金兵，收复洛阳，陆游陆放翁听到消息激情所作，最后两句预想来年寒食节，祭扫宋先帝陵墓的使者，将通过梨花盛开的驿道而到达洛阳——这样的典故，听在袁槿心中却是一动。

“所谓诗以言志——这最后两句，是否说中了你的心思？”

那人看到袁槿，不紧不慢地站起，却是风度翩然，让人见而忘俗：“袁二公子，或者该称你一声——朱允熥殿下？”

最大的秘密被瞬间道出，袁槿心头狂然一震，手掌已抚上腰间佩剑，这文士打扮的青年却是淡然一笑，不见丝毫惊惧：“真是失礼，忘了自我介绍——在下薛语，曾经的姓氏，却是姓景。”

他看着袁槿的瞳孔最深处，微笑道：“家父景清。”

袁槿心头一震，端凝的黑眸闪过一道恍然之光，再看向景语时就多了几分亲近信赖："原来是忠良贤臣之后！"

他想起当年旧事，对着景语一揖及地郑重行礼："我家亏欠景先生良多！"

景语似乎惊讶了一下，没想到这位流亡在外的皇嗣竟然如此平易真实，随即却站起身来受了这一礼，没有回避："我父亲一心匡扶大明正统，赤诚之心可昭日月，倒是值得你这一揖！"

随即亲手扶起袁槿，两人分宾主落座。

此时此地闹中取静别有洞天，眼前茶壶冒着热气，廊下花瓣飞舞草木繁密，袁槿打量着眼前的一切，对金兰会的掌控力暗自心惊——万花楼是京城首屈一指的青楼，却俨然是他们的心腹场所。

而眼前这位出自景氏的金兰会会首，究竟有着什么样的心思和目的？

"今日一见殿下，果然是龙章凤姿，气度非凡。"

景语好整以暇地夸赞道，表情却很是自然，并不现出半点儿谄媚。

"只是这大好江山握在逆贼之手，殿下又有什么打算呢？"

袁槿心中微微警惕："命数该然，如今局势已定，也没什么好说的了，只有隐姓埋名过日子罢了。"

这倒是他的真心话，却换来景语一声不以为然的轻笑："殿下此言大谬不然——若真是想隐姓埋名一辈子，广平侯又何必假托外室之子把你带回家中教养，又为何培养你文韬武略让你加入军中崭露头角？"

袁槿心中无声地叹息，目光却仍然是澄澈清明："这是侯爷厚爱，而我却受之有愧。"

"那当年秘密盟约的几位大人，就这么白白死了吗？他们的遗志，你还记得吗？"

景语石破天惊的一句，让袁槿眼睛睁大，只见景语长身而起，看着庭院里的花瓣凋落，神色由悲凄转为凛然："你准备这么辜负他们的苦心孤诣吗！"

袁槿身子一颤，眉间浮现矛盾挣扎——锋芒与隐忍在心中瞬间厮杀了千百回，恍惚间，他听到自己的声音低沉而暗哑："就算我还活着，又能怎样呢——继续为了一个虚无缥缈的皇帝梦，拖更多人下水？重启战端让无数生灵涂炭？"

渐渐地他心思清明，抬起头看向景语："先生好意我心领了，但我这一生亏欠了许多人，再也不忍，也不能继续欠债下去了。"

他又是深深一揖，站起了身来要走，却听身后幽然传来一句——

"就这么走了，你一辈子也别想娶到你心爱的女人！"

袁槿脚步一顿，背对着他看不清景语表情，只听他冷然道："再这么下去，如郡迟早是济宁侯的人，你拿什么去跟他争？"

"你倒是什么都知道！"袁槿微微嘲讽道。

景语眼中闪着复杂难懂的幽光，似在说给他听，又好像在自嘲："所谓成王败寇，你甘心这么一辈子蹉跎，混个锦衣玉食倒是不成问题，但有那么多支持你们懿文嫡长这一系的人，却是流放发卖，生不如死，像如郡这样成为婢妾，任由主家玩弄的可不止一个！"

袁槿双拳紧握，想起当初看到广晟霸道而强势地将如郡搂在怀中，心中顿时泛起酸楚愤怒甚至沉痛之情——那个男人根本不能给她正妻的名分，这样只会辱没了她！

景语指着前院高楼亭台，那边依稀飘来靡丽乐声："前院有好些女孩都跟如郡身世相似，却堕入风尘迎来送往——你还想她们继续过这样的生活吗？当年若非我暗中布置，如郡她十有八九也要落到这样见不得人的去处！"

"我们金兰会，多的是这样的可怜人，朱棣一日不死，你一日不能夺回江山，我们就只能继续过着生不如死的暗黑生涯。"

他的声音沉稳入耳，却让袁槿生出一身冷汗来，他站在原地没有回头，半晌才道："为了救一群人，就要掀起战乱让更多的人死去——这样是真正的大义吗？"

"但你若什么也不做，就等于直接放弃那群人——你刚才说亏欠我们景家，你错了，我父亲是心甘情愿赴死的——你亏欠的，是幸存的如郡和其他所有人！"

景语的话宛如无形的鞭子，狠狠抽在他身上，袁槿快步离去，藏在袖中的双拳却是攥得很紧！

而他身后的景语盯着他的身影，低声道："看来我们这位殿下，实在是宅心仁厚——这是最要不得的！"

他端起已经微凉的茶盅，一饮而尽，轻轻挥袖，那瓷盅就落在地上摔成了两半。

"必须尽快下一帖猛药，时间已经不多了……"

此时院外飞来一只信鸽，"咕咕"叫着落到他脚边，他取下铜环上的纸卷，展开用茶水涂在上面，显出了字迹，看完后他微微一笑，将纸卷放入竹制手炉下的炭火里，渐渐化为灰烬。

"接下来，就看你的了，红笺。"

他的笑容清朗而和煦，如日光一般明媚灿亮，眼角却闪过让人不安的狠厉。

3.

大理寺狱中，纪纲仍然坐在那张简陋的木床上，眉头却皱得很紧："你不该来。"

站在他面前的人一身便服却是器宇轩昂，俊美宛如美玉明珠，正是他属意的锦衣卫新任指挥使——广晟。

"如今那位薛主簿高升去东厂了，大理寺这边略见放松，我才得以进来。"

"我这次来，有事欲向大人求教。"

广晟又向前两步，以低不可闻的声音问道："皇宫南苑里有什么不寻常的秘密？"

"皇宫是在洪武皇帝手里建成的，真正的秘密，只怕只有皇族最紧要的那几个人知道。"纪纲略微沉吟了一下，"不过我们锦衣卫也负责监察宫中，好些宫中老人落在我手上，临死前都供出了一堆秘密。"

"我记得有个上了年纪的哑巴宫女就是南苑的，她因为偷盗要被处死，她抱住我的腿，在泥地里画了一幅奇怪的图。”

广晟听得入神，纪纲笑着看了他一眼：“那幅画很奇特，在一片潦草的宫殿下方，她画了很多绕来绕去的线条，我本来以为是蛇，可最后根据她的比画示意，终于知道，这是宫殿下的密道。”

“密道？”

“对，大概是在洪武皇帝建造皇城的时候，就已经秘密设下了。”

当年朱元璋建造皇城时花费不少，险些连国库的银子都不够了，民间至今还流传“沈万三捐钱造了半个城”的传言，虽然不可尽信，但靡费巨大却是可见一斑。

纪纲话锋一转，“当年建文帝在大火中失踪，有人也猜测是从这密道逃走的，今上花了不少功夫把那片瓦砾堆都翻了个底朝天，却没发现任何入口。”

“真要有什么密道，也是建文帝那一系才掌握的秘密，毕竟他们是正统的嫡长。”

纪纲的话让广晟心中略见几分端倪，却陷入了更大的迷雾。

为何替代红笺的尸体上会有南苑铜缸底部的压痕？

真正的红笺去哪儿了？

貌似平静的南苑，究竟隐藏着什么？

他压下心中念头，跟纪纲说了最近动态，纪纲点了点头：“这个薛语非池中之物，是我当初大意了。”

他轻声叹道：“陛下是不想一直用锦衣卫这把刀，于是造了个东厂出来，从此之后，不再是一家独大。”

声音之中，颇见萧索之意，时光荏苒，这位当年手握凛然权柄的强人，此时此刻也如此寂寥地感叹一个时代的终结。

“所以你必须抢在前头破案，让今上安心。”

纪纲看着广晟眼角的疲惫之色，也觉得有点儿棘手：“就算有密道，应该也只有掌握方法和机关诀窍的才能开关，连今上都没找得出来，只怕你短短时日也查不到什么。”

纪纲见广晟神态沉稳，丝毫不见失望急躁之色，暗中点了点头：“我所知道的关于南苑的传闻就这些了——接下来你准备怎么做？”

“我准备在南苑之中广泛筛查可疑人物，每个人都要详细查验来历背景和亲朋关系。”

这个方法虽然看似寻常，但天下间的事只怕认真，广晟若真能抽丝剥茧地下苦功夫，有疑点的人早晚会露出行迹来。

纪纲欣慰地点了点头，突然又想到一事，凝神思索一会，突然问道：“南苑那帮宫女的来历，有几个倒是不太寻常。”

“我记得是永乐七年的时候，有几家勋贵献女入宫，都封了妃嫔的位分，其中尤以张娘娘身份最为贵重，今上也因此册封她为贵妃。”

纪纲所说的张娘娘，正是本朝勋贵第一的英国公张辅的妹妹，也是先头的河间忠武王张玉之女，张玉在东昌之战中为营救朱棣而死，张辅占领安南改为交趾，四次平乱可说是忠勇双全。

“张贵妃带进宫几十个婆子丫鬟和工匠仆役，有些暂时使不上的就分散各处，其中有几个八九岁的小丫头，因为年纪实在太小，陪嫁的时候只是为了喜庆的吉兆，所以本来是养起来的，后来不知道是闯了什么祸受了罚，就被贬到南苑去了，现在算算年纪正是妙龄。”

纪纲做锦衣卫指挥使多年，宫中的情况也浸润颇深，这么一件不起眼的小事，他竟然也记得。

这居然又扯上张贵妃和英国公了？广晟觉得宫里的水实在很深。

“当然，也不是说这些小丫头一定有问题，只是记起来这事，跟你提说一二。”纪纲说完，看了看铁窗边泄下的微弱天光，“你在这逗留得太久了，赶紧离开吧。”

广晟的脚步却没有移动，神色之间难掩担忧关切：“大人千万小心，谨防有小人落井下石暗算，我也已经设法派人潜入大理寺——”

话音未落，就被纪纲狠狠瞪了一眼：“你这是自作聪明，赶紧把人给撤回去！”

“可是……”

“没有可是！我知道你是为我着想，怕我中了暗算或是受了折辱，但今上不是蠢人，明的暗的不知道有多少人盯着我，我不会有事的。”纪纲唇边露出微讽的冷笑，“除非他要我死，其他人动不了我。”

广晟听到这也觉得无法反驳，于是只能匆匆拜别离开了。

幽深的狱室里，纪纲看着他远去的轩昂背影，一抹笑意转为苍凉平静：“不过，他取我性命的这一天，也快了。”

他留在这个世上的时日，已经无多，只希望这小子能真正继承他的衣钵，并且发扬光大，让锦衣卫之名永远不坠……这样就够了！

小古觉得这几天如瑶的情绪很是异常。

她一个人静静坐在房里，屏退了连大丫鬟在内的所有人，幽幽地一想就是半天，连吃饭起居都是懒懒的。

小古看不过眼，亲自给她斟了一杯茶，递给她时，却发觉如瑶的眼神有些奇怪，直勾勾地看着自己，有些瘆人。

她大概还在为那天的事伤心难过吧?

一个大家闺秀，在大庭广众下落水，被隔房的表哥救起，湿淋淋衣衫轻薄地搂抱在一起，虽然大家都知道是为了救人，但总也对名声有所妨碍——况且，这是在未婚夫家里，而袁二公子对她也很是冷淡生疏。

小古对如瑶心生怜惜，更有一种同病相怜的秘密藏在心头，于是她竭力开解，陪她说笑，但如瑶的情绪却更加低落。

秦妈妈看了心疼不已，看如瑶整天关在房里，恨不能让她出门散散心。

机会倒是很快有了，太夫人一年一次都要去城外的灵谷寺上香，为在外征战的七老爷祈福，这对她来说是非常郑重的一件事，府里上下要花好些心思工夫去准备，每次去都是浩浩荡荡前呼后拥，不仅要关了寺门专门接待，还会给寺里施舍大量的银钱。

今时不比往日，广晟已经袭了济宁侯的爵位，虽然他暂时没空来细细理过府里的庶务，但财政大权却已经捏在他重新委任的大管家手里，下面的管事虽然没有动，但账上的银钱就这些，谁想大肆铺张都必须上报知道，连每次提钱的额度也有限制。

总而言之，太夫人虽然尊荣不变，但想跟过去那样呼风唤雨随心所欲，那是不能够了。

先前太夫人喜欢一群小辈簇拥着她讨好说吉利话，还得是她看得顺眼的，能跟随她去寺里进香的那更是殊荣，这次她还想拿腔拿调，但广晟淡淡一句："都是府上的姑娘，带谁不带谁又是何必呢，我们家还差那点儿钱和人手吗？"

太夫人虽然气得眼睛鼓鼓，但也只能偃旗息鼓了——经过跟账房几次明暗交锋，她也吃了不少暗亏，深深知道男人们都是在外办事的，女眷们足不出户，想要拿捏只怕不容易。

暂且让你先得意几天，等你议亲的时候，这事就攥在我手里了，一定要给你娶个"好媳妇"！

太夫人是这么想的，王氏何尝不是，但她这一阵被亲女儿胡作非为搅得头疼，又一心要对付如瑶，加上广晟在外奔波办事很少回来，所以暂时没起什么冲突。

"上什么香啊，只怕佛祖这么多年来听的都是她如何祈祷让我们这些人死绝了，倒霉完了，好让她宝贝儿子回来袭爵吧，可惜啊，这下鸡飞蛋打了，佛祖根本没庇佑她，她倒还有这闲心！"

王氏一边看着姚妈妈带着丫鬟们在整理明日上香用的衣服首饰，一边斜倚在贵妃榻上嘲讽着她那个婆婆——爵位都飞了，她讽刺婆母也就不再避讳。

"再怎么说，爵位都是在我们这一房，那小子虽然桀骜，但也不能不认我这个嫡母，这是礼法名分，他也违背不得，至于太夫人可就不一样了，又不是他亲祖母，只是个继室，要告什么忤逆不孝也没什么人听吧！"

各家勋贵官宦家里都难免有这些事，一个作为继室的祖母，自己也有亲生儿子，还要在不是亲生的孙子府里作威作福，这传出去也是没底气的，倒是王氏，广晟就算再恨她，也没有不敬嫡母的道理，因此王氏自觉比太夫人底气要足，不再谨言慎行，敢于半公开地奚落她那个继婆婆了。

"这次四位小姐都要去吗？"

"都去，我那威风显赫的侯爷儿子说了，也让姐妹们散散心透透气。"

王氏说起这个有出息的庶子来，还是又酸又恨地夸了一句，随即向姚妈妈使了个眼色，后者让丫鬟们退下，王氏才低声道："人都安排好了吗？"

"我那远房侄子亲自去办的，绝对妥帖，您放心吧。"

姚妈妈神情诡秘，凑在她耳边更加低声道："人手都是城外山上找来的，都是些流民，平日里还经常打劫山里猎户，手上都有把子力气和功夫，他们都是单身汉子，事情完了以后直接往皖南的深山老林里一跑，谁都休想抓住！"

“也别闹得太大了……”王氏目光闪动，想起一事更加叮嘱道，“直接动手就好，千万不许他们做那禽兽之事——都是一个府上的姑娘，若是瑶姐儿受了污辱，她其他堂姐妹也别想有好名声！”

姚妈妈答应道：“那是当然，我们又不是那等没规矩的人家，总是一家子骨肉，若不是如瑶姑娘太不识相，您又何必出此下策！”

“还是我们老爷要做清官啊，若是肯外放江南盐政之类，哪里还愁什么十万雪花银！”

王氏有些怏怏不乐，但终归还是知道轻重：沈源如今在皇帝身边做翰林学士，正是仰望的好时机，那三位杨学士早期也是干的这份活，家中清贫几乎要老妻亲自下厨呢！

所以，如瑶的那份财产至关重要，必须落在她手上——这次她派姚妈妈去公主府也是试探口风，看看那边对如瑶是否还重视，若她真是合了公主和袁家的眼缘，她就不能用这种手段了！

谁知真是天赐良机，公主那边似乎对瑶姐儿很是淡漠，姚妈妈跟那位洪姑姑套了半天近乎，还拐弯抹角攀上了亲，那洪姑姑说，袁二公子似乎另有心上人，公主总是以他的意思为主，所以对如瑶也没什么太大执念。

退亲是对济宁侯府名声有妨碍的，外界也会传得难听，如果如瑶不幸出了意外，那才是真正的两厢合意——王氏如此想着，眼中闪过一道凶光。

第二日济宁侯府门前车辆纷纷，人马簇簇，太夫人乘了大轿，各位女眷都在几辆翠盖珠璎八宝车、朱轮华盖车上坐了，后面还跟着四辆青布油蓬大车，里面坐的是下人。

前头全副执事摆开，广仁和广平两人骑马在最前头引领，好不俊俏神气，引得路旁的小家儿女都盯着看个不停，心中暗暗称羡。

到了庙里用过素斋，太夫人去跟住持论起了佛法因果，几位夫人被安置到厢房休息，如灿闹着要去看看周围景色，如珍等人都怏怏提不起兴致，却也没说什么跟着走了。

小古怕出事也跟着去了，寺里小沙弥领头，后山果然风景优美清静，也没什么危险，一群人赏玩过一阵就回来了，正好那边太夫人从禅房里出来，神色似喜似忧，也不知道住持到底说了些什么开解她。

但凡这种高僧大德都很是圆滑，不过分谄媚却也要不动声色地跟权贵们打好关系，但也不能掺和各种阴私事体，因此打起机锋来都是似是而非，偏偏太夫人却好似久旱逢甘霖，听得津津有味。

住持引了这些女眷一起去殿上三跪九叩求了签，到如瑶的时候签筒摇了半天都出不来，好不容易掉出，却竟然是两支，一支摔在小古脚跟前，另一支落在如瑶裙摆上。

小古捡起自己跟前的那支，看见上面竟然是一道“姜太公渭水垂钓”，诗云：鲸鱼未化守江湖，未许升腾离碧波。异日峥嵘身变态，从教一跃禹门过。

她也没放在心上，随意拿在手中，却见如瑶跪坐在地上，茫然看着自己的那支签，蹙着眉头有些失神。

小古凑近一看，是个中平签，是“廉将军思用赵人”，上面写着：奔波阻隔重重险，带水拖泥去度山。更望他乡求用事，千乡万里未回还。

这些话听起来就不太顺遂，但也毕竟不是下签，小古见如瑶心事重重，伸手就要将她搀起来：“侧厢那边大家正在解签，我们也过去吧。”

下一刻，她的手却被如瑶拍开了！

如瑶防卫地缩回了手，发现自己有些失态，于是有些疲倦地抬起头，低声说：“我有些累了，这就过去吧。”

小古觉得她有些阴晴不定，倒也没放在心上，两人到了大殿侧厢，太夫人那边已经解完了签，看神色似乎喜色更盛，却又在纠结什么。

王氏的脸上看不出喜怒，也无从得知她抽了什么签，她娘家也是名儒之后，对这些鬼神之说不算热衷，只是服侍婆婆来凑个热闹罢了。

如珍仍然是那么沉稳娴雅，站在嫡母身后服侍着，似乎对签文并没什么兴趣，倒是如灿凑在解签的居士那边，叽叽喳喳问个不停。

轮到如瑶时，那居士道：“这签文虽然看似不顺遂，颇多波折艰难，但毕竟是中平之相，凡事必须谨慎，常常反省一己之进退。心存恶者得祸，存直者即可获福。”

他抬头看了看她的眉目五官，皱眉道：“眉间隐见黑煞，似乎最近会有血光之灾。”

“这……这可怎么好！”一旁的碧荷闻言惊慌，不由拔尖了嗓子，正在门槛外观赏放生池中鲤鱼的如灿、如珍等人听到这边动静，不由得侧过头来窥探。

碧荷压低了嗓门，低声问道：“这可怎么办，有破解的办法吗？”

“就看女施主平日是否积攒福缘了。”

这答案虚无缥缈，比不回答还要让碧荷心慌无神，如瑶虽然也脸色不好，但终究还是起身道：“是福不是祸，是祸躲不过，就看天意吧。”

碧荷紧紧地追了上去，小古眼见如瑶的情绪怏怏，正要跟上设法开解，却被那居士喊住了：“这位姑娘，你手里的签也拿来吧。”

小古这才发现那支签被自己带出来了，连忙放在桌上转身要走：“我不是什么姑娘，只是个下人，就此别过吧。”

她匆匆而去，背后只听那居士沉声道：“这签相当不凡，寓意凡事进退待时，不可轻举妄动。动则凶，静则吉。”

小古微微一笑，并不把这话放在心上——任何时候，长者和智者语重心长的劝说都是这一套：韬光养晦，忍耐静待，一动不如一静。

可真要什么都不做，任由自己的人生被人随意主宰、摆弄，决不是她的行事风格！

到吃斋菜时，大家都觉得美味清淡，唇齿留香，加上不是正式的家宴，于是也说笑两声，只有如瑶低着头默然无语。

“瑶姐姐倒是抽到了什么上上签，也给我们见识一下吧！”

如灿恢复了精力又开始蹦跶——她对上次萧越抱着如瑶上岸的事情颇有芥蒂，却从来不反省自己的过错，只是将尖酸刻薄全发泄到了如瑶身上：“瑶姐姐有才有貌，还有那么多了不起的嫁妆，只可惜啊，袁公子对你那么冷淡，我未来的姐夫还不知道是不是他呢！”

她抽了抽鼻子，装作天真无邪道：“听说五不娶中有丧妇长女这一条，不知道是不是真的？若真是这样，瑶姐姐可就要糟糕了。”

王氏怒不可遏，沉声喝道：“你这说的是什么疯话！快向你如瑶姐姐道歉！”

“本来就是嘛，如瑶姐姐贸然跟男人搂搂抱抱的，我听人说果然是丧妇长女无教戒……”

如灿小声嘀咕着，王氏气得发抖，蓦然站起身来，咬牙道：“越来越没规矩，回府里再好好给你算账！”她对着如瑶满脸是和蔼愧疚，“瑶姐儿别见怪，这孽障最近不知道在发什么疯，听了些下人没规矩的议论就胡说八道，等回去再让她好好给你赔罪！”

如瑶面色苍白，不顾身边碧荷怒形于色，冷然起身道：“婶娘这话我不敢当，灿妹妹的话简直不像是个侯府千金，若是传扬出去，只怕人家议论的不仅有我的闺誉，还要议一议灿妹妹的教养了！”

说完直接转身朝着外间走去，一餐饭就这么不欢而散，王氏眼中露出一丝得逞的笑意，却是假装着急发怒，冲着如灿骂道：“你这个不争气的东西，简直要气死我——回去路上你跟如珍她们一车，不许再去吵闹你瑶姐姐！”

如灿很是委屈却不敢顶嘴，心里很是不甘——来的时候她是跟如瑶一车的，如珍和如思一车，虽然没人规定，但都是遵着嫡庶来的：如瑶虽然是庶女，但她已经在张氏那边过了名的，就身份来说又是长房，如灿虽然不喜欢她，但也不得不承认，比起跟那两个小妇生的坐在一处，还是跟如瑶一车更显得自己体面尊贵。

于是回程路上就是如瑶单独一车，其余三个姐妹挤在一起。

随车的只能有一个丫鬟，如瑶想也不想点了碧荷，小古看着她盈盈上车的身影，心中莫名有些不安。

大轿和车子辘辘而去，下了坡道再过不久就要看见官道，小古心中略微放松了警惕，此时突然前面传来惊呼声！

她不顾周围丫鬟们的诧异眼光，将头伸出帘子外，只见打头一辆车宛如脱缰的猛兽一般横冲直撞，越驰越远，车厢东倒西歪似乎无人驾驶，周围跟着的下人小厮都发出尖叫声！

是如瑶单独乘坐的朱璎华盖车！

小古心中一凛，趁着车上众人向外张望不知所措的时候，侧身弓腰从车厢一侧的窗边滑了出去。

此时山道上已经乱成一团，惊慌失措的人群跑着追赶，人喊马嘶好不热闹，她飞身纵掠而去，袖中银光一闪割断了一匹马的缰绳，骑了上去狠夹马腹去追赶那疯狂的马车。

她骑术一般，但拼了命地鞭打和强行驾驭，终于逐渐拉近距离，只见那马车的速度也渐渐慢下来，那爬在车辕上的两个大汉终于控制住了疯跑的马车，一人骂骂咧咧地把已成尸体的车夫踢了下去，其中一人弯腰进车厢极为粗鲁地抓出主婢二人，却好似被什么刺中，暴跳如雷拔刀要砍。

就在这危急关头，一道银光划破长空，直射而去，那人一个鹞子翻身，千钧一发之际居然躲过，看起来身手不差！

那银光回旋闪耀，灵动诡异，天马行空毫无轨迹，那壮汉被刺得来回闪躲，险些摔下马车，那拿刀的同伴也吃了一惊，砍断两匹马的辔头让它们脱离，马车终于停在了一处松柏林前面。

小古收回银刃，本人也终于赶到，见如瑶主婢缩在车厢里，虽然面色苍白但没见有什么血迹伤痕，心头一松，她双脚在马镫上一点，纵身而起宛如一朵轻云，下一瞬就到了两人眼前。

其中一人抬手要砍，被她手持短刃杀得连连后退，落了下风。

却见另一人猿臂一捞，将如瑶劫持在手中，刀尖对着咽喉，对着她威胁道：“快给我束手就擒，否则我杀了这小娘们！”

小古心中怒极，凌厉眼风扫过，空气中一声轻响，那短刃从半空中飞旋而过，银丝上的利风擦着那人的脸庞而过，顿时沁出一道血珠来。

那人心中惴惴，却被激得更加凶暴，手中长刀也握得更紧，在如瑶脖子上划出一道血口子，鲜血蜿蜒而下，格外触目惊心。

“快丢下兵器走过来，否则我就动手了！”

为了表示他不是虚言恫吓，他手中用力，如瑶痛得发出一声呻吟。

小古冷然瞪视着他，身姿凛然，下一刻，她清脆地声音响起：“你可以杀了她，但我绝对不会丢下兵器。”

啊？那人措手不及，根本没想到是这种回答。

“我跟她只是主仆之义，没必要为她殉葬丢命，抛下兵器就是自找死路，你以为我会心软上当？”

她目光稳如磐石，幽黑双眸没有一丝软弱，熠熠闪动之间更见残酷果断：“你动手吧，等你杀了她，我会杀你为她陪葬的。”

这话掷地有声，让那人心头一沉，不禁起了寒意，纠结之下反而没有立刻下刀。

就在这一瞬，小古扣在袖中的发钗疾射而出，正中他的小腿！

他身子一歪失去平衡，就在这一瞬，如瑶狠狠咬了他的手背一口，那人哀号一声被甩开，如瑶挣脱了束缚正要朝车里躲，却听小古喊了一声：“快跳！”

周围都是草丛树木，幽深看不清楚林子深处，如瑶心里有些害怕，却见地上那人匍匐着要抱她的脚，另一人也返身冲了过来，她情急之下提起裙幅纵身一跃，却惹得一旁的碧荷一声尖叫也跟着跳了下去。

车上顿时空旷不少，车辕上的那人跳下去要追，却感觉后心疾风一凉，险而又险地避开了银刃，地上那人却忍着痛用刀扫向小古的下盘。

小古的身法轻灵飘逸，毫不费力地躲开，银刃再闪之下脚下的伤者顿时被刺入心口，抽搐了两下就咽气了，而另一人却追着如瑶主婢二人朝着林子深处而去，远远只能看到三个身影。

小古匆匆赶去，却见两女躲在一棵松树所在的岩后，那人正要伸手去抓，她银刃飞出，下一瞬却感觉一股异样的香甜味道！

香味入鼻暗知不好，整个人已经瘫软在地，眼前一阵模糊，但似乎看到银光一闪，冲着她而来。

已经顾虑不到生死，眼前一片白茫茫，随即她听到兵器打斗声、带走如瑶时的尖叫声。

她抖着手伸出袖子捂住口鼻，袖内深藏的药粉让她缓缓清醒，过了一盏茶时间略微恢复过来，却看到碧荷正跪坐在她身旁，用帕子替她擦着脸——小古这才发现，自己的领口和衣袖都被那歹人的长刀砍破，而他本人也倒在不远处的泥地里。

“小姐被劫走了……另一个人杀了那恶贼！”

她说得颠三倒四，小古一眼看到那壮汉的尸体，见伤口正中心脏开出很深的血槽，心中一凛：“是另外有人劫走了她？”

碧荷哭得上气不接下气，心急火燎要她去救人，小古却看着那致命伤口皱起了眉头——这恐怕不是普通匪徒能有的兵器！

先前这两人大概是王氏或者太夫人的手笔，虽然凶徒精悍但拿的也只是普通钢刀而已，而这伤口却显示另一拨人来历蹊跷！

是谁要掳走如瑶?

想要退亲的袁二？小古立刻推翻了这个猜想——袁槿绝对不屑这种下作阴微的手段。

她咬住嘴唇，眉头皱得更深，叮嘱碧荷留在原地等待救援，随即一言不发骑马去追。

日光暖融融地照在身上，金灿灿刺眼，脊背上微微沁出汗来，痒痒的好似蚯蚓，她却浑然不顾，一心挥鞭策马追了过去。

不远处出现了岔道，小古勒住缰绳，从袖子里取出一只瓷瓶，残余的一点儿药粉撒出，很快就有蚂蚁聚集，随后朝着其中一条蜿蜒爬去。

就是这里了！

小古心中略松，赶紧掉头继续追，又过了一刻钟工夫，却听见不远处隐约传来惨叫声。

她心中一紧，快马加鞭而去，现场却发现几滴血痕，不见人也不见尸体。

她不死心，将瓷瓶最后一簇粉末刮下，却再无反应，蚂蚁们原地绕着圈觅食，再也不能为她指路。

人竟然追丢了?

她压下满心震惊和焦急，仔细察看，却是毫无任何端倪，好似是凭空消失了一般。

搜寻之下一无所获，她只能回去找碧荷，侯府的人终于跟了上来，乱糟糟地在四处搜查，小古冷眼看他们专心致志，心中却是惊涛骇浪——到底是谁从中插了一手？

王氏也跟着车来到了林子里，用帕子捂着脸哭道："我可怜的侄女，到底是谁这么歹毒！"

她心中也是颇为奇怪：她派的那两个人只是装作盗匪，准备把如瑶劫远些就一刀砍死，干脆利落，她名下的财产就全归入囊中——什么劫走不见，这种事根本就是蹊跷加反常，绝对不是她的人所为！

好好一个大家闺秀被劫走失踪，这清白名声肯定好不了，这关系到整个侯府的名誉，她哪会出这样的馊主意——如瑶要是名声臭了，她女儿还待字闺中，也免不了受影响。

下人从林子里搜出另一具尸体，王氏看到自己派的两个人都死了，心中更加确信出了岔子，脸上的焦急也由三分变成十分了！

太夫人年老体弱，这次算是她带着孩子出门进香，遇到强盗杀人还可以推卸责任，一个大姑娘失踪了，做婶娘的难辞其咎啊。

天色渐渐黑了下来，侯府下人们点起松明火把在找，却又不敢唤来官兵，林间到处都是星星点点的火光，略带压抑惊悚的呼喊声，如此闹了大半夜，也毫无头绪。

路旁的茶铺已经被侯府派人包下来了，碧荷蜷缩在角落愁眉不展，小古在一旁蹙眉沉思。

"你当时怎么能那么说——根本没把小姐的性命放在心上！"

碧荷的声音略带尖锐，怒眼瞪着小古指控道，幸好铺子前面也乱糟糟的没人注意到。

一天的疲惫和惊慌，让她几乎崩溃，眼中满是不谅解："要是小姐有个三长两短，都是你害的！"

"我当时要是丢下兵器，大家都得死在那——你没看出来，一开始那两人一心要取你们性命吗？"

小古看在她对主忠心不二的分儿上破例解释了一句。

"那也可以略微拖延一下啊……"碧荷不甘心地低喊道，突然外面人声喧闹，有人急匆匆跑进来，喜气洋洋地大喊道："如瑶姑娘找着了！"

什么！两人一起站起身来往外跑，到了茶铺外，果然见到如瑶坐一匹马上正在被人七手八脚地搀扶而下，一旁牵马站着的那人竟然是……萧越！

"姑娘，你没事真是太好了！"

碧荷哽咽着扑上去，主婢二人相拥而泣，如瑶这才发现双腿疲劳僵硬已经不能动了，显然这大半夜她被劫持也吃了不少的苦。

小古上前去扶她，一阵忙乱之下却感觉一旁的萧越正用一种奇异的目光看着她。

小古心生警兆，却也无暇多管，也想问问如瑶到底经历了什么，一行女眷搀扶着进入茶铺店内，只留下萧越一人站在门外，双眉因为激动、惊疑不定而微微颤动，笼在袖中的双拳紧握！

他眼前还浮现刚才那一幕，出来迎接搀扶的那个小丫鬟，似乎是叫作小古的，破裂的衣袖随风晃动，衬里上绣着一个兰花的徽记！

他绝对没有看错，那是金兰会的秘密记号！

第三章

疑邻盗斧

1.

茶铺后方的简易房舍里，一盏油灯下主仆三人正在说着话。

“原来如此，是萧越少爷救了小姐啊！真是上天保佑！”

听完如瑶讲述经过，碧荷拍着胸口心有余悸，一旁的小古却是目露异色，若有所思。

根据如瑶所说，突然出现的神秘人将挟持她的那个壮汉一击即中杀了，趁着小古昏迷飞速离去。

“那人没有坐骑，但背着我仍然在平地疾步如飞，我只感觉一阵风驰电掣，眼前景物就在向后，似乎跑出去很远。”

“我当时非常害怕，知道离你们越来越远了，心里只是想着，拼着一死也不能让他把我带走，于是我左思右想之下拔下头上的簪子。”

如瑶拿出袖子里血迹斑斑的檀木簪：“这是母亲从张家带来的，那边靠着海，时常有倭人来滋扰，女眷为了护身，都会在妆匣或身上放一支这样特别尖利的，母亲笑着说，这簪尖能划破数十层桑皮纸，比起刀刃来也不差太多。”

“于是，我趁他背着我，就用簪子刺中了他的背上，他痛得发狂叫了一声，把我丢在地上，我趁机从半山腰滚了下去。”

如瑶娓娓道来，虽然说得平淡，但其中的惊心动魄也让人恻然。

“我滚下了山，好些荆棘藤枝划破了身上，我护住头脸好歹落到了地上，没想到那人竟然也追上来了——他受了伤速度略微慢了些，我拼命跑，他一路追。不知道跑了多久，前面出现了几个人影，我心一横高喊求助，没想到竟然是萧公子。”

“他带着几个亲兵是来打猎的，因缘际会救了我，那神秘人站在不远处看了一眼，还是飞快跑掉了，萧公子的亲兵去追也没追上，不知到底是什么来历——接下来，他就送我回来了。”

全部经过讲完，如瑶面上又出现了苍白倦色，碧荷拉着小古正要告退，却被如瑶喊住，留下了小古。

房内陷入了沉默，气氛似乎有些凝重僵滞，小古正要向她解释加道歉，谁知如瑶却是硬撑着起身，向她郑重其事地行礼。

“小姐你这是做什么？”小古闪身避开不受。

“这是谢你救命之恩，我看得真切，那两个歹人是真要杀我们俩的，若不是你赶来救人，只怕就真的没命了。”如瑶花容惨淡，却强撑着一抹笑意，“你的救命之恩，我铭记于心，将来若有一日能够报答……”

“小姐你言重了，做下人的救援主人家都是本分，哪里提得上什么恩？”

不知怎的，小古觉得如瑶这次有点儿太过客套，反而显得有些生疏了：“当时，那歹人用你来威胁，我当时实在不能抛下兵器，因此言语上冒犯了小姐，请你原谅。”

“这是哪里的话，当时针锋相对，不容一丝差错，你若是真把我的性命当回事，他们就捉住了你的软肋，只怕我们主仆三人当时都要任人鱼肉。”

如瑶这点倒是看得很开，她再次向小古道谢，并关切她是否伤着了，见她身上衣裳破了，甚至要亲自来替她缝补，小古连忙辞谢，说了一会儿才去隔壁安寝。

这间茶铺后的房舍是临时找来的，天色将明也没必要再赶回去，只能凑合着歇息两个时辰。

如瑶虽然身体极度疲乏，却丝毫没有睡意，她目送小古离去，眼神变得复杂，低声喃喃道：“我被挟持的那一刻，你让他干脆杀了我，固然是反客为主的解局，可那般冷酷坚定的眼神……我确定，你是认真的。”

“假如他真的被逼到绝境，直面两选一的残酷结局，只怕你也宁愿我死后替我报仇，而不愿为此放下兵器，冒这个风险吧。”

那样凛然宛如冰雪的眼神，毫无任何情感和软弱，宛如金石一般铿锵决绝……那一瞬，她确信小古虽然是在讹吓歹人，却也是再认真不过的宣告！

小古，她武艺高强，却又如此狠心强悍，她究竟是怎样的来历呢？

如瑶又想起那一天，她在公主府上的厢房里，偷偷看到的那一幕，不由得心头酸涩，揪紧了袖口的掐边儿——她的未婚夫婿，却跟这样来历成谜的丫鬟亲昵拥抱，那样宠溺而深情的目光，她从来没在他身上见过。

寥寥几次会面，他都是冷淡、生疏客套的，甚至不愿跟她多聊几句。

她站在床边，望着熹微泛白的天光黎明，心中一时愁苦，一时疑惑，百感交集之下，只觉得一阵眩晕——这一夜折腾，果然要闹出病来了。

一行人在天亮后匆匆赶回了府上，对外只是宣称车辆坏了所以暂时在城郊住了一晚——这也是为了如瑶的闺誉，王氏虽然狠毒，这方面倒是知道轻重，因此也没人说什么闲话。

如瑶连吓带累大半夜，回到府上就略微有些发热，找来大夫诊治后服了两帖药，这才慢慢好了起来。

府里出了这么大的事，当然立刻就打发人去给广晟送信了，可他直到第二天午饭前才赶了回来。

他来探望如瑶的时候，小古见他虽然仪容整洁风度华美，但眼角却有不易觉察的血丝密布，眉心也有凝重郁结，猜测他有心事，于是送他出去的时候多走了几步。

“好几天不见，是想我了吧？”

广晟还是这么不正经，却遭到佳人一个白眼，随即他拉过小古，不由分说地捋高她的袖子露出白嫩肌肤，看到确实无恙这才松了口气。

“我听说你居然敢去追那歹人，还险些被迷昏过去？”

他的脸上阴云密布，训斥道：“你还真是长了胆子和能耐了啊，这样危险的事也敢参加！”

看着小古默默垂下的小脸，他气不打一处来：“你别给我装小白兔，你以为自己是花木兰啊——府里这么多护卫是干什么用的，轮得到你一个小丫头去逞强斗狠？！”

小古虽然被他这么骂，心里却奇异地没有生气，反而暖融融的——一直以来，金兰会那边都觉得她无所不能，任何危险都视若等闲，事实上她也一直这么摸爬滚打过来了，如今却有人这么关心着她、念叨着她。

这样的感觉也不坏……只是，这个男人能不能不要这么啰唆？

“你这是什么眼神，嫌我啰唆是不是？”

咦，他难道懂得读心术吗？

看着少女微微张开嫣红小嘴吃惊的模样，广晟冷哼了一声，伸出手把她的发髻狠命一阵揉：“早知道就不让你留在如瑶这里了，等我忙过这一阵，我就把你要回来，专门伺候我一个，到时候我天天盯着你，不许你乱跑，也不许你逞能闯祸！”

小古听了简直要垂泪，于是岔开话题：“你最近还是很忙吗？”

“哼，没一件事是好办的，也没一个能消停过日子！”

广晟感慨低骂了一句，终究是少年人心性，忍不住八卦道：“你可知道，今天在南苑发生的事，简直可以编成戏文去到处传唱——我大明开国以来，这么传奇的事还没出现过呢！”

小古渴望催促的目光，极大地满足了他的虚荣心，于是堂堂侯爷瞬间变身说书先生，给她讲起了宫里的最新八卦：“那个南苑很是偏僻，没什么人气跟冷宫似的，没想到最近爆出来一件大事，有个小宫女，竟然不是普通的罪奴家眷或是买来的人口，真正的身世，竟然是英国公的亲生女儿！”

“英国公？！”小古觉得这个八卦足够劲爆。

英国公张辅是本朝第一宣力大臣，勋贵之中当之无愧的领头人，他数次远征交趾，好些家的子弟都在他麾下效命，包括广晟的七叔沈轩。

朱棣与英国公父子乃是战场上的铁交情，看张家如同自家子侄。英国公府如此权势显赫富贵双全，若要说他家有什么遗憾，就是子嗣艰难，国公夫人长年无所出不说，他纳的一众姬妾也是不见有怀——小古记得，就是厨房里那一帮长舌的婆子也说起过这件事，还以“可见这世上的富贵没有十全十美的”来做结论。

“本朝勋贵袭爵的规矩，本来应该是嫡长即位，若是无子要轮到庶出或者是旁系，就要呈报朝廷，可与不可就掌握在皇上手中了。以英国公的圣眷，哪怕是个庶子，袭爵也是顺理成章的。”

广晟详细解说给她听：“但如今别说是庶子了，他根本连个庶女也无，这种情况下，他那两个弟弟就不安分了。张輗、张軏都是跋扈贪婪又无才无德的人，虽然因为父亲的缘故都官至神策卫指挥使、指挥佥事，但却仍然觊觎哥哥的这个国公爵位和偌大家产。”

他说到这里冷笑了一下：“本来兄长没有嗣子，弟弟家的过继也理所应当，但他们这两人简直是愚蠢恶毒，趁着兄长在外征战，跑到他府上指手画脚俨然主人翁，他家的女眷甚至当着国公夫人的面斥骂她，说‘将来要在我儿子手里讨饭吃，神气什么’！国公夫人又气又急厥了过去，连在外的国公爷收到信都是怒不可遏！”

他说起这件事有点儿感同身受的意味——济宁侯府这群人也是如出一辙的恶毒贪婪，掠夺死者的妆奁，欺负弱女，为了一个爵位互相陷害。

“然后呢，这个英国公的庶女怎么会在宫里被发现呢？”小古问道。

“这就要说起贵妃张娘娘了，她是英国公疼惜的小妹，进宫的时候圣上特许带百人以下的随侍，当时包括有几个总角年纪的小丫鬟——这是他们老家的习俗，但是进宫没几天就因为打碎贵妃心爱的整整一箱瓷器，被贬到了南苑去。已经过了好几年大家也忘得差不多，但昨日突然有年长的嬷嬷向贵妃禀报：其中有一个，竟然是国公爷当初和庄子上的奴婢春风一度生下的！”

“英国公子嗣艰难，贵妃娘娘一听这话就上了心，连连追问为什么不早说，那老嬷嬷磕头赔罪说，那孩子的生母身份低贱，当时虽然生下了却怕国公夫人容不下，于是就养在庄子上，谁知生母早逝，那孩子阴差阳错被选了进来，但她知道自己身份，怕给贵妃娘娘添麻烦，就跟那群打破瓷器的丫鬟站在一处，一同被罚去了南苑。那老嬷嬷是她母亲的同乡，这么多年一直暗中照顾她，这次听说英国公膝下荒凉，夫人正在着急心焦，这才把事情说了出来。”

“贵妃娘娘当时又惊又喜，对着那嬷嬷打了包票：她大嫂是个性子大度宽仁的，绝对不会为了这种陈年往事拈酸吃醋，若是她听说这孩子的消息，高兴还来不及呢！立刻召来了那孩子，又详细询问了知情的相关人等，确定不是作伪，今日一早就宣了国公夫人进宫。”

广晟见小古听这宫廷八卦津津有味，也愿意多讲给她听——他心中暗暗有些自责，自从接掌大任之后，自己成天在外奔波，也没时间多跟她相处，堂妹如瑶因为环境所逼，素来低调冷清不太出院门，把小古托付在她身边虽然安全无虞，但总是让她寂寞了些。

等忙完这一阵，他一定要带她出去好好散散心，那时，也要为她解除贱籍，让她的户籍落在某个外省地主豪绅的名下，为将来迎娶她打下基础……

这是他心中的畅想，却也需要一步步完成，现在不必对她贸然全说，于是他继续说道："听宫里的侍卫传说，国公夫人面色欢喜欣慰，跟贵妃娘娘说了半天才回去呢。"

其实这些都是锦衣卫密探日常汇报的内容，但他不能让小古知道他的真实职务，所以才假托侍卫传说。

"这毕竟是个庶女，难道国公夫人是想……"

小古黑眸一闪，想到了关键点，广晟点了点头："看这架势，她是有招婿入赘的意思了。"

自宋朝以来，虽然有元蒙乱华这短短不到百年，但无论民间还是贵族官宦家，如果无子，有的会选择过继族中子侄，有的却宁愿以女儿招夫入赘，有些地方的风俗，甚至几代招赘婿生下继承人，反而侄子要退了一步。

"那两位张大人嚣张跋扈，当面就敢对国公夫人如此不敬，国公爷在前线都写了信给万岁哭诉这事……"

广晟发现自己失言，语音戛然而止，果然招致小古的诧异："你连这事都知道啊！"

广晟暗叫不妙，呵呵笑着打混过去："我跟宫里的侍卫熟嘛，他们事无巨细都讲给我听。"

小古笑着瞥了他一眼："你们男人平时装得正襟危坐，私下也喜欢议论这些，还好意思说我们女人长舌喜道是非。"

广晟没好气地瞪了她一眼："是是是，我们也是长舌汉行了吧——那你还要不要听？"

"当然要了，若是不听，岂不是辜负你为我传回来的这一番苦心！"

小古说得理直气壮，广晟却暗暗惭愧：这可真不是特意为讨她欢喜而打听来的，而是他为了查案盯住南苑，这事一出来就立刻传到他案前过目。

"总之看这架势，既然有这个庶女在手，国公夫人就有了一个绝好的筹码在手，她是绝对不会让那两家鸠占鹊巢来自己家撒野的，那两位大人这下竹篮打水一场空，不知会有什么可笑的嘴脸！"

广晟说完，却是眼神闪过一阵凌厉幽邃的波光，低声喃喃道："只是这庶女也很是蹊跷，早不出现晚不出现，偏偏在这个时候，而且又是在南苑这个地方……"

发生在这个敏感的地点和时间，不由他不多想——这个女人跟他正在追查的红笺一案，难道也有什么关联？

"你在说什么啊？"

小古的疑惑让他立刻惊觉，看了看天色皱眉道："晚上我还约了人，就不在家了，你好好休息，得空也劝劝瑶妹妹放宽心，你们遇袭的事我会派人去查的。"

吩咐完后，他就匆匆离开了，只剩下小古在原地凝视着他的背影，嘀咕道："做侯爷这么忙吗，为什么别家侯爷没有战事出征的时候就是吃喝玩乐调戏女人呢？"

第二天一早，小古醒来还没来得及去看如瑶，就听碧荷传来一个震惊的消息，

“小姐贴身存放的香囊不见了！”

碧荷在夹道外的桃树下拉住小古，气急说道：“昨天一片混乱，我们和小姐都吓得不浅，没注意到这事，直到今早梳洗的时候才发现香囊不见了，小姐仔细推想，应该当时被那恶贼抢走的！”

小古皱起眉头，也觉得这事有点儿棘手，姑娘们贴身存放的香囊都是私密物件，随便落在来历不明的贼人手上真是让人揪心：“里面放了什么？”

“我也不太清楚，不过听秦妈妈说，好像是小姐当初定亲的信物，半圆像玉片一样……”

“什么？！”

小古心中一震，不禁提高声音喊出了声。

金玉钗环一样没丢，居然是这个信物不见了！

她眼中闪过一道冷光——难道，是景语下的手？

“秦妈妈急得不行，一直念叨着对不住先夫人……小古，你说丢了信物，这婚事会不会出岔子？”碧荷也感受到那种异样忧心的气氛，偷偷问起了小古。

根本就不会有什么婚事了……袁槿就是为了拿回木盒和半片玉琮的信物，才拜托自己的，但如今东西被人捷足先登，恐怕不只是婚事告吹，事情也朝着不可测的方向急转直下了！

碧荷见小古怔忡，连忙推了推她，小古这才道：“我过去看看吧。”

“是啊，你多劝劝小姐吧，其实她真的很可怜，在这个家里这么多变故，连婚事也不安稳……”

碧荷话音未落，却见一个二等丫鬟急匆匆跑来，气喘吁吁道：“碧荷姐姐不好了，出大事了！”

“又怎么了？”

碧荷听到“不好了”这三个字，连心都揪紧了，只听那丫鬟道：“听前院的小哥说，我们小姐被萧少爷所救，深更半夜在外过了半宿这事，已经宣扬出去了！”

碧荷尖叫一声，随即狠命跺脚：“怎么会这样！”

她眼中冒火，狠狠道：“是不是又是二夫人那边？我就知道她不安好心！”

小古打断了她的话：“这倒是不会，二夫人也有女儿，快到议亲的年纪，这种事情传扬出去对她只有坏处。”

碧荷一愣，随即摇头道：“我不管了，我得赶紧回去看着小姐，她可不要做什么傻事才好！”

如瑶在晚饭期间被唤到了上房，事情也彻底在侯府上下传扬开了——果然如小古猜测的那样，太夫人和王氏倒没这么蠢去自污门楣，事情是坏在了跟萧越一起去林子里游猎的几个官家子弟。

他们见萧越一转眼就没影了，急急追上正看到他抱着妙龄少女策马而去，于是以为他有什么艳遇，就派下人紧紧跟上去，终于发现这居然还是一场表哥和表妹的

"英雄救美"，于是这两个嘴上没把门的就津津乐道传扬出去了。

"越哥儿已经去他们家把他们教训一顿了，他们家里也气得不行，已经用了家法，打得起不来身了，我们作为女家总是吃亏，又不好上门去训斥这两个无德无信的小子……总之，事情到这儿就只能算了，瑶姐儿你自己想开些吧。"

王氏这话虽然是安慰，却也尽量撇开了自己的外甥，如瑶双目泛红微肿，也不答话，只是将脸侧在一边默然无语。

"说起来这事你也有错——好好地上香，怎么他不去劫持别人，专门冲着你来了？必定是你什么时候招惹了这种龌龊匪类，得罪了人家……"

如果说王氏还知道假惺惺安慰几句，太夫人这话简直是戳人心肺的疼，让人听了能气昏过去，如瑶蓦然站起，冷冽的目光直勾勾看向她，太夫人心中一哆嗦，怒斥道："你这是什么礼数，一个大家闺秀——"

还没骂完，那边有姚妈妈在门外探头探脑，太夫人不悦地"嗯"了一声："老二媳妇，你这家人的规矩可真够好的！"

"姚妈妈是府里老当差的，规矩上再严谨不过，她这样必定有什么急事。"

王氏可再不惯着婆婆的气焰了，一个软钉子碰了回去，太夫人更加生闷气，借题发挥道："有什么事要鬼鬼祟祟地找你，莫非有什么见不得人的？"

王氏闻言一愣，随即一笑："姚妈妈你进来，太夫人要问你话呢。"

姚妈妈进来了，面上的神色却是有些奇怪，甚至是惊愕，行了礼却看着王氏有些踌躇，太夫人冷笑道："看样子我还是使不动你的人！"

"太夫人，是萧布政使夫人来了。"

姚妈妈吞吞吐吐说完，太夫人"哦"了一声，奚落道："是你那个妹妹！她儿子刚刚惹了这风口浪尖的话柄，现在跑来是要怪我们呢！"

王氏听了这话也来气——敢情我外甥救人还救错了？

姚妈妈听太夫人这么夹杂不清，干脆心一横说了："萧家姨妈说，她是来提亲的。"

"啊？！"太夫人跟王氏都没料到，顿时失声喊了出来。

萧夫人果然是来替萧越提亲的，提亲的对象就是如瑶！

这个消息，旋风一般传到了内院，如瑶那边也听到了这消息，顿时又是震惊又是纠结。

"我家姐儿是有未婚夫的人，这萧家这么一来简直是坏人名节啊！"

秦妈妈对王氏那边的亲戚都抱以阴谋论。

"妈妈，你总是提这个未婚夫，可人家对我们小姐可冷淡了，你看三节六时不见上门礼尚往来的，这次去公主府落水受了苦，公主和那袁公子也不见有什么安慰言词——何必在袁家这棵树上吊死呢？"

碧荷有不同意见，一力主张道："那萧公子你也见过的，生得一表人才不说，还是文武双全，上次救了小姐这就是天赐的缘分——就是萧夫人，听说也是和善没啥主见的性子，完全不像二夫人这样厉害……”

“你一个小丫头片子懂什么！”

她们两人吵闹争论，小古听了却是心头一动，略微宽慰——虽然东西丢了，但如瑶若是能嫁了萧越，跟这事就彻底撇清干系了，对她来说也是件好事。

就是不知道，如瑶自己心里，到底怎么想的？

小古不禁看向坐在上首的如瑶，却见她神色飘忽，却是深蹙着眉，整个人都失去了往日的精气神。

“姑娘，你怎么看？”

秦妈妈说累了才想起正主，却见如瑶好似没听见似的，僵直坐在那里，她担心地喊了一声，“瑶姐儿？”

如瑶的眼珠总算动了动：“妈妈……”

秦妈妈心疼不已：“姐儿你可真是命苦……”

如瑶突然开口，打断了她的抱怨：“妈妈，萧家表哥跟袁二公子可是挚友！”

“那他怎么敢来提亲——”秦妈妈也不是笨人，这一句问出口就知道不对，想了片刻顿时明白了，一拍桌子道，“原来是袁家想悔婚！真不是东西！”

“妈妈别说了，总是我们不谨慎，这才闹出这种风波流言来，袁公子本来就对我不甚满意，趁势解除婚约也不足为奇。”

如瑶这话简直是一语成谶，到了第二天一早，公主府上的洪姑姑就来了，满口歉意来退还如瑶的庚帖，却是只字不提她前日被劫的事，只是说：“公主这几日身体微恙，听说是与未来儿媳的属相相冲相克，虽然很喜欢贵府姑娘，但没有缘分也是枉然，只可惜我们没这福气。”

公主府上这么言词谦卑给了台阶下，太夫人和王氏还能说什么？只能收了庚帖客气地送走了她。

这下也只能接受萧夫人的提亲了，如瑶的亲爹被从酒色之中拉出来，听完这婚事就说“好好好”，随后又跑回去找他心爱的艳婢了。王氏想起这事却觉得不自在——从本心里，她根本不愿意外甥迎娶如瑶，但无奈萧夫人却只听儿子的：“越哥儿跟我说了，前一次是在水里救了瑶姑娘，这次是在山上，事情既然传扬出去了，他就要对瑶姑娘负起责任。”

萧夫人想起儿子上次夸赞，说济宁侯府只有如瑶是明理贤德的，心中不免猜测他早就对这姑娘有意，于是也不愿拂逆他——再说，姐姐亲生的如灿年纪小又有些娇蛮，如瑶虽然没有得力的父母，但据说性子不错，一个好媳妇能照拂全家三代，这样想想也没什么不悦了。

由于萧越年纪不小了，后年他又要轮值外放，来年又没什么好日子，因此两家决定，干脆三个月后就成婚，到时候萧越也能在家陪陪新婚妻子。

王氏再心疼那一注财产，也不能连亲外甥的婚事也捣乱，于是只能含笑咽下这苦果，如瑶那边虽然秦妈妈仍然在大骂袁家背信弃义，但终究也接受了这事实，没几日，府上都默认萧家少爷是未来的大姑爷了。

萧越倒是懂得礼数，很快就来下聘了，由于是自家亲戚，他居然找着机会偷偷见了如瑶一面：“没有谨慎小心，让流言蔓延，都是我的过错！”

他郑重道歉，如瑶脸色仍然苍白，神色也仍旧低落，但总算双眸有了些生气，对着这个诚恳稳健的男子，此时也微见羞涩：“言重了，这是无妄之灾，不能怪任何人。”

说完就陷入了尴尬的沉默，萧越有些不敢看对方娇美的容颜，却终究鼓起勇气道：“我没承想姑娘竟然愿意答应，今后我一定会好好待你……”

如瑶此时面色终于微微泛红，却是咬着唇微微点了点头——眼前这个男子，在众人口中也是出色，却终究不是她多年憧憬的那个人，纵然也算圆满，但终究意难平。

不自觉地，她竟然问出了口：“是袁公子怂恿你来求亲的吗？”话一出口她就后悔了，怎么哪壶不开提哪壶！

萧越神色有些躲闪，没有承认也没否认，踌躇几瞬才道：“他虽然有撮合的意思，但我没听他的，直到这次流言毁你名节，我才下定决心。”

如瑶听了心中“咯噔”一声，随即很快泛起了笑意——这人真是诚实，终究是为了不让她受伤才来提亲，这份体贴和责任感就让她心下感动。

如瑶神色柔和，气氛变得融洽起来，但萧越却似乎在纠结什么，挣扎半晌，突然问道：“你身边有个丫鬟，叫作小古是不是，就是瘦小的那个？”

他怎么也问起小古？

如瑶心中狐疑，却是点了点头，萧越心中为难，不知该怎么跟她说——金兰会什么的都是朝廷操心的危险组织，跟一个闺秀说这些她也不明白，即使解释给她听也是平白让她受惊，但眼睁睁发现危险而不去管，更不是他的作风。

这个小丫鬟潜伏在济宁侯府，难道是别有目的？

他一想到这就感觉芒刺在背——太危险了，与其让她留在不知情的侯府里，不如设法把她留在自己眼前管控！

他打定主意，干脆直接道：“你出嫁的时候，记得带着她一起过来。”

“啊，你要她作陪嫁？”如瑶先是羞得满脸嫣红，听完这句就心中咯噔，觉得不对，“这个小丫鬟你认识？”

萧越支吾了几句：“也算是吧。”

他是个直性子的男人，很少有撒谎的经验，不知道这么吞吞吐吐反而更加启人疑窦，如瑶心中惊疑不定，却是“嗯”了一声温驯地答应了。

可怜萧越鲜少跟女子打交道，还以为她这样是没问题了，谁知道如瑶心中已是翻江倒海猜测万千。

于是小古去给如瑶送绣品样子的时候，就觉得她目光幽闪，直勾勾地看着自己，眼神有些异样。

那眼神有些意味不明，似探究，似纠结，似戒备提防，更似有些愤恨……

小古蓦然回身，几乎以为自己刚才是看错了：“小姐，怎么了？”

如瑶有些回避地侧过脸去，半晌没有言语，随即低声道："我也许是累了吧，有些心冷……"

袁二公子是她多年来憧憬的结缘之人，却被她撞见，跟眼前之人亲密相拥，而萧越，才刚刚跟她定下亲事，竟然要求把小古作为陪嫁！

豪门府邸里，姑娘身边的陪嫁丫鬟，将来十有八九也是姑爷的人，难道说，他对小古也有意？

她心中暗潮汹涌，指尖攥住绣样几乎把纸揉成一团，用尽全身力气才控制住自己没有向小古质问，只是装作不经意问道："你觉得萧公子如何？"

小古没想到她会问自己这个问题，看她神色僵冷愁眉不展，顿时以为她是在婚前恐惧，心中也感叹她身世婚事都如此多舛，为了劝如瑶放宽心，她想了想尽量往好里说："萧公子确实是当世俊彦，人品也是有目共睹的，上次也是他到庄子上救了我跟蓝宁，想来他跟二夫人绝对不是一路人，听二夫人那边说，上头很欣赏他办事认真，上次擒抓锦衣卫的前指挥使还立下了大功，马上还要晋升他呢！"

如瑶微微抬起头，嗓音有些低哑干涩："倒是很少听见你这么夸一个人。"

尤其是，这是她从没接触过几次的外男——若是两人没有瓜葛，怎么会这么详细地知晓对方的过往功绩呢！

所谓疑邻盗斧，如瑶越想越觉得其中可疑，心中对这桩婚事也冷了一半心——萧越若是对小古有意，自己嫁过去也只是个称作正妻的摆设而已。

也或许，他想要的根本就是小古，是为了得到她才顺势娶自己的——自己只是买椟还珠的那颗珍贵而无用的宝珠！

如瑶是聪明人，心思玲珑剔透又经历磨难，她未免多想了些，越想越是陷进去，简直成了心魔！

"小姐，小姐？！"

小古看她咬着牙陷入沉思，面色一时愤怒一时悲戚，整个人好似魔怔一般，不由得轻轻摇晃她。

下一瞬，如瑶瞬间惊醒过来，狠狠地拍开了她的手，这力道对她来说是很大了，即使是小古这种练家子，手背上都出现了一道红痕。

"啊，对不住，弄疼你了？我……我这是怎么了！"如瑶好似如梦初醒，赶紧去看小古的手，又团团转想要去找帕子包扎。

"又没破皮又没出血，哪里至于这么娇气了？"小古劝住了她，径直问道，"只是你心事重重恍恍惚惚的，到底是怎么了？"

是对婚事还有什么不满，或者是担心别的什么？

如瑶看着她诚恳不似作伪的眼神，几乎想要质问她，话到嘴边又咽下了："没什么，我只心里有些空落落的，怕再出个什么事。"

从小到大短短十几年，她总是各种不顺，被各色人等陷害、刁难，如今嫁人这个大槛，她能平安度过吗？

小古想想也觉得她悲催，只能插科打诨着说："世上待嫁的姑娘都这般患得患失的，可到头来也没见哪个赖在娘家没嫁出去啊！”

“好啊，你连我都编派上了！你别跑……”

如瑶作势要把榻上的软绵靠枕丢她，小古扮了个鬼脸嬉笑着跑开了，房里只剩下如瑶，笑容渐渐收敛，目光却变得冷然阴郁。

2.

英国公张家喜获早年失散的千金，在勋贵和官宦圈子里引起了轩然大波，没两天，连济宁侯府最底层的丫鬟婢子都在说这事！

国公夫人在讯问多人，确认那小宫女的身份没有疑问后，当着张贵妃的面跟她抱头痛哭，满口都是“我的宝贝孩儿”，其中有多少慈爱感情旁人是不得而知，但那泪水绝对是喜极而泣，不是装出来的。

她立刻要带这个心肝宝贝庶女回去，但张贵妃性子却比较稳妥，说她也疼爱这刚刚相认的侄女，要留在宫里住几天，还让国公夫人回去“好好收拾一下，准备妥当”。

姑嫂两人都是人精，这话的意思国公夫人心领神会——若是那两个小叔子心有不甘，弄出些什么来祸害了这孩子，那才是乐极生悲得而复失，那两人对府上觊觎已久，也有好些下人一口一个二老爷三老爷趋奉着，满心以为这爵位和家产都是人家的，那些家生子奴才都是几辈子的根基，谁暗中勾结他们还真不是一下就能分辨的，所以她回去把府里盘整一遍，把那些幺蛾子都请出去也是该然。

留在宫里的张家千金受到满宫嫔妃的看望和夸赞，都说她花容月貌举止娴雅——这固然有讨好张贵妃的成分在，但她们也有着别样的心思，张家势大显赫，张小姐又是独一份的根苗，家中嫡长当然不能入赘，但那些嫡次子甚至是庶出的侄子外甥，却是有很大机会的。

就连忙于政务又被儿子忤逆气得逗留内书房，连后宫都很少去的当今永乐皇帝，也听闻了这桩奇事。他待张家一向亲厚，听闻张辅居然有后，虽然是个庶女，竟然也拨冗去张贵妃宫里看了稀奇。

“据说皇上见后龙颜大悦，当场就赐封她为‘宣灵郡主’，这可是了不得的殊荣厚赐啊！”太夫人说起这事眉飞色舞身临其境，却都是她派人打听来的，随即她眼中闪过一道热切光芒，“大家都说啊，谁要是有机会娶了这位姑娘，整个英国公府只怕都是他的了。”

她的心中也有算计：交趾那边的叛乱在闹腾了四次后终于彻底弭平，七爷沈轩也快回来了，他年纪已经老大，早就过了适婚的年龄，本来当地军中也有将领愿意把女儿许配，但太夫人一心把沈轩看作是下任侯爷，哪里看得上这些普通武将家的粗野姑娘，她眼光颇高非要在京城权贵中寻觅，但人家眼光更高，哪里愿意把女儿嫁给一个长年在交趾征战弄不好就要丢性命的小子？况且济宁侯也不是什么顶级的门第，就这么一年年耽误下来，太夫人早就心急火燎，这次听到这个消息，顿时灵光一现觉得是大好机会！

张家姑娘虽好，但也有个明显的软肋在——她是外室所生又在冷宫里长大，从小就是受的奴婢教养，大家豪门的待人接物管家理事，她肯定是一窍不通，有些人家肯定要嫌弃这点。

太夫人有些纡尊降贵地想到，虽说出身低又什么也不懂，但看在她父亲是英国公的分儿上，她也勉强愿意接纳。

她越想越觉得有戏，不免就露出口风来："轩儿在英国公麾下很受看重，上次国公爷还当众夸他呢！待他简直是如子如侄，这缘分可是……"

王氏正襟危坐，给她泼了盆冷水："英国公没有儿子又生性豪爽，待哪家勋贵子弟都是看作子侄的——再说，人家只有这一个女儿，显然是要入赘的，您可舍得七弟去走这一步？"

她瞥了那利欲熏心的老虔婆一眼，心中不屑冷笑：这八字还没一撇呢，就敢这么肖想，真是不知所谓！

虽然是天大的富贵权势，但若是要儿子去入赘别人家，她自己可舍不得，她虽然爱财，可是要儿子娶回媳妇一家和和美美的，不会去卖儿子！哪像太夫人这样……

太夫人顿时涨红了脸，她也是想到这一点的，心中其实也是矛盾纠结——好好一个儿子去给人入赘，她哪里舍得？但英国公府确实是京城第一份的肥肉，若是儿子有这机会……

想了想还是狠下心——侯府的爵位已经被广晟袭了，他看起来身强力壮不像早死的模样，轩儿是彻底没了指望，若是能得到英国公那一边的垂青，就算真是入赘，未来也是不可限量了，别的不说，光是英国公在军中的人脉资源，若是轩儿能得到，那将来平步青云位极人臣也不难，还有国公的爵位，虽然他没份儿，但是儿子袭了跟老子拥有有什么区别，而且将来还能让次子回姓沈来归宗……

太夫人越想越是心动，但真要赶着去求亲入赘，她脸皮再厚也做不出来，她绞尽脑汁想着，随即眼前一亮：张姑娘正养在贵妃跟前，若是有人能给贵妃递话，这事简直就成了一半。

但宫禁森严，谁能跟张贵妃说上话呢？

她突然想起：广晟袭爵以来一直是往宫里跑的，据说是皇帝器重他让他在神策卫担任了个闲差，每日就跟那些侍卫大爷们喝酒玩闹。

她并不知道广晟的真实身份是锦衣卫指挥使，只是觉得他既然在宫里有门路，这件事就可以让他去办——她毕竟是他祖母，一个孝字压下来，他也轻易不能忤逆，况且轩儿也是他叔父，若是发达了也能提携他这个侄子，对他的前程也没什么妨碍！

太夫人立刻就派人去找广晟，王氏冷眼看着也不多嘴——反正成不成都不关她的事，不成就当看这老太婆母子的笑话了，要是成了也可以让沈轩早点儿分家滚出去，省得老太婆天天为他算计这个算计那个，恨不能把府里的好东西都贴了他！

谁知广晟却不在家，太夫人正要派人去找，却见他一个小厮步履匆匆传来消息：广晟因为在宫里救了新封的宣灵郡主，被皇帝赏赐了御宴！

据那小厮说，宣灵郡主都盛装出现，亲自为广晟斟酒道谢，连圣上都夸他们“金童玉女”呢！

这话一出，太夫人顿时面色铁青又气又急，嘶声道：“这……这怎么行！不是说她家要招婿入赘吗？”

王氏也是满心不痛快——广晟的未来儿媳人选，她本来打算牢牢攥在手里好好挑选、调教，务必要找跟她一条心的，最好是娘家低微立不起来，不敢跟她争的，否则这个侯府的掌家权就不会再握在她手中了！

若是皇帝真要把宣灵郡主赐婚给广晟，儿媳的来头这样大，娘家又这样显赫气焰，她哪里压制得住！

她嘴里发苦，却不忘排揎挖苦太夫人：“那倒也不一定，毕竟什么招婿入赘都是我们旁人议论的，张家可没放出准话来，也说不定圣上特旨，让她嫁进门来，然后让他们所生的次子去袭英国公的位置，毕竟国公爷身体健壮，等个十几二十年也等得起。”

这又不是没有先例，之前也有几家勋贵互相联姻，也是这么办的。

太夫人听了这话怒极攻心，自己方才的小算盘全部落了空，她年纪也大了，一气之下竟然头晕目眩，软软地瘫倒在椅上。

“哟，太夫人欢喜得狠了，一时心血上涌，快找大夫来！”

王氏假装贤惠凑着热闹，一时丫鬟婆子们大呼小叫涌上来，把太夫人搀了出去直掐人中，又派人去找大夫，闹了一个多时辰她才醒来，大夫劝告说老年人不能大喜大怒，否则真有可能半身不遂。

看着她躺在床上气若游丝，王氏快意了一时，更大的隐忧又涌上心头——那个庶子越来越成气候了，现在又可能要迎娶国公家的贵女，将来，这个侯府还能有她和她亲生儿子的一席之地吗？

被她深深嫉恨的广晟，此时在宫中也是如坐针毡。

宣灵郡主一身宫装华服，笑靥如花坐在他对面，小口抿着茶，目光却是闪亮晶莹凝视着他。

“宫门快下钥了，在下也要告辞了。”

广晟起身欲走，宣灵郡主急着站起送他，不知是她不习惯长裙累赘，还是脚下无力，竟然一个踉跄就要倒地！

广晟伸手一扶，牢牢拽住了她的玉臂，却不防她嘤咛一声，浑身发颤似乎无力站住，整个人贴了过来，广晟轩眉一皱，用力将她搀起，两人近身而立，他只觉得一阵香风氤氲，让人心驰荡漾。

“抱歉，又让你救我一次……”

宣灵郡主双眼莹润含情，就势袅娜坐下，一举一动都是说不尽的娇妍可爱，她有些羞怯地双颊泛红，低声道："其实我很害怕，也很惶恐，有些不能适应现在的身份，也不习惯这一身打扮，好担心自己会出丑闹笑话……"

"我也好怕自己会中毒七窍流血，或者是被人勒死，丢在池塘里沉睡不醒……昨天那几个婆婆明明待我很和蔼的，竟然要把我的头摁进水里，我呛得不停咳嗽却不能挣脱，真的好害怕……"

她说的是昨天一个突发的变故，那婆子被广晟擒住后，竟然咬破毒药自尽了——人是张贵妃宫里的，她虽然没有细说，但广晟看她那难堪愤怒的神情，就知道这件事跟张家那些人脱不了干系。

宣灵郡主抬起头，满眼崇拜仰慕地看着广晟，好似看着一个光芒万丈的天神一般："若不是你及时赶到，只怕我就要活活淹死了！"

这样的佳人脸上泫然欲泣，映着黄昏的淡金光影，更让人觉得她小小的身姿落寞萧索，很容易就怜爱入骨，广晟却只觉得头疼不已。

他轻轻向后挪了两步拉开距离，压下心头的不耐，和颜悦色道："这也是我职责所在，郡主不用介怀。"

"我听说，有人不希望我回到张家，是不是？到时候他们若是继续害我该怎么办？我真的吓得睡都睡不着，早知道这样，我还不如留在南苑呢。"宣灵郡主又向前两步，深情凝视着广晟，"不过，南苑虽好，我却是离开了那里才能认识你的……"

广晟听她提起南苑，心中一动，倒是不急着走了："你若是惦念故居和友人，我陪你回去看看吧。"

"真的可以吗？"宣灵郡主喜出望外，"姑母说我既然恢复了身份，就不能再去那冷落偏僻的地方，也不能再跟那些宫女称姐道妹。"

她声音柔软好似小猫："我对南苑可熟悉了，哪里好玩，哪个嬷嬷凶狠哪个和善，哪个姐姐喜欢什么，我都特别清楚，我带你去那里玩吧？"

广晟微微一笑，眼中却是闪过犀利光芒——这个宣灵郡主虽然黏人了点儿，暂时也没发现什么问题，现在跟她一起去南苑，也能好好查探一番。

他总觉得那假冒红笺的死、金兰会的神秘图谋，都跟南苑脱不了干系！

他答应了而后走在前头引路，因此没看到，盈盈纤步落在后头的宣灵郡主，唇边露出诡秘而妖异的笑容——

哪怕你精似鬼，也被我红笺骗得团团转！

广晟回到家已经是半夜时分了，他进了自己房内，却见里面小古托着腮帮正在打着瞌睡等他。夜凉如水，她有些瑟瑟。一时怜惜，他脱下大氅盖在她身上，谁知她鼻子轻嗅打了个喷嚏，竟然醒来了，却是皱起眉，含含糊糊说道："好浓的香粉味道！"

她随即睁圆了眼，用力盯着广晟，"这是哪个姑娘身上的！"

广晟一愣，没想到她嗅觉这么灵敏，拿起大氅凑近闻闻，果然有一股微甜的香味，面对小古瞪圆的杏眼，他举手投降，老实交代道：“大概是宣灵郡主走在我旁边，不小心染上的。”

“什么，你跟宣灵郡主……”小古眼珠一转，顿时想起下午的传言，“皇上真的要给你和她赐婚？”

“皇上确实有这个意思，但我不会答应的。”

广晟回答得很果断，小古却没有就此放过他：“那你还跟她在一起到现在才回来？”

好似感觉到她话中的醋意，广晟反而一下子高兴起来，摸了摸她的头发，再次重复他喜欢的恶作剧——把头发弄乱成鸡窝，这才笑着告诉她：“我暂时有事要办，因此最近要跟她相处频繁些。”

“你到底有什么事，最近忙成这样？”小古问道——总觉得他好似披星戴月在做什么大事，但一问起来就是跟神策卫和金吾卫的兄弟们喝酒玩乐，甚至半夜去赛马行猎。

“宫里盘根错节水很深，我一个新人，也是为了打好关系——你放心吧，我有分寸的，等忙过这一阵——”

广晟又习惯性地要许诺，小古不高兴地皱起鼻子，甩开脑袋上那只大手：“你都说过三四遍‘等忙过这一阵’，什么时候也没见你闲下来！”

“好好，再等几天，我一定有大把的空闲，到时候带你去郊外散心……”

广晟说到这，突然福至心田，发笑道：“你不觉得我们这番话，简直是一对老夫老妻吗？”

“呸，谁跟你老夫老妻！”小古瞪了他一眼，反而逗得他哈哈大笑，于是她气鼓鼓地走了。

走到外面的夹道上，夜凉如水，白日的暑热被驱散了，她的头脑前所未有地清明——刚刚那香味，有易容术的熟悉味道！

天下间易容术五花八门，但基本都要用到一种特殊的黏胶，这种胶是从辽东一种阴木上割出的树汁，风干了的味道就是那般！

这香味……难道说那宣灵郡主有问题！

小古皱起眉头，决定明日出去查探一番！

“虽然没劫到人，被萧越坏了好事，但总算把这个拿到手了。”

夜半时分，景语在自己房里举杯，靠窗而坐的人黑色夜行衣蒙面，正是常孟楚。

他手中把玩的，正是如瑶身上消失不见的半片玉琮。

“宫里南苑那边，一切都准备好了，而红笺易容顶替，终于也混到御赐的郡主头衔了。”

“你还要住在这济宁侯府多久，这里毕竟是深宅豪门有人看家护院，我暗中来去很不方便！”常孟楚说道。

“别急，我还有最后一件东西没弄到手。”景语似笑非笑道。

“就是那只木盒？”常孟楚问道，“里面真的是建文皇帝留下的旨意吗？”

景语摇了摇头：“盒子没打开，谁也不知道——但建文帝也不是庸人，他留下了话，说里面的东西能让朱棣万劫不复，应该是有着极大的威力。”

“世上只有权势最重，而权势是靠兵力支撑的，这些虚无缥缈的圣旨啊秘闻之类，真的可以让朱棣黯然败亡吗？”

常孟楚的脸上写满不信——若不是景语一力主张，他根本不会相信区区一个木盒就有翻天覆地的能力！

“哼，袁家那边收养了朱允熥，又让他加入军中，也是企图让他渐渐掌握兵权，将来有一天能行那惊天动地的大事——本来我也想赌一赌他那边，但时不我待，我们已经只有眼前这个机会了！”景语眼中闪过冷酷犀利，“你知道吗，皇帝有意要迁都北平！”

“什么！”

常孟楚潜伏在民间，倒是第一次听见这种秘闻。

“是真的，他自己多年镇守北平，觉得那是他的福地，而且也习惯气候地理了，南边他不仅住得不习惯，江浙这边的很多官员还以地头蛇自居，用家族势力帮助太子和汉王夺嫡，争斗不休，朱棣对这金陵早就腻歪了！”

景语冷冷一笑：“虽然他目前还没公布，但已经派了袁容等亲信去北平测量勘察地形，准备在原先的王府基础上改建皇宫。”

他眼中闪过一道锐利冷冽：“如果再拖下去，等他真的迁都到北平，那我们在南苑的倚仗和布置，就全部付之流水了！”

“就连那只木盒，也没了一大半效用——”

景语说到这，却发现自己失言了，常孟楚心头一凛，站起身来低喝道：“原来你还是藏着一手没告诉我——给我把话说清楚！”

景语很快就面色如常，低叹道：“那只木盒里有什么圣旨，我是真不知道，我只知道，木盒里有另一幅地图，绘尽了宫中的密道，据说一端出口就在南苑那里！”

迎着常孟楚惊愕的目光，他沉声道：“这都是我从红笺父亲留下的笔记上查到的，他把袁槿的亲事订给了嫡长女，却把自己最重要的笔记留给了红笺，这么多年这个蠢女人一直偷偷藏着，却没发现笔记里隐藏的这些暗语。”

“不仅胡闰知道，我估计袁家和其他几家也知道，他们的后人要么流放了要么在逃亡，这个秘密就一直没泄露出去。”

“圣旨里应该关系到朱棣软肋的秘密，而这张地图，能够轻易出入皇宫大内，直捣黄龙。”景语目光闪动着睿智的光芒，“当初胡闰假装投诚，以及朱棣突然狂怒，将他凌迟处死，这里头应该大有文章。”

常孟楚看了他一眼：“你心里已经猜到了，不是吗？你们读书人就是有太多弯弯绕绕。”

“我也不能肯定，但是据我推测，胡闰出卖朝廷秘报和军情，助朱棣入京，是因为他们几人已经看到朝廷必定败亡的颓势，于是干脆放手一搏，引蛇入瓮，让朱棣顺利进入皇宫，然后就要发动什么机关——如果我没猜错，也许是要让当年建文帝的那场大火重演！”

“利用无人知晓的密道和宫里埋伏的暗棋，要做到这样不难，朱棣应该险些丧命却逃过一劫，因此狂怒不已，但又不能明说，于是将胡闰凌迟处死后仍然不能消气，竟然将他剥皮实草后做成人皮灯笼，悬挂在宫门顶端——唯有这样，才能解释这一切。”

景语娓娓道来，分析得头头是道让人信服，常孟楚听得心神动摇，叹息道：“如果真是这样，这一局还真是险奇——可惜，朱棣还是逃过一劫了。”

“当年设计的是几个文人，他们对军务所知有限，况且过于心急，手忙脚乱之下必定有不少漏洞，朱棣麾下有好些厉害人物，别的不说，光是当年随侍他身边的三宝太监，就是个狠角色，也许是他或者别人目光如炬，看出了破绽。”

景语沉静地说道：“他们当年没完成的，就由我来继续这个计划吧，而且，更加庞大、精密、完美……”

他站在窗边眺望远方，亭台院落美轮美奂，高楼灯火明灭次第，如此美景，他的心中却只剩下无边的暗黑怨愤。

浑身的血脉都在这一刻激越翻涌——这一次，他绝对不能失败！

纪纲已经倒台，朱棣也必须死，而这个毁灭他父亲以及无数志士肉体、精魄的朝廷，也不必再存在……

一切的一切，都不过是罪恶的虚无而已。

就让他来代替上天，执行这最后的报应！

常孟楚站在旁边，看着景语这般漠然伫立，却只觉得眼前这份平静充满着诡异的张力——仿佛在下一刻，就会爆燃开来，变成惊心动魄的漫天杀戮……

也只有这个男人，能给人这样的感觉——这个行走在光与暗、平静与怨毒之间的男人，在这一刻，终于要露出他的峥嵘面目！

就在他感叹之时，景语收住脚步，回过身来打开衣橱，似乎要更衣出门。

“我要去见一个人，一个看似聪明、实则愚不可及的天潢贵胄。”他冷冷一笑，“世上有成千上万的蠢人都能吃一碗安生饭，但唯有自作聪明的，才会成为我手中的棋子，飞蛾扑火自寻死路。”

夜近三更，万花楼之中，却有一处特别包下的贵宾间，还有一丝灯火脉脉而亮。

其中一人身材挺拔魁伟，相貌英武而豪迈，衣着看起来只是个普通富人士绅，却掩不住眉宇间的桀骜英华。

他正来回踱步，看似悠闲实则越来越快，显示他内心并不平静——灯烛的火光映在他瞳孔里，照亮了那最深处的华焰——那样一种激动和贪婪，好似恶狼猛兽一般。

突然门板一响，他蓦然回身去看，却发现只是风声拍动，顿时心头失望，眼中光芒更加焦急。

“劳烦殿下等候，学生实在惭愧。”

清朗嗓音在身后响起，他再转过头来，却发现窗板已经从外打开，一人青衣翩然，书生打扮，正在含笑看着他。

“薛先生，你可算来了！”汉王朱高煦眼中凶光一闪就不见了，只剩下激动和喜悦，大步上前，双手拉住那人的衣袖，“孤王等你，就宛如乡间老农盼望甘霖一般，虽然心急，却是喜出望外。”

朱高煦平日以交横跋扈凶残狠戾著称，此时却一派礼贤下士的亲热作风，景语微微一笑，不动声色地挣脱了他的双手，笑容宛如清风明月：“殿下谬赞，倒是把薛某看得太重了。”

“薛先生乃是堂堂东厂的幕后军师，剑胆琴心才学过人，孤王早就仰慕，却因为顾忌父皇，一直不敢亲近，收到您的传书，只觉如虎添翼，大事可成啊！”

朱高煦早就听说薛语这一号人了，以区区举人的身份却可以在大理寺直面君王，一鸣惊人，后来竟然放下到手的荣华富贵，去襄助刚刚成立的东厂。

这个东厂，眼看着就要替代锦衣卫，成为侦查官民叱咤风云的一柄利器，此人的前途不可限量，却没想到他竟然愿意站到自己这边，朱高煦自己说得喜出望外，倒是没有撒谎。

恭维过后，他压制不住内心的急躁，问起先前在信件中提到的内容：“薛先生，你之前说太子和皇太孙即将有异动，只要暗中抓住线索，就能当场抓住，让这项图谋彻底破灭，是真的吗？”

“这是我们东厂刚刚侦缉到的线索，本来应该第一时间汇报圣上的……”

景语嗓音儒雅动听，却是不动声色的蛊惑着眼前权欲熏心之人：“皇太孙私下调动太子六率的兵力，时间就定在您出城祭拜徐皇后的那一日，就是下个月初四。”

“什么？！”

朱高煦悚然一惊：那一日正是朱棣原配徐皇后的忌日，她与朱棣乃是结发夫妻恩爱非凡，两人曾经相约，死后葬于故地北平，朱棣在那边修建了长陵，但工期长久，因此灵柩是停在城外的殡宫之中。

太子和朱高煦两人，一是为了彰显自己注重孝道，也是为了讨父皇欢心，每年的这一日都要去殡宫祭拜并斋戒三日。但如今太子被禁足宫中，去那里的便只剩下汉王一人了。

“他……他竟然敢……”

朱高煦咬牙不敢相信——在他眼中，侄子朱瞻基虽然很得父皇喜爱看重，但毕竟是个十几岁的少年，乳臭未干还很稚嫩，没想到，他居然有这样的胆略和手腕！

景语的嗓音继续在他耳边回响，激荡起狰狞可怕的涟漪：“一旦将您除掉，他们就会把事情推到潜入京城的元蒙间谍身上——锦衣卫那边很多人是心向太子的，别说捏造个把假间谍，就是抓到几个真细作也不足为奇。”

“到时候，圣上只能化悲愤为力量，奋勇出征攻打北元那边了，他毕竟年事已高，再这么折腾着，这个皇位没几年就要属于太子、太孙父子了。而您，就只是那黑漆漆的一个牌位，一座孤坟……”

只听“砰”的一声，朱高煦狠狠地捶在了茶案上，他的力道巨大，顷刻之间木板子断裂，碎屑纷飞！

“黄口小儿，竟然也胆敢谋害我！我非要将他碎尸万段不可！”

朱高煦眼中凶光熠熠，站起身来就要冲出去，却被身后薛语喊住了：“你现在跑到圣上那里，没有任何证据，他会为你做主吗？”他话锋一转更加犀利，“还是你干脆跑去杀了朱瞻基？他可是圣上最喜欢的孙子，你杀了他又没有切实证据，就算没赔命也要被罢黜圈禁，而你的兄长太子殿下，可不止这一个儿子，他喜欢的几个选侍美人，都为他生下三个幼子了……谁是最后赢家，你冷静下来就明白了。”

朱高煦满眼的凶光，在这一刻凝滞停顿。

他也明白了薛语的意思，半晌，才颓然坐倒在长椅上：“难道就这样任由这小崽子杀到我头上？”

“殿下不用担忧，如今您已经提前知晓了这桩阴谋，就可以徐徐图之来破解——况且，我和东厂的督主大人，可都是站在您这一边的。”

景语的嗓音亲切而恭谨，朱高煦看着他，顿时像抓住了救命稻草，深深躬身行礼，道：“多亏了先生，今后还请继续助我——待孤王顺利登上宝座，必定要为先生封王拜爵，赐下永袭不减的丹书铁券……”

他是混久了行伍的人，说的都是武将至高的荣誉，突然想到眼前这人是文士出身，于是连忙又道：“先生若是愿意，孤王愿意以内阁首席大学士的位置，扫榻以待。”

景语目光清明，微笑仍是那般如沐春风，让人不由得信赖，丝毫不见任何喜色：“殿下言重了，小臣只是出于公义和良心才愿意为您揭露这桩阴谋的，殿下英姿勃发有昔日秦王之仪，他日等您登临帝阙，小臣只愿归于翰林修书，做个闲云野鹤罢了。”

朱高煦暗道这帮文人就是矫情，事先都得声明自己不慕权势富贵，于是呵呵一笑：“先生大才，宛如孤王之孔明和子房，将来还要多多仰赖先生呢——您看，如今这局势，到底该怎么办才好？”

景语微微一笑，那成竹在胸的气势感染了朱高煦，越发觉得他高深莫测：“这有何难，只要您不动声色，暗中也调动府兵，如此这般到了七月初四那日……”

他低声面授机宜，朱高煦越听脸上笑意越深，听完也觉得计划妥帖尽善尽美，于是又是深深一揖：“我这就照先生说的去做。”

“殿下别急，在我们的计划发动之前，先要除掉一个心腹大患。”景语低沉的嗓音让朱高煦感觉微微颤动——那是吞噬天地般的诡异杀意，他狐疑道：“是谁？”

“就是被关在大理寺狱中的纪纲。”

景语低声喃喃，脸上的笑意却让人不寒而栗：“这个人虽然已经身陷囹圄，但只要他活着一天，锦衣卫就可能站在太子和太孙那边，为他们平添助力——此人不除，只怕是芒刺在背。”

“纪纲确实是个狠辣可怕的人物，但他现在已经成了只没牙的老虎，何况他也不是铁杆的太子党……"

朱高煦在看到景语冰雪般沉寂平静的眼眸时候，突然消音了："殿下，只有他死了，才是真正的铁证，证实太孙不仅要在城外截杀您，还要带兵入宫弑君犯上，所以才要杀了知情的纪纲灭口。"

朱高煦一听，顿时精神振奋——光是侄子杀叔叔虽然是大罪，但老头子若是一心软，放过朱瞻基那又是一个麻烦，将来甚至可能翻案，但若是把罪名拔高成弑君谋朝，这对父子就永无翻身之日了！

"好，好，一切都依先生的，那下一步，我就依计行事了，先生这边，还需要什么吗？"

景语轻声一笑，眼波流转间，说不出的魅惑和自信："我什么也不需要，只要等下个月初一的会试了。"

"哦，孤王险些忘记了，先生到京城来，就是等着参加科举的！"

其实以朱高煦看来，景语在东厂掌握绝大权柄，又有朱棣青眼看重，根本也不需要参加什么科举，但他也知道这群文人最重视这个，视科举为正途，其他都是等而下之的旁门左道，他心中暗笑连薛语也不能免俗，口中却道："孤王先预祝先生会试夺魁，殿试也连登甲第！"

宾主就此分别，景语等他离开后，独自一人站在幽暗的雕花木窗前，眺望着万花楼的前院楼阁。

大事在即，他却仍然愿意去考那什么科举，真正目的不是为了显示他镇定如常，更不是为了什么博个正牌出身。

只是为了，父亲的那个愿望而已。

他曾经说道："爹是榜眼，不知道儿子你能否青出于蓝，考个状元回来！"当时半是玩笑，半是认真，只是父子之间的戏谑，如今却是他过往记忆中难以割舍的夙愿。

"父亲，既然你这么说，我就替你完成这个心愿吧……"景语对着苍穹之上，无尽的虚空与夜色，暗暗说道。

前院仍是灯火通明，虽然已近散席，却仍然有缥缈的歌声传来，幽幽夜空之中，只恍惚听到一句："月与湖山增胜概，人看光景惜流年。白沙断渚眠鸥外，青霭长云落雁边……"

景语无声一笑，胸中无尽块垒，无边爱恨，此刻却不知向谁诉说，眼前不期然浮现一张娇美笑靥，却更添他心中纠结烦乱。

"酒醒不嫌归棹晚，蘅皋暮色更苍然……"

接下两句以后，他挥了挥衣袖，转身离去。

3.

有人在眺望风景，却不知自己是他人眼中的风景。

万花楼后院，幽暗的林间小道，白日里鸟语花香，景色宜人，此时却只有黑黢黢一团，以及三个各怀心思的人。

小古看了一眼那密室，见灯火熄灭人影消失，这才收回了视线。

“刚才我远远地看了一眼，那神秘人虽然是便装，但袍服下摆一闪而过的金线，却只有皇家和宗室才能使用——此人的身份非比寻常！”

小古低声道，一旁的秦遥微微一惊，很快却沉住了气。

“那间密室是归大哥使用的，他什么时候来，见什么人，我从来不过问，因为他的事都涉及机密，我可没那么不懂事！”

宫羽纯开口便是夹枪带棍。

小古却没有生气，而是沉声道：“你信任他，是因为他是我们金兰会会首，还是单纯相信他这个人？”

“这有什么区别吗？”宫羽纯不解。

“金兰会是兄弟姐妹们歃血为盟的组织，宗旨是拯救同伴，你相信会首是理所应当，但我要告诉你的是，他隐藏身世加入金兰会，只是为了报自己的父仇，为了这个目标，他根本不在意牺牲任何人。”

小古停顿一下，低声道：“当然，你若是单纯相信景语这个人的人品性情，就如同红笺一样，死心塌地为他去赴汤蹈火，赔上自己的性命，那我也没法再多劝。”

“你让我怎么相信你？！你爹可是出卖建文皇帝、两面三刀的叛徒小人！谁能证明你的底子真正清白？！你现在还敢来我万花楼，我没有叫喊把你抓起来就算了，你还要指控会首大哥？！比起你来，我宁可相信他。”

宫羽纯生性泼辣率直，噼里啪啦说完，心中却不免又有些惴惴，见小古转身要走，又追问道：“你别急着走啊，给我说清楚！”

小古心力交瘁，不想多说，甩开了她，却被一道温暖的手掌攥住了手腕，回头看时，却映入秦遥温暖而诚挚的眼眸，“十二妹，我信你！”

这短短一句，却让小古顿时感到鼻酸，她眨着眼，竭力不让泪水落下，却也是强撑着嘴硬道：“七哥，你又何必理会我这个叛贼之女！”

“你爹是你爹，你是你，两者不能混为一谈。再说胡闰那案子，我也仔细查过，中间颇多含糊其辞，只怕也有内情。”

秦遥身为梨园名伶，有他不为人知的三教九流的管道，甚至很多达官贵人都是他的座上客，他说的话，显然比小古更能让宫羽纯相信。她有些将信将疑，看秦遥站在小古身旁对她微笑，却又忍不住心头酸涩，嘴上也不饶人：“阿遥你还真是怜香惜玉，只希望你不要看错人，抱着毒蛇当作解语花才好！”

讽刺完小古，她又有些皱眉，似乎是在问秦遥，又好像喃喃自语：“你说大哥跟皇族宗室的人会面做什么？他们有什么话要谈论这么久？大哥平日里有什么事都是拿到例会上让大家讨论的，这事却是没露过一点儿口风啊！”

此时，花圃外突然一阵窸窣声，一个身材清瘦的少年走了过来，步伐也有些袅娜，黑暗中的容貌姣好粉嫩，宛如美女佳人，他的嗓音有些绵软而娇嫩，正是排行第十三的杨嫣儿。

他是一个相公堂子里的“哥哥”，手下管着十几号小倌，这种都是为喜欢男风的客人准备的，因此也认识一些特殊的豪客。

“我刚才去看过了，那马车上虽然没什么徽记，但我跟赶车的人胡调了几下，他的口音是北边的，身上也带着浓郁的辣白菜味道。”

“北边……辣白菜！！”

小古心头一亮——北边口音，又喜食辣白菜的，只有跟着朱棣从北平来的那帮人，再加上刚才发现那神秘人袍服上的金线……难道，是太子，汉王，或者是太孙朱瞻基?

她心头更生警兆，此时秦遥也已经想到，他说出自己的猜测，却惹得宫羽纯一声尖叫：“不会吧！这下惨了！”她的尖叫声略大了些，秦遥一把将她的嘴捂住：“噤声！”见周围没动静，这才放开她。

“难道大哥真的跟朝廷勾结？”

宫羽纯喃喃道，几人的心头都蒙上一层阴霾。

“不管怎么说，我们私下要做好准备，小心提防总是没错。”

秦遥下了结论。

广晟为了查探南苑的情况，不得不虚与委蛇，跟着宣灵郡主出入了好几日，没查出什么线索，反而惹得朱棣频频关注，各种调侃暗示，似乎要把宣灵郡主跟他送作一对，让他烦恼不已。

这一日终于回到府上略微早些，却也是晚饭后了，他的小厮沈安迎上来：“夫人在房里等您好一阵了。”

夫人？广晟想起王氏表里不一的嘴脸，唇边露出一丝嘲讽的冷笑，脚步不停去了自己卧房，换过衣服又喝了杯茶，吃了几块点心，这才去见王氏。

王夫人枯坐已经等了快两个时辰，看到这个桀骜不驯的庶子身影，按捺心头的怒火，笑道：“你整日里都在忙，快把家里当作旅店了！”

“圣上隆恩，我只能肝脑涂地、一心忠于王事，才能回报一二。”

广晟对着皇宫方向作势行礼，王氏套近乎却碰了这个软钉子，脸上的不悦更快藏不住了，却还是和蔼笑道：“那也要注意休息，千万可别弄坏了身子骨。”

她寒暄了三两句，终于说到目的了：“还有几日就是会试的日子了，你大哥广仁就要下场，还有客居在我们这的薛公子也是。”

“我只是妇人之见，但也想着，能否由你去跟考场的吏目杂役们打个商量，替他找个合适的房号位置，能避风又不热的，这样你大哥也好受些……”

会试本来是春日的三四月份，只是今年由于太子那事闹出来，又牵涉上纪纲等人，如此朝政纷乱，皇帝也没什么心情去举行科举，因此一拖就拖到了六月。

会试的号房本来就是又窄又小，一个人都躺不平，又只有几块板子，冬天要顶风冒雪，夏日要承受暑气，三天就在这里面吃喝写卷，对文弱书生来说是个不小的考验，很多人从里面出来就会大病一场，身体孱弱的甚至有死在里面的。

考官们倒是有几个跟沈源关系不错，但阅卷时是贴名的，能不能认出字迹来这也很难说，而号房这类事都是下面小吏安排的，所谓阎王好见小鬼难缠，这个道理王氏也懂。

广晟听到这话，微微皱起眉头——从本心来说他对王氏是十足十的厌恶憎恨，但广仁为人并不坏，只是个和善不理家事的书生，硬要跟他计较倒也显得小肚鸡肠。

但这么遂了王氏的意，他又有些不甘，蓦然，他想起她方才说的一句话，追问道："那个姓薛的也要参加这一场？"

"是啊，薛公子也很勤奋，前一阵都在跟仁儿互相修改时文。"

"他最近也在苦读？"

"那倒没有，这几天他经常行色匆匆出去，也不知道在忙什么。"

王氏突然想起丈夫告诉自己的——这个薛语不声不响，竟然搭上了东厂那条线，将来只怕要走权臣路线，她心头一凛，不自在地问道："有什么事情不对吗？"

"这倒是没有，广仁大哥能有个学伴，互相鼓励切磋也是好事。"

广晟心头却也有所警惕：这个时候，薛语到处乱跑不复习功课，是有什么事要办呢？

对于这个东厂智囊，他可是一点儿也不小看。

正在这时，突然门外沈安匆匆跑来，气喘吁吁道："大人，不好了，出事了！"

沈安素来伶俐，怎么会这么失态不顾场合？

广晟心中一凛，知道事态严重，于是匆匆对王氏点了点头："你说的事，我会帮你问问。"

转身离去，只剩下一头雾水满心疑惑的王氏，看着他的背影小声嘀咕："鬼鬼祟祟的不知道在搞什么！"

若是平日，只怕她也要设法打探一下这个庶子到底私下在忙什么勾当，但如今她满心都扑在儿子广仁的举业上，也实在没什么心思去管他人是非——况且她还要倚靠广晟去疏通关系，因此也不敢在此时得罪他。

广晟被沈安拉着一路跑到门外，对角的街巷处李盛已经是心急如焚，频频朝着这边张望。

"大人，可不得了了，东厂那边已经查到案子的关键线索了！"

什么？！

广晟简直不敢相信自己的耳朵。

"就是万岁让两家竞争的那案子，他们不知用了什么手段，居然抢先一步，据我们内线透出的密报，很快就能把金兰会的人一网打尽了。"李盛此时也是愁眉苦脸，"我们才查到南苑那里，大人你刚刚用了美男计，还没问出什么有用的，他们马上就要大功告成，这可怎么办？"

广晟目光冷厉明亮，略一思索，断然道："光凭东厂那些番子的能力，根本没有这么快。"

东厂才组建不久，只有那关键几个档头是安素从宫里带出来的，其余的番子一半是他招募征集的江湖异客和军中高手，另一半干脆是从锦衣卫中挑选调用的，这种挖墙脚的行为因为是皇帝诏令，所以谁也不敢说个不字。

"我也觉得很奇怪，这么一个扑朔迷离的大案，他们几天工夫就有结果了？东厂那群人是什么货色大家都知道，杀人栽赃也许还做得麻利，这种侦缉探案的细活，我们锦衣卫才是几辈子的行家能手！"

"行了别啰唆，赶紧发动我们在各处的探子，查探他们到底知道了些什么。"

广晟的命令一下，锦衣卫各处的暗线就开始行动起来，很快情报就送到他案前："今日午后，薛语急急进宫，跟皇上密谈了一个多时辰？"

"是，关于谈话的内容，我们甚至动用了……一个在御前的暗棋。"

李盛舔了舔嘴唇，即使是胆大包天如他，此刻也觉得心跳得厉害——锦衣卫本来就是皇帝的爪牙和耳目，现在却是如此大逆不道，敢在主子身边派出暗子，窥探他的言行起居。

在纪纲时期，就有这个暗子的存在了，而广晟上任后，不动声色地让他更进了一步，从御茶房升迁到了殿前随班伺候。

这件事若是被皇帝知晓，只怕锦衣卫全部都要人头落地。

"详细说了什么听不清楚，他只听到几个关键的字，是'杀掉汉王'、'万花楼'、'金兰会'、'纪纲'……"

李盛偷眼去看广晟，却发现他脸上阴云密布，冰寒气息无比慑人："这是锲而不舍地要攀扯上纪纲大人啊！"广晟冷笑着说道，心中却是发沉发堵——东厂那边说得有鼻子有眼，只怕还有相应人证物证，皇帝一旦相信，只怕……"

仿佛验证他心中的猜测，又有北镇抚使刘勉满面惊怒地跑来，喘得说不出话来，面上惨无人色，嘴唇已经近乎青紫色，广晟从未见过这位前辈元老这般模样，两人目光一对，几瞬之下就明白了端倪！

"是……纪纲大人出事了？"

广晟恍惚之间听到自己问道，嗓音嘶哑几乎不成调，刘勉点了点头，这个铁汉此时也满面泪水，哭得跟孩子一般："我宫里的兄弟冒着危险跑来告诉我的……"

广晟腾一下站起，就要往外跑，却被刘勉拦住，哽咽道："这时候圣旨早已出了宫门，大概已经到了大理寺了！"

广晟咬牙不语，一把推开他就要冲出去，却被李盛拦腰抱住，嘶声喊道："大人，大人！您可不能去啊！"

"你放开我！"

广晟挣扎着却被纠缠不放，情急之下拳头轰了上去，李盛头一偏揍在他嘴角，顿时鲜血流下，他却死死抱住了广晟，就是不肯放手："大人，您今天要是去了，就是实打实的抗旨犯上啊！”

“我不能看着他死！”广晟嘶声怒吼道，浑身血脉都宛如岩浆一般翻涌奔腾，他只觉得耳边嗡嗡作响，怒意化为火焰冲上眼眶，双眼滚烫刺痛，竟然落下泪来：“难道我要眼睁睁看他去死？”

不能，绝不能这样！

他一脚踢开李盛，宛如怒狮一般冲了出去，不多时门外便传来骏马疾驰远去的声音。

锦衣卫衙门内，气氛陷入了死一般的凝重僵硬，没有人说话，半晌，才听到“砰”的一声，却是刘勉一掌拍下，深深陷入了案桌正中，五个指印生生地陷入三寸，可见他内心的愤怒不甘！

“锦衣卫那边，应该已经接到消息了吧，可惜，一切都太迟了。”大理寺深狱的囚室之中，景语长身玉立，一身儒雅的翩然气度，正站在囚室中央，俯瞰着被铁链拴在墙脚的纪纲。

他的眼神带笑，仿佛是温柔的，瞳孔深处却是掩不住的憎恨火焰：“纪大人，你的好日子也到了——喝完面前这碗酒，你也该上路了。”

夕阳的几道余晖照着墙角处的身影，虽然被镣铐所制，只能坐在地上，纪纲的面容仍然平静无波。

“你就是薛语？”

他点了点头，评价道：“后生可畏。”

这么四个字言简意赅，更显得闲逸冷静。

景语眼中厉芒一闪：“死到临头，你倒是没有失态！”

“若是你跟我一样，年少时见过太多战场厮杀，中年后双手染满鲜血，你也会觉得，死不过是一件再轻易、再平常不过的事。”

“装腔作势！你大概还在等你那帮锦衣卫的忠心手下和贴心爱徒来救你吧？”景语冷然一声轻笑，拿起手中的密旨朝他一晒，顿时卷轴向下滚落，露出朱笔淋漓狰狞的杀令，“这是圣上亲笔，你已经绝无生理！”

纪纲轻声一叹：“从我做圣上的鹰犬和爪牙的第一天起，我就知道自己不会有善终，活到此时，已经不算短寿了。”

他微微抬眼看向眼前钟灵毓秀的青年：“无论是锦衣卫，还是你一手组建的东厂，都只是皇帝手中的刀，染了太多血腥变得迟钝，就终归要被弃，我今日的下场，未必不是你明日的归宿。”

景语看着他，眼中的憎恶怒火，渐渐的，化为诡秘的笑意——

“哈哈哈哈哈哈！”

他突然大笑出声，在空荡荡的囚室之中嗡嗡回响：“你说得都对，我每一字、每一句都非常赞成！”

夕阳映照下，他唇边那抹笑意显得分外妖异狂然：“可你从头到尾，都弄错了一件事——今天，让你踏上死路的，不是你的那位圣上，而是我！”

他凑近纪纲，低声而温柔地说道：“我不叫薛语，我真正的姓氏，是景。”

“景？难道是……”

“是，你没猜错。景清是我最尊敬的父亲，我就是他的遗孤。可是有一件事从来没人知道，我母亲是怀着身孕嫁过来的。”

纪纲皱眉微微惊讶，下一刻，那个春风浅笑的青年口中，却说出另一句让他彻底变色的话来：“我母亲姓耿，济南府临邑县人，先前的夫家，正是临邑当地的大族，纪家。”

晴天霹雳、斧钺加身也无法形容纪纲此时的心情——那是一种震惊到极点的不敢置信！

“你……你说什么？！”他脸上的冷静淡然，在这一刻终于土崩瓦解。

景语轻笑着看他，仿佛在看一个极为有趣的事物，眼中的怒火渐渐收缩、凝聚为一种甜美、残忍的讥诮：“听到这话，纪大人，你的脸色大变真是有趣，是想到了什么吗？”

“你……你真的是耿氏的……”

纪纲微微喘息，此时竟然也没有勇气问出最后几个字。

景语居高临下看着他，眼中残忍而快意的光芒变得更盛：“没错，我母亲耿氏，就是你的原配、才过门几个月的妻子。”

纪纲的眼中，光芒奇异而颤抖，幽幽看向眼前这个青年，心中那个念头终于被他证实，此时此刻，他只觉得头脑一阵晕眩：“怎么会……”

“你大概以为，耿氏早就在战乱中死了，或者是改嫁了吧？”

景语冰冷而刻毒的眼神盯着他，无情地揭露那不为人知的过往：“当年你聪明干练，通文墨又善骑射，算得上文武双全，但你考上生员后，却因为口出离经叛道之言，当众跟学官闹翻，从此被革黜了功名。”

“这也罢了，你却更加不忿，甚至暗中写下些大逆不道的文章来褒贬时政，结果被人公之于众，连知县都要拿你问罪，于是你连夜逃走，决定远走他乡去谋一番事业。”

纪纲垂下眼眸，沉声道：“那时我心高气傲，言行没有思虑妥当，族里也有人陷害，为了谋夺我那份族田，就把我私下写的文章偷出去公开。”

“无论怎样，你一个男子汉大丈夫远走他乡，却留下才过门几个月的妻子，你可真是铁石心肠啊！”

景语嗓音中满是怨毒，纪纲凝视着他的五官，却是越看越像，他急切反驳道：“我把家里大半银子都留给了她，还写下书信为证，让她去官府办了和离手续改嫁！”

“哼，你也知道族里那群不是好人，你自己倒是一逃了之，我母亲纤纤弱女，哪里是那些豺狼虎豹的对手，被他们夺走了所有田地家产不说，还说她怀的是野种，要把她装笼沉潭！”

景语冷笑道："我母亲连夜踉跄着逃到县外荒野，险些冻死在那，终于被及时赶到的父亲所救！"

显然，他口中说的"父亲"，只有景语一人不作他想。

说起景语，他眼中闪过激动和濡慕的光彩："我父亲自小父母双亡，在姥姥家长大，因为家贫只能出门求学，曾经拜在一个乡村塾师的门下读书，老师对他关爱有加，这位老师正姓耿，他只有一个独生爱女，就是我母亲！"

"老师早就故去了，父亲以耿姓义子的身份替他办了丧事，守了三年丧期，正要回陕西老家，却听闻远嫁的师妹夫家出事了，他匆匆赶来，却正好撞见师妹在郊外险些丧命！"

"为了报答师恩，也为了保护师妹和未出世的我，父亲决定迎娶我母亲，我出生后，他将我们带回陕西老家上了宗谱，随后母亲不幸身故，他带着我又赴了几年外任再回到京城，那时候我已经是六七岁了，再没有人知道我不是亲生的。"

纪纲听完这些，终于明白了一切，眼中异彩连闪，喃喃道："原来是景清将你抚养长大……"

"若是没有他，我早就不存在这个世上了！"

景语谈起景清，满心里都是仰慕崇敬："阿爹对我视同己出，他文思敏捷，才学凌绝当世，平时虽然政务繁忙，却每日不忘对我谆谆教导，关切备至……"

说到这，他几乎陷入了过往的温馨回忆："小时候家里清贫，母亲又不在了，他为了给我找些好吃的，甚至每日去河边钓鱼熬汤给我，我那时候年纪小，也偷偷去河边，却不小心掉了进去，他连衣服都没脱就跳下去救我，自己却险些溺死……"

他嗓音渐渐低沉，随即醒过神来，恢复了那般冰冷的神情，看向了纪纲："他才是我真正的父亲，而你……你根本不配！"

他咬牙说道，一字一句满是鄙夷憎恶，即使是强悍如纪纲，此时此刻心中也是酸涩纷乱："这一切，我一点儿也不知道……"

当年的年少轻狂，意气风发狂傲不羁，却在跌落人生谷底后决然而走，对于新婚几个月的妻子，虽然有抱歉，但总觉得，改嫁也比跟着他这个朝不保夕的狂徒去闯荡天下要来得好！

他不知道，妻子竟然会遭遇这些惨绝人寰的陷害，更不知道，她腹中竟然有了他的骨肉，最不知道的是，他的儿子，他的亲生儿子，竟然在他人的抚育下，长成了眼前这样一个翩然隽秀的青年！

他满心里都是迷乱震惊，不顾手上镣铐，颤巍巍伸出手，将要接触到这青年的衣袍，却被他皱眉躲开，满眼里映入的都是他的恨意和不屑："现在来装父子情深，这也太好笑了！"

景语看着他，唇边线条满是冷酷："我从小就知道身世，却从没想过认你这个生父，你飞黄腾达也好，落魄死了也好，都跟我没什么关系——可世事弄人，转瞬之间燕王谋反要'清君侧'，而你，竟然为了一博富贵，阵前拦马自荐为他所用，逐渐成为他的亲信，最后爬上了都指挥佥事兼锦衣卫指挥使的位置！”

“多威风啊纪纲大人，你手下的密探遍布大半天下，大明朝野听到你的名字就噤声不语！”

景语狠狠地瞪着他，几乎是睚眦欲裂：“你靠着聪明野心和狠毒手段，做了朱棣座下第一鹰犬，替他监视窥探每一个臣民——就连我父亲假装投诚，也没瞒过你的眼睛！”

纪纲看到他的眼神，这一刻也是身上一颤——双眸之中近乎疯狂的白炽怒焰，咬牙切齿的恨意、无尽的悲怆……这样的眼神，是出自他素未谋面的儿子——他的亲生儿子眼中！

他顿时心头一阵绞痛，一种从未有过的悲哀席卷了全身：“是我，是我发现他暗中似乎有所图谋，因此事先提醒了皇上，让他小心戒备。”

“呵呵，是啊！你目光如炬，你英明能干，你及时挫败了景清等逆贼的行刺图谋，你又博得了你主子的一番赏赐，可我……可我失去的却是我最敬爱的阿爹，我人生唯一景仰之人！”

景语撕心裂肺地怒吼出声，嗓子几乎要呕出血来！

这是他内心最深处的悲痛和憾恨！

他双眸充血看向纪纲，眼中满是狂乱和杀意：“是你，是你害死了我真正的父亲！”

纪纲看到这一幕，双手成拳微微颤抖，却是口中干涩，找不出一个字可以出口。

景语一把攥起他的衣领，对着他的眼，低沉而缓慢地说道：“当时我就发誓，只要我还有一口气在，就要你，还有朱棣这个篡位盗贼，凌迟而死，死无葬身之地！”

纪纲眼中闪过惊愕，随后化为恍然明悟：“原来这一切，是你在幕后……”

他目光熠熠，宛如暗夜里最明亮的星辰，却满含着憎恨和复仇的快意：“是我，从头到尾都是我做的——包括之前设计你在北丘卫的杀局，太子门下的秘密账簿，牵涉你锦衣卫徇私包庇，与太子一党谋朝犯上，那些铁证如山，都是我的计划——虽然你狡诈精明，却也终于落到我手上，成了这一败涂地的模样！”

他盯着纪纲，眼中的光芒幽沉宛如深渊，却含着激烈而危险的情绪：“我杀你，是为我阿爹报仇，我要让你临死前也知道清楚！”

纪纲深深凝视着他，好似要把这刚刚知悉的儿子容貌看个清楚：“如果我没有猜错的话，你就是那金兰会的会首吧？”

“死前的觉悟，又能挽回你什么呢？”

景语嗤笑一声，纪纲却是无喜无怒，低声叹道：“死在自己儿子手上，老天总算待我不薄。”

“住口，你不配这个称呼！”

景语怒斥一声，眼中闪过痛恨的强烈光芒，剧烈喘息之后，剩下的却是纠结怅然。

昏暗的囚室中，只听他喃喃道：“早知道这样，你当初为什么要抛妻弃子？一切都太迟了，太迟了！”

一盏孤灯照在他身上，将他长身玉立的身影拉得很长，昏暗一片中，他低下头，剧烈的喘息声似哭似笑。

半晌，外间传来打更的声音，他身子一颤，所有的激烈情绪，在这一刻化为冰冷。

他缓缓地站直了身子，缓缓地走回栏杆前，打开身旁的食盒，露出一杯酒，收起所有的表情，恢复了温和宁静，仿佛方才的疯狂根本只是一场幻觉：“纪大人，时辰不早了，你还是喝下这杯酒，好好上路吧。”

他俯视着纪纲，后者的眼中，有尚未消散的震惊，更多的却是愧疚、遗憾，以及别的什么……但终究也化为平静的微笑。

不知怎的，景语的手有些发抖。

他咬紧牙关，用尽全身的力气攥紧酒杯！

他对眼前这人，只剩下单纯的执念和杀意——这一生一世，他都要铭记阿爹的血仇！

眼前这人，只能是他必死的仇人，再没有任何血缘的羁绊！

美酒凑到唇边，几乎要强灌下去，纪纲轻声一叹，自己启唇张开，大口喝了下去。

“这一生，终究是我亏欠了你们母子……”

“还有景兄，他是真正的君子，九泉之下，我再向他道谢吧。”

他的嗓音逐渐低落，渐渐模糊不可闻：“我错过了太多，可这一生，我仍是……不悔。”

“当啷”一声，酒杯落地，囚室之中再无任何声息。

夜色渐渐深了，路上的行人逐渐稀少，却冷不防有疯狂飞驰的烈马当街冲来，吓得零星几个路人慌忙闪避。

广晟近乎疯狂地策马狂奔，心中只有一个念头——不能让纪纲就这么被处死！

这个念头充满他心中，化为无边惊涛骇浪，席卷全身，化为无穷而暴戾的劲道，简直是神挡杀神佛挡杀佛！

眼前就是大理寺，衙门前守卫见有一骑飞驰闯入，正要阻拦，却被他一脚踢开两个，剩下的被眼前刀光一横，看清对方噬人狠厉的眼光后心头一凛都吓得脚软。

广晟一路飞奔用手中绣春刀猛然劈开囚牢大门的铁锁，浑然不顾自己虎口崩裂鲜血直流，风驰电掣一般冲进，心跳却是越来越快，宛如擂鼓一般。甬道尽头最后一个拐弯，他终于来到铁栅跟前，眼前看到的一幕，却让他脚步僵停，再也迈不动半步——

昏暗囚室之中，那熟悉的身影蜷缩倚靠在墙角，头颅无力垂落着，整个身躯都已经僵硬，失去了所有的气息和活力。

“你来迟了，济宁侯。”

有人站在最中央，背对着他，以平静到诡异的嗓音轻声笑道：“或者，该称你为——威风凛凛的新任锦衣卫指挥使。”

那人一身书生的澜衫，长身玉立，宛如芝兰玉树，回眸之时笑容如沐春风，瞳孔最深处却有着危险狞恶的风暴——

“你来晚了一步，没能赶上为他送行。”

这一句彻底冲垮了广晟的理智，他怒火上涌，激狂烧噬全身，宛如凶兽一般冲到跟前，浑身颤抖着蹲下，凑近伸手探视，希望能感受到哪怕一点儿鼻息。

他靠近纪纲，浑身颤抖不敢相信——那般清漠狂然，在万世皆醉中无比清醒的眼眸，失去了往日的神采，涣散而半阖，宛如一切时光都凝停在前一瞬。

一个沉睡，就是永远。

第四章

纪纲之死

1.

半晌，广晟都维持那个姿势，蹲在墙角跟前，宛如泥塑木雕。

下一刻，他站起身来，绣春刀出鞘，狂飙直砍向站着的那人！广晟双眼充血，骇人无比，攻势宛如狂风骤雨，不死不休之势！

刀锋掠过景语的咽喉，广晟却是不管不顾直刺过去，一心要用他的血来偿还！

“当”的一声清脆响声，随即火星四溅！对方的袖口瞬间化为碎屑，纷飞宛如死亡之蝶！

跟刀刃格挡的竟然是一柄短剑，乌黑锃亮，藏在袖中隐而不发！

刀刃撞击之下，短剑被绣春刀碰出一个豁口，景语眼中闪过一道惋惜：这是他父亲留给他不多的遗物之一。

“我是奉旨而来的，你杀了我，不仅要赔上这条命，连锦衣卫也难逃干系。”

景语的嗓音不疾不徐，却惹得广晟杀性更加上涌，不管不顾的刀刃挥下，刺破了他咽喉，顿时冒出一点儿嫣红——

刀刃破皮后，硬生生停住了。

广晟连眼珠都变得血红，喘息声在寂静囚室里也是清晰可闻。

他无比艰难地攥紧了手中刀柄，掌心也淅沥滴下血来——这是用了多么大的力道才能控制自己的杀意！

景语心中暗凛：都被撩拨到这地步了，还能保有最后一丝理智，此人虽然至情至性，却也是绝对难缠！

此时外间传来李盛愤怒的嗓门，以及守卒的喝问，景语好整以暇地拍了拍衣袖，微微一笑道：“照理说是该带回尸首去查验的，不过你们锦衣卫前后两代指挥使如此情深，我倒也能通融一二，收尸的活儿就交给你了。”

他轻声一笑，随即翩然而去，只剩下广晟，默默地跪在墙脚尸体前，双手将冰冷的躯体抱起……

蓦然，他发现墙脚的砖缝处，似乎有鲜血淋漓而成的记号！

昏暗一片中，他点起了火折子，匍匐凑到跟前，小心翼翼地看了那一小块血污，再看纪纲身上别无伤口，只有右手尾指生生折断了，皮开肉绽沁出血来。

眼前的线索，是纪纲大人在最后的时刻，折断了指骨在背后写下的——即使那时，他还惦记着锦衣卫，惦记着他这个后辈！

他感觉鼻子发酸，心中无尽的阴霾，却在这一刻破开一个洞来……

墙脚的血痕并不是什么字，而是几个圆圈和线条，如果不仔细看，只怕会误以为是砖块上的划损，但广晟却并不这么认为——纪纲为人机智，他最后时刻留下的，必定是有所暗示。

左边是一个圆圈高悬在上，下面是四四方方一块，他把脸贴在地上，眼珠子都几乎着地，才发现里面似乎有很多用指甲刻下的“人”字形。

这是什么意思？

广晟皱眉苦思一时也不得要领，只得撕下衣袍原原本本地照抄，另一摊却也是画了一个四方形，下面有七个略粗的长条，一段略微停顿，用鲜血画了一个醒目的圆头，这七个长条蜿蜒曲折，交错纵横，却并不似什么路线图，而是短而古拙，倒像是一条条笔直长虫。

这简直像是孩童的信手涂鸦，到底是什么意思呢？

安葬了纪纲已经是半夜时分，广晟一身疲惫回到家中，却是抱着头，蜷曲在床上。

他的脑袋嗡嗡作响，浑身都是酸痛——经过这一天的奔波和噩耗悲痛，他整个人已经乏累极了，却一点儿也不想入睡。

他眼前平摊着一块衣角，是他从现场抄下的——他这么眼不错珠地看着，已经一个多时辰了。

压抑住悲伤，他捉摸不着这其中涵义。

夜近三更，突然窗边传来一声轻微响动，他警惕地一摸枕下短刀，下一瞬却听见熟悉的嗓音：“成嘉，你可回来了。”

是小古。

他松了口气，任凭她点起床前的白底绿瓷灯盏：“你怎么还没睡？”

“我来看看你怎么了——听说傍晚时候你回来了又急匆匆出去，脸色很不好看——怎么了，出什么事了吗？”

原本黑暗一片的房间，因为她掌中那盏微弱的灯火而缓缓放亮，灯光照得她漆黑晶莹的双瞳里一片担忧，他心头一暖，低声道：“一位尊敬的长辈刚刚出了意外，故去了。”

“原来是这样。”小古墨玉般的眼眸顿时泛起波光，那般温暖的怜悯、理解和疼惜，让广晟觉得心头的酸涩悲苦，在这一瞬都迸发出来，“现在是夜里，只有你我，想哭就哭出来吧。”

广晟看着她，突然不顾她的惊呼，坐在床边抱住了她。

他的头靠在她的怀里，只觉得这单薄的身躯，此时此刻却给了他最大的慰藉。

他没有哭，也没有诉说，只是默默地抱着她，平缓自己的伤口，慢慢放空思绪。

良久，他才长叹一声，脸上略微有了表情，却仍然不愿放开她。

“逝者已逝，他还有什么未了的心愿吗？”

小古提醒他，广晟低声道：“他的遗愿就是两个谜语暗示，我却猜不出来。”

“哦？”

小古顺着他的目光看向床上那块衣角，仔细看过之后也是皱眉，广晟道：“好几个人都看过，都是摸不着头脑，谁也不知道这画的是什么。”

第一幅图小古也不明白什么圆圈方块，但第二幅图的那七个略粗的长条，倒是让她有些似曾相识的感觉——

一端带圆头，略粗而纵横交错……她眼前顿时一亮，几乎要跳起来！

广晟也注意到她神色变化：“你看出什么来了？”

“这粗条，应该就是金陵城的地下水管！”

“啊？”广晟倒没想到是这个。

没错，就是这个——上次她被那个可恶的锦衣卫神秘高官扣押，金兰会的常六哥就是挖通了这些地下水管，让她从水管里生生挤过去的——那种黑暗、紧窒而脏臭的感觉，简直记忆犹新！

形状简直一模一样！

广晟也升起同样的记忆——那个狡诈的金兰会十二妹逃走的时候，就是从这些陶瓷水管里溜走的，事后为了修缮这些，工部还好一通埋怨，说好些都是前朝的遗留，修起来非常困难，为了去协调弥补此事，他还跑过一趟工部，看过实物呢！

“原来如此，我怎么没想到……”他失声喊道。

“我记得这水管因为制造精巧花费不低，也不是全城都铺设的，而是只有七条跟皇城、官衙相近的街道底下才有——金陵从前称作建康的时候，大致布局都没改变，因此前朝的那些陶瓷水管本朝也只是略加修缮，没有大改！”

他思绪宛如破闸之水，顿时灵感滔滔，指着粗管上头的四方形说：“那这就是整个金陵城了！”

既然四方形是京城，那第一幅图也解开一半了——那四方形里面刻满“人”字，更印证了这一点！

“第二幅是说金陵作为京城，下面铺设的七道陶瓷水道，而第一幅，上面是个圆圈，下面是个城市——这是什么意思呢！”

广晟思绪转得飞快——在城市上空的圆圈，不就是太阳吗？下面是京城……

此时此刻，他耳畔传来一声细微的喃喃：“是上日下京——是个‘景’字。”

他眼前一亮，却发觉那嗓音低哑有异，抬起头看时，却见小古面色发白，狠命咬着唇，神色变幻不定。

“对啊，就是个‘景色’的‘景’字！”

广晟大喜之下抱起她转了一圈，却发觉她神色恍惚，非常不对，于是诧异道：

“你怎么了？可是不舒服吗？”

伸手要摸她的额头，却被小古轻轻躲开了，她垂下脸，低声道：“是啊，刚刚用脑过度，有些累了……”

是一个“景”字，难道跟景语有什么关系？！

她心中惊疑不定，神色之间有些茫然。

广晟皱眉，焦急催促道：“你白天要忙着照顾如瑶，晚上又来我这，怎么能不累——你赶紧回去睡吧！”

小古应了一声，浑浑噩噩朝着窗户走，却被他喊住了，茫然回头，却看入他疲惫满布血丝、大大明灿的笑脸：“你的贱籍我已经找到办法给你脱去，等这次事毕，就是我迎娶你之时！”

那一句回荡在耳边，甜蜜而掷地有声，却又引起她心头重重的隐忧愁思。

小古想起夜里那一幕，手中的针线无意识地停了下来。

广晟以前也说过要娶她，但她都是付之一笑——热恋时的甜言蜜语、山盟海誓，这世上从来都不能十成当真的。

但这次，他却这么郑重地说，找到办法给她脱籍了，之后不久就要迎娶她。

这样的郑重、坚决，这样的痴心……

她唇边微微带出一丝笑意来，却很快湮没不见。

这样的允诺，她怎么能接受，又怎么敢接受？想起自己的身份，这步步惊心的任务和使命，她摇了摇头，脸上露出一丝苦涩和凄然——时间、地点和身份都不对，他的许诺，注定要被她辜负。

又想起昨夜解谜的过程，她心头悚然一惊——那些谜语都是谁出的，第二幅是陶瓷水道已经够让她吃惊，第一幅竟然是个“景”字？

景语的景！

唇边掠过这个字，她的心口猛然一缩，弥漫着不安的预感——广晟说的逝去长辈是什么人？这个景字，真的指的是景语吗？

这样说来，广晟每日在外忙碌，又到底是在做些什么？

她思绪纷乱，直到碧荷叫她这才醒觉。

“小古你绣的这是什么啊？都是一团乱线。”

碧荷惊叫起来，随后看到上首的姑娘也是绣得一团乱，气馁道：“你们都恍恍惚惚的，不知道在想些什么，这么好的料子和线都白白浪费了。”

如瑶低垂着头，总是蹙着眉，放下针线，突然道：“我想去后街的云阑庵给母亲上炷香。”

希望母亲能够保佑她得到一心人，婚姻顺遂，还有，去除她身边不安分的人们，不要再来害她、欺她、辱她……

“小姐昨天怎么没提啊，今天突然要用车轿……”碧荷看到她黯然低沉的神情后，自动消音，乖乖去问了。

反正云阑庵不比上次那个郊外的灵谷寺，它只是个小小的庵堂，就在侯府的后街上，供奉的就是侯府还有隔壁襄阳侯这两个府上的女眷牌位，几乎等于家庙一样，从侧门转过去，只要一刻钟的时间。

小姐要去给前头夫人上上香也是应该——上次太夫人去的那什么寺，她就顾着给自己和亲儿子女儿问命数吉凶了，哪里会顾得上早逝的大儿媳!

苦命的张夫人，苦命的小姐……碧荷心中想道，赶紧去找了管事，倒是出乎意料的顺利，很快就调来了车轿和人手。

太夫人只是略不悦地说了句“就她事多”，勉强同意了——马上就是别人家的媳妇，何必现在多管呢!

如瑶上了轿，心中却突然有些惴惴——之前清漪突然来告诉她：这庵堂里有做活的婆子知道小古与萧公子的秘密，要跟她说道说道。

她虽然立刻起了好奇心，但终究怕是什么人设下陷阱，因此没有预先定下，默默等了几天突然成行。

就算是这样，她身边也都簇拥围满了人——只是后街而已，又不是空旷偏远的郊外，那庵堂只有小小的两进，平日一个男的小厮也不准进来，根本不可能出什么万一。

她坐在轿中，左右簇拥的婆子丫鬟，不远处还有侯府护卫，让她略微安心——走了半途，不远处庵堂在望，突然街上涌出混乱而密集的人流，朝这一队人马狠狠地冲来!

无尽的尖叫声和哭号充斥耳边，如瑶甚至不知道发生了什么事，却听轿外传来两声撕裂空气的爆响，她急忙揭开轿帘一看，却见地下躺着血淋淋几具尸体!

“杀人啊，官府杀人啦!”

“快跑啊!”

哭号叫声中，又连续传来那声响——如瑶看得真切，那是斜街屋顶上有人架起长弩在不断射击!

“东厂办案，抓捕叛党! 闲杂人等都给我蹲在地下抱头!”

街上响起尖锐而响亮的高喊声，随即飞弩像雨一样射来，满街人群爆发出更大的惊叫声，有害怕蹲下的，更多人却是跑得飞快。

如瑶心头怦怦直跳，刚来得及喊一声“停轿”，却突然看见街道另一端，有人手持刀剑杀了过来，他们手中甚至有短枪朝着屋顶射去，屋顶长弩那边顿时有人惨叫着跌下。

“金兰会的逆党，你们被包围了，放下武器束手就擒!”

“放屁，老子就是死也要拉几个朝廷走狗来垫背!”

外面的喊叫声更粗暴凶横，人流越发朝四面跑去，下一刻，如瑶只听到轿夫一声惨叫，轿子“咚”的一声摔下了。

她的头狠狠地磕在木框上，顿时人事不省，陷入了昏迷，最后的意识，似乎是小古在轿外一声清喝!

如瑶幽幽醒来时，发现自己躺在一架精致舒适的绣床上，鼻端传来熏香的气味，隐约似乎有人在低声言语。

“我没想到，你竟然会使出这么下作的手段！”这似乎是小古的嗓音。

“你若早些时候肯把那盒子给我，如瑶姑娘也不必受这些苦。”

这男子的声音显得陌生，却又似乎听过一次，如瑶扇动睫绒想要睁开，却发现自己身上只穿着一件小衣横躺在被中，几乎可以说是半裸的！

这一惊非同小可，如瑶吓得魂飞魄散，生怕自己被人玷污了，一时简直想碰死在床头，不再苟且偷生！

总算她还有一丝理智，要弄清楚这一切是怎么回事！

她手脚还有些发软，摸索着抬起头，只见床帐撒下，模模糊糊能看到两个人影。

小古坐在床前的圆凳上，身形有些僵硬，似乎不能动弹，另一个男子站在床前，却似乎亲昵地凑在她耳边低声说笑——由于离得很近，如瑶也能听清他们的对话。

“是你急着去救金兰会那群人，这才丢下如瑶的轿子，让她落到乱党手中，衣服都被剥了险些贞操不保，要不是我救了她，她几乎是身无片缕了。”

这一句听完，如瑶耳边嗡嗡作响，简直要再次吓昏过去，她摸了摸身上的小衣，确定身上没有什么异样的感觉，这才确信自己有惊无险。

心头咀嚼着那人的话，惊险恐惧之后，涌起的却是对小古的埋怨，甚至是……恨意！

那样混乱的街上，她居然为了去救那些乱党，把她丢下不管——官家千金若是落到那群人手中，会是什么下场，光是想象就让她心寒！

“金兰会的人忙着逃命，还有跟官兵拼命，哪里会有闲心去掳走女人凌辱？只怕这又是你的精心布置吧？”

小古瞪着眼前平静而笑的景语，咬牙质问道：“你又要玩什么花样？”

“你这样倒打一耙，未免把我想得太坏了，我何曾会做这样的事？”景语竟然一口否认，但他面对小古带笑的眼神，却显示他明显地在撒谎。

“倒是你，装作跟如瑶姑娘感情不错，若是她醒来，知道你本来就跟这群乱党是一伙的，混到她身边只是为了那个盒子，她会怎么想？”

小古皱眉，怒视向他，正要反驳，却听景语突然加快语速，一气说完不给她说话的机会：“若是她知道，袁二公子的心上人是你，娶她根本也是为了那只盒子和一半玉片钥匙，她又会怎么想？如果她知道，更早在她还是孩童的时候，张夫人那么疼爱她，如珠如宝甚至超过了对自己的亲生儿子，只是为了拿她作为缔结盟约的牺牲品，她又会怎么想？”

“你简直一派胡言！”

小古听到这儿突然感觉不妙，但她被制住力道，一时不能回头去看，却见景语站直了身子，抬眼看向她身后的床上，微微一笑：“如瑶姑娘，你这下终于明白了吧？”

帐子沙沙轻响，金钩发出叮当清脆声音，似乎有人颤巍巍坐在床边，低声茫然问道：“你说我母亲对我好，是拿我来缔结盟约，这是什么意思？”

小古大喊：“你不可相信他——”却被景语一口打断：“你母亲所在的张家，是支持建文帝的死忠，为了扶持隐姓埋名的正统皇嗣，他们几家结成盟约，把你和另一位胡小姐许给了袁公子，你的玉片就是盟约的象征。”

他收敛了笑容，话锋一转肃然道：“你要知道，谋朝复辟可是要千万人头落地的勾当，你嫡母把这么危险可怕的事放在还是孩童的你身上，她可真是疼爱你啊！”

小古即使回头，也能听见一声沉响——大概是如瑶承受不住，从床上跌了下来。

景语走了过去将如瑶搀起，继续舌灿莲花、言词如刀：“你的婚约、你的未婚夫，都是一场阴谋的产物，比亲娘还亲的嫡母，养你育你就是为了这个秘密盟约，而你宛如姐妹相待的这位小古，就是要与你做‘好姐妹’一辈子的胡家小姐！”

“什么！”

景语的嗓音从身后传来，却让小古心急如焚：“不信的话，你可以去问问小古，她是不是胡家的嫡长女，是不是身上有另一件信物，皇家的凤佩？”

如瑶蹒跚着脚步，眼睛里全是昏乱狂迷，一步一步的，艰难地走到小古跟前，低声问道：“你说，是不是？”

小古看到她近乎癫狂的神色，心中百味杂陈，皱眉解释道：“我是，可是这一切都是阴差阳错的结果，我也不知——”

只听“啪”的一声，如瑶掴了她的侧脸一记耳光，那样黑沉沉的目光死气迷离，瞳孔深处却冒出癫狂的白光来：“好，好，你瞒得我好苦！”

如瑶的力道不大，小古脸上连红痕都没留下，她的心头却好似被狠狠一记重击，又酸又痛：“如瑶你听我说，我不是故意要瞒你的——”

随即，她哑然失声，再次被景语点中了穴道。

如瑶就那般幽幽地看着她，暗沉沉的目光宛如井底的水鬼一般，凄然悲怆，让人不敢正视：“从今往后，我不会再信你说的一个字！”

小古想要解释却不能出声，下一刻，房门被狠狠打开了，碧荷带着一众人等冲了进来，尖声叫道：“小姐，我们来救你了！”

蓦然，她的嗓门卡住了——只见房内一灯如豆，自家小姐只穿一件小衣光着雪臂，软而无力地靠在一个青年男子身上，而那人，赫然正是客居侯府的薛先生！

晚饭时分，侯府内外却是鸦雀无声，街上的混乱似乎还未停歇，所有下人都战战兢兢不敢多说，而太夫人和大房二房的两对夫妻，却坐在她的上房面面相觑。

“外面一片喊杀声，据说是那个新成立的东厂在抓人，听说后街上血流成河了！”沈熙慌慌张张地说道，他一提“后街”两字，太夫人冷笑着抓起茶盅就朝他丢过去：“你还敢提什么后街，我们侯府的脸面都丢尽了！”

她抑制不住内心的愤怒，“你生的好女儿，平日里就桀骜不驯，这次为了给她那贤良的嫡母上香，正好去了后街，据说被叛党掳走，剥得只剩一件肚兜，若不是薛先生经过救下，我们侯府的门楣简直要脏透了！”

沈熙被几人的目光逼视，自己也觉得女儿不省心，咕哝道："她若是失节，就让她自尽好了，或者，削了头发去做姑子。"

王氏想起自己的外甥和妹妹，也是一阵羞恼："大伯你教女无方也就罢了，可怜我妹妹和萧家的脸面也被她踩成什么样了？还有三个月要办婚事了，她赤身露体地被外男救了——这可真是一朵娇花啊，怎么三番四次出事都有她！"

沈熙脸上挂不住，赌气回嘴道："我女儿名节坏了配不上你外甥，那就退亲吧。"

"退亲，你说得倒简单！"

王氏拔高的嗓门，却被太夫人一句压下了："你们闹，继续闹吧，外面还在厮杀着呢！"

仿佛呼应她的话，外头街面上忽律律一阵马嘶，铁蹄答答震耳慑人，更远处似乎还有喊杀声，暗夜中听来格外惊心动魄。

王氏面色一变，突然惊叫道："老爷还在朝房轮值呢。"

"他是皇上亲信，定然不会有事。"

太夫人木着脸，低声道："只是这次据说是东厂查到了逆党的下落，立下大功一件——寄住在我们这的薛先生，正是东厂的大红人呢！"

王氏目光一闪——平日里沈源也提起这东厂，据说是要夺取锦衣卫职责和荣光的，是皇帝的亲信家奴，暗中掌握的权柄必定不小！

她顿时若有明悟："母亲的意思是……"

"我一个老不死的，摊上你们个个都有主意的很，哪能有什么意思呢？！"

太夫人照例尖酸地嘲讽了一句，这才慢悠悠道："只是如瑶既然清白有失，薛先生若是不弃，就请他过来提亲吧。"

这是要拿如瑶来拉拢新崛起的薛语啊……王氏眼中闪过一道光芒——沈源虽然是皇帝亲信，但毕竟是轮班才能亲在帝侧，若是能拉拢皇帝身边的东厂太监，这才是真正的青云之路！

所谓朝中有人好做官，她心中想着，已经是大半肯了，只是皱眉为难道："可我妹妹和萧家那边……"

"萧家那边很想娶个名节有失的女人吗？"太夫人冷笑一声，瞥了她一眼，"等外头平静下来，你亲自去解释说明。"

一旁的沈熙不甘寂寞地插了一嘴："你们可是拿我闺女论斤论两地卖了啊！"

太夫人倒也果断，一句话堵住了他的嘴："你上次强买扬州瘦马那事，只怕还在京兆尹那边挂着呢，你若是有个好女婿，这事立刻就能了了。"

夜色已深，听着窗外马蹄声声，小古心急如焚却是一动不能动，她被景语平放在矮榻上，却仍然被制住穴道。

"你到底要做什么？！金兰会那边究竟怎么了！"

她勉强能发声，却是微弱宛如小猫。

景语微微一笑并不答话，他如今仍然在侯府客院之中，见迟迟未有人来兴师问罪，便知道自己的计划已经成功了。

房门轻响，他亲自走去开门，小古躺在榻上抬头去看——竟然是清漪！

就在他们面对面的一瞬间，她看得真切：清漪竟然跟景语对了个眼色！

这两人显然有所勾结！

小古心头一凛，这才明白为何会这么巧，如瑶去后街上香正好撞上这场混乱！

清漪身后出现的竟然是如瑶，此时此刻她淡施脂粉，略微恢复了点儿精神，眼睛却仍然红肿的厉害。

她默默进来，看了一眼小古，目光却立刻撇开了。

“我听祖母说了。”她开口就是直截了当，“你要娶我？”

薛语站起身来，温文尔雅地郑重作揖：“若得姑娘与我缔结三生之缘，是在下的荣幸。”

“好。”如瑶眼中仍是死气沉沉的，瞳孔深处却似乎有不知名的坚持火焰，“你也是为了她而来？”

她手指指向榻上的小古，语气讥讽道：“你该不会也要我带着她作陪嫁吧？”

景语一愣，随即却是成竹在胸的微笑：“她只是米粒之珠，哪里能跟你浩然月华相提并论。”

虽然知道他是为了某种目的巧舌如簧，小古听到这轻蔑的一句，仍然心头微微绞痛。

“那你要的是什么？可千万别跟我说，你是对我一见倾心！”

如瑶冷然轻嘲，口气却变得刻薄尖利。

“我听说张夫人留给你一只木盒。”景语看定了她，神色一派诚恳真挚，“这东西是关系到建文帝的祸胎，千万不可留在你手上，还是由我转交圣上吧。”

他解释道：“圣上将此案交给东厂来查办，在下不才正是东厂参赞，这证据落在我手上，姑娘就不必有任何后顾之忧了。”

“你跟袁二一样，要的是那只盒子。”如瑶略带轻嘲地笑了一声，“你们男人，可真是各有各的雄心和秘密！”

她微微抬起头，目光流转显得诡异：“我可以把盒子给你。”

如瑶不要啊！

小古心急如焚要阻止，却不能出声。

如瑶看了小古一眼，目光犀利又看向景语：“这个丫鬟我不要了，你亲手把她处置了吧。”

竟是要取小古的性命！

景语眼中闪过一道惊愕的光芒，随即沉声道：“你这么恨她？”

“我没有哪里对不住她的，可她潜伏在我身边，却是包藏祸心——甚至我未婚夫心中所爱的人，竟然是她！他们两人把我当作笑话来戏耍，简直罪无可赦！”

如瑶从怀里取出一把短刃——原本是小古身上的，“当啷”一声丢在景语跟前："你是要盒子还是要她的命，你自己选吧。"

景语眼中闪过一道波光，突然轻笑出声："你确定？"

"当然。"

景语断然道："好，你去把盒子拿来，我当着你的面杀了她。"

如瑶点了点头，碧荷闪身出现，拿着铲子去后花园，不一会，她拿着沾满泥土的盒子回来了。

"你动手吧。"

如瑶催促道，目光幽闪看向小古，却不知在想什么。

如瑶她，真的这么恨我吗？

小古心头只觉得一阵发冷发沉，口中苦涩无比。

景语接过短刃，比划了一下，随即横刀架在小古脖颈上。

冰冷的刀刃，熟悉的触感，让小古打了个冷战，微微抬起眼，却正好对上景语深沉而带笑的眼："别磨蹭，你动手吧。"

"别人就罢了，你竟然也会认为我会伤你一丝一毫？"

景语突然在她耳边一声轻笑，下一瞬，他把短刃丢出，竟是朝着如瑶咽喉直射而去！

"小姐危险！"

瞬息之间，碧荷一把扑倒如瑶，那短刃插进了她右胸，顿时鲜血横飞。

"杀了你们主婢，我也能拿到木盒！"景语站起身来，冰冷目光看向如瑶，"你算什么东西，也配跟如郡比——你的性命，连她一根头发丝也比不上！"

他正要走过去取回木盒，突然发觉手脚一软，眼前的人和事物也开始模糊漂浮——

不好，中了暗算了！

如瑶抱着碧荷，急红了眼圈："碧荷你醒醒。别吓我啊！"

随即抬起头怒瞪景语："恶徒，我要杀了你！"

小古躺在榻上，看着这匪夷所思的一幕，简直没法回过神来，幸好此时此刻房门"吱呀"一声，蓝宁出现在了门口。

她跑过来替小古解开禁制，也解开了她的疑惑："是如瑶跟我商量的，我把你那迷药涂在这把短刀手柄上了，会首大哥一握住它，就会中了药性——不然他武功这么好，我们谁也没法救你啊！"

原来如此，原来如瑶要取她性命，只是演戏而已！她还肯来救自己，显然没有真的恨之入骨……

小古心头微松，却见如瑶抱着碧荷，鲜血喷溅四处，连忙过去替她止血查看伤势。

"还好偏了三寸，还有救……"

她谙熟伤势血脉，熟悉处理后，碧荷很快止住血，如瑶这才放下心来，却仍然对她冷着脸不愿看她："我会找大夫来治她，你走开！"

小古觉得如瑶板着一张小脸可爱又招人疼，她有些内疚道："如瑶，对不住，我不是故意骗你的，实在是……"

"实在是你们都是高人聪明人，只有我一个闺中弱女是可以手拿把掐的，可以随便骗着玩！"如瑶似乎真的挺有怨气的，仍然不肯原谅，"我救你是还你上次的情分，现在你我两不相欠了，你走吧。"

"别啊如瑶，你别生我气，我不是故意的……"

小古皱着包子脸卖萌打诨，如瑶瞥了她一眼，语气平平道："我可不是堂兄，不吃你这套。"

"好如瑶，那你吃哪套，我一定做给你吃……"

小古继续涎着脸谄媚，突然只听一声尖叫伴随着"砰"的一声沉响，抬头看时，却见蓝宁倒在地上，脑后一只瓷枕四分五裂！

她身旁站着满面惊慌的清漪，手里还有瓷炉的手柄——显然这是她砸的！

竟然把她忘记了，小古暗恨自己的不周全！

"清漪你这是做什么？！"如瑶怒声喝道。

"小姐对不住，我全家人都在薛公子手上，我也不想的……"

清漪带着哭腔说道，下一刻，景语摇摇晃晃地起身，睁开了眼。

"你竟然没有昏倒！"

小古惊讶道，却换来后者深邃的凝视："你明明知道，我就算伤害自己，也不会动你一根毫毛——"景语的嗓音清朗而慨叹，"因此，那短刃我根本没有握紧——所以中的药性不强。"

小古一时不知该说什么好，却见景语掐住蓝宁的咽喉，命令道："你们全部退后。"随后指挥清漪，"把那木盒拿过来！"

如瑶惊呼一声要反抗，却听薛语沉声道："再动的话，她就活不成了！"

他的双手仍然在发抖，却狠狠地掐在咽喉要害上，沉然目光宛如实质："如郡，你应该知道我言出必行。"

小古皱起眉，陷入了艰难的抉择——仿佛是一瞬，又好像是过了很久，她低声道："小姐，我又欠你一次——你把盒子给他吧。"

如瑶蹙眉不语，小古叹气："其实他说得也对，这东西是祸胎，你拿着也是烫手……"

"我给你，但你记住，你若是敢伤了在场任何一个人，我母亲地下的冤魂也不会放过你！"

如瑶的嗓音响起，下一刻，木盒被抛到了景语手上。

他掂了掂分量，深深地看了小古一眼，那眼眸中满是复杂情愫，随即站直了身子，在清漪扶持下开门慢慢离开。

小古先是虚脱般地松了口气，随后去查看蓝宁，幸好清漪的手劲儿也不大，在她推拿之下，蓝宁总算醒来了。

"幸好蓝宁没事。"

小古松了口气，却有些不敢面对如瑶，如瑶却主动开口，攥着帕子的手有些轻颤："这么说，我母亲张夫人也是你们的人？"

"也算是吧。"

小古回答——张夫人和伯父一族都是坚定的建文帝忠臣，从这个意义上说她确实是自己人。

"她真的是……"

如瑶似乎想问什么，却终究没有问出口。小古知道，她是想问，张夫人这么疼爱、养育她，真的只是为了拿来缔结盟约，向皇家嫡长一脉效忠吗？

张夫人，到底有没有真心疼爱过她？

这个问题，萦绕在如瑶心头，不知不觉就问出声了，小古心中恻然怜惜，却终究没法回答。

"其实，我爹跟你母亲一样，都是没通知我一声，就拿我去当联姻的棋子了。"

她低声道，看不见身后如瑶的脸色，却听她轻叹一声，瞬间两个女子就仿佛有了同病相怜的默契和温柔："你也是？"

"我爹是混账，从来不拿我们母女当亲人，可他临死前还给我来了这一手……"小古嗤笑出声，"也不知道他是觉得这任务危险，需要我顶锅送死，还是觉得这是无上荣耀，只有我这嫡长女才配得上。"

大明的风俗，嫡出的长女历来是比后面的妹妹要体面些的，一族的宗妇一般都倾向于礼聘嫡出长女，就连朱棣的原配徐皇后，也是开国功臣徐达的嫡长女。

人死无法对证，胡闰到底是怎么想的，谁也无法预测了，从小古私下揣测，应该是前者的可能多，但后者也不无道理——胡闰为了体现自己忠诚，就算再喜欢红笺那也是庶出次女，跟皇家联姻未免不恭。

往事如烟，小古并不想追究，如瑶眼中闪过一丝哀伤和柔和："对不住，我之前也贸然怀疑过你。"

她低声吩咐道，声音有些哽咽，随即仿佛为了掩饰，逞强嘴硬道："我们虽然两清，但这次救你，你又欠我一回，等将来一定要连本带利讨回。"

2.

一群人疲惫不堪地悄悄朝着唐乐院回去，临近夹道的地方，却突然冲出来一个人，吓了大家一跳。

"初兰，是你啊！"碧荷拍着胸口仍有余悸，"这么晚了你跑出来是找谁？"

"我找小古有事，她……她老家有亲戚来看她了。"初兰手里拿着信笺，急匆匆的脸色并不好看，"说你的表姑父病危了。"

"什么？"

小古顿时皱眉色变，这暗号是她跟各处暗线约定的紧急情况！

拿到信笺一看，更是心中震惊——竟然是袁槿那边送来的！

信里语焉不详，似乎都是在说什么亲戚病危，小古跑到茶炉那里，用剩下的米汤舀了一汤勺，涂抹在信纸上，渐渐出现字迹：寥寥两行，竟然是说朝廷得到线报，正在查抄兰庆班那边，下一个目标可能是金兰会的总据点！

她咬牙思索片刻，一言不发将手中扶着的蓝宁交给如瑶主仆二人，急匆匆要出门。

“街上正乱着呢，你别去！”如瑶要喊住她。小古摇了摇头脚下不停：“我要去救人！”

说完，人已经去远了，如瑶看着她的身影，眼中闪过关切，以及更加复杂的欣羡——像她这样，身手敏捷、来去自由、聪明又能干的，才是袁公子真正爱慕在意的吧？而自己，却被迫困在这深宅大院里，消磨着晦涩的青春年华……

“她这一去，只怕要危险！”

这是醒来的蓝宁听说情况后的第一句话！

她在碧荷的热敷下终于醒来，眼睛急得直冒火星，然而额头冒血又开始晕眩，终究只能不甘地躺下——她有自知之明，这样的自己只能是小古的累赘！

她低声继续说道：“朝廷正在抓人，她这么势单力薄出门，只怕是出了什么紧急事件！”

暗夜里马蹄轰鸣，马前有步卒跟随，行动之间皮甲兵器铿锵作响，映着队伍最前方的松明火把和气死风灯，显得格外惊心动魄。

小古伏身在屋檐下，看着他们前行的方向，双瞳熠熠生辉，闪现杀意的冷芒——果然是城东方向。

那里跟金兰会有关的，只有兰庆班一家！

七哥秦遥！

她心中一凛，随即想到，那些女眷还藏身在兰庆班隔壁！

原本只是暂时停留在库房里，但秦遥藏匿她们是连金兰会众人都不知道的，因此难以安置，正好如瑶继承的张夫人嫁妆，在那条街上有一家胭脂绣品铺子，因为经营不善处于快倒闭状态。这家铺子因为偏远不在闹市，又不赚钱，太夫人和王氏倒腾了几次都没人接手，因此交还给原先的掌柜，那人是张夫人的陪房，老实巴交却没什么主意。

小古先前假托亲戚之名，从如瑶手中租了这间铺子，就是看中它跟兰庆班只隔了一个巷口，勉强也算是邻居，而且它有个很大的两进院子，里面原本就是绣娘的绣房和睡间。

因为这一阵疲于奔命，也只能假托绣娘的名义将女人们安置在此，虽然会有破绽，但掌柜夫妻都是张夫人的人，忠诚不会有问题。

其他的金兰会成员都有藏身的办法，唯独这些人，人多嘴杂又无法自保，是绝大的累赘，但小古却不愿丢弃她们，再说有秦遥和兰庆班的照应，拖过这阵应该没问题。

但如今官兵显然是冲着那里去的，是兰庆班还是铺子出了问题？是偶然，还是两者都暴露了？！

小古无暇去想，她轻身跳上更高的屋脊，宛如灵猫一般伏下身快速腾跃游走。暗夜遮蔽了她的黑色鹫衣，却仍然非常危险——话本中那些高来高去的江湖侠客如何，其实根本只是杜撰，真正的高手就算再强，被下面街上的官兵发现，也是立刻中箭射成刺猬！

耳边风声呼啸，她掌心微微沁出汗来，飞跃挪移的脚步却是迅疾毫不犹豫，终于在一刻之后，赶到了兰庆班那条街上——远远看去，只见火把照得亮如白昼，骑兵步卒黑影重重，将半条街都团团包围——她的一颗心，顿时沉到了底！

“东厂办事，所有人统统给我滚出来！”东厂的番子凶神恶煞地喝道，火把照得人脸更加狰狞。

街两边的商铺都被迫打开，伙计和看守的店家夫妻睡眼惺忪，看到这一幕都抖抖瑟瑟。

“什么东西都不许带，一个个验明正身。”

顿时个个如狼似虎的冲过来把人抓起，由几个档头亲自查验——那几个人嗓音尖细，目光却是淫邪，顿时吓得一些女人哭闹起来。

“砰”的一声，却是领头的那个紫衣蟒袍的太监丢出了手中铁如意，正好砸在那哭闹的女人头上，顿时红的白的脑浆崩裂，这一幕让很多人双腿瘫软几乎昏厥，再也不敢有丝毫违逆。

眼看快搜到了那绣铺，突然有人长身玉立，越众而出。

“厂公且慢。”

出现在众人眼前的那人银青缎袍绣着淡紫莲纹，玉冠折扇宛如天上谪仙，却偏偏有一种清贵闲逸之气，在权贵前面也能不卑不亢。

安素眼睛一眯，无形的杀气弥漫开来：“你是谁？”

看这人虽然衣着华贵，却不像是有功名的学子或者官员。

一旁有宫里出身的太监凑在他耳边轻声道：“这位就是秦老板！”

安素的眼睛眯了起来——他也是秦遥的戏迷，之前作为少监时虽然手头有钱，偶尔出宫来追捧一场，但终究是宫务在身不敢长期擅离，因此缘悭一面。后得皇帝青眼点他做了东厂厂督，却一直疲于奔命，也没空去听戏玩乐，因此虽然对秦遥仰慕，也从未有机会直面真人。

“哦哦，我真是眼拙，没看出来……”他一把攥住秦遥的手，凶横的三角眼近乎贪婪地在他如莲般雪洁的脸上停驻，“兰庆班的大院似乎就在这附近？等这番事情一了，我们得好好亲近亲近！”

大权在握让他平素的谨慎小心，也变得颐指气使——秦遥虽然是梨园名角，但毕竟只是个伶人戏子，说句不好听的，就是达官贵人手里一个玩意儿，他如今贵为东厂督主，想要亲近染指又有谁敢阻拦？

秦遥面容含笑，神色不见丝毫慌乱，任凭修长白皙的手掌被对方铁钳般攥住：“厂公青眼，在下真是惶恐，只是有一事要向您禀明……”

不等对方反应，他近乎凑到耳边道：“这绣品铺子里的真正主人，可不好惹啊！”

“这世上，可没有东厂惹不起的人。”

面对安素的轻蔑冷哼，秦遥微微一笑，声音更加低了：“如果说，是英国公和张贵妃呢？”

“你说什么？！”

安素悚然一惊，他之前从薛先生那里接到线报这才冲过来抓人，没想到居然闹到这两尊大佛头上？

“你有什么证据？”

“这里的绣娘都是从交趾掠来的罪奴，养在后院可不是为了绣花。”秦遥的声音平静带笑，眉宇间却有种说不出的魅力，让人毫不怀疑他，“她们精通的是吹拉弹唱，各种伺候男人的手艺——这些都是要派大用场的！说不定，连宫里也要送几个去。”

安素皱眉紧紧盯着他，却看不出任何撒谎的端倪：“一派胡言，英国公英雄盖世，怎么会养这么一群玩意儿？”

秦遥微微皱眉，看着他似乎难以启齿：“英国公就算再是英雄好汉，他也是做人兄长的，宫里的事情，督主应该比我清楚。”

安素这下反而信了大半——要说英国公确实不屑这些事，但张贵妃是他亲妹妹，兄妹感情一直很好，而宫里这些年得宠的却不是张娘娘，反而是小家出身的王贵妃。

虽说是两宫贵妃同掌宫务，可大半权柄却捏在王娘娘手上，圣上性格暴虐，唯独见了她才会喜笑颜开，待张娘娘虽然敬重，可男人的心不在你身上，这份敬重也只是冲着你的家世来的。

张娘娘虽然面上不露，心中肯定是很不服气，自己若是不行，就想着要引进新人来拴住皇上的心了！

安素是个去了势的宦官，最感兴趣的就是这些阴微宫斗，他越想越是有道理，见几个番子要冲进绣铺，连忙骂道：“你们几个没长眼睛是吧，都不许动！”随即皱眉看向秦遥，“张家的事，你怎么会知道得这么清楚？”

秦遥面上闪过一道红霞，更显他肌肤宛如美玉，白皙晶莹：“大家都是街坊，蒙掌柜的推荐，国公府那边让我给她们讲课教授些仪态举止。”

安素一听，眼中露出淫邪了然之色——权贵人家秘密调教来送人的，一般都要请青楼的人来教魅惑之术，眼前这秦老板虽说不是青楼之人，但那般摄人魂魄的嗓音和举止确实值得一学。

“我贸然前来，也是怕大水冲了龙王庙，两下若是伤了和气，对厂公也是件憾事。”他唇角带笑，瞬间让安素心神荡漾，“厂公曾经来捧过我的场，这份情谊我还记得呢。”

就在台下坐了一次就记住他了！安素顿时受宠若惊，又有点儿不敢相信。

“厂公那日看的是《牡丹亭》的《冥誓》，是不是？”

安素点头称是不禁哈哈大笑，心中得意非凡——这秦遥素来爱惜羽毛，虽然跟权贵交往却不曾有折堕卑屈之态，今日对他如此青眼视作知己，真该让那群假清高的士林中人来看看。

他们这边说个没完，那边所有的店铺都检查完毕了只剩下这绣铺，安素瞥了一眼，道：“这家没问题，我们走吧。”

正在这时，突然绣铺后门被狠狠撞开了，出现在众人面前的是一个头发蓬乱的女子，眼角带三分妩媚，她气喘吁吁地跑出来，指着秦遥嘶声喊道：“你们不要被他骗了，他就是金兰会的七哥！”

这一声宛如晴天霹雳，金石迸裂，吓得众人都呆住了！

秦遥心头一震，抬眼看时，竟然是那个阿琼！

“你说什么？”

安素简直不敢相信自己的耳朵，随即大步走了过去，拎起了她的脖子，不顾她被勒得翻白眼，问道：“你有什么证明！”

她鬓发散乱却是泪光点点，看来别有风情，对着安素拼命示意，后者把她放开后，她才大声喘着粗气道：“千真万确，这个人就是金兰会的老七，他的背上有兰花的文身！”

这一句让安素双目熠熠，如获至宝，回过头用鹰鹫般的目光逼视秦遥，后者虽然心下暗暗焦急，面上却是露出惊愕和愤怒：“岂有此理，这女人被关得久了就胡乱攀咬！”

安素看他表情不似作伪，顿时也有些踌躇——这些女人都是被掠来的，仇恨之下说什么疯话来挑拨是非也不足为奇。

但事关金兰会，宁可错杀不能放过，于是他笑道：“既然如此，就请秦老板脱衣查验，以示清白。”

这一句一出，顿时让秦遥心头一紧，身子不禁一僵。

“怎么，秦老板不愿意吗？”

安素阴冷地逼上前来，秦遥暗扣腰间软剑，准备拼死一搏。

就在这时，突然从两人身后传来一道清脆甜美的嗓音：“秦老师才不是叛党！”

回头看时，却见从绣铺破损的后堂门走出一个梳着飞燕髻的美貌少女，面容宛如雪玉晶莹，满是怒气更添丽色。

她指着地上阿琼道：“总共进宫的只有一个名额，我胜过你妹妹，你就心怀不忿想坏了我的好事！你和你那个烂心烂肺的妹妹会有报应的！”

说完瞪着那阿琼，鄙夷道：“你跟秦老板套近乎，他不理你，你就干脆诬陷他——你也不去照照镜子！”

说完简直要冲过去扭打，安素看这场面太乱，干咳一声让人拉开，坚持道：“我不管你们是谁的人，将来谁要进宫成龙成凤，总之，现在我必须查验正身！”

秦遥心中暗暗焦急却又奇怪，不知这少女是谁，却见那美貌少女冲他微微一笑，眼中的熟悉意味终于让他豁然明白——这竟然是小古！

这是她的真面目，还是易容的……即使在这一刻，他心头闪过的居然是这个念头，此时安素手下如狼似虎地要过来撕扯他的衣服，却听那少女一声尖叫：“你们轻点儿，别伤了秦老板！”

她气鼓鼓地跑来，自告奋勇道：“秦老板，我来替你脱！”

一旁的安素嗤笑出声：“哟，秦老板，人家对你真是情深义重啊——这监守自盗可不是好事啊！”

他看这一团乱，心中倒是猜测这真是一场争风吃醋的无聊事件，但终归要看了秦遥背上才能放心。

小古站在秦遥背后，见他眼色发沉，示意他“不要紧张”，就羞红着脸替他脱下外袍，又轻轻解开中衣内衫，十指纤纤，柔荑宛如蜻蜓点水一般，抚摩过他的脊背，秦遥只觉得心头轰然一声，竟然连脸色也微微泛红。

“你们俩这是在调情呢！”

安素大步走过来一把甩开衣服累赘，却见那白皙精瘦的脊背上，果然有一团五彩刺青，顿时狞笑道：“铁证如山，你还狡辩什么？”

“大人，请您仔细看看，这不是兰花，是一蕊牡丹啊！”

小古脆生生喊道，安素一愣，随即仔细一看，确实是一朵姿态雍容华艳的硕大牡丹，栩栩如生地绽放在男人脊背上！

“这是怎么回事？”

他问出了声，电光火石之间，秦遥明白了小古的示意，低声沉痛道：“这是多年前的伤心事，我不愿回忆——总之，有杜丽娘那般佳人倾心，我却做不成柳梦梅金殿题名，只能两处蹉跎了她！”

又是这种才子佳人的事！安素皱了皱眉——自以为猜出八九分，却仍是沉声问道：“我问你这牡丹怎么来的！”

“这刺青的花样，本是她亲手所画，我特意绣在身上，永远铭记怀念……”

秦遥真不愧是唱念俱佳，这么一演，连安素也叹息了一声，居然跟他同病相怜起来：“想开点儿吧老弟，那些大家闺秀、豪门夫人跟你是成不了，露水姻缘就自己偷着乐吧！”

随即他匆匆收兵，只留下满街惊魂未定的人，以及对视而笑的小古和秦遥。

两人回到兰庆班，没等徒弟上茶，秦遥就问：“这背上的牡丹究竟怎么回事？”

小古伸出手来，只见她指尖竟然有深浅不一的黑色墨痕，却又不似是墨汁，在灯光下五彩迷离，渐渐升腾化为五彩烟雾淡去。

“这是一种特殊的颜料，用苗寨的一种虫子晒成干，原本苗人用来印染衣服，却发现它很快会蒸腾淡去，但它却有一种特别的好处，就是适合印染，只要粘上一点儿就能原样拓下，比印泥还好使。”

小古揭开袖子，衣料反面竟然粘着一幅牡丹图，“这是在那个绣房里找到的，危急时刻我就用上了。”

“这图是小安绣的，没想到居然派上用场了！”

两人没等松口气，秦遥又开始担忧：“在这之前，先把她们赶紧转移吧——这里已经暴露，不能再呆了。”

小古仔细一想，皱眉道：“就算暂时用英国公那边的牌子吓住了他们，但纸包不住火，早晚还是会被查出来的——可现在街面上一片混乱，让她们去哪呢？”

秦遥也觉得棘手——这些人都是上了通缉令的，混出城非常困难，而且是无处可去，但城内已经是风声鹤唳到处搜捕，眼看更是危险。

“不仅她们，连同我的戏班，让他们尽快离开！”

秦遥面沉若水，眼中闪着寒凛光芒，深深吐出一口气：“所谓覆巢之下无完卵，我这点儿基业眼看也是保不住了，不能连累这些兄弟跟我没个着落。”

他匆匆回到戏班，也不多说，就从房内密格中取出了厚厚一叠银票和身份、通关文牒，聚集了戏班众人，宣布暂时歇业，让他们明早就出城，去他在泉州的一个隐秘宅子里暂时避一阵风头。

他目视众人，沉声道：“我在做什么，你们有些人隐约也知道，如今我也不愿拖累你们，大家暂时歇业，就当去泉州休养，若是有什么意外，你们直接乘船出海。”

兰庆班并不都是金兰会的下属成员，但大部分人都是罪余畸零的可怜人，对朝廷都没什么好感，所以虽然有人隐约知道班主在做什么，却是没人往外泄露丝毫。此时听到他这话，顿时面露哀戚，却没有人敢开口问。

“班主……”

“师兄！”

终于有人哭出声来，惶然大眼看着周围熟悉的院落与戏台——这原本的安身立命之处，转眼间就要灰飞烟灭吗？

有学丑角的小师弟还没卸妆，号啕着顶着一张大花脸扑上来抱住秦遥的腿，口齿不清道：“师兄你跟我们一起走！”

泪水和着颜泥，将秦遥的袍服下摆染成了五色斑斓，他沉默着，用巧劲儿一震抖开了这小子，随后单手把他搀起：“我留下还有事。”

金兰会这边，虽然遇到险情，但显然没有完全暴露，他身为高层首脑之一，不能这么一走了之。

“别做这种婆婆妈妈的表情，你们一早就走，留下反而是我的累赘。”

他挥袖断然做了决定，夜色中，只有庭院里那一盏灯照出他眉宇间的怅然与不舍，再睁开眼时，原本美玉般清俊的脸上，此时只剩下破釜沉舟的刚毅决绝。

小古站在旁边看着，突然心头一痛，却也没有插嘴——此时，所有的语言都是苍白的。

众人都回房去整理行装，秦遥突然侧耳听了街上打更声音，皱眉道：“坏了，今晚的金兰密会我赶不上了！”

“今晚有密会？”

小古是真不知这事——自从上次出了她爹是叛徒这事，她几乎已经被金兰会开除出去了，哪里会有人通知她这事。

“街上都是朝廷的爪牙，还开什么密会？”她隐约觉得事有蹊跷。

“这是会首发出的指令，大家必须在一更前到达万花楼——说是出了关系到本会生死存亡的事！”

秦遥来不及跟她多说，转身要走，却被小古拉住了：“我跟你一起去！”

他凝视着她亦喜亦嗔的晶莹小脸，心头苦笑却转为宠溺：“你若是去了，大家立刻就得对你喊打喊杀！”

“我扮作你徒弟前去！”

小古坚持，皱眉道：“朝廷马上要查抄金兰会的总据点，这不就是万花楼吗！今晚必定十分危险！”

“朝廷怎么会查到这些？”秦遥心中悚然，觉得这也未免太快，简直可说是暴风骤雨一般。

小古脸色凝重没有说话，眼前却浮现出景语的那张脸。下一刻，她摇了摇头——不会的，阿语就算别有用心，也不会如此丧心病狂！

夜幕笼罩整个宫苑，殿之中却是灯火通明。

“朕给你们双方限期一个月，可现在，东厂却已经查到金兰会的大本营了。”朱棣坐在御座之上，声音听不出喜怒，却让人感到莫大的威势压迫。

“济宁侯，你太让朕失望了。”他看着下首长跪的俊美男子，皱起眉头沉声道。

冰冷的青石砖在膝上印出深深红痕，广晟低头俯首听训，心中却仍然惊愕难言——方才他被紧急召进宫来，却听到皇帝宣布，东厂查案进展迅速，已经找到金兰会的老巢，即将一网打尽。

这怎么可能？

看着广晟惊愕不服的神情，朱棣眼中闪过一丝失望的冷笑，看向另一侧：“薛语，你刚才说的什么，再给济宁侯讲一遍。”

“是，皇上。”

广晟的眼角余光感受到身旁出现的那人，狠狠握紧拳头，将憎恨与怒气更深地埋进心里——此人逼死他最敬重的前辈纪纲，他绝不会放过他！

“……以上就是我们东厂查到的，这群人今晚一更将在万花楼秘密聚会，只要我们迅速出动，就能将他们一网打尽！”

薛语说完全部，朝着朱棣再次叩拜，朱棣拍了拍扶手，冷然道：“你们有把握吗？”

薛语微微踌躇，然后似乎下定了决心：“东厂毕竟刚刚成立，人手不足，尤其是缺能镇得住场面的好手！”

“你倒是挺老实的，朕最喜欢实话实说的。”

薛语恭谨道："什么事都瞒不过万岁的眼睛——我们东厂是想抢这个头功，无奈金兰会确实是党羽众多，我们力有未逮，坏了万岁的好事，那简直是万死莫赎。"

朱棣轻声一笑，那笑意却未到眼底："那就由你们两家联合出动，去将这群逆党一体擒拿剿灭！"

说完，他转身离开，只剩下两个各自出色的年轻人，对着那空荡荡的御座再三叩拜，然后退出。

薛语对着广晟微微一笑，那笑意有一种神秘的挑衅恶意，后者轩眉飞扬，大步流星追上去，一把揪住他的衣领："你又有什么花样？"

汉白玉雕成的墩台翼阶上，薛语任凭他抓住，笑得高深莫测，让人厌恶："真是好人难做啊，我把功劳白白分给了你，你却这么凶狠粗鲁对我？"

"只怕这块功劳的肥肉里，藏着砒霜吧？"广晟冷笑一声，绝不相信他口中的任何一个字。

"我保证，万花楼那里，确实有金兰会的全体党羽——这份功劳是妥妥的，一大半属于你们锦衣卫。"

薛语轻轻拂开他的手，用劲儿巧妙却让广晟没来得及反制，他仍然一派儒雅地站起身来，继续朝前走，身后只留下更加诡秘的半句："你肯定会在那里发现惊喜的，我保证！"

将近子时，整个京城似乎都陷入了沉睡，唯有秦淮河边凝脂流香，说不尽的旖旎繁华。

万花楼的坊门台阶前用绢花结了灯笼穗子，显得分外喜气。往里走时只听丝竹嬉笑之声，虽然夜色渐深，一轮弯月照上重楼，朦朦胧胧反而不及此地灯火明灿。

院子里的戏台上正在表演剑击之舞，却不是平日所见的古铜肌肤健壮有力的汉子，而是两个身材惹火健美的鞑靼女子，身上只有一件火红色短衣裹住要害，胸前一双丰盈在激烈打斗中上下颤动，惹得好些客人直咽口水。

不仅厅堂里坐满了客人，曲折回旋的楼梯和走廊里也有人站着观赏，二楼三楼的窗户都各个打开，显然贵客们也都赏脸到了。

今日可并不平凡，是秦淮河两岸花街加上各家柳巷联合举办的花国状元之选，地点就定在这万花楼。

往日里这花魁之选都是在秦淮河的花舫上，张灯结彩花团锦簇热闹非常，但今年朝廷风声有些紧，为防撞到圣上的怒气余波，大小官员虽然喜欢这口，但都不敢抛头露面，尽量低调，因此只能设在了此地。

虽然是青楼行院里的玩意儿，但也跟正经科举一样，要选个花国状元和榜眼、探花、传胪之类，因此虽然不如往日热闹，但也是人头攒动。

宫羽纯身为东主，今日也是盛装高髻美艳非凡，缕金孔雀纹的交领纱衣，大红牡丹金玉富贵的留仙裙，发簪只是一根凤头，却是镶了硕大明珠，照得整个人都熠熠生辉，偏偏鬓边还插了一朵酒盅大小的白芍，更添三分妩媚。

她站在二楼的阶梯上含笑看着下面，顿时就有眼尖的发现了，纷纷对着这边举杯致意，就连盯着舞台上咽口水的男客们也有一半都转移了焦点。

“羽妹妹，今日你打扮得如此标致，是要夺这花魁宝座吗？”

这是行内的鸨母在掩着嘴笑，半是调侃半是在酸她，宫羽纯微微一笑，更添成熟风韵：“姐姐这是在夸我呢，这恭维我倒是受得起，就怕你楼里的大小女儿要不依不饶，闹起来倒是平白让你气恼。”

宫羽纯虽然从容对答，心中却隐约有些焦急惴惴——今夜真是多事之秋，既是点花国状元的日子，会首大哥却又紧急传来，要十几位兄弟姐妹都聚集……

是出了什么变故吗？

他想起晚饭时分，楼里的常客嘴里的抱怨，心头顿时一紧——朝廷鹰犬在东城齐出，似乎在搜捕什么逆贼的党羽！

难道是金兰会真的出事了？

她不禁摇了摇头——会首大哥素来精明睿智，若真有危险，他必定会及时发出警示，而不是让大家聚集来开会！

但一丝疑虑宛如鬼火一般，在她心头萦绕不去，那一夜，景语在万花楼的密室秘密会见神秘人物，那神秘人物隐约可见的皇族身份，还有秦遥和小古对此事的警惕猜疑，都让她不能轻易释怀，对景语的命令也多存了个心眼。

她唤来自己的亲信左右手黛姐，吩咐道：“去把后院地窖上的锁打开，让里面通通气。”

虽然不知她为何突然有这一句，但黛姐仍然照着做了。

“这只是有备无患，开会时提高警惕，防备朝廷突袭，本来也是应该的……”

她这么劝说，自己心里也觉得妥当，突然回转来想，又暗笑自己杞人忧天——哪里就会出什么事了，街上现在都是平静得很，客人络绎不绝，简直把夜禁之令都视若等闲了。

这些人要么是官和勋贵爷们，要么也是在各大衙门有办事腰牌的豪商，拿出牌子来都能对付巡夜的五成兵马司，所以有恃无恐。

此时台上已经换了一名暹罗艳妓，通身上下只系一方霓裳绫，腰肢纤细灵活如蛇，偏偏腰间珠翠璀璨摇晃，叮当作响五彩炫迷，众人看得连声叫好，却也有猥亵的只盯着她胯下若隐若现的妙处。

一舞尽后，台上开始有人喊价，虽然是开场前的小热闹，但夜渡资也不算便宜，这暹罗女虽不甚美，却也是个新鲜稀罕物，因此有些自忖摸不上花魁边的就有意竞价，也算是露水欢愉。

等这场热闹完毕，正好也过了子时，此时戏台上丝竹一停，随即有鼓点阵阵，渐渐宛如雷声轰鸣，突兀一停，万众俱静。

最先上台的是一名二八年华的清瘦佳人，身着素白绣刻丝瑞草云雁广袖宫装，淡紫色半臂垂落身侧，额前点着梅花妆，赫然是唐朝装束。

她眉宇文秀，含着清愁淡蹙，坐下后取出一管白玉笛，朱唇轻启，吹出一段

《梅花落》。

笛声清越婉转，吹笛人素衣渺然，四周的灯光渐渐全部熄灭，却幽幽点了几盏灯笼，照着窗外弯月。

众人听得入神，只觉得纷纷置身梅林之间，玉蕊白梅花随笛音渐渐落下，暗香浮动，冷艳清幽。

“这俨然是扮成了唐时的梅妃江采萍啊！”

有雅客拈着胡须笑道，周围人也觉得巧思妙想，众般气氛烘托下，生生把只算秀美的此女烘托得更上一筹。

笛音结束，此女起身盈盈一礼，纤足盈盈不染半分尘埃：“妾身小字素华，见过各位君子。”

不卑不亢下了台，身后却留下一只莲青花般硕大圆盘——这是供各人放下愿意赠与此女的财物。

立刻就有人送上金花，这是楼里特制的筹码，一朵是五十两银子，此时堆在盘子中央，起码有十来朵，下面她的鸨母顿时喜笑颜开。

接下来的姑娘年纪才十四五，肌肤雪白近乎晶莹，整个人神色一片懵懂天真，身上衣裙样式古怪，有些类似雪白长襦，胸前却是以三寸宽的红色绦绳高高系起，有见识的纷纷低语：“这是朝鲜那边来的！”

今上朱棣常年驻守北平，对朝鲜贡女颇为喜欢，宫里有好几个得宠的都是那边人，于是民间不免也有人仿效，只是路途遥远，买卖也颇为困难，当地的女子虽然肌肤白皙，但真正美貌的却是不多。

眼前这个甜美妩媚，虽然不是绝色但也算俏丽，她坐在那里轻捻慢挑，弹起了古琴，虽然有些生涩但听得出颇有天赋，口中吟诵的却是听不懂的异域歌声，也引起一片喝彩声，有人慷慨解囊，送上了十个十两大金锭和一颗明珠，价值起码也在一千五百两左右。

众人哗然之后，有争强斗富的也照样开价，金花堆成小山一般送给第一位的素华姑娘，顿时战了个旗鼓相当。

厅堂里和各处楼上的气氛火热，中间又上来一段歌舞，也是高丽特色的，众人看得目光熠熠，醇酒佳人的力量让他们近乎沉醉，耳畔都是丝竹之声，如坠温柔仙境。

3.

万花楼的坊门外是长长一条花街，有路过的听着里面歌舞喧天，不仅口角尖酸道：“现在要是洪武皇帝时候，把里面的人抓起来个个凌迟才好呢！”

他走到拐角，突然发现小巷里有几道人影闪过，顿时吓了一大跳，嗷地喊出了声：“什么人！”

无人回应，周围死一样的寂静中，隐约可以听到远处的歌舞余响，再仔细听时，似乎有“嚓嚓”的细微脚步声！

那人吓得浑身发软，突然眼前又有一道黑影闪过，正要大喊一声“有鬼！”突然眼前一黑，不醒人事了。

人体倒地的声音在暗夜里显得响亮，远处巡查的衙役听到，提着灯笼快步跑来，却见暗巷里人影幢幢，他惊怒之下正要拔刀，下一刻却被利刃架在脖颈上，有人点燃了火折子，黑暗中，站着的是身着皮甲大氅，腰佩绣春刀的一群黑衣人。

那衙役也是见多识广，眨了眨眼，看到为首一人腰上挂着金灿灿的腰牌，他目光所及只看到前四个字是“锦衣亲军”，就吓得身子一颤，弯下腰要跪，却被那人一手扯住：“带着你的人马上撤走。”

因为靠得近，在微弱灯光的照耀下，他看到那人心中更加发颤——明明是堂皇挺拔一个男人，却是长得比万花楼最红的姑娘还要好看。

这个念头他只敢一闪，连连点头称是，正要离开，却听那人道：“且慢，把靠着万花楼前六间房的人都给我捆了，有敢发出声音的就地杀了。”

充满血腥和杀伐的话出自他口中，让那衙役生生打了个激灵——那六家也都是本地行院翘楚，今晚虽然客人不多，但加起来也几百号人，慌乱之中必定有人惊慌失措嚷嚷，只怕立刻就是血溅七尺！

他背弯得更低，无比驯服地跟着其中一个黑衣人走了。

李盛哼了一声，低声道：“大人还是太仁慈了，换作以前指挥使，还费这工夫去捆人？一刀一个解决了方便简洁——谁知道里面有没有叛党的耳目呢，宁可错杀不可放过，反正都是些行院里的王八婊子，加上零星几个嫖客也掀不起什么大浪！”

以先前锦衣卫的凶戾酷狠做派，这种事真是做得出来的，而且一刀一个绝无风险，反倒是现在要去捆人，若真有不要命的高喊出来，只怕会打草惊蛇。

广晟瞥了他一眼，缓缓低声道：“宁可多费点儿事，也不要做多余的杀戮。”

纪纲大人的威名可以止小儿夜啼，但他有他的风格——不管怎么说，锦衣卫飞扬跋扈满京城的时代，已经过去了，完成任务的同时，不过分炫耀武力，这才是近期该走的路线。

两人正在说话间，万花楼那边又是一阵欢呼笑声，李盛“呸”了一口，看着那边灯火熄灭后又重新明亮，眼中只有对这群不知死活倒霉蛋的嘲笑和怜悯——经过这一夜，不知道会有多少人能活下来！

街上夜风徐徐，吹去白日的暑气，万花楼中人头攒动欢呼阵阵，街面上却是有身影快疾的黑衣人幽灵般穿过，扩散到各家……

半个时辰之内，他们已经悄无声息地织成一张绵密大网，将万花楼重重包围。

小古与秦遥骑在马上，风驰电掣般赶到万花楼附近的水岸大道，正要再往里冲，身后却传来一声唿哨。

小古猛然一拉缰绳，回头去看，却见来者紫衣银冠，翩然之外更见冷峻，眼角的伤痕仍然那般醒目。

“你们别过去，万花楼那边有陷阱！”他低声喝道，目光中满是急切，神色之间更见一种阴霾和惊怒。

“我之前就传信给你，锦衣卫准备今晚动手，你为什么还要自投罗网！”

他喘着气说道，身后急匆匆又响起马蹄声，回看时是两骑赶来，一个是他的亲随，另一个却是红衣猎猎随风而动，正是那个让他头疼的弟弟袁桢！

袁桢气急败坏地嚷嚷道：“我哥是从家里逃出来的，父亲不让他出门！”

“你怎么来了，赶紧给我回家去！”这次气急败坏怒吼的换成袁槿了。

“我不！你讲朋友义气，就不许我也来吗？”袁桢这小子一身古灵精怪，机灵又正是叛逆的年纪。

袁槿狠狠瞪着他，却遭到不妥协的反瞪，下一刻，他突然笑了，下马走向同父异母的亲弟弟，一把揽住了他的肩膀：“好兄弟，我们一起！”

袁桢咧嘴笑了，下一瞬只觉得脑后被手刀切中顿时一痛，来不及抗议已经陷入了昏迷。

袁槿叹息一声，抱住弟弟稚嫩的身躯，交给亲随，沉声道：“你送七弟回去吧。”

“可是二少爷您……”

亲随不肯离开，袁槿脸一沉，冷然道：“我知道分寸，更不会拖累侯府和父亲！”

那亲随看他脸色沉重冷峻，不敢再多说，接过小少爷匆匆离开了。

袁槿站在暗处的屋檐下看着幼弟离去的身影，心潮起伏暗涌，不由得攥紧了拳头——袁桢是朱棣的亲外孙，身上不折不扣流着那逆皇的血，论理他该是恨着这有名无实的小弟！

但是这么多年来，永安公主对他视如己出，慈爱细心照料，人非草木孰能无情？

就算为了公主，为了做他二十多年“父亲”的广平侯爷，他也不能让袁桢被卷进这场血腥和阴谋之中！

小弟应该一直那么红衣璎珞、活泼飞扬地过日子……而不该像他，永远背负着无尽的秘密和重担，要为千万人的鲜血和历史，去完成那几乎不可能的复辟大业。

他闭上了眼，再睁开时，已经恢复了冷峻，再没有一丝方才的纠结沉痛，回过身来，他对着小古和秦遥道：“我跟你们一起去。”

世上的事，有因必有果，若不是为了他，好些忠臣人家其实不会落到这一步——无论如何，他都不能坐视金兰会这边出事！

小古看着他，想起那一夜他眼中的情意和哀恸，心头也是百感交集，她咬着唇，低声道：“你回去吧，这里马上就要爆发大乱了，你若是有个万一……那么多人的苦心孤诣岂不是一场空？”

“所以，我的性命很贵重，是吗？”袁槿自嘲一笑，瞳孔深处的光芒几乎是苦涩，“如果可以，我宁可不是我自己，而是真正的广平侯府的区区庶子。”

那样简单的身份，即使不够尊贵，也是顺遂和乐的一辈子吧，他会单纯而不用纠结地孝敬公主和父亲，理直气壮地去军中博取功名战绩，然后，他会迎娶一位温婉可人却不失俏皮的妻子——最好是文官家的，因为他是庶出，嫁给他的必定也是家中不得宠的，比如——

他的目光停驻在小古身上，那样温柔徜徉，宛如梦幻。

小古看到他眼中的空茫和悲意，袁槿已经开口了："放心吧，我们分头行动，我不会拖你们后腿的。"

跟袁槿商议之后，还是决定她跟秦遥正面突进，而袁槿负责策应救人——他拿出公主府的腰牌，实在可以吓唬大部分锦衣卫的人，起码百户以下没人敢多问。

袁槿装作风流公子进了花街朝着万花楼而去，身影在大门内逐渐模糊，看起来没什么异样。

秦遥一拉小古正要进去，却被她反握住手。

"声音不对。"小古的嗓音低微，在他耳边喃喃，"太静了！"

太静吗？秦遥完全不觉得——远处依稀传来歌声和欢笑，这么热闹的夜晚，与平日真没什么两样。

但他相信小古的直觉，更相信她收到的密报。

耳边微微传来风声，高楼上渺然歌声清脆，一片安谧祥和，他闭上眼细细感受，也没发现任何异状。

他灵机一动，跑到一旁的码头上，掏出银子给了一个喝得醉醺醺的客人，跟他耳语几句，那客人笑着答应了，一路直奔花街那边——

小古和秦遥伏身在拐角的屋檐暗处，盯着他前行的路线，下一刻，他们清楚地看到，有人在暗处动了动身形，有意无意地走在坊门前，盘问了那客人！那衣着似乎是万花楼的门童，一身剽悍体型和气质却显得可疑。

果然有问题，这里大概已经被包围了！

小古悄声问道："大家现在都进去了吗？"

秦遥看看天上弯月的位置，皱眉道："到时间了，所有人应该早就到了。"

那岂不是瓮中捉鳖？

两人对视一眼，都觉得一颗心沉到了底！

小古神色凝重冷肃，略微思索了一会，低声道："我们必须设法混进去！"

秦遥看着空荡荡的坊门前，眉心也在打结："此时贸然闯入，只会引起设伏者的警惕，打草惊蛇反而不利！"

小古皱眉，随即又松开："我们也扮成行院的人！"她看着秦遥目光盈盈，"我扮成待选的青楼姑娘，至于你……"

她目光停留在秦遥身上："可以委屈你一下吗？"

不知怎的，秦遥背上一寒，有种不妙的预感。

锦衣卫的人不动声色地将万花楼周围半条街都包围，听着高楼上的欢笑乐声，每个人却都是高度戒备——他们心里都知道，只怕片刻之后一场恶战就在所难免！

今晚似乎是在选什么花国状元，客人们早就到得七七八八了，看守万花楼前的四人盘问了一阵，这才把那个声称“有人出银子请他给某姑娘助威”的醉汉给放进去了。

“这种人真是不知道死活，等下擒人抓捕的时候是一网打尽，就算他不是逆党也要关起来吃几天惊吓！”

有人不屑地哼笑：“为了个漂亮的婊子这么一掷千金，这些人可真的有钱得紧，关起来正好能让上头发一笔小财！”

他们对视一眼默契地笑了——锦衣卫虽然是皇上亲军恩宠日久，但区区一年十二两的薪俸肯定是不够的，上头对这些油水也是睁一只眼闭一只眼，只要不闹得太过就行。

“你们少胡吣了，沈指挥使说了，今晚非同小可，都是做正经事少打这些歪主意！”

李盛大步走过来，瞪了他们一眼，压低嗓音恫吓道：“你们都给我把皮绷紧些，要是闹出乱子来，可别怪我不讲情面——别的不说，东厂那边的番子公公们都缺人手，正要我们锦衣卫拨过去呢，那边是没有卵蛋的，看你们几个顺眼，一起割了提拔几级也说不定呢！”

这话吓得几人几乎要腿软——东厂虽然是新成立的，看起来权势也不差，唯一可怕的就是万一被这些公公当成心腹，真的要他们去割一刀去势那就万事皆休了。

见几人噤若寒蝉唯唯称是，李盛心中暗笑不已——东厂要调人是真的，但割一刀却纯属吓他们的，锦衣卫这边正准备把一群世袭的废柴二赖子调过去，哪会真把这些精锐送人？

此时楼中一静，随即传出一片轰然喝彩叫好之声，他们几人正要细听里面的动静，突然远处出现了两个身影，一前一后朝这边跑来。

他们心头一凛散开戒备，那两人很快就跑到了不远处的街面上，借着灯笼的余光可以看到打头的是个妙龄美貌女子，一身樱桃红细碎洒金桃花纹纱缎宫装，雪肤美目分外可人，就是被另一个男人死死拽着手臂，两人拉扯显得分外狼狈。

李盛对其他人使了个眼色，貌似漫不经心地走近了些，果然听见两人正在哭闹争吵，那男的也是个服饰华贵的公子，却是放低了姿态苦苦哀求道：“云娘你不要去万花楼，我求你了，我们一起远走高飞离开这里……”

“你说得倒是好听，你就算是个名角，也只是个戏子，跟我一样是下九流的玩意儿，我要是跟你走，你拿什么养活我？”那女的拔尖了嗓子，有些咄咄逼人。

“我也有些积蓄，我们一起去乡下买几块田，过上男耕女织的生活岂不甚好……”

男人的恳求却只换来那女子一声嗤笑：“哼，我老家就是乡下的，我爹娘织布种田了一辈子，到头来遇到荒年只能卖儿卖女，把我卖到这秦淮河边的行院里迎来送往——我可不想下半辈子继续过那种猪狗不如的穷苦日子！”

她一把推开那男人："你赶紧给我滚，别耽误我参加这次花国状元选赛！"

那男人一个踉跄险些倒下，却是哭着抱住了她就是不肯放开："云娘你不要这样，那些投送金花的都是一些色欲熏心的男人，你就算选上了也是陪出价最高的人！"

"那又怎样？一旦选上至少我名气是打出去了，今后就身价倍增，来往的客人也都会是非富即贵——你给我放开啊，当初跟你只是一时糊涂，今后我们桥归桥路归路，我的事你别管！"

那男人被女的踢了一脚，却是号啕哭着抱住她的腰，仍然不肯放弃："我会去赚钱，我会给你买你想要的八宝簪和头面，求你别去！"

"笑死我了，你能赚到什么钱——那群老男人捧你做名角也是冲着腌臜下三路去的，跟我卖身有什么两样？"

锦衣卫那票人看这场闹剧简直是津津有味，有人低声道："一个戏子一个婊子，戏子倒是有情，可婊子无义哪！"

也有人老成持重地叹道："那女的虽然心狠，说得也是正理，过日子得靠真金白银不能餐风饮露啊，那戏子要是坐吃山空，就算能养活小两口也是紧巴巴的，还不如现在去博个青楼头牌的名儿，换个荣华富贵……"

"你们快看，那男的好像是兰庆班的秦大家啊！"

"哟，还真是！"

这群看热闹的议论声越来越大，指手画脚几乎要忘记有任务在身，李盛正要呵斥，那两人一个跑一个追，直冲这边来了！

"你别给我过来了，给我滚，快滚啊！"

那女的站定在万花楼的坊门下，指着那男人就呵斥，随即一溜烟朝里跑进去了，看热闹的锦衣卫正要阻拦盘问，那姓秦的名角也跑来了，顿时被拦了个正着，他团团打躬作揖又快哭了："各位好汉让我进去吧，云娘她可不能去啊！"

锦衣卫中有人劝道："这娘们有了外心了，你又何必留恋，俗话说天涯何处无芳草……"

姓秦的又开始哭起来了——这人虽然是情圣，可真是个哭包，众人觉得又是好笑又是可怜，只听他呜咽道："各位行个好让我进去吧，云娘以前年纪小，都只是清唱没被梳拢，这次去参加什么花国状元选肯定要被人哄骗了去，她若是有个万一我也不活了！"

他作势要对着旁边的石柱去撞，大家一看连忙拦住，李盛看这里闹个不休，皱眉道："让他进去吧。"

继续堵在这吵闹也不是事，反而容易打草惊蛇。反正等下就要冲进去抓逆贼一党，这个什么花国状元选肯定是要中断了，还不如成全了他。

于是在众人的感叹声中，那秦大家急匆匆追了过去，一边追一边喊道："云娘你等等我！"

众人又是哄笑又是叹息。

“云娘你等等我！”

秦遥气喘吁吁地喊道，追着小古拐弯进了前院一侧的月亮门，见四下无人，小古这才停住，似笑非笑看着他道：“七哥好演技！”

“一般一般，即兴发挥而已。”

秦遥微微一笑，擦去额头汗水，恢复了翩翩贵公子的从容气度，他目光触及小古窈窕轻盈的身姿，眼神似乎有些别扭，转向一旁。

“你怎么了？”小古有些奇怪。

秦遥揉了揉她在拉扯中蓬乱的发髻，低声道：“刚才是我孟浪唐突了。”话虽如此，想起方才那亲密的搂抱，他莫名心头一荡，却更加唾弃自己竟然在如此紧急的关头有此绮念。

“这有什么，只是演戏而已，我不会当真计较的！”

小古洒脱地一挥手，却引得秦遥心中升起更莫名的甜蜜和怅然，他低咳一声恢复正题：“这里被包围了，但大家还在等着开会呢！得快些去通知大家。”

他看了一眼小古，皱眉踌躇了一下，“要不我一个人去吧。”

小古明白他的意思，却是毫不思索：“我跟你一起去。”

有些话，必须要跟会里的兄弟姐妹说清楚。

二楼的密室里，众人都在沉默等待。

房里没有点灯，前头那璀璨明亮的灯光照入些许，也能看清彼此脸上的神情。

“三姐那边正在主持花国选评，大哥却为何迟迟不到？”老五终于忍耐不住，皱眉问道。

大家面面相觑，都想问这个，却谁也答不出来。

金兰会的每次秘密聚集，大哥都是最早来到的，他隐身于帷幕轻纱之后，谁也看不清楚他的真面目，但这次却非常反常，大家都等了一刻钟他还是不见踪影。

“现在外面正在抓人，风声鹤唳的，这个时候聚集我们到底为什么啊？”

说话的是唇红齿白的阴柔美少年小十三，他最是胆小，说起这些不免胆战心惊。

老十商庆扫视了一下房内，眉头皱得更紧：“不仅是大哥，这次四哥、七哥和八哥都没来。”

大哥有事没赶上就算了，老四常孟楚是码头漕帮的，他平时没什么事怎么会迟到？至于老七秦遥和老八聂景，一个是梨园名角，一个是不入流的太医，他们又会出什么事呢？

小十三杨嫣看着就这么寥寥几人，越发害怕了，缩了缩身子，小声道：“会不会出什么事了？”

他一句立刻引来大家怒目而视，他立刻缩起头，低声咕哝道：“我只是说说而已，他们那么厉害肯定不会露馅被朝廷抓住的……”

但他心中却越发惴惴——那一夜，他跟三姐宫羽纯、七哥秦遥，以及传言中背叛组织的小古秘密会面，眼睁睁看着大哥跟朝廷皇族来往，小古当时就若有所指……这一切，以他的脑袋是想不透的，也不敢去多想！

到底发生什么事了？

这是他心中逐渐变大的疑团，也是众人的心声。

远处高楼逐渐熄灭灯烛，不多时又是一阵喝彩，灯光一齐大亮，照得屏风上那簇兰花，似乎也闪着光怪陆离的光芒，让人心头悚然不安。

下一刻，楼梯上传来了人的脚步声，轻盈而匆匆，却是打破了死一样的寂静。

是谁来了？

大家身子一震，却谁都没有站起来去看。

木梯上的脚步声逐阶而上，回响在众人耳边，在明灭不定的灯光映照下，更显诡秘阴森。

杨嫣动了动似乎起身要去看，却终究瑟缩了。

老五咬紧牙关不知道在想什么。

突然，脚步声停住了。

小古和秦遥站在回环曲折的木梯中段，原本轻盈向上的步伐，此时此刻却停滞了。

站在木梯最上首回廊上的那人，一身银青澜衫，玉簪束发，显得儒雅清逸，淡然而笑。

正是景语！

那笑容看在她眼中，却是显得格外冷森。

“你不该来的。”他低声叹息道，“众兄弟姐妹中，只有你和秦遥是聪明人，我让东厂去兰庆班抓捕，就是为了拖住他，不让你们来搅局，没想到，你们还是来了。”

“我如果不来，剩下的这些兄弟姐妹，该是什么样的命运？”

小古怒目圆睁看着他：“阿语，这一次，你又要牺牲他们了是吗？”

“就算你赶来，他们的命运也不会改变。”景语负手在背，一派云淡风轻，瞳孔深处却是暗不见底的森然，“这一局已经快至终点了，我最后的杀招即将展开，而最后牺牲的就是他们。”

他眼底的浓黑瞬间晶莹生灿，那光芒却让人背上一寒：“他们的性命，不是白白浪费。”

“原来大家跟你结义，一开始就把命放在你手上了！”

小古强压住怒火低声说道。

“智者无仁，只有适时地审时度势，衡量轻重。”

景语缓缓拾阶而下，凑近她，微笑道：“我会用朱棣和满朝文武的性命，来为他们隆重送葬的。”

他身上好闻的气息几乎在她耳边吹拂，说出的却是这样让人痛彻心扉的话，小古攥紧了拳头，身形一晃要冲过去，却被景语闪电般拦住了。

小古身后的秦遥目光一凛，正要有所作为，景语含笑瞥了他一眼，继续道："你们现在冲进去通知他们也没用了。"

他好整以暇，唇边的笑意却带着几分苍凉激狂："锦衣卫已经把这里包围了，他们可不是我的手下，你就算挟持我杀了我，他们也不会撤退的。"

这下连秦遥都心中大怒，目露杀气，沉声道："身为金兰会的大哥，你出卖众人，就算玉石俱焚，我也不能让你活着离开这儿！"

"你的身手我上次试过了，确实在我之上……"景语谈笑自若，侃侃而谈仍然没有半分慌张，"如果我没看错，你父亲应该是洪武时的都御使秦升吧，他文武全才是儒学前辈，我父亲也一直景仰。可惜了，你们秦家的功夫出自武当，讲究修身养性，论起杀伐凶狠来却是大大不如，片刻之间，你难以取胜——再拖过片刻，锦衣卫就要冲进来了，乱军之中，你定然要保护众人，哪里又有工夫杀我呢？"

秦遥咬牙不语，虽然心中惊怒，却清醒地感觉到，眼前之人心机深沉，聪慧睿智，是最危险的对手！

"还有片刻逃生的时间，凭你们的功夫要离开不难，留得有用之身，总比在这里被一锅端来得好吧？"景语站在回廊顶端微笑看着他们，青衣翩然，笑容之间温柔而又冷酷。

小古眼中的怒色宛如火光一般，耀眼澄澈，就那么盯着他，景语心中一痛，却仿佛自虐似的，想伤害她，更想通过她的怒色和鄙夷，狠狠地刺痛自己："如郡，你也是聪明人，知道什么样的选择，对你来说是最好的。"

小古看着他，景语简直以为下一瞬她就要冲过来扇他耳光，用刀剑砍杀他——但是，她渐渐收起了眼中的怒火。

突然，她开口了："你说得对，就算现在杀了你，也是于事无补，聪明人应该选择另一种做法！"

她霍然站直了身子，转过身去，仿佛方才的愤怒焦急完全不存在似的，以轻快迅疾的步伐朝下跑去，身后秦遥深深看了景语一眼，留下一句："如果今日你我都不死，我必要杀你！"

随后，他跟着小古离开了，曲折悠长的阶梯和回廊上，只剩下景语负手而立，任凭前面的高楼上灯火辉煌，欢歌笑语，他却只剩下孑然一身的孤寂清明。

"如郡……"

他仿佛叹息般的，低声喃喃这个名字，抬起头时眼中已经了无痕迹。

小古疾步朝前面走去，秦遥跟在她身后，却冷不防被她攥住手，他心中一动，心情莫名地畅快，却听小古笑道："七哥你问也不问就跟我走，不怕我真的会胆小溜走吗？"

秦遥看着她强装笑颜的脸，想起方才伫立在回廊上那个冷酷狡诈的男人，心中更添愤恨，对眼前这小妮子却也更加怜惜："无论如何，我相信你的选择，愿意站在你这边。"

小古心头一热，眼圈都红了，却是咬牙强笑道：“没时间了，我们赶紧赶到戏台后面去！”

面对秦遥略带疑惑的目光，她目光熠熠，决然道：“我准备再演一场戏！”

万花楼的戏台搭建在庭院中，前堂和中间一进的高楼可以尽览眼底。戏台后面正靠着西侧一处厢房，里面脂香粉滑，正是佳人们最后定妆打扮的地方。

素华姑娘坐在最中间，用屏风与众人隔开，褪下半臂，正意态慵懒地对着镜子卸妆，脚下刻意绑小的三寸金莲不断传来绞痛，她却不愿当众脱下丢脸——她幼时是在农家长大，一双天足是后来才裹的，因此总比别人大一截，今天这种重要场合，她只有咬着牙死命绑紧，蜷缩收小。

要想人前显贵，就得人后受罪……这是妈妈告诉她的。

下一刻，屏风被不客气地推搡过来，她占的地方顿时小了一大片，她不悦地睁开眼，斜眼去看，却看到屏风隔壁的雪白长襦和红色丝绦，顿时嘴角一撇，鄙夷地低声道：“高丽贱婢。”

“你说谁呢？”隔壁传来略带怪异却还算流利的汉话，素华顿时一窒，随即干脆笑了起来，“哟，蛮夷婆子还懂汉话呢？”

“你才是大脚蛮婆娘，这种粗手大脚只配去挑粪种田，还装什么梅妃，不要脸！”

一只真正小巧玲珑的金莲从屏风缝隙得意地伸出来炫耀，素华气得脸都涨红了，恶从胆边生，站起来就狠狠地踩了她一脚！

那边顿时发出杀人般尖利的喊叫，引得庭院里闲聊的几个妈妈看过来，看到自家摇钱树出了乱子，老母鸡一般颠颠地跑来。等她们进来，屏风已经倒地，两个女人毫无方才的清冷高雅和温柔娇羞，你抓我头发我扯你胸衣厮打起来。

“哎哟我的小祖宗，别打了，可别破了相啊！”

妈妈们捶胸顿足要去拉开，却反被挠了几道血痕，现场顿时混乱一片。

那素华姑娘看着柔弱纤细，手劲儿却不小，一番厮打之下在那高丽女子脸上左右开弓扇了十几个耳光，顿时雪瓷般的小脸肿成猪头一样。

“我日你妈！”

那高丽美女气得红了眼，随即也不装域外人士了，一口山东土话娴熟泼辣，“嗷”的一声从地上跳起来，对着那素华的肚子就顶了过去，她头上戴着大圆簪子尖尖戳起，顿时素华也发出一声惨叫，倒在地上嚎道：“你这个西贝货，还装什么高丽人，唉哟……”

那假装的高丽美女发现露馅，吓了一大跳，左右环视见众人都是忍笑纠结，羞恼之下索性豁出去了，张嘴就是一口土话：“你这个小婊子都敢装梅妃，我扮个高丽女又怎么了？高丽女现在走俏啊，圣上最爱的就是高丽女了，你懂个甚！”

两人正掐得如火如荼，突然门边围观的众人被推开，一男一女走了进来，看到里面一团乱，那男的皱眉，一言不发将地上两个女人提起，朝着外面走去。

“哎哎，你做什么？放开我！”

无视这两女人的叫嚷，他一手一个朝外一丢，随后沉声道：“都给我出去！”

众人正要叫喊，却见他拔出腰间长剑出鞘一半，森冷光芒顿时让她们噤声，一个个抱头鼠窜。

“总算清静了。”小古低叹一声，打开自己随身带的木匣，对着铜镜开始装扮起来。

第五章

花国状元

1.

广晟站在万花楼前的坊门下，听着内中歌舞喧哗，不由得冷冷一笑，迈步朝里走去。

“来两个人跟着我即可。”

他一声令下，顿时让李盛为难了：“大人，里面龙蛇混杂，又有大批叛党，只怕到时候有危险。”

“我带着这么多人进去，叛党的眼线立刻就要发觉，临到头来打草惊蛇——放心吧，他们的身手没几个能伤我。”

广晟说完就要进去，却感觉到空气中的香粉味道，嫌恶地皱紧了眉头，将随身带着的金丝软面罩戴上，只剩下一对冷峻飞扬的墨瞳在外，就这么大步走了进去。

留下李盛在嘀咕：“就知道东厂这次没安好心，既然找到了叛党的行踪线索，还把这活让给我们，是想让我们去送死呢！”

万花楼中气氛已是热火朝天，众人纷纷将金花堆在写着相应人名的盘子里，等下那美人们会一齐出来答谢，无论是否选中，出价最高的那人能获她垂青共度春宵一夜，其余的金银宝物全数退回，但那些雅客们有些爱惜颜面，多数是留赠佳人不予收回的。

这么一掷千金的选评，在争强斗富的心理下节节攀高，主持盛会的宫羽纯却颇有些心神不宁，不时左顾右盼，还问了身边丫鬟好几次时间。

终于到了最后的高潮，宫羽纯对着四周敛衽道了万福，柔声道：“最后来的是我们陈妙如陈姑娘……”

听到这个名字，好些男人眼睛都亮了，宫羽纯眼中闪过一丝了然，笑着调侃道：“大家对妙如可算是期待已久，今晚不知她花落谁家呢？”

陈妙如是京城有名的闺秀，父亲是户部侍郎，自小便有才女之名，谁知前两个月风云突变，一群与太子走得近的臣子落马下狱，其中这位陈侍郎罪名最简单，但却是源源不断地给太子提供钱粮方便，惹得朱棣大怒——家眷流放不说，膝下这个女儿也被充作官妓了。

在场很多青年才俊，当年都是对陈小姐有两分心思的，其余官员甚至要称她一声世侄女，对那些商人来说，这简直是云端里的仙女一般，如今逮着机会一亲芳泽，简直是圆了生平夙愿。

丝竹管弦都停了下来，只听鼓声阵阵，渐渐密集，宛如雷声震撼人心，随即一旁的珠帘一动，一团火红色的披帛飘带瞬间旋舞而出，四散飞扬，宛如纤云肆卷，笼罩了整个戏台中央！

随即出现在众人眼前的，竟然是雪白莹润的玉腕雪臂，上面系着明灿生光的银铃，似静似动，一阵铃声颤动回响，宛如魔魅蛊惑，出现在众人眼前的是微微昂起的芙蓉玉颜，一弯朱唇润泽似喜似嗔，眼角却是用黛青高扬勾勒，似冷又媚，回眸一笑间全场都是心头荡漾不能自已！

“这……真的是陈姑娘吗？”

就算与陈家是世交的公子哥儿，之前也只是隔着帘子远远见过几面，印象中是个秀丽柔婉的姑娘，怎么会有这般倾城妖姬的做派！

宫羽纯看着场上这美艳逼人的一幕，却是皱眉迟疑道：“这打扮不像中原舞乐，倒像是苗疆一路的。”

仿佛是在验证她的话，那红衣女子罗袖挥洒，手足翻飞而舞，随着逐渐密集的鼓声飞旋上下，宛如画中仙人，顿时铃声阵阵，更加悦耳靡丽，腰间的彩巾随风飞扬，五色斑斓宛如霓虹凌空。

众人鼻端都嗅到一种如兰似麝的芳香，有人甚至扇动手掌多吸了几口：“好香，好美！”

那香味宛如少女腰间的彩巾，随风轻扬下她雪白细腻的肌肤若隐若现，简直看一眼就要引人犯罪！

广晟站在前楼门槛处，静静看着这一幕，不知怎的，他心头却是一种异样的感觉——那在高台上飞跃起舞的那个女子，似乎有一种强烈的吸引力，让他恨不能冲上前去，将她从高台上拖下来，藏起来谁也不给看！

他猛然打了个冷战，突然觉得自己呼吸和心跳有些快——不，这情况不对！

他用力咬破下唇，血腥的滋味让他头脑略微清醒点儿了，然而那舞台上的呻吟却宛如磁铁一般，让他移不开眼光！

这跟上次被那个月初下了蛊惑的魅药全然不同，那次虽然也让人头脑迷糊混乱，但终究只是下九流的手段上不了台面，他也没真的被那个黄毛丫头吸引，但是这次，眼前这个神秘女人的身姿、舞技，举手投足，一颦一笑，简直要引燃他血液里的火焰！

满心满眼里，全都是她，无法挣脱的绮丽梦魇……

他的神志尚在，只感觉周围人都彻底静默下来，万花楼前后，安静得甚至能听到人的呼吸声，无数双眼睛都牢牢盯住那神秘的红衣女，瞳孔最深处除了惊艳，别无他物，他们的脚步无意识地移动，随着台上女子的舞步而动，宛如牵线木偶一般。

这是真正摄魂勾魄的绝代风华。

“这个世上，就算是西施和杨妃那种绝代佳人，也不能迷倒所有的人，把他们玩弄于股掌之上。”

秦遥想起小古的这句话，于是遵照她的嘱咐，用袖子遮住眼，鼻端闻到那若有若无的香味，仍然觉得有些心神荡漾，他吓了一跳闭住呼吸，嗅了两下事先准备的薄荷香囊，这才清醒了点儿。

“这是苗疆催眠术的极致，通过眼、耳和口鼻之间的感知，于无声间控制人的神志。”

这是小古之前跟他说的，说起来这跟白莲教的所谓妖术也没什么两样，就是催眠的迷魂法门而已，而且只能短时间奏效，若是意志坚定的人，根本也无法奏效——苗疆的所谓巫师习惯用这种办法装神弄鬼，为了防止有人能摆脱，又研发了香料加以配合，小古方才长袖挥舞，就是散发了这种香料。

秦遥静静等待着，他手中钳制着一个清雅如莲的女子，满脸是泪神色惶然——这才是真正的陈妙如姑娘。

她看着眼前众人好似被鬼迷住的一幕，吓得浑身哆嗦，却因为喉咙的铁指而不敢做声。

秦遥低声在她耳边道：“我现在放开你，你最好不要出声，你刚才吞下去的那颗药丸是我们秘制的毒药，若是我们有个闪失，你就死定了。”

他慢慢松开手，那陈姑娘呜咽一声，飞快逃开了。

秦遥看着场上那一幕——朱红缎带和彩色飞巾越舞越急，周围人的神情也如痴如醉，显然快到约定的时候了！

他攥紧衣下的袖弩，正要搜寻最关键的目标，目光却停留在一个年轻男人的身上——那人身披黑氅，内里也是一身不起眼的锦缎紫袍，腰带上悬挂着那一抹金色流光，却刺得人眼角生痛。

这人戴着金丝软罩，只露出一双黑眸，却是浓墨锦染宛如天上星辰，让人如饮冰雪却又忍不住再看一眼，再看时方觉他威仪高凛，宛如一柄即将出鞘的宝剑！

秦遥直觉这人有问题，不动声色地慢慢绕过庭院，朝他走近。

越是走近，越是心惊于这个男人的风姿不凡，再接近时就发觉他身边围绕着两个暗卫，虽然也着了道，却还勉力拔刀守卫在他身边，那一身气势满是铁血冷酷。

秦遥勉强看清他腰间的金牌上依稀有“锦衣”字样，知道找准了正主，于是毫不犹豫换了个角度，隐身在人群当中，朝着这人静静瞄准——

广晟呼吸越急，眼神却逐渐清明，死死盯着台上那红衣彩巾女，心中升起一个念头：此人十有八九是金兰会那位神秘的十二妹！

只有那样精通易容化形、神出鬼没的人，才能顶着陈姑娘的名头出来魅惑世人！

他攥紧手中绣春刀柄，蓄势待发准备冲上前去！

三人竟是一触即发！

一阵鼓声震撼天地，宛如惊雷破空，众人不自觉的身上一震，此时红衣女突然凝眸含胭，对着众人嫣然一笑，轻启朱唇，柔声曼音唱出一声，音调古怪靡丽听不出字句，只记得她眼中的情意——这一瞬，很多人血脉喷张，就算当下为她死了都心甘情愿！

长袖一舞彩带当空，宛如天妃降世，从中飞出好些香囊绣球，众人哗然顿时争抢不已，谁知这些香艳小物件经过几人之手却立刻燃烧起来，众人慌忙丢开，却正好点燃了前面楼堂上的木梁，顿时火光冲天，四周陷入了一片哭喊声！

这东西也有问题！

广晟心中一凛，正要冲上台去，却见后面一进的三层雅间楼阁上也燃起熊熊大火，顿时惊怒交加！

后面一进的二楼密室，众人正各怀心事等着，突然闻到一股焦煳味，往外一看竟然是火光冲天！

“着火了！”

众人都不是笨人，对视一眼心知有异，纷纷起身从楼上冲下，却在回廊处被一人拦下！

“你们哪里也不用去了。”

这嗓音异常熟悉，众人都是一愣——竟然是大哥本人！

“大哥，你这是？”

小十一狐疑地看着景语，后者微微一笑，清雅气度宛如谪仙：“金兰会多年倚靠大家甚多，但此时此刻，你们已经毫无用处了。”

他的嗓音柔和，听在众人耳畔却是宛如晴天霹雳，老五猛一哆嗦，嘶声问道：“大哥，你这是什么意思！”

“意思就是，你们今晚，都将捐躯在此。”

“你说什么？”几人大惊，正要拔出兵器，却突然感觉眼前一阵疾风扑来，杀气缠身——

景语一挥手，花坛里竟然跳出来四个手持弓箭的黑衣人，绵密箭势朝着他们射来！

猝不及防之下，箭雨已到跟前，眼看就是血溅当场，突然一柄长枪出现，“当当”几声打飞了大部分箭头，其余也歪歪斜斜失去准头。

一个紫衣银冠的青年突兀出现，手中长枪却是应声而断——原来是万花楼中悬挂旌旗的木杆！

“好枪法，不愧是龙子凤孙！”

景语先是一惊，接着又赞，唇角带笑，眼中光芒却是无比犀利：“我做的一切，都是为了大业着想，殿下为何要来坏我的事呢？”

“别叫我殿下，我受不起这称呼。”

袁槿冷然说道，拔出腰间佩刀，雪亮寒光顿时照得他眉目疏淡，神色清冷，

“你有什么图谋，什么打算，我统统不想听，也不想知道——我只知道，他们的祖上是为了我这一脉正统而死，我不能让他们死在你的阴毒手段之下！”

“哦，这可真是义正辞严啊！”景语轻声讽笑，“你可知道，我布的这一局是多么紧要——只要这些人一死，朱棣就会彻底相信我，然后，他和那些文武百官，就会死无葬身之地！以区区几条人命来换取这个结果，就算他们的父祖还在，必定也会同意我的。”

面对他的巧舌如簧，袁槿只有淡然一句：“人命不是算数，也不是买卖交易。”

“你跟她倒是一个想法……”景语意有所指地笑道，“只是你身份贵重，如果为了救这几个人而有个闪失，只怕广平侯要痛心不已吧！”

“我的性命，跟这些人，其实也没什么不同，都只是天涯落难畸零人，我再说一遍，你所图谋的一切，我都不认同，也不想参与，赶紧悬崖勒马停住吧！”

“如果我说，这一切，也有广平侯的参与呢？”

“你说什么？！”袁槿惊怒交加，却见景语缓缓从怀里取出一张信笺，“他的字你应该很清楚吧。”

袁槿接过浏览，手中力道渐渐颤抖，却听景语说道：“我只是一介白衣，很多事情若没有他在暗中帮助，我怎么能指挥东厂如此顺利呢？”

“为什么，父亲……侯爷这是为什么？”

“这一切都是为了你啊——为了让你登上那九五之尊的宝座，让朱棣血债血偿，杀再多的自己的人，广平侯也不会心软的。”

景语的声音听在袁槿耳中，宛如魔音一般：“你以为复辟是什么，孩童玩闹的儿戏吗？不弄脏双手，是无法登上那个宝座的，殿下若是没有这个觉悟，根本难以成就大事。”

袁槿看着他，景语脸上微笑淡然，毫无惊慌，而身后和前堂都开始燃起熊熊大火。

他咬着唇，尝到了嘴里的血腥味，眼前几乎是一片模糊，心中混乱至极，渐渐却反而转为坚定决绝——

“父亲的作为，我回去会跟他说个明白——至于你，只要我今日活着，绝不会让你得逞——这几个人，我救定了！”

就在下一刻，雅间三层楼阁的后方突然传来一阵喧哗吵闹，更有兵器敲击的声音——

“快开门啊，开门！”

“快救我们少爷出来！”

很多人七嘴八舌地喊道，配着遍地起火的浓烟，更添几分混乱！

是后院的直门那里！

景语眉头一皱——由于他先前的设计就是让锦衣卫全权接手这里，因此东厂的人除了眼前几个别无其他，没想到竟然有人敢在后门闹事！

敢跟锦衣卫对着干的人，听起来似乎是家丁私兵一流的，难道是……

“你猜得没错，是各家府上的亲兵，我让我几个随从去各家一一通知，今晚应天府衙的人要来抓嫖，因此他们迅速赶来救主了。”

袁槿微微一笑，笑容里有苦涩更有自豪：“这些都是勋贵子弟，他们家固然惹不起锦衣卫和东厂，但在衙役面前就非常胆大妄为了。”

猛烈敲打后门的声音越来越响，那些人似乎看到前方有火光和浓烟，心急之下似乎跟守卫的锦衣卫交起手来，不断传来兵器碰撞声和惨嚎声。

景语心头一沉——袁槿本人是广平侯府的大公子，他家下人出面，各家勋贵私兵为了表现自己英勇救主，自然如狼似虎地冲过来了，现在混乱已生又说不清楚，混战起来只怕锦衣卫占不了便宜！

锦衣卫擅长暗袭快打，但这些勋贵府上的家丁私兵都是战场上历练来的，都是骄兵悍将，并非草包饭囊，人数又占优势——他心念转动之下，果然听到门边混战加强，有人开始猛烈撞击后面的铁门！

“咣当”巨响之下，万花楼的后门岌岌可危——这毕竟是青楼不是城门，因此没两下就被撞开了，虽然锦衣卫仍然竭力阻拦，但潮水般的私兵亲随立刻冲了进来！

他们看见内中三进院子果然浓烟滚滚火光冲天，更加鼓噪起来，有些冲上二层三层的雅间搜寻少主子，有些嗷嗷叫着冲往人数最多最热闹的庭院和前面大堂！人流和兵器立刻杀出几条血路，也让局面显得更加混乱了。

“你们还不快走！”

袁槿一声疾呼，金兰会几人惊魂未定终于清醒过来，正要朝后跑，无奈与人流逆反，有寸步难行之感，后面景语手下的黑衣人又追了上来，袁槿一咬牙，丢出小古准备的最后一颗白磷球，顿时火光和浓烟四起，等黑衣人再追，几人已经消失在人流里了。

景语站在二楼的回廊上鸟瞰四方，反复逡巡下毫无发现，低声说道：“终究还是被他们脱逃了！”

这些人虽然不算什么棘手的强敌，但毕竟是金兰会最核心的班底，他们代表着身后的一个贱籍行业，虽然下三滥不起眼，但胜在人数众多，循着他们就能把贱籍之中所有心怀异志的人都一网打尽——而这正是景语用来取信朝廷的筹码。

但这样的大好局面，到头来竟然被破坏了！

他眼神一冷，目光看向庭院中的混乱和激战，终于觉得有些棘手——眼下，还剩下在现场的金兰会成员，只有如郡和秦遥两个人了！

庭院里的戏台上，小古手中弹出的香包绣球全是用含了白磷的颜料染成的，一旦剧烈摩擦立刻就会起火，香包中还加了助燃的药草，顿时火势熊熊，引起人群一阵阵惊呼。

混乱的人群四处逃命，有朝后院跑去的，却正好与冲进来的家丁私兵撞个正着，有幸好找着自家少爷的，更多的却是稀里糊涂打起来的。

更多的人朝着前面而去，却发现大门紧紧上锁，有情急之下翻墙的，却随即被锦衣卫的刀尖戳了个对穿，惨叫声不断。

“快跑啊少爷，这些是来抓嫖的！”

“杀人啦，这是冲着乱党来的！”

此起彼伏的喊叫声让现场众人更加失去判断，有人以为出了大事，拔出随身利刃要拼杀出去，有人却在摆架子呵斥锦衣卫：“知道我是谁吗？快给我让开！”

下一刻他的下场就是被打倒在地！

一片烟雾火光人群之中，广晟脚下轻点，用袖子遮面冲上了戏台，眼前视线受限，却不顾一切地找着戏台上那朦胧的倩影！

这个女人就是罪魁祸首，一定要抓住她！

他长刀扫出，浓烟中对准目标，却被朱红飘带缠绕后挥开，借力打力之下险些砍中一个跳在台上的倒霉蛋！

对方发出一声银铃般清脆的笑声，似乎在嘲笑他似的，下一瞬，局面就倒转过来，他的刀锋劈中她腰间的彩巾，顿时砍成两半！

对方似乎恶狠狠瞪了他一眼，浓烟弥漫中显得妩媚而迷离，却给他一种说不出的熟悉感——他甩了甩头，不得不承认自己跟这个女贼确实有缘，而且是孽缘！

两人隔着浓烟火光，以及不时跳上台的路人甲乙，雷霆霹雳般以快打快过招了几十式，小古感觉自己微微气喘——对方的内力和手劲儿都太大了，而且戏台地方局限，对她轻灵飘逸的身法极为不利。

用眼角余光瞥见后面已经混乱一片，估摸着那些人应该已经逃走——袁槿做事还是靠谱的，小古冒险找了个空隙，虚招刺向对方一记，正要跳离此地，突然对方却是反手一挡，将她的退路拦住，长刀带起疾风，砍向她的脖颈！

她闪身急退，却也脱不开刀锋范畴，正要避开要害，突然身后传来一阵风声——一支铁翎长箭激射而来已经到了身后，穿过她的肩膀，余势不减仍然向前，正中了那个锦衣卫指挥使的金丝面罩，面罩在箭头锐利之下顿时裂成两半，掉落下来！

出现在她面前的，是一张俊美端秀、无比熟悉的脸——

“少爷……成嘉！”

她失声喊道，整个人都僵直成了泥塑木雕！

即使是在混乱嘈杂之中，广晟也听到了这一声熟悉的嗓音和称呼，他也愣住了！

浓烟与火光弥漫，管弦锣鼓散落了一地，骨碌碌滚下发出怪异的声响，人声喧哗中，两人都逼近对方要害，明明下一瞬就能取对方性命，却宛如疯魔一般，直愣愣地站着，茫然睁大了眼，震惊得不知所措！

小古抬起眼，竭力睁大——眼前那个狠厉神秘的锦衣卫指挥使，竟然在下一刻化为了她那个跳脱不羁、爱笑爱胡闹的少爷！

“成嘉……”

她低喊出声，只觉得掌心瞬间全是潮汗，心跳好似擂鼓一般——她努力眨眼，出现在眼前的却仍然是那张绝美胜过女子的熟悉容颜！

“怎么会是你？！”

广晟只觉得耳边嗡嗡作响，太阳穴突突直跳——太过荒谬的眼前所见，简直让他怀疑自己还身在梦中！

这个声音……这个声音他绝对不会听错！

两人还在面面相觑，周围的混乱激战又被打破了，从正门处喷入了大量的水柱水雾，将四散的火苗扑灭了大半，连浓烟也随着水汽渐渐消散。

“大人，我们来了！”

前门传来李盛激动焦急的吆喝声——广晟这才发现，围墙上、正门前的台阶下架起了七八根竹管铜条高高对准了庭院，把水冲压进来！

水柱毫无目标乱喷，顿时整个庭院水汽氤氲，冲入浓烟之中，总算把火情缓解。惊魂未定的众人都被淋成了落汤鸡，虽然是夏夜，一阵凉风吹过却也有些发抖。

“大人，你没事吧？”

李盛一群人朝着戏台这边跑来，广晟却是看也不看他们一眼，只是直愣愣瞪着眼前的朱衣红裳女子！

原本飘逸若仙的衣料因为淋湿而贴在身上，显示出她窈窕轻盈的腰肢，白皙润泽的锁骨——这一切，都与他记忆中的她全然不同，只有那双乌黑清亮的杏眸，同样震惊地看着他。

下一瞬，她似乎反应过来，袖中银芒一闪，飞刃滑出直射而来——果然是金兰会十二妹的趁手兵器！

广晟这一刻几乎要把牙齿咬碎，他不闪不避，迎着那银刃而去——不知道是对方视线受阻，还是终究手软，银刃擦着他的脸庞而过，在白皙肌肤上留下一道血痕，俊美之外更添一重妖异阴霾！

他挺身欲上前去，不顾对方发出的轻声惊呼，突然一把攥住她的咽喉！

银刃逼近他的要害，他却浑然不顾，任凭它刺入自己胸前！

利刃入肉的声音在耳边分外清晰，鲜血飞溅而起，那银刃继续划过深入，周围似乎传来李盛等人的惊呼声——这一切他却全然不在意，只觉得胸口那团火在熊熊燃烧，好似要将他所有的理智焚毁！

绣春刀柄横扫而出，将她整个人都击倒在地，她吐出一口鲜血，手中利刃却终究没有刺下去！

他大步上前将她拎了过来，蹲下身，不顾一切地用自己衣袖去擦她的脸——衣料里混着水，在脸上用力摩挲，顿时将易容的颜泥油料重重剥落下来！

出现在他掌心的肌肤，竟然比先前还要雪白耀眼——宛如千里塞上白雪皑皑，冰峰雪莲般静美文秀，完全不似她平日的麦色微黑！

“原来你平日里就是以虚假面目对我！”

他眼中森冷狰狞，浑身都冒着杀气，一字一句好似从齿缝中迸出！

他手下更加用力，眼前的轮廓却是熟悉又陌生，有往日的俏丽慧黠，五官却更显精致动人。

“好，很好，原来我身边就潜伏着金兰会的女贼，将我玩弄于股掌之上！”他一把掐住她的咽喉，简直是要掐死对方的巨大力道——眼中的杀意，也在这一刻弥漫周身！

回应他的是狠狠一记耳光！

小古冷冷瞪着他，眼中除了震惊之外，更添三分惊怒沉痛：“玩弄人心的是你这个骗子！”

广晟眼中的酷狠冷厉瞬间被这一巴掌冻结了，他的脸被打得略微偏侧，白皙肌肤上留下粉红五道痕迹——他眼神几乎有些呆滞茫然，看着她，简直不敢相信她居然还敢恶人先告状！

他脚下一扫，踢中她的膝盖，任凭她倒落在台面上，双手用力反扣她的手腕，“格拉”一声把她两手拉得脱臼，不顾她的拼命挣扎，将她牢牢禁锢！

下面李盛一干人等看着这两人对峙，莫名觉得怪异，正要冲上前来，却被广晟沉声一喝：“都给我退下。”

“放开她！”

一声怒喝，从不远处的人群中疾射而近！

秦遥飞跃而来，长剑宛如秋水一泓，凌厉气势直刺广晟心口！

正在这时，李盛大喝一声保护大人，锦衣卫的小旗、校尉甚至军余小卒都冲上前来，将戏台团团围住！

火势渐渐熄灭，人群也被强行驱散，锦衣卫众人气势如虹，铁链长刀与袖箭齐出，就连秦遥也一时被困住了，只是咫尺之遥，竟然不能移动分寸！

铁链共分七条，牢牢锁住秦遥腰间和下盘，他只要全力出力，其中必有一人吐血，锦衣卫上下倒也坚持，仍然咬牙苦苦支撑。

秦遥几次想狠手格杀一人，但背后心口等处立刻就会露出破绽，如此再三僵持，拖得越久，围拢的人就越多。

客人们已经被押送出去，戏台周围清场完毕，锦衣卫的包围圈越发严密，就算是秦遥都不免顾此失彼，渐渐落入下风。

“七弟！”

突然从前厅处射来无数牛毛针，暴雨梨花一般顿时让锦衣卫的人中招，纷纷惨嚎着倒下，身上渐渐发黑。

冲上前来的，竟然是掌心握着黑色圆筒的宫羽纯，她一身华服显得凌乱，发髻上的明珠宝钗也垂落在肩上，落地叮当有声，她身边几个丫鬟手中都是同样武器，显然是万花楼压箱底的防身宝贝。

她身手并不如何，却是宛如疯魔一般冲入，众人不免惧怕那毒针，顿时包围圈就被撕开一个口子——宫羽纯眼中灿亮如火，满心满眼里只有被围困、岌岌可危的秦遥！

“你别过来！”

秦遥喊道，一时分心，被刀刃砍中背部，顿时血如泉涌，宫羽纯一咬牙，手中圆筒喷出更多毒针，自己身上也挂了几处彩，硬生生为他冲出了一个破绽。

“七弟，我们先走吧，不然一个也逃不了！”

宫羽纯看了一眼戏台上已经被五花大绑手脚戴镣的小古，咬着嘴唇苦劝道，心中却是又酸又痛又是无奈！

她一直都知道，秦遥心中有着小古，也曾拈酸吃醋，也曾暗夜里嫉恨不甘，但她没想到，就在这种无法回天的情况下，他仍然这么拼命，不肯离去！

锦衣卫重重包围又冲上来，秦遥左腿中了一刀，单腿跪地左右抵抗，宫羽纯眼看事态紧急，飞身一跃进入戏台最下面的核心战圈，一手将秦遥拉住，不顾他的反抗推了他一把，将他推进自己的丫鬟那边。

“快走吧七弟！”

重重刀枪剑戟瞬间刺到，宫羽纯极为惊险地闪过，正要跟随离开，目光却在下一刻凝成最大的惊诧恐惧——

后面的高楼上，有人弯弓搭箭，整个身影映入她的眼中，扩散成狰狞的梦魇——竟然是会首大哥！

雪亮的箭头对准着秦遥，她什么也没想，飞身扑过去一挡，下一瞬，长箭在空中拖曳出尖锐的嘶鸣，正中她的胸口！

宫羽纯惨叫一声，脚下停滞，而就在此时，好几柄长刀短刃刺中了她，顿时锦绣华衣也染上触目血花！

她双目圆睁，就这么直挺挺地倒下，身上几处要害深可见骨，鲜血喷涌满地，显然是活不成了！

“三姐！”

小古被广晟狠狠压制在台面上，看到这一幕嗓音凄厉而嘶哑——平日里她跟宫羽纯不睦，但终究只是些细枝末节之事，此时见她如此惨死，顿时剧烈挣扎要冲过去。

她的头被男人的铁腕和手掌再次狠狠禁锢，映入她眼中的是广晟冰冷漠然的表情：“你的同党都会被一网打尽，你死心吧！”

“你这个浑蛋！”她嘶声骂道，怒火染红了她的眼，因此没有看到他眼底的痛楚和落寞。

锦衣卫那边突然传来一阵惊叫——小古只能模糊看到，秦遥踉跄着杀出重围，火光冲天之中，他俊美的容颜染上无穷杀气，劈手从一个总旗手中夺过一柄短枪，横扫之下雪光与血色飞扬四散，顿时有好几人哀号倒地！

秦遥修习的是精纯内家功夫，平日里锋芒内敛，此时此刻却是因为悲愤刺激，宛如地狱幽冥收割人命。

他仿佛全然忘却了自己受的伤，疾奔直扑过来，将倒在血泊中的宫羽纯尸体负在背上，连连砍倒了几个小旗，正要跳上戏台，却被小古喝住——

“七哥你快走，不要做无谓的牺牲！”

秦遥的脚步不停，小古惊怒交加，失声喊道：“你想让大家全军覆没吗！”

这一句刚出，却听楼上又有羽箭射出，秦遥操起一名锦衣卫小卒的身体来挡，顿时箭入腹部一声惨嚎，楼上那人似乎还不罢休，接连几支连续射来，却中了一旁围堵秦遥的锦衣卫官兵，又是一阵混乱。

“楼上是谁在胡乱插手！”

广晟冷喝道，心中却是有数——十有八九是那个东厂的小白脸书生！

“七哥，有人要我们全部死绝在这，你还不明白吗？！”

小古悲愤的喊声，终于让秦遥眼中恢复了清明，他咬牙停了几瞬，目光留驻在她身上，顿时心如刀割。

“你还在等什么！”

小古几乎要怒吼，却被广晟强硬地捂住了嘴，她气急之下，锋利的牙齿划过他的掌心，留下鲜明的血痕。

“快走，大哥他——”

秦遥目光幽闪，顿时明白了她的意思，他最后深深看了她一眼，转身带着宫羽纯的残余手下，从西边的回廊疾奔而去。

“快追！”一阵追击之下，没过多久，广晟的手下却是慌乱沮丧地回来了——

“后院地窖下面有密道，他们逃走后把石头机关卸下了。”

广晟面若严霜，冷哼了一声，看着众人噤若寒蝉的神情，胸中那团火却是越烧越旺，偏偏无处发泄！

他大步走向后面的楼上——方才那意味险恶的长箭就是这里射出的！

人去楼空，那道儒雅翩然的身影已经不见，只剩下一把铁胎长弓，被静静搁在窗棂边，好似在提醒他那人的所作所为。

“薛语，你这个卑鄙小人……你给我等着！”

广晟冷哼一声，眼中闪过凛然杀意，拿起那长弓缓缓拉开，下一瞬，他内力勃发之下，弓弦发出一声哀鸣，“啪”的一声断为两截！

“总有一日，我要你如同这弓一样下场！”

这是你欠我、欠纪纲大人的！

他心中重复这个誓言，豁然转身离开。

戏台那边，李盛等人正在收拾残局，有两个校尉上前来要将小古押走，却被广晟拦住了，他不顾众人惊讶的目光，亲手将地上五花大绑的小古扶起，幽深冷冽的目光停留在她身上，却只换来她轻蔑的一瞪！

“你们把这里再清查一遍，所有客人都要询问，不许放过一个。”

随后他竟然亲自押着人离开了。

正是拂晓前最黑暗的时候，花街上却是被火把提灯照得通明，广晟没有把她押入囚车，反而将她当作货物一样，捆在自己的马后。

剧烈的颠簸和飞驰，头脚倒置的窘境，小古几乎要呕吐，胃里却是空落落的什么也吐不出来，眼前街景在飞逝，身前那个男人的背影，熟悉而陌生，冷酷宛如地狱阎罗！

“你们锦衣卫的鹰犬都不得好死！”

耳边风声呼啸，男人的声音响起，似叹息似嘲讽——

“在你们这些狡兔被抓尽之前，我们都会好好活着的！”

2.

随着人去楼空，万花楼中不见往日的繁华歌舞，只见满目疮痍，火烧的焦黑混着血迹，加上剧烈的打斗，连仍然高燃怒放的盏盏明灯都失去了往日的光彩，显得惊慌摇曳。

离它不远的水岸边，有两人站在船上，遥望着这一片杀戮后的残垣。

“我不明白，你为何要如此轻易地舍弃金兰会这帮人？”问出这问题的是常孟楚，他的表情与其说平淡，不如说是微带警惕和厌恶——就算他早就知道这一次的布局，此时此刻看着昔日同泽被杀被抓，心中滋味也并不好受。

“这次的布局原本是预备下月初三，但锦衣卫那个小子咄咄逼人，连南苑都去搜过了，只怕会查出些什么蛛丝马迹——既然现在木盒已经得到，就干脆提前发动。”

景语负手看着万花楼那边，目光宛如看着扑向灯火的飞蛾一般，微笑中带着从容和冷酷：“我的目标，并不是万花楼这群人，而是这座楼本身啊！”

“这座楼本身？”常孟楚完全不懂他的意思，“万花楼在洪武时期就建立了，是官妓充发的主要地点，也是秦淮花街的头块牌子，这里能有什么你想要的东西？”

景语轻笑一声，嗓音仍然儒雅淡然，常孟楚却从他的嗓音中听出了一种切齿的恨意与激狂：“我本来也不知道，只是拿到了木盒，用那两块玉片合起来打开后，才知道了其中奥秘。”

“什么，你已经打开了木盒？”常孟楚大吃一惊，“另一块玉片是在谁手里，你是怎么得到的？”

“另一块玉片，是广平侯袁容给我的——他昨晚刚刚回到了京城。”景语低声道，“他是奉皇命去了北平，目前的回奏是在回京途中，不过谁也没料到，他日夜赶来，提前了一天一夜。”

“他这般秘密回返，就是为了回来见我——他想看看，我到底值不值得他投下手中最重要的筹码。”

景语的眼中闪过清冷笑意：“袁容是个老狐狸，这么多年来，他迎娶了朱棣的爱女，成为他心腹爱将，从来没有人怀疑过他的忠诚，若是让朱棣知道，他这女婿竟然会是效忠建文的暗间，他该是什么表情呢？”

常孟楚皱眉，虽然早有怀疑，却仍然不敢相信：“袁容是朱棣一手提拔出来的，为何会对建文如此效忠？”

“严格地说，他效忠的并非建文，而是朱允炆的父亲懿文太子。”

景语有所感触地唏嘘道："懿文太子乃是天命所归，人心所向，既是嫡长，又生来仁爱聪慧，就算洪武皇帝如此暴烈刻薄之人，也是谆谆教诲儿子'天下总有一日归你'，希望他做个贤帝明君——他若是活得长久些，包括朱棣在内，也绝不敢有异心。只可惜，他寿数不永，这才让强悍叔叔骑到了侄子头上。"

"当初懿文太子病倒的时候，詹事府的谋士们就担心那些叔王会对太孙造成威胁，于是在他们秘密设计下，好几个文武方面才华卓著的年轻人去了燕王、秦王等处，很快得到了重用，这里面就有袁容。"

常孟楚听得目光闪动，皱眉道："我身为常家之人，也不曾知晓这些，你是从何得知的？"

"是红笺父亲留下的信件和笔记。"景语解释道，"我父亲景清乃是忠直不阿之臣，但胡闰才是建文帝的心腹爱臣，虽然没有丞相之名，大小政务却多问过他的意见。"

"袁容这个暗间，是最后的秘密武器，谁也不会猜疑他的身份，更不会想到，他家里那个庶长子，竟然会是懿文太子的遗腹子，朱云爆。"

"我揭穿了袁容的秘密，又告诉了他关于我的身世，袁容匆匆赶回，昨晚终于跟我见了面。"

景语想起昨夜见面的那一幕，不禁微微而笑。

袁容的态度暧昧而自矜，虽然被他揭穿袁槿的身世，却是处变不惊，反而告诉他：广平侯府的亲随，只要五十人就可以让他身死当场。

景语当时回道："我敢来这儿，定然是有万全的准备，只要我天明之时没有出去，令公子的秘密立刻就会扩散整个京城。"

袁容居然丝毫不见慌乱："只要杀了你，再散播另外一些谣言——比如济宁侯府的小少爷是建文的私生子，襄阳侯家的千金是前太子的女儿等等，满城风雨之下，我区区一个庶长子也不显眼了，到最后把你的真实身份查出来，你父亲本来就善于伪装欺骗，你觉得陛下会信你制造的流言吗？"

景语第一次遇到如此棘手的人物，两人唇枪舌剑之下，景语轻轻一句话，这才让袁容知道厉害："现在太子见疑被幽禁，汉王在京城飞扬跋扈隐隐有夺嫡之念，不趁现在动手，难道要等到太孙登基吗？"

他看着袁容，敏锐地发现后者神色有细微的改变，眉心也轻微皱起，于是添了最后一句："再等十年，太孙天姿英发，崇尚雅文又果敢勇武，那时候，还会有人记得懿文太子一脉才是正统吗？"

他近乎嘲讽地笑道："那时候，你家这个秘密就不再值钱了，朱允熥殿下想要复辟登位，简直是痴人说梦。"

袁容眼中闪现怒色，呼吸微微有些紊乱："就算这样，我也不必上你的贼船。"

"我父亲曾经告诉我，当断不断反受其乱，这句话，我要奉送给侯爷您。"景语冷然道，"您原本的计划，是让袁槿公子去军中历练获得功勋，然后让他能顺势渐渐掌握一部军权，最后趁势而起——可您别忘了，朱元璋和他两个儿子都是靠造反起家的，就算是英国公这样的强人，也不过掌握全国三分之一的兵力，袁槿公子区区一个年轻人，又能如何权倾朝野呢？这样的谋算篡权，胜算到底有多少？”

这一句问到了问题的核心，袁容的呼吸又加快不少：“你手中又有什么筹码？”

“这个木盒，不知道你是否有印象呢？”

他取出木盒的一瞬间，袁容的表情变了，他蓦然站起身来，伸手要夺，景语却敏捷闪过，拿出另一块玉片：“这个玉片你也应该眼熟吧？”

他一手牢牢钳制住袁容的手腕，低声道：“袁槿公子的那一块，在你身上吧？”

他终于如愿看到广平侯的惊讶目光！

“这三件东西合起来，可以让木盒里的遗旨重见天日，除了建文帝亲笔之外，里面还有一件东西，你应该听说过。”

“就是洪武皇帝时候夺走沈万山的财产，建造而成的盘踞整个金陵城的秘密水道！”

袁容整个身躯一震，双眸简直要燃烧起来：“这事连胡闰也未必知道，你是怎么知道的？”

“胡闰的笔记，加上当年建造时码头上的一些蛛丝马迹，还有大理寺、工部和户部的库存账本。”

景语的嗓音低沉，听入袁容耳畔却是惊心动魄，“只要拿到这张图，别说是朱棣，就连整个皇宫大内，也不过是纸糊的傀儡，一碰就倒。”

……

那一夜的言语交锋，最终以景语大获全胜告终，两个人凑齐手中的玉片，终于打开了那只盒子，出现在两人面前的，却是更为惊心动魄的真相——

想到那厚薄不一的两卷纸轴，景语的双眼变得更加暗沉，他压住心中的惊涛骇浪，对常孟楚道：“接下来，也需要你在码头上动些手脚。”

“可以，但你必须告诉我整个计划，我不想被蒙在鼓里。”

大事在即，景语终于取出了那卷卷轴，常孟楚看见，上面“万花楼”和“西水关码头”字样赫然在目，他略一细看，心神狂震！

清晨时分，城门口大小不一的车子和行人却排出整整两条街外，很艰难地朝前挪动着，等待军爷检查，初升的旭日照在人脊梁上宛如毒鞭，汗水很快将衣衫打湿，却也无人敢于抱怨。

其中有六七辆大车装得满满当当，周围还有健壮的汉子随行，看着前头的车子都被翻了个底朝天，彼此交换了着急的眼色。

“这车里还藏着这么多女人呢，等下肯定要露馅！”

其中一个打了个冷战，抬起头突然看见城墙上贴着一张布告，纸上画的那人的相貌……竟然是——

“是秦老板！”

“秦师兄！”

好几个人都禁不住喊出声来，又很快捂住自己的嘴，胆战心惊怕周围人知道！

“这可怎么办啊！”

众人早就猜到秦遥那诀别之态是有隐情的，可没想到第二天就上了通缉令，说好的让他们避避风头，这下简直成了自投罗网——他们的户牒上都写着是兰庆班的人，只要一看就会被抓起来。

这下倒是不用担心车里藏的女人们了，彼此都是通缉犯，也没啥差别了！

队伍慢吞吞向前，众人的心中却是火烧火燎一般，想要从队伍里逃出来，四顾周围却又无处可去——城里只怕搜捕得更加厉害！

福无双至祸不单行，前面的卫卒看到这些人交头接耳有些诡异，于是丢下别人，朝着这边走来，一边还仔细张望着。

就在这危急时刻，突然有几骑急冲而来，到了近前，没等众人反应过来，一个管家模样的人下了马，一把揪住二师兄的衣襟，上去就是一记耳光：“你这个贼胚子，居然连主家的聘礼都敢偷！”

二师兄毫无防备，打得他眼冒金星嘴里吐血，正是一头雾水，那个守门的卫卒就上前来拦住，见那人衣着豪华，倒也不敢逞强，嘴里喊着：“都是做什么的？”

“这位军爷，我是广平侯府的人。”

那管家把人拉到一旁，似乎有些羞于启齿，为难了一下还是低声道：“其实这也是两家的丑事，我们家二公子曾经要聘娶济宁侯府的大小姐，结果中间出了点儿篓子，婚事作罢，他们那大小姐又要跟东厂的薛先生……唉，你说这都是什么事啊！”

他指了指那些箱笼，更加压低嗓门道：“这些就是他们退回来的聘礼，可没想到我们家押送的人手脚不干净，居然偷换了去——就是这几个家贼手上不干净，我家公子赶紧追来了，省得侯爷和公主面上不好看！”

那卫卒的校尉也赶来了，听着这一连串贵人的名号都是眼花缭乱——济宁侯府是新任的锦衣卫指挥使的府上，今日一早已经传遍整个京城了，而广平侯是驸马之尊，而另一个男主角更是东厂的薛先生——这些人单独一个就是跺跺脚地面震三震的，他根本一个也惹不起！

他有些拘谨哆嗦了一下，低声问道：“那管家的意思是？”

“我家公子的意思是，赶紧把这些货连同人运出城去，在我们庄子上清点后再行家法不迟——家丑不可外扬，我说给你们听已经是违了家规，两位可不要让我作难啊！”

他还算和气热情，语气却隐隐带着威胁，那校尉和小卒心头“咯噔”一声，有些口吃道：“可锦衣卫和五城兵马司那边传来手令，每辆车都要详细搜查，我们也是职责所在……”

“大人！”

塞进两人手掌中的竟是黄澄澄的金条，光芒刺痛了他们的眼——以两人每年二十两的俸禄，是连见都没见过这种贵人之物的。那管家仍然笑嘻嘻的，话中锋芒却更加犀利："我们公子说了，被退亲又被偷走聘礼，脸面都丢尽了，你们要是敢当众搜查，那就是把我们广平侯府的脸面都放在脚下踩了！"

"那聘礼里有一担是永安公主赐下的，是禁中之物——到时候，别说是侯府，就连公主的颜面都是丢尽了——两位军爷，你们想想，这样的后果你们承受得起吗？"

仿佛还嫌两人被吓得不够，那管家撩了撩眼皮，低声道："对了，女家是锦衣卫沈大人的堂妹，要是传出谣言聘礼是他们家吞没私换的，我想沈大人也不会饶你，还有东厂那边……"

"管家你别说了，我答应，答应还不行吗！"

校尉无奈，连声哀求道，那管家满意地看他去前面说了什么，很快，这些车子越过其他车，辘辘地朝着城门顺利出去了。

"记住，这事关系到三家颜面，谁也不能说！"

那两人点头如捣蒜，自始至终，那位骑在马上，风神清逸的袁公子都是冷着脸看着这一切，直到车辆离开，他才挥鞭拂袖而去。

出了城门就是官道，袁槿下了马，对着吓得战战兢兢却万分诧异的兰庆班众人道："我是你们秦老板的朋友，也是小古托我来帮你们的。"

兰庆班那边大大松了口气，车子里却颤巍巍传出声音："那我们，究竟该去哪里呢？"

探出头的是小安，这个少女历经颠沛流离，丧母之痛，此时身上也是一件素白的孝服，双眼之中除了悲伤惶惑，更多的却是坚强。

"世上没有不透风的墙，万一我出手帮忙被人揭穿，只怕你们住在庄子上也有所不便。"袁槿掏出一张纸条递了过去，"这地图是小古画的，是她家如瑶姑娘的庄子，你们悄悄去住在那里，一步也别出门。"

"这样就能逃过朝廷的追捕吗？"

小安接过看清，默默记住后，将纸条撕成碎片，吞了下去——袁槿对她小小年纪如此缜密很是诧异，之后便是心疼和怜悯："应该可以，那里现在可是锦衣卫指挥使堂妹的地方，谁都要给三分面子吧。"

说起广晟，袁槿语气带上了难言的恨意——昨夜一场混乱后他救人离开，到今天早晨，接到小古被捕的消息，同时而来的，还有济宁侯就是新上任、无比神秘的锦衣卫指挥使，这让他心中惊怒交加，几乎要冲过去找他质问！

小古最信赖的人就是他，两人之间的暧昧和默契甜蜜，都连他也略有所见，而此时，他竟然深藏不露，将小古捉拿归案！

这个混账！

他这样简直是在朝小古心头剜刀子！

想起伊人，他的神情又阴沉下来——她被关在锦衣卫诏狱里，也不知道情况如何了？

"如郡，你千万不要出事……"

希望那个男人，能念在旧日之情上，能维护她！

他心头无比矛盾纠结地想道。

午后外间正是阳光明媚，锦衣卫北镇抚司诏狱之中，永远是那般黑沉沉不见天日，一盏油灯被铁丝悬吊在空中，四周刑架上的血痕有些干涸发紫。

人的脚步带起幽幽冷风吹入，灯盏来回晃悠，照在广晟脸上，是难以言喻的阴晴不定。

他双眸满是冷戾的浓黑，却满布疲倦的血丝，狱卒看到吓得慌忙躬身退到一边。

最里面一间牢房的铁锁被打开，他单独进入，头也不回地命令狱卒："滚！"

狱卒急匆匆跑开了，好似后面有无形的鬼在追他——这位新任指挥使大人虽然不常来这里，但脾气尚算和蔼讲理，没想到今天心情这么差！

铁栅栏前的一盏小灯悬挂在壁上，一张简陋的木床上，犯人蜷缩在墙脚，好似沉睡一般，听到他的到来，微微睁开杏眸，手足之间叮当作响——那是用来对付十恶不赦重犯的镣铐。

他一步步走近，脚下却似有万钧之重。

看到她瘦小的身躯被重重铁链围绕，显得分外沉重，那纤细足腕上的镣铐颤巍巍叮当作响，广晟心中不禁一痛。

他暗骂自己心软没用，口气却不自觉地激愤不起来，讷讷地降了三个调门："吃饭了吗？"

"没吃。"小古蜷缩在墙脚，抱着膝盖坐着，低声回答。

不知怎的，两人都失去了事发时的锐气和怒意。

夜里的血雨腥风、惊心动魄，甚至最后的反目成仇，此时此刻平静下来，都觉得宛如噩梦一场。

怎么会这样呢？

更浓的荒谬感觉升上心头，再三确认无误后，化为浓重的疲惫和茫然。

要怎么对她（他）呢？

彼此心头都升起这样一个念头。

"锦衣卫诏狱的饭有点儿难吃，你还是多包涵点儿吧。"

小古本来绷着脸并不看他，听到这话眼睛都变成了刀剪一般，狠狠瞪了他一眼："你很希望我来吃牢饭是不是？"

广晟先是尴尬，随后也生气了："你还是这么恶人先告状啊！"

"你才是恶人呢！"

小美女再次狠狠瞪了他一眼，控诉道："我手都被你拉脱臼了，吃个什么饭啊！"

广晟顿时一窒，整个人差点儿傻眼，他摸了摸鼻子，心中顿时生起愧疚，连忙上前要帮她扳回手腕，却又临时迟疑了："帮你接了骨，你该不会要要花样吧？"

迎接他的是更加火辣的怒目而视："是，我就是要要花样逃狱，你怕的话，干脆就这么放着让我饿死算了。"

广晟咕哝道："你上次有前科的。"

再次遭遇剪刀眼一枚。

命人再次端来饭食，只是简单的糙米和青菜，广晟看了看，沉声吩咐道："也给我来一份。"

这个诡异的要求让狱卒简直不敢相信自己的耳朵，战战兢兢再三确认，终于遵命去办。

端上来的当然不是糙米和青菜，而是狱卒们吃的猪头肉、豆芽和粳米，广晟看了看，突然伸出手把两份换了个位置，沉声道："吃吧。"

两人拿起筷子，彼此之间只听到细微的咀嚼声，陷入了良久的沉默。

广晟嘴里吃着绝对称不上好吃的粗食，心里却是比吃了黄连还苦，看到小古居然吃得津津有味，心头的火一阵阵升起，恨不能夺下她手里的筷子丢在地上，但看到她略带疲惫的眼下阴影，不知怎的，却又不忍心了。

终于等她放下筷子，他低声问道："吃饱了吗？"

"还行吧，比家里秦妈妈烧的猪头肉差远了——她用一整根大柴烧出来的猪头肉酥烂浓香，可好吃了。"小古似乎说得兴致很好，整个人的头颅却是越来越低，突然她哽咽了，"宫三姐虽然经常装清高，但她也最喜欢吃猪头肉。"

曾经有一次，她带着半包从侯府厨房昧下的猪头肉跟秦遥一起吃饭，三姐曾经酸了好几句"什么粗俗的吃食都给我拿来些""气味和模样一点儿都不雅观"，但她分明发现，她鼻翼扇动几下，咽了口唾沫。

后来，她发现万花楼的厨房里居然也有这道菜，只是用银盘藏着，送到了宫羽纯的房里。

再后来吵架时，她曾经想拆穿她雍容华贵的假仙模样，把那盘猪头肉端出来做个笑柄，但却被秦遥阻止了："她最爱面子，要是脸上下不来，肯定要追着你闹。"

现在，那个喜欢跟她吵架、暗恋七哥、经常让她看不顺眼的三姐，已经没了。

想到这，她蓦然抬起头来，眼中闪烁着火光："是你们害死了她！"

"我的兄弟死得也不少！"广晟断然反驳道，看到她眼中的火光，却突然气馁——他到这里来不是为了跟她吵的！

他压低了嗓音，沉声道："锦衣卫是皇帝亲军，剿灭反贼是我们职责所在。"

说到昨夜的那一场变故，两人之间的气氛又变得沉闷凝重，良久，小古才低声幽幽道："你说得也对，官兵杀反贼，自古以来就是这样的规矩。"

她抱着膝盖，将整张小脸都几乎深埋下去，嗓音更加哽咽模糊："可我们也不是天生就该做反贼！"

死寂一片的深牢大狱中，她的声音清冷，宛如寒泉一般清澈流过："三姐以前是龙襄将军家的千金，死去的二姐家兄长是大学士，曾经在御前草诏……我算是家中不受宠的，虽然没有锦衣玉食，但总也是岁月平静，现世安稳……"

一灯如豆，她的嗓音低沉而凄然，却是掩饰不住的尖锐愤懑："一夜之间天翻地覆啊，换了皇帝，也把我们推翻在泥泞里，任人作践——你问我们为何要做反贼，这个问题，我十四年前就想问了——究竟是谁，让我们成了反贼的呢？"

这一问，让广晟也为之默然无语，他凝望着那缩在墙角，瘦小而熟悉的身影，突然脱口而出道："你有这些想法，为什么不说出来呢——别人你不相信，为什么连我，你也不曾吐露半分？！"

仔细想来，在他身边的时候，她永远是聪慧跳脱、娇憨可人的，为他操烦担忧，为他送来衣食，闹出各种笑话来博他轻松一笑——他从未想过，在她那毫无阴霾的笑容下，竟然藏着如此惨痛的心事！

"哼……"他的痛心，换来的是她不屑轻嘲的冷笑："告诉你，你又能有什么办法呢——哦，我忘记了，你现在是锦衣卫指挥使沈大人了！可就算你神通广大，能救得了我，可你能说动皇帝，将我们全部赦免吗？朱棣一道诏令，成千上万的人被抄家，死的死，流放的流放，你能改变这一切吗？"

黑暗中，她的眼睛熠熠生辉，宛如星辰陨落的至痛，又似最冷酷的诡秘嘲笑，他大步走过去，自己也不知道是要将她抱在怀里，还是要狠命拎起好好算账！

隔着一丈远却终于停住了，沉声问道："我只想问一个问题——你在我身边，真的是蓄意潜伏吗？"

想了一上午，一开始心痛加上愤怒，简直要失去理智，但终究慢慢平复下来，他心头的疑云不但没有释怀，反而更大了！

小古头也没抬，嗤笑一声道："你是猪脑子吗？你之前只是个区区侯府庶子，潜伏在你身边有什么好处？！"

被这么一骂，广晟心里反而舒畅许多，心情也奇迹般的飞扬惬意——她果然如他所猜测的，并非是居心叵测来蓄意欺骗他。

明了这一点，他语气更是轻快缓和不少："那你深藏不露，屈身在我们府上是为了什么？"

"为了你堂妹如瑶……"

这一回答简直让广晟愕然，随即才听到小古补充道："准确地说，是为了她手上那只木盒。"她幽幽双瞳茫然看向前方，只有说到这只木盒时，才有犀利光芒闪过，"据说这只木盒里有建文帝的遗诏。"

"竟然是这样！"

广晟听完身子一震——他早就知道朱棣疯狂地在搜寻建文皇帝的蛛丝马迹，十几年来不仅派出胡滢遍及五湖四海，连郑和下西洋，其中也有这个原因在。

"这个木盒里有什么？为什么会在如瑶手上？"

他听到自己的心跳也快了几分——这样紧要的烫手山芋，弄不好整个济宁侯府都要被它拖累，瞬间化为齑粉！

"是张夫人那边传下的，事情过程曲折，我也不能准确尽述——至于里面，谁也没能真正打开。"

小古淡淡说完，突然话锋一转，冷笑道："别光顾着说我啊！你也不曾告诉过我，你居然已经成为锦衣卫指挥使——如此位高权重，我还没恭喜少爷你呢！"

她睁大眼看定了他，瞳孔深处有讥诮的火焰，更有隐忍的痛楚："我没想到，少爷你的真实身份竟然是这个！难怪你这么快成了皇帝宠臣，越过亲伯父直接袭了济宁侯的爵位！”

语气虽然嘲讽，她此时心中也暗骂自己蠢笨：他平日里都是风尘仆仆在外忙碌，几乎就回来睡个觉，有时候甚至好几天都见不到人影，普通的勋贵闲散侯爷哪里会这么忙碌，自己居然傻傻听信他各种谎言，从来没有怀疑过！

不等广晟开口，她摇了摇头，自嘲道：“你不用说了，是我太蠢，而你太谨慎小心，这是应该的——自始至终，是我眼瞎耳拙，误把天上的苍鹰当作温和亲近的白鸽！”

广晟静静听着她的嘲讽，心中却是百味杂陈，良久，他才低声道：“瞒着别人，我有千百种理由……”

锦衣卫如今危难的局势，圣上要他不露神色抓住京营中的不轨分子，东厂的步步紧逼……这些，都是他隐身幕后的理由。

他深深凝望着她，吸了一口气，终于说出心中隐藏多时的心事——

“但是对你，我只有一个想法——我不想吓着你，让你知道，你家少爷我做了这杀人不眨眼的凶煞勾当！”

“那次在岳香楼，你看到锦衣卫缇骑们抓人，那种惊惧厌恶的表情，我如今仍然深深记得——因此，我每一次话到嘴边，都没法说出！”

他一口气说出胸中块垒，叹气道：“就如同，你也永远无法对我亲口说出，你是金兰会的十二姑娘一样！”

这一句正中小古的心坎，她的身子一颤，抬起头来，正对上他的，两人瞬间都看到彼此眼中的苦涩与沉痛、纠结。

小古低声道：“你说得对，我们永远也无法对彼此吐露真相。”她叹了口气，仿佛看开了的释怀，“所以我们也不用彼此责怪了——你能看我，我很高兴，你若是要来审问我，甚至对我酷刑加身，我也不怨你——就如同你之前所说，这是职责所在！”

她的目光穿透铁栏，看向转角处的墙壁——挂在墙上的，放在红木柜上的，以及柜子里面琳琅满目的，都是说不出名目的刑器。

她的脸色有些发白，浓黑眼睫颤了下，唇角却抿成清冷不妥协的线条。

广晟一愣，随即气怒攻心：“你倒是视死如归啊！”

他实在气不过，凑近她，一把拎起她的衣领，将她拉得凑近自己，几乎是凑在她脸庞边说道：“你知道那些狱卒会怎么对付不听话的女囚？”

这句话蕴含的邪恶意味让她眼神一颤，不知是因为愤怒还是羞意，她狠狠瞪了他一眼，低声道：“那你知道，我们金兰会怎么应付被擒后的痛苦和羞辱？”

这一句简洁干脆，让广晟吓得几乎跳起来，一把捏着她的下巴，低喝道：“你嘴里藏着什么？快给我吐出来！”

小古被他铁钳般的手指捏得剧痛，却是倔强地瞥了他一眼，垂眸不理不睬。

“快给我吐出来，你咬着唇干什么？！咬破毒药你就要上西天了！”广晟近乎气急地低喝道。

“那也好过试一试你们锦衣卫的十八般酷刑。”她幽幽的目光仍然不看他，看向虚无中的一点，眼睫毛却是微微颤动，显示她内心的波澜，“你来本来就是问案的吧，你可以试试，我们金兰会中，到底有没有软骨头！”

这个油盐不进的小笨蛋！

广晟气得恨不能敲开她的脑子看看——这么夹枪带棍地说话，简直是戳人心窝，到底是从哪学来的？

他忍住怒气，捏住她的下颌强迫她向前看着自己：“你觉得我真的会把这些用在你身上？！”

他说话的热意混杂着男人的气息，带来强烈的侵略感：“在你心目中，你的男人我，就是这么混账不堪？！”

小古凝视着他，墨玉般的眼里有莫名的波光闪动，她轻声道：“我们还没有肌肤之亲，你还不是我男人呢！”

这一记重击简直让广晟眼冒金星，气得眼前发黑，没等他大发雷霆，只听小古静静道：“现在也许你不会，但皇帝终究要追问你案情的，到时候，你拿什么交差呢？”

广晟听到她在为自己考虑，于是柔和了声调，问道：“那你为了我，愿意招供吗？”

“当然不可能了。”

小古用“你很笨”的眼神看着他：“就算你用美男计也不行！”

“你！”

广晟瞬间觉得，如果可以的话，自己还是掐死眼前这小妮子算了！否则最后被气死的肯定是他自己。

不愿意再跟她废话，他一把将人拉扯过来，狠狠地吻上了她。

“唔……”

她试图转头避开，却被他钳住后脑，狠狠地印上他朝思暮想的朱唇，感觉那粉嫩柔润的触感，近乎赞叹地用舌尖划过，引起她浑身战栗后，深深地掠夺了她所有呼吸……

昏暗的囚房里，他的脸颊贴着她的，轻轻的喘息声响起，暧昧纠结得让人脸红心跳……不知道过了多久，他才放开了她。

“这样戏弄我，你很得意吗？”

他看着她，似是有怒气怨意，嗓音里又似乎带着欲望的低沉，小古脸上绯红，别过头不去理他。

他的手指轻轻扳回她的脸，轻柔而带着惆怅的嗓音在她耳边响起：“你我各有立场，但我不是你的敌人……”

绝美的容颜在她眼前无限放大，眉宇间的哀伤关切让她也无法彻底发怒，同样轻声叹息道：“可你终究是皇帝的人……”

“就算为了我，你也不会背叛金兰会，是吗？”

小古看着他，双眸之中似有千言万语，却都化为一句：“我心匪石，不可转也。”

广晟听到这一句，心头顿时狂震——她这是在说两人之间的情爱，也同样在说她的信念和坚持！

对他的情意，宛如磐石不可动摇，而她对金兰会的坚持，也绝不会有一丝一毫的迟疑。

这就是她的回答。

他有些僵硬地站起身来，昏暗中，她垂眸端坐，低声道：“你还是走吧。”

无尽的沮丧、绝望、悲苦和愤怒涌上心头，他转身疾走，却是脚下一个踉跄，只觉得千言万语，在这一刻已经变得苍白。

“小心。”

她低声叮咛道，恍惚间，好似回到了过去，他策马而归，她在窗前含笑劝他不要滑倒。

他停住脚步，回过头来，带着最后一丝希望问她：“你还有什么要对我说的吗？”

小古深深凝视着他，突然开口道：“我想问问你，我的同伴究竟怎样了？”

广晟咬牙痛恨不已——到这地步了还惦记着金兰会的人，他没好气道：“他们都死的死，擒的擒了，又何必多问？”

“七哥不是那么容易被抓的人，至于其他几人，你们肯定也是一无所获，否则，你必定会拿他们来威胁我的。”

小古思绪冷静聪慧，却更让广晟气闷，听到她提起“七哥”时不自觉的亲昵信赖，心头酸涩发闷：“那你等着吧，我一定会把他们抓捕归案的！”

他甩下一句，似负气更似誓言，离开的重重步伐，简直好像要把甬道里的台阶都踏破。

小古望着他的身影远去，只觉得浑身的力量也在这一瞬烟消云散，她无力地靠在墙上，疲惫地闭上了眼睛。

3.

傍晚时分，太和殿御前云台上，灯火通明，鼓乐喧嚣，数十个百戏伶人正在表演古彩戏法，百来个小瓷罐上下抛飞，看得宫人们眼花缭乱，最上首的皇帝却是面色寡淡冷漠，连眼皮都不抬一下。

张公公看皇帝脸色不虞，连忙挥手让这些人退下，俯身弯腰低声禀道：“皇爷，要不传教坊那边的采莲舞来？”

朱棣冷哼一声：“让他们都给朕滚远点儿。”随即突然问道，“那两个小子还在吗？”

张公公猛一激灵，连忙道：“锦衣卫沈大人和东厂的薛先生正在等候觐见，没有皇命，哪里敢擅自离开？”

得朱棣示意后，他一挥拂尘连忙去带人。

一盏茶的工夫，他看着郑重行礼的广晟和薛语，沉声道：“昨晚的行动到底怎样了？听说金兰会逃走了一大半？”

广晟正要开口，却见薛语抢先一步上前，朗声道：“学生有下情禀报。”

说完递出一封密折，显然不肯当众说，朱棣眉头一皱还是示意张公公接过，打开看了，神色之前却逐渐舒展，看向薛语的目光带着笑意：“你这是放长线钓大鱼啊！”

语气一顿，却略微有些阴沉：“可你也要知道，一旦鱼入大海，要再抓回可就难了！”

薛语不卑不亢，眼神却是带着恭谨清澈：“学生这么放鱼，当然也是有底气收回线，若有闪失，任凭陛下问罪。”

他这般奏对虽然略有不合规矩，但带着年轻人特有的傲气和自信，再配着他澜衫清逸，倒是让朱棣真正露出了笑容：“哦，那你想怎么做？”

“卑职和东厂毕竟是客，沈大人和锦衣卫的各位才是真正的主角——最重要的人犯可是他们抓住的，相信沈大人必定有办法将这群逆贼一网打尽。”

广晟听他口风直接往自己身上扯，心中暗怒，却是似笑非笑地瞥了他一眼：“薛先生这是在打哑谜呢！”

朱棣对两人之间的暗潮汹涌恍如未见，心中却更是熨帖——他们两人如此针锋相对，对为君者来说才能真正放心。

他看向广晟，却并不打算让他看那密折，只是简单解释道：“听说你抓住的是金兰会排行十二的女贼，是逆党之中举足轻重的人物？”

广晟心中“咯噔”一沉，面上却是强忍着不露分毫：“确实是金兰会上层人物，不过说她举足轻重也是抬举她了，区区一个女流，年纪又小，哪里能命令得了那一群穷凶极恶的匪徒？”

“无论怎样，她只身潜入救走其他人是事实。”

皇帝看向广晟的目光有些不悦：“你们锦衣卫上下将那万花楼团团包围，到头来却被他们逃走这么些，一群大男人被小女子耍得团团转，这也是事实吧！”

广晟连忙请罪，一旁的薛语不知吃错了什么药，居然替他说话：“陛下容禀，其实这也不能怪沈指挥使一人，万花楼周围地形繁复，人头也杂，三教九流的都有，内中更有逃命的密道，当时场面又混乱，锦衣卫顾此失彼没把他们抓全，也不足为奇。”

东厂的智囊替锦衣卫说话——这简直是太阳从西边出来了！

连朱棣都仔细认真看了他一眼：“你这话听着真新鲜哪，是真心的吗？”

薛语看都不看广晟一眼：“学生连圣明天子都不曾阿谀，又哪里会替区区一个指挥使说违心奉承之言？”

张公公正要呵斥他放肆，朱棣却哈哈大笑起来：“好一个连圣明天子都不曾阿谀，你还真是敢说敢做啊！”

天子夸赞，薛语却仍然不卑不亢，态度自若：“学生一言一行都是出自内心，陛下应该也看得出来，对我的小小僭越都是不计较，因此学生一片赤诚，毫不畏惧君父怪罪！”

朱棣痛快笑了一回，对他更加欣赏：“那依你之见，该怎么抓到这群逆党呢？”

“这群逆党极为凶残狡诈，又潜伏在底层各行各业，很难加以鉴别把他们找出来，若是真的在京城及周边大肆搜捕，未免闹得太大，有碍观瞻，又容易打草惊蛇，所以就如学生方才所说，不如以被擒的那个女贼为诱饵，让他们一一自投罗网。”

广晟在旁听得眉心紧皱，突然插言道：“金兰会的人不是傻子，断腕求生的道理他们也懂，怎么会傻傻地来救人？”

随即他接触到薛语侧面回击的笑容：那瞳孔深处的诡异浓黑，让他顿时生出不祥之兆——

“锦衣卫掌控的酷刑何止上百，却要问出这种可笑的问题，实在是让薛某惊讶啊！”

“你每日让此女痛不欲生，将她的惨状公布给世人看，却又让她不死，就这么一天天拖着，那些人自诩金兰手足，总会按捺不住来救人的，就算明面不来也会露出蛛丝马迹，顺藤摸瓜总能找到线索！”

“他们要是狠心不来，那就更好了，金兰会在底层愚民中间根基深广，那些人若是看到这种恐怖血腥的场面，肯定要被吓住，再也不敢替这些逆党做事，这样兵不血刃就可以减弱逆党的影响，也是好事一桩，善莫大焉啊！”

广晟这一刻狠狠地瞪住这个男人，瞳孔深处的愤怒几乎要将他吞噬——这个疯子到底在说什么！他居然敢……

一想到小古浑身血污气息奄奄的样子，他就觉得脑海里嗡嗡作响！

上首传来皇帝欣慰赞许的笑声：“倒是跟朕当年做的差不多——你们读书人嘴上不说，心里却都暗骂朕酷烈暴虐，没想到啊，你这个小书生，居然没有读书人的酸气，也是这么心狠手辣！”

他的笑声豪迈而阴沉，两种完全不同的气质矛盾体现在他身上，广晟抬眼去看，灯光璀璨之间，御座龙椅上他的袍服上五爪金龙熠熠生辉，狰狞而飞旋，让他眼前一阵刺痛——

“锦衣卫用刑，朕向来是信得过的——济宁侯你说是不是？”

广晟攥紧了拳头，一旁的薛语却似乎还嫌不够，他凑近广晟，声音柔和低沉，却是连最上首的皇帝都听得清清楚楚：“莫非沈大人对那女贼怜香惜玉，一丝一毫都不舍得伤到她，因此这么瞻前顾后？”

广晟蓦然抬头，看向他的眼神锐利而凶狠，薛语唇边带笑，瞳孔深处的浓黑却让人不寒而栗。

两人僵持了一会：“薛先生慎言，你果然擅长用臆断为人定罪，东厂要是这么做事，只怕民怨鼎沸指日可待！”

他冷冷一笑收回目光，随后向皇帝保证道：“锦衣卫一向遵命行事，绝不会让陛下失望。”

“这样就好，你跟薛卿都是朝廷栋梁，今后可以互相切磋往来。”

这话简直三个人谁都不会信，朱棣却这么面不改色地谆谆教诲，两人齐声称是，薛语却是目光一闪，笑着禀道：“其实这次行动也算成功了一半，万花楼是金兰会的大本营，这次能顺利捣毁，都是锦衣卫行动得力，不过那里毕竟是他们老巢，我担心再有密道这类的东西，因此斗胆建议，沈大人应该多派人手驻扎，以防有漏网之鱼。”

“理当如此！薛卿心细胆大这点，小沈你要多学学。”

朱棣却不去理会他们的暗潮汹涌，挥了挥手：“朕乏了，今日就到这吧。”

暗夜沉沉，熏炉里的天水香却仍然沉燃着，为夏夜减去几分闷热烦躁。

广平侯内院的书房里，袁槿直挺挺地站着，已经维持了一个时辰。

书桌对面传来一声叹息：“我素来知道你正直坦率，为人重情义，可我没想到，你居然这么沉不住气，这么的……轻率无脑！”一声沉喝，广平侯袁容压抑不住内心的惊怒，蓦然站起身来，走到他跟前，每个字好似从齿缝中吐出，“他们不过是一群随时可以牺牲的棋子，而你……你是何等尊贵重要的身份！竟然如此冒险去救人！”

即使年过四十，袁容仍然是个风度翩翩的美男子，一身松江布做的细软道袍，在书房里乍一看甚至显得仙风道骨，唯有他眉宇间的锐利刚毅，在神色激动时才偶露峥嵘。

因为来回骑马往返，袁槿衣衫有些凌乱，周身气质却仍然那么清贵轩昂，他目视袁容，温和却绝不肯退让：“这是个阴谋，我不能眼睁睁看着他们死在朝廷手里——说到底，他们的亲人……都是为捍卫正统大义的名分而牺牲的！”

“你简直是榆木脑袋不可救药！”

袁容气得不知如何是好，正要绞尽脑汁说服他，却听袁槿低声道：“我也有一件事要问义父您——金兰会的会首景语，是否跟您熟识？”

袁容心中“咯噔”一声，看向养子的眼神也变得更加深邃：“为什么这么问？”

袁槿轻叹一声，有些愧疚地看着他：“我让七弟偷偷去给你送夜宵，却发觉你跟他在秘密商议。”

他目光温柔哀伤，却带着坚定的质问：“此人奸诈险恶，为了一个计划可以牺牲结义手足——义父，您跟他……也有什么瓜葛吗？”

虽然心中有所揣测，但他仍然想亲口从袁容嘴里听到真相。

袁容心中一惊，对上养子澄澈的眼神，万般复杂心绪，在这一刻却化为苦涩的叹息：“这些事，你都不要管，也不必去管，你只要专心自己的军职就好——你屡次立下的功勋都是实打实的，又去地方卫所历练了一圈，历次考评都是上上，上头有意调你去神机营中去做监枪统领，这个位置可算是实权在握，一旦坐稳了，有多少人都要仰你鼻息——你好生去做，不要去管其他闲事。”

“义父！”袁槿沉声唤道，眼中闪着犀利而明亮的光芒，“我听公主殿下说了，您原本是想让我去三千营中做坐营官。”

永安公主对他向来不错，去宫里又勤，听说了一点儿风声，就回来讲给他听了，还体贴询问他的意向。

他眼中闪动着不安与惊疑：“三千营都近在天子脚下，唯有神机营有几个军、司为了演练实弹，是驻扎在郊外的——您到底有什么瞒着我，或者说，是想把我远远支开？”

袁容被逼问到这份儿上，却是皱起眉头，不悦道：“你在瞎想什么呢，神机营那边可是大有前途，我好不容易才为你谋到这个缺——”

“义父！”

袁槿的低喝打断了他的解释，一时之间，书房里静默无声。

良久，袁容才低叹道：“你还年轻，去那里历练也是一种机缘——最近京城这边杂事纷繁，公主殿下和我都希望你出去避一避。”虽然没有明说，但也是变相承认京城风雨将至。

袁槿看着他，袁容却站起身来，看着桌边的巨型羊皮地图，沉声道：“总之这里的事你就不要多管了，那些金兰会的人更是不要再去接触——”

他不愿去看养子的眼神，低声继续道：“别忘了你的身份，也别忘记了，有多少人在你身上投注了一切！”

袁槿听到这一句，双手微微发颤，却是强忍着情绪上前拦住要离开的袁容：“义父，您说的我都懂——可正因为这样，我不能看着您误上贼船！景语此人阴谋诡诈，您跟他合作是与虎谋皮啊！”

袁容垂下眼，叹息道：“我何尝不知道——为了他的计划，轻易就把自己的兄弟手下全坑进去——但我们和他，都有着共同的目标，那就是除掉朱棣，恢复正统！”

他握住养子的手，语重心长道：“放心吧，你义父我也不是任人哄骗的蠢物，他的计划我已经听过了，确实可行，依计行事胜算可达九成，而且他需要我调兵协助，主动权在我手上！”

“您不觉得，那个人眼中的恨意，宛如幽绿鬼火，又似野火一发不可收拾，世上的一切都不过是他复仇的工具而已——我觉得，他不仅恨着朱棣，也恨着我，还有您……”

最后一句，袁槿的嗓音低不可闻，袁容听在耳中却是心中“咯噔”一声，诧异道：“何出此言？”

袁槿摇了摇头，想起景语上次约见自己时的情形：从头到尾，那人都是儒雅含笑，眼神淡然毫无波澜，可他却分明感到，他看向自己的目光背后，有一种让人不寒而栗的感觉——就好似他幼时惹怒了草丛里的毒蛇，那般让人惊悚的盯视！

“你想得太多了，景语就算要翻脸，也要等杀了朱棣再说，那时候我兵权在手，又岂会怕他？”

袁容对景语不是不忌惮，却更为相信自己的实力，他拍了拍袁槿的肩头，吩咐道：“你先回去歇息吧，整理一下行装，后天就出城。”

就算胜券在握，他这一着也是险棋，是赌上了性命和所有，若是真有个万一，袁槿在郊外也来得及跑，不用担心全家被一锅烩了。

袁槿体味到他的良苦用心，眼眶微微湿润，看向他的背影却是矛盾而担忧，以及更多的不赞同！

午夜时分，小古正在闭目假寐，突然牢门被打开，走进来的是那道熟悉的身影。

灯光被巴结的狱卒捻亮了，小古觉得刺眼，不由得侧过头用手遮挡，却发觉广晟眉心郁结，眼神阴郁充血，周身漾着凛然冷意。

好似酝酿着怒气却发不出来，看向她的一瞬间，神色却渐渐变得柔和。

“晚饭吃了吗？”半晌，他才问道。

小古仰头看着他，突然“扑哧”一声笑了出来，回荡在这阴森恐怖的囚牢里，显得格外清晰：“你每次来都是问这句。”

广晟有些尴尬，脸上更是铁青扭曲，转过头自己却也忍不住勾起唇角，自嘲道：“好像我每次在你面前，都是笨手笨脚的。”

他想起两人昔日相处的点点滴滴，眼中的光芒更加温柔，耳畔却回响起皇帝冷酷的命令——

此时此刻，更是心急如焚，拢在袖中的双拳悄悄攥紧：就算她气死人不偿命，就算她欺骗了他，他却终究无法狠下心！

小古敏感地发现他情绪有异，禁不住偷偷打量他的神情，低声问道：“出事了？”

她瞬间想到在逃的秦遥等人，心头一紧追问道：“你们抓到人了？！”

“都到这步田地了，你还在想着别人！”

广晟突然开口，周身冷意更盛，负手背向着她，不愿看见她的容颜——他怕自己下一刻就要崩溃怒吼！

“到底出什么事了？”

小古追问道，换来的却是广晟低声一句：“如郡，我还能这么喊你吗？”

他的嗓音干涩嘶哑，却似蕴藏着世上最痛的纠结和怒气，让小古也愣了一下，静静道：“可以。”

“我希望你写一个招供悔过的词状。”

他低声说道，换来的却是她断然否定：“我之前就说了，我不会出卖金兰会！”

他深吸一口气压下心头的躁怒，沉声道：“陛下不会放过你。”

“我知道。”小古倚靠在墙角，含笑讥诮道，“他对人一向酷烈，把我爹胡闰剥皮实草了做成人偶，挂在宫门上好几个月——既然落到你们手上，我就没想过有善终！”

“可我不希望你这样——更不希望，这事由我来执行！”

广晟终于怒吼出声，恨无可恨，一拳捶在铁栏上，骨节处顿时血肉模糊。他却好似浑然不觉，转过身狠狠地看着她，眼中竟然有血丝晶莹："你明明知道，我根本不会舍得伤你！"

他嗓子更加嘶哑，凝视着她，低声道："你真狠心，你们都舍得逼我到如此境地！"

小古听出他话中含义，心头一颤："已经有诏令旨意了吗？"

广晟点了点头，将之前那一场对话都说了，却看到小古的脸色瞬间变得惨白——

"他竟然……这么提议？！"

这样残忍的言语，竟然是景语提出来的——小古浑身发颤，简直不敢相信自己的耳朵！

虽然早就知道，他因为仇恨而心性大变，不再是昔日那温柔正直的阿语，虽然早就觉悟到，他有层出不穷的诡诈阴谋，甚至早就见识到，他牺牲同伴的冷酷手段，但是她从来没想到，他竟然会这样对待她！

"他竟然，这么恨我吗？"

她眼中闪过颓然痛苦的光芒，失神喃喃问道。

看到她这般模样，广晟的心中顿时酸涩更甚，痛苦化为妒意的毒汁，更加让他失去理智，他深吸一口气，质问道："你和他，究竟是什么关系？！"

小古听出他话音不妥，但此时她心力交瘁震惊过度，已经无力去计较这些："他是我们的会首大哥。"

"别把我当成傻子！"

广晟此时想起景语先前屡屡在他面前提起小古——那种神秘而挑衅的微笑，此时此刻想来，简直让他更加光火，他咬牙道："到现在你还要替这个卑鄙小人遮掩！"

他转过头，将小古从床上拎起来，想要质问、怒吼，却在下一刻，看到她眼中流下了一滴晶莹的泪。

那泪水宛如冰雨，狠狠浇灭他的烦躁怒火，却让他心头更痛，他感到心头空落落的，低声问道："你因为他而哭？"

那样坚强到近乎顽固的她，连酷刑和死亡也怡然不惧，却因为那样一个卑鄙小人而哭了？

他缓缓伸出手，擦去了那泪滴，咸涩的水痕流过皮开肉绽的指节，顿时让他痛得皱起了眉！

小古眨了眨眼，突然朝他绽开一道微笑，沙哑着嗓子道："你吃醋了？"

"没有！"广晟几乎要恼羞成怒，嘴上却是狠狠道，"你还笑得出来？那个男人让我每天戳你一刀，吊着你的命让你承受痛苦——知道千刀万剐是怎么来的？"

小古低叹一声，深深看入他瞳孔深处："他这么狠心，你却舍不得伤我，是不是？"

广晟狠狠瞪了她一眼，小古却是继续道：“我估计，他这么做的意图不是为了害我……而是在逼你！”

她的眼神澄澈而明亮，好似看进他心间：“他赌的是你这份舍不得，这样你就会为了我违逆君命，立刻就是落马失势！”

“他对我们锦衣卫，果然是恨之入骨啊！”

广晟咬牙，想起先前纪纲绝望凄惨的死状，心中怒火翻涌。

“他不姓薛，他姓景，名叫景语……他父亲景清是死在你们锦衣卫手上的。所以他才这么恨你！”

小古低声解释道——心中却是百味杂陈，从感情上，她能理解景语的所作所为，如果有人敢伤害他最重要的人，他必定要上穷碧落下黄泉地追索偿还，但景语的报复，却是如此疯狂淋漓不留余地，甚至连她也要一并牺牲……

“他也杀了我的前辈，纪指挥使！”

广晟眼中有痛苦无奈，更有无穷愤怒，他粗喘了两声压下心头愤怒，却因为她眼中的恍惚迷离，再次产生异样的感觉——这两个人之间，到底是?

踌躇再三，终于问出了口：“你和他，到底是什么关系？”

都到这地步了，小古也不想瞒他，目光幽闪后平静说道：“他与我结识在幼时，母亲曾经有意将我许配。”

“什么？！”

就算早就猜到，但广晟此时仍然感觉浑身血脉冲上脑门，他顿时失去理智，低吼道：“你娘把你许配给这种禽兽？！”

“他没有收下庚帖，因此婚事是不作数的。”

小古低声答道，却换来他更猛烈的怒气：“就算婚事没成，你们也算是……青梅竹马吧？”

他说这四个字的时候，略微清醒的脑海里，醋意又蹿升上来，简直要汪洋成海，但因为怒气更盛，所以继续道：“都是这样的情分了，他居然能拿你的性命来做筏子坑我？！他还是不是男人？！”

他喘了口气，眼中升起杀意的阴霾，“说他是禽兽，简直是侮辱了禽兽——这厮就是个冷血怪物！”

他随即看向小古，逼问中有他也不曾觉察的酸涩，“他这样待你，你怎么一点儿都不伤心？”

小古看见他眼里仍然直冒火星，似乎是在替自己抱不平，心里虽然伤感，却是好笑又暖暖的：“已经习惯了。”

景语的个性，自从遭逢朝倾家亡后就变成如此偏激，他已经习惯牺牲所有人，从前，她曾经问他，也问自己：如果有必要，连我也是你牺牲的棋子?

这个问题，如今终于有了答案，是她意料之中，纵然痛苦伤心，也早是注定的结局。

“这也能习惯——不知是你心胸太宽大了，还是……”

鬼使神差的，他问出了口：“你心里还有他？”

小古一愣，随后摇了摇头：“我对他已无任何期待。”

广晟先是松了口气，随后看到她眼中隐藏的痛楚，心中暗暗把薛语那厮千刀万剐！

他看着灯光下小古乌黑的鬓发，低声道：“等下我设法找个机会让你出去，你走吧。”

这一句终于说出口，他心中清楚地知道，这轻轻一句，就意味着辛苦得到的功名前途，全部化为泡影——而且，在皇帝的雷霆一怒之下，只怕他也没法幸免。

但奇异的是，他感到心头一块大石终于放了下来，连昏暗阴森的牢狱，看在眼里也没那么沉重了。

他看着小古震惊的双眸，低声道：“你的身份文书我已经为你准备好了——其实，前天我就想告诉你，却因为公务繁忙，一直没来得及——我已经找了刑部的人，设法为你脱去贱籍，三天后，也就是明天就能拿到文书……”

小古听到这一句，身子一颤，眼眶里热辣辣的酸涩，想要抬头去看他，却终究只能看到，微弱光线里那挺拔轩昂的身形。

广晟苦涩一笑：“我先前就告诉过你，等我帮你脱了籍，设法在外地给你找个身份，两三年后，我们就可以成亲——可我没想到，事情竟然会变成现在这样！”

听着他怅然若失的言语，小古心中又是一痛，眼中热辣辣的，她拼命眨眼，不让泪水顺着脸颊落下，却终究还是有些狼狈地低下了头，嗓音有些干涩：“终究还是累你白忙一场……”

“这个身份籍书还是有用的。”

他走近端详着她，在她睁大的瞳孔中映出自己的身影——那般沉毅而坚定，却带着破釜沉舟的宁静——

“明日清晨时分守卫换值，我会设法制造事故，让沈安带你离开这里——出了诏狱不要停留，立刻去西城门口，那里有一家运盐的车队，他们有官家盐引，城门那边一般不查——车上有个包裹是给你的，离开这里以后，立刻按照里面的地图去蜀中——那里天高皇帝远，道路崎岖政令难达，以你的易容术，躲过官府的缉拿应该很容易。”

“你……没必要为我做这些……”

她震惊，然而又困惑，最后剩下的只有满心暖意和愧疚：“我要是跑了，你怎么办？”

“放心吧，我总有办法脱罪的！”

他的手捏住了她的，递给了她一个小而薄的东西，冰凉凉倒映出寒光：“这把刀虽然小，但可以藏在鞋底，你自己小心！”

他的眼睛闪闪发亮，似乎要露出一个笑容，却终究化为一声叹息：“你走了，就不要回来了——也不要再参加什么金兰会的逆党，好好在西南呆着，那里风物殊胜，别有一种滋味，你等我几年，也许我能……”

突然，他说不下去了，眼中的光芒更亮，看着她的神情却更加柔和，“如果三两年我没来，或者你路上就接到什么不好的消息，你就一个人好好活下去吧，或者再等几年，会有别的男人恋上你，如果人不错——”

下一刻，他的唇被她的掌心用力掩住，黑暗中，她的眼眸更加明灿，却带着危险的激烈：“我不许你这么说！”

她狠狠地瞪着他，眼神中有着前所未有的耀眼美丽：“如果非要你牺牲性命，我不会走的！”

“你不走，我更加活不了！”广晟在她耳边坚决道，“那个姓薛的浑蛋逼我每天刺你一刀，你明明知道，我忍不下去早晚要爆发的——他这是看准了我的软肋往上捅啊！”

他贴着她的鬓发，低声喃喃道：“看不见你，我会难受，娶不到你，我会伤心，但我仍然能活着——如果非要我眼睁睁看着，甚至是我亲自下手，我还不如死了呢！”

这一句宛如火热的岩浆，低沉而压抑，滚烫而决绝，从他唇齿中迸出，小古整个人都是一震，眼泪终于盈满！

“别哭，你答应我，一定要好好地走，好好地活着！”

他匆匆说完这句，就起身离开了，只剩下她一个人，在黑暗一片的囚牢中擦干了眼泪，双眸却因为泪水而更加晶莹！

露出了一个谁也看不见的笑容，她喃喃道：“我答应你。”

清晨的薄光还未穿透诏狱的天窗，狱卒们带着半睡半醒的惺忪，打着哈欠起身查点人数——这是例行的规矩。

进行到一步，突然外面传来脚步声和吵闹声，有人好奇凑过头去看，正好看到一个英俊美貌的年轻男子穿着蟒服华衣，脸上满是傲气，嗓音却有些尖，身边站着的却是一脸冷漠的沈指挥使。

“沈侯，你的手下真是好大派头，连我们东厂的人都敢阻拦！”

广晟微微冷笑，似乎不愿意与他斗口，一旁的李盛嗤笑着回嘴道：“哪里，东厂的公公们才是个个贵气，拿着一张手令，就来我们北镇抚司这横冲直撞，说要提人走——这可是皇命钦犯，你这可是蚂蚁打哈欠——好大的口气！”

那个年轻公公嗓音更见尖锐：“我是奉督主和薛先生之命而来，督主手上可是有御赐宝剑的，你们的脖子倒是够不够硬呢！”

“少吹了，谁不知谁啊，你家督主有御赐宝剑，我们沈指挥使也曾经得到圣旨让他‘便宜行事’呢！这可是有先斩后奏的特权——那天你们东厂成立，你们可都是听得真真的吧？”

“你……”

那年轻太监气得说不出话来，李盛乘胜追击，讽刺道：“我什么我？老半天，下面没有了吗？！”

他说完，又瞄了一眼那人胯下部位，这一语双关的话透着不怀好意，顿时大家哄堂大笑。

广晟也是微微莞尔，挥手阻止了李盛进一步的毒舌，缓缓道："公公要提人走，那是没有问题，不过东厂的手令可得给我留下。"

"大人！"

周围人没料到广晟居然这么轻易就答应了，纷纷不甘地抗议喊道。

广晟脸一沉，森然道："怎么，你们连我的话也不听了吗？"李盛等人面面相觑，终于还是去把犯人押了出来。

小古被粗暴推搡着带出来的时候，因为有所预备所以倒没有挣扎，随即就看到一人蟒服锦衣，傲然站在那签写提令，下一瞬，她因为极端震惊而瞳孔缩为一点——虽然面貌有乔装，但那神情和举止，绝对是——秦遥！

他不是已经逃走了吗？怎么会扮成宫里的太监……小古看到他凝视着自己，那熟悉的目光，温暖的光芒，让她瞬间肯定了自己的判断。

七哥是潜进来的吗？

她心中一惊，一眼瞥见他旁边站着的广晟，后者沉着脸，目光对上她的刹那，却不易觉察的朝她眨了眨眼示意。

这么说，他们两人是一伙的，是准备来救她的？

以两人的对立身份，是怎么搞到一起去的？！

小古简直不敢相信自己的眼睛，但眼前这一幕又如此清晰——她轻轻掐了把自己，痛感明显让她体会到眼前不是南柯一梦。

无声地被押上了囚车，广晟骑着马，脸上一片阴沉，跟着他们走出一段，才目不斜视地低声道："你跟他走吧，一切照我昨天跟你说的去做！"

小古诧异，禁不住追问道："你们怎么会……"

"路上遇见的。"秦遥低声道，一副不想多谈的模样，看向广晟的眼光却是狠狠瞪了他一眼。

广晟微微笑着看了他一眼，笑容神秘甚至有些恶作剧。

今天他本来是安排了其他人手持东厂的令牌来押人——为了得到这枚令牌，他甚至动用了潜伏在东厂最深的一个暗间，从此之后，锦衣卫将再也得不到关于东厂的任何消息，这对于外派的谍报系统来说简直是损失惨重，如果纪纲还在，必定要对此痛心疾首！

这是他唯一一次公器私用，但他却绝不后悔！

谁知去北镇抚司的半道上，居然有人偷袭这个假的东厂公公，要夺他身上的令牌，幸亏他及时赶到，与那人激战后交手数招，无意中划破了他的衣裳，那眼熟的箭伤，顿时让他想起那一夜在万花楼，那受伤逃走的黑衣男子。

"你是来救她的？"他钳住他的剑锋，凑近问道，却遭到后者毫不留情的变招，猝不及防下险些中了胸前，广晟怒气之下单腿踢出，让对方的剑势走空！

这个男人……该说他胆大，还是愚蠢，竟然没有逃走，反而来劫持东厂和锦衣卫的腰牌，要去救人！

利刃再次逼到眼前的时候，广晟微微侧身，任凭雪光擦着耳边而过，只对那个俊美清逸的男人说了一句话：“我的女人，我自己会救！”

随即他做了一个极为突兀离奇的举动——反手劈昏了那个假的东厂公公，摘下腰牌递给了对方，“你是叫秦遥吧——听说你是个戏子，希望你的演技能配得上这满城盛名。”

秦遥哼了一声，眼中却闪过奇异的光芒，打量着对方：“听说你是她服侍的那位少爷——你的意思，是要助我一臂之力？”

广晟揉了揉眉心，唇角微微上翘，原本是苦笑，此时却是甘之如饴：“你想劫持的这个，本来就是我的人——你这是多此一举啊！”

那时候秦遥的目瞪口呆，此时广晟想起来仍然有些忍俊不禁——他轻咳了两下，眼光却看向身旁，只见小古跟秦遥对视而笑，那般由衷的喜悦看在他眼里，却不免有些醋意，低声道：“你们俩严肃点儿，这表情简直不是押送犯人，是亲友重逢庆祝呢！”

小古这才把唇边笑容收敛，却是往他身边靠了靠，同样压低了嗓音道：“我这么走了，你真的不会有事？”

“放心吧，我们锦衣卫再怎么不长进，也不会被东厂那群宫里的阉狗咬着的！”

广晟笑得飞扬自在，双眸却不曾离开她的面容——这一去，就是踏破樊笼飞彩凤，顿开铁锁走蛟龙，从此之后天南地北，相见无期……

但只要她好好地活着，这份思念也就有所寄托了……

小古感受到身畔那人深深地凝视，心潮起伏也是微微悸动，眼角余光流盼，却也是萦绕在他身上，广晟再也忍耐不住，隔着袖子悄悄握住了她的手。

两人的肌肤相触，彼此心头都是波澜起伏，秦遥是何等剔透的人物，顿时便看了出来，眼中光芒一闪，笑意也变得更加幽深苦涩，谁知广晟却居然把目光转向了他，低声，却是坚决道：“我把她托付给你了，希望这一路上，你能好好照顾她。”

两个男人对视一眼，电光火石的一瞬间，就看出了彼此的心意，秦遥微微颔首，道：“小古是我十二妹，不用你说，我也会做到。”

“我说过了，她是我的女人——我是以她未来夫君的身份拜托你的！”

广晟的嗓音压低，却是斩钉截铁一般的霸气自然，仿佛是对潜在情敌宣示自己的所有权，秦遥微微一笑，四两拨千斤地调侃道：“庚帖都没有换过，八字还没一撇，现在可别说得这么铁齿钢牙。”

广晟恨得牙痒痒，正在想词反驳，却被小古捏了下掌心，亲睨了他一眼，低声道：“你也保重！”

广晟握住她的手不肯放，囚服宽大的袖子下，是不动声色的依恋和旖旎。

长而曲折的甬道过后，就是只有黑白二色的回廊，穿过前堂侧边，衙门前方的拐弯处，一辆囚车近在眼前——只要上了车，快速驶离这条街，就算是脱离虎口了!

就在三人走出门的下一刻，突然听到对街屋檐下有人朗声笑道：“这么大清早行色匆匆，是要去哪里？”

这人嗓音清雅和煦，含笑说来宛如好友轻唤，听入三人耳中却宛如晴天霹雳一般——

竟然是景语!

第六章

慧剑难断

1.

小古蓦然抬头看向他——冬天的阳光明晃晃刺得人眼痛，那人一身紫衣长袍，戴着巾子玉簪束发，一身闲暇写意的装扮，站在对街的滴水檐下，目光正对上她的——她的心头狂震，握在袖中的手不禁攥紧，却被广晟紧紧反握住，晃了两下以示安慰。

“你来做什么？”广晟沉声问道，身上肃杀之意闪过眼眸，而对方却是云淡风轻的一笑，好整以暇道：“我来看是想知会你一声——我东厂的腰牌莫名丢失了一块，大概是有人想浑水摸鱼，所以特地来看看，不要走脱了犯人才好。”

他目视被架在中间的小古，目光停留在她身上一会——几瞬之间，小古感觉他瞳孔深处浓黑不见底，似乎有无边深渊要将她吞没。

“你们这是要去哪？”他再次含笑问道，那笑容映入秦遥眼中，却是惊涛骇浪中的无边狰狞！

对街的屋檐下突然传来沙沙脚步声，众多的黑衣轻甲卫士扑了上来，将三人团团围住。

“有人盗走我东厂令牌，持有这令牌的，就是奸细无疑！”

景语话音未落，下一瞬，秦遥腰间软剑出鞘，瞬间架在广晟脖子上，对着景语沉声喝道：“你再往前一步，我就杀了这个朝廷的鹰犬！”

说时迟那时快，广晟是感受到这股疾风扑面而来的，若是存心要闪避是可行的，但他对上秦遥的双眼时，却被他眼中的浓浓祈求意味震住了——

于是他身形一顿，就这么顺理成章被制住，两个男人眼神一错，谁也不是傻子，广晟立刻大声喊道：“你们这是做什么！东厂的人竟然敢在我锦衣卫门口撒野！”

嗓音很大，门口守卫本来就发现不妥，这下见自家指挥使被擒，顿时大喊一声冲上前来，加上前厅参事的校尉也纷纷出动，衙门石阶下顿时一片混乱！

秦遥一手抓住小古，正要趁乱逃走，谁知景语根本不理会手持刀剑攻来的人群，铮然拔剑！

“比起让钦犯逃脱，沈指挥使宁可以身殉职，这般伟大情操，薛某真是佩服！”

伴随着这一句，剑势一往无前，刺向广晟的咽喉！

秦遥早就知道景语心机诡诈非常危险，但他却没料到，他不出手则已，一出手竟是如此狠绝！

这一剑凛然杀伐，瞬息之间已逼近，秦遥正要放手推开广晟，后者却是目视示意，突然身子一歪，被景语的长剑刺中肩胛！

血花飞溅！

景语眉心一跳，正要拔剑再动，却被广晟伸手一捏，将剑尖捏在了指尖——嫣红的鲜血顺着指尖和剑锋交汇，滴答滴答落下，他的眼神从容对上了景语，也是笑着的，却是分外凛冽剽悍：“薛先生这是要杀我吗？！”

从衙门前厅冲出的人看到这一幕，每个都是气愤难当，热血上头，眼中却都是冷厉杀意：“放开我们指挥使！”

广晟身子又是一晃，有意无意地回到了秦遥的控制范围，后者心领神会，再次将剑架在他脖子上，配合着“惊慌失措”喊道：“你们东厂真的狠毒，连人质也要杀！你再过来一步，锦衣卫的指挥使就是被你害死的！”

景语眼中闪过一抹赞赏的光芒，笑道：“这个双簧唱得真好！”

他突然放手，任凭广晟捏住的剑尖“当啷”落地，长袖一拂，身后几人顿时射出几点精钢袖箭，仍然朝着广晟和秦遥而去，一旁的锦衣卫校尉和百户们个个瞠目结舌：这个人竟会胆大狂妄到如此地步——这里是锦衣卫衙门跟前，竟然就要射死堂堂指挥使！

凛然杀意宛如白虹贯日绕颈而来，广晟几乎可以感受到那锋芒逼近的微微冰冷，下一瞬，他的瞳孔因为震惊而放大——那袖箭发出一声嘶鸣，方向一转，竟然朝着另一侧而去，目标竟然是——

“小心！”

秦遥和他不约而同的一声怒喝，却因为失去了先机，眼睁睁看着小古膝盖两处中箭！

她灰色囚服上沁出两点血痕，整个人跌落在地，两个男人僵硬着站住了，却因为顾忌而不敢逼近。

这个男人，对自己心爱的女人竟然这样……好狠！

“幸好，钦犯总算安然无恙。”景语似乎松了口气，背对着两人，甚至有闲心冲他们摆了摆手，“你们两位请便，沈指挥使何等英明神武，又岂会被区区一个逆贼伤到——再说，就算你神功盖世，这么多锦衣卫兄弟可不是吃干饭的，必定能救下沈大人你。”

锦衣卫众人面面相觑，都觉得这场面有些诡异——明明那个华衣男子才是逆贼，手里的剑还架在自家大人的脖子上，但从现场情势来看，这个东厂的薛先生隐然带着嘲讽的敌意，沈指挥使的目光也瞪着他，显然更不好对付！

李盛也冲了出来，硬着头皮喝道：“贼子，快放开我家大人！”

“拿我的同伴来换。”

秦遥话音未落，却听景语笑道：“我说过了，我已经将功折罪擒下了钦犯，已经足够弥补腰牌丢失的过失了，你们两位谁能从谁手中逃脱，我真的并不在意啊！”

这话就是挑明了不把广晟、秦遥的性命放在眼里，两人对视一眼，广晟突然发难，用脚尖踢起地上景语落下的长剑，瞬间扫向秦遥下盘，秦遥闪避之间，广晟飞身贴近，低声道：“事不可为，你还是走吧！”

秦遥眼中光芒闪烁，决然道：“我要带她一起走！”

“再慢一步，连你自己也走不了——锦衣卫和东厂已经将这条街团团围住了！”

广晟说出这一句时，深感荒谬和可笑——眼前此人可是不折不扣的钦犯逆贼，他居然为了一己之私放他走了！

但终究，他是小古的七哥，也是为了救她而来的，这人若是死了，她得多么伤心！

秦遥已经听见街上逐渐逼近的马蹄声和甲胄声，甚至弓弦的声响，知道情况紧急，深深看了他一眼，低声道：“尽量保她性命。”

随即一剑逼退广晟，飞身跃上屋脊，足下轻点儿朝远方而去！

小古忍着双膝剧痛，勉强爬起身来，金灿的日光照在她眼中，恍惚间却看到秦遥脚下的瓦片似乎有异常！

“七哥，小心脚下！”

随着她一声清喊，那屋脊被踩中，顿时爆炸开来！

瓦片砖屑化为利刃朝四面飞散，火光引燃连环爆燃，秦遥听小古这一声及时闪开，险险避开了硫黄的爆炸，却被瓦砾中炸开的利刃薄片嵌入背上，顿时身形一晃，血流如注。

他咬牙忍住剧痛，正要飞身离开，谁知脚下的瓦片又是一阵虚浮——

“七哥，左前第二间，第一、第三横排避开！”

小古勉强撑着身体喊道，景语眼中冷芒一闪，正要上前来堵住她的嘴，广晟冷哼一声挡在身前，冷笑道：“这是我锦衣卫的地盘。”

“第三间，走第七、第八列！”

小古继续指点，秦遥背上血肉模糊，却是全神贯注听她调度。

“越过第四间，走第五间中间第七、九列！”

秦遥脚下避开所有爆炸陷阱，很快脱出了埋伏圈，在大队人马冲上前一瞬疾奔离开。

“追！”

东厂的趟子手对视一眼飞马去追，景语无声地叹息一声，眉宇间浮上了一层阴霾——秦遥的身手十分高强，又胆大心细，他这一逃，只怕没人能循着蛛丝马迹追上！

他的目光看向小古，黑眸之中闪动着复杂难懂的光芒：“你怎么知道我在哪些屋顶设下了埋伏？”

“因为瓦片。”

“嗯？”

小古扶着台阶旁的石狮，踉跄着站起来，膝盖上血流蜿蜒，整个人因为伤痛而面色苍白，双眼却更加灿亮逼人：“你事先把火药放在瓦片下，那些都是有年头的老房子了，露水沁了进去，现在正是夏日炎热，被旭日一晒，水分都蒸腾出来，瓦片就有些虚浮，周围还形成了微薄的黄色气雾，在日光光晕里看来会有淡黄色反射。”

“原来如此。”景语眉心紧皱却又舒展开来，“果然蕙质兰心。”

他捡起地上的袖箭，对着小古轻笑道：“知道它为什么会回环弯折角度吗？你以前给我讲过苗疆‘飞去来器’的原理，我加以改进就做成了这个。”

随即看向广晟，目光停留在他肩胛上，似笑非笑道：“沈指挥使可有伤到？”

广晟接过手下递来的帕子，随意擦了擦血痕：“擦破点儿皮，没什么大不了。”

“是吗？那就是我学艺不精，下次只好继续努力了。”

景语的讽语笑谈引起锦衣卫众人一阵骚动，个个怒形于色，他却怡然不惧，对广晟继续道：“这次是我东厂的不是，丢失了腰牌，倒是连累沈大人了。”

说完深深作揖，一副谦和好说话的模样，广晟却是漠然看着他，等待看他接下来又有什么把戏。

果然，景语笑容微微加深，看着他的眼睛，道：“偷腰牌的是我东厂内部的一个奸细，已经拖出去用了剐刑，他忍不了，削了三十多刀就咬舌自尽了。”

这一句让广晟勃然色变，眼角微微痉挛，紧咬着唇几乎落下血来！

那个人，是他早早派出的最重要的暗间，在东厂组建之初就受到重用和提拔，是个非常重要的潜伏者，如今却因为这一举动，彻底暴露，还死得这么惨！

他眼中冷光如雪崖冰裂，化为万千利刃刺向对方，景语只觉得眼前一痛，广晟的面色却已恢复如常：“是吗，原来堂堂东厂提督安大人，还有你这位算无遗策的薛先生，治下竟然如此松懈，若是陛下听见了，又该怎么想呢？”

“该领的过失和罪责，薛某绝不逃避，稍后就会向陛下禀明，但是沈大人你也难辞其咎吧，区区一面腰牌都可以从你这带走犯人，锦衣卫屹立多年，也只是浪得虚名而已——还是……”

他靠近广晟，盯着他的眼，几乎是故意燃起他的怒火，“你们锦衣卫这么惧怕我们东厂，看到我们的腰牌，就颠颠地提供各种方便把人提走——这种巴儿狗的姿态，可真是不多见哪！”

“混账！”

“好大的胆子！”

“给这小白脸一点儿颜色看看！”

周围锦衣卫听了这句都怒气勃发，嘴里纷纷嚷着围拢上来。广晟一个眼风，所有人都咬牙退散开去。

“还挺有规矩的，看来就算是哈巴狗，也是训练已久，很会汪汪咬人。”景语负手含笑说道，一字一句听来轻狂气人，实则仍然想看看广晟的怒气底线。

“锦衣卫就算是鹰犬，那也是只归属皇上一人的，薛先生是觉得，自己可以代替天子执言行事了？”

广晟的笑容映入景语眼中，后者暗暗心惊他居然非同寻常地冷静，叹息撩拨这一计不成，却是笑容不变：“这话太重了，几乎是要构陷薛某入罪了——沈大人的口舌好利，不去做御史实在太可惜了。”

他看着被他护在身后的小古，笑容中升起一种说不清道不明的阴翳，眼中光芒让人惊心，莫名感到不祥：“可惜锦衣卫要的是行动力和忠诚心，而不是耍嘴皮子——圣上给你的密旨你早就知道，为何到现在都没执行呢？”

瞳孔最深处的光芒凝聚在小古身上，那一瞬，小古感到那浓黑深处，是无尽的悲伤和痛意：“圣上命你，把这个女贼悬挂起来示众，每日在她身上刺一刀，直到她的同伙出现，沈大人……该不会是没听见、不记得了吧？”

广晟眼中的怒火爆燃而起，在这一刻几乎要喷薄而出，将对方吞噬殆尽，周围人都因为他身上的威势而倒退两步，只有景语不为所动，负手安然伫立，含笑催促道：“沈大人？”

广晟正要反驳，却感到身后衣角被扯动了两下，他若有所悟地回头，却看到小古忍着痛、脸色苍白地对他做着口型：“按他说的做”。

这怎么可以？！

他简直睚眦欲裂，用眼神狠狠地拒绝，小古却坚持微微点了点头，双眸深处都是坚持！

你简直疯了！

“怎么，沈大人是在犹豫，还是真正怜香惜玉，不舍得了？”景语的微笑看在广晟眼里，却是最恶毒的无形利刃，他正要反唇相讥，身后的衣服却继续被扯动了，而且更加用力。

“你放屁，我们大人岂会跟逆贼同流合污——来劫人的腰牌是你们东厂的，谁知道是不是你们贼喊捉贼！”

李盛暴怒的声音回响在周围，众人七嘴八舌地附和，广晟眉头紧皱，却听到身后趁乱低声道：“快照他的做，我一时半会死不了！”

小古冷静地说道，目光却透过广晟的肩膀，看向对面独自伫立的景语，他的目光也正好看向这边——日光映照的阴影下，一双浓黑眼眸宛如水墨晕染一般，带着说不清道不明的复杂意味！

那是更纯然的悲伤与绝望……

明明是如此强势的逼迫，如此狠毒残酷的话语，为何眼底却是如此？

小古心头莫名酸涩，摇了摇头把这念头甩去，用力一拉广晟，后者转过身来，凝望着她的神情几乎要狂怒爆发，却终究在她的眼神制止下僵立原地，缓缓的，说了一句：“照圣上的意思办吧。”

锦衣卫众人面面相觑，不知如何是好，广晟低吼一声：“还愣着做什么！”

所有人顿时唯唯，立刻就有人上前，将小古双手反缚，五花大绑押到了正门前的碉楼上，那里有三面大旗，上面书有官衙名称和主官姓氏。

有锦衣卫校尉正要上前施力，却被广晟阻止了：“我亲自来。”

男人温热宽厚的手掌钳住她的肩膀，靠得极近的眼眸似乎在对她示意，另一只手的动作却显得格外轻柔，小心翼翼几乎怕弄疼了她——她被粗绳环绕吊住，缓缓挂上了第三面旗帜的连环活扣上。

最后一瞬，有一柄小而冰凉的刀片被暗暗塞进她掌心，他朝她点了点头，断然吩咐道：“用力拉，把她给我挂起来，给那些叛党瞧瞧！”

连绳带人被徐徐拉动着往上，他的目光凝视着她，不曾移开半分——风吹起她的衣袂，绳子的束缚扯动了伤口，鲜血一滴滴落下，濡湿了旗杆下的石板，那般惊心动魄的红。

景语也在看着这一幕，他唇边笑意仍然温和，眼神却是空茫而悠远，身旁有人指了指小古掌心，耳语道：“大人，我们要不要……”

“不用多管。”景语轻声说道，抬头凝望着挂在高处的小古，瞳孔深处闪过一道晶莹，“人在他们手上，如果再次脱逃，那也是他们的责任。”

日光金灿而带着白炽的炎热，他眯起眼，出神地凝望着旗杆上，那个灰色囚衣飘然，清瘦而坚定的倩影，缓缓地闭上了眼。

如郡……

恍惚间，他不知道自己是以怎样的意志，走到双眼几乎要喷火的广晟面前，从容淡定地笑道：“沈大人可别忘记，圣上的亲口口谕是每日一刀——”

心中已经是痛无可痛，他却这般主动地，在自己伤口上撒盐——明明是要痛哭出声，他却仍然能这般笑着。

广晟冷冷地扫了他一眼：“薛先生你已经在她双膝射了两刀，今天和明天的份额，已经被你用光了。”

周围有人觉得这讽刺很高明，半是捧场似的嗤笑出声，却见那两人目光相对，极为狰狞冷酷，顿时吓得捂住了嘴。

“沈大人真是能言善辩——既然如此，那每日的一刀，就从后天开始吧。”

对峙了半刻，景语居然主动退下，最后仰起头来，深深地看了一眼旗杆高处的小古，这才慢条斯理说道。

广晟只觉得胸口一团怒火，憋得自己简直想用腰间佩刀将这人砍成两段，但他终究没有这么做，只是扬声笑道：“薛先生明天就要下场科举了吧，三天三夜可不是好熬的——听说贡院里有赤诚冤魂，专门找卑鄙无耻的小人索命，你可千万要小心，小心啊！”

薛语听了微微一笑，不以为忤：“沈大人的兄长是跟我一起的，我们会彼此照应，好好考完这一场的。”说完扬长而去，身后只留下一句轻笑。

烈日炎炎，小古被吊在空中两个多时辰。

夏日的光芒毫无遮挡照下来，带着热意的风从身畔吹过，汗湿透了又被风干，灰色的囚衣在风中猎猎作响。

她微微睁开眼，可以看到整条街上熙熙攘攘的人群，有人远远看着她，指指点点地议论着，慑于锦衣卫的威严，却没有人敢走近细看。更多的人却是行色匆匆，东奔西走，忙碌着他们各自的公务和活计。

街对面的屋檐下，铜铃被吹得叮当作响，斜巷口的那棵老树上，蝉鸣之声阵阵……一切的一切，仿佛很亲切，又好似很遥远——世界和万物在这一刻似乎如常地辘辘向前奔流，只剩下她一人静静地被悬吊在这，宛如死去。

小古只觉得伤口更加疼痛，双膝已经失去知觉——很快就感觉浑身湿透，脸上和手足的皮肤一阵发烫肿痛。日光刺目，她闭上眼，却感觉整个人越来越干渴无力。

这种状态……只怕支撑不了太久。

她有些艰难地微微转动掌心，捏住了那薄薄刀片——虽然轻薄，却很是锐利，只要用力一划就能划破绳索，而旗杆下的四名守卫根本不足为惧！

这是硐楼的最高处，正对着长街，围墙另一边就是相邻衙门之间的小巷，甚至能听到来往官吏的说话声，只要跃过那里，就很容易逃脱——小古心念一转，就明白了广晟为何选择这里！

他的良苦用心，她感到心中温暖熨帖，但她并不准备就这么一走了之！

又支撑了一个时辰，日头逐渐有西坠之势，小古感觉自己昏昏沉沉的眼前一片模糊，此时突然绳索被拉动——有人将她放了下来。

恍惚之间，似乎有人轻柔地解开绳索，又将微凉的茶水凑到她嘴边，她费力地睁开眼，喝了一大口，随即却开始呛咳起来。

“小心，不要一口气喝这么多！”

拍打她背部的手掌宽厚，嗓音不复往日的飞扬，有些沙哑艰涩。

“大人，这样把人放下，东厂那边要是去御前告状……”

有人在边上劝说，却遭到广晟反驳道：“我只是暂时把人放下给她上药——这么毒的日头，她又身上有伤，真的弄死了谁来给圣上口供？”

他刻意放慢动作喂给她茶，又问道：“大夫来了吗？”

提着药箱的大夫被拖了过来，他让众人出去，自己一人留下看着他为小古清理创口，敷药、包扎。

“大夫你慢慢来，不用着急。”他的话带着深意，人老成精的大夫连连称是，一会儿要这个药，一会儿要那个，把众人弄得团团转——小古的唇边露出一道甜美笑意：这是在替自己争取休息的时间。

趁着众人都不在的间隙，广晟凑近床铺，焦急上火地问道：“不是给你刀片了，你怎么不赶紧走？”

小古平躺着，任由黑发如鸦翅般铺散在枕上，对着他微微眨眼：“我暂时还不想走。”

“你是不是疯了——还想留在我们锦衣卫吃牢饭不成？！”

广晟怒形于色："这么热的天，一入夜就全是蚊虫肆虐，白天又是烈日当头，铁打的人也撑不过三五天，你不赶紧走等什么呢！"

"你难道没发觉不对吗？"

她气若游丝地说道，眼中却闪过一道清明的光芒。

"怎么说？"

"我比你更了解景语的为人。"她幽幽说道，看到广晟眼中浮现的醋意和不悦，笑着安抚道，"都是陈年往事了，你还要计较啊？"

唇角翘起，似乎是低嗔，却又似甜蜜窃笑，广晟被她眼中波光一瞥，不自觉地脸上一红，没好气道："笑话，谁计较了？那个混账也配？"

小古不去理他，继续道："他的行事作风，是从来不做没必要的事——你想想，他用言语撩拨皇帝，故意激怒你，非要将我置身于如此残酷的境地——他这些举动，肯定不是为了泄愤，而是别有目的。"

说起正经事，广晟也严肃起来，皱起眉也跟着思索："他到底是要做什么呢？"

小古目光闪动，突然想起先前的一件事："你之前问过我两幅图画暗示，那到底是怎么回事？"

"那时候我跟你说，我最尊敬的一位长辈过世了——其实，那就是我们锦衣卫的前任指挥使纪纲。"

广晟的嗓音变得沉重："就是这个薛先生——也就是你说的景语逼死了他。"

他想起最后看到的那一幕，双手紧握成拳，眼中满染冷然怒意。

小古对纪纲是绝对没有任何好感的，她抿了抿唇，心中满是不以为然，看到广晟眼中的悲恸之色，心头一软，到嘴边的嘲讽也咽了下去。

毕竟人死如灯灭，纪纲为皇帝办事手染血腥，到头来也是死在皇帝一道诏令下，也算是偿还了因果报应。

广晟有些抱歉地看了她一眼，低声道："我知道，他对你们来说，是十恶不赦的刽子手，可对我来说，却是亦师亦父般的前辈——虽然相处时间不长，却教了我很多。"

"这世上，每个人都有每个人的道理……"小古轻声说道，不愿再讨论这个让人难受的名字，继续问道，"那时候你问我的两幅图，就是他临死前留下的？"

广晟一愣，随即想起那时候他迷惑不解，回到家跟她讨论，他瞬间眼前一亮——第二幅被她解开是个"景"字，正指的是景语！

"这人果然有问题！"

纪纲不是那种婆婆妈妈的人，这么用尽力气去写一个姓，他生前显然已经知道了景语的真实身份，甚至，可能猜到了他下一步的目的和行动！

两人对视一眼，随即思绪都转到了那第二幅图上——

"金陵城的地下水管！"两人齐声喊道。

"这么说的话，他是要利用整个京城的地下水管来图谋不轨。"

小古此时却闭口不言了，她毕竟是金兰会的人，再继续说下去，只怕不知不觉就要泄露什么机密——景语虽然对不住她，但当初既然歃血盟誓，她就不能背叛组织。

广晟却觉得有些匪夷所思，京城地下的管道并不是纵横交错蛛网密布的，只有靠近皇城那官衙的几条主要街道有，其他都是用的明沟暗渠而已——景语再有本事，难道能用火药炸了小半个城？

那他究竟想做什么呢？

两人思索半天，仍然不得要领，空气中药膏的清凉香味逐渐弥漫开来，广晟微微抽动鼻子，看到小古被晒得发红的颈部肌肤，有些心疼地问道：“你身上怎样，可晒伤了吗，需要我替你涂吗？”

说完才发觉不对，脸上有些发红，小古眼神有些古怪地瞥了他一眼，本来以为她会发怒，谁知下一刻，她低声道：“好。”

啊？

广晟的脸这下真的“灿若朝霞”了，他拿起大夫留下的药膏，看也不看就要挤，却被小古急急喊住了：“那是治疗膝盖外伤的，左边一瓶才是治晒伤的！”

说话之间，她略微揭开薄被，顿时药香混着若隐若现的少女体香，更加萦绕鼻端。

广晟触目看去，只见她脊背上一片白皙晶莹，宛如羊脂美玉般，中央那一大片晒出的紫红血淤就更显得吓人。

不知怎的他有些口干舌燥，心猿意马之下，手指也有些发抖，目光偷偷看向那一片，却又缩回去，正好对上她侧过脸的疑问双眼——

“怎么了？”

他好似被吓了一跳，宛如高山晴雪般的美眸微微羞窘，咳嗽一声作为掩饰，连忙集中精神替她涂药。

指尖触及肌肤的感觉……虽然以前也曾看过，但终究没有这么细腻的接触，灯光下，那般雪一般的柔腻光晕，与以前刻意伪装的微黄麦色截然不同。

“你以前，连身上的皮肤都伪装过？”他终于还是问出口。

“只是略略涂了一层，毕竟和丫鬟们住在一起，被人撞见了差别太明显不好。”小古也想起上回他替自己看伤那事了，脸上也有些发烫，却明显比他镇定多了，还有余力瞥他一眼，“你喜欢我这样，还是以前那模样？”

他又是一声低咳，随即装作无辜摸了摸鼻子，低声咕哝道：“差不多吧。”

“差不多也是有差别吧，到底喜欢哪样？”

她近乎任性地咄咄紧逼，广晟垂眼不去看她明显得意的微笑，半晌才道：“其实我宁愿选择以前的你。”

“这是为什么啊？”

小古实在不能理解他这种诡异的审美品位：她自认就算不是世上绝色，应该也是赏心悦目的那款——这人是不是因为自己长得太美了，所以对世上所有女人的容貌体态都已经免疫了？

"我宁愿，你是以前那个肤色有些黄黑，其貌不扬但双眼灵活可喜的小姑娘。"他微微抬起头，叹气道，"那样我就不用这么牵肠挂肚，心焦如焚了。"

这……这算是情话吗？

明明是真实的埋怨，她听在心里，却是激起了无尽的涟漪——除了酸楚之外，还有隐约的心疼。

心疼自己，莫名被弄到这般境地，更心疼他，初登高位就遇到彼此立场对立，为她心力交瘁却不敢露出分毫端倪。

广晟看到她眼圈微微泛红，顿时震惊得停下手里的活——

"还痛吗？"

她哽咽着，净俏的琼鼻微微抽动，近乎撒娇地抱怨道："痛死了！"

下一刻，她看到他眼里的狂意和痛苦，宛如狂飙一般冲击外扩："趁着夜色你赶紧走吧！"

真的要把她悬吊示众，严刑拷打吗？光是眼前这样他就要心痛得失去理智了，这样下去怎么得了？

"我不走！"她果断摇头，娇滴滴的神情瞬间恢复冷静，"我倒是要看看，景语他葫芦里卖的什么药？！"

宛如一盘正下到一半的棋局，对方棋步诡异难以捉摸，虽然不断吃掉她的小卒，但她仍然选择坚持下去，看清他的目的和方向！

"你就这么在意他？！"说到这个情敌，广晟就不淡定了，咬着牙低声喊道。

"谁在意他了，我在意的是你！"小古也皱眉低喊道，随即用手指在他脸上刮了一记，"他的目标不是我，就是你——说不定，他是想把我们俩都拴在这，阻止你去破坏他下一步的计划！"

她这句话一出口，自己也心头一凛，霍然抬起头，正对上广晟若有所悟的眼神，两人对视一眼，都觉得这个结论弄不好是真的！

"我阻碍他的好事不是一次两次了，他要这么做没什么好奇怪的。"小古用胳膊肘推了推那只呆头鹅，"你呢，你最近是在破坏他什么事了？"

广晟皱眉思索，前不久发生的一切飞快地从心间掠过——在万花楼突变之前，他是一门心思在查红笺那案子，最后发现南苑那边有点儿不同寻常的蹊跷之处……

难道是……

2.

夜空晴朗，轻风拂去白天的炽热难当，景语倚坐在济宁侯府的凉亭之中，在几盏灯笼下静静观视着假山、流水和碧荷白莲，嗅着阵阵清香，心头却是起伏不定——

"如郡现在，大概已经对我恨之入骨了……"

他微微苦笑喃喃道，唇边的线条晦涩而空寂。

“我怎么忍心真的伤害你呢？”

他低声叹息道：“只是你太聪慧，太能干了，若是继续让你插手下去，只怕我的计划也要被你破坏，所以只能委屈你暂时忍耐几日。”

“只要五日，五日以后，一切就会尘埃落定，到时候……”

他一字一句，咬牙清晰说道：“那些亏欠我们的，都要付出代价！”

“还有那个小子，他凭什么来觊觎你——哼，在皇权的威逼下，他还不是只能乖乖从命，咬牙对你施刑——现在你总算知道，大难来时，他是何等靠不住了吧？”

他微微冷笑，目光闪动间金光四射：“这小子也是属狗的，嗅到了点儿痕迹就要四处追寻，现在用他心上人绊住他，真正是一石二鸟之计！”

突然远处传来女子的低语和脚步声，他抬起头，发觉隔着月亮门和轩窗那边，有两道熟悉的身影走过。

他站起身来，走近施礼道：“瑶姑娘。”

如瑶看到他，眼中闪过一道警惕，侧过身不去理会，身旁的碧荷吓得一个哆嗦，却强撑着驱赶道：“你害得我们还不够——还敢继续住在我们府上啊，脸皮也太厚了！”

景语不以为忤，微微一笑：“临考之前，不能胡乱改换住处，等考完我也该搬出去了——毕竟我跟瑶姑娘有未婚夫妻的名分，住在一个府上也确实不好。”

“什么未婚夫妻的名分？！”

碧荷虽然伤势未愈，尖叫声却是很响，若不是隔着透窗，只怕她眼中喷火就要扑上去掐人脖子了。

“碧荷，你退下。”

如瑶走近两步，与景语之间只隔了半开半闭的窗，她目光清澈，却是无比坚定：“薛公子，有些事情彼此心知肚明，你又何必再提什么婚约呢？”

“难道你又要悔婚吗？”景语好整以暇地微笑，“如果我没记错的话，你这是第三次改换定亲人选了，京城的贵女中间，这般朝秦暮楚的也不多吧？”

碧荷听了这话简直要气昏，又要冲过去却被如瑶阻止了，如瑶眼中闪过愤怒之色，低声道：“我清清白白做人，无奈世事无常，小人拨弄，因此屡屡闹得满城风雨，好歹都是我的命数，我也认了，但唯有一条，我仍然坚持本心——”

她冷冷地瞪着他：“我绝对不会嫁给你这种阴险可怕的小人！”

景语看了她一眼，仍然没有发怒。如瑶甚至感到，他浓黑墨染的双瞳之中，根本不在看着她——这个人，内心深处是把大部分人都视若无物了吧？

“婚事是你叔父沈学士所订，如瑶姑娘若是有什么异议，只怕说服他才行。”他淡然继续道，“你要以什么理由来退亲呢？这次的事，你真的敢跟任何人提起一丝一毫吗？”

他瞳孔之中深沉更甚，上前一步竟然吓得碧荷瑟缩了下：“若是有人知道，你母亲张夫人一族跟逆党是一伙的，只怕你叔父立刻就要惊慌失措，三尺白绫置你于死地，生怕受你连累——这样的家里，你还指望着谁替你出头吗？”

碧荷颤着声音道：“侯爷对我们姑娘手足情深，不会不管的。”

“你说的是济宁侯？”景语笑意更深，带着几分调侃和讥讽，“你们难道不知道，这几日京城传得甚嚣尘上的，就是你们这位侯爷，原来真是陛下的心腹肱股，悄没声息的就掌了锦衣亲军，真正是炙手可热啊！”

他唇边虽然笑着，但瞳孔深处却有杀意一闪而过——虽然早就怀疑广晟的身份，但到几天前才正式确定，这才匆匆设计让他跟如郡对上，两人之间进入一场惊心动魄的杀局。

此人没有死在万花楼，仍然手掌大权，让他内心深处的暗黑都翻涌而上——唇边的冷笑更加深刻：接下来，倒要看看他怎么面对整个京城的崩坏危局！

“你说什么？”如瑶吃了一惊——广晟的身份暴露只在这两天，虽然外面传得沸沸扬扬，但也没人跟她这个内宅闺秀说这事。

“锦衣卫的可怕名头，我想你也应该听说过吧——若是让他知道，你们母女和叛党有瓜葛，不知道你这位好堂兄是要徇私袒护你，还是该大义灭亲，抓你去诏狱里严刑拷打？”

景语的话犀利残酷，却直中要害，如瑶身子颤了下，脸色顿时变得惨白——她也不是笨蛋，立刻明白这事绝不能让广晟堂兄知道！

不管他会做什么样的选择，对她、对整个侯府来说都将是灭顶之灾！

景语看在眼里，微微一笑，伸出手去，隔着轩窗攥住了她的手腕，动作之间竹叶沙沙飘落，落在她的发间，痒痒的让人心头烦躁，想要挣开他的手，却听他沉声道：“认命吧，你和我才是同伴，不要想着从这件事里逃脱了！”

他的眼神，明灿却又幽邃，宛如天上星河，时而璀璨，时而如万丈深渊，让她浑身战栗却无法挣脱：“明日就是我下场科举的日子，三天后，要么为你挣回凤冠霞帔和诰命，要么，你就跟我们一起去黄泉报到吧！”

这一句吓得旁边的碧荷“嘤咛”一声就瘫软在地，景语放开如瑶，微微一笑转身而去，仍然那般从容清逸，不带半分烟火气。

“只是一个普通的姑娘家，你又何必要这么吓她呢？”

天边露出一丝鱼肚白，景语收拾着考试用的竹篮毡毯文房四宝等物，常孟楚站在窗边的暗处，沉声跟他说道，显然他看见了昨晚的那一幕。

景语打开一个布包，里面有一个不起眼的莲花冻石砚台，他轻轻抚摸着那熟悉的纹路，微微闭眼——这是年幼时，父亲景清亲手为他雕刻的，希望他将来做学问的时候可以用上。

物是人非，如今睹物思人，只余满腔悲愤仇怒，在十多年的光阴里酝酿成暗黑激狂的火焰，即将从他胸口喷薄而出。

朱棣、整个朝廷，甚至这风物繁华的京城金陵，你们，暂且等着……

他闭目凝思一会，这才开口：“因为张紞、张夫人和张家都是老谋深算之人。”看着拂晓渐渐变淡的云霾，他轻声一笑，“人都有私心，连圣贤也很难免俗——当年共谋的三人之中，胡闰虽然帷幕家事有亏，大节上却是耿直刚烈；袁容刚毅果敢，沉稳睿智，却是因为对懿文太子的一个承诺而慨然赴约；而张紞年龄最大也顾虑最深，他不怕丢了性命，他担心的是……”

景语合上了布包，将竹篮的包袱皮都盖上，继续说道：“他最担心的是，他和张家做出了如此牺牲，甚至连出嫁的张夫人也牵涉在内了，若是那位流亡在外的朱允炆殿下顺利上位，却有人过河拆桥，那张家岂不是白白牺牲了吗？”

“就比如我们现在，强取豪夺了如瑶的那枚订婚玉琮，今后的事情大可以撇去她，不管不问，今后若是成功，也可以不立她为后，也不用把从龙之功分润给张家——这对张紞来说，是不可接受的！”

“我看过当年胡闰的笔记，三人分手时，张紞意味深长地说了一句：我已老朽，只怕看不到这天了，盼诸君能匡扶正道，也希望袁将军能遵守信诺才是。”

“这个信诺，既包括袁容秘密抚养朱允炆，也包括让他将来迎娶张家的外孙女为后，保他满门三代富贵不坠——这样，他的牺牲才有意义。”

“他说这话，说明内心深处还是不放心啊，这种老狐狸，是不会把所有信任都托付给别人的，必定还有什么后招。”

景语说完，窗外已经传来小厮的轻唤，隔壁院里广仁已经收拾齐备了，正等着他一起出发。

景语答应后，看向常孟楚：“我身在试院中三日不得离开，最后的准备工作就交给你了。”

“放心吧，既然我把赌注下在你身上，就只能拼了这一回了！”常孟楚慨然应诺，“我们常家是战场上厮杀而出的开平王后人，可不是谨小慎微的张老书生，既然已经站在你这边，绝不可能再留后招了！”

景语眼中闪过赞许，重重拍了一下他的肩头，微微颔首示意后，转身决然离开。

今日正是会试下场之日，天还没亮，贡院那条街上挤得水泄不通，连隔壁一条街也不能幸免，巷弄角落里也停满了马车。广晟又是忙碌了一夜，正要离开，就有人匆匆来报：宣灵郡主来访！

“她不是在宫里待着吗，怎么会来这？”

广晟不易觉察地皱了皱眉，问道：“郡主可曾说有什么事吗？”

“没事就不能来看你了吗？”突兀而来的清脆嗓音宛如银铃一般，惹得众人纷纷朝后看去，却见花厅的屏风后，缓缓走出了一位宫装丽人。

她身穿紫华蹙金广陵凤越牡丹纹的通袖长衣，下罩香妃底描金孔雀翎月华裙，举止之间一派精致娴雅，完全看不出先前做了十几年小宫女。

“郡主。”

广晟朝她行了一礼，神色之间却是恭谨有明显的客套，宣灵郡主却好似浑然不觉，朝着他绽开一个甜美如花的笑靥：“你又忙了通宵，真是不爱惜自己身体。”

随即又娇嗔抱怨："外面的路真是难走，我来你们这费了好大的劲儿，幸亏我带全套銮仪来的。"

"郡主突然来访，究竟是……"

没等他问完，宣灵郡主突然红了眼圈："我昨晚是回英国公府看望母亲的，今天一早回宫里——谁知道却遇到两个狂妄昏悖的女人，竟然冲过来要对我无礼……"

一旁的侍女义愤填膺地插嘴道："那是两位张夫人，说起来还是我家郡主的婶娘呢，好生无礼居然要动手动脚！"

广晟一听就明白了：这是英国公两个弟弟张輗、张軏心怀不忿，他们俩的夫人本来就张狂跋扈，连国公夫人面前都敢无礼，区区一个庶女出身的郡主，根本不放在眼里，再加上国公夫人有意招婿入赘，这两家没了指望，只怕连杀了宣灵郡主的心思都有！

"那两个女人眼睛瞪得老大，恶声恶气的斥骂我，我真的害怕……她们会不会另外对我有什么恶毒心思？"

宣灵郡主嘤嘤哭出了声，广晟觉得有些棘手，一个眼色让周围人都退下后，这才安慰道："郡主先放宽心，两位夫人毕竟是别府居住的，轻易也不会碰面，你尽量跟在国公夫人身边，避开她们就是，若是真有万一也不用惧怕，只需告诫她们，你是国公爷唯一的子嗣，若是再出什么意外，圣上和贵妃准备好好跟两位张大人叙叙旧，新账老账一起算了。"

"你把这话给她们，让她们回去问问各自的夫君，上个月宫里的那些人身上，他们花了多少钱？"

广晟唇边露出一丝厌烦不耐的冷笑——英国公英雄了一世，他两个弟弟却是既贪婪又恶毒愚蠢，上次公然买通宫人要谋害宣灵郡主，计划粗糙愚蠢不说，还是光天化日众目睽睽下进行，简直是公开打了皇帝和贵妃的脸！

朱棣对这两个浑蛋已经是怒气满腹，只是看在他们父兄面子上暂时没有发作，如果他们再敢有什么不轨举动，广晟甚至不用皇帝吩咐，立刻就可以把他们拿下。

宣灵郡主好似松了一口气，梨花带雨的脸上破涕为笑，显得格外可怜动人："多亏有侯爷襄助，否则我一个弱女子，都不知道该怎么办好！"

被这样一个身份高贵又美貌的女子感激、仰慕的凝望着，大多数男人都要陶醉其中，广晟心中却是更加不耐烦了——不知怎的，他总觉得这位柔弱动人、身世堪怜的郡主，带着些诡异莫名的气息。

"郡主言重，监视、提防京城奸邪之行，是我身为陛下臣子的职责——宫规森严，郡主还是先回去吧。"

这么冷淡的对答，却没有让宣灵郡主退缩，反而让她更加泫然欲泣："侯爷可是恼了我吗？我果然给你添了好些麻烦……"

"郡主多虑了，只是我公务在身，不得空闲来陪伴，还望见谅。"

宣灵郡主微微挑眉，睁大了眼睛貌似好奇："我看到你们门口碉楼上五花大绑挂着的那女贼了，好吓人啊，你这几天就是在忙这些事吗？”

“这些逆贼的事都血腥恐怖，郡主还是不要多问的好，免得吓着了。”

宣灵郡主脸色一僵，随即又恢复了笑容，点头道：“我知道侯爷是担心我受惊……”

老子根本不是这个意思好不好！

广晟脸色一僵，气得心火直冒，却又不能对她发作——这个女人是怎么回事，听不懂人话吗！

“侯爷既然如此忙碌，我也就不耽误您了——能看到你这一面就已经足够，这就告辞了。”

宣灵郡主双目含情，深深凝望着他，广晟干咳一声避开这目光。

“对了，有一件事得告诉侯爷您一声，毕竟您现在是锦衣卫的指挥使。”宣灵郡主眨了眨眼，好似现在才想起来正事，“母亲想在英国公府东侧上增造个院子，将来让我住，有一侧靠着神机营的武备库，中间只隔了几处民房，神机营那边已经答应了，但按照惯例，这事必须禀报一声锦衣卫这边——她让我先来私下问问侯爷是否可行？”

广晟知道英国公夫人是个八面玲珑做事稳当的人，那条街虽然不是神机营独霸的，但事先问清楚对方允许才动工，这是稳妥而善意的做法，现在两边都同意了，锦衣卫又何必多做恶人呢？

他点头道：“请回禀夫人不用担心，既然两边都同意，行个文过来盖个章就行了。”

两人说话之间就朝外走去，宣灵郡主抬头看了一眼旗杆顶端悬挂的那个纤瘦身影，眼中闪过一道狠厉的阴霾，轻笑道：“大人留步，不用送我出门。”

广晟本来也不耐烦陪着，两人告别之后他转身而回，宣灵郡主看着他的背影，双眼眯起露出一个神秘而妩媚的笑来，随即在侍女陪伴下出了大门，却不往下走，而是站在台阶下，仰起头望着旗杆上的小古。

“这个就是那女贼？”

周围护送的锦衣卫百户躬身说是，谁知这位郡主却是皱起眉头道：“想起陛下在宫中夙夜辛劳，再看到这种逆贼，我真是生气极了——他们怎会如此目无君父，犯上作乱？！”

这种怒斥听起来幼稚而无力，如果是换个人只怕这位百户会捧腹大笑，此时却只能扯起嘴皮恭维道：“郡主真是忠君爱国，一片赤诚啊！”

“你们这么把人吊着，不打不骂简直是太过仁慈了——来人，把夫人赐我的那副弓箭取来！”

郡主一副义愤填膺的模样，说出的话却让众人吓了一大跳。

她要做什么？把人射死吗？

“郡主这可万万使不得啊！”

那百户吓得连忙劝阻，又朝旁边使了个眼色，立刻有人飞一般跑进去报讯了。

侍女微微犹豫，宣灵郡主冷哼一声道：“怎么，你们连我的话也不听了吗？”

侍女吓了一跳，随即取来一柄雪白锃亮的软弓，上面缀着珊瑚宝珠，玲珑精致非同凡品。

“这是母亲赐我防身用的。”

宣灵郡主似乎是炫耀一般轻声笑道，又看向意欲阻拦的百户：“放心吧，我这箭头是钝的，杀不了人！”

随即微微拉开弓箭，通袖长衣随风舞动，配上年少美貌，引得英国公府上的下人一片叫好声——英国公府乃是勋贵第一，这些下人不免有些骄横之气，看着自家郡主在引弓搭箭，知道闹不出人命，反而觉得她有乃父之风，跟着起哄赞好。

长箭离弦射出，宛如闪电一般朝旗杆顶端飞去，就在下一瞬，一声怒喝在门内响起——

“住手！”

广晟接到禀报急急赶来，却已经晚了一步，只看到离弦之箭朝着旗杆而去，顿时惊怒交加，一把拎起持弓的宣灵郡主，双目充血狠狠瞪着她！

宣灵郡主尖叫一声，随即被他宛如修罗恶煞般的目光吓住了：“她若是有个三长两短……”

他没有说下去就转身匆匆去察看情况，那未尽的阴冷话意却让宣灵郡主吓得僵直当场。

那边不用人吩咐，已经有人急忙把绳索往下拉，广晟扑了上去，推开所有人，一把接住了小古——她好似失去了意识，宛如断翅蝴蝶一般无力坠落，顿时让广晟惊怒交加！

他急着看她伤势，旁边却有人战战兢兢地递上来落地的箭头：“大人，这箭确实是钝头的，伤不了人。”

下一瞬，那位惹祸的百户对上一双血红近乎燃烧的眼，他吓得手一抖箭落了下来，广晟半空接住，仔细看了一眼，又看小古胸前，只见有一块凹下，鲜血不断地洇出来，濡湿了他的双手。

箭头是钝的，又怎么会伤到呢？

他皱眉怒喝道：“都给我退后！”

众人忙不迭退后，广晟断然撕开小古的衣服，出现在眼前的是一道裂开的伤口，正在不断流淌着鲜血！

“这个伤口！”

他睁大了眼，仔细看去，越看越是惊心——这是典型的旧伤遭到猛烈撞击裂开的，也就是说，她本来胸口就有一道还未完全愈合的伤口，而且……看这伤口，这也是一道箭伤的圆孔！

他凑近细看，下一刻，却好似被雷霆劈中了一样，整个人僵住了！

这个熟悉而陌生的伤口……难道是！

他蓦然想起，锦衣卫发生变乱、纪纲被擒的那一夜，他曾经跟一个神秘女子在长街两侧的屋顶上互相对峙袭杀！

他当时猜测，那个女子十有八九是金兰会的重要人物，如今却证实了这一点——那一夜他射中的人，竟然是小古！

这是何等的荒唐孽缘！

鲜血染红了他的手掌，广晟发现自己的双手在发抖，他深吸一口气，回身怒喝道："还愣着干什么，快去找大夫！"

暴喝声下，众人一片混乱，却没有人注意到，原本是罪魁祸首的宣灵郡主默然站在一旁，凝视着躺在地上失去意识的小古，眼中闪过一道怨恨阴冷的光芒——

我早就知道，你胸口有那一道伤，就算是钝的箭头，只要射准了，也能让你去地府走一遭！

你的运气，不会次次都这么好……如郡！

她深吸一口气，眼前又蒙上一层氤氲雾气，哽咽道："我只是一时气愤，才……"

身边的侍女纷纷安慰她，打头一个女官见现场混乱不是个事，又怕锦衣卫上来找她们这边算账，于是悄悄道："郡主，不如我们先行离开吧。"

宣灵郡主哽咽着点头，一行人匆匆走下台阶，朝着停在一旁的轿子走去，冷不防却与一个一瘸一拐的人擦肩而过，轻微撞击之下，侍女惊呼一声怒斥："你怎么走路的！"

那人似乎有些鬼祟，身子发颤，低着头把大半面容都藏在毡帽下，不住地道歉，侍女们也无心多说，匆匆上了轿子。

那人站在衙门旁的高墙下，目送她们一行人的车轿浩浩荡荡而去，口中喃喃道："竟然是她！"

语气满是兴奋和震惊："我不会认错的，那个什么郡主，就是红笺那个小贱货！"

王舒玄咳嗽着，用一只手拄着拐杖，脚下却因为站立不稳而险些跌倒，他面容痉挛抽搐着，唯一完好的一只眼球愤怒地转动着，另一边只有空落落一个眼眶，皮肉都结起紫红色的痂片，显得分外狰狞可怕——他绝对不会认错，那个穿着华贵宫装，像凤凰一样被众人簇拥着的女人，就是当初他的禁脔，军营里的头牌红笺！

那个两面三刀，嘴甜似蜜，却心如蛇蝎的女人——就是她，才害得他沦落到如此地步！

当初在北丘卫那场惊天大火中，他被广晟丢在吊篮里，从地下送了上去，侥幸保住一条命，等他醒来，却发现自己不仅被那贱人活活摘下了一只眼睛，原本的那只伤腿也因为地面坍塌撞击而彻底瘸了！

但终究他还是保住了一条命，而且更让他目瞪口呆的是，那个随马车掉落坑底的尸体，竟然只是个替身，真正的纪纲好端端活着——折腾一场之后，他一只眼瞎了一只腿瘸了，到头来却是一场空！

再后来锦衣卫内部情况动荡，他母亲安贞郡主也束手无策，只能让他在家中静养，最近好不容易伤势好了些，想来锦衣卫看看，顺便看看能不能讨个坐镇地方的闲差，却在衙门前撞见了这一出热闹！

他站在台阶下看得很清楚，那位郡主伸出手引弓搭箭时，微微从衣袖中露出手腕来，那里有两颗美人痣，因为长在手腕戴镯子的正中央，还是鲜艳欲滴的朱红，曾经引得床第之间他的调戏笑谑，那时候，红笺还趁机问他索要了个赤金镶珊瑚的宽镯！

那两颗痣，他绝对不会看错的——天下间也不会有这么巧的事！

而他趁着擦身而过的时候，也确定了自己的判断——他跟红笺缠绵甚多，对她的耳廓形状也深深记得，一个人就算可以伪装容貌，却不会连耳朵也换一双！

眼前这个尊贵而著名的宣灵郡主，英国公的唯一嗣女，竟然是红笺那个贱人乔装的！

真是踏破铁鞋无觅处，得来全不费工夫——老天有眼，终于让你这贱人落到我手上！

他咬牙冷笑道，显得面容更加扭曲，第一个念头就是报告锦衣卫，拐杖笃笃往前走了一步，却又停住了——锦衣卫现任指挥使，那个姓沈的小子跟他以前就有不睦，现在去报告他，对方相不相信还是另说，就算信了，弄不好也要把功劳吞没，一点儿也不留给他。

他随即灵光一闪——现在陛下信任的，不仅仅是锦衣卫一家了，东厂这个衙门也是显赫夺目，不如去投效他们……

他越想越觉得有道理——东厂毕竟是皇帝的心腹内宦组建的，刚刚成立不久还缺精良人手，像他这种勋贵出身、在锦衣卫中根基深厚，本人又有才干的，就算是身体有点儿残疾，他们应该也是欢迎的，更何况，他还掌握了这样惊人的秘密献上——到那时候，只怕青云直上指日可待！

东厂那边，提督太监安素是皇帝身边的红人，他是不认识，但据说有位文人出身的军师姓薛，这个人倒是可以拜会一二。

想到得意之处，王舒玄脸上露出喜色，匆匆拄着拐杖离去了，由于门口这一场混乱，谁也没注意到这个行色匆匆的人。

天渐渐亮了，连秦淮河的水边也失去了平日的脂香灯影，而是换成一辆辆马车停着，有好些举人就在车里吃下最后一顿热腾腾的早饭，然后提起考篮走向贡院门口，翘首等待检查。

景语跟广仁一起，早早就来到贡院不远处的巷口，占据了有利位置，两人一边闲谈一边用了茶炉上的早膳，清晨的凉风吹着倒也不觉得酷热。

本来会试号称春闱，不该在这初夏时候才开，但今年年初出了一连串耸人听闻的逆贼要案，最后甚至连锦衣卫指挥使都赐死了，据说还牵涉到太子和汉王两人，连番闹腾之下，今上也没心思去管这科举，大小官员战战兢兢也没人敢提，因此一路拖延到现在。

这么热的天，贡院号房里又那么狭窄，只怕非要有人中暑不可，幸亏宫里传出口谕，给考生们赐下了不少冰盆，总算解了燃眉之急。

“你听说了吗，这是王贵妃那边巧言劝说了圣上，说这些年轻人也挺不容易的，这才送来的冰盆。”广仁马上要入场，为了缓和紧张气氛，也开始讲起八卦来，“据说这位王贵妃是高丽贡女，生性温柔良善，因此言官们才没有去弹劾，说起来这种事也算是干政吧？”

景语头也没抬，不知怎的却有些心神不宁，他揉了揉眉心道：“王贵妃是苏州人士，因为母亲有高丽血统才带着那边口音，因此往往有人以讹传讹弄错。”

“原来是这样啊！”

广仁佩服之余，这才想起他在东厂参赞事务，笑道：“我倒是忘记了，世兄在东厂办事，当然是一清二楚了。”

他见时间还早，就又劝说道：“世兄也别怪我多嘴——你我毕竟是科举正牌子出身，东厂终究是阉寺中人主持，你成日浸润其中，难免清誉受损，还不如考完后精益求精，一鼓作气考上庶吉士，然后入翰林院，这才是一条康庄大道啊！”

景语含笑听着，正要回答，突然有人气喘吁吁地跑到他跟前，他一瞥服色知道是东厂的手下，低声喝道：“做什么这样匆忙，出什么事了？”

“薛先生，有一个人来我们东厂要见您……”

那人目光闪烁，凑到他耳边说了几句，顿时让景语脸色一变，坐在他旁边的广仁看得真切，不由得暗暗称奇——他认识薛语这么久，从没见到他这般变脸，看来真是出了了不得的事情了！

“你先稳住他，让他去这个地址……”

薛语见手边没纸，在那人耳边叮嘱了两句，随后让他离去，自己却更加心神不定，听着街上的打更声，眉头越皱越深，终于下定了决心：“离开考还有大半个时辰，我有事先离开一下！”

说完就转身解开马车的缰绳，骑上一匹马匆匆而去，身后的广仁这才反应过来，在他身后着急喊道：“世兄！世兄别去啊！”见他去得远了，广仁跺脚叹息，“这也没多少时候了，万一迟到了那就糟了！”

旭日渐渐在天边露出金光，锦衣卫衙门前，看守了一夜的门卒打了个哈欠，懒洋洋问旁边的：“快到点儿了吧？”

马上就是换班的时候，他左右逡巡一下，虽然站姿仍然笔挺，却有些心不在焉了。

街上的人流开始稀稀落落，这里毕竟是衙门集中的地方，小吏们没有敢晚到的，此时虽然才卯时一刻，却大都已经到班。

突然，他看到远处有一个人，踉跄着一瘸一拐正朝这边走来。

开始他不以为意，渐渐的，那人艰难挪动着，越走越近，却姿态越发怪异，几乎扑倒在地——下一刻，门卒吃惊地瞪大了眼：那人身上竟然喷出了大量的鲜血！

他猛然跳了起身，用力踹了旁边那人一脚，嘶声喊道：“出事啦！”

两人惊慌失措地狂奔过去，却发觉那人已经扑倒在地，胸口伤口深入贯穿依稀可见白骨，鲜血已经染红了整条青石板！

罩在这个人头上的毡帽落了下来，失去一只眼球的脸满是伤痕，显得狰狞可怕，却也勉强可以辨认原先的长相。

“这……这不是原先的大红人王舒玄百户吗？”其中一个认了出来，颤声说道。

“他以前是上头很看好的人选，后来我们锦衣卫内部出了事，又听说他一条腿残了……”他正要絮絮叨叨，另一个却是大喊一声，“他还有气儿，快去叫人！”

下一刻，他突然被王舒玄攥住了手腕，“红、红笺……活……”

他费力地说着，鲜血混着他咳出的血肉碎片，粘在门卒手上，简直要把这青涩小子吓傻。

他再也没有力气说下去，绝望地伸出手指，颤巍巍指东北方向，终于眼睛一闭就此呼吸断绝！

“他……他死了！”门卒身子一颤，听着身后纷杂沓来的脚步声，整个人都傻愣愣的，却被李盛一把推开，断喝道：“怎么回事？”

看到眼前这具尸体，他的眼中光芒一闪：“居然在我们锦衣卫门前杀人，好大的胆子！”

3.

验尸房中，广晟看着平放的尸体，双眼微微眯起：“人不是在我们锦衣卫门口杀的，凶案现场离这有一段距离。”

李盛惊奇地睁大了眼，却听广晟继续道：“他的伤口在左胸，短刀刃面无血槽，一刀狠绝致命，大概是因为他的心长得略有偏移，这才能多活了一段时间。”

“你看他的鞋底，血已经渗进底面内层了，却因为在路上踉跄着走过来，把血迹都磨去了——如果是在近处发生的，伸手一定可以摸到濡湿。”

李盛此时已经佩服万分：“仵作刚刚也说，这人的伤势大概拖了一刻钟的时间，正好符合大人您的推断！”

广晟微微一笑，眉间却见疑惑纹路：“王舒玄不是赋闲在家休养吗，为什么会突然出现在这儿？他拖着一条命也要来锦衣卫衙门，究竟是意欲何为？”

随即他吩咐道：“把那两个发现的人再喊来，我亲自问问。”

听完门卒们琐碎惊慌的复述，广晟眼中闪过一道光芒：“你确定他说的是‘红笺，活……’这三个字？”

果然，红笺还活着，跟他先前的推测，完全吻合！

看到门卒点头如捣蒜，他霍然站起身来，看着东北方向——这是死者的手指最后指向的。

“那里是——”

“东厂。”他跟李盛同时说出了这句。

广晟皱起眉头，顿时想起了那个让他感到莫测棘手的男人——景语！

这事难道跟他有关？

广晟皱起眉思索，突然道：“多派人手去，调查王舒玄这三天里的行踪和言谈，务必每一句话都不能放过！”

随即他匆匆回到后堂，一进门就问：“她怎样了？”

可怜又是同一位大夫，早晨才开门问诊不久，就被生拉硬拽来，替小古仔细看过后，这才捋着胡子道：“以前就有旧伤，这次又被猛烈撞伤了患处，只怕心脉有些微受损，需要吃几天药好好休养。”

广晟皱眉更深：“那她为什么还没醒来？”

“病人伤上加伤，只怕于呼吸有碍，因此陷入昏睡，只要静养自然就会醒。”

广晟这才松了口气，一旁的李盛满心疑惑，却又不敢多问——这哪里是对待女囚，简直好似小心翼翼地伺候自己家心肝小娘子啊！

卯时半的时候，贡院大门齐开，众位举人开始排起长队，经受搜身检验。

广仁频频回头，却仍然不见薛语的身影，着急得额头冒汗。

“大公子，我们在这等着，您先进去吧！”

亲随苦劝道，广仁犹豫了一下：“我还是再等等吧。”

队伍逐渐变短，大门即将关闭，正在他担忧不已的时候，薛语终于赶来了。

“你可算来了，贡院大门就要关了！”广仁见薛语也是长途奔波鬓发微湿，不由得好奇问道，“你去哪了？”

“衙门里有些急事。”

景语含糊带过，想起方才那险之又险的一幕，唇边笑意微微收敛，怒意蕴在胸中，眼中波光一闪，随即恢复了儒雅淡然的神情。

红笺简直是疯了，让她去刺探、利用姓沈的只是一步闲棋，她却自作主张，竟然用弓箭去射如郡！

想起方才手下汇报的内容，景语怒火一阵阵上涌——这个女人心胸狭窄又疯狂愚蠢，简直是烂泥扶不上墙！

如郡本来就有伤，又被吊在空中……想到这，他单手微微攥紧竹篮的提柄，引来搜身的衙役微微狐疑的眼光。

景语受到仔细的搜身，他却不以为忤，兀自沉浸在刚才的事上——

红笺这次真的惹出一连串祸事来——她嫉妒心起害人不说，还落在那王舒玄眼里，被他看破了身份！

他为了让她使用“英国公庶女”的身份混进宫里，动用了多少暗棋和心血！

可她竟然在关键时刻给他闯祸添乱！

幸好，那个王舒玄因为跟姓沈的有嫌隙，因此没有告知锦衣卫，反而跑到东厂来投效他！

景语刚刚听手下紧急报来的时候，什么也没说就骑马赶去了——一定要把危险掐灭在萌芽之中！

方才那一幕的血腥和惊心动魄，景语已经不愿再想，他只记得，在利刃刺入王舒玄的胸膛时，那人脸上轻浮得意的笑戛然而止，化为不能置信的痉挛抖动——

“为什么？”

因为你始终太蠢，总是信错了人。

这个答案他并未说出，王舒玄癫狂的伸手要抓住他衣襟，却只是徒劳摔倒在地。

而他看着对方怒瞪凸起的眼睛，擦干了短刀，就将它别在靴子内侧，匆匆离开了，一路快马加鞭，终于赶在贡院关门前到了。

“好了，下一个。”

衙差的喝声让他从回忆中退出，他一如往日一般，镇定自若提着考篮，走向了属于自己的号房。

小古感觉自己昏昏沉沉，似乎回到了幼时那一段清苦而温馨的日子……

娘亲抚着她的头顶说她是个懂事的好孩子，娘亲笑着将清水白菜里不多的肉丝夹到她碗里，娘亲教她来自苗地的种种奇术和药虫，而她学得津津有味。

她也曾经偷偷走出过小院，却被当时衣衫华美骄矜飞扬的红笺推倒了池塘里，小小的她，在水中浮沉挣扎，呛了很多水却没人肯施以援手——那般濒死的恐怖感觉，成为了她多年的梦魇！

那般无助的，孱弱的身躯，好似不受控制一般，小小的腿蹬动着，却更加深陷无尽的水底——无尽的水涡将她卷入，呛入口鼻之间，让她感觉到撕心裂肺的痛，无法呼吸的恐慌……

那样的可怕而鲜明！

她惊叫一声跳了起来，却发觉自己躺在一间宽敞明亮的卧房之中，身上盖着锦被。

好似感觉到她已经醒了，倚靠在椅子上假寐的广晟抬起头来，却发现她脸色苍白，乌黑鬓发因为冷汗贴在脸颊上，整个人眼神都是直勾勾的！

“你怎么了？”

他轻摇她的肩膀，小古的眼神似乎被他撼动了，眼珠略微有些转动，终于深深地吐出一口气，恢复了正常。

“我梦见小时候的事了。”她的嗓音有些茫然，宛如梦呓一般低声道，“我被红笺推到水里了，大家都在指指点点地说笑，谁也不曾救我……”

那种水涌入喉咙和胸肺的感觉，此时仍然记忆犹新。

再次回想，她不禁打了个激灵，下一刻，一道灵光闪入她的脑海，将原本杂乱无章的线索全部串联、贯通！

宛如天上的闪电穿过脑海，她在这一刻因为过度的震惊而呆住了——原本恢复了灵活的眼眸再次凝滞，直愣愣的闪着光芒！

水淹……

难道是！

“你到底怎么了！”

广晟这下可发急了，正要冲出去喊大夫，却被她一手攥住了衣角，只听小古低声道：“我知道景语的图谋了……”

她抬起头，双眸之中满是震惊和不敢置信：“他是想将长江之水引进金陵城，冲垮靠近皇城的地下管道，进而漫涌整个皇城！”

小古浑身颤抖地说道。

她简直不敢相信这个结论，猛然直起身来要看地图，却因为用力而眼前一阵晕眩。

“小心点儿，大夫说你还不能乱动！”

广晟连忙扶住她，小古却一把攥住他的衣领，心急火燎道：“快去阻止他，阿语……他……简直是疯了！”

长江之水源远流长，穿越诸省，经过京城金陵，经扬、镇入海，若是被人为改变方向，奔流灌溉之下，只怕这整个城一大半要归了龙王，只有些丘陵高地能幸免。

她深深呼出一口气，仿佛要将心中的寒冷与悲伤、愤怒都吐出，再次看向地图，用颤抖的手指描绘着每一处方位和地形，心中的那个猜测却越来越化为实质！

果然如此！

她惊怒之下，顿时眼前一阵发黑——震惊于自己的发现，却又觉得不可能——这样丧心病狂的事，怎么会……怎么会是阿语做的呢？

虽然已经对他失望了多次，但这一次，却是真正的撕心裂肺——比他让自己身受酷刑的那一刻，还要痛得厉害！

他彻底变成了另一个人，另一个她全然陌生、让她不寒而栗的妖魔！

“这小子竟敢打这个算盘！”广晟也被吓住了，双眸熠熠，火花一闪而没，他也不是笨人，随即想起当初在南苑查到的那些蛛丝马迹——那被藏在缸里用来冒充红笺的神秘女尸、洪武时期秘密建造的地道……

他眼前一亮，所有的线索顿时了然于心，立刻跟上了小古的思路：“你的意思是说，他早就知道皇宫里有这地道存在，如今拿到建文帝留在那神秘木盒里地图之类的物件，终于设想出这样的方案？”

“是，将水引入皇宫后，直接让地道崩塌，可以让水平面急速上升，让整个皇宫成为一片汪洋。”小古微微苦笑，“如果计算精密的话，倒是不用淹没整个城，只有靠近皇宫的那一块完蛋，虽然不是全城尽灭，却也会死伤惨重。”

皇宫所在，都是在较为平坦中央的风水吉位，百官聚集而居，外层是庶民百姓，那些崎岖高耸的地方只有些猎户匠人，这水一旦冲进来，死伤何止数万？

广晟却比她多想到一个点，他修长的指尖摩挲着下巴，沉声道：“还有一个人也很可疑——最近突然出现的宣灵郡主。”

英国公有外室所出之女，这事应该是真的，但她一直安安分分地在南苑过日子，为什么这么久都没出来争这个名分？偏偏是在这个多事之秋，她跳出来了。

这也非常蹊跷。

“南苑那边，多了一位宣灵郡主，而红笺的尸体却并非是她本人——我觉得这里面大有文章。”

小古也听懂了，皱起眉头道：“如果这是景语事先设好的局……”

“那他真可以说未雨绸缪，算无遗漏了。”广晟的口气仍然带些酸，更多是真心实意的佩服惊叹——这个叫作景语的男人，悄无声息在暗中罗织了这么大一张网，当他们发觉的时候，已经是箭在弦上的惊险时刻了。

“他的计划，你们金兰会的人真的是一点儿都不知道吗？”

面对广晟的疑问，小古摇了摇头，轻叹道：“如果知道，我就不在这被你绑成粽子吊在半空中了。”

“你也不算冤枉，连今上都被他骗得团团转，还让他做东厂的军师呢，这世上若是有人能看穿他的智谋，他也不会在这个位置上了。”

广晟也同样叹气：“纪纲大人一直有老谋深算之名，也同样栽在他手上。”

小古听出他话中深沉的痛楚，抬起头却对上广晟幽邃的眼，两人的脸上都只剩下苦笑和无奈，一时间，男女之间的羞涩旖旎都被冲淡不少，反而产生了一种同病相怜的惺惺。

“我估计他最近就要发难。”

广晟想到这一点，就觉得分外头疼——对方即将动手，可他们却毫无准备，甚至没有任何证据，只能在这坐困愁城。

下一瞬，有一个模糊的念头闪过他脑海，他看着小古，却有些欲言又止。

“都到这地步了，你有什么话就直说吧。”

广晟凝视着她的眼，那般清澈动人的杏眸中，有着抹不去的风霜沉痛，他心头空落落的难受——这是为了他，还是为了眼前棘手的情势？

他心中更加酸涩，却为了赌一口气，终究还是说出了口：“他逼我对你用刑，也许，只是想绊住我们两人。”

小古的瞳孔，在这一刻变为最亮，缩成亮点！

她眨了眨眼，仿佛有些不明白似的，迟疑道：“拖住我们两个？”

“你这算是当局者迷吗？”

广晟心头酸涩更甚，忍不住还是刺了一句，看到她茫然疑惑的眼，却又后悔暗骂自己是个浑蛋——这时候了，还吃什么飞醋！

“他怂恿皇帝，逼我一天一刀刺你，这样你日日伤重，就不能去插手这一局，而我因为担心你，也只能守在这寸步不离。”

广晟说起自己的情深来，倒是磊落大方，毫无半点儿羞涩：“就算真的要动手，也得我来，怕他们没轻重伤了你，怕你倔强苦熬，来不及喊大夫。”

这样甜蜜炽热的情话，却被他这么平淡说出，小古看着他坚定凛然的眼神，感觉心中一个冷硬的棱角融化崩塌了。

“这是我爱你的方式，而他，正利用了这一点，想拖住你我的脚步。”广晟凝视着小古，“这人心机深沉，而且手段狠辣，为了达到他的目的，可以毫不犹豫让你每日受刀，这样的人，你再惦记他又有什么意思？！”

小古听了这话默然无语，正当广晟觉得自己话说得太尽时，她抬起头看着他：“他骗了我很久，你又何尝不是——他跟我不是一路人，你难道就是了吗？”

她盯着他的眼，一字一句清晰道：“你是朝廷的人，锦衣卫指挥使，而我，是乱党钦犯——我们之间，更是天壤之别。”

虽然早就知道这一点，但被她这么说出来，广晟仍然觉得心头针刺一般的痛，却听小古低声道：“你对我的好，我都知道，人非草木孰能无情……但终究，彼此的立场是不会改的。”

她似乎有些激动，别过头去：“对你来说，我也是个居心叵测的女骗子，你忘了我，另外迎娶合意的闺秀吧。”

她闭上了眼，脸色仍然苍白，胸口的血迹隐然，似乎很快又昏睡过去——广晟恍恍惚惚，不知道自己是怎么走出这间房的。

“大人……”李盛犹豫着上来请示，“这伤也治了，人也醒了，要不要？”

他对上广晟冷然冰封的眼，顿时吓得有些口吃：“要……要不要继续把她绑起来吊上——”

下一刻，他感到那双冰冷的眼中几乎要喷出火来，顿时吓得心头一凉，口吃道：“这是圣……圣命呀大人……”

“都快火烧眉毛了，你还有闲心去管什么女犯！”

广晟疾喝出声，快速把事情说了，然后吩咐道：“你们分头去，去查清楚皇宫附近的地下水管，再去宫里向相熟的老宦官打听当年修造宫室的事，你亲自去工部走一趟，找善于水利营造的那位卢侍郎，就说我有问题要请教！”

李盛被这一连串命令弄得晕头转向，正要快步跑去，却被广晟沉声喝道：“都小心点儿，不要闹得满世界都知道，尤其要防着那边的……”

他比了一个“东”字，后者点头如捣蒜。

另一边在房里，小古见两人走远，缓缓睁开了眼，低声道：“我觉得好些了，再把下一碗药送来吧。”

揭帘子的是广晟的长随沈平，手里的漆盘里是一碗浓黑苦药，身后还跟着一名药童，低着头年纪似乎也不大。

小古只是瞥了他一眼，突然伸手揭开盖子，似乎在嗅着药里的味道，还用手扇了扇。

下一瞬，沈平的目光有些迷离，整个人好似陷入昏睡之中，顿时向后倒，却被后面那人及时接住，轻轻放平在地上。

“你怎么来了？”小古轻声问道。

“是七哥找到了我，让我来看你的。”那药童抬起头，露出熟悉而亲切的笑容，正是上次密会没出现的聂景。

“你到底去了哪里，我们都丝毫没有你的消息。”

聂景露出一个苦笑：“一言难尽，真是险些就看不到你了。”

他看着小古，低声道：“我们本来是做好长期准备，希望能让我混到朱棣身边去的，这半年来我在太医院里也算崭露头角，虽然不能直接入诊大内，但是很多太监宫女都是由我诊治的，其中也结了些善缘。但是一个月多前，大哥却找到了我，让我为他制作一副人皮面具。”

他说到这，不禁打了个哆嗦，仍然心有余悸：“他们给我带来的，竟然是一具少女的尸体，让我剥下脸皮，做出能长久保存的面具，贴在红笺脸上！”

虽然早就听广晟说过，但此时听来，却仍然免不了心惊——聂景本来是个文雅书生，平时擅长的也是医术，但这种血淋淋剥人皮的事，他也是第一次遇到。

“因为大哥严令，我只好硬着头皮做了。”

聂景温和的面容上闪过一道阴霾，显然那对他来说并不是多么愉快的经历：“他们让我把面具藏在诊箱里送进宫，然后就在红笺在宫门口出事的那天……”

小古听到这里已经全明白了，聂景又继续道：“这事完了以后，他又让我报名在宫中药局里值夜多日，因此总也见不到你们的面。”

“他这是避免消息走漏啊。”小古低声道，随即又问道，“他是不是让你用了什么奇怪的药？”

“什么都瞒不过你。”聂景道，“宫里的公公经常来我这，他让我拿出一种可以芳香身体的药粉装在香囊里送给他们，因为香味经久不散，各位公公都很喜欢，甚至奔走相告，更多的人来我这讨要。”

宫里的太监都是阉人，身体残缺不说，小解时也是淋漓不尽，为了怕异味被主子们闻见，他们经常在身上佩戴香囊一类的东西。

“他让你用的是什么药？”

“一种黑色的粉末，有奇异的香味。”聂景说着，突然吓了一跳，补了一句，“我记得，连皇帝身边的张公公也来问我要过。”

“那就错不了了！”小古咬牙道，“那是我的药！”

这正是上次她在天牢中跟红笺以前救人的时候所用，这种药粉让蚂蚁吞下，它沿途爬过散发出来的气味，就能让方圆半里内人畜全部昏睡，好似中了蒙汗药一般。这药小古只剩下半瓶不到，那一次跟景语对峙后却发现瓶子不见了。

张公公等人在御前行走，药粉慢慢散落挥发，立刻就要有人昏睡，这说不过去，除非他对时间进行精准控制。

她心头一凛，追问道：“他有没有说何时佩戴这香囊？”

聂景用惊讶钦佩的眼神看着她：“你果然料事如神——他让我跟各位公公说，这种香料很稀少，必须在初四那天拿出来佩戴，能借助已故徐娘娘的福气压住七月半鬼节的邪祟。”

初四？

小古目光闪动——他难道是要在那天动手？

这可只剩下九天了啊！

而且每年的这一日，是徐皇后的忌日，太子和汉王为了表示孝道，都要去殡宫祭拜并斋戒三日。

果然是好机会！

小古随即感到疑惑："他这么做，必定要防止你走漏消息——那你是怎么离开的？"

"他把那香料撒到我身上，然后把我推到一口枯井里。"

聂景苦笑道："那里是洪武皇帝的一位碧妃的住处，据说是被勒死的，因此荒无人烟，我就算昏睡多日也没人发觉的。"

他眨了眨眼，有些无辜的低声道："其实我一直没说，这些苗人的药，真正的杏林高手是有办法解的。"

小古看着他矜持隐忍的自我吹捧，忍不住笑起来："然后呢？"

"我喊了半天都没人应答，后来来了一对野鸳鸯，我装鬼让他们把我提溜上去了。"聂景说得简单，小古却能听出其中的曲折传奇，忍不住笑了，"然后你就遇到七哥了？"

"准确地说，是我们俩撞上了——我扮作药童想进来看看你的伤势，冷不防却在车里被他用刀柄逼着险些敲昏——他想乔装成我进来救你呢！"

小古光是想一想那场面就忍俊不禁了，她笑得花枝乱颤，却扯动了伤口，面露痛意，聂景连忙上前来看过伤势，皱眉道："是旧伤被猛烈撞击后裂开的。"

"这就是红笺干的好事——她最喜欢在任务中开小差，用损招来害她的眼中钉，比如我。"

小古对这个同父异母的姐姐也算是叹为观止，实在无话可说——她假扮成那个张家庶女的小宫婢，显然背后是有景语指使。

他们准备在下月初四那天，将整个金陵陷入汪洋水淹之中……小古目光闪动，压下心头的激动，看着聂景道："八哥，你相信我吗？"

聂景毫无思索地笑了："比起大哥来，我觉得你更可靠些。"

"因为他嘴上不说，却干着灭口的勾当，而你嘴上说着让泄密者自行了断，每一次却都是豁出全力去救人。"聂景看着她的目光温柔含笑，好似在看自己邻家的小妹一般，"上次你为了去救那个外围成员黄老板，不顾危险潜入诏狱，大家都是有目共睹的。"

小古被他说得感动，鼻头有些酸涩，聂景看着她，最后总结道："我们金兰会是抱起团来互助互救的，而大哥的行为却是在给我们招祸。"

小古点了点头，又问起七哥秦遥："他怎样了？"

"我从未见过这么牛心左性的人。"聂景没好气说道，"伤口没好全就跑出来蹦跶，再次受伤，又没好全，居然想打昏我再次进来救你——这人是当自己有九条命吗？"

小古一阵心疼，再也忍耐不住，顿时哽咽着哭出声来，却是吓了聂景一跳，顿时慌了手脚。

"我没事！"她吸了吸鼻子，有些羞赧道，"他这是为了我……"

"是啊，我看得出来，他为了你，是连命都不要的。"

聂景微笑看着她，眼中含着深意，小古也觉察到了，顿时心头有些乱——她不是笨蛋，就算本来是笨蛋，这一阵危难时刻也算是看出来了：七哥秦遥，对自己真是挖心掏肺的好！

她低咳一声，把这个烦恼的念头甩在脑后不去想它，催促聂景道："时间有些长了，你快走吧，别被人看出来。"

看着他收拾药箱，她沉吟了一下，终究还是托他带话给秦遥："你跟他说，景语是要引水倒灌皇城。"

她没顾得上理会聂景惊愕呆然的神情，急促道："让他注意一下港口码头那边，四哥的动静。"

"常四哥？！"

聂景完全不明白，这事跟那个沉默寡言的四哥有什么关系，只听小古低声道："常四哥对京城的地下管道可算是了如指掌，上次救我出诏狱的时候多亏了他，这事必定着落在他身上。"

五城兵马司的指挥姚天聪接到东厂传来的行文时，很想嗤笑一声把它丢到垃圾堆里，但攥在手里终究还是不敢，展开看了，眉头渐渐舒展——原来也不是什么大事，是让他们负责整肃靠近皇城的几条街市容，疏通管道和明沟暗渠。

"估计这帮太监们又想弄什么幺蛾子讨好圣上了，之前闹着要修堤岸，现在又折腾街面。"他心中暗暗咒骂一声，觉得这事也不难办，就是繁琐了些，需要大量的人手。

这个问题很快就解决了，半个时辰后，漕运码头的一个叫作常四的汉子来求见他的师爷，一口一个"小的是码头上混饭吃的，对疏通沟渠什么也算熟悉，奉了薛先生的命令，来给官爷们出点儿力气活。"

"东厂这次做事颇为妥帖！"姚大人捻着胡子说道，一旁的师爷凑趣道，"公公们虽然腌臜讨厌，但薛先生可跟他们不同，他是正经读书人，行事风格当然是懂礼仪知进退的。"（注：五城兵马司的主官属于文官序列，但大部分人望文生义会理解成武将执掌）

"这也是我辈儒生学子，怎么会误入歧途去加入什么东厂呢，于他在士林中的名声有碍，可惜可惜了。"

姚大人说完，挥挥手让师爷去分配那些粗汉干活，随即将这件事抛诸脑后了。

码头上，搬运杂工喊着号子，搬运着巨大石条，景象忙碌和繁荣，秦遥扮作一个商人在码头另一端看货，不时把手伸出袖子，跟人比划论价，一副老到行家的模样，眼角余光却是在不断打量着杂工们的动作。

那些青砖堆积在岸边的堤岸下，整整齐齐堆得像小山一般，他微微皱眉，装作漫不经心地问道："老哥，那些石头是做什么的啊？"

"听说是朝廷大量高价收购，所以先堆在码头上。"

被他问起的是做木材生意的，说起码头生意经滔滔不绝："最近好像真的有大金主收购这个，京城周边的石材场都接到了大笔生意，正在忙碌开采呢。"

"我们金陵是石头城，就数大石头最多，这次朝廷收购，价钱也不算低，这些老板可都是喜出望外，督促着帮工赶紧运来呢。"

"朝廷收购这些做什么？"

"听说是要修江堤。"

那木材商道："我们这里夏日汛期已经快到了，朝廷这时候才修，略有些晚了，所以才这么着急，快马加鞭的。"

他继续唠叨着："不过听说这事还是东厂那帮公公们闹起来的，不然应天府还未必会多管呢，想不到世上还有这么有良心的中贵啊！"

他挤了挤眼，悄声道："不过也难说，他们正在跟锦衣卫别苗头，锦衣卫手里有整肃街面干净的活，他们估计是想修缮堤岸，压过那边一头。"

秦遥心中一凛，响起小古那句"引水倒灌皇城"，顿时感到不寒而栗——他幼年时钟鸣鼎食，也是读过兵书拜过师的，当然知道历史上多次堰水灌城的例子，每一次都是死伤无数几乎灭城！

小古传出的话，他本来还有些犹豫，但如今看到这一幕，他心头的警兆更深，更加信了八九分！

决不能让这种丧心病狂的事发生！

他攥紧了拳头，那木材商见他面色有异，唤了两声，秦遥这才醒过神来："木料都在这码头附近的库房吗？"

"是啊，附近的库房都挺保险的，又大又宽敞，不会进水发霉，但就是价钱贵了些，所以木料才不能降价啊，我都快赔本了。"

秦遥打断老板的絮叨："我也有亲戚在做石料生意，借问这一边管事的怎么称呼？"

"东厂和五城兵马司的那些人哪里耐烦管这些，都是码头漕运的领头管事常爷负责的。"

秦遥的眉心紧皱，只觉得太阳穴突突直跳——果然箭在弦上，一触即发。

第七章

状元之才

1.

天色已经彻底暗下来了，贡院内每隔二十步都悬挂着灯笼，却仍然有着一种挥之不去的阴森和静谧。

打更的梆子声遥遥而来，号房里的灯烛已经大半熄灭，很多人卷着铺盖蜷缩在狭小的木板上，做着登阁拜相的黄粱美梦，却也有少数几个人正在微弱烛光下奋笔疾书。

景语写完卷面的最后一个字，小心地吹干墨痕，然后将之卷起收在一边，气定神闲的态度好似这不是在会试，而是在家中信笔赋词。

门槛外传来一阵脚步声，有衙役提着灯四处检查火烛安全，对上他的眼那一刻，微不可见地朝他点了点头，景语颔首回以微笑，心中最后一块石头也落地了。

堤岸那边，一切工程看起来是毫无破绽，他们确实是在加固堤防，而京城这里几条街人多眼杂，若是有人发觉地下被挖出一条额外的地道来，一切就会暴露——幸好，这一切都顺利完成了！

他闭上了眼，想小寐一阵，心中却是情绪激荡，不能入睡。

午夜的灯光有些缥缈，照得他眼皮微微颤动——他想起父亲当年，也是在这贡院考的——那时候，他的心情怎样，是否也跟他一样，惦念着家人，思念着所爱，默默地笔耕不辍？

风声在暗夜里呜咽，宛如地底的冤魂和英灵，在朝着他低低诉说，他感觉浑身的血脉都在这一刻奔流翻涌！

这么久以来的苦心谋划，千般算计，终于到终局的时候了，虽然时间略显仓促，但他们已经没时间了——朱棣准备要迁都，而他本人将第一批离开！

幸好，如郡找到了那只木盒，而他也从她和如瑶手里夺到了木盒和玉钥，总算找到了皇宫的地下线路图，顺利完成了布置。

狂风骤雨即将开始，而他就是独坐将台的大帅，等着接下来的惊天好戏！

他原本以为自己该激动兴奋的——大仇即将得报，凶狠残酷的篡位暴君，以及那些趋炎附势的墙头草，都将在涛涛江水中化为浮尸！

但他终究没有想象中的喜悦，反而心中深陷疲惫，胸口空落落的，周围的黑暗和寂静，都似乎在朝他逼压而来。

如郡……

他闭上眼，默默念叨着这个名字——这个曾经他魂牵梦萦的名字。

如郡她永远也不会知道，在那段彼此失散的漫长岁月里，他因为血仇和怨恨，一步步走向复仇的深渊时，她曾经是他心头唯一的阳光和甜美。

而此时，如郡却因为他的设计，受伤被悬吊在锦衣卫的碉楼旗杆上！

夏夜露深，她的伤势有没有恶化，那个姓沈的小子有没有好好照应她……而她，有没有对他恨之入骨，伤心绝望？

他深吸一口气，拒绝自己再想下去——这一切，还有最后六天就要彻底解决！在那之前，他不该去想如郡，也不能去想！

如郡，对不起……

他的鼻子有些酸涩，暗夜的烛光下，眼角依稀有晶莹的微光闪过。

又到一日之中最炎热的午后，日光近乎变为淡金白炽，小古被放下来的时候，浑身已经被汗湿透了，广晟把她抱了下来，握住她的手，心里刀割一般。

“哟，沈指挥使真的好艳福啊，这么一个大美人搂在怀里！”东厂那边奉命来视事的宦官嗓门尖利，目光在两人身上逡巡着，显得格外猥琐。

广晟脸色一沉，却是仍然没放开，一双桃花眼看向这宦官，唇边笑意艳丽而冷冽，小古看到这熟悉的表情，就知道他又要犯坏了。

果然——

“小李公公，这男女之间的事，你都没尝过滋味，因此只有这纸上谈兵的经验啊！”

这一句一出，顿时那年轻宦官脸上一阵发青，周围人发出一片嗤笑声，七嘴八舌地起哄。

“那是当然，都被割了卵蛋了，连女人的胸脯都没见过摸过吧？”

“你这话就说偏了，人家弄不好有宫女姐姐对食？”

“什么呀，欺负我没见过世面是吧，能弄上对食的，起码得是少监这一档的，否则人家如花似玉的姑娘凭什么跟你？”

锦衣卫上下对东厂早就憋了一肚子气，又有顶头上司亲自毒舌，于是七嘴八舌地嘴贱起来，气得那宦官脸色涨得通红，手握刀柄目光恶狠狠地看向众人。

“都给我住口，怎么可以这么编派东厂的公公呢，真是太没规矩了。”广晟懒洋洋地笑道，口气轻飘飘根本不是斥骂下属的，随即话锋一转，轻佻笑道，“不过这位公公，你确实是太青涩了，看到一男一女抱着紧些，就觉得这其中有什么——我们锦衣卫审犯人，无论男女都有全身不着寸缕的，那样你岂不是要看直了眼？”

他啧啧了两声，将怀中的小古交给聂景，随即缓缓走近那人，低沉的嗓音分外魔魅，“不过，也许公公喜欢的不是女人，而是……呵呵，所以看到男女抱在一块，才这么大惊小怪……公公，你说是不是呢？”

最后几个字，几乎是凑着他的脸说的，那般眼波流转，比女人更精致绝丽的容颜，顿时让那个宦官面红耳赤，整个人浑浑噩噩的，只是喃喃回答道：“是，是……”

周围爆燃而起的大笑声让他蓦然惊醒，这才知道自己方才回答了什么，看着周围锦衣卫的人抱着肚皮狂笑不已，他的脸色红了又青，最后简直是发黑了，再也不敢啰唆半句，窜得比兔子还快。

趁着这一阵热闹，聂景将小古扶进房里，趁着上药的空当耳语悄然，已经把情况三言两语说了。

“也就是说，码头和临近皇宫的几条街，都有常四哥的人出没？”

“是的……不过今天街上的人少了很多，听说是沟渠已经疏通完毕了。”

“不好！”小古眉头一挑，断然道，“只怕他已经将堰塞的地道疏通整理完毕，就等着潮汐和堤坝那边开动了！”

她见聂景仍然有些懵懂，拿起一支炭条，在地图上比划指点：“你看江潮每日好几次，但随着季节时令的变化，潮汐也有高峰低潮，他们修缮堤坝是假，只怕要引水断流，让长江暂时改道！”她又圈出最中央的皇宫和街道，“你再看这里，建城的时候下面就有陶瓷水管，为的是怕路面积水，如果挖一条长地道，将这两处勾连起来，堵塞江面引水灌入，再让它汹涌而入皇宫，整个计划就天衣无缝了！”

“到时候，皇宫里的人首当其冲会被彻底淹死，接下来就是全城百姓，地势高的也许可以逃得一条命，但是住在低矮地带的穷人百姓绝对难逃一死！”她忧心忡忡地看向聂景，“现在他们已经在街道底下挖通了，就等着合适的潮汐到来——对了，会前说的下月初四！”

她皱眉有些奇怪：“下月初四并不是潮汐最大的时候，为什么选在那一天？”

下一刻，一个熟悉的嗓音接了她的话：“那是因为，那一天是徐皇后的忌日，汉王要出城祭拜，只要弄出点儿刺杀啊谋反这类事，整个京城立刻就要大乱！”

小古和聂景惊愕转头，却见广晟银袍翩然，雪肤俊颜，正在站门口似笑非笑地看着他们。

“这个男人是谁？你还要瞒我到何时呢？”这话明明是正经的质问，听起来却带着醋意，没等小古回答，广晟皱眉沉哼道，“这又是你组织里的人吧？”

他手握剑柄还没出鞘，小古急忙道：“八哥不是景语的人！”

叫得真亲热啊……广晟暗暗嘀咕，目光在聂景身上打转，发觉他虽然不算俊美，但胜在气质端方，目光停留在两人一起拿着的图卷上，面色又有些发黑：“你们靠得这么近做什么，赶紧分开些！”

“你胡说些什么！”

小古气急，聂景平日行医倒是比这两人都懂得人情世故，顿时心内明了，恭谨有礼地拱手道：“我跟十二妹宛如手足一般不顾嫌疑，倒是让大人见笑了。”

这话说得广晟面色总算好看些，但看着那张地图，目光有些不善："你偷偷进来跟她会面，又在窃窃私语什么？"

他不等小古说话，攥住她的手腕，取出那卷地图，仔细看了看，皱眉道："你果然也发觉了。"

随即凑在她耳边怒声道："到现在都要瞒着我吗？"

装作药童的聂景见两人面色古怪，有些僵持的态度，咳了一声道："我先出去开方子。"

"八哥你停下。"小古低喊道，随即看向广晟，"你保证不会等他出去就逮人？"

广晟脸色都黑了，咬牙道："我在你心里就这么不值得信任？"

"这不是信任的问题，而是彼此立场有别。"小古凝视着他，眼中情意盈盈，却仍然保持清醒，"我知道你对我有心，但我们金兰会，却天生是朝廷的宿敌。"

"都这时候了，你们觉得自己的坚持还有意义吗？！"

广晟怒喝出声，勃然之下双眸精光熠熠，好似利剑一般刺入她的心中："就算有千般冤屈孽恨，事情总要过去的！朝廷对你们确实狠辣，但是夺位之争本来就是你死我活的血腥之路！"

"这个道理我也懂，我还知道，覆巢之下无完卵……"

小古打断他，眼神浮上悲凄毅然："可哪朝哪代，家眷族人或是流放，或是一死，也没有这么作践人的！"

广晟默然，他也知道，朱棣虽然在朝政上是个英主，但为人确实刻薄残酷，有时候狂怒起来行为令人发指！

别的不说，剥皮实草这个酷刑，虽然是洪武皇帝首创，但终究只是对贪官污吏的，朱棣这种大肆残杀和军妓轮营，说起来简直是骇人听闻。

"但他毕竟老了，将来总有一日……"广晟这话已经是犯大忌讳了，他顿了下，低声道，"留得青山在不愁没柴烧，你们能活下来已经不易——再说，你们那位景语大哥，可不是一心一意为你们着想的，你们真的要跟着他把路走到尽，走到绝吗？"

他凝视着她，随即看了一眼旁边的聂景："景语居心叵测，诡计将发，我也知道你们不算他的人，也不打算跟着他走，但是置之不理等于纵容，意味着拿全城人的性命作牺牲！"

这一句让小古身子一震，两人目光相对，广晟肃然看着她："你真要看着这金陵城被大水淹没，成为一片泽国吗？"

"不！"她用力摇头，几乎不敢想象这个事实，急促道，"我会设法阻止他！"

"光凭你无法阻止得了他！"

广晟怒喝道，看到她眼中的痛苦和挣扎，心中又酸又痛，一句质问脱口而出——

"你还是惦记着这个混账？"

小古顿时气得眼眶浮现泪花："你……你浑蛋！"

聂景见两人又因为儿女情事有闹翻的趋势，咳了一声，劝道：“大家都消消气，现在会首的计划箭在弦上，情况已经万分危急了！”

“全城人都快喂了长江龙王了……”

广晟冷哼一声，偷偷看向小古，却发觉后者也正在凝眸瞥他。

“你……”

“我……”

两人再次语塞，彼此不知怎的居然有些羞窘，广晟叹了口气，低声道：“对不住，我又向你发火了。”

“你说的话，我都明白。景语他这一次，真的要一条道走到黑了……”

小古幽幽道：“就算不跟他走，我们也不能跟朝廷沆瀣一气。”

“不是跟朝廷，而是跟我！”

广晟抚摸她的脸，灼热的掌心让她身子一颤，抬起头正好看入他浓若点漆的眸子：“你信我吗？”

她睁大了眼，半晌，才点了点头：“可惜，你做不了皇帝的主。”

“可我能说动太孙殿下——他是唯一能影响今上的人！”

广晟说起太孙朱瞻基，语气也带着几分信任和亲近，自从上次大理寺着火以后，朱瞻基碍于身份，虽然不能公开跟他来往，私下却彼此送过好几回东西，可算是莫逆投缘了。

朝中的局势诡秘难辨，太子跟朱棣互相猜忌，父子之间近乎闹僵，汉王似乎威风得很，但他却是目光如炬：只要太孙还在一日，朱棣就绝不会罢黜太子！

根据锦衣卫的眼线报来，宫里一直就有个隐晦的传言……

他摇了摇头，不去想这些可怕的秘密，转而劝说道：“我们握手言和吧，起码在这一次，两边必须合作，必须阻止他的疯狂行为！”

小古的神情却有些恍惚，她缓缓看向窗外，外间日光明灿，行人络绎不绝，远处还有卖花生和糖食的悠扬喊声——多么静谧而美好的平常生活，难以想象，在景语的双手拨动下，它将在巨大浪潮中被狠狠吞没！

不期然的，她的眼前又浮现那熟悉的少年清朗笑容——那曾经在她年幼悲戚时，微笑着将她搀扶起的少年，那个曾经长夜撰书、温言劝慰她的人，那个手握她的庚帖，却最终在烛焰里静静烧成灰烬的男人……

阿语！

你为什么，为什么要这么做！

她低下头，只觉得胸前好似破了一个无形的洞，却是一滴眼泪都流不出来，只是低声喃喃道：“阻止他的疯狂行为吗？”目光潋滟处，她合上了眼，“阿语的计划，从来算无遗漏，对上他，我并无太大的胜算，况且，他这是赌上自己的所有啊，一旦被破坏，他这一生的执念和奋斗，都将化为乌有！”

广晟心头一凉，苦涩的滋味渐渐泛上，却听她继续道：“可是，若不破坏他的计划，只怕是这座城池，都会化为齑粉。”

她深深凝望着窗外的街道和行人，极目远眺，那是无尽无垠的纵横交错，街道与坊市、小巷与深宅，烟波浩渺的秦淮，以及高山城墙边的鸡鸣寺……

这一切，都要因为那个男人的复仇执念而覆灭吗？

她默默地摇了摇头，再转头时，神色之间已经不见茫然，嗓音轻微沙哑，然而却是坚定："你说得对，为了阻止他，我愿意信你一回！"

她随即看向站在一旁的聂景："八哥你怎么看？"

"我全家都死在暴君手上，我跟朝廷是不共戴天。"

聂景眉宇间罕见的毅然冷凝，随即却话锋一转："可这是朱棣欠我的，跟整个金陵城的百姓无关！拿他们的命来做垫脚石，这样做跟那暴君又有什么差别？你们的合作，算上我一个！"

广晟听着这掷地有声的话，顿时也对这看来温吞软糯的男人刮目相看："金兰会中，果然有卓才远见之士。"

聂景不好意思地笑了笑，却听小古有些踌躇道："还不知道七哥的意思呢？"

话音未落，却听一声长笑："傻丫头，你还惦记着我呀？"

三人愕然转身，却见屋顶的椽梁上有人一跃而下，一身蚕丝黑袍随风飘洒自如，清俊华美的容颜上虽然带笑，身形却瘦削清减了不少。

"七哥！"

小古再也抑制不住内心的激动，冲过去扑进他怀里，两人紧紧地拥抱了一下。

"七哥，我以为再也不能见到你了！"她欢喜又激动，感觉着眼前这人熟悉的气息，好似找到了最大的慰藉和靠山，整个人都喜极而泣了。

秦遥的眼角也隐约有水光闪烁，他端详着小古的气色，发现她胸口有伤，顿时面色沉了下来，皱眉看向广晟："我以为你会好好照顾她的！"

广晟也皱起眉头，有些不爽他这般熟稔加质问的口气，心头又开始发酸，但他终究知道两人是手足兄妹般的情分，于是说了之前发生的事，有些愧疚道："我只以为宣灵郡主喜欢痴缠些，没料到她会暴起射箭，等再想找她，她已经一溜烟逃回宫里了。"

"确定是红笺吗？"秦遥眼中泛起杀意，整个人的气质都变得宛如一柄出鞘名锋！

"是她，我们锦衣卫的王舒玄想告发揭穿她，却被人暗杀了。"广晟把王舒玄死在街头的事说了，秦遥微微皱眉，问道："我可以去看看尸体吗？"

事出突然，内中又有蹊跷，王舒玄的死讯虽然通知了他家人，却仍然在锦衣卫殓房里封存着。

两人匆匆离去，过了一盏茶的时间又回来，秦遥的脸色变为凝重："是会首大哥下的手。"

"景语？！"

小古跟广晟都发出一声惊呼，却听秦遥肯定道："我曾经在万花楼那次跟他交手过，他招式的走势就是这样。"

秦遥的武功底子，小古是生生佩服的，她不禁看了一眼广晟——前天是会试入场的日子，如此紧迫的情形下，景语居然能手刃王舒玄！

“从时间上来说，他大概是飞马过来跟死者见面后，立刻去了贡院。”广晟的眼角闪过一道冷光，“连他重要的科举都险些错过，就为了杀王舒玄，显然，这个女人在他心目中地位非凡。”

他说话的时候，不知怎的，目光看向小古，别有深意，后者瞪了他一眼，转过头去不肯理会，秦遥将这一幕看在眼里，心中虽然感叹，却还是说了公道话：“红笺在他心目中，只是个利用的棋子而已。”

小古接口道：“对他来说，红笺的重要价值，在于她所执行的任务吧——我想，应该是红笺的地位身份，对他的任务有很大影响，景语不得不保住她。”

“区区一个宣灵郡主，虽然住在贵妃娘娘宫里，但也只是个陪伴的亲眷而已，再说皇上虽然敬重张贵妃，最喜欢去的却是王贵妃宫里，她能见到圣驾的机会也有限。”广晟皱起眉，“我实在想象不出，这样一个女人，能在关键时刻发挥什么作用！”

“她是冒充张家庶出的小姐潜伏在宫里的，在相认之前，张小姐是在哪个宫里当差？”小古突然问道。

“她是在南苑。”

广晟皱起眉头，陷入了沉思中——他曾经在南苑搜查关于无名尸体的蛛丝马迹，现在想起来，那具被剥去脸皮的无名女尸，应该就是无辜受害的张小姐了。

他眼前一亮——张小姐本人在南苑生活多年，如今假冒的红笺若是经常流连那里，只怕大家也只会认为她依恋旧时朋友，不会见怪。

瞬息之间，他的眼前突然浮现了一段往日回忆——

“打扫莲池的宫女抱怨，这一阵池塘边总有人动过她清淤泥的小舟，岸边还有很多脚印。”

“这也没什么奇怪吧，莲花含苞欲放，有人想采几蕊也没什么奇怪，偷偷乘船去玩也是有的。”

“这个宫女在这已经八年了，应该不至于大惊小怪。”

当时他并未对李盛的这段话多加注意，只是为了稳妥，让他去布置那宫女详加注意周遭情形。

如今想来，也许，真正的蹊跷就在那莲池里！

他想唤人来，顾忌到屋里的三人，却还是走出去吩咐了李盛。

“大人要看那个莲池宫女的报告记录？”李盛虽然有些惊讶，却还是去档案库房取了——锦衣卫有很多闲置的侦缉文档，若是一时半会没什么用都堆积在库里，等待关键时刻的质询。

不一会他就回来了，却是满面惊怒气喘吁吁：“不好了，大人！”

“那个报告是三天一次，我去找的时候，却发觉中间十多页被撕去了！”

他震惊得几乎要口吃——锦衣卫的库房里，应该是十分严密安全，连根汗毛都不会跑掉，却发生了如此匪夷所思的事！

“锦衣卫里面也有他的人！”广晟沉声说道，目光中透出冰冷的杀意。

这让人愤怒震惊，却也不算意外——自从纪纲死后，“锦衣卫失势不得圣心”的传言更加甚嚣尘上，就算广晟接掌，圣上赐剑，略微安定人心，但东厂的存在，却像一块磁铁般吸引了世人的目光，让锦衣卫独一无二高不可攀的地位不再！

这种情形下，组织内部也并非是铁板一块，有人心思活络也不足为奇。

广晟面沉似水，蓦然站起身来，却看向小古，随后目光停留在秦遥身上：“秦先生也赞同两边合作？”

“看起来，锦衣卫的麻烦也不小啊！”秦遥并未正面回答，而是意味深长地看着广晟，“你也不能保证锦衣卫内部没有问题，所以才要倚重我们。”

“帮助我，对于你们来说也是自救。”

广晟听出他的意思，却也不以为忤——讨价还价才是诚信做买卖的姿态，两边若是合作，首先讲条件也是应当：“景语阴谋布局颇深，他胜，你们全部都会被灭口，他若是事败，朝廷照样会把你们算作同党。”

“算不算同党，我们金兰会都是被朝廷通缉、捕杀，我们的亲人仍然在满是毒瘴的边疆流放，我们的姊妹仍然饱受凌辱不得解脱——我们不愿意看金陵城被淹没水底，但在救金陵百姓之前，我们先得救这些自己人！”他的一字一句，掷地有声，宛然有金石之音，平日里温和的黑眸，此时却变得深邃犀利，看向广晟，“你保证能说服皇太孙，可朱棣只要活着一天，我们的人就是生不如死，我们等着他死，还要等多久。”

“我不知道皇上什么时候会驾崩。”广晟说起大逆不道的话来也是异常平静，“但我愿意用这次破获阴谋的全部功劳，来换取你们的赦免。”

秦遥微微扯动唇角，露出一丝嘲讽：“这话虽然动听，但没什么用——”

“可以把声势扩散造大——所有的奇功都是你们建立的，逼得皇上只能封赏你们。”

广晟打断了他的话，悠然一笑：“皇上虽然刚愎，但更爱脸面，被人说恩将仇报，是他最受不了的事。”

秦遥一愣，他经常与达官贵人来往，对朱棣的传言也了解几分，闻言有些震动，却仍然不敢相信：“这样，你将一无所获，甚至会被人认为怠慢本职，无功无能。”

“我有如郡，就胜过世上一切珍宝了。”

广晟看向小古，眼中的坚定和暖意让她不禁双颊染红，秦遥一皱眉，不露痕迹地站在两人中间，沉声道：“俗话说齐大非偶。”

“我会为她设法，身份从来不是我们的阻碍。”

“她是胡闰之女，将来牵连甚大……”

“我爹还是皇帝身边的近臣呢，照样不做好事专门坑我！”

“你这只是一时激情……”

“我跟她认识一年，那个男人跟她青梅竹马多年——结果呢，他下起手来却是如此狠辣，时间从来不是判断情意的标准！”

“你应该听听她的意思！”

秦遥有些动怒了，眼中黑眸不怒自威。

广晟看向小古，目光凝视粘连，似乎有千言万语要说，绝美的面容微微抽搐，却是冒出一句：“你愿不愿意……”

他白皙的面容上微微泛红，宛如红玉一般，更衬得鬓发乌黑宛如鸦翅，双眸熠熠，有喜色，羞涩更有期待——

“愿不愿意做我的婆娘，给我生出一打孩儿来。”

如此如诗如画的容貌，却是吐出这样一句粗俗煞风景的话来，简直是让人目瞪口呆。

“噗！”一旁静静喝茶的聂景乍然听到这一句，面容扭曲之下把茶都喷了出来，随即呛咳不已。

“婆娘你个头啦！”小古气得抄起旁边药碗丢他，“你这个笨蛋，胡说些什么啊！”

“这是李盛教我的啊，他说向自己夫人求婚的时候就是这么说的！”广晟似乎挺委屈的，“他说大俗即大雅，这样说显得不见外，最真心不过了。”

聂景那边咳嗽声更加明显，忍笑的唇角更加上扬，而秦遥却是深深看着小古的表情，不放过她眼底的任何一道波光和表情。

她的羞恼、她的怒骂，显得那么生机勃勃，连双颊的血色都似乎增加了……显然，她并不讨厌，甚至是喜欢着眼前这个男人。

这个念头从他心中掠过，在无边心海里激起层层涟漪，有吾家有女初长成的欣慰，更多却是怅然若失的苦涩……和萧索。

那个和他一起乘着马车，高兴地喊着七哥的少女，终究，为一个男人露出了这么多样的表情。

时光似水，毫不留情地带走一切，却又涂抹添加上更多的颜色。

“七哥，七哥？”耳边响起银铃般的天籁，似真似幻，他愣了一下，却发觉小古正看着自己，眼中不无担心。

“七哥，你怎么了？”

面对她担忧关切的眼神，他微微一笑，恢复了往日的云淡风轻：“没事，我只是在想，要怎么揍这个浑蛋小子！”

随即看向广晟：“你的条件，我替他们俩应允了，但有一条——”

目光转为冷冽，幽冥般的浓黑深邃：“你若是负了如郡，我就算上天入地，也要找你算账！”

广晟平静地对上他的双眸，正要说些什么，突然外面传来一阵匆匆的脚步声，以及李盛的急促呼唤——

“大人，汉王殿下到了！”

什么？

四人面面相觑，都有一种风雨欲来的感觉。

2.

“早就听说沈指挥使年少英才，如今一见，果然姿容美艳非凡啊，哈哈哈哈！”

汉王貌似豪爽，一开口便似绝大的挑衅和侮辱，下首陪坐和侍立的锦衣卫官员们个个怒形于色，却没人贸然开口——毕竟汉王武勇过人又是皇帝爱子，若是惹怒了他大开杀戒，只怕今日这里就要变成修罗场了。

李盛双眼一翻就要怒骂，却被广晟挥手制止，僵凝的气氛下，他的轻笑清脆而从容：“早就听说汉王殿下生平最大的本事就是鉴识美人，如今一见，果然是有眼力！”

他冷冷看着汉王眼里的愤怒，仿佛还不嫌乱，火上添油地笑道：“本来也是，汉王殿下身为一藩之尊，又无需操心国事朝政，多看看美人，也有益身心啊。”

他这么脸皮厚，又专挑汉王的逆鳞来踩，下一瞬，只听“咯噔”一声，汉王手边的茶案就倾斜下来——显然，有一根木条被他徒手捏断了！

大厅内一片寂静无声，有人害怕，更多的人却是挤眉弄眼地窃笑——无论如何，锦衣卫也不是可以被人揉圆捏扁的，看着汉王被踩中痛处，他们心里也是暗爽。

广晟见好就收，笑容更加明灿深刻：“殿下今日来下官这里，只怕也不是专程为了来看美人的吧！”

“本王是听说，你这里抓到了逆党的一个女贼，所以过来看看。”

汉王勉强压下怒气，恢复了豪爽粗豪的神情，哈哈一笑后猛然一拍茶几，“砰”的一声，顿时整个木案都四分五裂了。

“本王只要想到有人竟敢对父皇陛下不敬，心中就怒火难遏。”他一副忠君爱国的模样，原本显得英武的脸上，此时闪动着杀机，显得一片狰狞，“那个女匪人呢？”

看他这般气势汹汹，一旁的李盛等人对视一眼，都暗暗皱眉。

汉王站起身来，大步走近广晟身边，昂藏壮实的身躯，更加给人咄咄逼人的凶焰：“不是说悬绑示众吗，本王怎么看不见人？！”

广晟抬眼，目光平静无波，却是微微挑眉，沉声道：“案子正在审着，锦衣卫自有一些非常手段。”

“这意思是，本王是多管闲事了？”汉王哈哈大笑，眼中的凶光却宛如毒蛇猛虎一般，定力稍差的人就要不寒而栗，“好，本王不管，我只是想旁观看看，她到底是在受着‘开水涮肉’呢，还是在‘千针霹雳’，或者是‘铜烙幽闭’？你们锦衣卫衙门，不会连观刑都不许吧？”

广晟越听越是怒气翻涌，眼底闪过一道冰寒冷光——汉王说的这几样，不仅是残酷令人发指，而且是要剥去女犯衣物，甚至伤及私密处——看他那般乐不可支、甚至贪婪舔唇的期待模样，他心头的怒火瞬间暴燃——若非还剩下最后的理智，他立刻就要把这个人渣格杀当场后丢出去喂狗！

“此案的嫌犯是圣上下旨审查的，是不是要用刑讯，得看她的同党下一步动作。”广晟冷冷地说道，眼光瞥了一眼汉王，唇角的笑纹弧度有些犀利，“而且，她的同党勾结三教九流的人，甚至一些皇亲外戚和官员都被他们拖下水，因此，所有的审讯都不能，也不必对外公布，禁止任何人探视——汉王殿下何等身份，若是因为区区一个女犯传出不利于您的传闻，那就得不偿失了。”

他的笑容冷酷飞扬，带着隐隐的恶意：“等案件审完，您想看什么稀奇都行，现在这时候，却是太过敏感了——连太子殿下都静心在宫里休养，汉王殿下可千万要保重才好！”

这话让众人倒抽一口冷气，汉王脸上的笑意也僵住了，此时他眼眸完全化为阴冷混沌的颜色，牙齿咬得咯咯直响：“是吗？那果然是本王唐突了。”

他微微示意，顿时有人拖来一个人，定睛一看，竟然是这几日给小古诊治的大夫，可怜大夫花白的胡子被扯得乱七八糟，脸上甚至有一片淤青，显然，这些人去请他的时候并不温柔。

广晟心头一紧，果然，下一瞬，汉王冷笑着开口：“这个老头说，他每次被你们请来，都是为那个女犯诊治伤口的——你们锦衣卫什么时候改善堂了？你沈指挥使这么怜香惜玉，还真是出人意料啊！”

这话一出，顿时满室寂静，周围知道内情的都暗暗为广晟着急。

“汉王殿下这么说的意思，是本官串通反贼了？如此严重的指控，倒是让我大吃一惊。”广晟的嗓音平静得可怕，蕴含着暴风雨将至的危险，“您的意思是，凡是治疗那女人的，都是反贼同党，把她往死里刑虐的，倒反而是功臣忠心了？”

汉王觉得这话有陷阱，没等他反应过来，广晟蓦然一拍桌子，“呯”的一声，桌面破开一个大洞，比方才汉王的更胜一筹：“那女人本来就受伤虚弱，一旦受刑不住有个闪失，这线索就彻底断了——这才是真正让反贼们欢呼雀跃！”

他双眸熠熠闪光，直逼汉王：“难道这就是殿下的目的？”

“你放肆！”

“竟敢如此毁谤我们殿下！”

汉王的伴当个个出声斥骂，他身边带着的武士纷纷刀剑出鞘，现场一片剑拔弩张！

“好，好，是爷们儿的就动手，看今天你们能不能血洗锦衣卫！”李盛知道今日已经不能善了，他被这局面气得头昏脑涨——这简直是被人跑到门上来骑脖子撒野，是可忍，孰不可忍！

两边都刀剑相向，口吐挑衅怒骂，越来越近一触即发，正在这时，广晟沉声道：“你们这是要造反吗，都给我把兵器放下！”

锦衣卫这边略一犹豫，广晟眼风一扫，顿时众人垂下头，纷纷收兵入鞘。

汉王虽然面上凶光不减，心中却也是暗暗吃惊这群人居然令行禁止——锦衣卫的这帮人，居然这么听这小子的号令！

他并非应允，手下人不仅没有收起武器，反而污言秽语谩骂不休，隐然觉得自己这边胜了，个个趾高气扬，甚至有叫嚷着锦衣卫的斟茶道歉！

“斟茶道歉？”

广晟眉目如画，微微一笑绝丽无双，竟然让其中几个都垂涎目眩，下一刻，他柔声细语道：“你们真是在说笑……”

午后的轩敞大厅里，瞬间起了一阵风，吹得众人衣袂飘动发髻散扬，众人只觉得眼前一花，无数碧绿叶片凌空飞起，下一刻，汉王的手下发出一片惨嚎声！

那叶片竟然宛如利刃一般，狠狠切入他们的手腕皮肉，顿时鲜血四溅，兵器“当啷”落地！

“锦衣卫敬的是殿下贵胄之身，但也不是任人欺凌的软蛋——谁再敢在这动刀动枪，就给我留下双手双脚吧！”

广晟双眸宛如冰雪，笑意却更加华艳飞扬：“在衙门里动刀动枪被我卸了手脚，这官司就算打到御前，我也愿意奉陪！”

“这……”

汉王虽然勇悍，却也没见过如此神乎其神的场面，顿时惊怒之下脸上泛起一阵不正常的潮红，硬生生几乎要咬碎牙齿，却仍然笑道：“沈指挥使真的好气魄，真威风！”

“在殿下面前，卑职哪有什么威风，我们虽然只是区区微贱之身，代表的却是圣上颜面。”广晟淡然说完，下颌朝地下那些惨嚎翻滚的人轻轻一点，“殿下若是无事，还是赶紧带着属下回去诊治吧，血流得太多，我们清扫起来也麻烦。”

这话听入汉王耳中，脸色又是一变，眼神浑浊狂热得已经近乎妖魔，却偏偏压抑下来，笑道：“说得也是，来人啊，把这些没用的废物给我拖下去。”

立刻就有人上前来默默把人带了下去，又胡乱擦拭了地上血迹，汉王哈哈一笑，诡异地恢复了平静：“方才是本王一时激愤，没有想太多——父皇的旨意，确实是要用她引出叛党，这点是本王孟浪了，还请沈指挥使包涵。”

汉王的凶狠跋扈之名，在京城之中流传很广，谁也没想到他吃了这么大亏，彻底丢了脸面，居然还能这么道歉，广晟看到他这般低姿态，心中没有一丝得意，反而警铃大作，果然，汉王下一句就是：“但是父皇既然要你以她为饵，这块诱饵就必须又香又热，引得他们急不可耐，怎么能让她安安静静地躺着养伤呢？”他浑浊的笑眼看向广晟，宛如猛虎野火般的瞳孔，“该怎么用刑逼人出现，本王在锦衣卫的各位面前，那是班门弄斧了。”

广晟心头一沉，却是一派冷然说道：“每一日伤她一处，这是皇上的旨意。”

“父皇仁慈，哪里精通这中间的门道——若是在手臂上轻轻划一道，沁几滴血珠子岂不是笑掉人大牙？本王认为，要么，就来一次狠的！”他的瞳孔牢牢盯住广晟，步步紧逼道，“择日不如撞日，今天就断掉她一只手，如何？”

窗外日光灿亮，虽然照不见被封锁的贡院内部，却蒸腾得狭窄号房里宛如三伏天一般，酷热之外更觉得心浮气躁。

已经到了最后一场，有人却不幸把汗滴落在卷面上，顿时传来一阵撕心裂肺的哭号，随即被看守的衙役低声呵斥了什么。

四下里的空气紧张得几乎要爆裂——这场会试，关系到彼此的身家性命、荣辱沉浮，能否录上朝廷官位，成败在此一举，有些人受不了这压力，甚至粗喘起气来。

景语平心静气地写完最后一个字，把卷面从头到尾看了，觉得没什么不妥，这才小心卷起，让衙役去交给考官。

衙役接过卷面，眼神却有些古怪——景语对上一瞬，就知道这是常孟楚不放心，特意安排的人。

“公子，汉王怒气冲冲去了锦衣卫。”

那衙役低声说了一句，随即就若无其事地匆匆离开。

景语微微皱起眉头——这完全超出了他的预料，最后的计划即将发动，而汉王是这一局中最重要的棋子，他现在应该尽量保持低调，才能在事后大肆渲染他的无辜受害——这样像螃蟹一样横冲直撞蹦跶着，是嫌自己身上的把柄太少吗？！

竖子不足与谋……更何况，这只是个拿着凶暴当魄力，凭着蛮力作武勇的蠢货！

他究竟要去做什么？

蠢人的行为是难以预料的，因此破坏力和杀伤力都很大。

受此影响，景语略微有些心浮气躁，他深吸一口气，看着头顶泻下的微微一丝光线，计算着什么时候考试结束。

随着钟声响起，终于到了时辰，考生们经过这三天三夜的折磨，已经是疲惫不堪，有些甚至昏倒了，由各自家人在门外接回安顿。

景语仍然是一身蓝袍翩然，除了眼角眉梢隐约一丝疲倦，再也看不出任何颓态，常孟楚看他上了马车，才介绍了身后那个恭谨侍立的御者：“这是汉王的亲随汤伴伴。”

景语一听就知道是个随侍的太监，那人眉清目秀看着简直跟街上的举人秀才没什么两样，就是嗓音略显阴柔：“我家殿下直扑锦衣卫，是想逼一逼那姓沈的小子……揭露他和那女贼的私情。”

景语眉头皱得更深，压下眼角一抹厌烦，他低声道：“这时候，殿下不宜有所举动。”

“殿下也是替薛先生你着想——听说最近，锦衣卫那边是在查些什么，似乎对先生有所不利。”

景语心头一震，轻笑道：“东厂和锦衣卫本来就是冤家对头……”

“不是在查东厂，而是在查薛先生您本人。”那小汤眉目灵巧，居然不回避景语的眼神，“我们王爷在这京城里头，也是有几个耳目眼线的，凑巧听到些风声。”

景语倒是知道，汉王跟宫里的几名大太监也来往密切，而锦衣卫之中，跟这几位太监来往密切的千户、百户也有几名。

“都听到了些什么？”景语虽然心跳略微加快了，面上却若无其事地笑问。

“锦衣卫那边，在查您的底，说您才是金兰会的幕后主使。”小汤笑得甚至有些羞涩，宛如少女的眼眸却是敢于直接对视景语，“还在查您似乎是对江堤挺感兴趣的。”

景语眼眸精光一闪，笑容却更加深刻：“锦衣卫的人看每个人都像是反贼。”

“是啊，所以我们殿下体恤先生，怕您劳心操烦，于是去锦衣卫一趟，既是要让姓沈的进退两难，也是解了先生的心腹大患。”

小汤双眼灼灼面带笑容，显出少年宦官的伶俐和诡秘，“听说先生跟这女贼也颇有些瓜葛，可见是位难得的佳人……”

“可惜这样一位漂亮姐姐，就要断手断脚了。”

景语的脸色未变，眼中却已经是冰雪一片，他的漠然助长了对方，小汤更加殷勤地笑着欠了欠身：“先生放心，怜香惜玉的人不仅有您，那位沈指挥使也是护花人。”

景语心中已是大怒，懒得理会他，对常孟楚沉声道：“转个方向，立刻去锦衣卫衙门。”

日头渐渐朝西坠去，他的心也渐渐坠入无边黑暗——

就算无数次伤害你，就算狠心逼你离去，终究，如郡你都要跟我作对到底，因为我而再受灾劫吗？

这是你的执着，我的罪孽，还是你我之间斩不断的羁绊……

锦衣卫衙门碉楼的旗杆下，此时站满了人，却是剑拔弩张互不相让。

汉王朝天看了看，只见旗杆顶端绑缚着一个身着灰白囚衣的女子，虽然看不清面容，那雪白的肌肤却在西坠的夕阳下，倒映出一片淡金流辉，宛如世上最珍藏的绝美秘瓷。

“是个美人儿，就是不知道，一只手被砍落的时候，她的哭声和叫声是不是同样甜美！”

汉王朱高煦笑眯眯的，说出的话却是血腥得让人不寒而栗。

广晟看着旗杆上的小古，袖中拳头攥紧，面容却宛如冰霜一般。

之前汉王步步紧逼，非要他当众行刑，还轻描淡写地说“砍掉一只手臂也不会有性命之忧”，正在两边僵持的时候，亲随沈平跑来在他耳边说，小古让他照着汉王说的办。

“相信我，我不会盲目牺牲自己的。”

他摇头不应，沈平继续两边跑，如是再三，连汉王都看出蹊跷来：“沈指挥使的手下似乎挺忙？不知是有什么要务？”

广晟皱着眉头看完掌心被塞入的纸条，上面只有一句话：“已有计划，让他来”。

于是才有了眼前这一幕。

汉王虽然丢了大脸，此时此刻却又觉得自己占了上风，迫不及待要凌虐眼前女子。

“把绳子放下一半。”

广晟一声令下，随即有手下照办，面色苍白看似虚弱的女子，被悬吊在伸手可及的半空中，随着绳索而左右摇摆晃动，完全是一副任人宰割的模样。

左右送上一个漆盘，里面是一柄尖利长刀，雪亮地呈到汉王面前："殿下既然坚持，那就自己来行刑吧，若是人犯有个闪失，卑职在皇上面前也好有个交代。"

汉王鄙夷地扫了广晟一眼："看看你们这脓包模样，这点小事就吓成这样，居然要本王亲自动手。"

他虽然笑得放肆，暗中却一直注意广晟的面部神情，见他仍然一派淡然清漠，毫无半点儿焦急，心中暗暗觉得奇怪：不是说这个女匪是他的爱人吗，为何会如此平静？

他本意是奇货可居，试探性地断其一手，来判断沈家小子，以及那个薛先生的态度，从而抓住他们的软肋，但眼前看来，他这一着，将住的却是自己的棋！

他掂起长刀，对准半空中的人挥舞了个刀花，却迟迟没有劈下去，看着广晟镇定的眼神，心里不禁有些嘀咕——这中间会不会有什么陷阱，他砍了这只手，会不会真的被父皇怪罪？

"怎么，汉王殿下也怕见血吗，真的皇家贵胄，连杀只鸡都没自己动手吧？"

李盛得到广晟的眼光暗示，唯恐天下不乱地混在人群里喊，顿时引起一片笑声，汉王此时的脸色已经被彻底气得黑了。

"笑话，本王跟随父皇沙场征战的时候，你们这群小崽子还不知道在哪呢！"

他怒吼一声，刀锋化为一道银亮闪电，砍向小古的手肘，就在这一瞬间——

"住手！"

"咻咻——"

有人飞驰而近的怒喝声，伴随着长箭射入的鸣镝声，顿时让现场众人耳边嗡嗡！

长箭从远处射向汉王的左胸——幸亏他刀式未老，千钧一发之际靠着战场上的警觉闪避开了要害，却也插入左臂，顿时血肉模糊。

"啊——王爷！"

"殿下啊！"

周围的壮汉齐声怒喝，抢着扑上去，就在这混乱时刻，另一支短箭"嗖"的一声袭来，目标竟是朝着广晟而来。

说时迟那时快，短箭的速度比长箭更快，须臾之间已近在眼前——广晟没料到会有这一出，刚刚升起躲闪之念，眼前却是灰影一晃——半吊着的小古挣扎着居然弄断了一段绳索，引起钟摆般回荡，似乎很巧地挡在了他面前！

短箭正中了她的左脚踝，狠狠地穿透过去，鲜血喷溅在他脸上，眼前变成一片血红！

"快来人，抓逆党刺客！"

李盛第一个反应过来，大吼一声后，锦衣卫众人开始朝外疾奔，飞速地扩散、搜寻，显得训练有素。

"快住手，你们这是做什么，动刀动箭的！"碉楼下有人诧异地呼喊，缓缓地走了上来——广晟脸颊微微抽搐，竟然是景语！

他一身蓝袍是普通考生的装扮，显然是刚刚从贡院那边出来，看着眼前这混乱的一切，他的目光只在汉王的左臂上瞥了一下，便停留在正被人七手八脚从绳索上解下的小古。

她衣衫上的鲜血仿佛引燃了他心中汹涌的怒意，他一个箭步上前，推开锦衣卫的人，将人抱在怀里，嗓音几乎被冻住了似的沙哑："这是谁干的？！"他用力摇晃着小古瘦弱的身躯，"醒醒，你醒醒啊！"

妙龄女子扇动着浓密的睫毛，似乎看清了他，嘴唇微动却没有发出声音，反手握住了他的，那份冰冷而皴裂让他心口一痛！

略带鲜血的衣袍就在他咫尺之间，他颤抖着手去揭开，发现只伤了脚踝，整个人突然大松了口气，心有余悸地跌坐在地。

"薛先生，你这是……"那个姓沈的小子居然还有脸惊诧地问他？！

这个油头粉面的小子，他除了一张脸，有什么值得如郡为他这样？！

如郡……

景语心中思绪纷乱，强行按捺住对此人的憎恶，他勉强扯动唇角："怎么弄成这样？"

不等广晟回答，他大步过去扶住了汉王，眉头深皱道："殿下必须赶紧去就医，若是伤着了经脉，今后只怕于骑马打仗有碍。"

听到这一句，汉王已经是心急如焚，甩下一句狠话："本王在你们锦衣卫衙门都险些被刺客所杀，你们到底是当的什么差！"就匆匆离去了。

景语目光阴郁，盯着广晟好一阵，低声道："好好照顾她。"同样转身就走。

碉楼这边，众人都没来得及反应，这群人就走了个干净，只剩下地上的鲜血和箭头狼藉，昭显方才的凶险。

"到底是怎么回事，那两支箭不是同一个人射的吧？"

广晟在小古床前问道。

"第一支是我七哥射的，本来就不是要杀汉王，而是为了让他受伤，打破你的僵局，我们早就查过，汉王看似勇猛，实则受了小伤就要去诊治，他这个人，非常惜命！"她轻声道，"另外，一个尊贵的皇子在这里遭到逆党的袭击，你觉得皇帝会怎么震怒？"

"他会觉得我们锦衣卫都是一群废物，可能会停我的职，罚我们的俸禄。"广晟居然还能苦中作乐，"还有，他会觉得用你做诱饵有效，下次就不止砍你手臂了。"

小古摇了摇头，星眸因为失血而有些迷离："对于一个权欲很强又多疑猜忌的皇帝来说，最直接的，是他会感到逆党的直接威胁！"

"然后，他会加紧城中戒备，对皇宫更会重视警戒。"

小古低声笑道："这样，阿语他的行动，只怕就要更加艰难了。"

广晟听到她这声亲密的称呼，心中又是一阵醋意，但此时她是病人，也不能跟她计较，于是忍着气问道：“那第二支呢？”

“那是景语从远处疾奔而来，趁乱用袖弩射的，目标不是别人，正是你。”小古凝视着广晟，沉声道，“他认为你是最大的威胁，想趁乱取你的性命。”

“他们射你，无非是让你不良于行，只要拖过这几天，大事既成，就谁也无法扭转局面了。”

小古幽幽说道，眼中闪过一道坚定的冷笑：“我又怎么会让他如愿以偿呢？”

说完，疲劳加上疼痛，使得脸色更加苍白，广晟眼尖看了出来，顿时心疼如绞——这是为了保护他而受的伤！

“你怎么那么傻，我一个粗皮糙肉的男人，只要躲过要害，中箭受伤根本不算什么，你这么贸然跳过来挡，若是有个闪失……”

他看着她明亮、弯如月牙的微笑美眸，气急责怪的话再也说不下去，只觉得胸中热腾腾的，无尽的疲惫和担忧，在这一刻都渐渐消融而去，他默不作声地替她解开伤口，再次热敷。

小古看着他把自己受伤的脚踝细细包扎，脸上露出一丝羞窘的微红，却是装得恍若无事，默默凝视着他的动作。

烛光下，他的身影说不尽的俊逸好看，她唇边的笑容渐渐加深，仿佛感受到她的目光，他抬起头，用同样温柔的目光打量了她一回，调侃道：“又在想什么歪点子了？”

小古瞪了他一眼，自己却忍不住唇角上扬，带着点炫耀和小小得意道：“景语和汉王都是心机颇深之人，但就算他们再狡诈，却也是踏进了我的陷阱之中。”

小古低声说道，眼中却闪动着睿智的光芒。

广晟一愣，小古松开攥紧的手掌，让他看自己的指尖——明亮的烛光下，原本肉粉莹润的指甲上，竟然浮现一层若有若无的亮光，好似浸在上好的珍珠粉之中。

“我在他们身上动了手脚——这种药粉是苗人用来防止山中迷路的，只要沾染在身上就能十日不退，十天之内，亲人可以让蜂王嗅闻其中药粉，然后蜂王就会为他们带路，循着蜂飞的踪迹就可以找到。”她的笑容，带着成竹在胸的笃定和飞扬，“他们这十日之中的行踪，休想瞒得过我！”

这倒是一件天大的好事！

广晟心头一震，顿时感觉到这非常有助于他目前的调查——这两个人是主谋，他们的行踪被窥破，等于掌握了一半的主动！

他一时激动，想要反手握住小古的手，却被她挡住了：“去替我倒一盆热水来，在里面加入浓浓的醋。”

褐色的液体端上来了，小古洗过手后，又要求摘取紫红的牵牛花碾成碎末洗手，又拿了肴肉在掌心磋动，弄得满手油腻后，再让广晟去把她在侯府房间地板下的木盒拿回来。

不到半个时辰，下属就办好了，小古丢下已经不成模样的碎肉，取出木盒里的一瓶药粉，最后在掌中涂抹均匀后，这才松了口气。

“这么复杂才能去掉味道吗？”

广晟看出了端倪，小古瞥了他一眼，吓唬道：“是啊，若是没洗干净，那就等着被野蜂围绕吧！”

“这么厉害！”广晟对苗人的手段从来不了解，这次却是信心倍增，“这两人休想逃出夫人你的手掌心了。”

“谁是你夫人啊！”小古瞪了他一眼，嗓音低沉下来，“就算现在我们暂时合作，两边终究是水火之势，我不会为了你放弃做反贼，你也不会为了我不做朝廷命官。”

她的眼眸宛如银月流辉，让人不自觉地沉溺其中，却又有一种怅然的哀婉，“你就死了这条心吧，今后……”

没等她说出狠心绝情的话来，他一把抱住了她，趁着身体的优势，近乎强蛮地将她压倒在榻上：“不许说这种话来气我！”他的热气回荡在她耳边，惹得她耳廓酥麻，“我们不能各退一步吗？”

窗边月华隐隐透窗而入，他的面容，沉毅而绝美，宛如天上仙人一般，那样灼热得几乎要燃烧起来的双眸，让她虽然被松开桎梏，却竟然不能移动分毫：“我愿意为你救出那些被牵连的家眷，愿意为你不做这锦衣卫的指挥使——只要是你的愿望，我都肯为你做到！”

他凝视着她，皱起眉头，郑重道：“只是，你也放弃那些危险的念头吧，金兰会终究只是个抱团取暖的组织，你不能在其中安身立命一辈子！”

小古没有说话，半晌，才苦笑道：“你以为我是天生的心狠手辣吗，你以为会中的兄弟姐妹都是造反胚子吗，这都是被逼出来的——若是朝廷肯放过我们，谁会愿意过这种刀头舔血的生涯？”她闭目躺在床上，浓密黑亮的长发散落在面庞两侧，宛如乌檀映雪一般，“你愿意退隐，我也愿意，只要这次，过了这一关，我们一起离开，找个真正能安身立命的地方……”

她的嗓音渐渐低了下来，甜蜜却带着无尽的缥缈，好似在梦呓一般，广晟一把搂住她的肩头，在她身旁躺了下来，也闭上了眼，低声道：“我们一定能做到的！”

无尽长夜，无边暗色苍穹笼罩着这世界，夜半无人时的私语，却是两人最甜蜜最殷切的愿望，这愿望其实渺小而不足道，但在这步步杀机、翻云覆雨的朝局混沌之中，却近乎最难的奢望。

3.

接下来的三天，广晟一反常态，寸步不离自己的寝居，却派出了锦衣卫的所有人手，去彻查监视江堤、三条皇城近处的街道，务必要掌握景语的所有动静！

黎明的灯下，他对着地图写写画画，一旁的小古单脚裹得像颗粽子，倚靠在榻上看他动作，两人的嗓音都很轻，偶尔还要争论几句。

“我已经秘密请教过精通算数的博士，皇宫内部面积很大，就算他堵塞了这里、这里，还有这里，导致水位上升，但如果倒灌进整个皇宫，那最多也只是到人胸腹之间，很难彻底致人死命，时间一长，宫里的人一旦从靠近的城门逃出，那就前功尽弃了。”

广晟在地图上标注了精确的地点，面色严肃地说道：“因此，我猜测，他可能会用某种借口，让城门暂时封禁，达到不能出入的效果！”

“我看，这事跟汉王脱不了干系——景语虽然在东厂有势力，但在军中却并无什么跟脚，反而是汉王，跟很多将领来往甚密！”

小古听到这，插嘴道：“汉王看似跟皇位很接近，却从未真正把太子踢下台，你知道其中的奥秘吗？”

广晟道：“虽然我猜不出皇上真正的心思，但依我看来，汉王看似得宠，却没真正把握住圣上的心，因此这父子的关系，未必会比太子那边好多少。”

小古颔首一笑：“汉王最大的优点是他勇武知兵，最大的软肋也是这——朱棣自己就是叔叔篡位而上的，对有兵权有野心的儿子，其实深深忌惮，这也罢了，毕竟汉王从小就勇武善战，只要运筹得当，表现出贤孝的一面，也能缓缓瓦解朱棣的忌惮，但这个蠢货，却选择了最错的一条路——他到处显摆他的手下兵马强悍，甚至动辄跟人说自己‘我英武，岂不类秦王世民乎？’”

小古唇边的冷笑冷凛宛如天上霜月，“他把自己比作李世民，把太子讽作碌碌无为的李建成，是想说自己比兄长更合适天子宝座，但这岂不是说，他们俩的亲爹朱棣是要走李渊的老路，被亲儿子逼得退位做太上皇？这种话他说者无心，朱棣却是听者有意，哪里会真正让这个儿子上位？只是留着他蹦跶，作为削弱太子的一柄刀而已！”

广晟听她把帝王心术一番剖析，鞭辟入里听得人心神摇曳，虽然略有诛心，但却很有道理：“也就是说，汉王若不是搭上景语这条船，原本也是于皇位毫无希望的？”

“他年纪既长，应该已经看出来了，朱棣对他看似三五日一赏赐，其实真正机要关键的位置上，都不许朱高煦插手，这位汉王的名头虽响，却并不是真正的位高权重。”

广晟眼中精光一闪：“因此他这一回，也是拼力一搏，而且有景语挡在前头，若是胜了他自然可以过河拆桥灭了他，若是失败，也可以说是被景语迷惑，是跟太子过不去，而不是要反抗父皇？”

“孺子可教也。”

小古躺在床上，递给他一颗剥好的荔枝，水灵灵又雪白晶莹，汁水顺着她指尖往下流，广晟就着手含住了，舌头却调皮地伸出，闪电般地舔弄了指尖，引起小古一声惊呼，瞪大了眼！

“你这个登徒子！”

两人笑闹了一阵，小古起身道：“又到了去旗杆上悬吊的时候了。”

广晟看着她脚上包扎的伤口，正要阻止，却听小古低声道：“这次，你一定要假戏真做，在我身上狠狠地戳一刀，必须用力。”

“你疯了？！”他正要怒叱，小古眼角眉梢却带起了凝重，“这几天你放出消息说我昏迷不醒，整天守在这，作出一副伤心担忧、方寸大乱的模样，我觉得他未必会深信。”

说起那人的名字，她眼中闪过一道纠结和黯然，却终究化为流光，恢复了沉静睿智：“后天就是景语计划实行的时间，他现在一定很关注我们这里，今日必定让宫里的宦官来看你行刑，只有确定我真正受伤昏迷，才能安心。”

她唇边带起一阵轻嘲的曲线：“在这个世上，没有人能真正掌握他的心思，但能猜出其中十之七八的，却也只有我了。”

广晟看着她这般恍惚的神情，心中一阵酸涩气闷，有心反驳却又怕伤了她的心，只能冷哼一声表示抗议。

看着那人明明是一张绝世美人的脸，却生着闷气作出一副别扭的大男人模样，小古笑出来声，拍了拍他的头以示安慰：“别再吃醋了，人家还以为锦衣卫衙门改酿醋局了。”

“哼。”

广晟仍旧绷着脸不理会她，却偷偷瞥见她下了榻在屏风后面换了灰白囚服——按照两人的默契，此时此刻，彼此的关系就回到“官军与反贼”的敌对之中。

“非要这么做吗？”

“是，他不仅会派人来确定，弄不好，会来探视我的。”

小古的嗓音带着轻叹怅然，更让广晟心头一紧。

会试之后的第四日清晨，跟往日没什么不同，京城的大街小巷却充满了紧张而喜气的悬念，凡是有考生的地方，各人都是心神不属，紧张得坐立不安。

很快就有黄榜贴出，榜单下熙熙攘攘人头攒动，有人惊呼后狂喜，也有人号啕大哭就此昏倒，真是几家欢喜几家愁。

景语得了会元魁首的消息很快就传了进来，广晟微微皱眉，倒是没有太过吃惊：“他虽然心机狡诈，但听说学问上确实了得，连我那个眼高于顶的父亲大人，都对他频频称赞呢！”

他语气嘲讽，说起景语和父亲沈源，更是露骨的恶意厌烦，周围人比如李盛，都察觉到他心情很不好，摸摸鼻子站得远些，不来捋这虎须。

“衙门里的兄弟们都出去继续打探了，大人不如回家歇息一阵？”

李盛是知道他心思的——刚刚亲手在自己喜欢的女子身上动了一刀，虽然是演戏，但终究心里不安而且憋屈，与其在这里纠结，不如回家眼不见为净。

说到“回家”两字，广晟冷冷一笑：“家里都喜气洋洋乱成一团呢，我那大哥广仁终于中了，沈家的文脉更加昌盛，父亲更是后继有人。”

看到那一团人到处乱窜的模样，他就厌烦，尤其是看到沈源矜持又压制不住地捻须微笑，王氏那般温柔地凝视着宝贝儿子，他就觉得，这群人才是一家人，而他只是个格格不入的多余庶孽，而他死去的母亲，也不过这个簪缨世家的繁盛之中，一点儿无足轻重的血色点缀而已。

这种欢喜，跟他又有什么相干？

他没有惊动任何人，马不停蹄地回了衙门，身后有人呼唤，好似是如瑶，他走得太快，一时也没有理会。

“人家父慈母贤，儿子孝顺又高中，我一进去，立刻就跟掐了他们脖子似的，笑声都能停住，又何必去败兴添堵呢？就让他们高兴一阵子吧，算账也不在此时。”

他的话听起来冰冷阴沉，李盛知道他跟家中颇多不睦，恨不能打自己一个耳刮子，于是不敢再说。

此时有人急匆匆进来禀报：“大人，碉楼旗杆那边，果然有人秘密查看，弟兄们跟踪他，一路进了皇宫。”

广晟眼中寒芒一闪，却并未动怒：“果然，东厂的太监们割了下面就是方便，随时可以去皇上那里打小报告，真是挺方便的。”

想到朱棣对他仍然不免猜忌，时时监察，又想起赐死纪纲的那杯毒酒，就算是他，此时此刻对那高踞宝座上的九五之尊，也不免心生感叹，更多的却是凛然心惊——所谓帝王心术，竟然如此可怕！

“既然人来过了，我们赶紧把那位姑娘放下来吧？”

李盛怕他不舍难过，谁知广晟却摇了摇头：“不，暂时不要动她。”

这是小古的意思，纵然心疼，纵然不愿意她这么自残伤己，他也不愿去勉强她——她是个骄傲而聪明的人，有自己的坚持。

午后的日光炽热蔓延，带来无边的酷意苦痛，小古只觉得自己的身子一边热一边冷，热的是被烘烤的那一面，冷的是失血的新增伤口。

这都是拜朱棣所赐，自己如今的计划，却是要阻止景语杀他，这等于是间接保护了自己最恨的仇人！

她唇边漾起微微的苦笑来：若是以前，有人告诉她，她会保护这个暴君朱棣，跟景语对敌，她简直会嗤之以鼻——但世事无常，造化弄人，有时会让你的不可能变为现实！

景语的心思，她一千、一万个理解，但他的计划，她却是一丝一毫不能赞同！

百姓何辜，这六朝古都金陵又是何辜？

细细回想他少年时的音容笑貌，那正直认真地朗读《孟子》时的神态，依然历历在目。

她心中无声地呐喊：你明明念过“民为贵，社稷次之，君为轻”，为何却拿这么多百姓的性命当作垫脚石和牺牲？！

日光渐渐西坠，炎热的感觉却是有增无减，突然远处传来一阵欢呼声和人声喧哗，让小古把紧闭的双目睁开了。

“出什么事了？”她微微提高声音，问旗杆底下看守的小旗武士。

“呃，是圣上钦点了新科状元、榜样和探花。”那小旗没想到她会开口说话，慌乱之下仍然据实回答了。

“怎么会这么快？”

小古微微一惊——照理说，会试之后还该有殿试，虽然不黜落任何人，但也要重新排名作为最后论定，怎么会这么快就产生了三鼎甲？

“听说是皇上觉得这次会试本来已经大大推迟，心烦之下就突发奇想，干脆将前十名召来金殿问答，以回答表现来论名次。”

小古心中微微一动，嗓音有些嘶哑地问道：“能拜托你去打听一下，前三名都有谁？”

那小旗用警惕的目光看着她，他是不知道上层跟她有什么瓜葛，只是看守人犯而已，但上面大人都对此女十分郑重，他也不想为了这鸡毛蒜皮的事违逆她，于是让别人替了自己，下楼去问了。

不到一盏茶时间，他就回来了：“状元是东厂那个姓薛的，真是走了狗运了……榜眼是个四十多岁的姓夏，探花你知道是谁？竟然是我们沈大人的亲兄长！”

他说起这事也与有荣焉，兴冲冲说了半天，冷不防一抬头，却见那女人神色恍惚，似乎没听到他在说什么。

小古所有的心神，都被他第一句夺取了——景语他，竟然中了状元！

长街另一端的鼓乐和喝彩声越发响亮而来，小古抬起头，却见到三道身影骑在马上，周围百姓都围着欢呼和指指点点。

“那就是三鼎甲的才子了，简直是天上文曲星下凡啊！”

那锦衣卫小旗目露兴奋，也探出头去看，努力分辨着哪一个是自家大人的亲兄长。

小古缓缓睁开眼，凝视着那逐渐走近的熟悉身影，目不转睛地盯着。

那骑着白马的清俊男子，眉眼一如记忆中那般温润如玉，似乎亲切的双眸，转动之间却又显得拒人于千里之外，他沿途不时对着百姓和熟人微笑示意，那笑容却并未传入眼底。

那般冷漠与慈悲的奇异气质萦绕在他周身，那一身锦红喜袍也无法遮去他丝毫的光芒。

他微微抬头，下一瞬，唇边的笑意却僵住了——只因他的目光，终于触及到那一片肃穆的衙门，以及旗杆上悬挂的伤痕累累的女子。

日头逐渐西坠，金芒逐渐变得柔和，照在碉楼上，倒映出虹霓一般的华光，也染得那一身灰白囚衣上熠熠淡彩，鲜血的色彩更加明艳妖异，看在他眼中，却宛如万千芒刺，狠狠地刺入心间！

原本因麻木的心，此时却突然颤了一下。

夕阳逐渐西坠，傍晚的风穿过长街，拂起他的袍角，也让小古身上的囚衣飘然飞扬。

他任由骏马往前，一步步的，却是盯着她，目光深邃宛如幽潭，犀利宛如鹰鹫。

她也这般凝视着他，碧清妙目之中，似喜似怨，似憎似怜，复杂得似乎蕴含这世上所有情绪，却又好似虚无空寂，不含半点儿波澜。

两人就这么出神地看着彼此——恍惚间，小古想起从前的说笑戏谑：他曾经说过，要跟父亲一样，少年高中，走马御街，欢饮琼宴。

那时候的她，懵懂羞涩地笑着，轻声问道："那你要送我什么礼物来庆贺呢？"

他不禁失笑，轻轻捏了捏她娇俏的鼻头，半是玩笑，半是认真地说道："古时有状元簪花的习俗，状元手捧那一簇花，奉献到最美的小娘子跟前，成就一段佳话。"

"那你是要送给我了？"

小小的如郡叉着腰看着他，软软的圆圆的完全没有腰身可言，却偏偏要做出戏文里绝代佳人的风姿，微微用扇子遮了脸，半是羞怯，半是调皮地问道："我真的是此地最美的小娘子吗？"

小古至今还记得，景语先是愕然惊奇，随后爆发出毫不客气的欢愉笑声："哈哈哈哈，当然是……骗你的……"

她当时是怎么回应的？好像是赌气嘟着嘴不理他了，于是景语马上投降，哄着她道："是我胡说，如郡现在还小，等你长大了，当然是这条街，不，是整个京城最好看的小娘子！"

她迟迟不肯破涕为笑，景语拉了她的手，郑重其事道："我跟你在此击掌约定！"

那三下巴掌，拍得她掌心发红，却是牢牢记住了他诚挚温柔的双眼，那样含着笑的，那样把她看成世上最要紧宝物的眼光。

小古就那样凝视着他，看着他鬓边的那一蕊嫣红，却见他也好似感应到她的目光，摘下了这蕊花，随后在众人的欢呼声中，向天空抛撒。

似乎无意地轻手一扬，那簇花被风吹得曼然轻飘，飞舞而上，竟然朝着那锦衣卫的碉楼顶端而去。

下一刻，花朵似乎长了眼一般，插在小古乌黑柔亮的发髻上，竟然不动了！

长街上的人们大都看不到这么清楚，只是纷纷叹息：可惜状元郎这一簇花了。

景语含笑凝望着她，目光在鬓边那一点嫣红上停留了几瞬，唇边的笑意却渐渐变得苍凉——

他也记得那少年时的戏谑，虽然稚嫩，却是他肺腑之言，也是冲天之志。

只是……他不曾告诉她的是，状元所赠的花蕊，一般有相悦的旖旎之意，女子接过便表示订下终身。此风在道学之士的非议之下，渐渐不再，但这个典故却是流传下来了。

时隔多年，终于将这朵花，插到了她的发间，彼此之间却已是隔着天堑之远……无论是身，还是心。

她被五花大绑施刑悬吊，而罪魁祸首是他。

他要在这大明的京城掀起万丈惊澜，她却偏偏要阻止！

这就是命运的相遇吗？

她的脸色因为失血而苍白近乎透明，身上的衣衫半幅被鲜血染红——今天的一刀好狠，竟然让她伤成这样！

他心中的痛意更甚，目光中隐约有哀伤忧悒，却偏偏不肯露出半分，只是微微笑着，任由此情此景在心中凌迟着自己。

那般倔强、无望，然而骄傲，却又是无比的胆怯。

胆怯得不敢去承受她眼中的恨意！

他着了魔一般看着她，已经引起众人议论纷纷，都以为他是对锦衣卫衙门有什么不满，却不曾想到，他所凝视的，所执着的，只有那一道倩影。

终于走到最近的一点，两人的视线对上，她的双瞳晶莹闪亮，宛如磁铁一般牢牢吸住了他，其中似乎有万千情绪，却偏偏没有恨意。

是的，她并不恨他！

这个认知让他激动得浑身轻颤，却强忍着恢复了平静，只是拼命压抑住眼中的激动，只化为冷光一瞥，随后，漫不经心地掉过头去，跟身后半个马身处的榜眼说话。

小古凝视他的目光逐渐黯然下来，鬓边有些痒，想要摘下那朵花，却因为五花大绑而不能动手。

不期然的，吹起了一阵狂风，那花蕊颤动了下，终于还是被风卷起，在半空中四分五裂，片片花瓣随风轻舞，有残下的一两瓣，落下来轻点在她额头，带着清雅香味，却是让她莫名地鼻酸！

眼角刺痛得厉害，渐渐开始沁出泪来，眼眶逐渐模糊，而那人的身影，也渐渐远去，化为长街尽头的一片喧闹背景。

小古深吸一口气，恢复了平静，不知是因为方才有花还是什么，一只野蜂“嗡嗡”地飞了过来，停在她身上，随即又拔空而起，悄无声息地朝着状元郎远去的方向无声飞去。

她看着这小小生灵，眼中闪过一道异彩，随后终于忍不住眼前的晕眩和昏沉，彻底失去了意识。

景语已经走了大半，身后却似乎传来一阵小小的骚动，他回身去看，只见那锦衣卫衙门的碉楼上，似乎有一群人簇拥着那旗杆——瞬间，他的心纠成了一团。

她终于因为伤重昏过去了吗？还是出了别的什么事？

拉着缰绳的手有些僵硬，浑身的力量都似乎被攥在掌心，耳边有一个声音在呼唤他回头。

可他终究没有回头，而是应和着大家的欢呼声，完美地扮演着一个意气风发的少年状元，骑着他的白马向前走去。

远处，也许是通天大道，也许是幽冥不归路，但他已经无法再回头。

夏日的深夜，重重乌云掩盖住天幕，阴霾堆积越来越厚，空气变得憋闷烦热，到了夜里亥时，风声渐渐呼啸起来，把树木都吹得东倒西歪，随后闪电霹雳之下，紫亮光芒之后伴随轰隆雷声，整个金陵城都笼罩在大雨里。

大雨将江堤打得泥泞一片，城郊河岸边不远处的荒野里，却有一处灯光在大雨滂沱之中闪耀着。

那是一座荒废了的河神庙，原本附近有几个村子香火也不错，但在元末时候遭遇兵灾，本地的老百姓死的死，逃的逃，本朝洪武年间又遭遇了百年一遇的大洪灾，因此整个村子彻底分崩离析，这庙就逐渐荒废下来，时至今日，这里常常成为水道河工临时的休憩处所。

暗夜里风雨袭来，拍打着残破的窗板，河神庙的大殿当中却是灯火通明，鸦雀无声，正在等待为首那人说话。

常孟楚这时候也换了一身行头，一身黑色英雄氅，脚上穿着牛皮靴，头发扎得利落，一副码头混饭吃的精干模样，目光看向底下几十人——这些都是金兰会中的中层人物，虽然混迹底层，但经验丰富又有人脉，下面带的小弟们可不少。

左边十个是他的人，只要一声吩咐下去，绝对没问题，可第二排的几个，却是卜春来在衙门里的暗线——这些人可都是墙头草，有点儿风吹草动就动摇，实在是靠不住。

至于第三排的……他皱起眉头，这些人都是十二妹小古的人手——这个名字让他产生一种微妙的战栗，好似庙外头的雷电劈中的正是他本人！

这些人都是散布在各家府邸的，见识广而且个个聪明伶俐，很少有蠢人，再加上是小古的手下，更加是难以拿捏——但这次行动，却需要他们在各家主人家里趁机作乱，调走主家们私兵。

常孟楚咳了一下，斟酌了一下终于开口：“诸位，今日请你们来，是有一桩大事发生了。”

他看了一眼众人，沉声道：“我们金兰会出了叛徒，就是七弟和十二妹他们两个。”

这一句好似晴天霹雳，把众人吓呆了，常孟楚不等他们有喘息思考的时间，用急促的语气说道：“没时间了，各位天亮之前务必传达到各自的下线，朝廷要把我们一网打尽，我们必须行动起来自救！”

这种严肃冷峻的口气更刺激了众人，衙门那边的人面露惊慌之色，有些人甚至吓得两股战战，而各家府邸的奴婢下人们却是震惊不能相信，纷纷交头接耳，终于有个伶俐些的仆妇出来道：“我清楚十二姑娘的为人，她不可能背叛组织！消息是从哪来的？”

常孟楚厉眼一扫，对方微微一颤，却强撑着没有退却——奴婢之中竟然有这种人才，这让他暗暗称赞，却是更加严厉，沉声喝道：“消息千真万确，是会首亲自确认的——十二她自甘堕落，跟锦衣卫指挥使不清不楚，已经把你们大家都卖了！”他嗓音放缓，说的话却让人心惊肉跳，“你想想，她本来就是冰雪聪明的人，一旦有机会攀上高枝，不仅能脱去奴籍，还能嫁入豪门，这样的条件又怎会不心动呢——况且那小子也生得极俊，你们各自府上最近也都在说这事，应该也听说了吧？”

那几人面面相觑——沈家庶子不仅袭了济宁侯的爵位，竟然还是皇帝秘密任命的锦衣卫指挥使，这事最近闹得甚嚣尘上，各家主人褒贬不一，这种劲爆的八卦实在是没理由不知道——据说，那人不仅位高权重，还长得极为俊美，目前是各家看好的良婿人选。

有人不由得半信半疑，那仆妇咬着唇，不死心地问道：“那有确实的证据吗？”

“再拖延下去，朝廷就要来这，把大家一网打尽！”

常孟楚斩钉截铁地说道，语气中的森然让人不禁要打寒战，他目光逡巡过众人，尤其是那几个目光游离不定的衙役和小吏，唇边露出一丝冷笑：“各位的性命，在加入金兰会的那一天起，就紧紧拧成了一股绳，若是有人贪生怕死去投靠朝廷，也不会有什么好果子吃的——别的不说，曹国公李景隆前车可鉴，朱棣对投靠他的叛徒，向来是过河拆桥的！”

李景隆原本也是建文帝的重臣，发觉局势不妙匆匆投靠朱棣，他是兵马大元帅，开金川门迎敌，直接导致了金陵城战的溃败，可算是大功一件，但朱棣先是封了他高官侯爵，随后不久就编造了罪名，导致他生生饿死在家中，如此惨痛的结局，让众人心头一颤，那几个衙役吓得面色惨白，却好似咬着牙横下了一条心。

“因为十二等人的背叛，所以我们必须紧急行动……你们几人的任务是偷出主人的私印，调走府邸的私兵，就说是在北固山紧急练兵，务必让他们赶紧出城！”常孟楚看向几人，吩咐的语气无可指摘，“朝廷的兵马我们会另外设法，你们只负责这一块就好。”

那几个人被他吓得心神慌乱，只有那仆妇仍然目露怀疑之色：“各家府上的私兵最多只有八百一千号人，就算调走也只能一两天的工夫，我们能顺利占据整个京城改朝换代？这可不是儿戏啊！”

跟聪明人打交道就是棘手！

常孟楚脸色一沉，盯着她的目光犹如实质，突然嗓音转为冰冷：“你推三阻四，难道是要去给十二通风报信？”

没等她回应，弹指在腰间佩刀上，顿时一声清响宽刀出鞘，宛如怒海狂涛一般指向她眉间：“我早就知道十二妹有心腹在金兰会中潜伏，没想到竟然是你！”

只要杀了这只出头鸟，剩下的人被他恩威并施一顿磋磨，必定心神大乱，只要他们愿意协助，明日的计划就彻底没有破绽了——城中守军也被调开，各家私兵也临时去“练兵”，整个京城将陷入前所未有的空虚！

就在他心神电转、宽刀砍下的这一瞬，只听“当”的一声，好似有什么重物击中了他的刀刃，单手发麻虎口开裂，顿时宽刀脱手而出！

闪电划过窗边，照得雪亮刀刃刺眼耀目，“当啷”一声落地后，下一刻，伴随着一声惊雷，破旧的庙们被用力推开了！

出现在众人眼前的，竟然就是——小古！

“十二妹，是你！”常孟楚捂着受伤的手掌，瞪向来人。

“十二姑娘，这究竟是怎么回事？！”惊魂未定的仆妇身子瘫软，急急追问道，其他人想起“叛徒”之名，纷纷面露疑虑朝后退了几步。

她不是被箭射成重伤了吗？怎么还能行走自如？

小古一步步走了进来，步履沉稳完全不似受伤的模样，她看向常孟楚，目光清冷淡漠：“怕谎言露馅就要杀人灭口，你这招也实在不算高明。”

那仆妇听到这身子一颤，看着小古熟悉的面容，咬牙做了选择——却是勉强站起身来，走到了她身后：“十二姑娘，别人的话我都不信，就信你一个！”

小古目视于她，微微一笑点头，却是宛如繁花初绽，明灿姣美，众人只觉得眼前一亮，这才发现，原本都是普通少女打扮的小古，洗净了伪装的铅华油灰，竟然是如此美貌娇艳。

“哼，果然是跟锦衣卫那小子搞在了一起，这么眉目生春的！”

常孟楚冷声说道，小古眼中利芒一闪，不怒自威：“嘴巴放干净点儿。”

“对你这种靠着男人出卖组织的人，根本用不着客气。”

常孟楚不愿跟她多说，宽刀一挥，顿时就有数十人从破烂的神龛背后跳了出来，手中弓箭上弦，冰冷箭头对准了小古。

“这本来是防备朝廷鹰犬的，用在你这个叛徒身上也算是意外之喜！”

常孟楚眯眼凝视着她，这一刻是真正动了杀机的：这个女人真正不能留下，因为她，好几件事功败垂成，因为她，会首那颗冷硬的心也有所动摇——别人不知道，但他是看出来了，景语那一箭射中了她，原本可以补上一箭，却因为她挡在那姓沈的小子怀里，他犹豫了一下，并未继续！

十二妹，对不住了！

他心中默念，下一瞬，却发觉不对——冰冷的剑锋从身后掠过，气定神闲地搁在自己的脖颈上！

“你们谁敢动一动，他的脑袋立刻落地！”

身后之人说着冷酷的言语，嗓音却是无比悦耳好听。

“秦遥，是你！”

常孟楚身子一震，正要挣脱，剑锋却毫不迟疑地在他脖子上划过一道，留下清晰的血痕，温热的液体缓缓流下：“四哥，别乱动，这可不是在唱戏——我真的会杀人的。”

众人看着这一幕，扣动弓弦的手都僵住了。

常孟楚还真是个角色，一咬牙喊道：“不要管我，你们赶紧射死他们——”

他对别人狠，对自己更狠，为达到目的，自己的生命也毫无吝惜！

话音未落，只听“叮当”之声连作，他的眼睛因为震惊而瞪圆了——那些弓手竟然个个手脚瘫软，手中长弓落地。

“抱歉了，四哥，我用了点儿药。”

小古看着脚下微微蠕动的蚂蚁，唇边露出一丝笑意，袖子里的那只药瓶，这次真正的空空如也了。

“你竟然用毒……”

常孟楚用尽全身力气，嘶声喊道：“大家快走，朝廷的人马上就到了！”

现场顿时一片混乱，众人面色大变，各自往后退就要飞速撤离，下一刻，几声熟悉的嗓音让他们停住了脚步：“各位，不可听信这厮胡言乱语！”

“是……”

“竟然是他们！”

人群发出惊喜的嗡嗡声——这几人在万花楼失陷那一夜就行踪不明，本以为他们被朝廷抓去了，却是打听不到半点儿消息，如今竟然好端端的出现在眼前！

“常老四，你跟大哥真是狼心狗肺，这是要我们的命啊！”老五嘶哑着嗓子喊道，不复平日的儒雅矜持。

常孟楚心里“咯噔”一沉，面上却是丝毫不露：“你们跟朝廷的爪牙沆瀣一气，是要背叛金兰会吗？”

“你……你……简直是贼喊捉贼！”老五简直要气得厥过去，一旁的老十商庆老谋深算，拍了拍他的肩，提声喊道：“各位，你们是上当了！”

他用手指着常孟楚，高声道：“他和大哥是要跟朝廷作对，但他们密谋的究竟是什么，让他们说说清楚吧。”

他想起小古的话，心有余悸地低喊道：“他们是要引长江水淹没金陵城啊！”

看到众人吃惊瞪圆的眼，商庆又补充道：“不信的话，你们问问九哥，他们藏的包袱里，这些瓶子是做什么用的？”

大家都知道聂景是大夫，从前几乎没见过真人，此时却见一个俊秀文雅的青年越众而出，扇了一点儿药水轻嗅，朗声道：“这些是王水。”

顿时全场哗然，有人半信半疑，有人却露出愤怒之色，小古盯着常孟楚的神情，目光冷然让人无所遁形：“说说这些是干什么用的？”

秦遥手中长剑应声指向他的咽喉，常孟楚感觉到那一点冷冽和刺痛，却丝毫不愿开口，小古微微一笑，脆生生说道：“这些都是用来腐蚀江堤的，江堤原本就年久失修，用上大量的王水，会快速腐蚀，然后加上他们新筑的堤坝导向，江潮就会横灌冲出，转换方向。”

众人哗然，都是浑身颤抖，大家虽然被朝廷折磨得够呛，但引水覆灭整个京师金陵，却是想也不敢想的。

第八章

力挽狂澜

1.

“剩下的这几个小瓶就是砒霜，大概是给诸位吃的。”

小古火上添油一句，顿时引得满场激愤，众人纷纷瞪着常孟楚，恨不能把他拎起来质问。

“她胡说，这是用来给工匠们吃的——”

常孟楚受不了污蔑，愤然脱口而出，随即却发觉自己上当了，顿时张口结舌，面色变得铁青。

“哦，我听明白了，这不是给大家吃的，是用来毒死工匠的——你们蛊惑人家截断江水引潮，到头来就这么杀人灭口！”

小古冷冷一笑，嗓音因为怒意而提高——

“你让自己手下的亲信去腐蚀江堤，又让漕帮的苦力去修筑新堤，他们都是不懂水利的粗人，因此没人看穿你们的计划，你又蛊惑金兰会的其他人去调走城内守军，一旦大水淹入，满城没有得力兵马搭救，根本无人可以存活！”

小古的神情森然冷冽，看向他的目光宛如火焰：“我怎么也没想到，你们会如此丧心病狂！”

常孟楚咬牙不语，突然嘶声喊道：“我们只是想拿回属于我们的一切！”

“要拿回什么呢？是自由，是平安喜乐，还是你们过去享有的钟鸣鼎食、奢华岁月？”小古这一问显得异常尖锐，看向常孟楚的目光带着冷然嘲笑，“若现在是建文帝或者懿文太子别的子孙即位，你们就可以恢复太后母家的尊贵身份，是吗？”

常孟楚大吃一惊：“你怎么知道？”随即释然，阴冷着嗓音道，“我倒是忘记了，你跟锦衣卫首领勾搭成奸——”

下一刻，他的嗓音止住了，剑锋宛如暗夜的鬼火，在昏暗中飒然一闪，整齐地陷入他咽喉皮肉一寸，温热的鲜血洒出，清新的雨和草木气息，混合着这股腥甜，让他脊背上一凉，再也不敢造次。

“再有这些污言秽语，你就可以去阎王那里报到了。”

身后的秦遥沉声说道。

“七弟你也被她迷惑了吗？明明你的亲生父母也是死在朱棣那逆贼之手！”他嘶声喊道，身后传来清冷淡漠的嗓音，“朱棣该杀，但用水淹死全城百姓，这般残暴狠毒，跟他又有什么两样？”

他顿了一下，又低声而坚定道：“这也是我们跟你们最大的差别。”

“说的比唱的还好听，你全家都死绝了，可我常家，却有好些人都在岭南受苦！”

“还有你！”常孟楚咬着牙，双目圆睁看着小古，几乎是一字一句道，“我知道，你爹对你们母女都不好，所以他被剥皮吊在宫门口，你都不怎么伤心——你这等目无家族，自私自利的女人，才是真正的恶毒！”

他好似在为自己辩解，更似在说服自己，喃喃道：“我们还打开了宫里的密道，江水会第一时间涌进宫里，朱棣狗贼一家肯定会死在百姓前头，到时候我们立刻开闸放水，解救百姓……”

他的嗓音苍凉空寂，似乎也不能说服自己，嗓音越来越艰涩，越来越低。

“你自己心里也过意不去，为何要勉强自己做这种事呢？”小古看着他，渐渐平静下来，沉声劝说道。

常孟楚眼神复杂纠结，似乎是想解释什么，但终究什么也没说。

但无论他怎么想，这里的局面，显然是被小古打断了，她鼻子微动，感受着庙外飘来的水汽氤氲，耳边听着人声脚步声和微微喧哗，朝着秦遥点头示意，这动静看在常孟楚眼里，顿时露出惊诧的表情，拼命挣扎道：“你们想做什么？！”

“只是让你出的工钱物尽其用而已。”

秦遥利落地将他双手反折，阻止了他的反抗。

“江堤已经被你们破坏了一部分，加上历年的破损，所以我们让那群被你骗来的工匠把新的拆下，用来修补旧的那段窟窿，你不用担心，略微节省一点儿，还是能做到收支平衡的。”

小古唇边微勾，居然有心思说笑起来。

她隔着窗边凄风苦雨，遥望京城的方向——那里只有模模糊糊一大团黑影，风啸雨骤之下宛如一尊巨大狰狞的神兽，屹立在高低起伏的丘陵山地之中。

“不知道他那边是否顺利？”

她想起广晟，心中默默惦记着，微微闪动的目光看在秦遥眼中，不禁黯然一叹。

谁也没有注意，被押走的常孟楚，低着头，双眼露出一丝诡谲的光芒，唇边的笑意显得苍凉而讽刺——

你们以为，这样就能破坏景语的计划了吗？

未免，也太小看这位状元郎了。

夜色深沉，屋檐下的雨水哗哗作响，寂寞单调催人入眠，广晟守在英国公府门外，身旁都是轻甲肃然的锦衣卫士兵，将整个公府团团包围，他负手昂然站立，天空中一个响雷劈下，照亮了他俊美的面容，显得一派安详宁静。

英国公府的侧门打开了，一位管家模样的人走了出来，虽然撑着伞却仍然被淋得湿透。

他牙齿咯咯作响，不知是被吓得还是气得："大人，三更半夜出动这么多人手，我们夫人都被惊动了——"

府邸被包围，却一开口就是质问，英国公府果然是第一重臣，十分有底气，广晟对着他露出一道幽然笑意："我是来探访贵府的宣灵郡主的。"

"这……"

郡主今天匆匆回来，这个俊美而又可怕的男人就突然率兵将英国公府团团包围——这其中到底有什么内幕，管家实在是不敢揣测，只是英国公府的脸面，他就是拼死也要维护的。

"郡主已经睡下了，男女有别，有所不便。"

他勉强抬起头看向广晟，虽然被锦衣卫们吓得面色苍白，却还是坚持问道："大人这么兴师动众，可有皇上的旨意？"

"当然是……没有。"

"轰隆"一声雷响，伴随着广晟的笑语，管家吓得一哆嗦，随即却几乎要狂怒："那你竟敢——"

"我给你两个选择。"

那俊美端华的男子微微而笑，一滴晶莹的雨水落在他双眉之间，蜿蜒滑下，越发显得肌肤白皙，双眸宛如星辰，这般赏心悦目的画面看在管家眼里，配上那低沉的嗓音，却是比地府阎罗更加可怕——

"要么，我冲破大门闯进去，那样大家面子都不好看。"

"要么，你去禀报郡主，我要在一刻钟之内看到她。"

"听清楚了吗？"

管家点头如捣蒜，随即冲回了侧门之内，不到半刻，侧门缓缓打开了。

红笺有些慵懒地倚靠在榻上的大迎枕上，身后站着一个丫鬟，手中拿着一面靶镜，她端详着镜中的自己，巧笑嫣然却并不回头："沈大人深夜来访，真是稀客。"

以闺秀贵女的仪态举止来说，她这样未免有些轻浮，但那雪白如玉的面庞，那双黑嗔嗔的眸子好似会说话，小嘴宛如红艳菱角一般，怎样铁打的汉子，看到这一幕都要心软神移。

熏炉里冉冉升起清渺的香味，牙床上锦被软铺，这一幕原本销魂旖旎，广晟却是看都不看她一眼，径直道："把皇宫地下的暗道图交出来。"

红笺吃惊地掩住了嘴，目光流盼有些害怕："那是什么，听都没听过……"

下一瞬，冰冷的利刃横在她脖子上，深邃的目光流盼生辉，却让她想起那可怕的一夜——那马车上，让她受尽苦楚折磨的逼问："你还想再尝尝被银针刺入胸腔的滋味吗？"

红笺不禁打了个激灵，不仅是由于那可怕的噩梦，还因为，这人竟然识破了她的真实身份，她浑身瑟瑟发抖，仍然颤声道：“沈大人，你是中邪了吗，到底在说些什么！”

广晟瞥一眼旁边的丫鬟，见她张嘴欲喊，单手虚砍她脑后让人昏迷，犀利目光盯着红笺，沉声道：“你们的计划已经全部被识破，不要再指望状元郎来救你了。”

红笺身子一颤，却是咬牙强笑道：“什么暗道图，妾身从未听说过！”

下一瞬，钢铁般强悍的手指箍住了她的脖子，手掌抚摸着她颈部的肌肤，显得很是暧昧，她心下一喜，以为对方也抵御不住自己的魅力，唇边扯起一道楚楚可怜的微笑，正要开口，却听“嘶啦”一声，她的锦绣华衣被扯了开来，露出了兜肚和雪白的身躯——

“再不说的话，我就把你剥光了丢到院子里，让张家下人都看看你赤身露体的模样。”

冷酷邪狞的话语让她瑟缩成一团，目光却是飘忽不定，显然还在打歪主意：“妾身是张家的女儿，如此清誉受损却又奈何不了你这恶徒，只能一头碰死在此——就等国公爷回来找你算这笔血债吧！”

“国公爷要是知道，他流落在外的亲生女儿被你们害死后剥了脸皮丢在殡村，只怕也要剥了你的皮才能解恨吧。”

广晟轻声说道，红笺眼中闪过一道恐慌，却仍然嘴硬道：“你有什么证据？！”

“证据就是，你手腕上的胎记。”广晟慢悠悠地说道，“国公爷那位外室小星生产的时候，也有几个府里的仆妇去伺候照应的，可没人记得，婴儿的手腕上有什么胎记。”

广晟的话让红笺眸光霍然一跳，却是报以不服输的冷笑：“这算什么证据？我手腕上一直有这几颗痣的，只是先前略小没人看清，长大之后更加明显——这种事情通常是吉兆，我朝太祖也是这般，你不会不知道吧？”

传说洪武皇帝出生时下颌并未有那颗福痣，但长大之后紫薇之气日盛，那颗痣也越来越明显，世面上的话本中都有这个故事，平日里的医家也遇这种例子，却是有人安然无恙，有人的黑痣突然长大变深，短时间之内就身亡，这种事情神秘莫测，但并非个例。

“真是巧舌如簧啊。”

广晟看着她，突然觉得就狡猾多智这一点来说，红笺跟小古真的有些相像，不愧是有一半血缘的姐妹。

想起心中思念的佳人，他的神情有些恍惚，变得柔和起来，红笺却以为自己的申辩奏效，好整以暇地坐直了身子，整理起了散乱的发髻：“你就凭着这点可笑的理由，就想证明我身份有假——这种招数，我那两个愚蠢的婶娘早就用过了，没想到堂堂锦衣卫的沈大人，还不如两个无知蠢妇！”

她得意从容的笑靥在下一刻停滞——广晟从自己袖中抽出了一方绣帕，上面绣着精美的马踏飞燕图，虽然只是花丛一簇，却也是活灵活现。

“这是真正的张小姐绣的，你绣的针线，绝对与它全然不同。”

他把绣帕丢在她面前，红笺的笑容慢慢收敛，很快却又扩大，最后笑得上气不接下气，简直好似疯癫了一般，她咳了两下，才柔声笑道：“那就请大人看看妾身的绣工吧。”

她从枕下取出自己绣了一半的松鹤延年图：“这是给母亲绣的，你可以看看，这针线绣法，哪一点是不相同的？”

广晟拿到眼前仔细观看，越看却越是沉默，红笺端坐榻上端详着他，见他面沉似水，不由笑得更加甜美——这点她也没想到，幸亏会首景语算无遗漏，未雨绸缪让她学了张小姐的绣法和行针路数，也算有个七八成像了。

“果然，没有任何破绽。”广晟放下针线，叹息道，“你们果然有备而来，心思深沉细密。”

“沈大人，我说过了，我是真正的张家女儿，你这样污蔑——”

广晟打断了红笺的装腔作势，突然话锋一转：“可是你们就算布置再巧妙周密，死者却用她自己的方式，给我们留下了关键的证据。”

红笺愕然，不信：“什么？”

“就是这方绣帕。”

红笺轻蔑地笑了：“绣工已经对比过了，你还想拿它说事？”

广晟重新拿起了那秀帕，一口气吹亮了灯光，让它在灯火之下照得纤毫毕现：“你看看清楚，这绣帕边缘的痕迹。”

红笺睁大了眼仔细看去，只见绣帕边缘有一片模糊灰印——好像是……人的汗渍手捏留下的痕迹。由于太过轻微，除非有洁癖的人，都不会把这当回事。

“张小姐是个兰心蕙质的人，她苦苦磨炼绣艺，是怀着对父亲的景仰绣了这方马踏飞燕，帕子的尺寸略大，是她想绣完后裁成小小桌屏，恭贺父亲凯旋，而这样的孺慕之思，却在最后被你们的阴谋诡诈活活扼杀——”

“她最后是被你们勒死的，一个弱女子无力挣扎，在生命最后时刻攥紧了绣帕，你们收拾现场的时候见帕子上并无血迹，就没有把它销毁。”

广晟炯炯目光看向红笺，沉声道：“张小姐当时是在劳作的，她手上出汗沾染了绣面——一般这种时候绣娘是不会碰绣品的，这显然是遭遇了非同寻常的意外。”

“景语确实是天纵之才，但有个道理，只有积年经验的仵作才懂——那就是，人手指的纹路，千奇百怪各有不同。”

广晟的话在红笺心头落下巨大震动——

“她指尖的汗渍在绣帕上留下了轻微的痕迹，你如果是真正的小姐，那就伸出十指来蘸了印泥，让我一一比对，看看究竟是否吻合！”

广晟气势如虹，红笺的面色终于变得煞白，眸子闪动咬着牙说不出话来。

“这一方绣帕拿到张夫人面前，你的身份就无所遁形了——你倒是猜猜，张家会怎么对待杀了自家小姐鸠占鹊巢的人？”

红笺心中惴惴，抬起头看向广晟，两人目光对视，她终于心虚别过了头，嗓音有些嘶哑："你究竟想怎样？"

"我说过了，交出皇宫地道的线路图——你不用说你不知道，景语既然让你接应，就必定让你看过。"

红笺垂下头，好似在思考衡量，半晌，她才道："我若是说了，你要保证我的安全。"她眨了眨眼，露出我见犹怜的凄楚苦笑，"还有，能不能暂时不揭穿我的身份？"

她的眼中浮现水雾，"我跟张夫人已经相处得母女一般，我怎么忍心让她遭这晴天霹雳的一着？国公大人即将回朝，至少在那之前，让我再做几天她的女儿！"

她看向广晟，态度无比坚决："你若是不答应，我就是死也不会合作的！"

得到广晟的保证后，她这才从梳妆台前拿起一支眉笔，在宣纸上默默勾画出线路。

广晟见她终于松口，于是也舒了口气，为了避嫌，他退开几步坐下，因此也并未看见，红笺低头时被遮掩的恶毒笑意——

一切，都照着会首景语的计划发展……

过了一刻，广晟终于拿到了红笺画好的地图，卷成一轴放入怀中就要离开，门外却传来喧哗声和惊叫声——

"是母亲大人来了！"

红笺从榻上一跃而起，眼中的孺慕和惊喜不似作伪，急匆匆就要出门去，却害怕惶恐地看了一眼广晟。

"灵儿，你怎样了？"外面传来问话声，随即又是铮然喝问，"你们是怎么做事的，竟然让一个外男闯进灵儿的闺房！"

"我们张家，也算是这京里头的宣力重臣，如今半夜三更，竟然被人就这么闯进来，你们这些人是怎么当差的？！"

语音温雅却是怒意凛然，外面的仆妇和护院都唯唯诺诺，广晟却知道，这一句是说给自己听的。

"你去吧。"

广晟不由得也有些心软慨叹——张夫人的性子在贵妇中一向是精明能干又和蔼可亲，但她膝下一直空空，对红笺如此关切，可能一开始是为了演戏给两个妯娌看，但相处日久，就真正把她当自己的亲生女儿一般了。

"把仪容整理一下，理由你自己编，但是记住，纸终究是包不住火的。"

他随即站起身来，揭开珠帘就朝外走，冲着门廊下正在焦急的国公夫人行了个军礼，随即扬长而去。

张夫人心急如焚，狠狠瞪了他一眼，随即带着丫鬟婆子冲了进去，看到红笺好端端地坐在榻上，却是眼睛有些红肿，吓得嗓音都变了调："我的儿，这是怎么了？！"

"母亲……"

红笺低声啜泣着，一头扑进了她的怀里，哽咽半天，才低声道："我今后就只做个乖女儿，好好承欢父母膝下，什么儿女私情的事，是不敢沾惹一星半点了！”

张夫人一听就觉得头疼——半夜有锦衣卫把府里包围，就算英国公府是皇帝信任的第一重臣，这也吓得全府上下惊慌失措，却原来，是因为这些小儿女的情爱纠葛？

她有心要发火骂人，看这个认回不久的“女儿”哭得死去活来，终于还是叹气道：“真是疯魔了，为了这种事就如此狂妄乱来——等你父亲回来，饶不了你们两个孽障！”

红笺哭得更伤心了，埋首在她怀里，唇角却微微翘起——等英国公回来，这京城金陵都已经是天翻地覆，日月换过了，谁饶了谁还不一定呢！

雨下了一夜，将荒岭野庙周围的山石都冲走不少，树木也连根拔起，到了天亮时候，这才渐渐停了下来。

小古看这里都已经妥当，决定按原定计划回城去，秦遥留在江堤附近以防差错——这是最要紧的，真要被人动了手脚朝城里灌水，全城无分贵贱都得葬身鱼腹！

她纵马朝着金陵城的方向而去，沿途道路泥泞，空气却显得清新怡人，小古抬起头，看着天边的云头——显然，这是一个大晴天！

今天就是景语计划实施的日子，他大概还不知道，自己在要害处的人手被控制了。

这样的布局，已经注定要破灭……

她心中闷闷的，叹息一声，正要朝前而去，却听岔道上一阵马蹄疾奔声，随即有人高喊道：“等一等！”

嗓音有些熟悉，小古勒住马头，却见来人身着轻甲铁袄，一身银袍风尘仆仆，眉宇之间更见忧心忡忡。

竟然是袁槿！

自从万花楼那一夜，大家匆匆逃离各奔东西以后，就再也没见过面，小古只是从金兰会几个手足的嘴里听说，袁二公子将他们送到安全地头后就回府里了，几天以后，他被调到郊外的神机营去了。

突兀重逢，没等小古反应过来，袁槿策马冲到了跟前，喘着气道：“你要回城是吗？”

小古一愣，袁槿脸上肌肉微微抽搐，整个人好似处于愤怒激狂之中，他一侧身，攥住了她的缰绳，嗓音有些嘶哑，“别回去，那是条死路！”

小古凝视着他的眼，平静以对：“你也知道了景语的阴谋，放心吧，他不会得逞的。”

袁槿闻言没有放缓表情，而是急急追问道：“你们已经知道了，跟他动手了？”

小古虽然微觉诧异，但认为袁槿值得信任，还是答道：“他的人在江堤那边，已经被我们——”

她的话被袁槿气急打断了：“你们以为胜券在握了是不是？景语这个人可没那

么简单！”

下一句简直让人吓得魂飞天外：“江堤那边的布置，都是假的，用来欺骗你们耳目的！”

小古彻底呆住了，初升的旭日光芒刺入她眼中，她只觉得一阵头昏目眩，连耳边都嗡嗡作响，眼前一黑几乎要从马上跌下来！

“小心！”

袁槿伸手扶住了她，因是夏日穿得单薄，他手掌的薄茧和热意透过衣料透到她的肌肤上，紧紧地箍住了她的身子。

小古终究还是稳住了，她轻咬舌尖让自己保持冷静：“你怎么会知道其中有诈？”

袁槿凝视着她雪白的小脸，那般秀美精致——只有在这紧急时刻，她才去掉了所有的伪装，宛如明珠染晕，清艳无人能及。

日光刺入他的眼中，却是比黑暗更惊心动魄的狰狞，命运缓缓向他露出无常的门户，不知道那一端是狰狞的獠牙，或是……

他听到自己的嗓音低沉，平静说道：“因为我义父，广平侯爷，也是这事的主谋之一。”

“也就是说，江堤这边的工程，都是故意给我们发现的，都是假的？！”

小古浑身颤抖，听到自己的嗓音都打着飘。

“以景语的本领，应该已经知道你发现了他的秘密——江堤这边虽然人口不多，但也毕竟暴露在光天化日之下，又经过官府备案，真要查下去也是有痕迹的。”

袁槿沉声说道，双眸深处闪着纠结痛苦的光芒：“他一开始是准备在这里动手的，但既然被你发觉，就使用了更隐秘的计划，而这其中，我义父广平侯起了至关重要的作用。”

“广平侯袁容！”

小古早就知道这位皇帝的亲近重臣，驸马都尉也是当年私藏皇嗣计划的执行人，但此时想起来，却是霍然心头一震——袁容手中掌握着禁卫兵力，虽然不多，但也是驻扎在京畿，难道说？

“你猜对了，真正挖开改道的江堤，是西水关码头一带，是由我父亲的私兵死士亲自执行的。”袁槿的嗓音低沉嘶哑，似乎不愿面对这一切，但终究还是说出了口。

“竟然是这样！”

小古身子一晃，抬头看了看天色——地平线那端已经露出一缕金色，天马上就要亮了——这一天，正是七月初四，汉王出城祭拜徐皇后的日子，一切的计划就是在今天！

景语的计划一旦开启，就难以停止，十多万京城百姓无论贵贱，就要遭遇天劫灾难！

必须赶紧阻止这一切！

小古感到眼前一阵发黑，随即咬牙道：“我现在就赶去西水关码头！”

“那里有我义父的私兵八百，都是精悍之士，你一个人无济于事！”

袁槿伸手要拦她，却被小古狠狠拍开，一双清妙杏眸却是狠狠地瞪着他，血丝漾在深处：“广平侯做这一切，都是为了你！”

袁槿的身子僵住了，保持着伸手的姿势，眼中的光芒也好似炭灰冻结成灰烬，黑眸动也不动地看着她，小古心头一酸，无力哽咽道：“对不住，我不该迁怒，对你发火！”

她心里万分清楚，袁槿本人光风霁月，跟这些阴谋完全无关，他三番两次襄助于她，甚至在知道真相后，第一时间飞马来告知——这样迁怒，实在是对他不公平。

但，广平侯敢冒天下之大不韪，参与景语的计划，这一切都是为了袁槿能够复辟登上皇位。

可以说，嫡长一系的大义名分，宛如黑暗中一盏明灯，吸引着无数人前仆后继——只要袁槿这个人还存在，这样的动荡波澜就在所难免！

“不，我理解你的心情。”袁槿微微苦笑，眼神清澈而痛楚，“如果京城真的被长江水冲垮，那我就是最大的罪人！”

“不是这样的！”

小古要阻止他说下去，袁槿却低声叹道：“我不杀伯仁，伯仁因我而死……都是因为我活着，景语的手里才有了现成的旗帜。”

他抬起头，眼角仿佛有水光，神情却是坚定毅然，连眼角那道疤痕都显得可爱起来，“我们一起去，我跟你，一起去阻止他们！”

小古被他的眼神所慑，一时不知该说什么好——明明是满含痛楚和愧疚的眼神，却在下一刻收敛伤痛和苦涩，化为行动的刚毅决然。

袁槿的性情品行，真正称得上是君子如玉！

她正要上马，却被袁槿不由分说地拉住了：“乘我的马吧，这是军中骏骑，就算两人合用也是不慢。”

小古看一眼知道这是从口外来的，腿长神骏，因此也没有推拒，两人一起绝尘疾驰而去。

远处传来“轰隆”一声，似乎是城门打开了，这一声巨响让两个人都身子一颤——就是今天，就是这一刻！

广晟带着人匆匆在皇宫前出现的时候，守门的神策卫和金吾卫都吓了一大跳，这么多人顶盔掼甲，杀气腾腾是要做什么？

若非看他们刀剑未出鞘，如今又是太平盛世，真以为他们要谋反逼宫了。

广晟拿出腰牌，沉声道：“我们要全面搜检皇宫！”

“这……”

守门的百户惊呆了——就算是皇帝亲军的锦衣卫，提出这种要求简直也是僭越犯上了！

这个新任的锦衣卫指挥使，是疯魔了吗？

“皇宫大内，怎可随便你们的将士冲入？”

有年轻的看不惯广晟青云直上的将官呵斥道，那百户官看广晟面沉似水，试探地推脱道：“这需要圣上旨意……”

“等我进去回禀圣上后再请来旨意，歹人只怕就从地道长驱直入了——他们准备用水淹没全城！”广晟挑眉冷喝道，所有人都吓得呆若木鸡，他怒喝一声，“让开！”

神策卫有人手持刀剑上前来拦，有人却面露犹豫，西华门前乱成一团！

“这是怎么了？”

按照惯例，宫里的几个太监都有轮班巡视，今天正巧是张公公的班，他手持金铜莲花，皱着眉头上前来，问明原因后，看向广晟的目光满是猜疑：“沈大人，这么着带兵冲进来，非人臣所为啊！”

这话阴恻恻的，加上他尖锐的嗓音，听起来让人起鸡皮疙瘩。

“张公公，如果不是十万火急，我们锦衣卫会提着脑袋做这种事吗？”广晟犀利的反问也让张公公一呆，正在他犹豫的时候，突然有人冷声插入——

“小畜生安敢如此？！”嗓音带着熟悉的威严和愤怒，广晟抬眼看去，果然是自己那位清贵文臣的父亲！

沈源疾步而来，双手负在背后，一身自矜儒雅的气派，看向儿子的眼神厌恶而警惕：“此乃帝阙大内，你竟敢带兵进入——我沈家世代忠良，你自己想死，莫带累玷污了门楣！”

这也算是亲爹！

广晟听着这话实在刺耳，冷笑道回敬：“世上竟然有人诅咒自己儿子要谋朝篡反，这也算是奇谈笑谈了，你不信任我，陛下却是对我委以重任，你莫非是想置疑他的圣明？”

“圣上难免被你这种人蒙蔽！”沈源看向广晟的目光更加冰冷，还带着一种隐秘的仇恨和畏惧，好似眼前是什么狰狞猛兽一般，“张公公，这小畜生的话不足为信，什么乱党，什么地下密道，都是这些锦衣卫养寇自重的小把戏，他们这么危言耸听，只怕又要趁机迫害大臣，逼勒民间！”

他说得如正气凛然，以至于旁边围观的文官们都纷纷鼓掌，一片赞叹，仿佛沈源脑门上就写了“不畏强权为民直言”这几个大字。

这些人包括沈源在内，都是轮值朝房的文官，此时听到动静出来看热闹。

文官们虽然派系不同，对锦衣卫鹰犬的态度却都是高调蔑视的，但大部分人都怕有把柄落在对方手上，因此不敢这么肆无忌惮喝骂，但沈源不同，一则他认为自己是站在义理的制高点上——从古到今哪有臣子擅自带兵入宫的道理？其次，也是他有恃无恐的信心来源：眼前这个被呵斥的锦衣卫指挥使，是他的亲生儿子！

君君臣臣父父子子是永久的天下道理，老子训斥儿子，无论有没有道理，儿子都该恭顺地听着才是！

于是，沈源沐浴在同僚们赞叹敬仰的目光下，心中却是无比安稳妥帖，不禁挺直了胸膛，越发显得风骨凛然。

“总之，各位要忠于职守，坚决不能让开皇宫大门，让这群心怀叵测的锦衣卫入内！朝廷养你们多时，若是连守门都做不到，本官第一个参你们一本！”沈源义正辞严高喝道。

广晟看着眼前这个生身之父，看着他以及他那群同僚志得意满地傲然微笑，突然觉得眼前这一幕荒谬绝伦，而且刺眼透顶！

眼看着就要大水灌城，全城毁灭，这些人却还是故意挑刺刁难，就为了维护他们所谓的文官气节和风骨，故意跟锦衣卫对抗！

2.

他眼中冷光一闪，声音低得好似从牙缝里迸出来：“我已经说了，事态紧急，是不得已为之，请各位赶紧让开，切莫自误！”

“绝不能让！若是首开这样一个先例，武人跋扈的势头定会一发不可收拾，我等食朝廷之禄，忠君之事就在今朝！”

沈源口才很好，渲染起来激动人心，那些愣头青的新科进士满心激动，都是一副副热血蠢动的模样。

其实沈源自己也是知道，可能今日要出事——汉王去祭拜母亲，却带了大量人手从街上奔驰而过，锦衣卫这么气急败坏，估计是真有人要作乱——而且，十有八九是汉王朱高煦！

无论谁作乱谁上位，都是皇帝的亲生儿子，俗话说，肉烂在锅里都是一家人，当初户部尚书夏原吉替太子来试探他，他就摆出一副直臣不偏不倚的态度敷衍过去了，但实际上，太子是储君，这种不偏不倚，其实已经是得罪了他。

沈源心知肚明，太子和汉王已经势成水火，总要斗个你死我活的，这时候若是闹出什么乱子，也只是皇家自己的事，至于他们这些文臣——任何人上台，都少不了草诏拟旨、参赞政务的，只要不学那些不识时务的建文旧臣，肯定是毫发不损。

因此，他对锦衣卫这般心急火燎，是嗤之以鼻的——毕竟是皇帝的家奴，皇家打个喷嚏，他们就要地动山摇！什么水淹全城，说起来这么耸人听闻，实际上怎么可能！无论太子还是汉王又不是疯子，把全城人淹死了对他们有什么好处！

所以沈源才敢这么强硬拦住锦衣卫，来刷他刚直不阿的声誉，这也是笃定了儿子不能对自己如何。

他不仅自己阻拦，还告诫张公公等人：“千万不能让他们进来，否则内廷各位的权威何在？东厂那边没有任何示警，只有锦衣卫这么胡作非为，这话根本不可信！”

张公公被两边说得莫衷一是，但这一句是听明白了，锦衣卫和东厂别苗头不是一天两天了，今日之变，焉知不是锦衣卫出了奇谋要把东厂踩下去？

张公公自己也是宦官，虽然未必跟安素多么亲热，但总也是一起共事的老兄弟老伙计，大家都是阉人，此时把事情往阴谋论方向一想，心中不由得有了计较——

“沈大人，兹事体大，你还是随我一起入内面圣吧！”

广晟急得眼里都要冒火——从西华门一直往里走，再等候皇帝陛见，大半个时辰是最快速度了，时机一旦被延误，后果不堪设想！

正在这个关头，却见神策卫中有人站了出来，嗓音清亮不卑不亢：“我倒是觉得，沈大人若是没有急事，不会行如此非常之事，所谓事急从权，应该通融一下。”

众人简直不敢相信自己的耳朵，如此剑拔弩张之势，居然有人敢站出来这么说！

广晟听这声音有点儿熟悉，恍惚间又想不起来，直到凝神看清楚那明光甲下的面庞，这才恍然惊奇道：“黄镇抚，原来是你！”

“现在不是镇抚了，黄某现在在神策卫右直司任职。”

原本跟广晟共事的这位前任镇抚黄大人，朝着他露出一道笑意，虽然转瞬即逝，但却有着足够的善意。

这位黄大人的妻女被白莲教的女匪诱骗，可算是引狼入室，本来论理是应该严惩的，就算是被罢职下狱都有可能，但当时广晟挺身而出，替他做了证言，说明黄镇抚的妻女都是在他授意下故意与白莲教虚与委蛇来往，是引蛇出洞之计，因此黄镇抚不仅脱了罪责，还顺利调到了比较热门的神策卫。

广晟后来就没有跟他来往，但目前看来，他在神策卫里不仅站住了脚，而且颇有人望，他这么一声，原本握紧兵器的卫兵们都纷纷神色缓和起来。

“黄百户，这事与你无关。”

张公公有些不悦看了他一眼，他经常奉圣命来此巡查，倒是认识这位黄百户，据说很得神策卫都督的看重，马上要提他做经历。

“守门是我神策卫的职责，但我们守护的不是这一道门，而是圣上的安危，现在既然沈大人说危急紧迫，我认为应该让他通过。”

黄百户的话言简意赅，下面的将士听了也纷纷点头——宫里要真出了事，他们这不放人进去就成了最大的罪责。

“你这个武夫，真是头脑简单！”

沈源愤怒地骂道，却遭到黄百户的回敬：“不敢，区区在下考文举人的时候是一次通过，比不上沈大人您悠闲，考了三回才中。”

守门的军人中发出窃笑声，沈源羞怒交加脸色通红——他本人文思敏捷，考进士的时候名列前茅，科举路上最大的污点就是考举人两次落第，眼前这个武夫却恰巧念过诗书，还中过文举人，拿这个来恶心他，真是让他辩驳不得。

“哼，无知狂徒，要是乱兵作耗，你敢负起这个责任来吗？”

沈源不跟他辩驳，直接怒声责问道。

“黄某愿意用身家性命，来担保沈大人的人品！”

黄百户的话掷地有声，可说是干脆利落，铁骨铮铮，却也让广晟心中热烫，下一刻，黄百户看向神策卫的众人：“若有闪失，黄某一力承当，就让他们进去吧！”

神策卫大部分人都点头答应了，刀枪剑戟收了起来，宫门也被让开一条道来。

广晟眼眶微热看向黄百户，一切言语都尽在不言中，只是默默抱了抱拳，命令身后将士：“随我一起入内！”

轰然一声应诺，锦衣卫上下的冷肃和剽悍，也让沈源等人面色发白！

随着清晨的第一缕阳光洒下，金陵各处城门都在同一时刻打开了，而汉王的仪仗，正浩浩荡荡往城外而去。

汉王今日很反常，平日里他喜欢一身盔甲骑在马上显示自己的英武善战，今日却缩在鸾车之中，只是默不作声地隔着纱窗往外看，似乎有些急切地在等待什么。

队伍到了上元门前，汉王突然探出头来，似乎在眺望着这晴好的天气，浑然不顾城门小卒已经跪了一地，只是他的目光有些阴冷闪烁。

看了看周围情形，他回了鸾车一马当先驶出城去，鸾车和前部仪仗刚刚出城门，突然有人从城外官道的两边杀出来，冲进队伍里就是一阵厮杀，顿时有如雨的箭矢射来。

“有人谋反，快关城门！”

汉王府的长史高声喊道，城门守军慌作一团，一时手足无措，此时，从后面下人乘坐的小车里跳出一个人来，正是汉王本人，却是穿着一身毫不起眼的便服！

“本王在此，安然无恙，快些关城门，免得逆贼冲进来！”

城门官已经被这场变故惊得眼花缭乱，被汉王踢了一脚才如梦初醒：“快关门，外面的那个只是替身，本王好好在这呢！”

城门官紧急命人推动城门，拖曳出巨大的声响，缓缓关上了，汉王却并不罢休，沉声吩咐道：“下千斤闸，加上九道铁索！”

城门官一时不敢答应——千斤闸一下，非有特制的旗杆石不能吊起，再加上九重铁索，这是非常时刻对付敌寇围城时的紧急对策，需要大都督的亲笔命令和令箭，不是他一个小官可以擅自决定的。

汉王狞笑一声，拔出剑架到他脖子上：“本王险些被刺杀，这群人显然是要谋反作乱，这时候不行非常措施，难道还等他们杀进来？！”

城门外人声喧哗，确实有刀剑粗暴的对打声，城门官被逼得手脚哆嗦，无奈之下只能答应了。

汉王却并不罢休，要求自己的亲卫带了他的手令，到各处城门宣称有乱党作乱，要求下城门千金闸铁索严加戒备。

“本王可不仅仅是为了自己，而是为了父皇和满城百姓，这要让这些乱党冲进来了，岂不是生灵涂炭？”他越说越觉得自己大义凛然，“反正本王也只要求他们关闭一天，待城外乱党清剿干净后再开，区区一日，也影响不了百姓们的生计吧？”

看着亲卫们领命纷纷去办，汉王心中更加得意：死胖子皇兄的如意算盘，这下是彻底破产了！

竟然想趁着我出城祭拜母后暗算我，幸亏东厂的薛语是向着我的，及时告知，才避免被他暗算！

“微臣唯一担忧的是殿下的安全，用替身躲过一劫后，必须关闭所有城门，防止太子的兵马冲进来——他毕竟是储君，忠于他的将领也不少，殿下是千金之躯，若是混乱中被人得逞，那就糟糕了。”

那个薛语这么说着，汉王也深以为然，关闭城门虽然有些出格，但只是一天的时间，自己又差点被刺杀了，事出有因，就算父皇也不会怪罪下来。这样把十三处城门彻底关闭，倾向太子的人马就不能进来了，一天之后，城外的太子党羽自然会把他的势力清洗干净，到时候人赃俱获，就算父皇也不能再袒护他了。

汉王越想越是得意，仿佛已经看到太子的阴谋在父皇面前被拆穿，凄凄惨惨地被脱去冠服，五花大绑被拖出去，废为了庶人，而自己，伫立在万人之前，成为了新的太子储君，将来坐上那九五之尊的宝座，君临天下。

城墙上的日光照在他那豪迈魁梧的身材上，这般俯视芸芸众生的角度，顿时给了他天地之间唯我独尊的快感和错觉。

官道之上，两人一骑飞奔而去，不远处，西水关码头的水面已经遥遥在望了。

“景语若是要布局，一定是做好了万全的准备。”

小古听着耳边风声飕飕，心中却是满含忧虑，眉心皱起道：“他故意在汉王那里散布太子要不利于他的消息，促使汉王急切反击——他到底会怎么做呢？”

小古一时想不到，身后的袁槿倒是给她提了醒：“我不知道汉王会中什么圈套，但景语的目标是将所有精悍的兵力都引出城，让整座城牢不可破，这样引水灌城的计划才能顺利实施。”

“对了！一定是这样！”小古心头灵光一闪，几乎要从马上跳起来：“汉王以为太子要对他动手，为了保护自己，会牢牢缩在城里，不去祭拜，景语肯定会唆使他关闭城门，这样，城外的人固然是冲不进来，城里的人一时半会儿也别想出去了！”

袁槿也被她这设想吓了一大跳：“城门有千斤闸，加上稳固的铁索，就算是精悍的士兵，一时半会儿从里面也打不开门，到时候江水倒灌入城，百姓根本没法逃出去……”

他打了个寒战，一时不敢想象那画面！

“他……他真是是疯了！”

小古咬着唇，浑身都在颤抖。

说话间，西水关已经到了，远远只见临时简单的帐篷驻扎在树丛里，有人来回巡查，水声隆隆传入两人耳畔，彼此对视一眼，都是神色惨变。

“糟了！”

袁槿示意小古潜身在草丛里，自己过去看个究竟：“他们都是我义父的手下，不会拿我怎样的。”

小古凝视着他担忧焦急的神色，以及眼中的疲倦和纠结，心中油然而生一种怜悯，低声道：“你小心点儿，发现不对赶紧离开，他们是不会杀了你，但是可能把你关起来。”

“放心吧，我腰间佩刀不是吃素的。”

袁槿飒然一笑，军中历练的风采此时才显露峥嵘——但这一刻的骄傲自豪，却很快被眼中的阴霾再次遮住了。

小古也只能无声叹息，袁槿真的是个好人，也是个真正的将才，但他的血统和身世，让他注定要背负太过沉重的过往负累。

“我义父向来深谋远虑，只怕我们两人也不能阻止他们分毫。”

话虽如此，袁槿仍然毫不犹豫地去了，他的背影挺拔昂然，宛如风中劲节之竹。

“阿槿那个小子，偷偷溜出去行踪不明？”

城外的别院书房里，广平侯袁容看着桌上的急件，眉心深深地皱了起来。

“今天就是定下的日子，殿下却偏偏跑开了，不知道会不会有什么变故。”一旁的亲随有些担忧。

袁容摇了摇头：“就算他说出去什么，也来不及了。”

他正要让人去追查一下袁槿的行踪，书房的门却被突然推开了。

大事当前，袁容瞬间警惕，把手伸在书桌底下，那里倒扎着一把匕首，是紧急时刻用的。

然而下一刻，出现在他眼前的，竟然是玉容云鬓、巧笑嫣然的熟悉面容——

“公主，你来了。”

居然是永安公主亲自过来了。

公主穿着家常服饰，却自然有一种温婉可亲的高贵气质，她手里一只托盘，隐约冒着热气和香味。

“侯爷，我听说你在书房忙了一夜，所以特地让嬷嬷给你做了虾米小馄饨。”

这是比较平民的食物，广平侯却非常喜欢，多年夫妻，公主身边的人都会做这一道热腾腾的早点了。

袁容看着甜白瓷碗里那清亮的汤色，碧绿的芫荽，雪白中含着粉色肉馅的小馄饨，一时眼睛有些酸涩了。

“你一夜忙碌，想必疲倦又胃口差，喝些热汤更好，若是嫌没有味道，再加些虾米和镇江香醋，只是不许太咸了。”

这么多年来，公主还是那般关心爱护着他的身体。

亲随立刻很有眼色地告退，书房里只剩下夫妻二人。

袁容拿起调羹吃了两口，原本最是喜欢的美食，此时却是味同嚼蜡，他食不知味地吃了两口，却很快被公主看了出来：“怎么了，是不合胃口吗？”

“不，只是今天有点儿累了，所以……”

袁容下意识地收起桌上信笺，公主眼尖，一下便窥见上面袁槿二字，微微一笑也不说破，只是低声道："你也别太操心了，俗话说，船到桥头自然直——这句话还是你先前告诉我的呢！"

想起新婚时的旖旎说笑，她的脸上浮现一层幸福的红晕，袁容看在眼里，心头更是宛如针刺刀绞一般。

"你还在为阿槿担心啊，他是个有分寸的孩子，就是心气高了点儿，不愿意接受你的安排，那也没什么关系，我们这样的人家，人家总要给三分薄面的，阿槿才干上佳又不是庸才，总能崭露头角，闯出一条路来的。"

她见袁容仍然愁眉不展，试探地问道："要不，我去向父皇说说，设法给阿槿安排一个合适的军职？"

袁容看着妻子善解人意含笑的眼，心中更加苦涩，却仍然强笑道："不用这么麻烦，让这小子闯闯，碰碰壁也好。"

"你我夫妻之间，谈得上什么麻烦？"公主嗔道，又问，"这次你非要来这别庄上，却也不见你行猎骑马出去游玩，整日闷在书房里，可是有什么难办棘手的事？"

袁容心中"咯噔"一声，笑容却越发若无其事："没有，只是住在城里有些烦闷了，所以出来散散心，这里山林繁密，安静怡人，倒是一块世外桃源。"

他轻轻抚了抚公主的鬓发，柔声道："就是突然有些军务非要我过目，所以才忙了起来，倒是无暇陪伴公主，让你受委屈了。"

"你又这么生分见外了！"永安公主感受着丈夫温热而略微粗糙的掌心，唇边的笑意更加甜美，"本来想，我们出城来玩几天，什么人也不带，就扮作普通猎人夫妻，徜徉在这山林里，你既然忙着，那就改天吧，反正这次出城也要住一段日子吧？"

"是啊，得住不少日子……"

袁容喃喃低语着，眼中却闪过悚然光芒——就在今天，金陵城就要被大水灌入、淹没，无论成败，想要再回到他们住了十几年的府邸，却是再不能够了！

这么多年人，他与公主朝夕相处，人非草木，岂能无情？

可是……

他痴痴地凝视着公主的面庞，后者好似感觉到他的目光有异，摸了摸鬓角，笑问道："我身上可是有什么不妥吗？"

"没有，只是觉得，一晃快二十年了，公主你新嫁时的情形，却仍然历历在目……"

"好好的，干吗说这些！"

永安公主虽然已经是人近中年，听了这话仍然有些脸色羞红，此时外面隐约传来丝竹管弦的乐声，她为了掩饰羞窘，作出侧耳细听的模样，听了几句觉得唱腔婉转，抿唇笑道："我们府上的家戏班子确实不错，小小年纪唱得有模有样了。"

"公主如果喜欢，可以每日都宣他们来唱，这也是赏给他们天大的体面。"

这次袁容住在城外别庄，归期不定，管家怕两位主子无聊，所以事先把府戏班子都送来了，闲暇时可以点他们唱。

袁容原本心事重重，也没顾得上去细听，既然公主夸赞，他也听了一下，顿时心中“咯噔”一声，双手不由得攥紧了袖子！

戏子们排练的，竟然是一出《吴汉杀妻》！

吴汉为了忠于汉室，听从母命，忍痛要杀身为公主的妻子……

冥冥之中似乎有天定，在这样关键的时刻，让他和她，听到了这样一折戏。

戏子们唱得咿咿呀呀，演公主的那个女旦唱腔缠绵凄婉，满含情意，而演吴汉的那个小生却是进退两难，纠结痛苦难以抉择……

袁容的一颗心都揪紧了，他只觉得眼前一阵发黑，太阳穴突突直跳！

公主、驸马，注定对立的欺骗和杀戮……这样的故事，从古到今宛如轮回！

“侯爷，侯爷！你怎么了？”

却是一旁的永安公主焦急地呼唤道，袁容睁开眼，看着她担忧急切的双眼，心中的愧疚、痛苦，让他情不自禁地握紧了公主的手。

“我没事，只是有些累着了。”

“那你还是赶紧上床休息吧，这么劳累了一晚，脸色就这么难看，还当自己是年轻时铁打的身板不成！”

公主嗔道，亲自动手拉他去后房歇息。

袁容就这么浑浑噩噩地走到了床榻边，任由她素手纤纤放下帐子，金钩碰触发出叮当清响，柔和细密的蹩金团纱百子千孙帐，在他眼前宛如梦幻般恬美宁静。

而帐子另一端，站着他的妻子，也是大明朝的公主，朱棣最宠爱的亲生女儿——

“侯爷，你好好睡一觉吧，一觉醒来，就会舒服好些了。”

她的声音宛如仙乐，好似在他耳边细语，又像从很远的地方传来。

公主贤惠温柔，为了顾及他的尊严，从来只是称他侯爷，而不是驸马——这是为了不让他感觉低人一等。

那样温柔的、真心诚意的爱妻……

袁容闭上了眼，心中却是惊涛起伏不定。

一觉醒来，只怕就是天翻地覆了！

水声隆隆，越发浩大，震耳欲聋之下，小古的一颗心逐渐向下沉去，感觉似乎过了很久，袁槿终于出现在树丛另一端。

“怎么样了？”

她急切问道，却在看见他的双眼时，就知道了答案。

袁槿的双眼被阴翳遮盖，浓黑之中透出焦灼与沮丧！

“水道被挖开了。”

他一句说出，两人目光一对，都知道情况彻底无法挽救！

此时此刻，已经是回天乏术了！

“这里的堤坝已经被彻底改道，水流逐渐加大，半个多时辰就会冲垮下游的几处江堤，然后水流飞涨之下，一个时辰之后，就会越出河道，冲击金陵城！”

袁槿的嗓音不高，却让人脊背生凉——那样的场面，简直是想一想就要不寒而栗！

“真的没法阻止他们吗？”

小古知道自己的问题很多余，但还是问出来了。

“没有办法，他们只听我义父和景语的，军令如山，绝对不会因为我是少公子的身份，就听从徇私。”

袁槿的神色更加难看——虽然他嘴上不说，但小古知道，他一直是把这件事的罪责归在自己身上的。

“可以控制他们的首领，逼他们把漏洞堵上吗？”

袁槿苦笑，露出袖子上的一个破洞，上面隐约还有血迹：“我刚才已经试过了，那个委任的千总竟然主动拿刀往自己身上切，说这条命还给我们袁府也罢，但军令如山不可更改。”

风声在林间呼啸，夏日的阳光逐渐炽热，汗水模糊了眼眶，咸味苦涩刺痛了嘴角，一夜未眠的两人都只觉得疲惫不堪，浑身都酸软不已，恨不能坐倒在地上。

“历史上，久攻不下，被大水淹没的城池也有几座，想不到今天竟然会轮到京城金陵！”

袁槿喃喃道：“够了，真是够了，他们为什么要这么做，为什么？！”

他一拳捶在地上，顿时山石崩裂，自己的指节也皮开肉绽冒出鲜血。

小古急忙拉住了他：“你这样也无济于事，况且，那两人的所作所为，也不能都算在你头上啊！”她一双清澈杏眸凝视着，真挚道，“先前我对你也有迁怒之意，但现在想来，却是惭愧得无地自容——你为了化解这场浩劫，四处奔波忧心，做得已经足够了，袁容是你义父，景语跟我自小一起长大，可我们也劝不了他们——他们的野心和执念宛如燎原之火，没人可以抵挡，这不是任何人的错！”

小古说到这里，嗓音有些哽咽了，这么久以来，景语的可怕变化，她都看在眼里，虽然两人有争执，有失望，有心灰意冷，但直到这一刻，她想起他的蜕变，仍然觉得心痛和愤怒！

“说实话，我长到这么大，可以说没过上几天好日子，父亲对我不慈，朝廷对我不仁，命运也对我何其不公，我也曾怨恨过，但这一切，都不是一个人可以毁灭、践踏其他人的借口！”

她看向袁槿，说的话却似乎是对着远在天边的那人：“他的怨恨和悲愤，我感同身受，但若是他要把整个金陵城的人都当作牺牲，我绝对要阻止到底！”

她说到这，蓦然站起身来，也一把拉起了袁槿：“既然还有三个时辰，也就是说事情并未绝望，我们必须努力到底，不能让他们的阴谋就此得逞！”

袁槿被她这一番话也激起了精神：“那要怎么做呢？”

“在大概猜到景语的布局时，我已经拜托广晟把金陵附近所有的地形图和有关水文记录都提取出来，让他的文书照抄了一遍。”

说起广晟的名字时，她语气中的亲昵和信任，让袁槿心头一酸，心中叹息，却是默不作声。

小古默默打开包袱里的羊皮地图，里面涉及水道地脉山势的各处，都用各色颜料作了标记，她用炭笔在原先江堤的方向打了个叉，又把西塘关圈出来，打开另外一叠资料，重新对比，观看。

她如此专心致志，以至于袁槿都不敢打扰她。

时间一点一点地流逝，袁槿心中焦急，小古却仍然专心致志，这份沉得住气的功夫，简直让他叹服。

终于，小古放下了宗卷图籍：“现在还有一个办法，但是要做到很难。”

她迎着袁槿惊讶的目光，也迎着日光洒下的方向，嗓音清脆而坚定：“当初洪武皇帝重新修建金陵城时，是注重水文布局的，让长江蜿蜒流过，却又尽量不让它造成内涝之害，今日虽然因为堤坝陈旧略见险情，但终究还是靠得住的。”

“如果江水被改道冲向金陵城，沿途必定也是夺了其他的河道，最有可能的，就是这里和这里……”

小古用炭笔一一勾画，随即抬起头目光看向金陵城的方向：“如果是这样，倒是可以利用金陵城本身就有的地下水道，让江水漫过全城后顺着水道向城外另一端而去。”

“但是那些水道我们都见过，陶管只有面盆那样的圆径，根本不能容纳所有江水大潮。”

小古用炭笔点了一点皇城附近：“陶管是不够粗，但是当初挖下的地道，却是用砖石砌成的，容得下一人走入。”

当初常孟楚救了她，她好奇之下曾经去查探过这种陶管，发现当初砌城时，留下的地道余地竟然很大，可惜后来为了省钱安设的都是古代那种款式的陶管，这种管子由专门的工匠制成，从殷商时期就有规定尺寸。

“但是那陶管已经安设，现在如果要这样，除非是……”

“将所有现成的陶管都破坏掉，让江水从砖石地道里通过。”

小古决然说道，袁槿却大吃一惊：“那是何等巨大的工程？！”

“只需要用炸药一路爆破就行。”

小古的话说得轻松，袁槿却被吓得不轻，无论如何，在一国之都里用炸药沿途爆炸，这样大的动静比改朝换代也小不了多少！这要怎么做到！

“这事只能由他去设法了，我相信他必定能做到！”

小古说起“他”时，唇边笑意带着一丝温柔和俏皮旖旎，袁槿看在眼里，心中更加黯然。

这般的默契和信任，只怕两人之间，早已经……

此时此刻，江水轰隆声更重，席卷着万钧力量朝前而去，两人心头一凛，袁槿道：“城门只怕已经关闭了，你要怎么通知他？”

小古微微一笑：“我手下也是有几个得力助手的。”

3.

她的得力助手之一站在城墙下，身子还有点儿虚，她抹了把额头上的汗，要放飞手里的鸽子，那蠢鸽子却似乎恋栈不去，就是不飞。

“喂，你赶紧给我飞啊！”

蓝宁对着鸽子瞪眼催促，无奈鸽子好像不赏脸，就是不走。

“那……打个商量好不好，你赶紧飞，回来我喂你吃苞米和燕麦。”

灰蓝鸽子“咕咕”了两声，仍然不肯就范，蓝宁伏身躲在草丛里，闪过周围士兵来回巡查，更加心急如焚。

“不是所有鸽子都爱吃苞米，这只喜欢吃的是小麦和芦粟。”

身后响起熟悉的声音，吓得蓝宁身子一颤，回身看到是郭大有，这才松了一口气。

“这只鸽子是黄老板养的，他从锦衣卫诏狱被救出后，就匆匆逃离了京城，为了感谢十二姑娘，所以才把这只鸽子留给了我。”郭大有的声音不疾不徐，“黄老板是在北方做生意的，那边种的主要还是小麦，所以它的口味跟本地鸽子不大一样。”

蓝宁瞪了他一眼：“不早说！”

随即却犯愁了，一时哪里去找这两种粮食，郭大有解开背上的布囊，泻下金灿灿的小麦和磨成磨粉的芦粟，鸽子欢快地吃了一阵，这才拍动翅膀，朝着天际飞翔而去。

城墙上似乎有人微微骚动，有士兵朝着它射了一箭，蓝宁的心都跳到嗓子眼了，那鸽子极为惊险地闪过，终究还是飞得远了。

鸽子落在小古掌心，她打量着它，露出一丝亲昵俏皮的笑容：“又见面了，上次多亏你发现我，我才得救了呢！”

鸽子快活地“咕咕”两声，温柔地注视着她，小古在图卷上画来画去，又撕下衣襟用炭笔写字，好一会儿才把所有要说的都写完，然后卷成一卷绑在鸽子腿上，让它飞回去了。

“这样并不保险，万一有个闪失就前功尽弃了。”她沉思了一会，决定去营地里偷点儿东西，“他们有火头军吧，我需要一点儿粟米，还有一大块肉，一瓶香油。”

袁槿不知道她要做什么，但自告奋勇去做了，这些东西神不知鬼不觉就偷出来了，小古看着袁槿衣服上的油渍，觉得让他这么一个贵公子去做这种事，也确实委屈他了。

小古用刀将肉切成碎丁，拌上粟米和香油，然后从自己怀里掏出一只瓷瓶，把蓝色液体缓缓倒在上面，整个过程十分小心，不让那蓝水沾到自己身上任何一滴，最后，她掏出一枚男人用的玉簪，敲碎了，把各个小片也放在肉上。

“这是什么？”

袁槿知道她精通一些奇怪的药草和虫蚁，但这个他也看不明白。

“这是苗人用来驱使鸟雀为自己送信的。”小古的嗓音有些哀伤，“苗人在山里遇到虎豹等受了重伤，就会用这种药御使鸟雀去为自己送信，一般会用家人的贴身物件来混在食物里让它们吞下，在这种药的驱使下，鸟雀就会不顾一切地飞到要找的家人身边——但，到达目的地后，小鸟几乎都会力竭而死。”

随着她这一句，无数的鸟雀宛如被鬼魅所摄，疯魔一样地被无形的气味吸引而来，扑在肉丁和粟米上，疯狂地吞咽，其中当然也吃下了玉簪的碎片。

袁槿看她神情黯然，心中却是一动：她杀人对敌时何等冷静强大，但面对一群小鸟，却会露出这般悲悯遗憾的神情。

他不禁安慰道：“这也是没办法的事。”

“我知道。”小古点了点头，收起眼中那一点遗憾和惋惜，目光看向那奔腾翻涌的江水，恢复了冷静和犀利。

广晟派出的锦衣卫在宫中详细搜索，惊得宫人们纷纷闪避，他自己却赶到太和殿之下，等候皇帝早朝散去。

早朝比平时时间要长了很多，朱棣看到他的时候，面色淡淡看不出喜怒：“今天早朝好热闹，文臣们联名告了你一状，连宫里的太监都吓得纷纷来朕这里报告——锦衣卫的人在宫里横冲直撞，你可知道？”

广晟早有准备，将真实情形紧急说了出来，并建议道：“为了安全起见，请陛下赶紧出城闪避。”

“你的意思是，一个多时辰后，长江水就会冲进这城里，将此地全部淹没？”

广晟正要回答，朱棣拿起手边的一封密折：“这是东厂那边昨天紧急递进来的，说是城外有乱党图谋不轨，准备于今日城里城外一起呼应，目的就是要杀了朕和汉王两人。”

他晃动了一下手里的密报：“东厂这边证据齐备，说得有理有节，你却要朕相信你，必须赶紧打开城门，紧急闪避？”

广晟听了这话，知道景语早有准备，正要竭力说服皇帝，此时却听张公公紧急来报：“皇爷，汉王紧急来报，在城门前遭到乱党突袭！”

广晟脸色一变，朱棣却哼了一声看向他：“果然，东厂那边的线报是真的！”

张公公看了一眼广晟，继续道：“汉王为了避免乱党冲进城来，已经命令各处关闭城门了！”

朱棣哼笑了一声：“朕这个儿子，手段总是太过粗暴简单。”

他看向广晟，目光深邃而阴沉：“汉王是朕看着长大的，他也许飞扬跋扈，也许粗暴残忍，但有一点，朕可以相信——他不会帮着外人来骗自己父皇。”

广晟心中发急，失声喊道：“陛下，这也许是乱党的诱饵，就是为了引逗汉王关闭城门，江水顷刻之间就到，时间快来不及了！”

朱棣见他神色焦急不似作伪，不由得凝神思考，随即目光看向他，灰黑色的瞳孔深处，是前所未有的冷酷和威势："你能保证此言为真，而不是胡乱猜测？"

"微臣愿用身家性命来保证，若是有一字虚言……"

广晟抬起头看向朱棣，眼神中是一往无前的坚定决然："愿意与纪纲前辈一个下场！"

这话说得太重了，连旁边的张公公都吓得一哆嗦。朱棣的目光先是一冷，随即扫向他，帝王威势在这一刻笼罩在广晟身上，他却咬牙挺直了身子，丝毫没有畏缩。

"好，朕就相信你这一次！"朱棣随即命令一旁的宦官，"立刻拿了朕的手令，去把城门打开，派出京营的人马，剿灭城外的乱党。"

他随即沉声道："就算现在立刻打开城门，一个时辰也来不及疏散全城军民，这毕竟是京城金陵，六朝古都，人口众多。"

广晟也想到了这一点，他昂然答道："所以微臣才要搜索宫里的地道，他们用皇城内街道下水管连接宫中，让大水集中冲击宫中，就是为了让宫里的人首先遭殃。"

朱棣既然选择相信他，倒是也干脆，挥手道："你可以在宫中随意行事，但是记住……"他灰黑的眼眸宛如苍鹰般狠戾，"如果最后证明，东厂是对的，而你的情报并不准确，你的下场，会比纪纲更加不堪。"

"因为他无儿无女，孑然一身，可你的背后，却有整个济宁侯府的兴衰荣辱。"

皇帝的声音从御座之上发出，宛如九天之上的雷霆，神恩如海，神威如狱。

皇宫搜索得并不顺利，虽然宫娥太监们被吓得瑟瑟发抖，但传说的皇宫密道却是毫无发现，这也是理所当然的——如果这么容易就暴露，当年建文帝早就被擒住了，哪里还能逃得天涯海角都找不见？

就连当初发现异常的南苑莲池，如今也是毫无端倪——广晟一声令下，池水被放了出去，连淤泥都清空了一层，露出浅浅的水底，锦衣卫的士兵们拿着长枪和竹竿往下戳，仍然毫无发现。

那个管理莲池的宫女被唤来了，却是一个生面孔，一问才知道，原先那个宫女两天前得了急病，拖出去后立刻死了，已经被送去化人场烧了。

"这么一个大活人，才两天就烧成灰了？！"

广晟的声音不怒而威，管理南苑的姑姑吓得脸色煞白，掌管这一块的少监却是个有胆识的，居然笑着回嘴道："大人可能是对我们宫里不熟悉，也不了解，我们是伺候贵人们的，他们可是千金之躯，若是过了病气，谁也吃罪不起，因此谁得了急症，是马上要挪出去的，丝毫耽误不得，这可是规矩！"

"规矩？！"

广晟冷然一笑看向他，眉目之间风流宛然，绝美胜过在场的宫娥，那少监虽然断了子孙根，却也心头一荡，下一刻，他被一个耳光狠狠地打倒在地，只听那人低声道："你们自己若是病了，也是一天就送出去烧了？"

广晟一声令下："来啊，把这位公公剥光了挂在旗杆上，过半天看他有没有过了暑气，如果有，立刻送他去化人场。"

那少监吓得目瞪口呆，他也算小有脸面的人，做梦也没想到居然有人敢如此飞扬跋扈，这么作践他，刚刚喊出"你们怎么敢"这五个字，就被几个锦衣卫校尉如狼似虎地扯起身来，三两下就拖到远处剥了衣裤。

宫娥们都吓得羞得不敢看，宦官们却是吓得两股战战，有胆小的几乎要吓出尿来，他们这群人最是欺软怕硬，原本对着宫外来的锦衣卫总是居高临下地藐视，现在终于没了气焰。

那个少监真要被绑上旗杆，日上三竿正是炎热，若是真被晒个半天，就算不死也要中暑，这群锦衣卫无恶不作，真的拖出去活活烧死也是可能的，他顿时妥协了，低声嚎叫几声，就说有下情要秘密禀报。

广晟听完以后，按照他所说的在莲池边缘摸了几下，终于找到一块关键的凸起石头，按动三下后，原本一片平坦的池旁裂开了，露出了黑魆魆的一个凹洞，却是巧妙利用水流原理，在凸起的侧边开出来的，平时水流根本进不去。

循着石阶而下，广晟看到了上锁的门户，铁石打造而成，没有钥匙根本无法打开。

"钥匙在哪里？"

他一把掐住那少监的咽喉，后者哽咽道："我们也不知道，真的不知道……"

广晟手中继续用力，那少监双眼凸起咽喉"咯咯"作响，哀鸣道："大人饶命，东厂的薛先生说……"

这个名字让广晟心头一沉，手下略微放开些，那少监喘息着说："薛先生说，钥匙既然没有，那就用炸药将它炸开。"

"你们准备什么时候动手？"

"还有半个时辰。"这个答案让广晟心头发毛——半个时辰后爆炸，这样的动静在宫里显然不可能不被发觉，那就意味着，江水漫涌就紧随其后！

然而整个地道的情形，他却全然不知，因为地道的图只有景语才掌握！

就在他心焦如焚的时候，李盛跑了过来，气喘吁吁道："大人，您家的堂妹求见，正在宫门口。"

"堂妹？"

广晟一时没反应过来："是哪一个？"

"是一位如瑶姑娘，她说有紧急的事要找你。"

"这都什么时候了，让她先回家再说。"

广晟挥了挥手让李盛离开，突然心头一亮：如瑶的嫡母是张夫人，这地图跟她有莫大的关系，她本人又稳重识大体，这次抛头露面来求见，莫非是有什么线索？

"你赶紧请她进来。"

不到一盏茶的工夫，如瑶就被锦衣卫的一个校尉搀着，疾步而来，她本人气喘吁吁显然累得不行，第一句话就是："钥匙在我这儿。"

"什么？"

这简直是瞌睡遇到了枕头！

广晟简直不敢相信自己有这么好的运气，刚刚为这着急，突然就如有神助地出现了如瑶！

如瑶匆匆赶来，也是有一番缘故的。

沈源在儿子这里碰了硬钉子，在早朝的时候也被众同僚吓得魂不附体——众人七嘴八舌说他生了这种胆大包天的儿子，竟然敢带兵冲入皇宫，今后一定也是纪纲一般的逆臣贼子。

这样的话让沈源又气又急又恨：如果时光能够倒流，他一定把这孽子打杀了，不让他出来玷污门楣。

有人甚至阴阳怪气道："到时候出了什么乱子，可是要抄家的，九族都要遭殃的例子，大家看得还少吗？"

这一句盘旋在沈源心头，回到家里立刻召集太夫人和王氏以及二房众人，不一会，济宁侯府上下就传遍了：侯爷不知道发了什么疯，竟然带兵冲进宫里，到处搜查什么地道！

"这是要毁家灭门啊，孽障，是想害死我们大家吗？"

太夫人又气又急尖声喊叫，于是后宅的丫鬟婆子都知道了，传来传去变得更加邪乎，简直是人心惶惶。

如瑶听到的时候，被"地道"两个字吓得手里的茶盅都落了地，一旁的秦妈妈担心地唤了一声"小姐"。

"妈妈，你把那钥匙拿出来吧。"

"小姐，那可是……"

"既然都到这地步了，侯爷跟我们可算是一损俱损一荣俱荣，我们必须把钥匙给他。"

"小姐啊，你可别犯傻，这是我们手上最后的依凭，你若是给了侯爷，那就是自己站出来承认，我们张家是逆党一伙的，这可是死罪啊！"

如瑶面色苍白，眼神却是坚定："我相信堂兄不是薄情寡义之人，如果我看走了眼，那我认了。"

于是她不顾秦妈妈的哭喊，拿着钥匙朝宫里赶来——那所谓的钥匙，就是秦妈妈平时挂在鬓角的那只珊瑚簪，张夫人所赐，平时她无比珍视。

没想到，就连景语也没看穿——张老尚书的最后一着，竟然在这！他虽然掌握了玉琮和木盒，但仍然担心被过河拆桥，所以把皇宫地道的钥匙牢牢攥在手中！没有这钥匙，就算有地图也是无法入内。

"一出门就遭遇了匪徒伏击呢，幸好遇到萧家表哥，送我一路来了宫门前。"

萧越？

广晟一听，眼神有点儿古怪："这不是先前要跟你定亲的……"

"侯爷！"

如瑶低嗔一声，广晟呵呵一笑不再多说，心里却有了谱。

"萧家表哥说，那些匪徒，看起来似乎跟那个人有关。"

如瑶皱起眉头，说起那个人时，眼中满是愤怒。

广晟一愣，顿时明白了："是东厂的人？"

"是。"

如瑶的眼中浮现厌恶和惧怕，突然拉住了他的臂膀："堂兄……不，侯爷，我求你，我不要嫁给那个人，他是个真正的魔鬼！"

广晟拍了拍她的肩安慰道："你放心，我是侯府的一家之主，没有我的同意，他们谁也休想把你嫁出去。"

随即他拿起钥匙端详了片刻，将它伸进锁孔里，轻轻一扭，顿时，厚重的铁门打开了。

铁门背后，是蜿蜒各处的地下密道，显然多年没有打开，空气沉闷很舒服。

"母亲曾经跟秦妈妈说过，这地道通往各处。"

广晟听了如瑶这一句，眼前大亮，顿时觉得困局迎刃而解了——

循着地道往各处探索，就能看到它的全貌，有没有地图，其实已经不太要紧了！

"如瑶，这次多亏你了！"

他深深一揖，感谢这位深明大义的堂妹。

如瑶的眼圈却有些红了："我只希望，母亲在九泉之下不要怪罪我才好。"

张夫人以及张老尚书等一干族人，最大的梦想大概就是朱允炆能够复辟登上皇位，而如瑶一朝成凤，成为整个大明的皇后。

可如瑶，等于是亲手将整个希望都掐灭了。

"我知道，你和小古这几天都在忙，我也帮不上别的什么忙，只希望大家都能平平安安的……"

她低声说道，随即目光露出毅然之色："但是薛语那人心怀叵测，你们一定要小心他！"

显然，上次的经历，让她对景语心有余悸。

"为了这满城百姓，我也一定要阻止他！"广晟眉宇之间，是前所未有的坚定，这一次，他也是赌上所有了！

漆黑潮湿的地道里，蜿蜒纵横，锦衣卫士兵们急急往各处探索，广晟站在湖边上，面色泰然，心中的焦急无法言表！

时间在无情流逝，各处的探索都基本看到了头。

不出所料，各处暗道的入口处，基本都有景语的人在暗中看守，这些人中间，很多是出自太子东宫的，这事将来要是闹起来，又是一笔不能提的账！

"把各处地道都重新锁好，加固，把假山石统统都推进去，不能让水轻易漫进来！”

“城门那边打开了没有？”

就算用石头加固，让水不能通过地道，打开城门泄洪，但终究只是治标不治本的事，江水漫灌而来，这些只能推迟水漫上来的速度，却终究不能解决问题！

广晟不断地发布命令，此时李盛匆匆而来，满脸忧虑更深，“大人，城门那边是打开了，可是城门外确实有乱党在杀人捣乱，其中很多人，确定是太子六率的人！”

太子六率，按照礼制是从属于东宫的军队，但自从朱高炽见疑朱棣后，他们就一直很低调，如今在城外追杀汉王的竟然真的是他们的人！

广晟的脸色沉下来了：“陛下那边怎么说？”

“朝中大臣们大部分在附和汉王，说这一定是太子的阴谋，说大人您轻易开了城门，是跟太子一伙的，而夏尚书他们却说这是我们锦衣卫的阴谋，是要构陷太子……”

下面的话，广晟简直不用想就知道是什么，他深吸一口气，压下勃然怒意——都这个关头了，这些人还在为了皇位之争扯皮，猜测各种阴谋论，简直是……

“陛下倒是还算冷静，说既然这事委任了你，就是用人不疑，疑人不用。”

李盛有些吞吞吐吐，广晟却知道他的意思——无论如何，朱棣这次也是在赌，赌的是他的能力和忠心，如果有个万一，广晟就是最好的牺牲品。

“朝臣们争吵不已，但都要求关闭城门，有些还说自己要亲自堵在城门前，保护君父以防不测！”

这倒是好演技，正是表现自己赤胆忠心的时候！广晟光是想象，就能知道那边有多么热闹。

但如果江水淹城，这猴戏也白演了……广晟微微苦笑，收敛神色，冷然吩咐道：“清空城门前障碍，不许任何人阻拦，让城门附近的百姓有秩序地离开，到远处地势高的空旷平地上！”

“不用全城疏散吗？”

“来不及了！”广晟沉声道，“只有半个时辰不到了，来不及疏散这么多人，反而会引起恐慌和踩踏，只有让大家尽量跑到屋脊上和丘陵等高处！”

“这个我已经吩咐下去各处呼喊告知了！”李盛点头，面色也黑沉好似锅底，“大人，就算是这样，肯定也有很多人被淹死，是吧？”

“他们主要想淹没的是皇宫，之前已经把三条街的水道都勾连起来了，到时候皇宫肯定是重灾区，但如今我把地道都堵塞了，那水一时冲不进来，只有朝着四周的民宅涌去。”广晟的嗓音无比苦涩，“具体会淹成什么样，只有老天知道了！”

他已经做了他所能做的，接下来，难道真要坐以待毙？

就在这时，宫墙边突然发出一阵喧哗，广晟注目凝神，过了一会，有人来禀报道：“有武监射中一只鸽子。”

“鸽子？”广晟皱眉怒喝，“谁让他们射的？鸽子呢？”

“鸽子飞走了。”

那校尉战战兢兢道，广晟眉头皱得更深，万一，这是谁在给他传播信息……他一下子想到了小古，在平宁坊那时候，不就是靠着鸽子才找到被埋在地下的她吗？

就在这时，突然宫女们发出一阵惊呼，天空之中有无数鸟雀密密麻麻地飞了下来，纷纷落在南苑的空地上。

鸟雀们都口吐鲜血，地上血迹斑斑触目惊心，广晟快步走了过去，见它们的尖喙里都吐出一小粒玉石的碎片，那颜色光泽似曾相识。

“这……好像是什么玉器，很眼熟的样子。”

由于碎得彻底，他也不知是什么，但随即，鸟腿上的纸条吸引了他的目光，打开一看，眉头震动一跳，双眸发出强烈的光芒！

“原来是这样！”

他双手微微发颤，脊背上却激动得出汗！

“这个办法虽然大胆，但也许可行！”他飞快地转过头去，对着李盛大声吩咐道：“赶紧去驱散皇宫附近那三条街上的所有官民！”

见李盛没反应过来，他大声喊道：“就是装有地下水管的那三条！”

李盛领命正要跑开，广晟一把拉住了他，喊道：“然后装入炸药，全部炸开！”

“啊？！”

由于太过惊吓，李盛一个踉跄险些跌倒，广晟继续吩咐道：“用量控制在这个数目上，我写给你！”

李盛侧身去看的时候，分明看到那纸条上，用炭笔匆匆写成的娟秀字迹。

而广晟在这瞬间，凝视着那字迹，微微一笑，顿时耀花了众人的眼——那般思念和眷恋，信任和亲昵，简直宛如纯酿一般柔和绵长，又似夏日般炽热坦荡！

“大人，朝臣们已经在闹了，这要是赶他们离开各自衙门，都不会答应的！”

“不答应就把人绑起来拖出去！”

广晟这一句简直是凶残霸道，跟方才那个眉目晕满相思的男人根本判若两人。

“这次要是能过关，他们还得谢我救命之恩才是，若是过不了，大家都是死路一条，他们怎么恨我也是白搭了。”

这话倒是干脆利落，很有当年纪纲大人的派头。

靠近皇城的三条街本来就是官衙所在地，个个都是气派森然，巍峨耸立，此时却突然被一群如狼似虎的锦衣卫冲进去，不由分说地将人拖出去，驱赶。

“这……这简直没有王法了！”

“老夫要参你们那姓沈的小子一本！”

“我的钱箱还在里面啊！”

顿时各种愤怒的喊声不绝于耳，锦衣卫校尉们充耳不闻，将人干脆利落地驱赶一空，随即用刀逼着工部的人打开各处地下水道的入口，随后不顾他们的惊呼挣扎，往里面丢着一捆捆的火药和引线。

“不能啊，你们这是大逆不道，要诛九族的！”

工部侍郎简直是嚎叫了！

锦衣卫的人没有任何迟疑，只有一个人叹息道：“其实我也觉得这种事情挺危险的，将来是要被你们唾沫星子喷死的！”

工部侍郎大喜过望，希望能说服他：“是啊是啊，你们这是要毁掉这几条街，毁掉这座城啊，你年纪轻轻，何必拿自己的大好前途来开玩笑——”

他的话被毫不留情地打断了：“可我们锦衣卫，一向是指挥使说什么，我们就去做，哪怕杀人放火，都不会迟疑！”

工部侍郎张口结舌，看着这一群身着飞鱼服，佩着绣春刀的恶徒们扬长而去，朝着下一条街而去，他正要追上，却听远处传来轰隆隆的巨响——宛如群山地动山摇，好似苍穹崩裂破碎，那般巨大的声响震耳欲聋，直扑而来！

那是什么声音？！

他脚一软坐倒在地上。

万花楼的原址，此时已经是人去楼空，无数脂粉佳丽，风流旖旎，此时都已经是过往，只空余粉墙黑瓦，绿树茵茵，只有那被烧得焦黑的门板，证明这之前发生的一场惊心动魄的突袭拼杀。

这里原本有锦衣卫的人手驻扎，此时却已经全部倒在血泊中，空中隐隐带着血腥的甜味，在日光烤炙下，逐渐蒸腾发酵。

这样似曾相识的一幕，似曾相识的气味……景语负手而立，眼中闪过恍惚。

这里，原本不是什么万花楼，而是临仙阁。

同样的官妓行院，同样兴旺的送往迎来……十四年前，他的妹妹就是在这个院子的屋檐下，用破碗划破咽喉自尽的。

那是个会甜甜笑着喊他大哥的小丫头，眼睛大大的，鼻尖上有两点微微的雀斑，却宛如美人痣，将来一定是个美人。

妹妹唤作玉姐儿，是父亲景清后来迎娶的夫人生下的，续弦夫人是任上娶的，对他也甚好，但难产后就此香消玉殒。

这个妹妹与他并无血缘之亲，两人之间却仿佛是天生的兄妹，吃饭穿衣的爱好都很一致。

玉姐儿古灵精怪，曾经指着小古跟他往来的书信，笑着羞他“未来嫂嫂的字，写得比大哥漂亮！”

这种话让他哭笑不得，追着要把书信抢回来，玉姐儿就赖在庭院装哭……

这样的小妹妹，最后却死在了这种烟花之地的低矮屋檐下——景语从来不敢想象，她是怎样咬着牙，一点点划开自己的咽喉，默默地流干了血死去。

父亲的尸体已经无法入殓，而他偷偷看到的妹妹尸体，就这么横陈在这个偏僻院子的树下，任由雨水冲刷蹂躏。

景语闭上了眼，听着耳边水声隆隆，仿佛又回到了那个雨夜。

水声浩大轰鸣，宛如银河之水泻下，伴随着越发强烈的地面震动，宛如神话中的不周山倒，天柱断折，水潦大地。

远处传来人声惊呼和哭号，景语心头一动，仿佛有无尽悲怆划过眉间，却终究化为虚无空幻的冷凝笑容。

这座城即将被大水淹没，多少朝代风流妩媚的金陵，被这么一淹，就算不是全城皆没，也是元气大伤，从此再难恢复，而有多处地道灌注、居于中央平坦地带的皇宫，将是首当其冲。

不是没想过，用火药等埋设在地下引爆，可就算宫室有损，重重侍卫保护包围下，皇家那几个人脱困的可能性也极大。

这个计划，张紞老尚书他们也曾经设想过，之所以放弃，就是因为不确定能铲除朱棣，反而将彻底暴露宫内地道的秘密。

而现在，一切都不用担心了，大水过后，一切都是浮云。

至于全城百姓，景语的唇边漾起苍凉而讥讽的笑容：反正自己已经是罪恶滔天，罄竹难书，如今求仁得仁，又有何怨呢？

也或者，自己根本就是恨着这座城，以及其中的百姓人等。

父亲景清不屈而死，处“磔刑”后被悬挂在长安门示众，很多人津津有味地围观看热闹，热闹宛如集市，长达十数天都是人头攒动。

还有妹妹玉姐儿，她才一点点大的孩子，就有幸灾乐祸的客人跑来排队预点，说是要“尝尝达官贵人家的孩子”，她那么小的孩子，遇到这种事已经彻底吓懵了，所以才会走上那样一条绝路。

这么一群爱看热闹、无论是非、拜高踩低的人们……少年时的他愤世嫉俗，曾经那样咬牙憎恨着所有人。这种隐痛和憎恨，一直盘旋在他心头，因此，如今他做出这种天人共愤的事，应该也没什么好奇怪吧？

宫羽纯当年也跟玉姐儿一起被送到这临仙阁，她曾经一派大姐姐的举止，却是眼睁睁看着玉姐儿死去，并没有施以援手：当时她是临仙阁的头牌花魁，若是她肯出力救人，玉姐儿未必会落到……他射出的那一箭，虽然有灭口引起混乱的原因，更深的却也是在报这见死不救之仇！

只有如郡，他的如郡，会那样睁大了眼瞪着他，那样漂亮闪亮的杏眸会因为痛苦惊愕而变色——她始终不能接受，她的阿语哥哥变成了一个纯粹的恶人，一个为了复仇而嗜血疯狂的魔鬼！

想起那个心头梨涡浅笑的倩影，他的心剧烈地被扯痛，藏在袖中的双手紧握成拳。

她现在应该会没事，因为她被他虚晃一枪的“长江堤坝”所骗，应该去了城外尽力阻止——那里非常安全。

这也是他唯一能为她做的。

水声轰鸣声越发近了，景语站在这里，静静等待着那一刻……

然而，随之而来的是巨大的爆炸声，不远处的某地，传来剧烈闪亮的火光，宛如火蛇一般飞快蜿蜒向前，空气中传来浓烈的火药气息。

景语眉头一皱，凝神观察着这一切，他直觉这一切并不单纯！

火蛇蔓延的方向，正是那关键的引入江水的三条街道，也正是官衙所在——他们究竟想做什么？

他快步飞身上了屋脊，登高远望，只见不远处的街面已经被完全炸开爆裂，石块瓦砾被气浪掀翻砸起，宛如一团团浓雾。

“是炸开了地下水管——他们难道是想……”

景语心中念头飞转，却听水声轰鸣着越发接近，大地的震动也让人几乎站立不稳。水流在众人的惊呼声中漫了过来，席卷着三人高的浪头，逐渐加大、掀高！

那江水翻涌进入城中，城门边沿一圈已经是人仰马翻了，水流肆虐继续打来，各人都东倒西歪。

洪水滔滔而来，似乎要将整个城市逐渐灌溉淹没，很快就到了人们的腿上、半腰上，前一波飞速向前，在路人的惊呼声中，已经到了那被炸得满目疮痍的三条长街上！

水流打着旋涡被废墟拦住，随即却轰然落进了地下，变得无影无踪——大小不一的旋涡分成一处处，将水流引入地下，好似那里有个无底洞一般。

“这……这么可能？！”

第九章

广陵县主

1.

这三条街还是重点引入江潮浇灌皇宫的要地，因此景语知之甚深：这下面就是坚固的陶瓷水管，可以勉强容一人通过，但哪里来的空间能把这么多的水都容纳?

而眼前发生的这一切，却越发出乎他的意料：水流继续涌来，到此就似乎停滞了，翻滚打着旋流入地下，无穷无尽，周而复始。

百姓们仍然在惊慌，有的地方水已经淹没人头顶，他们到处攀援高处或者屋顶求救。但渐渐的，他们发现水势没有再涨上去，也就略微松了口气。

有人互相救援，有人呼喊哭号，江水仍在灌入，但终究没有方才那样飞快地涌入，大家也能喘息一下。

“真是的，官府说修的堤坝能防止百年洪水，这怎么才二三十年就淹进来了？”

“幸亏本城是个宝地，江龙王来了也只能淹个半死，还剩下一条命呢！”

打更的两个老苍头被冲到了这儿，一个抱住了槐树，另一个趴在万花楼的坊门边，扯着嗓子互相喊道，戏谑隐约传入景语耳中，他却好似没听到，双目凝神简直不敢相信眼前的一切!

这……怎会如此?!

下一刻，一道熟悉的、明朗飞扬的嗓音打断了他的惊疑不定：“你不用惊讶，因为地下的陶瓷水管已经全部被炸开了，砖砌成的通道空间足够大部分江潮通过——虽然不能完全疏散洪水，但两个时辰之内，保证不会蔓延到屋顶上，大部分人会平安无事。”

广晟快步而来，虽然衣着有些狼狈疲倦，但神色却是意气风发。

“而两个时辰之后，京畿周边的军队就会赶到真正的决堤口，把那里紧急封上。”

“另外，被你调虎离山的各家勋贵私兵马上就会赶回来帮忙，而被你假借东宫诏令调去的太子六率，此时也已经偃旗息鼓等候发落了——他们毕竟只是被蒙骗的从犯，你才是真正的罪魁祸首！”

他看着满地锦衣卫的尸体，目光满含愤怒：“原来你出言要求锦衣卫在这蹲守，就是为了杀人泄愤！”

“这是给我妹妹玉姐儿的祭品，她的忌日就在后天，做哥哥的只能早些为她准备。”

景语想起妹妹孤零零的死状，笑得冷然疯狂：“当初，就是你们锦衣卫的人，如狼似虎地抄家、逮人，把这么小的孩子都押送官妓坊——你们这些朝廷爪牙，死不足惜！”

他的话让广晟怒火中烧，他拔出绣春刀指向这淡然而笑的阴谋者，咬牙道：“这些都是我的属下，他们不是什么达官贵人，每年只领着二十两的俸禄，全家老少靠这世袭的军职过活——他们也有妻儿亲人，你杀人性命害人一家，还觉得自己特别清高特别伟大？！”

他的刀锋湛亮宛如白虹，微微颤动锋芒中吞吐杀机：“就算冤有头债有主，你已经害死了纪纲大人，还要继续下手，真当我们锦衣卫是可以捏的软柿子吗？！”

“纪纲的死是他咎由自取——谁叫他生了我这样一个儿子呢！”

景语的这一句，顿时让广晟惊呆，他不由得瞪大了眼，却见景语冰冷的目光停留在他身上，笑着感叹道：“不过，我和他，彼此都不想有对方这样的父和子，相比起来，你承了他的衣钵，倒更像是他的孝子贤孙！”

他不顾广晟震惊诧异的目光，继续道：“纪纲生了我，可我父亲才是真正养育我的人，害死他的人，我一个也不会放过！”

“所以你就引江水灌淹全城？阿语，你这样做，真正对得住景家伯父吗？”

凄楚哽咽的嗓音，略微沙哑却是魂牵梦萦，景语转过头去，看见小古缓步而来，袖子上血迹斑斑，触目惊心。

“你怎么会找到这儿？”

他眼睛发光，不知是爱还是憎，却仍然问出了口。

“因为你身上有我这些蜜蜂喜欢的味道。”小古晃了晃袖子，让无数蜜蜂嗡嗡飞走，“是它们指引了你的踪迹，只要你藏身这金陵城中，就无所遁形。”

“如郡，你的本领真是让人叹为观止……”景语叹息道，随即目光一凝，落在她满身血迹上，“你受伤了？！”

他的关心让她心头更痛，低声叹道：“这是那些死去的鸟雀的血，不是我的。”

成百上千的鸟雀，吞下玉屑燃烧生命给她送信，最后都死在地上——而比这更多的百姓，如今还躲在屋脊上躲避洪水，有些老弱病残已经遭遇意外，这一切，都是眼前这个男人所致。

“景家伯父我见过好几次，为人最是刚毅正直，他为人忠孝节义俱全，你这样做，是玷污了他九泉之下的名声，让他如何安息？！”

小古近乎痛心疾首，景语的身子微微颤动，低声道：“若是父亲还在，只怕要气得亲手责打我，弄不好，还会大义灭亲——只是他已经不在了，人死了，就万事皆休，什么都不在了。”

他嗓音中的哽咽和悲怆，让小古也为之黯然——靖难之变，他们这些尚在稚年的少年少女是感受最深的，义士名臣只需要一死就义即可，而活着的人，却要承受这漫长的噬心悲痛，以及更多、更黑暗的仇恨……

“苍天堪不破善恶贤愚，我只能自己讨回一个公道！”

他的眼中凝粹的光芒，混合着血色与寒芒，熠熠生辉，却是清冷高凛：“我很抱歉，利用了你，还有金兰会的兄弟，你们团结在一起，只是为了互救互援，而我，却是要杀了朱棣，灭了这满城的膏粱繁华……”

凭什么，这些人可以锦衣玉食、簪缨荣华，而真正的义士，却一个个倒在屠刀前、血泊中，连死后的尸身都要饱受凌虐！

多年的怨恨积蓄在他心中，这一刻爆燃而起，眼前的一切，却与他想象中的不同——

无尽的江水滚滚而来，却在那三条街上宛如落进了无底深渊，不断卷起旋涡发出呼啸声，江水漫到人腰，虽然也在缓慢上升，速度却并不快——两个时辰内，显然不可能有大的险情。

水浪滔滔，席卷大街小巷，每个人都宛如水中求生的蚂蚁，艰难挣扎着，却终究还是活了下来。

而远处的皇宫，隐约仍能看到绿树、飞檐和汉白玉石阶——显然，那里的水位也没有没顶。

景语凝视着这一切，耳边却传来小古清脆的嗓音：“是我坏了你的全盘计划，你要恨就恨我吧！”

景语回过头来，却看入她闪亮澄澈的双眸：“是你？”

岁月飞逝，当年无助哭泣的瘦弱女童，如今已经出落得清华毓秀，楚楚动人。

“是我发现了那三条街下的地下水管，在建造时用砖砌成的通道很大，简直可以媲美中等河道的宽度。”

因为心情沉重，她哽咽地说不下去了，景语也是研究了水文和土木工建多年，一听就明白了，却也并未发怒，只是叹息着笑道：“先前，我父亲就曾经夸你聪慧过人，他的眼光果然不错！”

他长久以来的布局和筹划，在这一刻已经全数落空——景语站在高处俯视这一城浸没在水中的情景，心中那一盘珍珑棋局，也是黑子白子皆落索了。

他转头看了一眼手握绣春刀、目光凛然的广晟，突然冷冷一笑，问道：“我还以为锦衣卫里出了什么能人坏我计划，想不到你还是要靠如郡才能成事！”

小古还没来得及说什么，广晟却是冷哼一声，看向他的目光愤怒中带着轻蔑：“若非你想毁了全城，她根本不会跟我们合作！”

“在狱中，她甚至宁可承受酷刑，慷慨赴死也不愿出卖金兰会，出卖你的行踪！可你是怎么对待她的？自始至终，你给她的只有欺骗和伤害！”

广晟看着这个清贵儒雅的男人，却只觉得他极度虚伪可恶——他绝对不会承认，其中很大部分也是因为嫉火上升，他“当啷”一声拔出佩刀指向景语：“现在你阴谋全部落了空，我给你个机会，我们两个来定个生死——”

他指了对方和自己，美得不似凡人的双眸之中，闪着虎狼般的凛然斗志：“是男人的，就来跟我以命相搏一场，你应该知道，你已经无法逃脱了！”

景语不用回头看，已经能预想到万花楼外面是何等重重包围，千军万马，如此绝望的关头，他仍然一派淡然温文，笑得云淡风轻：“天命如此，我也没什么好说的。我一人之力也许无法撼动大局，但对付你……还是绰绰有余的。”

平素谦和温柔的人，此时此刻看向广晟的目光却也是锋芒毕露，两人四目相及，已经是火花四溅！

小古心头“咯噔”一声，没等她出言阻止，两人已经风驰电掣地战成一团了！

万花楼的屋顶也算开阔，周围鳞次栉比，飞檐亭台院落深深，两人在屋顶刀剑相及之声连作，在江水席卷带来的风势之中越发显得惊心动魄！

“你们都给我住手！”

小古站在三楼回廊的楼梯处，探出身子高声叫道，而两个战得性起的男人却是充耳不闻，刀光剑影更加激烈。

两人武功都是上乘绝佳，飞身挪移之间动手毫不留情，一招一式都是要置对方于死地！广晟招式狠辣凌厉，完全是锦衣卫中实战打法，景语却是长剑蹁跹宛如秋水，动静之间虽然儒雅简洁，却是暗藏杀机。

“你们别打了，都给我住手，听到了吗？！”

小古心烦意乱，轻身一掠也上了屋脊，那两人却已经落到旁边的飞檐和枝头，彼此之间刀锋剑芒来去，根本不容旁人插入！

两人之间距离越发接近，却也是更加间不容发的命悬一线！

小古一咬牙，抽出袖底短刃，丝线纵横飞扬之下却始终被两人的刀气剑意挡开，无法靠近阻止。

正在这时，万花楼的坊门外突然传来马蹄阵阵，远远看去有明黄色旌旗！

这是……难道是皇宫那边来人了！

小古面色骤变：无论来的是谁，都是来者不善……尤其是对景语来说！

小古的心中非常矛盾：从理智上说，她知道景语并非心存善念之人，而且在怨恨暗黑的心绪驱使之下，更是险些将全城人的性命都付诸江水——无数条人命和冤魂，在他看来却只是报仇的工具而已！

他这样阴狠枭雄的人物，一旦脱逃只怕又要变生不测……但若是眼睁睁看着他被锦衣卫所擒，到时候肯定逃不出一个千刀万剐的结局——这从她的情感来说，也是难以接受的！

朝廷欠金兰会的累累血债，从来没有还过，如今又要新添一笔吗？

更何况，小古并不认为朱棣和朝廷有资格审判景语——改朝篡位的事史书不绝，但闹到如今这般田地的，却非常罕见，这一切，朱棣本人才是始作俑者。

从来都是成王败寇，败者全家死绝的也有，但很少有人用如此歹毒的手段凌辱死者和家眷，朱棣开了这个血腥的头，后面的血案都是因此而起。

到底要怎么做才好……这个问题萦绕在她心中，纠结成了一团乱麻，就在她心神电转的这一刻，外面锦衣卫的人已经自动散开一条路，让那队人马通过——显然，来的肯定是宫里贵人！

小古的一颗心沉下去了，她再也忍耐不住，纵身跃下庭院，落入两人激战的中间，手中短刃以极为刁钻的角度挑开了两人的刀剑——

“住手……你赶紧走！”

前一句是对两人说的，后一句，却是冲着景语。

三件兵器在瞬间撞击，绣春刀被格开，险些脱手而去，长剑却是“当啷”一声落在地上，而短刃幽芒吞吐之下，已经被打飞，回弹射中了小古的肩膀！

伤上加伤，她只觉得一阵天旋地转……却对上景语焦急的眼神，看着他上前要来扶，她一手拍开了他，低喝道：“你还磨蹭什么，快走！”

她这样做，是原谅了他，仍然对他怀有情意吗？

景语波澜不惊的眼神瞬间亮了起来，下一瞬，他却看到广晟快步上前，皱眉急问：“你怎样了？”

“没事，是小伤。”

话是这么说，她却任凭他搀扶起了自己，软软地倚靠在他胸膛上。

他们两人！原来，如此……

景语眼中的惊喜光芒，在这一刻熄灭了。

岁月飞逝，带来的不仅是人事变幻，还有这些曾经铭心刻骨的情意……景语唇边扯起一道苦涩的轻笑，只觉得满心热血都成了冷灰一般。

但是话说回来，他又有什么资格来指责她呢？如同眼前这姓沈的小子所说，他带给她的只有欺骗和伤害，而长久以来，一直陪伴在她身边、照顾她的，是眼前这个可恨的男人！

景语心潮起伏，面色变幻不定，小古看他愣在那里，急得推了他一把：“再不走就脱不了身了！”她听着外面急促靠近的脚步声，深深地凝视了他一眼，“今后，不要再让我看到你祸害百姓，否则我必定杀你！”

景语正要回答，目光却瞥见她身后不远处的回廊上，有人弯弓搭箭朝着这边射来一箭——电光火石的一支疾飞而来，本来是冲着他来的，却因为小古推了他一把，自己上前了一步，阴差阳错地代替他成为了暗箭的目标！

这难道是报应吗？

他瞬间想起自己当初暗中杀死宫羽纯的一箭，此时却什么也顾不得了，回身推开了她，只觉得胸口一阵剧痛，所有的力气在这一刻化为乌有。

他整个人向前踉跄了两步，一大口鲜血喷在了她的衣襟上，宛如梅瓣点点，绝美却是触目心惊。他竭力朝她露出一个温柔而宠溺的微笑：“是我对不住你……”

话音未落，景语已经气绝当场。

日光明灿，宛如金辉洒落在他周身，夏风清凉拂过他的鬓角，“叮当”一声发簪掉落，乌黑长发散落开来，纠缠绵延在她双臂之间——他就这么倒在她怀里，面容一如初遇时那般温柔含笑！

“阿语！”

小古撕心裂肺地喊道，只觉得自己嗓子眼也是一阵腥甜，却紧紧抱住了他仍然温热的躯体，宛如在万顷大海之中抱住唯一的浮木。

他是她童年时代的唯一同伴，少年时的惦念和憧憬，也是她现时的魔障和矛盾——这一切，都在这一瞬间凝结成冰，变成不可改变的回忆和过去！

“阿语，你别吓我……求求你，站起来啊！”小古嘶声茫然地喊道。

“皇祖父，我射中了！”

“瞻基，你的准头不错，但心绪仍然有些慌乱，放箭的那一瞬太急了，险些没正中目标。”

苍老而威严的声音轻描淡写地评论着，与那少年一对一答之间，已经走得近了。

广晟回身一看，众人簇拥之下，果然朱棣和朱瞻基这一对至尊祖孙！

“微臣等见过万岁，见过太孙殿下。”

锦衣卫众人从门外涌入护驾，此时也纷纷跪下谒见。

“罢了，非常时刻，不用这么多礼数。”

朱棣身上的龙袍下摆也全部浸湿，溅着星星点点的泥浆，朱瞻基的形容更是狼狈，整个人好似在泥水里打滚一般，唯有面容白皙英俊，神色也并不见惊慌沮丧。

他上前一步就要察看尸体，小古这时还陷在无边的惊愕与悲痛之中，伸手要拦，却被广晟攥住了手，悄声在她耳边道：“他已经没气了。”

小古只觉得太阳穴嗡嗡作响，眼前一阵发黑，这一切的楼宇碧树，人群仪仗，此时都化为虚无和齑粉，目光所及之处，只有那溅落在她衣服上的点点血色。

阿语……

她震惊得双手发抖，剧烈地摇头不信——不会的，他那么狡诈狠毒，诡计迭出，怎么可能这么轻易就死了？！

耳边恍惚传来广晟轻声叹息：“他这样收场也好，经此一事后，朝廷天罗地网必定不会放过他，不知又要增添多少屠戮血腥。”

为了抓捕人犯，朝廷动辄追查株连。景语这一番把天都捅了个窟窿，不知道又要连累多少人，如今他这一死，剩下的就在他可控之中——而他，必定不会再多生枝节。

小古的眼前一片模糊，只看到朱瞻基那边确定主犯已死，众人一阵欢呼，她挣扎着要上前把尸体夺回，却听广晟在她耳边悄声道：“放心吧，我会设法替你弄回来安葬的。”

“总算是死了，可见天网恢恢疏而不漏，这恶贼的奸计注定不能得逞，皇爷和太孙洪福齐天，哪里是他这种人可以伤及的！”

一旁张公公还在舌灿莲花赞颂圣上，太孙朱瞻基却是直率笑道：“老天当然是眷顾保佑皇祖父的，但真正立下大功的却是锦衣卫的沈指挥使。”

他悄然朝着广晟眨了眨眼，随后对着朱棣笑道：“主犯从犯都要严加追查，有功之臣您也不能不赏。”

“哈哈，朕是恩怨分明之人，有功之人当然不吝赏赐，可有些人的账，也该好好算算！”

朱棣阴冷一笑，随即被人半是簇拥半是羁押而来的那人，蟒袍玉带，眉目清癯不凡，眼中却是一片死寂——正是广平侯袁容。

“你可真是我的好女婿啊，藏得可真够深的。”

朱棣冷笑一声，似乎是对袁容的图谋了如指掌，这一幕却让广晟和小古心头一惊：这是怎么回事？！

“你还有什么话说吗？我的东床快婿……”

朱棣的嗓音似乎带笑，却是比大声斥骂更加可怕，袁容脸颊抽搐了一下，却是勉力抬起头看向他：“事到如今，我没什么可说的。”

“你没什么可说的，朕却是有好些话要对你说啊，好吧，先让你见一个人吧。”

朱棣冷笑一声，挥手示意之下，不多时就有一个青年被引了进来，竟然是袁槿！

他周身上下都是好好的，并未见任何伤痕，也不见被人捆绑押送，只是眉宇之间疑惑多过愁绪。

“父亲！”

“阿槿……你……你怎么会在这？”广平侯袁容身上一震，随即想到了什么，颤声问道，“你没在神机营中，是去哪儿了？”

面对父亲的质问，袁槿眼中浮现了深深的忧悒，却仍然迎着他的目光实话实说：“父亲，我去阻止长江溃堤了——”

只听“啪”的一声，袁容的耳光狠狠打在了他的脸颊上：“你……你这个孽子，你怎么对得起这么多人的牺牲！”

“是儿子不孝……可我……可我不能眼睁睁看着满城百姓就这么不明不白地死了！”

袁槿白皙的脸上肿了起来，嘴角也流出血，嗓音却仍然坚定，只是看向义父袁容的目光含着愧疚——他跟景语合谋设下的一局，已经全部被破坏了，如今东窗事发，就算他是朱棣爱重的女婿，只怕也过不了这关了！

是自己害了他……袁槿闭上了眼，对自己的生死却早已置之度外：也许从头到尾，他这样一个身怀嫡长血脉的皇嗣，就是个祸害，不该存在于这个世上。

“说得好，贤婿啊，你这个养子都比你要深明大义，你真是太让朕失望了。”

朱棣的笑声让人不寒而栗，他望定了袁槿，甚至玩味地端详了一会儿他的眉眼五官，一开口竟然是出乎众人意料的和蔼可亲：“你叫袁槿，是不是？”

袁槿点了点头，垂眸不语，朱棣也不以为忤，回过头来对着袁容道：“永安就是心善大度，几次都跟我说要替这孩子谋个好职位，她如此视如己出，看起来倒是个有良心的，没有纵出白眼狼——她选丈夫的眼光不好，养孩子倒是还行。”

袁容面容木然，对他的讥讽并未接话，只是在听到自己妻子的名字时，神色更加惨淡地抽搐了下。

“袁槿，你去报信，是因为养母的养育之恩，还是不忍看全城人等遭殃，朕也不多加深究，既然永安有这个心愿，朕也愿意替她实现，今后你就去边军之中效力吧，朕封你为都军中卫的实职指挥使，好生去做吧。”

朱棣的话让所有人都惊呆了。

这……这怎么可能？！

袁容不敢相信自己的耳朵——就算朱棣再胸怀宽广，就算他再念及袁槿的报信之功、永安的养育之情，他也不可能这么轻易就放过阿槿啊！

袁槿他可是懿文太子的遗腹子、建文帝的亲弟，真正的嫡长血脉啊！

小古和广晟也吓得睁大了眼，面对众人的惊愕，朱棣微微一笑，似乎智珠在握一派得意：“既然要赴任，也不用急于一时，你们一家回去好好团圆，休养几日再走吧。”

“万岁，您……您真的要放了阿槿和我？”袁容颤声问道。

“袁槿及时报告江堤险情，有功无过，朕为什么要为难他？至于你，你当然是大逆不道，罪不容诛，朕一开始听闻时，简直是想把你千刀万剐的……”

朱棣含笑看着面容惨变的女婿，口中说出的话语却更加让人心惊：“但朕现在对你，却只有好笑和怜悯，因为你也只是别人局中的一颗可笑的棋子，做一些愚不可及的事，还自以为能改元复辟！”

朱棣看着袁容惊愕不明，眼中闪过一种老猫捉弄老鼠般的刻毒快感：“你以为你抚养长大的这个孩子，就是真正的皇嗣，对不对？”

他不顾袁容睁大的眼，径直道：“你、胡闰，还有张老头几个，自以为手中握着一张王牌，却偏偏谁也没想到，送到你们手上的这个孩童，只是伪装身份来掩人耳目的。”

“什么？！”

袁容只觉得脑子“轰隆”一声，却听朱棣苍老而阴沉的嗓音在耳边回响：“你们只是外臣而已，宫里那帮宫妃太监能这么放心就把孩子给你们？所谓的托孤，只是个假象而已，是想诱惑你们继续为那边出力。”

“真正的皇嗣，早在起火之前就被送出宫外了，哪里会因为大火弄出眼角伤痕？你们这群自命忠义的可怜虫，被人卖了还替他们数钱呢！”

朱棣一阵大笑，袁容却是面色煞白，拼命摇头道：“不，这不可能！这孩子身上有皇家的龙佩！”

“只是一对玉佩而已，在皇家有玉牒的宗亲都有，世上至少有百十个，这算什么证据呢？”

朱棣笑完，得意端详着袁容疯狂摇头的惨状，沉声道：“既然你不愿相信，朕就让你看看，真正的皇嗣在哪儿吧。”

他转头对着张公公道：“去宣胡濙来见朕。”

圣旨一声声被传出，这位胡濙似乎也是在前来的队伍中的，他四十多岁，颔下长着黑色短须，看起来为人谨慎沉默又机警，行礼见过之后，朱棣道：“胡濙是建文二年的进士，永乐元年迁户科都给事中，可朕却没有委任他实职，而是给了他一道密旨，这十几年来，他就是专心查了一件事。”

随即吩咐胡濙道：“把你这么多年追查到的线索说一说吧。”

胡濙从袖子里取出一本小小的账簿般物件，用平静嗓音念了起来，一件件一桩桩，都是他多年查访建文帝及其亲信的蛛丝马迹。

“胡濙是我密旨派出去专查此事的，你不妨听听，他查到当年从宫里抱出的孩童资料。”

“是，万岁……朱允熥这名孩童是建文四年六月十日凌晨由太监首领护送着出宫的，当时金吾卫有人目睹，孩子面容白皙娇嫩，没有任何伤痕。他们在百姓家地窖里躲了一个多月，趁我军恢复开城后逃到京郊的一个皇庄上去，随后乘船又换车，走了十几天，去了两淮盐运使秦邦晏那里。”

胡濙平静无波的声音继续念道：“秦邦晏有个胞妹是懿文太子的妃御，入宫不久就因病过世了，但懿文太子却颇为喜欢她的文采，因此把那个姬人所生的朱允熥放在她名下，让她在地下可以安心。”

“因此，从这个意义上说，秦家是朱允熥名义上的外家。”

“秦邦晏这一族中，除了他自己出仕，还有个堂兄秦升，官拜都御使。”

小古听到这，猛然抬起了头——这个名字不正是秦遥父亲吗?

这位秦升都御使，因为没有归顺朱棣而被杀，却也没有反抗和豪言壮语，因此倒是没株连九族这么厉害，他的儿子秦遥被归入贱籍加入了梨园行，后来成为名满京城的秦老板。

小古想到这，突然觉得脊背生寒——明明是七月酷暑，她却觉得手脚发冷，整个人摇摇欲坠——一个可怕的猜想逐渐浮上她的心头。

“那后来呢，这个孩子究竟在哪?”

面对朱棣的追问，胡濙挥手示意有人送上一个漆盘，用黑布盖着也不知道是什么，“臣已经把他送到了。”

话音未落，他挑开了黑布，出现在众人眼前的是一个青年的头颅，满面血污却也不掩他丰神俊秀的气质，双眼似在凝神惊怒，显然才斩下不久，快马加鞭地送来了。

“啊——”

一声惊叫，小古已经脸色煞白倒在地上!

广晟扶起了她——他此刻也认出那人头赫然正是金兰会的七哥秦遥，小古最亲近的一个结义手足。

他神色也不好看，眉头轻皱之下，质问胡濙：“贸然杀人，可有什么真凭实据吗?”

胡濙胡须微翘，显然对他的质问不屑一顾：“我奉命暗查多年，早就发现了蛛丝马迹，却怕打草惊蛇便没有惊动他。”

他此时又向朱棣谢罪道：“微臣一直盯着这朱允熥，发现他行踪诡秘，因此想顺藤摸瓜，却没有发现金兰会竟然另有水淹金陵的阴谋，请陛下恕罪。”

“朕只派你查访建文后人的行踪，你做得很好，只有大功哪有罪过，至于金兰会一案我是委任锦衣卫去查的，沈广晟查得很好，处理及时，他的功劳我另外会赏，你们两人都是朕的肱股之臣，都有功劳，不必彼此猜疑。”

一连铲除了两个心腹大患，朱棣心绪很好，对着广晟和胡滢道：“朕对你们的封赏晋升另有旨意，你们要好生去做，不要学这个忘恩负义、寡廉鲜耻的袁容才是。”

被他骂成“忘恩负义、寡廉鲜耻”的袁容，此时终于从呆若木鸡的状态下恢复了一丝清醒，怒目瞪着朱棣，嘶声喊道：“你待我恩重如山，把爱女许配给我，这些都不假，我不是忘恩负义的小人，背叛你也不是因为对建文帝忠心，而是因为……”

他目瞪朱棣，似乎不便启齿，但终究还是挣扎着说了：“你的血统——”

下一刻，他的头被重物狠狠地击中了！

原来是朱棣夺下一旁金吾卫手中的盔甲，狠狠地朝他投掷过去。

猝不及防之下，袁容就此倒在血泊中，昏迷过去。

2.

由于太过突然，众人全部没有反应过来，万籁俱静之中，只听到朱棣“呼哧呼哧”的喘息声，宛如年老垂死的猛虎在发出咆哮声，要给危害它性命的人凶猛一爪！

“乱臣贼子，竟敢如此胡言！”朱棣咬牙切齿地说道，一旁太监侍卫们如梦初醒，纷纷附和，却又因为害怕和惊恐有些词不达意，场面有些尴尬之下，朱瞻基站出来，若无其事地笑道：“这贼子简直是得了失心疯了，皇祖父是太祖皇帝和孝慈高皇后的亲生子，太祖皇帝还曾经亲口夸赞祖父您面容肖似与他呢——这贼子的话听起来岂不可笑？！”

众人纷纷点头，不管怎么说，他们中大部分是宫中老人，当年洪武皇帝确实曾经夸赞燕王朱棣长相酷似自己，这事是板上钉钉的，袁容这话完全是立不住脚的。

也有心机深沉老谋深算的人已经隐约想到另一个可能，甚至开始联想起宫里另一个隐晦的传说，但此时此刻他们却都点头如捣蒜，纷纷指责袁容是得了失心疯了。

朱棣面容阴沉，似乎要对袁容处以极刑，袁槿想要扑过去护住义父，却被众侍卫拖开了。

朱瞻基问道：“既然这人头是真正的朱允熥，那这位袁二公子又是谁呢？”

朱棣不屑地冷笑道：“当时我军破城在即，皇城这一片兵荒马乱，设计这假皇嗣迷雾弹的人肯定是自作聪明，要么从街上百姓里抢了一个孩童，要么是远支宗亲家抱来的——看这烟熏火燎的痕迹，估计全家也是死绝了。”

袁槿听到这一句，低吼一声拼命挣扎，却被侍卫们七手八脚制服了，在地上生生拖远了。

朱棣对他挥了挥手，好似在打发一只无关紧要的苍蝇，“就因为你不是真正的朱允熥，朕才看在永安公主的分儿上留了你一条性命，赶紧去北疆上任去吧。”

“至于袁容……”

朱棣看着血泊中的女婿，曾经爱重的武将，脸上露出一丝杀机。一旁朱瞻基看得真切，急忙求情道：“皇祖父，这人丧心病狂，是万死之罪，但他毕竟是永安姑姑的夫婿，姑姑也对他情深义重，若是真杀了他，只怕姑姑要伤心，不如……”

朱棣冷哼一声并不同意：“永安是个苦命的孩子，她若是死了夫婿，不妨再嫁一回。”

朱瞻基跟永安公主关系不错，知道她看似温婉却最是固执，若是被父亲杀了夫婿，伤心之下只怕要想不开，继续劝说道：“袁容是该死，但他也毕竟是皇家的驸马，更是您亲授兵权和爵位的爱将……”

若是连袁容这种家人重臣都是建文帝的死忠，岂不是反而惹得天下哗然？那朱棣的脸面要往哪搁呢？

朱棣眼中杀机更浓，朱瞻基倒是深知祖父的秉性，怕他来个“驸马病逝”，又道：“看在永安姑姑的面儿上，留他一命吧，否则真要有人把他那些疯话当真，岂不又是一场风波？”

这个话题非常可怕，等闲人根本不敢在朱棣面前提起，朱棣眉心微微颤动，分明是盛怒的模样，半晌后才道：“那就让他在府里终身幽禁吧。”

朱瞻基如释重负，随即又嬉笑着跟皇祖父讨起了恩典：“这些逆贼少不得一一明正典刑，但百姓经过这次大水也是担惊受怕元气大伤，能否给他们一些赈济之物呢？”

虽然江水被三条街下的地下水道引出了城，城门也及时打开了，溃堤的部分也正在修补，但水退去也需要一段时间，很多贫苦百姓家中低矮的棚房估计已经被冲毁了，还有家中的粮食物件，看起来不值几个钱，却是他们安身立命的根本。

朱棣沉着脸显然心绪不佳，听到朱瞻基这话，眉头都舒展开来：“民为邦本，本固邦宁，瞻基你能体恤百姓的不易，实在有未来的仁君之风！”

语气之间很是欣慰，简直是毫不避讳地把爱孙当作未来的天子看待，朱瞻基虽然连忙辞谢，但也没露出惊恐不敢当的神情，显然朱棣已经不是第一次说类似的话。

祖孙说话之间，自然有人将袁容拖走，他已经身如槁木一般，直愣愣随人施为，朱瞻基用眼角余光瞥了一眼广晟，见他站在小古身旁，用力搀住了她，悄声安慰着什么，唇边闪过一丝笑意——想不到这个沈某人还是痴情种子！

这样也好，真跟纪纲一样亲族全无阴冷难测，他还信不过这种人呢！

“皇祖父，还有这次事件的有功之臣，您也不能忘了……”

敢这么没大没小亲昵说话的，只有他这个爱孙，他父亲朱高炽见到朱棣都是战战兢兢的。

朱棣含笑瞪了一眼爱孙："你要替锦衣卫指挥使表功？"

"沈大人是朝廷重臣，赏罚出自天宪，哪里轮到我来替他说好话？"

朱瞻基这一句更博得朱棣喜欢：瞻基这孩子就是懂分寸知礼仪，虽然宠着他，却从未真正对朝政指手画脚。

朱瞻基笑道："我要说的，是这位胡姑娘。"

他的手指向小古，众人这才注意到这个在景语身旁默然垂泪的少女。

朱棣皱了皱眉，眼中闪过一道不悦："是胡闰的女儿吧？"

"是，可她跟那个逆贼父亲可不是一路人，说起来这也是个苦命的……"

朱瞻基将前阵子广晟告诉他的一些情况说了，大概包括胡闰当年怎么嫌弃母亲订下的结发妻子，如何冷淡苛待她们母女。

"这天底下的父母和子女，有时候真是说不清道不明，喜欢的呢，就捧上天爱如明珠，不喜欢的呢，就各种嫌弃冷淡，明明是嫡出，还任由庶出的践踏诽谤……"

朱瞻基似乎有感而发地唏嘘，眼角带了些水光，朱棣一听明白了，这是在说他父亲朱高炽。

朱高炽虽然是太子，但在朱棣面前，却反而不如太孙朱瞻基和太子妃张氏更得信重，朱棣宠爱太孙到了登峰造极的地步，越过太子封了太孙，又让他掌握重要的京营兵权，而太子却等同软禁宛如傀儡木偶一般，两相对比，这父子之间也是有了心结，太子干脆纵情声色，宠爱起了年轻婀娜的小美人和刚出生的几个幼子，据说前几日对前去请安的太孙颇为冷淡，甚至指责他对几个幼弟毫无关怀，没有做长兄的样子。

朱棣听到爱孙嗓音里的委屈和感慨，心中又是疼惜又是愤怒，冷哼一声正要说些什么，朱瞻基已经恢复了笑容，继续说起了小古："父母再如何不慈冷待，那也终究是父母，出身是无法选择的。胡闰出事时她尚年幼，这十多年来虽然被人蒙骗加入金兰会，却仍然心向朝廷，并没有真正跟逆贼们沆瀣一气，听到阴谋后及时向朝廷揭发，这才避免了一场滔天大祸，沈指挥使固然是赤胆忠心智勇双全，但这位胡姑娘的功劳同样不能抹杀。"

见朱棣虽然脸色松动不少，却仍在沉吟，他靠近了两步，几乎贴着祖父的耳朵悄声道："这也算是深明大义的一种典型，您应该厚加封赏褒奖，才显得朝廷胸怀大度，包容四海——说不定逆贼中有心志不坚的，也会因此被打动归顺呢！"

朱棣点了点头——他不是没想到这层，只是对胡闰那个顽固可恶的人心存厌憎，连带着也对他的家眷实在没什么好感，但朱瞻基既然说得如此恳切，朱棣也愿意给这个机会。

"你上前来，给朕看看。"

小古好似没听到一般，整个人茫然空寂，宛如泥塑木雕一般。

广晟担忧之下，亲自搀了她的手上前，完全无视他人侧目非议。

"抬起头。"

朱棣说完，小古却突然有了反应，缓缓抬起螓首，众人都倒抽一口冷气，只见她虽然因为默默流泪而双目红肿，面容却是极为娇美动人。

她双眸清澈而迷离，就这么看着也不知道避讳，仿佛感受到众人的打量，面色微微变得绯红，一眼望去如明珠生光，美玉染晕，令人心摇神驰。

朱棣眯起眼，目不转睛地打量着她，不知怎的，却越发感觉到面善亲切，一时也想不起来。

见她也直勾勾看着自己，他挥手阻止了一旁张公公的斥骂，以少见的和颜悦色问道："你在哭，是为了谁呢？"

小古仍然直勾勾地凝视着——只有她和身旁的广晟才知道，她看的对象不是面前的朱棣等人，而是一旁漆盘中的血淋淋人头。

"七哥……"

小古低声喃喃道，整个人好似仍然沉浸在巨大的悲痛与难以置信之中，双眸凝视之下，顿时又是珠泪滑落。

她颤抖着要走过去，似乎想伸手去抱起人头，广晟一把阻止了她所有的举动，对朱棣解释道："她一时悲痛，有些神志不清了。"

朱棣倒是也不以为忤，继续和善问道："是你告发了景语的计划？"

良久的沉默之后，小古终于开口了。

"是。"

嗓音沙哑，但那股子空灵清逸的韵味仍然能够听出，朱棣眯起眼笑了："看你哭得那么伤心，为什么还要告发他呢？"

当然是因为不能让他伤害满城百姓，但这种话听在朱棣耳朵里肯定会惹他不高兴，广晟正要插嘴替她转圜掩饰，却听小古声调平平道："那是因为他一开始就做错了。"

阿语，你错得太离谱，眼前这个暴君老贼，狠毒却又狡诈多端——看他把建文残党的事明面上交给锦衣卫和东厂，实则却派亲信胡滢暗中查访就可以知道，他习惯给自己留下后手。就算你的计划能够实施，满城的百姓死于洪水，他十有八九也另有保命秘招可以逃命。你就算牺牲了满城百姓，只怕他也不会死绝！

"哦？你觉得他是错的，所以来告发，那你觉得，谁做的是对的。"

"是您和朝廷——圣上万岁万岁万万岁，是绝对不会错的！"

只有身旁的广晟，才能听出小古话中的森然锋芒——你们永远不知认错，永远认为自己全对，认为别人都该做你的顺民，就算被凌虐被杀，也该坐以待毙，不该反抗！

"哈哈哈哈！"

朱棣被小古的话逗得龙心大悦，眯起眼，越是端详她的容貌神韵，越发觉得亲近："你这次主动告发阴谋，立下大功，若是有什么要求，现在就可以提出来。"

小古眨了眨眼，一滴泪珠挂在雪白晶莹的眼底肌肤，却因为黛青的晕染显得格外明亮，朱棣感到她看向自己的那一眼，幽邃清艳满含柔婉哀意，却又挟着无尽锋芒的冷凛——他甚至感到，眼皮都微微有刺痛之感！

“如果可以的话，请圣上赦免我们这些罪人的女眷家人，至少，不要让大家再生不如死地熬着。”

最后半句低得几乎听不见，却宛如杜鹃啼血般惊心，现场顿时静默无声，大家都害怕朱棣会勃然大怒，却又想听听他怎么回答。

“朕可以答应你的要求……”

大家都觉得朱棣今天是中了邪了，居然对眼前这个逆党之女如此宽容厚爱，有机灵的宦官已经开始打量小古娇美的容颜，开始朝暧昧的方向猜测。

“但具体要赦免多少人，就看你的表现了——来人，取棋盘来。”

皇帝出行，带着这些什物的人要多少有多少，很快，一座榧木棋盘就搬来了。

“听说胡闰家自诩是清贵儒门，诗礼传家，棋艺应该也学过吧？”

小古摇了摇头，很诚实地说道：“我父亲什么也没教过我。”

但她随即接了一句，“我母亲教过我君子六艺。”

朱棣哈哈大笑：“那我就来试试你的棋艺——只要你能赢我多少，我就赦免多少罪人家眷，这样如何？”

小古神色之间波澜不惊，唇边甚至露出细细的笑纹：“这样太不公平了，您是圣君万岁，我只是区区小女子，况且围棋上胜过数子就很难得了，这样又能赦免几人呢？这也显得您太小气了！”

最后一句简直带些小女子的娇嗔俏皮，逗得朱棣哈哈大笑，周围人见他心情这么好，也跟着笑成一团，顿时肃杀场面变成了明媚游园一般。

不对劲儿，很不对劲儿！

广晟皱着眉头看着这一幕，心中那强烈的不安预兆越来越强——小古只有跟亲近的人才会这么娇嗔戏谑，她跟朱棣之间仇深似海，又接连受到景语、秦遥惨死眼前的刺激，哪里还会对朱棣这么俏皮亲昵?

这里面一定有问题！

那边朱棣笑过之后，又道：“那你说怎么来比试呢？”

“不如这样，我下了多少个子，就在我棋盘这半边的第一个点里放一粒米，在第二个点里放两粒，在第三个点里放四粒，在第四个点里放八粒，依此类推，我下棋的每一个点放的米粒数都是前一个点里放的两倍——到最后终盘时有多少米粒，陛下就赦免多少人，这样如何？”

小古笑得明媚可人，朱棣被她逗引得无可无不可的，哈哈大笑答应了：“依你，都依你！”

于是两人就在树荫下摆开棋盘，广晟想要走近，却被张公公拦住了，这阉人满含深意地笑道：“沈大人，你可真行啊，弄了这么个宝贝到皇爷跟前！如今皇爷兴致正高，你就不要去打扰了。”

广晟冰冷眼风扫了他一下，张公公只觉得身子一颤，却是不敢让开，只是苦着脸哀求道：“沈大人，你是聪明人，皇爷的脾气你也是知道的，只是区区一个女人，天下何处无芳草呢……”

广晟根本没心听他聒噪，目光看向不远处树下对弈的两人，日光透过绿荫撒在两人身上，小古一身紫衣明媚，整个人却苍白得好似透明一般，孱弱得眨眼都要倒下。

可她明明到这种地步了，一眨眼，却仍然是笑靥如花，指尖白子下在一处后，还跟朱棣低语了几句。

广晟掌心捏着一把冷汗，见两人虽然貌似亲近，周围却还是有侍卫站立的，心中略微安定了些，却又陷入更加可怕的猜测中——小古她究竟意欲何为？！

这一局大概一个时辰就结束了，却是比众人想象的都要快得多，小古慢条斯理地复盘，一边手肘撑着腮，懒洋洋地算出了最后结果：“我胜出你三十四子。”

朱棣被杀得大败，此时仍然有恍惚不敢置信的感觉，只是喃喃道：“三十四子？”

“是啊，按照我们的约定，请陛下派人在棋盘点上放入米粒吧。”

于是一小香囊金粳米被送了上来，这本来是玩赏用的沙袋里的，宦官们紧急拆开送了上来，心思真正灵巧无比。

计数米粒的工作开始了，第一点上放一粒，第二点上放两粒，第三点内放四粒……才到十个点，一个香囊的麦子已经空了。

周围人都大吃一惊，朱棣沉声吩咐道：“取大袋来！”

于是，不多时，不知道从哪里百姓家里借来的大袋糙米被搬来了，打开之后继续往上放，棋盘的一点当然放不下这么多米，不得不用碗盏盛了放在相应位置。

不到二十个点，一大袋糙米也用光了——这样可怕的进展，谁也不曾料到！

朱棣的脸色有些发黑，周围空气沉寂得可怕，小古却仍然那般托着腮嫣然一笑：“怎么了，继续啊！”

“皇爷，您看这……”

张公公面露难色，朱棣却道：“君无戏言，你们继续吧。”

也是继续放下去，到第二十五点的时候，这一子上所放的米粒，已经连一个巨大花瓶也放不下了。

“还有九个子呢……”

小古笑吟吟的，众人都不是笨蛋，已经看出了端倪，朱棣沉默半晌，突然哈哈大笑：“朕被骗了，是不是？”

小古眨了眨眼，说不尽的青春可人：“这是波斯人发明的诡计，我只是从书上看到，博您一笑而已，波斯人西塔要国君赐予他整整六十四格的麦粒，按这个算法，就算整个天下几十年的产量，都不够这笔赏赐的。”

朱棣被骗之后，竟然毫无不悦之色，只是苦笑道：“果然是名门才女，家学渊源……”

“胡家的家学怎么渊源我一点一滴都没学到，我娘才是真正的才女，这个故事是她从书上看到的！”

小古争辩道，反而引得朱棣发笑，因她对胡闰的反感和排斥而越发放心了：

“好好，你说得是……就算这个算子递增的办法是从波斯人那里得知的，那你手谈胜了我三十四子，就是棋界国手也很难做到，你的棋艺竟然也如此出众，真是难得。”

小古抿唇一笑，突发惊人之言：“国手博士们定然比我更强，但他们遇上您必定束手束脚，不敢赢也不敢输得太难看，所以您才觉得，自己的水平也只比他们略逊一筹。”

这话绝对是实话，但从来没人敢跟朱棣说，他听了也没发火，只是苦笑着恨恨道：“没想到这些人都是假的，朕却是被骗了这么久！”

两人说得投机，周围众人暗暗惊诧：朱棣从来没跟人这么亲近地说话，今天这简直是数十年没见过的异数！

难道宫里真要多一位娘娘了？

张公公想起表面和睦雍容暗中却斗了几十年的张贵妃和王贵妃，不禁叹气这又是多事之秋。

“按照我们的约定……”

“君无戏言，答应了你就会做到，朕现在就下诏，赦免天下间所有因此入罪的家眷妇孺……不过，那些真正的建文罪臣，却是决不能饶！”

朱棣说起那些大臣本人，面色阴沉嘴角下挂，仍然看起来不寒而栗。

小古笑道：“他们要做不贰忠臣，本来也不稀罕您的赦免，就我们这些老弱妇孺最是无辜，也最没骨气了，我们啊，只想要安安分分地过日子就行了。”

“如此可以依你……你就只有这一个要求吗？”

小古眨了眨眼，少女的妩媚和无邪在这一刻让人目眩神迷：“还可以要别的吗？”

一副小财迷贪心不足的模样。

朱棣哈哈大笑：“以你的功劳，足够封你诰命了，朕封你为广陵县主，即刻昭告天下。”

“多谢万岁！”

少女盈盈下拜，朱棣却亲手扶了起来，看看天色不早，这才意犹未尽道：“等你册封完后，再进宫来给朕看看，我们再好好细聊！”

随后带着朱瞻基等人返回宫中，经过广晟身前时，满意地点了点头：“你的功劳朕也绝对不会埋没，袁容此人忘恩负义，你要多担些担子了。”

这话的意思是说会把袁容手中的部分精锐调给广晟管辖，这句一出，身边锦衣卫都面露兴奋之色——先前纪纲大人在军中也领有兵权和职位，官拜都督，只是圣上猜忌才不能兼任，广晟这一次，少不了也是一个“都督”，这意味着锦衣卫终于回到全盛时期了！

广晟的面上却没有什么喜色，平静地接受了这个未来的任命，朱棣拍了拍他的肩，又朝着小古看了一眼，一笑之后浩浩荡荡回宫里。

小古凝视着他的背影，那目光幽深却又清冷，半响，才收敛了笑容，整个人瘫软在地。

广晟连忙去扶，却被她挣脱了手腕：“阿语的尸体……”

“按照惯例是要悬挂明正典刑。”广晟看到她唇边似笑似哭的颤抖弧度，心中也很不好受，“你放心，等过了这阵风头，我会设法把尸体换出来安葬的。”

小古点了点头，沙哑嗓音低得好似吐气：“阿语就算能入土为安，可七哥……七哥他的尸体，却是身首异处，怎么也拿不回来了！”

最后一句她的嗓音突兀高亢尖利，牙齿紧咬着嘴唇滴下血来，广晟抱住了她，竭力阻止她陷入癫狂，想要劝说保证，却发觉此时言词是如此苍白无力！

景语算是逆党，风声过了还是能偷换出尸体来，可秦遥竟然是真正的朱允熥，这就非同小可了，朱棣对嫡长一脉一向是斩尽杀绝的态度，绝不会容许任何人取走他尸体的任何一部分的。

更何况，他们看到的也只是一个头颅，躯体在哪儿也无从查起。

广晟感受怀里娇躯整个人都在颤抖痉挛，自己也是心如刀绞，只能笨拙地低声安慰道：“你的七哥已经离开这个多苦多难的世界了，看那样子，死前也只是一刀，没有受太多的苦……他若是在世，也不希望你为他这么难受，整日哭泣……”

“你说得对，七哥最喜欢看我笑。”

小古抹了一把眼泪，露出一道凄迷的笑容，身子却仍然控制不住地发抖，好似在打摆子一样，广晟让她靠在自己身上，正要离开这个伤心之地，却听有人冲了进来，带着哭腔的声音喊道——

“十二妹！”

小古勉力抬头一看，竟然是聂景！

只见他清秀书生气的脸上已经哭得一塌糊涂，连话也不会说了：“十二妹，七哥他……他……”

他哽咽得说不下去，小古点了点头：“我已经看到了他的人头。”

说到这，她泪水簌簌落下，唇边的伤口再次被咬破。

“不仅是他，连那二十八个女眷也……”聂景颤声说道。

“你说什么？”小古冲上前揪住他的衣领，“你再说一遍？！”

“当时荒庙那边已经全部被我们控制，城外一片喊杀声，七哥担心那些女眷在庄子上不太平，就把她们接过来一起，谁知道官兵突袭冲进来……”

聂景说不下去了，这事说起来也很是蹊跷，官兵一冲进来什么话都不说，就要赶尽杀绝，他若是不回来取药，必定也死在里头了！

官兵是因为秦遥是真正的皇嗣才下狠手的，那些女眷是莫名遭遇池鱼之殃……小古心头这么想着，整个人却是压抑不住胸中的悲愤，“哇”的一口血吐了出来！

小安，以及那些受尽折磨的女人们，这么东躲西藏的，好不容易得到了大赦天下的诏令，却死得这般不明不白！

她整个人再也没有一丝力气，任凭广晟抱住了她放平，朝她嘴里喂着水和药丸……什么也顾不得了，也不去理会！

她的手指狠狠地插进身旁的泥地里，不顾沙砾和兵器的碎片刺破，用尽浑身力气，染得满手血腥却浑然不觉，心中只有一个激烈的念头蒸腾不已！

真正溃堤的地方经过两个昼夜的围堵，终于重新合拢了，城里的江水也慢慢地退散出去，上至皇族显贵，下至庶民百姓，虽然受了极大的惊吓，却终究还是安然无恙，只有靠着城门零星几十个倒霉的，被水冲得撞上了重物，被压在底下丢了命。

这一场惊魂，终于以逆贼们的头颅悬挂中华门而告终，但让百姓们议论纷纷的是，这次事情虽然闹得很大，却没有株连太多，逆贼的人数就那么几十个，孤零零看起来没什么气派。

汉王因为被骗，所以没有受到正式的惩罚，但是朝中都流传说，他被今上狠狠斥骂后鞭打，一边打一边骂他“就这点儿蠢笨如猪的头脑，也敢自称是酷似李二——李二要是像你这么蠢，他爹李渊就不用被逼退位了”！

这种话传得绘声绘色，真假谁也不知道，但明眼人都能确定，汉王朱高煦是彻底失宠了，据说工部正准备替他在封地把王府修缮完整，让他择日就藩。

这次最大的功臣就是锦衣卫指挥使沈广晟，他得到了连续三道圣旨的褒奖，不仅封他为锦衣卫大都督，还御赐了蟒袍玉杖宝剑等物，还加封他祖上三代，甚至还追加了一个实质世袭千户给他未来的次子，这最后一条简直让所有公侯之家都眼红不已——各家为了爵位明争暗斗，可爵位只有一个，但沈家居然多了一个世袭千户！

原本就炙手可热的济宁侯沈广晟，如今已经是红得发紫了，好些名门勋贵家都有意跟他结亲，甚至有些衰败之势的甚至愿意送女儿来做小，这些人络绎不绝而来，统统由他名义上的父母沈源和王夫人接待，这两人忙碌了好几天，面上都是一副自豪谦逊的模样，心中却是打翻了五味瓶一般，什么滋味都有。

“今天，安阳侯和会安伯夫人都来拜访过了，都有意让你做她们的东床快婿，安阳侯夫人还说如果你愿意，几个嫡女随便你挑——他们两家都是本朝得力的老牌勋贵，比起其他根基浅的来说，还算合适。”

王夫人笑吟吟地看着自己的庶子，也是如今的一府之主，看起来一副慈爱模样，那笑意却未入眼底。

“见都没见过面，挑什么啊，这毕竟是大家闺秀，不是小狗小猫，难道还能排成一列给我看？这种人说话不知所谓，母亲还是离她远点儿吧。”

广晟说话毫不客气——安阳侯郭义虽然有差使，但都是闲置冷落的位置，而且一干就是多年，这种人趋炎附势，别说送女儿，就是要他家美貌儿子只怕也会上赶着逢迎；会安伯倒是现掌着兵，但亲戚下人太能惹事，早晚要惹得今上怒火，把他们彻底收拾了。

这两家亲事属于看起来光鲜，实则属于并不实惠的，王氏拿来的人选，果然是包藏祸心。

面对广晟唇边的讥诮笑意，王夫人脸色一僵，却又恢复如常，柔声关切地说道："我知道，最近有意跟我们结亲的太多，你这孩子眼花缭乱，不知道挑什么好了，所以才瞧着这家不好，那家不足，但世上哪有十全十美的人家？这两家你若是不中意，不如看看文官那边的帖子，择日去拜访一二。"

"还是算了吧，父亲在文官那边人脉深广，他若是有什么通家之好我又看不上，岂不是彼此难堪？"

广晟吊儿郎当地坐着，看在王氏眼前更是嫉恨不甘——这么一个轻佻下贱的纨绔庶子，如今却这么得势，有这么多家豪门显贵追捧趋奉，这么多命妇来打听婚姻——而她亲生的广仁，花团锦簇的一个探花郎，却反而被他遮盖了光芒！

其实王夫人也是太过偏执，广仁身为侯府嫡出，崭新俊秀的一名探花郎，当然也是各家争抢的金龟婿，但广晟这几日的风头实在太盛，所有人谈论的都是这一场惊天大乱。况且他手握大权深得圣眷，谁若是能跟他结亲，那立刻就有一个得力外援！

而探花郎虽然不错，却要等他在翰林院里苦熬多年，一步步做成了大学士，才能算是功成名就，况且大学士也只是负责草诏机要，并不算真正的丞相，今上又是喜欢武事的，一个排位在后的大学士，还真不如得用的侯爷加锦衣卫大都督！

王夫人这几日越是受到追捧和逢迎，心里就越是酸苦，但如今广晟是侯爷，又是今上重臣，她无论如何也不会蠢到替他定下一桩不好的亲事，因此只能引导他跟那些表面光鲜的结亲，谁知广晟根本不理会，这么直接就碰了个硬钉子。

"你这话说得，你父亲听了不知道得多伤心……"王氏强笑着说道，"既然这些你都看不上，那你倒是有什么主意——可对哪家姑娘有意？"

就算这小子看中了什么人，正式提亲都是要他们父母出面的，到时候见机行事……

"中意的人？"

广晟一愣，随即唇边笑意带上了几分欢畅，显得越发耀眼，"倒是真有这么个人。"

"那还等什么，赶紧说出来让我跟父亲商议一下，若是姑娘品貌不错，我们也不是那等嫌贫爱富的人家。"

王氏说得比唱得还好听，广晟却是不会相信她任何言语，只是笑着曼声应道："到时候你们就知道了。"

说完转身告辞了，王氏看着他的背影，恨得咬牙不已——她终于发现，这个庶子一旦平步青云，她那点儿后宅女人的手段，就完全没辙了。

"夫人，这可怎么办？"

姚妈妈忧心忡忡地问道，却遭到王氏狠狠一瞪："当初是谁说他成日在外游手好闲，肯定是养废了的？"

姚妈妈被自家小姐这么迁怒，心头也是惴惴，却是不敢回嘴，只能请罪道："都是老奴瞎了这双狗眼！"

说着作势要打自己耳光，却被王氏喊住了："行了，事已至此怪你也是无用，这小子脑后天生反骨，狡诈多端，现在谁也奈何不了他了。”

“连我们老爷也不行吗？”

姚妈妈不信这世上有老子居然教训不了儿子的道理，况且沈源本身也是精明强干，怎么就……

“连他也不行！”王氏徐徐吐出一口气，阴冷道，“这小畜生大势已成，要撼动他很难了……”

想起这个就让她不禁光火：“快别提你们那好好先生的老爷了，当年的事是他惹来的，却是我弄脏了手替他料理善后，他现在居然还有脸装慈父，要跟他那好儿子好侯爷好好联络感情！”

她越说越是嗓音拔高，姚妈妈见她连规矩都不顾了，知道她是气得很了，连忙低声劝道：“夫人，快别提当年那事了，如今这些小蹄子也并不安分，隔墙有耳若是有人听了一字半句去告密，那可就糟了！”

“她们敢！吃我的穿我的，看着新侯爷俊俏有权有势，还想攀高枝不成？！”

话是这么说，王氏对自己院里的丫鬟也不敢全盘信任：三个一等的大丫鬟是靠得住，那些二等三等的就不好说了。

她脸色更加铁青灰白，低声道：“总要替这小畜生娶一房向着我的儿媳，我才能安心过日子……否则，若是他知道了当年的事……”

她深深吐出一口郁气，咬牙道：“继续去打听，看能不能从他身边的几个亲信嘴里套出些什么来？他到底对哪家小姐有意，我一定要知道个大概！”

3.

如果说王氏院中是紧绷不安，如瑶的唐乐院中却是无声无息，大家走路都要踮起脚跟。

下人们都在悄悄嘀咕，也不知道如瑶姑娘到底是走了什么霉运，这几次议亲的对象一次比一次邪乎！

先是那个从小订下的广平侯家大公子，莫名其妙就退了亲事，然后又说给了二夫人妹妹家的萧公子，这也是个青年才俊，却又莫名闹出了意外，弄得两家面上都不好看；后来二老爷给做主订了那位在前院寄住的薛先生，科举结果出来后全府都沸腾了——没想到这位竟然是这一科的状元郎！

如瑶姑娘竟然要做状元娘子了，这话当时传扬出去，不知道羡煞了多少闺秀小姐，可大家做梦也想不到，这个姓薛的，竟然是反贼叛党的头子！眼前尸首正被吊在中华门那边示众呢！

如瑶一桩亲事，出了这么多变故，府里上下人等都对这唐乐院敬而远之，走路都绕着走，整个院子上下也失去了往日的欢乐清爽，大家都是愁眉不展。

“景……薛语已经死了，这桩亲事也没有株连的道理，你别听他们胡诌。”

正房内室里，小古强打起精神来劝解如瑶，自己却是面色惨白眼神幽深得深潭一般。

“我没事，其实我一直觉得这亲事不妥，无奈太夫人和叔父一意孤行，现在出了这事，反而是我的幸运——要是等嫁过去才闹出他是反贼，只怕我也只有投缳自尽和充卖官妓院这两条路了——这么想来，老天还是待我不薄。”

如瑶居然想得这么豁达，小古放心不少，她正要起身告辞，却被如瑶喊住了：“你的脸色这么难看，是又受了什么伤吗？”

小古抬起头，正对上她坦荡关切的眼神，轻轻扯动唇角笑道：“我没事，只是有些累……”

嗓音有些嘶哑，中气不足，话音未落就有些咳嗽，如瑶眼尖，一眼瞥见她帕子上有血丝，急得一把攥住：“这是什么？”

“别这么大惊小怪的，我只是先前被气着了，一时血不归经吐了几口，现在已经没事了。”

小古倒是没骗如瑶，只是太过轻描淡写了——她之前心神受到严重冲击，吐血之下已经是五脏六腑都似被火焚过，元气大伤至今仍然没有恢复。

“你赶紧回房去歇着吧——侯爷也是的，你都伤成这样了，他都不知道关心探望——”

如瑶刚刚说到这，却见一旁的碧荷脸色有些古怪，在她的眼神催促下，有些尴尬地说了出来：“侯爷虽然公务繁忙，但一晚上已经来探望小古六七次了，可小古姐姐每次都不肯见他。”

“怎么了，你们闹别扭了？”如瑶不得要领，以为两人是拌嘴吵架了，笑着调侃道，“你们俩吵架，只怕是你伶牙俐齿，他胡搅蛮缠吧？”

见小古只是漾起一道淡淡笑容，根本未及眼底，如瑶有些担心地收敛了笑容，却听小古低声叹道：“只怕今后，也未必会有吵架的机会了。”

说完，不顾如瑶的诧异惊讶，如幽魂一般飘然离去了。

沿着唐乐院外的回廊蜿蜒走去，绕过葱葱郁郁的一小片竹林，就隐约看到月亮门那一端的莲池和假山。小古坐在莲池边的凉亭里，一眼便瞥见，亭柱旁的木头小匾上那熟悉的字迹，却正是景语的手书！

“酒粘衫袖重，花压帽檐偏……”

这是欧阳修的一副游戏对联，看那墨痕崭新，旁边的一联笔迹也有些熟悉，大概是他跟大公子广仁一起备考切磋学问时写下的戏谑之作。

这个对联的典故他曾经在书信往来时讲给她听过，逗得她哈哈大笑，此时看来，却是只觉得讽刺和心酸！

他写这对联的时候，是抱着怎样的心情呢？是潇洒不羁的成竹在胸，还是将生死置之度外的慨然得意？

这一切，小古都无法去揣测了，人死如灯灭，估计他留下的文字和书信很快就会被抄走，就连这小小的对联，也会在这几日之间被擦得一干二净。

她轻轻呼出一口气，只觉得全身都出了一层虚汗，从怀里掏出一块手帕要擦，却停住了。

手帕干净整洁，仔细看才能看到一层隐约的五彩水痕——这是那一夜她替秦遥擦去背上印染的牡丹花图时用的，后来秦遥忙里偷闲，居然洗干净了还给了她，只有那颜料水洗不尽，透过雪色的绢布洇现出来。

她紧握着这方帕子，缓缓地闭上了眼，一滴晶莹的眼泪从眼角滑落，嗓子眼里火辣辣的，却是哭不出声。

“你怎么坐在这里？”

身后传来突兀一声，转头看时，却是好久不见的初兰。

只见她带着一个小丫鬟，手里挎着食盒，半开着让热气略微散腾，一股清甜滚热的香味传了出来。

“是巧果！”

小古一下子就闻了出来。

“是啊，热腾腾出炉的巧果，是秦妈妈和我亲手做的，想要送去给侯爷和如瑶姑娘尝尝。”

江南地区在七月七的乞巧节，会做一种应时的特殊点心，名曰“巧果”。百姓们常以“七曲八弯”来形容“七巧果”的形状。

小古闻到这熟悉的香味，不由得想起往年，她和初兰一起汗流浃背地揉面按进巧果模子里的情景，不由得会心而笑——

“小古你用点儿力啊，你做的这不是巧果，是圆面饼啊……”

“初兰姐，这巧果除了送给亲人，正式的场合却是送给夫婿品尝的！”

“好啊，你这小丫头别跑……”

往事历历，小古眼中含笑，笑容未尽却又敛住了，整个人都陷入了更大的悲哀空茫之中。

“小古你怎么了，要跟我们一起来做吗？”

初兰直率爽朗，直接开口邀请，突然又想起秦妈妈的叮嘱，吐舌道：“我忘了你受伤正在休养……”

“不，我也想试试。”

小古说完，就朝着大厨房走去，初兰放心不下，把竹篮递给小丫鬟，自己也匆匆跟上了。

大厨房永远是那么水汽蒸腾，热闹喧哗，七月里正是炎热，大家都挥汗如雨左右忙碌着。

小古进去的时候没人注意到她，她直接去撒了面粉，舀了热水开始调和，却被那个专门卖嗲找茬的玉霞儿拦住了：“哎呀，瞧瞧，这不是我们金贵的小古姐姐吗！你真是贵人踏贱地啊，好好陪着你家如瑶姑娘，怎么又来我们这粗人的地方，做这些粗活呢？”

她眨着眼撇嘴嘲笑道："莫非是你们如瑶姑娘派你来的，做这些巧果，是要送给姑爷吧……哎哟，我可忘了，她前前后后可是有好几位准姑爷，这要送给谁好呢！"

"你是得了失心疯吗？竟敢编派主子！"

小古没理睬她，接着赶来的初兰却是怒声呵斥道，玉霞儿撇了撇嘴走开了——初兰在侯爷身边伺候过一段日子，她有些忌惮，不太敢惹她。

厨房里一片水蒸气，显得嘈杂而看不真切，这样的环境，却反而让小古待得安心。

她一声不响地揉面发面，用擀面杖用力在桌上砰砰压平，只觉得周围的热气一阵阵熏进眼眶，不知不觉间，眼角刺痛着渐渐模糊了。

一滴滴泪水落入和好的面里，小古的身子已经疲惫虚软，整个人的面色苍白不见一丝血色，可胸中却好似有一团无形的炽红火焰在燃烧，烧得她喘不过气来！

一旁的初兰担忧地看着宛如魔怔的小古，想开口问却又不敢，笨嘴拙舌更是说不出什么来，只能默默在旁边帮手，不多时，一块块巧果就成形放上了笼屉，底下炉火熊熊地蒸烤着。

小古坐在灶前看着火，就那么呆愣愣地看着，任由浑身衣衫被汗湿透，任由灶灰染上了脸颊和额头，好似毫无知觉似的，初兰简直担心她把自己也点着了。

这时候厨房里其他人也站得远远地看热闹，都指指点点不知在说些什么，初兰怒火上涌，站起身来叉腰娇喝道："你们看什么看，都不用干活啦！"

"不看就不看，这么灰头土脸的小蹄子，以为谁稀罕啊！"

尖声怪气说话的是刘大家的，自从吴管事坏了事以后，她在这厨房里就不如过去那般得势，可以横行霸道，如今看到以前随意可以欺凌的两个小丫鬟回来了，身上衣料看着就是不错，心下发酸就呛了两句。

初兰正要反骂回去，却见小古眼神直勾勾的越发怕人，连忙拉住了她，怕她真的把头伸到灶下的火里去了："巧果快熟了吧。"

"是啊，已经可以出炉了。"

小古喃喃说道，把炉火熄灭了，直接就想用手搬下笼屉，吓得初兰赶紧用抹布打湿了给她包在手上，这才没有烫伤。

笼屉打开后，随着一阵热气和香味，一屉屉的巧果奇形怪状显得很是逗趣，小古用青瓷食碟装了一份一份，目光逡巡凝视着——

这一碟是给小安的，这一碟是给二姐的，这一碟是给七哥的——他在九泉之下估计也很讨姑娘们的喜欢，弄不好会嫌弃我手艺，那也只能将就着吃了……

她垂眸停下手中动作，一滴滴泪水落在巧果上，濡湿了那焦黄香脆的表皮。

"跟丢了魂似的，是想跟小姐一起陪嫁给姑爷了吧，可惜啊，啧啧……你就是在大厨房灶下吃灰的命，就算巴上姑娘也没什么用！"

刘大家的见两人都没回应，以为她们不敢顶嘴，越发得意地胡沁起来，一旁玉霞儿也跟着笑道："莫非是思春才做了这些巧果，可惜啊，你家姑爷尸体都挂在城门上，你只能供给死鬼吃了！”

话音未落，只见一道银光擦着她的头皮而过，顿时血流如注，剧痛之下玉霞儿尖叫一声就晕过去了——众人看到她头皮一大块被削了下来，顿时只觉得脚底发软：这算是彻底破相了，今后头顶就是半秃了！

小古手指一勾将短刃收入袖中，刘大家的刚要撒泼喊了一句“杀人啦”，却听外面闹成一片，一大群人快步冲进了大厨房！

“快快，快过来，可算找到县主了！”

为首那人嗓音阴柔尖利，惊喜交加地嚷嚷道，顿时更多人冲了进来，也顾不得厨房腌臜，统统跪地行礼道：“给县主请安！”

随即又有香气扑鼻的宫娥侍女进来，手中托盘里都呈着朝服华衣和头面首饰，她们跑到小古跟前，七手八脚将她搀扶而起。

“县主，可算找着您了，快换衣裳吧！”

张公公如蒙大赦般松了口气，眨了眨眼退去眼前水蒸气后，终于看清眼前女子的形貌，差点儿一口气吓厥过去：眼前这个满面灶灰、眼神呆滞的少女，就是这次册封的广陵县主吗?

大厨房里的人也都惊呆了，被这群突兀而来的宦官宫女吓得眼花缭乱，根本没明白眼前这是闹哪一出。

“什么，县主?！开玩笑吧，她要是县主，我还是王母娘娘呢！”

刘大家的小声嘀咕，却正好被张公公听见，他眼神一凛，立刻就有小黄门把这个多嘴多舌的婆娘拖出去，左右开弓狠掴耳光。

门外传来刘大家的凄厉地哭嚎，随即却化为呜呜挣扎的闷响，众人都噤若寒蝉，一片静默之中，却听小古突然开口了：“张公公，是有什么旨意给我吗?”

我的小姑奶奶，可让我一番好找！

张公公心里嘀咕，面上却是笑得和善：“是，皇爷册封您为广陵县主，正式的旨意已经下来了。”

他停了一下，更加恭谨地上前，压低了嗓音道：“这可是皇爷亲手写的诏书，之前册封的诰命多了去了，就连张贵妃家的宣灵郡主在内，都是皇爷吩咐一声，翰林学士们草拟的。可从未见他如此重视一个人。”

小古微微颔首，却并不见如何诚惶诚恐：“圣上厚爱，我真是受宠若惊。”

“皇爷说，县主您弃暗投明，及时通报朝廷免去一场滔天大祸，实在是功德无量，更可见您心地纯善，对朝廷一片忠诚，跟您家……那个令尊，可大不一样。”

张公公因为朱棣对她青眼有加，所以把当时朱棣亲口说的都讲给她听了，宫中禁语不得外传是老祖宗的规矩没错，但也要看是对谁，这位眼看就是平步青云的路数，给她方便也是与己造福。

小古的笑意更浓，讥诮之意却被浓密精致的睫毛遮住：“我跟胡闰，本来就是截然不同的人。”

张公公对她直呼父亲的名讳充耳不闻，又继续笑道：“皇爷今日兴致不错，想请县主进宫下几盘棋。”

小古唇角微微勾起，笑容明灿却不到眼底：“那我更衣之后即刻出发。”

张公公喜出望外，连忙对着捧着朝服发冠和赏赐物件的宫女们吩咐道：“快伺候县主去外头更衣，这里太热了又腌臜，你们跟进来做什么？”

小古微微一笑，也不揭破他就是来这里炫耀皇恩浩荡的，开始用炭笔小心描了几个标签附在碗碟旁，又朝着初兰点了点头，低声道：“已经出炉的七巧果我都已经贴上标签了，劳烦你替我送去吧。”

又附在她耳边悄声说了一句，这才离开了。

初兰望着她的背影出神——她从未见过小古有这么生疏客套的一面，那样冰冷的眼神丝毫不见温度，简直……好像换了一个人。

大厨房里的众人全部目瞪口呆，随着出去看热闹了，炎热难耐的蒸汽里，只剩下初兰一人孤零零地站着，只觉得心口一阵发堵难受。

小古她，终于恢复了千金大小姐的身份，她要离开这里，离开大家了吗？

她默默地垂下了头——照理说，一起做下人的好友有了好归宿，她该替她高兴才对……小古已经是县主之尊了，不再跟她们这些下人来往也是常理，可她的心头，为什么充满了酸痛和不安？

初兰眼圈有些红了，她倔强地抿唇——打从心眼里，她就不相信小古会是那种富贵得势就看不起人的人，现在她变得这么陌生和可怕，到底是为什么？

她百思不得其解，只能死心眼地咬着嘴唇，任凭泪珠在眼眶里打转。

她抹了把眼泪，这才想起小古方才的话，连忙去看碟子上的标签。

有好几碟是空白的，却有几滴水痕，不知道是被什么濡湿了，剩下的倒是写了名字。

“这是给如瑶姑娘的，这一大盘是给唐乐院的大家的，这是给我的，这是给广晟少爷，不，是侯爷的……咦？！”

初兰惊呼出声——写明标签给广晟的那个盘子硕大无比，里面满满当当堆得快漫出边沿了，都是焦黄酥脆甜糯冒着热气的巧果，这么多简直可以装个大食盒了！

“为什么只有侯爷的这份这么多？”

初兰有些疑惑，随即敲了敲自己脑门，笑道：“可能侯爷就爱吃这巧果，我真是想太多了！”

但是，为什么小古为侯爷做了这么多，自己却不送去呢？

这个疑惑萦绕在她心头，久久不散。

大厨房外的庭院，本来是空旷冷落的，此时却是站满了人，以沈源夫妻为首，大房二房的人都来了，就连太夫人那边也派来了赖婆婆看个究竟——他们都迷惑不解，这种厨下腌臜粗俗的地方，张公公亲自跑来逗留这么久，到底有什么贵事？

“听说，是册封了什么县主，我们家凭空哪来的这尊大佛？”

王氏在树下站得腰杆笔直，嘴唇微动问起了沈源。

“你问我，我去问谁呢？”

沈源皱眉答道，他最近的心情非常不好——之前为了在文臣和皇帝面前表现忠直不阿，他亲自弹劾自己的儿子编造谎言危言耸听，是想趁机扩张锦衣卫的势力，并强烈要求关闭城门，如今真相大白，他的一系列刷声望值的行为，在世人看来不仅是愚蠢可笑，甚至是招致祸患的——真要按他说的做了，只怕无数百姓要被活活淹死。

因此朝野之间对他的骂声不绝，原本跟他投缘相得的同僚们也都纷纷疏远，甚至连张公公这次来传旨，对他也是公事公办的腔调，丝毫不见先前的和蔼可亲。

王氏见他紧皱眉头心神不宁，叹了口气也不再去烦他，原本烦躁的心头更添一重阴霾——这几天御前都没有任何声息传下，连原本轮班草诏的活都派给别的翰林了，沈源在家中如同困兽，她也是暗暗着急：难道真的已经被圣上厌弃了？

两人心乱如麻，一时却又觉得汗如雨下，穿着沉重的正式礼服都粘在背上，简直热得快厥过去了，正在这时，张公公一干人等从大厨房出来了，却是簇拥着一个年轻女子模样的人，态度十分恭谨。

走近一看，却是一个脸上染着炭灰，衣着明显是丫鬟的，唯有那双清水妙目熠熠生辉，与平常的奴仆下人气质迥异，王氏觉得面熟又打量了几眼，突然心头“咯噔”一声，忘形地低喊出声：“原来是她！”

一旁的沈源莫名其妙：“你说的是谁？”

“就是如瑶身边那个小丫鬟，原先在大厨房劈柴生火的那个！”王氏气急败坏地低声嚷嚷道，“一个贱奴胚子，却是牙尖嘴利的，我瞧着她就不安分，没想到现在居然一步登天了！”

“你在胡说些什么？圣上既然册封她为县主，那就是认定她的身份了，颁旨的当口你可别口无遮拦！”

沈源低声呵斥道，王氏却是有些不服气——侯府里她最恨的就是广晟和如瑶两人，偏偏这个小丫鬟跟两人走得都很近，心中不免迁怒低声骂道：“就算县主又怎样，之前不是还有张家的那个宣灵郡主对广晟有意，区区一个县主算什么？”

沈源瞥了妻子一眼，没好气道：“张家那个只是看在英国公和贵妃娘娘面子上，况且张家老爷子先前靖难时战死沙场，原本上头就有意要封他郡王，只是想让英国公有提拔的余地这才罢了，他家的女儿封个郡主也只是锦上添花好看而已，圣上也只是随口说笑逗乐几句就撂下了，而眼前这个，却是圣上亲笔写下旨意召见，你见过他对谁如此隆重在意？”

此时那小丫鬟已经被宫女们搀扶进隔壁厢房更衣了，张公公静静等着毫无不耐，只是因为日头炎热才缓步走到树下，却是与沈源不远不近的隔了一段距离。

沈源只得主动走近打招呼：“张公公，这位县主到底是？”

“罢了，县主到底是栖身在你府上，你听听也无妨——这位广陵县主，乃是先前坏事的大理寺卿胡闰之女。”

这一句宛如晴天霹雳，让沈源目瞪口呆——他简直不能相信，传说中那个刚烈狂妄的胡闰，他的女儿竟然潜藏在自己府上！

张公公笑眯眯看他的表情，笑容少了几分亲热，却多了几分矜持："沈学士不必惊慌，胡小姐虽然有个逆党的父亲，她本人却最是深明大义。"

沈源听这口气不像祸事，心中略安，擦了把额头的汗水，正要继续打探些消息，却见厢房那边门扉打开，宫女们鱼贯而出，最后四个搀扶着一人，朝服上的闪亮刺绣和翟冠的宝石闪耀得众人眼花缭乱。

已经梳妆打扮完毕，也擦去了最后的易容伪装，再也不见丝毫的低调粗陋，终于恢复了最真实的她……小古无声地叹息，脚下却走得稳当从容。

红色大袖衫在日光下熠熠生辉，穿在她身上却是丝毫不显冗繁奢华，反而别有一种清艳娇嫩的美，翟冠的式样曾经被王氏腹诽老气沉闷，戴在她头上却是高华雅致，衬得整个人好似会发光似的。

众人想起方才那面涂炭黑衣着寒酸的模样，简直不敢相信就是眼前这位端华清隽的县主！

张公公也算见多了宫里的美人儿，此时也啧啧赞叹道："县主风华无双，我这辈子也算是开眼了……只是先前，为何县主那般粗衣乱发，府里竟然没人发觉？"

这话带着些试探之意，张公公这种老狐狸，也觉得小古是故意潜伏然后在御前一鸣惊人，大概是生怕她也有什么不好的图谋。小古微微一笑，扫视在场众人，用清亮柔和的声调说道："长期藏身灶下，自污面目，只是为了自保守贞而已。"

这话一出，侯府的人面色都不好看，刚刚赶来的太夫人闻言大怒，冷哼一声道："简直是胡言乱语诽谤——"

小古打断了她的话，唇角带笑，眼中却是凝聚了讥讽和凄然："太夫人可还记得芳娘吗？"

听到这个名字，就算太夫人再老谋深算心思恶毒，也不禁变了颜色。小古继续笑眯眯说道："芳娘就是因为长得太好，就被大老爷收用了，随后就被太夫人你派人活活打死，一领破席卷了丢在乱葬岗上。"

"我自忖也略有蒲柳之姿，若是敢露出一星半点儿来，绝对活不到今日了。"

小古的话略带哽咽唏嘘，却是让张公公疑心尽去，眼角瞥了太夫人一眼，略带嘲讽道："太夫人多次上奏给礼部，夸说先夫多么有功于社稷，自己料理后宅多么贞洁严谨……没曾想，却是金玉其外……"

总算他还留点儿面子，没有说出"败絮其中"这四个字，但浓浓的嘲讽调侃之意却化为无形之鞭，抽打在在场众人脸上，火辣辣地疼。

可怜太夫人横行霸道了半辈子，从未被人如此当面羞辱，一时面色由红转青又由青转黑，一口气没接上，彻底昏了过去。

王氏用幸灾乐祸的眼神偷偷瞟了她一眼——她倒是知道，太夫人多次自夸侯府门庭谨肃，是想用自己和先夫的名望来替沈轩夺得爵位，这下子看她吃瘪，多年来的憋屈简直是一朝畅快！

畅快之后，心中却也是愁苦悲凉：太夫人白忙一场，固然是成了笑柄，但自己也是筹谋多年，却平白为他人做嫁衣。庶子广晟得了爵位，就连多年来在厨下灶上粗使的小丫鬟，也一朝得势成了县主，自己却连个像样的诰命也无，大热天只能站在树下听着这般嘲讽还赔笑脸。

“广陵县主长久以来在你家厨下做粗活，为了守贞而韬光养晦……”

张公公说得回肠荡气动人无比，在场众人却听得如坐针毡，好在他也就嘲讽了两句，侯府的主人还是广晟，再说下去就得罪他了。

“好了，县主这就随我进宫吧。”

这句一出，连沈源都松了口气如蒙大赦。

一行人朝着垂花门外而去，却正好与回返的广晟撞了个正着。

“册封的旨意这就下来了吗？”

广晟倒是非常高兴，看向小古的装扮，顿时就看直了眼，整个人木呆呆的不会动了，脸庞还浮现了可疑的红晕——偏偏他人生得俊俏白皙，这点红晕显得分外显眼。

张公公知道眼前这两人有情，正想一笑却又敛住了——皇爷那边心思难测，到底是怎样他还不清楚……

广晟却是不管周围人尴尬难看的神情，上前就要拉小古旁边叙话，却被她目不斜视地推开了——

“男女有别，侯爷请自重。”

这是怎么了?

广晟震惊无比，小古却是冷淡地点头示意，径直要走，却被他一把攥住——

“你又怎么了？”

好闻的男子气息在周身萦绕，她瞬间心痛如绞，却是用力推开了他：“侯爷，今非昔比，我不是您身边的小丫鬟了，这样不合适！”

广晟更加惊愕，却是牢牢攥住，霸道的不肯放手：“怎么不合适，你已经恢复身份，也对朝廷有功，我们之间再无任何阻碍——”

“可是侯爷，你弄错了一件事——”

小古的嗓音冷冷的，好似天山积雪般冰清自矜，不带一丝情意：“我是小丫鬟的时候，才盼着跟你长相厮守，一旦我恢复了身份名誉成为县主，你我之间就已经不合适了——在这个世上，我值得更好的！”

最后一句傲慢无情，高高在上的冰冷让人心头直打哆嗦。

广晟简直不敢相信自己的耳朵——眼前这个高傲势利、翻脸无情的女人，跟记忆中慧黠可人的小古简直判若两人!

惊愕混着怒气上涌，他不顾众人的惊呼，一把攥着她冲进旁边的竹林里，用力压着她靠在旁边矮墙上，低声耳语道：“你又在搞什么鬼？”

“我说的话，句句属实，你不相信吗？”小古瞥了他一眼，吐气低哑而慵懒，“少爷你确实是当世俊彦，世人眼中绝佳的夫婿人选，若是从前，我们也算是美满姻缘，可是现在……”

她的笑声低微而魔魅，带着一种说不清道不明的危险风情：“现在，对我青眼有加的是九五之尊，这是世上所有女人都梦寐以求的机会！”

“你疯了吗？！”

广晟用身体压制住她的挣扎动静，嗓音带怒道：“圣上已经五十多岁了！”

“那又如何，权倾天下靠的是能力和手腕，与年龄无关！”

她一把推开他，冷笑道：“我们这么多人都被他耍得团团转，到头来一切都在他掌握之中，无论多么强大的人，生死荣辱都在他一念之间——这才是真正的天下第一人！”

她皱眉瞥了他一眼，再次毫不留情道：“所以说，我值得更好的——我们今后，就不必再见了。”

说完，不顾广晟的震惊呆立，翩然匆匆离去了。

第十章

钗合剑圆

1.

济宁侯府彻底陷入了愤怒和颓然之中，下人们都小心翼翼不要触怒主子们。

如果说太夫人和王氏那边是阴谋成空的颓然，广晟这边却是愤怒和不解——这到底是怎么回事，他不信小古会突然之间变成这样!

广晟心神不宁，宛如困兽般来回踱步，突然看到桌上一个大的食盒，打开一看，是焦黄酥脆的巧果，看起来形状虽然有些笨拙，但个个饱满，散发着诱人的香味。

他拈起一枚吃了一口，清甜滋味在舌尖上弹开，广晟眯起眼没有再吃，却是喊来了沈安。

“是大厨房那边初兰姑娘送来的。”沈安的答案让他大失所望，随后一句却让他恢复了精神，“初兰姑娘说，这是小古——不，是广陵县主亲手做的。”

小古亲手做的，广晟连忙打开食盒，发现盘子底部有个标签写着他的名字，看字迹是小古的。

她这么惦记着他，特意做了巧果给他吃……

广晟一把揪住沈安问道：“我记得七月七送巧果，如果是姑娘送给小伙，是有个意头的是不是？”

“是啊侯爷，七月七，姑娘会亲手做了巧果，送给自己心仪的男人。”

沈安摸了摸头照实说了，却发现侯爷的脸色更黑了。

小古她亲手做了巧果送来，却又说了那么一番话，到底是怎么回事呢?

广晟面色阴沉，百思不得其解，反复翻弄着手里的纸签，却发现写着自己名字的另一面，用蝇头小楷写了四个字“再见无期”。

再见无期!

她这是什么意思……

广晟心中顿时掀起滔天巨浪，牙齿咬得咯咯直响，老天仿佛还嫌他不够乱，李盛突然气喘吁吁地从外面跑来，张口就是：“大人，不好了！”

“我确实已经不好了，你慢慢说！”

李盛喘了口气，这才道：“宫里的眼线传来消息，圣上刚刚跟广陵县主相谈甚欢……”

他偷眼看了广晟的表情，吞吞吐吐道：“圣上还把她叫到近前，摸着她的手不放。”

“砰”的一声，桌子被广晟一掌之下拍成了粉碎。

一大盘的巧果掉在地上，有的摔碎了，有的却完好落在残破的瓷盘边。

广晟双目血红，良久不发一语，李盛以为他气糊涂了，正要上前劝说，却见广晟跳起身来，三两下跑得没影了。

胡闰的旧宅位于乌衣巷尾，虽然看着气派不大，却曲径通幽，亭台楼阁雅致小巧，很符合文人们的趣味。

胡闰坏事后，这旧宅被赐予功臣居住，却又嫌弃这里满染血腥不吉利，很快就转手赠人，几经周折后落到一个商人手里，却一直荒废没住。朝廷要册封广陵县主，朱棣大笔一挥就把旧宅还给了她。

小古，或者说是恢复了本名的如郡，此时站在庭院之中，感受着拂过脸庞的夏风。

接近黄昏，金色的日光照在她身上，徐徐拖曳逐渐离去，更显得她眉目如画肌肤莹润。

此时此刻，终于不再需要任何的易容伪装，她可以在青天白日下显露她的真实容貌。

可如郡却觉得，此时此刻在她身上，却蒙上了另一层无形的伪装，厚实严密，压得她喘不过气来。

庭院里一片静谧，莲池碧绿，中间点缀洁白花蕊，石阶缝隙中长出蒿草来，青青绿绿却是生机勃发，石凳倒在地上，几乎与地面连成一体——这都是当年抄家灭门时造成的，历任主人都没有用心修缮，如今她重新入住，管家要大兴土木，却被她拦住了。

“何必呢，反正也住不久……”

四周无人，她微笑着呢喃道。

莲池边的那堵墙已经倒塌了一半，后来又有人修过，似曾相识却又截然不同——就在那里，年幼的景语曾经接住了在墙头哭泣的她，温柔细心地抚慰她，帮她讨回了公道。

如郡闭上了眼，想起那个人最后的眼神，倒在她怀里的温热躯体，她的心头剧痛而酸涩，不禁摸了摸袖子里的一卷布帛。

这是景语最后咽气时偷偷塞给她的，那时候场面太过混乱，根本没有人注意到这一幕。

直到一切尘埃落定，她才有勇气打开这卷布帛，那个时候，她才知晓，原来建文帝留下的那个神秘木盒里，不仅仅有皇宫地下的密道图，还隐藏着这样一个秘密。

同时，她也终于恍然明白：袁容身为朱棣的爱将兼爱婿，为什么竟然会暗中背叛朱棣，转而秘密养育懿文太子的遗腹子。

一切的秘密，就在这布帛上。

成王败寇已定，这个布帛虽然是惊天秘密，却终究不能让朱允熥登上皇位，反而葬送了秦遥的性命。

但它落在如郡手中，却给了她一个新的思路，新的想法。

如郡正在沉思之间，却听外墙上有细微响动，她一扣袖中短刃，警惕问道："是谁？出来。"

随着簌簌之声，墙头上出现了广晟的身影，他一跃而下，站定在她面前。

"我听蓝宁说，你连金兰会的兄弟姐妹都不见？"广晟想起下午蓝宁所说的，心中的疑虑和愤懑更加浓重，"你到底是要做什么？！"

"以前大家是兄弟姐妹，现在我毕竟是朝廷册封的县主，他们虽然被赦免，可仍然是罪人家眷，见了面彼此尴尬，不如不见。"

广晟简直不敢相信这样冷酷无情的话是小古说的，他上前要抓住她的手，却见她倒退了一步，别过头凝视着莲池，不愿看他："你走吧，别再来找我。"

"你到底是怎么了，有什么事就说出来——这根本不是你该有的言行！"

广晟怒吼出声，却遭到如郡冷冷一句："我到底该有什么言行？我骗了你这么久，你对我又了解多少呢！过去的我只是被时势所逼，不得不成为你们喜欢的模样，现在的我，才是真正的胡如郡！"

她蓦然回身，冰冷的眼神高傲而决绝："我这一辈子，受够了被人欺凌、任人摆布欺骗的日子，我下定决心要成为下棋之人，而不是别人掌中的棋子，好不容易圣上对我有意，我一定会抓住这个机会！"

她再不躲闪，迎上广晟痛苦震惊的神情，唇边笑意更深，更烈："人在逆境和顺境之时，往往是判若两人的，你所认识的小古，只是个幻影而已——从今以后，希望你忘了我，永远不要管我的事。"

广晟还要再说，小古皱眉下了逐客令："你赶紧走吧，否则我要叫人了——你就算继承了纪纲的事业和权势，也该知你的一切都是圣上赐予的，你有什么资格跟他争抢女人呢？"

最后一句实在太恶毒，广晟脸颊微微抽搐，白皙面容上一片火红，双眸几乎要燃烧起来。

"如郡，这是你的心里话吗？"

"是。"

回答干脆利落，广晟却是停止了浑身的颤抖，深吸一口气，决然道："你以为这样说，我就会被你骗过吗？"

如郡神情一凝，眉头皱得更深，广晟沉声道："既然你希望我走，我就暂时离开——但你要记住，我永远不会忘记你，更不会不管你！"

说完，他纵身离开了。

小古攥紧了帕子，仿佛将全身所有的力量都放在上面，又似凝聚了无尽的苦痛和挣扎，良久她才放开手，那绣帕已经变成蝴蝶般片片散落了。

“广晟……成嘉！”

她等到他走远了，这才低喊出声，喊了他的名又唤他的字……喉咙里又干又痛，几乎要咳出血来。

“成嘉，是我对不住你……”

她咬着唇说道，突然跃上墙头，搜寻着他离开的身影——黄昏的夕阳下，那人已经去得远了，只剩下一道银灰色的身影，在她眼前逐渐远去、模糊。

她就这么痴痴地凝视着，任凭心头绞痛袭遍全身，任凭眼眶里的泪水肆意落下，任凭他的身影在眼前变成小点、最后消失不见。

夕阳的余晖渐渐消散，暮色笼罩了四周，夜风吹拂着她的衣衫，带来一阵凉意。乌衣巷正对着秦淮河的一段，此时却不复往日的桨声灯影、脂粉凝香，反而显得分外安谧空寂。

她就这么坐着，不知道过了多久。

秦淮河的水波静静向前，水波涟漪之间都是六朝历史的沉淀，它见过多少惊涛骇浪，今人的痛苦和纠结对它来说，却只是一朵小小水花，须臾之间就消失不见。

这样做真的值得吗？

小古问自己，却是终究无解。

广晟离去之时，那一句“我永远不会忘记你，更不会不管你”让她整个人都热血沸腾，多想抛下一切跟他走，什么也不想！

如果她能放下，她和他，必定是世上最美满的神仙眷侣，必定能白首偕老，子孙满堂，富贵尊荣过这一辈子。

可她，却偏偏不能放下！

世上的道理和坚持有千万种，而她偏偏选择了最为剑走偏锋的一条。

也是最为决绝的一条。

死者的鲜血在有些人看来，只是脚底的红泥、地上的污秽，可对她来说，这些都是命中注定的相遇与相知！

她不能忘，也不能放下，否则她的内心永远不会通达！

小古咬紧了唇，任由鲜血蜿蜒滴下，在暮色之中，默默地擦干了眼泪，悄无声息地从墙头下来，恢复了她矜持尊贵的县主模样。

一个月后。

三伏天虽然炎热，却也渐渐走到了尾声，树梢上的知了仍然叫得声嘶力竭，却也透出色厉内荏的虚弱来。

暗色已经逐渐压过夕阳的余晖，宫门前的守卫正准备下钥关门，突然远处有轮子的辘辘声。一辆朱璎翠盖的马车来到宫门前，四个娇俏妩媚的侍女先行下车，小心翼翼地搀扶一位贵女下车。

雪白柔荑不见一丝血色，偏偏却是晶莹柔腻宛如玉雕一般，让守卫都咽了一口唾沫。

“广陵县主到了。”

在门口等候接应的少监连忙殷勤上前行礼道：“县主可算来了，小的真是望眼欲穿哪！”

“劳烦公公了。”

如郡泰然自若地答道，从车中起身落地，暮色下的宫灯照亮了她，所有人都觉得有目眩神迷的感觉。

今日她按品大妆，更加浓艳冷丽，华贵中显出凛然出尘之姿，朱唇上的胭脂、眼角勾画得黛青与平日迥然不同。

少监面上竭力保持平静，心中却是惊叹：这个广陵县主，真是一次比一次美貌，一次比一次邪性……跟她初次进宫时的清雅秀丽好似换了个人似的。

一行人离开了宫门，身后的金吾卫和神策卫百无聊赖，却开始议论起这位广陵县主。

“啧啧，真不知道她的心肝是什么铸成的，比铁石还硬啊！亲爹死得这么惨，她居然毫无芥蒂就接受了朝廷的册封，还屡次到御前卖弄风情……”

男人们彼此交换眼色，发出一声只能意会的猥琐不明笑声。

“你们别胡说八道了，她可是锦衣卫沈大人的心上人！”

有老成持重的呵斥了：“再说广陵县主也没做什么，几次都是去下棋品茗什么的，真要跟圣上有点儿什么，这宫里还不是传得沸沸扬扬了！”

“那也是迟早的事吧，看这打扮今晚弄不好就会有点儿什么——沈大人是个好汉，他挑选女人的眼光还真不怎样！”也有人叹息，“毕竟是君臣之别，如果圣上想要，沈大人也只能乖乖双手奉上啊！”

“这世上的女人就是势利！”

“人往高处走水往低处流，这也是人之常情。”

“不过这广陵县主还真不是省油的灯，她明明跟金兰会那群逆党是一伙的，做了县主就翻脸不认人，还要求刑部发文勒令他们十天之内去三千里外的边城，旧日的同伙去向她求情，她连见都不肯见呢！”

……

众人的议论，如郡走得远了没听清，但想也知道他们会如何议论。

她微微一笑，丝毫没有把这些话放在心上，脑海里却不期然地浮现小十三杨嫣苦苦哀求她的模样：“十二姐姐你出来见我一面吧，只要你说句话，官府就不会赶我们走。五哥正在发高烧呢，就这么去边城他受不了的！”

她当时闭门不见，杨嫣在跪地求了一个多时辰后终于哭泣绝望而去，最后充满怨恨地留下了一句，“十二姐，你出卖了大家求得荣华富贵，过后就翻脸不认，你……你不会有好下场的！”

不会有好下场？

她听到下人禀报这一句时，甚至轻笑出声——早已注定的结局，又何须多说这一句？

后来，好像蓝宁也来求见过，照样被她的下人轰出去了，这个死心眼的笨蛋，竟然站在对街的屋檐下等了三天三夜，直到因为缺水昏厥，才被郭大有带走了。

谁也不曾知道，她就这么悄悄的，在角楼顶上看着她，陪着她犯傻三天三夜，自己也是粒米未进，直到看到郭大有打横抱起她的亲密姿态，这才露出安心的笑容。

既然彼此有情，就赶紧走吧，走得越远越好，找一个天高皇帝远的偏僻所在，永远、永远不要再回来！

身边少监的话打断了她的沉思："县主今日真是国色天香，奴婢都看傻了眼呢！"

虽然知道是恭维，但她也含笑照单全收："是吗，那是因为女人用心妆容的时候，跟清水素颜是截然不同啊。"

今晚的她，妆容确实与众不同，是要给那位陛下一个惊喜呢！

如郡悠然一笑，虚扶了一把额上红宝石，顺着台阶走上了太和殿的云台。

云台之上灯火通明，顺着汉白玉长廊走向侧边的昭仁殿。昭仁殿并不算太过宽宏，格调布局却透着闲逸淡然之意，是朱棣平日里阅读休闲的地方。

夜晚起了西风，通过十六扇雕花通天窗吹入，四通八达地拂走了暑气，墙脚有鎏金瑞兽香炉冉冉起烟，香味清雅却又能驱走蚊虫。

朱棣坐在矮榻上正在听戏，窗外的戏台上正演着"蒋干盗书"，勾心斗角得热闹精彩，他却只是有一搭没一搭地听着，支肘托着腮昏昏欲睡。

"哦，你来了。"

他终于徐徐张开了眼，在清浅的烟雾渺然之间看到一张冷艳娇媚的脸，顿时如遭电击，呆在了那里！

似曾相识的五官和神韵……让他整个人恍恍惚惚简直不知置身何地！

他苍老而瘦削的手颤巍巍地伸出去，似乎要触摸到什么，却因为太过急切失去重心而从榻上摔了下来！

"皇爷！"

"万岁！"

一旁的宦官内侍吓得魂飞天外，纷纷扑上前去搀扶，顿时殿内乱成一团。

"朕没事。"

朱棣被搀扶回榻上后说道，不知怎的，嗓子里却有些含糊沉闷。

"陛下身体无恙吗，可要宣召太医？"

朱棣摇了摇头，阴沉面容上露出一抹笑意："那些太医的话，朕都已经听烦了，朕半生戎马，岂能这么容易就有个闪失！"

虽然带着落寞自嘲，却也算是心态豁达，众人看他手脚灵活确实没受什么伤，总算也松了口气。

朱棣的目光看向如郡的时候，却仍然有些奇异的惘然——之前就觉得她面善，今晚她一番盛装而来，恍惚之间，竟然跟“那个人”像了六七分！

他不由得攥紧了龙袍下摆，问道：“朕今晚本来想让你一起来看百戏后对弈几盘的，没想到神思困倦精力不济——人老了，就算不服老，体力也不如你们少年人了。”

“我看陛下倒是面色红润双目有神，就是唇角带赤显得肝火有些旺，您这是气着了吧？”

“哼，朝中有些人，还没你一个女流明白事理——多说无益，平白坏了心情。”

如郡隐约听说，最近又有人在提议让太子重开经筵，这是变相地在替太子张目，要结束他软禁宫中的状态——这大概是太子一系看到汉王失势，又渐渐开始高调了。

“对弈虽然有趣，神思困倦之时却是徒然损耗精力，不如换些花样来看看吧，百戏既然看烦了，不如看鞑靼人的歌舞吧。”

元蒙虽然被驱出中原，但蒙古武士和歌舞却在京城越来越盛行，好些达官贵人家不仅豢养蒙古壮汉，还养了一班俊俏男女来表演歌舞，宴饮之时热闹又有面子。

朱棣平日里是嫌蒙古歌舞太闹，此时听她说来却是心头莫名一动，只觉得冥冥之中自有天意，于是点头应允。

殿门齐齐大开，可以清晰地看到云台上的表演，灯火明灿之下，鞑靼男女飞舞而旋，璎珞珠宝与长裙袍服好似会发光似的，节拍响亮让人兴致高昂，宦官宫女们都看得眉飞色舞，朱棣却仍然面色寥落提不起太大兴趣，只是目光不时看向赐坐下侧的如郡，眼神之中若有所思。

“广陵，你会跳这个吗？”

他曼声问道，却没想到居然得到干脆肯定的回答：“会！”

这下轮到朱棣诧异了，如郡微微一笑：“陛下若是不嫌弃，我跳给您看？”

这话一出，周围的人都倒抽一口冷气，本朝自从建立起就大提礼教廉耻，一介未婚少女竟然敢在御前这么说，简直是太过大胆豪放了！

朱棣却是心头更加震撼，手中瓷盏一个不稳又是险些落地，一旁的张公公看他频频失态，心中也觉得纳闷。

“陛下可是担心朝臣之中有闲言碎语——我自觉光风霁月，世上流言蜚语从来不能伤我分毫……”

少女微笑着凑近了些，描画得圆润艳丽的眼微微睁大，含着戏谑和激将咄咄逼人：“我一个小小女子都不怕，陛下却是怕了吗？”

这话任何男人听了都要受不了的，朱棣不禁失笑：“好一个伶牙俐齿的小妮子，朕倒是忘了，你在万花楼之战中假扮花魁，朕听说那场面真真是一舞倾人城！”

他睁开了眼，以前所未有的和蔼亲切之态看着她：“你愿意跳给朕看，朕就等着。”

她微笑应诺，随即便去侧厢换下吉服，换上自己带来包袱里的舞衣，朱棣饶有兴致地等着，一点儿也不厌烦，倒是让伺候他的人们啧啧称奇。

黄昏的晚霞渐渐收起，一切如往常般平淡无奇，广晟却有些心神不宁，送来的晚膳吃了几口就放下了。

这几天他都是这般模样，小厮亲随们也见怪不怪了，任凭他困兽一般在院子里来回踱步，眉头紧锁。

小古她怎么会这样!

到底有什么原因!

“大人……”

李盛冒着被炮火波及的危险来禀报：“衙门里又有突发公务等着您回去处理呢。”

他眼睛滴溜溜一转，压低了嗓门道：“那个……守门的兄弟说，广陵县主……那个……宫门下钥前进宫面圣了。”

宫门下钥前？!

广晟眼中更添怒火，咬牙不语半晌，突然往外跑去。

宫门下钥前进去，不就等于她这一夜都要在宫里……这个念头简直让他胸中的怒火狂燃到顶点。

李盛简直吓坏了，用力拉住他喊道：“大人，您可别去啊，那可是皇宫大内，不是随便可以撒野的地方！”

“可她是我未来的妻子！”

广晟的怒吼压过了他惊慌失措的劝阻，李盛呆了一下——被上司兼好友眼中的怒焰和血丝彻底震住了，广晟一把推开了他，风一般冲了出去，李盛咬了咬牙，抓过一旁的沈安，沉声吩咐道：“快去锦衣卫衙门那边喊兄弟们来西华门！”

随即跟着匆匆追出去了。

十六天魔舞，原本是元人的宫廷秘乐，用于赞佛、宴享等。顺帝怠于政事，荒于游乐，以宫女三圣奴、妙乐奴、文殊奴等十六人演《十六天魔舞》。挑选的女子国色天香自不必说，各个戴象牙冠，璎珞披身，红衣销金，极尽旖旎魅惑，云肩合袖天衣和绶带挥舞，铃声中有佛咒呢喃，却又宛如天人般清圣。

如郡此时跳的正是这一出——明明只有她一人，她却跳出了满殿热闹、满殿妖娆和满殿风情……

嫣红晶莹的珊瑚珠垂落在她雪肩之上，五色宝石从她化作孔雀凤眼的指尖流泻而过，琳琅之声宛如天籁，象牙宝冠更衬得她面容晶莹圣洁，朱唇微启、黛眉愁蹙却让人更加心生怜惜。

因为是县主献舞，又穿得这般香艳暴露，朱棣一个眼色之下，张公公就让无关人等都退了出去，只剩下他和两个贴身侍卫宛如钉子一般立在御驾之后。

殿门重又紧闭，瑞兽吞吐得御香缥缈，眼前的一切都宛如蒙上了一层薄纱，朱棣坐在御座之上，神色越发茫然恍惚，眼前魅惑起舞的少女，眼前却是如此的愁苦哀伤，和多年前的记忆渐渐重叠……

如梦似幻之中，他好似还是个孱弱矮小的少年，那个哀怨愁痛的女人在众人面前翩然起舞，皮开肉绽的脚尖却是一滴滴鲜血落下……那飞旋而舞的，是他骨血相连的至亲，却又好似无辜被猎杀的雪白羽鹤，那般痛苦无助地被拖下去，遍体鳞伤地倒在了血泊中！

朱棣粗声喘息着，眼前少女的一颦一笑与记忆中那人惊人地相似、重合——他简直分不清哪个是幻觉，哪个是真实！

“娘……”

他的嘴唇吐出这两个字，听在如郡耳中，却是尘埃落定的胜利和释然！

终于……成功了！

从一开始见面起，她就注意到，朱棣凝视打量她的眼神，显得惊喜而恍惚，好似从她身上看到了什么人，对她格外和善宽容。

世上所有的相遇，也许都是冥冥中的久别重逢……她敏感地发现这个机会，还没来得及好好思索，秦遥和众人的性命，就在她耳边化为轻描淡写的一句死亡。

无尽的悲恸和愤怒，在那一刻几乎冲垮了她的心灵，几乎让她疯癫！

可她毕竟没疯，反而更加冷静沉着，胸中的火焰要将她整个人都吞噬，可她还是若无其事地谈笑风生，旁人以为她凉薄无情，金兰手足怒骂憎恨她，她都甘之如饴——等待的就是眼前这一刻，向他讨还这笔血债！

而景语留下的布帛，对她来说也是天降的助力——上面记录着皇家一件秘辛，也关系到朱棣的真正身世！

在皇家玉牒上，朱棣清楚写着是洪武皇帝原配马皇后所出，这也是他跟朱允炆争夺天下最大的底气之一——明明都是嫡出一脉，侄子既然碌碌无为，做叔叔的为何不能夺过那张龙椅？

可实际上，朱棣出生的时候，马皇后岁数已经不小了，老蚌生珠虽然有可能，但终究不常见——朱棣真正的生母，乃是一位元蒙的贵族女子。

她的身世和背景那文书上也语焉不详，只称呼她为碽妃，当时是从元顺帝那里俘虏来的，在朱棣很小的时候就因为触怒洪武皇帝，被酷刑处死了。

这些记录都是闻所未闻的，最关键的是，那布帛上画了一张碽妃的肖像，虽然笔触不算清晰，但仍能看出，跟如郡本人确实有几分相像。

也就是在看完这秘密之后，小古才恍然：为何朱棣会对自己露出那般亲切和怀念的神色！

于是她每次进宫的时候，都悄然施展了易容之术——并不是把自己乔装成另一个人，而是将眉眼口鼻略微修饰，渐渐跟画像更加接近。如果说初次见面只有三四分相似的话，那么第二次、第三次就是五分、六分，直到这次，她已经跟画像上的人有七八分相似了。

这种变换是循序渐进，悄然无声的，谁也不曾发觉这一点点的异常。

一切的暗中准备，都是为了这一刻。

“母亲……”

已经步入老年的枭雄之君，此时此刻却是前所未有的恍惚脆弱，整个人好似魔怔似的，茫然地浑身颤抖，双目失去焦点，只是痴痴地看着眼前翩然起舞的女子，渐渐落下泪来。

眼前的一切都如梦似幻，好似多年前逝去的那个人穿越时光与岁月，栩栩如生地在他眼前，又好像是他回到那孱弱无能为力的幼时，亲生母亲在他面前受尽酷刑而死，他却只能无声地哭泣和呐喊……

“皇爷！”

张公公简直不敢相信自己的眼睛：半生戎马，征战天下，兼备狠辣手腕与铁血雄心的皇帝，竟然好似孩童一般地落泪了！

就算是恩爱半生的徐皇后逝世，也不曾见他如此失态啊！

如郡舞得越发急了，七彩缎带在周身摇曳飘飞，镶嵌的晶石闪闪发光，神秘而诡谲——眼前这暴君如此失态，靠的不仅是她相似的容颜，还有生苗秘传的圆光术。

这种迷惑人心的方法，是通过特定封闭的环境和光影色泽对人的神志施加影响，很难为外人所理解，往往被归为妖异邪术，就连白莲教那边，也是懂了些皮毛，就出来哄骗那些愚夫愚妇。

真正的圆光术，只有深山里的苗人才会，母亲教给她的时候，甚至再三叮嘱：“不到生死关头不许用。”

她背弃了对母亲的承诺，只因为胸中这一腔悲愤，这世上的一点儿公道！

朱棣的眼神彻底被吸入了一个混沌旋涡，整个人的喘息变得更重，浑浑噩噩地站起身来，伸出手去，想要将一舞而毕倒在地上的少女拉起——而他更想拉住、挽救的，却是几十年前那受尽苦难的生母！

张公公却是会错了意，以为他对广陵县主起了意动了情，见这场面连忙躬身往外退去，那两个侍卫也被他拽走了。

就在殿门合拢的下一刻，一道雪亮的寒光升起，照亮了朦胧缥缈的深殿！

2.

西华门前，广晟与守门卫士们正在对峙。

“我有急事进宫，你们让开！”广晟面如严霜，眼神却是亮得吓人。

“宫门已经下钥，沈大人您是懂得规矩的，我们也没办法……”

话音未落，那神策卫百户被吓了一跳——自己的眉心竟然被绣春刀尖指着，一道凛然冷芒刺痛了他的眼！

“你来跟我讲规矩，嗯？”广晟冷冷一笑，随即怒喝道，“快被水淹死的时候你怎么没好好讲讲规矩——你们一个个……”

他指着周围的人，“一个个惊慌失措争先恐后往外凫水，要不是我的人来救，你们还能这么人模人样站在我面前讲规矩吗？”

他这一番怒斥舌绽春雷振聋发聩，那百户倒也懂得羞愧，低哑着嗓子，近乎哀求道：“沈大人，我们欠你这条命我们记得，可你这么冲进去，我们全家都要保不住——听兄弟一声劝，女人这东西是天涯何处无芳草，不值得为了个水性杨花的断送了自己的前途和性命啊！”

他目光何等老辣，已经认定了广晟是为了广陵县主而冲进宫去，于是继续苦口婆心劝道：“沈大人您锦绣前程还在后头，可千万不要想不开……”最后一句，他压低了嗓门，只有两个人能听到，“跟圣上争女人，那绝对只有死路一条——您可千千万万别犯糊涂啊！”

广晟咬着牙瞪他，眼前灯光照亮了他的眼，庄严宽宏的仪门后方，巍峨华丽的宫阙绵延无边，宛如巨兽在潜伏休憩，下一刻就要将所有人都吞噬下去……他眯起眼，心中的愤怒焦急渐渐退散，剩下的只有强烈的不安！

黄昏时他冲出门正好遇到了初兰，这个爽利善良的小丫鬟看到他，直愣愣地说：“前一阵小古让我把巧果送给您，侯爷尝了可好？”

当时他满心焦躁，点了点头就要冲出去，却被初兰下一句话定住了身形：“小古说，今后她若是有个万一，希望侯爷能把她的牌位跟她娘归在一处。”

这是什么话？！

广晟一把揪住了她的领子，厉声逼问道：“她是什么时候说这句话的？！”

“是那些宫里的太监公公们来颁旨的时候……”

初兰吓了一大跳，结结巴巴说道。

果然有问题！

广晟更加愤怒地逼问道：“那你为什么不早说？”

“小古不让我这么早说啊！”

初兰有些委屈：“她让我在满了一个月后才能告诉你，一天都不许提早……”

她嗓音有些害怕，渐渐低了下来：“本来明天才到期限，我看侯爷你这么着急，就……”

……

想起方才初兰这一番话，广晟心中宛如油煎火燎一般——这肯定是要出什么事了！

眼前这群人仍然不肯退让，紧锁的宫门下了重达几百斤的大钥，如果没有紧急通融根本进不去，这一刻，他五脏俱焚，几乎丧失了理智！

“你们到底让不让？！”

他眼中血丝密布，凛然之外更见妖异狂乱，神策卫的人从未见他宛如战神的疯魔之态，各个倒退几步，惶恐不安却没人敢担这个干系——入夜之后除了十万火急告急变，任何人想要去开门都要掉脑袋的！

正在这一触即发的危险时刻，突然传来一阵马蹄声和脚步声——众人回头去看，却见滚滚尘土中，有人一路策马而来，急声喊道：“大人，我们来了！”

随着无数锃亮的火把松明，出现在众人眼前的，是浩浩荡荡的锦衣卫将兵众人！为将的个个身着飞鱼服腰挎绣春刀，气派华丽而充满杀气，力士和军余们也一袭黑衣精干冷峻！他们策马疾驰而来，不多时就将西华门团团围住！

“你……你们这是要做什么？造反吗？！”

守门少监吓得口不择言，却被神策卫的人七手八脚地拉了回去——开玩笑，这时候还想去刺激锦衣卫的人，这是嫌命太长还是怎的？

那百户扯了抹笑容，却是比哭还难看：“锦衣卫的各位兄弟，你们这是……”

李盛一马当先，带着人插进广晟和守卫之间，冷着脸看也不看他：“你们这是做什么，我们大人有急事也敢阻拦？！”

“除非是谋逆造反，否则我们真是——”

百户的话被李盛毫不留情地打断：“你还真说对了，就是有人谋逆造反，我们锦衣卫接到线报，我们大人这就是要进去告急的！”

广晟听了这话心头一凛——这归根结底是他个人的事，李盛这么一说，简直就是让大家替他背黑锅，他怎么过意得去？！

“你们不必这样……”

李盛打断了他的低叹，做了个鬼脸道：“大人您要保密低调没错，但我们锦衣卫的面子和威风不能丢，堂堂指挥使大都督，怎么能让人拦在宫门外！”

他眼睛眨动冒着凶光：“不给您面子，就是不给兄弟们面子——再磨蹭，我们就强行开门了！”

后半句却是威胁那守门的百户的，李盛扯开了嗓子喊道：“我们锦衣卫以沈大人马首是瞻，谁敢不给他这个面子，今日就是死人一个，不需要脸面了！”

仿佛应和他的话，身后锦衣卫起身喝道：“以沈大人马首是瞻！”

吼声整齐而肃杀，震得内门的少监簌簌发抖瘫软在地。

广晟看着这一群同僚属下和兄弟，眼角微微濡湿，此时千言万语都太过矫情了，他拱了拱手，沉声道：“兄弟们对我的情意，我记下了，只要不死，日后必定跟大家一醉方休！”

锦衣卫众人又是齐声喝道：“跟大人一醉方休！”

这般吼声对答，让神策卫的那些人都面如土色，那百户看这局面，暗叹一声知道推脱不过，心头也略微安稳了些——锦衣卫既然以整个衙门的信誉出来一力承担，就算上头怪罪下来，也没他们这几个小虾米的事了！

他回去低语商量了几句，不多时，沉重千钧的宫门就打开了。

就算是官员和命妇，进出宫掖都是要详细检查的，只是命妇那边比较客气，通常由女官和宫女搜身，动作也比较柔和客气，但该查的一分也不会少，因此传说中的怀刃行刺，基本是不可能的。

如郡进入时当然也履行了这一套，因此她身上没有任何可以致命的武器。

唯有那一身繁丽魅惑的舞衣，以及牙冠和头面首饰。

而这深殿中一抹雪亮锋芒，却是将不可能变作了可能！

昏暗之中，只见她长发披散而下，青丝三千宛如黑亮飞瀑——无数无用的宝石被抖落在地，只剩下尖锐的钗尖和簪尾，分心的掩鬓挑针……这些细小尖利的物件，在一瞬间奇异地凑拢在她掌心，奇迹般地归为一束，最后由指甲里蕴藏的不知名粉末凝结黏合，化为一柄简易的短刃！

这是她一个月的成果！

如郡眸色清明而凄艳，手下却是毫不留情，腰间丝带被扯下，迅速系在短刃上，终于恢复成她最习惯顺手的兵器！

短刃飞旋而去，朝着朱棣眉心就是直刺！

说时迟那时快，朱棣的神色仍然在茫然迷雾之中，根本来不及反应，眼看利刃就要直入脑门，却不料墙壁后方闪现两道身影，一人飞身踢向短刃，另一人鬼魅般直扑如郡！

竟然还有贴身影卫潜藏存在！

如郡微微皱眉，虽然计划遭遇变数，她却是临危不乱，脚下宛如仙舞飞旋，闪过凶狠扑来的攻势，手中短刃一勾一捻，换了个角度朝着朱棣胸腹而去！

影卫之一来不及飞身而回，危急时刻居然踢起一扇屏风朝着朱棣砸去。

木料砸到人身上，碎片崩裂却也挡住了短刃，朱棣被这剧烈冲击一砸，眨了眨眼神色之间即将清醒！

而殿外的人似乎也听到了动静，朝着这边疾步而来！

屋漏偏逢连夜雨，如郡一面腾挪转身对敌，一面留心门外的动静，听见他们跑步上阶的声音，冷笑一声扯下耳坠，看也不看朝着身后甩去。

耳坠化为一道赤金薄片，狠狠射入门闩之间，门闩被这一下巧劲彻底撞上了，任凭外面的人如何敲门呼喊，一时半会儿都打不开了。

她短刃干脆回旋到胸前，以极为刁钻古怪的角度削向影卫之一的面门，那人没有预料之下鼻子被削去半片，顿时鲜血四溅，连眼睛都有一瞬间的模糊，如郡趁机长腿扫去，那人下盘不稳向前倾倒，却正好被短刃刺入咽喉，眼看就是气绝当场。

而就在这一刻，另一个影卫已经把朱棣挪到了龙椅之下，他抬头看到这一幕，顿时怒喝一声上前，招招要命见血封喉，如郡身上顿时添了两道伤痕，一处在脊背，另一处在肩膀，虽然不重，但伤口很长持续流血，顿时体力更加空乏，额头也冒出汗珠来。

见那人步步紧逼，她双眸一冷，唇边笑意更浓，手中缎带挥舞之下，宝石闪光刺向他的双瞳，那人冷笑不屑一顾："女人的玩意儿……"

话音未落，却觉得眼前一阵恍惚，自己仿佛站在一个散发着白色柔光的圆圈里，怎么动都无法脱出，下一瞬，胸口的刺痛让他从恍惚中醒来，这才发现利刃已经切入心口——

"苗蛮子的圆光术！"

他怒吼一声，袖中长刀挥去，玉石俱焚的打法，让无路可退的如郡也是胸口受了一刀，鲜血飞溅，整个人跌落在地。

那影卫咽喉咯咯作响，似乎想说什么，又似乎想回头去看朱棣，却终究还是僵硬倒下。

如郡踉跄着从地上爬起，用缎带系紧胸口的伤，唇边也是朱红不断。

身后不远处的殿门被剧烈撞击，木屑纷纷落下，眼看就是朝不保夕。

她用尽全身气力，走到朱棣面前，狠狠地一刀刺下！

血如泉涌！飞溅散落！

有一滴鲜血落上了她雪白莹润的脸颊，显得她宛如厉鬼罗刹一般，她掌间所有的力量都灌注在这一击之下，却在入体寸许后被巨大的阻碍拦住，任凭她涨红了脸也无法再深入！

“很少有人知道，朕体内其实是有火铳射出的弹药碎片的，就横在胸口两寸之内。”

朱棣的嗓音低沉虚弱，却是恢复了清明。

如郡抬起头，“哇”的一声吐出鲜血，不敢置信地看入他的眼中，只听朱棣惨笑道：“这是当时耿驸马战场上留给朕的，那一次张玉已经阵亡，朕身边再无赤胆忠心的人守护，险些没命……”

他的嗓音低沉，好似沉湎在旧日金戈铁马的危局之中：“太医说弹片不深，但横亘在血管经脉之间，因此最好不要胡乱取出，于是这块小小的弹片，留在了朕的体内，十多年了……”

“没想到今日，它还能救朕一命……所谓‘塞翁失马焉知非福’，上天的意思，大概是朕命不该绝吧！”

朱棣深喘一声，突然拔出御座旁挂壁上的佩剑，朝着小古就是狠狠一刺——

这一剑贯穿腹部，却因为她的闪避，没有命中要害，只是将她牢牢地戳入地上，好似一只垂死挣扎的美丽飞蛾——

“为什么你要杀朕，你明明愿意向朝廷投诚告密的——你甚至背弃了自己青梅竹马的恋人。”

朱棣对她，显然也是做过一番调查的。

如郡大口吐着鲜血，面容因为血痕而更加艳丽逼人，她抬起头，一字一句说道：“我向朝廷密报，跟你们合作，只是为了这满城百姓……而不是，要做你的走狗和奴才！你从头到尾都会错意了！”

“我之前救你是为了不让百姓死于洪水，我今天杀你，却是为七哥和所有人报仇雪恨！”

她的双眸熠熠生辉，比这世上所有的明珠都要闪亮逼人，朱棣对上她的眼，甚至有微微的刺痛感。

“你很有勇气，也很有计谋，可惜，还是功亏一篑——皇帝是天之子，九五之尊，若是这么好杀，朕早就该进坟墓去了！”

朱棣挥剑就要给她最后一击，就在这时，一声巨响，殿门被硬生生撞开了，轰然落在地上，一道熟悉的声音传入两人中间——

“住手！”

广晟旋风般闯了进来，身后众人也跟着蜂拥而入。他正好看到这一幕，顿时惊得肝胆俱裂，脑子嗡嗡作响，只能大喊一声住手。

纠缠在血泊中的两人都转过头看他，而就在这一瞬间，广晟已经反应过来，袖箭射向两人之间，大喊了一声：“护驾！”

他嘴里喊着护驾，那支袖箭却是射在两人中间，有意无意隔开了两人之间的距离，朱棣手中的剑势受这扰乱，也未能发出致命一击。

“有刺客，护驾啊！”

更多的人高喊着冲上前来，场面一时更加混乱，如郡勉力从地上跃起，宛如蝴蝶一般穿梭在众人之间，手中短刃飞扬肆意，竟还想趁机给朱棣绝命一击！

此时此刻，金吾卫士也冲了进来，有人甩出手中的金瓜，正好敲中了她的短刃，虎口发麻，她手中的短刃落地，她用脚一踢重回掌心，就这么被阻了一下，朱棣已经藏身在众人之后了。

已经彻底没有办法了！

不断涌入的侍卫武监潮水一般扑向如郡，不知怎的，却拐着弯向后跑去——却原来是广晟扑上前去抱住朱棣，大声嚷嚷道：“圣上被刺中，受了重伤！”

顿时众人被吓得魂飞魄散，都跑去看朱棣还有没有气——他若是被刺身亡，今晚守夜的这些人都没有命在了！

这是人第一时间的本能反应，抓刺客什么的还要往后，这一瞬，门口反而出现了空隙。

如郡顿时明白了他的意图，心中感动酸涩立刻朝外跑去。

昭仁殿外是汉白玉走廊，她飞身快步跑去，身后落下鲜血点点，各处伤口也是疼痛加剧。

终于到了云台上，这里灯火点点宛如天上星辰，璀璨难言，雕龙石栏上仍然有黄昏时点燃的檀香气味，往下望去却是一片黑暗。

不知名的黑暗无尽无边，整个皇宫禁苑都笼罩在这暗色之中，更衬得云台宛如浮在天宫之中的仙岛。

身后追赶的脚步声呐喊声越来越近，其中有一道却是分外清晰——

“抓住刺客！”

一支袖箭从后袭来，射破了她的衣领，她回眸看去，却正好看见他一马当先紧紧追来。

灯光照得她眉目如画，鲜血染红了浑身，宛如地域之中的曼陀罗，妖媚而鬼气森森，而他却是一身飞鱼服，轩扬俊秀，宛如穿透暗夜的日光。

她想再往前跑，却被下一支箭险险射中，身后传来他凛然警告声：“别想再跑！”

想不到……最后的收场，竟然要死在你手中吗？这样也好。

她真的听话停住了脚步，喘息着靠在石栏上，身后的追兵以他为首，步步紧逼而来。

她的黑眸亮晶晶的，深深凝视着他，眼中似乎有无尽哀伤，无尽眷恋——

“对不住……”

她低声喃喃，用谁也听不见的嗓音向他道歉——他本来可以不用被卷进这一场混乱和杀戮，却因为她，生生被拖进这旋涡。

如果……如果有来世，我一定做你安安分分的小丫鬟，等你用大红花轿来迎娶我，等你为我挣来诰命，让世人都羡慕我们的美满姻缘，子孙满堂。

一切，都结束了……

下一刻，她却因为惊愕而瞪大了眼：广晟背对着众人，竟然用无声的口型在向她示意——

相信我！

他的意思是说……相信他？！

她有些不明白他的意思，随即，却见他夺过侍卫手中的弓箭，瞄准她，射出了致命的一箭！

她的眼对上他的，一人幽邃一人清澈，彼此之间心意相通。

于是，她微微一笑，倚靠在栏杆前，凝视着这飞来一箭，不躲，不闪。

长箭发出嘶鸣声，穿透夜空，穿过这灯光闪烁之间，正中了她的胸膛。

鲜血蓬然爆开，她好似一只浑身浴血的羽鹤，被狠狠贯穿，随后翩然落下，摔到了云台下的地面。

一切，都结束了。

广晟长长呼出一口气，整个人的精神都松懈下来，一阵头晕目眩之下，也无力地跌跪在地。

耳边传来的是朱棣苍老而狰狞的怒骂声，周围人都是噤若寒蝉长跪不起，那鹰鸷般的眼眸落在他身上，却是多了几分赞赏。

“你很好，没有愧对朕的赏识……就算面对自己喜欢的女人，都能下得了手，这份忠心实在难得！”

朱棣的夸奖声落在他身上，宛如荆棘绕体，他低下头，听到自己的嗓音平静而沉重：“陛下遇险，臣等都有罪责在身，不敢领受陛下如此褒奖。”

“你有什么错？是朕一时不慎着了道，也是这些奴才搜身没有做好！”

朱棣虽然有自省的品德，但对宫人宦官更是严格刻薄，随着他一声呵斥，好些人发出绝望恐惧的哭声，被拖了下去。

“有过的朕已经责罚，有功的却是要赏……听说这次行刺的苗头还是你们锦衣卫发现的？”

朱棣说的是在西华门前，李盛为了让广晟能够进入，编出来的“有人谋逆”之语，但此时此刻却歪打正着地显示锦衣卫未雨绸缪，侦查细致。

广晟听着耳边传来的一连串赏赐声，心中却是焦躁难以隐忍，好不容易等中官传旨完毕，他行了大礼辞谢，却突然道："不知道圣上能否给微臣一个恩典？"

"哦，你想要什么？"

"胡氏如郡行刺当然是大逆不道，但她如今已经死了，能否让我收回她的尸身，带回去好好安葬。"

这个要求一出，周围顿时静得可怕，大家都为他的大胆捏了把汗——朱棣喜欢把反对他的人各种侮辱，连死后也不会放过。

"真是个多情种子……"朱棣叹息道，声音并不见愤怒，"你屡次救了朕的命，照理说为你破例也是应当，不过……"

这两个字让广晟心头一紧，随之而来的简直让他眼前一黑——

"尸体我已经让他们丢到乱葬岗上了，弄不好都被啃得只剩下骨头了！"

广晟心头狂震，指尖深深插入了金砖之中，用尽全身力气才压制住没有失态！

黎明时分，天幕正是最黑暗的时候，广晟策马一路狂奔，终于到了那片乱葬岗上。

鬼火森森，幽绿飘忽，四周乌鸦叫声宛如妖魔尖笑，让人不寒而栗。

这里到处都是一堆堆的黑土，有几处有薄皮棺材露在外面，更多的却是破席和木盒随意丢在道边，甚至有一双脚烂了一半露在外面。

尸臭伴随着旁边的江水气息扑鼻而来，广晟心急如焚，到处搜寻着伊人的踪迹。

如郡，你到底在哪里？

先前在昭仁殿混战之时，他不期然地摸到袖中一个瓷瓶，顿时心头一亮。

这是从红笺那里缴获的，是景语让她假死时吞服的，可以让人保持尸体状态十二个时辰，方便他们偷换死人和活人，让她得以冒充张家小姐。

于是广晟灵机一动，把药涂在长箭上，射中了如郡——他的箭法出神入化，刻意正中胸膛却是避开了心口，插着肺叶而过，并不会真正致命，但箭头上的药却能让她陷入假死状态。

这是当时唯一能救她的方式。

本来以为，拼着被朱棣迁怒，也能在事后找到尸体让她复苏，谁知，尸体竟然被丢在乱葬岗上。

老天保佑，如郡千万不要有事！

广晟心中怦怦直跳，到处搜寻却仍然一无所得，心中焦急欲狂，此时却有看守的老苍头来问："年轻人，你来找什么？"

广晟一把抓住他追问，那老人叹息道："这一阵因为洪水退去，有些人得了暑热疫病，都丢在这里，尸体堆积，大概已经被冲进长江里去了。"

广晟这才发现，这处乱葬岗靠着江面一处旋弯，尸体若是垒高了就容易滑下去，被江水卷走吞噬。

如郡她身受重伤，又失去知觉陷入假死，若是被冲入长江，绝无生还的机会！

他惊怒交加，颤抖着身子到处搜寻，直到第一缕阳光照亮了大地，才精疲力竭地跪倒在地，眼中落下了一滴滴眼泪。

那不是无色晶莹的，是染着血的致恸致悔……

“如郡，我让你相信我，你照着做了，没想到最后，葬送你性命的人，竟然是我！”

他十指紧紧地抠入地面砂石，渐渐的，鲜血染红，皮开肉绽，却也浑然不觉。

“啊——”

他声嘶力竭地喊道，痛苦的低吼声回荡在丘陵与江水之间。

江水滔滔向前，一如千百年间的每一个清晨。

八年后。

永乐二十二年的秋天姗姗来迟，暑热的日子已经让北京城的人汗流浃背，苦不堪言。

迁都之后已经过了数年，虽然大家都觉得北平寒苦，不如南京繁华，可至少夏天还算凉快，没想到今年会如此特别，加上最近时局惶惶不安，整个北平都不复往日的轻松自在。

济宁侯正院上房，窗前的绿叶被秋风吹得也半染黄红，萧索中透出凄凉之意，侯府上下却都暗暗传说：那是被侯爷手下的冤魂鲜血染红的。

这种恶毒谣言传入广晟耳中时，他正在对窗远眺，听了这话只是微微一笑，甚至不准备追查和惩罚任何人。

“我觉得这谣言还挺有趣的……如果我杀的人鲜血就足以染红树叶，那宫里面死了两千多人，鲜血足够汪洋成海，染红京城每一寸地面了吧？”

广晟私下的毒舌实在是犀利，却让来访的堂妹如瑶面色微微发白，她好似想到了什么可怕的事物，喉咙处一阵干呕，却是强忍住了。

“你也见到那场面了？”广晟一愣之后若有所悟。

如瑶摇头不答，她喝了几口水才好些，兄妹二人陷入了长久的沉默。

“侯爷，不，二哥，他们都说皇上已经疯了。”

如瑶低声说道，想起自己在宫里撞见的场景，顿时眼圈都红了。

衣衫半褪露出雪白乳房的宫女，哀号着往外跑，身上满是炮烙的脓血和焦黑，她很快被宦官们追上，不顾她的疯狂挣扎拖了回去，血迹在地上淋漓一路……

残破的木箱里堆着三具尸体，灰白干瘪宛如骷髅，显然是渴死或是饿死的，小黄门们抬着运出去，眼神呆滞死寂宛如亡灵。

她打了个寒战不敢再想，声音却是带上了哭腔：“宫里到处都是死人，活人已经不像是人了……”

这一切的离奇恐怖，被朝野称为“鱼吕之乱”，起因是几年前，朱棣爱重的权妃被人毒死，当时查出来是同为朝鲜贡女的吕美人让宦官老乡带了砒霜，当时吕美人和家人都被酷刑处决而死。

本来这已经成为往事，但今年七月，事情重新又起了波澜，两个宫女吵架，牵扯出吕美人的罪证竟然是一件冤案——她的同乡贾吕氏因为同姓同族要求吕美人照应，被她拒绝后怀恨在心故意诬陷。

狂怒之下的朱棣决定整肃宫廷，他将宫女和宦官们隔离开来，分别拷打讯问，很多人或是受刑恐惧，或是趁机报复，互相攀咬牵扯，事态宛如滚雪球一般急速扩大——最后居然招出了要谋杀皇帝的口供。

朱棣晚年本来就猜忌好杀，此时听到这么多耸人听闻的证词，更加失去理智，宫里因此被连坐杀害的有两千多人。

如瑶在三次议亲失败后，彻底成了勋贵世家有名的不祥之身——她上一任未婚夫甚至才考上状元，就因为谋逆造反身首异处，从此再没有人敢娶她。在迁都北平后，广晟曾经想在当地世家里给她找个合适的人，却被如瑶拒绝了，她做出了一个让人瞠目结舌的决定：决定不再嫁人，跟随姑母学习医术，随后遇到宫里甄选，她竟然以女医第一的身份进宫当差。

这个决定让太夫人和沈熙、沈源都措手不及，他们纷纷强烈阻挠，却被广晟拦下了，于是如瑶顺利入宫应选了。

“浑浑噩噩地过了这么久，被这么多长辈许给这个那个男人，这样随波逐流的日子，我已经不愿再过下去了——接下来，我要为自己而活！”

这是如瑶的心声，也是她的心愿，广晟没有理由不支持她！

如瑶平日里“不求上进”，不求闻达于妃嫔贵人中间，反而愿意给小宫女宦官们看病诊脉，她平时过得充实而平静，此时目睹这些残忍画面，失去了平日的冷静。

“听说，皇帝每次都要亲自看着这些人被剐杀……”她低声说道，嗓音里带上了哽咽。

广晟正要安慰她，却听院外似乎有人怒气冲冲地闯入，他的亲信牢牢拦住正门不让进，吵闹声越来越大。

如瑶正要告辞回避，广晟却已经听出是谁，他冷冷一笑道：“你不用走，都不是外人，又何必顾忌！”

“一个堂妹对你来说不是外人，对亲生的父亲却如此忤逆不孝！”沈源高声怒骂着走了进来，眼睛布满了血丝，毫无平日的儒雅姿态。

他这几年也仕途不顺，因为儿子成了锦衣卫的大首领，出于平衡考虑，皇帝就不可能再让他在御前草诏参赞了——父子之间，显然儿子更被看重，而他这个为人父亲的，就只能打落牙和血吞，黯然滚回翰林院坐冷板凳了。

这且不说，他的同僚因为对缇骑鹰犬的厌恶，或者自命清高，纷纷对他敬而远之甚至出言嘲讽，而广晟的手下在他示意下，也丝毫不给他面子，给了他几次难堪，沈源的日子简直可说是四面楚歌，处处碰壁。

“你忤逆不孝也就罢了，为父还能抱着宽仁之心包容，可你却是不知好歹，竟然敢在太子的宴席上抓人——你自己想死就算了，还要拖累我们一家人！我真是前世造孽才生了你这畜生！”

沈源眼中冒出强烈的憎恶光芒，骂出的言语简直是刻毒疯狂。

他刚刚在夏元吉等人的邀请下参加了太子在宫外举行的私宴，太子并不嫌他势小位卑，反而执了他的手，亲切和煦地问长问短，还许诺要替他在太常寺找个好差事。

沈源也不是毛头小子，内心深处也是知道：即使太子有礼贤下士的美名，但他如此看重自己，只怕还是因为广晟这个逆子！

这个念头宛如野火一般萦绕在他内心深处，却让他更加嫉恨交加——做父亲的竟然要靠儿子的荫佑，这简直是奇耻大辱！

不过太子的许诺也确实诱人，不仅太常寺的美差唾手可得，等他登基之后，还会重新将沈源召回中枢——凭着他的才华与根基，要想重回昔日的地位，甚至更上一层楼都是指日可待的。

可这个逆子，竟然派手下的缇骑鹰犬冲到酒楼上抓人，丝毫不给太子颜面，周围一片敌视猜忌的目光让沈源如坐针毡，再也待不下去。

他咳了一声，缓和了下沙哑的嗓子，略微冷静一下，痛心疾首地低骂道："你现在得势猖狂，可太子毕竟是未来储君，皇上又逐渐老迈……"

他打量了周围一下，压低了嗓门道："你就不想想日后吗？"

朱棣确实垂垂老矣，虽然目前在疯狂杀戮，但是日落西山，身体与精神的衰迈都是朝臣们有目共睹的。

"眼前又如何，日后又如何？锦衣卫只听从皇帝之名，其他人还是少来沾惹的好！"

广晟冷笑着反驳，见沈源气得脸色发青，不由得心下冷笑，淡淡说道："父亲你不要那么瞪我，我一直很好奇，你瞪着我的脸，不会想到我死去的母亲吗？"

这一句低沉阴森，沈源的背上冒出一阵凉意，顿时起了鸡皮疙瘩："你……你胡说些什么？"

广晟冷笑着看他惊慌失措的模样，上前一步逼近他，越发低声鬼魅："你和王氏二人合谋，为了将我母家的财产占为己有，刻意设局让她入套——明明是王氏邀她来谈生意，却让她失去意识失身于你，你们的圈套周到巧妙，所有人都以为是她这个商户女不知羞耻爬床勾引，对她鄙夷不已！"

看着沈源的脸色由青转白，变得发黄，广晟眼中的冷笑化为无形之箭："我娘是盐商独生女，老父本来是要招婿入赘的，你们暗中用侯府的势力逼得他生意失败，又很突兀地'悬梁自尽'了，于是我母亲孑然一身，加上好大一注浮财，就全数归了你！"

"更可耻的是，我外公家中跟张夫人有旧，伯娘张夫人当时有意援手，你们怕她坏事，就故意派人勾引大伯流连青楼，还设计怂恿他把花魁带回家，气得大伯娘血崩难产而亡！"

一旁的如瑶听到这里，再也抑制不住内心的震惊和愤怒："什么，害死我娘的罪魁祸首，竟然是二叔你！"

之前秦妈妈曾经偷偷告诉她自己秘密调查的结果：张夫人的死，是王氏设计气死的，甚至连太夫人手上也不干净，她想堕了儿媳的胎，甚至连广钰也除掉，因此在大房正院喝的银耳羹里加了少量红花和砒霜，如瑶因为是女童的缘故，不宜服食银耳，广钰每次收到母亲送来的都送给心爱丫鬟吃，因此两人得以逃过，而张夫人因为孕吐，吃得虽不多，却也导致胎象不稳，再被沈熙的荒唐行为一气，才香消玉殒。

如瑶一直深恨太夫人和王氏，但她一直以为，这都是两个毒如蛇蝎的后宅女子所为，没想到一直假装正经儒雅的二叔，才是真正的罪魁！

她咬牙瞪着沈源，后者却已经吓得面如土色，颤巍巍往后退："你……你胡说八道！"

"是不是胡说，我母亲家中仍然有两个老仆逃了出去，至今还高寿活着，他们知道得很清楚。"

广晟的话宛如晴天霹雳，彻底打醒了沈源的侥幸心理，他"咕咚"一声摔倒在地，随即爬起身来捂着脸，飞快地跑了出去。

一代儒家翰林，平日以浩然正气和风骨自矜，此时却在儿子和亲侄女面前被生生剥下伪善的脸皮，他一时心血上涌，"哇"的一声吐出了血，脚下却是丝毫不停，好似身后有恶鬼在追赶。

广晟看着他的背影，冷笑越发加深：这还只是个开始而已，现在就已经受不住了吗？

"没想到，二叔竟然是这般人面兽心！"如瑶恨恨说道。

"我早就说过，这个侯府里就没几个好人，都是些衣冠禽兽而已。"广晟懒洋洋地说道，如瑶却有些不甘心，恨恨道："就这么让他逍遥法外吗？"

"有时候最大最可怕的惩罚并不是死亡，而是……"

广晟微微一笑，低声道："对于爱面子假装清高的文人来说，最大的梦魇就是身败名裂。"

他没有多说，转而挑眉看着如瑶，似笑非笑道："聂景让你传给我什么东西，拿出来吧。"

"你怎么知道的？"

如瑶诧异地问出了口，随即却失笑摇了摇头："我知道你干久了锦衣卫，一点儿蛛丝马迹就能分析推测。"

随即拿出了藏在亵衣中的纸包，宫里如今查禁森严，她身为女医人缘不错，又是广晟的堂妹，搜身的人才对她略微客气些，否则连这个也藏不住。

广晟打开纸包，看到一点儿紫色粉末，又看了皱巴巴的纸上寥寥写的几笔，面色顿时阴沉下来，用毛笔沾了一点儿远远地嗅了下，立刻用火折子点燃烧掉。

"这是什么？"

"聂景说了，这是能加深人幻觉，让人神志不清癫狂错乱的药。"

聂景在八年前的那场事变中侥幸逃脱，没有被朝廷抓住，广晟看他性格温和不像惹事的人，也就没有揭穿他，只是把他调到东宫的医药房里当差——太子跟皇帝父子之间关系冷淡，宫里甚至还有汉王的细作遗留，因此太子和亲近妃子的用药一律是自己在宫外配置的，那个医药房几乎就是闲置的，只是给些不重要的中官和宫女配点儿药材。聂景待在那里，也不会再有任何不测和危险。

广晟若有所思道："只怕皇上的疯狂易怒就是由此而来的，起码也是加重了他的癫狂好杀。"

"这么危险的东西哪来的？"如瑶惊呼一声，禁不住看向自己的衣服，生怕不小心沾染了。

"放心吧，这东西沾在皮肤上也没事……如果我没料错，这是喂给家禽家畜一类吃的，皇上喜欢鸭血羹，必须吃现杀的活的，超过一个时辰就不鲜美了，因此南苑长期养着一群灰羽鸭。"

"鸡鸭吃了以后就蕴含在体内，由于分量轻微，尝毒的太监是发觉不了的，只有长期食用才会渐渐影响人的神志。"

"这么离奇的药会是谁下的呢？简直跟当年小古的如出一辙……"

如瑶一时嘴快就说了出来，发现自己提了那个禁忌的名字，后悔也来不及了，顿时深深后悔在广晟面前提起。

广晟身子微微一颤，因为那个尘封的名字而双拳慢慢攥紧，双目迷离，渐渐蒙眬深远。

如瑶看到他如此难受，心中也是叹息一声，随即告辞离去了。

只剩下广晟一人，站在窗边愣愣地想着心事。

那个名字宛如过往的魔咒，又似最深情的凌迟，在心间结成深不见底的血痂，看似已经复原，一旦触动，就是鲜血横流，痛入骨髓。

小古……他的如郡……

拳掌之间隐约传来疼痛和血腥味，他却充耳不闻，眼前渐渐浮现伊人的一颦一笑。

她总是那般傻愣愣的水眸凝视着他，好似很娇憨可人，下一瞬不经意间，她目光流转，顿时冒出慧黠得意的笑容来，好似小狐狸偷到了鸡，左顾右盼得意扬扬……

如郡……

他深吸一口气，摇头挥去了眼前的甜美幻梦，突然之间觉得，下一个要找的人，突然变得难以接受起来了。

东宫仁安侧殿。

珠帘深垂，御香缥缈，殿内的摆设每一件都是有来历的前朝珍玩，就连勾起烟霞纱帐的金钩，都是镶嵌宝石的兽头刻纹。

张敬嫔斜倚在贵妃榻上，貌似慵懒地赏玩着手中绣扇，双手却是紧紧攥着扇柄，以此来掩饰内心深处的恐惧和不安。

"你在怕什么？"

突兀而来的男子嗓音让她吓得一颤，顿时手中的绣扇碰倒了茶壶，发出清脆响声。

“娘娘，怎么了？”

外面传来贴身宫女的询问声，她狠狠瞪着眼前这男人，口中却是迸出一句：“没事！”

遣退了宫女们让她们远远的，她这才皱眉惶恐道：“你偷偷潜入本宫的寝殿想做什么？”

“在我面前，就不必装出那种雍容华贵的样子了，你我都深深知道对方的底细……红笺。”

广晟说出这个久违的名字，张敬嫔浑身一颤，良久才吐出一口气，面上露出又恨又怕的神色，眯起眼瞪着他：“我就知道，你不揭穿我的身份，是留着我有用呢！”

八年前，那场滔滔大水终于回归长江，景语的布局图谋也彻底成了空，小古死在禁宫的云台之下，尸体掉入长江找不着了。

金兰会的诸人虽然得到赦免，却也被驱赶到北疆的边城去了，他们到了那里才发现，袁槿竟然是边城的三品守备将军。在他的照拂下，金兰会各人都生活得尚算安稳。

在小古的恳求下，建文罪臣们的女眷孩童们得到了部分宽赦，虽然仍然是贱籍，好些人总算也脱出了深不见底的地狱，事后虽然朱棣发觉被骗，但朝中不知道被谁怂恿，已经掀起了歌颂朱棣宽宏大量赦免老弱妇孺的呼声，而且写成诗文传唱民间。

广晟虽然不知道是谁所为，但估计应该跟金兰会脱不了干系，他也借势推了一把，通过皇太孙去朱棣那边美言，盛赞祖父宽容大量，对比那些罪臣不顾自己妻女，更显得朱棣乃是仁君，朱棣在这世上最疼爱的唯有朱瞻基，再加上时过境迁，于是也没再让她们继续遭受摧残。至此，那些妇孺孩童们受到的待遇比先前好了不少，有些人甚至已经获得了自由。

这些人各有结果，但唯有一人，广晟却颇为矛盾，那就是红笺。

她冒充英国公之女，还得到了郡主的头衔，若是揭穿，定然会死得惨不忍睹，但无论她怎么狠毒，毕竟是如郡在世上唯一的亲人了，广晟一时踌躇没忍心决定杀或是留，红笺却见机行事，又干了一票大的——她竟然设法勾引了太子朱高炽，成为了他的侧室，受封为张敬嫔！

饶是广晟见多识广，也没见过如此诡计多端、媚术了得的女人，顺水推舟之下，他要求红笺做他在东宫的暗线，这么些年来，东宫的一举一动都通过她汇报过来，再送到朱棣案头。

“你来找我又想做什么？”红笺撇嘴道，看到这个男人心里就发紧发毛，恨不能他被人一剑刺死，自己就彻底自由了。

当初她冒充张家小姐，本来是权宜之计，谁知金兰会竟然败亡了，她一个人陷深闺宫墙之中，若是不能继续保持这身份，就死定了！她孤注一掷，故意将贴在脸上的张小姐的脸皮被火烧去，自己装作毁容，却在额头上点了大片朱砂痣冒充伤痕，一番伪造之后，成功博得了太子妃的怜惜，成为她的座上客。

她利用太子妃的好意，顺利在水边假造意外失身于太子，太子原本对毁容的女子并无太大兴趣，只是为了拉拢英国公一脉才娶了她，红笺在一两年间深居简出，将妆容渐渐改善，最后终于恢复了自己的本来面目，太子等人只以为她毁容后渐渐恢复，完全没发觉这面貌已经大为改变——红笺本来的妖娆绝美就在张小姐之上，她恢复后很快就把太子迷得神魂颠倒，成为了东宫第一宠妃。

红笺这种随时随地都狡诈求生的本能，实在也让他佩服不已，广晟盯着她，直截了当问道："太子给皇上下了什么药？！"

红笺的脸色变了："我什么都不知道！"

下一瞬她想往外跑，却被广晟掐住喉咙，渐渐收紧，她呛咳着低喊道："你……你不敢真杀我的……"

铁腕无情地收紧，终于扼杀了最后一丝呼吸的空间，耳边只传来冷酷的嗓音："如果你不说，我今天一定会杀了你，留着你终究是祸害！"

他的眼……他的眼显示他是认真的……红笺对男人的察言观色颇有一套，此时惊骇地发现，广晟浑身带着戾气，竟然不是单纯威胁——他是真的想杀了她！

"如郡都已经去了，你还留在这个世上做什么？她死了，你有什么资格活着？！"宛如地府阎罗的低语，让她涕泪横流，生平第一次发现离死亡如此之近！

她不要死！

好不容易成为未来皇帝的宠妃，为他生下了一个心爱的幼子，无边的富贵尊荣就在眼前，就算是母仪天下也并非不可能——暗夜私语之时，朱高炽曾经表露过对太子妃和太孙的痛恨和厌烦，还许诺要立她的儿子为新太子，虽然男人床笫间的甜言蜜语不能完全当真，但太子平时确实是更爱她所生的孩儿。

她有不可限量的尊贵未来，怎么可以毁在这里？！

红笺拼着最后的力气低语："我说……"

好一会儿，钳制才放开，她咳嗽着趴在地上，说出了太子的图谋。

"什么？你说他竟然勾结白莲教的人潜伏在宫中？"广晟也吓了一大跳。

"是的，他说只有这些反贼是真正跟父皇有血海深仇，其他人都首鼠两端靠不住。"

红笺的话听着荒唐，其实也很有道理——毕竟是给父皇下药，哪怕最忠于太子的朝臣和宫人，都未必愿意掺和这种事。

她剧烈喘息着，狡猾的桃花眼看着广晟，唇边带起冷笑："皇帝寿数已尽，真的没几天好活了，你现在就算找到证据也来不及了——你屡次跟太子作对，不想想会有什么后果吗？"

"我们锦衣卫没有得罪任何一边的意思，但早在太子私运兵器事端败露之时，我们就结下深仇了——因为他的愚蠢，纪纲大人彻底见忌皇上，丢了一条性命！"

广晟冷声说道。

太子在文臣之中名声很好，但广晟却对这个伪君子实在不屑——他就像一条毒蛇一样躲在众人背后，不断地用下作手段攫取利益，有危险时就推人出来受死——

就是这个笑呵呵的胖子，间接害死了纪纲！

“我听他说你跟汉王走得很近，你太蠢了，汉王是个扶不起的刘阿斗……你们注定一败涂地，哈哈哈哈哈！”

张敬嫔低声笑道，广晟不顾她的切齿诅咒，转身从窗子跃了出去。

而就在下一刻，“轰隆”一声雷声劈下，随即，不远处的宫殿好似剧烈颤抖着，就连大地也为之震动不已。

是地牛翻身，还是？

下一刻，广晟看到烟尘和瓦砾升腾而起，伴随而来的是焦黑烟雾和火光！

“不好啦，走火了！”

“雷神降火啦！”

一片喧哗声中，有人不顾禁忌喊出了事情的真相，广晟也为之一惊，险些从树上暴露身形。

3.

永乐十九年四月初八庚子日夜晚，刚刚建造完毕的奉天、华盖、谨身三大殿被雷击中起火。这件事在民间曾经引起极大恐慌，甚至有不利于朱棣的流言蜚语，说他被上天降祸警示。

相隔不到三年，居然旧事重演？！只怕更加要闹得沸沸扬扬人心浮动……

广晟第二日正式进宫时，心中只觉得异样——天灾偶尔一次没什么奇怪，又来一次却是太不寻常了。

果然，朱棣受了很大的刺激，原本因为砒霜下毒的鱼吕之乱，就气得有些嘴歪，此时听到这雷电着火的消息，更是眼睛肿得睁不开了，连话都说不清楚。

广晟听他呜呜连声，心头也是百味杂陈——眼前这个九五之尊，叱咤风云几十年，铁腕帝王人人敬畏，曾经是拔擢他平步青云的人，也是将他最心爱的女人置之死地的元凶。

自从八年前那件事以后，朱棣对广晟更是褒奖，而广晟心中却是存下了厚厚的隔膜，以及仇恨。

也因此，他对朱棣被下药的事并没有太过热忱去查。

广晟随即去看了受灾的华盖殿，那里倒是没有上次那么严重，但焦黑的屋脊却让宫人们窃窃私语，都在谈论鬼神之说。

广晟爬上屋脊，没看出什么异样，正要下去，却发现一大堆鸟兽的粪便。

他瞬间想起如郡当年驱使群鸟报信的事！

难道又是同样的手法！

究竟是谁？！

他急切想查到真相！

三天后，当广晟循着线索，在南苑的莲池边找到那个宫女的时候，他本来是不抱太大希望的。

宫女们说那个宫女傻愣愣的，年纪略微年长，却很是沉默寡言，平时身上的香味会引来鸟雀在掌心啄食。

他潜藏在草丛里，盯着那个身影驾着小船，在莲池间徜徉，不时摘取池中的污泥水藻。

清瘦的身材，乌黑长发挽成简单的圆髻，剩下一束在身后飞扬，略微显出三分俏皮。

那身影，有点儿像记忆中的那个人……广晟暗笑自己已经疯魔，看到谁都觉得像她。

一刻之后，那宫女不经意间转身，却让广晟看见了真容，顿时如遭电击——

“如郡！”

他高喊一声，不顾一切地扑了上去，紧紧抱住了她！

这是在做梦，还是在现实中？

回应他的是对方陌生而冷然的眼神，随后狠狠一击打在他胸前，毫无防备之下，他被震倒在地。

伊人转身毫不留恋地跑了。

广晟蜷缩着身子倒在地上，咳嗽着吐出嘴里血丝，只觉得不可思议——如郡竟然还活着？！

他绝对没有认错！

可她为什么完全不认得自己？！

他爬起身来，不顾自己一身狼狈，正要追去，却听谨身殿那边传来一片铺天盖地的哭号声——

“不好啦，万岁龙驭殡天了！”

什么？！

他惊得浑身僵硬，一时愣住了。

朱棣驾崩于永乐二十二年八月十二，庙号为太宗（注：嘉靖十七年才改为成祖）。顺理成章，太子朱高炽继承了皇位，目前仍是永乐二十二年，要等来年才能改元。

年号未改，人事却是迅速地更迭。广晟很快发现自己被加了太子少师这种虚衔，朝中沸沸扬扬皇帝要任命新的锦衣卫指挥使，他即将下台。

“听说爱卿跟我的皇弟书信往来密切，很是投缘……”一次朝会时，朱高炽竟然当众这么说。

于是沈某人即将失势，甚至被逮捕处决的传言甚嚣尘上。

广晟对这些却是充耳不闻，一心一意在宫里跟某人玩起来捉迷藏。

她扮作浣衣局的粗使宫女，他便从五色布帛上滑下，笑吟吟地出现在她面前；

她易容扮作掌茶的嬷嬷，他突然冒出来把茶喝得精光；甚至她扮作小宦官，他竟然轻佻地捏她下巴言语调戏——当然，结果是被她狠踹出去一丈远。

“你到底要做什么？！既然知道我是白莲教的人，为什么不把我抓起来？！”

她怒目瞪着他，近乎崩溃地低喊。

他嬉皮笑脸地爬起来，不怕死地继续凑近：“你相信一见钟情吗？”

“完全不信！”

“正好，我也不信。”

他捡起她的绣帕，用衣袍兜了递给她：“上面的迷药毒性太弱了。”

面对她惊奇睁圆的杏眸，他低声凑近耳畔，道：“你相信吗，我们是三生三世的情缘……”

暧昧的气息戛然而止，他的脸因为剧痛而微微抽搐——她手中研磨茶叶的石头落地，正好砸在他脚趾上。

“如郡，你真的比以前凶悍得多……”

他扁嘴控诉委屈，原本很娘很恶心的表情，出现在他身上，却因为那份绝美容颜而显得情真意切——

“如郡，你真的什么都忘了吗？”

她有片刻的怔忪，随即眼中浮现了警惕光芒，匆匆跑走了。

广晟凝视着她的背影出神，一心想着要怎么恢复她的记忆，因此没有发觉，两人的身后树荫下，一道红衣华贵的身影在微微颤抖——

红笺满心惊恐渐渐变为怨毒：那个女人，她……她竟然没有死！

她同父异母的妹妹如郡，居然还活着！

她狠狠用力，折断了鲜红的蔻丹指甲。

十二一路疾奔，及时来到接头的地点，看到那熟悉的身影，终于松了一口气。

“赛儿，你来了！”

出现在她面前的妙龄女子二十多岁，白衣缟素，却戴着新寡的首饰头面。

“我是扮作哭灵的朝廷命妇潜进来的。”唐赛儿微微一笑，“刚好那女人死了丈夫，我也新做了寡妇，连发式都不用换。”

虽然是笑着调侃，声调却是难言的悲伤和隐痛。

命运永远是奇妙难言，她出生在信仰白莲教的家中，从小就被选圣女，被传授各种法术，聪明伶俐无人能比，却在北丘卫尝到败绩，正是眼前这个唤作“十二娘子”的女子所为。

唐赛儿回到山东家乡，总算明白了天外有天人外有人的意思，比往日更加沉稳，对教务也渐渐没有那么大的兴趣，她甚至邂逅了一个年轻英俊的少年，那个人会用木工做出会飞的小鸟，会动的小牛小马，两人恩爱缱绻之时，唐赛儿甚至想辞去圣女的位置。

但天降横祸，她新婚丈夫竟然被官府唤去问话，原本他家也是当地富户，县官也给些薄面，因此也不以为意，没有防备——谁知，她的王郎，就此死在了县衙里，死不瞑目！

朱棣命令要抓住山东教匪，限期将至，县官等人被逼急了，为了交差，也为了趁机侵吞王家财产和田亩，就栽赃他是白莲教头目，灌醉后取下了首级！

这是怎样的可笑命运——真正白莲教教徒的她安然无恙，根本与白莲教无关的王郎，却就此惨死！

狂怒的唐赛儿，在山东掀起了轰轰烈烈的教团起义，席卷多省，朝廷多次围剿都没能抓到她，朱棣狂怒之下曾经在山东大肆搜捕尼姑和道姑等形迹可疑之人，山东等地的女子甚至白日都不敢出门。

这次她潜伏入京，想亲手取下朱棣的狗命，却遇到太子的暗探，两边一拍即合。

朱棣终于死了，在多日疯狂和癫杀之下，他耗尽了自己最后的精力，这一切，全靠眼前这个唤作“十二”的神秘女子。

她是唐赛儿的教徒八年前从江里救出来的，整个人伤痕累累都是刀剑绝命，最严重的一箭穿胸竟然避开了所有的要害，这才保住她一条命。

她的头好似在江里的石头上猛烈撞击过，失去了所有的记忆，但唐赛儿却一下认出来了：这个女人就是金兰会的十二娘子！

世人总是健忘，金兰会的惊奇传闻，随着会首景语的败亡而渐渐销声匿迹，但唐赛儿却对这个女人印象深刻！

她救了下这位十二娘，花了两年多才治好她的伤，但她的记忆却再也不能恢复。于是唐赛儿唤她“十二”，但她真正的名字，却是自己也想不起来。

这次上京，多亏了她的药，才让朱棣这么疯魔，提早进了棺材。

“这次任务已经完成了，趁着朱棣灵柩运出皇宫，你也赶紧离开吧。”

唐赛儿握住她的手，却见十二皱起眉头，眼神有些茫然：“我遇到了一个人……”

“是谁？”唐赛儿心中吃惊问道。

“一个很奇怪的男人，轻佻无礼，登徒子似的。”

她眼神更加恍惚，冥冥中一股似曾相识的感觉：“他说跟我是三生三世的情缘，我知道这是在胡说，可为什么，我心口好似缺了一块，空落落得好难受……”

唐赛儿听得鼻酸，心中猜测大概是之前在北丘卫生看到的那个沈大人——但他今非昔比，已经是锦衣卫鹰犬的头领……她摇了摇头，对十二说道：“别去想了，我们还是做完收尾的活就赶紧离开吧。”

她拿出方才接到东宫那边的纸条，展开给十二看，心头也有些奇怪：“让我们去南苑的树林里有话密谈。”

“这些龙子龙孙都是鬼鬼祟祟的，不要着了他们的道才好。”

十二皱眉怀疑。

“那胖子已经做了皇帝，我们手里却还有他的一些字据，真要杀我们灭口也不该是在这时候！”

唐赛儿自信满满。

南苑的树林里原本就人烟稀少，此时更加冷清——新帝刚刚登基，就借父丧之名放出好些宫女，南苑这边的就迁去填补各处宫室了，因此人都快走光了。

秋风吹得树叶哗哗作响，唐赛儿左顾右盼，没等到人有些焦躁。

“奇怪，为什么到现在还没到？”

下一瞬，她的眼角光芒凝住了：东北角上竟然有火光冲起！

“着火了！”

她刚刚喊了一声，突然发现四面各处都起了浓烟和火舌，朝着这中心地带蔓延而来。

她一把拉住十二要逃，却发觉从天而降无数的巨石——身后的山坡上，有人不断朝下推落大石头，顺着山坡滚来更添威势。

火焰中蕴含着不一样的气息，唐赛儿迎风一嗅，悚然惊喊道：“是火油！”

仿佛应和她的声音，山坡下又开始落下裹着火油的茅草堆，火上添油更加熊熊飞腾，顿时林中烧成一片，根本无法逃开。

“这群畜生，还真下手了！”

唐赛儿出离愤怒却又不解——她的手下还在宫外，若是朱高炽真有心杀人灭口，宫外的人立刻就要把书信物证公诸于众，汉王那边正愁找不到朱高炽的把柄，这么一闹立刻就要糟糕，以朱高炽滴水不漏的性格，怎么会布下如此粗糙的杀局呢？

“头儿，我们这么干真的没事吗？”山坡上有人担心问道。

“这可是在宫里放火杀人啊！”

虽然南苑离主要宫殿有一段距离，平时比较冷清，但终究是皇宫范围。那几个侍卫终究心里有些惴惴。

为首那个也皱起眉头：“这是张敬妃的命令，她既是圣上最宠爱的妃子，也是我们老张家的主子，她的命令我们不能不听。”

当时在英国公麾下效力的将士无数，也有些转调京营甚至进入大内当值，这几个人明显就是英国公的老部下。

这十多人都是从前同僚，这次张敬嫔随着太子登基，也成为了敬妃娘娘，圣上对她宠爱备至，这些人听她的命令，也是有攀上小皇子以图今后的意思。

毕竟，随着朱高炽的继位，他对原太孙现任太子朱瞻基的不满也是有目共睹的，张娘娘和小皇子说不定就有这造化呢？

他心中想到今后的飞黄腾达之路，越想越火热，渐渐盖过了心中的不安，咬牙道：“兄弟们，功名险中求，加把劲儿把她们困在下面烧死，我们的任务就完成了！”

他身后几人应声，动作却是僵住了，石头没有继续往下推。

“你们在磨叽什么啊！”

他回头不耐地催促，却骇然发现，一柄雪亮华贵的绣春刀横在他脖子上，而身后几个都被制住了！

“沈……沈大人！”

沈广晟的“玉面阎王”的凶名让他害怕得哆嗦，随即想起传言又是胆气一壮：“沈大人，你马上就要倒台，我们这可是奉了宫里贵人的令……”

下一刻，他脖子一凉，无尽的剧痛传来，身子倒在了血泊中。

其他人看到上司的人头圆滚滚落在眼前，顿时吓得魂飞魄散，广晟把他们捆起来塞住嘴，丢在山坡背后，随后不顾一切地冲了下去。

“如郡……”

他大声喊道，一颗心几乎要跳出胸膛——八年了，好不容易才找到你，你可千万要平安！

烈火熊熊，唐赛儿和十二左冲右突，火焰却越来越高，浓烟滚滚几乎看不清彼此，呛得人无法呼吸。两人趴在一个矮坑里，匍匐向前，却摸不准方向。

难道要死在这里？

十二有些茫然，眼前这一幕让人愤怒，却更是似曾相识……好似很久以前，也经历过类似的事。

回忆宛如破碎的布片，零落不成模样，却偏偏不时冒出来提醒她，让她的头痛得嗡嗡作响。

“王郎的仇已经报了，我死了也瞑目，可惜连累了十二你……”一旁的唐赛儿愧疚道。

正在这个时候，一道人影背着打湿的披风冲了进来，朝着两人这边过来，却没看到人影正在焦急张望。

“我们在这儿……”唐赛儿没说完，就咳嗽不断。

广晟循着声音终于找到了目标，看到如郡好端端的只是呼吸困难，急忙就要跑过来，就在这时候——

“小心！”

一旁的唐赛儿发出惊叫声：原来山坡上的巨石自动滑下，朝着十二这边狠狠砸来！

广晟什么也没想，冲上前用自己的身体挡住坠石，上百斤的重量加上速度，顿时让他吐血屈膝，却是死死不肯后退，护着身后那人。

同样相似的画面，同样的男人，同样替她挡住高空落下的重物和火焰……十二顿时如遭电击，强烈的刺激让她眼前浮现平宁坊地窖里烈焰熊熊的一幕！

下一瞬，她想起了所有！

“广晟……少爷……”她艰涩、迟疑地喊道。

广晟咬牙摔下巨石，听了她这一声喊，心中大喜过望，又吐了一口血。

“你受伤了！”十二……不，如郡颤声喊道，扑过去扶起了他，两人紧紧抱在一起，仿佛对方就是全世界。

“还是赶紧跑吧，不然你们要做一对火烤鸳鸯了！”

一旁唐赛儿催促道，广晟用湿透的披风裹了如郡要走，却被如郡拉住衣角，这才不甘不愿地分了一个角落给唐赛儿。

三个人狼狈不堪地逃出了着火的树林，身后树木倒下燃烧的声音此起彼伏，随即大火连成一片，树林顿时成为赤地火海！

“好险啊！”

唐赛儿心有余悸，随即愤怒骂道：“狗皇帝过河拆桥，等着我公布你逼死亲爹的证据，让你身败名裂！”

广晟摇头道：“虽然我并不喜欢这位新皇上，但这事真不是他干的。”

“是谁？”

“红笺。”

这个名字让如郡心头震惊，过往的一切记忆更加流畅疯狂地从脑海里滑过。

“我要她以命来还！”唐赛儿眉目间一片杀气。

“不用了，你们很快就会看到她的报应临头。”广晟喘息着说道。

广晟很快接受了太子少师的闲职，从锦衣卫彻底退了出来。

朱高炽大权在握，踌躇满志，文臣们对他景仰称颂，武将们也在远在前线的英国公上表后纷纷表示恭顺。

唯一的眼中钉，就是他那位广有贤名，却让他喘不过气来的皇后，以及太子朱瞻基了——这两个人压在他头上多年，让他身在东宫都觉得做不了主当不了家。

他们依仗的，是朱棣的威权和看重。

世间竟然有看不起自己丈夫的妇人，以及爬到父亲头上的儿子！

朱高炽苦苦忍耐多年，现在，他终于可以扬眉吐气了。

于是朝中开始传出废太子的传言，不多时，皇帝让太子去镇守南京！

“这就是变相贬谪了啊……胖子皇帝是怎么想的啊，再怎么讨厌那也是嫡长子啊！”

唐赛儿完全不理解朱高炽的行为。

“皇家无亲情，围绕大权的争夺，可以让夫妻反目，父子离心。”

广晟静静地凝视着如郡，眼珠都不肯略微移开，仿佛怕她下一刻就要消失不见。

“更何况，朱高炽只怕一直有个心结……”

广晟说得含蓄，唐赛儿追问他却不说，直到如郡低声道：“赛儿这么好奇，你就说出来吧。”

“宫里一直有个传言……先帝还健在时，今上做了几十年无权软禁的太子，太子妃和太孙的待遇却是隆盛无比——先帝对儿媳和孙子关怀备至，态度温和可亲，比对亲儿子好多了，人家都说，儿媳才是他真正关爱的。”

毕竟是广晟的前主君，他话说得委婉，两女却都是冰雪聪明，一下就明白了——

“你的意思是，朱棣那个暴君跟自己儿媳有染，朱瞻基不是他的孙儿，而是他亲生的？”唐赛儿几乎要惊叫起来。

广晟摇了摇头："这只是传言而已，真假无法求证——但不管怎么说，先帝把儿媳和孙子看得比今上重要很多，今上心里只怕早存嫉恨了！"

"朱高炽一朝大权在握，必定要废黜朱瞻基的太子位置，可朱瞻基做了多年的太孙，手中也是有兵力实权的，又是先帝指定的人选……总之，这北京还要再乱上一阵。"

广晟总结道，随即对唐赛儿道："你们白莲教跟朝廷的是是非非，你我立场不同，我也不愿多说，但无论怎样先帝也已经驾崩了，你们还是赶紧离开京城吧。"

唐赛儿皱眉怒瞪他："我们什么时候走，用不着你管！"

"若非你对如郡有救命之恩，我也懒得管你们死活。"广晟的毒舌一如从前，功力显得更深，"今上之前没有杀人灭口，不过也快了，你们留在京城是自找死路。"

"你也未免小看我们白莲教了！"

唐赛儿不服，却被如郡攥住了手。如郡看着她的眼睛叮嘱道："赛儿，你们还是听他的话，先回山东吧。"

"杀官造反，毕竟不是长久之计，你也要为自己手下的兄弟想想。"如郡以自己的亲身经历劝说道。

"我们何尝不想过好日子，可是连王郎那种老实人好端端在家坐着，都被官府杀良骗功，这天底下还有好好过日子的地方吗？"唐赛儿抹了把眼泪低声发狠。

"你若是愿意的话，跟我俩一起出海远行，如何？"广晟突发惊人之语，这下连如郡也惊讶了。

他凝视着她，突然握住她的手，低声问道："现在，你不是逆党，我也不是官兵，你愿不愿意跟我一起离开，过我们自由平凡的日子？"

如郡看着他，发现他虽然自信满满，耳根还是在发红——这家伙也会紧张啊，她唇边露出一丝笑意，断然道："当然不！"

看着他惊讶沮丧，她这才继续道："不是我跟着你走，是你跟着我走！"

一副当家做主的气概。

"好好，跟着你走……不过你认得路吗？尤其是海路？"

如郡瞥了得意扬扬的某人一眼："由你前头带路，天涯海角我都能去！"

"好，天涯海角，我们都一起……"

两人对视一眼，笑得默契而甜蜜。

一旁的唐赛儿哀叹道："暂时出海避避风头也好……可是你们俩要是这么一路炫耀恩爱，我真的要肉麻死了！"

说完又问："马上就走吗？"

颇为洒脱的样子。

如郡倒是知道唐赛儿的心事——她虽然嘴上倔强，但心里对本地乡亲受她连累，还是颇为愧疚的，却又不愿意对朝廷忍气吞声，这么远航出海倒是挺合她的心意。

"现在还要等一等，我答应先帝和朱瞻基，做完最后一件事。"

广晟笑得神秘悠远。

朱高炽大权在握，就急急忙忙赶太子朱瞻基去镇守南京，随即踌躇满志准备废后废太子，然而，他自己的年号“洪熙”才用了五个月，他就非常突然地病重驾崩了。

前后连起来算，他在位只有区区十个月。

朱高炽的死非常突然，太子朱瞻基从南京赶往北京奔丧。远在乐安洲的汉王朱高煦以为机会到来，预先在路上设伏，截杀朱瞻基。

但让所有人震惊的一幕发生了：朱高煦父子在山东空等了数日，从南京到北京本该路过此地的太子朱瞻基，竟然早早出现在北京父皇的灵柩前，顺利继位了！

他到底是会飞，还是会一日千里的妖术呢？

朝臣们也是惊诧难言，北京城里甚至流传着一个传言：朱棣宠爱孙子，早就给他预设好秘密班底和暗卫，以防自己归天后，朱高炽为难他，也是这批人帮助朱瞻基从海路走抢先到北平继位的。

还有人说，是锦衣卫的沈广晟带领手下暗中帮助朱瞻基的。

甚至市井之间有更离谱的传言：朱瞻基其实是朱棣跟儿媳生的儿子，朱棣怕朱高炽对他下手，暗中留下高手，朱瞻基带着这群高手秘密回了北京，杀死了名义上的父亲朱高炽，所以才能悠闲从容地在灵前继位。

各种传言，只怕要在历史上流传许久了。

不过汉王那边传来的消息却是，汉王本来兴致勃勃要造反，现在一下子萎靡不振了，成天醉酒，嘴里还念叨着“姓沈的小子骗得我好苦”！

朱高炽和朱瞻基父子都是大气厚道的皇帝，至少表面上是这样，对这个成天想着篡位的弟弟和叔父，各种赏赐反而更多，颇有“安慰你受伤的心灵”之意。

朱瞻基登基之后，宫中渐渐平静下来，那些皇位之争渐渐被人淡忘了，人们津津乐道的话题，换成了胡皇后与孙贵妃的明争暗斗，以及张太后到底偏心哪个儿媳妇。

论尊卑，胡皇后才是原配正宫，但论起渊源，孙贵妃才是当初内定的太孙妃，据说当初她连朝服宫装都做好了，若不是钦天监胡言乱语什么“后星在齐鲁”，朱棣也不会心血来潮改换太孙妃的人选。

论起亲近和才德，胡皇后只是山东小地主家的女儿，而孙贵妃是张太后的娘家亲戚推荐的，父亲是饱学大儒不说，自己也是在内书堂读书多年，跟朱瞻基可说是青梅竹马，同窗友爱。

张太后的态度暧昧不明，今日替胡皇后撑腰训斥后宫，明日又唤孙贵妃来家宴谈笑，这两方越发斗得暗潮汹涌。

宫廷之中，本来就是一出出好戏连番上演，你方唱罢我登台，观众们入戏之下，也渐渐把先帝时候的一切都淡忘了。

这是宫里，朝臣之中，却是流传了另一个骇人听闻的故事——

翰林院的一个普通小官，也就是前锦衣卫指挥使的父亲沈源，据说被冤鬼索命，变得疯疯癫癫，每日都在狂喊着“你别过来，我逼你为妾是为了你家那一大笔财产，我也是穷得没办法了”之类的言语，夫人王氏本来尽力遮掩，但某一日却不幸得了急病，每日只能躺在床上一动不动，宛如活生生的僵尸一般，侯府里乱糟糟的没人管事，这些传言才流传到世面上。

有很多朝臣出于对锦衣卫沈广晟的幸灾乐祸，把这事传得满城风雨，沈源夫妻名声扫地，济宁侯府也越发衰败了。

至于原本被人唾骂的沈广晟，却是从此离奇消失了，有人说他辞官跟红颜知己一起离开了，也有人说他早就已经被今上秘密处决了。

“所以你之前投靠朱高煦的种种行为，都是朱棣默许和授意的？”

“是啊，说实话汉王这种人，一而再，再而三被人骗着玩，也算是活宝一个了……我估计他今后还是会孜孜不倦地继续谋反作死的。”

“不知道朱瞻基的忍耐限度在哪，或者，下一任皇帝会不会有这么大气量忍耐这个‘造反篡位专家’。”

如郡笑嘻嘻调侃道——汉王这种人，也算是奇葩的极致了。

“你这次假装投靠汉王把他骗了个彻底，又在海上保护朱瞻基顺利到达北平继位，立下如此大功，将来英国公那个位置也十有八九是你的，这样全部放弃，真的不可惜吗？”

“世上功名利禄很诱人，可跟你比起来，却是不值得一提……”

码头上人来人往熙熙攘攘，等船的四人正在闲聊。

如郡跟广晟成双入对情意绵绵，一旁聂景和唐赛儿大眼瞪小眼，男的羞涩儒雅，女的爽朗精明，因为不熟悉，都不知道跟对方说什么好，于是只好用眼睛四处看。

“蓝宁听到你活着的消息也想从边城赶过来跟我们走，不过被郭大有坚决制止了——她肚子里有了，根本不能乱跑的。”

这个消息让如郡喜上眉梢又惆怅，同伴加上好友不能来送别，总是一种遗憾，好在只要活着总能再见的。

“如瑶也想来，不过被那姓萧的小子拦住表白了，说要娶她为妻——这人之前一直眼瞎，迷恋我那装腔作势的妹妹如珍，现在终于明白了一回。”

广晟冷哼道——他的胞妹如珍终于如愿，嫁给一个年近四十的侯爷做了续弦，虽然老夫配少妻，但如珍终于得到了她梦寐以求的诰命和侯府夫人的地位，也算是求仁得仁了，只是前头原配还有子女留下，如珍估计又要一番内宅争斗。

“只是他想娶，如瑶还未必嫁呢，她想做女医行走天下——这两个人还有得磨呢！”

广晟继续絮叨，“我的部下里，李盛也要来送别，婆婆妈妈地哭个不停，真是烦人……我让他别来了！”

广晟虽然在骂人，那种深情厚谊却不是假的！

“剩下的故人里，就只有红笺了，不过我想她现在的日子一定也是热闹非凡！”

广晟冷笑着说道——对于这个丧心病狂的蛇蝎毒妇，他这次绝不会有任何手下留情了——事实上，她现在在宫里的日子一定是生不如死。

他去向朱瞻基告别时，后宫那儿一片阴风惨惨鬼气森森，女子的哭号凄厉狰狞，也分不出哪个是红笺的声音。

朱高炽驾崩，他的嫔妃除了皇后之外，就必须殉葬——宫里的宦官会把妃子们带到“净屋”，用白绫一一赐死，更让人毛骨悚然的是，尸体就那么晃晃悠悠吊在半空中，后到的妃子看到这一幕，当场吓疯的不在少数——疯子也必须不折不扣地殉葬，这习俗其实并非汉人传统，而是元蒙留下的，但既然洪武皇帝诏令这么办，也就成了国朝惯例。

红笺当时披头散发被拖出来，一身素衣红色腰带宛如厉鬼，哭哭啼啼被拖得满身伤痕，广晟冷眼看着，只觉得这个女人咎由自取。

红笺被押进“净屋”后，事情还发生了戏剧性的变化——朱高炽的皇后，也就是当今太后张娘娘深恨她这个敬妃，坚持要她殉葬，但张家毕竟是英国公府上，让功臣之女殉葬实在也是说不过去，于是在英国公夫人的苦求，以及她姑姑太贵太妃的斡旋下，红笺在一天后被赦了，但按照太后的命令，她必须被关在冷宫里，从此伴随她的不再是绫罗绸缎锦衣玉食，而是疯癫的女人们、冷水冷馒头和馊饭。

这对掐尖要强了一辈子的红笺来说，简直比死还难受。

广晟摇了摇头，不再去想这个女人，一旁如郡也没有追问——仅有微薄的亲情早就被红笺折腾完了，听到她要被关一辈子不能再出来害人，她已经没有丝毫怜悯之心了。

不远处的海面上，有大船即将靠岸，他们将先乘船去泉州，再改换海船远洋，随后去吕宋，去广袤的南洋——世界之大，他们要好好领略！

“听说朝中大人们热议，要销毁海图，禁止三宝太监七下南洋这种事呢！”有海商在忧心忡忡地说着。

“那些文官又要出什么馊主意呢，禁止出海那不成了井底之蛙了吗？”如郡叹息道。

“太孙，不，该称呼他皇帝了，虽然热爱兵戎，但从小是受儒家文臣教养的，文臣们的话他挺听得进的，既然有这风声，估计是真要禁海了。”广晟也不无唏嘘，“今后的人们，只怕真要渐渐做井底之蛙了。”

“偷偷下海是禁不绝的，不是每个人都乖乖做青蛙。”唐赛儿插嘴道。

“这说得也是。”广晟不禁失笑，“我已经不是朝廷的人，也该学着不再忧国忧民了。”

一行人正要上船，却见那边有官船到岸。

“都让一下让一下！”

有官员模样的人引领着几个男女下了船，立刻就有轿子和车迎接，其中一个圆脸的少年很是面善，如郡不由得多看了几眼。

旁边有人在艳羡议论：“这位小官人是先头胡闰大学士的小公子，也是朝廷册封昭雪的‘广陵县主’的弟弟，刚刚从崖州那边大赦回来！”

“不只是他，很多建文罪臣的家属都受到大赦和朝廷抚恤，如今都衣锦还乡啦！”

广晟微微一惊，随即释然："之前圣上还是太孙的时候，就对建文罪臣们颇为同情，说他们虽顽固不化，但却是为大义殒身，乃是国家义士。"

简单地说，就是时过境迁，朱瞻基继位，开始讲究文人的气节，靖难那一页算是揭过了，各家都陆续赦免和返回，虽然十不存一，对活着的人也是莫大的安慰。

"听说朝廷褒奖'广陵县主'，为她立了牌坊纪念，这位胡如郡小姐乃是名门闺秀，父亲胡闰为大义而死，她为保贞洁不受主家糟蹋，十年间脸上抹了炭黑，藏匿容貌在灶下做粗活，如今才得以昭雪呢！"

这个议论让如郡面容抽搐，哭笑不得——好像，这些话也没什么不对，但听起来为什么像是别人烈女的故事，完全想不到自己身上啊！

"早知道你这般贞烈可敬，我先纳你当小妾算了。"

广晟又来口花花，被狠捏一记后，涎着脸问道："那是你弟弟吧，要不要过去相认？"

"他叫如福，是我父亲的一个姬妾所生，抄家的时候还抱在襁褓中呢，我一直以为他死了，没想到还活着。"如郡唏嘘道，"算了，相见不如怀念，知道他活着回乡，已经足够了，我们走吧。"

大船吹起号角，召唤客人登船，四人上了船站在甲板上，顿时只觉得海风强劲，港口码头以及熟悉的一切，都在逐渐远去。

船上有老艺人在卖唱，弹的居然不是时下小曲，而是陆游的《大圣乐》，慨然有金石之声——

"电转雷惊，自叹浮生，四十二年。试思量往事，虚无似梦，悲欢万状，合散如烟。苦海无边，爱河无底，流浪看成百漏船。何人解，问无常火里，铁打身坚。

"须臾便是华颠。好收拾形体归自然。又何须著意，求田问舍，生须宦达，死要名传。寿夭穷通，是非荣辱，此事由来都在天。从今去，任东西南北，做个飞仙。"

如郡倚在广晟身旁，仔细咀嚼这词，只觉得满口锦绣，念及前尘，不由感慨万千，抬起头，却见情郎眼中也放出兴奋的光芒，显然是心有灵犀。她心头欢喜，低声道："此时我们正是'任东西南北，做个飞仙'。"

"是啊，从此以后，我们就是一对儿飞仙，再也不分开！"

广晟凝视着她，将她紧紧抱在怀里，只觉得心中那一块终于有了着落。无比踏实，无比快活。

（完）

图书在版编目（CIP）数据

大明小婢 / 沐非著. — 北京 ： 中国友谊出版公司，2015.8

ISBN 978-7-5057-3569-9

Ⅰ. ①大… Ⅱ. ①沐… Ⅲ. ①言情小说－中国－当代 Ⅳ. ①I247.5

中国版本图书馆CIP数据核字（2015）第184738号

书名　大明小婢
作者　沐　非
出版　中国友谊出版公司
发行　中国友谊出版公司
经销　新华书店
印刷　三河市文通印刷包装有限公司
规格　700×980毫米　16开
　　　59印张　1200千字
版次　2015年10月第1版
印次　2015年10月第1次印刷
书号　ISBN 978-7-5057-3569-9
定价　79.00元
地址　北京市朝阳区西坝河南里17号楼
邮编　100028
电话　（010）64668676

如发现图书质量问题，可联系调换。质量投诉电话：010-82069336